Nach der rettenden Lungenoperation nimmt Thomas Mann die Arbeit am ›Doktor Faustus‹ erneut auf. Im Zeichen dieses Romans steht für Jahre das Denken und Schreiben des Autors. Das Tagebuch verzeichnet das Ringen mit diesem Stoff, den Umgang mit dem existenziell so bedeutenden Material. Selbst Thomas Manns Auseinandersetzung mit Deutschland und den Deutschen nach dem Krieg ist nicht losgelöst von diesem zentralen Werk zu betrachten. Thomas Mann ist seit 1944 amerikanischer Staatsbürger, in seinem Bewusstsein jedoch ist er Europäer geblieben. Bereits 1947 findet die erste Europa-Reise nach dem Krieg statt. Die innenpolitischen Entwicklungen der USA werden zunehmend kritisch beleuchtet.

Thomas Mann, geboren am 6. Juni 1875 in Lübeck, entstammte einer Kaufmannsfamilie. Seit 1893 wohnte er in München und war seit 1894 freier Schriftsteller. 1929 erhielt er den Nobelpreis für Literatur. Er verließ 1933 Deutschland und lebte zuerst in der Schweiz am Zürichsee, dann in den USA, wo er 1939 eine Professur in Princeton annahm. 1941 bis 1952 lebte er in Kalifornien, danach wieder in der Schweiz. Er starb in Kilchberg bei Zürich am 12. August 1955.

Unsere Adresse im Internet: www.fischer-tb.de

THOMAS MANN

TAGEBÜCHER
28.5.1946 – 31.12.1948

Herausgegeben
von Inge Jens

Fischer Taschenbuch Verlag

Ungekürzte Ausgabe
Veröffentlicht im Fischer Taschenbuch Verlag,
einem Unternehmen der S. Fischer Verlag GmbH,
Frankfurt am Main, Oktober 2003

Druck und Bindung: Clausen & Bosse, Leck
Printed in Germany
ISBN 3-596-16066-9

VORWORT

»Klares Wetter. Schrieb um ½12 Uhr die letzten Worte des ›Dr. Faustus‹. Bewegt immerhin. Rückblickend. – Sonntag den 23. V. 1943: ›Begann vormittags ‚Dr. Faust' zu schreiben‹. Worauf schon am nächsten Tag wieder an einer deutschen Monatssendung schrieb. – Ging Amalfi-Drive ganz hinunter. K. beglückwünschte mich auf der Rückfahrt. Mit Grund? Ich anerkenne die moralische Leistung.«: So – mit roter Tinte aus den übrigen Notaten hervorgehoben – der Tagebuch-Eintrag vom 29. 1. 47, einem Mittwoch, der die ebenfalls rot markierte Überschrift trägt: »Abschluß des ‚Faustus'.«

»Bewegt immerhin« – das denn doch nach Beendigung eines Werkes, das Thomas Mann drei Jahre und acht Monate begleitet hatte – unterbrochen nur durch Operation und Genesung, die »späte Prüfung, cum laude bestanden«, »um *dies* fertigzumachen«. Ein Blick zurück zum Anfang und Wiederbeginn, ein Messen der Zeit – noch in roter Schrift, dann wird die Feder gewechselt, und wie anno 43 der ersten Zeile das Tagesgeschäft folgt, so im Januar 1947 dem letzten Satz die Auflistung des Liegengebliebenen: ein Beitrag über die deutsche Frage, ein Interview des ›Figaro‹ und ein Aufsatz über Proust . . . »wenn das alles ist«.

»Ich anerkenne die moralische Leistung«: Ein langer Spaziergang, Kino und Veuve Cliquot am Abend, aber am nächsten Morgen bereits das Durcharbeiten des Geschriebenen, die Änderungen, Kürzungen, Verbesserungen, »Entlastungen«, die »Diskretisierungen« gewagter Stellen, das rigorose Sich-Trennen von überbordenden musiktheoretischen Exkursen und allzu umständlichen Zeitblom-Entschuldigungen: sorgfältig notiert im Journal und für den Leser nachzuvollziehen dank erhalten gebliebener Urfassungen, die, soweit sie für die

Arbeitsweise Thomas Manns und die Beweggründe, sie vor dem Beginn des »Erdenlebens« seines Romans auszuscheiden, aufschlußreich sind, im Textteil am Ende des Bandes abgedruckt wurden.

Die Tagebuchnotizen lassen nichts von jener am 29. 1. 47 erreichten wichtigen Zäsur erkennen, die der spätere Rechenschaftsbericht, *Die Entstehung des Doktor Faustus,* markiert. Die Inanspruchnahme durch das Buch war für Thomas Mann noch lange nicht vorbei. Im Gegenteil, fast scheint es, als nähme der fertige Roman weit mehr Raum in den Gedanken des Autors ein als das Werk in statu nascendi. Beinahe eineinhalb Jahre lang sieht sich beinahe alles Geschriebene auf das Werk der Werke bezogen: Der *Nietzsche:* ein »essayistisches Nachspiel«, *Der Erwählte:* ein »humoristischer Epilog« und *Die Entstehung des Doktor Faustus* – ein Arbeitsbericht, geschrieben zu einer Zeit, als Thomas Mann wußte, daß die Welt sein Werk akzeptiert und ihn, den Autor, bestätigt hatte. Erst nach der großen, weltweiten Akklamation war der *Faustus* für seinen Autor Geschichte. Der *Roman eines Romans* umfaßt in Wahrheit nicht nur den Prozeß der Entstehung, sondern in gleicher Weise den Beginn seines »Erdenlebens«.

Nie vorher und nie hinterher hat Thomas Mann den Wert eines Buchs so sehr von der Rezeption abhängig gemacht wie im Fall des *Doktor Faustus.* Das Tagebuch spiegelt das große Glück über die erste Besprechung, die konstatiert hatte, daß dieser Roman als Licht in eine Welt leuchte, »die seinesgleichen derzeit nicht hat«: »Mir ist, als ob einem Werk, über das einmal so gesprochen werden konnte, danach nicht mehr viel passieren könnte«, und es verdeutlicht die existenzielle Irritation, wenn ein Rezensent es an Aufnahmefähigkeit und Sensibilität fehlen ließ . . . eine Irritation, der nur durch die moralische Abqualifizierung des (der!) Unwissenden zu begegnen war.

Die Erwartungen waren bang und sehr hoch . . . und mußten hoch sein, da nur das als vollkommen anerkannte Werk all jene Verletzungen und »Morde« rechtfertigen konnte, mit denen es erkauft war. Nur das *non plus ultra* vermochte – so hoffte Thomas Mann – jene »Opfer des kalten Blicks« zu versöhnen, an die der nach Modellen im fernen Europa Ausschau haltende Autor beim Schreiben so wenig gedacht hatte: Hans Reisiger, Annette Kolb, Ida Herz, der alte Freund Preetorius; dazu – im Hinblick auf die Familiengeschichte – der Bruder und die Verwandten, und schließlich, wenn auch nur, weil juristische Konsequenzen zu befürchten waren, der Graf von Gleichen-Rußwurm mitsamt seinem mißglückten Betrugsversuch. Das Tagebuch notiert: »Schlimm und schwierig« und zeigt die Hilflosigkeit des Autors gegenüber einem Problem, das ihn während der Arbeit kaum tangiert hatte, ihn aber nun, nach der Vollendung des Werks, einholte und bedrohte.

Vergessen der pauschale Zorn auf die im Lande gebliebenen Deutschen: das Werk verlangt Differenzierung, Abwieglung und lange Briefe. Der Versuch, die Freunde zu versöhnen, macht Verbindlichkeit sichtbar ... jedenfalls im Bereich des Privaten. Das Land selbst bleibt fremd, ja feindlich, auch nachdem der *Faustus* dort enthusiastisch empfangen worden war. Auf dem Wege nach Europa wird Vorsorge dafür getroffen, daß ein Besuch in Deutschland von vornherein unmöglich bleibt: »Erikas Gespräche mit den Ämtern über die Unratsamkeit meines Besuches in Deutschland« ... »Besprechung mit dem General, der uns die Einreise nach Deutschland *nicht* bewilligen soll«. Die Boten aus Deutschland werden zurückgeschickt, als sie in Zürich versuchen, ihrem Werben persönlichen Nachdruck zu geben: Solange man in diesem Land einem Wilhelm Furtwängler applaudiere, sei es für einen Thomas Mann nicht der angemessene Ort.

Der Blick ist kühl – und das nicht nur, wenn es gilt, sich gegenüber den wieder zu Ansehen gelangten Opportunisten und Parteigängern des Nazi-Regimes, sondern auch gegenüber den Gefährten aus den eigenen Reihen zu behaupten, wenn's darum geht, ihnen als Helfern und Ideengebern Tribut zu zollen und den Anteil zu würdigen, der zumal dem »wirklichen geheimen Rat«, Theodor W. Adorno, aber natürlich auch Arnold Schönberg am Zustandekommen des Werks und somit am Ruhm zuzubilligen war. »Mit Adorno über die Frage Schönberg zu reden . . .«: das war noch möglich. Aber wer half, als Erika Mann ihrer »Animosität gegen Adorno« freien Lauf ließ, den sie – in dem Rechenschaftsbericht – »nicht so gefeiert sehen« mochte? »Das Problem Adorno«, notiert das Journal mehr als einmal, »Das Problem der den Frauen unerträglichen Adorno-Bekenntnisse hält meine Arbeitsstimmung nieder und stellt sich dem Fortwirken an der Legende« – gemeint ist der zugunsten der *Entstehung* unterbrochene *Erwählte* – »in den Weg«. Trotz der Versicherung »Es ist ihm aber notwendig Credit zu geben« wurden – dem Familienfrieden zuliebe? – vor der Veröffentlichung mehrere Seiten aus dem Typoskript ausgeschieden. Sie sind im Anhang wiedergegeben und zeigen, daß Adornos Anteil an der »Komposition« beider Oratorien sowie der Kammermusik noch wesentlich größer war, als bisher angenommen wurde. Das Tagebuch bewahrt die Skrupel, die in der *Entstehung* elegant getilgt wurden.

Nein, von Hochgefühl ist keine Rede in diesen Journalen der Jahre 1946–1948. Kurze Stunden des Glücks: in Zürich vor allem, als ein begeistertes Publikum die *Faustus*-Vorlesung im Schauspielhaus bejubelt: Auf dem gleichen Stuhl, am selben Tisch sitzend wie vor acht Jahren, wird sich der Heimgekehrte dankbar der »biographischen Rundung« seines Lebens – wie er es später einmal nennen wird – bewußt. Aber das sind kurze Augenblicke, die nicht vergessen lassen, daß sich auch im Negativen der Kreis zu runden beginnt. Die politische Entwicklung im nach-Rooseveltschen Amerika läßt an das Klima in Deutschland unmittelbar vor der Emigration von 1933 denken: Das Verebben der ›One-World‹-Bewegung, ein sich im Schutz von hybridem Nationalismus ausbreitender Fremdenhaß, die Hetzjagd des ›Committee on Unamerican Activities‹ auf alle ›Liberals‹, das Außerkraftsetzen der Civil Rights, aber auch die antijüdische Position in der Auseinandersetzung um Palästina und schließlich die Amoralität der Truman-Doktrin, die der Reaktion in Europa Tür und Tor öffne: »Warum sind wir verdammt, überall die schlechte und schmutzige Reaktion zu unterstützen?«

Doch noch überwiegt der Glaube an die »gutwilligen« Kräfte im neuen Vaterland, die ›Progressive Citizens‹, denen Thomas Mann sich zugehörig fühlt und mit denen er nach kurzem Zögern (»Eislers Deportation beantragt. – Lehne aber wiederkehrende Aufforderung zum Kampf ab [. . .] Will man sich seiner fünften Kolonne entledigen, so muß ich nicht zu ihr gehören«, TB 27. 9. 47) dann doch den Kampf gegen das Committee der Rankin und Thomas aufnimmt. »Hollywood fights back« – Thomas Mann beteiligt sich an dem Coast to Coast Broadcast zur Verteidigung der ›Hollywood Ten‹ und entwirft – allen im Tagebuch wieder und wieder resümierten Bedenken zum Trotz – unter dem Eindruck des persönlichen Schicksals eine Petition für Hanns Eisler, den die Kommunistenjäger in Washington und Hollywood des Landes verwiesen haben. *In politicis* ruht seine Hoffnung auf Beendigung des präfaschistischen Klimas auf dem »letzten Roosevelt-Mann« im Truman-Kabinett: auf Henry Agard Wallace: »the most faithful son of America«. Er allein unter allen amerikanischen Politikern sei, so glaubte Thomas Mann, fähig, der Aushöhlung der Bürgerrechte in den USA zu begegnen und die lebensbedrohende Zerteilung der Welt in zwei mit Atombomben bestückte Hälften aufzuheben.

Als Wallace eine eigene Partei, »The Third Party«, gründet und mit ihr um die Präsidentschaft kämpft, stellt sich Thomas Mann mit großer emotionaler Entschiedenheit auf seine Seite – auf die Seite von Frieden, Verständigung und Civil Rights, so wie sie der erste »Vater« in der neuen Heimat, Franklin D. Roosevelt, dem Flüchtigen garantiert hatte. In seinem Namen ergreift er, der sonst so Zögerliche, noch einmal öffentlich Partei. Die Texte am Schluß dieses Bandes, deren Entstehung das Tagebuch kommentiert, geben Rechenschaft von diesem

Engagement. Sie sind – jedenfalls zum Teil – von einer Entschiedenheit, die an den Ton des Bonner Briefs erinnert: »Der Krieg ist längst nichts anderes mehr als ein widerliches Hinter die Schule laufen vor den wirklichen und ernsten Aufgaben, und nichts anderes ist auch der kalte Krieg mitsamt dem Marshall-Plan, der nur sein Mittel ist, – ein Mittel, Europa dem Sozialismus abzukaufen und es gegen Rußland zu bewaffnen. Die Milliarden und Abermilliarden, die wir dafür opfern, indem wir so die amerikanische Wirtschaft selbst gefährden und unseren Lebensstandard verkümmern, sind verschwendet. Nicht so stellt man die Weltwirtschaft wieder her und befriedigt die Sehnsucht der Massen nach Sicherheit, Arbeit und Brot. Man tut es durch die Zusammenarbeit von Ost und West, durch full scale trade with Russia, by the establishment of Peace.// Mein ›Friede‹ ist keine kommunistische Parole. Es ist der sittliche Befehl, der kategorische Imperativ, der heute an die Menschheit ergeht, und den sie nur um den Preis ihrer Selbstzerstörung mißachten würde. Und eine Peace-Conference wie die unsrige is no unamerican activity, im Gegenteil dient sie dazu, to restore the honor of America as a nation of wellmeaning intelligence and as a champion of progressive democracy.«

Spätestens nach der Rückkehr aus Europa im Herbst 1947 wird die hellsichtig-besorgte Analyse der amerikanischen Situation durch entschiedenes öffentliches Sich-Einmischen ergänzt. Die Lektüre der Tagebücher verstärkt den Eindruck, daß der Kampf gegen die Hexenverfolgung des ›Committee‹ – auf dessen Schwarzen Listen, wie wir heute wissen, auch sein Name stand – für Thomas Mann mehr und mehr zu einer Auseinandersetzung wurde, bei der die Glaubwürdigkeit von Leben und Werk auf dem Spiel stand.

Dieses politische Engagement – das dritte nach den *Betrachtungen* und der Auseinandersetzung mit dem Nationalsozialismus – mußte ausführlich belegt, der historische Kontext um der Verdeutlichung der Tagebuch-Notate willen Punkt um

Punkt dargestellt werden. Dazu war ein »Mitlesen« der Thomas Mann'schen Lektüre – besonders der in der Bundesrepublik nur schwer erreichbaren amerikanischen Zeitungen und Zeitschriften – unabdingbar: Ohne Kenntnis der beschriebenen Vorgänge bleiben die anspielungsreichen Kommentare des Journals häufig apokryph. Allusionen und knappe, auf den ersten Blick dunkle Verweise waren durch genaue Nachweise des Gemeinten zu entschlüsseln. Das gilt für die politischen und erst recht für die poetologischen Stichworte der Tagebücher. Eine Eintragung wie die vom 18. 12. 1948, – die Arbeit am *Erwählten* stockt, und der Autor notiert: »Müde, wenig geschrieben. (Maillol ›Radfahrer‹)« – wird erst dann in ihrer Bedeutung erkennbar, wenn man die Beschreibung des Credemi-Grigorß, die Thomas Mann im XI., ›Der Trauerer‹ überschriebenen, Kapitel seines Romans gibt, mit der Vorlage vergleicht, die diese Beschreibung inspirierte: die 1907/1908 entstandene Bronzestatue ›Le cyclist‹ von Aristide Maillol. In der Plastik des nackten, sinnenden (trauernden?) sehr jungen Jünglings sah Thomas Mann – daran kann kein Zweifel bestehen – das Urbild des *Erwählten*.

Der ›cyclist‹: eins für viele Beispiele, die zu entschlüsseln notwendig ist, um das Selbst- und Weltverständnis Thomas Manns während der Jahre 1946–48 so umfassend, aspektreich und farbig wie möglich zu dokumentieren.

Das Tagebuch lesbar zu machen – dieses Ziel wäre auch diesmal nicht ohne die mühsame und entsagungsvolle Arbeit der vielen Helfer erreicht worden, die mir bei der Herstellung des Bandes zur Seite standen – eines Bandes, dessen Editionsprinzipien ich im Anhang zu den Tagebüchern 1944–1946 ausführlich dargestellt habe, und der gegenüber dem vorangehenden Journal nur um die Korrekturen von Fehlern im Kommentarteil erweitert wurde, auf die kompetente und kritische Leser mich in den letzten Jahren hinwiesen.

Für solche Richtigstellungen habe ich Walter Grossmann, Hanno Helbling, Fernand Hoffmann, Eberhard Jäckel, Hein-

rich Jaenecke, Walter M. Lehmann, Wolfgang Noa, Erwin Walter Palm †, Edgar R. Rosen, Walter L. Schomers, Heiner Stiebling, Ernst Unckenboldt und Jürgen Wippern zu danken.
Zuvörderst jedoch gilt es, Golo Mann sehr herzlich für viele aufschluß- und hilfreiche Antworten in Briefen und im persönlichen Gespräch, vor allem aber, wiederum, dafür Dank zu sagen, daß er den Abdruck des Tagebuchtextes ohne jede Kürzung gestattete und so die Herausgeberin vor fatalen Drei-Pünktchen-Kompromissen bewahrte.
Mein Dank gilt dem Thomas-Mann-Archiv in Zürich: Hans Wysling und seinen Mitarbeiterinnen, der Transkriptorin und besten Kennerin der Thomas Mannschen Handschrift, Yvonne Schmidlin, sowie den bereits bewährten Helferinnen Cornelia (nicht: Claudia!) Bernini und Rosemarie Hintermann. Ohne ihren nie an »Dienststunden« gebundenen Beistand wäre ich so wenig ans Ziel gekommen wie ohne jene Kenner der Helvetica, Hanno Helbling und Clara Studthalter-Obermüller an der Spitze, auf die, Lokalitäten und Personalia der Eidgenossenschaft betreffend, in den nächsten Jahren – je mehr Thomas Mann sich dem Schweizer Refugium zum zweiten Mal nähert – viel Arbeit zukommen wird.
Schwieriger noch als die Helvetica waren die vielen Details amerikanischer Interna angemessen zu kommentieren. Ich hatte das Glück, in Klaus Jonas und Hans-Rudolf Vaget, aber auch in meiner Kollegin Eva Schiffer Kronzeugen zu finden, die noch bei der sechsten Anfrage mit gleicher Geduld und Penibilität recherchierten wie bei der ersten. Darüber hinaus bin ich Klaus Hubert Pringsheim für hilfreiches Sich-Erinnern sowie Hinrich C. Seeba und Karen Carstens verpflichtet, die mir aus Los Angeles und Washington abgelegene Zeitungsartikel und lokale Dokumente schickten.
Im Bereich der DDR standen mir mit Kenntnis und philologischem Spürsinn Harry Matter, Gudrun Geißler und Wolfgang Harich, in der Bundesrepublik Georg Potempa, Marcel Reich-

Ranicki, Curt Vinz, Wolfgang Graf Vitzthum, Christian Beutler, Harald Dankert, Helmut Robert Eisenbach, Bernt Engelmann, Adolf Frisé, Walther Killy, Conrad Lester, Frido Mann, Barbara Neinass, Christoph Perels, Wolfgang Rieke, Heinz Saueressig und Friedrich Schmöe zur Seite; im schwierigen Fall ›Bruno Götz-Winifred Wagner‹ halfen Friedelind und Gertrud Wagner sowie Verena Lafferenz, Helmut Trommer und Manfred Eger vom Bayreuther Archiv. Ihnen allen bin ich in gleicher Weise dankbar wie den Bibliotheken und Archiven von Tübingen, Zürich, Lübeck und Mannheim, dem ›Welt‹-Archiv in Hamburg, der von Frauke Bartelt betreuten ›Sammlung Dr. Hans Otto Mayer‹ in Düsseldorf, dem Deutschen Literaturarchiv Marbach, der Exilabteilung an der Deutschen Bibliothek in Frankfurt (hier vor allem Frau Mechthild Hahner), der Public Library an der Fifth Avenue in New York und der Interloan Library in Amherst, Massachusetts.
Mein besonderer Dank gilt Eberhard Jäckel für die Beratung auf historischem Feld, Gisela Krause für den Nachweis entlegener Citanda, Peter W. Jansen für nimmermüde Auskunft in Film-Fragen sowie Peter Weit für seine Unterstützung bei den Recherchen in Mannheim und Marbach. Und schließlich seien Gerhard Albersheim, Harold von Hofe und Hans Mayer nicht vergessen, die ihre Auskünfte mit der Passion der beteiligten Zeitgenossen und Partner Thomas Manns verbanden.
Last doch keineswegs least gilt es, der »Geheimen Räte«, der unermüdlichen Helfer in Skandinavien und den Niederlanden zu gedenken: Herman Meyer, dem das Kunststück gelang, Thomas Manns Hollandbesuch im August 1947 auf Grund von Zeugenaussagen und Zeitungsberichten fast lückenlos zu rekonstruieren und die vielen Personen zu identifizieren, die das Journal jener Wochen erwähnt; Léon Hanssen, dessen stupender Thomas-Mann-Kenntnis neben vielen anderen Erschließungen auch die Aufhellung der Anspielung vom »Misplaatste tact« (TB 23. 8. 1947) zu danken ist, und, sozusagen als Retter in letzter Stunde, Anders Marell von der Universität in Lindkö-

ping, der mich mit Materialien über alle ›Thomas Mann und Schweden‹ betreffenden Probleme – von den Dokumenten zur Diskussion über eine zweite Nobel-Preis-Verleihung bis zur Identifizierung Edgar von Uexkülls – versorgte, vor dessen Verwechslung mit anderen Verwandten der weitläufigen Familie (wie das bisher gern und häufig geschieht) mich Gösta von Uexküll durch ein langes aufklärendes Schreiben dankenswerterweise bewahrte.

Mir bleibt, mit besonderer Herzlichkeit all jenen zu danken, die mir ungedruckte Materialien, einzelne Briefe und Korrespondenzen zur Verfügung stellten, allen voran Annemarie Süskind, deren Großherzigkeit ich verpflichtet bleibe; ferner Christine Wakker-Bohnenblust, Dolf Sternberger (†), Heinz Friedrich als Präsidenten der Bayerischen Akademie der Schönen Künste, Siegfried Unseld als Nachlaßverwalter Peter Suhrkamps, Georg Siebeck, Sibylle May-Werner und Urs Widmer ... William A. Koshland nicht zu vergessen, der mir mit großer Noblesse viele ungehobene Schätze aus dem Archiv des Verlags Alfred A. Knopf in New York zukommen ließ. Ohne ihrer aller Hilfe hätte der nun vorliegende Band niemals beendet werden können.

Am Schluß sei ein Dank an die Mitarbeiter des S. Fischer Verlags formuliert – an Wolfgang Kloft vor allem, und, natürlich, meinen Lektor J. Hellmut Freund, der mich nicht nur in Fragen von Musicalia, Berolinensien und Emigrations-Interna beriet, sondern, dank der Devise: *festina lente*, eile, aber überstürze nichts, dazu beitrug, daß die schwierige Kommentierung nicht gerade im *Zauberberg*-, wohl aber im *Betrachtungen*-Zeitmaß zu Ende geführt werden konnte: Thomas Mann zu Ehren, der Pedanterie *in philologicis* mehr schätzte als flüchtige Essayistik.

Tübingen, 1. Juli 1989 Inge Jens

Mai 1946

Dienstag den 28. V. 1946, Pacif. Palisades

Gestern vormittag hier mit Erika wieder eingetroffen, am Bahnhof Los Angeles empfangen von Peter Pr., seiner Frau und Vattarŭ. Als ich nachmittags um ½6 in meinem Bett aus dem Schlaf erwachte, erschien mir das Ganze, das Geschehen dieser letzten 6 Wochen wie ein Traum.

/Das andauernde Fieber Anfang April, die Ratlosigkeit, die sich befestigende Diagnose eines infektiösen Abszesses in der Lunge, Beschluss, zur Bronchoskopie und wahrscheinlichen Operation nach Chicago (Universitätsklinik, Medi)/ zu fahren. /Schnelle Vorbereitung der Reise, die (mit Ambulanztransport)/ in recht unbequemem Bed-room fieberfrei, infolge /vorangegangener Penecillin-Kur mit nurse,/ vonstattenging. /Billings Hospital. Doctores Adams und Bloch. Blumen, Aufmerksamkeiten, Pressemeldungen. Bronchoskopie mit magischer Arm-Spritze, bewunderns- und dankenswert. 8 tägige Vorbereitungen auf die Operation, Pneumothorax, Blut-Transfusion etc. Glänzender, völlig störungsfreier Verlauf des chirurgischen Aktes und uneventful recovery. Die Gutwilligkeit und Geduldigkeit meiner Natur, ihr guter Hintergrund, ein vorzügliches Herz, Wohlkonserviertheit trotz allem, vereinigten sich mit fortgeschrittenstem ärztlichem Können zu einem fast sensationellen klinischen Erfolg./ Eine späte Prüfung, cum laude bestanden.

/Dr. Adams, Dr. Phillips, Dr. Livingstone (Narkose). Der 24 jährige Dr. Carlson (Ralph). Die Nachtpflegerin June Coleman./

Medi's Fürsorge. Besuche von Bermann, Mai-Gumpert, Caroline Newton. Geschenke von dieser, Porzellan, Decke.

/Erika von Anfang an zur Stelle, liebreich./ Zum Schluß /Presse-Konferenz/ unter ihrer Assistenz. Übersiedlung ins /Windermere./ Schönste Wohnung. Bessere Kost.

Gelesen den /»Grünen Heinrich«/ von Keller. Vorher /Golos anziehenden »Gentz«,/ höchlich gelobt in den N.Y. Times.

Eisenbahner-Strike, der unsere Abreise um 24 Stunden verzögerte. Reise mit vollstem Comfort (Drawing Room, Mahlzeiten privat).

Heute zum Frühstück auf. Vormittags Besuch von Dr. Rosenthal, der begeistert von der Verheilung. Nachmittags im Bett. Zum Thee Neumanns. Bücher-Geschenk von Feuchtwanger: Agrippa von Nettesheim.

/Entzückt vom Licht, von den Farben./ Garten und Ausblick paradiesisch.

/Glück und Zufriedenheit des Pudels.

Zurückstellung der Nietzsche-Arbeit, mit der mich in der Klinik noch viel beschäftigte,/ seit längerem beschlossen. /Vollendung des Romans Hauptziel. Unendliche Tröstung über das Werk durch den Eindruck, den die mitgenommenen Kapitel (einschließlich der Apokalypse) auf Erika und K. machten. In Tränen einmal, als Erika davon sprach./

Abwendung von der Post, die in Mengen hier lagerte. Hier namentlich neue Gewohnheiten anzunehmen. K. und der Sekretärin zu überlassen.

Einige Cigaretten am Tag.

/Mit den Roman-Überarbeitungen bald zu beginnen und zwar auf dem Sofa./

Nach dem Abendessen Besuch von der Gemme. Bonbonière.

Sehr müde.

Mittwoch den 29. V. 46. Pacif. Palis.

Nahm gestern Abend 10 Uhr die gewohnten Mittel, /Aspirin, Kodein u. rote Schlafkapsel/ u. las im Bett etwas im »Gr. Heinrich« IV. Band. Schlief bald ein. Erwachte ½2 u. nahm /Thee und Ypral Calcium./ Träumte schwer und litt unter wehem Finger. Erwachte in ängstlichem Nerven-Zustand. Nahm wieder Kodein mit dem Früh-Kaffee 8 Uhr, den ich sehr genieße. Wohltuendes Bad mit Fichten-Essenz. Heiteres, glänzendes Wetter. Gang im /Garten, entzückend./ Frühstück, reichlich, im Schlafrock. Erika dazu. Seifenbad des Fingers. ½11 angekleidet u. mit K. nach S. Monica gefahren zur längst fälligen Fußpflege bei dem zurückgekehrten Chiropodisten. Fahrt am Ozean. Nach der Rückkehr Besuch von Alma Mahler mit Champagner. Glauber-Salzwasser Anwendung für den Finger. Geschenk-Korb der Frau Thimig-Reinhardt mit Gottesgaben, poesievoll. Den Abend ruhig verbracht. Mineral oil mit Orangensaft, wohltuende Errungenschaft.

Donnerstag den 30. V. Pacif. Palis.
8 Uhr Kaffee nach guter Nacht. Frühstück 9 Uhr. Danach /Beschäftigung mit den letzten Teilen des Roman-Manuskripts./ Wiederholt im /Garten,/ der einen unwahrscheinlich prächtigen u. leuchtenden Anblick bietet. Gladiolen und Butter von Dieterles. Nachmittags geschlafen. Gottlieb mit Exemplaren des »Tagebuchs«. Das Panarizium des Fingers scheint vermieden. Erneute Pflege. Blick in lagernde Zeitschriften. Heiteres Wetter. – Schreibe mit dem Füllfederhalter Eversharp, Trockentinte, 4 jährige Füllung, Geschenk Bermanns. Dies Ringbuch Geschenk Medi's.

P. P. Freitag den 31. V. 46
/½3 Uhr nachts nach alter Gewohnheit, oder neuer: Thee und Schlafstützendes, 8 Uhr Kaffee./ 9 Uhr Frühstück mit Appetit. /Vitamin und Phosphor./ Bis 12 Uhr recht anstrengende /Beschäftigung mit dem Manuskript./ Danach im Schlafzimmer. /Kellers Roman,/ mir neu, beeindruckt mich tief und ist höchlich zu bewundern, obgleich dies auf den Helden noch weniger zutrifft, wie auf W. Meister oder Hans C.. Man sollte denken, daß das Meine unter dem Einfluß dieses Werkes entstanden wäre. Es war mir aber unbekannt, und bloße /Verwandt- und Gemeinschaft der Kultur ist im Spiel./ – Rauchte nach Tische eine halbe Cigarre, was mich noch zu sehr angriff u. den Nachmittag schädigte. Zum Thee Mrs. Kahn mit schönen Blumen. Sie arbeitet mit K. an meiner Korrespondenz. Briefe aus

Deutschland kommen. Schilderungen, bis zur Komik katastrophal und desperat. – Blumen auch von Eisner.

P. P. Sonnabend den 1. VI. 46

Die Nacht ohne Medikamente. 8 Uhr Kaffee und Rasur. Nach dem Frühstück /Arbeit am Manuskript (Vortrags-Kapitel)./ 12 Uhr mit Erika ausgefahren; Bank auf der Promenade. Zum Lunch Heinrich. Zum Kaffee eine halbe Cigarre. Im Bette /mit andauernder Bewunderung im »Grünen Heinrich«. Verwandtschaft auch mit dem »Nachsommer« (durch Goethe)/ deutlich. – Zum Thee Fritzi Massary, die Torte, Schlagrahm, Butter brachte. Erika bringt schöne Kissen-Überzüge. – Aus Luzern Dissertation von H. A. Maier »St. George u. Th. M.« – Freude an der Schönheit des Gartens aufs neue.

P. P. Sonntag den 2. VI. 46

/Tätigkeit am Manuskript in der Sofaecke./ Danach leichter Schlummer im Stuhl oben. Peter Pr. und Frau für den Tag. Ein Stückchen Cigarre nach Tisch. Bettruhe mit Lektüre im »Gr. Heinrich«. Besuch von Eva Hermann. Kurzer Brief an die Meyer am Schreibtisch, was Schulter-Schmerzen machte. Empirin-Kodein, wiederholt. Erika teilte ihren Brief an A. Neumann über den unmöglichen Süskind mit. Las in der Dissertation über George und mich. Maximin und Joseph. – Spontanes movement. Kein Oel.

P. P. Montag den 3. VI. 46

/Vormittags Arbeit am Mt../ Mittags mit K. ausgefahren. Einige Züge Cigarre nach Tisch griffen mich wieder so an, daß beschloß, vorläufig zu verzichten. Zum Thee L. Feuchtwanger, freundschaftlich. Abends im Wohnzimmer, müde und eher kränklich. Empirin-Kodein. Oel.

P. P. Dienstag den 4. VI. 46

Feuchtwanger bestätigte gestern, welchen Choc für die Nerven jede Operation bedeutet. Der günstige Verlauf der meinen verführt zu unbescheidenen Ansprüchen und Versuchen. – Paradiesischer Morgen. Frühstück auf der Terrasse. – /Die Wage zeigte 1 Pfund Zunahme seit einer Woche./ – Wohler als gestern. Nach der Arbeit mit Erika nach dem Hotel Bel Air gefahren und dort am Swimming Pool gesessen. Nachmittags im Stuhl geschlafen. /Zum Thee Adorno's. Musikalisches mit ihm./ Buchgeschenk: /Deutsches Trauerspiel von Benjamin./ – Ausfertigung von Briefen. An Neider wegen seiner Essay-Anthologie. – Abends müde und schmerzhaft. In »L'Arche« über Webern. /Über Nietzsches Atheismus, der eine religiöse Sonderform./

P. P. Mittwoch den 5. VI. 46

/Bessernde Arbeit am Mt../ Mit Erika auf der Ozean-Promenade. Warmes, sommerliches Wetter. Nachmittags Ruhe im Stuhl. Nach dem Thee Briefe an Dr. Hamburger und J. Bab. Abends die Pons singen hören. Komik der Koloratur.

P. P. Donnerstag den 6. VI. 46

/Mein 71. Geburtstag./ Kurios. Heiteres, warmes Wetter. Nachts Thee und Calcium. Morgens Kaffee mit K., die herzlich gratulierte, u. der ich dankte. Bescherung im Wohnzimmer, schöne und nützliche Dinge, in Gegenwart Erika's, die nachts Walters vom Flugplatz abgeholt hatte. /Klappsessel für Ausfahrten und -Gänge./ – Frühstück mit K. u. Erika auf der Terrasse. Glückwunsch-Telegramme, telephonisch. / Arbeit am Manuskript./ Ausfahrt mit Erika, Corona del Mare /mit dem neuen Klappsessel./ Reiche Blumen. Zum Thee, nachdem ich geschlafen, Gratulationsbesuche: Neumanns, Heinrich, Dr. Rosenthal und Frau, Feuchtwanger, Huldschinsky. Platten u. andere Gaben. Danach allein in meinem Zimmer. /Beendete die Lektüre des »Grünen Heinrich«,/ intriguiert von der doppelten Fassung des 4. Bandes. – Neigung zu Schweiß und Atemlosigkeit unter Menschen. – Briefe von der Meyer (töricht) und von Meta Nackedey, im Grunde sympathischer und wärmer. Eugene Präsident der Internationalen Bank. Er wird das Äußere in Ordnung bringen, sie das Innere. – Warmer Brief von dem Komponisten Toch. Ein ebensolcher von dem Regisseur Lindtberg. – Zum Dinner Walters. Champagner. Im Lauf des Abends bot ich ihm das Du an. Wohltuend war nach dem Weggang der Gäste, dem Abklingen des Tages, die Zubereitung zur Nacht und zur Ruhe, das Einnehmen von Oel, Empirin-Kodein, Bellergal. – /Vergleich der beiden Fassungen des Schlußbandes des Gr. Heinrich. Aber auch das »Narrengefecht« in III hat doppelten Ausgang, da in einer Fassung Lys nachträglich an seiner Wunde stirbt./

P. P. Freitag den 7. VI. 46

/Am Manuskript./ Mittags Ausfahrt mit K.. Klappsessel. Thee bei K.. Schrieb danach bis zum Abendessen mehrere kurze Briefe. Hörte abends mit Freude das Mendelssohn-Konzert von Millstein und andere Geschenk-Platten.

Sonnabend den 8. VI. 46

Morgens Kaffee mit K.. Nach dem Frühstück /Arbeit am Manuskript. Böse Längen und Lizenzen, die andere tilgen mögen./ – Neblig. – Las gestern Abend /Komisches über die Verächtlichkeit der Musik von Agrippa von Nettesheim. Sie ist immer verdächtig gewesen./ »Die Pfeifer« (Rudi). 2 Stunden im Bette. Zum Thee Markuse und Frau. Über deutsche Dinge. Erika verlas den unverschämten, durch die ganze deutschsprachige Presse gegangenen Artikel von Kästner über meine dekadente Größe oder »Nicht«-Größe, dessen tückische Zugeständnisse die arme Jacobson in ihrem Geburtstagsbrief als redliche Verteidigung nimmt! – Hörte abends Teile des »Mefistofile« von Boitu. K. bemerkte gut: deutsch: »Faust«, französisch »Margarethe«, italienisch: »Mefistofile«. – Manuskript The Superman von Hallgarten[.]

P. P. Sonntag den 9. VI. 46

/Arbeit am Manuskript. Die Verbesserungsnotizen werden bald erschöpft sein./ – Auf der Terrasse gelesen: Heinrichs Memoiren. Eine halbe Cigarre nach Tisch mit Genuß und ohne Schaden. – In /Duff Coopers »David«./ Thee bei K.. Ein paar Briefe geschrieben.

Montag den 10. VI. 46

/Arbeit am Manuskript./ Mit K. Corona del Mare, Sessel. Nachmittags mit Vergnügen in Duff Coopers David. Erika gegen Carl Burckardt in der Schweizer Nation. Zum Thee /Herr Schweizer von Zürich,/ herzlich aufgeregt durch die Entrevue. Abends noch in Heinrichs Buch. ½ 11 zur Ruhe.

Dienstag den 11. VI. 46

Neuer seidener Schlafrock beim Kaffee in der Frühe. – /2 Pfund zugenommen diese Woche./ – Der König von Italien weigert sich abzutreten, gestärkt durch gewaltige monarchistische Kundgebungen. Abtrennung des Südens propagiert. – Wissenschaftler prophezeien eine Katastrophe bei den Marine-Experimenten mit der Atomic bomb. Sie wäre verdient. – /Vormittags wurden die notierten Verbesserungen zu Ende geführt, sodaß der Augenblick des Weiterschreibens gekommen ist./ – Zum Haarschneiden nach Westwood, von den Angestellten freundlich begrüßt. Sehr schönes, sommerliches Wetter. Zum Lunch Fritzi Massary. Im Bette gelesen und geschlafen. Zum Thee Herr Joseph mit dem Plan der Verfilmung von »Kgl. Hoheit«. Während seiner Anwesenheit kam die /Nachricht vom Tode Gerhart Hauptmanns/ durch. Es ist gemein, was lebt, muß sterben. – In Churchills »Thoughts and Adventures«.

Mittwoch den 12. VI. 46
Sommerliches Wetter. In Italien bürgerkriegartige riots. Der König beharrt. /Begann das XXXV. Kapitel auf dem Sofa zu schreiben./ Nachmittags einige Brief-Diktate an Mrs. Kahn.

Donnerstag den 13. VI. 46
/Am neuen Kapitel weiter./ Zog mir nach Tische durch eine halbe Cigarre schlechtes Befinden zu. Zum Thee Bruno Walter und Tochter; dazu der junge [Salm], Viccos amerikanischer Gönner und Mittler, der eine Kachel mit Ansicht von Lübeck überbrachte. – Der König von Italien in Spanien. – Nachricht vom Tode Hauptmanns scheint sich nicht zu bestätigen. –

Freitag den 14. VI. 46
Im Lauf des Tages eine Reihe überfälliger Briefe geschrieben u. diktiert. – Die italienische königliche Familie im Exil in Lissabon. – /Baruch/ bringt seinen Plan einer /internationalen Atomkontrolle/ an den Tag, der letzten Endes auf die weltgesetzmäßige Verpönung des Krieges überhaupt hinausläuft. Diese Initiative könnte Amerika, nach vielen Verlusten an moralischem Prestige, zu großer historischer Ehre gereichen. – Keine Cigarre.

Sonnabend den 15. VI. 46
/Arbeit am Manuskript./ Ausfahrt mit K. in die Hardt-Gegend /mit Sessel./ Zum Lunch Alma Werfel. – Problem der Ehren-Präsidentschaft einer deutschen Friedensliga; durch den verdächtigen Lochner vermittelt. Fragwürdiger, als meine Nerven vertragen.

P. P. Sonntag den 16. VI. 46
Hübscher Lighter von Dunhill, Geschenk Erikas zum Fathers Day. – Meldung des Committees for Europ. Questions über das Kriegspotential Deutschlands. (Friedensliga?) – /Arbeit am Manuskript, XXXV./ Mittags im Garten. Zum Lunch Eva

Hermann, die Veilchenparfüm brachte. 2 stündige Bettruhe. Erika zur Cocktail-Party bei Karlweis. Längerer Brief, handschriftlich, an Golo in Sachen jener Präsidentschaft. Sehr ruhiger Abend, an dessen Ende Erika sich noch zum Berichte einfand.

Montag den 17. VI. 46, P. P.
/Arbeit am Kapitel./ Mit K. gegangen Capri- und Amalfi Drive und von Erika mit dem Wagen geholt. Etwas Schmerzen. – Handschriftliche Briefe und Ausfertigungen. Abends Liederplatten. Die Kombination Schumann-Eichendorf unvergleichlich. Wolf ein Abstieg, Strauss sehr schlecht.

Dienstag den 18. VI. 46, P. P.
Unruhig geschlafen trotz Phanodorm. /Wiege-Tag: Zunahme von 2 Pfund diese Woche./ Sehr warme Sonne. Fritz Kreisler, 71, am Blinddarm operiert, lokale Bauchfellentzündung, wohl schlechter daran, als ich. – /Arbeit am Kapitel./ Luftröhrenreizung, Husten. Mit K. auf der Promenade. Nachmittags die Kahn mit K.. Auch ich etwas diktiert (widerstrebend). Erfuhr durch Erikas Freundin in Europa, daß im /Weimarer Goethehaus/ unter russischem Protektorat und unter lebhafter deutscher Teilnahme Vorlesungen über /»Lotte in Weimar«/ gehalten werden. Der Schauplatz ist einer der Gesellschaftsräume, vermutlich das Juno-Zimmer. Sehr beeindruckt.

Mittwoch den 19. VI. 46
/Arbeit am Kapitel./ Mit K. Corona del Mare, windig, neblig; im Wagen Briefe gelesen. Zum Lunch Walters. Bewunderung seiner Musikalität. 2 Stunden zu Bette. Zum Thee Mr. Marton. Verhandlung mit ihm über den Korda-Vertrag. Tagüber zuviel gesprochen. Innere Schmerzen. Abends leidend. Erika las einige Seiten aus dem Europa-Buch, an dem sie arbeitet.

P. P. Donnerstag den 20. VI. 46
Neblig und kühl. Etwas unruhige Nacht. K. stopfte das Kissen in den Rücken. Zum Früh-Kaffee (½9 Uhr) Kodein. Arbeitete etwas am Kapitel. Schrieb 3 kurze Briefe. Der Tag verging ruhig.

Freitag den 21. VI. 46
Der längste Tag. Neblig. /Am Kapitel geschrieben./ Ausfahrt mit K. in die nähere Umgebung. Ging ein ansehnliches Stück. Schlief nachmittags. Das Aussuchen verlangter Photographieen machte mir Rückenschmerzen. Zum Abendessen Neumanns. Amüsiert über Münchener Geschichten Erikas.

Sonnabend den 22. VI. 46
Schwer eingeschlafen. ½3 eine zweite rote Kapsel. Morgens müde. Die Zeitung voll von Dummheiten. Eine Rede des Attorney General Clarc – haarsträubend. Gehäufte Hotel-Brände als Symptom der Demoralisation. – Las gestern die /»Neue Schweizer Rundschau« mit einem lebendigen Artikel des engl. Dichters Spender über das zerstörte Deutschland (E. R. Curtius) und Glossen zu den tragischen Ergüssen deutscher Dichter, verwaschen, nichtsnutzig gemüthaft, dünkelhaft und sentimental. Die »Innere Emigration«/ mit Wiechert an der Spitze – /unerträglich! – Etwas am Kapitel./ Vor 12 zu Dr. Rosenthal zur ersten Injektion des /russischen Anregungsmittels./ Offener Wagen. Nachmittags nicht recht wohl, ruhelos. Zum Thee W. Herzog. Kurzer Brief an Frey, Basel.

Sonntag den 23. VI. 46. P. P.
/An XXXV gegen das Ende./ Die Verwandten aus Pasadena für den Tag. Eva H. zum Lunch. Hellstes Wetter, strahlende Blumenpracht. Erika unterhaltend. Ermutigte sie zu ihrem Buch. Etwas geschlafen nachmittags, nachdem ich Duff Coopers »David« beendet. Lese nun vor Einschlafen /»Lord Jim« von Conrad./ – Brief an Basler handschriftlich. Abends

Familienkreis. Abends extrem müde. Die Anwesenheit mehrerer Personen im Hause sehr affizierend. Gespräch über europ.-amerikanische Bildung und Unbildung. Die Harmlosigkeit des Lernens und Graduierens auch was wert.

P. P. Montag den 24. VI. 46

Unruhig geschlafen. Beklemmung einige Zeit um 3 Uhr. /Die Nerven erholen sich nur langsam./ Bad nach dem Kaffee. Frühstück auf der Terrasse. Reibereien und Schießereien zwischen Franzosen, Engländern, Amerikanern und Russen. Amerikanische Experimente mit Abwehr-Waffen (Missiles) gegen A-Bomben. /Die Vorbereitungen zum nächsten Krieg in vollem Gange./ Nicht mehr meine Sache – und sollte niemandes Sache sein. – /XXXV, gegen das Ende./ Mit K. in der Hardt-Gegend. Eindrucksvolle Briefe von Wolfskehl und Leonh. Frank. Erneuerung und Rektifizierung des Grammophons. Serienspiel. Hörten im Radio wieder »Verklärte Nacht«; populär durch seinen Klang. Zu substanzlos: Streichermischungen und Arabesken mit einem Thema, wie ich es am Klavier erfinden könnte. Danach Parsifal, plastisch, viel besagend.

P. P. Dienstag den 25. VI. 46

Diesmal nur etwa ¾ Pfund zugenommen, aber zugenommen immerhin. – »Pravda« gegen Baruch. /Entschiedenste psychologische und technische Kriegsvorbereitung hierzulande./ Es bliebe nichts übrig, als sich in tiefstes Schweigen zu hüllen. Dabei ist es Wahnsinn und zwar mehrfach eingestandener. – /Kap. XXXV abgeschlossen./ Empfing mittags von Rosenthals Nurse die zweite Ladung des /russischen Mittels./ Nach Tische etwas Cigarre. Geschlafen; dann im Garten. Zum Thee Lindtberg von Zürich. Später Huldschinsky, Marton. Abends extrem müde. Hörten Tristan-Platten, III. Akt. Nicht mehr recht zu ertragen. Wann wird die noch immer dafür begeisterte Welt es satt haben? Wahrscheinlich doch wird es zusammen mit der bürgerlich-kapitalistischen Welt untergehen.

Mittwoch den 26. VI. 46. P. P.
Tägliches Vergnügen an dem Kaffee mit Cigarette morgens um 8, unter Teilnahme K.'s. /Verbesserungen an XXXV und Nachtrag zu XXXIV./ Bei Marx zur Behandlung des Ohren-Ekzems. Offener Wagen. Zum Lunch Frau Thimig-Reinhardt, dramatisch. Geruht, gelesen bei Licht. Diktat-Arbeit K.'s mit Mrs. Kahn statt meiner. Rohrbruch im Garten, mit Verzögerung repariert. Artikel von Riess in »Er und sie« über deutsche Künstler, mit mir als »schweres Nazi-Opfer«, unwahrscheinlich schlecht geschrieben. – Studien über Ungarn. – Abends las Erika neu Geschriebenes. – Szenen aus »Othello«. Der Stil erstaunlich verschieden von dem des früheren Verdi.

Donnerstag den 27. VI. 46
Keine Besserung des linken Ohrs. Nachts störend. Geschwollener Gehörgang. – Filibuster im Senat gegen O.P.A. Offen wird jetzt erklärt, es werde kein Fleisch geben, solange das Institut existiert. Es ist schon Rebellion. Historisch-stupider Kampf um the American form of Government. – Keine Einigung über Triest. Molotow lehnt ab, die Frage vor die 21 Staaten-Friedenskonferenz zu bringen, wie Byrnes aus guten Gründen will. – /Vorbereitungen zu XXXVI./ – Vom Haus des Juden hinabgegangen. Cigarre nach Tisch. In Baumgartens Geschichte der Philosophie über den Faschismus. Bettruhe. /Zum Thee Adornos. Lebhaft gesprochen. Gab ihm den Kapitel-Komplex vom Kriegsausbruch bis zur Apokalypse mit./ – Über Hauptmann, – den nach der Ausweisung durch die Polen der Herzschlag getroffen. Ich denke an 1933 und meinen Verlust von Haus und Herd. Er wollte »neutralere Zeiten« abwarten, bis wir uns wiedersähen (in Zürich, auf neutralem Boden.) Schämte er sich oder erachtete er es als Verrat am »neuen Deutschland«, mit einem Emigranten zu verkehren? –

Freitag den 28. 6. 46. P. P.
Keine Energie, das neue Kapitel zu beginnen. – Dritte Injektion des russ. Mittels, – das nichts leistet, mein krankes Ohr zu bessern. Thee oben, im Schlafrock. Marek, der uns gegen den närrischen Robinson behilflich, schickt die bei Mondadori erschienenen »Saggi«. Robert Neumann schickt aus Oxford sein neues Buch. – Kurzer Brief an J. Bab. – Abends extrem müde.

Sonnabend den 29. VI. 46
Grauen vor den Veranstaltungen zu den frevelhaften Bikini-Atom-Experimenten. Ein furchtbares Exempel sollte statuiert werden. Man wird die Explosion der Bombe broadcasten. Die Schweine und Ziegen auf den Schiffen. Die Einwohner der Insel, angehalten dem »Fortschritt der Menschheit« Opfer zu bringen. – Gleichzeitig der ungeheure Skandal mit der O.P.A.-Bill. Resignation des Direktors. Wird Truman Manns genug sein, die Verantwortung für wirtschaftliches Chaos auf den Kongress zurückfallen zu lassen, indem er sein Veto spricht? – Neue Dienstbotenkrise kündigt sich an. Koto melancholisch-hysterisch. Erika beschwichtigend. – /Begann das neue Kapitel, was mir wohltat./ Gegangen mit K. Amalfi Drive fast zu Ende. Von E. mit Portwein geholt. Nach dem Thee Brief-Besprechung mit K.. Veto Trumans. Radio-Ansprache. »O.P.A. Killed by Truman«. – Schrieb an Leonh. Frank. – Schlimmer Arm; Reaktion auf die letzte Einspritzung.

P. P. Sonntag den 30. VI. 46
Nachts sehr gestört durch quälendes Jucken des verbundenen Arms. K. beansprucht. – Die Morgen neblig und kühl. – Der Frevel von Bikini, der Stumpfsinn und die Verlogenheit mit O.P.A.. – Der Arm noch schlimm. Essigs.Tonerde Verband ohne Guttapercha. – Niko verursacht Kurzschluß, indem er zu seinem Entsetzen die Nachtlampe herunterreißt. – Sonstige Malheurs mit den Vorhängen im Schlafzimmer. – Etwas am

Kapitel. Gegangen hinab vom Haus des Juden. Frau Katzi und Schwiegertochter zum Lunch. /1 Uhr oder so fiel die A-Bombe. Nachrichten, daß, wie beabsichtigt, die Zerstörungen mäßig. – Tagüber müde, irritiert durch den /juckenden Arm mit Zinksalben-Verband,/ hinfällig. Hörten abends die Violinkonzerte von Mendelssohn und Berg. Die Mutation des Schönheitssinns zum Verwundern.

Montag den 1. VII. 46

Ruhigere Nacht. Der Arm, mit Salbe, noch unangenehm. Beschluß der Gelben, noch zu bleiben. Dicke Überschrift der Zeitung über den Bomben-Effekt, sehr günstig der Navy. – /Etwas weitergeschrieben an XXXVI./ Gegangen mit K. Amalfi Drive. Erika mit Portwein. Nach Tische Cigarre. Die Kahn bei K.[.] Auch ich diktierte zwei Dinge. Schrieb dann an Wolfskehl in Oackland. – Lokale Verordnungen zum Halten der Mietpreise. – Entfernung des Lautsprechers zur Korrektur. Verwendung meines kleinen Apparates. Tristan-»Synthesis« von Stokowsky schamlos.

P. P. Dienstag den 2. VII. 46

Keine Gewichtszunahme diese Woche, wie ich erwartete. Der Arm gebessert, die Salbe mit Oel entfernt. – In Sachen O.P.A. das Haus williger als der Senat. Verordnungen der Governors. – Sehr neblig und feucht. – Geschrieben am Kapitel. Gegangen vom Haus des Juden bis fast zum Sunset. Zum Thee Dr. Perl, der Erstausgabe des »Atta Troll« zum Geschenk machte. Brief an Kadidja Wedekind. Erheiterung über Einfälle des »New Yorker«.

Mittwoch den 3. VII. 46

Schlechte Nacht. Gequält von dem Ohr, dazu gereizte Reaktion des Arms auf neuen Salbenverband. Entfernt heute Morgen. Müde, mißmutig. Feuchter Nebel wiederum. Auch Erika leidend; Halsentzündung. – – Tagüber elend. Am Kapitel nur rückseitig gebessert. Beim Hautarzt in Beverly Hills wegen des kranken Ohrs. Bestrahlung. Nachmittags geschlafen. Viel Post aus der Schweiz. Schrieb an Slochower über seine Kafka Kritik. Zum Abendessen Walters. Sehr gelacht über seine Erzählung von einem dummen Juden. Er spielte Klavier, Chopin, Schubert, J. Strauß.

Donnerstag den 4. VII. 46, P. P.
National-Feiertag. Independence. Wärmlicher Nebel. Besser geschlafen. Gegen Morgen wunderlich eigensinnig und zornig geträumt. Am Kapitel weiter. /Zum Thee Adorno wegen des Manuskripts. Vorzüglich begeistert von Ines R. und den beiden Einfältigen./ Mit ihm im Arbeitszimmer. Seine Ausstellungen notiert. Abends las Erika vor (über Högner).

P. P. Freitag den 5. VII. 46
/Am Kapitel, unersprießlich./ Pacif. Palisades – Bellevue. Brief von Golo gegen jenen deutschen Pacifisten verlesen. Dito Brief des Redakteurs der »Wandlung«. Ergriffen von Conrads Erzählung. Handschr. Geschäfte. Erika den Nachmittag und Abend auswärts. – Wells dringt auf die Exilierung des »Hauses Hanover«. – Skandalöse Rede von Görings Verteidiger. Merkwürdige Duldung. – Canadische Äußerung, daß die U.S. einer Wirtschaftskatastrophe entgegengehen. Bei jenen sei manches von Übel, aber korrupte Zustände, wie hier, gäbe es doch nicht.

P. P. Sonnabend den 6. VII. 46
/Etwas am Kapitel./ Mittags zur Fußpflege. Viel Post, deutsche, Schweizer. Artikel von Fiedler gegen die Deutschen (O. R. Kauz). Nachmittags unwohl, Ohrenschmerzen, ruhelos. Dabei /ergriffen von Conrads »Jim«./ Deutschland hat nichts dergleichen: eine starke, abenteuerliche, sprachlich hochstehende, männliche und psychologisch-moralisch tiefe Erzählungskunst. – Erster Abend-Ausgang seit der Krankheit:

/Souper bei Alma Werfel mit Schönbergs, die wir abholten, und Karlweis. Mit Schönberg über die Möglichkeit untemperiert zu singender Chöre./

P. P. Sonntag den 7. VII. 46

Mit Beruhigungsmitteln befriedigend verbrachte Nacht. Das Ohr besser. Frühstück auf der Terrasse. Etwas am Kapitel. Gegangen vom Hügel abwärts zum Boulevard. Peter Pr. und Frau für den Tag. Zum Thee W. Hallgarten und Frau. Photogr. Aufnahmen auf der Terrasse u. meinem Balkon. Hörten abends Mahlers 5. Symphonie, Geschenk Walters.

P. P. Montag den 8. VII. 46

Gestern Abend von Erikas Schweizer Kodeïn. Bei Licht eingeschlafen. – Sommerlich. Kaffee auf dem Balkon. Frühstück auf der Terrasse. In Rom Heiligsprechung einer amerikanischen Nonne. Russische Confiskationen in Oesterreich. – /Etwas am Kapitel, zögernd./ Bei Dr. Marks zur Behandlung. Nach Tische Verlesung von Briefen, von der Meyer, aus Deutschland. Am späteren Nachmittag /Besuch von Dr. Bloch aus Chicago./ Merkwürdiges Wiedersehen. Untersuchung zur vollsten Zufriedenheit.

Dienstag den 9. VII. 46

/Zunahme von 1½ Pfund diese Woche./ – Mexikaner nehmen die Citronen ab. – /Am Kapitel. (Studium Apollon-Hymnus.)/ Nach Westwood zum Haarschneiden. Gelesen »Die Schattenlinie«. Geschrieben an Mrs. Meyer und Erika's Eule. Erika bei Walter, der erfreut über meine »Gelöstheit« nach der Krankheit.

Mittwoch den 10. VII. 46

/Am Kapitel (Mme de Tolna)./ Mittags auf dem Ozean-Steg. Die Mazzucchetti schickt »Auguri« aus dem Corriere. Nach dem Thee mit K. etwas gegangen, dann Briefe diktiert an die deutsche Friedensliga (schonende Absage) und an einen reuigen Nazi-Jugendführer, jetzt in Dänemark. – Hörten abends *Petruschka-Suite von Stravinsky,* höchst humoristische, pittoreske Musik, Duett von Trompete und Flöte sehr amüsant. Romantische Einschläge, fraglich ob ernst gemeint. Weltmännisch und weltgerecht im Vergleich mit den deutschen Neuerern.

P. P. Donnerstag den 11. VII. 46
/Am Kapitel (Ring)./ Lunch zu dritt in kleinem Fisch-Restaurant auf der Brücke. Beendete die Lektüre der »Schattenlinie« von J. Conrad mit Genuß. Zum Thee Prof. Horckheimer. Gespräch zur Kritik der Zeit, des amerikanischen Charakters. – Lächerliche Zudringlichkeit der »Schroeder Foundation«, zurückgewiesen.

P. P. Freitag den 12. VII. 46
/Am Kapitel (noch Frau von Tolna)./ Ausfahrt Corona del Mare. Im Wagen Briefe gelesen, besonders von Golo, der Sternbergers Panegyrikus und weiteres von Süskind schickt. Wie Blunk, wie Kirchner insistiert er und sucht »Mißverständnisse« aufzuklären. Sternberger feiert vorwiegend »Lotte«. – Lese Weiteres von Conrad, »Almayers Wahn«. – Mit der Kahn über Korrektur-Varianten im Manuskript. Briefdiktate, anstrengend. Zum Pensylvania Dutch Haus gegangen. Am Kapitel gebessert.

P. P. Sonntag den 14. VII. 46
/Gestern Kap. XXXVI gegen das Ende./ Mit K. und dem Sessel gegangen Amalfi Drive fast hinunter. Feierlicher Brief von Dr. Beutler, Frankfurter Goethehaus. Aufruf, zu kommen. Erinnerungen an meine Rede von 32. Alle Reliquien gerettet. – Gottlieb zu Aufnahmen von Haus und Garten. Zum Lunch. Zum Thee /Adorno,/ dessen Vater gestorben. /Notierung von Ausstellungen. Adrians Faschismus./ Wassermann-Probe. Bei-

des inkorrigibel. – – Heute sehr warm. Gewissensproblem des Rauchens, jeden Tag. Die Cigarre angreifend für das Nervensystem. Cigaretten, mit denen ich auf 10 oder 11 komme, belegen die Luftröhre, reizen die Schleimhäute. Meine Gesundheit, sonst sich kräftigend, wird zweifellos ungünstig dadurch beeinflußt, und der Gedanke eines Lungenrezidivs durch die Reizung ist definitiv schauderhaft. Also einstellen? Rosenthal dafür. Bloch, großer Internist, durchaus tolerant. Wer bindet oder löst? Möchte mich nicht aus Hypochondrie des Lebensreizes berauben. – – /Gegen das Ende von XXXVI,/ das auf die Tolna-Sache beschränkt wird. Mittagessen bei Frau Massary mit Walters und Karlweis, der nach Tische, beim Swimming Pool, außerordentlich komische Kopieen gab (Moser). Cigarre. Nachmittags Besuch bei den alten Riebers, wo Gäste waren. Handschr. Brief an D. Sternberger in Heidelberg. Abends Mahler-Musik. Das Orientalische im »Lied von der Erde« und – in »Salome«. Der unerträglich gewordene Ästhetizismus in dieser. Romantische Schönheiten bei Mahler neben Affronts, die zur nächsten Generation gehören.

Montag den 15. VII. 46. P. P.

Sommerwärme. Frühstück auf der linken Seite der Terrasse. Jener Hugues scheint mit dem Leben davonzukommen. Rückkehr des Byrnes von Paris. »Gewisse Fortschritte«. Göring, Ribbentrop, Keitel als grobe Steuerhinterzieher exponiert. – /Schloß das XXXVI. Kapitel ab und begann die Überarbeitung der vorhergehenden. Sorge wegen der Handlung: Hat Adrian schon in Genf, anl. des Violin-Konzerts Marie G. kennen gelernt? Aber er reist dann mit Rudi auf das ung. Gut. Etwas wirr und kompliziert: Mit R., dem er gerade verfallen, folgt er der Einladung der Tolna – nachdem er Marie schon gesehen. Ist das annehmbar?/ Es will vertreten sein. Übrigens ist M. G. noch nicht erwähnt. – – Mit K. auf der Promenade. Durch Neider Schrift von Letters, britischer Germanist: »Introduction to Th. M.« – Brief-Arbeit mit K..

Dienstag den 16. VII. 46

/Begann die Überarbeitung voriger Kapitel./ Ging vom Haus des Juden zum Boulevard. Die Cigarre nach Tisch schadete den Nerven recht sehr. Baldrian-Brom brachte Ruhe. Zum Thee durch Erika junger holländischer Schauspieler. Dazu Mrs. Kahn, die die korrigierten Abschriften brachte. Beschäftigung damit. Zum Abendessen Huldschinskys. Greisenhafte Haltung bei wenig mehr als 50 Jahren. Hörten nach Weggang der Gäste die Leonoren-Ouverture N⁰ 3, – vollkommenes Musikstück.

P. P. Mittwoch den 17. VII. 46

Morgens etwas drückende Wärme. – /Überarbeitungen./ – Mit K. in Pacif. Palisades, Bellevue. Schlaf nachmittags. Thee bei K.[.] Danach rasiert. Handschr. Brief an W. Haas in Indien. Abendessen bei Walters in Beverly Hills, mit Alma Mahler. Lob des Hauses. Er spielte Bach, Präludium freien Stils, 5 stimmige Fuge, ein Stück, das Wagner sich von Liszt vorspielen ließ, und wobei er weinte.

P. P. Donnerstag den 18. VII. 46

/Vorbereitungen zu XXXVII. Fitelberg./ Ging vom Hügel zum Boulevard, wo K. mich einholte. In Santa Monica auf der Bank. Dann Lunch im Café Français an der Promenade. Briefe aus Oesterreich. Nachmittags einiges Handschriftliche. Die Tagebuchblätter an R. Neumann. Zum Thee Dr. Auernheimer.

P. P. Freitag den 19. VII. 46

Neblig bedeckt, drückende Sonne bei Seebrise. Rundgang vorm Frühstück. Shakeup in der russischen Armee. Zukow nach Odessa. Werfels Bücher u. Manuskripte der hiesigen Universität übermacht. – Wiederaufbau von Stalingrad in 15-20 Jahren. Klassizistische Denkmäler auf den Boulevards! – /Stoffsammlung für das Fitelberg-Kapitel./ In Westwood bei Marks wegen Auge und Ohr. Zum Lunch Dr. Bloch aus Chicago und

Frau. Hospital Reminiszenzen. Valentin-Platten. – Seit gestern Kontakt mit Klaus, der in New York eingetroffen. Zu unserem Kummer schwere Herz-Erkrankung Gumperts (Thrombose). Thee oben mit Erika, die abends bei Major Habe. –

Sonnabend den 20. VII. 46

/Exzerpte für XXXVII./ Mit K. gegangen Amalfi Drive (Sessel) und von Erika geholt. – Gumpert leichte Besserung, wenn auch nur durch Fortleben. – Groteske Geschichte mit Landshoff, Rini und dem jungen Schauspieler. Sie will beide. – Nach Tische Verlesung von Briefen. Der von Süskind glücklich eingetroffen. Mißverständnis u. üble Nachrede ist alles. Blunks Memorandum – unglaubwürdig in jedem Sinn. – Zum Thee Frau Landshoff mit Töchtern. Schrieb mehrere kurze Dankesbriefe. Abends allerlei Musik mit Erika. Klänge aus »Rheingold«, die ich liebe. Loge, die Töchter. Traulich und treu.

Sonntag den 21. VII. 46. P. P.

Sommerwärme. /Beim Früh-Kaffee mit K. über die Erscheinung des Agenten. Collin empfohlen und angeschaut. – XXXVII eröffnet./ Gegangen vom Hügel zum Boulevard. Peter Pr. und Frau tagüber. Zum Lunch auch Eva Hermann. Nachmittags Brief an Süskind begonnen. Liederabend.

Montag den 22. VII. 46. P. P.

Beendete den Brief an Süskind. Begann Antwort an Blunck. Ging allein Amalfi Drive, von K. geholt. Zum Lunch Heinrich. Brief von Golo, der zur »Voice of America« berufen. Beilage über Thieß, seine Begeisterung 1933. Von Kahler deutsche Geburtstagsartikel aus der russischen Zone. – Erika sichtlich glücklich bewegt von dem Brief an S.[.] Nimmt Abschrift. – Auch nach dem Thee an der Antwort an Blunck. Zuviel Mühe u. dafür nicht gut genug. Abends zum 1. Mal kein Kodein.

Dienstag den 23. VII. 46

Neblig bedeckt und warm. Beendete den Brief an Blunck. Andauernd schlimmes Auge. /An XXXVII etwas weiter./ In Beverly Hills zur Durchleuchtung und X-ray-Aufnahmen. Dr. Rosenthal dabei: Stark transpiriert und etwas erkältet. – Nachmittags nur kurzer Brief an K. Appelbaum, New York. Erika weist die treulich eingekauften Geschenke vor: Bild, Schlafrock etc. – Fürchterliche Explosionskatastrophe in Jerusalem, Hotel King David, veranstaltet von jüdischen Fanatikern. – Nahm abends wieder Kodein. Las weiter in Conrads »Goldenem Pfeil«.

Mittwoch den 24. VII. 46. P. P.

K.'s 63. Geburtstag. Beglückwünschung am Morgen. Bescherung vorm Frühstück. Picassos Pastell Mutter u. Kind. – In Jerusalem die Zahl der Toten auf 100 gestiegen. Hier Fortführung der Experimente mit der Atom-Bombe. Man kann sich nicht wundern. – Entzücken Walters über den Süskind-Brief. Übrigens gestern wieder ein Brief von Preetorius. – Starke Wärme. – /Schrieb etwas weiter an XXXVII./ Ging allein ein Stück Amalfi Drive, worauf K. mit dem Sessel folgte. – Etwas schlechter Magen. Kartenbrief von einer deutschen Schulklasse im Sowiet-Bereich: Dank für »Buddenbrooks«, das sie »in außerschulischer Betreuung« gelesen. – Las im Conrad und schlief etwas. Zum Thee Walter und Tochter mit Blumen u. der engl. Ausgabe seiner Autobiographie. Dazu Peter Pr. und Frau. Abendliche Abkühlung nach drückender Wärme. – Zum Abendessen Feuchtwangers und Eva Hermann. Champagner, Blumen. Wurde der Brief an Blunck verlesen.

P. P. Donnerstag den 25. VII. 46

Magenverstimmung. Unruhige Nacht. Thee 3 Uhr. Hitze. Angegriffen. Teilnahme für Peter Pr., der, ohne Beschäftigung, mit seiner zänkischen Frau in einem heißen Zimmer in Passadena lebt. – /Am Kapitel weiter./ Vom Hügel abwärts gegangen. Nachmittags einige Diktate an die Kahn, die auch von K. und E. beschäftigt wurde.

P. P. Freitag den 26. VII. 46

Besser geschlafen. Morgens wieder Kaffee. Hitze. Erika mit Walters nach Santa Barbara. Am Kapitel. Auf der Promenade. Nachmittags Brief an Prof. Springer, Philadelphia (Goethe-Haus). Abends bei Neumanns, von Erika gefahren. Nach dem Essen Regisseur Lindtberg aus Zürich und Frau. Halbe Cigarre zum Kaffee, ohne Schaden. Zu Hause die übliche Zubereitung für die Nacht.

Sonnabend den 27. VII. P. P.

Gut geschlafen. Hitze. Die hysterische Koto »zusammengebrochen«, sehr zu unpaß. K. zur L.A.-Station. Frühstück mit Erika. Plaidoyers der Anklage in Nürnberg. Antrag auf Todesstrafe für alle 22 Elenden durch den Engländer. Erika über die wachsende Unverschämtheit der deutschen Verteidiger. Die Schrei-Rhetorik Hitlers gelehrig übernommen. Die »Terror-Flieger« unbeanstandet. – Etwas am Kapitel. 11 Uhr Ankunft Klaus, der längere Zeit im Arbeitszimmer blieb. Ich ging um 1 Uhr ein Stück Amalfi Drive, von Erika geholt. Koto nervenleidend, arbeitsunfähig. Mittagessen zu viert. Zum Thee die jungen Literatur-Dozenten, Schwede und Amerikaner wegen Interviews über mein Leben in diesem Land, worüber sie ein Buch schreiben wollen. Töricht. – Abends mit Klaus und Eva Hermann. Erika als Vortragende auf einer Party bei Gottlieb.

Sonntag den 28. VII. P. P.

Nachts kühl. Auch der Morgen weniger warm. Frühstück mit Klaus und Erika auf der Terrasse. Über den britischen Charakter, das Empire und Palestina. Tod der Schriftstellerin G. Stein in Paris. – /Geschrieben am Monolog Fitelbergs./ Gegangen allein Amalfi Drive fast bis zum Boulevard. Die kleine

Bull Dog-Hündin wieder da. Freude des Wiedersehens, Wiedererkennens. Nachmittags Peter Pr. und Frau. Zum Thee auch Huldschinsky, der den Picasso über K.'s Bett aufhing. Hatte meine Freude daran. Schrieb an die Schulklasse in der deutschen Sowjetzone. Abends Champagner zur Nachfeier von K's Geburtstag. »Harold in Italy«.

P. P. Montag den 29. VII. 46

Neblig. Drückend. Kaffee im Bett. Nervös bedrückt durch die den Tag bestimmende Zahn-Affaire. Das Roman-Manuskript auf Wunsch an Klaus. – Geschrieben am Kapitel. ½1 Lunch-Imbiß. Fahrt nach Hollywood zu Cooper. Vertagung der Umarbeitung, die nicht unmittelbar nötig. C. in beunruhigendem Zustand, überarbeitet, mit kranker Frau. – Zu Hause Durchsicht der Post. Brief von Melantrich (Prag). Aus Basel törichter Erinnerungsartikel von Felix Neumann (»Thomi«). – Zu Bette gelegen. Nach dem Thee mit K. Brief an Knopf wegen Mrs. Lowe. Danach Handschriftliches. Abends in dem Buch »The future in perspective« von Neumann. Klaus mit Lotte Walter zum Schluß.

P. P. Dienstag den 30. VII. 46

Frischeres, heiteres Wetter. Trotz allerlei Störungen wieder /1 Pfund an Gewicht zugenommen. – Etwas am Kapitel./ Mit K. in Pacif. Palisades zu Besorgungen; dann Corona del Mare, gegangen. Gelesen »Der goldene Pfeil«. Zum Thee Dieterles, die für einige Wochen nach Europa gehen. Handschriftliches erledigt. Jammervolle Komik gewisser deutscher Briefe. (Cousine Jane, jetzt Baronin X.) Alle gieren nach Packeten und heucheln.

Mittwoch den 31. VII. 46

Nachts Mückenplage. Koto krank an der Schilddrüse. So wieder ohne Hilfe. – /Am Kapitel./ Gegangen Amalfi Drive bis zum Boulevard. Heinrich zum Lunch. Nachmittags Briefbesprechungen mit K.. Im Wohnzimmer überdimensionierte Eidechse, die Vattaru in den Garten beförderte. »Götterdämmerung« gehört. Das »Weihevolle« durchaus verwirklicht.

P. P. Donnerstag den 1. VIII. 46
Volles Sommerwetter mit Seebriese. Protest Italiens gegen die Flotten-Vorschriften des Friedensvertrages. Opposition der kleinen Nationen. Rede Molotows gegen Franco. – /Am Kapitel./ Mit K. gegangen. Nachmittags Interview mit den Universitätsleuten über mein Verhältnis zu Amerika. Schrieb mehrere kurze Briefe, u. a. an den kranken Gumpert. Zum Abendessen Liesl Frank, von Europa zurück.

Freitag den 2. VIII. 46, P. P.
Warm, starke Briese. Schrieb am Kapitel. Ging allein, K. begegnend. Beendete Conrads »Goldenen Pfeil«. In seinen Memoiren. In denen B. Walters wegen bevorstehenden Artikels. Zum Thee Herr E. Widmann, »unfähig gegen Deutschland zu kämpfen«. Etwas Diktat-Arbeit mit der Kahn. Abends las Erika aus ihrem Buch das eindrucksvolle Kapitel über Haushofer. Welche Verwirrung, welch Elend! – Deutschland wird vielleicht bald klärlich unzugänglich sein, sodaß die Frage des Besuches sich erledigt.

Sonnabend den 3. VIII. 46
Beim Frühstück mit den Großen über die Kleinen, Bibi, Medi, dann den Charakter Borgese. – Etwas am Kapitel. Ausgefahren mit K. und etwas gegangen. Packet-Betteleien aus Deutschland. Neider sendet das Programm seines Bandes von Aufsätzen über mich – nur gut, um A. Kerr zu ärgern. – Zum Thee Miss Dana, Dichterin, die kleine halb natürliche Holzstatuette überreichte. Danach Agent Fles aus New York wegen der Schwierigkeiten mit Heinrichs Buch. Die Kinder abends aus. Traurige Nachrichten über Freund Huldschinsky. Inoperabler Magenkrebs. Bekümmert. – Etwas erkältet; Luftwege

belegt. Rauchte aber abends ½ Cigarre. Las in Walters Memoiren.

P. P. Sonntag den 4. VIII. 46

Beim Frühstück mit den Kindern über das Scheitern der Joseph-Verfilmung an dem Widerstand des Kardinals Spellman. – Am Kapitel. Mit K. gegangen, von E. eingeholt. Nachmittags Brief-Arbeit mit K., (in Sachen des Briefes der Gräfin Schulenburg). Abends Vorlesung des Kapitels von Clarissas Tod. Atem gut. Mit Heiserkeit zu kämpfen. /Klaus, der das Manuskript liest, findet den Roman spannend und *erregend./*

P. P. Montag den 5. VIII. 46

/Brief zu Walters 70. Geburtstag begonnen./ Allein gegangen Amalfi Drive bis zum Boulevard. Zum Thee noch einmal Miss Dana, die C. Franks Symphonie brachte. Handschriftlicher Brief an Eisner wegen der Übersetzungen und des »Faustus«. Die Kinder abends aus. Las eine Schrift über Nietzsche, Homer und Fr. A. Wolf von Gumbert. Amüsanter philolog. Aufsatz über das Wort »Herr« von Schirokauer. – Cigarre.

P. P. Dienstag den 6. VIII. 46

/An dem Walter-Brief./ Bei Dr. Rosenthal zur Fortsetzung der Injektionskur. Handschr. Korrespondenz. Besuch von Isherwood mit seinem Jungen. – Prompte Reaktion des Armes. – Im »Aufbau« /Nachrichten über Hauptmann († 6. Juni)/ und sein projüdisches Nachlaß-Drama »Finsternisse«. Gespräch über ihn. Erstaunlicher Artikel der Mistral über mich, von der Dana aus dem Spanischen ins Englische übersetzt. –

P. P. Mittwoch den 7. VIII. 46

Neblig. /Klaus, sehr erfüllt von seiner Faustus-Lektüre, angelangt bei Schildknapp und den Ärzten./ – Am Walter-Brief, darauf los. 1 Uhr Lunch bei Florence Homolka mit Eugene

Meyer. Nachher Kaffee mit den Kindern. Zum Thee Miss Schultz von der »Nation«, die lange blieb. Abends César Franks Symphonie.

Donnerstag den 8. VIII. 46
/An dem Geburtstagsbrief,/ unwillig-eifrig. Zuviel gesagt und gestrichen. Allein gegangen Amalfi bis Boulevard. Nachmittags Leute von »Life« im Hause zur Vorbereitung einer Bilderserie, ohne mich. Abendgesellschaft bei Horckheimers. Adorno und die Psychiatrin Bühler. Gelehrte Gespräche. Gelangweilt. Brachen 10 Uhr auf und befreiten Niko.

Freitag den 9. VIII. 46. P. P.
Ärgerlich /an dem Walter-Artikel./ Mittags zu Rosenthal zur Injektion in den rechten Arm. Der linke noch in Reaktion. – Brief von Knopf, kontradizierend wegen Helen Lowe. – Sehr feuchte Luft, Schweißausbrüche. – Zum Abendessen Walter und Tochter. Vorm Essen Life-Photographen. Bei Tische Theatergeschichten. Nachher liest Klaus den 1. Akt seines spiritistischen Dramas. Möglicher Weise effektvoll. Die gebundene Form interessant.

Sonnabend den 10. VIII. 46
/Schloß den Artikel für »Musical Quarterly« ab./ Vor dem Lunch und längere Zeit nachher Life-Photographen. Aufnahmen im Studio, Living room, Garten, allein und en famille. – Hitze. – Zum Thee das Ehepaar /Bruno Eisner. Lieder von Schumann und Schubert, stimmlos. Er spielte prächtig Chopin, vorher Scarlatti und Brahms./ – Abends las ich, in Gegenwart der Gemme, den Walter-Brief, der mehr gefiel, als ich erwartet. Am 6. September, bei Alma Mahler zu verlesen.

P. P. Sonntag den 11. VIII. 46
Hitze. Die Nacht unruhig. Nach dem Einschlafen wieder längere Zeit auf. Natron in warmem Wasser. Aufs neue gelesen.

Die /Reaktion des rechten Armes ziemlich empfindlich./ – Frühstück im Eßzimmer, da draußen schon um 9 Uhr zu warm. – /Am Kapitel weitergeschrieben./ Peter Pr. und Frau tagüber. Schrieb nachmittags an Mrs. Meyer. Las in dem Buch von /Benjamin über das deutsche Trauerspiel./ »Keine Abhandlung, die so bald zu gelehrt für mich wäre.« – Abends C. Franks Symphonie. – /Sehr starke Rötung und Jucken beider Arme. Puder./

Montag den 12. VIII. 46

Hitze. Vormittags /am Fitelberg-Kapitel./ Mittags zum Haarschneiden nach Westwood. Zum Thee Frau Karlweis-Wassermann. Abends Vorlesung des Tolna-Kapitels, das akzeptiert wurde. – Subjektive Besserung im Befinden Huldschinskys. Engagement eines Neger-Couples. – Nur der rechte Arm noch entzündlich.

Dienstag den 13. VIII. 46

/Ein Pfund zugenommen,/ trotz Hitze und Impfungen. Eintritt des Negerpaars Felix und Jo. – /Geschrieben am Kapitel./ Gegangen mit K. Amalfi Drive. /Zum ersten Mal den Sunset überschritten./ Viel deutsche Post. Brief und Gedichte von Kölwel. Arbeit über »Lotte in Weimar«. – Zum Thee die Tänzerin Goslar und Begleiter. Schrieb an Kölwel. Abends allein mit K., bedient von dem neuen Felix. Zeitschriften nachher, während K. den Walter-Artikel abschrieb. – Zeitungsnachricht vom /*Tode H. G. Wells.*/

Mittwoch den 14. VIII. 46. P. P.

Änderung des Wetter-Charakters. Nebelig und kühl. Über Wells in der Zeitung. – Entlassungen im State Department wegen »Kommunismus«. – /Am Kapitel weiter gegen das Ende./ Mit K. Corona del Mare. Korrektur der Abschrift des Walter-Aufsatzes nach Tisch. Conrads »Nostromo«. Die Kahn zu Diktaten. Abendgesellschaft bei uns: Neumanns, Eva Hermann, Habe. Sammlung von deutschen Briefen an die »Neue Zeitung«.

Donnerstag den 15. VIII. 46

Neblig, kühl. /Schrieb am Schluß des Kapitels./ Mittags zur Pediküre. Von da ins »Miramar«, Lunch mit Dr. Beneč, Neffe des Präsidenten. Sympathische Unterhaltung. /Nachmittags zu Adorno. Eiskaffee. Notizen zum Roman./ Abends las Klaus den II. Akt seines Stückes.

Freitag den 16. VIII. 46, P. P.

Helles Sommerwetter. Briese schon morgens. Briefe vom englischen General-Konsulat, der /Botschaft in Washington. Konfusion: der britische Ankläger hat in Nürnberg Goethe gegen die Deutschen citiert, und die Londoner Presse stellt fest, daß es aus »Lotte in Weimar« ist./ Verlegenheit. Erika telephoniert. – /Schloß Kapitel XXXVII ab. Einteilung des Werkes in »Bücher« zu erwägen./ – Mittags zum Empfang der letzten Injektion bei Rosenthal. Festsitzen der Masse; Geschwulst, noch ohne schwerere Unbequemlichkeit. – /Conrad: »Mit den Augen des Westens«./ Früherer Thee. /Konferenz mit Erika über größere Kürzungen in den früheren Teilen des Romans./ – 7 Uhr zu /Alma Mahler-Werfel. Souper mit Stravinskys, Lotte Walter,/ W.'s Arzt, Karlweis. Später Arlts und Lester, der für Alma schneidenden Brief an Marcuse geschrieben. Brachen nach 10 Uhr auf. Kurzes Nachspiel im Wohnzimmer.

Sonnabend den 17. VIII. 46. P. P.

/Verbesserungen am Oratorium./ Allein gegangen und abgeholt von K. mit Heinrich, der mit uns zu Mittag aß. Nachmittags mit Erika den Brief an den britischen Botschafter. Schrieb danach an O. M. Graf in N.Y.. Abends »Pagliacci«, die Musik zur Pantomime allerliebst.

Sonntag den 18. VIII. 46. P. P.
Etwas Halsweh vom nachmittäglichen Tragen kurzer Unterhosen. Schlimmes Auge dazu. Der geimpfte Arm sehr tolerant. – /Las das Fitelberg-Kapitel durch. Kürzungen nach Erika. Die kompositionelle Problematik von Kap. IX, angeboren./ – Ging allein vorm Essen. Dazu Peter Pr. und Frau. – »Mit den Augen des Westens«. – Schrieb an Dr. Born. Zum Abendessen auch Lotte Walter. /Vorlesung des Fitelberg-Kapitels, das großes Entzücken erregte. Klaus: Bedenken des Antisemitismus,/ das ich nicht teilen kann. – Anruf des heimgekehrten Huldschinsky.

P. P. Montag den 19. VIII. 46
Gestern durch die Vorlesung erregt. Trotz Bellergal, Kodein und roter Kapsel sehr unruhig geschlafen. – Verzweifeltes Gebahren der Juden in Palestina: Versuch das Deportationsschiff in die Luft zu sprengen. In Indien viele Kämpfe zwischen Moslim und Hindus. Seuchen und Hunger. – /Enervierende Plage mit den Kürzungen vormittags und nachmittags./ Abends Zeitschriften und etwas Musik.

P. P. Dienstag den 20. VIII. 46
/1 Pfund zugenommen die Woche./ Anmeldung von Klaus Pringsheim und Sohn für Ende September. Bedenklich wegen der ihm unbekannten Schwierigkeiten hierzulande. – /Beendete die Kürzungen in Kap. IX und X so gut es ging./ Ging bis zum alten Haus und saß dort auf dem Hydranten. Fertigte den Walter-Artikel nach Basel und an den »Aufbau« aus. Reinigte die Handschrift für die Geschenkmappe. – Schweizer und deutsche Post. Abends mit K. allein. Las mit Überraschung in H. Feists Buch »Ewiges England«, das heute kam und eine vortreffliche Leistung ist. – In den Genfer »Literarischen Blättern« Artikel »Bekenntnis zu Th. M.« in dem impetuosen Stil, in dem [man] neuerdings zuweilen über mich schreibt.

P. P. Mittwoch den 21. VIII. 46
/Vorbereitungen zum nächsten Abschnitt. Notizen. Dazwischen mit Erika über Kürzungen u. Détails konferiert, die gleich in Ordnung brachte./ – Mit K. auf der Promenade. Gespräch mit dem Gärtner, der durch Konni K. meinen Namen [kennt] u. mein Aussehen im Vergleich mit früher bewunderte. – Nachmittags 3 Briefe nach der Schweiz: Frey, Seelig, Felix Neumann. – /Die ersten 275 Seiten des Romans an die Lowe nach Oxford verpackt./ Mit Erika statement gegen das Verbot von E. Wilsons anstößigem Roman. Vorlesung Erikas aus ihrem Buch.

P. P. Donnerstag den 22. VIII. 46
Etwas erkältet. Frühstück mit Erika, da K. zum Bahnhof. – U.S.-Ultimatum an Tito. Überall bedenkliche Lage. Man sieht nirgends Lösungen. Selbst die Okkupation Deutschlands durch Jahrzehnte ein unmöglicher Zustand. Man sieht es kommen, daß alle sich schließlich aus dem Ausweglosen in neuen Krieg retten werden, – dessen Greulichkeiten wiederum nicht abzusehen. – /Vorbereitungen, Notizen zum Drama der folgenden Kapitel./ Ankunft Medi's mit den beiden Kindern. Begrüßung, Stärkung der Müden und Hungrigen. Ging bis zum alten Haus, fuhr mit Erika zurück. – Zum Thee Prof. Bloch und Frau. Auf der Terrasse. Mit ihm im Studio. Befragung wegen des Rauchens. Abwiegelnde Toleranz. Untersuchung mit tadellosem Resultat. Schrieb nachher noch mehrere Briefe. Hörten abends mit Medi Klavierkonzert von Brahms, mit dem »Immer leiser«. Danach Alban Berg. Danach Rachmaninow. – Ledermäppchen für das Manuskript des Briefes an Walter als Geschenk.

P. P. Freitag den 23. VIII. 46
/Begann, das XXXVIII. Kapitel zu schreiben./ Ausfahrt mit K. nach Corona del Mare; gegangen. Détails über Amulette der Primitiven gegen den Bösen Blick von Dr. Born. In der

Wilde-Biographie von Pearson. In Conrads »M.d.A.d.Westens«, technisch zu unruhig, springender Standpunkt. – Nachmittags die Kahn; längere Reihe von Briefen diktiert. Prachtvolle Puppen für Medi's Kleine von treugesinnter Manufaktorin. Aus New York Plattenalbum mit Wolf-Gesängen, nicht eben die besten, unterschiedlich gut vorgetragen. Heitere Arbeit an der Tisch-Ordnung für morgige Party.

Sonnabend den 24. VIII. 46. P. P.

/Schrieb am neuen Kapitel weiter./ Ging bis über das alte Haus. Schrieb nachmittags einen scharfen Brief an den ordinären Rechtsanw. Unger in Princeton, nicht ganz zu Ende, da die Gäste zum Buffet-Dinner kamen. Fest von 30 Personen. Tische im Eß- und Wohnzimmer. Saß mit Eisner, Marcuse und Frau Feuchtwanger. Der Life-Photograph brachte vorzügliche Bilder. Zog mich nach 11 Uhr zurück. War ½2 noch mit E. in K.'s Schlafzimmer. Die letzten Gäste gingen um 2.

Sonntag den 25. VIII. 46. P. P.

8 Uhr auf. K. besorgte den Kaffee. Noch Unordnung im Haus. Vattaru im Garten tätig. Die Schwarzen spät. Spaziergang. Beim Frühstück mit den 3 Kindern Austausch über den Verlauf der Fête. – Beendete den Brief an den Princetoner Rechtsanwalt und schrieb etwas am Kapitel. Die Life-Photographen im Hause und Garten, auch auf dem Spaziergang. Kamen mit K., trieben es weiter nach Tisch, fingen wieder an, als ich ½6 hinunterkam. Zwischendurch Besuch von Adorno wegen der Veröffentlichung seiner philosophischen Aphorismen bei Bermann-Fischer. Living Room verräumt, immer wieder Aufnahmen, dazwischen die Kinder, dabei müde von gestern, abends recht abgespannt. Las in Pearsons Wilde-Biographie, den Prozeß, die Gefängnisleiden. Hörte Violin-Konzert von Prokofiew.

Montag den 26. VIII. 46. P. P.
Herbstlicher Morgen bereits, neblig, kühl. »Pravda« sehr scharf über das amerik. Ultimatum an Jugoslawien, das wahrscheinlich wenig Berechtigung hatte. – /Am Kapitel weiter./ Mit K. gegangen bis über das alte Haus u. von Erika eingeholt. Brief von Golo mit Beilage aus der »Schweinfurter Volksstimme« über meine nun nach Deutschland gelangten »Alterswerke«, – feierlich und hochtönend geschrieben, wie es jetzt manchmal geschieht. Den Deutschen legendär geworden. – Schrieb gegen Abend an Bermann wegen Adorno's Manuskript. Abends zur Cigarre Aktuelles gelesen. Dann Franks Symphonie I. u. III. Satz neuerdings studiert. Von Florence Homolka Bonbonière vor die Haustür gelegt.

Dienstag den 27. VIII. 46. P. P.
Sehr kühl und nebeldunkel. Brachte Medi ihren Frühkaffee. Frühstück im Eßzimmer. Klaus mit L. Walter für eine Woche verreist. /Lange am Kapitel./ Ging zum alten Haus, geholt von Erika. Heinrich zum Lunch. Bewegt von »M.d.A. des Westens«. Schrieb 3 Briefe: An Kahler, Landshoff und die Puppenspenderin. Abends, noch beim Essen, das Lohengrin-Vorspiel, begeisternd. – In »Aufbau« über den Fall Binding, verworrener, schizophrener Seelenzustand, Zweideutigkeit seines Briefes an Rolland, trotz Eindeutigkeit, Unlogik seines Verhaltens zu mir. Es hat wohl nie dergleichen gegeben. Man sollte darüber schreiben.

Mittwoch den 28. VIII. 46. P. P.
Neblig und mild. Frühstück unterm Zelt. Amerik. Plan rockets in 60 Stunden nach dem Mond zu senden, von wo sie Radio-Meldungen machen sollen. – /Geschrieben am Kapitel./ Mit K. und Medi nach P. P. überm Meer. – Nachmittags »M.d.A.d. Westens« beendet. Nicht recht zufrieden mit dem Auslauf, aber in toto vorzüglich und irgendwie anregend für mich jetzt. – Brief-Erledigungen mit K.. Ausfertigungen. Den Brief an

Unger, von Erika verbessert, befördert. – Abends Maria Müller als Elisabeth, höchst einnehmend.

Donnerstag den 29. VIII. 1946, P. P.

Wieder sehr nebliger Morgen. Nicht so ganz wohl. Das Negerpaar, das am Morgen des day-off keine Hand rührt. – /Schrieb bis 12 am Kapitel./ Dann Fahrt mit K., Erika, Medi und den Kleinen nebst Niko nach Maribu zu Eislers zum Lunch. Aufenthalt im Strandgarten. Musikalisch-politische Unterhaltung mit Eisler vor und nach Tisch. Wir waren 3¼ wieder zu Hause. (E. hält die kriegerische Auseinandersetzung zwischen den ökonomischen Systemen für aufschiebbar, aber unvermeidlich.) – Schrieb nachmittags an die Lowe in Sachen der Mt.-Sendung. Abends müde, erkältet, erregt.

Freitag den 30. VIII. 46, P. P.

Sonne von früh an. Schnupfen. /Am Kapitel./ Gegangen über das alte Haus. K. mir entgegen mit Frau Katzenellenbogen, die Lunch mit uns hatte. In der Wilde-Biographie, trist. /Fahre fort, Conrad zu lesen: »Sieg«./ Schrieb nachmittags an E. Lind, Wien. Abends Wagner-Musik, Siegfried und Walküre. Wirklich poetisch das Sich erkennen der Geschwister. Siegfried unter der Linde nach den Totschlägen penetrant nazihaft. Die »Dunklen« lauter Juden und er der sonnige Totschlageheld.

P. P. Sonnabend den 31. VIII. 46

Auch dieser Monat also abgehaspelt. Wie weit liegt schon Billings Hospital zurück. – Mildes, leicht bedecktes Wetter. – Versagen des Eversharp. Schrieb mit der Füllfeder am Kapitel. (Gleichgeschl. Liebe.) – Mit K. und Medi auf der Promenade. Zum Thee Huldschinsky und Tochter. Schrieb Kurz-Briefe an Dr. Hirschfeld (Zürich) und »Das liter. Forum« (New York). Abends Partieen aus Verdi's »Requiem«. Erika liest aus ihrem Buch.

P. P. Sonntag den 1. IX. 46
/Systematisches Kriegstreiben hierzulande gegen Rußland,/ Presse und Regierung. Hoffende Befürchtung eines »Pearl Harbour«, – das Rußland kaum liefern wird. Molotow fliegt von Paris nach Moskau zum Bericht. Schlußworte der Angeklagten in Nürnberg. Heß und Göring verteidigen allein den »Führer«, dem alle anderen die Schuld geben: Urteil am 23. d. Ms.. Ein paar werden gehängt werden. Wozu? Verschiedene Grade der Hoffnung bei den anderen. – – /Geschrieben am Kapitel. Die Ironie des Mediums fühlbar (Homoerotik, gebildet.)/ – Nicht weit gegangen. Peter Pr. und Frau für den Tag. »Sieg« von Conrad sehr unterhaltend. Schrieb an Mrs. Meyer. Las über Wilde als Sprecher und Gesellschafter, eindrucksvoll und seltsam. – Abends wiederum César Frank, Satz I und III, Erzählung des Siegfried, vorzüglich. Mißgeschick K.'s, die sich in eine Kaktuspflanze setzte und viele Stacheln davontrug. Abends der Arzt. Erika nach Hollywood zum Besorgen von Salbe für nächtlichen Verband.

P. P. Montag den 2. IX. 46
/Arbeit am Kapitel./ Mit K. gegangen über das alte Haus. Schrieb nachmittags an die Herz in London. Las in der Wilde-Biographie.

P. P. Dienstag den 3. IX. 46
/Verschlimmerung einer Fissur im After. Die Nacht gestört durch quälendes Jucken./ Thee, Kodein u. zusätzliches Evipan. Kamillen-Kompresse. Danach Schlaf. – Eintritt von Hitze. – /Arbeit am Kapitel./ Empfing mittags Dr. Rosenthal zur (lästigen) /Behandlung des Rektal-Leidens,/ die allein fortzusetzen (Suppositorien, Salbe). Las viel in «Sieg« von Conrad. Schrieb nur einen kurzen Brief. Zum Abendessen Neumanns. War müde von der Hitze, /las aber das dankbare Fitelberg-Kapitel zur Zufriedenheit vor./ – Beseitigung der Juck-Plage. – Erika vormittags für einige Tage nach San Francisco.

Mittwoch den 4. IX. 46, P. P.
Hitze, gelinder. /Geschrieben am Kapitel./ Mittags nach Westwood zum Haarschneiden. Zum Lunch E. Gottlieb. Zum Thee W. Herzog. Über seine Enzyklopädie. Ausgabe des New Yorker, ganz der Atom-Bombe u. ihren Wirkungen gewidmet. Klaus kehrte zum Abendessen aus San Francisco zurück. Brief von Mara Pr., verlesen. Erwartung unseres Besuches im Frühjahr (?) – Meistersinger-Musik.

P. P. Donnerstag den 5. IX. 46
/Schloß das XXXVIII. Kapitel./ Begann dann einen Geburtstagsbrief an die alte Frau Fischer. Mit K., Medi und ihrer Ältesten auf der Promenade. Lunch mit ihnen im French Restaurant. Mutter und Kind blieben zum Konzert auf der Promenade. Begierig gelesen in »Sieg«. Zum Thee der italienische Industrielle Giannini und Frau. Er arbeitet an dem Mond-Rocket. Beendete den Brief an Frau Fischer und schrieb noch längeren Trostbrief an Lesser in London. Der letzte Abend Medi's, die ungern geht und länger bleiben sollte. Champagner. Quartett von Bartok: die neuen Klänge, denen ich wünschte mehr abgewinnen zu können. Geringschätzung der Haltung Walters.

Freitag den 6. IX. 46. P. P.
/Korrekturen und Kürzungen in früheren Teilen nach Erikas Anregungen. (Brentano-Lieder.)/ Mittags bei Dr. Rosenthal zur Rektal-Behandlung./ Zum Lunch Rückkehr Erikas zusammen mit Lotte von San Francisco, wo die Walter-Konzerte glänzend verlaufen. Viel Post zu lesen. Fiedler sendet versch. Artikel über meine Bücher. Nachmittags zu lange in dem nicht ganz würdig spannenden Conrad-Roman. Nach dem Thee Abreise Medi's mit ihren Kindern. Die Scheidende in Thränen, die mich sehr erschütterten. Blieb in Gesprächen über sie, ihr Buchwerk und den verwandt ehrgeizigen Bibi mit K. und Erika im Wohnzimmer. Verlesung von Briefen. Kahler in Dingen

einer Friedensorganisation und der »Deutschen Blätter«; dann, über Broch, von Reisiger, er habe mir 2 mal geschrieben u. ich glaubte doch nicht, daß er zum Vergnügen in Deutschland geblieben sei! Sondern? – Pfitzner an Walter über den angenehmen Tod Cossmanns in – Theresienstadt. Auch nach dem vorigen Krieg habe man über Deutschland viele Lügen verbreitet. – – Abends extrem müde. Wolf-Lieder, Anakreons Grab und Rattenfänger, bewundert.

P. P. Sonnabend den 7. IX. 46

Schöner, nicht heißer, aber noch sommerlicher Morgen. Frühstück noch mit Erika und Klaus. Rede des Byrnes in Stuttgart, antirussisch, um die Deutschen werbend, zurückweisend gegen die Franzosen, für die deutsche Ruhr, die Oder-Grenze nicht endgültig. – In Paris Grabesstimmung. Die Russen vor dem Rückzug von den U.N.. – /Begann das XXXIX. Kapitel zu schreiben./ Ging mit K. Amalfi Drive fast zu Ende, geholt von Erika. Vertrag über den Magic Mountain-Film; Anzahlung von 12 000 Dollars. Begann »Der Verdammte der Inseln« von Conrad zu lesen. /Besprechung mit Erika in Dingen des Romans. Beschluß die Brentano-Lieder energisch u. allgemeingültig zu kürzen./ – 7 Uhr zum Walter-Festabend bei Alma Mahler. Arlts, Karlweis, die Massary. Viel Champagner. Überreichung des Geschenks der Grillparzer-Ausgabe. Bei Tische Toaste. /Succès fou des Vortrags meines Briefes an ihn./ Schließlich Verabschiedung bis nach seiner Europa-Reise.

P. P. Sonntag den 8. IX. 46

Mild u. leicht bedeckt. Kaffee kurz nach 8 mit K. auf dem Balkon. Beim Frühstück mit den Kindern auf der Terrasse manches über den gestrigen Abend. /Im Mt. Blätter beseitigt. Etwas am neuen Kapitel weiter./ Gegangen bis über das alte Haus. Mit Erika zurück. Peter Pr. und Frau für den Tag. Schrieb nachmittags an O. Wendt in Sachen des Lübecker Archivs. Abends Lohengrin Platten. Dann Harold in Italy, ein sehr schönes Werk.

Montag den 9. IX. 46, P. P.

Neblig, kühl. Die soziale Krise hierzuland mag sich bald gefährlich zuspitzen. Die streikenden Seeleute drohen, zum Generalstrike aufzurufen, wenn man ihnen begegnet, wie den Eisenbahnern. Das wäre der Revolutionsversuch, der wahrscheinlich zum Faschismus führen würde – und bald zum Kriege. Faschismus in Japan, China, Griechenland. Heirat der britischen Thronerbin mit einem griechischen Prinzen. Bulgarien stimmt mit 90% für die Republik u. entläßt die Koburger. – Problem des Romans des Dr. Beneš und des Vorworts dazu. Kindliches Produkt. – Medi meldet telegraphisch ihre glückliche Rückkunft. – /Etwas weiter am Kapitel./ Vergebliche Fahrt nach Westwood zum Notar, da wegen Admission Day die Bank geschlossen. Etwas gegangen. Nachmittags Brief-Arbeit mit K.. /Abends Vorlesung von Kap. XXXVIII./

Dienstag den 10. IX. 46. P. P.

Beim Frühstück noch über das gestern Vorgelesene. Möglichkeit des geheimnisvollen Verschleierns. Aber Zeitbloms Abhandlung hat ihren ironischen Wert u. war immer vorgesehen. – /An XXXIX weiter./ Mittags nach Westwood zur Notarisierung der Film-Vertrags-Unterschriften, umständlich bis wir private Notarin fanden. – Viel Post. /Juli-Heft der Neuen Rundschau mit dem Dostojewsky-Aufsatz./ Nachmittags geschlafen. Nach dem Thee Brief-Diktate an die Kahn, die bearbeitetes Manuskript brachte. Abends Zeitschriften. Reb. West impressionistisch über Nürnberg im New Yorker. Erika hatte Walters zum Bahnhof gebracht. Beginn ihrer Europa-Reise. Gespräch über den Nürnberger Prozeß.

P. P. Mittwoch den 11. IX. 46
Gestern Abend in der Rundschau Aufsatz eines oesterr. Christlich-Sozialen über die Konzentrationslager und die mangelnde Reaktion des Volkes. Schlußstück eines Buches über den S.S.-Staat. – Ab 6 Uhr gestört durch das /Wiederaufleben des Rektalleidens./ – Sonne von frühan. – Walters Buick-Wagen bei uns, von Erika für 1000 Dollars erworben. – /Portrait Mariens./ Gegangen über das alte Haus. Nach Tische wieder die Life-Photographen, Aufnahmen: vorlesend, Musik hörend. Viel vom Bisherigen recht gut. – Handschrift für die europ. Hilfsaktion des »Aufbau«, Karten an Fiedler und die Jacobson. Der Musiker [?] zum Thee. Las abends in der »Rundschau« Briefe Rilke's an Fischers. Die Aufstellung von Klaus' Büchern im Oberstock vollendet. Ihm gehörige Aufnahmen des »Rosenkavalier« gehört.

Donnerstag den 12. IX. 46. P. P.
Unruhige Nacht, durch /Rektal-Jucken gestört./ Kamillen-Umschläge wenig wirksam. – Hitze. – /Am Kapitel./ – Check über 12 060 Dollars für den M.M. Film. – Auf der Promenade, wo es frischer war. Lunch im French Café. – Brief-Ausfertigungen. Schrieb an Kahler wegen Reisiger. Drei weitere Briefe nach Holland und England.

Freitag den 13. IX. 46. P. P.
Nachtruhe gestört durch /Juck-Qual./ Hitze. /Geschrieben am Kapitel./ Mittags beim Dr. [Stout] zu lästiger Behandlung. Zum Lunch Florence Homolka, die im Garten Aufnahmen machte. Nach 5 Uhr Will Roggers mit Gefolgsleuten und Photographen zu Propaganda-Aufnahmen für seine Wahl in den Senat. Danach zum Thee Klemperer, aus Europa zurück, mit Tochter. Nach dem Abendessen zu Schönbergs als Gratulanten zu seinem 72. Geburtstag. Bewegter Tag. Langer Brief von Reisiger, den K. mir abends vorlas.

Sonnabend den 14. IX. 46. P. P.
/Nachtruhe gestört durch Juckreiz./ Hitze. Am Kapitel. Mittags auf der Promenade. Nachmittags Brief-Diktate an K.: Knopf, Bermann in Sachen der Hershey-Reportage, ablehnend. Handschriftlich mehreres noch nach dem Abendessen. – Dégoûtiert von Trumans nachträglicher Verleugnung der Wallace-Rede. In Time ein Bild des Byrnes, auf die Erdkugel gestützt. – – Brief von Paul Eisner, Prag, über meinen Einfluß in Böhmen und die Sympathie der Kommunisten, von der Erika sagte, daß sie ihnen und mir zur Ehre gereiche.

Sonntag den 15. IX. 46. P. P.
Bedeutend kühler. Das Leiden gelassener hingenommen, da von seiner großen Verbreitung und üblichen Hartnäckigkeit höre. – Beim Frühkaffee mit K. über Klaus, die Kinder, das Leben. Beim Frühstück über die Schicksale der Sternheim'schen Kinder. Folterung der Tochter in Paris. Vergleichsweise über Reisiger. – – Am Kapitel. Gegangen Amalfi Drive, weit. Zurück mit Eva Hermann. Diese und Fritzi Massary mit Peter Prs. zum Lunch. Heitere Unterhaltung. Nachmittags Brief an Kerényi begonnen. Abends III. Akt Parsifal mit Bewunderung gehört. Verabschiedung von Peter Pr. und Frau, die nach Chicago zurücksiedeln.

P. P. Montag den 16. IX. 46
/Juckleiden, Unruhe./ Konflikt Byrnes–Wallace, der President verlegen in der Mitte. Man versucht alles, den letzten Roosevelt-Mann loszuwerden. – Weiter am Kapitel. Gegangen bis zur Wegkreuzung. Nachmittags den Brief an Kerényi beendet und eine Antwort an Reisiger begonnen. Zum Abendessen Huldschinsky mit Tochter. Der totkranke Mann gefiel mir sehr durch seine guten Manieren.

P. P. Dienstag den 17. IX. 46

Das kleine Radio an meinem Bett, von Brummen befreit, arbeitet zur Zufriedenheit. Vorm Frühstück etwas gegangen. Fortdauer des Konfliktes Wallace–Byrnes. Rußland besteht auf der Endgültigkeit der polnischen Grenze. »Man sieht: Amerika hat Deutschland nötig«: deutsche Reaktion, wie zu erwarten. – Nur einige Zeilen am Kapitel, dann den Brief an Reisiger weitergeschrieben, den abends beendete. Mitteilung über Schildknapp. –

Mittwoch den 18. IX. 46. P. P.

Oeffentliche Aufregung über den /außenpolitischen Brief von Wallace an den Präsidenten, aus den files entwendet. Das »Friedenswerk« in Paris gefährdet. Byrnes außer sich./ – Hitze, bedeckt. /Juckplage, unruhige Nacht. – Etwas am Kapitel./ Auf der Promenade, wo die Hitze kaum geringer. Nachmittags Brief-Diktate an K., enerviert, müde, gereizt. Abends ohne die Kinder.

Donnerstag den 19. IX. 46. P. P.

Hitze. Die Nacht, bei offenen Fenstern u. Vorhängen, etwas ruhiger, obgleich unruhig genug. Plaid statt Decke. – /Wallace bleibt im Kabinet. Spott über die hungry wolves der Presse. – Die Hetze gegen ihn erbärmlich. Nazihafte Verdrehung des Wortes Isolationist./ – Besser zu Mute. /Am Kapitel weiter. Kapitelschluß ?/ – Etwas gegangen, dann eingeholt von K. mit Klaus zu Eva Hermann, wo gutes Lunch hatten. Nachmittags 4 Briefe geschrieben. Abends »Lied von der Erde«.

Freitag den 20. IX. 46. P. P.

Die Nacht recht unruhig. Frischeres Wetter. /»Pan-Europäische« Rede Churchills in Zürich, für deutsch-französische Freundschaft unter amerikanisch-russischer Gönnerschaft./ Komisch-heuchlerisch, natürlich rußlandfeindlich, an Deutschfreundlichkeit weit über Byrnes hinausgehend. – Gleich nach dem Frühstück Fahrt zu /Dr. Stout. Bestrahlung des Rektums/ und Calcium-Injektion. Umschlag-Verordnung. 11 Uhr zurück. Sherry-Flip. Nachtragsarbeit am Kapitel. Mittags noch etwas gegangen. Aus der Schweiz kamen beide Ausgaben des »Grünen Heinrich«. Photograph nach Tisch, Freund Isherwoods. »Der Verdammte der Inseln« beendet. Pompousness und Überspieltheit. – /Demission Wallace'./ Kurze Ansprache 5 Uhr im Radio. – Begann Brief an Dr. Beneš als Vorwort für seinen Roman. Abends /Familien-Telegramm an Wallace./

P. P. Sonnabend den 21. IX. 46

Gestern Abend /desaströse Wirkung der von Stout verordneten Umschläge. Wiederanwendung der Salbe./ Leidliche Nacht. – Schrieb das /Vorwort zu Beneš' Roman/ zu Ende. Ging bis zum Boulevard. Brief von Vikko, u. a. über einen Abdruck aus »L. i. W.« in der »Süddeutschen Zeitung«, aus dem »großartigen Monolog« die Hitler-Stelle. – Brief an Bermann in Sachen der deutschen Ausgabe des Faustus. Abendgesellschaft bei Salka Viertel, mit Chaplin. Die mimische Darstellung seines Jugenderfolges (Reise von Hollywood nach New York). Viel gelacht. Sein genaues Zuhören, als ich ihm vom Roman erzählte. Schöne Hunde dort. Großer englischer Pudel, bärenhaft, zutunlich.

P. P. Sonntag den 22. IX. 46

Neblig, mild. Schlaf ein paar mal unterbrochen. /Geschrieben am Kapitel, XXXIX oder XL ?/ – Zum Lunch mit K., Erika u. Klaus bei Fritzi Massary mit Lubitsch. Nach Tische im Garten. Abschied von dem Haus. – »Das Duell« von Conrad, ausgezeichnet. Eintragungen in deutsche Ausgaben Jacky Eastmans (Blaues Leder.) Die Kinder bei Nation-Dinner im Ambassador. – Die beiden Fassungen des »Grünen Heinrich«. – /Juckleiden./

Montag den 23. IX. 46, P. P.

/Böse Nacht. Schwere Irritation durch die Umschläge, Salbe wirkungslos, krampfhafter Zustand. Suppositorium schließlich hilfreich. Schlief zeitweise im Stuhl bei K.. Es wurde 3 Uhr, bis ich Ruhe fand./ 8¼ auf. Frühstück mit den Kindern, die wenig befriedigt vom Verlauf des Nation Dinners. Unorganisierte Diskussion, niemand klüger als zuvor. – /Byrnes ernennt neuen Secretary of Commerce in Paris. Truman scheint schon tot. »Wallace praised by Reds«. Nicht oft genug. – Einiges am Kapitel./ Nach Santa Monica zur Fußpflege. Nach Tische Brief-Vorlesungen. Blunck schreibt recht albern. Basler berichtet über einen neuen todfeindlichen Angriff Döblins. I flattered the fool, aber es half diesmal nichts. – Briefe an Bab und Basler. /Abendgesellschaft bei uns: Rubinsteins, Alma Mahler, Habe./ Schenkte Rubinstein »Leiden an Deutschland«. Mit ihm des längeren allein. Dann zu dritt mit Alma. Er spricht dramatisch über den Schumann-Brahms-Film, Toscanini, Stravinsky. Zum Schluß sehr müde.

Dienstag den 24. IX. 46. P. P.

/Böse Nacht. Juckqual. Keine Ruhe bis 4 Uhr. Bei K. im Stuhl./ – Hochsommertag. – 10 Uhr zu /Dr. Stout zur Behandlung:/ Calcium, Pinselung, Bestrahlung. Neue Salbe. – Etwas am Roman. Zum Lunch die Nation-Leute: Del Vayo, Freda Kirchway, die Schulz. Mit Del Vayo im Studio. – Zum Thee Auernheimers. Zuviel des Vergnügens. Abends las Klaus Akt III seines Stücks: poetisches Werk, aber voller theatralischer Bedenklichkeit. – /Gequält vom Juckleiden./

Mittwoch den 25. IX. 46. P. P.

/Wieder arge Nacht. Exzessive Irritation bis 4 Uhr morgens./ Zuletzt Thee und Kodein. 8 Uhr auf. Sehr erinnert an die /Zeit der Ischias,/ – in der ich doch auch an »Lotte« weiterschrieb. – Stalin fordert die Zurückziehung der amerik. Truppen aus China. – Beendete den Brief an Basler. Schrieb dann

/am Kapitel./ Ging bis zum Boulevard. Heinrich zum Lunch. Nachmittags 4 Kurzbriefe. Erika fort zu ihrer ersten lecture. Abends Zeitschriften. Kodeïn zum Thee.

P. P. Donnerstag den 26. IX. 46

Nach kalter, feuchter Nacht wieder starke Wärme. War etwas weniger gequält. Wiederholt /Salbe und Zäpfchen./ Schlief im Stuhl am Bett. – Frühstück ohne E. . /Arbeit am Kapitel./ Nach Hotel Bel-Air. Gang im Garten. Cocktail in der Hall. Lunch im Speisesaal, langsame Bedienung. Auf der Heimfahrt, nach einiger Verirrung, komischer Zwischenfall mit der nicht zu stoppenden Huppe. Besorgte Dame. – Brief von der »Gnädigen Frau«. *Tonio Kröger, spanisch, Lisaweta Iwanowna als »Isabel«*. Französische Bücher. Am Kapitel gebessert. Handschr. Korrespondenz nach Brasilien. Das dumme Pflichtgefühl, die Zeitschriften zu lesen. Valentins Buch »The German People« – öde, soviel ich sehe.

P. P. Freitag den 27. IX. 46

Klarer Indian Summer. Die Nacht weniger qualvoll nach /Bellergal, Kodein und roter Kapsel. Salbe Calmitol./ Nach dem Frühstück zu /Stout zur Behandlung./ Nach der Rückkehr /am Roman./ Gegangen bis zum alten Haus, abgeholt von der gerade zurückkehrenden Erika. Nach Tische Verlesung von Briefen: *Beidler über Bayreuth.* Hitze, ruhelos. Begann »Spiel des Zufalls« von Conrad. Schrieb an Bermann, die Übersetzung der Hersey-Reportage ablehnend. 7 Uhr mit den Kindern zu Lubitsch. Dinner dort mit Salka Viertel. Nachher in sein Studio, wo er uns sein englisches Lustspiel mit anstößigem tschechischen Emigranten-Helden (Boyer) vorführte. Die Gesellschaftssatire unterhaltend. ½ 12 zu Hause. Eingenommen.

P. P. Sonnabend den 28. IX. 46

Sehr warm. /Böse Nacht voller Pein und Unruhe./ – Bevin stimmt Stalin zu, daß kein Krieg droht. – Morgens berichtet

K. mir über den Roman von Jackson und seine homosexuellen Fragwürdigkeiten, das Wort nicht moralisch gemeint. Muß ihm schreiben. – /Am Kapitel weiter./ Mit K. auf der Promenade. Nach Tische Verabschiedung von Klaus, der nach New York fliegt. Schrieb nachmittags an Mrs. Meyer. Abends 10 Uhr Ankunft der San Francisco Familie. Mit Frido bei seinem Abendessen in der Küche. Erika und ich lachten sehr über ihn u. seine 30 jährige Freundin mit den langen Zähnen.

P. P. Sonntag den 29. IX. 46

Viel ruhigere Nacht, wohltuend. Unterbrechung u. Behandlung nur ½4 Uhr. – Enorme Hitze. Frühstück mit Bibi. Die Großkinder. – Das Nürnberger Urteil steht bevor. Erikas Freundin berichtet über die vernichtende englische Anklagerede gegen [?], der von den Wachen gehindert werden mußte, dem Redner an die Kehle zu springen, dann zusammenbrach. – /Am Kapitel weiter./ Mittags nicht ausgegangen. Nach Tische /für Frido gezeichnet, der, zierlichst gewachsen, in seinem Höschen wie ein Elf wirkt./ Der Kleine ein kurzbeiniges, hohlrückiges, aber ganz gewecktes Bäuerlein. – Nachmittags kurzer Regenschauer. Entwarf Brief an Jackson über seinen Roman. Abends Musik. Hörte Dvořaks »Humoreske«.

P. P. Montag den 30. IX. 46

/Sehr unruhige, zerstückelte Nacht wiederum./ Die Hitze scheint mäßiger. Allgemeines Urteil, noch unpersönlich, in Nürnberg. Generalstab u. a. Organisationen exkulpiert. Die 21 »a disgrace for the honorable profession of arms«. – /Am Kapitel (Ludwig II)./ Mit K. gegangen bis zum Alten Haus. Viel Post. Aufregender Brief eines ehem. Bonner Professors wegen /Wiederherstellung des Ehrendoktorats./ Von Knopf wegen des Essaybandes. Von Bermann wegen des Romans und seiner eventuellen Drucklegung in Amerika. – Wärme und weiche Luft; keine Ruhe. /Nach dem Thee mit Erika Korrekturen u. Kürzungen im Mt. durchgegangen./ Mit K. Brief an Knopf besprochen. Abends mit Erika über Bonn. Etwas Musik. Etwas in Valentins »German People«.

P. P. Dienstag den 1. X. 46

Von 1 Uhr an die ganze Nacht schwerer Regen. /Lange sehr unruhig und gequält bei großer Müdigkeit./ Um 3 Uhr brachten Thee und Kodein Beruhigung, nachdem ein Bad sich als wenig hilfreich erwiesen. Unterbrochener Schlaf. – Frühstück mit Erika, die danach zu Vorträgen abfuhr. Allgemeine Urteilssprüche (4 Punkte) in Nürnberg. Schacht und Papen (kathol. Kirche) in allen Punkten freigesprochen! Fahrt mit Frido /zu Dr. Stout./ Böse Überraschung: /fanden das Medical Building ausgebrannt und unbetretbar./ Unverrichteter Dinge heim. Dunkel, noch regnerisch, aber gereinigte Luft. – /Etwas am Kapitel./ Mittags einige Schritte mit K.[.] Durch Bermann aus Wiesbaden die Nachricht, daß Reisiger gestorben sei. Noch Zweifel erlaubt. – Der Schaden durch den Brand des Professional Building sehr groß. Etwa 80 Ärzte ohne Arbeitsmöglichkeit. Meine Kur unterbrochen. – Die Todesurteile in Nürnberg. Russischer Protest gegen die Freisprechung (!) Papens und Schachts. Turbulente Presskonferenz. Die zu hängenden haben noch 15 Tage. Sie haben kein Erbarmen gekannt. Zahlen für den Genuß frechen Blut- und Machtrausches. – Beendete den Brief an Jackson. Schrieb an Beidler (Zürich). Starke Abkühlung, die meinem Leiden wohltat.

Mittwoch den 2. X. 46. P. P.

Das Leiden gab nachts fast gänzlich Ruhe. Heute sonnig, aber noch sehr heiß. Morgens /mit dem elfenhaften kleinen Frido/ auf meinem Balkon. – /Eifrig geschrieben gegen das Ende von XL./ Gegangen bis über das alte Haus. Gelesen »Spiel des Zufalls«. Nachmittag Brief an Prof. Levison (England) wegen Erneuerung des Bonner Ehrendoktorats. Bedingte Zusage. – Zum Abendessen Neumanns. Hatte vor, zu lesen, sagte aber ab, weil es zu spät geworden und ich müde war. Rückkunft Erikas.

Donnerstag den 3. X. 46. P. P.

/Nacht z. T. durch starken Juckreiz gestört./ – Kühl und bedeckt. – Die verurteilten deutschen Militärs von angelsächsischen Marssöhnen beschützt; man weiß nicht, ob mit Erfolg. Die Freigesprochenen, noch im Gefängnis, sollen in die britische Zone gebracht werden, da Hoegner sie in der amerikanischen verhaften will. Papen, sehr zu Recht, von Oesterreich angefordert, gewiß vergebens. Beratung über Gnadengesuche. – Am Kapitel gegen das Ende. Etwas gegangen. /Verschlimmerung der Plage./ Schrieb nachmittags 4 Briefe, darunter an V. Valentin über seine Historie. Erika zur lecture nach Passadena, dazu die Kinder. Abendessen mit K. allein. /Gequält./ Las in den musik. Memoiren der Ethel Smyth. Begrüßte ½12 Uhr noch im Schlafrock die erfolgreich heimgekehrte Erika.

Freitag den 4. X. 46. P. P.

/Gestern lange schlaflos./ Schließlich brachte Medicone Ointment Linderung. Schlief bis 4, dann wieder bis 6. Erika mit K. zur lecture nach Los Angeles. – 100 Polizisten, die auf Anordnung der deutschen Entnazifizierungsbehörden das Nürnberger Gefängnis zum Empfang der üblen Drei umstellt hielten, – auf Befehl des Military Government zurückgezogen. Wird man das oesterr. Auslieferungsverlangen gesetzwidrig ablehnen? –

P. P. Sonntag den 6. X. 46

/Schloß vorgestern Kap. XL ab und nahm danach die mit E. verabredeten Korrekturen und Überbrück[ung]en von Strichen vor./ Nachmittags Brieferledigungen mit K. /Gestern änderte ich im Kap. XL die Ausflugszeit, das Mittagslokal. Erika übertrug alle Änderungen in die Durchschläge, sodaß nun eine große Manuskriptmenge, bis einschl. des Oratoriums, an die Lowe und an Bermann abgehen kann./ Gestern Nachmittag an Vikko geschrieben. Erika fügte Zeilen hinzu. Hörte abends Gounods Faust mit Vergnügen. /Das Leiden in wechselndem Grade quälend und schlafraubend./ Am Freitag Morgen Behandlung in Stouts neuem Office. – Der Papst setzt sich durch Faulhaber für das Leben des Polen-Frank ein. Zweifellos arbeitet in Oesterreich Innitzer für Papen. Die Deutschen werden an der Verhaftung Schachts und Fritschs gehindert, von denen aber niemand weiß, wo sie hin sollen. – Habe /seit meiner Rückkehr von Chicago 90 Seiten geschrieben, abgesehen von den Überarbeitungen./–

/Begann das 41. Kapitel zu schreiben./ Ging mit K. bis zum Boulevard, von wo wir mit Eva Hermann zurückfuhren, die mit uns Lunch hatte. – Sehr heftige Reizung der Rectalsphäre. – Schrieb an Georg von Prosch in Deutschland. – /Verpackung der Maschinen-Manuskripte an Mrs. Lowe und Bermann./ Abends mit Erika Platten-Musik. /Nahm Kodeïn./

P. P. Montag den 7. X. 46

/Die schlimmste der Nächte./ Trotz beider Salben, Zäpfchen, nochmaligem Kodein /vollständig schlaflos fast bis zum Tagen. Wechsel zwischen Herumgehen, Stuhl, Bett, Lesen und Salben. Hartnäckige, unleidliche Irritation./ Morgens etwas unruhiger Schlummer. – Klares, erwärmtes Wetter. – /Sprach laut des Nachts, daß dies auch dem Morphium widerstehen würde, und daß ich nie dergleichen erlebt./ – Frühstück mit K. und Frido auf der Terrasse. Erika zu lectures fort bis abends spät. Sie wird gegen Sen. Taft und seine Verurteilung des Nürnberger Prozesses sprechen. – »Pravda« gegen Byrnes als Protektor Deutschlands. Aber Molotow übernahm *auch* diese Rolle. – /Die Manuskripte bis einschl. des Oratoriums druckfertig verpackt zu sehen, ist merkwürdig. – Auch ungeschlafen werde ich arbeiten./ – Anmeldung beim /Darm-Spezialisten Philipps. – Schrieb am Dialog Adrian-Rudolf weiter./ Mit K. und Frido auf der Promenade, wo Hunde nicht mehr geduldet werden. – Sehr viel Post. Nach Tische zu /Dr. Philipps./ Gespräch, (halb deutsch) /lästige Untersuchung, Ratschläge./ Beruhigung darüber, daß im Darm nichts Ernstliches vorliegt. – Zu Hause Bettruhe. Etwas geschlafen. Thee im Bette. Radio-Meldung, daß Schacht von den Deutschen verhaftet, die ihm voraussichtlich 10 Jahre geben werden. – Arbeitete die Post mit dem Rotstift durch. Besprach einiges mit K., besonders den Fall Melantrich in Prag.

Dienstag den 8. X. 46. P. P.

/Viel leidlichere Nacht./ Wiederholte Waschung u. Benutzung des Ointments danach. Dazwischen Schlaf. Frühstück auf der Terrasse mit der nachts heimgekehrten Erika. Schacht in Stuttgart verhaftet. – Akt deutscher »Unabhängigkeit«. – Hitler hatte einen Sohn von Göbbels Frau – sagt Madame Meißner. – /Gearbeitet am Dialog./ Zum Haarschneiden. /Das Übel nach dem Abführen sehr heftig./ Nachmittags ruhelos. Begann Brief an Frau von Unruh, antwortlich ihres sonderbaren Schreibens. /Las etwas Shakespeare./

Mittwoch den 9. X. 46. P. P.

/Die Nacht ähnlich der vorgestrigen,/ nicht ganz so schlimm. /Bei K. im Stuhl nach Thee mit roter Kapsel geschlafen,/ aber auch im Bett. /Die Waschung und Salbung versagte./ Wieder Medicone. – Klarer, warmer Tag. Bibi und Gret gestern nach Mexiko verreist. Die Kinder allein bei uns. – Göring droht »Geheimnisse mit ins Grab zu nehmen«, auf denen die Erneuerung des nat. soz. Regimes nach 10-20 Jahren beruht. Seine Frau werde schon nach wenigen Jahren in ihre Besitzrechte wieder eingesetzt werden. (Sein Diebsgut.) – /Am Dialog in Pfeiffering./ Mittags /weite Fahrt bei starker Sonne zu der von W. Speyer angeratenen Ärztin Seletz, einer speziell kundigen russischen Jüdin. Lange, versprechende Behandlung/ bei ihr und lange Heimfahrt. Spätes Mittagessen. Etwas geschlafen. Nachher die Post durchgesehen und den ausführlichen Brief an Frau von Unruh beendet. Erika zum Abendessen zurück. Nahm Bellergal, Kodeïn, Kalkpastillen, Oel. Hörten Lieder, von Erika eingelegt. Das Meisterstück Schuberts »Musensohn«.

Donnerstag den 10. X. P. P.

/Die Nacht ruhiger. Milde Salbe. Lange im Stuhl geschlafen./ Vorm Frühstück etwas gegangen. (Neuer Eversharp, von Medi gesandt.) – Las gestern Abend in /»Viel Lärm um nichts«./ – Schrieb am Dialog weiter. Ging Amalfi Drive fast bis zu Ende, geholt von Erika, die nach dem Lunch wieder abfuhr. Das Leiden durch Stuhlgang etwas verschlimmert. Eine Reihe von Briefen diktiert an die Kahn, die von ihrer Appendix-Operation genesen. Abends mit K. allein. Mußte Frido die Uhr, den Globus erklären. /Las im Shakespeare./

Freitag den 11. X. 46. P. P.

Erika spät nachts zurückgekehrt. – Sehr warm. – Nachts Verschlimmerung durch Scheuern. Aber viel geschlafen. – Die Gnaden-Gesuche der Nazi-Bonzen abgewiesen. Ihr Elend macht mich schaudern. – /Geschrieben am Kapitel./ Nicht gegangen. Etwas früheres Mittagessen. Nach dem Kaffee /lange, heiße Fahrt zur Ärztin, die die Entzündung gebessert fand und eingreifender behandelte./ Rückkehr zum Thee mit Erika ½6 Uhr. Danach auf dem Bette Conrad gelesen. Der kleine Frido hörte das Lied vom armen Kind. Emperor Concerto. Parsifal. Zum letzten Mal von Erika eingelegt, die heute Abend reist. Sie wird jedoch Weihnachten für kurze Zeit wiederkommen.

P. P. Sonnabend den 12. X. 46

/Die Nacht wieder unruhiger./ Stundenweise bei K. im Stuhl geschlafen. – Hitze. – Wollte, die Agonie der Nazi-Narren und -Untäter wäre beendet. – Pearson über das Journalisten-Fest eines streikenden Fleisch-Magnaten. Bekenntnisse einer schönen Seele. – /An dem Dialog./ – Mit K. gegangen bis zum alten Haus und von Erika geholt. – Klaus schreibt, /Döblin/ habe von Kesten einen Artikel für seine Zeitschrift über zeitgen. deutsche Literatur gefordert, in dem ich kaum vorkommen dürfe. Kesten lehnte ab. Was ist es mit diesem krankhaften Haß, von dem die Bestellung eine neue Demonstration? Es trübt mir den Sinn. Wie sehen mich diese Menschen, Herzog etwa, der zu Borgese boshaft über mich sprach? /Ist meine Existenz so provozierend?/ – Nach dem Thee Abschied, schweren Herzens, von Erika, die, jetzt nicht mehr mit dem Auto, weiter verreist und vielleicht zu Weihnacht, vielleicht erst im März wiederkehren wird. – Durch Seelig wunderlicher Dankesbrief Hesses, gedruckt, für den Frankfurter Goethepreis. Beschäftigte mich, indem ich längeren Brief an H. H. begann. Abends »Rigoletto«, mit halbem Ohr. /In dem Buch von W. Benjamin./

P. P. Sonntag den 13. X. 46

/Die Nacht leidlich, mit wiederholten Salbungen,/ nach denen wieder schlief. – Weniger heiß. – Die Kleinen beim Frühstück. – Wallace übernimmt die Redaktion der New Republic. – /Die deprimierenden Eindrücke von Döblins Gebahren/ und das Außensein Erikas wirken aufs Gemüt. – /Schrieb an der Handlung weiter, neues Kapitel./ Ging bis zum Boulevard. Zum Lunch Marcuse u. Frau. Unterhielt mich gut mit ihm über Nietzsche in Deutschland, die Superiorität deutscher Philosophie, über Döblin, Hesse etc. – Beendete nachmittags den Brief an Hesse u. erledigte anderes. Hörte »Harold in Italy«. Las etwas über mittelalterl. Leben in Deutschland.

P. P. Montag den 14. X. 46

/Weit bessere Nacht./ Zum erstenmal von 12 bis 7 durchgeschlafen. (Mit einem Phanodorm.) – Wetteränderung. Nebel. – /Geschrieben am Kapitel./ 12¼ die lange Fahrt /zur Ärztin./ Dort langes Warten. Dann lange u. ermüdende Behandlung, die aber /sachkundig u. hilfreich./ Lunch im Brown Derby am Wilshire. Spät nach Haus. Eine Stunde lesend geruht. Durchsicht der Post mit Briefen von Beidler, Jackson (Advertisement) u. a.. Schrieb an Bermann über die Stockholmer Abrechnung, den Vertrag über die Joseph-Oper, Reisiger etc. – Radio-Rede Trumans. Aufhebung der Preis-Kontrolle für Fleisch unter Anklagen gegen selfish men. Recht klägliche Niederlage. Jubel der Verdiener. – Abends Anruf Erikas aus Portland. Zeitschriften. Sehr müde.

P. P. Dienstag den 15. X. 46

/Das Leiden hielt Ruhe./ Morgen kühl und neblig. Ging vorm Frühstück etwas mit K. u. den Knäbchen. – In der kommenden Nacht um 3 beginnen die Exekutionen in Nürnberg. Delinquenten schreiben Briefe u. lesen in der Bibel. – Schrieb am Kapitel. Ging bis über das alte Haus. Schrieb nachmittags an L. Mazzucchetti und widmete ihr die engl. Ausgabe von »L. i. W.«. – Um 8 Uhr nach hiesiger Zeit die Hinrichtungen in Nürnberg. 9 Uhr-Radiomeldungen darüber. – Ich war müde und irritiert von den Kindern. Sie hatten gute Zeit bei Fl. Homolka.

P. P. Mittwoch den 16. X. 46

Nachts Regen. Morgens föhniger Sonnenschein. Nach dem Kaffee gebadet. Die Zeitung mit Widerstand gelesen. Göring hat sich im letzten Augenblick mit Cyanid vergiftet. »Letzte Worte« der Delinquenten: Grüße an Deutschland. Streicher närrisch und jüdisch besessen bis zum Schluß. Ribbentrop milde segnend und Frieden erwünschend. – Sorgenvolle Äußerungen J. Roosevelts und La Guardia's über die Freigabe der Fleischpreise. »Der Anfang vom Ende«. Ich schrieb so gestern an Lavinia. – – /Am Kapitel weiter. (Rudolf u. Maria)/ Mit K. Corona del Mare. Las von ½4 bis 5 Uhr mit lebhafter Anteilnahme »Spiel des Zufalls« von Conrad zu Ende. Thee im Schlafzimmer; rasiert. – Zum Abendessen Adorno's. Über seine Aphorismensammlung und Bermann. Über das Buch von Benjamin. /Las das Fitelberg-Kapitel, das eine erfrischende Episode ist./

P. P. Donnerstag den 17. X. 46

Ruhige Nacht. /Das Übel unter vernünftigen Anwendungen in stetiger Besserung./ – Gestern Buchgeschenk von »Musical Quarterly«: /Beethovens Briefe/ in Amerika. /Keine Liebe zu dieser Handschrift, dieser Orthographie, dieser halbwilden Unartikuliertheit./ – – Helles Wetter mit Landwind. Rätselraten über die Möglichkeit von Görings Selbstmord. Bin froh, daß diese Garnitur, die mich sehr gequält, nach langer Agonie ihren Frieden hat. – – Jungfernfahrt des fabelhaften engl. /Luxusdampfers Queen Elizabeth,/ mit Molotow an Bord. – Ging bis zum alten Haus. Schrieb 3 Briefe. Las in dem /Buch von Benjamin./ Ging abends hinauf u. sah nach den Kindern, da Frido geweint hatte. Er schlief. Knöpfte dem Kleinen den Pyjama zu.

P. P. Freitag den 18. X. 46

Nachts etwas Regen. Morgens Sonne, sehr stark. Etwas früher auf nach ruhiger Nacht. Rasiert und gebadet. – Einladung der Schweizer Europa-Union zu Vorlesungen. – /Das Kapitel gefördert./ 12¼ /Fahrt zur Ärztin. Langes Warten und Behandlung./ ½3 Uhr Lunch, angenehm, bei Brown Derby. Zu Hause die Post durchgesehen und lesend geruht. »Nigger of Narcissus«. – 7 Uhr Dinner bei van Leydens in gewohnt sonderbarer Gesellschaft. Rumänischer Prinz, der eine pythagoräische Proportionswissenschaft betreibt; seine Frau, schottisch-englisch, enorm versnobt. Spiritismus. Huxley's Schwägerin, belgisch.

P. P. Sonnabend den 19. X. 46

Etwas unruhig geschlafen. Verschleiert sonnig. – Wohlweise Radio-Rede des Byrnes. – /Am Kapitel gegen das Ende./ Mit

K. in Pacif. Palisades und der Gegend überm Ozean. Viele Neubauten. Nachmittags Brief-Diktate an die Kahn. Abends Zeitschriften. Time Mag. guter Artikel über die merkwürdige Laufbahn O'Neils. – Briefe von Erika und Klaus.

P. P. Sonntag den 20. X. 46

/Ruhige Nacht./ Heiteres Wetter. Mit dem Kaffee auf der »Brücke«, befriedigt, daß wir uns diese Siedelung geschaffen. Rundgang vorm Frühstück. – Im »German American« Worte Goethe's »zu Riemer« über die Deutschen, wieder einmal aus »L.i.W.« stammend. – /Am Kapitel gegen das Ende./ Ging bis nach dem Sitz an der Straße. Teures und ungenießbares Fleisch. Nachmittags Brief an den German-American über das Citat. Hörte Wahlreden von niedrigstem Niveau. Las /im alten Faustbuch./

P. P. Montag den 21. X. 46

Schöner Indian Summer-Tag. Recht erschöpft von den Prozeduren am Morgen: Verdauung, Bad, Reinigungen u. Salbungen. – Erklärter Finanzkrieg gegen Rußland u. seine Anhänger, genannt »patient and firm«. – /Am Kapitel gegen das Ende./ – 12¼ Fahrt Downtown /zur Ärztin./ Prompte Behandlung. Lunch ca $^1/_3$[?] Uhr bei Brown Derby. – Enorme Post, viel deutsche. Monstre-Brief, sechsfach, des Dichters A. Krieger in Passau. – Nachmittags nur Beschäftigung mit dem Eingelaufenen. Brief der Tochter Hermann Vitztum mit Meldung seines Todes.

P. P. Dienstag den 22. X. 46

Morgennebel. Nachts sehr kühl. Bronchial-Katarrh. – Molotow in New York äußert sich friedliebend u. zuversichtlich. – /Schrieb das Kapitel fast zu Ende./ Ging Amalfi Drive ziemlich weit. Das Fleisch zum Lunch wieder empörend schlecht. Viel Post wiederum und wieder viel deutsche. /Nietzsches »Pages Mystiques«/ von R. Laffont. Mt. des Vortrags »Th. M. ou La Séduction de la Mort« von Jean Fougère. – Sehr angegriffen. Blieb bis ½7 Uhr im Bett. Beendete den »Nigger vom Narcissus«, vorzügliches Werk. – Zum Abendessen Schönbergs und Horkheimers. /Mit Schönberg über sein neues Trio. Er hat darin seine Krankheit u. ärztliche Behandlung samt Male nurse u. allem dargestellt. Die Ausführung ist äußerst schwer nur für 3 Virtuosen möglich, aber sehr dankbar durch die Klangwirkungen./ – Horckheimer über unser Verhältnis, ungeklärt, zu den deutschen Universitäten. Venia legendi.

P. P. Mittwoch den 23. X. 46

Etwas unruhig geschlafen. Stimulationen des Gesamtorganismus gehen am Geschlechtlichen aus u. werden so eventuell verbraucht. – Sehr neblig und dunkel. Frühstück im Zimmer. – /Schloß das XLII. Kapitel und damit den vorletzten Teil des Werkes ab./ – Ging mit K. Amalfi Drive, abgeholt nach einigem Suchen von Felix mit den Kindern. – Viel Post wiederum; Vorlesungen und Lesungen. Schrieb nachmittags an die junge Gräfin Vitzthum in Mittenwald. Brief von Frau v. Becker in Oesterreich, die wir durch ein Care-Packet vom Hungertode errettet. – Dinner bei Eddy Knopfs mit Alfred und etwa 10 Personen. Tschechische Nachbarin. Nach Tische die Herren für sich. Der Abend nicht unangenehm. – Spät nachts Rückkunft von Bibi u. Gret aus Mexiko.

P. P. Donnerstag den 24. X. 46

Wärme. Frühstück auf der Terrasse. Vormittags Besorgung von Korrespondenz. Hitze; nicht weit gegangen. Vor Tische die Post gelesen. Lunch mit den Zurückgekehrten. Im Study auf dem Sofa geruht. Nach dem Thee verfehlter Versuch den »Privat Cocktail« für Wallace im Ciro zu besuchen. Unmögliches Gedränge, sachlich erfreulich. – Hörten »Lieder eines fahrenden Gesellen«, gesungen deutsch von einer Negerin, gespendet von Miss Dana. Später »Tristan« I. Akt.

P. P. Freitag den 25. X. 46

Nachts sehr warm. Morgenhitze, dann jedoch Seebrise. – Die Veranstaltungen für Wallace haben gewaltigen Zulauf. – Verbrachte den Vormittag mit dem Schreiben verschiedener Briefe. Hitze, Leinenanzug. Mit K. auf der Promenade. Zum Lunch Eva Hermann. Verabschiedung von Bibi und Gret und ihren Bübchen, die mich oft gestört haben, wenn ich ruhig sitzen wollte, und die ich doch ungern, mit einem Segenskusse, ziehen ließ. – Ruhte im Arbeitszimmer. Hatte Briefbesprechungen mit K. und schrieb an Mrs. Meyer über L. Hardt, der sich hinter meinem Rücken an sie gewandt. Abends Zeitschriften. Im Radio alte Opern-Records vom Anfang des Jahrhunderts.

P. P. Sonnabend den 26. X. 46

Nebel. Starke Abkühlung. Frühstück im Zimmer. Fehlen der Söhnchen. – Prozeß gegen die verbrecherischen deutschen Ärzte. – Schrieb Brief an Félix Bertaux u. begann einen an Erika. Ging bis zum Alten Haus. Schrieb nachmittags weiter an Erika. Radio-Interviewer »Meet the Author«, Vorbereitung für ein recording. – 7 Uhr Fahrt zu Neumanns. Abendessen mit ihnen. Später /Vorlesung von Kap. XLI und XLII, die starken Eindruck machten. Am gelungensten und neuesten ist der, unter Shakespeare Eindrücken geschriebene, Dialog zwischen Adrian und Rudi. – Trambahnlinie 1, nicht nach Schwabing ? – Die Flammen unter der Tram, uralte Conception, gehörig zu dem geplanten Liebesroman, aus dem manches auf Ines übergegangen./ – Spät nach Haus. Leichter Regen. Schrieb noch den Brief an Erika zu Ende.

P. P. Sonntag den 27. X. 46

Regnerisch. Frühstück. Müßige Ergebnisse müßiger Nachforschungen, wie Goering sein Gift versteckte. – Radio-Rede des frommen Papstes, »Gott vor dem Staat«. – Gutes Nachgefühl von gestern. – Das Haus sehr still. – /Vorbereitungen zum neuen Abschnitt./ Ging zum Alten Haus. Heinrich zum Lunch.

Zum Thee der Geiger Pollack. Schrieb an Bermann wegen Adorno. Abends /im alten Faustbuch./ Radio-Diskussion zwischen Roggers u. einem Kommunisten. Der Chairman erklärt parteiisch.

P. P. Montag den 28. X. 46

Kühl und halbbedeckt. Nach dem Kaffee rasiert und gebadet mit pflegerischem Zubehör. Viel zu tun. Frühstück im Zimmer. – Die Zeitungen schämen sich nicht zu schreiben, die Deutschen nützten den split zwischen Ost u. West aus. – /Vorbereitungen zum Nächsten und Letzten. Fragebrief an Dr. Rosenthal wegen Kinder-Meningitis./ – 12¼ Fahrt /zur Ärztin./ ¾ stündiges Warten und Behandlung mit Kalk-Injektion. Lunch bei Brown Derby. Mit der Post Hefte einer Münchener Zeitschrift der jungen Generation »Der Ruf«, macht keinen schlechten Eindruck. – Nachmittags nur ein Brief. Huldschinsky, sehr krank aussehend, aber tapfer, mit Tochter zum Abendessen. /Las das Fitelberg-Kapitel vor./

P. P. Dienstag den 29. X. 46

Sonnig und kühl. Gut geschlafen. Körperlich kümmert mich der Katarrh von Luftröhre, Nase, oberen Bronchien. – /Vorbereitungen auf das Kommende./ Ging bis zum Sitz an der Straße. Frau Katzenellenbogen zu Tische. Nachmittags mehrere Briefe mit K.. Abends Beschäftigung mit der Münchener Zeitschrift »Der Ruf«. Doch verstimmt durch die Generationsattitüde und befremdende Lobsprüche. –

P. P. Mittwoch den 30. X. 46

Klares Wetter. Frühstück auf der Terrasse. Bewegte morgens bei mir die Stellen »mit dem hellen Schwert ich vor ihm stund« und die Orchesterfärbung bei »seine Waffen hatt ich geweiht«. – /Begann das 43. Kapitel zu schreiben./ 1 Uhr Alfred Knopf zum Lunch. Ging mit ihm K. ein Stück entgegen. Er blieb freundschaftlich lange. Photogr. Aufnahmen auf der Terrasse. Ermüdet. Nach dem Thee Diktate an Mrs. Kahn u. a. an Dr. Jacobson wegen eines deutschen Buches über mich. Durch Stroh aus Deutschland, daß meine Briefe an Preetorius, Süskind, Reisiger kursieren. R. also nicht tot. Abends Tageslektüre.

P. P. Donnerstag den 31. X. 46

Klaus Pr. und Sohn von Seattle stündlich erwartet. – Langes Telegramm von Erika aus S. Antonio, Texas, antwortlich meines Briefes. – /Schrieb am neuen Kapitel weiter./ Nach S. Monica zur Pediküre. Etwas landeinwärts gegangen. Lunch in French Café. Nachmittags geschlafen. Brief an die Leute von den »Deutschen Blättern«, zu lang, wahrscheinlich überflüssig. Abends den /langen Vortrag »Th. M. ou la Séduction de la Mort«/ durchgesehen. Olle Kamellen.

Abendbesuch der Mrs. Johnson mit kostümiertem Töchterchen. Halloween.

P. P. Freitag den 1. XI. 46

Sonnig und kühl. Berichte über den beim gestrigen Hallowyn betätigten Vandalismus. Bösartigkeit und Zerstörungslust, unheimlich kennzeichnend. – /Weiter am Kapitel./ – Überraschende Ankunft von Klaus Pr. und Sohn mit Bus in Pacific Palisades, wo sie K. trafen. Holten mich auf dem Spaziergang am Ende von Amalfi Drive ein. Lunch mit ihnen, Bekanntschaft mit Haus und Garten. Viel zu berichten. – Beschwerendes Telegramm von Wallace wegen Mitarbeit an »New Republic«, die wohl notgedrungen vorderhand abzulehnen. – Schrieb nachmittags kurz an die »Deutschen Blätter«, ferner an Kesten. Abends mit den Kömmlingen im Wohnzimmer. Hörten 3. Brandenb. Konzert. – Sturmwind draußen.

P. P. Sonnabend den 2. XI. 46

Hell und windig. Sah die neuen Gäste noch beim Frühstück. – Mit K. wegen Wallace. – /Weiter am Kapitel./ Ging bis zum Alten Haus. Nachmittags Brief und Buch an Dr. Stroh, Deutschland. – Viel Plauderei. – Abends Verdi's »Othello«. – Entschuldigendes und herzliches Telegramm an Wallace.

P. P. Sonntag den 3. XI. 46

Hell, aber Landwind. Frühstück auf der Terrasse. Vattaru im Garten; der junge Neffe japanisch mit ihm. – /Am Kapitel./ Gegangen Amalfi Drive. In Klaus Pr.'s Manuskript über Musik, Harmonie. Mit ihm über dieses auch abends. Schrieb an Fougère über seinen Vortrag. Zum Thee Prof. Pollack.

Montag den 4. XI. 46. P. P.

Sommerliches Wetter. Am kurzen Übergangskapitel. /Fahrt zur Ärztin,/ Behandlung, die letzte bis auf Weiteres. Injektionen. – Lunch im Brown Derby. – Enorme Post, deren Lesung die Zeit nach der Ruhe bis zum Abendessen in Anspruch nahm. Deutschland. Auch Brief von Vikko, der vom Leben dort trübstes Bild gibt. Der Walter-Brief in der »Neuen Zeitung« erschienen. – Hörten abends César Franck und »Parsifal«. – /Brief von Dr. Rosenthal über Meningitis, wichtig, studiert./

P. P. Dienstag den 5. XI. 46

Sommerliches Wetter. Empfingen gestern japanische Geschenke von den Gästen: Lack-Schränkchen mit Tabletts, goldgesticktes Deckchen. – /Am Kapitel gegen das Ende./ Nach Westwood mit K. u. den Gästen, zum Haarschneiden. Auf dem Rückweg im Wahllokal am Boulevard; /meine nutzlose demokratische Stimme abgegeben./ – Wiederum starke Post. Beschwerungen (Students of World Government in Chicago, wo ich durchaus sprechen sollte.) – Nach der Ruhe, beim Ankleiden, /Anruf Bermanns aus New York, hat den Faustus bis zur Apokalypse zweimal gelesen, ist erfüllt von der Großartigkeit, Neuheit, erregenden Spannung des Buches. Wohltuender Eindruck. Hält das Erscheinen der deutschen Ausgabe vor der amerikanischen für unbedenklich. Druck in der

Schweiz. Korrektur hier./ – Abends in Kaysers Buch über Spinoza. Zum Thee, zur Ermüdung quälend beitragend, jüdischer Schafskopf mit deutschen Erziehungsplänen ohne Substanz. Fast grob abgelehnt.

P. P. Mittwoch den 6. XI. 46

Seit gestern Abend Wahlnachrichten, die beschränkten, aber klaren /Sieg der Republikaner/ ca. 55 zu 45% zeigen. Auch Roggers geschlagen. Europäische Kommentare: Truman habe die Partei zu sehr kompromittiert. Und: /im Gegensatz zur ganzen übrigen Welt stehe Amerika rechts./ Hauptgrund: Sick and tired. Wird nicht vorhalten. Unverschämter Kommentar des alten Hoover zu dem Resultat. – /Am Kapitel, bis auf 3 Worte zu Ende./ Ging weit. – Zum Thee sympathischer junger Amerikaner, Freund der Gäste. Danach bei mir /politisch erschütterter und leidenschaftlicher Student/ von der Chikagoer World Government-Organisation. Langes Gespräch. Zusicherung der Unterstützung, /Abwehr der Reise. Keine Zeit für anderes./ Las abends im New Yorker fesselnden Bericht über das Roosevelt-Buch der Miss Perkins. – Europ. Post. Langer, spitzig-dämlicher Verteidigungsbrief von Süskind. – Überreizt, müde, enerviert auch von der unklar limitierten Gegenwart der Gäste.

P. P. Donnerstag den 7. XI. 46

Neblig bedeckt, kühl. Frühstück mit Klaus Pr.. Katja zum Bahnhof, Peter Pr. abzuholen, der zur bürgerlichen Einschwörung hier. – – /Schluß des XLIII. Kapitels. Schrieb eine Seite des XLIV../ Ging über das Alte Haus, eingeholt von Peter Pr.. Wiederbegrüßung und Mittagessen zu fünfen. Nachher in »The Nation«. »Nostromo«, seltsames Werk. /Brief von Bermann, tief erregt vom Roman, in Ergänzung seines Anrufs, – der vielmehr den Brief ergänzen sollte./ Viel anderes. Zerstreut und beunruhigt durch die Unmöglichkeit, die Korrespondenz zu überblicken und zu versorgen. Manuskript über

»L.i.W.« aus Tirol, dämlich. – Einiges geordnet u. vorbereitet. – Abends in Rauschnings neuem Buch. Wagner-Musik im Anschluß an Klaus Pr.'s Betrachtungen über die Dreiklang-Symbolik.

P. P. Freitag den 8. XI. 46

Kühles, etwas rauhes Wetter. Frühstück im Zimmer. Verheißungen der siegreichen Republikaner, große Einsparungen am Apparat zu machen u. die Steuern zu senken. Demokr. Vorschlag, Truman solle abdanken u. Stassen zum Vice-Präsidenten ernennen, abgelehnt. – Mit K. über Süskinds Brief. – /Artikel-Brief über World Government zu schreiben begonnen./ Brief an Dr. Kayser über »Spinoza«.

P. P. Sonnabend den 9. XI. 46

/An dem Artikel weiter, nolens./ Fahrt nach Corona del Mare. Frau Massary zum Lunch. Nachmittags Reihe von Briefdiktaten an K.. Abends Mehreres in der »Weltwoche«. Über die Entvölkerung Europas, die Vergreisung Deutschlands. – Bellini's »Norma«. – Telephon mit Erika, Chicago.

P. P. Sonntag den 10. XI. 46

/An dem Artikel weiter./ Mit K. Amalfi Drive; zurück mit Eva Hermann, die in Abwesenheit von Klaus Pr. Lunch mit uns hatte. Besuch von Koto und Vattaru, um mit dem Neffen japanisch zu sprechen. – /Über Nietzsche in dem Buch »Abschied von der bisherigen Geschichte« von Weber./ Abends Platten-Musik.

P. P. Montag den 11. XI. 46

/An dem Artikel./ – Regentag. – Nachmittags nach Hollywood ins »Esquire«, hübscher Noel Coward-Film »Short encounter«. Späteres Abendessen.

Dienstag den 12. XI. 46
Dunkler Regentag. /Schrieb am Artikel./

Mittwoch den 13. XI. 46
Schwerer Regen die Nacht hindurch. Morgens Blitz und Donner. Erwachte früh und hatte Jucken, das mit Acid und Oilments beseitigte. – Bei der Parlamentseröffnung erneute /Hetz- oder Warnungsrede Churchills gegen Rußland./ – Schweres Erdbeben in Peru. – In der »Weltwoche« der Leitartikler Schumacher aus New York dummdreist über Amerika. – Furchtwängler in Luzern blättert für E. Fischer um und tauscht mit ihm unter Applaus. – – /Beendete nachmittags den Artikel für Chicago,/ besserte nach Tische daran und las die 10 Seiten nach dem Thee K. vor. Mit der Post dänische Broschüre »Th. M. og Nazismen« von Elkjaer. Von der Jacobson das in Berlin erschienene Buch /»Th. M. und die Krise der bürgerl. Kultur« von A. Bauer./ Nicht dumm. – Abends Gäste: Prof. Arlt und Frau, Wolfg. Reinhardt u. Frau. Dazu die Verwandten. Las nach dem Kaffee den politischen Aufsatz, bedenklich für Arlt, enthusiasmierend für den jungen Reinhardt. Diskussion. – Beeindruckt, nach Weggang der Gäste von Klaus Pr.s Bewunderung der 55 deutschen Radiosendungen, deren Lektüre er beendete. »Ein großes Dokument!« Eben als Zeitdokument wird es bleiben, ich glaube es selbst. – – Vorübergehend klares u. helles Wetter, dann wieder Gewitter und Regen. – Anruf Golos aus New York.

P. P. Donnerstag den 14. XI. 46
Nachts erneuter Regen. – Gromyko in den U.N. gegen die Aushungerung durch »monopolies and middlemen«. – 60 englische labor-Mitglieder des Hauses erklären sich gegen die britische Außenpolitik und die Vertiefung der Kluft zwischen Amerika und Rußland, die ein World Government verhindere – ganz im Sinn meines Artikels. – – Hesse erhält den Nobelpreis. Diskussionen darüber. Suchte, um für ein State-

ment bereit zu sein, den Artikel über ihn von 1936 aus der N.Z.Z. hervor. Anfrage des »Aufbau«, abzulehnen. – /Nahm die Arbeit an Kap. 44 wieder auf./ Ging Amalfi Drive. Nachmittags Organisation des Wusts unbeantworteter Briefe. Abends allein mit verschiedener Lektüre.

P. P. Freitag den 15. XI. 46

Aufgehelltes Wetter. Shaw begrüßt die Aktion der 60 laborites, die starken öffentl. Support hat und Bevins Stellung bedroht. Die Regierung in Verlegenheit über die Angriffe auf das reaktionäre Amerika. Merkwürdige Übereinstimmung dieser Bewegung mit meinem Brief an die Students. Telegramm an Hesse: »Finally the gentlemen in St. happened to join my ten years old idea.« – Arlt willigt in die Übersetzung des Artikels. – /Schrieb am Kapitel weiter./ Ausfahrt mit K.. Nachmittags mit ihr Brief-Arbeit, europ. Verleger etc. – Korrektur der Abschrift des Artikels. Abends altes Heft des Berliner »Querschnitt«, der musikal. Situation von 1930 gewidmet. 2 Ausgaben einer neu-deutschen Jugendzeitschrift mit gutgemeinten Artikeln über Heinrich und mich. – Tristanmusik. (Zum Lunch /der Musiker Dr. Eisler und Frau. Anregend.)/

P. P. Sonnabend den 16. XI. 46

Klares Wetter. Frühstück auf der Terrasse. Klaus Pr. zur Stadt als Dirigent eines Dilettantenorchesters. – /Am Kapitel weiter (Beschreibung Echo's)./ Bis zum Alten Haus gegangen. Nach Tische photogr. Aufnahmen für Life, den F.W.G.-Aufruf unterzeichnend. Nach dem Thee zahlreiche Diktate an Mrs. Kahn. Guggenheim-Gutachten. Mt.-Abschriften von ihr. Weiteres übergeben. Abends I. Akt der »Walküre«, ganz. Legte ein und ermüdete mich.

P. P. Sonntag den 17. XI. 46

Mangelhaft geschlafen inf. von zuviel Musik. Sonnig-sommerliches Wetter. Sturm gegen den Klu-Klux-Klan Senator Bilbo, aber frecher gegen /Wallace, der aufgefordert wird als Foreign agent zu registrieren. – Einiges am Kapitel./ Nachmittags langer Reklame-Brief für Unruh an den Verleger Schick.

Montag den 18. XI. 46

Morgens mit K. über die Kalamität mit ihrem Bruder und Neffen, deren Herüberkommen ein entschiedener Mißgriff. Sorgen wegen ihrer Zukunft um ihret- und unserwillen. – Letzthin Briefe aus Deutschland, russische Zone, über Beschäftigung des Radios mit mir und Benennung von Straßen nach mir. – Sehr ermattet nach den gehäuften morgentlichen Exerzitien, Bad und Behandlung vor und nachher. – /Proklamation Einsteins/ u. 7 anderer Physiker über die Gefahren der Atombombe u. die Notwendigkeit internationaler Kontrolle. –/Am Kapitel./ Mit K. Corona del Mare. Nachmittags Besuch von Huldschinsky. Diktate an Mrs. Kahn. Brief an Wallace u.a.m.. Telephon mit Klaus in New York zum 40. Geburtstag. Auch mit Erika. – Die Übersetzung des Artikels. Viel Arbeit bis in den Abend hinein mit Verbesserungen und Übertragungen. Bis ½12 dann in Newmans »Wagner« über Nietzsche. Seine Auffassung des Nietzsche vom Jahre 1875/76 falsch und unwissend, trotz der Fälschungen der Elisabeth. – »Nostromo« beendet.

Dienstag den 19. XI. 46

Unruhige Nacht. Nebel. Frühstück im Zimmer. Klaus Pr., der gestern den ganzen Tag unterwegs war, über seine Aussichten. – Gefangensetzung des Lewis ? – Ringführer des Filmstreiks verhaftet. – /Am Kapitel (Echo)./ Ging mit K., von Felix geholt. – Zum Thee Mrs. Irish, für Klaus Pr.. – Schrieb an A. Einstein und A. Busch zum Tode seiner Enkelin. – Neumanns zum Abendessen. Regen.

Mittwoch den 20. XI. 46
Regen. – Gefährlicher Grubenarbeiterstreik. Bereitschaft der Truppen. Augenscheinlichste unmoveability des Profit-Systems. – Die deutschen Gewerkschaften werden nach Manchester Baddy mehr u. mehr zur Maschinerie u. Kristallisationspunkt für den nationalen »Wiederaufbau«. Die verschiedensten Elemente schließen sich an und nützen die Förderung durch die Alliierten aus. – – /Arbeit am Echo-Kapitel./ Mit K. etwas gegangen. Mit der Post »Twice a Year« mit einigem aus dem Tagebuch. Nachmittags Briefe u. Geschäfte mit K.. An Bohnenblust, Genf. Abends Zeitschriften. Im Radio Nachrichten über den Miner-Streik u. die schwebende Verhaftung des Lewis. Scheinbar ausweglose Situation. Gefühl verhängnisvoller Spannung und immer »dickerer Luft«. Bürgerkrieg gewiß nicht ausgeschlossen.

Donnerstag den 21. XI. 46, P. P.
Klarer, kühler Morgen. /Sehr beschäftigt mit dem Fortgang des Kapitels schon beim Rasieren u. vor dem Hause./ Frühstück im Zimmer. – /Am Kapitel./ Nach dem Thee zu Adornos. Las ihnen den »Students«-Artikel. Zu mild gegen Rußland, dessen Zustand krasse Regression u. Verrat an der Revolution bedeute. /Exzerpte aus dem Volksbuch; Ideen zum Faust-Oratorium. Das Ganze chorisch, historisch bezogen auf das alte Lamento (Monteverdi) Durchbruch zum *Ausdruck* aus der Konstruktion./ – Abends /im Newman über Wagner u. Nietzsche. Sehr unzufrieden./

Freitag den 22. XI. 46
/Am Kapitel, umzuschreiben./ Mit K. gegangen. Die Gäste meist aus. Mit K. langer Brief an Bermann über versch. Punkte, bes. das Erscheinen der deutschen Ausgabe vor der amerikanischen. Druck des Faustus in St. Gallen! – Druckfehler im »Gesetz«, Korrektur gelesen. – Über Parsifal im Newman, der über Wagner als Denker oft spricht, wie über Nietzsche, jenem

aber um der Werke willen alles verzeiht, als ob die nicht etwas mit dem Denken zu tun hätten. Übrigens nennt er ihn einen /born amateur./ Die damit verbundene Unbescheidenheit ging N. auf die Nerven.

Sonnabend den 23. XI. 46

Regen. – /Schrieb am Kapitel./ Ging etwas mit K.. Mit der Post, verspätet, das Radio-Interview mit Dworkin. Völlig unmöglich. – Schrieb nachmittags an Mme Berg in Liège, deren Anrede sympathisch gewesen. – Zum Abendessen /Adornos. Ich las nach dem Kaffee im Studio das Gespräch in Pfeiffering und Rudolfs Tod. Der Vergleich mit »Parsifal« und dessen Verhältnis zu allem Vorhergehenden drängt sich mir immer wieder auf. Nie hat mich, dabei bleibt es, eine Arbeit so erregt und bewegt./

P. P. Sonntag den 24. XI. 46

Nachts Sturm. Der Tag föhnig blau. Nach dem Frühstück Telephon mit Neumann über die verzweifelte Unmöglichkeit des Interviews. Plädierte für Vertagung. – /Geschrieben am Kapitel./ Etwas mit K. gegangen. Zum Lunch Dr. Angell und Frau, bis 4 Uhr. ¾6 Uhr Mr. Dworkin zu langer Arbeitssitzung über das Interview, das ich zum Besseren dirigierte. Abends »Das Gesetz« zuende korrigiert. Skandalosität der Ausgabe.

Montag den 25. XI. 46

Sonnig. /Schrieb am Kapitel./ Ging bis zum Alten Haus. Die schwedische Ausgabe von »Lotte in Weimar«. Briefe mit K.. Nach dem Abendessen /Konferenz mit Adorno über die »Symphonische Kantate«./ Nachher im Living Room mit dem Ehepaar. Diskussion über Tschaikowsky. Strauß' Gedicht an »Minister Frank«.

P. P. Dienstag den 26. XI. 46

Unruhig geschlafen durch Schuld der /abendlichen Gedankenarbeit./ – Sonnig. – Frühstück auf der Terrasse. – /Am Kapitel./ Mit K. u. dem Pudel in den Alleen nahe der Ozean Promenade gegangen. Brief von Vikko. Nachmittags handschr. Danksagungen. 7 Uhr Abendessen und zu viert nach St. Monica ins »Majestic«: recht ordinärer Revolver-Film, nach Hemingway, »Killers«. Zu Hause Chokolade u. einige Musik.

P. P. Mittwoch den 27. XI. 46

Erregte Nacht nach den unzuträglichen Eindrücken u. Reizungen. Wärme, fast Hitze. – /Am Kapitel./ Allein gegangen, abgeholt von K. mit Heinrich, dem ich vorm Essen den Brief an ihn aus Deutschland mit seiner frühen Salon-Zeichnung einhändigte. – Nachmittags im Studio geruht. Konferenz mit Dworkin. Die Sache nun erträglich. Abends »Harold in Italien«: Der wiederkehrende Umleitungs-Glockenton im 2. Satz. – Die 4 »Ernsten Gesänge«. – Brief von Mrs. Meyer über die Krise und den »Dämon« Lewson.

P. P. Donnerstag den 28. XI. 46

Thanksgiving. Ohne Bedienung. – Was ist mit meinem World Government-Artikel. Von niemandem Antwort. – /Schrieb am Echo-Kapitel./ Ging nachmittags müßig. Abends beim besten Hören der Missa Solemnis versagte aller Strom. Wir saßen bei Kerzenlicht, ohne den Grund der Störung erfahren zu können, die fast 2 Stunden währte. Während des Zubettegehens dann trat wieder Erleuchtung ein und ich konnte vor Einschlafen in den Geschichten aus Indien von Kipling weiter lesen.

Freitag den 29. XI. 46

Leichter Nebel. – Nach dem Frühstück Fahrt zur Stadt, /Studio K. F. I../ Radioleute, die Bibliothekarin der Public Library, der

Direktor. Photogr. Aufnahmen. Probieren des Dialogs, langwierige Kürzungen, sodaß das dumme Zeug auch noch verarmte. Sprach gut, ließ aber etwas aus u. veranlaßte den Partner zu einer sinnlosen Frage. Im großen Auditorium hörten wir das Ganze an und lachten. – Zum Lunch Eva Hermann. Viel unwichtige Post. Brief von Bermann, dem Adornos »Superklugheit« garnicht gefällt. – Anfrage von Harvard, ob ich Sorel gekannt habe, als ich die »Betrachtungen« schrieb. Mit seiner Idee vom Massen-Mythos als bewegender historischer Macht, steht er doch dem Fascismus weit näher. Ich kann mich nicht rühmen, dessen Prophet gewesen zu sein, es sei denn in warnendem Sinn. – Nachricht im Abendblatt: »Mrs. X. who shot herself on thanksgiving-day because she had not a thing to be thankful for, was thankful today for not being seriously hurt.« – In /Singers »Sprichwörtern des Mittelalters«./ – Zum Abendessen der Komponist Toch und Frau. Sehr komische Äußerung eines amerk. Arrangers of music über musikalische Creation, die immer nur »arrangement« sei. Trockene Naivität mit einem Kern von Wahrheit.

Sonnabend den 30. XI. 46

/Am Kapitel./ Gegangen bis zum alten Haus. Viel Post. Von K. Kellen Artikel in der Sowjet-sponsored »Täglichen Rundschau«, intelligent und erfreulich. Von Lion Aufsatz über Wagner. – Arbeit mit der Kahn. Druckfehler-Listen für Stockholm. – Von Angell eine Blake-Auswahl. – Abends 4. Symphonie von Mahler, mit Zweifeln gehört. Goethe-Lieder von Wolf, verkünstelt. Andere Lieder.

Sonntag den 1. XII. 46. P. P.

K. früh zum Bahnhof zur Einholung von Golo und Moni. Frühstück mit Klaus Pr. u. Sohn, die in ein Zimmer zusammengezogen. – /Am Kapitel./ Ankunft der Mittleren, Begrüßung bei mir. Viel mit Golo im Lauf des Tages. – Blake-Ausgabe von Angell. – /Viel im Tempest./ – Brief an die

Meyer, unbeendet. Abends allerlei Musik. Entzückt vom »Musensohn«.

Montag den 2. XII. 46

Sonnig. Frühstück mit den 4 Gästen auf der Terrasse. – /Am Kapitel. Einteilung ?/ – Nach Westwood zum Haarschneiden. Viel unnütze Post. Schrieb den Brief an Mrs. Meyer zu Ende. Zeitschriften aus Pedanterie durchgesehen, statt Verständiges zu lesen. Im New Yorker interessante Besprechung des Buches »Kaputt« von Malaparte. – Brief von Bertaux, noch zu lesen. – /Vorzügliche photogr. Aufnahmen von mir aus Canada./

Dienstag den 3. XII. 46

Neblig. – /Am Echo-Kapitel, die Gebete./ Etwas allein gegangen. Briefe von Reisiger, Kerényi, Hans Blüher (!). – Kurzer Brief an Heimerans Verleger. Studium von Anliegen. Dinner bei Nathans mit oesterr.-amerik. Paar und dem irischen Verfasser von How green is my valley. Dieser in großer Haltung über Hindenburg und Lewis, nonsense. Bei Tisch war er überrascht, mich »harmless« zu finden. – Briefe ausgefertigt. Spät zu Bett.

P. P. Freitag den 6. XII. 46

Seit gestern Nebel, nachts in Regen übergehend. /Schrieb am Echo-Kapitel mit Leide./ Erledigte Briefe mit K.. Schrieb gestern Mehreres eigenhändig: an Lion, an den jungen Verfasser des Artikels in der »Tägl. Rundschau«. – Die Kohle-Förderer-Strike-Affaire spielt weiter. Verurteilung der Union zu 2½ Millionen, Lewis' persönlich zu 10 000 Dollars. Sinnlos. Zu fundamentaler Abhilfe ist das Land nicht in der Verfassung. – Las gestern Abend für Golo, Moni und die Pringsheims das Schleppfuß-Kapitel, von K. aufs neue akklamiert, sonst wohl nur von Golo gewürdigt. Ich wählte es wegen des Schlusses über den Bösen Blick. – Telegrammwechsel mit Wallace über den W.G.-Artikel, den am liebsten zurückzöge. Er insistiert. – /Echo's Todeskrankheit./ – In Beverly Hills zur Lungenphotographie. Kein Schatten. – Briefe mit K. erledigt. Absage-Telegramm an Wallace auf Rat von Golo. – Neue Lockungen des Agenten Hohenberg wegen Europa.

P. P. Sonnabend den 7. XII. 46

Helles Wetter nach sehr kühler Nacht. Schlaf unruhig von der Arbeit. – Der Fall Lewis geht an den Supreme Court. – /Am Echo-Kapitel./ – Gegangen Amalfi Drive. – Der Kohlenstreik abgeblasen. Dramatische Allüren des Lewis. – Nachmittags 3 Ein Blatt-Briefe. Zum Abendessen Golos ungarischer Kriegskamerad Bartoš. Vorlesung von »Schildknapp« nebst Anschließendem. J. Strauß-Musik.

Sonntag den 8. XII. 46

Golos Freund hier übernachtet. G. im Living room. – /Am Kapitel, unter Schwierigkeiten und mit Leide./ Gegangen über das Alte Haus. – Geschichten von Kipling. – Zum Thee amerikanische junge Leute, Freunde des Sonny aus Japan, Regisseur der Eine, der andere, sehr schweigsam, Dichter. Hatte gesagt, seit Roosevelts Tode sei ich der größte Mann u. war also wohl beklommen. – Ein paar kurze Briefe. – Abends Parsifal-Musik.

Montag den 9. XII. 46

Eheirrung zwischen den Negern. Der Bursche im Raptus fort. Wieder ohne Bedienung bei vollem Haus. – Schöner Morgen. Ging etwas vorm Frühstück. – /Am Kapitel./ – Gegangen und von Golo geholt. – Briefdiktate an die Kahn, darauf Studium des alten »Kleiderschrank«. –

Dienstag den 10. XII. 46

Dankesbrief der »Students«, angeblich stirring effect meiner Message. – /Am Kapitel bis 11 Uhr./ Dann Fahrt zum N.B.C.

für Radio Basel. Las die Novelle gut. – Nachmittags Journalistin v.d. Daily News zum Thee. Handschr. Briefe: an Kölwel wegen seiner Elegien. – Schönes Geschenk von der Herz: Carlyles Schiller-Biographie, deutsch, aus Goethes Bibliothek. – Abends angegriffen.

Mittwoch den 11. XII. 46. P. P.

Heiteres, warmes Wetter. Frühstück auf der Terrasse. Mit Klaus Pr. über Möglichkeiten seiner Zukunft. – – /Beendete, wie es nun eben sein mußte, das 45. Kapitel./ War mit K. auf der Promenade. Schrieb nachmittags an Erika, vom Weihnachtsbesuch abratend und /wegen Zusendung der jüngsten Kapitel während ihres Ruhestandes in New York./ – Golo in Pomona, auch Vater u. Sohn aus. Abends für mich. Las in der Nation, in Carlyles Schiller, über die Räuber, und sah einen Vortrag von Klaus Pr. über Musik in Japan durch.

Donnerstag den 12. XII. 46. P. P.

Nachts gefroren. /Früh erwacht, erregt von dem Stande des Buches, der beabsichtigten Mitteilung des Letztgeschriebenen, dem noch zu Tuenden./ – Frühstück auf der Terrasse. – /An den beiden Echo-Kapiteln gebessert./ Dann Brief an die Lowe. Mit K. auf der Promenade. Hatten dann Lunch im Coffee Shop des »Miramar«, dessen splendider Umbau noch unfertig. Zu Hause Durchsicht der Post. Im Bette Geschichten von Gogol wieder zu lesen begonnen. Klaus Pr. von seiner lecture in der Universität. Einiges Handschriftliche. Zum Abendessen Golo von seinem Besuch in Pomona College zurück. Wahl zwischen der Professur und der Stellung bei Voice of America. – Im Radio politische Predigt des Pastor Niemöller. /Danach, ½10, las ich die beiden Echo-Kapitel, tief bewegt und mit soviel bewegender Wirkung auf die Zuhörer wie wohl noch mit keiner Vorlesung. Gespräch darüber, Erregung, Freude, Ergriffenheit und Ermüdung./

P. P. Freitag den 13. XII. 46

Unruhiger Schlaf, früh erwacht. /Nachklingen und Bedenken des Gestrigen./ – Neblig. Frühstück mit Golo u. dem Schwager im Zimmer. – /Beschäftigung mit Material fürs Kommende./ Gegangen Amalfi Drive fast hinunter. Viel Post, Drucksachen, die »N. Rundschau«. Plattengeschenk von Medi, Schumanns Violinkonzert, völlig zerbrochen. Nachmittags Brief an Medi. Dinner bei Zifferen mit der Mutter der Frau. Gute Verpflegung. Sonst wenig förderlich, außer durch die Bezeigung guten Willens. ½11 nach Haus.

Sonnabend den 14. XII. 46

Spät eingeschlafen. Las in der »Rundschau«. Treibender Nebel heute. Sehr dunkel. – Aufzeichnungen aus der Zeit des deutschen Zusammenbruchs, markiert. Irgend ein Brief. Mit K. über das »Haus des Juden«. – Von Herm. Hesse Aufsätze »Krieg und Frieden«. Andere Lese-Sendungen aus der Schweiz. Nachmittags mit K. /zu Adornos. Thee mit ihnen. Schnaps. Mit A. seine musik. Winke für die »Weheklag« durchgesprochen./ Abends über den »Existenzialismus« in der N.R.[.] Enorm müde. Las nur 2 Seiten in Dostojewskys »Totenhaus« und schlief unversehens ein.

P. P. Sonntag den 15. XII. 46

Schlief bis 7 Uhr durch. Wieder dicker Nebel, der gestern die Heimfahrt von Adornos sehr beschwerlich machte. – /Stellte gestern fest, wie fruh schon unter uns von dem bevorstehenden Wettstreit zwischen Amerika u. Rußland um den Wiederaufbau Deutschlands die Rede gewesen. (Anfang April 45.) – Vorbereitungen zum nächsten Kapitel./ Mit K. in Pacif. Palisades überm Ozean. Zum Lunch Frau Tiemig, von Wien und Salzburg zurück. Erzählungen. Nach dem Thee Briefe geschrieben. Abends Monteux-Konzert mit Strauß' »Eulenspiegel«, seinem Besten und einem Klavier-Konzert von Schostakowitsch, lustig und garnicht schlecht. War sehr müde und ertrug schlecht das nachf. »Lied von der Erde« in dem Gefühl, Mahler im Grunde nicht leiden zu können. »Ein Vöglein singt im Walde«, mit Sologeige, was soll mir das bei dem krampfigen Gewaltmenschen. – Hatte noch Briefe auszufertigen. Bekam Abschriften von der Kahn, bei denen die Kapitelzahlen nicht stimmten. Sah auch in den Text und war angewidert. Fühlte mich sehr elend.

Montag den 16. XII. 46

/Vorbereitungen zu Kap. 46./ – Gegangen Amalfi Drive. – Entsetzlich viel Post, lange deutsche Briefe, Zumutungen. Konnte nur einigermaßen sichten, aber nicht lesen. – Nachmittags Korrektur zweier Kapitel des Abgeschriebenen. – Zum Abendessen Gäste: Lubitsch und Feuchtwangers, im Ganzen 9 Personen bei Tisch. Leidlich angenehmer Verlauf.

Dienstag den 17. XII. 46

/Begann 46 zu schreiben./ Ging mit K., abgeholt vom Neger. Wieder viel deutsche Post, kaum gelesen. Bericht von Vikko über einen Abend bei Cronauer in München, wo »D.u.d.D.« verlesen wurde, und er »von mir zu erzählen« genötigt wurde. Journalisten. Das Ganze arm und rührend. – Schrieb nachmittags an die Meyer zum Dank für ein Geschenk feiner Teller, das eintraf. – Abends in einem Mt. »Joseph oder Bürgerlichkeit als Mythos« oder so ähnlich, aus Oesterreich an Bermann gekommen. – Helleres Wetter. K. las Briefe vor, einen von F. Neumann, der leider dramatische Märchenpoesie sandte. – Aufsatz von Dr. Mahlberg, Bern, über mein Verhältnis zur russischen Literatur, im »Bund«. – Alter Artikel über Walter, von Schuh in der N.Z.Z. wieder veröffentlicht. –

Mittwoch den 18. XII. 46

/Am neuen Kapitel./ Gegangen und von K. mit Heinrich abgeholt, der mit uns zu Mittag aß. Nachmittags Briefe mit K.: an Br. Walter, Lugano, an Liesl Frank, N. Y., an Frau Cassirer in Sachen Musil. – Abends Korrektur mehrerer abgeschriebener Kapitel. Betrachtungen über gleichgeschl. Liebe vielleicht als zu direkt weglassen.

Donnerstag den 19. XII. 46

Das Negerpaar für 14 Tage fort. Klarer Tag. Wasser-Kalamität von der unteren Toilette, einem leckenden Rohr ausgehend. – /Am Kapitel./ Gegangen u. von Golo geholt. Nachmittags Brief an Dr. Mahlberg, Bern.

Freitag den 20. XII. 46

Föhnwärme. K. unterwegs zur Einholung des für Weihnachten engagierten Mädchens, das sich nicht einfindet. Golo über seinen gestrigen Besuch bei Rauschning. Tabuisierung der konservativen Befreiungsbewegung von 1944 durch die Alliierten, Teil ihrer direktionslosen Politik. – /Am Kapitel; das Politische beendet./ In Santa Monica zur Fußpflege. Lunch im Fisch-Restaurant auf dem Ozean-Steg, angenehm. Geschlafen. Der Kahn Briefe diktiert und ihr die Echo-Kapitel zur Abschrift übergeben. Las die »Weltwoche«. Korrigiert weitere Kapitel. Unzufrieden mit der Abhandlung über die Homosexualität. Zu ändern.

Sonnabend den 21. XII. 46

Föhnlicht. Vorm Frühstück gegangen. Schreckliche Flutwelle in Japan. Churchill prophezeit den Untergang des Empire anläßlich Burma's. Amerikan. Erziehungsprogramm für die Jugend, militaristisch, fascistisch-moralisch. – /Knappe Kondensierung, Diskretisierung der Äußerungen über Adrian-Rudi./ Danach etwas weiter. Gegangen über das Alte Haus. Matronale Aushilfsfrau. Zum Thee Dieterle's, berichtend über Deutschland, viel Jammervolles. Abends einiges aus dem /»Messias«. Gelesen im »Ecce homo«./ Viel peinlichster, paralytischer Nonsense, aber bestimmend für die deutsche Prosa, ihren Rhythmus, ihre Sensitivität.

Sonntag den 22. XII. 46
Nachwirkend die Dieterle'schen Berichte über den Übelgeruch Deutschlands und der Deutschen. /Die S.S. Leute in den Lagern,/ deren Ernährung mit der amerikanischen auf gleichem Fuß, nehmen Sonnenbäder. – – Trübes, mildes Wetter, auf Regen sich vorbereitend. – /Am Kapitel./ Mit K. gegangen und mit den Mittleren zurückgefahren. – In Göteborgs Handels Tidning Artikel von Sandler »Th. M. i[n] America«. – Zum Thee der junge Eysold. – Einiges Handschriftliche. – /Abends wieder im »Ecce Homo«./

Montag den 23. XII. 46. P. P.
Im Elternhause war dies schon der Weihnachtsabend, auf den am 24. Großmutters Fest folgte. 55, 60 Jahre ... – Schwühl, zum Regen geneigt, der nachmittags sacht einsetzte. Ging nach der Arbeit noch ziemlich weit Amalfi Drive hinunter. Schrieb nachmittags an den Rittmeister Schölvinck. Abends in Joels »Nietzsche u. d. Romantik«, antiquarisch wieder angeschafft. – Klassizismus der Beethoven-Arien, Perfido und »Die Liebe wirds erreichen«. – Toscanini Dompteur-Exaktheit, alle haben Angst, ff.-Schreckensschläge. Nuts to you. – Schmückung des Baumes durch Sonny.

P. P. Dienstag den 24. XII. 46
Weihnachtsabend. /Tastete vorwärts an dem Faustus-Kapitel./ Regen. Ging mittags über das Haus des Juden. Nachmittags einiges Handschriftliche, Stadtrat Held (München). Nach 7 Uhr Bescherung mit der Gemme als Gast, die mir ein leichtes Arbeitspult schenkte. Viele Musikplatten u. Nützlichkeiten. Versehentlicher Kleist. Alle durch K.'s Mühe und Sorge erfreulich versehen. Telephon mit Erika und Klaus, mit Mill Valley, Frido. Poularde und Champagner. Las aus dem Biedermaier Gedichtband vor. Einige Musik.

Mittwoch den 25. XII. 46

Weihnachtstag. Regen. Bis gegen 9 geschlafen. Gemeinsames Frühstück. – /An der Kantate./ – Mit K. in der Nähe gegangen. – Unendlicher Regen, teils dünn, teils stürzend. Die Welt in Wasser. – Briefdiktate an K., das Dickicht etwas lichtend. – /Abends die IX. Symphonie. Scherzo und Adagio bewundernswert. Den letzten verzettelten Variationensatz kann ich nicht lieben. Stück von Corelli: Ein weiteres aus der Zeit mit manieriert gehäuften Echo-Wirkungen./

Donnerstag den 26. XII. 46

Klarere Frühe, dann wieder Regen. Gestern hunderte von Verkehrsunfällen mit tötlichem Ausgang. – /An der Kantate./ Nach Westwood zum Haarschneiden. Danach Lunch mit K. im Hotel Wilshire. Zu Hause Durchsicht der Post. /In D.'s »Totenhaus«./ Einiges Handschriftliche. Anderes beseitigt. – Abends in einem polemischen Aufsatz Klaus Pr.'s über Schönberg. Müßig. Unzufriedenheit mit der Leistungsfähigkeit (Nachlassen) unseres Grammophons. Wunsch nach einem neuen. – Weiterer Regen den ganzen Nachmittag.

Freitag den 27. XII. 46. P. P.

Weiterer Regen. Ungenügend geschlafen. Genugtuung des warmen Bades nach dem Kaffee. /Skandalöse activities des Unamerican Committee. Gegen die Library of Congress./ Fallen der Lebensmittel- u. Kleiderpreise. – /An der Kantate./ Gegangen bei rauhem Wind. Briefdiktate an die Kahn. Korrektur der Echo-Kapitel. Übertragung der Korrekturen in die Durchschläge durch K.. /Die Kapitel 35 bis 45 gehen zur Kontrolle an Erika./ – Walküre-Platten, leider tonschwach, aber die Szene Wotan-Brünhild meinem Herzen nah.

Sonnabend den 28. XII. 46

Einige Sonne, frisch. – Früh im Schlafzimmer Prüfung der Abschriften und /Enveloppierung an E.. An der Kantate, zweifelnd./ Mit K. Corona del Mare. Briefe an Bermann und sein Bureau. Dann Zeilen an Süskind (München) begonnen. Neumanns zum Abendessen. Gespenstisch beeindruckt durch Golos Erzählung von den tiefen Verbeugungen u. Hofknixen, die die Deutschen anfänglich vor den Siegern und gerade vor Emigranten in Uniform machten ...

Sonntag den 29. XII. 46

Heiteres, kühles Wetter. Russischer Antrag zur Beschleunigung von Abrüstungsbeschlüssen, unabhängig von Maßnahmen gegen die A-Bombe. – /An der Kantate./ – Gegangen bis über das Alte Haus. – Nachmittags den Brief an W. Süskind beendet. – Der Pudel kehrte gebissen u. zerzaust von Liebeswegen zurück, auf denen er abends wohl Kojoten begegnet. – Gekränkt von Tonschwäche neuer Platten aus schlechtem Material. – Monteux-Konzert mit gutem Programm. Menuhin spielte franz. Violin-Konzert aus der Nähe C. Franks. – Golo bei Angells.

Montag den 30. XII. 46

Nachts kam Sturm auf, kalt aus der Wüste. – Frühstück mit K. und Golo. – /An der Kantate gegen das Ende. Vergessen einer Einzel-Idee, wiederholt abhanden gekommen und bei Wiederkehr nicht notiert./ – Gegangen über das Alte Haus. – Brief an Preetorius. – Zum Abendessen Dr. Rauschning und Frau. Vorwiegend politisches Gespräch. Nach seiner Meinung die Deutschen als Volk nicht mehr möglich. Bleibt der einzelne Deutsche. Wünschbar die europäische Föderation mit deutschen Einzelgliedern. Kein Reich.

P. P. Dienstag den 31. XII. 46

Sylvester. Heller, windiger Tag. Die alte Magd Horowitz quittiert. K. muß neue Aushilfe suchen. – Frühstück im Mantel auf der Terrasse. – /Die Kantate, beinahe zu Ende./ – Gegangen über das Alte Haus u. mit Golo zurückgefahren. – Deutsche Post. Brief an J. R. Becher in Sachen Rohrscheidt und der darbenden deutschen Künstler. Melancholischer Brief von Preetorius, typisch für den mimosenhaften Zustand der Deutschen. – Beendete »Aus einem Totenhaus«. – Schrieb den begonnenen Brief an Preetorius zu Ende. – Champagner zu Languste und Soufflé. Nach dem Essen der junge Eysoldt, um, nach dem Kaffee meiner /Vorlesung der »Ärzte« und der Anfänge des Teufels-Kapitels mit der Hölle/ beizuwohnen. Sehr anstrengend. Bedeutender Eindruck. Gespräch kam auf Dostojewskij, auf /Hugo Wolf, der im Bordell, bei einmaligem Besuch u. bei einem Mädchen, das sein dort klavierspielender Freund ihm abgetreten, sich die Franzosen geholt./ – Italienische Musik. Zur 12 Uhr-Stunde Punsch.

1947

P. P. Mittwoch den 1. I. 47

Heller Tag. Nes-Kaffee früh. Drehte beim Rasieren das Radio an u. hörte beständige Glückwünsche. Ging vorm Frühstück die Straße hinauf. – /Schloß das 46. Kapitel ab, das jedoch mit Adorno durchzugehen./ – Ging mit K. über das Alte Haus, von Golo geholt. – Etwas erschrocken bei der Heimkunft durch ein /Telegramm, »not to be telephoned«. Von Erika: »Read all night. Shall go into newyear reddened eyes but happy heart. Wondering only how on earth you do it. Thanks, congratulations etc.« – Erfreut und bewegt. Wußte, daß sie über Echo weinen würde./ – Kam die /Berliner Ausgabe von »Lotte in Weimar«,/ in dezenter Ausstattung. – Möricke's Erzählungen. – Brief an Kerényi. – Buffet Diner bei Dr. Weil u. seiner amerikan. Frau. Wir fuhren zu Sechsen. Gespeist mit /Eisner/ und Klaus Pr.. /Viel über Musik, die schlechte Faktur des Meistersinger Vorspiels. Der billige Kontrapunkt. Über Schönberg. Über »Faustus«. Mit Feuchtwanger, Chaplin u. Frau, auch Dieterle/ etc. Fuhren um 11. Streit zwischen Niko u. dem Haushündchen.

P. P. Donnerstag den 2. I. 47

Helles Wetter. Neue Zugeherin. Der junge Pr. auf Bibliotheksarbeit. – /Begann auf Geratewohl Kap. XLVII/ zu schreiben. Kam nicht weit mit dem Spaziergang. – Chilenisch-spanische Ausgabe von »Herr u. Hund«, »El amo y el perro«. – Schrieb an Kerényi zuende u. erledigte anderes. – /Abends das vertraute Trio von Schubert. Glücklicher Zustand der Musik. Man wünschte, sie wäre auf dieser Stufe geblieben./ – In Werfels Gedichten, Ausgabe letzter Hand, woraus einiges vorlas. – Erster Jahrgang der Neuen Rundschau, gebunden.

Freitag den 3. I. 47

Die ersten Tage des neuen Jahres sehr hell und heiter. – Nes-Kaffee früh. Golo über sein gestriges Abendessen mit Heinrich. /Schrieb am – vorletzten! – Kapitel weiter./ Fuhr mit K.

in die Hardt-Gegend. Nachmittags Brief-Diktate an K., Petition an den russischen Marschall in Berlin wegen Rohrscheidt. Danach Handschriftliches. Abends, in Abwesenheit der Tokyo-Verwandten /in Joels Nietzschebuch/ gelesen. Das Romantisch-Verspielte. »Wer ihn wörtlich nimmt, der mißversteht ihn«. »Wer Verantwortung fühlt, kann nur einen Verbrecher in ihm sehen«. – Die infektiösen Gründe der Übersteigerung dem Verfasser offenbar noch unbekannt. – Erkältet, Empirin.

Sonnabend den 4. I. 47

Weiterer heller Tag. Tief geschlafen. Die Möricke-Prosa klug und fein. – /An Kap. 47./ – Gegangen über das Alte Haus. Schrieb nachmittags an J. Gassner-Hirsch, München, über seine Autobiographie. Verhältnis zum Religiösen. – Abends »Walküre« im Radio. Vorzüglich gebautes Drama. Unleugbare Grandiosität der Schlußszene. – Las zwischendurch die »Nation«. Artikel über die Situation des amerik. Kapitalismus.

Sonntag den 5. I. 47

/Geschrieben an 47 bis zur Ansprache./ Gegangen nur bis zum Boulevard. Zurück mit Eva Hermann, die mit uns lunchte. Zum Thee Journalist von Liberty, Freund des jungen Klaus von Japan. Kritik der Okkupation. – Einige Brief-Diktate an K.. Gelesen in Luthers Briefen. Auch im Simplicissimus. Abends erfreuliches Konzert unter Monteux: Egmont-Ouverture, Lohengrin-Vorspiel, ein rhythmisch übermütiges-schwieriges Scherzo von Schumann, letzter Satz der Symphonie von Frank.

Montag den 6. I. 47

Nebel, dunkel. /Erika sendet expreß das Manuskript zurück mit langem, rührendem Kommentar./ Beanstandung dreier Aussprüche Nepomuks, die ich nicht zu ändern wissen werde. – Die Familie nach dem Frühstück fort zur Probe des

Klemperer-Konzertes down-town. – Vorbereitungen für die Ansprache. – Mit K. gegangen und von Felix geholt. Nach Tische Lesen der Post. Sehr komischer Brief von Frido, getippt. Studium von Erikas Brief. Erregung über einen Auto-Accident und Konflikt K.'s. – /Nachmittags Korrekturen im Mt. an Hand von E.'s Brief. Konservierung, doch wohl, von Nepo's gewagten Sprüchen./ Gelesen den »Aufbau«, die »Weltwoche«, worin viel Interessantes, wenn auch im negativen Sinn. Ablehnende Besprechung von Werfels Todes-Roman von Humm.

P. P. Dienstag den 7. I. 47

Klares Wetter. Beim Morgenausgang erbitternde Begegnung mit der Nachbarin wegen Niko und der dort läufigen Hündin. – /Sprachliches zum Kapitel gesammelt./ Nachmittags 4 Seiten an Erika. Gelesen Tagesdinge in »Nation« und »Aufbau«. Über den deutschen Antisemitismus. /Wiechert über dies »hoffnungslose« (zweideutiges Wort) Volk. Käme Hitler wieder, 60-80% würden ihn mit offenen Armen empfangen./ – Nachricht vom Rücktritt des Byrnes als Minister des Auswärtigen. Nachfolger: General Marshall, aus China berufen. – /Einiges aus der Missa solemnis./

Mittwoch den 8. I. 47

/Möricke »Heinzelmännchen von Stuttgart.« Beherrschung des älteren Deutsch, scheinbar unstudiert./ – Schlechte Nacht. Erregung, Konkupiszenz. – Heller, sommerlicher Morgen. Niko im Hause gehalten. – Sah gestern /in Oprechts Sortiment-Katalog den Faustus mit vollem Titel aufgeführt,/ Preis in Leinen 15 Franken. /Erschreckend. – Schrieb an 47 weiter./ – Ging A. Dr. fast hinunter. Heinrich zum Lunch. Unterhaltung mit ihm u. Golo. Das okkupierte Deutschland. Nachmittags geschlafen. Später zahlreiche, z. T. ernstere Diktate an die Kahn. Zugunsten Kerényi's bei der Bollinger Foundation. Fragebogen Koshlands zum Essay-Band etc. – /Abends im

Simpl. Simplicissimus./ Musik gehört. Vorzügliche Mezzo-Sopranistin von der Metropolitan.

Donnerstag den 9. I. 47

Sommerlich. Diskussion der Ernennung Marshalls, bei der, trotz gewisser sinistrer Kommentare über den trend of the times kein schlechtes Gefühl habe. – Der Papst gegen zuviel Freiheit von Presse u. Film. – /Schrieb an 47 weiter (Ansprache) z. T. falsch./ Ging etwas bei drückender Sonnenhitze. Von Golo geholt. Müde. Viel Post zu lesen, lange Briefe, von hier u. aus England. Brief von Medi, den K. nach Tische vorlas. Jammer- u. Bettelbrief der blöden Cousine Jane. – /In Möricke gelesen/ u. geschlafen im sehr erhitzten Zimmer. Thee oben, angekleidet zum Dinner bei Korngolds, zu dem Frau Thimig uns als Pilotin abholte. Weite Fahrt ins ferne Hollywood. Haus an einem Weiher. Der Geiger Pollack von der Partie. Korngold gänzlich präokkupiert von einer unversöhnlichen Coinzidenz von Aufführungen. Viel zu essen. Nach 10 Uhr Aufbruch und Rückfahrt.

Freitag den 10. I. 47

Wenig erquickliche Nacht. Das Partywesen verwünscht. Leicht verdorbener Magen u. angegriffene Nerven. K. nach dem Frühstück bis nachmittags fort in Steuer- und Auto-Angelegenheiten. – /An 47 weiter./ – Gegangen bis zum Alten Haus, von Golo geholt. Dieser nach N. Y. berufen, reist Mittwoch, um seinen Government-Dienst zu tun; Moni mit ihm. – Zum Thee die alten Riebers. – In »Weltwoche« mehreres gelesen. Darstellung eines merkwürdigen Falles von Somnambulismus, nach einem alten schottischen Buch, durch Humm. –

Sonnabend den 11. I. 47

Früh erwacht. Fahrt zu Dieterles aufs Land, mich sehr belästigend, abgesagt. – /An 47./ – Mit K. Corona del Mare. – Nachmittags längeren Brief an F. Bertaux diktiert in Sachen Fayard

u. französischer Ausgaben. Handschriftlich an Frau A. Gerhard. – /Abends einstündige Vorlesung der Kridwiß-Gespräche u. der Apokalypse./ Golo und Klaus Pr. stark beeindruckt. Zufrieden u. sehr müde.

P. P. Sonnabend den 12. I. 47

Neblig und kühl. Vorm Frühstück gegangen. /Geschrieben [an] 47/ und gegangen. /Nachmittags Adorno, mit dem das Kantate-Kapitel durchging. Ausstellungen nicht musikalischer Art. Strapazierte Nerven, sorgenvoll. Beim Abend-Konzert innerlich sehr ablehnend gegen den »Schleiertanz« aus der »Salome«. Die Folkloristik von de Fallas Zigeunerstücken auch nicht mein Fall./ Contra-Alt mit schönem Material. Sehr müde.

Montag den 13. I. 47

Kühles, halb sonniges Wetter. – /Immer neue Flugzeug Katastrophen und Hotelbrände. – Neue Äußerungen Wallace's über den reaktionären Charakter der amerik. Politik. – Verstimmt, weil aufgehalten durch Verbesserungen am Vorigen. – Den ganzen Tag Beschäftigung mit dem Roman: Vormittags Änderungen am Kantate-Kapitel, dies auch nachmittags, abends Vorlesung des Fitelberg-Kapitels, zu vielem Amusement, für K., Golo, Moni, Klaus Pr. u. Sohn, den kleinen Bardoš und die Gemme./ Abschiedsfeier für Golo, der am Mittwoch reist. Champagner nach der Lesung. Gute Stimmung. An Musik aus »Margarethe« und auf meinen Wunsch die vorzügliche Leonoren-Ouvertüre III. –

Dienstag den 14. I. 47

Gut geschlafen, /getröstet durch die Vorlesung./ – Klaus Pr. beamtet an der Musik-Schule, Los Angeles. – /Aenderungen an Kap. 46, abschließend./ Gegangen bis zum Sitz an der Straße. – Langer Brief von Angell über den »Portable T. M.« – Große Heiterkeit über Nachrichten von Mutter Gret an Golo über Frido: Allgemeines Getu' mit ihm zum Verdruß des

Vaters. Nach einem Verweis von der Mutter, im Weggehen: »Goodby, du alte Närr'!« – Nach der Ruhe Thee im Schlafzimmer u. rasiert. Zum Abendessen Klemperer mit Frau u. Tochter. Geschichten, laut, überspielt, gelähmtes Temperament, eher schrecklich. Bis 11.

Mittwoch den 15. I. 47. P. P.

Reisetag für Golo und Moni. Verabschiedung von ihnen nach dem Frühstück. Ergriffen wie immer von solchem Vorgang. Der Frühkaffee in mehr als einer Beziehung unzuträglich, mag aber nicht von ihm abstehen u. schiebe den Entschluß hinaus. – /Schrieb an 47 weiter./ – Sturmwind vom Lande, unerfreulich. Ging mit K., von Felix geholt. – Las den /»Elementargeist« von Hoffmann./ – Nachmittags Brief an Basler, zugleich etwas an Hesse. – Klaus Pr. tagüber in Pomona. Musik abends, Ballettänze von Schumann, Spanisches oder Südfranzösisches von Milhaud.

Donnerstag den 16. I. 47

Gut geschlafen. Erneuerung des Sturmwindes. Eindrucksvoll die zwischen Frankreich und [England] geschlossene politisch-ökonomische Allianz. Erfolg Blums. – Wallace schreibt vertrauensvoll über Marshall. Ich unterzeichnete eine Glückwunsch-Botschaft des Committees for American-Soviet Friendship an ihn. – /An 47 geschrieben./ – Mit K. u. Klaus Pr. Lunch im Fisch-Restaurant auf dem Stege. – Zum Thee Schauspieler Kortner. Schrieb danach an Mrs. Meyer in Sachen des Vortrags in W.. Über die Situation des Romans. – Abends Musik des späten 17. u. frühen 18. Jahrhunderts. – Beeindruckt von einer psychoanalytischen Studie über Dr. Johnson. – Hamburger Akademische Blätter mit Geschichte der Lotte-Goethe-Mystifikation. –

Freitag den 17. I. 47

Sturm gemildert. Klarer Himmel. – /Schrieb weiter an 47./ – Nach Westwood zum Haarschneiden. – Fouqués »Undine«. – Nachmittags zahlreiche u. ermüdende Brief-Diktate an die Kahn: Wegen Musil an Knopf. Wegen des »Portable« an Angell u. m. a.. Abends panamerikanische Musik, Hauptstück eine brasilianische Instrumental- u. Chorangelegenheit modernen Schnittes, die manches vom »Apokalypsen«-Stil hatte.

Sonnabend den 18. I. 47

/An 47 gegen das Ende./ – Zu Besuch Fr. Hallgarten, mit der K. mich vom Gange abholte. Sie blieb zum Thee. Dazu Doktorand, mit dem im Studio über Fontane konversierte. Abendgesellschaft bei Singers, deutsch-amerikanisch. Bilder und Musik nach dem Buffet-Dinner. Neuer volltöniger Apparat.

Sonntag den 19. I. 47

Andauer des hellen Wetters. – /Schloß das vorletzte Kapitel ab./ – Mit K., ihrem Bruder u. dem Pudel nach Corona del Mare, dort ausgestiegen. – Nachmittags länger geschlafen. Nach dem Thee K. mehrere Briefe diktiert: an Bermann, Vikko, etc.. Das Monteux-Konzert abends wenig beifallswürdig, am wenigsten die Wagner-Stücke, schlechte Arrangements und als Konzertnummern gênant, besonders der brutale und armselige »Ritt«. Thibaut spielte etwas recht Leeres von Saint-Saens. Am besten noch die Cellini-Ouverture mit dem originellen Schluß: Generalpause, Cello-Solo und kurzer Kadenz. – Übertragung von Änderungen in die Haupt-Abschrift.

Montag den 20. I. 47

Andauer des hellen Wetters. Vorm Frühstück etwas gegangen. – /Vorbereitung auf das »Nachwort«./ – Gegangen über das Alte Haus. – Viel deutsche Post. Jammerbrief einer Frau. Kellen schickt einen guten Artikel von Harich aus der »Tägl. Rundschau« über die deutsche Ausgabe von »L. i. W.«

– Schrieb nachmittags zwei Briefe. – Die »Verklärte Nacht« von Schönberg ist sehr klangschön, aber zu lang, zu formlos, oft garzu tristanisch und zu substanzarm. Das einzige Thema liebt man vielleicht nur, weil es eines ist.

Dienstag den 21. I. 47

Heiße Föhnsonne. – Morgens mit K. über die Frühjahrsreise, das Haus unterdessen. – Stalin äußert gegen den jungen Roosevelt, ein Krieg sei nach dem Willen der Völker nicht möglich. – /Begann die »Nachschrift«./ – Mit K. bei überstarker Sonne in der Hardtgegend. Kultivierung des Belle Vue-Punktes. – Große Büchersendung aus der Schweiz. Brief von Reisiger mit komischen Erinnerungen. – Brief-Diktate u. -Besprechungen mit K.. Hilfe für Prof. Kutscher, halb abgeneigt.

Mittwoch den 22. I. 47

Sommerliches Wetter. Geringer Seewind. – /Am Nachwort weiter./ – Gegangen. Heinrich zum Lunch. Mit ihm über Nietzsche. – Recht unwohl, aufgetriebener Leib. Versuchten beim Pianisten Gimbel abzusagen, stiessen aber [auf] so tiefe Trauer und Weinen, daß wir fuhren. Kleiner Kreis mit Neumanns, Singers u. a.. G. spielte sein Programm für Carnegie Hall: Scarlatti, Schumann, Skrabin u. Chopin sehr virtuos u. musikalisch, aber für den Raum überlaut. Nachher Souper. Es wurde fast 2 Uhr, ehe zu Bett kam. Las die Geschichte des Obersten Morse.

Donnerstag den 23. I. 47

Heiteres, leicht nebeliges Wetter. Späteres Frühstück. – /An der »Nachschrift«./ Gegangen über das Alte Haus. Viele Bücher aus der Schweiz. Immer viel deutsche Post. Thee im Schlafzimmer. Gelesen in den Briefen von N.'s Mutter an O. – Abendgesellschaft bei Horckheimers. /Mit Adorno's über den Roman./ Müde. Vor 11 fort.

Freitag den 24. I. 47

Eher kühles, leicht nebliges Wetter. Vorm Frühstück etwas gegangen. – Müde und abgespannt. Etwas gearbeitet, dann »marschiert«, jedoch wegen heranfliegenden kalten Nebels umgekehrt. – Zum Thee Herr Fülip-Miller. Über heutige Physik und Astrophysik. – Photographie eines Oelgemäldes »Joseph meets Potiphar's Wife« von Katherin Mc Garrity-Snörd.

Sonnabend den 25. I. 47

/An der »Nachschrift« weiter, ohne Stimmung./ Mit Eva Hermann auf ihrem Bauplatz. Der Nachbar Ex-Rabbi Brown. Lunch mit ihr. »Lohengrin« aus New York. /Langes Schreiben nebst Dokumenten von Beidler aus Bayreuth/ in Sachen der Neu-Organisation des Wagner-Theaters. /Antrag der Ehrenpräsidentschaft./ Zweifel, die sich aus dem immer gleichen deutschen National-Charakter ergeben. – Thee im Schlafzimmer. Zwei handschriftliche Dinge erledigt. Zu dritt zur großen Geburtstags-Party bei Nathans. Zelt mit Kohlenbekken im Garten. Champagner. Souper mit Mrs. Rubinstein und einem amerk. Architekten-Ehepaar. Sinclair Lewis. Hundert Menschen. Daß man ohne die alliierten Bayonette in Deutschland seines Lebens nicht sicher wäre, geht aus vielen Nachrichten hervor.

Sonntag den 26. I. 47

Andauer des heiteren Wetters. – Erstehen einer ultra-konservativen »national-demokratischen« Partei in Groß-Hessen. – Telegramm des Agenten Hohenberg, daß sich europäische Vortragstour als unmöglich erweist. Beschränkung auf die Schweiz ? – /Weiter an dem Schluß-Kapitel – gegen das Ende./ Wenig gegangen. Zum Thee Gottlieb und Freund. Photographieen von Haus u. Garten. Dazu Mrs. Kahn, der eine Reihe von Briefen diktierte: an Vikko, Korrodi, Faesi, die junge Malerin des Joseph-Bildes etc. – Zweifelnd beschäftigt mit der Bayreuther Angelegenheit. – Beim Abend-Konzert interessantes, farbiges Stück von Respighi, »Pines of Rome«. Spielte mir Lieder danach.

Montag den 27. I. 47

Nebel, kühl. – /An der »Nachschrift«./ – Rundgang mit K. – In »Barthli, der Korber«. – Nachmittags mit K. dilatorischer Brief an Beidler. /Mein tiefes Mißtrauen gegen die polit. Entwicklung in Deutschland./ – Auch an den amerk. Universitäts Officer in Bonn. – Plan zu einem internat. Künstlerheim mit jährl. Festen im Staate New York. Dubito. – Großes Exposee von Medi über Geschichte u. Zukunft ständischer Vertretung. Rührend. – Lieder aus der »Winterreise«.

Dienstag den 28. I. 47

Regen-Unwetter. – /»Nachschrift«, bis vor den Schluß./ – Mittags nach S. Monica zur Fußpflege. – Nachmittags geschrieben an Mrs. Meyer und, ebenfalls handschriftlich, an den Bonner Dekan.

Mittwoch den 29. I. 47 [Abschluß des »Faustus«]

Klares Wetter. Schrieb um ½12 Uhr die letzten Worte des »Dr. Faustus«. Bewegt immerhin. Rückblickend. – Sonntag den 23. V. 1943: »Begann vormittags »Dr. Faust« zu schreiben«. Worauf schon am nächsten Tage wieder an einer deutschen Monatssendung schrieb. – Ging Amalfi-Drive ganz hinunter. /K. beglückwünschte mich auf der Rückfahrt. Mit Grund ? Ich anerkenne die moralische Leistung./ – Fast keine Post, aber langes Telegramm der Free World-United Nation wegen eines Beitrags über die deutsche Frage. Dies kommt zu anderen Forderungen: Interview des Figaro und einem Aufsatz über Proust, wenn das alles ist. – Schrieb an Oprecht, Zürich über versch. Punkte. 7 Uhr mit K. und Klaus Pr. nach Westwood ins Cinéma: S. Maugham-Film. Gut gespielt, aber zu lang. Nachher Abendessen mit Veuve Cliquot. Lieder der »Winterreise«. Sehr müde und überreizt.

Donnerstag den 30. I. 47

Klares Wetter. /Änderungen an Kap. XLVI./ Lunch im Café Français mit K., nach einem Spaziergang. Geschlafen. Nach dem Thee /Briefe mit K. an Oprecht und Warburg wegen der Reise./ Auch Handschriftliches. – Marshall zieht die amerik. Truppen aus China zurück, was wohl nur ein General sich leisten konnte. – Mit Adorno telephoniert wegen musik. Verbesserungen.

Freitag den 31. I. 47

Andauer des klaren und kühlen Wetters. Kältetode in Berlin, übrigens auch hier im Norden durch Blizzards. – Beschluß, die ganzen journalistischen Zumutungen abzuwehren und mich nach dem geplanten Ausflug nach San Francisco /dem Nietzsche-Vortrag zu widmen./ – Übertragung von Korrekturen ins 3. Exemplar. /Sinnende u. bessernde Beschäftigung mit dem Manuskript./ Mit K. im Tal der Gemme. Wasser und autochthone Bäume. – Aus Chicago Platten von Schumanns Violinkonzert. – Nach dem Thee /geschrieben an Mrs. Lowe-Porter in Sachen des Romans. Abends Vorlesung des »Weheklag«-Kapitels für K. u. ihren Bruder. Wärmste Akklamation des historischen Teils. Betrachtung der Gesamtkonzeption./ – Glückwunsch-Telegramm von Erika.

P. P. Sonnabend den 1. II. 47

Föhnwetter. Angegriffen. Die Atom-Kommission verlangt zur Sicherheit des Landes die erhöhte Produktion von Atomwaffen (nun hundertfach »verbessert«) statt der Entwicklung für Friedenszwecke! – /Beschäftigung mit dem Manuskript. Einteilung in 6 Bücher./ Bei Sonnenhitze nur wenig gegangen. Zurück mit Heinrich. Lunch mit ihm und Fr. E. Heims. Lange Briefe zu lesen aus Hamburg, Shanghai und von Angell, der neuerdings über einen Beitrag für den »Portable« schreibt. – /Nachricht vom Hinscheiden Huldschinski's/ nachts 3 Uhr. Die gewohnte Erschütterung durch das Mysterium. – /Nach

5 zu Adorno's. Musicalia in Sachen des Violin-Konzerts u. der Kammermusik. Mußte den Schluß des Faustus-Kapitels zweimal lesen. – Abends Vorlesung der letzten Abschnitte des Romans für K. u. ihren Bruder./ Las müde. Die Wahnsinnsgesellschaft gut und schön. Die »Nachschrift« zu kläglich.

Sonntag den 2. II. 47

Föhnig – dunstig. /Morgens mit K. über mögliche Befreiung der Nachschrift von Bedrücklichem./ – Frühstück auf der Terrasse. – /Einteilung, Motto. Bemühungen um das Violinkonzert, auch nachmittags./ Buffet-Dinner bei Tochs, mit Musikern. Plattenvorführungen: Chinesische Flöte und Quartett.

Montag den 3. II. 47

/Umarbeitung des Violin-Konzerts./ Zwischendurch bei Dr. Wolf zum check-up, ohne Anstand. Kondolenzbrief an Frau Huldschinsky.

Dienstag den 4. II. 47

Sommerliches Wetter. /Bastelei an der Violinsonate, die ich wieder einsätzig machte, dann an der Kammermusik, selbst nach Tische./ Mit K. Corona del Mare, erfrischender Seewind. ½3 Photograph, livländischer Adel, homosexuell. Aufnahmen, die mich ermüdeten. Zum Thee Miss Dana. – Bücher von Knopf. /Memoiren Szigeti's, worin viel vom Grammophonkapitel im Zbg. die Rede./ Er will der »Geist eines Violinisten« gewesen sein, der Rubinstein spielt. – Anekdoten aus der Seelig'schen Sammlung. Börnes unglaubliche Naivetät. – K. morgens zu Huldschinskys Begräbnis. Endlose katholische Messe. Absurd.

Mittwoch den 5. II. 47

Andauer des Sommerwetters. Der Butler Felix echappiert gestern Abend in abnormem Zustand mit dem Ford u. wird arretiert. – /Schrieb die »Kammermusik« nach A.'s Entwurf zu Ende und strich Bedrückendes in der »Nachschrift«./ Das Abzuschreibende für die Kahn geordnet u. bereitgestellt. – Gegangen bei erquickendem Seewind. Bücher aus der Schweiz. K. u. ihr Bruder nachmittags zu Feuchtwangers. Mit der Kahn allein, diktierte ihr mehrere Briefe, bes. an Knopf wegen des »Portable«, und übergab ihr das Manuskript /bis auf das »Violinkonzert«, das ich nach ihrem Weggang *noch* einmal umzuschreiben begann./ Hörten abends Teile des /nachgelassenen Violinkonzerts von Schumann/ (Geschenk Medi's). – Las letzthin »Z. Marcas« von Balzac. Begann die »Frau von 30 Jahren«. Balzac erzählerisch stark inspirierend.

Donnerstag den 6. II. 47. P. P.

Bedeckt und kühl. – Amerik. Entdeckung eines riesigen Landgebietes in der Südpol-Zone. – /Das »Violin-Konzert« fertig umgeschrieben u. endgültig abgelegt./ Dann allerlei Briefe und Beseitigungen. Gegangen beim Miramar, Lunch mit K. im French Café, wo wir Dr. Joseph u. Frau trafen. Brief von Vikko. Bermann-Bücher aus der Schweiz: Hofmannsthal, Zweigs Balzac etc.. Wachsende Schwierigkeit der Unterbringung. Auch nach dem Thee etwas korrespondiert. 7 Uhr Fahrt zu /Neumanns: Champagner-Abendessen zur Feier der Beendigung des Faustus und Vorlesung der Echo-Kapitel. Sichtliche Ergriffenheit. Die Gestalt des Kindes zweifellos das Beste und Dichterischste in dem Buch./ Weiterer Champagner. Kam mit schlechtem Magen, der durch die Stärkungen in die Reihe kam. Angenehme Heimfahrt ohne Nebel, der zu fürchten gewesen.

Freitag den 7. II. 47.

Starker Nebel, sehr kühl. In Florida Kältewelle. Erneute Unzuträglichkeiten vonseiten des schwarzen Couples. Der Mann noch im Gefängnis wegen betrunkenen Fahrens. Die Frau, die gestern ihren freien Tag wahrgenommen, will heute zur Verhandlung und ihn mit vorgeschossenem Geld auslösen. Leidige Beschwerung K.'s. – Brief an Humm in Zürich. – Ging mit Marcuse spazieren, der nebst seiner Frau bei uns lunchte. Viel über Nietzsche, den er »denazifiziert« wissen will. – Den Brief nachmittags beendet. Abends die Collectiv-Conzeption »Genesis«, von Milhaud, Toch, Schönberg etc.. Toch am gefälligsten. Durch solche Dinge stark erinnert an Adrians Musik. – /Kitty Neumann »hat nachts nicht geschlafen und immer an das Kind denken müssen.«/ – Die Kahn kam abends 10 Uhr brachte Briefe und nahm das Violinkonzert-Kapitel mit. – Lieder gehört.

Sonnabend den 8. II. 47

Nebel. Nachts Husten u. Schnupfen. Nahm Empirin zum Frühstück. – Längeres Schreiben an Hesse, Montagnola. – Mit K. in der Hardt-Gegend. Wenig Post. Nachmittag Erledigung einer Reihe von Briefen mit K.: u. a. an Angell und, kühl, an Blüher. – Abends »Zauberflöte«. Spielte auch Lieder. Herzliches Gefallen an dem biedermeierlichen »Flutenreicher Ebro« u. an den Thomanern. – In Stendhals »De l'amour«, romantisch und kühl, wachsam, stolz, weltmännisch, alles Mögliche, aber es berührt mich im Grunde nicht.

P. P. Sonntag den 9. II. 47

Außerordentlich dunkel. Tagelanger Regen angesagt. Die Negerin Jo besucht ihren Mann im Gefängnis, wo er zwei Monate abzusitzen hat. – Meldung von der Erfindung einer anti[in]-fektiosen Drogue in Columbia University, die, effektiver als Penecellin, manche Operationen, von *Abszessen* etc., unnötig macht. – Große Gebietsverluste und Tribute für Italien vorgesehen. Weiß-Rußlands Forderungen an Deutschland nicht so hoch; empfiehlt, in vollem Gegensatz zu Frankreich, starke Central-Regierung. – Prozessierung einiger Großindustrieller in Deutschland durch die Amerikaner. – /Wandte mich dem Nietzsche-Vortrag zu./ Schriftliche Materialsammlung von verschiedenen Seiten her. – Schwere Regengüsse. Machte mittags kleinen Rundgang mit K.. Las nachmittags meine Schopenhauer-Schrift. Abends in der Wilde-Biographie von Harris.

Montag den 10. II. 47

Seit gestern Abend klares Wetter, aber mehr Regen in Aussicht. – Nachtclub-Brand und tödliche Panik in Berlin. Kritischer Zustand in England, Power Cut, Arbeitslosigkeit, Gefährdung der Labor-Regierung. – /Material-Sammlung für den »Nietzsche«./ Gegangen über das Alte Haus. Brief von der Lowe mit Glückwünschen zur Vollendung des »enormous task«. Übrigens nichtssagend. Von Fayard über die franz. Ausgaben. – Auch nachmittags und noch abends /Beschäftigung mit dem Vortrag./ Strawinskys Petruschka-Musik, sehr keck und lustig.

Dienstag den 11. II. 47

Nachts Regen, morgens klar. Rede Churchills im Hause, schiebt alles auf »Sozialismus«, unbedenklich. – /Vorbereitungen zum Nietzsche, gelesen u. geschrieben./ Gegangen über das Alte Haus. – Beschäftigung mit Knopf-Büchern. Das Problem Kingdon-Committee on Germany. – /Kabinen auf der Queen Elizabeth für den 9. Mai. – Unser Hochzeitstag. Heute vor 14 Jahren verließen wir München./

Mittwoch den 12. II. 47

Nachts Juck-Anfall in der Rektalgegend. – Bedecktes Wetter. Entdeckung einer eisfreien Oase mit Seen u. Bergen in der Süd-Polargegend. – – Schrieb 3 Book-Reviews u. einen längeren politischen Brief an Kingdon (recht gut). – Mit K. im Tal des Baches. – Alma Mahler zum Abendessen. – Rektal-Beschwerden.

Donnerstag den 13. II. 47

Weiche Luft, halb bedeckt. – England praktisch in Belagerungszustand. Höchst kritischer Kohlenmangel. Einstellung vieler

Züge etc.. – /Lektüre u. Notizen zum Vortrag./ – Fahrt down town zur Seletz; einstündiges Warten; Behandlung. Spätes Lunch bei Brown Derby. Kurze Ruhe. Diktate an die /Kahn;/ der Kingdon Brief. /Sie hat den Schluß des Romans abgeschrieben, erschüttert von dem Kapitel des Ausbruchs. Die Kantate »sehr schwer«, aber man wird entschädigt durch den Schluß des Kapitels./ – Außerordentlich müde. Las abends noch in N.'s frühen Schriften.

Freitag den 14. II. 47

Frühlingswetter. Frühstück auf der Terrasse. /Vorarbeit am Vortrag./ Zum Haarschneiden nach Westwood. Brief von Bermann über die bevorstehende Operation seiner Tochter. Brief von Korrodi. Zum Thee W. Herzog, der seine Kritik der modernen Enzyklopedien vorlas. Handschr. Brief an Bermann. Abends zur Musik erneute Nietzsche-Lektüre. Sehr warmer Abend.

Sonnabend den 15. II. 47

Klares, warmes Wetter. Auf der Terrasse gefrühstückt. /Beschäftigung mit dem Vortrag./ Lunch bei Mme Massary mit Lubitsch und Alma Mahler. Champagner. Thee im Schlafzimmer und Toilette. Dinner bei Epsteins in der Nachbarschaft. Lange Cocktail Party, größerer, liberal bis kommunistisch gestimmter Kreis, Movie-Leute. Drollige Hausfrau, psychoanalytisch, alle perversions frei gebend. Kuß beim Abschied, höchst töricht und nett. Interview über Deutschland durch junge Leute. Allgemein pessimistische Stimmung betr. Amerika u. seine Entwicklung zum Fascismus. Feuchtwanger über die Russenhetze zum Zweck der Aufrüstung.

Sonntag den 16. II. 47

Nebel, kühl, Heizung. – /Vorbereitung des Aufsatzes, im Wesentlichen abgeschlossen./ – Mit K. in der Hardt-Gegend. Zum Lunch der Arzt Dr. Goldblatt und Frau, die bis 4 Uhr blieben. – Thee im Bette. – In Büchern von Podach und Brann. Abends dem Monteux-Konzert zugehört. M. Elman spielte Mendelssohn. 2 Sätze der 5. von Beethoven. Trockenheit der Instrumentation. – Das neue Ointment der Seletz nicht zuträglich.

Montag den 17. II. 47

Halb bedeckt, kühl. /Morde u. Zerstückelungen häufen sich wie Flugzeug-Katastrophen. Zeitungen, roh sensationell erwecken das Bild der Verwahrlosung. – Begann den »Nietzsche« zu schreiben./ Ging über das Alte Haus. Heinrich zum Lunch. Er lehnt die russische Aufforderung, nach Deutschland zu kommen, ab. Über Nietzsches Aesthetizismus. – Essays über Wagner, Goethe, Freud etc. auf Spanisch aus Buenos Aires. – Nachmittags Brieferledigungen mit K.. Abends allein, keine Musik, Zeitschriften.

Dienstag den 18. II. 47

Unruhige Nacht, gestört von Jucken u. a.. Frühstück auf der Terrasse. Nahm Tonic. – Konnte wenig schreiben. Begann von vorn. Ging mit K. vom »Miramar« landeinwärts. Holten Frau Katzenellenbogen zum Mittagessen ab. Hörten die von Heinrich gebrachte Platte: Gebet Roosevelts 6. Juni 1940. Heroische Zeit! – Nachmittags etwas handschr. Korrespondenz. Las abends in der Nation über die kulturelle »Freiheit« in Rußland: Wie aus Gesprächen bei Kridwiß. – Tschaikowsky-Konzert von Millstein, Darling. –

Mittwoch den 19. II. 47

/Am Vortrag. Anfang nochmals umgeschrieben./ – Mit K. in Brentwood gegangen, ohne unser ehem. Haus zu entdecken. – Hübscher farbiger Stich von Zürich, gesandt von Mrs. Lowe. – In der N. Z. Z. Nachricht über das Bonner Doktorat. – Brief an Werner Richter über seinen »Washington«. – Beim Abendessen Erika, aus Pittsburg sprechend. Ihr höchst ein- u. angespanntes Dasein von Tag zu Tag. – Gelesen in Stendhals »Psychologie der Liebe«. Einfluß auf N.. – Carmen-Musik. Ein ernstes Werk. Prokofjew, fesselnd, Trompete, von Holzbläsern umspielt, in einer illustrativen Suite.

Donnerstag den 20. II. 47
/Geschrieben am Vortrag./ 12 Uhr Fahrt Down Town zu Ärztin. Einstündiges Warten und Behandlung. Mittagessen im Brown Derby. Thee im Bett 6 Uhr. Nachricht von schwerer Gas-Explosion in Los Angeles, vormittags, mit vielen Toten u. Verwundeten. – Brief über das 9. Kapitel von »L. i. W.« nach Tel Aviv.

Freitag den 21. II. 47
/Etwas weiter am Vortrag./ Gegangen Amalfi Drive bis zur Wegkreuzung. Klares Wetter, Seewind. Gleichzeitig in New York schlimmster Schneesturm, in Europa grimme Kälte andauernd. – Geringe Post. – Schrieb an Hardt, der (Nachricht seiner Frau) an Coronal Trombose schwer krank ist. (Enttäuschungen u. Torheit.) – In Nietzsches Briefen. In Stendhals De l'amour. – Händls Royal Firework Music, festliche Al fresco-Festmusik, gesund, großartig, unromantisch. –

Sonnabend den 22. II. 47
/Etwas weiter am »Nietzsche«./ Gegangen übers Alte Haus. Keine Post wegen Washington Day. Gelesen in N.'s nachgelassenen Schriften. Eine sehr merkwürdige, bittere Geschichte sind die unglücklichen Abenteuer des Schotten Nicholson von Stevenson. – Thee im Schlafzimmer. Toilette. Enervierende Rektal-Reizung. Zu dritt nach Beverly Hills zum Souper bei Alma Mahler mit Neumanns, Slezaks u. später ihrem weiteren Freundeskreis. Bald müde und gequält von Geschrei u. Kreuz-Unterhaltung.

Sonntag den 23. II. 47
Sommerlich warm, fast heiß. Morgens Rundweg bei starker Sonne. Kein Getränk beim Aufstehen zur Zeit. – Am Aufsatz. Abendessen mit Nach-Tisch-Gästen bei Révys.

Montag den 24. II. 47
/Am Vortrag, belebter./ Gegangen zum Alten Haus. Sommerliches Wetter. Sehr viel Post, lange Briefe aus Deutschland. Einer von W. Opitz, hochstehend. Über Ehrenbergs, alte Erinnerungen aufregend, die ohnedies im Faustus spuken. Es geht beiden schlecht. – Briefe von Verwandten, dem dämlichen Siegmund, der Köchin Maja. Außerdem Dinge aus China, Aegypten etc.. – Mrs. Kahn bringt den Schluß des Manuskripts und die Erweiterungen früherer Kapitel. Einordnung. Sie ist bewegt durch den Abschied von dem Werk. Brief-Diktate. – Abends gehört sehr gute Ballet-Suite von Rossini, überraschend modern und gut gearbeitet. – Las Manuskript.

Dienstag den 25. II. 47
Nachts gestört durch heftiges Jucken. Salbe. – Trank Nes-Coffee zum Frühstück. Kompositionelle Stockung, oder Wegscheid, im Aufsatz. Arbeit an diesem. Mit K. Corona del Mare. Las die Mt.-Korrektur zu Ende. /Verpackung der Abschriften an Mrs. Lowe und Bermann. Umlegung der riesigen Handschrift u. Verschnürung in zwei Teilen. Dies alles erregend./ – Brief von Knopf über die höchst ungünstige Lage des Buchgewerbes, komisch zusammentreffend mit Witzen des »New Yorker's« über die Erwerbung der luxuriösen Warburg-Estate durch den Verlag. Deutsche Post wieder.

Mittwoch den 26. II. 47
Etwas unruhige Nacht. Morgens wieder Coffee. Nebel. – /Am »Nietzsche«./ Provokanter Brief von W. Mehring wegen des Buches von Gassner-Hirsch. K. Briefe diktiert an die Lowe,

Bermann und Knopf. Handschr. Beantwortung des Briefes von Mehring, noch nach dem Abendessen. Unzuträglich.

Donnerstag den 27. II. 47

Wolkig bedeckt u. kühl. Sehr starke sexuelle Potenz und Not neuerdings. Das endet nie – und schmeichelt gar der Eitelkeit. – /Am »Nietzsche«./ Gegangen in den Alleen beim Miramar und mit Appetit gespeist im French Café. – Stevensons »Will from the Mill« gehört zum Eigenartigsten u. Rührendsten, was ich je gelesen. – Brief an W. Opitz begonnen.

Freitag, den 28. II. 47

Erwarteter Regen blieb aus. Frühstück auf der Terrasse. – /Am »Nietzsche«./ – Gegangen über das Alte Haus. – Beendete den Brief an Opitz (Über Ehrenbergs). – Buffet-Dinner, mit zahlreichen teils englisch, teils deutsch sprechenden Personen, bei Lustigs. Mrs. Nathan. Mrs. W. Reinhardt. Mit Nathan über die Filmwelt. Die Ratsamkeit den Schutz eines Agenten zu suchen hier.

Sonnabend den 1. III. 47. P. P.

Mildes, leicht bedecktes Wetter. 50 jähriger Defensivvertrag England-Frankreich, wie der englisch-russische gegen Deutschland. »Einkreisung«. – Erneuter russisch-angelsächsischer Zank über die Verwaltung Deutschlands. – In Trinidad schwimmen Krokodile in den Straßen. Ein 92 jähriger Mann bekommt einen Sohn von seiner 23 jährigen Frau. Mußte lachen über all den Unsinn. – – Vergaß den langen u. überraschend gut geschriebenen Artikel von Korrodi über Lions Buch in der N.Z.Z. zu erwähnen. – /Am »Nietzsche«, viel zu lang!/ – Eintreffen der Statuette aus Australien, futuristische Ungestalt. – Bücher nach Deutschland für Opitz, Vikko. Briefe mit K.: an U. Rukser zum Eingehen der »Deutschen Blätter«. – In der Nation mißliebiger Aufsatz von Niebuhr, christlich-defaitistisch-antiutopisch.

Sonntag den 2. III. 47

/Am »Nietzsche«, eifrig. –/ Mit K. im Uplifters-Park. – 6 Uhr Dr. Angell und Frau. Erörterung seines biographischen Planes u. eines anderen, der Eckermann'sche Konversationen betrifft. Abendessen mit ihnen. Hörten mit ihnen das Monteux-Konzert. Ravel scheint mir kühnere Musik als Strauß.

Montag den 3. III. 47

/Am »Nietzsche«, eifrig./ – Häßlicher Wind, vom Spaziergang umgekehrt und die Post gelesen. Wunderlicher Brief des Amerikaners, der meinen Brief an Dr. Richter ins Englische übersetzt. – Bücher-Dedikationen u. Handschriftliches. Zum Abendessen die Witwe Huldschinsky. In der Nation Laski über Rußland, intelligent. /Über Kierkegaard, einschlägig./ – Regen.

Dienstag den 4. III. 47

In diesen Tagen /jährt sich meine Erkrankung/ u. unsre Reise nach Chicago. – Wieder klares Wetter. Frühstück auf der Terrasse. – /Drängende Arbeit am Nietzsche./ – Gegangen bis zur Wegkreuzung. – Nachricht vom /Hinscheiden L. Hardts/ in New York. – Briefe mit K.. Ablehnung an die G. Eisler-Leute, zu deren Meeting ich telephonieren sollte. – Abends sehr abgespannt und enerviert.

Mittwoch den 5. III. 47

/Angestrengte Arbeit am Nietzsche./ Ausfahrt mit K.. Zum Lunch der Musiker Dahl und Frau. Platten von Stravinsky und ihm selbst. Blechbläser-Quartett. –

Donnerstag den 6. III. 47

/Drängend am Nietzsche./ – Lunch mit K. u. Klaus Pringsheim auf dem Steg. – Viele Brief-Diktate an Mrs. Kahn. Gab ihr schon 13 Seiten des Vortrags zum Abschreiben. Abends recht erschöpft.

Freitag den 7. III. 47
Bedeckt und kühl. – /Arbeit am Nietzsche,/ handschr. Briefe.

Sonnabend den 8. III. 47
/Am Nietzsche, desperat./ Aufstörung durch die Übersendung von Furchtwänglers Verteidigungsrede durch George mit Forderung eines Kommentars. Ruhelos. 6 Uhr Fahrt über den Puleida-Paß zum Disney-Studio, /Privat-Première von Chaplins Landru-Film./ Köstliches Spiel, schiefe Moral. Champagner-Dinner in seinem Hause nachher.

Sonntag den 9. III. 47
Morgens mit K. über den Fall Furtwängler. Frühstück auf der Terrasse. – /Am Nietzsche./ – Buffet Dinner Party zu 24 Personen bei uns.

P. P. Montag den 10. III. 47
/Gegen Furchtwängler angefangen zu schreiben,/ vormittags u. nachmittags. Kolossale Post, die nur flüchtig durchsah. Deutsche Dinge: Jaspers (durch Golo), Rowohlt über sich und Ro-Ro-Ro. Enerviert, angeekelt, erschöpft.

Dienstag den 11. III. 47
Im Gespräch mit K. den /Furtwängler-Artikel als völlig zwecklos u. unwürdig aufgegeben. – Am Nietzsche geschrieben./ – Zum Haarschneiden in Westwood. – Eintreffen des Gotthelf-Bandes mit der /»Schwarzen Spinne«/ und des Buches von Lion aus Zürich. Gelesen darin: Elegante Kritik, geistreiche Paraphrase, oft ganz »nebenher«. – Absage-Brief an M. George. Druckerlaubnis für meine Danksagung nach Bonn. – Abendessen bei Schönbergs in kleinem, halb amerikanischen Kreis. Wirr und laut. Rauchverbot. Anhänglichkeit Schönbergs, der immer mit mir konversieren will. Gingen um 10.

Mittwoch den 12. III. 47

Sehr warmes Wetter. Schlechte Nacht, lange schlaflos mit Sodbrennen vom Wein etc. Thee und zusätzliches Schlafmittel. Erst 9 Uhr auf. Frühstück auf der Terrasse mit Klaus Pr. allein, da K. zur Vor-Verhandlung ihrer Auto-Affaire mit Rechtsbeistand in der Stadt. – /Arbeit am »Nietzsche«./ – Nachmittags der Agent Hurndon, von Nathan geschickt. Die Affairen Robinson und Korda. Abends allein. Las Zeitschriften.

Donnerstag den 13. III. 47

Katastrophale /Rede Trumans vor Congress u. Senat für die 400 Millionen-Aufwendung in Griechenland u. der Türkei, to stem the tide of Communism./ Kalkuliertes Risiko eines kriegerischen Zusammenstoßes mit Rußland. – /Arbeit am »Nietzsche«./ – Lunch mit K. u. ihrem Bruder im French Café. – »Dr. Jeckyll and Mr. Hyde«, faszinierend. – Brief von Bermann, dem noch 100 Seiten zu lesen bleiben. Bewunderungsvoll. Zwischendurch über den Zustand seiner Tochter. Über Einteilungsproblem u. Motto. Kein Papier um das Buch in einem Band zu bringen. – Briefdiktate an Staatsanw. S. Mann u. a..

Freitag den 14. III. 47

Veritable Hitze. – Heftige Reaktion auf Trumans aggressive Rede. Die Russen, Wallace. – /Arbeit am Nietzsche./ Etwas gegangen. Langer handschriftl. Brief an Bermann in Sachen des Romans. Rowohlts Schreiben beigelegt. Damit bis Schlafengehen sehr beschäftigt.

Sonnabend den 15. III. 47

Sommerlich – kühler. Begann gestern die »Schwarze Spinne« wieder zu lesen. –/Arbeit am »Nietzsche«./ – Ging Amalfi Drive fast zu Ende. Heinrich zum Lunch. Brief an Faesi (Zürich) diktiert. Dann handschriftlich Brief an Lion über sein Buch, verzichtendes Lob. – Damit Arbeit bis ½10. Etwas

»Traviata« gehört. – Stark beeindruckt von dem französischen Vorschlag in Moskau, die gefährliche deutsche Bevölkerungszahl durch gelenkte Auswanderung herabzusetzen. »Zerstreut über die Welt«. – Klaus Pr's Berufung nach Tokyo.

Sonntag den 16. III. 47

Wetteränderung. Kühl und neblig. Telegramm von Erika, daß ihre Einbürgerung sich verzögert, weil sie liberaler Ideen über Ehe u. Politik verdächtig. – /Arbeit am Nietzsche gegen das Ende./ Mit K. gegangen u. mit Eva Hermann zurück, die Lunch mit uns hatte. Nachtrag zum Brief an Lion u. a. Handschriftliche. Abendkonzert mit der Tragischen Ouverture von Brahms.

Montag den 17. III. 47

Erneuerung der Sommerwärme. K. holt nach dem Frühstück Bibi ein, der mit dem Orchester reist. – /Schloß bis ¾1 Uhr die Nietzsche-Studie auf der 39. Seite ab./ – Ging bei drükkender Wärme etwas [mit] K., eingeholt von Bibi, der wegen Schafsblattern, die er sich von seinem Jüngsten geholt, vom Konzert heimgeschickt wurde. Nachmittags müßig. Im Manuskript gelesen. Abends in der »Nation«. – Die »Schwarze Spinne« ein mächtiges Stück Erzählung. Kehre jedoch zu Stevenson zurück.

Dienstag den 18. III. 47

Neblig bedeckt und kühl. – Die Verhandlungen in Moskau sehr widerspruchsvoll und wirr. – /Vormittags handschr. Briefe./ 12 Uhr Fahrt Down Town, Treffen mit Markuse, der uns als Zeuge zum *Paßamt* begleitete. Die Applikation nach einiger Schwierigkeit mit Schwur absolviert. Danach Lunch zu dritt im Brown Derby am Wilshire. Sehr späte Heimkunft, Bettruhe bis ½7. Danach Lektüre der Post. Angegriffen von der 5 stündigen Exkursion. Bibi in erträglichem Zustande bei Tische.

Mittwoch den 19. III. 47

Bedeckt, kühl. Frühstück ohne K., die früh ausgefahren. Las über die Diskussionen in Moskau, das colorful banquet bei Molotow. Marshall mit dem Suwaroff-Orden. Die Angelsachsen gegen die 10 Milliarden Dollars Reparationen für Rußland. Zuversichtliche Radio-Rede Atlees in London gegen das Gerede von finis Britanniae. – 10 Uhr Mrs. Kahn zu einer langen Reihe von Brief-Diktaten. /Wiederaufleben der Dial-Press-Goethe Angelegenheit./ Erster Teil der Nietzsche-Abschrift, nach ihrem Weggang korrigiert. – Gegangen Amalfi Drive hinunter. Nachmittags Brief an Klaus über seinen Streit mit Koplowitz wegen Deutschland. Zum Abendessen Neumanns mit dem Übersetzer Mr. Tailor. Konferenz mit diesem im Studio wegen der Übersetzung des Nietzsche. – Bibi an seinen Windpocken ernstlich leidend.

Donnerstag den 20. III. 47

Regen. Anruf Liesl Franks, die wieder bei ihrer Mutter. Nachricht, daß Erika am nächsten Mittwoch eintrifft. – Vormittags an Klaus zu Ende. Politisch-Moralisches an einen Korrespondenten in Amsterdam. Gewitter. Nur einige Schritte. Brief von Bermann über den Schluß des Romans. Hat »Echo« und »Fitelberg« seinen Kindern u. Freunden vorgelesen. Sonst allerlei belastende Post. Deutsche Fragen aus Göttingen. – Abends in Zweigs Balzac. Nach der Methode. Vor allem ist er, »wie alle ganz Großen«, *Volk* (wie Luther, wie Tolstoi). Und dabei wird *sein* Snobismus bedauert. – Von Mondadori die »Moniti all' Europa«. Brief an ihn über die 10 bändige Gesamtausgabe.

Freitag den 21. III. 47

Regen. Dunkel. Die Hilfe Jo will gehen, besann sich später. – Handschriftliche Briefe, öde. – Donner u. leichter Regen. Fast garnicht gegangen. Früheres Lunch; K. u. ihr Bruder zum Monteux-Konzert. Langer Nachmittag. Gelesen in der Heidelberger »Wandlung«. Nach dem Thee Diktate: an Bermann, besonders über das Schweizer Angebot. An Angell.

Sonnabend den 22. III. 47

Bedeckt. Heizung. In Moskau angelsächsische Vorschläge für eine deutsche Verfassung: Föderation mit Centralregierung, konstitutioneller Präsident, Supreme Court, 2 Kammern. – Anmeldung Erikas. – /Rede für die United World Federalist entworfen./ – Gegangen Amalfi Drive ganz hinunter. – Bibi, knapp genesen, fliegt nachmittags nach Arizona, sein Orchester zu erreichen. – Thee im Schlafzimmer. /Große Abendgesellschaft bei Lubitsch zur Feier des 65. Geburtstag der Massary. Souper im unteren Saal./ Rede, englisch, des Gastgebers. Saß zwischen der Fritzi u. Alma Mahler. Operettenluft. Gespräch mit Markuse, Dr. Joseph.

Sonntag den 23. III. 47

Kühl. Vorm Frühstück gegangen. Deutsche Verfassungsfragen in Moskau. Rußland für die Formen der Weimarer Republik. Vorzüge der angelsächsischen Vorschläge. Frankreich für lose Föderation. – Bibi darf noch nicht spielen, bleibt in Quarantäne. Gret kabelt glückliche Landung in Holland mit den Knäbchen. – /Rede für die World Federalists./ – Mit K. in der Hardt-Gegend gegangen. – Handschr. Brief an Basler über den Lizenzdruck. – Gelesen langen Brief von H. Ebers über die Zustände in Deutschland, München. Abendkonzert mit sehr anständiger Aufführung von »Vorspiel u. Liebestod« unter Wallerstein. – Lese Stendhals »Armance«. Verfassung des Helden, vortreffliche Studie.

Montag den 24. III. 47

Klares Wetter. Frühstück auf der Terrasse. – Erneute Beschäftigung mit der Federalisten-Rede. Zum alten Haus gegangen. Einiges Handschriftliche.

Dienstag den 25. III. 47

Drückende Wärme. Die Rede, Bastelei. Mit K. u. ihrem Bruder im Gemmenpark. Lunch, teuer, in Pizza-House. – Arbeiterdemonstration in Paris gegen Amerika und die »Hilfe« für Griechenland. – Vorlesung des ganzen Nietzsche-Aufsatzes in 2 Stunden, unterbrochen durch Souper-Pause, für Adorno's, Markuse's, Speyer, K. u. Klaus Pr.. Erheblicher Eindruck.

Mittwoch den 26. III. 47

Vormittags Ankunft Erika. Tagüber viel Gespräch mit ihr, wiederholt über unseren Besuch in München, dem sie aufs entschiedenste opponiert. – Absage-Brief an den Frage-Bogen-Mann in Göttingen, unfertig.

Donnerstag den 27. III. 47

Regnerisch. Machte den Brief für Göttingen fertig. Begann an Vikko zu schreiben, München betreffend. Mit K. bei Dr. Marx zur Behandlung der Ohren. Lunch im Brown Derby, Beverly Hills. Nachmittags den Brief an den Bruder fortgesetzt. /Feier von Heinrichs Geburtstag bei uns. Champagner./ Über den amerikanischen Fascismus. Sehr müde.

Freitag den 28. III. 47

Die ganze Nacht Regen. Sodbrennen und Unruhe. Frühstück /in Erikas Gesellschaft,/ da K. zu ihrem Auto-Prozeß. /Über den Plan der Fortsetzung des Hochstapler-Romans./ – Sonst nichts Bemerkenswertes. Viel Post-Geschäfte, unübersichtlich. Mr. Tailor holt das Nietzsche-Manuskript. Besuch von Schauspieler Kortner.

Sonnabend den 29. III. 47

Bald nach 11 Uhr /Agnes Meyer./ Mit ihr im Garten. Dann im Living Room getrunken. Dann im Studio Vorlesung des ersten Echo-Kapitels, eindruckslos. Dann Spaziergang mit Reden über ihr Angehöriges. Dann Heimfahrt mit K. und Lunch.

Dann Sitzung im Wohnzimmer. Dumm, falsch und erschöpfend. Schlief nachmittags. Hatte dann Diktate an Frau Kahn. Später Handschriftliches. Abends Platten-Musik, von Erika geboten. Gerührt von »Anakreons Grab«. Noch immer außergewöhnlich müde.

Sonntag den 30. III. 47

Sehr fest geschlafen nach dem gestrigen Besuchstag. Wetter halb bedeckt. Verbringung englischer u. deutscher (Schweizerischer) Klein-Bibliotheken ins Schlafzimmer. – /Beschäftigung mit dem zu schreibenden Artikel zu Hesse's Siebzigstem./ In »Armance« von Stendhal. Engl. Aufsatz von Adorno über »Anti-Semitism and Fascist Propaganda.«

Montag den 31. III. 47

Gut geschlafen. Aber stark nervös im Hinblick auf die /Kiefer-Abdrücke, die heute bei Cooper vorzunehmen./ – Beschäftigung mit der /Hesse-Angelegenheit./ Optalidon. Mittags Fahrt zu Cooper. Behandlung unangenehm, aber erträglich. Warten danach. Zum Mittagessen zurück erst um 3 Uhr. 6 Uhr Thee. Gottlieb brachte die bestellten Bilder zum Verschenken. Kabel an die Herz wegen des /Londoner Programms./

Dienstag den 1. IV. 47

Schlimm, daß Mittel wie das gestern zur Festigung genommene endlich immer als Aphrodisiakum wirken. Nur eigentliche Beruhigungsmittel sind gut. – Nebeldecke. Gleich angekleidet. – /Geschrieben über Hesse,/ mit grauer Tinte, die etwas Unfreudiges hat. – Mittags mit Erika als Fahrerin zur Stadt. Lunch im Hotel Ambassador. Dann zum Vortrag der Meyer, die uns vor dem Gebäude begrüßte. Bekanntmachung mit dem Dr. Mann, dem Vorsitzenden. Im Saal, Ventilationswind. Unverständliche Berichte. Die Rednerin sprach patriotisch-radikal, 35 Minuten. Ich gab mehrmals das Zeichen zum Applaus. Gratulation nachher u. Verabschiedung von ihr bis

Washington. Zu Hause Thee, dann zu Bette bis 7 Uhr. – Von Tailor die Übersetzung der Federal-Rede. /Telephon mit Adorno, der mir über den Roman Tröstliches sagte. Vis comica, trotz allem, und die epische Weite des Blicks hebe alles Deprimierende auf./ – Sehr müde.

Mittwoch den 2. IV. 47

Gut geschlafen. – /Geschrieben am Hesse-Aufsatz./ – Die /amerikanischen Pässe/ trafen ein. – Mit K. in Santa Monica auf der Bank zur Einkassierung eines ungarischen Checs. – Mittagessen im French Café. – 6 Uhr /Gäste: Horckheimers, Dr. Joseph, Eva Hermann, Liesl Frank, dazu Erika und der junge Pr.. Zweite Vorlesung des ganzen Nietzsche-Vortrags in zwei Stunden mit 1½ stündiger Souper-Pause./ Viel Bewunderung, wenig Kritik, außer daß Fascismus und Sozialismus eben doch keine reinen Gegensätze bilden. Lob der Diktion: /»Wo wird noch so geschrieben?«/ In Alt-Europa schon. Aber dort fehlt die Vielschichtigkeit des deutschen Wortes. – Man ging um 11. Mit Erika über die halbierende Kürzung.

Donnerstag den 3. IV. 47

Sonnig, aber kühl. Frühstück auf der Terrasse, verfroren. Geheiztes Zimmer. – Arbeit am »Hesse«. Nachmittag mit K. Briefe an Bermann und an Kurt Wolff.

Freitag den 4. IV. 47

/Geschrieben am Hesse-Artikel./ Etwas gegangen. Früheres Lunch. ½2 Uhr zu Cooper, lange Sitzung mit Abdrücken, für die ich Optalidon vermieden hatte. Blick auf den Tennisplatz unter unliebsamsten Umständen. Außerordentlich schönes, südliches Licht. Von ½5 bis ½6 geruht. Beendete gestern »Armance« und begann »Rot und Schwarz«. Zögernde Anerkennung für das erstere. /Gegen Abend mit Erika Bearbeitung der Rede für den 7./ – Brief von der Meyer aus Palm Springs über den Nietzsche-Essay. – Zum Abendessen Lotte

Walter. Über Pfitzners grotesken Brief. Hörten Lieder. Die Thomaner-Bubenstimmen in »Hinnerk von der Lammerstraat.«

Sonnabend den 5. IV. 47

/Schloß den Hesse-Artikel ab./ Ging bis zum Sitz an der Straße, von Erika eingeholt. »Rot und Schwarz«, sehr fesselnd. Zum Thee /mit Erika und K. bei Adorno's. Der Roman sei nicht mehr naturalistisch-psychologisch und mehr allegorisch als symbolisch. – Schluß des Nietzsche in neuer Abschrift revidiert. – Erika hat es mit den Kürzungen auf 14 Seiten gebracht./ – Abends Verdi's Requiem und Parsifal, der mich ärgerte nach der Lektüre eines Artikels von Adorno über den letzten Newman-Band. Wie W. als Person Hitler anticipiert, ist schauerlich.

Sonntag den 6. IV. 47. Ostern

Handschr. Briefe: an Taylor, die Meyer, eine Mutter in Argentinien. – Etwas gegangen. – Heinrich zum Lunch. – Brief an Rosenhaupt diktiert. – Manuskript aus Amsterdam über einen Areopag der »Geistigen«, Sonntagspredigt. – Das Konzert brachte die Meistersinger-Ouverture, die ich nicht mochte. Eine alte Rheingold-Platte war mir viel lieber. Dieser episch-mythische Laut wird mir immer teuer bleiben. – Harold in Italy, Freude an dem wiederkehrenden harmoniefremden Ton im 2. Satz.

Montag den 7. IV. 47

Jetzt heiteres u. kühles Wetter. – /Studium der Rede./ Brief nach Amsterdam über die »Organisation der Geistigen«. Nach Westwood zum Haarschneiden. Zum Thee Dr. Bernhardt-Kohn u. Frau. /7 Uhr Fahrt mit K. downtown zur 1. Methodist Church, Meeting der Federalists./ Im Warteraum mit dem Chairman Lindström, dem Hauptredner Nash u. a.. Anhören aller Reden, der Geldsammlung etc. auf der Plat[t]form, da ich der /letzte Redner/ war. Lebhafter Empfang. /Sprach 10 Minuten./ Draußen kleiner Jude, der sich das Manuskript zu Druck und Verteilung erbat. – Zu Hause mit Erika, Klaus Pr., dem Sonny. Suppe und kalte Küche. Beschäftigung noch mit den philosophischen Schriften von L. Hamburger. /Kabel nach Zürich wegen Wohnung im Baur au Lac./

Dienstag den 8. IV. 47

Nach dem Frühstück /mit Erika Durchsicht des auf die Hälfte für den Vortrag gekürzten Nietzsche-Essays. Treu und geschickt gemacht, obgleich natürlich verarmt. Herzlicher Dank./ – Handschr. Briefe. Mit K. in Santa Monica in der Apotheke. Ichtyol-Salbe, schwarz, für einen hartnäckigen Furunkel über dem Munde. Etwas auf der Promenade, die man verschönt. Nachmittags Briefe mit K.. Wegen einer hebräischen Ausgabe des Joseph. Abends mit K. allein, da ihr Bruder u. Erika bei Ament. Las Politisches in der Nation. Keine Musik.

Mittwoch den 9. IV. 47

Die schwarze Jo holt ihren Gatten aus dem Gefängnis. Frühstück mit Erika u. dem Onkel. – /Liesl Frank begeistert von ihrer Lektüre eines Durchschlags des Romans. Mein »bestes Buch«. Ein Jammer, daß Bruno es nicht mehr lesen kann./ Sie ist noch nicht bei dem sybaritischen Revolutionsredner, den Erika für Zarek ausgeben will. – /Überhaupt gerechte Besorgnis wegen all der Opfer des kalten Blicks./ – – Handschriftliche Briefe. /Unbehagen aus Mangel einer laufenden, beschäftigenden Arbeit./ – Bei Cooper zur Anprobe. – Lunch bei Cock and Bull, im Dunkeln, ohne Appetit. – Nachmittags wieder Handschriftliches. An Humm über den Brentano-Prozeß. – Abends ohne Erika. Hörten die 2. Hälfte von »Harold in Italien«. –

Donnerstag den 10. IV. 47

Bericht Erikas über den Unfall der Damen Massary mit dem bissigen Hund. Frühstück auf der Terrasse. Felix aus dem Prison zurück. – Briefe geschrieben. Gegangen zum Sitz an der Straße. Nach dem Thee Besuch von Vertretern der Writers Mobilisation. Mit K. an Dr. Beneč in San Francisco. Abends Ring- und Lohengrin-Musik. – Neuer Klagebrief von Bermann.

Freitag den 11. IV. 47

Mangelhaft geschlafen, nachdem die Abendcigarre mich angegriffen. – Sehr sommerlich, heiße Sonne. – Handschriftlicher Brief an Jaroslav Kvapil in Prag, mit Bild. Weiteres. Etwas gegangen. Mit K. im Gemmenpark. /Beschäftigung mit dem halbierten Nietzsche. Wiedereinfügungen ins Deutsche./ – Brief von Bertaux, der sich erbietet, den »Faustus« zu übersetzen. Jedoch Mlle Servicen. – Zum Thee Lotte Walter u. Freundin. 7 Uhr zu /Neumanns/ in ihrem Appartment House. Reizvolle Aussicht vom Balkon. Abendessen. /Nachher Vorlesung der Schlußteile des Romans. Ergriffenheit./ Zu Hause, spät, mit Erika u. dem Onkel. Sehr warmer Abend.

Sonnabend den 12. IV. 47

Heißer Sturmwind, übel. /Beim Frühstück mit Erika Besprechung der bevorstehenden Reise./ – Handschr. Briefe. Nicht ausgegangen. Ruhte nachmittags im Arbeitszimmer. Mit K. Brief an Bertaux. (Übersetzung des Faustus). Zum Abendessen Prof. Pollack und Albersheim u. Frau. 4 händiges Mozartspiel von A. u. Klaus Pr.. Extrem müde von der Hitze.

Sonntag den 13. IV. 47

Ein wenig kühler, besserer Wind. Beim Frühstück mit /Erika über die Reise. – Beschäftigung mit den Reise-Vorträgen./ Handschriftliches. Mit K. etwas gegangen. Eva Hermann zum Lunch. Die Abschrift des Hesse-Artikels. Abends mit Genuß das Standard Hour Konzert gehört, Haydn, Toch, Tschaikowsky.

Montag den 14. IV. 47

Anhaltender Sommer, leicht abgeschwächt. Sensationelle Reden Wallace' in London, durchaus richtig. Teilte beim Frühstück die Stelle gegen Pfitzner im Hesse-Glückwunsch mit. – Brief für die Zeitschrift des S. D. S. in München. In Santa Monica zur Bestellung von Sommeranzügen. Nach Tische Mr. Taylor mit der Übersetzung des »Nietzsche«. /Zusage an die University of London./ Zum Abendessen Bruno Walter und Tochter. Der patriotische Brief Pfitzners. Für und gegen Wallace.

Dienstag den 15. IV. 47

Früh erwacht. Beim Frühstück Erinnerungen an Roosevelt. /Erika richtet die Übersetzung ein./ An dem Brief nach München. Lesung der Übersetzung mit Erika. Zu Cooper: new set of teeth. Lunch im Brown Derby, Beverly Hills. Im Stendhal weiter. Zum Abendessen Alma Mahler mit dem schwer erträglichen Schwätzer Sonny. Kalte Ente. Alma amüsant.

Mittwoch den 16. IV. 47

Nach dem Frühstück /den englischen Vortrag durchstudiert,/ bis 12 Uhr. – Kühler. – Gegangen bis zum Alten Haus, abgeholt von Erika und Liesl Frank zum Lunch. Der Hesse-Artikel als Einleitung für »Demian«. – Nach dem Thee der Agent mit Rechtsfreunden. »Royal Highness« als Musical, abzulehnen. – 7 Uhr en famille zu Horckheimers, Dinner, am Tische mit Erika und Mrs. Lothar. Horckheimer weg zur Begutachtung eines Films, der antisemitischen Mordfall behandelt. Die Doktoren Rosenthal und Alexander. Erika über Nürnberg. Zu Hause Thee.

Donnerstag den 17. IV. 47

Erikas letzter Tag hier. Neblig, kühl. – Schreckliche Ketten-Explosionen an der Küste von Texas. Giftgas. Mehr als tausend Tote. Die »Elizabeth« bei Southampton aufgefahren, nach 50 Stunden wieder flott, aber um mehrere Tage behind schedule. – Streit um die russischen Reparationsforderungen (Kohle). Deutsche Frage wird offenbar in Moskau noch nicht gelöst werden. Skandal der Kohlennot in Europa. Die deutschen Arbeiter fördern nicht, weil ja doch verteilt wird. – An dem Brief nach München. Zu Cooper zur Regulierung. Lunch auf der Terrasse von »Players«. Mit Dr. Joseph dort wegen des Filmplanes »K. H.« – Nachmittags Brief-Diktate an die Kahn. Abends etwas Champagner zur Feier von Erikas letztem Abend. Sie telephonierte mit Liesl F., die von dem Roman erfüllt ist, aber den belletristischen Revolutionsredner nicht liebt. – Gesangsplatten Fricka, Waldtraute, Kundry.

Freitag den 18. IV. 47

Nebel. Morgens Erika bei uns. – Schrieb den Brief nach München zu Ende. Dann an Mrs. Meyer wegen Erika in Washington. Dann einen /längeren Schlußabschnitt für das Hesse-Vorwort hier./ – Kopfschmerzen. Ging über das alte Haus. Lunch noch mit Erika. Nach dem Kaffee Verabschiedung von ihr bis Washington. Erregt und bewegt. Sie fuhr ohne Reservation zum Bahnhof und telephonierte ½8 Uhr, daß sie ein Oberbett bekommen. Langes Telegramm von Joe Davidson, an die französischen Parteien, die Wallace eingeladen. Auf E.'s Rat als jetzt zu brenzlich unbeachtet gelassen. – Abends allein; Zeitschriften und Opernmusik. Sehr müde.

Sonnabend den 19. IV. 47

Nebliger Morgen. Von Albersheim Elis. Schumann-Platte. Große Lobsprüche der Alma W. über den Nietzsche-Aufsatz. Karte an Bibi zum Geburtstag. Bildwidmung an Flinker, Paris. /Roman-Manuskript-Auslese für Zürich./ Churchill gegen Wallace. Moskauer Konferenz immer aussichtsloser. – Handschr. Korrespondenz. Gegangen über das Alte Haus. Heinrich zum Lunch. Er fürchtet den Krieg, – den Adorno in einem Abschieds-Telephon-Gespräch für ganz ausgeschlossen erklärte. Verabschiedung von H. für den Sommer. Abschrift der amerik. Fassung des Hesse-Artikels. Zum Abendessen Neumanns (mit Klaus Pr. und Sohn). Er las später Abschnitte aus seinem amerikanisch-spanischen Roman (Gen. Walker). Verabschiedung auch von diesen Freunden.

Sonntag den 20. IV. 47

Die Humanité über die Texas-Explosionen, verdächtig. Wallace in Oslo. Den Völkern, nicht zuletzt dem amerikanischen wird wahre Information vorenthalten. – Abschrift des Briefes nach München, korrigiert. – Vormittags u. nachmittags einige rückständige Post erledigt. Gegangen über das Alte Haus. Nach Tische Gottlieb mit dem Maler Wiedemann, der wieder nach Columbien geht. G. übernimmt den Pudel, bis im Juni Golo kommt. – Zum Thee Bruno Walter mit Tochter, zur Verabschiedung bis November. Er hatte den ungek. »Nietzsche« gelesen, den er von Alma M. mitbrachte. Letztes Sonntagskonzert mit der Leonoren Ouvertüre 3. – Närrische Zänkereien zwischen Vater und Sohn. – Abends so müde, daß kein Wort mehr las.

Montag den 21. IV. 47

Kühl, halb regnerisch. Druckfehler in Stockholmer Ausgaben zum Verschenken korrigiert. – /Tag der Reisevorbereitungen./ Noch einige handschr. Briefe abgetan (über Manuskripte). /Beginn des Packens. Kleider- u. Wäscheauslese. Bücher./ – Ging bei klar gewordenem Himmel bis zum alten Haus. Viel Post. Besuch von /Liesl *Frank*, voll von dem Roman./ Besuch von Prof. *Horckheimer*. Später Mrs. *Kahn* mit Briefen und Abschriften. Übertragung von Änderungen in die Durchschläge. Post gelesen. Im »Aufbau« Unruh gegen Furtwängler. Von der Jacobson Artikel zu meinem Vortrag im Hunter College. Gedanken-Concentration auf das Reise-Notwendige. Abends viel rasche Lektüre.

Dienstag den 22. IV. 47
Früh erwacht. Regen. So ist /der Tag des Aufbruchs/ herangekommen, nach /11 monatigem Verbleiben u. vieler Arbeit./ – Schon vorm Baden Packen der Handtasche. Depeschenwechsel mit Warburg, London. Der Pudel abgeholt mit Bett und Schüsseln von Gottlieb, rührend. Vorher noch Spaziergang mit ihm. Kontrakt über 4 Novellen (»Meistererzählungen«) vom Morgarten-Verlag, günstig. Check von Bermann über 3600 Dollar. Im Stuhl geruht. Um ½7 Uhr, nach viel Konzentration u. stiller Aufregung, Verabschiedung von den Gelben, die das Haus hüten, u. Abfahrt im restaurierten Buick mit dem Sonny als Fahrer und Klaus Pr.. Den Bahnhof seit meiner Rückkehr zum ersten Mal wieder gesehen. Gutes Compartment. Gegen 8 Verabschiedung vorm Wagen von Vater und Sohn. Besuch in Tokyo in Aussicht genommen. Sandwiches und Bier im Coupé. Sehr müde. Nach neuer Zeit gegen 12 zu Bette.

Mittwoch den 23. IV. 47. Im Zug nach Chicago
Las gestern nur kurze Zeit im Stendhal. Schlief bis 6 Uhr u. blieb dann halb oder ganz wach. 8 Uhr auf. Oberflächliche Toilette. Frühstück im Diner mit sehr gutem Kaffee. Klarer Himmel. Gefühl der Höhe. Nervös und bedrückt tagüber. Mahlzeiten im Speisewagen. Aufs Dinner hatten eine Stunde im Clubcar zu warten. Las Verschiedenes im Frühjahrsheft der Neuen Rundschau: Gute Kafka-Charakteristik von G. Anders. Von K. selbst Fragmentarisches. Über den Nazi-Benn. Landschaftsschilderung von Hesse.

Donnerstag den 24. IV. 47. Nach Chicago
Gestern Abend lange im Stendhal. Später, dann aber ruhiger Schlaf. Kaffee- u. Eier-Frühstück 9 Uhr. Bedeckt und kühl. Die Bäume noch kahl.

Chicago, Hotel Shoreland. Fahrt ging gut zu Ende. Missisippi-Landschaft, Bild des Seen bildenden Großstromes à la Nil. Fehlen der Namen der Ortschaften u. Länder. Man lernt keine Geographie. – Ankunft ¾2. Medi, die Geburtstag hat, mit den Kindern am Bahnhof. Genau heute vor einem Jahr war die Operation. Fahrt in ihrem Wagen hierher. Hübsche Wohnung, bequem mit Blick auf den See. Sherry mit Medi. Brief von Erika, die Dank großer Geschicklichkeit die Kabinen auf der Q. E. zu gewinnen scheint. Bettruhe bis 5 Uhr. Thee und Ankleiden mit Rasieren. Im Stendhal das Kapitel, wo Sorel die Mathilde gewinnt. Vortreffliches Erzählwerk. – 7 Uhr mit Taxi zu Borgeses, Geburtstagsdinner mit Peter Pr. und Frau, die Umstände gemacht hatte. Cocktail, Tauben, Champagner, Kaffee, Cigarre. War sehr müde, fühlte mich aber ruhiger u. behaglicher.

Chicago, Freitag den 25. IV. 47

Schlief gestern nach einigem Lesen ein, erwachte aber um 2 Uhr und konnte nicht wieder einschlafen. Nahm Thee u. rote Kapsel u. saß einige Zeit im Stuhl. Dann Schlaf bis 9 Uhr. Kaffee-Frühstück nach dem Bade. Besuch von Medi. Mit ihr gegen 11 Uhr zu Billings Hospital. Merkwürdiges Wiedersehen. Bei Dr. Bloch, dazu der gute Adams. Untersuchung, Durchleuchtung, Röntgen-Aufnahme, Gewicht u. alles. Vollkommene Zufriedenheit. Was an meiner Natur mir Schwierigkeiten bereitet, sind die Nerven u. das Gemüt, worüber nicht gesprochen wurde. Begrüßung mit anderen Ärzten. – 1 Uhr Lunch mit Borgeses im Hotel-Restaurant, dazu der mit seinem Orchester reisende Bibi. Nachrichten über die Enkel in Zürich. Freundschaft zwischen Frido u. dem dortigen Großvater, der aber doch keinen Echo schreiben kann. – Bettruhe bis 5 Uhr. Thee. – Versagen des Room Service. ½8 mit Medi (die mit Bibi Sonaten gespielt hatte) zur Concert Hall, Monteux-Konzert. Gute Rang-Plätze. Genußreicher Abend, sehr erfolgreich. Bach, Daphnis u. Chloe v. Ravel, moderner Franzose, religiös, zum Schluß Brahms 1. Symphonie. Bibi im

Orchester. Bei Monteux, der uns scheinbar nicht erkannte. Souper zu viert im Blackstone. 12 Uhr nach Hause.

Chicago, Sonnabend den 26. IV. 47

½11 Uhr mit K. und Medi zur Stadt. Einkäufe bei Marshall Field, Sehenswürdigkeit. Für mich Hut, Mütze u. Farbstift. – Mildes sonniges Wetter. – Lunch mit Medi im Hotel. Lektüre u. Ruhe. 5 Uhr selbstgem. Thee. Studium des Vortrags, englisch. 7 Uhr Dinner Party mit Borgeses und Peters im Speisesaal. Dann in unserm Wohnzimmer Vortrag der lecture in 65 Minuten. Recht erschöpft danach. Dröhnende Kritik Borgese's: vor 5 Jahren wäre es besser gewesen, weil Nietzsche damals schlechter war. Sein Haß auf Amerika u. die Demokratie. N. nun auf einmal ein Gott, da er noch kürzlich »die Syphilis« war. Ich denke, meine Gerechtigkeit ist besser.

Chicago, Sonntag den 27. IV. 47

Tief geschlafen. Spätes Frühstück, besonders da die Uhr vorgerückt. Danach gebadet. Wind, der See rollend. Packen der Handkoffer. – »Soll ich, weil die Demokratieen ›versagen‹, zu den ›Betrachtungen eines Unpolitischen‹ zurückkehren?« –

Montag den 28. IV. 47. Im Zuge nach Washington

Gestern Lunch bei Medi. Nach Tisch mit den Kindern. Im Hotel etwas geruht. Das Gepäck fertig gemacht u. das Zimmer vorzeitig geräumt. In der unteren Halle mit Medi. Thee in der Bar mit deutsch-amerik. Kellner. Abfahrt nach Bahnhof Engelwood. Langes Warten zum Teil im Freien. Immer kalter Wind. Abschied von Medi. Verspätung des überhaupt mangelhaften Pensylvania-Zuges. Letzter Wagen Drawing Room A. Überheizt. Endloser Weg zum Diner, der dann unzugänglich. Bekamen später im Abteil Sandwiches u. Suppe. Las in germanistischer Zeitschrift über Grillparzer u. Schreyvogel. Im Bette Stendhal.

Unruhige Nacht. Nahm um ½3 noch rote Kapsel, schlief

dann bis 8. Stand 10 Uhr auf. Zug hat 4 Stunden Verspätung dank Maschinen-Defekt. Brunch mit Oat Meal, Ei u. Kaffee im schäbigen Diner.

Washington, Crescent Place, Dienstag den 29. IV. 47

Gestern ½4 Ankunft hier. Philipps am Bahnhof mit dem Cadillac. Thee mit Ag. Nachher Auspacken und Ruhe. Dinner mit Erika, die schon morgens eingetroffen, und jungem jüdischen Social worker mit russischem Namen. – Heute 9 Uhr auf, gebadet, Frühstück bei K.. 11¾ Uhr zur Unterhaltung mit Ag in der Bibliothek. Sie kam von einem Interview mit Truman. Über ihr Verhältnis zu dem liberalen Bischof, protestantische u. katholische Kultur etc. Viel Sherry. Lunch 1 Uhr mit Erika u. wieder dem jungen Chicagoer. K. mit Meyers zur Parade für den Präsidenten von Mexiko. Bleibe zu Hause. – – Ruhte, las, hatte Thee, ging die lecture durch. Rückkehr der Frauen ca. 6 Uhr; gut, daß ich nicht mit war. Abendtoilette, 7 Uhr Dinner mit dem Hause befreundeter Dame aus New York. Die Fahrt zur Library wie vor 2 und 3 Jahren. Im Warteraum mit dem einführenden Prof. Baumgard. Dr. Evans und andere Library-Leute. Die beiden Säle gepackt voll. Sprach anfangs nervös, dann lebhaft und natürlich. Aufmerksamkeiten und Heiterkeiten. Starker u. andauernder Beifall am Schluß. Es war sehr warm, u. ich schwitzte reichlich, war aber weniger ermüdet, als nach der Lesung in Chicago. Mit einem W. Post-Mann im Zimmer nachher. Erfolgsstimmung durchaus. Empfang bei Meyers. Mit Lippman, Bonnet, dem Schweizer Gesandten etc. Keinen Appetit, aber viel Champagner. Zuletzt mit den Gastfreunden allein bis 12 Uhr.

Washington, Mittwoch den 30. IV. 47

Die Nacht natürlich unruhig. Nahm 3 Uhr eine zweite rote Kapsel. Schlief zeitweise im Stuhl. ½9 Uhr auf. Frühstück mit Rührei u. Speck nach dem Bade. Mit Erika bei K.. Telephonate. Bericht Erikas über ihre Gespräche mit den Ämtern über die

Unratsamkeit meines Besuches in Deutschland, – obgleich man grundsätzlich die Emigranten-Politik gewechselt hat. – – Im Garten mit der Hausfrau. Schwüler Wind. Sherry. Lunch zu viert. Gegen 3 Uhr zur britischen Botschaft. Sekretäre. Gang durch den Garten. Empfang durch den Botschafter, schottischer Edelmann, sehr literarisch. Unterhaltung in seinem Arbeitszimmer. Visa in den Pässen. Mr. Jordan vom Konsulat. Unterbringung vielleicht besser auf der Aquitania. Amüsiert von der britischen Atmosphäre, dem Akzent, der Kultur, der hilarity. – Thee auf der Terrasse mit der Hausfrau. Später Besuch von der Schriftstellerin Miss Kissin. – Abends ohne die Meyers. Dinner zu dritt, bedient von dem englischen Butler. Ausfahrt mit Taxi auf der Suche nach einem passenden Ciné-ma. Verfehlt. Ausbruch von Gewitterregen bei der Heimkehr. Sehr müde. Thee, und gegen 11 zu Bette.

New York, Donnerstag den 1. V. 47. S. Regis

In Washington 8 Uhr auf. 10 Uhr mit der Hausfrau in der Library. Abfahrt mit Philipps 10^{20}. 11 Uhr der Zug. Lord Ingwerchapel am Bahnhof zur Verabschiedung des Dukes of Windsor, der mit uns reiste. Devotion der Amerikaner. Sehr viel Gepäck. – Lunch zu dritt im Speisewagen. Ankunft N.Y. Pensylvania Station 4 Uhr. Vorher Gespräch mit Ag's Freundin von Dienstag; feinerer amerik. New England-Typ. Über eine Faust-Übersetzung. Ihr Interesse für meinen Vortrag. – Setzten Erika im H. Sevilla ab. Im S. Regis begrüßt von Nägel. Viel Post. Thee. Auspacken. Hübsche Wohnung. Wetter kühler als in W.. Die Kinder fanden sich ein: Golo, Klaus, Erika, Moni. Blumen von ihnen, dem Management, Blanche Knopf und anderen. Telephon mit Neider u. a.. Abendessen mit den 4 Kindern im Schweizer Zimmer eines benachbarten Restaurants Gotham. Nachher bei uns im Wohnzimmer. – Geschwollener Hals.

New York, Freitag den 2. V. 47

Nachts 3 Uhr Thee, Empirin und rote Kapsel. Schlaf bis gegen 9. Nach dem Frühstück hinunter zum Haarschneiden. Besuch von Molly Shenstone. Briefe von Oprechts, die wir beantworteten. Vorlesungen in Basel, Bern, Zürich. – Schlechtes nasses Wetter. Lunch mit Gumpert im »Aiglon«. Durch Bettruhe erfrischt. Beendete »Le Rouge et le Noir«. – Bewegung vermissend. – Mit Erika Revision des Vortrags. – Lee von Hunter-College mit Studentinnen. Mit Erika und Klaus Dinner Nähe Central Park in jüdisch-halbdeutschem Restaurant. Danach ins Cinéma, englischer Kriegsgefangenen-Lager-Film. Nachher bei Erika im »Sevilla«.

Sonnabend den 3. V. 47, New York

Nachts einige Zeit im Stuhl. Von 3 bis ½10 geschlafen. Der Magen nicht gut. Nervös. Die Angelegenheit mit N.B.C. – Basel ist brieflich erledigt. – Mehrere Verabredungen für die nächsten Tage getroffen. Die Frage der Transportation nach England bleibt in der Schwebe. Aquitania ausgeschlossen. – Lunch mit Antonio Borgese und Erika im Swiss Restaurant. Nachmittags Ruhe. 7 Uhr Eier und Bier. Es kamen Kahler, Golo, Erika. Nach 8 Uhr Fahrt zum Hunter College. Im Wartezimmer die Jacobson, Lee, Shuster. Beginn nach ¾9 Uhr. Gewaltiges Auditorium, gepackt mit 2000 Personen. Sympathische Einführung Shusters. Ich sprach 5 Viertelstunden, ausdauernd u. zu meiner Zufriedenheit. Der Begrüßungs-Applaus sehr langdauernd, die Aufmerksamkeit lautlos u. jede Pointe auffangend, zum Schluß wiederholt zu danken. Nachher Buffet-Empfang in hübschem College-Raum, wohltuend nach dem Andrang im Wartezimmer zuvor. Lazare, Neider, Autographen-Sammler. War nicht sehr erschöpft. Konnte nur wenig essen, genoß den Kaffee. Zu Hause 12 Uhr Telephon mit Erika. Man kann von einem glänzenden Verlauf des Abends sprechen. Aspekt und Charakter einer großen Konzert-Veranstaltung.

New York, Sonntag den 4. V. 47.

Die Nacht natürlich unruhig. Im Stuhl. ½4 Uhr zweite Kapsel. Dann geschlafen bis ½10. Langes Interview mit Heimann von der Times Book Review. – Leonhard Frank. Unheimliche Verdunkelung des Zimmers, Nacht auf der Straße, Autos mit Lichtern. Keine Konsequenzen. Lunch mit Frank im Aiglon. Zum Thee Erikas Freund Cooker. – Viele Verabredungen für die nächsten Tage, z. T. beschwerlich. – Abend-Party bei Golo mit seinem boss, Gumpert, Kahler, Schauspielern etc. Christiane Hofmannsthal, social worker, fuhr uns heim.

New York, Montag den 5. V. 47

Vormittags Presse-Konferenz bei Knopf, unter Assistenz Erikas, glimpflich verlaufen. Cocktails und Lunch im Hotel mit Rastede und befreundetem Ehepaar. Brief von Korrodi, zu beantworten. Weitere Post. Besuch von J. Maass in Sachen eines biographisch-kritischen Buches über mich, für das er nach Californien kommen würde. Hesse-Artikel für die Rundschau. Übergabe des deutschen »Nietzsche«. Besuch von Horch (mit Frau). Übergabe des englischen Manuskripts. Abendessen im Swiss mit Klaus. Mit ihm dann ins Cinéma: »Carnegie Hall« – Film mit Walter, Pinza, der Pons, Stokowsky etc. etc. Star-Parade mit dummer story. Stokowsky nicht anzusehen. Ausgesuchte Süßigkeiten. Widerlichkeit des Musikgenusses. Regen.

New York, Dienstag den 6. V. 47

Kabine für 3 Personen auf der »Q. E.« seit gestern gesichert. Unruhige Nacht, zwei Kapseln. Wetter immer trübe. Affaire mit »Civil Rights« immer noch laufend und mich ärgernd. Brann, »Dudu und Suleika« gierig reklamierend. Ärgernis. – Einige Schritte mit K. auf 5. Avenue. Lunch als Gäste der Neiders bei Aiglon. Zum Thee bei Unruhs, Riverside Drive. Seine Bilder. Sein Roman. Eiliges Umkleiden zu Hause. Mit Erika zum Dinner bei Mrs. Cahne [?], mit Berle, Martin von Genf, u. a..

New York, Mittwoch den 7. V. 47

Spätes Frühstück. Lunch mit Knopfs bei Voisin. Besuch von Tutti Fischer u. a. Abends mit Kahler. Übersetzungen nach Yeats u. a. englischen Dichtern. Übermüdete Nerven längst. Einige handschr. Korrespondenz.

New York, Donnerstag den 8. V. 47

Helleres Wetter. Kühl. Bessere Nachtruhe. Froh, daß die Deklaration der »Civil Rights« nicht unterschrieb, die sich als kommunistisch entpuppen. – Lunch mit der Jacobson und Monika bei Aiglon. Zum Thee Golo mit zwei Germanistenfreunden. Tennenbaum. Dinner in kleinem Kreise bei Mareks. Buchgeschenk: »Der Mann von 50 Jahren« mit Bildern von Liebermann. Geschenk einer Unbekannten: winziges Moseskind im Körbchen. – Erstaunliche Kälte. Besuch von Friedelind Wagner.

New York, Freitag den 9. V. 47

Andauer des kalten Wetters. Früher auf. Brief-Arbeit und Telephonate. Affaire mit Sonny in P. P., offenbar hysterische Verleumdung durch E. Hermann. – Briefe zu lesen: Unruh, Fiedler. Geschrieben an Vikko u. die Geberin des kl. Moses. – Lunch mit Gumpert, der mich nach Hause begleitete. Gegen Abend die 4 Kinder. Abschieds-Abendessen mit ihnen in dem deutsch-jüdischen Restaurant. Bei uns noch nachher mit Klaus und Golo. – Packen. Ausfüllen der Gepäck-Anhänger etc.

New York, Sonnabend den 10. V. 47

Schwer eingeschlafen. Erkältet, Schnupfen u. Heiserkeit. Auch K. hustet. 8 Uhr auf. Packen der Handtasche. Abfahrt mit Taxi ¾ 11 Uhr. Dichte Anfahrt am Peer. Viele Besucher mit Blumen und Geschenken, die bis Mittag das riesige, aber nüchtern ausgestattete Schiff bevölkerten. Kontrollen. *An Bord* gehen. Aufsuchen der Kabine, länglich, schmal, eigentlich für zwei Personen. Klaus, Neiders, Tennenbaum, Lazare etc. Journalisten. Solche versäumten mich, weil sie sich mit dem Duke of Windsor zu lange aufhielten. Gingen ½2 zum Lunch. Trotz viel Kaffee nachher geschlafen. Auspacken. Das Schiff durchwandert. Bei hellem, kühlem Wetter etwas auf dem Sonnendeck. Etwa seit 2 Uhr in Bewegung: Hudson, dann das Offene. Nachdenklicher Anblick nach diesen 8 Jahren u. ihrem gewaltigen Inhalt. Zum Dinner umgezogen. Sitzen mit 2 Herren, da es keine Tische für drei Personen gibt. Das Essen mäßig. Nachher im Salon, wo kaum ein Platz zu bekommen, mit dem Editor der Sunday Times u. seiner Frau. Müde und nervös.

An Bord, Queen Elizabeth, Sonntag den 11. V. 47

Tief geschlafen. 9 Uhr auf gebadet, während E. weiterschlief. Frühstück in der Kabine.

Dienstag den 13. V. 47. An Bord Queen Elizabeth

Stärkeres Rollen seit gestern Abend. Schläfrigkeit und Nervosität dieser Tage. Abends angekleidet. Trafen Menschen zum Cocktail: Martels (von Times-Weekly) und Hamiltons mit Barbara Ward (von »Economist«), die mir sehr wohl gefiel. Gestern vorm Dinner Cocktail beim Staff-Captain mit Lords, Damen, Producer Schubert. Bewunderung Erikas, ihrer Freiheit, ihres Sprechens u. Umgehens. Las einiges über städt. Leben im Mittelalter. Fuhr abends fort mit »Balfour of Shaw«, an den ein englischer Film, den wir sahen, sehr erinnerte. Viel Schlaf am Tage. Untätigkeit. Ausschiffung für Freitag früh vorgesehen. –

Queen Elizabeth, Donnerstag den 15. V. 47

Übertriebenes Rollen des Schiffes 2 Tage lang durch zu hohen, unbalancierten Aufbau. Enervierende Störung, namentlich gestern Abend beim Packen. Wegrutschen u. Verschwinden von Sachen. Verdorbener Magen von Cocktails mit den und den Menschen. Viel Verstimmung und Leiden. Seit dem Abend im Hunter College kein gutes, selbstbewußtes Gefühl mehr. Unlust, Reue. Dennoch war die Reise geboten. – Nach dem Dinner lesend in der Kajüte. Schlief gestern noch nicht, als Erika kam. Sie erzählte vom Zerwürfnis zwischen Engländern u. Amerikanern wegen gesellschaftlicher Anordnungen, Fehlen von Musik und Tanz. Im Salon Stürze, vergossener Champagner. Seit früh morgens ruhiger Gang des Schiffes. Fortführen des Packens nach dem Frühstück. Muß bis mittags beendet sein. Gestern Mittag Immigration-Kontrolle (Paß). Sitzen in line. Hollywood, der beim Spiel 200 Pfund gewonnen, offerierte eine Runde Martinis, eingeschlossen den engl. Beamten, der eine Schwester in Amerika besucht hatte. – Karte an Agnes Meyer. Telegramm an Klaus wegen Assistenz am Goethe-Bande für Dial. – Las über mittelalterliche Sitten. Leib und Magen noch immer in Unordnung. Gasgrimmen. – Ankunft in Southampton heute spät abends. Ausschiffung morgen früh. Heute in Reisekleidung. Morgen das Frühstück im »Restaurant«, (Speisesaal). –

London, Hotel Savoy. Mittwoch den 21. Mai 47

Keine Möglichkeit des Mitschreibens in diesen Tagen. Langsames Überwinden einer Magen- u. Darmaffektion, verstärkt u. teilweise hervorgebracht durch die desaströsen Ankunftswirren in Southampton (mit der Flucht aus dem allein mit mir abgehenden Zug), beraten vom Doktor der alten Cousinen, im gedrängten Trubel der hiesigen Anforderungen. Unter ihnen: die Preßkonferenz, die große Warburg-Reception hier im Hotel (mit Harold Nicolson), das Recording »Germany, her character and destiny« bei B.B.C.. Kaltes, halb regnerisches Wetter. Sehr schwacher u. erregter Nervenzustand, dem zum Trotz ich alles durchführte. Erikas Beistand über allem Lobe. Gestern in der Universität (ehemaliges Ministerium of Information) nach einem Thee triumphaler Verlauf des Nietzsche-Vortrags (zwei überfüllte Säle) mit anschließendem Dinner in kleinem Kreise. Ilse Dernburg mit uns. Ihre Schwester elend. Ich aß zum erstenmal ziemlich normal. Mit K. und E. nachher

Ausklang in unserem Living Room mit künstlichen Kohlen, kalt. Privat-Flugzeug nach Zürich für Samstag Morgen beschlossen. Unaufhörliche Telephonate, Briefe, Besuche. Die Rosenstiel-Herz dickfällig-begierig. Guter Artikel im Observer. Die allgemeine Teilnahme merkwürdig und ergreifend. R. Senhouse über den Vortrag: er sei erstaunlich gewesen »as production«. –

London, Donnerstag den 22. V. 47

Gestern zum Thee Empfang der beiden Vertreter der T. M.-Gruppe des deutschen P.E.N.. Danach zu B.B.C.: Recorded Interview mit Fischer nach Deutschland. Begrüßung durch die Häupter, Empfang beim »General«. Nachher Drinks in naher Bar mit Fischer u. a.. Abendessen (Gemüse-Suppe u. süßes Omelette) zu Hause. Danach Besuch von holländischem Professor, der zu philosophischem Kongreß nach Amsterdam in 48 einlud. Schlimme Eindrücke, die er in Deutschland empfangen. – Erhöhtes Quantum von Schlafmitteln jetzt. –

Zürich, Mittwoch den 28. V. 47

Londoner Aufenthalt ging turbulent und in Ermüdung zu Ende. Neue Presse-Konferenz. Dinner mit Saurats und Harold Nicolson. Besuch von Lord Vansittart und Frau. Freitag Besuch bei den Tanten. Am Sonnabend den 25. der Flug über den Wolken im Privat-Flugzeug in 3½ Stunden nach Zürich, via Verdun. Ankunft am frühen Nachmittag, am Flugplatz Oprechts, Gret und die Bübchen. Große Freude. Im Hotel Cocktails, nachher Lunch. Abends im Theater: »Traumspiel«. – Pfingst-Feiertage im reizenden Zürich. Souper und Interview mit Dr. Baumgartner u. Basler. Vorzügliche Bilder der Ankunft. Anderes Souper mit Oprechts. Besuch bei Mosers in Zollikon. Fahrt zur Schiedhaldenstraße. Gestern bei Baumann und in anderen vertrauten Geschäften herzlichst begrüßt. Optiker Zwicker rot vor Vergnügen. Erika: Laryngitis, langsam sich bessernd. Viel Post, zum Teil widerwärtig, im Anschluß an offenherzige Interviews. – Honorare von Korrodi und dem Verlag des Hesse-Büchleins. Besuch von der Mazzucchetti zum Thee. – Starke Wärme. Ich ging heute in der Sonne allein am See hin und nahm einen Wermut vor dem »Frascati«, wo ich oft vor 9 Jahren von der Stadt kommend auf K. gewartet, wenn sie mit dem Wägelchen kam. Vorher Besuch des Vertreters von Korrodi. Verabredung eines Ausflugs. Wie sehr fühle ich mich durch Bilder, Menschen, Atmosphäre an alte Zeiten erinnert. Lektüre der N. Z. Z. u. der Nationalzeitung. Vorzügliche Mahlzeiten in eleganteren und traulicheren Wirtschaften. – Die Rückreise von Paris per Airplane schon organisiert. –

Donnerstag den 2. VII. Flims, Graubünden Hotel Surselva
Dachte nicht, daß ich auf dieser Reise noch dazu kommen würde, – hier Eintragungen zu machen. Herzlich war die Freude, trotz starker feuchter Hitze, an Zürich. Allein-Gänge, Besuche in vertrauten Läden. Einkauf von Schuhen, Strohhut, Cigarren, Papier. Unaufhörliche Besuche. Die strapaziöse Affaire der offiziellen Münchener Einladungen, der Kampf mit den Sendboten. Die tief befriedigende Matinee im Schauspielhaus, wo ich Fitelberg und 111 las. Beifallsdonner. Korrodis Besprechung. Die Abende in *Bern* und *Basel* (3 Könige). Der Abend bei den Zürcher Studenten (»Gespräche« aus Faustus nach Ansprache). Abend bei Barths mit Schuh etc.. Ländliches Mittagessen mit dem getreuen Schweizer. Landpartie mit den Leuten der N. Z. Z.. Erscheinen des Hesse-Artikels. – Viel mit der Giese, den Kindern. Wiederholt die Enkelbuben im Hotel. Theater-Abende: Empedokles, Nestroy, Stella. »Götterdämmerung« unter dem verrückten Knappertsbusch. Arge Unordnung von Papieren in dem Baur au lac-Zimmer. Flirt mit dem Lift boy Louis Marti. Einströmen von Roman-Korrekturen. Kalamitöse Ansammlung von Post. – Viel Erschöpfung und zur Aufnahme unwilliger Magen. Interviews. Geschriebenes Tagesprogramm. – Fahrt mit Gret an die Grenze zur Be-

gegnung mit *Vikko*, der mit nach Zürich kam. Lügen, Vernebelung, erdrückende Umarmung. Alles sehr seltsam. – An meinem Geburtstag, dem 72., beschenkt mit Schweizer Armbanduhr und anderen hübschen Dingen. Fridos Glückwunsch-Gedicht von Erika. Diese vortrefflich die ganze Zeit. Starke Frankeneinnahmen durch Vorlesungen, Buch-Ausgabe beim Morgarten-Verlag, das Radio. (»Wiedersehen mit der Schweiz«). Und was nicht alles zu erinnern wäre. Abend bei Oprechts, ein anderer mit ihnen.

Am 20. Juni Abschied von Erika, die jetzt in Prag, und von Schweizer bei Regen hier herauf gefahren. Vorzüglich geführtes Hotel. Freundlichkeit wie überall. Aus Deutschland Übles. Hausmann u. meine Antwort an die »Neue Zeitung«. Einige Tage sehr warm. Waldspaziergänge. Der See und der Lift. Lesen des ganzen Faustus, der ausgedruckt. Brief wegen des Copyrights an Evans. Telegramm von Bermann, daß das Erscheinen im Herbst gesichert. Sichten und einiges Aufarbeiten des Koffers voll Korrespondenz. Bücher, Bildermappen. Korrespondenz mit Landshoff wegen Holland. Huis ter Duin. Abschluß mit Holland-Amerika-Linie für die Rückfahrt. Abends am Kaminfeuer, Korrekturen lesend. Lunch-Besuch von Lindberg. Der Mediziner Dr. Amberg, den Zbg. lesend. Wechselndes Wetter. Heute wieder sonnig. Die Waldesstille. Der Flimserstein. Das Vöglein mit stehendem Thema. – Geschichte mit Niko, der, von Gottlieb weg einfach nach Hause gelaufen, für verloren und tot galt, betrauert wurde u. uns nun bei den Gelben erwartet. Golo bei ihm. Wir sollen am 9. September wieder dort sein.

Des treuen Basler, seiner Briefe und Geschenke, des Abends mit ihm u. Genossen in Zürich zu gedenken. – Gestern Glückwunsch-Telegramm an Hesse zum 70. – In Zürich mit Mondadori Vater u. Sohn. Verabredung nach Stresa, von da nach Montagnola. – Mit Lavinia M., wiederholt. Die italienische Gesamtausgabe, die tschechische (Eisner). – – Nichts gearbeitet natürlich, auch innerlich nicht. Äußerste Zerstreuung.

Die PEN-Woche im heißen Zürich mit ihren Veranstaltungen. Arbeitssitzung über die deutsche Frage, bei der ich zugunsten einer innerdeutschen Gruppe sprach. (Schlecht.) – – Lunch der Schweizer.-Amerikanischen Gesellschaft. Tischrede. – – Freude an der Wiederherstellung meines alten silb. Cigaretten-Etuis in Zürich. –

Flims, Freitag den 3. Juli 47

Beendete gestern die Korrektur des »Faustus«, die K. überträgt. Kampf mit dem Augiasstall der Korrespondenz. Es kam »Deutschland u. die Deutschen« als Broschüre von Suhrkamp. Die »Leipziger Zeitung« mit meinem Brief aus Zürich mit sympathischem Kommentar. – Zeitungen gelesen beim Wermut am See. Scheitern der Pariser Europa-Konferenz. Frage, wie es um den Erdteil nächstes Jahr stehen wird. Nachmittags Thee im Parkhotel und Spaziergang den schönen Weg zum P.-See. – Heiteres Wetter heut wiederum.

Flims, Gbd. Montag den 7. Juli 47

Hatte dieser Tage wieder mit einer Magen- u. Darm-Affektion bei schwarz belegter Zunge zu kämpfen; seit gestern gebessert. War im Bette am Samstag Abend, als von der Stadtkapelle ein Ständchen gebracht wurde. – Konversation mit dem holländischen Ehepaar. Begegnungen mit dem »reichen Mann«, Kakao-Importeur, dänisch. Faible für den jungen Aufwärter aus St. Gallen, älteren der beiden Brüder, verlobt mit einer ebenso hübschen Aufwärterin. Name lautet wie Delvai, höchst angenehmes Gesicht und sanftes Wesen. Wird nach seiner Heirat bald selbst ein Hotel führen. – Viele Briefe diktatweise und schriftlich erledigt. An Frau Hedda Eulenberg gestern. Das Frühstück immer auf der Terrasse. Abends Kaffee bei der Lektüre in der Halle, öfters bei Kaminfeuer. Gefesselt von »Burkhardts Religion« von v. Martin. Kritik der Reformation. Apologie des Mittelalters. – 4 Uhr morgens im Fenster, Dämmerung, Gesang der Vögel. Waldspaziergänge nach der Plakkerei mit den Briefen: gegen Conn oder vom Parkhotel aufwärts. Ragende Tannen. Dekoratives Terrain mit Steinhöhlen und -Platten gleich Versatzstücken. Umgebung für Zwerge, Waldschratten. –

Flims, Dienstag den 8. Juli 47

Gestern Mittag am See. Nachmittags Spaziergang gegen Conn, nach zahlreichen Brief-Erledigungen. Neues langes Schreiben von Furtwängler, töricht. Botschaft von der »Neuen Zeitung«, abends überbracht durch einen amerik. verheirateten deutschen officer, daß meine Antwort an Hausmann gestern dort erschienen. – Nachricht von der »America«, daß auch dort Platz für uns gemacht worden. Dilemma.

Heute Regen u. Dunkelheit. Frühstück im Zimmer. Der Kaffee am Morgen von unvergleichlichem Wohlgeschmack, kann aber des Magens oder Darmes wegen nur mit Unterbrechungen genossen werden. – Gedanken an die Komposition des Goethebandes. –

Flims, Donnerstag den 10. VII. 47

Gestern Robert Neumanns zum Kaffee. Deutschland und Literatur. – Viel leidend. Seelenschmerzen. Beitrag für die Ehrenbeilage der Bündener Zeitung schlecht versucht. Mahlzeiten im großen Speisesaal. Regen und Kälte. Aber zweimal gegangen. Über Kierkegaard in dem Buch von Martin. – Die junge europ. Generation vorwiegend individualistisch, apolitisch, religiös. – Döblin, katholisch, in franz. Oberstenuniform, glücklich. 2 neue Romane. Die Frau harte Siegerin. Grotesk.

Heute Thee-Frühstück im Zimmer. Leichte Besserung des Wetters.

Flims, Sonntag den 13. VII. 47

Freitag den 11. Auto-Fahrt mit freundlichem Lehrer nach *St. Gallen* in 2½ Stunden. Hotel Hecht. Vorlesung aus Faustus in der Tonhalle, da das Auditorium der Handelshochschule sich als zu klein erwiesen. Vorher Abendessen mit einer Corona von Zugehörigen. Auch nachher solches Zusammensein. Regina Ulmann. Befriedigender Erfolg des Abends zugunsten des Münchner Waisenhauses. Erfuhr viel Freundlichkeit. Besuchten gestern nach dem Frühstück die herrliche Stiftsbibliothek. Dann mit Vater u. schwerhörigem Sohn, der aber vorzüglicher Fahrer u. Sportsmann Rückfahrt über das Appenzeller Land hierher, wo zum Lunch wieder eintrafen. Teilweise Regen.

Die »Neue Zeitung« mit meinem Brief. Bermanns Gedächtnislosigkeit. Auslassung der Stelle über ihn. Viel Post zu lesen. Heute sonniges Wetter. Frühstück auf der Terrasse. – Druckfehler-Brief nach Winterthur. Schreibe an Maj. Wallenberg. – Mittags überraschend Prof. Hanhart mit Sekretärin. Dazu der erwartete jüd. Pianist mit Frau. Lunch mit diesen. Kaffee vorm Hause mit den Vieren. Abends in dem Buch von Martin über Burkhardts Theologie, nach einem Spaziergang zum Weiher durch den Doré-Wald. – K.'s Unglücksfall vom Badearzt untersucht: Rippenprellung u. Bluterguß; langwierige Beeinträchtigung.

Flims, Montag den 14. VII. 47

Klares Wetter. 4 Uhr morgens im Fenster. Flöten der Vögel in der Frühdämmerung. Frühstück vor 8 auf der Terrasse. – Briefschreiberei. Mittags Pfarrer K. Fiedler zu Besuch. Mit ihm zum Cauma-See. Lunch und Thee mit ihm. Spaziergang zum Weiher. Über sein brenzliches Buch (Bermann angeboten, vom Lektor akklamiert). Die Juden angeklagt der Perhorreszierung des gleichgeschl. Eros. – Besuch seines Flimser Amtsbruders. – Abends in Stifters Briefen. Der oesterreichische Konservativismus, verwandt dem Baseler (Burckardt).

Flims, Dienstag den 15. VII. 47

Für meine Jahre werde ich vom Geschl. mehr als gebührend geplagt. Man fragt sich, ob man sich dessen freuen soll. – Heiteres Wetter. Frühstück draußen. – Die Schweizer Runduhr mit dem goldenen Armband zurückerhalten. – Briefe mit K.[.] Mittags am See. Abends gegangen. Frühes Diner. Telephonierte mit Hesses und Lion. Gelesen in deutschen Zeitschriften.

Flims, Mittwoch den 16. VII. 47

Schwül, gewittrig. Brief an einen jungen Deutschen. Am See Anblick eines sich einölenden Jünglings, griechisches Vasenbild, Bild des Immerseins. – Über den freundlichen Verlauf der neuen Pariser Konferenz, Harmonie, Beifall für Sforza. Schon gestern Brief Erikas über ihr Gespräch mit dem kranken Beneš.

Flims, Donnerstag den 17. VII. 47

Regnerisch. Frühstück im Zimmer. Thee das Angemeßnere. Briefe geschrieben und diktiert. Viel neue Post. Sehr schöner Aufsatz in »Suisse Contemporaine« von J. Mercanton nebst bewegtem Brief. Las des abends in der Halle im Smoking und gab dem jungen Delvai einen Franken Trinkgeld. Sonst zahlreiche Beschwernisse. Durch die Neue Zeitung meine Adresse in Deutschland bekannt.

Flims, Freitag den 18. VII. 47

Regen. Gut geschlafen. K.'s Schaden gottlob gebessert. – Briefe geschrieben. Viel Post. Bewundernde Aeußerungen Prof. Behrendsohns in Stockholm über den »Faustus« nach Lektüre der Bögen. Erstes Echo, bemerkenswert. Mit K. über die »Morde« des Buches: Reisi, Annette, Preetorius, Geffcken. Schlimm, schlimm. Das rücksichtslos Autobiographische (unverleugnet) zusammen mit dem Montagehaften macht [?]. Der tief erregende Radikalismus des Ganzen. Jene »Morde« habe ich mit der Lungenoperation bezahlt, die mit dem Werk in unzweifelhaftem Zusammenhang stand. – Brief von Masereel über seine Mappe. – Behrendsohn über die Sammlung meiner Briefe.

Flims, Sonnabend den 19. VII. 47

Morgens klar. Stand 7 Uhr auf. Frühstückten unten. Brief an Mercanton, Lausanne. Ziemlich heiteres Wetter. Noch einmal am See. Das Wermut-Fräulein bittet freundlich um Autogramm. Nachmittag Ferd. Lion, vom Omnibus abgeholt. Thee u. Spaziergang mit ihm. Diner mit ihm. Abends in der Halle mit ihm. Besprechung über die Irrtümer seines Buches, für die engl. Ausgabe zu verbessern. Beginn des Packens. Abends Gewitter.

Flims, Sonntag den 20. VII. 47

Reisetag. Packen der Handtasche mit einer Million Sachen. Anruf von Schweizer aus Chur. Viel Papier ist abgestoßen, nach Amerika vorangeschickt, aber die Koffer immer noch überfüllt. Die Briefe keineswegs aufgearbeitet. Das Vorwort für Masereel steht aus. – Stark bedecktes Wetter. – Beilage der »Bündner Zeitung«.

Zürich, Montag den 21. VII. 47. »Neues Schloß«

Gestern Mittag, als alles gepackt, kam R. Schweizer mit dem Wagen. Lunch mit ihm im Speisesaal, wobei er, magenleidend, nur Thee u. Zwieback nahm. Der junge Delvai bittet um Gedenkwort, – das ich im Sinn hatte. Verabschiedung beim Kaffee von dem lieben Jungen. Er stand noch im Entree, als ich, nach photogr. Aufnahmen mit den Morosanis, mich zum bepackten Auto wandte, u. ich winkte ihm Abschied. Bild in der Galerie, entschieden. – 3 stündige Fahrt ohne daß es gerade regnete über Chur, Ragaz, nach Zürich. Recht angenehme Zimmer hier. Extrem müde. Akut unterwegs einfallende Kehlkopfheiserkeit. Abendessen im Tessiner, Forellen.

Heute Morgen nach dem Thee neue Fehlerliste nach Winterthur. Mittagessen im Storchen u. mit Auto nach Hause. Empfing in der Halle Prof. Meng; einstündige Unterhaltung. Ruhe. Nach dem Thee Einkäufe mit K.. Bei Zwicker und Scholl. Ein drittes Schreibheft, wie man sie drüben nicht bekommt.

Beim Juwelier wegen des Uhrarmbands. Stahlwaren für K.. – Golo schickt Artikel von Shuster, des Inhalts, meine Rückkehr nach Deutschland sei kategorischer Imperativ. – Brief von Fiedler. – Sonnig und warm. Erneuerung des Schwitzens. – Telephon mit Job. – Fuhren mit Bibi und Gret nach Erlenbach und hatten Abendessen im Gasthaus am See.

Zürich, Dienstag den 22. Juli 47

Heiteres, warmes Wetter. Beim Frühstück im Anschluss an Shusters Brief erneute Diskussion der persönlichen deutschen Frage. – Besuch von Baron Üxküll. Längeres Gespräch über, gegen Deutschland. Einkäufe mit K.. Lunch im Kongreß-Garten. Dazu Üxküll mit hübschem Söhnchen. Etwas geruht. ½3 Abfahrt in 2 Autos mit Dr. Job, Dr. Heer, Dr. Helbling und Damen zum Ausflug über Stein am Rhein (Trunk im Erker der »Sonne«) nach Ermatingen. Wiedersehen mit dem »Adler« und der alten Frau Heer. Wein im Garten. Panne des anderen Autos, deren Insassen sich verspäteten. Diner 6 Uhr im alten Saal. Kaffee in der Dämmerung im Garten. Heimfahrt bei Nacht.

Zürich, Mittwoch den 23. Juli 47

Andauern des klaren, warmen Wetters. 8 Uhr auf. 9 Uhr Pediküre, vortreffliches, tüchtiges, angenehmes Mädchen mit großen geschickten Händen. – Handtasche für Luzern. – Fahrt mit Bibi und Gret im Wagen nach *Luzern.* Abgestiegen im Hotel National. Dann zum Kunsthaus, wo mit Hesses zusammentrafen. Mittagessen mit ihnen; dazu zeitweilig Dr. Meng u. Frau. Nachmittags Fahrt mit Hesses auf dem See nach Triebschen. Besuch des Wagner-Museums, wo die Kastellanin mich erkannte. Versunkene Welt. Greuliche Oelbilder. Das Beste Nietzsches Briefe. Friedelind hat von unserer Begegnung berichtet. – Souper mit Hesses im National. Kaffee in der Halle. Recht trauliche Unterhaltung. Herzliche Verabschiedung. Das Bild Luzerns bezaubernd.

Zürich, Donnerstag den 24. VII. 47

K.'s Geburtstag. Frühstück in unserem Luzerner Salon. Abreise um 10 Uhr. Amerik. Mitbürger, der mich erkannte. 50 Minuten Fahrt. Drückende Hitze. Ins »Neue Schloß«. Viel Post. Der Brief ans Innen-Ministerium von 1933 ist von einem Leser der N. Z. eingeliefert u. wird veröffentlicht. Ankunft der beiden Paare aus München. Langer Thee mit ihnen im Kongreß-Garten. Abendessen mit ihnen im »Hinteren Stern«, wo die Wirtin uns fêtierte u. traktierte. Kopfschmerzen. Unheimlichkeit Vikko's, krank aussehend, unklar belastend, erregt, über-liebevoll. Heinz Pr. ißt 3 Schnitzel. Pflaumenschnaps zum Kaffee. – Deutsche Briefe gegen Hausmann u. Consorten.

Zürich, Freitag den 25. VII. 47

Enorme Hitze. Unruhige Brandy- und Koffein-Nacht. Beschäftigung mit Briefen. Mittagessen zu Sechsen mit den Familien-Gästen im Kongreß-Garten. Nachmittags Brief an Lion, der immer wieder zu Berichtigungen nötigt. Nahm ½ 8 Uhr allein im Kongreß-Haus eine Ommelette und ging dann zum Vortrag im »Schutzverband der deutschen Schriftsteller«. Der kleine Saal überfüllt, viele Stehende. Einführungsrede des Dr. Fabian; Antwortrede von mir. Dann Vorlesung des 1. Echo-Kapitel, über dessen Wirkung ich mir trotz auch beim Weggehen wiederholtem herzlichem Beifall nicht klar wurde. In der Bar des Konzerthauses mit Beidler, Humm, Widmer, Fabian etc. Chokolade und Bier. Ging nach 11 Uhr und berichtete K..

Zürich, Sonnabend den 26. VII. 47

Gestörte Nacht. 3 Uhr wiederholter Thee mit roter Kapsel. Auf dem Balcon in der Stille und Kühle. Dann tief geschlafen. – Tropische Hitze. Schrieb vormittags an Eulenberg, Kaiserswerth. – Vorbereitungen auf das Masereel-Vorwort. – Mittagessen mit der Familie im Restaurant der Tonhalle. – Letzte

Fehler-Notizen an die Druckerei. – Abendessen mit den Verwandten im Hinteren Sternen, wiederum traktiert von der Wirtin mit Bier u. Pflaumenschnaps. Äußerst mitgenommen von der Hitze.

Zürich, Sonntag den 27. VII. 47

Gestern Abend, trotz Addition mehrerer Mittel, lange Unmöglichkeit einzuschlafen. Gewandelt, im Stuhl, auf dem Balcon. Kam gegen 3 zur Ruhe u. schlief heute. – Vormittags Abschiedsbegegnung mit den beiden deutschen Paaren. Umarmungen, Tränen und Küsse.

Hier der Ausflug nach *Stresa, Italien,* mit der Mazzucchetti gefahren von Arnoldo Mondadori u. seinem Chauffeur. Abnorme Hitze. Bedeutend die Fahrt über den Gotthart, Alpenübergang. Mittagessen mit Forellen in Andermat; heiter. Lago Maggiore. Locarno. Grenzüberschreitung. Dreitägiges Leben bei phänomenaler Hitze, die das Weltgespräch bildet, in dem luxuriös-unkomfortablen Landhaus der patriarchalischen Familie. Dienstag Nachmittag Ausflug auf dem See nach Isola Bella. Mittwoch Nachmittag Presse-Konferenz, zahlreiche Journalisten aus Mailand. Der Alte, das jüngere Paar, Schwiegersohn, ältere Frauen, Frauen mitlebend im Hause, Kinder und ihre Bonnen, Marco, Fabrizio, Lionardo etc. Il presidente, gutmütig und schlau. Alle verehrungsvoll. Übte Geduld und Selbstbeherrschung. Hingezogene Schwierigkeiten mit der Wiedereintrittserlaubnis in die Schweiz (Pässe).

Donnerstag den 31. Juli 47

Morgens Verabschiedung von den Mondadoris. Fahrt mit dem Chauffeur zur Grenze und nach Bellinzona, wo wir mit der Mazzuc[chetti] Kaffee hatten. Zug nach Zürich. Der tschechische Konsul, der uns einschwor, aus Mailand. Seine Ergebenheit. Lunch mit ihm im Speisewagen. Gesprächstötender Lärm des Zuges. Freude wieder in der Schweiz zu sein. Baur au lac. Der kleine Louis strahlte, als er uns wiedersah. Provisorisches Zimmer. Dann zwei nach dem Kanal. Die Hitze hier nicht geringer, aber besser erträglich. Gepäckplagen. Mühsame Ordnung. Arbeitsgeräusch vom nahen großen Neubau. Diner im Hotel mit Bermann, dessen 50. Geburtstag, und Tutti. Etwas erregtes Gespräch über das Copy Right Problem. Berichte B.'s über seine deutsche u. Wiener Reise. Über die deutschen Massendrucke. Die Behandlung der Tantième. Viel Wein und Wasser getrunken. Kaffee im Garten. Dort bis verfinstert wurde.

Freitag den 1. VIII. 47, Zürich, Baur au lac

Hitze. Nachts etwas auf. Aber recht gut geschlafen. Briefbesprechungen. Kalender. Anrufe von Masereel, E. R. Curtius u. a.. Lunch mit Bermanns in populärem Wirtsgarten. Vorher Einkauf von kurzen Unterhosen u. vergeblicher Versuch, leinene Beinkleider zu finden. Viel Aufnahme von Flüssigkeit, Bier, Soda mit Wermut. Packen der Fracht-Stücke nach Amsterdam. Brief-Diktate an K.. Höfliche Absage nach Braunschweig. Abendessen am Zürichberg mit Oprechts mit dem Wiener intern. Geschäftsmann, einem Frl. Steinschneider und dem von der Habbima kommenden amerik. Kultur-Funktionär in Deutschland, der viel Glaubwürdiges über die russische Kultur-Propaganda und -Primitivität berichtete. – Phänomenale Wärme. National-Feiertag. Illumination, Feuerwerk, Umzüge, Kanonenschläge. ½1 allmählich zu Bette.

Sonnabend den 2. VIII. 47. Zürich.

Telephon mit Meyer vom Manesse-Verlag und Fretz wegen des Essay-Bändchens. Abholung der Frachtstücke. Begeisterter Brief von Benedikt, der die Bögen des »Faustus« gelesen. Das Schönste Echo. – Korrespondenz mit Pen-Club, Amsterdam. Bermann, von Winterthur zurück, zeigt das Umschlag-Modell für den Roman. Begleittext, tragische Rückkehr ins Heimatliche. Bermann prophezeit großen Erfolg. Deutsche Spezial-

Ausgabe. Problem Reisi! – – Handschriftl. Brief an Kerényi. Vormittags mit Masereel in der Halle Wermut. Besprechung seiner Bilder. Sein altes Schloß in Frankreich (nahe Bordeaux). Lunch mit E. R. Curtius im Gartensaal hier. Schrecklich deutsche Leute. Aber starke Bewunderung des Mannes für Joseph und Lotte. Europa dem nichts entgegenzustellen. Über Hesse, den er kleiner sieht. Erzählung von Faustus. – Die Hitze unveränderlich enorm. – Abends Fahrt mit Bibi und Gret auf das Landgut Faesi. Kreis von Gästen, darunter Rychner u. Frau. Abendessen an versch. Tischen im Garten. Nach dem Kaffee in der Halle Vorlesung aus Dr. Faustus: Aerzte und Teile des Teufelskapitels. Teils Faszination, teils Stumpfheit. Begeisterung des jungen Fueterer. Zeigte mir seine historische Bibliothek. Das Schweizer Lexikon. Heimfahrt, sodaß wir um Mitternacht im Hotel waren. Das Sitzen in der kurzen Unterhose. (Auf dem Lande war es für meine Kleidung zu kühl u. feucht gewesen.) – Manuskript Lessers über geheime Selbstportraits.

Zürich, Sonntag den 3. VIII. 47.

Neuer Hitze-Tag, morgens noch Frische. Verabredungen, Kalender-Organisation. Einiges Handschriftliche. Sitzung mit dem hüftkranken Maler Ulbrich, der Hauptmanns letztes Bild gemalt u. beim 3. Versuch etwas Gutes zustandebrachte. – Lunch mit K. allein im Kongreß-Garten. Nachmittags in der Halle Herrn W. Goetz empfangen. Baltische Aufschneiderei u. deutsche Zweifelhaftigkeit. Geschichten von Winifrid Wagner u. der alten Chamberlain, die ihren Gatten als Schuldigen preisgegeben habe. – Unerquicklicher Schlaf nachmittags. Matt und von der Hitze niedergedrückt, der wir unserer Verabredungen wegen nicht irgendwohin entkommen können. Gegen Abend auf einer Bank im Garten mit den »Antiken Erzählern«, die, unendlich naiv, mich zu der mittelalterlichen Novelle anregen. Titel: »Der Begnadete« oder »Die Begnadung«? – Besuch des Verlegers Fretz u. Besprechung eines Essaybändchens in seiner Sammlung. – Aßen im Gartensaal und hielten uns beim Kaffee bis 10 Uhr im Garten auf.

Zürich, Montag den 4. Aug. 47, Baur au lac

Neuer Hitze-Tag. Noch keine Aussicht auf Änderung. Schwere Einschränkungsmaßregeln in England. Einstellung der Kampfhandlungen in Indonesien. – Handschr. Korrespondenz. Lunch mit A. M. Frey im Kongreßgarten u. Verabschiedung von ihm nach der Zusage, bei Bermann für seine neuen Arbeiten einzutreten (»Teufelstheater«). – Wetter nimmt kritischen Charakter an. Wind, Schaumkronen auf dem See, Gewitterwolken. – Nachmittags mit Bermann in der Halle. Eiskaffee. Bestätigung des Vertrags mit Manesse, Ablehnung des Fretz u. Wasmut'schen Essaybandes. Besprechung eines solchen für ihn: Nietzsche, Dostojewsky, der neue Goethe, Joseph. – Nach 6 Uhr mit Oprechts in Dr. Wechslers Wagen, von K. gesteuert, über Baden nach Brunegg zur Burg des Professors von Salis. Widerwärtige Auffahrt zu der romantischen Behausung. Rüstungen, merkwürdige alte Möbel u. Öfen (von 1648), Ahnenbilder. Aufenthalt in verschiedenen Räumen. Gutes Abendessen. Kaffee und Kirsch. Salis über die Heiterkeit der »Vertauschten Köpfe« und des »Joseph« – zur Zeit ihrer Ausarbeitung und der Kriegssendungen. Über Deutschland und die Popularität des Nazismus. Ganz anders als mit Curtius. – Gewittrig. Heimfahrt mit einigem Abkommen.

Zürich, Dienstag den 5. VIII. 47

Morgens heftige Gewitterschläge u. Regen, aber keine erhebliche Abkühlung. – Närrisches Manuskript eines Mannes in Deutschland, der das Ur-Evangelium »entdeckt« haben will, wonach die Synoptiker die ihren »zusammengestümpert«. Büchlein von Schurek, Deutschland, über Barlach. – – Nachmittags Fahrt mit Larese nach *Amriswil*, Thurgau, $^{5}/_{4}$ Stunden. Absteigen im Hotel des Städtchens von 5000 Einwohnern. Besichtigung des Vortragssaal, Kirche, Gemeindehaus. Diner mit Larese u. seinem jungen Bruder. Vorlesung in dichtgefülltem, gläubigem Saal (Fitelberg und op. 111). Große Dankbarkeit. War recht sehr erschöpft. Nachher Geselligkeit im Hotel. Tasse heißen Kaffees tat sehr wohl. Gäste aus dem ganzen Kanton. Citierendes, begeistertes Studenten-Paar, er und sie. Der Arzt u. Maler von Ermatingen. Frau Heer. Beilage der Thurgauer Zeitung. – Reichlicher Regen. Rückfahrt nachts bei Mondschein über Frauenfeld, Winterthur mit dem gesunden und ziemlich spitzbübischen Kindervater Larese, der keineswegs mein Gutmütigkeitshonorar von 300 Franken erhöhte. – 1 Uhr ins Bett.

Zürich, Mittwoch den 6. VIII. 47

Sonne, warm, aber nicht mehr heiß. Vormittags mit K. im Office der Holland-Amerika-Linie. Lunch im Kongreß-Garten. Zum Thee der Schriftsteller Humm. Während der Unterhaltung mit ihm Antwortbrief von Luther Evans, schlimm entmutigend in Dingen der Copyright-Rechtslage und des Bermann'schen Standpunktes. – – Mit Taxi zum Dolder. Abendessen mit der Witwe Rieser und ihrer Freundin Frau Wolff, Theater-Temperament. Später S. Trebitsch und Frau, auch die Pflegerin, die sich wunderte, meine Stimme ohne Todesgefahr zu hören, im Gedenken an Prag. Auch die junge Rieser. Heimfahrt mit Dolderbahn u. Tram. Louis tat noch Dienst. Schenkte ihm 5 Franken.

Zürich, Donnerstag den 7. VIII. 47

Trüb und kühl. Wiederholte Besprechung der Copyright-Frage und des Schicksals der deutschen Faustus-Ausgabe. Sendung von Mondadori, Bilder u. Zeitungen. Manesse-Verlag überliefert den Rest des Buch-Honorars. – – 12 Uhr Besuch in der Halle von dem Göttinger Studenten Falkenberg, aufgeklärter, wohlmeinender Junge. Gerührt von seiner Jugend, seinem dichten, gescheitelten Haar. Er ist für möglichste Förderung der deutschen Auswanderung, Verminderung. – Lunch in der

Bollerei. – Nachmittags abgeholt von dem Arzt. Dr. Pollag. In seiner Bibliothek. Frau u. Kind. Eisbombe. Signierung zahlreicher Bücher. Geschenk einer seltenen kl. Ausgabe von Kellers Gedichten. Impfschein. – Abendessen bei Katzensteins. Schweizer Freunde des Hauses hernach.

Zürich, Freitag den 8. VIII. 47

Klares Wetter. Vormittags abgeholt zum Studio Zürich. Las das alte »Wunderkind« aus den Ges. Erzählungen u. bekam 300 Franken dafür. Mittagessen mit Oprechts in der Stadt. Übergabe von hierbleibenden Dingen, der fehlende Band der Sophienausgabe etc. Verabschiedung von ihnen. Thee mit Prof. Strich in der Halle. Müde, sehr müde. Abends von den Kindern geholt, Abendessen bei Mosers. Tochter, Schwiegersohn, dessen Cousine und dessen indonesische Frau. Beziehungen zu Amsterdam u. Verabredungen nach dort. Musikalische Darbietungen. Bibi, fortgeschrittener Musiker, mit jungem Schweizer Pianisten, Haydn und Brahms. Grets Schwester Lieder von Brahms. Der Pianist Jugendstückchen von Mozart. 11 Uhr Aufbruch. – Gelesen in Reck-Malleczewens »Tagebuch eines Verzweifelten«, gebildet konservativer Junker mit glühendem Haß gegen Hitler, davon erwürgt. Über Bismarck als Vielfraß!

Zürich, Sonnabend den 9. VIII. 47

Vormittags Briefe geschrieben. Sehr müde und unwohl. Lunch mit K im Hirschen. Die Wege zu Fuß bei klarem, nicht zu heißem Wetter. Las in dem Buch des von Reck. Wenig geruht. Thee in der Halle mit Beidler. Illustr. italienische Zeitschriften mit Bildern aus Meina. Brief-Ausfertigungen, Dedikationen, Ausscheidung von Papieren, die zu Oprechts oder nach Californien gehen. Beschluß, auf dem Zimmer zu essen.

Amsterdam, Montag den 11. VIII. 47 Amstel-Hotel

Gestern Pack- und Reisetag. Aßen im Garten-Speisesaal des Baur au lac. Wurden 5¼ Uhr von den Kindern abgeholt u.

fuhren nach Erledigung aller Verabschiedungen u. Trinkgelder zum Flugplatz Bösendorf. Die Formalitäten dort sehr umständlich. Verabschiedung von den Kindern in der Gepäck-Revisionshalle. Abflug 6 Uhr mit »Flying Dutchman«. Ruhiger Flug, oft hoch über Wolkengebirgen, der untergehenden Sonne entgegen. Abendessen, Sandwiches u. Kaffee, ein Pfirsich. Ankunft 9 Uhr. Photographen. Ein Journalist, der mir während der Vorweisungen Mäntel u. Plaid hielt. Informierte Beamte, zuvorkommend. Klaus und Landshoff wartend. Mit ihnen ins Hotel. Gute Zimmer. Imbiß im Speisesaal. – Heute ½9 Uhr auf u. gebadet. Kein Kaffee, kein Ei. Auch kann man nichts kaufen. Thee mit unserem Honig. Unten unverkäufliche Cigarrenausstellung. – Klares Wetter. Schöner Blick auf die Amstel.

Amsterdam, Sonnabend den 16. VIII. 47

Am Dienstag den 12. war die ungeheuer stark besuchte Presse-Konferenz in einem unteren Saal mit anschließenden Radio-Redereien und Tonfilm-Aufnahme. – Am 13. nachmittags der Empfang im Pen Club, wobei ich auf die Rede des Prof. Donkerslo des Längeren improvisierend antwortete. – Bermanns trafen ein. Erneut über die Copyright-Frage. Mit ihnen einen Abend im Cinéma: »Enfants du Paradis« mit interessantem Schauspieler. Hitze; gaben auf nach 2 Stunden. – Souper von Landshoff u. Rini offeriert. Bemühungen um ein Zimmer in Nordwijk. – Vorgestern der englische Nietzsche-Vortrag im Indischen Museum. Sehr stilles u. scheues Publikum, das dann mit höflichem Beifall nicht kargte. Nachher mit Bermanns u. Landshoffs bei uns. – Besuche von Dinaux und dem Direktor der Stichting. Besuch der Sothmann. – Gestern Fahrt mit Landshoff nach Nordwijk und Scheveningen. Schon nachmittags Anruf, daß ein mögliches Zimmer in der Dependence des Huis ter Duin frei geworden. Souper mit Klaus, Hotel-Terrasse. Andauernd klares Wetter, wachsende Hitze. Gut jedenfalls, die Stadt zu verlassen. – Heute Morgen Packen.

10 Uhr Besuch des holl. Verlegers, der das »Gesetz« u. »Die Vert. Köpfe« bringen will. Gulden-Einnahme.

Nordwijk den 17. Sonntag, Huis ter Duin
Wieder im Huis ter Duin, nach 8 Jahren! Gestern Vormittag Bermanns noch zur Verabschiedung bei uns. Sie fliegt nach Schweden, er nach England. Besprechung des Gespräch-Buches von Maaß. Der kl. Essayband. Landshoff besorgte den Wagen. Wir fuhren nach 12 ab, waren 1 Uhr hier u. fanden recht leidliches Zimmer, ohne Bad, in einem Flügel des Hauptgebäudes. Stille See mit Sandbänken. Lunch in dem bekannten Speisesaal. Las viel in Huizinga's »Erasmus«. Kaffee vorm Hause. Dog show. Wachsende Hitze, schräge Sonnenwand von Westen, nach dem das Zimmer liegt. Nach dem Thee im lauten, autovollen Ort. Gegen ½8 Diner, bescheiden. Sonnenuntergang im Meer. Kühlung. Kaffee auf der Terrasse. Nachher Bier u. Lektüre im unteren Salon.

Gut geschlafen. Morgenfrische bei heranschleichender Sonne. Frühstück (mit Eiern u. Käse) auf unserem Balkon. Leichte Kleidung. Im Strandkorb auf der Terrasse angesichts der See. Der holl. Menschenschlag meist nicht anziehend. Von fern einzelne die Aufmerksamkeit fesselnde Bilder. – Blumen aus dem Haag von einer Schwester des † Tucholsky. – Solche auch von anderer Seite noch. – Begann das Vorwort zu Masereel zu schreiben, im Korb auf der Terrasse. Nach dem Lunch Kaffee auf der Veranda. Geschlafen. Schrieb an Landshoff und ein paar Dankeskarten. Kaum gegangen der Hitze wegen. Gelesen im »Erasmus«, auch abends. Dumme Musik.

Nordwijk, Montag den 18. VIII. 47
½9 Uhr auf. Frühstück in der kurzen Hose auf dem Balkon. Keine Augenliebe ringsum, gleichgültige Menschheit. – Schrieb auf dem Balkon bis 12 Uhr am Masereel. Ging dann mit K. zur Badeanstaltet u. nahm vorn in kleinen Wellen das erste Seebad seit vielen Jahren. – Unzufrieden mit Essen und Be-

dienung. – Nachmittags Brief an Basler u. Karte an Schweizer. Nach dem Diner abgeholt vom Cadillac Knohpf-Kaufmanns zum Besuch ihrer eleganten Villa »Rainbow«. Kaffee, Wein, Torte, Whisky. Der Mann Diplomat, die Frau Brauerei-Beziehungen in Los Angeles.

Nordwijk, Dienstag den 19. VIII. 47

Etwas stärkere Brandung. Arbeitete am Strande. Badete. Wurde von Maler Simon unten in der Halle gezeichnet.

Noordwijk, den 22. Aug. Freitag

Blauer Himmel immer. Abschwächung der Hitze. Gestern heftiger Sturm vom Lande. Von Sandwehen gestört in der Hütte. Badete nicht. Schrieb auf dem Balkon das Masereel-Vorwort zu Ende – und las es abends nach dem Kaffee in unserem Zimmer K. u. Klaus vor, der vorgestern angekommen. Das Programm des New Yorker Goethe-Bandes. Gedichte. Mit dem Vorwort zufrieden.

Noordwijk, Sonnabend den 23. August 47

Kühler. Landwind u. -Sturm. Begann gestern am Strande Brief nach London über Lions Buch; Eiertanz. Badete wieder. Briefe, von K. gelesen. Es langweilt mich zu sehr. Erwiderung Hausmanns, läppisch. – Zum Thee Frau von Fritsch aus Leiden. Theater im Hotel. Abends keine rechte Stätte. Abschrift u. Korrektur des Vorworts, das ich besser auf das Thema »Kunst und Volkstümlichkeit« hätte stellen sollen.

Heute wieder klares Wetter. Seifen am Waschtisch, ungewohnt. Keine Eier zum Frühstück. Dagegen bekamen wir gestern als Extragang eine große Omelette. – In Lake Success 7 maliges Veto der Russen wegen der Aufnahme von Staaten in die U.N.. Oesterreich u. Italien ausgeschlossen. Die Amerikaner schließen die russisch beeinflußten aus. Trostlose Kinderei. –

Begleitbrief an Opi. An dem Londoner Brief weiter am

Strande. Nicht gebadet. Nach dem Lunch (½1 Uhr) abgeholt per Wagen nach *Den Haag*. Zur Vorlesung in der Kgl. Schauburg, großes Theater, dessen Parterre u. Galerie von ca 200 Personen besetzt waren. Laute aufdringliche Schwätzer. Landshoff, die Dronheim und Leute der Agentur. Las, im Stehen, sehr gut, Fitelberg und 111, mit der Anrede »Dames een Heeren« und Anspielung auf »Misplaatste tact«. Heiterkeit und Entgegenkommen von Anfang an. Lustigstes Mitgehen. Kaffeepause. Beim Auto nachher viele Leute u. Vorstellungen, Signaturen. In Noordwijk zurück um 5 Uhr, r. b. g.. Thee. Umgekleidet. Aufenthalt auf der Terrasse. Diner mit Häring. Redlich müde. Kaffee im Freien, danach im Salon die N. Z. Z. Später im »Erasmus«.

Noordwijk, Sonntag den 24. VIII. 47

Sehr schweres Einschlafen. Quälendes Mücken-Jucken. 2 Uhr noch einmal Thee und Mittel. Die Morgen jetzt kühl. Aber überall neue Hitzewelle, global, ohne daß die Wissenschaft über die Sonderbarkeit des Sommers etwas zu sagen weiß. Medi meldet auch über Chicago u. New York gewaltige Hitze. – Kaffee-Frühstück ohne Ei. – Auslesen voranzuschickender Bücher. – Schrieb am Strande das Vorwort über Lion zuende. Badete bei Wind und Wellen u. kam außer Atem. Landshoffs kamen, hatten mit uns Lunch und Diner, sodaß wir fünf bei Tische waren. Extraspeisen. Las beim Kaffee den Lion-Artikel vor. Abends reisten Landshoffs mit Klaus ab. Wieder allein, aber mancher Besucher gewärtig. Nach Schlafengehen unwohl. Erkältungs- u. Krankheitsgefühl. Nahm Empirin-Kodein.

Noordwijk, Montag den 25. VIII. 47

Nach anfangs unruhiger Nacht mit Appetit gefrühstückt. – Schrieb am Strande nach Klaus' Entwurf das In Memoriam ter Braak für Het Parool. Nicht gebadet. Nach Tische Interview mit einem jungen Presse-Bureau-Inhaber. Nach dem Thee Empfang von drei Herren der antifascistischen Organisation zur Versendung von Büchern u. Lebensmitteln nach Deutschland. Kurzer Gang mit K.. Nach dem Diner abgeholt von Leuten der Intern. Jugend-Austausch-Organisation. Auditorium. Sprach eine halbe Stunde frei daher und beantwortete dann, zu deutschfreundlich und optimistisch, Fragen. Erhitzt und müde. Schweizer Junge bat für sich und 2 andere um Audienz für morgen.

Noordwijk, Dienstag den 26. VIII. 47

Gestern Abend ein Bellergal, ein Empirin-Kodein, ein Phanodorm und ein Evipan. Danach recht gut geschlafen. Unveränderlich blauer Himmel und Landwind. – Kaffee-Knappheit. – Interessant die gestern von den Antifascisten zum Geschenk erhaltene Sammlung von Goethe-Studien von 1835. – Schrieb am Strande einen überflüssigen Brief-Bericht an Bruno Walter. Nach Tische Besuch von den 3 Schweizer Jungen, deren Einer sehr hübsch. Die Frage der die deutsche Invasion festhaltenden Karte im Jugendheim. Sprach gegen sie. Die Schweizer gelten als prodeutsch. – Zum Thee der Maler Citroen und ein jüdischer Herr aus Frankfurt, intelligent, der mir den Plan einer intereuropäischen Goethe-Akademie i. J. 1949 in Frankfurt zu errichten, privatim auseinandersetzte. Skepsis und Bedenken. – In einem Korb auf der Terrasse. 7 Uhr Diner. Recital eines sehr guten holländ. Pianisten in der Rotunde, auf 8 Uhr angesagt, begann um ½10. Voranmeldung Erikas von Zürich. Gingen nach dem Anhören von Haydn und Brahms. Gespräch mit Erika, die gern noch herfliegen möchte, aber keinen Platz findet. Vormittags war ein Brief von ihr gekommen, über Polen (Breslau) und die Slowakei, die die Rolle Sudetenlands spielt. – Ich ahne bestimmt, daß die Slaven aus Osteuropa wieder mit den vereinten Kräften des Westens werden hinausgeworfen werden und Deutschland bis auf die Ukraine wohl alles erhält, was Hitler wollte. – Abends gequält von Mückenstichen.

Noordwijk, Mittwoch den 27. VIII. 47

Noch klarer Himmel. Schrieb am Strande Briefe u. Karten u. wurde dabei von Citroen gezeichnet. Hielt mich ruhig bis ½6, nahm Thee, u. dann wurden wir von dem Impresario van Mick mit seinem Wagen abgeholt. Englisch gesprochen. Ins *Amstel-Hotel,* Amsterdam, wo mit Klaus u. Landshoffs zusammentrafen. Souper mit ihnen. Danach Taxi zum Indian Institute zur letzten Vorlesung von Fitelberg und 111. Voller Saal, auch die Galerie besetzt. Herzlicher Empfang und heiter-ehrenvoller Verlauf. In der Pause und nachher viel Menschen. Der Bürgermeister von Amsterdam. Thee. Transpirierte beim Lesen ungeheuer. Gickelnde Dame, hysterisch, die aus dem Lachen nicht herauskommen konnte, beunruhigend. – Heimfahrt mit quietschendem Taxi über Leiden, nach Verabschiedung von Klaus, den vorerst nicht mehr sehen, u. von Landshoffs. Sehr müde.

Noordwijk, Donnerstag den 28. VIII. 47

Mit roter Kapsel tief geschlafen. Vorm Frühstück den Körper mit Seife gewaschen. Signierung von Faustus-Bögen von Bermanns Trick-Ausgabe. –

An Bord »Westerdam«, Sonnabend den 30. VIII. 47

Vorgestern Vormittag am Strand von Noordwijk mit Citroen, der, während ich Einiges schrieb (an den Rektor in Malente), mich wiederholt, nicht sehr glücklich, zeichnete. Hatte Lunch mit uns. Packen. Las wiederholt im »Erasmus«. *Gestern* nicht mehr am Strand. Packen der Handtasche. Ausfüllen der Gepäckkarten fürs Schiff. Abfahrt in großem Taxi, mit 11 Stück Handgepäck gegen 12 Uhr. 1 Uhr in Rotterdam. Kontrollhaus mit Warte-Veranda. Viele Prüfungen, aber freundschaftlich. Mit Bus zurück zum Schiff, über dessen Fallreep wir 2 Uhr gingen. Gute, geräumige Kabine N: 4, für 3 Personen, sodaß Erika gut hätte mit uns reisen können. Sandten ihr noch von N. Abschiedstelegramm. Blumen u. Telegramm von Landshoffs. Von anderen noch. »Het Parool« mit dem ter Braak-Artikel, für den Klaus 100 Gulden Honorar bekommt. – Kein Lunch gestern. Zwei Photographen und Interviewer in der Kabine. Etwas Wermut u. Chokolade. 4 Uhr Thee auf Deck. Angenehmes, hübsches kleines Schiff. Statt 4 Uhr setzte es sich abends 9 Uhr in Bewegung, als wir mit Maler Beckmann – seiner Frau, geb. Kaulbach nach dem Diner beim Kaffee saßen. Zeitig zu Bette.

Heute zu früh auf, da die Uhr schon eine Stunde zurück. Auf das Frühstück (8 Uhr) zu warten. Eier mit Speck. Gegen Holland, namentlich das H.t.D. die Verpflegung sehr üppig. Die Bedienung z. T. ungehobelt. – Englische Küste, Leuchttürme, zahlreiche Schiffe. Heiteres, ruhiges Wetter. Deckstühle achtern. – Europa bleibt zurück. Die Reise war zeitlich zu ausgedehnt u. stellte große Anforderungen an meine Spannkraft, doch muß ich sie wohl nicht unfruchtbar, die Zeit nicht verloren nennen. – Visiere von Weitem die neue Goethe-Arbeit. Erasmus' Charakterbild irritiert mich oft durch Verwandtschaft. Aber sein Verhältnis zur Reformation ist auch durchaus Goethisch. Sehr ähnlich ausweichend hätte der sich benommen und hätte vom Luther'schen Aufruhr nichts wissen wollen. So auch ich. Es war ja National-Bolschewismus. Und der Strudelkopf Hutten, syphilitisch dazu, widrig. – – Die Erlebnisse seit New York, London, Zürich gehen mir durch den Sinn. Auch mein Ruhm hat tatsächlich etwas Erasmisches, und zuletzt lasse ichs fehlen wie er. – Spannung auf die deutsche Ausgabe des Faustus. –

An Bord »Westerdam«, Sonntag den 31. Aug. 47

Gestern verging der erste Tag mit wiederholtem, anmerkendem Lesen des »Erasmus«, einigem Briefschreiben, Deckstuhl, guten Mahlzeiten etc.. An Bord kein einziges Gesicht, auf dem man verweilt. Abends mit Beckmanns im Salon, wo Dancing war. Kunstgespräch obenhin, die Frau anziehender als er. – Nachts wieder eine Stunde in der Zeit zurück. Stand 7 Uhr auf.

War auf dem Bootsdeck. Leichtes Tauchen des Schiffes. Nach der Passierung Irlands gestern Abend nun weit offener Ozean. Steht man vorn, so schaudert einem fast vor den gewaltigen Strecken von Wasserwüste, die noch zu durchmessen. Hatte das Gefühl, »noch einmal« zurückzukehren, so als wäre Europa doch wieder mein und meiner Arbeit Heim geworden. Dabei ist es zu unsicher, u. man muß erst sehen, was mit Deutschland, Rußland, den kleinen Ländern wird. – Zum Frühstück Pfannkuchen u. Kaffee. – Geburtstag der Königin von Holland. Flaggen im Speisesaal. Holländ. Herr, der ebenfalls Geburtstag hat, lädt uns zu Apéritivs ein, zusammen mit einem Landsmann, Professor.

An Bord »Westerdam«, Dienstag den 2. IX. 47

Erfahren, daß erst Montag den 8. »im Lauf des Tages« ankommen werden. Umsturz unserer Hotel- und Zug-Reservationen. Funktelegramm, verstimmend. – Gestern Windstärke 5 aus NNW und empfindliches Schaukeln (pitching). Frau Beckmann krank, dann auch K., die abends nicht essen konnte und sich gleich zurückzog. Ich saß im Salon und erwartete den Beginn der Movi[e]-Show, der mit Beckmann eine Weile beiwohnte. Schlechte Apparatur. Ging bald mit müden Augen. – Erledigte oben eine Reihe von Briefen. Las teils im »Erasmus«, teils in den antiken Erzählern: Witwe von Ephesus, Daphnis und Chloe. – Heute Reissuppe zum Frühstück. Kohle. Die Luft milder als gestern, wo ich viel fror. Der Gang ruhiger. Die Uhren schon 2½ Stunden zurückgestellt. Vormittags länger in der Kabine. – An ernstere Arbeit erlauben die Umstände nicht zu denken. Für die Goethe-Einleitung fehlen mir die Unterlagen. Vage produktive Versuche beim Lesen über Erasmus. – Belastend zu denken, daß wir noch 6 Tage durchs Wasser ziehen sollen. Auch ist zu besorgen, daß es mit den Zug-Reservationen nicht glatt gehen wird. –

An Bord »Westerdam«, Mittwoch den 3. IX. 47

Gestern den ganzen Tag stark bewegt, halb unwohl wie auch K.. Schrieb vormittags Briefe. Waren nur kurze Zeit auf Deck wegen Kälte u. Feuchtigkeit. Es ist langweilig. Jeder Tag will überwunden, zurückgelegt sein. Abends ziehe ich ein weißes Hemd und den blauen Anzug an. Gestern waren Horse races, wir sahen eine Weile zu. Beckmann, mit dem wir uns nachmittags unterhalten, studierte seßhaft den Anblick. – Viel in den Antiken Erzählern. Liebliche Lüsternheit von »Daphnis und Chloe«. Die Knabenliebe schlecht gemacht. Die griechische Begeisterung für schöne junge Paare. – Auch in den Briefen an Väter. (Mozart.) – Heute weniger bewegt, der Himmel klarer. Wir sind südlicher gegangen, legen täglich ca 2 Breitengrade zurück. Die Uhr nachts wieder eine Stunde zurück. – Beabsichtige, an Mrs. Meyer zu schreiben. –

An Bord »Westerdam«, Donnerstag den 4. IX. 47

Noch 4 Tage zu überwinden. Die Langeweile oder Ungeduld ist groß, die Schiffsbewegung ruhiger schon seit gestern, aber die Magen- u. Darmgefühle doch nie ganz behaglich. Sind sie es übrigens je? – Schrieb gestern des Längeren im Schreibzimmer an die Meyer, den Gedanken an unseren Besuch in Mount Kisco ausschaltend. Mittags zum Cocktail beim Captain, mit 3 holländischen Herren, von denen einer, Professor der Oekonomie angenehm. Das Schiff ist einmal von den Engländern bombardiert, von den Deutschen zweimal versenkt worden. Das Schwesterschiff verloren. Eine Turbine in Ausfall. Die Ankunft Montag sogar eine optimistische Annahme. – Wiederholt mit Maler Beckmann. Ging mit ihm die Masereel-Bilder durch. – Weitere Beschäftigung mit Erasmus. Chronologische Vergleichungen mit Luther. Dessen Briefe an seinen Vater. Die Unbefestigtheit des Deutschen von damals; Vertauschung der Vokale wie im jüdischen Deutsch, das von daher stammt. (»Generüle«). Luthers fester Glaube, daß der Tod wie ein Stündlein Schlafs ist. Um 1530 die gleiche Erlösungssehnsucht aus diesem Jammerthal wie bei Erasmus. – Auch Weiteres in den antiken Erzählern. Lukians Reiselügen. – Sahen auf schlechten Plätzen die erste Hälfte eines recht hübschen engl. Films nach Dickens »Great expectations«.

Heute ruhiger Gang. Nebel, der weitere Verzögerung bringen kann. Rasierte mich morgens. Nahm Kohle zum Frühstück. – Schrieb an F. Bertaux. – Unterstrich nach Tische weiter im Erasmus. – Las nach dem Diner in Novellen von Maugham. – Beschloß abends, schon jetzt an Reisiger über Faustus zu schreiben. – Zeichnungen von Beckmann durchgesehen.

»Westerdam«, Freitag den 5. IX. 47

Recht mühsam vergehen die Tage, obgleich der Turnus leidlich eingeübt. Am längsten die Zeit nach dem Diner bis zum Schlafengehen. (Beckmanns beteiligen sich am Lottospiel im Salon.) Habe jedoch noch reichlich Lektüre, nach mehreren Seiten einschlägig. Auch sonst fehlt es ja an nichts, aber die Ungeduld nach dem Heimgelangen ist groß, und ich hasse die Räume, die mich von dem Hause dort u. dem Pudel trennen, im Bewußtsein des Illusionären. – – Nebel wiederum und ruhiger Gang. – Aufklaren gegen Abend. – Begann langen Brief an Reisiger. – Mit Beckmann über seine Zeichnungen. – Abends Cinéma. – Die Ankunft ist für Montag Morgen angesagt. Zoll-Formular, bedrohlich. Uhr und Schuhe anzugeben.

»Westerdam«, Sonnabend den 6. IX. 47

Klares Wetter. Sehr merkliche Erwärmung. Werden die Sommerhitze wiedergewinnen. – Golfstrom-Klima, feuchtwarm. Sommeranzug. Schrieb »den« Brief an Reisiger in der Kabine zu Ende. Trank zwischendurch oben Bouillon. – Las den »Erasmus« noch einmal zu Ende, viel anstreichend. Er, Goethe und das Mittelalterliche beschäftigen mich gleichzeitig. Begann abends Wolframs »Parzival« zu lesen, der viel Atmosphäre u.

Detail bietet. – Nachmittags klatriges Konzert im Salon. (Mr. Dresden, Amsterdam, u. Sängerinnen.) – Mehrmals mit Beckmanns, auch nach dem Diner. – Ruhige, ölige See.

»Westerdam«, Sonntag den 7. IX. 47

7 Uhr auf. Vorm Frühstück auf Deck. Nah dem Ziel. Das morgige Frühstück für 6½ Uhr angesagt, da wohl schon vor Tag an Pear sein werden. – Ziemlich warm. – Beginn des Packens. Zolldeklaration. Versteuern Uhren und Wäsche. – Beabsichtige Excerpte aus Büchern über das Mittelalter, Namen und Wörter. – Dies hier nun eingepackt. – Der Brief an R., sehr stark über das Buch, von K. gelesen, wirkte gestern recht erschütternd auf mich. –

New York, »St. Regis«, Montag den 8. IX. 47

Schwer eingeschlafen auf dem Schiff, das schon seit Mitternacht stillag. 6 Uhr auf. Nach dem Frühstück das verbleibende Gepäck fertig gemacht. Dann auf Deck. Verabschiedung von Bekannten. Paß-Kontrolle leicht und höflich. »You are *the* T. M.. Welcome home«. Telegramme von Nägel und Landshoff. Interview mit Mann von United Press. In der Zollhalle Schweizer mit Moni. Langwierige Kontrolle, aber nichts zu zahlen für die deklarierten Dinge. Mäßige Hitze. Mit Schweizer und Moni im Taxi durch den Tunnel zum Hotel. Freundlicher Empfang. Amerika wieder. Wohn- und Schlafzimmer im 8. Stock. Gleich zum Haarschneiden u. Rasieren. Wermuth. Frankatur der vielen auf dem Ozean geschriebenen Briefe. Lunch mit Knopfs unten. Knopf düster und präokkupiert, die englische Ausgabe des Faustus frühestens Herbst 48. – – Zum Thee Gumpert, bis 7 Uhr. Unter den Briefen einer von Erika. Sendet Artikel aus Basler National-Zeitung über Fall Hausmann, scharf gegen diesen. Schöner Brief eines Schweizer Pfarrers aus dem Thurgau. – Abendessen mit Moni und Schweizer im Swiss Restaurant. Über das Krull-Fragment und die Wünschbarkeit seiner Ausführung. (?) Feuchte Wärme in den Straßen. Hotel Air conditioned. Im Restaurant Gesichter vom Schiff.

New York, Dienstag den 9. IX. 47

Erste Hälfte der Nacht sehr unruhig. ½9 Uhr auf. In den Times das Interview, konzentriert auf den europäischen Sozialismus. Von Blanche Knopf Shirers neues Diary mit Seiten über den Molo-Brief u. die Radio-Sendungen. – Schrieb an den guten Schweizer Pfarrer. – Rastede kam. Mit ihm Besuch beim Antiquar Schatzki in Sachen der 60 Dollar-Ausgabe des Faustus. Lunch mit Rastede im roof-Restaurant des Hotel. Das bedenkliche Aussehen R.'s, das auf tabes schließen läßt. – Bettruhe. Anrufe von Caroline und der Shenston. Besuch von Horch in Sachen des engl. »Nietzsche«. – Später E. Kahler. Unterhaltung mit ihm. Ins benachbarte Keller-Restaurant, Essen mit Gumpert und Moni. Kahler für die Deutschen. Über seinen akadem. job. Über Werfels »Reiseroman«, sehr negativ. Hesses Glasperlenspiel für sehr langweilig erklärt. Zurückhaltung. Über Schiller, pro und mehr contra. Dies bei uns im Wohnzimmer. Verabschiedung auf lange.

New York, Mittwoch den 10. IX. 47

Tag der Weiterreise. Ziemlich früh auf. Kaffee u. Eier. Wärme. – Lunch mit Moni im Restaurant schräg gegenüber. ½6 Aufbruch, Verabschiedung von Nägel, zur Bahn gefahren mit den 11 Stück Gepäck von der rührigen Zwergin Hilla Fischer. Übrigens auch im Hotel ein Zwerg als Laufjungelchen, 26 Jahre alt.

Chicago, Shoreland, Donnerstag den 11. IX. 47

Die Reise im air conditioned Luxus-Zug, zwei Bed rooms. Abendessen mit vis-à-vis's, mir schwer erträglich. Gelesen im »Parzival«. Schlief gut. Heute ½8 auf. Frühstück im Speisewagen. Ankunft in Englewood vor 9 Uhr. Medi dort mit den Kindern. Mit ihnen zum Hotel. – Feuchte Hitze. Extrem müde.

Medi kehrte zum Lunch wieder. Ruhe-Versuche nachher, aber ruhelos trotz aller Müdigkeit. Schwaches Gewitter, Regen, dampfig. Im Pyjama, feucht. K. nachmittags fort. Einsam und bedrückt. – – Denke viel an den Roman und sorge mich seinetwegen. Wie wird es sein zu Hause? Wird irgendetwas gedeihen? Wird das Experiment mit den von Beckmanns empfohlenen holländischen Dienstboten gelingen? Wenn der Pudel sich freut, wird es mich freuen. – Denke an den von Gumpert angekauften Kondolenz-Brief, in dem der Satz steht: »Sobald man über das Leben nachdenkt, kommen einem die Tränen«. – – Abendessen bei Borgeses. Peter Pr. und seine Frau nach Tische. Rührende Bemühtheit Medis. Der Mann schwer erträglich mit seinen gewaltsamen Absurditäten über den Juden Roosevelt, die jüdische Verschwörung gegen Deutschland, Streichers historisches Wort vom Purim etc., die elf Gehängten des Buches Esther u. s. w.. Müde und bedrückt. Die feuchte Hitze lastend. Die Frau des schwachen Peter, böse Schachtel, will ihn nach Deutschland ziehen.

Chicago, Freitag den 12. IX. 47

Gestern Abend Seconal. Im Stuhl eingeschlafen u. die Nacht gut verbracht. Draußen einige Abkühlung. Medi kam, während wir frühstückten. Ich verfaßte Glückwunsch-Telegramm an Knopf zu seinem 50. Geburtstag. – Besuch in der Klinik. Mit Dr. Bloch. Zur Durchleuchtung, zum Wiegen, zur Blutentnahme etc. Ein sehr hübscher junger Doktor führte mich. Eine ebenfalls sehr hübsche Assistentin entnahm das Blut. Zuletzt Adams, der von einer geglückten Kinderherz-Operation kam. Meine Verfassung einwandfrei. – Lunch mit Medi. – Packerei. – Zum Thee bei Borgeses, während das Gepäck in Medis Wagen verwahrt war. Abreise, Medi lange noch im Abteil.

Zurück in Pacific Palisades, Sonntag den 14. IX. 47

Die Reise, 2 Nächte und ein Tag, wurde in einem Bedroom, mit Aufenthalten im Diner, Club car und Aussichtswagen, mit amerikanischer Bequemlichkeit, die Zuständen von Unbehagen nicht immer wehren kann, zurückgelegt. Heute Morgen ¾9 Ankunft in Los Angeles. Begrüßung durch Golo und den Sonny, der mit seinem Taxi gekommen war. Versorgung des Gepäcks und Fahrt bei frischer Luft nach Hause. Niko, lammartig geschoren, und die Japaner. Umschau u. beginnende Installierung. Furchterregender Haufen von Drucksachen im Wohnzimmer. Menge von Briefen, deren einige zum Lesen ausgewählt. Uxkull, Stockholm, neuer Leser der Korrekturbögen, erschüttert. Mittagessen und Kaffee mit Golo. Im Stuhl geruht. Anruf Heinrichs. Besuch von Miss Hermann. Honorarsendung von Knopf. Von Frey Liste der 88 Schriftsteller, die i. J. 1933 Hitler huldigten. Dummes, mittelmäßiges Gesindel. – – So sind die ungeheueren Räume, die mich in Zürich von hier trennten, wieder zurückgelegt. Seltsamkeit des Wiederdaseins, des Zurückliegens all der Erlebnisse. Schon ein Brief aus der Schweiz: von Basler. Aus Hollywood unwillkommene politische Ansprüche. – Freude am Mitgebrachten, der Omega-Uhr, den Zürcher Schreibheften. –

Pacif. Palisades, Montag den 15. IX. 47

Gestern Durchsicht von Briefen. Abends etwas mit K. und Golo bei mir. Zeitig zu Bette. In Maughams Novellen. 8 Uhr Kaffee. Bad mit Fichtennadel. Sehr warmes, klares Wetter. Frühstück auf der Terrasse. Fliegen. Viel zu ordnen. Das Zurückliegende hat etwas von einem oft bemühenden Fluge dahin und zurück. Es waren mehr als 4 Monate. Möchte nicht sagen, daß sie vertan sind. Als Hauptbesorgung unterdessen schwebt mir die Erledigung der Roman-Korrekturen vor. – – Organisation von Briefen. Th. Th. Heines »Roman«. W. Richters Buch über Frankreich. In den »Essays of 3 Decades«. Ankunftsnachricht an die Herz, (im Hinblick auf Kun. Rosenstiel).

P. P. Dienstag den 16. IX. 47

Beseitigung von Haufen alter Briefe. Aufstapelung von Manuskripten. – Einiges Handschriftliche. – Müde. – Bei Dr. Marx in Westwood zur Behandlung der Ohren. Gegen Abend Besuch bei den alten Riebers. Beratung über die Behandlung des albernen Briefes von Gearing, Symonds u. Co.. – Golo berichtet, daß das Frankfurter Radio Stücke aus »Faustus« (nach den Bogen?) gesendet hat. – Abends im »Parzival«. Die von Wagner übernommenen Einzelheiten, wie der »Gänser«, der See, in den Amfortas zum Baden getragen wird, der Charfreitag etc. – Hörte ein paar Parsifal-Platten. Las in den alten Papieren aus der Zeit der Münchener Aktion von 33. Viele gute Verteidigungen in Oesterreich und in der Schweiz. Der Artikel von Schuh, ihm nie zu vergessen.

P. P., Mittwoch den 17. IX. 47

Neblig, feucht, kühl. Frühstück noch auf der Veranda. Schrieb Briefe an Uxküll, Brantl, Frey. Etwas gegangen und zurückgefahren. Die Heidelberger »Wandlung« (über die Zerstörung des Warschauer Ghettos, zerknirscht.) Abends Heinrich, beschenkt mit einer silb. Uhr, Slippers u. Unterzeug. Ich war leider so müde, daß ich kaum sprechen konnte. Er kam auf seine schlechten Nächte, Angstzustände zuletzt zu sprechen. Sein Arzt, Rosenthal, empfiehlt einen Aufenthalt bei uns: ernste Verlegenheit für K., die eben mit Erika telephoniert und ihre Anmeldung für nächste Woche schon empfangen hatte. Vor allem die Bedienungsfrage prekär. Allgemein das Problem von H.'s Verbleiben, wenn es zum Letzten kommt, neu gestellt. Sorge.

P. P. Donnerstag den 18. IX. 47

Wieder sommerlicher. – /La Guardia im Sterben./ – Schrieb Briefe, u. a. an den Philosophen H. Marcus in Oberwil, Schweiz. – In Santa Monica zur Fußpflege. – Not- und Klagebrief von Frey. – Golo präsentiert deutsche Radio-Reden über das »Tagebuch« u. »Adel des Geistes«. Ferner merkwürdigen Bericht im New Leader von Laski über meine Europa-Reise u. den Nietzsche Vortrag.

P. P. Freitag den 19. IX. 47

Beim Morgen-Kaffee Beschlüsse wegen Frey. 100 Dollar Hilfe trotz eigener schmaler Einnahmen. – Brief von Erika, ebenfalls schwierig: Ausbleiben von lecture engagements wegen Widerwillens des Publikums gegen europ. Angelegenheiten. Auch ihr Geld zu senden, das nicht reichlich vorhanden. Wieviel schon wird der Roman bringen? – Das Problem Heinrich, un- oder halb und provisorisch gelöst. – Heiteres, nicht zu warmes Wetter. – Schrieb Briefe. Solche auch nachmittags mit K. erledigt, was mich bei müdem und gereiztem Nervenzustand, außerordentlich quälte. Mag still schreiben, aber Diktieren höchst widerwärtig. – Zum Lunch und Thee der Taxi Driver Sonny. Zum Abendessen Miss Hermann. In Erikas Brief sehr Komisches über Br. Walters hahnebüchene politische Expektorationen. – Las einiges Goethe'sche, aus den »Annalen«.

P. P. Sonnabend den 20. IX. 47

Nachts abscheuliches Kojotengekreisch mit Gebell alarmierter Hunde. Dazu Mückenstiche an Hand und Fuß; Massage mit Eau de Cologne. Morgen-Kaffee allein, da K. mit Golo zum Baden. – Vishinsky Anprangerung von plump-bellikosen Äußerungen amerk. Senatoren etc. . Die U.N. als Welt-Stimmungs-Börse. Der Briefwechsel zwischen Truman und dem Papst. »Excellency«, »Holiness« und »Majesty«, Titel-Geschichte. – Las gestern im »Aufbau« über die Fälschung von Ernteberichten durch die Deutschen. Sprachen über Lippmanns Rat, alle Truppen, einschl. der russischen, aus Europa zurückzuziehen. Was würde in Deutschland geschehen? Wäre man zur Aufnahme einer neuen Emigrationswelle bereit, die auf die Anmeldung dieses Beschlusses erfolgen würde? – – Beschäftigung mit der Goethe-Auswahl, aufgereiht und gelesen. Gegangen Amalfi Drive ziemlich weit. Nachmittags Briefe abgetan. Abends »Trovatore«.

P. P. Sonntag den 21. IX. 47

Vor Einschlafen begann das »Sinngedicht« wieder zu lesen. Nachts Mückenplage. Schlief längere Zeit im Stuhl. Morgens Abfahrt Golos in seinem neuen kleinen Fiat nach seinem College, während ich Niko fern hielt. – Bedeckt, leicht regnerisch. – Ausführlicher Brief-Entwurf an Phillips, Dial Preß, über die Selektion. Markierung des Stoffes für die Aphorismen-Abteilung. – Ging nur einige Schritte. Ran into the M.D., von dessen Reden ich kein Wort verstand. – Auch nachmittags an dem Brief-Exposé. Zum Abendessen Neumanns. Berichte, Austausch. Natürlich über Deutschland. Kittys komischer Haß auf den groben Schwätzer Gottlieb. – Sorgen wegen meines Rauchens, das den Atmungskanal zweifellos zu sehr reizt. Erwägungen des Verzichtes. Reinheit und Langeweile.

P. P. Montag den 22. IX. 47

Klar, warm. Gestern Abend sehr müde, nicht mehr gelesen. – Das Exposé für Dial beendet. Über Th. Th. Heine's Roman geschrieben. Nach Westwood zum Haareschneiden im neu eröffneten Shop. Man macht es besser hier, als in Europa. – Nachmittags Besuch von Iljin und Genossen in Sachen des Hundred Faces Film. War mürrisch. Fatale, dumme Angelegenheit. – Las abends zur Erinnerung in meinen Goethe-Aufsätzen. Hörte etwas Parsifal und den Faust-Walzer von Gounod.

P. P. Dienstag den 23. IX. 47

Hitze. – Britisch-russisches Duell in Lake Success. Hoffnungslos. – Geschenk aus Nürnberg: Holzschnitzerei der Burg mit Umgebung. – Zu dem Heinrich-Problem kommt das von K.'s Zwilling, der sich wahrscheinlich in Japan nicht halten kann.

– K. deswegen beim Rechtsanwalt, kam leidlich beruhigt, mit Aussicht auf das Eingreifen eines kalif. Senators, zurück. – Schrieb Briefe: an Blanche über Shirer u. an einen jungen deutschen Dichter. Ging bei gutem Wind bis zum Sitz an der Straße. Nach Tische auf der kl. Terrasse der Agent Merton über die Aussicht der Verfilmung des Joseph im Auftrag einer Finanzgruppe. 100 000 Dollars. Erklärte mich bereit zur Mitwirkung. – Zum Thee Mrs. Kahn. Überhändigung des Materials für Dial und der vorbereiteten Briefe. Diktat an Corda, London; Anfrage wegen des Zbg.-Films. – Abends in dem Buch »Die nächste Stufe der Menschheit« von Lancelot L. Whyte, der es sandte. – Zum Abendessen Heinrich. Empfiehlt einen russisch-deutsch-französischen Dreibund.

Donnerstag den 25. IX. 47, P. P.

Hitze. Nachts Mückenplage und Unruhe. Erzählt man Heinrich, *um* etwas zu erzählen, von eigenen Angelegenheiten, wie der für mich so schwerwiegenden Copyright-Affaire, so kommt man sich gleich vor, wie Feuchtwanger, schämt sich u. bricht ab. Er lächelt und hört nicht zu. Dagegen interessiert er sich für das Ergehen Golos, Bibis und seiner Söhnchen, was auch was wert ist. Klaus tritt zurück; gegen Erika herrscht deutliche Abneigung. – Morgens gewogen. Abnahme von 5 Pfund, was nicht überraschend. – Schrieb Briefe. Ging bei Seewind bis nahe dem Sitz an der Straße. Starkes Schwitzen, Ablegen u. Anziehen des Rockes, Erkältung. Las Aufsätze über mich in deutschen Zeitschriften. Abends langwierige *Einholung Erikas* durch K.. Öffnete unterdessen aufgebaute u. -getürmte Drucksachen im Wohnzimmer. Londoner und Schweizer Erinnerung. Ratlosigkeit, wie die Bücher, Mappen etc. unterzubringen. Begrüßung Erikas um Mitternacht im Schlafrock. Unterhaltung mit ihr in K.'s Schlafzimmer.

Freitag den 26. IX. 47, P. P.

Frischer. K. und Erika haben noch bis 4 Uhr geplaudert. Katerlieschen-Geschichten von Lalla Pr.. Polen u. Russen halten den Krieg nicht für möglich und für ausgeschlossen. Beim Morgen-Kaffee wieder einmal über Bermann, seine suspekte Lage, die Copyright-Frage, das vielleicht wilde Erscheinen des Faustus, meine Verantwortung gegen Knopf. – In der Zeitung Albernheiten über den Fall Hans Eisler. – Den Brief an Bermann kompletiert. Biographische Revisionen im Bielschowsky, von Haller, London, unmögliche Übersetzung des Vorworts nebst stupidem Brief. Arlt angegangen. Nachmittags sehr müde, geschlafen. Abends kurze Wüstenluftwelle, dann unvermittelte Kälte.

Sonnabend den 27. IX. 47, P. P.

Kühler. Angewidert von den Berichten über den Hanns Eisler-»Prozess«. Seine Deportation beantragt. – Lehne aber wiederkehrende Aufforderungen zum Kampf ab, da mich trotz citizenship als Gast empfinde u. als unzugehörig. Man müßte Mittwest-Slang reden u. es verstehen, dabei die Beine auf den Tisch zu legen. Die Gegenstellung zu Rußland scheint zwangsläufig zum Fascismus zu führen. Will man sich seiner fünften Kolonne entledigen, so muß ich nicht zu ihr gehören. – Hinrichtung deutscher Nazi-Sadisten in Frankfurt. Es wird nicht abschreckend wirken auf die Potentiellen hier. – – Briefe geschrieben, müßig. Gegangen bis zum alten Haus. Das Charakterbild Goethes. – Golo zum Wochenende. Apologetischer Artikel nebst Brief von der deutschen Dichterin Luise Rinser. Antwort begonnen. Zum Abendessen auch Golos ungarischer Freund. Anstrengendes Auspacken noch liegender Sendungen in der Wohnzimmer-Ecke. Platten der Joseph-Komposition. Manuskripte etc.. Müde und überreizt.

Sonntag den 28. IX. 47, P. P.

Unruhige Nacht. Jucken der Handrücken von Mücken. Gemeinsames Frühstück auf der Terrasse. Über die Komödie der deutschen »Denazifizierungen«. Über das zweifelhafte Gebahren Konni Kellens in Deutschland im Bunde mit seiner Mutter hier. Über Eisenhower u. seine Präsidentschaftskandidatur. – Lese abends den Bermann'schen Preis-Roman eines deutschen Kriegsgefangenen Kolbenhoff. – (Unordnung hier seit einigen Tagen mit den Daten, unerfindlich seit wann. Fehlt wohl der Tag, wo wir im Café Français speisten.) – Akadem. Abhandlungen von O. Seidlin, darunter »Sterne's Shandy and T. M.'s Joseph«, sehr hübsch. – Brief an die deutsche Dichterin. Gegangen bis zur Wegkreuzung, von Erika geholt. Lunch ohne help. – Über die krankhafte Halb-Existenz der Helena bei Goethe (Seidlin). – Hörte abends etwas von der Stockholmer Musik zu Joseph. Erika spielte deutsche, italienische und französische Gesangsplatten und fand alles deutsche hysterisch, was etwas Wahres hat.

P. P. Montag den 29. IX. 47

Versagen der Schweizer Kalmierungsmittel. Dazu Mückenstiche, wiederholt mit Alkohol zu behandeln. Schlief lange im Stuhl bei hellem Licht. Beim Frühstück über den Anteil amerikanischer Provokation bei den jüdisch-englischen Skandalen. Den Engländern zu wünschen, daß sie Palestinas ledig werden. – Neblig und kühl. – Brief an Seidlin über seine Schriften und den »Goethe«. Brief an den Komponisten Rosenberg, Stockholm. Ausgefahren mit K. zur Stella del Mare. Gelesen in allerlei Zeitschriften. Unbehaglicher Müßiggang, zu träge, die Vorrede zu beginnen, anzugreifen. Abends geteilte Aufmerksamkeit zwischen Musik und unnötiger Lektüre. Der deutsche Soldaten-Roman gehört zu dieser.

P. P. Dienstag den 30. IX. 47

Ruhige Nacht, keine Mücken. Neblig, mild. Die Unproduktivität u. Hilfsbedürftigkeit Frankreichs auf Demoralisation und Korruption beruhend. – /Goetheana./ – Gegangen über das Alte Haus. Übersetzung des Lion-Vorworts von Arlt. Verbesserungen. Nachmittags die Kahn. Zahlreiche Briefe diktiert bis ½8. Zum Abendessen Fritzi Massary. Über Br. Walter, sein schönes Haus, seine kindisch reaktionären Ansichten. Über ihre zum Leben genesene Tochter und den Krüppel S., den zu heiraten geneigt ist. Toscaninis geschlechtliche Aktivität mit 82 Jahren, soll verbürgt sein. – Philologische Schriften zur Psychologie des Deutschtums von L. Mittner, Professor in Venedig.

P. P. Mittwoch den 1. X. 47

Ruhige Nacht. Neblig – mild. Vergnügen an dem herzlichen Brief eines jungen Bonner Akademikers, Dr. Haß, nebst Artikel aus der Universitätszeitung. – Gestern Brief von Klaus wegen Cocteau und der Übersetzung von La Machine Infernale. Die Idee anziehend geblieben, aber die Verbindung mit der Förderung von K.'s Stück zu deutlich. – – Brief an Dr. Haß. Brief an Jean Cocteau. Verstimmt und bedrückt durch meine Unfähigkeit, die Goethe-Vorrede in Angriff zu nehmen. Im Bielschowsky, um des Lebensbildes recht habhaft zu werden.

P. P. Donnerstag den 2. X. 47

Frühstück auf der Terrasse. Reizung der Schleimhäute von Nase u. Luftröhre durch das Rauchen. Der Gedanke, daß die Lungenaffektion wiederkehren könnte, verfolgt mich immer, nebst dem, daß ich das Rauchen aufgeben sollte. – Telegramm von Bermann als Antwort auf meinen Brief: Daß der europäische Erscheinungstermin für den Roman der 17. Oktober. Brief abzuwarten. – – Briefe an Dr. Mittner in Venedig über seine Schriften, an Borgese über die »Verfassung« u. a.. –

Lunch mit K. im Hotel Miramar. – Nachgehangen der Roman-Affaire. Zu meiner Sicherung für den Fall des Mißlingens, auch aus Schuldigkeit gegen Knopf, nochmalige telegr. Warnung an Bermann, nicht zu publizieren, bevor die Frage in Washington geregelt. Erklärung, daß ich ihn verantwortlich halte. – Fühlte mich schlecht, aß aber abends mit Appetit ein gutes Steak, von K. bereitet. – Goethes Leben. – In Feuchtwangers »Waffen für Amerika«.

P. P. Freitag den 3. X. 47

Die Nacht gestört. Mückenstiche. 3 Uhr Seconal. Dann gut geschlafen. Nur leicht neblig und warm. Erschüttert durch die Nachricht, daß H. Eißler auf Verfügung des Department of Justice, das der Empfehlung des Unamerican Committee stattgegeben, verhaftet und nach Deutschland deportiert werden soll. Schauerlich berührt von dem schwindenden Rechtssinn in diesem Lande, der Herrschaft fascistischer Gewalt. Nervöse Träume von Protest, Anklage und Selbstopfer, das aber zweifellos töricht wäre und mir nicht gedankt werden würde. – Wunsch, Eißler zu sprechen. – – Goethes Leben. Nichts geschrieben. Abends zum Dinner bei Lubitsch mit der Massary u. einem seiner Aerzte, Dr. Edel. Viel über this country, wider und für.

P. P. Sonnabend den 4. X. 47

Neblig. Müde von der gestrigen Gesellschaft. Versuche, in Kontakt zu kommen mit Adorno, um Authentisches über den Fall Eisler zu erfahren. Horckheimer. – Von Passport fraud kann wegen E.'s offizieller Angabe, er sei kein Kommunist, offenkundig nicht die Rede sein. Das weitere Verhör war unautorisiert u. kann nicht eidesstattlich gewesen sein. Es war ein plumper Mißbrauch der inneren Schwierigkeit eines geistigen Menschen, ihm die Versicherung zu extorquieren, er hasse den Kommunismus ebenso sehr wie Hitler, in einem Augenblick, wo dieser allein die Weltgefahr bildete und jeder anständige Mensch ihn mehr hassen mußte, als Rußland. Welchen Eid würden die Rankin und Thomas ablegen, wenn man sie zwänge, zu schwören, daß sie den Fascismus ebenso hassen wie den Kommunismus ? – E. gehört einer künstlerisch-intellektuellen Sphäre an, in die stark sozial-kritische Elemente einschlägig sind, der Sphäre eines gewissen geistigen u. musikalisch-soziologischen Radikalismus, der in den Augen Ungebildeter wie »Kommunismus« aussehen mag. Es steht aber fest, daß in dieser Sphäre (Adorno) eine ausgesprochene Ablehnung, ja Verabscheuung des gegenwärtigen russischen totalitären Systems herrscht. – Der gestrige Dr. Edel über Strawinskys Vorhaben, zu protestieren. – Ein J' accuse würde weit führen. Es müßte die Form patriotischer Warnung haben, der Besorgnis, daß Amerika sich Mißverständnissen aussetzt. – – Briefschreiberei. /Goethes Leben./ Gegangen bis zur Wegkreuzung. Streunen des Pudels. – Brief von Feist-Nebel über die Dramatisierung von »Lotte«. Dankesbrief des Philosophen Marcus–Basel. Akzente, die gewisse Erinnerungen wachrufen. – Zum Thee auf Wunsch Adorno's zum Gespräch über Eißler. Ernüchterung durch seine Aussagen über E.'s Charakter und Situation. Lob des Musikers. Daß der Fall auf der Linie der Fascisierung des Landes liegt, kein Zweifel. Aber ungeeignet für ein J' accuse. Zudem möglich, daß E. die Deportation willkommen ist. Keine Schwierigkeit, die Bürgschaftssumme zu erhalten, nach deren Erlegung Freilassung für Wochen. – Zum Abendessen Heinrich. Seine Sympathie für das stark mordverdächtige Liebespaar mit den obszönen Briefen. Jury unentschieden.

P. P. Sonntag den 5. X. 47

Nachts länger im Stuhl. Nebel. Tod des Physikers Planck. – Schrieb an Feist (Genf) über das Problem der Lotte-Dramatisierung. Rendez-vous mit der Gemme bei ihrem Neubau, den lobend besichtigten. Hatte Lunch mit uns, nebst Golo. Strawinsky und Feuchtwanger beabsichtigen Kundgebung für

Eisler. – Goethe als Naturwissenschaftler. Verhältnis zur Romantik. – Radio meldet die Freisprechung der jungen Eltern-mörder (die es höchstwahrscheinlich sind) und den Beschluß des Mädchens (der Erbin) ihren mutmaßl. Helfershelfer *nicht* zu heiraten. Gewaltige beifällige Emotion im Court room und außerhalb. Erschöpfung u. Nervenschwäche der Jury-Mitglieder, von denen Eine bis zuletzt widerstand. Unglaublicher Austausch von Beleidigungen zwischen Ankläger und Verteidiger. – Meldung über Bildung einer neuen europ. Comintern, kommunistische Front gegen den amerikanischen Imperialismus. Gespräch mit Erika über diese Dinge.

P. P. Montag den 6. X. 47

Die Zeit[ung] voll von Anschaulichkeit des Mordprozesses und Nachrichten über die Befestigung der kommunistischen Front gegen Amerika, d.h. gegen den Marshall-Plan und die »Truman-Doctrine«. Kann wenig Zweifel sein an dem Defensiv-Charakter der Bewegung. – Ebenso wenig daran, daß der Krieg näher gerückt ist. – Sparsamkeitsaufruf Trumans, um die hungernden Völker Europas speisen zu können. – – Bedrückende geistige Trägheit u. Müdigkeit. /Schrieb einige Anfangszeilen zum »Goethe«/ und diktierte nachmittags widerwillig ein paar Briefe. Langer Brief von Bermann, die Gesamtsituation darlegend, beruhigend (der Absicht nach) in der Copyright-Affaire. Lotte-Ausgaben und innerdeutsche Ausgabe des »Faustus«. Prospekte über diesen. Abzüge des Rundschau-Druckes des »Nietzsche«. Dazu Check. Unannehmbarer Vorschlag wegen einer »wohlfeilen« Lotte-Ausgabe, honoriert mit 5%. – – Neue Grobheiten bei den U.N. – In »Nation« guter Artikel über La Guardia. – Mit Erika über einen zwar vernünftig zu lesenden Aufruf der »Amer.-Sowjet-Friends«, der doch eine kommunistische Falle bleibt. – Über die wachsende Verhaßtheit Amerikas in Europa. Das Volk unschuldig und verständnislos, obgleich kein Hehl gemacht wird aus dem Feeding for political means.

P. P. Dienstag den 7. X. 47

/Der Zustand, unter dem ich leide, hängt zusammen 1.) mit Abspannung und Wieder-Akklimatisation nach der Reise, 2.) mit der Spannung unmittelbar vor Erscheinen des tief greifenden Romans, 3.) mit dem Kummer über die Vorgänge hierzulande, 4.) auch, weil noch ohne Nachrichten von Dial Press über die Auswahl./ – Die Erklärung der jungen Mörderin, den Complicen nicht heiraten zu wollen, kommt fast einem Eingeständnis gleich. Der Verteidiger will auf die Zahlung der Versicherungssumme dringen, obgleich angeblich Selbstmord vorliegt! – – Der geistig-moralische Schwerpunkt der Welt liegt in Europa. Wäre seine Einigung ohne deutsche Hegemonie möglich! Und ohne russische. Aber daß Deutschland nicht wieder »mächtig« wird, ist wichtiger. – – Kapital-Brief an Bermann. Gegangen. Angesprochen von dem brünetten Burschen auf dem neuen Traktor. Ersuchen um die Signierung eines Buches (?). Vorfahren mütterlicherseits 1746 (!) aus Mexiko eingewandert, daher die schwarzen Augen und weißen Zähne. Zeigte mir das Funktionieren des Traktors, dessen Fehler von seinen Vorzügen überwogen würden. Bildhübscher Junge. – Über das Alte Haus. – »Der S.S.-Staat« von Kogon. Brief-Diktate an die Kahn. Nach dem Abendessen Horckheimer. Über Deutschland, deutsche Philosophie, deutsche Größe, das »gute« u. das »böse« Deutschland, grundlegend falsche Unterscheidung. Der Fall Eisler. Der Mord-Korruptions-Prozeß. Kaffee und Whisky.

P. P. Mittwoch den 8. X. 47

Natürlich unruhige Nacht. ½3 zweites Seconal. Morgens Gefühl von Frische. – Brief an den Wiener Musiker Staeps über den Roman. –

P. P. Freitag den 10. X. 47

Gestern Lunch als Gäste Eva Hermanns in einem soignierten kleinen Restaurant überm Meer. Schöne Brandung. Ermüdung, wie durch jede Exkursion. – Briefe an Feuchtwanger und Marcuse über ihre Bücher. – Langer, aber wenig förderlicher Brief von Seidlin über die Goethe-Ausgabe. Beurteilung der Übersetzungen für Fremde unmöglich. Ich sollte die Herausgeberschaft niederlegen. – Kuriose Briefe von hier und drüben. Junger amerik. Composer, der Rat will wegen der Verfallenheit des Künstlers an die Sinne. Der junge Driesch schreibt über sein Söhnchen Beißer. Französischer Literarhistoriker, der über »Buddenbrooks« schreiben will, von Döblin über meine völlige Überholtheit belehrt. – Verbesserte innere Möglichkeiten, Arbeit zu tun. »Phantasie über Goethe«. – Ein Pfund seit der Heimkehr zugenommen. – Viel sexuelle Bedrängnis. – – Boshafter Brief an die Meyer. – Abends mit K. und Erika im Cinéma: »The best years of our lives« von Sherwood, vorzüglich. Spätes Abendessen. Gelesen in »Die nächste Stufe der Menschheit« von L. L. Whyte. Dann in Conrads Memoiren.

P. P. Sonnabend den 11. X. 47

Beendete den ausgedehnten und als Dokument beabsichtigten Brief an die Meyer mit den Themen Eisler, Elternmordprozeß, Sherwood-Film. – Mit K. ausgefahren. – Las nach Tische den Brief vor. – Gegen Abend Besuch von Eislers. Verfolgungsnervosität und Bedrücktheit sind ihm anzumerken. Beratung unter Assistenz Erikas über die Petition an die tschechische Regierung wegen Einlaß dort, um die freiwillige Ausreise von hier zu erleichtern. Unterschriften von Einstein, Shirer, Chaplin, Feuchtwanger, Heinrich und mir vorgesehen. – Angegriffen von der Entrevue. Las abends, während man (mit dem Wochenend-Golo) Gounods Faust zuhörte, das Compendium Vitae des Erasmus u. Gundolfs Schrift über Friedrich II und die Literatur.

P. P. Sonntag den 12. X. 47

Föhniges, warmes Wetter. Amerika für die Teilung Palestina's und das erste Date der Mörderin Overell mit einem

18 jährigen Kalb. – Schrieb politischen Brief an die Chicago Daily News, las ihn nach Tische vor. Erika übersetzte ihn gut. – Abschrift der Goethe-Sprüche und -Maximen. Las abends zur Erheiterung daraus vor. – Begann Brief an den Musiker Burkhart in Goshen, Indiana, über Christentum und Kunst. – Zum Thee der holländische Bierbrauer Heinicke mit Dame.

P. P. Montag den 13. X. 47

Beendete den Brief an Mr. Burkhart zum Diktat. Schrieb an Lesser, den ich mit Basler in Kontakt bringe. Las über Goethe. Ließ mir in Westwood das Haar schneiden. – Sieg der Linken, knapp, aber immerhin, bei den römischen Kommunalwahlen. Der Senator von Texas on horseback from coast to coast, weil man dem Volk nicht »beide Seiten« zeigt. In den Zeitungen merkwürdige Symptome von Ekel an der Hetze gegen den »Kommunismus«.

P. P. Dienstag den 14. X. 47

Sehr warmes Wetter. Fliegen. /Ältere Aufzeichnungen über Goethe und Bücher,/ ohne zu schreiben. Amalfi Drive ganz hinunter gegangen. Bedrückt von Untätigkeit, leidend. Nachmittags die Kahn zum Empfang von Diktaten. Rimes and Aphorisms an Dial. Radio: Verunglücktes Flugzeug im Atlantic bei hochgehender See mit vielen Passagieren, kleinen Kindern. Rettungsschiffe beschädigt. 2/3 der Verunglückten bis jetzt gerettet. – Skandalöser Artikel von Schumacher in der »Weltwoche« über Amerika-Rußland. Im selben Geist das eben erschienene Buch von Ex-Sekretary Byrnes: für Sonderfrieden mit Deutschland und Verjagung der Russen daraus. – Mein Brief nach Chicago wird Wut erregen. Ebenso das Schreiben an die Meyer. Sorge wegen der Goethe-Ausgabe. Dazu die Sorge wegen der Copyright-Sache in Washington. Auch die Aktion für Eisler macht Gedanken.

P. P. Mittwoch den 15. X. 47

Kühle Nacht, kühler Morgen. – Zur Gewalt gegen die Russen (die keinen cent Reparationen bekommen) drängt auch der Papst. Der Krieg, an den ich nicht glauben wollte, beginnt doch wahrscheinlich zu werden. Es wäre der Sieg Hitlers, wenn es ein Sieg wäre. – – Schrieb einige Zeilen weiter, lesend. Ging etwas. Las in »L.i.W.« das sehr gute Riemer-Kapitel (geschrieben unter unglaublichen Ischias-Schmerzen). – Zum Thee Leydens. Gespräche über die Stupidität u. Aussichtslosigkeit der gegenw. amerk. Regierung reißen nicht ab. Abends Heinrich, der die Mahlzeit genoß und schon um 9 Uhr mit Golo wieder davonfuhr, um sich nicht von Erika fahren lassen zu müssen.

P. P. Donnerstag den 16. X. 47

Schon ½8 Uhr auf. Kühl. Amerika kauft für 50 Millionen Dollars französische Francs. – Brief von Bohuš Beneš, voller Bereitschaft in Sachen H. Eisler mitzuwirken. – Zusagen von Einstein und Shirer. – Gesucht, /gelesen und nichts geschrieben. Es ist wie Lähmung./ Viel in »L.i.W.« Kontrolle des Joseph-Vortrags für den Essayband. Abends Heiterkeit über gewisse Zeitungsartikel »World war III« betreffend, von stupender Unwissenheit und stupidem Leichtsinn. Niederlassung des englischen Königspaars »mitten in Afrika« im Falle des Krieges, da Canada nicht sicher genug. Die gewaltige Unpopularität der U.S. in England, staunend vermerkt.

Freitag den 17. X. 47, P. P.

/Tag des Erscheinens von »Dr. Faustus« in Europa. Telegramme dazu/ von Schweizer-Lindberg und Borgese's. – Nachts Regen. Reduzierung der Schlafmittel ohne Nachteil für die Ruhe. – Das State Department zwingt Commerce Department den Handel mit Rußland stark zu kürzen, im Interesse des cold war. – – Telegramm auch von Moni. Schrieb zur zweiten Seite! Ging bis zum alten Haus. Schrieb nachmittags an Bermann wegen des Essay-Bändchens und schickte ihm den

Joseph-Vortrag. Festliche Dinner-Party abends: Feuchtwangers, die 2 Flaschen Champagner brachten, Marcuses, Neumanns und Eva Hermann. Champagner vor und bei Tisch. /Hübsche und rührende Rede Erikas bei Tisch./ Las nach dem Kaffee das Fitelberg-Kapitel. Unterhaltung danach noch bis ca ½12 Uhr. Man schien sich wohl zu fühlen. /Ich war müde und traurig./ Feuchtwangers Gespräch mit Gromykow, der nicht glaubt, daß die hiesigen Wirtschaftskapitäne Krieg machen werden, da sie wissen, daß sie sich ihr eigenes Grab graben würden.

Sonnabend den 18. X. 47. P. P.

Sonnig, warm. Erregte Nacht. Rußlands Entschlossenheit zum Frieden, von Stalin im Gespräch mit Engländern ausgesprochen. Wille zur Geduld mit den Westmächten. – Schrieb lose etwas weiter. Mit K. nach Corona del Mare. – Briefchen an Frau Hallgarten, antwortlich Cornides, München. – Einstein und Shirer haben zugesagt, die Eisler-Petition zu unterstützen. – In Strichs Goethe-Buch.

P. P. Sonntag den 19. X. 47

Starke Sonne. Frühstück auf der Schattenseite der Terrasse. Man erwartet, daß Rußland in London die wirtschaftliche Integrierung Deutschlands u. die Zurückziehung aller Truppen beantragen wird. Das Schauspiel, daß das freie Deutschland bieten würde, wäre belehrend. – Morgen Beginn des Hollywood Prozesses vor dem Unamerican Committee. Zu beweisen, daß »kommunistische« Filme wie »Mission to Moskow« unter »White House pressure« entstanden seien. – Ein reicher Mann, früher Aid to Roosevelt, wird »wegen Steuerhinterziehung« zu Gefängnis verurteilt. Headline: Roosevelt Aid goes to jail. – Petrillo verbietet für immer die Herstellung von records. – – /Schrieb weiter an der »Phantasie«./ Zwischenein K. mit dem /Kabel Bermanns, daß die Registrierung u. Copyright-Gewährung für »Faustus« gestern besonders schnell erfolgt und die deutsche Ausgabe also legalisiert ist./ – Antwort aus San Francisco: Annahme der Nietzsche-lecture im Geary Theatre für Mitte November. – Ging nur wenig, von Erika geholt. – Las in Strichs Buch. – Ausfertigung vieler diktierter Briefe. – Telephon mit Feuchtwanger wegen des bedürftigen Frey und wegen der Chicago Daily News. Auch wegen Eisler. – /Gewisses Erwachen aus einem traurigen Leidenszustand./ – Telegramm an Basler, die /Schweizer Besprechungen des Romans/ zu schicken. Glückwunsch an Bermann. Zusage nach San Francisco für den 16. XI.. – Abends Champagner. Hörten die schwache Oper »La Gioconda«, dann die Thorberg als Erda und Waltraute. Im »Gang zum Münster« (Lohengrin) außerordentlich schön der Einsatz des Chors während L.'s »Heil dir, Elsa – nun laß vor Gott uns gehn«. – Nachricht von de Gaules Wahlsieg unter dem Einfluß der amerik. Darlehen und Geschenke. Kommunisten an zweiter Stelle. Es kann Bürgerkrieg daraus entstehen, was den Hiesigen gesund wäre.

P. P. Montag den 20. X. 47

Nebel, kühl. Schrieb etwas weiter. Ging über das Alte Haus. /Der Druck des englischen »Nietzsche« von der Library of Congress./ Willfähriger Brief von Dial Press. Brief von Schatzky: /ein Exemplar des registrierten Buches/ unterwegs. Der Rechtsanwalt sendet das Copyright-Certifikat. /»Fastest registration on record«./ – Die Münchener Schriftsteller-Zeitschrift mit meinem Geleitwort und einem /dégoutanten Beitrag von Döblin,/ wirr, gehässig und »progressiv«. – – Erste Berichte über das Unamerican Hearing. Unglaublich dumm und rechtswidrig. Die Angeklagten sind »Zeugen« ohne Rechte.

P. P. Dienstag den 21. X. 47

Sonniges Wetter. – Schrieb weiter. – Mit K. beim Schneider in P. P. wegen Herstellung guter Anzüge aus Zürich und New York. Dann einige Schritte um die neue Blumenanlage. – Die erste Besprechung des Faustus: »T. M.'s Heimkehr« (Manuskript, aus einem Buch) von Prof. Berendsohn. Möchte nicht undankbar sein. – Exemplare der »Esssays of 3 Decades«. – Erika nach Tische fort zu ihrer ersten lecture in San Diego. – Einige Brief-Diktate an die Kahn. – Läppische Aussagen von Filmstars vor dem Unamerican Committee. Attorney Katz wegen Versuchs, Gegenfragen zu stellen durch Congreß-Polizei aus dem Saal gebracht. Es wird mehr Skandal geben, denn ein Skandal ist es. –

P. P. Mittwoch den 22. X. 47

Sommerlich. /Schrieb weiter./ Ging Amalfi Drive. Zum Lunch Florence Homolka. Ihr Haß auf die Mutter, wie berechtigt! /Über die Hearings. Disgusting./ Dedizierte ihr die »Essays«. – Masse von Post, z. T. beschwerliche Dinge. Fragen u. Anliegen des deutschen Bibliographen. Trebitschens »Zauderberg«. Nachmittags Bücher geräumt, Briefe geschrieben, an Berendsohn noch abends. Hörte beim Schlafengehen Bruchstücke der Hearings auf Platten. Der Idiot Taylor. Die Spionage-Behauptung, beharrlich festgehalten.

P. P. Donnerstag den 23. X. 47

Unruhige Nacht. Klares Wetter. /Etwas weiter am »Goethe«./ Nach Santa Monica zur Fußpflege. Danach Lunch im Café Français. – /Kabel von Bermann, daß erste, enthusiastische Faustus-Besprechung von Rychner in der Zürcher »Tat« unterwegs. O, würden die Schmerzen und Merkwürdigkeiten dieses Buchs empfunden!/ – Brief von der guten Caroline, die so große Freude am Wiederlesen von »Buddenbrooks« hat. – Brief vom Editor von »Story«, der mehr als 3000 Editoren, Kritiker, Bibliothekare u. Autoren in aller Welt nach dem »Besten« befragt hat, »and in the returns your name is the second author most included on ballots from all countries. Mr. Shaw was first.« – Deutsche Briefe und Bücher. Schweizer Wünsche (Solothurn). – – Erika gegen Abend zu weiteren

Vorträgen abgefahren. Wird Dienstag zurückkehren. – Gerüstet zum Dinner bei Horckheimers: mit Dieterles und Adornos.

P. P. Freitag den 24. X. 47

Nachts sehr kühl. Gut ausgeschlafen. Gestern Abend wieder Plattenaussagen über den Communismus von Film Stars gehört. – Schrieb zögernd nur wenig weiter. Es kam mein /Exemplar der mimeographierten amerk. Original-Ausgabe des »Dr. Faustus«, ein Quartband in Leinen./ Betrachtete ihn und ging etwas aus. Zu Tische der Schwagerssohn. Danach die kleine, bucklige Editorin von Chicago Daily News. Las in dem Bande und fand viele Schreibfehler. /Ergriffen gleichwohl davon, das Ganze in seiner Fülle zwischen Deckeln beisammen zu sehen./ – – Zum Abendessen bei Neumanns in ihrem Boarding House, mit Niko. Er las aus seinem neuen Roman Dschungl-Szenen.

P. P. Sonnabend den 25. X. 47

Klares Wetter. Frühstück auf der offenen Terrasse. Meldungen über Hollywood-Proteste gegen das Unamerican Committee, gerichtet an dieses und an Truman. Neue schreckliche Airplane-Katastrophe. – /Schrieb weiter am »Goethe«./ Bekam die Tisch-Uhr zurück. Ging bis zur Wegkreuzung. Brief von der Fürstin. Hat nichts übel genommen, absichtlich oder anders nichts verstanden, schreibt ihren halb- oder falsch kritischen Stiefel. Mondadori schickt »La Legge«. – Golo zum Wochenende. Diktierte und übergab K. mehrere Briefe. Schrieb an Basler. Deutsche Groß-Format-Zeitschrift »Vision«, von honorarfreier Literatur lebend, Kant und Kafka. Gewiß alles sehr neu für die Deutschen. – Heinrich zum Abendessen. Hatte am Vormittag seinen 18. Roman beendet. Über die neue Komintern und ihre Verfluchung der westlichen Sozialdemokratie. Über Schumacher, das fanatische Krischperl.

P. P. Sonntag den 26. X. 47

Nachts längere Zeit im Stuhl, mit Decke. Bermann kabelt, daß Korrodi »sehr positiv« über Faustus geschrieben. – Oppositionelle Stimmen gegen das Unamerican Committee und seine Methoden. In den Eisler-Fällen, als es sich nicht um eine »Macht« wie Hollywood handelte, hat niemand sich gerührt. Möglich, daß die Rankins sich diesmal in die Nesseln setzen. – Schrieb weiter. Ging über das Alte Haus. Zum Lunch der junge Bardoš. Hörte 5 Uhr die Radio-Demonstration gegen das »Committee«, an der auch Mc Leish, Pepper, W. Wanger etc. sich beteiligten. Nicht ungeschickt. – – Abends in Trebitschens Manuskript »Der Zauderberg«. Trostlos. – Schrieb an I. Herz in London.

P. P. Montag den 27. X. 47

Sehe dieser Woche mit einer gewissen Spannung entgegen, da sie die Schweizer Besprechungen, wohl auch das Buch, ferner die Hearings in Washington bringen wird. Sie versprachen kritisch zu werden, doch scheint es darauf hinauszulaufen, daß die hostile witnesses nur mit Ja oder Nein die Frage nach ihrer kommunistischen Verbundenheit zu beantworten haben werden. Die Producer-Organisation verlangt die Namhaftmachung von Filmen, die kommunistische Propaganda enthalten, oder Zurücknahme des Vorwurfs. – – Es war gestern im Radio von dem Film »The best years« die Rede, der heute nicht mehr gemacht werden dürfte. Der verlogene Brief der Meyer geht mir nach, aber was hilft es, den Menschen die Verlogenheit nachzuweisen, die sie nötig haben ? – – Schrieb weiter aufs Geratewohl. Die Post brachte /Brief Bermanns mit Rychners Besprechung des »Faustus« in der »Tat«. Ich las sie mit Bewegung. »Ein Buch wie seinesgleichen derzeit die Welt nicht hat.« Mir ist, wie ich abends dem Verfasser schrieb, als ob einem Werk, über das einmal so gesprochen werden konnte, danach nicht mehr viel passieren könnte./ – Komischer Bericht Torbergs über die Gewinnung des Copyrights, vom Amte ausdrücklich als the fastest registration on record bezeichnet. – Von Citroen schöne Reproduktion von Liebermanns Fontane-Portrait. – Spaziergang mit K. unterhalb Amalfi Drive. – Nach dem Thee Ausfahrt zu einem Cinéma-Besuch, die durch meine Erregung und Müdigkeit mißlang. Abends in dem Buch von Whyte die Abschnitte über Marx. Die namenlose, abergläubische Unbildung, mit der heute der »Kommunismus« verfolgt wird. – Müde und gequält.

P. P. Dienstag den 28. X. 47

Nebel. – Berichte über die jetzt turbulenten Verhöre in Washington. – Ausfertigung von Briefen. – Schrieb weiter. K. brachte /das von der Zürcher Binderei kommende erste Exemplar der deutschen Ausgabe des »Doktor Faustus«/ heim. Es kam auch von der Druckerei das Buch zweimal in losen Bogen. Ferner die /Besprechung der »Weltwoche«,/ von der Redaktion gesandt, von dem Werk nicht weniger erfüllt, als die der »Tat«. – Ging Amalfi Drive ganz hinunter. Unterhielt mich dort mit dem »Bearded Philosopher«. – Rückkehr Erikas. Mit ihr manches besprochen und gelesen. Nachmittags Brief-Diktate an die Kahn. Informierung Knopfs. – Von Fiedler Zeitungsdokumente über die querelles allemandes. Der Brief an das Innenministerium ganzseitig in der »Tat«. – Der »New Leader« blind und versessen zugunsten des elenden Committees. – Hörte spät abends die Plattenaufnahmen der Hearings, das Antworten der »Hostile witnesses« durch Nichtantworten. – Mrs. Chaplin und Freundin nach Tische wegen H. Eisler.

P. P. Mittwoch den 29. X. 47

Neblig, kühl. Mit E. wegen des zu polemischen statements zugunsten Eislers. – Schrieb weiter. War mit K. in Westwood auf der Bank. Vollmacht für Vikko. Briefe von Flinker, /Frey, der in Tränen war über Echo's Tod./ Aus Lübeck Bild des Rathauses, gesehen vom Markt. (Karla Dräge, Packet.) – Waren abends im Cinéma mit Erika: »Stairway to Heaven«, englisch, originell und reizvoll.

P. P. Donnerstag den 30. X. 47

Sonnig und warm. Frühstück auf der Terrasse. – Schrieb weiter. Mit K. auf der Promenade, dann Lunch im Café Français. Geschlafen nach Durchsicht der unbeträchtlichen Post. Nachmittags Brief-Diktate an K.: Bermann, Vikko, u. a.. Abends Statement vorbereitet für ein neues Anti-Committee-Broadcast, bei dem mitwirken soll.

P. P. Freitag den 31. X. 47

Sommerlich warm. Unruhige Nacht. Mücken. – Schrieb weiter. Ging nur bis zum Boulevard. Eintreffen des Schwagers aus Tokyo, denklich für 14 Tage. Dazu Golo. Diesem die Schweizer Kritiken, die Druckbögen. – 5 Uhr Fahrt zur Amer. Br. Comp., wo ich mein energisches Statement auf die Platte sprach. Es war mir eine Genugtuung nach dem Aerger der letzten Wochen, diesen Analphabeten die Meinung zu sagen. Mr. Berkovici. Zu hoffen, daß man Sonntag nicht kürzt. – Abends Radio-Musik, alte Gesangsplatten. Sehr gelacht über einen Brief der Köchin Nandl, den in der Schweiz erhielten. – Langer Brief von Feist über »L.i.W.«

P. P. Sonnabend den 1. XI. 47

Unruhige Nacht, englisch disputiert und respondiert. – Nebel. Leichte Sonne. Frühstück draußen mit Erika und Golo. Eine 92 jährige hat gesagt: »What are we waiting for? Let's start atomic war against Russia immediately!« – Das Werk der Zeitungen. – – Gestern langer italienischer Brief über Torre di Venere und Cipolla. – Unleserlicher Brief von Lion. – –

P. P. Sonntag den 2. XI. 47

Gestern /etwas am »Goethe« weiter./ Klaus schickt /atemlose u. sehr extraordinäre Anzeige des Faustus von Korrodi./ Gespräch mit dem vorkommenden Schuh angekündigt. – Fuhren mittags nach Dieterle's Farm, wo wir mit Neumanns Lunch hatten. Reizende Tiere. Viel über das »Committee«. 4 Uhr wieder zu Hause. Schrieb nachmittags höflich an die Meyer und schickte ihr die Faustus-Bögen. Golo bekam die zweiten. Abends Heinrich, dem ich mein Hand-Exemplar zur Lektüre gab. – Später Musik. Violinkonzert von Prokowjew mit seinem sehr schönen zweiten Satz.

Heute sonnig. Protestversammlung gegen das Committee in Philadelphia von der kochenden Volksseele verhindert. In England verliert Labor bei Munizipal-Wahlen die Hälfte seiner Stimmen. Unzufriedenheit u. Hunger nach der amerk. loan, die nur für ein »decent Government« zu haben. – /Schrieb weiter an dem Goethebild./ Ging wenig. Fuhr mit der Gemme heim, die bei uns lunchte. Starker Landwind, der abends kalt ward. Heizung. Hörte ½5 das /»Hollywood fights back«,/ das recht gut besetzt war. /Meine Worte kamen klar./ – In »Colliers« böser Bericht über den geistigen, politischen Zustand Deutschlands. – Schrieb Briefe an Fiedler, Whyte u. a.. – Abends Musik: Götterdämmerung, Lied von der Erde, Lieder.

P. P. Montag den 3. XI. 47

Begann gestern Nacht Balzacs »Mädchen m. d. Goldaugen«, mir noch unbekannt, zu lesen. – Föhnig wie gestern. Unterschlagender Bericht der L.A. Times über das gestrige Broadcast. – Schrieb weiter. War zum Haarschneiden in Westwood. Diktierte nachmittags Briefe an K.: Trebitsch u. a. Manuskriptler, Dr. Pollag in Zürich. – Sehr starker Posteingang. /R. Nürnberg, ekstatisch über den Roman./ Der alte Singer in Bern. Die Dr. Jacobson, verwirrt. – Erika abends mit Markuse. Hatten Mahlzeit mit dem Schwager u. seinem Sohn.

P. P. Dienstag den 4. XI. 47

Sonnig. Committeefreundliches Editorial in den L.A. Times. – Leftist Ghost writers haben Reden für Roosevelt-Leute geschrieben. – Schrieb weiter. Ging Amalfi Drive ganz hinunter u. saß an der Straße. Kam »Deutschland u. d. Deutschen« als Stück der »Ausblick«-Reihe und das /Herbstheft der N. Rundschau mit dem Nietzsche-Aufsatz./ – Diktierte der Kahn zahlreiche Briefe, zuletzt sehr mühsam. Abspannung nachher. Las einiges in der Rundschau mit dem Gefühl, es nicht nötig zu haben.

P. P. Mittwoch den 5. XI. 47

Wieder starker Landwind. Der gestern gemeldete Selbstmord des Botschafters Winant (unter Roosevelt) durch »Enttäuschung« erklärt, die man lieber nicht definiert. Pressur der katholischen Kirche auf die Film-Industrie. (»For ever Amber«.) Drohung mit Boykott der Fox-Theater. – – Schrieb weiter. Ging bis zur Wegkreuzung. Schrieb nachmittags 4 kurze Briefe, an Nunberg, Korrodi etc.. Lachte abends sehr über eine neue Zeitung, die Erika für Gumpert hergestellt. Hörte die Gralserzählung. – Starker Sturm, Kälte.

P. P. Donnerstag den 6. XI. 47

Andauer des Landwindes bei hellem Himmel. Wichtiger Artikel Lippmanns gegen die überflüssige, von falschen Voraussetzungen ausgehende Bekämpfung Rußlands. Er kommt von Europa. – Schrieb weiter. Mit K. Corona del Mare, dann Lunch im Café Français. /Frey schickt seine Anzeige aus der »National-Zeitung«,/ schön, doch gar sehr auf das »Deutsche« gestellt: Das Überzeugend-Reale der Musik. – Brief aus Brasilien über den Artikel eines Gelehrten, der von der Brasil. Akademie kategorisch fordert, daß sie sich um mich kümmere. – Diktierte K. die Beantwortung eines Fragebogens der Lowe. Dankte Frey. – Klaus schickt Goethes »Schönste Briefe«, in denen ich las und wählte.

P. P. Freitag den 7. XI. 47

Beim Früh-Kaffee mit K. über die Einladung der Borgeses nach Arizona, der um Medis willen zu folgen geneigt bin. Lecture in San Francisco scheint gesichert. – Rede Molotows in Moskau über das Seufzen vieler Völker unter dem amerikanischen Druck. Das Schweigen großer Nationen (Englands, dem der Sozialismus, aber auch die Demokratie, abgekauft wird). – /Schrieb weiter am »Goethe«./ Ging bei Seewind bis zum Sitz an der Straße. Nachmittags Briefe an die Jacobson und nach Salzburg wegen »Fiorenza« als Hörspiel. Zuviert mit Erika u. dem Onkel nach Beverly Hills ins Cinéma: »Shooshine«, italienisches Nachkriegs-Zustandsbild, Knabengefängnis, vorzügliches Dokument, mit geringen Mitteln etwas dem Hiesigen weit Überlegenes geleistet. Ergreifend schöne Gesichter.

P. P. Sonnabend den 8. XI. 47

Wärmlich, bedeckt. – Pläne zur Integrierung West-Deutschlands, mit Parlament. Die Moskauer Staats-Geburtstagsfeier eher unangenehme Show. Prahlen und Schimpfen – aber was sollen sie machen ? – – Schrieb weiter. Fuhr mit K. in die Hardt-Gegend. Brief von Basler. In Goethes Briefen, wählend. Vorfeier von Erikas Geburtstag. Beschenkung. Gab ihr Kellers und Hofmannsthals Gedichte. Champagner-Cocktail und Enten-Soupe, mit dem Onkel u. seinem Sohn, der ein so hartes Leben hat. Las auf Eris Wunsch einen Teil des über Goethe Geschriebenen. Ist schon recht, freilich eine Compilation aus Früherem, dennoch in neuer Anordnung wieder interessant. – Schrieb an Lion, sandte Freys Besprechung an Adorno, begann einen Brief an Cornides.

P. P. Sonntag den 9. XI. 47

Leicht bedeckt. Frühstück mit Golo auf der Terrasse. Die Engländer bezichtigen die Russen, eine deutsche Armee zu bilden. Religiös-spiritistische Sekte in England. – Schrieb weiter. Ging bei recht unbehaglichem Wind bis zum Alten Haus. Beendete den Brief an Cornides. In Rex Stouts Zeitschrift über Deutschland. /Abends neue Gewissensaufregung des Faustus wegen, dessen technisch-musikalische Beschwerungen zum mindesten für die nicht-deutschen Leser u. bei den Übersetzern dem Buche abträglich sein mögen. Ich nannte selbst ein Beispiel und strich in der Luxusausgabe./ Die Schweizer Kritik nicht recht zuverlässig, because they wouldn't dare think it. /Andererseits ist die Möglichkeit reißender, verschlingender Lektüre erwiesen./

P. P. Montag den 10. XI. 47

/Morgens wieder über etwaige Kürzungen, für die es bei der deutschen Ausgabe zu spät ist./ – Schrieb weiter. Schwierigkeiten im Domino. – Ging über das Alte Haus. Guter, angenehmer Brief von Rychner. Sonst noch /Schweizerisches über Faustus./ Bestätigung aus San Francisco für den 18ten. Nachmittags mit K. in Verlags- und Übersetzungssachen. Schrieb dann an Gumpert zum 50. Geburtstag. Abends mit Erika theoretisch-lehrhafte Passagen u. Beschwerungen durchgegangen, die für die fremdsprachigen Ausgaben u. selbst für die deutsche, zunächst die innerdeutsche zu tilgen, wenn noch Zeit ist. Schrieb deswegen sogleich an Bermann.

P. P. Dienstag den 11. XI. 47

Lippmann über »Germany goes underground«, sehr überzeugendes Bild. – Schrieb wenig weiter. Mit K. im Gemmenpark, der vom Upl. Club teilweise abgesperrt. Keine Post, Armistice-Day. Goethe-Briefe rot gezeichnet. Die Kahn: Briefe diktiert an Knopf u. Danksagungen für Freundlichkeiten. – Mit K. u. ihrem Bruder zum Dinner bei Zifferens; dazu der holländ. Musiker Hagemann und Frau und die kleine aufgeräumte jüdische Witwe. Lob meines Anti-Committee-Statements. – Nachher mit Erika.

P. P. Mittwoch den 12. XI. 47

Starker Wind vom Lande bei klarem Himmel. Neues Arbeitszwangsgesetz in England. Heranziehung von 700 000 Idlers. – Schrieb weiter. Auslassen, auslassen. – Ging etwas mit K., von Erika geholt. – Guter Brief von Hesse. 12 Exemplare des »Faustus« von der Druckerei. – Erika angegriffen von der Untersuchung eines Mittelohr-Katarrhs. Von ihr neue Striche im Faustus akzeptiert. – Buch von A. Kantorowicz »Deutsche Schicksale«. Brief an die Servicen diktiert, überredend wegen der Übersetzung. Zum Thee Propagandistin einer jüdischen Siedlung in holländisch Guayana.

P. P. Donnerstag den 13. XI. 47

Andauernder Landsturm. – Riots in Paris, Verprügelung des gaulistischen Bürgermeisters. Verletzung der amerikanischen Flagge. In Polen Aehnliches. Amerika schließt sich von einem Votum der U.N. gegen Franco-Spanien aus. – – Schrieb weiter. Ging über das Alte Haus. Dann Lunch mit K. im Café Français. Zum Thee der Agent Rimsky mit seiner amerikanischen Frau. Danach zum Dinner bei Nathans, kleiner Kreis. Brachte ihm die Essays. Von einem der Gäste gefahren zum Cinéma in Beverly Hills: Preview des Films »The Bishop's Wife« nach einem Roman von Nathan, für Presse u. geladene Gäste. Der Engel als Zauberer und Showman. Zu grob und sentimental, stark amerikanisch, aber unterhaltend. – Zu Hause mit Erika und dem Onkel. Bermann schickte Faustus-Besprechung aus »Luzerner Nachrichten«, auch mit feierlichsten Akzenten, wenn auch auf eine gefährliche »Aufblähung« hingewiesen wird.

P. P. Freitag den 14. XI. 47

Bedeckt, kühl. Eintritt eines neuen Couples, an Stelle der Japaner, mixed-coloured. – Schrieb weiter. Ging über das Alte Haus. Nach Tische Florence H. mit Aufnahmen von mir. Bilder des Poschingerhauses in seinem gegenwärtigen Zustand aus einem deutschen Blatt. – Suite von Briefdiktaten an K.. /Dann Faustus-Striche mit Erika./ Dann noch ein handschr. Briefchen. Las Rede J. R. Bechers bei der Schriftsteller-Tagung des deutschen Kulturbundes, Sowjet-Zone. Wiederholtes Eintreten für mich. Leidenschaftliches Eintreten für Frieden und deutsche Einheit. (Was vielleicht nicht zusammengeht.) Abends müde.

P. P. Sonnabend den 15. XI. 47

Neues Couple läßt sich ordentlich an. – Aufruhr in Italien von Turin bis Palermo. In Nürnberg werden Briefe produziert, nach denen I.G. Farben 250 Weiber von KZ Lager gekauft und experimentell ermordet haben. – – Schrieb eine gute Seite über Faust II. Ging über das Alte Haus. Nachmittags 12 Dedikationen des Faustus. Jüdische Buffet Dinner Party bei Singers, gräßlich. Hitze, Geschrei, Geschwätz, unbekömmliches Essen, unschöne Musik. War die ganze Zeit halb krank und ärgerte mich über die bestellte Publicity, die Photographiererei. Nachteiliges Vorkommnis. Spät nach Haus. – Brief von Eisner über Prager Verlagsangelegenheiten. Dial Press über die Goethe-Ausgabe; Übersetzungen. Studium der Aufstellungen.

P. P. Sonntag den 16. XI. 47

Schlechte Nacht. Schädlicher Zwischenfall ärgerlich wegen morgiger Abreise nach San Francisco. – Frühstück mit Golo auf der Terrasse. Verstärkte Fortdauer der Unruhen in Italien. In Deutschland Eröffnung des Kampfes gegen den Kommunismus durch das Military Government; löst heftige Gegen-Campagne aus. – /Schrieb weiter gegen das Ende./ Ging mit K., von Erika geholt. Verpackung der Widmungsexemplare. Lunch mit Golo. Geschlafen. Schrieb an die Lowe wegen der Kürzungen. An Becher in Berlin. Zum Abend Heinrich, der die Lesung beendet hatte. Betonte das Außerordentliche und die Schwierigkeit des ersten Drittels. Das Enzyklopädische wie bei Bouvard et Pécuchet, bleibt aber mehr Roman als das Flaubert'sche. Sonst schien seine Rezeption nicht sehr in die Tiefe gegangen. Das Ganze zu traurig für ihn. – Briefe ausgefertigt.

Montag den 17. XI. 47, P. P.

Sonnig, sommerlich. Frühstück auf der Terrasse. Gut geschlafen, aber nervös, da heute Abend Abreise nach San Francisco. – Andauer der Unruhen in Italien gegen die Kolonisierung durch den Marshallplan. Warnende Rede Vishinsky's. –

P. P. Freitag den 21. XI. 47

Montag Abend Abreise von Station Glendale (gebracht von Erika u. dem Onkel) nach *San Francisco.* Ankunft dort Dienstag 9 Uhr. Fermont Hotel, renoviert. Die jungen Leute mit dem Bübchen zum Lunch. Treffen im Circus-Room. Mit Frido bei Tisch, schnitt ihm vor, freute mich an seinen Augen. Abends der Vortrag in Scotch etc. Hall, ausverkauft, lang andauernde Begrüßung, große Aufmerksamkeit. Viele Besucher nachher. Colored man, der die Definition von »fate« haben wollte. Fand sie puzzling. Nachtessen in kl. italienischen Restaurant mit Hündchen Hallgarten und den Kindern. – Mittwoch Vormittag Besuche von Dr. Borr, Dr. Benesch, Interviewer von S. F. Chronicle. Gewagte Auskunft. – Nachmittags zu Bibis. Frühes Mittagessen dort mit den Bübchen. Abends zur Generalprobe von Verdis Requiem im Shrine. Begrüßung Monteux'. – Donnerstag zum Lunch wieder bei den Kindern. Viel mit Frido, der weinte, weil er während des ersten Teils der Rückfahrt nicht auf meinen Knieen sitzen durfte. /»Fühl mich doch wöhler, auf Schoß sitzen.«/ Nahm ihn später. Zärtlicher Abschied von den guten Knäbchen. – Abends Abreise im Drawing Room (Lark). Las in einem Stifter-Buch, psychoanalytisch von Winterstein, Wien.

Heute Kaffee im Room. Abgeholt von dem neuen Oscar. All diese Tage lichtes Wetter. Zu Hause Frühstück mit Erika u. dem Onkel. Dann die Post durchgearbeitet. Lesser über den

»Nietzsche«. Bermann unzufrieden mit den vorhabenden Kürzungen. /Deutsche Briefe,/ grotesk. Einer mit der /Anrede »Excellenz!«,/ voller Haß auf Deutschland. Ein anderer adressiert: /»An den Dichter T. M. Große Universität, York«./ – Ging mittags einige Schritte. – Schwierigkeiten mit »Commentary« wegen Erscheinen des »Nietzsche« bei der Library. – Überfall auf einen demokratischen Club in Glendale durch Mitglieder der American Legion, durchaus deutscher Stil. – – Weitere Unruhen in Italien. Blum versucht Kabinetbildung in Frankreich unter Anklagen gegen die Kommunisten. – – Schrieb nachmittags an Dr. Horch in Sachen der »Nietzsche«-Publikation. Mit Erika Korrekturen-Besprechung.

P. P. Sonnabend den 22. XI. 47

Nachts viel und lebhaft geträumt. Glitt die senkrechte Wand eines Abgrunds freiwillig hinunter und war stolz auf die Leistung. Ferner Sinnliches. Vorübergehend außer Bett, bei K. im Stuhl. – Morgens Regen. – Mißerfolg Blums. Verhandlung mit Schuman, einem Mittelkläßler. – Weiterlaufen des Korruptionsprozesses gegen Myer u. a. Air-force-Generale. Fehlschlag der Kompromittierung des Roosevelt-Freundes Hughes. Niederlage des Senators Brewster. – – /Schrieb weiter an der Goethe-Kompilation gegen das Ende./ Fuhr mit K. nach Corona del Mare. Blauer Himmel. Erledigte nachmittags Briefdiktate an Basler, die Herz, Suhrkamp u. a. und stellte mit Erika die Message für das Glendaler Protest-Meeting her. – Dinner-Party bei Eppsteins. Film-Leute, linksstehend. Endloses Warten aufs Essen, da Brand in der Küche. Die kleine zutunliche Hausfrau. Zwischen ihr und sympathischer deutsch-sprachiger Malersfrau. Viel über das Congressional Committee und den Überfall in Glendale, der mit minimalsten Geldstrafen gesühnt worden sei. Gegen alle Absicht spätes Weggehen. / Zu Hause mit Erika, die aufs neue über Echo geweint hatte. Unmöglichkeit der Unterbringung der Apollo-Verse auf dem Stein. Der Verlauf von Rudis Sendung kaum zu berechnen. Exzessive

Deutschfreundlichkeit, wenn man die Jahre *nach* der »Götterdämmerung« mit betrachtet./ – Spät schlafen, nach 2 Cocktails, Wein, viel Kaffee, Mint-drink. – – Heute hat man wahrscheinlich in Zürich das Gespräch über »Faustus« in der N. Z. Z. gelesen.

P. P. Sonntag den 23. XI. 47

Heiteres Wetter. Wie gewöhnlich aufgestanden nach leidlicher Nacht. Kaffee. Bad. Frühstück. Schuman Premier, scheint aber das Kabinet nicht zusammenzubringen. – General Meyers in Anklagezustand. Hughes entlassen, da er wahrscheinlich noch viel mehr Skandalöses weiß. – /Schloß die »Phantasie über Goethe« auf der 45. Seite und las sie nicht ganz ohne Zufriedenheit durch. Paginierung./ – Ging übers Alte Haus, geholt von Erika. Hatte Thee im Schlafzimmer, weil Toilette zu machen hatte für Dinner-Party bei Nathans mit Lotte Lehmann und dem Film-Direktor Koster in kleinem Kreis. Bei Tisch mit jenen beiden und Erika. Gespräch über Lincoln mit dem Boris-Gudonow-Darsteller. Die Lehmann sang auf meine Bitte zwei Lieder. »Morgen« von Strauß nicht mehr anzuhören.

P. P. Montag den 24. XI. 47

Ungewöhnlich warm. Französisches Kabinet gebildet, aber neue Arbeiter-Unruhen drohen. Polyzoides fordert Einschreiten der Armee. Citate aus Benesch' Memoiren; Verhältnis zu Rußland, durch dessen größeren Einfluß der 2. Weltkrieg hätte vermieden werden können. Einleitungs Worte, englisch, für abends. Brief an den Dichter Spender wegen Übersetzungen. Gegangen über das alte Haus. Briefe nach Bayern und Holland. Abends 25 Gäste in Sachen der jüdischen Siedelung in holländisch Guyana. Vortrag der Mrs. Sigel. Buffet.

Dienstag den 25. XI. 47. P. P.

Abreise Erikas bis übermorgen. Vorbereitung der Diktate für den Nachmittag. Goethes liter. Schriften. Etwas Handschriftliches. Mittags bei Cooper zu einer Regulierung. – Plötzlicher Austritt des gemischten Couples, mir willkommen. – Nachmittags Briefe an Dial Press, Stephen Spender etc. etc. Handschr. Brief an Feist wegen seines Dramatisierungsplans. Las Gedichte der Greta Bauer-Schwind, von Lotte Lehmann übergeben. Ferner Galleys von Neiders Buch über Kafka. Guter Artikel Laski's über Europa in »Nation«.

P. P. Mittwoch den 26. XI. 47

Lächerlich, wie mir etwas schlecht Getanes nachgeht. Daß ich vorgestern die Einleitungsworte nicht frei sprach, sondern stümperhaft las. Unverzeihlich. – Wärme. Frühstück ohne Bedienung auf der Terrasse. Verbeugung der Film-Häupter vor dem Committee. Entlassungen. – Längerer Brief an Hesse. Ging dann bis zum Alten Haus, von Golo geholt, der für ausgedehntes Week-end hier. – Hoch-positive Faustus-Besprechung des »Berner Bund«, von Basler übersandt. Zum erstenmal wird Echo gefeiert. – Schrift von Prof. Singer über Mittelalterliches. – Brief an den Redaktor des »Bund«. Zeilen an Kerényi nach Budapest. – Heinrich zum Abendessen. Das bürgerliche Europa ruhend auf der Macht des British Empire. Das zukünftige, meinte er, könne nur auf der Macht Sowjet-Rußlands ruhen.

P. P. Donnerstag den 27. XI. 47

Weit kühler als gestern. Feiertag, Thanksgivings Day. – Andauernde Freude über den Berner Artikel. – Auf der Londoner Konferenz beginnt Molotow sofort mit propagandistischen Lehrhaftigkeiten, die, wo es so offenkundig um Macht und Interessenfragen geht, langweilen und reizen. Das einige Deutschland, das freie Ruhrgebiet. Aber Königsberg behalten sie, und die Ruhr sei frei, damit sie russisch sei. Das wäre gut vielleicht, aber wozu die Heuchelei. – – Allerlei handschriftliche Briefe. Mit K. gegangen u. von Erika geholt. Vereinfachtes Lunch und Festtag-Dinner mit Champagner. Las mit Interesse die Singer'sche Schrift über Thomas von Britanien und Gottfried von Straßburg. Abends äußerst müde.

P. P. Freitag den 28. XI. 47

Nebel und Nebelreißen. In London Streit um die deutsch-polnische Grenze. Einigung über eine (föderalistische) deutsche Central-Regierung. – – Protest schwedischer Filmleute gegen das Un-Committee. Tückischer »objektiver« Artikel in »Life«. – – /Die Arbeit besteht in Korrespondenz./ Brief an einen jungen Deutschen. – /Wahl zum korresp. Mitglied der Accademia dei Lincei in Rom./ – Gegangen bis zur Wegkreuzung. Die Gemme zum Lunch. Fesselnde Lektüre: /»A Study of Goethe« von Barker Farley,/ Engländer, lange in Jena. Wichtig und überraschend. Nichtdeutsche Perspektive, wohltätig. –

P. P. Sonnabend den 29. XI. 47

Wieder /allerlei Briefe,/ vorwiegend nach Europa. In Westwood zum Haarschneiden. Überfüllung. Im Buchladen Gides Tagebücher, mehrbändig auf Englisch, als sein Hauptwerk. – Von Basler zwei kleine erzdumme Besprechungen aus Zürich und dem Aargau, die erstere von Selig, den ich vernachlässigt, unverhohlen giftig. – Ausscheiden des Onkels, um Medi u. ihren Kindern Platz zu machen. – Dinner-Party beim Beardy philosopher, jüdisch bis auf Dieterles und uns, süße Bowle, überflüssig und unbekömmlich wie etwas. Mit Feuchtwanger und Dieterle. Früh weg. Zu Hause noch mit Erika, Golo und seinem Freunde Bartok, anziehender Junge. – Nebel.

P. P. Sonntag 30. XI. 47

Nebliger Morgen. Das alte Neger-Couple garzu taperig. Der beschlossene jüdische Staat macht Headlines, obgleich es ein Jammer damit ist. Haifa, Gaza, Nazareth, Bethlehem, Hebron, alles arabisch. Jerusalem freie Stadt. Aber in Tel Aviv tanzen sie auf den Straßen, und Feuchtwanger u. ich sandten gestern ein Glückwunschtelegramm nach New York. Der Name wird New Judea sein, und ich hoffe auf Konsuln und Gesandte. Es bedeutet zweifellos eine psychologische Schwächung des Antisemitismus oder vielmehr der Judenverachtung. – – /Brief an Prof. Fairley,/ unvollendet. – Ankunft Medis mit ihren Kindern. Geburtstag der Ältesten. Der alte Neger mit dem Kuchen. – Nur wenig gegangen. Nachmittags mit Erika Durcharbeitung der »Commentary«-Übersetzung des »Nietzsche«. Horrible. – Zum Abendessen Lotte Walter. – Las Weiteres in der »Study on Goethe«.

P. P. Montag den 1. XII. 47

Medi morgens zum Kaffee. – Nebel, feucht. – Diktatbriefe ausgefertigt. – Brief an Fairley, wird wohl unabgeschlossen bleiben. – Wenig gegangen. – Nachricht vom Tode Ernst Lubitsch's. Nachricht, über London, vom Tode Ricarda Huchs. Bermann schickt den Artikel von Prof. Olle Holmberg über Faustus aus Dagens Nyheter. Nützlich, aber mäßig. – Mit Erika Striche und Korrekturen. Weiteres in Fairleys Goethe. Unglaublich schmierige Tristan-Bearbeitung von Stokowsky. Marcuse, am Telephon mit Erika, tief aufgeregt vom »Faustus«. – Die Nachtwachen des Bonaventura.

P. P. Dienstag den 2. XII. 47

½8 auf. Maniküre. Schönes Wetter, Frühstück auf der Veranda. – Wut der Araber über die Teilung. Mordtaten. Parteinahme der ägyptischen Studenten. Demonstrationen gegen Amerika und Rußland. – Schrieb den Brief an Fairley dennoch zu Ende. Beschäftigung mit der Post, die zwei schön in Halbleder gebundene Exemplare des Faustus brachte. Ging über das Alte Haus. Fuhr zurück mit Onkel und Neffen, die mit uns Lunch hatten. Über eine Tokyoter Society, deren Gegenstand die Veröffentlichung meiner opera omnia in japanischer Sprache ist. »Weltliteratur«. – Nachmittags zahlreiche Diktate an die Kahn, zum Teil noch Brouillons. – Aufgeregte

Äußerungen über den Roman: von Borgese (telephonisch), Neumann und Marcuse, der ihn beendet hat und dringend mit Erika gleich heute Abend darüber sprechen muß. – Brief an Mrs. Meyer zur Begleitung des Halblederbandes.

P. P. Mittwoch den 3. XII. 47

Heiteres Wetter. Auf der Terrasse gefrühstückt »mit Kindern und Enkeln«. – Brief an die Meyer, Widmungen an sie und Emmy Oprecht – /und nichts weiter./ Ging zum Sitz an der Straße, geholt von Erika und den Kindern. Viel Post durchzusehen. Des guten Basler Faustus-Bericht für »Sie und Er«. »Das unbeschreibliche Buch«. Er weist auf Frau Schweigestill. Versagen der Sprache, rührend. Dankte ihm noch abends, nachdem wir mit Medi das »Tivoli« am Santa Monica-Blvd. besucht und »Crossfire« gesehen. Erika bei Marcuse zur Konferenz über den Roman.

P. P. Donnerstag den 4. XII. 47

Regen. Erika beim Frühstück über die »Konferenz«. M. besorgt darum, daß ich es mit Adrian halte. Das deutsche Schicksal wächst durch die Mißbilligung des seinen. Ich weiß: der Leser ist verwirrt und aufgeregt, weil es zugleich das offenste und das verschlossenste der Bücher ist. Gebrochenheit auch des Humanismus. – Erika bei Walter vorher. Sie und die Massary machen ihm auf die komischste Weise die Hölle heiß wegen des Wiener Nazi-Orchesters. – – Begann Artikel für »Asahi Shimbun«. Mit K. und Medi in den Anlagen Pacif. Palisades. – Langweilige Post. – Die Verbeserungslisten an die Lowe und Bermann. – /Antonio Borgese ist nach 150 Seiten so aufgeregt wie seit seinen Jugendtagen, als er Tolstoi las, nicht mehr./ – Heinrich zum Abendessen. Medi fuhr ihn zurück. Seine Geld-, auch Wohnungssorgen.

P. P. Freitag den 5. XII. 47

Sehr dunkel und regnerisch. Licht zur Morgenarbeit. Paris durch Strikes gelähmt. Die Araber wüten gegen die Teilung; Blutvergießen da und dort. In London streiten sich die Großen. – Schrieb an dem /japanischen Artikel./ Verließ das Haus nicht des schlechten Wetters wegen. Mit der Post der erste Teil des »Gesprächs« in der N. Z. Z.: Korrodi konfus und citatenreich, voll von dem Kinde N.. Der Theolog Bieri widerstrebend. Immerhin ein exzeptionelles Vorkommnis. – Viel Post zu lesen. Geschrieben an den alten Schulkameraden Herm. Lange, mit Bildern von mir u. dem Haus. Zum Abendessen Br. Walter mit Tochter. Gab ihm den Faustus mit sinniger Widmung. Wird viel Mühe und Aerger daran haben. – Erkältet, heißer Kopf und frostig. Krankheitsgefühl, sodaß das Weggehen der Gäste kaum abwarten konnte. Aber kein Fieber.

P. P. Sonnabend den 6. XII. 47

Wetter wieder hell. Erkältet. Schrieb eilig weiter an dem /japanischen Artikel./ Bermann schickt /lange Faustus-Besprechungen aus dem Zürcher »Tagesanzeiger« und der »N. Schweizer Rundschau« (Staiger)./ Las sie noch vor dem Ausgehen und war wieder sehr erschüttert davon. Ging bis zum Alten Haus. Hatte Thee im Schlafzimmer u. machte mich fertig zum Dinner bei Révy's, wohin Erika uns fuhr. Zu Tische auch Lustigs. Später Marcuses und Josephs. Das Schweizer Gesicht der Hausfrau. Viel die Rede vom Faustus, halb zu meiner Pein. Lustig über Thornton Wilders im Erscheinen begriffenen und schon berühmten, wenn auch abgeschmackten Cäsar-Roman. – Zu Hause noch mit den Kindern. Golo hatte Freunde zum Supper gehabt.

P. P. Sonntag den 7. XII. 47

Klares Wetter. Vattaru im Garten. Erzählte ihm, daß ich für Tokyo über ihn geschrieben. – In Palästina Kämpfe. Die Araber rufen nach englischer Hilfe. In London bestehen die Russen auf 10 Milliarden Reparation von Deutschland. – Freda Kirchwey will Artikel über die Deutsche Frage. Ich habe keine Ahnung, keine Vorstellung. – /Schloß den japanischen Artikel ab./ Ging bis zum Alten Haus. Klaus Pr. zum Mittagessen. Nachmittags Briefe mit K.. Mit Erika ablehnende Antwort an die Kirchwey. Ausräumung großer Mengen alter Zeitschriften unter Auslese des mich betreffenden. Luft gemacht in den Fächern. Dies fortzusetzen. Abends mit den Frauen viel Musik gehört, San Francisco Konzert und Platten.

P. P. Montag den 8. XII. 47

Klares Wetter. Letzter Früh-Kaffee mit Medi. Besprechung eines politischen Vortrags für Amerika und Schweden im nächsten Mai. (?) – /Beschäftigung mit »Buddenbrooks« wegen Vorwort zum Hanno-Kapitel in »The Worlds Best«./ Etwas gegangen. Viel deutsche u. englische Post zu lesen. Briefe von Reisiger (noch ohne den Faustus), Fiedler und Basler. Widmungen in einem Haufen deutscher u. engl. Bücher des »kleinen Hund Flick«. Gegen Abend Verabschiedung von Medi, die von Erika zur Bahn gefahren wurde. Den »Nietzsche«-Sonderdruck an Preetorius. Abschriften der Kürzungslisten an die Übersetzer in Milan, Prag u. Budapest. Abschrift des japanischen Aufsatzes korrigiert. Der Pudel geschoren Dutch style.

P. P. Dienstag den 9. XII. 47

Die Nacht empfindlich kalt. Klares Wetter. Frühstück auf der Terrasse. Jüdisch-arabische Schlacht in Tel-Aviv. – Begann /Vorwort zum Kapitel aus »Buddenbrooks«./ In Santa Monika zur Fußpflege, verbunden mit einigem Spazieren. Brief von Kahler mit guten Worten, vorläufig, über den Faustus. Klaus Pr. und Sohn zum Essen. Ein paar handschr. Danksagungen. Mit K. und Erika nach Royce-Hall, Liederabend Lotte Lehmanns. Nachher bei ihr back stage. – Buch von M. Hirschberg »Die Weisheit Rußlands«, bemerkenswert. – Spät zu Bette.

P. P. Mittwoch den 10. XII. 47

Kalter Landwind wie gestern. Klar. – Russische Kündigung des Handelsvertrages mit Frankreich. – /Schrieb an dem Hanno-Vorwort weiter./ – Arger Tag, da Bermann die Übersetzung eines stupiden und giftigen Artikels der Hamburger über den Roman schickte. Offenbar habe ich sie in Zürich vernachlässigt, und auch die verehrenden Frauenzimmer mögen mitspielen. Müde und angewidert. Inaktiv. Las den patriotischen »Aufbau« mit merkwürdigem Bericht über Forschungsergebnisse betr. das Geschlechtsleben des amerikanischen Mannes, und die N. Schw. Rundschau mit ungeheuerlichem Artikel von Schwarzschild über Marx. – Viele deutsche Briefe, beschwerlich. Von Walter neue Aufnahmen der Unvollendeten etwas langweilig dirigiert und schwach im Piano. Nähe der Pastorale im zweiten Satz.

P. P. Donnerstag den 11. XII. 47

Blätter eines beseitigten Manuskripts über den ganzen Garten verweht. Brachte mich durch zorniges Aufsammeln arg außer Atem. – Frankreich verweigert die Annahme der russischen Note. Schuman erklärt am Radio den Marshall-Plan für das Heil. – Sympathie-Kundgebung englischer Filmleute an ihre gemaßregelten Kollegen hier (Korda, Olivier). – Schrieb an dem Hanno-Vorwort weiter und ging etwas aus. Zusage St. Spenders wegen der Neu-Übersetzungen. Brief von der Herz, den ich nachmittags beantwortete, um von der Hamburger zu berichten u. mich wegen der Geschäftsbranche zu entschuldigen. Auch an Preetorius muß so geschrieben sein, der ein kunstphilosophisches Buch sandte. – Ungewöhnliche Kälte. –

P. P. Freitag den 12. XII. 47

Leicht neblig. Etwas aufgehelltere Stimmung. Gestern auch Brief von der Meyer, die Schuman preist, die Niederschlagung des Kommunismus auch in Italien vorhersagt und eines Blutbades in Rußland froh gewiß ist. Werden bald eine andere, bessere Welt haben. Dies als Weihnachtsfreude. Der Faustus hat einen gemeißelten Stil und tut ihrem Traditionsgefühl hohes Genüge. – – Frühstück auf der Terrasse. Wallace erklärt, er würde Taft dem Truman vorziehen, weil jener gegen allgem. Wehrpflicht und die Foreign Aid ist. – Schrieb weiter an dem Vorwort. Ging bis zur Wegscheide. Begann Brief an Preetorius, Fausti causa. Abends bei Walters in Beverly Hills. Das schmucke, soignierte Haus. Der kostbare, etwas polternde Musik-Apparat, durch den er nur sich selber hört. Ausgezeichneter Klang des Klaviers und der Violine. Äußerungen über den Roman, mit dem er zur Hälfte gediehen, schnitt ich ab. Erika blieb aus wegen Auto-Defekts. – Spät zu Bette.

P. P. Sonnabend den 13. XII. 47

Sonnig. Unausgeschlafen. – Las gestern den erstaunlichen Brief der alten George Sand an Flaubert vor, vom Herbst 1871, den wir im »Ruf« fanden, und der mir nie vor Augen gekommen war. Prophetie, aus europäischem Gefühl kommend, das wir nicht besaßen, und wozu Goethe u. seine »Weltliteratur« nicht verhalfen. – – Schloß die »Bemerkungen zu einem Kapitel aus ›Buddenbrooks‹« ab. Ging bis zur Wegkreuzung. Setzte den Brief an Preetorius fort. Übergab Briefe mit Anweisungen an Erika, die als »Homer Smith, Secretary« fungieren wird.

P. P. Sonntag den 14. XII. 47

Neblig, bedeckt. Sehr kühl. – Das Kreuz des Geschlechtes, Aergernis, Leiden mit einem Einschlag von Eitelkeit. – Neue Russen-Austreibungen aus Frankreich, gegen Moskauer Protest. U.S. versieht die italienische Armee mit modernen Waffen gegen die Kommunisten. »Wo die Freiheit eines Volkes bedroht ist, wird U.S. geeignete Maßregeln treffen.« Universalisierung der Truman-Doktrin. – Beendete den Brief an Preetorius. Mit K. ausgefahren u. etwas gegangen. Abschrift des Goethe-Aufsatzes, korrigiert. Viele Briefe, von Erika u. der Kahn geschrieben, ausgefertigt. Ein paar Danksagungen für Bücher. /Beschäftigung mit den Gedichten L. Fürnbergs, – glückseliger, dem Aesthetizismus entkommener Kommunist./ – Erika hatte Vortrag in Santa Monica. K. war mit Tochs im Eisler-Konzert, von wo sie erst spät zurückkehrte. Hörte mit Erika Konzertaufführung der 3. Szene des I. Akts der »Walküre«. Gespräch mit ihr anschließend. Die Musik im Faustus. Von wo etwa die naive Zeit-Epopöe, der moderne Simplicissimus zu erwarten. – Ging zeitig zu Bette u. empfing danach K.'s Bericht. Im Père Goriot.

P. P. Montag den 15. XII. 47

Pariser Konferenz vor dem Auffliegen. Zehnprozentige Abwertung des Rubels als Anti-Inflationsmaßnahme nach einer Periode der Panik-Käufe. »Monetary purge«. Zufriedenheit in Moskau und Schadenfreude in Washington. – Übertragungen in die Durchschläge des Goethe-Aufsatzes, der mir wenig gefällt. Brief an Kahler, den nachmittags beendete. Weiteres an Dr. Rosenhaupt, Brooklyn. /Ungarische Gesamtausgabe des Joseph-Werkes in einem Bande von 1773 Seiten. Merkwürdiger Anblick./ Ebenfalls vom Athenäum-Verlag schmucke Ausgabe des Krull-Fragments. – Zum Abendessen Heinrich. Viel über die Zukunft Europas . . . Las noch in dem Buch von Fairley über die Charlotte-Poetry. Erika fuhr H. zurück.

P. P. Dienstag den 16. XII. 47

Die Londoner Konferenz ohne neues Datum vertagt. Westdeutscher Block beschlossen. Man bereitet dort Verfassungen vor. Bei Abtrennung vom Osten müssen Westdeutschland sowohl wie die anderen Länder dauernd von hier unterhalten werden. – /Zweifel wegen meiner Tätigkeit. Die Cocteau-Übersetzung ? Die Legende ?/ – Brief an Süskind, den erst zu weitführend anlegte und nachmittags kurz abschloß. Ein paar

Diktate an die Kahn. Brief von Neider. Briefe aus Deutschland. Bab schickt Kritik des Goethe'schen »Faust« von dem Theaterkritiker der N.Y. Times. – Neumanns zum Abendessen. Viel über den »Faustus«, seine Unheimlichkeit, die Realität der Musik darin. N. las aus seinem Walker-Roman drastische Szenen.

P. P. Mittwoch den 17. XII. 47

Neblig. – In London, nach dem Abflug Molotows, Beratungen über Trizonia. – Bemühungen die leere Italien-Episode im Goethe-Aufsatz präziser zu machen. – /Von Korrodi der 2. Teil des Colloquiums über Faustus in 4 Exemplaren. Schuh's Aufsatz bewegend in seiner staunenden Anerkennung. Mehrmals gelesen. – Ging mit K.. Nachmittags Dankbrief an die Zürcher Mitarbeiter an dieser ungewöhnlichen Buchbesprechung. – Kam Neiders ebenfalls recht singuläres /Sammelwerk »The Stature of Th. M.«/ Night letter an ihn. – Hörte Straußens »Don Quixote« mit Wohlgefallen.

P. P. Donnerstag den 18. XII. 47

Unruhiger Schlaf nach den gestrigen Erregungen. /Schuhs Äußerungen wichtiger als das ganze Ehrenbuch./ Schickte sie zur Belehrung an Walter. – Begann die italien. Passage im /»Goethe« zu verbessern. So doch wenigstens wieder etwas geschrieben./ Ging Amalfi Drive zu Ende. Mit Erika Statement zugunsten Albr. Schäffers. Briefe an Bab und Adorno. Zum Abendessen Mr. und Mrs. Rimsky.

P. P. Freitag den 19. XII. 47

Traum von Erika und dem Verhältnis, das sie »in Kissingen« mit einem mir unlieben Mann unterhalten. – Immer helles Wetter. – /Beendete die neuen Seiten im Goethe-Aufsatz./ Abschrift durch Erika. Einfügung ins Manuskript. /Neue Besprechungen aus der Schweiz, erschüttert. Meldung der N.Y. Times über die dortige Bewegung./ Brief von M. George wegen Vorspruchs zu einem deutschen Film. Zum Thee Salka Viertel. Längeres Gespräch über die Alternative von verkommener Demokratie und Polizeistaat. Welt-Staat als Schwächung der Staatsidee überhaupt. – Handschriftlich an die Jacobson, New York. Gelesen Verschiedenes in »The Stature«, erfreuliches Buch.

P. P. Sonnabend den 20. XII. 47

Kühl, Neigung zum Wetter-Umschlag. Marshalls Radio-Report über London. Beschuldigung Molotows. Ost-Deutschland als ökonomische Sowjet-Provinz. – Briefe nach Deutschland. An Bermann, mit dem »Goethe«. /Studien in den »Gesta«-Kommentaren./ – Gegangen über das Alte Haus. Nachmittags Regen. Den »Nietzsche« mehrmals versandt. Brief an Dr. Widmer, Basel.

P. P. Sonntag den 21. XII. 47

Feucht, kühl. /Beginn der Annäherung an den »Erwählten« oder »Begnadeten«. Studien, Notizen, Fragen./ – Mit K. in P. P. Park. – Beim Abendkonzert sehr hübsches, rhythmisch reizvolles Stück von Chabrier unter Monteux. – Golo auswärts. – Mehrere Nietzsche-Sonderdrucke dediziert.

P. P. Montag den 22. XII. 47

Sonnig. Anmeldung bei Marx wegen geschwollenen Ohrs. – Arlt wegen der Goethe-Übersetzung. – /Frage-Brief an Prof. Singer – Bern, Vorarbeitmäßig./ – Mit Erika nach Westwood. Bei Marx zur Behandlung der Ohren. Erleichterung. Von da zum Haarschneiden. Mit K. Rückfahrt. – Viel Post. /Rührender Brief von Helbling über den Faustus. Die deutschsprachige Schweiz hat Tränen in den Augen. Langes Feuilleton im »St. Galler Tagblatt« von Stössinger./ Verworren im Kritischen; aber auch hier: /Tränen der Erschütterung./ – Von /Rychner/ in der »N. Schw. Rundschau« ausgedehnte Studie /»T.M. und die Politik«./ Gut: die kathartische Funktion der

Betrachtungen, überhaupt guter, kluger Überblick und wohlgeschrieben. – Hatte viel zu lesen. Erika abends bei Walters.

P. P. Dienstag den 23. XII. 47

Sonnig. Frühstück auf der Terrasse. Bericht Erikas über Walters kummervolle Bewunderung. Erheiterung über Panamas Widerstand gegen den Imperialismus der U.S. und das öffentliche Entzücken darüber. Verblüffung des State Department. – /Gregoriana./ Brief an Singer kassiert. /Hartmann v. Aue./ Landwind, Sommerhitze. Schlecht zu gehen. Erwartete Packete treffen nicht ein. Brief an Helbling, kassiert. Onkel und Neffe zu Besuch. Der Weihnachtsbaum im Living room mit zu stark aufwärts gewachsenen Zweigen. – Plaudereien »Small Talk« von Nicolson, hübsch. Neiders Aufsatz in »The Stature«, zum Teil recht albern. Neunte Symphonie, unerfreuliches Werk.

P. P. Mittwoch den 24. XII. 47. Weihnachtsabend

Sommerhitze, absurd. Brief von Sternberg, London, über die elende Lage der Anti-Nazi-Schriftsteller in der englisch-amerikanischen Zone. – Briefe an Rychner und Helbling. Gegangen zum Alten Haus. Ausbleiben der Faustus-Exemplare, auch anderer erwarteter Sendungen. Langer Brief von Brantl über u. gegen den Nietzsche-Aufsatz, der ihm viel zu duldsam. – Entsetzlich schlechte Übersetzung der Hanno-Einleitung durch Taylor. Korrigiert von Erika. – ½8 brennender Tannenbaum und Bescherung in Gegenwart der Gäste: Walters, Onkel und Sohn, Eva Hermann. Ostasiatische Gegenstände, Wäsche, Platten, schöner bequemer Schaukelstuhl für mein Schlafzimmer. Champagner-Souper mit Gänseleber und einer exquisiten Kraftbrühe vor dem Brathuhn. Mit Walter kurz über den Adrian. Nach dem Kaffee, während des Spiels der Pastorale, einbrechende Ankunft der Leutchen aus San Francisco mit dem Hunde Micky. Die guten Bübchen. Herzliches /Wiedersehen mit Frido./ Beschenkung, Tumult. Die Gäste gingen ½12. Bettung der Knäbchen bei K. auf Couch und

Liegestuhl. Der kleine sehr unruhig. Ihre liebe Zutraulichkeit. Gute Nacht-Winken.

P. P. Donnerstag den 25. XII. 47, Weihnachtstag

Anhaltende Sommerhitze. Morgens die Bübchen bei mir. Frühstück mit ihnen auf der Terrasse. – Gestapo-Akten, Liegnitz, deren Gegenstand der aus dem Englischen rückübersetzte Bonner Brief. Idiotisch. – Brief an F. Stössinger. Brief an Vikko begonnen. Gegangen bei fast unleidlicher Hitze und von Erika eingeholt. Nachmittags rasiert. Nachforschungen über Hartmann v. Aue und seine Legende. Zum Abendessen Heinrich, der junge Arthur und Eva Hermann. H. erstaunt über Neiders Anthologie. Spielten einige neue Platten. Frido mit schöner Eisenbahn. Der neue Stuhl ins Schlafzimmer geschafft. Der Zürcher Globus-Stuhl auf die Diele exmittiert.

P. P. Freitag den 26. XII. 47

Blau und hochsommerlich weiter. In Griechenland antikommunistische Aktion; Massenexekutionen wahrscheinlich bevorstehend. – Die Bübchen schon früh bei mir. Frühstück mit ihnen auf der Terrasse. Plakat für Fridos Lebensmittel-Laden gezeichnet, sehr zu seiner Zufriedenheit. »Ein guter Opapa!« – – Brief an Dr. Brantl, Prien, in Sachen Nietzsche. Ein anderer nachmittags an die Senderin eines Mts. über N.. – Nicht gegangen der Hitze wegen. Gelesen /in Scherers deutscher Literaturgeschichte über das Anfängliche./ Abends Othello-Platten. – Erika bei Marcuse: Sein Manuskript über Faustus. »Linkisch«.

P. P. Sonnabend den 27. XII. 47

Andauer der Trockenheit. In N.Y. riesiger Schneefall. Beim Kaffee und Frühstück mit den Bübchen. – /Exzerpte u. Notizen zum Gregorius./ Mit K. auf der Promenade, sehr angenehm. Kamen weitere /3 Halbleder-Exemplare des Faustus./ Zueignungen an K. und Erika. Auf ihre Kopfkissen abends gelegt.

Widmungen in Bücher des Mr. Baily, tiresome. Zum Abendessen Freunde Golos, Anglisten-Ehepaar. Stephen Spender sandte ein Heft Gedichte »Returning to Vienna«.

P. P. Sonntag den 28. XII. 47

Abkühlung. Vorm Frühstück /mit Frido die Straße hinauf/ nach den neuen Häusern zu sehen. /Ballade: »Der Motor knallt, das Flugzeug fallt, das Licht ist rot, das Licht ist rot, der Pilot ist tot, ich bin im Boot.«/ – Im Osten zahlreiche Menschen im Schnee-Blizzard umgekommen. – /Mittelalterliche Studien./ – Gegangen zur Wegteilung. – Brief an Annette Kolb, der man telephonisch von »Jeanette« berichtet, vorgelesen hat und die töricht darauf hineingefallen. – Abends musizierten Klaus Pr. und Bibi sehr hübsch zusammen. D'Indy Frankisch-Wagnerisch. Auch neue Platten.

P. P. Montag den 29. XII. 47

Kalter Landwind. – /Mittelalterl. Studien./ Viel Post: Briefe von: Politzer (Faustus), der guten Herz (do. und über die Hamburger, von B. Fairley, Toronto, Schaeffer, Mazzucchetti, Carl Löwenstein etc. – – Ging Amalfi Drive zu Ende. Brief an Annette abgeschlossen. Ausfertigung von Briefen Erikas. Mit K. an die Servicen in Sachen der Faustus-Übersetzung.

P. P. Dienstag den 30. XII. 1947

Das Jahr, ereignisreich, läuft aus. – Landwind und Sonne. Frido läßt sich viel amüsieren, stört und ermüdet mich weidlich. – Rede Henry Wallace, mit der er seine Kandidatur für die Präsidentschaft erklärt. Sagt viele Wahrheiten. – Notizen, Einzel-Auszüge, Namen. – Mit K. und Frido auf der Promenade. Ermüdend. Nachmittags einige Briefdiktate an die Kahn. Zum Abendessen Onkel mit Sohn, einmal wieder. Waltrautes Erzählung, große Gelegenheit. – Zu müde. Erkältet wie auch Erika, die unter Husten leidet.

P. P. Mittwoch den 31. XII. 47

/Das Jahr der Vollendung des »Faustus«, der Europa-Reise, des Erscheinens des Romans, endet. Es begann mit Erikas Telegramm »Read whole night«./ – Klares, kühles Wetter. Hatte morgens Maniküre u. Rasur. – Rede Wallace's, in der er einen Friedensplan zur Hilfe für Europa mit vereinten Kräften und nicht im Interesse Amerikas entwickelt. Über die Gründe u. die Notwendigkeit seiner Kandidatur. Man gibt ihm reichlich publicity. – – Exzerpte zur Legende. Fragt sich nur, ob nicht Hartmann genügt. – Ging bis zum Sitz an der Straße. – Brief vom alten Singer über Faustus, rührend. Brief von Hesse, weniger empfänglich. Brief von Marcuse über den »Nietzsche«. Geschenk der Schweizer Goethe-Ausgabe in Leder, erfreulich. Buch aus Buenos Aires von Léon Dujovne »Th. M., Las ideas y los seres en su obra«. – – Fast ausgelassen verlogener Neujahrsbrief an die Meyer. Große Bürgerin! – Lichterbaum. /Frido als »Gutes Neues Jahr«,/ von Erika kostümiert und einstudiert. Nach dem Abendessen Neumanns, Marcuses, Klaus Pr. und Sohn. Frido wiederholte seine Szene. Bibi mit seinem Onkel alte Musik. Unterhaltung mit Marcuse. Warteten mit Neumanns, aber ohne Erika die 12 Uhr-Stunde ab. Im Radio betrunkener Lärm. Ich war sehr müde und eher unglücklich. Körperliche Arbeit, wie das Ausräumen überflüssiger englischer Bücher mit Golo, greift mich sehr an, bringt meine Nerven herunter. Trank recht reichlich Champagner.

1948

Donnerstag den 1. I. 48, Pacif. Pal.

Kühl, halbsonnig. Morgens die Bübchen bei mir. Frühstück mit ihnen, Golo und Erika. Frido wiederholte Erikas hübsches Gedicht. Kalender-Ceremonie. Aufsparen der Schweizer Schreibhefte durch ökonomisches Ausnutzen dieses Papiers. Telegramme von Borgese und Moni zusammen mit »Richard« (Schweizer). – Exzerpte, kostümlich etc. Mittags mit K. bei den alten Riebers. Brachte ihm den »Nietzsche« deutsch u. englisch. Danach gingen wir etwas. – Ein paar handschr. Briefe nach Europa. Bücher-Auslese mit Golo. Wohltätige Räumung. Las auf deutsch Jacksons Nürnberger Anklage-Reden. Hörten »Harold in Italy«, prächtiges Stück. Außerordentlich lieblicher Anblick des kleinen Frido im Schlummer. – Erika grippig erkältet.

Freitag den 2. I. 48, P.P.

Leicht bedeckt. Wohl ausgeschlafen. Beanspruchung durch die Bübchen. – K. zum Steuer-Anwalt, fehlt zum Lunch. – /Exzerpte, research./ Ging nur wenig. Viel Post, Bücher. /Einladung des Frankfurter Ober-Bürgermeisters zur Paulskirchen-Feier/ im Frühjahr, bewahr mich Gott. Treuer Brief von Basler nochmals über Faustus. Von Dr. Kaufmann, Buffalo, desgleichen, wofür nachmittags dankte. An Marcuse-Hofe wegen Hartmanns Legende. – Die jungen Leute packen ihren Wagen hochauf. – Grotesker Brief von H. Johst an »Heini« Himmler, veröffentlicht in der Zschr. des Münchener Schutzverbandes. Angewidert von deutschen Bosheitscitaten aus »Friedrich u. d. gr. K.« Nachhaltig irritiert. – Geleite die Bübchen zum Abschied zu ihren Betten bei K.. Verabschiedung von Bibi und Gret. Tiefer Nervenstand, traurig. Unrast des kleinen Toni, während Frido ruhig schlief. Erika spielte mir Lohengrin.

P. P. Sonnabend den 3. I. 48

Da ich wußte, daß Eltern und Bübchen früh morgens abreisen würden[,] war schon 4¼ Uhr wach und kam nicht mehr zur

Ruhe. Hätte besser getan, wie K. und Erika mit hinunter zu gehen. Die Kinder wurden leise geholt. Man fuhr etwa 6 Uhr ab, nachdem man in der Küche gefrühstückt. K. und Erika dann wieder zur Ruhe. – Wiederholte Wasserleitungs-Störungen. – Nebliges Wetter. Schwermütig und übernächtig. – /Geographische Explorationen (mittelalt. Gebiete)./ – Mit K. Corona del Mare. – Zum Lunch Klaus Pr., um den K. sich viel Sorge macht. – Brief-Aufsatz aus Wiesbaden über Musik. Der aktuelle Anti-Romantismus, Anti-Wagnerismus in Deutschland. Anti-Friedrich, Anti-Bismarck, wohl auch Anti-Goethe, natürlich Anti-Nietzsche! Sie wollen ihre Geschichte abschütteln u. nicht mehr Deutsche sein. Daneben verbissener Nationalismus. – Durch Suhrkamp deutscher Brief über »Lotte«. – Rowohlts Gallup soll nach den 10 in D. gefragtesten Autoren: Der Erste ich »by a very large margin«. (Mitteilung des »Bookseller«). – Schrift von Arnold Brecht »Beyond Relativism in Political Theory«. – ¾7 mit Erika zu Walters. Mit ihm allein zur Trost-Besprechung des Romans, der ihm zu sehr imponiert, als daß er nicht unter der Rolle, die die Musik darin spielt, u. dem Ernst-nehmen der Entwicklung seit Strauß leiden müßte. Beruhigende Erklärungen. Seine Trauer, als er mir sagte, Schönberg und Schnabel hätten ihm die Auflösungsbedürftigkeit der Dissonanz geleugnet! – Ich spreche von einer Fatalität, von dem Schicksal der Musik als Paradigma der allgem. Kultur. Er sagte Gutes über den Sündenfall der Musik durch Beethoven, bei dem die Beschwerung der Musik durch das Menschliche, die Leidenschaft sich ereigne, da sie vorher himmlisch-freies Formenspiel, nicht menschlich, sondern göttlich gewesen sei. – Cocktails als die Damen hinzukamen. Souper mit einem sehr milden Lafito. Mahler-Musik mit dem zu starken, in Streichern scharfen Apparat. Wundere mich, daß sein Ohr es duldet. – Unmögliche Lage der Deutschen, die in Mißerfolgs-Anbetung nun gegen Friedrich, Bismarck, Nietzsche, Wagner wüten und Jahrhunderte ihrer Geschichte abschütteln wollen. Vielleicht gelangen sie in mittelalterlich fromme u. biedere Zustände zurück. Es ist aber Konjunktur-Schreiberei. – Erika verlas den unglaublichen Brief von Johst an Himmler. Fuhr mit ihr heim.

Sonntag den 4. I. 48, P. P.

Nachts Magenbeschwerden. Kohle und Natron. Seconal. Herumgegangen u. im Stuhl gesessen. – Nebel. Frühstück mit Erika und Golo, der vormittags abfährt. – Über das Gespräch mit Walter. – Gehobenere Stimmung, Gott weiß, warum. – Pläne Erikas und Lotte Walters, die Eröffnung einer Sprech- und Vortragsschule betreffend. – /Kunstgeschichtliche Ausforschungen, Burgen, Irland etc./ – Ging A. Drive ganz hinunter. Zurück mit Erika, die ankündigte, daß sie Anfang Februar zu Vorträgen nach dem Osten muß. – Nach Tische mit den Bübchen telephoniert. Lange geschlafen. Einräumen von lagernden Büchern in die freigewordenen Räume. – Merkwürdige Freude, mit der ich Zürcher Photographien, auf der Straße, nach der Vorlesung im Schauspielhaus wieder ansah. – Absage an den Frankfurter Ober-Bürgermeister. – Monteux-Konzert abends. Reizender 3. Satz des Klavierkonzerts von Mendelssohn. Las über den monströsen Schneefall kürzlich in New York.

P. P. Montag den 5. I. 48

Starker Nebel. Das Couple seit gestern auf Urlaub. – Brief nach Frankfurt; zu weit eingelassen; auf Erikas Rat nachmittags stark gekürzt. – Lunch mit K. im French Café. – Brief von Korrodi, der ein Buch »T.M. und die Fakultäten« plant. Verbleibt trotz Altersgrenze in der Redaktion. – Brief von Frau G. H. Heer aus Ermatingen über den Faustus, den sie in der »Schweizer Bücherzeitung« besprochen. – Brief von Sternfeld, London, mit Austausch Hülsen-Molo über das Manifest der 88-Ennuyant. – Brief aus Tel Aviv von M. Klausner über Faustus unter besorgt-jüdischem Gesichtspunkt. Fragen. – – Dr. Wolf bei Erika, die schwer hustet u. das Bett hüten muß, übrigens mit uns zu Abend aß. – Knopf gegen den Aufschub des

Erscheinens seiner Faustus-Ausgabe. Hat von seinem deutschen Lektor spannenden Bericht darüber. /Medi berichtet von Zeichen des Vor-Erfolges des Buches im Osten. Das Aufsehen in der Tat groß u. schon weit verbreitet./

P. P. Dienstag den 6. I. 48

Morgens sonnig. Frühstück auf der Terrasse. Dann ziehender Nebel. – /Ausforschungen und Exzerpte./ – Gegangen über das alte Haus. – Dean Rieber schenkt Faksimile der Dionysos-Dithyramben. – Erika bettlägrig, kam zeitweise herunter. – Reihe von Brief-Diktaten an die Kahn, ermüdend. – Las in der »Neuen Rundschau« mit Interesse Pollitzers Aufsatz über Heine. – Starker Nebel.

P. P. Mittwoch den 7. I. 48

Halbsonnig, leichter Nebel. – Bestellung neuen Platten-Schrankes. – /Explorationen bei Eicken u. Scherer./ – Gegangen zum Alten Haus. – Brief und Aufsatz von K. vom Rath, Schloß Dyck am Niederrhein, über Faustus. Nachweis von Rechnungsfehlern. – Gelesen in Adorno's philosophisch-soziologischen Aphorismen. Geschrieben an Schmitt-Halin, Wiesbaden. Zum Thee Mr. Honig von London in Dingen gegen-antisemitischer Aktivität. – Brief von Rychner, interessant und gebildet, wenn auch etwas verdächtig – wenigstens für Erika. Diese abends auf.

P. P. Donnerstag den 8. I. 48

Sonnig und warm. Frühstück auf der Terrasse. Berichte über die Wahlrede Trumans vor beiden Häusern. »Solange es friedensfeindliche Nationen gibt ...« zu dumm. Soziale Mätzchen, gewinnend. Allgem. Wehrpflicht, applaudiert. – – Den gestrigen Brief beendet, dann /mittelalt. Ausforschungen u. Notizen./ – Viel Post, Beschwerungen. Neiders Buch kam schön gebunden. Brief von Käthe Rosenberg über Faustus. Von Dr. Feist über das Lotte-Stück. 15 Exemplare, plötzlich, von der Berner Binderei. – Ging bis zum Sitz an der Straße. Nachmittags Toch mit seinem musiktheoretischen Buch. Nervöse, demütig-zudringliche Darlegungen und Forderungen, die mich arg ermüdeten. Erika und K. gegen das erbetene Vorwort. Erstere zu den Mahlzeiten außer Bett. Zum Abendessen Heinrich, den K. holen u. bringen mußte. Er liest in dem Neider'schen Buch, merkwürdig. – Zuviel kleine Lektüre, zuviel Andrang von außen. /Deutliche Abneigung dagegen, nach dem Faustus Neues zu schreiben./

P. P. Freitag den 9. I. 48

Warm wie gestern. Auf der Terrasse gefrühstückt. Ankündigung erneuter Un-American Hearings. – Exzerpte, anregend. Brief von Dial Press wegen der Vorrede. Dr. Anni Carlson, beim Lesen des »Faustus«, schickt Bööks Buch über Andersen. Junger Amerikaner überbringt ein Schock Bücher zum Signieren und schöne farbige Stiche aus der Josephsgeschichte, in Paris gekauft. – Ging bis zur Wegkreuzung. – Große Heiterkeit über einen englischen Brief der Julia Petroso, née Stolterfoht aus Sao Paulo. – Aufsatz von Nitze über Pascal. – Vergaß gestern seltsamer Weise den großen /Brief-Erguß Alfr. Neumanns nach Beendigung des Faustus/ zu erwähnen. /Ein Dokument./ Rief ihn abends an, während K. Heinrich zurückfuhr. Erwarte die Maschinenkopie, da manches unleserlich. – – Handschr. Briefe an Dial, Dr. Nitze, Basler (über Hesses Reaktion auf Faustus). Abends Musik: Records aus Bergs »Wozzek« überraschend interessant.

P. P. Sonnabend den 10. I. 48

Andauer des überwarmen Wetters. – Gestern Zustimmung für Frido's Klavier-Unterricht aufzukommen. K. aufgebracht über ihre »Enterbung« durch den late Geheimrat. – Pfundzahlung, restlich, in London für die Majoliken fällig. – – /»Malerei und Plastik des Mittelalters«./ – Mit K. in Beverly Hills bei Gottlieb und Frau zur Auswahl eines Bildes des exotischen Malers Wiedemann. Imbiß. – Viel Post wie jetzt meistens. Lange Briefe zu lesen. Neumanns Faustus-Erguß in Maschinenschrift, den Dokumenten beigefügt. – Interessanter Artikel über Essays of 3 Decades aus London Times Lit. Supplement. Buch von J. Mercanton »Poètes de l'Univers«, über Joyce, mich, Eliot, Rilke, Valéry. – Mehr Bücher. – Zum Thee mit K. bei Adorno's. Sprach ihm über seine Aphorismen. Auskunft über die Figuren des Faustus etc. – Absage-Brief an H. Eisler nebst Zueignung des Buches. Abends unerfreuliche Wagner-Musik. Sehr müde.

P. P. Sonntag den 11. I. 48

Heiteres, leicht dunstiges Wetter. K. mit Brief und Buch zu Eisler, der mit seinem tschechischen Papier das Land verlassen zu wollen erklärt. – /Exzerpte, mittelalterlich, Mission./ – Gegangen bis zur Wegkreuzung in feuchten Nebel hinein. K. berichtet von den erfreuten Eislers, sie hätten Nachrichten über den europäischen Erfolg des Faustus. Er hat die Weheklag in einem Wiener Blatt gelesen und findet sie ungeheuer. – Las mancherlei in der »Neuen Rundschau«, Briefe Wölflins, einen Aufsatz Fish Armstrongs über Europa, einen von Misch über den fast unvermeidlichen 3. Weltkrieg. – Verabschiedung von Erika, ungern, die bis Freitag auf Lecture-Tour nach Texas etc. geht, kaum recht genesen. K. und ich wieder einmal ganz allein. – Englische Briefe, handschr., an Neider und Knopf. Erheiterung über die Radio-Nummer des Mannes mit dem Neger-Diener Rochester.

P. P. Montag den 12. I. 48

Klare Sonne. Gleich angekleidet. Beim Frühstück draußen die Sonne zu heiß. – /Studien, Exzerpte, vage Ideen./ – Zum Haarschneiden. – Bewegter Brief von Dieterle über Faustus. Antwortete ihm und schrieb zahlreiche andere Danksagungen, teils auf Bildkarten, sodaß mit den ausgef. Diktaten ein hoher Post-Stapel zusammenkam. – Deutsche Zeitschriften. In der, die »Die Erzählung« heißt, Anfänge einer /Selbstbiographie als Familiengeschichte von Vikko,/ wunderliche Überraschung. Redaktion sagt der Darstellung des »Phänomens der Familie M.« einen Welterfolg vorher. Sehr komisch. –

P. P. Dienstag den 13. I. 48

Gestern von zuviel Geschäftigkeit erregt. – Andauer des trokkenen, klaren Wetters. – Gleich morgens Maniküre. – Auf der Terrasse. Die Albernheit der Zeitung täglich: Hund, an Treue sterbend, Ehrlicher Finder, an Virus X erkrankte Movie Stars. Zwei andere, die sich geohrfeigt haben, ein vergrabener Goldschatz, dazu das obligate Red-baiting; arger Tiefstand. – – Statement für Jewish Labor Committee. Andere Präparationen für die Diktate, die nachmittags tätigte. – Absurde Hitze und gefährliche Dürre. Landwind, schwer zu gehen. – Faustus dem Schwager und der Kahn übergeben. Bermann sendet /hochtönende Besprechung aus »Winterthurer Nachrichten«./ – Zum Abendessen bei Neumanns im Walter'schen. Er las aus seinem Walker-Roman. Das Spiel der Tiere, Hündin und Angora-Katze. – Bei der Rückkehr Niko, den wir hatten daheim lassen müssen, mysteriös verschwunden.

P. P. Mittwoch den 14. I. 48

Weitere Beunruhigung durch Nikos Verschwinden. War bei den Schwarzen in der Küche u. muß von dort entlaufen sein. – Andauer des üblen Dürrwetters mit Landwind. – Vormittags, während meiner mittelalterl. Studien, Rückkehr des Hundes. Mit K. Corona del Mar[e], dann am Steg zum Einkauf von Fisch. Ausfertigung von Dedikationen des Faustus an eine Anzahl Personen, darunter Schönberg, Feuchtwanger, Lion, Rastede, den Löwenberg der Oper-Annalen, Fiedler. Beschäftigung mit Tochs Musiklehre, zweifelnd, ob ich schreiben soll. Erheiterung durch den New Yorker. – K. beschäftigt mit der Vor-Übersetzung von Cocteaus »Machine«. – Abends müde, unwohl, verfroren.

P. P. Donnerstag den 15. I. 48

Blau, windig, doch kühler. /Schwabs Volksbücher/ herangezogen. – /Römische Kirchen des Mittelalters./ – Ging bis zur Wegkreuzung. – Knopf schreibt über die zu meinem Geburtstag geplante /einbändige Ausgabe des Gesamt-Joseph./ Bermann über Aufnahme und Absatz des Faustus, von dem noch 400 Exemplare vorhanden. Die Herz über die Aufnahme des Romans in London bei Engländern u. Deutschen. Peter Pr. »Ein gewaltiges Werk«. /Jemand will, daß es das größte Buch seit 100 Jahren ist./ – Neue Widmungen. Briefe an Bermann und die Herz diktiert. Gelesen in Tochs Musik-Buch, zweifelhaft, ob ich ein Vorwort schreiben soll. In /Mercantons »Poètes de l' Univers«/: Dinge über mich, die den Colonel Döblin beunruhigen müssen. Eifersucht auch bei Hesse mit leidiger Deutlichkeit aus seinem Brief hervorscheinend. Es war kaum zu vermeiden. –

P. P. Freitag den 16. I. 48

Heiße Sonne wiederum. In S. Barbara Wasser-Reglementierung. Auch mit Gasolin-Kürzung wird gedroht. Stahlarbeiter-Strike im Ruhrgebiet. Forderung verbesserter Ernährung. Man hat die Dreistigkeit, Abgaben aus Holland und Belgien zu verlangen. – – Brief an Toch u. das nicht zu schreibende Vorwort. – Brief von Albersheim über Faustus, überraschend positiv. – Widmungsarbeit, Collection Marshall d. Landis. – Mit der heimgekehrten Erika, deren Erfolge mich freuen, und K. nach Westwood: Film-Unterhaltung nach einem Hitschins-Kriminal-Roman, gut gespielt, mit Laughton, englisches Gerichtsmilieu. Spätes Abendessen.

P. P. Sonnabend den 17. I. 48

Klarer Himmel. Auf der Terrasse. – Defensiv-Bündnisse Rußlands mit seinen Randstaaten. In Ungarn Verbot von Filmen mit Menjou und Genossen. Gebilligt. – Brief an Toch beendet. Brief an Albersheim. Mit K. in P. P. Park. Vom »Aufbau«

Marcuse's in ihrer Art packende Besprechung des Faustus. Mehrmals gelesen. Rief ihn nachmittags dankend an zu seiner merklichen Erleichterung und Erlösung. George war unzufrieden gewesen, macht aber in seiner Einleitung selbst die törichte Unterscheidung zwischen der mehr »essayistischen« ersten u. der »mehr erzählenden« zweiten Hälfte. Debussy's Protest dagegen, daß er »unmelodisch« sei. Aber der Artikel das Ereignis des Tages. – Golo zum Wochenende. – Las Studie über Emerson im Mt. von Linden Dalberg, Kent. Vergleichend mit mir. Europäismus u. Amerikanismus. – Schönes Bellini-Bilderwerk vom Phaidon-Verlag. – Hörten abends Götterdämmerung. –

P. P. Sonntag den 18. I. 48

Bedeckt, kühl. Im Blatt den Stand der Wallace-Bewegung verfolgt. Die »Nation« gegen seine Aktion. – /Rekapitulation des Materials Namensbestimmungen u. dergl./ Ging übers Alte Haus. Las mit Teilnahme in Bööks Buch über Andersen. Nach dem Thee mit Erika Korrektur des Commentary-Nietzsche. Zum Abendessen Heinrich, der lebhafte Neigung zu erkennen gibt, ins russische Deutschland zu gehen. Man kann nicht abraten. Er fuhr mit Golo. Musik danach. Klavierkonzert des 20jährigen Mendelssohn.

P. P. Montag den 19. I. 48

Licht und kühl. Beneš krank. Will bis nach den Wahlen im Amt bleiben. Er ist herzlicher Teilnahme wert. An diesem Lande gerade und seiner Idee hat man sich unverzeihlich versündigt. – – Die Wallace-Bewegung nicht unbedeutend. – Briefe, Danksagungen, fürs Diktat aufgeschrieben. Bis zur Wegscheide gegangen. Interessanter Brief von Suhrkamp, Berlin, über Faustus und die deutsche Ausgabe des Buches. Brief von Basler, auch wieder über das Buch und seine Wirkung. Quarterly »Christendom« mit Aufsatz »Conflict of Nature and Spirit, Illustr. in Magic Mountain«. – Abendgesellschaft bei uns: Nathans, Zifferens, Lustigs, Salka Viertel, Klaus Pr.

und Sohn. Europäisch angeweht, gut gespeist und getränkt, unterhielt man sich wundervoll bis nach ½12. Nathan drollig über sein neues ganz kurzes Buch mit gutem Kern. Optimistisch angetan von der Idee des einbändigen Joseph. Mrs. Nathan fasziniert vom »Löl«. Lustig erfüllt vom Faust, den ich für ihn signierte. Die Frauen etwas betrunken. Salka V.'s begeistert kommunistische Reden. Wurde spät überm Aufräumen. Schließlich noch Erika mit K. bei mir im Schlafzimmer. Scheint ernstlich ein Buch über mich zu planen.

P. P. Dienstag den 20. I. 48

Klares Wetter. Baruch vor dem Congress, wirtschaftlicher Friedensplan. – /Beschäftigung mit der Legende./ Enthusiastischer /Brief von H. Eisler über Faustus./ Erfreut. – Über das Alte Haus gegangen. – /Schweizer Buch über St. Gallen/, getimed. Aus Bern Buch von Lukács »Goethe u. seine Zeit«. Die Kahn überbrachte Speyers preußischen Roman »Das Glück der Andernachs«. Viel diktiert, Vorbereitetes und Improvisiertes. Abends Lektüre und Musik.

P. P. Mittwoch den 21. I. 48

Nacht-Temperatur dem Frostpunkt genähert. Ließ Sonnenlampe brennen. Zeitweise im Stuhl. Mit Erika besorgt um K.'s Gesundheit, ihre Überanstrengung u. extreme Geschäftigkeit. – Amerikaner u. Engländer weigern sich, Berlin zu verlassen. »Reds succumb in war of nervs«. Das heißt, sie lehnen den Gedanken an Krieg ab. – – /Schrieb einige Zeilen des Anfangs der Legende, versuchend./ Ausfahrt mit K.. Brief von Bermann über den Stand der innerdeutschen Ausgaben. Telegramm an ihn: Daß beim Schweizer Neudruck von Faustus auf Strichen nicht bestehe, aber Verbesserung der Druckfehler u. Dialektmängel erhoffe. – Korrodi schickt langen Bewunderungsbrief über Faustus von Alther. Brief von Victor Zuckerkandl, ergriffen, über denselben Gegenstand. Die files schwellen an. Verwahrung in Kahlers Manuskript-Karton. – /Brief an S. Singer – Bern wegen Hartmanns Gregorius/, der hier nicht aufzutreiben. An Anni Carlsson, Stockholm, über Bööks »Andersen.« – ½9 mit Erika nach Bel Air, Geburtstags-Party bei Florence Homolka. Chaplins über Eislers Enthusiasmus. Es sei überall von dem Buch, meinem besten, die Rede. Seine Copie Monjeau's, sehr komisch. – Nachmittags Besuch von Singer mit russisch-südamerik.-französischem Literatur-Manager.

P. P. Donnerstag den 22. I. 48

Klares Wetter nach kalter Nacht. – Fing aufs neue an. – Nach Santa Monica zur Fußpflege. – Die »Schweizer Bücherzeitung« mit dem Faustus-Artikel der Dr. Heer unter dem Titel /»Das Meisterwerk unserer Zeit«./ – Sonst viel Post und Beschwerung. Nachmittags Interview mit dem Argentinier. Dickes Manuskript von Heller, Cambridge, A Study on his work etc. etc. – Las in Zeitschriften u. etwas in den Faust-Studien von Lukács. Erika reiste abends nach San Francisco ab.

P. P. Freitag den 23. I. 48

Nebel. Hunger-Streik in Bayern. Rede Bevins gegen Rußland mit dem Wort »grave« in jedem Satz. – Schrieb weiter am Anfang der Legende. Ging bei geklärtem Wetter über das Alte Haus. Diktierte Briefe an K. (Mondadori, Landshoff etc.) Erwägung eines italienischen Vorworts für Lukács. Eines Glückwunsches für de Boer in Zürich. Schrieb der Frau Dr. Heer. Las ausgezeichnete Broschüre von Earl Browder »World Communism and U.S. Foreign Politics«. Auch in Lukács' Faust-Studien.

P. P. Sonnabend den 24. I. 48

Starker Nebel. Churchills Lob und Preis für Bevins Rede. – /Wieder angefangen u. etwas weiter./ Mittags zu Prof. Arlt, die Goethe-Einleitung zur Übersetzung. /»Gregorius auf dem Stein«/, übersetzt oder im /Original mit mittelhd. Wörterbuch./ Ging danach noch über das Alte Haus. Brief von dem kleinen Perl über Howard College, dann über »Faustus«, sodaß doch /kein Tag noch immer vergeht, ohne emphatisches Echo auf dies Buch./ Er verlangt, für Knopf Kommentar zu schreiben. – Schrieb an Perl. Las längere Zeit im Manuskript des Heller–Cambridge über das Meine in Relation to the Main Currents of Thought in 19. Century Germany. – Zum Abendessen Golo's Arthur. Hörte etwas »Lucia di Lamermoor«, lieblich zu hören.

P. P. Sonntag den 25. I. 48

Dunkel, kühl. Im Osten neuer Schnee- u. Kälte-Einfall. Abwertung des franz. Franc gegen Englands Wünsche. Dieses diplomatisch sehr rege[,] ein verbündetes West-Europa gegen Rußland zusammenzubringen. SPD gegen KPD bleibt der schärfste Gegensatz. Die Reden Bevins und Churchills im Zusammenhang mit diesen Bemühungen. Aufs neue sehe ich Rußland aus Deutschland verdrängt und ein deutsches Europa. – Bemühung um den Anfang eines Vorworts zur engl. Gesamtausgabe des Joseph. – Corona del Mare. – Las nachmittags u. abends in dem Heller'schen Manuskript über Joseph. Dreiste, undifferenzierte Aburteilung über das »Gesetz« und anderes, aber einige gute Beobachtungen. Erhaltung der Form im Gegensatz zu Joyce u. dem Surrealismus. – Rückkehr Erikas. Charakteristische Berichte. Sieht leidend aus; K. befürchtet ein nach Eingriff verlangendes Frauenleiden. /Abends während der Musik Verpackung der Bücher- u. Zeitschriftenspende für das Lübecker Archiv durch K. und Erika./ – Erhielt einen Sophokles von Feuchtwanger.

P. P. Montag den 26. I. 48

Morgens die Chronologie des Joseph-Werks nebst Zwischen-Arbeiten mit K. durchgegangen u. notiert. – Das böse Rindvieh Parnell Thomas auf dem Schiff nach Panama, wo er investigieren wollte, an Magenblutung erkrankt. – – /Schrieb an dem Vorwort zum Joseph./ Ging übers Alte Haus. Viel

Post zu lesen. K. und Erika bei ihren Ärzten. Erstere Drüsenpräparat zum Abnehmen. Wenig erfreulicher Befund bei E., durch Auskratzung klar zu stellen. Sorge. – Medi schreibt, sie habe ihren Mann »buchstäblich in Tränen gefunden« nach Lesung des Apokalypsen-Kapitels. – Las das Mt. des Heller zu Ende, teils mit Unwillen, u. begann Brief an ihn. Schrieb auch an Wendt, Lübeck, wegen der donation.

P. P. Dienstag den 27. I. 48

Sonne und sehr kalter Landwind. Ging, warm gekleidet, etwas vorm Frühstück. Welt-Aufregung über die 44prozentige Abwertung des franz. Franc. – Viele Todesfälle im Lande durch Kälte. – – Weiter am Vorwort. Nachmittags Brief an Heller, ernstlich. Briefe von Dr. Meisel und J. Bab über Faustus. Erika, leidend aussehend, von K. in die Klinik begleitet, von wo sie abends, für die Operation präpariert, telephonierte. Aufstellung des neuen Plattenschrankes, in den Neffe Löl abends vorläufig die Menge der Alben einräumte. Erfreulicher Gewinn an Übersichtlichkeit. – In Lukács' Faust-Studien. In der Nation, die ein unheimliches Bild vom Zustande des Landes gibt. Zu arbeiten an einer Stockholmer Frageliste für den Winterthurer Neudruck von ›Adel des Geistes‹.

P. P. Mittwoch den 28. I. 48

Kalte Nacht. Wiederum klar. – Eine Art von verwegenem Ultimatum an Rußland zeichnet nach den Reden Bevins und Churchills sich ab. – Den Brief an Heller beendet und Weiteres. Befriedigende Nachrichten über Erika. Nachmittags Glückwunsch an W. de Boer in Zürich. Schriften von Löwenthal und Marcuse. Thornton Wilders Caesar-Roman.

P. P. Donnerstag den 29. I. 48

Klarer Himmel, erstaunlich. – Schloß den Glückwunsch an den alten Geiger ab u. schrieb im Laufe des Tags mehreres Weitere, u. a. an L. Lewisohn über seinen neuen Roman. Mittags auf dem Steg; heitere Eindrücke. – /Sechzig Quartseiten langer Brief von Lesser (London) über Faustus/, nach Tische gelesen. Kaffee bei Erika, die zurück u. heute noch im Bett. Auch abends bei ihr. – Zeitschriften. Spät in Schwabs Volksbüchern. – Arlt erkrankt und inaktiv.

P. P. Freitag den 30. I. 48

/Choc durch die Ermordung Gandhis/ durch einen fanatisch-kriegerischen Hindu. Böses Symptom für den Zustand der Welt. – Trockenheit. – Am Vorwort zum Joseph. Gegangen Amalfi Drive ganz zu Ende. Brief von der Hamburger mit genauem Text ihres Faustus-Artikels. Beantwortung kann nur ruhig und trocken sein. – Faustus-Artikel der New Yorker Volkszeitung, hochgestimmt, dabei fast die Parodie einer Buchbesprechung. – Handschr. Brief an Lesser. – Mit Erika über Rychners Politik-Aufsatz, den ihr zu lesen gab.

P. P. Sonnabend den 31. I. 48

Trockenheit. Die Zeitungen über Gandhis Ermordung. Geschrieben am Joseph-Vorwort. Mit K. in der Bilder-Ausstellung der Frau Reinhardt. Danach etwas gegangen. Ergreifend schöner Essay-Brief von J. Maaß über Faustus, Bibi's Aufsatz in der Schweizer Musikzeitschrift nebst Brief. Abends mit 4 Seiten bedankt. Hündchen Hallgarten, außer Golo, zum Wochenende. Schenkte hübsche Platten. Hörten den I. Satz der Franck-Symphonie wieder einmal, mit Sympathie. – Hatte viel Nahegehendes zu lesen. Das Echo des Faustus schallt fort. Ich habe nie solches erweckt.

P. P. Sonntag den 1. II. 48

Bei Zeiten auf. Neblig bedeckt. Archaische Klageszenen bei Gandhis Verbrennung. Die Asche dem Ganges übergeben. – – /An der Vorrede weiter (»Betrachtungen«)./ Gegangen u. mit Hündchen H. und K. heimgefahren. Geselligkeit. Von der Nach Tisch-Cigarre sehr angegriffen. Werde sie aufgeben müssen. Schnupfen-Katarrh und Belegtheit der Ohren. Nach dem Thee bei mir Gespräch mit Erika über die Frage ihrer Zukunft, ihren Plan, ein Buch über mich zu schreiben, der nicht mit Angell's, wohl aber mit Maaßens Vorhaben kollidieren würde. Maaß' Kommen nach Californien als Eckermann mir ohnedies fragwürdig u. beunruhigend. Mein Wunsch im Grunde, daß Erika als Sekretärin, Biographin, Nachlaßhüterin, Tochter-Adjutantin bei uns lebt. Unterredung bewegend. Ohnedies angegriffen, war abends extrem müde. Konnte Antwort an die Hamburger nur eben beginnen u. fühle mich arg im Rückstand.

P. P. Montag den 2. II. 48

Kühles, fast ganz klares Wetter. Auch Neru, Gandhis Folger, von Mord bedroht. – Mit K. über das gestrige Gespräch mit Erika. – – Briefe an die Hamburger und an J. Maaß. Bei diesem abgewiegelt wegen Californien und des Eckermann-Planes. – Brief von Vikko über sein Familienbuch.

P. P. Dienstag den 3. II. 48

Blau, trocken. Maßregeln gegen die Fanatiker in Indien. Man hat den Eindruck, daß der moderne Staat ohne K.Z. Lager nicht auskommt. – Neue Verhaftung G. Eislers. Friedens- u. Freundschaftsvertrag U.S.–Italien, mit sehr sonderbaren, verlogenen Wendungen. – – Am Joseph-Vorwort weiter. Nachmittags viel mit der Kahn diktatweise erledigt. Über Speyers Roman, seine Verdienste, das unglaublich falsche Goethe-Citat. Zum Dinner mit Erika u. K. bei Rimsky's. Etwas unzuträglich, aber freundlich. »Herzog Ernst« in Schwabs Volksbüchern.

P. P. Mittwoch den 4. II. 48

Trockenheit. Mit K. über eine halbgute Kafka-Nachahmung, Manuskript, von X. Lord. Überwirklichkeit ist etwas anderes als Inkorrektheit. – – Beständige Ankündigung von Regenstürmen. – Uncle Sam der Sechste bei den Olympischen Spielen in St. Moritz. Kundgebungen der Unpopularität. Die offene Degradierung Italiens zum Vasallen u. Satelliten. Chock für Frankreich. Die III Party als Spionen-Organisation von Atom-General denunziert. Völlige politische Detaschierung von diesem Lande geboten. – – An der autobiographischen Vorrede. Gegangen Amalfi Drive zu Ende. Zum Lunch Heinrich. Zum Thee Mrs. Nathan und Freundin. Brief an Fiedler. Zum Abendessen Alma Mahler. Elogen über Faustus. Berichte von Wien. Geschichten und Späße.

P. P. Donnerstag den 5. II. 48

Nachts heftiger Regensturm. Weiterer Regen. – An der Vorrede weiter. Nach Westwood zur Bestellung eines neuen Abend-Anzugs, dunkel graublau, rasch gewählt. Den Brief an Fiedler beendet. Apologie des Faustus. Zum Dinner bei Blanche im H. Beverly Wilshire. Gut gespeist. Nachher in ihrem Living Room mit Eddy Knopf und Frau. Über Bob Nathans Charakter. Heinrichs Roman-Manuskript eingereicht. Über die 1 volume-Ausgabe u. das Vorwort. Die Schweizer Faustus-Besprechungen. – Nach unserer Rückkehr Donner und prasselnder Hagelschlag.

P. P. Freitag den 6. II. 48

Dunkel, Regen. – An der Vorrede gegen das Ende. Zum Spaziergang regenfrei. Kalt. Brief an Vikko über seine Erinnerungen u. den Faustus.

P. P. Sonnabend den 7. II. 48

Sonnenschein. Vorm Frühstück draußen. Der Pudel wegen seines Embonpoints auf schmalere Diät gesetzt. – An der Vorrede gegen das Ende. – Zum Alten Haus bei Föhnsonne, die mich angriff. – Melancholisch-bedeutender Brief von Prof. Marcks über den Faustus, gerichtet an eine Freundin. – House warming Party bei Eva Hermann mit Feuchtwangers, Horckheimers, Marcuses, Adornos, Speyer. Mißgeschick mit dem aufsteigenden Wasser, Verzögerungen und hysterischer Ausbruch des auf die Beendigung der Mahlzeit wartenden /Adorno, in dessen Brust das Bewußtsein der musikalischen Teilhaberschaft am Faustus gährt. Etwas unheimlich./ – Letzter Abend Erikas dahier vor ihrem Dahingehen für 7-8 Wochen.

Sonntag den 8. II. 48

Föhnig-sonnig. Zeitig auf. Mit K. u. Erika über die gestrigen Vorkommnisse. Erfuhr, daß Adorno sich schon zu Bibi über seine Teilhaberschaft triebhaft entladen u. entlastet hat. Überlege Maßnahmen zu seiner Beruhigung. – – Ich schrieb die Vorrede zu »Joseph und seine Brüder« zu Ende (16 Seiten) und besserte im Lauf des Tages daran. Um 11 Uhr A.M. Abschiednahme von Erika, die von K. nach Beverly Hills zu einem Taxi gebracht wurde und bis übermorgen zu ihrem ersten Vortrag zu reisen hat. – Ging bis zur Wegkreuzung bei Seewind. Die Schwarzen für 4 Tage beurlaubt. Mittagessen von K. bereitet. Diese nachmittags fort, um Heinrich zu Blanche Knopf zu bringen und von Arlt die Übersetzung der Goethe-Preface, die er beendet, abzuholen. Mehrere Stunden allein mit dem Pudel im Hause. – Brief an Alma Mahler wegen des Medaillon-Komplexes bei Goethe. Danksagungen für Briefe. Rückkehr K. und, nach Anhörung des Konzerts und der Späße J. Benny's, abendliche Vorlesung der Joseph-Vorrede. Neue Aufrührung des Problems der »Betrachtungen«.

P. P. Montag den 9. II. 48

Sonnig. – 15 000 wohlbewaffnete Araber bedrohen in Palestina die Juden, die unter den Augen der elenden U.N. der Vernichtung preisgegeben scheinen. Die Demokratie! Sie hat allein noch in Gestalt des Sozialismus eine moralische Existenz. – – Von Arlt die Übersetzung des Goethe-Aufsatzes und Hartmanns Gregorius, mittelhochdeutsch. – – Umarbeitung, Kürzung des Abschnitts über die »Betrachtungen« im

Joseph-Vorwort. Brief an den jungen Deutschen Sabais begonnen. Mit K. nach Beverly Hills, etwas gegangen und im Wilshire geluncht. /Faustus-Besprechungen im höheren Ton aus Algemeen Handelsblad, Amsterdam, und Stockholm Tidningen./ O. Seidlin (Ohio State Univ.) sendet Analyse eines 15 Zeilen-Satzes aus »T.i.V.« /Vom Faustus »unsagbar ergriffen«./ – Sehr müde vom Föhnwetter. Nachmittags lange geschlafen. Kondolenz-Brief an den verunglückten Knopf, K. vorgesagt. Las »Nation«. Das Kriegs-Blaubuch gegen Rußland. – Brief vom alten Singer.

P. P. Dienstag den 10. II. 48

Gegen-Publikation der Russen über die amerk. Finanzierung Hitlers und die westliche Schuld am II. Kriege. – Beendete den Brief an den jungen Deutschen, schrieb Kürzeres. Papiere geordnet und beseitigt. Ging bei kaltem Sturm vom Lande. Lunch im French Café. Las die berühmte Short Story »Adressat unknown«. Der schwedische Schreiner hing die farbigen Joseph-Stiche im Treppenhaus auf. Neues Brett für das Bücherbort im Schlafzimmer. Sehr kalter Abend. Anruf Erikas aus Texas. Guter Beginn ihrer Tour.

P. P. Mittwoch den 11. II. 48

Blau, windig. – /Gregorius mittelhochdeutsch. Notizen./ Lunch im Hotel Miramar. /Sehr erfreuliche Faustus-Besprechung aus der »Neuen Zeitung«, die erste deutsche./ Zahlreiche Exemplare der Zürcher Ausgabe »Meistererzählungen«. Von Prof. Singer den Anfang des Hartman-Gedichtes in seiner Prosa-Übersetzung. Abschrift der Joseph-Vorrede, korrigiert.

P. P. Donnerstag den 12. II. 48

Blau, windig. – Verwarnung der russischen Komponisten durch die Partei-Centrale, bessere, »realistische« Musik, keine bourgeoise, zu schreiben. Verzweifelte Lage. – – Hartmans Gregorius, Lektüre, Notizen. Gegangen übers Alte Haus. Nachmittags mit K. Mißübersetzungen in der Arlt'schen Fassung des »Goethe« durchgegangen (1½ Stunden). – /R. M. Rilke Urteile über den »T.i.V.« in seinen Briefen an Frau Fischer./ Verwerfung der 2. Hälfte nach Erscheinen in der Rundschau. Die erste meisterlich, die zweite vergossene Tinte. Was soll man denken? Meine Neigung, mich anzuschließen, vielleicht zu groß. Sah er doch vielleicht das noch frische Ding nicht richtig? Wie es in meinem Leben und in der Zeit steht? Ohne das, was nachher kam? 1913! Eben ist das unterdessen fest gewordene wieder in die Schweizer »Meistererzählungen« aufgenommen. Verwirrend, es wieder im weichen Zustand von damals zu sehen. – – Sophokles' Oedipus nebst Kommentar.

P. P. Freitag den 13. II. 48

Alberner Zeitungsbericht über die Ausweisung Hanns Eislers, der, nicht deportiert, mit tschechischem Paß das Land verläßt. Die Behörde wahrt das Gesicht. – – Brief an den alten Singer über seine Übersetzung und den Gregorius. Zu Arlt, längere Besserungsarbeit mit ihm an der Goethe-Vorrede, die nachmittags mit eigenen Korrekturen versah und zur Expedition bereit machte. Brief von Becher, Berlin, wegen Lizenzdruck des Faustus in der russischen Zone. Wahrscheinlich naiv. – Wir hatten zum Abendessen Neumanns und Adornos. Las später die Vorrede zu »J.u.s.Br.« /Mit Adorno über die Absicht, auch über Faustus eines Tages Autobiographisches zu schreiben/, – zu seiner Beruhigung. Neumann sehr angetan von den »Sechzehn Jahren«. K. erinnert seine Trauer, als er mich vor der Operation besucht hatte. Er sagte ein abendliches Vorhaben ab und weinte den ganzen Abend. – Adrian. – Spielten zum Schluß die Wozzek-Platten. Die tonale Stelle, als die Mutter dem Kind eine alte Geschichte erzählt. Echte Adrian-Sphäre. Daß B. Britten mit dieser Musik, die letztes Ergebnis europäischer Hochkultur, überhaupt nicht in einem Atem zu nennen. Über Schönberg, seine Lebensstimmung und den düsteren Winkel der Leopoldsstadt, woher er kommt. Wie seine

Musik von vornherein für den Faustus ins Auge gefaßt war: Beißel, das Magische Quadrat etc.. – Er läßt über das Buch nichts hören. – Guter Rosenstiel-Brief der Herz.

P. P. Sonnabend den 14. II. 48

Sonnig-neblig, kühl. – Beschluß, die Joseph-Vorrede der N. Schweizer Rundschau zu geben. – /Mit Hartmans Gregorius./ Ausgefahren mit K.. Golo zum weekend. Briefe an Becher und Bermann. Die deutschen Texte des »Goethe« und des Joseph-Vortrags an Mermod für den franz. Essayband. – Th. Th. Heine gestorben. – Heinrich zum Abendessen. Seine Abwendung von der Demokratie und Bejahung der Diktatur. Der größte Skandal nach ihm das Geschlossenhalten der Dardanellen u. die amerikanische Beherrschung des Mittelmeers. Gibt die Unannehmlichkeit der Kulturbefuchtelung zögernd zu. – Der Streit, wer Hitler am meisten geholfen hat. – Gedanken über »Vom kommenden Sieg« und die Situation dessen, der mit 40 die demokratische Menschheitsreligion in seinen moralischen Horizont aufnahm. – – Oedipus von Sophokles.

P. P. Sonntag den 15. II. 48

Kühl, sonnig. – Peron von Argentinien über den bevorstehenden Krieg zwischen dem »kapitalistischen und dem kommunistischen Imperialismus«. Sehr objektiv. Das Schlachtfeld und -Opfer Europa. – – Hesse schrieb gestern anläßlich meines Vorworts zum amerik. »Demian« und fügte den Wunsch hinzu, die Ereignisse möchten sich so lange verzögern, bis sie uns nicht mehr erreichen. – – Hartman, Gregor, mit Interesse. – Gegangen bei sehr angenehmem Wetter über das Alte Haus. Mittagessen mit Golo und Klaus Pr. – »Die Geschichte Roms« von Gregorovius. – Abends das Konzert mit Arao, der angenehm Schumann spielte, und wieder die Geschichte Roms. Wiederabfahrt Golos.

P. P. Montag den 16. II. 48

Neblig, mild, Frühling. – Eisenhower über den »despotischen Koloß«, den Rußland nach Absorbierung der Mittelmeerländer darstellen würde, hübsch historisch gesehen, es würde ganz Eurasien, das Persische Reich, das der deutschen Könige und der mongolischen Khane umfassen. – – /Las Hartmans Gregorius zu Ende. Geschichte Roms./ Brief von der Hamburger[.] Faustus-Besprechung von Bab. /Schönberg/ sendet, als einzige Danksagung, wütenden Angriff eines Jüngers. /Brief-Entwurf an ihn./

P. P. Dienstag den 17. II. 48

Übertrieben warm. – /Brief an Schönberg ausgeführt./ K. nahm Abschrift. – Corona de[l] Mare-Spaziergang. – Reihe von Briefdiktaten an Mrs. Kahn. Handschriftlich an Mrs. Meyer, von der plötzlich ein Lebenszeichen kam. Brief von Dr. Anni Carlson mit Grüßen von Prof. Böök. Brief von Vikko über Faustus. Beunruhigt über die Mama-Figur. Entschlüsselungen in München. – Zum Abendessen Schwager und Neffe.

P. P. Mittwoch den 18. II. 48

Kühler. – Studien bei Gregorovius. – Über das Alte Haus. – Viel Post. Beleg von der Tokyoter Zeitung. Befriedigte Bestätigung von Dial Press. Von Elchinger (München) Sonette auf Faustus. Brief vom russenfreundlichen Hermann Lange, Lübeck. – Zum Lunch Prof. Marck aus Chicago mit Frau. Übergabe eines sehr philosophischen Aufsatzes über Faustus. Handschriftliches erledigt. Neumann zum Thee in Sachen der »Brücke«, Verleger-Vereinigung der kleinen Staaten. Entwurf einer Botschaft nach Prag. Roman über den Marsch auf Washington von Weaver. Gelesen. In der Nation pro and con[tra]-Zuschriften über die Third Party.

P. P. Donnerstag den 19. II. 48

Nebeldecke, kühl. – Studien-Exzerpte. – In Westwood wegen Erweiterung des Weihnachtssweaters. – Sehr viel Post zu lesen, englisch und deutsch. Im Gregorovius, der weit über meinen Gegenstand hinaus interessant. Brief und Besprechung des Faustus von Kauz-Fiedler, schnurrig. – Mit Singers in ein Cinéma am Wilshire, effektvoller Theater-Film »Double Life«. Ausgezeichneter Schweizer Alpinisten-Film dazu. (Zermatt.) Nachher Abendessen bei uns. Wurde spät.

P. P. Freitag den 20. II. 48

Nebeldecke. Humane Kündigung des alten Negerpaares und Wieder-Engagement des Felix-Couple. – Truman redet scharf gegen die Republikaner, a bunch of reactionaries. – Studien nach Gregorovius. Gegangen bis zum Sitz an der Straße. Wieder viel Post. Babs Doppel-Artikel über Faustus. Die Sammlung stark angewachsen. Nachmittags 4 handschr. Briefe: an Bab, Bermann, Vikko und Rastede, der mir lang und bewegt über den Roman geschrieben. Dies noch abends. Heftiger Husten durch etwas in die reizbare Luftröhre gelaufenen Speichel. Empirin-Kodein. Sehr langsame Beruhigung. – Herzliches Gefallen am »New Yorker«.

P. P. Sonnabend den 21. II. 48

Sonnig. Not-Verordnungen des Governors in Dingen des Kraftverbrauchs. Keine Aussicht auf Regen. – Kabinetkrise in Prag. Die Kommunisten allein gelassen. – – Den »Begnadeten« neu angefangen. Schwierigkeit mit den Kirchen. Ging übers Alte Haus. Heim mit K. und ihrem Zwilling. Nach Tische Arlts Übersetzung des Joseph-Aufsatzes durchgearbeitet und korrigiert. Eilig nach New York aufgegeben. – Telephon mit Alma Mahler von Schönbergs wegen. Triebsamen er selber. Wünscht Vermerk, daß die 12 Ton-Technik sein Geistesgut. Wie zu machen? Adorno zugleich zu bedenken. Stellte nachmittags Bibliographie auf, eine Menge Hilfsquellen. – Abends etwas

Musik gehört. Was für ein schmuckes Stück die Ouverture zur »Diebischen Elster«.! Die zum »Oberon« zeigt Webers recht unbedankte musik. Entwicklung seit dem Freischütz.

P. P. Sonntag 22. II. 48

Nebel. Gab dem Vattaru den Tokyoter Artikel zu lesen. Benesch lehnt die Demission der anti-kommunistischen Minister ab und besteht auf paritätischem Kabinet. Die russischen Komponisten unterwerfen sich löblich und anerkennen, daß sie anti-demokratische Musik geschrieben haben. Das Partei-Urteil sei streng, aber väterlich. – – Dank-Brief an S. Marck. »Der Erwählte« aufs neue begonnen u. fortgesetzt. Wenig gegangen. Eva Hermann, kränklich, nebst Golo zum Lunch. Geschrieben an O. M. Graf und drei weitere handschr. Dinge. Erwägungen über den Fall Schönberg. Legte abends die alte Platte »Abendlich strahlt« ein und war fast zu Tränen bewegt von dem Gesang der Rheintöchter mit dem »Traulich und treu ist's nur in der Tiefe«. Gebe für diese Stelle allein die ganze Musik Schönbergs, Bergs, Kreneks und Leverkühns dahin. – Schwabs Legenden: »Robert der Teufel«, »Genofeva« etc..

P. P. Montag den 23. II. 48

Sturm vom Lande. K. mittags zu Cooper bestellt. Bombardement von Jerusalem durch die Araber. Schmach der United Nations. – Gedanken über die Gleichgültigkeit der »Kultur« und ihrer Freiheit, wenn es das Ende der einen schamlosen Profitwelt gilt, in deren Mund das Wort Freiheit eine schmutzige Lüge ist. Man wird dafür bereitet, jeden Zwang der Diktatur in Kauf zu nehmen für die Vernichtung dieser Gesellschaft. – – Mit Adorno über die Frage Schönberg zu reden. Anmerkung: »Es scheint nicht überflüssig, ausdrücklich zu bemerken, daß in diesem Roman die musikalische Creation eines zeitgenössischen Komponisten und Theoretikers, nämlich die sogenannte Zwölf Ton- oder Reihentechnik Arnold Schönbergs, einer frei erfundenen Musiker-Persönlichkeit, Adrian Leverkühn, zugeschrieben ist.« – – An der Legende. – Rundweg in der Nähe, da K. beim Zahnarzt. Keine Post, wegen Feiertags. Viel im Gregorovius. Besuch vom Sekretär der One World-Organisation. Beitritt zum Award-Committee. Überbringt Portrait von Unruh, dem ich nachmittags dankte. – K. zahnleidend.

P. P. Dienstag den 24. II. 48

Landwind, Sonne. – Schönberg insistiert durch Alma Mahler. Note an ihn. – Krisis in Prag. Bestehen der Kommunisten auf Alleinherrschaft. – – An der Legende. In Westwood zum Abholen des neuen Anzugs u. Bestellen einer blauen Morgenhose. Viel Post. Tabori wegen Dramatisierung des Zbg.. Warburg schreibt rührend hilflos über den Faustus und schickt Vorbesprechung aus London Times Lit. Supplement. Abrechnung von Suhrkamp. Besitze also in Deutschland z. Z. ca 14 000 Reichsmark. Sind es 2 Dollars oder 5? – Nachmittags Reihe von Diktaten an die Kahn, die mir schwer wurden und mich arg ermüdeten. Zum Abendessen Schwager und Neffe: Über den Fall Schönberg und seine innere Problematik. Adrians Fall ist eine magisierte Intellektualität, deren Symbol das Magische Quadrat ist, und die unfruchtbar wäre ohne das hellisch Feuer unter dem Kessel. Daher Schönberg. – Hörten Musik. Müde.

P. P. Mittwoch, den 25. II. 48

Sonnig, Seewind. Abgang des Negerpaares Richard und Lilli. Frühstück auf der Terrasse. Allgemeine Machtübernahme der Kommunisten [in] Prag. Beneš noch Präsident. – An der Einleitung zur Legende. Abfassung der Schönberg-Notiz. Wenig gegangen. Viel Post. Von Oprecht Exemplare des Masereel-Buches mit der Einleitung datiert aus Noordwijk. Neue Exemplare des »Faustus«. Deutsche Bitten um das Buch, nach dem »Tagesspiegel« das größte seit Wilhelm Meister. Guter Brief eines jungen Deutschen aus Pforzheim. Analyse des Death in Venice aus »Univ. of Kansas City Review«. – Handschriftliche

Korrespondenz. Heinrich zum Abendessen. Schenkte ihm den Masereel. Schwierigkeit des Austausches mit ihm, der im Grunde nichts wissen will. Auf der Hut, ihm meine Interessen aufzudrängen, wozu ich um der Conversation willen doch neige. Spielte das Rheintöchter-Quartett und hatte Beschämung davon. – Eintritt von Felix und Jo.

P. P. Donnerstag den 26. II. 48

Nebel. – In Prag die kommunistische Macht-Übernahme vollendet, die wohl hauptsächlich der faschistischen Slowaken wegen nötig war. Vermutlich auch die studentischen Gegendemonstrationen faschistischen Charakters. Rede Beneš' abgesagt. – An der Einleitung zur Legende, Zögern. Ging Amalfi Drive ganz zu Ende. Dankbarer, ganz um sich selbst bekümmerter Brief Schönbergs, glücklich über meine Konzilianz. Text der Anmerkung an Arlt mit Exemplar des Faustus. Briefe über diesen, deutsch und englisch. – Fand keine Ruhe nachmittags, hatte Thee oben und rasierte mich. Zum Dinner zu Horckheimers mit dem Dieterle-Terzett. Sehr müde. Beim Weggehen unglücklicher Fall über die Stufe zwischen Wohnzimmer u. Vorplatz. Schwerer nervöser Chock, Erblassen u. Schwäche. Der linke Arm von der Schulter aus gelähmt u. schmerzhaft. Zu Hause Telephon mit Wolf, der jungen amerik.-jüdischen Orthopäden sandte. Leichte Fraktur des Schulterknochens. Fixierung des Arms. Sedormit, gegen Morgen wiederholt. Reichlicher Schlaf unter unbeholfenen Umständen, einigen Schmerzen.

P. P. Freitag den 27. II. 48

Neblig bedeckt. Notdürftige Morgentoilette mit K.'s Hilfe. Etwas geschrieben, so gut es ging, an der Legende. Beim Doktor Mendelssohn und mit ihm zum X-ray-Institut. Der Bruch augenscheinlich. Die Aufnahmen sehr ermüdend. Neuer Verband und Schlinge. – Brief von Basler. Gute Aufnahme der »16 Jahre« bei N.S.R.. Citiert den Komponisten Albert Möschinger über den Faustus. Ebenso Hesse. Dankesbrief von O. M. Graf. Brief von Flinker über den Erfolg des Faustus in Paris. Sozialistischer Artikel von W. Widmer über den Roman im Zürcher »Vorwärts«. – »16 Jahre« an die Hamburger Universitätszeitschrift. – Kafka's Tagebücher englisch. – Ruhe im Stuhl. Thee oben. Sehr angegriffen.

P. P. Sonnabend den 28. II. 48

Wechselvolle Nacht. Kodeïn. Neigung zum Schüttelfrost, teils nervös, teils fieberhaft. Bestand morgens auf Nagelkürzung und -Pflege trotz Schmerzen u. Schädigung. – Neblig bedeckt, kühl. Schrieb etwas an der Mönchsgeschichte. Fuhr mittags zum Haarschneiden. Zu Tische Klaus Pr.[.] Nachmittags im Bett. Fieber. Geschlafen. Verließ nicht das Schlafzimmer. Thee und Suppe. Im Stuhl. Nach Einnahme von Empirin große Schläfrigkeit. Die Geschichte von der Schönen Melusine teils sehr komisch, teils zu albern.

P. P. Sonntag den 29. II. 48

Langweilige Nacht, oft wach, zeitweise im Stuhl. Gegen Morgen sehr ungeduldig. Früh keine Temperatur, aber andauerndes Krankheitsgefühl. – In Prag regelrechte Machtergreifung. Russisches Defensiv-Bündnis mit Finnland. – Kurze handschr. Briefe und Ausfertigungen. Mittags kleiner Rundgang mit K.. Temperatur nur wenige Striche zu hoch. Allgemeingefühl besser. Verbrachte Nachmittag und Abend wieder im Schlafzimmer. Viele telephonische Erkundigungen. Las Zeitschriften. Sehr interessante Studie des alten Singer »Dogma und Dichtung des Mittelalters«. – Meldung vom Abscheiden Dean Riebers.

Montag den 1. III. 48

Nahm gestern Abend Bellergal, Empirin und Phanodorm. Schlief 4 Stunden im Bett, dann im Liegestuhl, nachdem K. mir für Evipan neuen Thee bereitet, wie während der Ischias und des Rektalleidens. – Die notdürftige Morgentoilette nach dem Kaffee. Bedecktes, kühles Wetter. Machte vorm Frühstück kleinen Rundgang. Beraubung und Zerstörung eines außen gelassenen Bier-Vorrats durch Bubenhand. Meldung bei der Polizei. – Schrieb etwas am »Geist der Erzählung«. In Pacif. Palisades zum Rasieren. Danach mit K. etwas gegangen. Massenhafte Post, ermüdend zu lesen. Aus Stockholm lange, erregte deutsche Besprechungen des Faustus. Ein[e] von de Mendelssohn will garnicht enden. – Adornos zum Thee. Mit ihm über den Fall Schönberg. Dann über meine Essays. Über Wagner und Goethe. Besuch des Arztes, der den Verband wohl erhalten fand. Will ihn Ende der Woche entfernen. Brief von der Meyer wegen 1848-Vortrag in Washington. Schaudernd abzulehnen. – Keine Temperatur. Die Lektüre der deutschen Artikel nahm den ganzen Abend. – Große Blumensträuße von Elmer Rice und Mrs. Homolka.

P. P. Dienstag den 2. III. 48

Sonnig und frisch. Nachts gewechselt zwischen dem Bett und den Stühlen. Vorm Frühstück größerer Rundweg. – Las aus Schwäche im Faustus. Tat nur ein paar Striche am Mönch. Fuhren zu Cooper wegen Schmerzen im Unterkiefer. Nicht viel gebessert. Lange Verantwortung Bermanns gegen K.. Die tägliche Post jetzt enorm und beschwerlich; noch immer nicht alles von früheren Tagen gelesen. Zum Thee Mrs. Kahn, der längere Reihe von Briefen diktierte. Zum Abendessen Schwager und Neffe. Ersterer interessiert sich dafür, ob Adrian den Rudi vielleicht noch anstecken konnte. Hörten Musik. Menuhin: Partita von Bach, noble ennui.

P. P. Mittwoch den 3. III. 48

Ziemlich schwierige Nacht. ½2 Uhr, Thee u. Schweizer Tabletten. Schlief danach im neuen Stuhl. Morgens Fußbad in Baby-Wanne. Ausgang vorm Frühstück. – Schrieb an der Einleitung zum Gregorius. Transpiration. Ging etwas mit K. in der

Hardt-Gegend. Briefe von Moni und Medi, die vom Faustus »mehr beeindruckt, als von jedem Buch, das sie je gesehen« und mit Recht aufmerksam macht, daß die Apokalipsis anfangs anders heißt. – Korrekturen der »Neuen Studien« aus Stockholm. Brief des Frankfurter Oberbürgermeisters. Veröffentlichung meines Briefes an ihn. Wunsch, ich möchte die deutsche Ausgabe des Faustus anläßlich des Paulskirchenfestes der Stadt Frankfurt widmen. (?) Anruf Erika's von New York. Längerer Austausch mit ihr. Wird vorauss. am 23. wieder hier sein. – Abends Zeitschriften. Selbst rasiert.

P. P. Donnerstag den 4. III. 48

Hell, sonnig, Frühling. Rundgang vorm Frühstück. – Korrektur der »N. St.«[.] Lasse Überschneidungen, Wi[e]derholungen stehen. – In Santa Monica, Kabel der »Neuen Zeitung« geholt, die von ihret- und Preetorius' wegen um das Abdrucksrecht für eine Brief-Passage aus der Korrespondenz mit Kridwiß ersucht. – Lunch im French Café. Zu Hause Lesen der Post. Fuhr nachmittags mit den Korrekturen fort u. schrieb an Dr. Werner, Garmisch. – Wundervoller Kaviar von Erika.

P. P. Freitag den 5. III. 48

Sehr hell und sonnig. Morgens Fußbad und Rasur. Flucht tschechischer Politiker in die deutsche U. S. Zone. – Beendete die Korrekturen u. beschäftigte mich noch etwas mit dem »Geist der Erzählung«. – Nach Santa Monica zur Fußpflege. Viel Post zu lesen. Aufsätze von Süskind und Kahler über Faustus. Jener etwas zu klein und spitzig, aber die Kühnheit betonend. Dieser (für die N. R.) geistig sehr pompös, oft etwas verschwommen, oft stark charakterisierend. – Brief von Feist über seine Dramatisierung. Dazu Klaus, der Prag aufgeben muß, den dortigen Staatsstreich für einen weiteren Schritt zum Kriege hält u. sich sputen will, heimzukommen. – Diktierte Brief an den Oberbürgermeister von Frankfurt, die Widmung ablehnend. Neumanns zum Abendessen. Mit ihnen über den Fall. Gedanke, eine deutsche Ausgabe der »Neuen Studien«, einschl. »Deutschland und die Deutschen« der Stadt Frankfurt zu widmen. – Große Erheiterung über die Schilderung einer jüdischen Beerdigung.

P. P. Sonnabend den 6. III. 48

Hell und sonnig. Lange im Stuhl geschlafen. Vorm Frühstück etwas gegangen. Kaviar. Sehr gelacht über eine Äußerung des alten Shaw gegen Schularbeiten. – Schrieb an der Legende. Mit K. Adelaide Street. Frau Katzenellenbogen zum Lunch abgeholt. Geringe Post. Der Doktor, der zufrieden war, den Schulterverband abnahm, nur Armbinde ließ, Verhaltungsmaßregeln gab. Ängstlicher Zustand nach dieser Neuerung, reizbar und leidend. Schrieb nachmittags an Kahler. Golo mit Arthur. Zum Abendessen Heinrich, der wieder mit dem Deutschland-Gedanken spielt, seine behaglich-eigensinnigen, ungerechten und unwidersprechlichen Reden führte. Sehr müde. – Diktierte den Brief an den Frankf. Bürgermeister neu und einen an Suhrkamp wegen deutscher Ausgabe der N. Studien.

P. P. Sonntag den 7. III. 48

Recht gute Nacht. Morgens bedeckt. Den Arm hängen lassen und bewegt. Rasiert. – Übereinkommen Amerikas, Englands und Frankreichs über West-Deutschland als föderiertes Marshall-Plan-Gebiet und intern. Kontrolle der Ruhr – wo die alten Herren u. Geldgeber Hitlers als Statthalter des amerik. Kapitals wieder eingesetzt werden. – Etwas weiter an der Einleitung zum »Gregorius«. Etwas Oel-Massage und Lampenwärme-Behandlung des Armes. Einige Schritte gegangen und mit der kränklichen Gemme zum Lunch. Sehr müde. Geschlafen. Brief an die Meyer diktiert. Brief von Erika mit Beilagen aus Herald Tribune über den Fall H. Eisler. Erfreuliche, mutige Anklagen. Die Marshall-Plan-Länder verweigern ihm das Durchreise-Visum. – Golo blieb über Nacht, um morgen vor

Tag zu fahren. – Las einen Artikel des Franzosen Duvaldizier über Nietzsche, halbgut.

P. P. Montag den 8. III. 48

Wannenbad im Knieen und in der Badehose mit K.'s Hilfe. – Einleitung zur Legende geschlossen. – Bei schönem Wetter mit K. Corona del Mare. – Viel Post. Knopf sehr angetan von der Vorrede. Endloses Telegramm wegen des Palestina-Skandals, das zu unterzeichnen mich nicht weigern kann, obgleich den Unsinn der partition eingesehen habe. – Thee im Schlafzimmer. Rasiert. Schrieb an Erika. Hatten Dinner Party: Elmer Rice mit Frau, Nathan mit Frau, später, von einer lecture kommend, Rabbi Browne mit seinem Chairman. Man blieb bis gegen ½12, fühlte sich also vermutlich wohl. Rice und Browne über die Nachkriegsreaktion, die das vorige Mal viel schlimmer gewesen sei. Blindheit. Mrs. Nathan rekonstruiert meine Armbinde. Recht froh, als alles weg war. Liste der deutschen Schriftsteller in need Rice übergeben.

P. P. Dienstag den 9. III. 48

Gestern Brief von der Lowe, im Begriff nach U.S. zurückzukehren, mit Übersetzer-Vorwort zum Faustus, das zu entmutigend wirkt. – Vorm Frühstück längerer Rundweg. Dann auf der Terrasse. – Am Anfang des »Grigorß«[.] – Zum office des Arztes. Wärmebehandlung und Massage, ¾ Stunden, durch die nurse. – Post unbedeutend. Las den »Aufbau«. Nachmittags reichliche Diktate an die Kahn: über die Vorbemerkung der Lowe und meine Nachbemerkung an Blanche Knopf. Glückwunsch an Time Magazine (bedenklich). – Handschr. Brief an Prof. Singer–Bern. – Zum Abendessen Schwager und Neffe. Spielten die aus London eingetroffenen Platten von Britten (»Serenade«). Wieder zu hören.

P. P. Mittwoch den 10. III. 48

Morgens Lampenerwärmung des Arms und Massage. Dann Seife- und Schwammbad. Klares Wetter. Im Radio Nachricht, Jan Masaryk hätte mit seiner Frau Selbstmord begangen. Es ist eine »Machtergreifung«. Charakter- und Kraftlosigkeit des Westens an allem schuld. Das Land im Stich gelassen wie 1938. Beneš stirbt in Verzweiflung. – Kriegsbund der europ. Weststaaten unter Führung Englands. – An der Legende. In Santa Monica zur Besorgung neuer brauner Schuhe. Brief von Frido. Nachmittags geschlafen. Dann allerlei Diktate an K.. Danach handschriftl. Briefe an Moni und Frido, dem die Schweizer Auto-Rad-Uhr zum Geschenk schicke. – Buch von Arnold Hahn, naturwissenschaftlich-utopisch. – L. Frank schickt seine »Mathilde« englisch. Hörten das Radio über den Tod Masaryks, der als Mord verdächtigt wird. Wirklich ist der *Sprung* aus dem 2. Stock nicht ganz wahrscheinlich. Sofort kommunistischer Außenminister. Natürlich Ausbeutung des Falles hier. Schaden für Wallace.

P. P. Donnerstag den 11. III. 48

Morgens rasiert. Klares Wetter. Frühstück Terrasse. Die Blätter über Masaryk. Rücktritt tschechischer Konsuln. – Etwas am »Gregorius«. Zur Behandlung beim Arzt. Spätes eigengemachtes Mittagessen. Geringe Post. Sehr komische Faustus-Besprechung aus »Europa«, Basel. Brief einer deutschen Leserin, die [in] einer Zeitschrift das 1. Echo-Kapitel gelesen und entzückt war, die Gedichte aus »Im Flügelkleide« wiederzufinden, mit denen schon ihre Mutter aufgewachsen. Hat noch das Buch. – Thee im Schlafzimmer. Schrieb an die Senderin der Britten-Platten. Zum Abendessen bei Tochs mit Schnabel.

P. P. Freitag den 12. III. 48

Morgens Wärme auf den Arm u. Massage. Bad. Milde Luft, Regen soll bevorstehen. Weiterer Selbstmord in Prag: ein arretierter sozialdemokratischer Führer. – Geschrieben am Grigorß. Mit K. in der Hardtgegend. Brief von Hesse zur Übersendung des Faustus, denkbarst warm. Basler muß ihn vervielfältigen. Er schreibt von einer deutschen Besprechung des »Glasperlenspiels« und des »Faustus« zusammen. Zuckerkandls »Die Musik im ›Faustus‹«, Manuskript. Schön. Manuskript von Hans A. Maier »Die Stellung des F. im Gesamtwerk«, matt. – Lese »Witiko«. – Diktierte Brief an die Mazzucchetti. Der Schwager zu Tische. Abends das Nietzsche-Buch von A. Wirtanen. Gutes Niveau. Telephon mit Erika. Sympathie-Telegramm an Beneš nach Prag, wo Klaus derzeit zu Gast.

P. P. Sonnabend den 13. III. 48

Morgens Arm-Pflege, Maniküre und Rasur. – Viel Flucht über die tschechische Grenze unter Lebensgefahr. Kassierung meines Glückwunsches an Time Magazine. Müßte anders gefaßt sein. – Am Gregorius etwas weiter. Das Schlimme ist, daß nach dem Faustus alles mich fad anmutet. – Ging allein bis zum Boulevard. Aufgeregter Brief der Meyer aus Nassau über den Roman. Schrieb an V. Zuckerkandl. Zum Abendessen Marcuses. Später am Abend Vorlesung der 11 bisher geschriebenen Seiten.

P. P. Sonntag den 14. III. 48

Eintritt von »Sommerzeit«. Die Uhren eine Stunde vor. Annahme des vollen Marshall-Plans im Senat, wozu der Prager Staatsstreich gewiß geholfen. – Gestern Nachmittag Regen. Mehr in Aussicht. – Schrieb tagüber Briefe an Mayer (University of Conn.), Basler und Wirtanen (Finland). Las in Faust-Studien von Enders. Abends »Don Juan« von Strauß, vielleicht sein Bestes, aber viel leeres Gethu. – Neue Berührung mit Gorkis Erinnerungen an Tolstoi. Der große Mann. Das Lustige, Spielerische, Verschlagene, Elbische und Tyrannische. Das Hypertrophieren nicht nur in Deutschland.

P. P. Montag den 15. III. 48
Unruhige Nacht, gequält von Juckübeln. Bibi traf spät abends gestern ein nach seinem Konzert in Beverly Hills. Freude Fridos über meinen Brief, den er selbst vorgelesen. – Die Armpflege zeitraubend. – Versprechen militärischer Hilfe an den Westblock Europas. Die Russen erklären das Kriegsgerede für närrisch. Fast ebenso »der Senator von Ohio«. – Etwas an der Legende. Tagsüber sehr matt. Viel Post, deutsch und englisch, zu lesen. Nachm. geschlafen. Zum Thee Neumann mit dem Verfasser von »One more such Victory« u. seiner Frau. – Lese abends den »Idioten« wieder.

P. P. Dienstag den 16. III. 48
Nacht gestört von Ohr-Jucken. Morgens gebadet und die Unterjacke wieder angelegt. – In England Reinigung der Beamtenschaft von Kommunisten u. Sympathisierern. Truman will vorm Congress erscheinen und militärische Verstärkung fordern. Russen erklären den Krieg für unmöglich. – Etwas weiter am Gregorius. Im Doktor-Office zur Armpflege. Zum Lunch Schwager und Neffe. Viel Post, Exemplare der deutschen Ausgabe. Die üblichen sehr langen deutschen Briefe. Neues Heft von »Commentary« mit recht überheblichem Brief aus Cambridge an den editor über den Nietzsche-Vortrag. Vorsatz, nicht mehr in amerik. Zeitschriften zu veröffentlichen. – Nach dem Thee viele Brief-Diktate an die Kahn, ohne damit sonderlich zu räumen. – Heinrich zum Abendessen. Regen.

P. P. Mittwoch den 17. III. 48
Aussicht auf mehr Regen. Zeitraubende Armpflege. – Rußland meldet weitere Demobilisation, da kein Krieg drohe. Schrieb an der Legende in andauernder, ich weiß nicht wie berechtigter Verstimmung über den unverschämten Brief in »Commentary«. Gerade zur Zeit meine Verwundbarkeit besonders groß. – Schrieb nachmittags an Mrs. Meyer und Kahler. Die Kahn

ordnete den Schrank mit fremdsprachigen Ausgaben und aß mit uns zu Mittag.

P. P. Donnerstag den 18. III. 48

Klarer Morgen. Nachts 3 Stunden im Liegestuhl geschlafen. – Rededuell zwischen Truman und Wallace. – Versuchte einen Brief an »Commentary«, von dem ich im Voraus wußte, daß ich ihn zerreißen würde, was auch geschah. – In Santa Monica, wiederum zum Einkauf von Schuhen. Dann Mahlzeit im French Café. – Wenig Post. Brief von Blanche K. wegen des Vorworts der Lowe und des Falles Gleichen-Rußwurm. Nachmittags diktatweise beantwortet, dazu etwas Handschriftliches. Aber eine bedrückende Menge von Briefen lagert. Wir gingen noch etwas nach dem Thee u. der Armpflege. »Faustus« an Leonhard Frank. Abends einiges in den Briefen des Erasmus, in Deutschland erschienen.

P. P. Freitag den 19. III. 48

Dunkel, regnerisch. Wallace' Radio-Rede gegen die amerk. Außenpolitik, die für Privatinteressen geführt werde. – Immer neue Verführung, gegen den falsch überlegenen Brief in »Commentary« zu polemisieren und wiederkehrender Verzicht darauf. Unzufrieden mit meinem Leiden unter solchen Animositäten und Reue über die Veröffentlichung. Schrieb einige Zeilen an der Legende, für die Stil und Ton eigentlich nicht gefunden ist. Zur Behandlung im Doktors Office. Französische Faustus-Besprechung, die das Buch als verfehltes Werk von Genie darstellt, in »Dernières Nouvelles de Strasbourg«, übersandt vom Verfasser. Dank an diesen. Abendgesellschaft bei uns: Révys, Horckheimers, the bearded philosopher und W. Speyer. Kontroversen über amerikanische Politik.

P. P. Sonnabend den 20. III. 48

Aufgeklärtes Wetter. Der Arm beweglicher trotz Schwächung der Muskulatur. Spät-abendliche Lektüre des »Idioten« sehr anziehend. – Schrieb am Gregorius etwas weiter. Ging allein über das Alte Haus. Empfing den Doktor, der befriedigt meinte, ich sei ahead of schedule. Der Schweizer Componist Möschinger sendet streitenden Briefwechsel mit einem Dr. F. über den von ihm geliebten »Faustus«, – trostlos, die Komik und Hoffnungslosigkeit mittlerer Intelligenz. Sein eigener Brief, ohne Erörterung, viel besser. Zu bedanken. – Einige Brieferledigungen mit K.. Golo zum Wochenende. Über den Rücktritt Amerikas von dem palestinensischen Teilungsbeschluß. Dazu, vor den italienischen Wahlen, plötzlicher Vorschlag, Triest an Italien zurückzugeben. Ingeniös. Verlangen des »Aufbau« nach einer Aeußerung. Dringendes Telegramm des Rabbi Silver. – Telegramm von Suhrkamp in Sachen der Widmung der »Neuen Studien« an Frankfurt. – –

P. P. Sonntag den 21. III. 48

Klares Wetter. Präokkupation mit den politischen Dingen, auch mit der von Bl. Knopf aufgeregten Montage-Frage im Faustus, über die Suhrkamp zu befragen. – Zur Forderung des »Aufbau« beschwörendes Telegramm des Rabbi Silver. Arbeitete vormittags und nachmittags Protest-Kundgebung aus, die um einen zu stark befundenen Abschnitt kürzte. Abschriften. – Abends in Caulaincourts Erinnerungen an Napoleon. Müde, erkältet, heiser.

P. P. Montag den 22. III. 48

Gut geschlafen. Klares Wetter. Widmung der »Neuen Studien« an die Stadt Frankfurt. – Brief an Suhrkamp. Antwort an Möschinger. Mit K. gegangen zum Alten Haus und mit Eva Hermann zurückgefahren. Auch nachmittags etwas an den Schweizer Komponisten weitergeschrieben. Vor 7 nach Beverly Hills zur Dinner-Party bei Alma Werfel und ihrer Tochter, mit Arlts. Dazu der Abbé. Viel Champagner und Benediktiner. Arlt scheinbar beinahe glücklich über Marshalls Rede hier, die eine Kriegsrede gewesen sei. Wahrscheinlich werde es noch vor den Wahlen zum Eklat kommen. Kampf um die Weltherrschaft. Er zeigte sich erfüllt vom Faustus, der Sprache, dem Teufelsgespräch, das er zum dritten Mal liest. Die aufregende Wirkung des Buches. Seine Zusammengehörigkeit mit dem »Stern der Ungeborenen« sowohl wie mit dem »Glasperlenspiel«. Der Erfolg in Amerika hänge von der Übersetzung ab.

P. P. Dienstag den 23. III. 48

Leicht neblig. Machte vorm Frühstück weiteren Rundgang. K. zum Bahnhof. Schrieb den Brief an Möschinger zu Ende. 11 Uhr willkommene Ankunft Erikas. Tagüber viel Austausch mit ihr. Ihre Billigung des Palestina-Statements. Die Schweizer Rundschau mit »Sechzehn Jahre«. Diktate an die Kahn. »Privat und verspätet« an Cohen von »Commentary« über den Brief des Flint. Über japanische Ausgabe von »Das Gesetz«. Klaus Pr. zum Abendessen. Schnupfen und Heiserkeit. Sagte die Armbehandlung ab, machte Übungen und brauchte den Arm recht weitgehend. Nahm Empirin, Bellergal und rote Kapsel u. schlief im Stuhle ein überm Coulaincourt.

P. P. Mittwoch den 24. III. 48

Dunkel, regnerisch. Nach dem Kaffee rasiert unter Gebrauch auch der linken Hand. – An der Legende, geändert. Gegangen und von Erika geholt. Prof. Singer sendet weiteren Teil der Übersetzung mit Namensratschlägen, den schon gewählten Wiligis an erster Stelle. Dankesbrief von Konzett u. Huber, die neue Auflage der »Meistererzählungen« wünschen. – Brief an die Herz. Dinner-Party bei Louis Browne mit fremden Leuten. Mahlzeit im Club. Nachher in der Bibliothek. Unterhaltung mit Mrs. Betje, Bremenser Herkunft.

P. P. Donnerstag den 25. III. 48

Gebadet. Aufgeklartes Wetter. Marshall »erklärt« den Palestina-Beschluß. – Beschäftigung mit der Legende. Außerordentlich matt, verstimmt und gequält. Meine Freude z. Z. die abendliche Lektüre über Napoléon im Schlafzimmer. – Oxford University Nietzsche Society, England, will mich zum Ehrenpräsidenten. Drollige Einladungskarte aus Zürich zu einem Vortrag von Prof. Dr. Konta »über das Monumentalwerk Dr. Faustus« im Zunfthaus zur Waag. – Lunch im Hotel Miramar. Brief an Dr. Feist über die Riemer-Szene, bedenklich. In der Nation über den Farben-Nazi-Prozeß. Die Hinrichtung der elenden halfwits damals wird immer sinnloser. – Erkältet, scheinfiebrig, müde. Empirin. – Wein und Pastete von Feuchtwangers, unbekannt aus welchem Anlaß. Erika heftig erkältet.

P. P. Freitag den 26. III. 48

Neblig-klar und kühl. Morgens Maniküre u. Rasur. Blödsinnige headlines der Zeitungen. Russische Unterseeboote an der Westküste. – Versuche mit der Legende, unbefriedigend. Nach dem Spaziergang früher gegessen und zur X ray-Aufnahme, die guten Fortschritt zeigte. Der Knochen so gut wie geheilt. Übungen vorgeschrieben. – Briefe von Basler, der Meyer und Süskind, der allerlei deutsche Kuriosität schickt. Verlag Suhrkamp übersendet all seine Produktion, darunter sehr anständige Ausgabe von »Lotte«. – Niko gebadet u. geschoren. – Ankunft Golos zu seinem morgigen Geburtstag. – Brief an Bruno Walter. – Abends Matthäus-Passion. – Tags starke Wärme.

P. P. Sonnabend den 27. III. 48

Klares Wetter. Heinrichs und Golos Geburtstag. – Ein Scientist über die höchst unheimlichen Folgen des Atomkrieges. Niemand wird es wagen. Der Krieg nur liederliches Geschwätz. – Die Erzählung, wieder vom Beginn. – Mit K. Corona del Mare. Im Caulaincourt. Nachmittags geschlafen. Geschrieben an Frau Hardt und die Jacobson. Briefe empfangen von Pollitzer und M. George (über die Palestina-Kundgebung). Festliches Abendessen mit Heinrich, Golo, Erika, »Arthur«. Champagner.

P. P. Oster-Sonntag den 28. III. 48

Bedeckt, leicht regnerisch. Frühstück mit Erika. Das Bad fast ohne Hilfe. – An der Geschichte, repetierend. Gegangen über das Alte Haus, von Erika geholt. Schrieb an Reisiger, für seine »Maria Stuart« dankend. Zum Abendessen Schwager und Neffe. Bedienung durch die hübsche u. ernste Mexikanerin. Musik unter Monteux. Das Beste vom Tage: nach dem Auskleiden, im Schlafrock, bei brennender Ofen-Lampe, Lektüre im Stuhl.

P. P. Montag den 29. III. 48

Milde und regnerisch. Niko geplagt u. verwildert durch den Zustand der Nachbarhündin. – Nachts gestört durch den Arm, die Ohren und rheumatisches Unbehagen beim Liegen auf der rechten Seite. Nicht ausgeruht. – Etwas an der Erzählung. Gegangen. Langer kritischer Brief über den »Nietzsche« aus Buenos Aires. Mehreres handschr. abgetan. Abends Gespräch über die Lage des Schwagers. K.'s Befürchtung, er möchte Hand an sich legen. Komplikation durch die depressiven Zustände hierzulande durch Schuld einer miserablen Politik. – Der »Aufbau« mit meiner Palestina Aeußerung. Ausführlicher Brief Freda Kirchweys zur Richtigstellung von Magnes' Klagen. – Neue Lieferung der Übersetzung aus Basel.

P. P. Dienstag den 30. III. 48

Früh mit K. über das Dilemma Erikas, die der offenbar notwendigen Operation moralisch widerstrebt und zu meinem Kummer sichtlich leidet. – Ohne Hilfe gebadet u. angekleidet. – Schrieb etwas weiter am Gregorius. Ging bis zum Alten Haus, geholt vom Neffen. Sturz K.'s auf der Straße, Knieverletzung, gottlob nicht ernster Natur. Nachmittags der Kahn diktiert, hauptsächlich an Magnes, Jerusalem. Danksagung kam von Beneš, mit fester Unterschrift. – Las abends Zeitschriften, hiesige und deutsche, fand, daß das alles mich zugleich langweilt und reizt. Wohler war mir bei Briefen des Erasmus. Dann bei den Memoiren Coulaincourts.

P. P. Mittwoch den 31. III. 48

K. gebessert. Mit ihr wieder über Erika, die nun zur Operation gewillt. – Aid to Spane im Kongreß beschlossen. Hearing Wallace' vor Senat-Kommission. Zutreffende Anklagen. Macht sich anheischig, mit Stalin zur Verständigung zu kommen. – Schrieb am Gregor weiter. Ging bis zum Boulevard. Bekam von Beheim-Schwarzbach, London, seinen Faustus-Aufsatz, geschrieben für »Die Welt« u. bewegte Dankeszeilen. Bekam von Mr. Lord Reproduktion von »L'inconnue«, mit der Frauenhaube, die mir gerade vorschwebte. Schrieb an Süskind. Las abends K. und den Kindern die Anfänge des Gregor vor. Der Eindruck war gut. – Und so ist dieses Buch Papier, das Medi mir in Chicago nach meiner Operation zum Geschenk machte, mit meinen Tagesrechenschaften gefüllt, nachdem es 22 Monate vorgehalten.

Pac. Palisades, Donnerstag den 1. IV. 1948

So nehme ich heute das erste von den schönen in Zürich gekauften Heften in Gebrauch – eines der Wahrzeichen, daß ich dort war. – Ermutigende Nachwirkung der gestrigen Lesung. Vorsatz, den »Ulenspiegel« wieder zur Lektüre heranzuziehen. – Bedecktes, kühles Wetter. Von Blanche Knopf neue Fassung der Translator's Note, dürftig. An Mrs. Lowe eilig zu schreiben. – Ging übers Alte Haus. Lunch im French Café mit gutem Appetit. Handschriftliches nachmittags: an Süskind, Beheim-Schwarzbach. Abends mit Erika die Lieder von Britten. Blake's kranke Rose könnte wohl von Adrian sein. Merkwürdiger Brief einer deutschen Frau, gelesen u. zu lesen gegeben. – In dem Buche »Mimesis« von E. Auerbach, gelehrte Literaturkritik, französisch orientiert. (In Bern.) – Aufhängen der vortrefflichen v. d. Weyden-Reproduktion im Schlafzimmer, Türpfeiler, ein Gewinn. – »Ulenspiegel«.

P. P. Freitag den 2. IV. 48

Regnerisch. – Etwas am Gregorius. – Mit K. etwas gegangen. – Schmerzen in Schulter u. Oberarm. – Erikas Operation auf Donnerstag angesetzt. – Brief-Erledigungen mit K., Diktate und Beseitigungen. – Dr. Angell zum Sherry u. Abendessen. Besprechung des Auswahl-Stoffes für seine T.M.-Anthologie. Frage der Aufnahme von »Ironie und Radikalismus« aus den »Betrachtungen«. Vorhaben Knopfs, den Faustus noch dieses Jahr herauszubringen. – Große Müdigkeit nach der Brief- u. Gesprächsarbeit.

P. P. Sonnabend den 3. IV. 48

Einschlafen auf der linken Seite. Nachts etwas im Stuhl geschlafen. Im Bade zum ersten Mal mich wieder niedergelegt. – Das Haus, republikanisch, beschließt zugleich Steuerkürzung und große Europa-Hilfe. – Russisch-alliierte Reibungen in Berlin mit siegreichem Ausgang für »uns«. – Verweigerung des Passes nach Paris für den Wallace-Mann Isaac. – – Regen die ganze Nacht und weiter. – Am Gregorius. Mit K. etwas gegangen. Brief von Suhrkamp über das Erscheinen der »Neuen Studien« (dieses Jahr) und den »Faustus« (Juli). – Brief an Dr. Langfelder (Buenos Aires) über seinen Nietzsche-Brief. Zum Abendessen Alma Mahler-Werfel mit Tochter.

P. P. Sonntag den 4. IV. 48

Bewölkt, mild. Beim Frühstück mit Erika über ihren gestrigen Abend bei Marcuse mit W. Reinhardt. – Am Gregorius etwas umgeschrieben, etwas neu. Ausfahrt in die Hardt-Gegend. Nachmittags mehrere handschriftl. Briefe nach Palestina und der Schweiz. Abends in einer deutschen Zeitschrift. Musik unter Monteux. Im »Ulenspiegel«. Telephon mit Medi. Verwirrung wegen Erika['s] beschlossener Operation, des Wunsches nach einem Kinde, der allenfalls noch zu erfüllen wäre, wenn man einen Mann im Auge hätte etc.. Halb scherzendes, erwägendes Gespräch. Mitgefühl.

P. P. Montag den 5. IV. 48

Halb bedeckt. Ängstlichkeit in der glitschigen Badewanne. Buch des Historikers Beard gegen Roosevelt. Nachgiebigkeit der Russen in Berlin. Ermordung zahlreicher kommunistischer Führer in Italien. Paradieren »wohl aus geruhter Truppen«. – – Hilfsbilder zum Gregorius. Kaum weiter. Viel Post, wovon einzig ein Brief Fridos mich freute, obgleich auch Dinge über Faustus dabei, doch zu albern. Nachmittags bei Adornos zum Thee mit seinem Stolz[,] der reichen Baronin, die wenig bot. Abends nur gesessen und Musik gehört.

P. P. Dienstag den 6. IV. 48

Blau, sehr windig. Mit der Arbeit kaum vorwärts. Weiter gegangen als seit Tagen. Verdrießlich, empfindlich gegen Preis und Bosheit und des Ganzen müde. Ich gestehe mir wirklichen Lebensüberdruß. – Abends Gäste heute, ohne Tages Arbeit. – Einiges Handschriftliche. Dann also Feuchtwangers, Epsteins, Taboris, W. Reinhardt, Schwager und Neffe zum Dinner. Sehr gute Verpflegung, offenbares Wohlsein der Gäste. Viel über die Politik, Third party etc.[.] Mit Tabori über die Möglichkeit einer Zauberberg-Dramatisierung. Mit Reinhardt über das hiesige Klima, das ein angesehener italienischer Arzt als »nicht für Menschen geeignet« erklärt haben soll. Erheiterung. War zu meiner Überraschung während des Abends recht lebhaft. Mrs. Epstein wollte zum Abschied geküßt sein wegen meiner Sympathie für Wallace. Zögernder Aufbruch der Gäste. Feuchtwangers kindliche Prahlereien. Dabei entschieden wohl unterrichtet. Von Goethes Verliebtheit in Felix Mendelssohn kam er ganz unsinnig auf Nepomuk Schneidewein und stellte ihn ebenso unsinnig mit Hanno Buddenbrook zusammen. – Aufhängen des Dschungl-Bildes von Wiedemann.

P. P. Mittwoch den 7. IV. 48

Neblig, kühl. Nachdenken über das Geschwisterpaar. Zögernd an der Geschichte. Zum Haarschneiden in Westwood. Von Singer-Bauer der Schluß der Übersetzung. Von Brantl das Nietzsche-Portrait von Olden, farbig – allzufarbig. Blödsinnige deutsche Schreibereien. Nachmittags mit Erika über Fragen der Gregorius Arbeit und die Fortsetzung des Krull. E. für diese, doch wäre mein gegenwärtiger Zustand auch ihr nicht günstig. Die Kinder merkwürdiger zu machen, stigmatisierter. – Verabschiedung von E. nach dem Thee; K. bringt sie ins Hospital. Einiges Handschriftliche. Heinrich zum Abendessen. Seine Kündigungsaffaire. Anruf Erikas aus dem Hospital. Kriegerische Reden des jüdischen Arztes. Rückenmarks-Anaesthesie kombiniert mit Narkose. Während K. den Bruder nach Hause brachte, las ich den Schluß der Gregorius-Übersetzung.

P. P. Donnerstag den 8. IV. 48

Neblig bedeckt. – Schrieb an Frl. Dr. Bauer, Bern, zum Dank. Dann Versuche mit der Geschichte. Zur Fußpflege nach Santa Monika. Lunch im Miramar. K. im Hospital bei Erika. Operation befriedigend verlaufen. War nach Aussage der Chirurgen durchaus notwendig. Keine Nachwirkungen der Narkose, aber Schmerzen, zu deren Betäubung starke Dosen notwendig. – Nachmittags Brief-Diktate: An Dial Press wegen Kürzung der Anthologie. An den P.E.N. Club, Amerika, wegen deutscher Schriftsteller. An Suhrkamp, in Sachen »Neue Studien« und »Faustus«. – Schrieb danach an Frido. Erzählte ihm von meinem Geigenspiel auf Stöcken. Sende ihm The Musical Alphabet.

P. P. Freitag den 9. IV. 48

Neblig – klar. Etwas zuversichtlicher wegen der Erzählung. Erika leidliche Nacht. Schmerzen mögen 3 oder 4 Tage dauern. – Etwas weitergeschrieben. Ging über das Alte Haus. Einladung nach Oxford, England[,] für 49 zum Goethe-Vortrag (Taylor Lecture). Ehren-Vorsitz der German Literary Society anstelle Hauptmanns. – Nachmittags einiges Handschriftliche. Von Erika weitere Nachrichten über künstliche Ernährung und

Milderung der Schmerzen. Zum Abendessen Neumanns. Vorlesung der Anfänge des Gregor. Ermutigende Teilnahme N.'s, der die neue Melodie, das sprachlich Schwebende, die neue Eroberung bewundert und meint, ich könnte allenfalls auch ein eigenes Alt-Französisch erfinden. Lebhafter Zuspruch. – In Kafka's Tagebüchern, englisch. Briefe von Mrs. Lowe, Unruh, Secker, Columbia University Magazine und »Commentary«.

P. P. Sonnabend den 10. IV. 48

Regen. Aufruhr in Colombia nach Ermordung eines liberalen Führers. Panamerikanische Konferenz aufgeflogen, nachdem sie schon eine lehrreiche Demonstration tiefen Schweigens gebracht. Allmählich erfahren die V.S. wie es in der Welt um sie steht, als wie widerwärtig ihr Dollar-Imperialismus empfunden wird. – Geschrieben an der Legende. Gegangen bis zum Alten Haus. Brief von Basler: Schweizer Sparbüchlein! – Etwas Handschriftliches. Aufsatz über den Miniatur-Maler Rabe und Goethe. Das unsympathische Portrait. Vor 7 nach Beverly Hills zum Dinner mit Fritzi Massary bei Romanow. Lehres Lokal, gute Küche. Champagner-Cocktail, als Getränk. Sollte darauf bestehen, abends nur Suppe und Dessert zu essen. Reichlich Kaffee. Fritzi sprach sehr liebevoll von Erika. Sehr ablehnend von W. Speyer. Heimfahrt ½10. Thee u. etwas Musik. Telephon mit Erika. Ziemlich lange Lektüre im »Ulenspiegel«. Ergibt dies Dekokt von Freßlust, Patriotismus und Grausamkeit eigentlich ein Meisterwerk?

P. P. Sonntag den 11. IV. 48

Sonnig, weiche Frühlingsluft, zum Regnerischen geneigt. Schlichtung der Unruhen in Columbia. Bomben auf Vorstädte von Jerusalem. Ratschläge für den Fall eines Atom-Bomben Angriffs. In den Zeitungen jedes Wort verlogen, sodaß es gar keinen Sinn hat, hineinzusehen. Kaum eine Information über die nackten Tatsachen ist möglich. – Klar ist, daß die Russen versuchen, die Alliierten aus Berlin herauszumanövrieren. –

Schrieb weiter an den »Kindern«. Die Ideen des Ganzen sind: humoristische Absolutheit der Sprache und humoristische Gnadenerwählung. – Ging zum Alten Haus bei starkem Wind. Nachmittags einiges Handschriftliche. K. wiederholt bei Erika, die recht guter Dinge. Deutsche Zeitschrift »Silberboot«, aesthetisch. Briefe Hofmannsthals an R. A. Schröder. Dieser soll zu meinem 60. Geburtstag eine Lanze für mich gebrochen haben. – Musik unter Monteux abends und Jack Benney.

P. P. Montag den 12. IV. 48

Sonnig. Wahlspannung und -Kämpfe in Italien. Die Kirche mit Volldampf im politischen Streit. Duell zwischen den beiden Glauben. In Colombia Verhaftung eines »russischen Spions«, der die Unruhen angezettelt haben soll. – – Schrieb etwas weiter. – Mit K. Corona de[l] Mare. – Geringe Post. – Nachmittags längerer Besuch bei Erika im Hospital. – L. Lewison schreibt gekränkt über die Judentypen im »Faustus«. Margot Klausner über das Unwesen in Palestina. – Alt-französische Anmerkungen.

P. P. Dienstag den 13. IV. 48

Nahm gestern Abend den »Idioten« wieder auf. – Klares Wetter. – Die widerliche Komödie von Colombia. Verhaftung von ausländischen Agenten, »z. T. lebendig«, darunter 2 Russen. Darauf Abbruch der Beziehungen mit Rußland. Marshall besteht auf Fortsetzung der Konferenz, die vom Weltkommunismus verhindert werden sollte. – Etwas weiter geschrieben. Bis zur Wegkreuzung gegangen. Freundschaft mit dem Colly Bobby unterwegs. – Geringe Post. Über Erika Gutes. Brief an Singer wegen altfranzösischer Brocken. An Prof. Speyer über seine Goethe-Raabe-Arbeit. Buch über die Verbrechen der deutschen Ärzte. Die Korrektheit und Höflichkeit der Verhandlung, die zum Todesurteil führen soll. – Schwager u. Neffe zum Abendessen. Arbeit des Letzteren an der Organisation der Platten. Hörte die Geschwisterszene I. Akt Walküre. Der Inzest mit Frühlingspoesie, geht nicht mehr.

P. P. Mittwoch den 14. IV. 48

Sehr warm. Regen in Aussicht. Wiederaufleben des Schießens in Bogota gegen die Fortsetzung der Konferenz. Riesenbewilligungen des Kongreß für ungeheuere Luftflotte, da Rußland die ungeheuerste baue und die Entscheidung in der Luft suche. Rußland dementiert verächtlich seine Beteiligung an den Unruhen in Colombia, findet aber wie gewöhnlich die rechten Worte nicht. – – Weitergeschrieben. Gegangen bis zum Sitz an der Straße bei Sommerwärme und Seewind. Brief von Lion über Faustus, der, immerhin, mein bestes Buch. Nachmittags eine Stunde bei Erika im Hospital, das sie schon Freitag verläßt. Hefte von »Ost und West«, russisch-allzurussisch. Aber das aesthetische Bildungsgetu der Westlichen ist auch dégoûtant. Der Amsterdamer »Centaur« mit meinem Hesse-Artikel. – Sehr müde von der Wärme.

P. P. Donnerstag den 15. IV. 48

Leicht bedeckt u. warm. Schon wieder die Mitte des Monats erreicht. Aber ich dringe nun wenigstens vorwärts mit einer Arbeit, die Neuigkeiten verspricht, und mir ist wohler, als viele Wochen lang. »Lebe frisch in neuen Dingen!« »Vertreibe Eulen und Fledermäuse!« – – Gestern auch sehr erheiternder Brief des alten Singer: ». . . die Weltereignisse, in die Sie so machtvoll eingegriffen haben. Wir alle waren Ihnen so dankbar dafür und stehen nun ratlos und verzweifelt vor den Ergebnissen«! Verwechselt mich mit Roosevelt. Und vergißt, wie so viele, daß besser als der Sieg Hitlers das Gegenwärtige immer noch ist. – – Um- und weiter geschrieben. Nach Westwood zu kurzer Behandlung der Ohren. Lunch in einem Boulevard-Restaurant. Vor 7 wieder nach Westwood ins Cinéma: »Gentleman's Agreement«, peinliche Angelegenheit. – Bibi sendet Artikel von Schuh über Olivier Messiaens, worin Leverkühns

Apocalipsis zum erläuternden Vergleich herangezogen wird. – Brief von Frido.

P. P. Freitag den 16. IV. 48

Seit gestern Hitzewelle. Leichteste Kleidung. – Grauenhafte amtliche Reden vorm Congreß über die Vorgänge in Colombia und die Bedrohung dieses Landes selbst. Die Verlogenheit wird abgründiger, die Neigung alles Recht über Bord zu werfen, stärker, der Mord steht vor der Tür. Wallace mag sich hüten. Wir alle mögen uns hüten. – – Etwas am »Erwählten«. Gegangen zum Alten Haus. Erika zurück. Kaffee und Thee bei ihr. Mitteilung von Briefen. Bilder vom zerstörten Lübeck, namentlich Mengstraße. Rührender abstrakter und ergebener Brief von Fritz Strich über seine englische Vortragsreise mit dem Thema »Überwindung der Romantik«. Brief von Frau Fritz Busch, mit der Met hier. – »Tristan und Isolde« von Herz übersetzt. Gedichte »Tausendjähriger Rosenstrauch«. Gedichte des XI. und XII. Jahrhunderts, aus oberstem Fach meiner Bibliothek. – Hörte abends parodistisches Divertissement eines franz. Componisten, sehr amüsant. – Dr. Wolf bei Erika wegen beliebter Tablettchen.

P. P. Sonnabend den 17. IV. 48

Nachts nur leicht zugedeckt. Hitze etwas gemindert. – Schrieb weiter. Mittags mit K. und Klaus Pr. auf der Promenade, die zu besuchen eine Reise wert. Rasen und Seewind. Sendung von Fiedler an Golo, absichtlich unerfreulich? Kleine Zeitschrift von Humm, mit vorwurfsvollem Artikel eines Schönbergianers. Erika zum Mittagessen unten. Thee bei ihr. Zum Abendessen Heinrich, dessen Gedanken durch den drohenden Verlust seiner Wohnung wieder stärker auf Deutschland gelenkt sind. Hörten Stücke aus »Orpheus« und »Louise«.

P. P. Sonntag den 18. IV. 48

Abkühlung. Heute die italienischen Wahlen unter gewaltigem Militär-Aufgebot und großer Aufregung. – Viel zu weitgehende Bemühungen um eine Erwiderung an Humm in Zürich. Kindisch und immer wiederkehrend. – Erika zu den Mahlzeiten unten. Ich ging nur bis zum Boulevard. Hörten bei Tische Teile der New Yorker Missa unter Walter, den wir abends telephonisch beglückwünschten. Monteux-Konzert, mäßig. Nachrichten über die italienischen Wahlen aus Städten dort. Offene Erklärung des Columbia-Berichterstatters, daß ohne die Beeinflussung von außen mit allen Mitteln, also bei freien Wahlen, die Kommunisten einen klaren Sieg davongetragen hätten. – Gumperts kleiner Roman, gut beginnend, dann zerflatternd, überhaupt zu wenig, aber anziehend und imponierend durch das Aerztlich-Berufliche.

P. P. Montag den 19. IV. 48

Knappe und befriedigende Fassung des Briefes an Humm. Danach 3 Briefe über Bücher von Kafka, Guérard und Wallace. Gegangen und mit K. nach dem oberen P. P. gefahren. Große Brief-Flut: von Matthias, Frl. Dr. Bauer, Trebitsch, Preetorius, Maaß, J. Lesser, Faesi u. a., meist vom »Faustus« handelnd. Dazu von der Lowe neue Fassung ihrer Translator's Note. Nachmittags einige Diktate an K.. Nicht wohl, Magenverstimmung, Kopfschwäche und Müdigkeit. Las in Gumperts kleinem Roman.

P. P. Dienstag den 20. IV. 48

Nebel, kühl. In Italien Sieg der Rechten 2:1, was alles Mögliche ist. Die Beteiligung umfaßte die Bettlägerigen, da die Kirche selbst die Enthaltung als Todsünde erklärt hatte. Es hat nie dergleichen gegeben. – Geschrieben an der Neuigkeit. Gegangen bis zum Sitz an der Straße. Dort allerliebster junger Pudel und d^{to} Dachshund. Zum Lunch Schwager, Neffe und der Dirigent Stidry, der viel plauderte, von Rußland, Stalin etc. erzählte und lange blieb. Schrieb nach dem Thee an Faesi. Dinner-Party bei Eppsteins, Singers, writers, movie people. Schrecklich ermüdend. Offenbar wimmelt es hier von Romanen u. Filmen, die den Pakt mit dem Teufel behandeln. Gingen nach 11 und waren noch bei Erika.

P. P. Mittwoch den 21. IV. 48

Nebel, Kühlung. Attentat auf den Autom. Arbeiter-Führer Reuther in Detroit, wie angedeutet von kommunistischer Seite. Gasparri über die »politische Reife«, die das italienische Volk gezeigt! Ausschluß der Kommunisten (oder der Linken überhaupt?) aus der Regierung. Andauernd stärkste Vorkehrungen gegen Unreifheit. – An der Neuigkeit. Gegangen über das Alte Haus. Freundschaft mit dem Colly von Amalfi Drive. Zum Lunch Fritz Busch und Frau. Lebhaft gesprochen, Wagner, Faustus. Geringe Post. Schlief etwas und diktierte der Kahn. Schrieb danach noch selbst. Las abends das Büchlein von Gumpert zu Ende. Hübsch, hübsch. Lieder aus der Winterreise, höchst merkwürdig, bitter, verzweifelt und sehnsüchtig ohne Glaubwürdigkeit.

P. P. Donnerstag den 22. IV. 48

Morgens Regen. Müde, nicht ausgeschlafen. Erika beim Frühstück. 100 000 Dollars für Arretierung des Reuther-Attentäters. 40 Milliarden für Defence. – – An der Neuigkeit um- und weitergeschrieben. In Westwood auf der Bank. Lunch zu Hause ohne Bedienung. Hochgestimmter Faustus-Artikel aus Svenska Dagbladet. Lange Abhandlung über die »Divina Comedia des 20. Jahrhunderts« von Hanns Fischer. – Schrieb an Maaß und Matthias. Hörte abends mit Entzücken die Schlußszene des »Rheingold«.

P. P. Freitag den 23. IV. 48

Die zionistische Miliz überrumpelt Haifa. Kapitulation der Araber, die von einem Stalingrad sprechen, aber vielleicht 75

Mann verloren haben. – Blau, kalter Landwind. – Langsam weitergeschrieben. Gegangen über das Alte Haus. Geringe Post. Artikel über Faustus und Neiders »Stature« aus »Manchester Guardian«. – Kleine Antworten vom alten Singer. Neue Fragen gestellt. Ein paar handschr. Dinge. Zum Abendessen Neumanns vor ihrer Reise nach dem Osten. – Zum Thee waren Mrs. Kapelle und ihr Gatte da, ein Enthusiast.

P. P. Sonnabend den 24. IV. 48

Klares Wetter. Morgens auf dem Balkon. Frühstück auf der Terrasse. – Bildbericht über die Aufnahme der Prinzessin Elizabeth u. ihres Mannes in den Order of the Ganter. Die Geschichte von Edward III. und seiner Geliebten, seinem Ruf beim Anlegen ihres Strumpfbandes. Hübsch. – Weitergeschrieben. Gegangen. Minimale Post. Der Schwager zu Mittag nebst Golo zum week end. Geschrieben an Preetorius. Zum Abendessen auch Heinrich, dazu der kleine Bartok, Arthur. Betrachteten Bilder von Lübeck. Arthur fuhr Heinrich. Wir hörten noch einige Musik.

P. P. Sonntag den 25. IV. 48

Blaues Wetter. Frühstück auf der Terrasse. Abzug der Engländer aus Palestina. Die Juden eroberungslustig. – Weiter geschrieben. – Mit K. Corona del Mare. Briefe an Preetorius und Hanns Fischer, dem Faustus-Besprecher. Studiert in »Deutsche Gedichte des XI. u. XII. Jahrhunderts[«]. Abends Champagner mit Golo und Erika. Schlecht dirigierte Musik aus Seattle. Gelacht über Jack Benney u. die Seinen, aber sehr müde.

P. P. Montag den 26. IV. 48

Morgens Nebel. Golo früh weg. Sonne. Schrieb weiter. Mit K. auf der Promenade. Enorme Post, von der das Meiste beseitigt werden konnte. Brief der Frau Eulenberg, erregte Schilderung der Rolle[,] die »Faustus« dort spielt. Vikko schickt Besprechung aus einem Salzburger Blatt, schreibt angenehm, soll aus seinem Buch in der Schweiz lesen. Brief von Antiquar Rosenthal wegen Versteigerung eines Haupt-Manuskripts in der Schweiz. Faustus? – Lunch im Fisch-Restaurant auf dem Steg. Nachmittags Handschriftliches. Deutsche Blätter der russischen Zone, öde und verlogen. Im »Aufbau« über den Prager Staatsstreich, der durch plumpe Fehler der »National-Sozialisten« über des armen Beneš Kopf hinweg herbeigeführt.

P. P. Dienstag den 27. IV. 48

Schrieb weiter. Ging bis zur Wegkreuzung. Viel Post. Religiöser Aufsatz über Faustus aus Palestina, bestimmt[,] auf hebräisch zu erscheinen. Lange deutsche Briefe. Beseitigte möglichst viel. Brief von der Fürstin, die nach Beendigung des Faustus an die Gesamtkatastrophe glaubt, zu der diejenige Deutschlands nur das Vorspiel gewesen. – Nachmittags Diktate an die Kahn. Abschluß des Briefes an Strich. Zum Abendessen Schwager und Neffe. Neuordnung des Plattenschatzes beendet. – Merkwürdiger englisch-deutscher Brief von E. Meißner in Gordonstoun, England, über Faustus, nebst einem Gedichtbuch und der Photographie einer Malerei: Gott und seine Idee des Adam, sanfter Jüngling.

P. P. Mittwoch den 28. IV. 48

Nebel, dunkel. – Schrieb weiter. (Schwertleite.) Mit K. in der Nähe gegangen. Geringe Post. Die Gedichte des Meißner recht merkwürdig. Brief an einen Sprachpuristen in Deutschland. – Ein verhungertes Hündchen zugelaufen. Zum Thee die Gemme mit ihrer minderen Schwester. Abends sehr schläfrig vom Regenwetter. – Bei Erika wirkt eine Kokken-Infektion der Rekonvaleszenz entgegen. Sorge auch wegen des zu schmalen Gesichtes von K.. Der Neffe in die Army aufgenommen, von der er die Rückkehr nach Japan erhofft.

P. P. Donnerstag den 29. IV. 48

Aufgehelltes Wetter. Englische Tanks stoppen den jüdischen Vormarsch auf Jaffa. Die Araber immer panic stricken. Russische Kompromiß-Vorschläge für die Überlassung Berlins. Lend lease zur Bewaffnung des nicht-kommunistischen Europa erwogen. – – Schrieb weiter gegen das Ende des 2. Kapitels. Lunch im Miramar. Zum Thee Schwager u. Neffe, der sich verabschiedete. Dorothy Thompson plädiert für ein Militärbündnis mit Rußland, das dafür seine Randstaaten für den Marshallplan freigeben soll. Hübsch. – Schrieb an die Fürstin mit gelegentlichem Durchbruch meiner Meinung.

P. P. Freitag den 30. IV. 48

Noch klar, zur Verdunkelung geneigt. Betroffen, weil schon wieder ein Monat dahin. Doch freut mich der Eintritt »meiner« Jahreszeit mit blumenbunten Gärten und Vogelrufen. – – Schloß das 2. Kapitel, »die Kinder«, ab. – Telegramm des Bischofs von Utah, Initiative gegen das Unamerican Committee. Angelegentliche Zusage. – Das Zürcher Ehrenbuch für W. de Boer. – Brief von Appelbaum über Faustus. – Ging Amalfi Drive ganz hinunter. 6 Uhr zum Empfang bei Zifferens gegenüber, Ordensüberreichung durch den chilenischen Generalkonsul. Vorwiegend jüd. amerik. Publikum. »Verehrer«. Photographen. – Schrieb an den Dichter-Mahler Meißner in England. Abends in W. Herz' Kommentaren zu »Tristan u. Isot«.

P. P. Sonnabend den 1. V. 48

Gerührt durch das Datum. Klares Wetter. In Palestina die Juden offensiv. In London Generalstabsberatungen der Western Union. Mit Erika: Rußland nicht reif für die Schutzherrschaft Europas. Amerika auch nicht. Aber ein gemäßigter Faschismus erträglicher für den Westen als der kommunistische Byzantinismus. Dieser schon in der Tschechoslowakei kaum möglich, geschweige in Frankreich. Trotzdem Schadenfreude, wenn heute überall kommunistische Unruhen aufflammten zur Lehre für uns hier. – – Verbesserungen und Notizen. Den dritten Abschnitt begonnen. Mit K. in Pacif. Palisades. Nachmittags rasiert u. Handschriftliches erledigt. Zum Abendessen Dieterles, bis 11 Uhr.

P. P. Sonntag den 2. V. 48

Frühstück mit dem Schwager, der übernachtete, auf der Terrasse. Ermordung des griechischen Justizministers. – Schrieb weiter am 3. Kapitel. Ging bis zum Boulevard, wo ich am Randstein saß. Zu Tische Bekannte Erikas, aus Rio, die eine nurse, nebst dem Schwager. Nachmittags Brieferledigungen mit K.. – In W. Herz' Kommentaren. Döblin, im Goldnen Thor mag nicht richtigstellen, daß die viel zitierten Goethe-Worte von mir. Erika beabsichtigt, ihm herzlich zu schreiben. – In dem Nietzsche-Buch von Flake. Ergebnislos, aber richtig im Urteil, meistens. – Erheiterung über die Jack Benney-Show.

P. P. Montag den 3. V. 48

Klares Wetter. Auf der Terrasse. Schrieb weiter an den »Schlimmen Kindern«. Ging über das Alte Haus. Sehr viel Post. Brief der Mazzucchetti mit italienischen Artikeln. Deutsche akademische Abhandlung über den Zbg. und seine Komposition. Sehr komischer Brief Erikas an Döblin, nach Tisch verlesen. Nachmittags Handschriftliches nach Palestina – wohin der Postverkehr gesperrt ist. Golo kam für diesen Tag. Abends Vorlesung des Kapitels »Die Kinder«. Erheiterung und Verwunderung. Bin recht glücklich, daß der leidende Zustand zwischen den Werken überwunden ist und ich Lust an etwas Neuem, wieder Neuem und Neugier Erweckendem gefunden habe. – Starke Erwärmung des Wetters.

P. P. Dienstag den 4. V. 48

Leichte Erfrischung der Luft gegen gestern. Die Engländer bringen Truppen nach Palestina – in unserem Auftrag natürlich. Pessimistischer Bericht des Engländers Laski über seine amerikanischen Eindrücke. Unsicherheit des ganzen sozialen Systems. – – Unruhig geschlafen, das Lager gewechselt, müde, nur wenig weitergeschrieben. – Zum Haarschneiden in Westwood. Komischer Brief von Preetorius über die vielen Anreden als Kridwiß und Furtwänglers Lob, das recht untreffend ist. Nachmittags die Kahn in K.'s Zimmer tätig. Zum Thee W. Speyer wegen Empfehlung an Guggenheim. Über Golos »Gentz«. Über das nuancierte Reaktionäre. Freundschaft mit Heine. – Diktate an die K.. Zimmer »The King and the Corps«; Abneigung, mich darein zu vertiefen u. darüber zu schreiben. – Zum Abendessen Heinrich, der deprimiert und zornig über die Wohnungsfrage, Landshoff etc.. Neue Versuchung, nach Deutschland zu gehen. Erkundigung meinerseits nach seinen Arbeiten. Beneš geht es besser. Er hat sich angepaßt u. ist ja Präsident. Mehr als »Unterschriften hat man ja nie von ihm verlangt.« Meine Gehemmtheit im Sprechen. – Erika spielte mir nachher einige Tristan-Platten aus dem I. Akt. Ungeheuere Akzente. Das Nachrufen der Trompete von »hei, unser Held Tristan«, als Brangäne wieder nach vorn kommt. Das Benehmen Kurwenals übrigens höfisch unmöglich. –

P. P. Mittwoch den 5. V. 48

Sommerlich. Dummer Brief von Perl wegen eines Kommentars zu Faustus, den Knopf zu finanzieren bereit sein soll. Unsympathisch und zu verhindern. – – Am Kapitel weiter. Gegangen bis zum Alten Haus. Die Post gering, aber langes Telegramm des demokratischen Griechenland verlangt Reaktion. Prof. Marck reicht seine umfängliche Arbeit ein. Las darin. Diktierte K. Briefe an Guggenheim (Speyer), Knopf und Perl. Komischer Brief Monis über den Fehlschlag ihrer diplomatischen Schritte bei Neider. Dieser erwähnt Angriffe auf seine Sammlung über mich, nicht zu meiner Überraschung. – Zum Abendessen bei Taboris hoch über Hollywood. Kleine ungarisch-schwedische-englische Gesellschaft, Salka Viertel. Lange Sitzerei vorm Dinner. Später Aufbruch [?] gegen Vorsatz. Zu Hause mit Erika, einige Musik. Ausprobieren einer neuen Dauernadel für 5 Dollars. Spät zu Bette.

P. P. Donnerstag den 6. V. 48
Neblig. Zu früh erwacht. Unausgeschlafen. – An den »Schlimmen Kindern«. Zur Fußpflege nach Santa Monica. Lunch im French Café. Lektüre von Marcks Manuskript. Beanstandungen. Guter Artikel von Chester Bowls in Times Magazine über Amerika u. den Kommunismus. Klug und anständig, im Kontrast zu der banalen Gesunkenheit der Dorothy Thompson, die das gewöhnliche Hetz-Niveau hält. (Über Wallace' Buch.) – »Faustus« an den Maler Wiedemann und an Preetorius. Schrieb an diesen.

P. P. Freitag den 7. V. 48
Nebel, kühl. An der Liebesszene. Gegangen über das Alte Haus. Bobby. Zum Lunch Prof. Marck und Frau u. Frau Horckheimer. Mit Marck des Längeren im Studio über seine Arbeit. Die »Betrachtungen«. Adrian eine objektive Figur? – Es kamen Bücher. Las in »Music and Literature« von Brown. – Zum Thee der Antiquar Rosenthal mit Sekretärin in Sachen der Zürcher Mt.-Versteigerung. Hervorsuchen von Items, Deliberationen. Anstrengender Tag. Abends etwas Tristan gehört, dann, sehr schön, die Pastorale, vortreffliches Werk.

P. P. Sonnabend den 8. V. 48
Wind vom Lande. K. mit Heinrich in der ihn furchtbar präokkupierenden Wohnungssache beim Rechtsanwalt. – Am Kapitel. – Gegangen zur Wegkreuzung. Der Schwager zum Lunch. Geschlafen. Brief an Dr. Feist. Abends in Gesellschaft bei dem sympathischen Dr. Goldblatt und seiner etwas närrischen Frau. Atomic scientists. Bei Zeiten aufgebrochen, aber zuviel Kaffee getrunken. 2 rote Kapseln.

P. P. Sonntag den 9. V. 48

Ziemlich klar. Spaziergang vorm Frühstück. Annonce von provokanter Luxus-Versteigerung in Hollywood, nur weil die Leute sich in »anderem Stil« einzurichten wünschen. Mit Bild des stars. Können es ruhig tun, ohne Empörung zu erregen. – Dorothy Thompson: »The third party (which is communist)«. – – Beendete das Kapitel »Die schlimmen Kinder«. Ging über das Alte Haus, von Erika geholt. Innere Versuche mit einer autobiogr. Bekenntnisschrift über die Entstehung des »Faustus«. Notwendigkeit derselben. Kritik und Analyse meiner Stellung in der Welt. – Privates Mittagessen, Lektüre, Schlaf und handschr. Erledigungen. Erika berichtet die mitgebrachte Geschichte des Holländers, von der Frau, die ihren Mann durch Bestechung eines Gestapo-Beamten rettete und jetzt verurteilt wurde, das Geld weiter zu erzahlen. Marshall-plan-Land. – – Abends amüsiert von Jack Benney.

P. P. Montag den 10. V. 48

Klares Wetter. Geburtstagsglückwunsch an Ilse Dernburg. Das V. Kapitel begonnen. Mit K. bei heiterem Frühlingswetter Corona del Mare. Bunte Gärten. Viel Post, ohne zu große Verpflichtungen. Deutsche Äußerungen, die beweisen, daß, was bei uns vorgeht, sich sehr herumgesprochen hat. Vom Vetter Siegmund photographierter Artikel über Buddenbrooks mit Bild des Eßsaals in der Mengstraße und einem Schülerbild von mir im Mantel. – Mit Erika u. K. im »Majestic«, Santa Monica, Film »Lost Horizon«, aufregend u. etwas unverantwortlich, nach englischem Roman, gut gespielt. – Angenehme Abendmahlzeit, zu Hause. In Heften der neuen »Weltbühne«, kommunistisch. Über Heinrichs »Besichtigung«.

P. P. Dienstag den 11. V. 48

Klar, kühl. Note des State Department an Rußland[,] die den ersten Schritt zu bedeuten scheint zu der Forderung, die Balkanländer durch »freie Wahlen« aufzugeben, gemäß den Versprechungen, die man im Haag den Emigranten dieser Länder gemacht. Wann hat man uns je so getröstet? – – Weiter an »Herr Eisengrein«. – Gegangen zum Alten Haus. Sehr schöne Tage. Sonderdrucke der Introduktion zu »Joseph and his Brothers«. Film-Exposé vom Agenten M. überbracht. Groteske Notiz im »Aufbau« über Vikkos Buch. Schrieb an ihn und an L. Mazzucchetti, mit Erkundigung nach Humms italienischem Meisterwerk. – Der amerikanisch-russische Notenwechsel, gegenseitige Versicherung, daß man bei seiner Politik bleiben werde. D. h. Fortsetzung des Cold war. – Zum Abendessen der Schwager. Brief von seinem Sohn, dem Soldaten. Briefe an E. Rice und Huebsch in Sachen der Unterstützung deutscher Schriftsteller. – Nachricht, daß Medi an den Masern erkrankt.

P. P. Mittwoch den 12. V. 48

Neuer frischer Sonnentag. – K. mit Erika zum Hospital, wo weiterer operativer Eingriff vorzunehmen. – Die amerik.-russische Sensation grotesk, verlogen und sinnlos. Berichterstattung voll dreister Widersprüche. – – Ging vorm Frühstück, bei dem allein war. – Gedanken an das autobiogr. Fragment. – – Weiter am Kapitel. Gegangen. Wenig Post. Gedanken an eine Rede beim Wallace-Dinner. 2 handschriftl. Briefe über Bücher. – Der Pudel geschoren und sehr niedlich. – Das Radio in Reparatur. – Erika schon zum Mittagessen von der Nach-Operation zurück, noch schläfrig u. angegriffen, im Schlaf gestört von Juckleiden. Medi noch fiebernd mit Masern im Bette.

P. P. Donnerstag den 13. V. 48

Bläue. – Zurückweisung des russischen »bid« um bilaterale Verhandlung. Russischer Einmarsch in nah-östliche Länder »befürchtet«. – Prozeß der russischen Komponisten gegen The iron Curtain, wahrscheinlich vergeblich. – – Schrieb englisch Eventualrede fürs Wallace-Dinner. Lunch im Miramar. Deutsche Schrift über den Zbg. von einer Johanna Graefe. Las sie abends mit Auslassungen. Ohne daß ein lobendes Wort fällt, wird klar, daß es ein großes Buch ist. – Nachmittags zahlreiche Diktate an die Kahn. Danach die Bereitschaftsrede fertig gemacht. Kamen Bücher von Feuchtwanger und Jackson.

P. P. Freitag den 14. V. 48

Andauer des glänzenden Frühlingswetters. – Vergaß den gestrigen Besuch (12 Uhr bis 1) der Verleger Guggenheim und Korfitzen, dieser vom »Neuen Verlag« in Stockholm, zu notieren. Über W. Speyer, Bermann u. dergl. – – Am Kapitel weiter. Gegangen zur Wegkreuzung. Sehr viel Post mit Nachschub von Briefen nachmittags.

Das große Packet mit Exemplaren der einbändigen Ausgabe von Joseph and his Brothers, prächtiger Band. Finnische Ausgabe von »Joseph in Aegypten«. Briefe und Manuskript von Vikko. Sehr drollige Anfrage aus England, ob Faustus mein letztes Buch sei. – Einiges Handschriftliche. Heinrich zum Abendessen. Selbstsichere Reden, die mir nicht alle gefielen. – Verfehlte Reparatur des Grammophons, verstimmend. – Brief von Reisiger, noch ohne Kenntnis des Faustus, gewissermaßen herzbrechend. Beschluß, ihm das Buch nun zu schicken.

P. P. Sonnabend den 15. V. 48

Am Kapitel geschrieben. Mit K. gegangen, geholt von Erika. Telegramm an Knopf. Golo zum Wochenende. Sommerwärme. Am weiteren Tag keine Leistung. 6 Hefte einer Wiener Zeitschrift »Plan«. Caféhaus, wie eh und je. Zu dritt zum Beverly Wilshire, Wallace-Dinner. Am Tisch mit Dieterle, Frau Horckheimer, Mrs. Caspari etc.. Vorzügliche Campain-Redner, erstaunliche Technik des Geldsammlers. Gaben 100 Dollars und hatten lauten Applaus der 600 Personen. Es wurden 30 000 Dollars gespendet. Wallace, erschöpft, als Redner nicht glücklich. Händedruck mit ihm bei seinem Weggang. Zu Anfang entertainment. Verspätung des Ganzen. Die Bewegung nach den Berichten sehr stark. Man rechnet mit 12 bis 14 Millionen Stimmen.

P. P. Sonntag den 16. V. 48
Spät zu Bett. Natürlich schweres Einschlafen. 2 Uhr noch rote Kapsel. Dann im Stuhl geschlafen. Sommerliches Wetter. Frühstück mit Golo u. Austausch mit ihm über unsere Erlebnisse u. die Party, die er unterdessen bei uns mit »Arthur«, seiner Verlobten, die recht dumm, u. einem weiteren Freunde gehalten. – – Schrieb weiter an »Herr Eisengrein«. Ging über das Alte Haus. Mittagessen mit Golo u. dem Schwager. Nachmittags Widmung eines Faustus an Reisiger und Brief an ihn. Abends Vorlesung des jüngst Geschriebenen für K., Erika und Golo. Schön, zufrieden.

P. P. Montag den 17. V. 48
Berichte und Bilder vom Aufenthalt H. Wallace'. Seine Rede im großen Stadium. Sein offener Brief an Stalin. – Weizmann Präsident von Israel. – Kühler, klar. Schrieb gegen das Ende von V. Ging bis zur Wegkreuzung. Ergriffen von einem Bild am Wege. Enorme Post, Bücher und lange Briefe, nach Tische organisiert. Drucksachen von Fiedler, Brief von H. Lange mit Nachricht, daß Wendt nun erklärt geistesschwach. Brief aus England über Faustus. – Erledigungen mit K., Eigenhändiges. In Brods Buch über Kafka. Allerlei Musik abends.

P. P. Dienstag den 18. V. 48
Zu früh erwacht. Dunkel und kalt, Heizung. Stalins Eingehen auf Wallace' »Offenen Brief«. Waren 36 000 Menschen bei dessen Meeting hier. – Die Leute des Landes Israel heißen »Israeli«. – Beunruhigendes Hin und her, ob ich das Ormandi-Konzert heute Abend besuchen soll oder nicht. (5/4 Stunden Fahrt.) Werde ich von meinem 75. an diskussionslos von solchen Unternehmungen dispensiert sein? »Er wäre entttäuscht, da er mich sehr verehrt«. – Verehrt er mich, so sollte er nicht erwarten, daß ich vom Lande eine Stunde weit hinfahre, um im Gedränge seiner Musikparade beizuwohnen. – – Schloß »Herr Eisengrein« ab. Mit K. bei stürmischem Wind in Pacif.

Palisades Park. Von Trebitsch die Schweizer Gesamtausgabe seines Shaw. Aus Deutschland die Faustus-Broschüre von P. Mendelssohn. Gelesen. Thee-Mahlzeit um 6 und 7¼ die Fahrt zum Shrine Auditorium angetreten. Etwas nach 8 Uhr dort. Schwierigkeiten mit den Karten, die »abgeholt« waren. Schließlich Plätze weit hinten. Sehr voll. Prokowjews »Klassische« excellent gespielt. Rubinstein mit dem Konzert von Rachmaninow, gekonnt u. gleichgültig. Fanden in der Pause zu dem Virtuosen. »Luky people!« Ormandy hat für Bibi einen Platz reserviert. Rubinstein in Beverly Hills. Hörten auch Brahms' Fünfte. Das Loskommen vom Parkplatz. Die Heimfahrt. Gegen 12 Uhr zu Hause. Es war vollbracht. Chokolade. Mit Erika.

P. P. Mittwoch 19. V. 48

Bedeckt u. sehr kühl. Spaziergang vorm Frühstück. Stalins Entgegenkommen verworfen. Die Araber bombardieren Jerusalem und Tel Aviv. – – Briefe an Fiedler und den Verleger der Mendelssohn'schen Schrift. Gegangen. Das Bild am Wege, dressed. Der Colly mit uns, stieg in den Wagen. Viele Diktate an die Kahn von K.'s und meiner Seite. Ausfertigungen. Abends nur noch Musik gehört. Komme nicht genug zum helfenden Lesen. – Verspäteter Brief von Singer.

P. P. Donnerstag den 20. V. 48

Kühl. Frühstück auf der Terrasse. – Der Mord an dem Columbia Broadcaster in Athen, zweifellos im Auftrag der Regierung. Das Antikommunisten-Gesetz des Unamer. Comittee (an dem Berle mitgearbeitet hat!), vom Congreß enthusiastisch u. ungemildert angenommen, geht an den Senat. – – Das VI. Kapitel zu schreiben begonnen nach einem Brief an den alten Singer. Mit K. etwas auf der Promenade, dann Lunch im French Café. In einiger Entfernung Familie von 3 Personen, geschminkte u. bebrillte Großmutter, unschön jüdischer Herr und bildhübsches Söhnchen von 14 oder 15, sauber gekleidet, manierlich, kindlich ebenmäßige Züge, schöner dunkler Hinterkopf, graue Augen, Goldring am Finger. Gebannt und gerührt. Er küßte die Großmutter, die zahlte, zum Abschied und ging mit dem Vater auf Nimmerwiedersehen, wo ich ihn doch so liebend gerne sah. Sagte: »Traurig, die Schönheit ist nur ein Augenblick. In zwei Jahren wird er dem Papa so ähnlich sein, daß es rein garnichts mehr mit ihm ist.« Darauf K., zum Trost: »Warum? Vielleicht ist die Mutter eine schöne Frau.« – Nachwirkende Empfindung. – – Erika wegen ihrer Narben-infektion bei einem neuen Arzt, der helfen zu können scheint. – Kam die Streitschrift von Rilla gegen den armen Lüth und Döblins »Literaturpolitik«. Gut sitzende Polemik, aber die Alternative »Döblin oder Th. M.?«, von Döblin unterstützt u. in seiner eigenen Zeitschrift verfochten, ist echt deutsch und müßig – wie schon »H. oder T. M.« es war. – Dazu eher entwaffnender Antwort-Brief von Döblin an Erika. – – Zum Thee der Stockholmer Komponist Rosenberg mit Tochter. Hörten einige Aufnahmen aus dem 3. Teil seines Joseph-Hörspiels. – Schrieb danach Karten und einen Brief nach England über den »Faustus«. Abends einige Musik. Nachrichten über Jerusalem und die englisch bewaffnete u. geführte transjordanische Armee.

P. P. Freitag den 21. V. 48

Sonnig und kühl. Frühstück auf der Terrasse. – An VI weiter. Gegangen Amalfi Drive ganz zu Ende. Das Bild, undressed. – Kam die »Neue Rundschau« mit den Aufsätzen von Kahler und Zuckerkandl, die ich im Hinblick auf das Autobiogr. Fragment im Druck wieder las. Sonst Interessantes. Kleiner Beitrag von Moni. Briefe von Hofmannsthal. – Kümmerliche Zeilen von Annette Kolb, die mir meine »Worte« über ihre Mutter nicht verzeihen kann. – Nachmittags Erledigungen mit K., auch Handschriftliches. Zum Abendessen mit K. allein.

P. P. Sonnabend den 22. V. 48

Schöner Frühling. Weiter am Kapitel. Zum Sitz an der Straße. Golo zum week-end. Las in der Rundschau die Aufsätze von Borgese und Berdiaeff. Schrieb an Trebitsch für seine Shaw-Ausgabe und an Mrs. Meyer, der ich den Joseph schicke. Die Döblin-Lüth-Rilla-Affaire viel auf dem Tapet. Zum Abendessen Heinrich und der Schwager. Hörten etwas »Falstaff«. Die Juden in Jerusalem bedrängt. Die Ägypter nehmen Bethlehem.

P. P. Sonntag den 23. V. 48

Neblig bedeckt, mild. Vorm Frühstück etwas draußen. In Jerusalem der amerik. Generalkonsul erschossen. Dewey gewinnt die Oberhand über Stassen, weil er schlau genug, dem Friedensbedürfnis des Volkes Rechnung zu tragen. – – Weiter am Kapitel (Dame Eisengrein). Mit K. Corona del Mare. Den Brief an die Meyer beendet, Widmung des »Joseph« und Brief an Gumpert über sein Geburtstagsbuch. Las abends in der Rundschau recht merkwürdige Novelle des Schweden Dagerman. Gelacht über Benney. Hörte mit Bewunderung die Verwandlungsmusik aus dem III. Akt Parsifal. – Die Auskünfte der Mazzucchetti über Bacchelli interessant und charakteristisch für Humm.

P. P. Montag den 24. V. 48

Neblig bedeckt. Heizung. K. vormittags zum Flugplatz, um Klaus einzuholen. Große Verzögerung. Erika fuhr nach Tische hin. Nach der Arbeit am Kapitel u. der Durchsicht der Post nur wenig gegangen. Sah immerhin das Bild, in munteren Farben. – Brief von Humm, durchaus artig. Sympathischer deutscher Brief über Faustus. – Briefe diktiert an Neumanns und Feist. Ankunft Klaus' am späten Nachmittag. Mit ihm im Wohnzimmer. Berichte über München, Berlin, Döblin etc.. Das Problem Moni. Frage der Verteilung der kommenden Kinder und Enkel. – Abends mit K. und den Kindern. Champagner.

P. P. Dienstag den 25. V. 48
Neblig bedeckt. Die Schwarzen off. Am Kapitel. Gegangen bis zur Wegkreuzung. Briefe von W. Haas, Opitz (über C. Ehrenberg), Deutsche Schriften u. Bücher. Schrieb mehrere Danksagungen für Briefe über den Faustus. Unterhaltungen mit den Kindern. Zum Thee Lotte Walter. Abends aus »Parsifal«. – Merkwürdig, daß Werfel das Brentano-Gedicht, das ich Adrian komponieren ließ, von den »arbeitblutigen Händen«, sein Lieblingsgedicht nannte. (Haas.)

P. P. Mittwoch den 26. V. 48
Neblig bedeckt. – Den »Idioten« lese abends im Stuhl mit großer Teilnahme weiter u. bin am Ende des II. Bandes. – Am Kapitel weiter. Einteilungsfrage. Gegangen zum Sitz an der Straße. Brief vom Chef des Svenska Dagbladet, Gierow. »... daß Doktor Faustus meiner Meinung nach den Höhepunkt Ihrer ganzen Verfasserschaft und damit auch den Höhepunkt der gegenwärtigen Literatur bildet.« – – Mit der Kahn einige Erledigungen. W. Speyer zum Thee. Zum Abendessen Walters, von Wien zurück. Über viele Dinge, teils amüsant. Hörten Szene am Bach. Sie blieben bis 11 Uhr. – In Zimmers Legendenbuch.

P. P. Donnerstag den 27. V. 48
Dunkel und naß. Am Kapitel, zuletzt falsch. Gegangen über das Alte Haus. Büchersendungen aus der Schweiz u. Deutschland. Jaspers' »Von der Wahrheit«. Zum Thee Adorno. Zusage an den Verlag Moor in Tübingen zu schreiben. Über mein Vorhaben eines Berichts über Faustus und anderes. Golo für 2 Tage. Abends Wiedersehen zwischen den Brüdern, erheiternd. Den Dagbladet-Brief an Erika wegen des »Committee«. Schrieb an Prof. Enders in Bonn.

P. P. Freitag den 28. V. 48

Morgens Sonne. Frühstück mit Klaus auf der Terrasse. – Am Kapitel, – das wohl schon das nächste ist. Mit K. auf der Promenade. Bücher, Schriften und Briefe, teils im Zusammenhang mit Faustus. Las »The Standard«, »Vereinzelung« als Konsequenz des Christentums und der Mystik, von Rüstow, Istanbul. Zum Thee Agent Marton wegen Verlängerung des Corda-Vertrages. Nachher nur ordnende Arbeit und Danksagung für Zigeuner-Bilder von Pankok. Verstärkte Tendenz zu Ekzemen, nun auch auf der Brust. Puder, Salbe. Erika abends bei Markuses. Unterhaltung mit Klaus, nach Golos Abfahrt, über das Politische hier. (Mundt-bill).

P. P. Sonnabend den 29. V. 48

Halbsonnig. Jerusalem ergibt sich, hungry and outnumbered. Rede Marshals gegen die cynische russische Friedenspropaganda, nur zur Störung der erfolgreichen amerik. Außenpolitik. Truman verordnet Friedensgebete für Memorial Day. – – Schrieb weiter. Ging bis zur Wegkreuzung. Brief von Knopf, der den Faustus in proof Form gelesen und zu »another colossal achievement« gratuliert. Hat sometimes with absolute compulsion gelesen. Druckt 25 000 Stück. – Zum Kaffee Leute der Peace Conference. Vereinbarungen. Nachmittags Brief an die Herz diktiert und nach Tübingen wegen Adorno sehr nachdrücklich geschrieben. Zum Abendessen Heinrich. Über Berlin, Deutschland, mit Klaus. Sein gespanntes Verhältnis zu Erika, wunderlich, wie so manches. Ich sprach mit Wärme über sein Epochenbuch, die Prosa. – Das Brust-Ekzem, störend.

P. P. Sonntag den 30. V. 48

Bedeckt, kühl. – Den Palestina-Juden geht es schlecht, und die Araber wissen, daß die Ermahnungen an sie nicht ernst gemeint sind. – Hearing Wallace' in Washington über die Mundt-bill. – An der Erzählung. – Mit K. in der Nähe gegangen. – Die Schrift von A. Rüstow, kritisch interessant. – Zum

Thee die Familie Dr. Goldblatt, angenehme Leute, aber 1½ stündige englische Unterhaltung. – Abends müde, etwas Musik, Parsifal.

P. P. Montag den 31. V. 48

Nationaler Feiertag, von gestern auf heute übertragen. – Gedanken zur Peace-Rede. – Halbtrübes Wetter. – Schrieb am Kapitel bis zur Aussetzung. Mit K. in P. P. Park. Keine Post. Las Politisches. Zum Thee Mr. Tabori. Schrieb an Engelmann über Rüstows »Vereinzelung«. – Abends Vorlesung der letztgeschriebenen 16 Seiten für K.[,] Eri und Klaus. War nicht sonderlich angetan.

P. P. Dienstag den 1. VI. 48

Halb neblig bedeckt und mild. Begrüße meinen Monat u. gedenke des vorigen in der Schweiz. – Die Peace-Rede zu schreiben begonnen. Nur wenig gegangen. Viel Post zu lesen. Regen und leises Gewitter. Nach dem Thee zum nahen Wahl-office zur Vor-Wahl der representatives. Nachher Karten geschrieben und Brief an Hesse. Erika brachte abends von Walter Heft von »Deutsche Beiträge« (München) mit erfreulichem Artikel von Pfeiffer-Belli über »Faustus«.

P. P. Mittwoch den 2. VI. 48

Regen und Dunkelheit. – An der Meeting-Rede. – Zum Haarschneiden in Westwood zusammen mit Klaus. – 36 Seiten des »Erwählten« an die Kahn zum Abschreiben. – Mit K.[,] Erika, Klaus und der Gemme nach Hollywood ins Cinéma: »Der Idiot«, französisch, recht dünn, recht schwach.

P. P. Donnerstag den 3. VI. 48

Höhennebel. – An der Peace-Rede, die ich nach Tisch abschloß. – Ging bis zur Wegkreuzung. – Geburtstagsbriefe. – Las nach dem Thee K. und Erika die Rede vor. Verabredungen für Erikas Übersetzung der deutsch geschriebenen Teile, womit sie sogleich begann. – Müde und zweifelnd. – Erledigte einiges Handschriftliche und beschäftigte mich abends mit illustrierten Zeitschriften.

P. P. Freitag den 4. VI. 48

Dunkel und Nebelnässe. Unruhig geschlafen. Skrupel wegen der Rede, die dem Frieden z. T. mit zweifelhaften u. anstößigen Argumenten dient. – – Geschrieben gegen das Ende des Kapitels »Die Aussetzung«. – Schlechter Magen. – Zum Lunch bei Fritzi Massary mit Walters. Champagner. Erheiterung über Erzählungen von einem exotischen sprechenden Vogel (nicht Papagei). – Von dort wegen des Ekzems zu D. Stout. Wesentlich nervös. Bestrahlung abgelehnt. Leichte Verordnungen. – Sehr müde. Von 5 bis 6 geruht. Dann Brief über das jüngst empfangene Nietzsche-Buch. Abends in der »Welt als W.u.V.« im Anschluß an ein Gespräch Fragment mit Walter. Spielte alte Meistersinger-Platten

P. P. Sonnabend den 5. VI. 48

Kühl, neblig bedeckt. Recht unruhig geschlafen. Große Zeitungsmeldung von der Schwangerschaft der englischen T[h]ronfolgerin. – Festhaltung des französischen Cabaret-Sängers René X. in Ellis Island auf Grund von anonymen Briefen, die ihn als homosexuell denunzieren. – – Schloß das VII. Kapitel und begann das VIII. – Ging über die Wegkreuzung. – Zum Lunch Frau Hardt mit Platten; deutsch und englisch, des Verstorbenen. – Geburtstagsbriefe. – Carmen von S. Marck. – Bücher und die Galleys des neuen Romans von Huxley. – Erfreulicher Brief des Herausgebers von »Hudson Review«, der die Korrekturen des englischen Faustus mit großem Eindruck gelesen hat, die Kretzschmar-lectures bringen und dazu Aufsätze über Faustus und Zauberberg in dem September-Heft vereinigen will. Ermutigendes Symptom. – Die englisch modifizierte Fassung der Peace-Rede für morgen mit Erika wiederholt durchgegangen. – Zum Abendessen Alma Mahler-Werfel, taub und persönlich-eindrucksvoll und unterhaltend. Komik ihrer Aeußerungen über Musiker und ihre »Witze«. Mrs. Kahn überbrachte ein Fagott-Konzert von Marcello zum Geburtstag. Erika's Überraschung: Frido, ein Gedicht von ihr zum Geburtstag sprechend. Hörten es dreimal, das dritte Mal für Golo, der nach 12 Uhr eintraf. Voriges Mal »im fernen Schweizerland«.

P. P. Sonntag den 6. VI. 48

Mein 73. Geburtstag. Klares Wetter, aber kühl. Einbescherung vorm Frühstück. Kostbarer Schlafrock der Meyer. Telegramme. Anruf Liesl Franks aus New York. Nachricht, daß der Book of the Month Club über den Faustus die glänzendsten Berichte seit langem erhält. – Schrieb am VIII. Kapitel des »Erwählten«. – Weitere Telegramme im Lauf des Tages. Cigarren von Knopf. Ging mit K. Corona de[l] Mare. Golo zum Geburtstag. Nach Tische »Fridos Gruß« für ihn und den Schwager. Von diesem die Vte Symphonie von Mahler. – In »Friedrich II« von Wahl. Nach der Dunkelruhe rasiert. ½7 Uhr Thee und Kaviar. ½8 Uhr mit K., Erika und Klaus zum Masonic Temple in Hollywood zur Schlußsitzung der Peace Conference. Walters. Der Geiger Pollack. Sprach als Zweiter, gut. Andauernder Beifall. Ging nach der folgenden juristischen Rede, die zu légère, aber lustig war. Platten-Aufnahmen meines Telegramms gegen die Mundt-Nixon-Bill. Zum Wagen, wo Pollack und der Schwager sich höchst erwärmt äußerten. Heimfahrt und Familienfeier zu Hause, erquicklich, mit Hühnersuppe, Fleischgelé und Moet-Chandon. Diskussion über die arme Moni. Ca 1 Uhr zu Bette.

P. P. Montag den 7. VI. 48

Klar und sommerlich. Vorm Frühstück gegangen. Abfahrt Golos. Telegramm von Oprechts und der Giehse aus Zürich. Kaviar zum Frühstück. Froh daß das politische Auftreten mit Erfolg vorüber. – Schrieb am Kapitel »Die 5 Schwerter«. Ging bis zum Alten Haus. Noch Geburtstagsbriefe. Kamen Exemplare des »Permanent Goethe«. Wenig Vergnügen. – Diktierte K. Briefe an Knopf und die »Hudson Review« in Sachen der Faustus-Nummer. Schrieb an Agnes Meyer. Hörten abends César Frank und Mozart. Betrachtung von Bildern menschlicher Monstra (Siam. Zwillinge etc.) in »Ciba Symposia«.

P. P. Dienstag den 8. VI. 48

Klar. Der neue seidene Schlafrock. – Abdankung Beneš' als Präsident, schon gestern gemeldet. Bewegend. – Gestern auch ausführlicher Brief des Department of State als Antwort auf mein Telegramm an Truman. Zweifelhafte Verteidigung der Vorgänge in Griechenland. – Meldungen über die Installierung einer westdeutschen Föderation mit internationalisiertem (?) Ruhrgebiet und unter Beibehaltung der Besetzung. Proteste der Sowjets und de Gaules. – – Schrieb am Kapitel. Ging bis zum Sitz an der Straße. Noch Telegramme. Geschenk von Rastede. Zeitschriften. Zum Thee Dieter Sattler aus München. Schenkte ihm den »Faustus«. – Zum Abendessen bei Walters. Garten und Bibliothek. Champagner. Gutes Mahl. Geschenk des Mendelssohn-Konzert, gespielt von Millstein. W. über Musik, oft ärgerlich übertrieben, verschwärmt und verschmiert. (Terzett I. Akt Fidelio, »heilig«. Ach was!) – Butler Felix wieder aushäusig mit Check. – Klaus bekümmert und beschäftigt durch Straf-Affaire eines Freundes.

P. P. Mittwoch den 9. VI. 48

Später auf. Klares u. kühles kühles Wetter. Erheiterung über die Dummheiten der Zeitung. – Am Kapitel. – Mit K. auf der Promenade. Technicolor. – Diplom als ausw. Mitglied von der Lynceorum Academia in Rom. – Nachmittags die Kahn, Diktate zu nehmen von K. und mir. – Eintreffen Golo's. Heinrich zum Abendessen, ohne Teilnahme Erikas. – Golo mietet für den Herbst ein Häuschen nahe Pomona. Das 8 Monate alte Kind der Angells im Sterben an Gehirn-Tumor. Wird hingehalten, obgleich 80 % des Gehirns zerstört. – Abschrift der ersten Teile des »Erwählten«.

P. P. Donnerstag den 10. VI. 48

Neblig bedeckt. Am Kapitel weiter. Nach Santa Monica zur Fußpflege. Lunch im Miramar. Später K. leider bettlägrig mit grippiger Halsentzündung. Fieber. Mit den Kindern bei ihr. Schrieb langen Brief an Frido; erzählte ihm von dem sprechenden Vogel. Abends entzückt von dem Mendelssohn-Konzert, gespielt von Millstein. Der 3. Satz, Gegend des »Sommernachttraums«. – Las Weiteres in Wahls »Friedrich II«.

P. P. Freitag den 11. VI. 48

Klar, sommerlich. K. noch erhöhte Temperatur. Gang vorm Frühstück. Eifrige Arbeit am Kapitel mit dem Vorsatz, nach diesem zu unterbrechen u. das autobiogr. Fragment zu schreiben. – Gegangen zum Sitz an der Straße, von Erika geholt. Brief des Komponisten Möschinger mit Stücken über h e a e es. Anmerkungen gegen Schönberg. Schreibt Oper »Die kleine Seejungfrau«. – Thee bei K., die sich bessert. Mehreres Handschriftliche erledigt. Abends »Harold in Italien« mit Erika und Klaus. Dieser viel in der Stadt, seinem Sailor-Freundchen zur Hilfe. Der könnte sich ihm schon dankbar erweisen. – Mit Interesse in Wahls »Friedrich II«.

P. P. Sonnabend den 12. VI. 48

Trübes Wetter. K. ohne Temperatur, aber ermüdet. – Eine Seite am Kapitel. Gegangen bis zur Wegkreuzung. Unbedeutende Post. Diktierte K., die außer Bett, die Antworten auf den Fragebogen des italienischen Faustus-Übersetzers. Korrigierte eine Anzahl kleiner Druckfehler, von ihm vermerkt. – Erika gequält von Nach-Krankheiten, entzündlichen Hämorrhoiden u. dergl.. Mitgefühl. – Hörten Brahms' Zigeuner-Lieder von der Lehmann, eher langweilig, und von der Traubel die »Lieder« Wagners, die keine sind. »Träume« und »Treibhaus« übernommen in den II. u. III. Akt Tristan. Das letztere hat die Meeresöde u. die Traurige Weise. »Träume« bleibt das schönste, obgleich auch kein Lied. – Lange gelesen in Wahls »Friedrich II.«

P. P. Sonntag den 13. VI. 48
Leicht neblig. Frühstück mit K. und den Kindern. Am Kapitel gegen das Ende. Gegangen bis zur Wegkreuzung, von Erika geholt. Gelesen nach Tische u. abends über Friedrich II. Schrieb an Caroline Newton u. schickte ihr The Permanent Goethe. – K. noch angegriffen. Erika leidend.

P. P. Montag den 14. VI. 48
Klar, warm. Gut geschlafen, obgleich gestern Verschlimmerung des Brust-Ekzems. K. vormittags im Bette. Erika zu Ärztin Rachel. Maniküre, Rasieren. Ausfertigung vieler Briefe. Dann Arbeit am VIII. Kapitel, das nicht leicht zu schließen. Gegangen Amalfi Drive und heimgefahren mit Kahlers Mutter, die mit uns lunchte. Arger Befund der Aerztin bei Erika, die überhaupt in schlechtem Zustand. Morgen Operation. – Viel Post zu lesen. Langer Artikel über Faustus im »Argentinischen Tageblatt«. Ausgabe der »Akademischen Rundschau«, Hamburg, preisend mit viel schönen Reden. – Schrieb dankend nach Montevideo. Klagen des Schriftstellers Luschnat in Paris, berechtigt. Berichte Süskinds über die Frankfurter Schriftstellertagung, eher schrecklich. Gut, daß ich nicht dort.

P. P. Dienstag den 15. VI. 48
Bedeckt, kühl. Erika in der Klinik. Früh Ideen zum knappen Kapitelschluß. – Schloß das Kapitel »Die 5 Schwerter« ab mit Verselein. – Erschüttert von K.'s Bericht über die unverantwortlichen Qualen, die E. bei der Operation auszustehen hatte. Unverständliches u. empörendes Verhalten der Segitz. E. im Bette. Morphium-Medikament. – Gegangen bis zum Sitz an der Straße. – Brief von Kahler, dessen F.-Aufsatz in »Commentary« erscheint. – Lustig-Prean in San Paulo an den Her-

ausgeber der Wiener »Furche«, wo eine feindselige Kritik des Romans erschienen. Dummes Zeug. – Schrieb an die Dr. Hamburger aus Anlaß ihres Joseph-Aufsatzes und las das dort veröffentlichte Kapitel über Tonio Kröger aus dem Buch von Heller (Cambridge). – Guter Vortrag von D. F. Fleming »The Soviet Union and Collective Security« (The Journal of Politics).

P. P. Mittwoch den 16. VI. 48

Vorm Frühstück bei Erika. – In den Tagebüchern der Faustus-Zeit, mit roter Tinte. Lange. – Mit K. Corona del Mare. Brief von Caroline N., flatternd vor Aufregung bei der Lektüre des Faustus. Ein ähnlicher von Frau Eulenberg, Kaiserswerth, die 8 Vorträge über den Roman hält. – Diktate an die Kahn, widerwillig. Vieles fürs Handschriftliche gelassen. Abends Vorlesung von Kap. VIII des »Erwählten« für K[.], Klaus, Erika u. Golo. War müde und hatte keinen Eindruck. Man war gerührt vom Tode des Wiligis. – Im New Yorker über Gide's Journals.

P. P. Donnerstag den 17. VI. 48

Klar, warm. Beim Frühstück mit Klaus über die Legende. Erika mit Lotte W. nach Pasadena, um ihre lecture einzuhalten. – Neuer Konflikt u. walkout der Russen in Berlin. Die Widersprüchlichkeit unseres Beharrens dort. Dabei seine Notwendigkeit nicht nur aus Prestigegründen. Schicksal der anti-russischen Mitarbeiter, wenn wir abziehen. – – Schrieb Briefe, um zu räumen. – Mit K. auf der Promenade und Lunch im French Café mit schlechter Bedienung. – Brief von Suhrkamp über die »Neuen Studien« in Frankfurt, den Faustus, dessen Erscheinen auf Ende August angesetzt ist, und für den die Buchhändler ein Verleih-System einrichten, und über – Reisiger, der ihm und auch an mich geschrieben hat. Schlimm und schwierig. Verlangen nach Retouchen reduziert auf das Wort »reisig«. – Brief vom T.M. Archiv der Stadt Lübeck, höchst feierlich. Brief von den Gärtnerleuten Schmidl in Tölz. Weiteres aus Deutschland. Brief von der Meyer. – Erika rebus bene gestis aus Pasadena zurück. Bei ihr zum Thee. Dann Briefe geschrieben. (Kahler, R. Wahl). Abends lange in einem Suhrkamp-Buch, »Der Schattenmann«, Tagebücher aus der Hitlerzeit. Zweifelhaft, ob die Zeit wohl angewandt.

P. P. Freitag den 18. VI. 48

Bedeckt, kühl. Schreckliches Flugzeug-Unglück, Motor-Brand, Notlandung, Explosion, Tod von über 40 Menschen. Stände nicht immer der Verdacht nahe, daß Gewinnsucht die Schuld trägt. – – Butler Felix wieder dem Trunk verfallen. Die Frau allein. – – Brief über Lyrik an W. Haas, britischer liter. Funktionär in Hamburg. Brief an Preetorius wegen Wolfskehls. Brief von Vikko, dementierend in Sachen seines Buches. Fragen der St. Louis Post Dispatch über meine Zufriedenheit mit this country (Einstein, Fermi, Maritain). – Ging über das Alte Haus. Zum Thee Witwe Rieber mit Mr. Fritzmann von der Unitarian Church. Zum Abendessen Heinrich. Überbrachte intelligente Faustus-Besprechung aus Mainz. Bekam ein Huhn und die »Neuen Studien«, die ein sehr überflüssiges Buch sind. – Nach seiner Abfahrt mit Erika über amerikan. Despotie und die nur zu günstige intern. Situation Deutschlands.

P. P. Sonnabend den 19. VI. 48

Wärme. Arbeit in den Tagebüchern der Faustus-Zeit. Ausgefahren mit K.. Rogers Ranch, P. P. Park. Post unbedeutend. In Nation die Memoiren von Beneš. Die Sünden des Westens. Nachmittags Handschriftliches. College Girl, coloured, Interview. Abends III. Akt Meistersinger. Teilweise entsetzt über die Demagogie. Das Schelmische, das Biedere, das National-Pomphafte, vermischt mit Parodie und schönster Musik. Es ist immer wieder ein schwieriger, anziehender und abstoßender Fall.

P. P. Sonntag den 20. VI. 48

Klares Wetter. Frühstück mit Klaus. Heiterkeit über eine Annonce Saroyans, der seine Ranch verkaufen will und sie »wahrheitsgemäß« beschreibt. – Verwirrung in Deutschland durch die Währungsmaßnahmen. – Vormittags u. nachmittags in den Tgbn. der Faustus-Zeit mit roter Feder. Geschrieben, kurz, an Caroline N.. Bücherwidmungen. Etwas gegangen. In Wahls Buch über Friedrich II.

P. P. Montag den 21. VI. 48

Dunkel, kühl. Pflege des Brust-Ekzems noch immer geboten. Nacht gestört durch Ohrenjucken. Eilbrief von Medi, aufgeregt durch die Nachrichten über Erika. Plaidiert noch jetzt für Billings Hospital. Erbietet sich, für E. noch in Chicago zu bleiben. – Vandenberg-Boom bricht aus, gefährdet Taft und Dewey. Russische Kritik an der Währungsreform in Deutschland. – Klaus über Uexkuel und sein Söhnchen, das mich stets in sein Gebet einschließen muß. – – Rekapitulation der Faustus-Lebensepoche, vormittags und nachmittags. – Walter Rilla schickt aus London die Schrift seines Bruders Paul über den Fall Döblin und ein Heft seiner »Dramaturgischen Blätter« mit einem sehr klugen Aufsatz aus seiner Feder über den Faustus. Heiteres, harmloses Lob des Schildknapp-Portraits, das abgedruckt wird. – In Berner »Bund« großer Aufsatz über Moralismus bei Gide und mir. – Beantwortung von Fragen des Wiener Verlages, den »Ernährer« betreffend.

P. P. Dienstag den 22. VI. 48

Dunkel, feucht. Beim Kaffee mit K. über mein Arbeitsprogramm. Mit Klaus beim Frühstück über Erikas Buch-Plan. – Die Faustus-Zeit. – Gegangen mit K. in der Nähe. Neubauten. – Nach dem Lunch Journalistin von L.A. Times, Interview, Besichtigung des Hauses. Nette Person, zeitraubend u. ermüdend. – Nachmittags Brief an W. Rilla. Zum Abendessen Neumanns, aus dem Osten zurück. Erheiternde Reisegeschichten. Der Baseler Erotiker.

P. P. Mittwoch den 23. VI. 48

Trüb, feucht. – Die republ. Nomination scheint dem unangenehmen Dewey sicher zu sein. – Beendete den dokumentarischen Brief an W. und P. Rilla. Ging A. Dr. zu Ende. Anruf Maaß, der jüngst eingetroffen. Verabredung. Nach dem Thee Handschriftliches. Zum Abendessen mit K. bei Adorno's mit der Pianistin Pescha Kagan, die nach dem Kaffee lange, virtuos und zu laut spielte. Große Begabung, wartend auf Zulassung. – Brief an Adorno vom Jahre 1945, mitgenommen.

P. P. Donnerstag den 24. VI. 48

Bedeckt, feuchtwarm. Dewey-»Blitz« bei der republ. Convention. Seine Präsidentschaft kaum vermeidlich. – Loyalty test bei den militärischen Einziehungen. Segregation der politisch Verdächtigen oder erklärt Kommunistischen. – In Warschau Konferenz mit dem Ziel der Errichtung eines ost-deutschen, industriell mit Polen verbundenen Staates, Hauptstadt Leipzig. – – Tagebuch-Auszüge, Faustus-Periode. – Gegangen zum Sitz an der Straße. Reizende Erscheinungen, schmerzlich-beglükkend. – In »Dichtung und Wahrheit«. – Gloriose Nomination Dewey's, widerwärtig. – Nach dem Thee bis ½8 Uhr lange Reihe von vorwiegend langen Briefdiktaten an die Kahn, Suhrkamp, W. Linder-Bonn, Dial Preß etc.[.] Zusage nach London im Anschluß an Oxford. Sehr erschöpft und überreizt davon. Abends wieder einmal beängstigende Reizung der Luftröhre durch eingeflossenen Speicheltropfen. Langer Reizhusten. Einige schöne Lieder gehört. Thee und Bellergal wohltätig.

P. P. Freitag den 25. VI. 48

Bedeckt. Gestern sehr schweres Einschlafen. 1 Uhr noch rote Kapsel. Im Stuhl. Lange gelesen im »Idioten«. – Absage bei Mrs. Rieber, der heute zum Portrait sitzen sollte. – Die Zeitungen voll von der Physiognomie des republ. Nominierten, der gewaltiges House cleaning in Washington verspricht u. erklärt, die Welt werde nicht lange mehr halb frei und halb unfrei sein. Die Situation wäre zu retten durch das Hervortreten Eisenhowers. – – Tagebuch-, Faustus-Exzerpte. – Nach Westwood zum Haarschneiden. – Gov. Warren zum Vice President nominiert. (Soll mildern.) Deweys Visage überall. – Schrieb an Amann u. a. – Zum Abendessen Walters. Ganz angenehme Unterhaltung. Anruf Gumperts aus New York für Erika: Er sei unterrichtet, daß der engl. Faustus *fast* mit Gewißheit Book of the Month werde. Heitere Aufnahme der Nachricht. Cadillac-Wagen. Touch wood. Erika über den Anteil, den das »Deutschtum« des Buches an dieser Wahl hätte. – Über World Government und Borgeses, Hutchins. En famille nachher noch über Buchclub und Faustus.

P. P. Sonnabend den 26. VI. 48

Mit K. über die seltsame Dynamik und Ausstrahlung des Romans. Über die Schwierigkeit u. Lästigkeit einer neuen Goethe-Arbeit für den Sommer 49. – Späteres Frühstück. Mit Klaus über den Charakter der amerik. World Government-Bewegung. Herr Settembrini. Aber nicht so klar anti-russisch wie »Pan-Europa«. – – Tagebuch-Exzerpte. Vergegenwärtigungen. Ging bis zur Wegkreuzung. – Heinrich verliert seine Wohnung. Churchill hält Kriegsrede anläßlich der sich zuspitzenden Krisis in Berlin. Nahende Überfüllung des Hauses durch Kinder und Enkel. Der Neger Felix echappiert ohne Licence mit dem Fordwagen, sodaß das Verbleiben des Paares kaum möglich. – Bedrückt und nervös auch von Arbeitssorgen. Schlechtes Befinden, ängstlich, Nongestin. – Nachmittags handschr. Briefe. Abends mit Staunen die Verwandlungs[-Musik] aus III. Akt Parsifal. – Etwas in »Dichtung u. Wahrheit«. Den »Idiot« fast beendet.

P. P. Sonntag den 27. VI. 48

Neblig bedeckte Tage. Gestern spät abends Rückkehr des Felix. Nicht recht wohl von früh an. – Tagebuch-Exzerpte bis zur Krankheit Anfang 1946. – Gegangen bis zur Wegkreuzung. Zurück mit der »Gemme«, die mit uns speiste. – Viel nachgedacht über die Aufnahme der Jugendtage in den Roman, dessen Geschichte ich erzählen will. Benützt ist eine Liebesleidenschaft, transfiguriert, die mich vor 50 Jahren, nicht unglücklich, beherrschte. Das erstaunliche Entgegenkommen ist aufgenommen. – – Nachmittags ein Brief an einen Mann, der die Welt mit einer »schöngeistigen« Zeitschrift retten möchte. Dann die gleiche Tätigkeit. – Ankunft Moni, von Erika eingeholt. Abends Brief-Ausfertigungen, Jack Benney-Amüsement, etwas Parsifal.

P. P. Montag den 28. VI. 48

Sommerlich. Frühstück auf der Terrasse. – Begann »Roman eines Romans« zu schreiben. Motto aus »Dichtung u. Wahrheit«. ½1 Uhr Joachim Maaß. Mit ihm gegangen. Über literarische Gegenstände, seine Lage u. Zukunft. Erikas Buch-Plan. Versprechen, ihm zu einer Finanzierung seines nächstjährigen Aufenthalts hier zu verhelfen. Lunch mit ihm. Die Fusion Bermann-Landshoff. B. und die Rundschau nach Europa. – Brief von Preetorius nach der Beendigung des »Faustus«. Die fast schon gewohnten höchsten Töne. »Großartige Selbststeigerung: Sie gehören damit zu den gesegneten Künstlern von der Sorte Goethe, Tizian, Verdi.« – Faustus-Besprechungen, englisch u. französisch, in »German Life & Letters« und »Etudes Germaniques«. – – Geld-Diebstahl des Felix. Unhaltbar, was bei bevorstehender Invasion von Kindern u. Enkeln sehr unangenehm. – Günstigerer Stand von Heinrichs Wohnungsangelegenheit. – Vertagung einer demokr. Vor-Convention infolge des unstillbaren Jubels, der bei Nennung des Namens Eisenhower, – der der Retter wäre. – – Humoristische Ausfüllung eines Fragebogens für Immigranten. – Die Russen beseitigen

Marshall Tito von Jugoslavien. – Britische u. amerk. Flugzeuge bringen Lebensmittel in den russischen Sektor von Berlin. – Abends Musik, Symphonie von Schubert, letzte, mit schönstem vorletztem Satz. Uralte Erb-Platte: Loges Erzählung: »Das Gold dem Wasser wiedergeben«. Erika: »Da freust Du Dich.« – Interesse für das Nietzsche-Buch der Kapstädter Professoren.

P. P. Dienstag den 29. VI. 48

Zwei rote Kapseln nachts. Schlaf gestört. – Am Biographischen weiter. Japanische Puppe zum Dank für den Neujahrsartikel. Soiree bei Alma Mahler mit Arlts, Walters, Moenius und Nachtischgästen. Der emotionelle Pudel heimgebracht vom Besitzer der Läufigen. Zwinger im Garten notwendig.

P. P. Mittwoch den 30. VI. 48

Dunstig, wärmlich. Niko streng gehalten. – Am Faustus-Bericht etwas weiter. Ausgiebig gegangen. Musikalische Dinner Party bei Rubinsteins in ihrem neu erworbenen Haus in Brentwood. Viele Gäste, international, nach Tische. Kammermusik. Glückliche Erfülltheit des Hausherrn. – Neuer Bericht Liesl Franks, daß die Übernahme des »Faustus« durch den »Book of the Month« »so gut wie sicher«. – Spät schlafen.

Donnerstag den 1. VII. 48. P. P.

Der Pudel, gestern völlig krank und wild, neuerdings in die Klinik. – Verschärfung des Berliner Konflikts; amerikan. Prestige zu sehr auf dem Spiel, als daß Nachgeben und Abzug möglich. – Kaum weiter mit dem Faustus-Bericht. Übermüdet von Geselligkeit. – Guter Bericht von Rychner über die »Neuen Studien« in der »Tat«. – Herzliches Begehren, daß die Wahl des Faustus zum Book of the Month sich bestätigen möge, – weniger um des Geldes als um des Buches willen, dem ich alle Ehre wünsche. – – Einige Diktate an die Kahn. Brief an Dr. Rychner. – Abends allein. Zeitschriften.

Freitag den 2. VII. 48. P. P.

Nach dem Frühstück photogr. Aufnahmen im Studio für L.A. Times. Wenig gearbeitet. Holten den Pudel von der Klinik ab, dann Dr. Jacobson, die wir zum Lunch hatten. Zum Thee Lisl Frank, der der Stand der Dinge beim Buch-Club unbegreiflich ist. Nie hatte es solche reports gegeben. Aber Termin scheint verpaßt und das zu schwere Buch fallen gelassen. – Schrieb an Vikko in Sachen seines Buches. Zum Abendessen Heinrich, der bis 15. Oktober in seiner Wohnung bleiben kann und guter Dinge war. Lobte sehr die Goethe-Einleitung, die »in jedem Lande« als Vortrag zu benutzen. Sein Glaube an Rußland und die Ergebenheit ganz Europas an Rußland boundless. – Innerdeutsche Ausgabe der Neuen Studien mit Widmung an Frankfurt.

P. P. Sonnabend den 3. VII. 48

Nebeltrübe[r] Morgen. Der Kampf um Berlin verschärft. Fortwährendes Zutragen von Lebensmitteln durch westliche Flugzeuge in die isolierte Zone. – Die Bewegung für Eisenhower in der demokr. Partei verstärkt. – Etwas weiter am Autobiographischen. Gegangen. In Einsteins »Mozart«. Zum Thee indischer Gelehrter A. C. Chakravarty, Oxford Student, Freund Gandhi's, von Neru gesandt, mit Quäkersleuten. Tagore's Kenntnis meiner Schriften. Über den Einfluß Tolstois. Indiens Versuch zwischen Rußland u. dem Westen zu vermitteln. Interesse für Chaplin und – Elis. Bergner. – Zum Abendessen der sehr gealterte Rud. Ladenburg mit Klaus Pringsheim. Schließlich aus dem alten Gedichtbuch »Als der Großvater –«. – Telephon-Anruf, collect, aus Lübeck. Rätselhaft und närrisch. Abgelehnt.

P. P. Sonntag den 4. VII. 48

Nachts Erika durch den Telephon-Ruf aus Lübeck aus dem Schlaf geklingelt. Zornige Auseinandersetzung mit dem operator. – Noch keine Ablehnung Eisenhowers, dem Not-Ruf zu folgen. – Am Faustus-Bericht. Nachmittags Brief an Feist in Sachen Lotte. Dazwischen Vortrag für Erika zur Bestimmung der Antwort an St. Louis Dispatch, die sie vorzüglich zusammensetzte. Abends sehr müde u. überreizt.

P. P. Montag den 5. VII. 48

Klarer Himmel gleich morgens. Wohltätigkeit des Sekonals. Sicherer Schlaf. Morgens bunte Träume. Eisenhower macht die Nomination durch Truman selbst zur Bedingung seiner Annahme. Dieser soll sich der Partei opfern, sagt aber, Ike sei im Herzen ein Republikaner. – Arbeit am Faust-Bericht. Mit K. ausgefahren. In Einsteins »Mozart«. Zum Thee Dr. von Hofe, vor seiner Europa- und Deutschland-Reise. Lotte Walter, Erika. Gespräch allein mit ihm bis 7 Uhr. Zur Erholung im Garten. Sehr glänzender Sommerabend. – Erika abends bei mir. Eisenhowers Absage. Tatsächlich könnte seine Rolle nur sein, entweder das Land in den Krieg zu führen oder die Politik des cold war, die zum Bankrott führt, umzuwerfen und Marshall zu entlassen. Es hat keinen Sinn, den gegenwärtigen Unsinn unter seiner Autorität fortzusetzen. Dewey scheint uns sicher. In Palestina enthüllt Bernadotte sich mehr und mehr als Runciman.

P. P. Dienstag den 6. VII. 48

Jim Roosevelt gibt nicht auf. Die Eisenhower Draft Bewegung geht weiter. – Sommerlich. Frühstück auf der Terrasse. Am Autobiographischen. Um 11 Uhr sprang der kleine Frido herein und auf meinen Schoß. Begrüßung mit den Eltern und Toni. (Die Familie hatte am Strand übernachtet.) Frido, gewachsen, schlank, hübscher als je mit seinen kräftigen zweiten Zähnen. – Ging Amalfi Drive u. wurde von Erika mit Frido eingeholt. – Brief von Stössinger und Artikel über Faustus in »Neue Wege«, der guten Zürcher Zeitschrift. – Die Meyer schickt einen Vortrag. – Schnöder und ignoranter Artikel eines Columbia Professors über meine Essayistik. – In Einsteins

»Mozart«. – Die Bübchen schlafen in K.'s Zimmer, zwischen ihnen der Pudel. (Zum Thee Mr. Morris von der Unitarian Church. Vortragswünsche.)

P. P. Mittwoch den 7. VII. 48

Sommerlich warm. Morgens die Bübchen. Der Hader um Berlin. Prager Demonstration für Beneš und gegen die Kommunisten, wahrscheinlich stark übertrieben. – Brief von Adorno über seine Person und Laufbahn, auf Wunsch. – Am Autobiographischen. Sehr viel Post. Bücher aus Deutschland u. der Schweiz. Jahrbuch des Bermann Verlags, Goethe-Eckermann von Artemis (Zürich). Zeitschriften. – Hysterischer Anfall Moni's, Erika sehr hilfreich, während wir das Bowl-Propaganda Dinner im Hotel Beverly Hills besuchen mußten. Alma Mahler, Walter, Ormandy, Montemezzi, Toch, Strawinskys, Szigetti. Amerikanische Reden. Zu Hause musizierte Bibi mit Menuhins Schwester, die Mann und Kinder mitgebracht hatte. Erika berichtet über den infantilen Verlauf des Anfalls der armen Moni.

P. P. Dienstag den 8. VII. 48

Klaus Pr. beklagt sich brieflich über seine Nicht-Einladung gestern. – Sommerlich warm. – Der Unsinn jener giftigen Kritik in »Nation« geht mir nach dieser Tage. Sollte mir nicht erlauben, innerlich dagegen zu polemisieren. Und doch will dergleichen verarbeitet sein. Der »Historiker« bildet sich ein, entgegen den Eulogieen der Gegenwart das Urteil der Nachwelt vorwegzunehmen. Er traut sich die »große« Perspektive zu – bei voller Ignoranz. – Dem Mut zur gegenwärtigen Arbeit ist bei dem der Eindruck nicht zuträglich. – – Am Biographischen. Mit K. auf der Promenade. Dann Familienfrühstück bei Eva Hermann, ohne Moni, die das Bett hütet. Nachmittags Diktate an die Kahn, unterbrochen von dem Besuch Dr. Blochs aus Chicago. Brief an Knopf zugunsten von W. Speyer, dessen Lebensproblem aber eigentlich wohl durch die Rückkehr nach

Europa am ehesten zu lösen wäre. – Aufsätze der Hudson Review.

P. P. Freitag den 9. VII. 48

Am F.-Bericht. Brief an den Komponisten Moeschinger und Zeilen an Mrs. Meyer. Frido abends mit mir, plaudernd. Das schwarze Couple außer Dienst, überworfen, Trunkenheit des Mannes. Bermann-Fischer Zehnjahr-Buch.

P. P. Sonnabend den 10. VII. 48

Sommerlich warm. Die Leute wieder Dienst tuend. In den Blättern nicht ein erfreuliches. Zusammenbruch des Eisenhower-Boom durch endgültiges Nein. In Palestina die Juden im Unterliegen. Die Welt hat einfach den Untergang dieser Menschen beschlossen. Mit Erika über die »Stimmigkeit« im Verhalten der »Nation«. Mit der ordinären Smear-Campaign gegen Wallace stimmt die Veröffentlichung des herunterreißenden Artikels gegen mich durchaus, in einem höheren Sinn sogar befriedigend überein. Brief an die Kirchwey? – – Artikel der Mazzucchetti über Faustus in »Il Ponte«. – Artikel von Adorno über Musik im faschistischen Zeitalter (Manuskript, gut.) – – Geschrieben am Faust-Bericht. Nicht weit gegangen. Kam die italienische »Carlotta a Weimar«, mit Illustrationen, brr. Die Straßburger »Etudes« mit interessantem Faustus-Artikel von Pierre Lorson S. J. »Ein berühmter deutscher Schriftsteller« hat ihm gesagt, das Ganze sei »Literatur« und Schwindel. Le colonnel! – Dankesbrief an den Verfasser. Erika zieht nachmittags zu Walters. Zum Abendessen der alte u. der jüngere Klaus. Gab dem ersteren das sehr gute kritische Manuskript von Adorno zu lesen. – Sehr warmer Abend. Im Eckermann, erheitert.

P. P. Sonntag den 11. VII. 48

Etwas kühler, leicht neblig. K. holt Medi u. ihre Töchter ein. Frühstück allein auf der Terrasse. Frido hämmert sich eine Leiter. – Am Faust-Bericht. Brief an Stössinger (Zürich). In Lichtenbergs Briefen. – Nachts Selbstmordversuch Klaus' in seiner Wohnung mit Gas. Im Hospital. Information durch Presse und Polizei. K. fährt gegen 1 Uhr zu ihm. Sprach etwa 3 Uhr an meinem Stuhl vor bei ihrer Rückkehr. Eine Privat-nurse beschafft.

P. P. Montag den 12. VII. 48

Morgens mit K. und Medi über die Schwierigkeit der traurigen Lage. Beim Frühstück Erika. Erörterungen und Beratungen. Teilnehmendes und bereitwilliges Verhalten der Walters. Erika zu Klaus. – Dieser wird zunächst bei Walters aufgenommen, geht dann zu Golo nach Paolo alto und wird danach hier eine neue Wohnung nehmen. – Zerstreute Arbeit, unterbrochen von Mitteilungen K.'s. – Mit ihr etwas ausgefahren nach Santa Monica. Handschriftl. Briefe an die Mazzucchetti, Adorno und andere. Zum Abendessen Heinrich.

P. P. Dienstag den 13. VII. 48

Neblig bedeckt, kühl. Morgens mit Frido. Teilnehmendes Telegramm von Bermann, das zeigt, daß auch die europ. Presse den Vorfall aufgenommen. – Mit Medi beim Frühstück über die »Nation« und ihre Verirrungen. Frido zum Zahnarzt. – Kehrte glücklich verrichteter Dinge zurück. An den Erinnerungen. Ging über das alte Haus. Gleich zwei Faustbesprechungen heute, deutsch- und amerikanisch-akademisch. Viel beschwerliche Post. Brief von Preetorius, auch wieder über Faustus. – Nachmittags mit K. 1½ Stunden bei Klaus im Hause Walter. Dazu Erika. Gerührt von seinem gutartig zarten Wesen. Die Handgelenke verbunden. Sehr, sehr müde nachher. Nach dem Abendessen allein in meinem Zimmer. Brief an Wahl, Salzburg, zur Veröffentlichung korrigiert. – Angelegenheit der Lübecker Marienkirche.

P. P. Mittwoch den 14. VII. 48

Democratic Convention ergreifende Huldigung für F.D.R.. Leidenschaftliche Rede der Douglas. – Kabel an die »Lübecker Nachrichten«. Überweisung meiner deutschen Honorare. – An den Erinnerungen. Gegangen Amalfi Drive ganz hinab. Nachmittags Diktate an die Kahn, danach geschrieben an Dr. Sell. Abends »Urmensch und Mysterium« von Kerényi. Beziehungen zum Gregorius. – Erika hier nachmittags zur Ordnung von Klaus' Sachen, mit dem jungen Sailor »Harold«, einem gutmütigen und nichtssagenden jungen Arbeitsmann, der geweint haben soll. »Kondolenz«-Briefe an Klaus, die Erika z. T. sekretiert.

P. P. Donnerstag den 15. VII. 48

Nomination Trumans. Attentat auf den italienischen Kommunistenführer. Russische Zurückweisung der Alliierten-Note wegen Berlin. – An den Erinnerungen. – Nach S. Monica zur Fußpflege. – Lunch mit K. im Miramar, während die Kinder Picnic am Strande hatten. – Nach dem Thee las ich Frido Märchen von Andersen vor. – Verschiedenes in B. Fischers 10 Jahr-Buch und Einiges im Eckermann-Sorel.

P. P. Freitag den 16. VII. 48

Leichte Nebel, dann Sonne. – Upton Sinclair fordert Wallace auf, zu verzichten. – An den Erinnerungen. – Auf der Promenade mit Dr. Jacobson. – Nach Tische Korrektur von »Gregorius«-Abschrift. – Zum Thee Vater und Tochter in Sachen der südamerikanischen Judenkolonie. – Brief an den Studenten Fetscher in Göttingen. – Zum Abendessen Neumanns, später die Jacobson. Vorlesung der Kapitel »Die Kinder« und »Die schlimmen Kinder« für diese nebst Moni, Medi, Bibi und Gret. Mußte selbst viel lachen. Neumann angetan vom Sprachlichen.

P. P. Sonnabend den 17. VII. 48

Erzählte beim Morgenkaffee Medi den Hergang der Legende. – Nebel. – An den Faustus-Erinnerungen. – Gegangen über das Alte Haus. – Von Basler Korrodis Besprechung der »Neuen Studien«. Artikel über franz. Préciosité. – Diktierte K. längeres statement zugunsten der jüdischen Siedlung in Süd-Amerika. Schrieb danach Briefe an Basler und Kerényi. Abends »André Chénier«.

P. P. Sonntag den 18. VII. 48

Morgens nebeldunkel wie jetzt üblich. Frido mit Bogen und Pfeilen, schlank und lieblich. Wollte von dem Liede »Mit dem Pfeil, dem Bogen« nicht viel wissen. – Die Lage in Berlin sehr gespannt. Transport von ein paar Dutzend schwerer Bomber von hier nach England. Der Krieg aber bedeutete eine unabsehbare Revolution, in der, was »wir« verteidigen, der Monopol-Kapitalismus, bestimmt unterginge. – – Arbeit an den Erinnerungen. Gegangen bis zum Boulevard, von Medi geholt. – Nachmittags Erika, vorübergehend. Mit ihr über Geschenke für K. zum Geburtstag. Frido vorgelesen: Die Nachtigall. Abends in Einsteins »Mozart«. Etwas Musik gehört. Ein paar handschr. Briefe.

P. P. Montag den 19. VII. 48

Geängstigt durch das Vergehen der Zeit. – Dunkler Nebel, im Lauf der Tage nur stundenweise weichend. – An den Erinnerungen. – Zum Haarschneiden in Westwood. – Ekelhafter Klatsch in einem Memoiren-Buch von H. v. Hülsen, das zum Einlauf gehörte. Quälend dégoûtant. – Herzliche Briefe von Basler und Marck wegen Klaus. Auch im »Aufbau« anständig über ihn. Deutsche Briefe. – Erwiderung an Landshoff K. diktiert und mehreres Handschriftliche erledigt (Becher). Vieles rückständig. Närrisches Statement über Deutschland von dem Amerikaner Spring in der Schweiz. Abends Durchsicht von Drucksachen.

P. P. Dienstag den 20. VII. 48

Nebeldunkel. – In Washington Konferenzen in Sachen der Berliner Krisis. Zögern mit kriegerischen Maßnahmen. – Arbeit am Autobiographischen. Gegangen zum Sitz an der Straße. – Bücher, Briefe wegen Klaus. Sehr gutes Heft der Ostzonen-Zeitschrift »Aufbau« mit Artikel von W. Victor über den Faustus. – Handschr. Briefe. Mozart-Requiem. Mendelssohn-Konzert, dritter Satz, Millstein. K. mit ihrem Bruder bei Ormandi im Tschaikowsky Bowl-Konzert. Abendessen mit Medi, Gret und Moni. – Empfing vom Lübecker T.M. Archiv Bild der Mengstraßen-Ruine mit Stütz-Gerüst hinter der Façade.

P. P. Mittwoch den 21. VII. 48

Verhaftung von 12 kommunistischen Führern wegen Conspiracy. Kriegsmaßnahmen. Es steht schlimm. – Eifrig an dem Autobiographischen. (Adorno). – Von einem Inder schöne Pfirsiche. – Viel deutsche Post. – Der Kahn zahlreiche Briefe diktiert. Improvisation über Harden für einen Doktoranden. – Auch Handschriftliches. – Zum Abendessen Liesl Frank und ihr Verlobter, der Regisseur Mittler. Dazu Erika. – Las abends Kahlers Aufsatz über den »Faustus« noch einmal. – Erika berichtet, daß sowohl Frankreich wie die Benelux-Länder kriegerische Maßnahmen gegen Rußland in Berlin energisch abgelehnt haben. Europa entscheidet! Das State Department zurechtgewiesen.

P. P. Donnerstag den 22. VII. 48

Der gleiche Wettercharakter. Große Begierde mit den Faust-Erinnerungen vorwärts zu kommen. – Daran geschrieben. – Gegangen zum Alten Haus. K. berichtet auf der Rückfahrt, daß nach Mitteilungen, die über Liesl Frank u. a. aus New York kommen, der Faustus dennoch Choice des B. of the M. Club ist, noch ungewiß für welchen Monat. So etwas freut mich weniger meinetwegen als für meine Feinde. – Langer Bericht Bermanns aus Amsterdam über die Eindrücke und Erfolge seiner Reise nach Deutschland und Wien. – Schrieb an die Meyer. – Bücher-Eingang.

P. P. Freitag den 23. VII. 48

Arbeit am Faustus-report. Mit K. in P. P. Park. Sommerlich. Brief von Schülern Bertrams, Bitte für ihn zu zeugen, wie Hesse es getan. Bedenklich und zu bedenken. – Schrieb an Becher über den »Aufbau«. – Heinrich zum Abendessen. Über Berlin und die Anfrage wegen Harden.

P. P. Sonnabend den 24. VII. 48

K.'s 65. Geburtstag. Morgens mit ihr und Medi. Telegramm für sie. Heinrich gratuliert – auch zu den »mindestens 80 000 Dollars«, die ich, nach Feuchtwanger, vom Buchklub bekommen soll! – – Unterbrochene Arbeit am Autobiographischen. Gegen 11 Uhr Erika. Bescherung K.'s, hübsche Sachen, Kaffeeservice aus Bayern mit U.S. Stempel. Die Kinder mit Erika-Gedichten, überaus drollig. Die kleine Angelica auf deutsch-amerikanisch. Frido mit »Boy, boy, what a day« endend. Sehr erheitert. – Mittags mit K. Corona del Mare. Klaus kam nachmittags. Einiges Handschriftliche. Abends große Tafel, Walters, Eva Hermann, Klaus Pringsheim, die Kinder bis auf Golo, 12 Personen. Champagner-Cocktail und auch Champagner bei Tisch. Freundschaftliche Unterhaltung. Walter bewegt von der Buchklub-Nachricht: ein so singuläres Buch! Über Schauspieler und Musik. Die Kinder wiederholten ihre Sprüche. Auch Rauferei und Verwundung zwischen ihnen. Erika fuhr mit Walters. Klaus mit der wieder kränkelnden Gemme. Medi, Gret und Bibi schwatzten im Living Room noch lange nach unserer Verabschiedung. – Moni verstört und leidend aussehend, dabei kritisch, – unselig. Armes Kind. Wünsche sehr ihre Niederlassung in der Schweiz.

P. P. Sonntag den 25. VII. 48

Früh mit K. und Medi. Frühstück auf der Terrasse. – Arbeit an den Erinnerungen. Gegangen u. mit K. und Klaus heimgefahren. Dieser zum Lunch. Besprach mit ihm angeblichen Abschiedsbrief Masaryks an Stalin, veröffentlicht vom New Leader. – Schrieb mehrere Briefe und fertigte solche aus. Abendessen nur mit K. und Moni, da die anderen im Theater. Anruf Erikas: Lisl Frank habe K. erzählt, daß seine Abschiedsbriefe an Mutter u. Schwester von der Polizei der Presse übergeben worden. E. hat es ihm unglaubhaft gemacht. Alma und Lisl, beide taub. Tragi-komisch. Und es fügt nicht viel hinzu. – Las in einem deutschen Buch über Sophokles. Begann »Ape and Essence« von Huxley zu lesen. – Klaus überbrachte ausgezeichnete Faustus-Besprechung aus »Ost u. West« von Hans Mayer. – Schlangestehen in Freiburg nach dem Buch. – Erkältet. Schnupfen und Husten.

Dienstag nach der Arbeit Spaziergang und Lunch mit J. Maaß. Schwedischer Film-Photograph, der berichtet, der Sekretär der Schwed. Akademie habe in Swenska Dagbladet die nochmalige Erteilung des Nobel-Preises an mich beantragt. – Beamter von F.B.I. zur Investigation über Wallenberg. – Diktatbriefe ausgefertigt (geschrieben von K.)

Mittwoch abends zur Haupt-Probe von Mahlers 8. Symphonie unter Ormandy in der Bowl. Der blutjunge 1. Cellist in der roten Jacke, bemerkenswert. Alma als grande veuve. Besuche in unserer Loge. – Eil-Sorge wegen der laufenden Arbeit. –

Freitag den 30. Brief über Bertram, einläßlich. – Feier von Fridos und Tonis Geburtstag. Zündete die Tortenlichter an. Beglückende Geschenke. Armbanduhr für Frido. – Diktate an die Kahn. Sehr müde. Las abends in The Trials of O. Wilde, von der Herz gesandt.

Sonnabend den 31. Sehr sommerlich. Medi und ihre Kleinen bereiten sich zur Abreise. Ich war gestern Abend, nach Langusten und Champagner, lange im Familienkreis im Wohnzimmer. Klaus freundlich gegenwärtig. – Den Brief über Bertram abgeschlossen, nach Tische vorgelesen, nachmittags Verbesserungen. – Am Autobiographischen weiter. Sonst Handschriftliches. ½8 holte Erika Medi u. ihre Kleinen ab, sie zum Bahnhof zu fahren. Verabschiedung von dem lieben Kind, das sich schwer trennte. Winken im Hof. – Las gefesselt, wenn auch sprunghaft in Adorno's Manuskript »Philosophie der modernen Musik«. (Stravinsky.) Faustus hat mehr indirekt als direkt, viel aufgenommen. Was zur »Verzweiflung« beitrug, wurde ausgewählt.

P. P. Sonntag den 1. VIII. 48

Ruhiger im Haus. Frido, Sünder, hat Löcher in die Terrassen-Jalousie gestoßen. – An den Erinnerungen immer fort. – Ging mit Frido spazieren. – Abschrift des Bertram-Briefes, korrigiert. – Mehrere kurze Briefe. – Las viel in Adorno's Mt. über Stravinsky, post festum sozusagen, aber außerordentlich interessant. – Zum Thee W. Hallgarten und Frau.

P. P. Montag den 2. VIII. 48

Erkrankung an gastrischer Grippe, Durchfall, heftig, leichtes Fieber. Nachmittags Dr. Wolf. Empirin-Kodein; starkes Schwitzen. Erkältung gleichzeitig.

P. P. Mittwoch den 4. VIII. 48

Gestern tagüber im Schlafzimmer, Diät, Schlafrock. Gelesen in Wilde's Trials, trübselig. Nahm schließlich Fontanes »Von 20 bis 30« vor. – Germanistischer Brief von der Jacobson. – Brief an Knopf diktiert. Den Bertram-Brief an Hesse. – Heute den Thee im Schlafzimmer. Noch sehr schlechter Leib. –

P. P. Donnerstag den 5. VIII. 48

Gestern sehr elend. Mit Gewalt etwas an den Memoiren. Abends starke Kopfschmerzen. Empirin. Danach Sedormit, danach gut und fest geschlafen. – Druckschriften der Londoner Goethe Society. Berliner Zeitschrift »Das Lot«, vanguard. – In Fontanes Erinnerungen. Kühl heute und neblig. Magen und Gedärm etwas besser. – Frido brachte mir gestern ein Wunschblatt mit »Gute Besserung« und einer Malerei, wie wir zusammen spazieren gehen. – – An dem Schreibwerk. Nachmittags Brief an den Lübecker Bürgermeister i. S. Marienkirche. Beeindruckt von Connelly-Palinurus' »The Unquiet Grave« in der Berliner Zeitschrift. Erika redete mir von meinem Interesse einiges aus. Verdarb mir den Magen neuerdings mit einem Chokolade-Auflauf. Brahms' Haydn-Variationen abends. Natürlich die feinere, höhere Musik im Vergleich mit Tschaikowsky.

P. P. Freitag den 6. VIII. 48

Nachts umgetrieben von Sodbrennen. Schlief einige Stunden im Liegestuhl nach Einnahme von Natron. Frühstückte im Schlafzimmer, mag das aber nicht mehr, unwillig mich bedienen zu lassen. Beging den Fehler, den Chokolade-Auflauf anzuklagen. – Neblig, kühl. – Gearbeitet, mit Cigaretten, was sehr schädlich. Mit K. etwas ausgefahren. Marode, appetitlos, Sodbrennen. Nachmittags handschr. Kleinigkeiten. Zum Abendessen, bei dem ich nichts aß, Neumanns. Einige Heiterkeit. – Merkwürdiges Manuskript eines Linden Dalberg in Kent, das Emerson und mich als Repräsentanten des Amerikanismus und Europäismus behandelt.

P. P. Sonnabend den 7. VIII. 48

Nebliger Morgen. K. andauernder Darmkatarrh. Mein Magen weiter sehr schwach. – Gearbeitet, zu lange. Allein etwas gegangen und von Erika geholt. Nahm nach Tisch etwas Kaffee u. rauchte eine kleine Kuba. Besseres Befinden. Nachmittags einiges Handschriftliche. Las dann Frido Andersens »Feuerzeug«. (Aladdin.) Abends in dem Mt. von Dalberg. Neuerdings verdorbener Magen, sehr unwohl. Warnungen Erikas, die morgen früh für einige Tage beruflich verreist.

P. P. Sonntag den 8. VIII. 48

Unruhige Nacht. Sehr oft erwacht. K. gebessert. Frühstück mit ihr im Schlafzimmer. Liebreiz des kleinen Frido. – Geschrieben, geschrieben und geschwitzt von Infektionsmüdigkeit. Etwas gegangen u. mit Frido zurückgefahren. Zum Lunch der Onkel Klaus. Sohn Klaus ebenfalls erkrankt an der kleinen Seuche. Gelesen in der Emerson-Anthologie, die mich freut. Einiges Handschriftliche nach dem Thee. Las dann Frido das »Häßliche junge Entlein« vor, was mich sehr ermüdete. Abends hatte er vergessen, mir gute Nacht zu sagen, und ich ging zu seiner Freude zu ihm hinauf.

P. P. Montag den 9. VIII. 48

Noch andauernd gespannter Leib und schwacher Magen, auch schwache Nerven. Kann dergleichen Influenzen garnicht vertragen. – Frühstück mit K. in meinem Schlafzimmer am Spieltisch. – Am Autobiographischen, auch nachmittags. Ziemlich weit gegangen. Heinrich zum Abendessen (mit Klaus). Er ging früh mit Rücksicht auf unsere Invalidität.

P. P. Dienstag den 10. VIII. 48

Zustand unverändert. Frühstück wieder oben. Wohltuend abends im Stuhl das Lesen von Fontanes Jugenderinnerungen. – Gearbeitet. Mit K. Corona del Mare. – Monika, wunderliche Hausgenossin, bedrückt und reizt K. so sehr, daß ihr Weggang zu wünschen. – Wenig gegessen. – Große Abneigung, nachmittags noch irgend etwas zu tun. – Rückkehr Erikas von Stockton, rebus bene gestis. – Gute Briefe von Pavel Eisner (Prag) an K., Klaus und mich. Ein Getreuer. – Brief eines Münchener Rechtsanwalts über die Rückgabe unserer Vermögenswerte. Kollege Heins beklagt sich über mein »menschliches Versagen«! – Hörten abends Erikas Forum-Diskussion on the air. Tapfer und wohllautend, aber zu deutschfeindlich von ihrer Seite.

P. P. Mittwoch den 11. VIII. 48

Frühstück im Schlafzimmer. Ließ das Baden, um schneller zur Arbeit zu kommen. – Geschrieben. – In Westwood zur Bank und zum Haarschneiden. – Briefe von Tutti Fischer über Faustus und seine »lebensverändernde« Wirkung. Dazu von ihrer Mutter. Glückwunsch zum Buch-Club. – Agent Marton zum Thee, mit Klaus und Erika. Über den Zauberberg-Film. Arbeitskonferenz in London für Anfang Oktober geplant. – Endgültiges Ende des Couples Joe-Felix. Ohne Hilfe zunächst. – Gelesen in dem (auf englisch möglichen) Göbbels Buch des ordinären und geschickten Rieß. Abends mit K. allein.

P. P. Donnerstag den 12. VIII. 48

Neblig. Ging nach dem Bad zum Frühstück hinunter. Besorgte Papierkorb und Aschenbecher. – Geschrieben, geschrieben. Vergaß, mich zu rasieren. Ging wenig. Brief von E. R. Curtius wegen Klaus. Antwortete nachmittags. – Langer philosophischer Aufsatz von Prof. Kaufmann über Faustus. Brief von Vikko und weitere Kostprobe aus seinem Erinnerungsbuch, Kapitel über das verlorene Bilderbuch aus Palestrina.

P. P. Freitag den 13. VIII. 48

Morgens die Straße hinaufgegangen. Neubauten. Frido stolz auf seinen geraden Scheitel, wie ein Highway. – Mißlungener Versuch, mir morgens Kaffee zu bereiten. – K. im Interesse der Frau ihres Bruders nach Los Angeles und über Mittag fort. – Geschrieben, zuletzt falsch. Etwas gegangen. Die Antwort Knopfs besagt, daß B. of the M. den Faustus mutmaßlich November als one of a dual herausbringen wird. Die Auflage dürfte 250 000 (!) mein Honorar 25 000 $ sein. – Nachmittags zahlr. Diktate an die Kahn. Später handschriftlich an Dr. Kaufmann über seinen Aufsatz. Gelesen in Rieß' »Göbbels«. Auf englisch geht es.

P. P. Sonnabend den 14. VIII. 48

Wärmlicher Nebel vormittags. Rückkehr der Joe. Ihr nigger wird das hospital zu ernstlicher Kur aufsuchen. – Früh wieder Kaffee. Danach gebadet. Frühstück auf der Terrasse. Geschrieben. Weit gegangen. Nachmittags langen Brief an Vikko über sein Buch u. die Münchener Rückerstattungsfragen K. diktiert. Abends Klaus zum Abschied vor seiner Abreise nach Amsterdam. Gute Wünsche. Betonung meines Interesses daran, daß er in London mit Marton und Korda das Zbg-treatment herstellt. Mahnung an die Beweise sozialer Freundschaft u. Sympathie, die er erfahren. Fährt ab mit Erika und »Harold«, blind spot.

P. P. Sonntag den 15. VIII. 48

Andauer der starken Morgennebel. Große Feuchtigkeit der Luft. Morgens jetzt wieder Kaffee. Beim Frühstück mit K. über das trübe Problem Moni. Lehnte die Hypothese eines physischen Gehirnleidens ab. – Geschrieben an den Erinnerungen, auch nachmittags. (Reisiger). Abschrift des langen Briefes an Vikko, ergänzt.

P. P. Montag den 16. VIII. 48

Nebelwetter, andauernd. – Beim Frühstück: »Anakreons Grab«, sehr ungewohnte Aufnahme. (Textfragen.) – Geschrieben. Gegangen über das Alte Haus. Langer Brief von Reisiger nun doch, voller Selbstbeherrschung, Minimum von Empfindlichkeit. – Las Frido vor: Die kleine Seejungfrau. Las Zeitschriften. Lachte sehr über eine F.D.R.-Erinnerungs-Parodie im New Yorker. Neumanns zum Thee, Abschied nehmend nach Europa.

P. P. Dienstag den 17. VIII. 48

Verbessert und geschrieben. Gegangen. Rückkehr Erika's von Ohio. Mit ihr manches besprochen. Handschr. Briefe an Reisiger und E. Toch (über sein Musik-Buch). Gelesen in »Sophokles« von K. Reinhardt.

P. P. Mittwoch den 18. VIII. 48

Sonne von früh an. Geschrieben. Über das Alte Haus gegangen. »Goethe et Tolstoi«, französisch. Zum Thee Dr. Bloch und Frau von Chicago. Viele Brief-Ausfertigungen. Abends Kammermusik bei Eva Hermann, mit Vandenburg. Seine Frau angenehm. Mendelssohn, Haydn und Brahms. Ging etwas über Stock und Stein. Bowle und Kaffee. Spät zu Bette. – Br. Walter, recht zuckerkrank, gibt seinen schlechten Arzt auf und geht zu Dr. Wolf. – Telephon mit Adorno.

P. P. Donnerstag den 19. VIII. 48

Klarer Morgen. Ekel vor den Hearings in Washington. Die Mörder von C. U. Activities. Das Ganze Feldzug gegen das Andenken Roosevelts. – – Geschrieben, rasch. Schloß den 8. Abschnitt nachmittags ab. Vernachlässige die Post. Ging bis zur Wegkreuzung. Las abends den letztgeschriebenen Abschnitt, der hübsch bunt ist, der Familie vor: K., Erika, Gret und der stummen Moni. Guter Eindruck im Ganzen. Einzelne Ratschläge. – Reinhardt über Sophokles' »Ödipus.«

P. P. Freitag den 20. VIII. 48

Verbesserungen, Einschränkungen. Etwas weiter. – Erika siedelt zu Walters über, um Golo Platz zu machen, der aber noch auf sich warten läßt. Brief-Diktate an die Kahn. Nachwort zum Time Capsule-Text von vor 10 Jahren. Komplex von Angells »T.M. Reader«. – Abends mit K. allein. Kinder und Eltern mit Eva Hermann zu einem Ausflug. – Moni bettlägrig nach einer Zahnoperation unter Narkose.

P. P. Sonnabend den 21. VIII. 48

Nebel. Leichte Darmaffektion aufs neue. Gestern Ödipus-Studien schon wieder für die Legende. – Geschrieben. – Mit K. Corona de[l] Mar[e]. Die Bübchen im Garten unterm Wasserstrahl, höchst vergnügt. Bei Adornos zum Thee. Brachte ihm sein Mt. zurück. Hierüber. Las dann das neulich hier mitgeteilte Kapitel aus den Memoiren. – Nach dem Abendessen zu Feuchtwangers. Lesung seines neuen Theaterstücks vor ca. 15 Gästen. Hat mit einem Drama kaum Ähnlichkeit. Gingen nach dem II. Akt, ohne Buffet-Genuß und nach K.'s Meinung auf hochmütige Art. Es war spät genug, und ich war sehr schläfrig.

P. P. Sonntag den 22. VIII. 48

Morgennebel. Gebadet u. auf der Terrasse gefrühstückt. Nur einen Gedanken: mit Erinnerungen vorwärts zu kommen. – Geschrieben. Weit gegangen und mit der Gemme zurückgefahren. Eintreffen Golo's. Auch Erika zum Lunch. Unter vier Augen Bericht über Walters besorgniserregenden Gesundheitszustand. Nachmittags Brief an Bermann nach einer Skizze von K.. Annahme der 8,7% für Joseph unter Protest. Reizende, elfenhafte Art des kleinen Frido sich zu bewegen, zu laufen, sich zu wenden. Zum Abendessen der alte Klaus. Über Tochs Buch. Der Konservativen Wut über die Verwandlung der Horizontalen in die Vertikale. Melodie als Akkord. – Abends lange in Fontanes »Von 20 bis 30«. Sehr liebe Lektüre.

P. P. Montag den 23. VIII. 48

Geschrieben. Gegangen übers Alte Haus bei herrlichem Wind. Mittagessen mit Golo. Deutsche Zeitschriften. Im Zürcher »Tages-Anzeiger« Artikel »Das Echo« review der Faustus-Besprechungen. – Las nachmittags Frido aus Andersen vor. Die »Galoschen« bewährten sich nicht. – Verbesserungen an den Memoiren.

P. P. Dienstag den 24. VIII. 48

Amplifiziert und weiter geschrieben. Etwas gegangen. Nachmittags Handschriftliches. Verstimmungen und Mißlichkeiten mit der armen Monika, die möglichst bald fort muß. Golo mit der Verhandlung dringend beauftragt. – Band Lustspiele von Hofmannsthal. Tiefer Snobismus. Schlechte Bücher des »Lee von Dowsky«, alberne Existenz.

P. P. Mittwoch den 25. VIII. 48

Geschrieben. Etwas gegangen. Die Kahn zum Briefdiktat. Danach noch am Mt.. Zum Supper Horckheimers. Über seinen Aufenthalt in Deutschland. Aus seinem Frankfurter Vortrag. »Man kann die Deutschen alles sagen machen.« Überzeugungslosigkeit, ohne innere Form und Heftigkeit. Liebe zur Macht und zum Siegreichen. – Seit ein paar Tagen abends Licht- und fadenförmige Dunkel-Erscheinung im linken Auge, offenbar vom Gehirn ausgehend. – Walters Aussehen soll dank dem neuen Herzmittel besser sein. Leichte Angina pectoris.

P. P. Donnerstag den 26. VIII. 48

Geschrieben, Roosevelts Tod. Nach Santa Monica zur Fußpflege. Dann Lunch im Miramar. Nachricht von Knopf[,] daß der Buch-Club »Faustus« zusammen mit Maughams neuem Roman für November gewählt hat und die reguläre Ausgabe 25. Oktober erscheinen [soll]. Aus Oxford über die Taylor lecture im Mai und damit verbundener Promovierung. Bilder aus Bautzen mit der von den Russen nach mir benannten Straße. – Brief von der Tochter Gabriele Reuters über die Nietzsche-Stelle aus den Memoiren ihrer Mutter, die ich im Faustus benützte. Fügt Brief bei von K.'s Mutter aus dem Jahre 1904. – K. mit ihrem Bruder ins Bowl-Konzert, Wagner-Programm mit der Traubel und Melchior. – Las Frido »Die wilden Schwäne« vor. – Master of arts-Arbeit einer J. S. Perkins über den »Zauberberg«, kindisch.

P. P. Freitag den 27. VIII. 48
Geschrieben. Gegangen über das Alte Haus. Viel lästige Post. Zum Thee Mr. Tabori, der den neuen Plan gehegt, »Mario u.d.Z.« zu dramatisieren. – Beschluß, die arme Moni eine Stunde weit in das anthroposophische Guest House zu expedieren, wo Heinrich und Huxley zeitweise lebten. – 7 Uhr zu Walters zum Abendessen mit Erika. Musik und familiäre Unterhaltung. Viel gegessen und getrunken. Kohle vorm Schlafengehen und angenehme Lektüre in Fontanes Erinnerungen.

P. P. Sonnabend den 28. VIII. 48
Dicker Nebel morgens. Im Osten mörderische Hitzewelle. Die schwarze Joe, nach gestrigem willkürlichem Ausbleiben, kehrt zurück. – Geschrieben. – Moni nach arger Szene, blödem Gebahren, von Gret zu größter Erleichterung K.'s expediert. – Gegangen. – Zum Thee van Leydens mit Sohn. – Zum Abendessen Heinrich und Erika. – Fiedler sendet warme Besprechung der »Neuen Studien«. Brief an ihn.

P. P. Sonntag den 29. VIII. 48
Ging morgens mit Frido die Straße hinauf spazieren. Nebel und Bläue. Gearbeitet. Gegangen mit K. und Frido. Von Golo geholt. Gelesen Hofmannsthal »Schwieriger«. Beschäftigung mit dem Manuskript. Erika zum Abendessen. Vorlesung von Teil VI. Lob und Bedenken. Die Kinder finden es höchst interessant.

P. P. Montag den 30. VIII. 48
Etwas geschrieben. Wegen schmerzender Zehe noch einmal zu Arenson. Gegangen, etwas belästigt, auf der Promenade. »Short Novels of the Masters«, Anthologie von Neider mit »Death in Venice«. Frido mit der Auto-Tür an der Hand verwundet. Ergriffen von den Tränen in seinen schönen blauen Augen. Las ihm die 1. Hälfte von »Zwerg Nase«. Musikalische Soiree bei Albersheims. Lieder von Schumann und Mahler.

Flöten-Pièce von Bach. Quatre-Mains von Mozart. Viel Bewirtung, viel Kaffee. Gespräche mit dem kehlkopfleidenden Dirigenten Zweig.

P. P. Dienstag den 31. VIII. 48

Seit gestern sehr warm. Aus New York Klagen über die monströse Hitze. Bevorstehende Abreise Medi's und ihres Mannes nach Europa. – Geschrieben und gegangen. Nach dem Thee Cocktail-Empfang bei Arlts zu Ehren Alma Werfels, ihres Geburtstags. Brachten Rosen und Büchlein (Studien). Slezak. Korngold. Von unidentifizierter Seite Elogen über den Faustus. Abends Zeitschriften, müde von 2 Martinis. Im New Yorker guter Artikel über die Hearings.

Mittwoch den 1. IX. 48

Starker Morgennebel, schwindend. – Las gestern in Vikkos Buch-Manuskript, von dem der Konstanzer Verlag einen Teil übersandte. Schilderung seiner Studienzeit in Weihenstephan und seines Dienstjahres gefiel mir. Gab es K., die die Echtheit bezweifelt. Mag recht haben. – Aufhebung der Blockade Berlins scheint bevorzustehen. – Geschrieben und gegangen. – Von Oprecht Exemplare von »Jeunesse« zum signieren. Artikel, französisch, über Faustus, für den Mercure de France bestimmt, von Angelloz. Trocken. – Nachmittags Brief-Diktate, schrecklich anstrengend. Erika zu Besuch mit der Nachricht, daß [Moni?] von ihrem Aufenthalt entwichen, sich bei einer Bekannten in L. A. befindet u. nach einem Nervenarzt verlangt. – Abends mit K. und den Bübchen allein. Frido anhänglich und reizend. »Du mußt Dich nicht zwingen« – nämlich mit zum Lunch an den Strand zu kommen. »Ich möchte gern, daß Du mitkommst, aber Du mußt nicht.« – Abends extrem müde. – Abschiedstelephon mit Medi vor ihrer Reise.

P. P. Donnerstag den 2. IX. 48

Warme Tage. – Geschrieben u. über das Alte Haus gegangen. Nachmittags rasiert, 6 Uhr Thee-Mahlzeit und mit Gret und Golo zur Bowl gefahren, der noch sehr zerrissenen Generalprobe von »Mme Butterfly« beizuwohnen. Ormandi. Plötzlich einfallende ofenwarme Wüstenluft, die sich dann windig wieder erfrischte. Die Oper, hübsch inszeniert, recht fade. Gute Stimmen von Metropolitan. Hörten 1½ Akte. Trotzdem spät. Zu Hause Hühnersuppe. Beendete mit Bedauern Fontanes »Von 20-30«. Mrs. Kahn als Sitter bei den Kindern.

P. P. Freitag den 3. IX. 48

Große Wärme. Geschrieben (Cynthia). Mit K. u. Frido zur W. Roger Ranch. »Die Welt am Sonntag«, englisch patronisierte deutsche Zeitung, mit Artikel über Lyrik. Aufsatz der Jacobson über amerikanische Einschläge im Faustus, müßig. – Las Frido »Zwerg Nase« zu Ende und »Des Kaisers neue Kleider«, die ihm wohl nicht gefielen. –

P. P. Sonnabend den 4. IX. 48

Geschrieben. Mit Frido gegangen. Neue Exemplare des »Faustus«. Gab eines davon an Prof. Guérard, der mit Frau und Tochter uns zum Thee besuchte. Fertigte ein anderes aus für Benedetto Croce, Napoli. Las Frido Grimms »Räuberbraut« und »Katherlieschen«. Abendgesellschaft bei Salka Viertel mit Chaplin, über dessen Erzählungen und Imitationen von Churchill und Gandhi ich sehr lachte.

P. P. Sonntag den 5. IX. 48

Morgens kleiner Spaziergang mit K.. Geschrieben am XI. Abschnitt und mit Dr. Jacobson gegangen. Lunch mit ihr. Gelesen die Neue Rundschau. Schrieb an Neumanns. Abends Erika. Las den Abschnitt mit dem »Glasperlenspiel« vor, den meistgebilligten bisher. Hundekalamität mit Licki. Lotte W. holte Erika.

P. P. Montag den 6. IX. 48

Sehr feucht und kühl. Morgens Heizung. Frido so freundschaftlich und zutunlich. – Feiertag, keine Post. – Schrieb weiter. Ging bis zum Alten Haus. Las über Burckhardt in der Rundschau. Schrieb kurze Briefe an Mrs. Meyer und den Konstanzer Süd-Verlag. Las Frido den »Fliegenden Koffer«. ½9 große musikalische Soiree bei uns. Quintett- und Quartett-Produktionen, 2 Celli, eine Flöte. Dazwischen Abendessen und »kalte Ente«. Dahl, ein guter Pianist. Vandenburg mit Frau und Schwester. Allgemeine Zufriedenheit. Bibi leidend und nervös. Muß sich einer kleinen Nasen-Ohr-Operation unterziehen. – Zog mich nach Mitternacht zurück. Wurde im Stuhl sehr unwohl und hatte stundenlang heftige Leibschmerzen. K. befragte Dr. Wolf. Nahm Belladonna und Empirin-Kodein. Schlief nach 2 Uhr ein.

P. P. Dienstag den 7. IX. 48

Nebel. 8 Uhr auf. Keinen Kaffee. Gebadet. Angegriffen und schläfrig.

Mäßig gefrühstückt. Sehr müde und leistungsunfähig den ganzen Tag. Viele Briefe. Den von der Meyer beantwortete nachmittags. Las Frido Haufs »Gespensterschiff«. Las abends Zeitschriften.

P. P. Mittwoch den 8. IX. 48

Leidlich wiederhergestellt. Wieder Kaffee. Bibi, nach droguenreicher Nacht, zur Entfernung der Gaze aus seiner Nase. – Klarer Himmel. – Geschrieben (Stifter). Nach Westwood zum Haarschneiden. Schriften von H. Driesch u. seinem Sohn. – Zum Thee Frau Landshoff u. der Schriftsteller Frischauer. Über das Problem Moni. – An das Austrian Institute, New York. – Dinner bei Alma Werfel mit Walters, Ormandi, Arlts. Später weitere Gäste. Alma erfüllt von den »Neuen Studien«. Ein Gast aufgeregt über das Deutsch des »Faustus«. Gingen nicht zu spät.

P. P. Donnerstag den 9. IX. 48

Gestern Nacht aufs neue die Leibschmerzenplage und lange Schlaflosigkeit. Wärme, Atropin, Kodein. Dann 6 Stunden Schlaf. Gebadet. Wenig gefrühstückt. Strike der Gasolin-Arbeiter. Mangel. – Geschrieben. Gegangen zum Alten Haus. Mayers Aufsatz über Faustus in »Der Dreiklang«. Abdruck aus dem Roman in »Die Erzählung«. »Das größte Prosawerk der neueren deutschen Literatur«. – K. Wurzel-Extraktion. Bibi gebessert; fahren morgen. Mit Frido, schon verabschiedend. Über seinen Schutzengel. – Einige Diktate an die Kahn. Sehr abgespannt.

P. P. Freitag den 10. IX. 48

Dringlich geschrieben. Etwas gegangen. Unterwegs die Bübchen. Erika zum Essen. Schlechte Gesundheit Landshoffs, Klaus mit seinem Harold always on his mind. Unbegreifliche Liebe. – Basler schickt langen Brief vom Artemis-Wiz über Schweizer Honorar-Verhältnisse. Fragen von Pocar wegen Faustus. – Einige Zeit nach Tische Verabschiedung von Gret und den Bübchen, wahrscheinlich bis Weihnachten. Bibi vor der Abfahrt beim Arzt. K. bei Cooper. – Große Wärme. Im Schlafzimmer schwer auszuhalten. – Handschr. Briefe an Basler, Pocar, den jungen Weyl (Princeton) zum Tod seiner Mutter. – Einfall von Wüstenluft, dumpfe Hitze. Heinrich zum Abendessen, im Kampf um einen Entschluß in der Wohnungsfrage. Sagte ihm Gutes über den Blauen Engel u. sein Lebenswerk. – Begann Balzacs »Mädchen mit den Goldaugen« zu lesen.

P. P. Sonnabend den 11. IX. 48

Bei offenen Fenstern unter leichter Decke geschlafen. Schwere Hitze. Das Haus ohne die Bübchen. – Dringend geschrieben. Mit K. auf der Promenade, die sehr angenehm. – Schwere Herbst-Hitze. Im Studio geruht. Danksagungen für deutsche Bücher. Abends Rückkehr Erikas. Monikas Bleistift-Postkarte.

Brief der Fürstin, die begeistert von Kahlers »Säkularisierung des Teufels«. Will ihn kennen. – Erika spielte wohlbekannte Lieder, die immer wieder eine Freude.

P. P. Sonntag den 12. IX. 48

Nachts unter leichter Decke. Morgens Kühle. Unruhig geschlafen. Neue infame Albernheiten des »Committee«. Während des Kriegs Atomic secrets an die Russen verraten. Grave. – Geschrieben. Schloß den XI. Abschnitt. Hitze, bei Seewind. Etwas gegangen u. von Erika geholt. Brief an Kerényi und Widmung des Faustus. Briefe diktiert an Kahler und Mrs. Lowe Porter. Abends Vorlesung des Abschnitts mit Roosevelts Tod. Gerade diese Passage gefiel sehr. Erikas Animosität gegen Adorno, den sie nicht so gefeiert sehen mag. Es ist ihm aber notwendig Credit zu geben. Kontradiziert, als E. Wagnerisches an dem Buch wahrhaben wollte. Das Magische Quadrat ist nicht Wagnerisch. – Nebel, Abkühlung.

P. P. Montag den 13. IX. 48

Starker Nebel. – Neue Albernheiten, ekelhafte, des Unamerican Committee. Erbärmliche Wahl-Manöver. Aber 75 % des Volkes nehmen die Hearings und ihre Ergebnisse ernst. – Der russische Kommandant von Wien verschwunden. Vermutung, daß er nach Westen fliehen wollte. Es muß gewiß Einer sehr hager, sehnig und asketisch sein, um vom süßen Gift der Freiheit nicht verdorben zu werden. – – Geschrieben (Brief an Adorno, fälschlich in extenso). Gegangen. Briefe von Bermann, Knopf (One volume edition nur 7000 Exemplare), Dr. Valentiner (wegen Lübeck), Korrodi (mit Ausschnitt »Dr. Faustus« in 250 000 Exemplaren), dem Bertram-Schüler Schmitz, mit Kölner Universitätszeitung. Darin prophetische Georgeverse Bertrams und albernste Kennzeichnung meiner Existenz. – – Briefdiktate an die Kahn. Lehnte dem Eutiner Ankläger Gutachten über Blunck ab. Noch handschriftlich an Prof. Marck. – Erika zum Wald- und Feldbrande von Ojai, um Freundinnen zu evakuieren. In ihrem Element. Kriegsersatz. – Wärmlicher Nebel.

P. P. Dienstag den 14. IX. 48

Beim Frühstück Erikas Bericht über die gestrige Feuerfahrt, von der sie spät nachts zurückgekehrt. – Vormittags an den Memoiren, nachmittags an einem Brief an die Leser des »Aufbau« in Sachen Speyer. Sonderbar konfuser Begeisterungsbrief über Faustus von einem Kurt H. Wolff in Columbus, Ohio. Ungewißheit, ob es der Verleger ist.

P. P. Mittwoch den 15. IX. 48

Warmer Nebel, ziehend. Klärung. Die Erde ist übervölkert, sagt die Wissenschaft. Wir sind gegen frühere 400 Millionen schon 2 Milliarden und werden bald 3 sein. – Wäre einiges zu sagen. – Geschrieben (Apokalypse). Mit K. ausgefahren. Langer Brief an W. Lippman, von Erika redigiert in Sachen der deutschen Schriftsteller, ausgefertigt. Beschäftigung mit den abgeschriebenen Teilen des »Erwählten«. Nachmittags. Abends Walters zur Feier seines 72. Geburtstags. Gänseleber. Champagner. Nach dem Kaffee Vorlesung aus der Legende: Einleitung und »Die Kinder«. Heitere Aufnahme. Schenkten ihm eine hübsche Tischlampe.

P. P. Donnerstag den 16. IX. 48

Klar und warm. Geschrieben nahe der Krankheitscäsur. In Santa Monica 3 Anzüge probiert und bestellt. Lunch im Café Français. Brief von Kerényi (Faustus). Kläglicher Brief von Moni, an mich gerichtet, zu beantworten. Schloß den Offenen Brief in Sachen Speyer ab, der unverwendbar wegen des vorauszusehenden Aufstandes aller anderen notleidenden Schriftsteller. Mit K. und Erika über Moni. – Las Hofmannsthals »Schwierigen« zu Ende. Garzu aristokratisch.

P. P. Freitag den 17. IX. 48

Trübes Wetter. Das Geschlecht läßt mich nicht in Ruhe. – Ermordung des Bernadotte in Jerusalem. – Behauptung, daß Bormann Martin bei den Russen lebt und Kommissar von Berlin werden soll. (Unsinn.) – Geschrieben, gegangen. Nachmittags Congreß-Kandidat Jerger mit Familie. Unterstützendes statement. – Brief an die Herz über Klaus. In Lukasz's Goethe-Schriften.

P. P. Sonnabend den 18. IX. 48

Geschrieben (Werfels »Stern«). Marschiert. Viele deutsche Briefe. Suhrkamp über die intensive Beschäftigung mit Faustus in Deutschland. Papier für die 2. Auflage vor Weihnachten. Zerrütteter Seelenzustand des Landes. – Erika mit dem Anwalt im Gefängnis bei jenem Burschen. Jammervolle Eindrücke. Mit ihr wegen des statements für Jerger. Von Prof. Mayer, Frankfurt, das Heft mit seinem Aufsatz. Danksagung. Zum Abendessen Heinrich.

P. P. Sonntag den 19. IX. 48

Geschrieben am Schluß von XI der Erinnerungen. Auch nachmittags Beschäftigung damit. Erikas statement für Jerger, erheiternd. Deutsche Nachdrucksangelegenheit, telegraphisch. Hörten abends den ganzen 1. Akt der »Walküre«. Die Liebesszene unzweifelhaft die schönste der Opernbühne. Erika verwundert über die Mischung des Primitiven und Raffinierten – die der Grund des Triumphzuges. Wiligis und Sybilla im Vergleich. Die Selbstverständlichkeit der Geschwisterliebe ist die gleiche. Niemand sonst ist fein genug.

P. P. Montag den 20. IX. 48

Nebeldunkel. – Begann die Hospital-Erinnerungen. – Mit K. Corona del Mare. – Viel Post zu lesen. – Nachmittags über Strindberg geschrieben für Prof. Holmberg, Lund. – Erika beim Gefängnisaufseher, diplomatisierend.

P. P. Dienstag den 21. IX. 48

Nebeldunkel. Erika will Klaus brieflich den Kopf zurechtsetzen. Er wäre imstande, herzufliegen, was alles verderben würde. – Geschrieben (Hospital). Gegangen bis zum Alten Haus. Nachmittags strenger Geschäftsbrief an Bermann. Pädagogischer Brief Erikas an Klaus. Zum Abendessen Alma Werfel zusammen mit Klaus Pringsheim.

P. P. Mittwoch den 22. IX. 48

Beendete gestern das »Mädchen mit den Goldaugen« mit überwiegender Abneigung. Herbstkühle seit gestern. Die Russen schlagen allgemeine Räumung Deutschlands vor. Humbug. – Gute Message von Spender nach Breslau, in »Nation«. – Geschrieben und gegangen. Die Kahn zum Diktat: u. a. an Suhrkamp. Schrieb die Aeußerung über Strindberg zu Ende. Sehr komischer Brief von Homer Smith an einen Deutschen. Erika abends bei Walters, später mit uns.

P. P. Donnerstag den 23. IX. 48

Gestern roter Schlaftrunk, von guter Wirksamkeit. Begann »Die Beichte eines Toren« zu lesen. Sehr gute Beschreibungen äußerer Verhältnisse. Klarheit. Dabei die krankhafte Komik des Verhältnisses zum andern Geschlecht, gehässigste Bindung an das Geschöpf mit dem schlauen Spatzenhirn. – Kühl, windig. – Day off. – Geschrieben (Operation). – In Santa Monica. Zum Lunch im Swiss Chalet wieder einmal, wo wir die Gemme trafen. – Briefe von »Biechen« aus Nidden-Zeiten und Brantl, hungernd. Von ½6 bis ½8 Konferenz mit S. Corda und Marton über den Zbg.-Film. Vertrag Corda's. Abmachungen für London. – Abends Rede Trumans, öde.

P. P. Freitag den 24. IX. 48

Geschrieben. Wenig gegangen. Brief an den Franzosen Angellot. Abends mit K. u. Erika nach Westwood ins Cinéma, wo fälschlicherweise »Remember Mama«, zu gedehnt, sahen. Gingen vor Schluß. Abendessen 9 Uhr. Beendete den handschr. Brief.

P. P. Sonnabend den 25. IX. 48

Erregte Sinnlichkeit. Las abends in Strindbergs »Inferno«, was kein Anlaß. Sein komisch-dämonischer Wahnwitz. – – Geschrieben. Ausgiebig gegangen. Handschr. Briefe nachmittags. Die Abschrift der ersten Hälfte (?) der Memoiren. Zum Abendessen Dr. Valentiner, sächsisch-deutscher Mann, in Kunstdingen viel wissend, wahrscheinlich homosexuell. Besprechung der Lübecker Angelegenheit. Englische Unterstützung. Deutscher Artikel über ein Interview mit dem giftigen Pfitzner als »Modell« zum Adrian, wobei keiner das Buch gelesen. Absurd.

P. P. Sonntag den 26. IX. 48

Kalte Nacht, wärmende Sonne. Frage, ob Deweys Wahl sicher ist, in welchem Fall für Wallace einzutreten wäre, aber nur dann. Dilatorisches Verhalten gegen Forderungen. – Geschrieben. Bis zum Alten Haus gegangen. Artikel der »Nation«. Zum Thee Adornos in Verlagsangelegenheiten. Über Mahlers 5. Symphonie und das »Romanhafte« darin. Über Stifter u. seinen Extremismus. Abends allein. Las das »Heidedorf« mit der »Dürre«, Beispiel für das Beängstigende. – Strindberg: offenbarer, zum Lachen reizender Verfolgungswahn, vernünftig grundiert und den falschen Verdacht der Verrücktheit immer mit einschließend.

P. P. Montag den 27. IX. 48

Sehr warm. Geschrieben (Klinik gegen das Ende). Mittags Seebrise. Etwas gegangen u. von Erika geholt. Knopf kündigt die Absendung der engl. Faustus-Exemplare an. Notbrief der Dr. Bauer in Bern wegen ihres Verlobten. An Clay schreiben? (Erika). Pressionsbrief der Art and Sciences Leute aus New York in Sachen Wallace. Viel Beratung mit Erika darüber. Wachsende Abneigung. Pression Dieterle. Abends Mahlers

Vte, ausgeführt von Studio-Musikern unter Klaus Pringsheim vor einem Parkett von Musikern u. Intellektuellen. Fahrt mit Erika und der Gemme. Nachher wieder über Wallace. Beeindruckt von E.'s Überzeugung, daß im August der Krieg kommt.

P. P. Dienstag den 28. IX. 48
Sehr warm nach kühler Nacht. Gleich fertig angekleidet. Beim Frühstück wieder das Problem Wallace. – Geschrieben gegen das Ende der Krankheitsepisode. In S. Monica zum Probieren der Anzüge. Etwas auf der Promenade. Nachmittags Brief an Brantl diktiert. Tagebuch-Auszüge für die letzten 200 Seiten. Zum Abendessen Heinrich, dessen Optimismus des europäischen Prorussentums wegen sehr zweifelhaft. Mit Erika Wagner-Platten gehört. Bericht der Waltraute. Erda im Rheingold. – Durch die Landshoff über die vorübergehende Rückkehr Monis zu uns, mit »Stirnhöhleneiterung«. Großer Unwille.

P. P. Mittwoch den 29. IX. 48
Nachts Erregung Monis wegen, schlaflos, Gespräch mit K., daß nichts von ihrem Benehmen des letzten Mals noch einmal zu dulden. Wiederholtes Sekonal. – Die politischen Nachrichten sehr brenzlich. Ausrüstung West-Europas mit übrig gebliebenen Waffen im Wert von 19 Milliarden. In den »U.N.« erklärt Spaak, die russische Agressivität übertreffe weit die der Czaren, und R. unterhalte überall fünfte Kolonnen, mit denen verglichen die hitlerschen nur Boy Scouts gewesen seien. Nach meinem Gefühl ist Rußland in sehr gefährlicher Lage, da es sich in die Rolle des Weltfeindes hineingespielt hat. Vielleicht will es den als unvermeidlich erkannten Krieg jetzt provozieren, bevor »wir« fertig sind. Die Geschlossenheit Amerikas wäre vollkommen, und seine Anhänger in den europ. Ländern würden wahrscheinlich niedergeschlagen werden. Wallace-Anhänger würden im Kriege als Verräter behandelt. Amerikaner machen sich, da sie noch glauben, in einem »freien Lande« zu

leben, von dem Kommenden hier keine Vorstellung. – – Geschrieben an XIV. Gegangen über das Alte Haus. Von Erika geholt u. mit ihr allein gespeist, da K. beim Zahnarzt. Deutsche Zeitschriften. Über Eyks »Bismarck«. Einige Diktate an die Kahn. Geschrieben an Bermann mit Fehlerliste der 2. Auflage des Faustus. Er schrieb, »Mißverständnisse« klärend. Abends mit K. allein.

P. P. Donnerstag den 30. IX. 48

Gewicht stabil. Sehr schöne warme Tage mit Seewind und kühlen Nächten. – 4 Mächte-Klage vor U.N. gegen Rußland. Hoher Militär erklärt, der Krieg sei nur eine Frage der Zeit. – Geschrieben. – Zum Haarschneiden in Westwood. – Die Exemplare der *englischen Ausgabe des Faustus.* Merkwürdig und nach einiger Prüfung nicht unerfreulich. Kleines Aergernis mit »Germany« und »German«. – Nachmittags geschlafen. – Abendgesellschaft bei Horckheimers, wo seit dem Schulterbruch nicht mehr, mit Dieterles, Adornos etc. Viel politisches Gespräch. Mit Frau Dieterle über das Wallace-Problem. Mit Adorno Literarisches. Sehr komische Vorlesung aus den Gedichten der Kempner. – Zu Hause noch mit Erika.

Freitag den 1. X. 48

Vorm Frühstück etwas draußen. Anschein, daß die Republikaner als Friedensmacher posieren wollen. Fraglich, ob die Maschine noch zu stoppen. Montgomery Oberbefehlshaber der europäischen Streitkräfte. – Geschrieben, müde. Ziemlich weit gegangen. Brief an Knopf diktiert über die Ausgabe. Nach Tische mit Erika Message für das Wallace-Dinner, das E. an meiner Stelle besuchte. – Golo zum Wochenende. – Tagebuch-Exzerpte.

P. P. Sonnabend den 2. X. 48

Bericht Erika beim Frühstück. Ihr Gespräch mit Wallace vorm Dinner. Bewegende Wirkung der Message auf ihn. Wiederholter Applaus. Starker Besuch. Seine Rede schlecht komponiert, mit guten Momenten, zu lang. Kein russisches Geld. »The most faithful son of America« akklamiert. – Erika sehr spät nach Hause. – Geschrieben. Wenig gegangen. Mit der Gemme zum Lunch zurück. Zum Thee Mr. Endor mit russischer Frau in Sachen der Joseph-Dramatisierung. Verhielt mich ablehnend. Tagebuch-Exzerpte bis zum Schluß. Las viel im englischen Faustus. Beim Lesen und Einschlummern abends im Stuhl wieder das Vorkommnis von Eindringen eines Speicheltropfens in die empfindliche Luftröhre, worauf langer, beängstigender und angreifender Hustenreiz. – Volksrede Wallace's im Stadium mit 14 Punkten.

P. P. Sonntag den 3. X. 48

Angegriffen von dem gestrigen Unglücksfalle. – Blödsinnige militärische Voraussagen bis 1970, wo die Zerstörung der gesamten Civilisation an der Tagesordnung sein wird. – Wallace hatte 19 000 Eintritt zahlende Zuhörer. – Geschrieben (Hauptmann). – Drückendes Wetter. Mit K. auf der Promenade. Brief an die Lowe. Abends Vorlesung von Abschnitt XI, sehr gut befunden. Operatic Music aus St. Francisco. Jack Benney zum erstenmal wieder. – Kodein.

P. P. Montag den 4. X. 48

Bedeckt kühl. Etwas unruhig geschlafen. Geschrieben, marschiert. Brief an die Lowe. Widmung der Luxus-Ausgabe des »Kl. Herrn Friedemann« an Lotte Walter, zur Feier von deren Geburtstag wir mit der Massary und Albrecht Joseph zum Dinner bei Walters waren. Heitere Geschichten. Symphonie von Dvořak, älter und bedeutender als die Neue Welt. – Mitternacht sehr müde zu Bette.

P. P. Dienstag den 5. X. 48

Trüb, kühl. Vorm Frühstück gegangen. Strenge Absperrung Rußlands. Reiseverbot für Diplomaten. – Geschrieben (Hauptmann). Gegangen. Exemplare der neuen Ausgabe der Jaakobsgeschichten u. des Jungen Joseph aus der Schweiz. Las mit Vergnügen darin. – Handschriftliches. – Klaus Pr. schreibt für Japan über die Musik des Faustus. – Abends mit Erika Vorzugsplatten für [Saturday Review] of Literature notiert. – Dunhill-Cigarettenspitze mit Filter von Erika.

P. P. Mittwoch den 6. X. 48

Nachts Ohrenbeschwerden. Dunkel, kühl, Heizung. – Schrieb »Hauptmann« zu Ende. Fitelberg. – Bei Dr. Marx zur Behandlung von Ohren u. Auge. Kam der »Ruf« aus München mit einer braven Verteidigung gegen den Angriff eines Sonnemann in den Kogon'schen »Frankfurter Heften«, worin ich als dekadenter Jugendverderber scheine gekennzeichnet zu werden. Gedanken über die Décadence, die schließlich das Größte hervorgebracht, was es kürzlich gegeben. – – Zum Thee Lotte Walter und der Psychiater Dr. Hacker. – Noch am Manuskript. Abends mit K. allein. – Bewegter Brief von Bibi wegen seiner Kunstreise, seiner Zukunft, Unterbringung der Kinder bei uns für 2 Monate des Winters etc.[.] Aufmerksam gelesen.

P. P. Donnerstag den 7. X. 48

Hell und warm. Erika verreist. – Geschrieben am Schlußteil der Erinnerungen. Zur Fußpflege. Lunch im Miramar, angenehm. – Im »New Leader« Artikel »Joseph and the Blessing« von Bardin. – »Frankfurter Rundschau« Süskind mit »Bemerkungen zu Lotte in Weimar«. Erfreulich. – Manuskript »Tagebuch der Faustus-Lektüre« eines Deutschen. – Miß Kahn zum Diktat. Übergabe von viel Manuskript zur Abschrift.

P. P. Freitag den 8. Okt. 48

Die Zeit, die Zeit! – Erika nachts rebus bene gestis zurück. – Der gestrige Abend sehr warm. Schlief bis Sonnenaufgang unter leichter Decke bei offener Tür u. Fenstern. – Erkältet. – Geschrieben. Mit K. in P. P. Park. – Mrs. Meyer schickt Artikel über Faustus aus »Atlantic Monthly«. Nicht dumm. – Zum Thee Miß Dana, die Aufnahmen von »Henry V.« schenkte. – Danach mit Erika Fahrt nach Dieterles Farm. Dinner dort mit Korngolds. – Schlimmes Auge, Umschläge mit heißem Kamillenthee. – Tags Hitze. Abends Abkühlung.

P. P. Sonnabend den 9. X. 48

Bedeckt, kühl. Frühstück im Zimmer. – Dummheit der Campaign-Reden, haarsträubend. – Geschrieben (Komiker). Gegangen übers alte Haus. – Merkwürdiges Nachschlagebuch »The Reader's Encyclopedia«, literarisch-historisch, neuer Versuch mit fragwürdiger Perspektive. – Briefe an Süskind und Agnes Meyer. Wiederverschlimmerung des Auges. Zum Abendessen Heinrich u. Klaus Pringsheim. H. krankhaft wütend auf Amerika, deprimiert und erregt wegen seines bevorstehenden Umzugs.

P. P. Sonntag den 10. X. 48

Dunkel, kühl. Marshall hält Truman ab, einen Sonderboten zu Stalin zu schicken. Churchill: »War may burst at any time. A-Bomb only bar against it.« – – Geschrieben (Mord in der Trambahn). Wenig gegangen. Nach dem Thee handschr. Korrespondenz. Ordnung lagernder Dinge. Gelesen Teile der Abschrift der Memoiren, nicht unzufrieden. Skandalöse Verlogenheit der Radiomeldungen über Trumans Moskauer Vorhaben, von dem es ein »narrow escape« gegeben, und von dem gesprochen wird, als handle es sich um einen verräterischen Sonderfrieden, über den ganze Europa in Aufregung.

P. P. Montag den 11. X. 48

Der gestrige Unfug ebenso in den Zeitungen. – Dunkel und kühl. Geheizt, wie schon gestern. – Gearbeitet, auch Abschriftliches durchgelesen, Anstoß genommen. Die »Wandlung« mit dem nicht sehr guten Faustus-Kommentar von Sell. Geschrieben an Prof. Mayer, Frankfurt wegen seines Goethe-Buches, in das, mit Hofmannsthal, Kerényi, Lukasz, Wölflin etc, die »Phantasie« aufgenommen werden soll. – Abends records aus »Henry V.«. Zuviel Kino-Musik, Schlicht gesprochen. Kein Oxford-Akzent. – Schlimme Ohren.

P. P. Dienstag den 12. X. 48

Morgens immer sehr dunkel. – Beneš soll sterbend den Krieg und die Niederlage des Kommunismus prophezeit haben. – Gleich morgens früh innere Arbeit an den »Erinnerungen«. Nur fertig werden. Und streichen. – – Geschrieben und gegangen. In der Abschrift gelesen und gestrichen. Brief an R. Schweizer. Erika zur lecture in Passadena.

P. P. Mittwoch den 13. X. 48

Klares Wetter. Amüsierte mich beim Frühstück über das gefundene missing link zwischen Energie und Materie, die gewichtlosen neutrino's, von denen, durch Atomexplosion die Welt voll ist, u. in welche wohl alle Körper sich auflösen werden. Auch kosmische Strahlen bestehen daraus. – Vitriolic speech Vishinsky's. – Geschrieben. Lunch bei Fritzi Massary mit Walters und dem Grafen Logna. Mit diesem über sein Meyerlink-Buch. Hörte von K. und E. über den Konflikt im Hause Walter wegen »Delia«. – The Hudson Review mit den Lectures of W. Kretzschmar u. Aufsatz über den »M.M.« von Blackmur. – Zahlreiche Diktate an die Kahn. Anruf Bermanns zur Verabschiedung nach Europa. Schönbergs Anfrage wegen der Notiz. Ich schrieb ihm abends ausführlich u. schickte ihm die englische Ausgabe.

P. P. Donnerstag den 14. X. 48

Auge und Ohren ungebessert und störend. Klares Wetter. Morgens gleich zum Ausgehen fertig gemacht. Geschrieben (Echo). Bei Marx in Westwood zu ziemlich unnützer Behandlung. Nachher gegangen. Leidend an Auge und Ohren. – Von Hoffmann & Campe das Lübeck-Heft ihrer Städte-Reihe mit der Leipziger Rede, Stück aus Buddenbrooks und Bild. – K. mit Heinrichs Umzug beschäftigt. Erika zur lecture nach Temple City. – Nachmittags mehreres Handschriftliche. Vieles beseitigt. Zum Abendessen Heinrich, der dann dablieb, bis seine Wohnung fertig, man hofft: Montag.

P. P. Freitag den 15. X. 48

Störung durch die Ohrenreizung. Morgens, da K. beim Umzug, zu lange geschlafen. Kaffee gegen 9 Uhr, verspätetes Frühstück. Trübes Wetter. – Geschrieben (Kantate). – Gegangen u. von Erika geholt. Nach Tisch und abends bis ½10 mit Heinrich. – Aus »Modern Language Quarterly« der Aufsatz von H. A. Maier über Faustus, nicht schlecht zu lesen. Schrieb ihm nachmittags. Vorher mit Erika Brief an Knopf und Besprechung der Ablehnung der Chairmanship beim Dinner für den Dean of Canterbury. – Golo abends zum week end. Berichtet, daß Stephen Spender für »Nation« über den Faustus schreiben wird. Seine Gegenwart angenehm abends. Erika bei Walters. Er wird seiner alten Delia ein Häuschen kaufen. Lotte vergrämt. Er sagt ihr, sie müsse Geld verdienen. – Das Auge hindert stark am Lesen. Hartnäckige Bindehaut-Entzündung.

P. P. Sonnabend den 16. X. 48

Dunkel. Pünktlich auf. Geschrieben (»Licht in der Nacht«). Fast ganz hinabgegangen u. von Erika geholt. Lästiges Frage-Telegramm von Sat. Review of Literature. Nachmittags noch am Manuskript. Erika liefert Briefe an Knopf und Day. Abends mit Heinrich: Trovatore und nachher Gesangsplatten. Er faßt Mut zu seiner Wohnung und will eine Theegesellschaft geben.

Der Schmutz in seiner alten Wohnung, Staub und Kleidergerümpel, zerfressene Wollsachen.

P. P. Sonntag den 17. X. 48

Morgens jetzt immer sehr dunkel, aber noch milde Luft. Die Ohren stören dauernd, das entzündete Auge versagt viel beim Lesen. – Geschrieben an den Erinnerungen, gegen das Ende. (Erikas Telegramm). Nebelreißen, Nässe, nur etwas in der Nähe gegangen. Nach Tische Erika Brief an Sat. Rev. of Literature diktiert, den sie sogleich übersetzte. – Brief-Ausfertigungen. Artikel aus dem »Tagesspiegel« über »Neue Studien«. – Gelesen in »Der Weg ins Verderben« von Silberstein. – Abends Bedrückung durch des Bruders starren u. nichts wissen wollenden Eigensinn. Liquidierung aller Deutschen, die mit Amerikanern u. Engländern kollaborieren, wäre willkommen. – Carmen-Fragmente, langweilig. Golo fort, Erika bei Markuse's. Wir drei allein. Es regnet weiter.

P. P. Montag den 18. X. 48

Regnet weiter. Hatte gestern Lust, das Telegramm noch aufzuhalten, aber Erika hatte es schon zur Post gebracht. Auch recht. – Strindberg reichlich unausstehlich. – Geschrieben (Fall Beidler-Wagner). Bei leichtem Regen über das Alte Haus gegangen. Von Schönberg zufriedener, aber armer Brief. Brief auch von Vikko über seine Erfolge mit dem Familienbuch; verlesen nach Tische. Zum Thee Kaditja Wedekind. Über Moni. Oktoberheft der Book of the Month Club News, worin Faustus zusammen mit Maughams Roman gefeiert wird. Gute Bilder. – Abends mit Heinrich. Gespräch zur Musik. Brief zu Félix Bertaux' Tod an Mme.

P. P. Dienstag den 19. X. 48

Morgens hell, dann wieder Vernebelung. – Geschrieben, gegen das Ende. Gegangen bis zum Alten Haus. Viel Post, Einladungen von Cambridge und Cansas City[.] Japanische Bitte um

Faustus etc.[.] Erikas Mitteilungen von Frischauers Reden in Gesellschaft über Heinrich und mich. Tiefer Grimm über diese schäbigen Ewigkeitsurteile, nach denen man kommt, um meinen Tagesruhm auszunutzen und mit seiner Hilfe eine College-Stellung zu gewinnen. Frau Landshoff mit Fr. zum Thee. Ich ließ ihn mit Heinrich im Rücken. Verlegenheit K.'s, die es Erika verübelt, daß sie mich unterrichtet. – Den Brief an Mme Bertaux geschrieben. Abends, nach Heinrichs Weggang, Besprechung der eingegangenen Briefe.

P. P. Mittwoch den 20. X. 48

Morgens mit K. und beim Frühstück mit ihr und Erika über den Fall Frischauer. – Dunkles Wetter wiederum. – Erregt und verstimmt. – Schrieb und *schloß den »Roman eines Romans«* auf der 181. Seite ab, die, sehr rasch in 4 x 4 Wochen geschrieben. Verlassen der Legende und Beginn der Vorbereitungen zu den Erinnerungen am 16. Juni. Zu schreiben begonnen 28. Juni. – Ging zum alten Haus. Lunch noch einmal mit Heinrich. Viel Post zu lesen. »British Weekly« mit Artikeln »T.M., Novelist and Prophet«. Zum Thee, mit der Kahn, der »Minister of Peace« E. Caldecott. Dann Briefarbeit mit der Kahn. Übergabe des letzten Teils des Manuskripts, dessen Abschrift sie beschleunigen will. Sie findet: »Ich sollte das alles nicht wissen.« »Bekenntnis über ein Bekenntnis«. – Nachmittags 5 bis 6 Uhr hatte K. Heinrich in die neue Wohnung eingeführt, wobei er sich mißtrauisch und freudlos verhielt. 5 Dollars zu bezahlen für die Sauberung der ungeheuerlich verschmutzten alten. – Zum Abendessen Walters. Berührung des Falles Frischauer. Vorlesung W.'s aus seinem Buch über musikalische Reproduktionskunst. Die Einleitung zu geschwätzig. Dann viel Gutes. Das Beste vom praktischen Teil zu erwarten. Spätes Auseinandergehen.

P. P. Donnerstag den 21 X. 48

Neblig. Frühstück mit Erika, die den abgeschriebenen Teil der Erinnerungen zu lesen beginnt. – Brief an »British Weekly«. Brief an Vikko. Mittags bei Heinrich in der neuen Wohnung, die bequem und hübsch. Eindruck von Greisentum. – Lunch mit Eva Hermann im Swiss Chalet. – 2 Faustus-Exemplare nach Japan. Bild-Dedikation an den italienischen Übersetzer. Kabel aus Lübeck wegen Veröffentlichung meiner Aeußerung in Free World. Beantwortet. Pressure-Telegramm an die Telephongesellschaft Heinrichs wegen.

P. P. Freitag den 22. X. 48

Bei der abendlichen Strindberg-Lektüre (Beichte eines Toren) Mühe, den Widerwillen gegen soviel abstoßende und weibstolle Mannesehre, Klassen-Ressentiment und bedürftigen Geschlechtshaß in Amüsement zu verwandeln und alldem Komik abzugewinnen. Die Selbstgerechtigkeit, persönlich und geschlechtlich, ganz unerträglich. – Nahm Elixir Alurate, 2½ Teelöffel mit unerfreulicher Wirkung. Erregung, auch wohl im Zusammenhang mit einem »Bild am Wege«. – Erika unpäßlich und müde aussehend. Sie lobte die Anfänge der Erinnerungen und markiert fragliche Punkte. – Starker Morgennebel heute wieder. – Friedensbotschaft für den »Minister of Peace«, widerstehend. Dito Versuche mit Wallace-message, to be recorded, für »Arts, Sciences and Professions«. – Gegangen über das alte Haus. – Drolliger und erfreulicher Brief von Knopf, der meldet, daß schon 23 000 Bestellungen des Faustus vorliegen! »That we have become close friends makes the whole affair perfect.« – Durch Sternfeld, London, Nachricht vom Tode Kerrs. Er hat schon vor einigen Monaten »sehr positiv« über Faustus geschrieben. – Erika unwohl und bettlägrig. Kummer ihretwegen. – Brief an Liebermann, Argentinien, über sein Buch »Weg ins Verderben«. Hinweis auf die Fragwürdigkeit Bismarcks. – K. mit Recht verletzt durch die mäkelnde und scheltende Undankbarkeit und störrige Unbilligkeit Heinrichs.

P. P. Sonnabend den 23. X. 48

Föhnig warm. Frühstück auf der Terrasse. – Neuer Brief an den Minister of Peace, dumm. Einige Beschäftigung mit der Legende wieder. Etwas gegangen. – New York Times will Goethe-Artikel. – Erika tagüber im Bett. – Nach Tische Herr und Frau Motschan aus Basel, bis gegen 4. Büchersignierungen und -Geschenk. Photogr. Aufnahme. Die Frau Italienerin, er russischer Abstammung, Geschäftsmann, Moskau-Reisender. – Brief an Agnes Meyer in der Frage des Washingtoner Vortrags. – Erika zum Abendessen auf. Hörten Damnation de Faust von Berlioz.

P. P. Sonntag den 24. X. 48

Föhnige Wärme. Day off der Schwarzen. Bevorstehende Festigung des Militärbündnisses zwischen U.S., Canada und den Westeuropäischen Staaten. – Mit der Legende. Nachgelesen. Einzelheiten der Handlung geprüft. Auffassung der Fischersfrau von dem Kind nicht klar. – Gegangen und zurückgefahren mit der Gemme, die mit uns aß. Gelesen in deutschen Zeitschriften. Zum Thee Florence Homolka mit den vielen Bildern, die sie von uns und den Bübchen im Garten aufgenommen. Einige erfreulich. – Mit Erika pro Wallace statement, to be recorded. Abends die Winterreise, sonderbarster, morbidester und eindrucksvollster Liedercyclus, im Einzelnen bewundernswert aufgebaut. – Strindberg scheußlich.

P. P. Montag den 25. X. 48

Nebel, dunkel. – Gregorius, gelesen, angemerkt, erinnert. – Bei Marx zur Behandlung von Auge und Ohren. – Bei Desmond, Kauf eines leichten Regenmantels. – Nach Tische Platten-Aufnahmen im Living Room für den Wallace-Broadcast am Vorabend der Wahl: Ansprache von 1 Minute und 6 Sekunden, doppelt ausgefertigt, das erste Mal etwas rascher. – Zum Thee Gabriela Mistral mit Miß Dana. Schlechte Verständigung. – Brief an Lesser (London). – Abends dem Gas-Konzert zugehört. Reizende Aufführung der Kl. Nachtmusik unter Beecham. Violin-Melodie, von der meiner Meinung nach die Melodie in Le Bal (Fantastique) von Berlioz abstammt.

P. P. Dienstag den 26. X. 48

Starker Nebel, geisterhaftes Licht im Garten. Morgens mit K. und beim Frühstück auch mit Erika über das Problem »Adorno« in den »Erinnerungen«, deren Anfänge auch K. nun mit Vergnügen gelesen. Frage, wie weit beim Einbekenntnis seiner Hilfe ins Détail zu gehen. Frage des autobiographischen Taktes und Gefahr unnötiger Desillusionierung. – Angebot der deutschen Arbeiter-Partei bei den Berliner Zufuhrflügen deutscherseits mitzuwirken. Wird erwogen. – Müde und unwohl. Gelesen, gesucht, etwas notiert. Wenig gegangen. Klaus Pr. zum Lunch. Erika lobt den Artikel, den er über den Roman geschrieben. – Nachmittags nichts getan. Las in der Heidelberger »Wandlung«. Seidlin über das »Glasperlenspiel«.

P. P. Mittwoch den 27. X. 48

Nebeldunkel. Morgens mit K. belastendes Gespräch über die Adorno-Enthüllungen, die sie unerträglich desillusionierend findet. Quälende Frage. Verstimmt und unlustig die Legende wieder aufzunehmen. – – Allerlei Studien und Notizen zur Fortsetzung. Mit K. in P. P. Park. Lunch mit ihr allein. Studiert in »Mittelalterliche Weltanschauung«. Nachmittags die Kahn; zahlreiche Diktate. Der ganze Rest des Memoiren-Manuskripts. Las korrigierend den ganzen Abend.

P. P. Donnerstag den 28. X. 48

Gleich fertig angekleidet. Las nach dem Frühstück zunächst die Abschrift zu Ende, um sie Erika einzuhändigen. – Beschäftigung mit der Fortsetzung der Legende. Zum Haarschneiden nach Westwood. Von da zum Lunch im Restaurant am Wilshire. Großes Plakat am Swiss Chalet: »We are for Dewey and Warren«. Beschwerliche Post. Time Correspondent hatte die neueste Ausgabe mit dämlicher Faustus-Besprechung abgegeben. Grand publicity immerhin. »Etudes Germaniques« mit Artikel über Faustus und Nietzsche. (»Warum ist N. nicht genannt?«) Brief an die Münchener Akademie mit Bedenken gegen die ordentliche Mitgliedschaft angefangen. Zum Abendessen bei Feuchtwangers mit Heinrich und Eva Hermann. Heinrichs Genuß des guten Essens (Ente), wozu mein Magen zu nervös und unbehaglich. Betrachtung alter Bücher. Wir brachten 11 Uhr Heinrich nach Hause und sahen noch Erika.

P. P. Freitag den 29. X. 48

Diarrhoe, wahrscheinlich infolge der gestrigen Austernsuppe, trotz mehreren Gläsern Rotwein. Kohle zum Frühstück. – Rev. Fritschman schickt seine Predigt gegen die zunehmenden Verfassungsverletzungen. (Einsperrung auf unbestimmte Zeit von Zeugen, die politische Auskunft über ihre Freunde verweigern.) – Tagüber nur Briefe geschrieben, nach München und Paris. Nach Tische Rev. Fritschman mit Frau. Nachher mit Erika den Brief für ihn als Ergänzung seiner Predigt gegen den fortwährenden Abbau der Constitution und der amerik. Freiheit besprochen. Sie fertigte ihn zur Zufriedenheit aus. – Besprechung »Carlotta a Weimar« von der Mazzucchetti aus Svizzera Italiana. – Zürcher Studenten schicken ihre Zeitschrift mit Späßen über »Faustus«. – Ankunft Golo zum Wochenende, verdrossen über seine frechen Schüler und belastet mit Korrekturen. Gab ihm merkwürdige Schrift eines Geschäftsmannes Quinn zu lesen »I quit monster-business«, gegen die Kartelle. – Hörten abends Teile der Winterreise, merkwürdigster Cyclus, dessen wilde Verzweiflung und Bitterkeit vom Konzertpublikum kaum je verstanden worden. Letzter Abend Erikas für 2-3 Wochen.

P. P. Sonnabend den 30. X. 48

Begann gestern im Stuhl Strindbergs »Schwarze Fahnen«, boshaftester Schlüsselroman, Stockholmer Gesellschaft. – Kalter

Wüstenwind. Sonne. Frühstück mit Erika und Golo. Meldung von Veränderungen im Oberkommando der Armee zum Zweck größerer Bereitschaft. Die Aussichten katastrophal. Kommt der Krieg dieses Frühjahr oder im nächsten? Kommt er nicht, so tritt an seine Stelle eine Wirtschaftskrisis fürchterlichen Ausmaßes mit ebenfalls unabsehbaren Ereignissen. Der Ausweg in den Krieg nur zu wahrscheinlich: 70 zu 30 Prozent, wie Erika schätzt. – – Die Fragwürdigkeit der Faust-Memoiren, das Problem der den Frauen unerträglichen Adorno-Bekenntnisse, halten meine Arbeitsstimmung nieder und stellen sich dem Fortwirken an der Legende in den Weg. – – Tagüber nur Briefe und Ausfertigung von Diktiertem. Medi schickt Einladung der Goethe Bicentennial Foundation, dem Board of Directors beizutreten. Verlangt Vorwort für französische Ausgabe der World Constitution. Trostlose Faustus-Anzeigen aus New York Times und Herald. Erstere politisch feindselig, nach Berichtigung verlangend. – ½8 Uhr Verabschiedung von Erika, die mir sehr fehlen wird. – Artikel von del Vayo in »Nation«: »Germany comes back«. Nur zu überzeugend. – Deprimiert und müde.

P. P. Sonntag den 31. X. 48

Mit Sekonal gut geschlafen. Kühles, sonniges Wetter. Morgens mit K. über den Modus einer Berichtigung an die N.Y. Times. – Briefe an die New York Times, von Golo übersetzt, von [K.?] durchgesehen. Vorwort zu Borgeses französischer Ausgabe. Telegramm von Agnes Meyer: ich soll unbedingt in der Library vortragen. Und die Faustus-Kritiken seien vorwiegend vorzüglich. Was fern von der Wahrheit ist. – Gut klingendes Sonntagskonzert aus Seatle. Eroika, Tschaikowsky, Weber. – Nächtlicher Anruf Jacksons von seiner Farm im Osten, outraged über die Besprechungen. Will an Knopf telegraphieren.

P. P. Montag den 1. XI. 48

¾8 auf und gleich fertig angezogen. Mit K. über die reviews, bei denen das Politische zweifellos mitspielt. – Skandal der Gas-Erstickungstode in Pennsylvania. – Vorwort zur World Constitution, französisch. – Brief nach Göttingen zur Versammlung der deutschen PEN Gruppe. – Mlle Servicen meldet die Fertigstellung der franz. Übersetzung des Faustus. – Brief von Vikko mit lobenden Besprechungen seiner Konstanzer Vorlesung. – Mittags in Westwood bei Marx zur Behandlung von Auge und Ohr. Prüfung der Lesegläser, die nicht zu wechseln. – Auf der Bank und im Drug store. – Zum Abendessen Heinrich. Dabei die Wallace-Radio-Veranstaltung mit schlechter Wiedergabe meines Beitrags. – Widmung des englischen Faustus an Ch. Neider, längerer Text. – Abends jetzt immer extrem müde.

P. P. Dienstag den 2. XI. 48

Klares kühles Wetter. Frühstück auf der Terrasse. Unmittelbar danach Fahrt zur Wahl-Stätte, wo wir mit verteilten Rollen unsere Bürgerpflicht erfüllten: K. stimmte für Truman, ich für Wallace. Gespräch mit dem Aufsicht habenden Gentleman, der einen deutschen Brief übersetzt haben möchte. – Glückwunsch-Telegramm von Hündchen Hallgarten zu meinen gestrigen Worten, – eher bedenklich. – – Beschäftigung mit dem IX. Kapitel der Legende. Schrieb einige Worte u. ging dann bis zum Sitz an der Straße bei prächtigem Wetter: Zurück mit Klaus Pr., der mit uns aß und nachher seinen Schuler empfing. Gab mir ein Heft der Zeitschrift »Stimmen« (Berlin) zu lesen, worin interessante Aufsätze über moderne Musik, Schönberg und Stravinsky. Stuckenschmidt (der ein Bewunderer des »Faustus« sein soll) über den Begriff der »Bürgerlichen Musik« und die Spannung von Volkstümlichkeit und Avantgardismus. Aufmerksam gelesen. Ebenso Besprechungen von Büchern über den Atomkrieg in der Schweizer-Wiener Zeitschrift »Bücherschau«. Gedanken über die Neuheit der Welt und das Veraltete ihrer Behandlung. Eben darum angeekelt von der Hergebrachtheit des Wahlrummels im Radio den ganzen Abend, dem völligen Mißerfolg der 3. Partei. Close race immerfort zwischen Dewey und Truman ohne Entscheidung bis spät. Vergrämt und übermüde.

P. P. Mittwoch den 3. XI. 48

Erregte Nacht. Früh erwacht. Das Rennen noch unentschieden morgens, da die Zählungen von Illenois und Ohio ausstanden. Aber Truman im Vorteil. Niederlage und Bloßstellung des elenden Gallup, den das Radio zur Kommentierung hinzugezogen hatte. Wallace rund 1 Million Stimmen, die Hälfte davon in New York. Sie haben Trumans Sieg nicht gehindert, der uns gegen 10 von Markuse gemeldet wurde. Dewey sendet ihm Glückwunsch-Telegramm. Daß das Land republikanisch, die Wahl des nichtigen Dewey völlig unvermeidlich, alles erlogen, besonders von Gallupp, der kein Statistiker, sondern ein faschistischer Propagandist. Erlogen auch, daß Truman sich mit der Mission to Moskow der letzten Chance beraubt habe. Ein Irrtum der Wahn der Reaktion, sich alles erlauben zu können. Die Weisung des Lewis an die Arbeiter, für Dewey zu stimmen, – erfolglos. Auf die Außenpolitik kann dieser Ausgang, der demokratische Präsidentschaft und einen demokratischen Congreß bringt, doch auch nicht ganz ohne Einfluß bleiben. Marshall kündigt, angeblich unabhängig von der Wahl, seinen Rücktritt an. Wird Truman den Mut haben sich auch der anderen faschistischen Larven um ihn herum zu entledigen. Wird die Macht der Bankers und Generäle schwinden und dem Volkswillen nach Frieden Rechnung getragen werden? – Bin doch glücklich über die Wendung, deren Möglichkeit uns ausgeredet worden war, und froh, daß das Eintreten für Wallace, eine Gewissensnotwendigkeit, nicht dem Schlechten zugute gekommen ist, – wie es niederträchtiger Weise hoffte. – Markuse berichtet gleichzeitig von einem anständigen Artikel über »Faustus« in der Sonntags-Herald Tribune, ganzseitig, mit

Bild. – Nebel und kühl. Künstl. Licht und Heizung. – – Auch der Verhunzung des Bildes Roosevelts, der Demolierung seines Werkes wird ein Halt geboten sein. – – Schrieb etwas an Kap. IX. Ging bis zum Boulevard. Trostlos stupider Artikel über Faustus im New Yorker von H. Basso. – K. und ich diktierten der Kahn Briefe. Ich schrieb auch noch einiges selbst. Hörte abends mit Genuß »Harold in Italy«, ein schönes Werk.

P. P. Donnerstag den 4. XI. 48

Marcuse schickt den Artikel von A. Kazin aus der N.Y. Herald Tribune, mit Abstand der intelligenteste. Die Zeitungen voll von Trumans Wahlsieg. Ich sollte etwas darüber, über meine Haltung und die durch Jahre gehende Verfälschung der Situation schreiben. Wallace' Anhängerschaft war ursprünglich viel größer. Erst während der letzten Wochen sind viele aus bestimmten Gründen, die aber nichts mit Kommunismus zu tun haben, zu Truman übergegangen, – was ein Glück war, obgleich ich persönlich auf der Demonstration bestehen mußte. – – Etwas am Kapitel versucht. Etwas gegangen und mit K. weitergefahren zum Lunch im Hotel Miramar. Stark gegessen. Geschlafen. Diktierte nachmittags K. Briefe an Jackson, Kazin und Caroline N.. Anruf von Ed. Knopfs, Einladung zur Vorführung seines neuen, in England gemachten Films. Früheres, leichtes Abendessen. Fahrt zu Knopfs, die ihr Haus verkauft haben und im Umzug sind. Mit ihnen zum M.G.M. Studio. Mit Zugehörigen den Film »Edvard, my son« gesehen. Das Stück, wonach er gemacht, großer Erfolg in New York. »Leopold, mein Sohn«. Sehr gut gespielt, aber teils recht unsinnig. War aber gefesselt. Recht spät zur Ruhe.

P. P. Freitag den 5. XI. 48

Beim Kaffee mit K. über den Film. Über unsere Geldverhältnisse. Der Roman wohl die letzte Gelegenheit, viel zu verdienen, was durch eine gehässige Presse verhindert werden kann. – In den Blättern über die Rückkehr Trumans und seine Absichten. Veränderungen im Kabinett, eine gewisse Erneuerung des New Deal. Wie weit kann eine Demokratisierung der Innenpolitik auch die äußere günstig beeinflussen. Jedenfalls bleibt der Marshall-Plan auch ohne Marshall. – – Klares Wetter. Schrieb etwas am Kapitel. Ging bis zum Wegscheid. Die Saturday Review of Literature, groß aufgemacht für den Faust, mit Aufsatz »Mirror of the German Soul« von Hill, Bildern, meinen Büchern und Platten. »Kann mich nicht beklagen«. – Brief von Erika mit Beilage von Klaus und Zeitungsausschnitten. Beide von Münchener Blättern als »Kommunistische Agenten« denunziert. (Schulze-Wilde). Klaus will klagen. – Zum Abendessen Markuse's. Viel über die Politik. Feststellung[,] daß Dewey viel mehr »out« ist, als Wallace. Seine russischen Erfahrungen. Das Geisttötende und Verödende der Tyrannei. Las später auf Wunsch aus dem »Erwählten« die Geschichte der Kinder. M. interessiert für das Sprachliche, sein Weibchen für das »Starke«. – Schrieb an Guérard über seinen guten Artikel in Southwest Review. – Sehr erschöpft von Unterhaltung und Lesen.

P. P. Sonnabend den 6. XI. 48

Nachts rüttelnder Landwind, den ich schon abends am Geruch spürte. Etwas unruhig geschlafen. Zustand des Kopfes läßt zu wünschen übrig. Wenn ich lebe und bei Kräften bleibe, wenn Ruhe, Frieden und Heiterkeit mir vergönnt ist, will ich mit der Fortführung des »Felix Krull« noch eine Erfolgschance schaffen und die Vorstellung der amerikanischen Kritik von meinem prätentiös lastenden Denkertum korrigieren. Aber vorher ist der »Erwählte« zu beenden, der Goethe-Vortrag herzustellen und die Reise zu leisten. Es fragt sich immer, wie lange ich aushalte. – – Schrieb eine Spur weiter, war müde. Ging über das Alte Haus. K. hatte Atlantic gekauft. Las den Artikel der Meyer und wieder den von Rolo, der der beste bleibt. Zum Thee Frau Kahn mit W. Speyer. Dieser über seine neue Arbeit, zur Zeit Jesu spielend. – Begann Brief an die Meyer, schrieb aber nach dem Abendessen an Erika zum 43. Geburtstag. Über die Münchener Affaire und die Erinnerungen, die sie mitführt. Auch über die Faustus-Kritiken. Legte bunte Bilder von Jack Benney bei. – Las in Atlantic guten Artikel von Swing über Sherwoods Hopkins-Buch. Ferner in Time über die Wahlen und ihren sonderbar dramatischen Verlauf. Die komisch-tapfere Figur Trumans[.]

P. P. Sonntag den 7. XI. 48

Früh erwacht. Kühl und leicht neblig. Drinnen gefrühstückt. Molotow erklärt, das amerik. Volk habe seinen Friedenswillen bekundet. – Etwas geschrieben vom Abt. Mit K. Corona del Mar[e]. Hausfrauenmahl. Gelesen in Time über die Laufbahn des Physikers Oppenheimer. Zum Thee Dr. Valentiner. Über die Lübecker Angelegenheit. Über Kunstfälschungen u. dergl.. – Schrieb den Brief an Mrs. Meyer zu Ende. Abends Musik und Erheiterung über J. Benney.

P. P. Montag den 8. XI. 48

Kalter Landwind nachts. Tags Sonne und Erwärmung. Frühstück auf der Terrasse. Drohungen des Südens, Truman zu stürzen, wenn er auf seinem Civil Rights-Programm besteht. – Schrieb etwas weiter am Abt. Fuhr aus mit K. nach P. P. Park. Sonniges Landwind-Wetter jetzt alle Tage. Viel Post: Brief von Kerényi zum Dank für »Faustus«. Von Dr. H. Mayer, Leipzig, wegen einer T.M.-Stiftung an der dortigen Universität. Etwas prekär. Von Linden Dalberg, politisch, sehr gut. Und anderes. – Schrieb an Angell, englisch und an Ernst Toch über sein Quartett. Tätig genug bei soviel Müdigkeit. »Nation« an den noch unbestimmten President elected; gut.

P. P. Dienstag den 9. XI. 48

Unruhig geschlafen. ½ 2 rote Kapsel. Im Stuhl. – Dasselbe Wetter. Indictment des von Pearson bloßgestellten Parnell Thomas, der komischer Weise die Aussage verweigert nach dem Vorbild seiner Opfer. – Film-President Johnson, von Europa zurück, äußert äußerst aufgeklärte Ansichten über Kommunismus und die Überholtheit der alten Diplomatie. Man solle Arbeiter-Vertreter mit den Weltgeschäften betrauen. – – An der Legende weiter. – Gegangen über das Alte Haus. Klaus Pr. zum Lunch. Kleine Rechnungsfehler im Faustus. Höchst positive Besprechung in »Los Angeles Times« vom Sonntag. – Exemplare des Wiener »Faustus«, unschön dick, mit allen Druckfehlern. Exemplare der Flinkerschen französischen Ausgabe der Kriegsreden mit dummer Einleitung von Vermeil. – Brief von Frido. – Zum Thee Konni Kellen, der von deutschen Zuständen erzählte. Über meine Probleme dort: Leipzig und München. Ist noch mehr gegen die Leipziger Festlegung. – Zum Abendessen Heinrich.

P. P. Mittwoch den 10. XI. 48

Das gleiche trockene u. helle Wetter. – An der Legende, rückwärtig. – Mit K. auf der Promenade. – Deutsche Briefe, beschwerend. Brief von Knopf, outraged über die editors, die solche Besprechungen zulassen, aber am Erfolg nicht verzweifelnd. – Diktate an die Kahn: Dank an den Book of the Month. – Las viel in »Sowjet Literatur« und »Der Monat«, American sponsored. Jenes hohl und schauerlich, dieses lesbarer und gebildeter, aber viel unterschlagend.

P. P. Donnerstag den 11. XI. 48

Nachts Juckleiden, gepflegt und gebessert. – Sonnig u. kühl. – Etwas geschrieben an IX. 11¼ schon ausgefahren zum Museum in Los Angeles, wo Valentiner uns erwartete. Besichtigungen, Lunch in seiner Wohnung, danach wieder im Museum. Sehr warm. Lange Heimfahrt. Müde. Schrieb nachmittags an Flinker, Paris, und versah seine Exemplare mit Widmungen. Bemerkungen gegen Vermeil. Versuchte noch Geburtstagsbrief an Klaus, ließ aber liegen. Aus Los Angeles

Schuberts 7. Symphonie, reiches, schönes Werk. Strindberg über Wagner, Richtiges und viel Dummheit.

P. P. Freitag den 12. XI. 48

Kalte Nacht und heiße Sonne. Etwas am »Erwählten«. Ging bis zum alten Haus. Golo zum Weekend. Mit ihm über München und Leipzig. – Viel beschwerliche Post. – Zum Thee Arlt-Schüler, der für Vanguard-Zeitschrift über Faustus schreiben soll. Interview. – Schrieb herzlich an Klaus in Amsterdam.

P. P. Sonnabend den 13. XI. 48

K. früh fort, um Erika einzuholen. Morgens allein. Heiße Sonne. Geschrieben am Monolog des Abtes. 10 Uhr Erika beim Frühstück begrüßt. Gegangen bis zum Sitz an der Straße. Nach Tische und abends mit Erika und Golo. Der Fall H. Mayer-Leipzig. Begann Brief an diesen. Hörten abends »Zauberflöte«. – Erika zuversichtlich über die Faustus-Erinnerungen.

P. P. Sonntag den 14. XI. 48

Das gleiche klare, trockene Wetter. Genötigt, den Vormittag mit Briefschreiben zu verbringen, da nachmittags für schwierige Dinge bereits zu müde. – Das Problem Heinrich, der ohne Telephon, spielt immer in diese Tage hinein. K. schwer belastet dadurch. Und wie soll es werden, wenn wir reisen? – – Langer Brief an Dr. Mayer. Über die russische Kulturpolitik das Herz ausgeschüttet. – Gegangen über das Alte Haus. Zum Lunch Moni mit ihrer Freundin Mrs. Pohl. Diese intelligent über Faustus. – Nach Beendigung des Briefes nach Leipzig Absage nach München wegen der Brief-Veröffentlichungen. Abends Verbesserungen am Mayer-Brief, Musik, Jack Benney.

P. P. Montag den 15. XI. 48

Gut geschlafen nach Strindberglektüre. Kühl, leicht bedeckt. Geburt eines englischen Tronfolgers. Populäre Begeisterung, von der auch unsere Blätter voll. – Nobelpreis für den Lyriker

Elliot. – Etwas an der Legende. Mittags mit K. in S. Monica-Alleen gegangen. Viel Post wieder, schlecht zu beherrschen. Erika las manches vor. Caroline zornig an Levin. Mayer von Univ. Conn. ebenso an die Times. – Konni Kellen zum Thee. Stenogramme aus dem »Führer-Hauptquartier«. Grotesker Stumpfsinn. Dann mit Erika über das Scheitern seiner Ehe sowohl wie seines Verhältnisses in Deutschland. Übel dran. – Mit Erika und K. nach Westwood ins Cinéma: Älterer Film »The Informer«, höhere Klasse, gut gespielt, zu düster. ½10 Abendessen. Gelesen danach in »Rasse oder Menschheit« von Blume. Spät schlafen.

P. P. Dienstag den 16. XI. 48

Die Höllenkomik Strindbergs. Die Unwissenheit der Wissenschaft (Wiesenknarre), so amüsant, daß ich den Abschnitt heute Morgen K. vorlas. – 300 000 Mann Russen gehen aus Deutschland in die Winterquartiere. Deutsche Polizeitruppe. – Geschrieben am IX. Kapitel. Gegangen zur Wegkreuzung. Zum Lunch Lotte Walter, ihr Bräutigam Lind, Klaus Pr.. Nachmittags handschr. Briefe an Friedr. Walter, Lesser, Caroline. Las im »Aufbau« über Th. Elliot, sein Werk, seine Laufbahn, sein Werk. Neid auf den Vorteil in die englische Kultur u. Sprache hineingeboren zu sein. Seine Poesie soll viel ausdrükken von der Ratlosigkeit des modernen Menschen u. der Banalität seines Daseins. Seine Sprache schien unverständlich, wurde aber führend bei den Jungen. Er hat sich dabei als engl. Katholik, Klassizist und Royalist erklärt.

P. P. Mittwoch den 17. XI. 48

Nebel, dunkel, Heizung. Schrieb an den Fischern in IX. Ging Amalfi Drive ganz zu Ende. Post aus Oxford wegen Termin und Degree. In Nathans Theaterkritik. Zum Thee zwei Japaner, von denen der Eine (der Redakteur aus Tokyo) nur japanisch, der andere sehr wenig Englisch sprach. Mühsames Interview in Gegenwart von Klaus Pr. und Mrs. Kahn. Mit dieser danach ein paar Briefe (Knopf versus Times). Handschriftliches danach. Zum Abendessen Heinrich. Zur Unterhaltung las Erika aus den deutschen Hauptquartier-Stenogrammen. H.'s Vergnügen an der Plauderei bei Kaffee und Liqueur. – Spät Erika über die mißliche Rolle, die Lotte's Lind hier spielt. Sie vermutet seinen Rückzug. – Heftiger kalter Sturm vom Lande.

P. P. Donnerstag den 18. XI. 48

Klar, windig. Telegramm des Antiquars Rosenthal, daß Schweizer Sammler das Mt. von »Lotte in Weimar« für 4000 Dollars gekauft hat. – Geschrieben an IX. – Gegangen über das Alte Haus. – Erika in Santa Barbara in Sachen der Münchener Denunziation. – Schrieb ausführlich an Claude Hill, Verfasser des Artikels in S. Review of L., wegen des von ihm geplanten Buches, zurückhaltend. – Manuskript, politisch, aus Ecuador, Kontaktnahme. – Anruf, überraschend, von Klaus aus New York, wo er mit Landshoff eingetroffen. Erschrecken und Mißbilligung Erikas. Er soll Januar in London [sein], wo er hätte bleiben oder nach Italien gehen sollen. – »Schwarze Fahnen« beendet, das künstlerisch sehr angreifbar. Weit weniger ein Roman, als Faustus. Die böse Intensität anerkannt.

P. P. Freitag den 19. XI. 48

Gestern wieder Landsturm. Heute blau und ruhig. Schneestürme im Mittelwesten. Morgens mit K. über Klaus, Bermann, Landshoff. Sorgen. – Geschrieben am Kapitel, das Fundkind. Gegangen. Erfreuliche Faustus-Studie von A. v. Gronicka in »Germanic Review«. Aus Deutschland Vortrag, basiert auf »Deutschl. u. d. Deutschen«, das als erlösend empfunden. Die Kriegsreden dagegen als »primitiv« und »verständnislos«. – Zum Thee Adornos in Institutsangelegenheiten. Dazu Dr. Weill mit engl. Faustus-Exemplaren, die Angestellte der Buchhandlung in Westwood sich gekauft. Sie verkaufen sehr viele. – Abends ohne Erika.

P. P. Sonnabend den 20. XI. 48
Nachts wieder Sturm. Heute klar und warm. – Geschrieben über G. Nathans Theaterkritiken. Dann Brief an v. Gronicka. – Mit K. in der Hardt-Gegend. – Zweiter Band der neuen deutschen Joseph-Ausgabe, »J. in Aegypten«. – Artikel von Feuchtwanger über »Faustus« in Daily News. Rief ihn an nachmittags. – Von Suhrkamp eine Menge deutscher Besprechungen, bes. über die »Studien«. – Zum Abendessen Klaus Pr.. Vorführung einer frühen Sonate Mozarts. Jung, hat er von Haydn gelernt. Dieser hat, alt, von ihm gelernt. – Große Müdigkeit abends nach Beendigung des doch nicht schweren Briefes an Gronicka. – Die neuen Faustus-Dokumente in der Kassette versorgt.

P. P. Sonntag den 21. XI. 48
Das gleiche trockene, windige Wetter. – Die Zeitung über den Split im Politbüro über Krieg und Frieden. – Briefe geschrieben den ganzen Tag und viel abgetan. Abends Freude am Konzert aus L.A. (21 jähriger neuer Piano-Star, der Tschaikowsky spielte) und Erheiterung durch das J. Benney-Programm. – Erika mit »Linds«.

P. P. Montag den 22. XI. 48
Sturm vom Lande, Föhnlicht, Trockenheit. – Wilde Kundgebung der Amer. Fed. of Labor gegen Rußland. – Manuskript Dr. Weinberg, Ecuador, über Völker u. Weltlage beschäftigt mich. Nicht immer richtig, aber klug und frei. – Schrieb am IX. Kapitel, etwas beschämt durch kindische Schwierigkeiten. – Mit K. auf der Bank in P. P.. Dort etwas gegangen. Viel Post. Cansas University insistiert. Ebenso Svenska Dagbladet. Buch von Biddle, mittelmäßig. Schrieb an Suhrkamp zugunsten von Mayers Goethe-Buch und gegen eigene Sammlung. Las in Strindbergs Blaubuch. Anklänge an Tolstoi.

P. P. Dienstag den 23. XI. 48

Das gleiche Wetter. Frühstück mit Erika, die über ihren gestrigen Lecture-Ausflug berichtete. Klaus Pr. hat sie begleitet. – Etwas am Kapitel, keine Lust zur Erfindung, kindische Schwierigkeiten. – Zum Haarschneiden nach Westwood. Nachmittags nichts mehr getan, als dies und das gelesen: ein Kapitel aus »Take off your Mask« des Analytikers Eidelberg und im »Ruf« die traurige Verteidigungsrede des alten Hamsun vor dem norw. Gerichtshof. Arge Müdigkeit und tiefe Unstimmung. Alle Aufgaben lästig und beängstigend. Getrübte Augen, die nicht viel lesen vertragen.

P. P. Mittwoch den 24. XI. 48

Das gleiche Wetter. – In China die Kommunisten siegreich. – Versuch, über Strindberg zu schreiben. Gegangen über das Alte Haus und zurückgefahren mit K. und Erika. Nachmittags Diktate an die Kahn, so schlecht beinahe wie ein mit der Maschine selbst geschriebener Brief des blinden Hatzfeld, der über das Höllendasein im verkommenen Deutschland klagt. – Abends Heinrich; dazu Master Sergeant Pr., der 4 Tage bleibt. Langweilte mich sehr u. ermunterte mich erst etwas, als Erika kam und von komischen englischen Unterrichtsplatten erzählte.

P. P. Donnerstag den 25. XI. 48

Thanksgiving Day. Ohne Bedienung. Die Zeitung bietet Nackt-Paraden, Pistolenmorde und Russenhetze. – An einer Aeußerung über Strindberg aufs neue falsch gearbeitet. Gegangen und [von] dem Sergeant heimgefahren. Festliches Lunch ohne Dienstboten mit Prs Vater u. Sohn nebst Moni. Klaus Pr. gab mir eine große Studie über die Musik des Faustus zu lesen, die sehr gut. Legte mich nachmittags erst spät zur Ruhe. Unruhe Golo's wegen, der erst gegen Abend eintraf u. sich wie gewöhnlich nichts gedacht hatte. Brachte sein junges Bastard-Hündchen mit. Abendessen mit ihm und Erika. Las jenes politische Mt. aus Ecuador fertig, das Gescheites und Zweifelhaftes enthält.

P. P. Freitag den 26. XI. 48
Helles Wetter, aber morgens Tau-Niederschlag. – Über Strindberg. Besuch eines deutschen Politikers Müller-Hermann aus Bremen. Danach mit K. Corona del Mare. Kalter Sturm vom Lande. Nachmittags ein paar Briefe. Hörten abends Donizetti u. Verdi, dann C. Franks Symphonie. – Mein Zustand verworren, fahrlässig und halb verzweifelt. – Neuralgie in der linken Hand. Empirin. – Rührender Brief von Knopf an Times.

P. P. Sonnabend den 27. XI. 48
Unverändertes Wetter. – Die Contempt charges fallen gelassen. Marshall bleibt. – Machte die Strindberg-Skizze schlecht und recht fertig. Ging wenig. Angells Exposé für Guggenheim, nur von seiner gläubigen Ergebenheit für mein Werk handelnd, ergreifend. Manuskript von F. Morgan (Hudson Review) über die Joseph-Bücher. – Brief an den Mann in Ecuador, nicht richtig. – Groteske Dinner Party bei Eppsteins, wirr, planlos, zerrüttend, das Essen nach 10 Uhr, mit Kaminfeuerhitze im Rücken, Weißrussen, Ungarn, Tschechen, Filmleute, Life-Korrespondenten, verrückt. Aber man muß einmal unter Menschen gehen. – Zu Hause spät mit Golo, Konni Kellen, Erika. Erschöpfung.

P. P. Sonntag den 28. XI. 48
Unverändertes Wetter. Der junge Pr., der die Platten neu geordnet hat, verabschiedet sich. Sein Vater über Oliviers »Hamlet«, angetan, gewiß sehenswert. – Gut geschlafen mit Sekonal, ausgeruht. – Schrieb am »Erwählten«, rückwärts bessernd und weiter. – Auf der Promenade bei mittäglichem Seewind. – Eva Hermann und Klaus Pr. zum Lunch. – Nach dem Thee bis zum Abendessen Arbeit mit Erika an den »Erinnerungen«. Zu korrigierende und zu streichende Stellen. Kamen nur bis zur

Hälfte. – Monteux-Konzert. Benney-Programm (Thanksgiving party) sehr erheiternd. – Abschrift des Strindberg-Artikels.

P. P. Montag den 29. XI. 48

Morgens die Sendung fürs Dagbladet fertig gemacht und Briefe ausgefertigt. – Beständigkeit des Wetters. – Brauchte den Vormittag, die ersten 75 Seiten der Erinnerungen durchzuarbeiten. Ging mittags bei zu großer Hitze. Viel Post ohne Interesse. Knopf-Portrait im New Yorker, sehr ehrenvoll. Der dumme Prof. Berendson schickt Manuskript zu seiner Geschichte der Emigrantenliteratur. – Von 6 bis ½8 wieder Arbeit mit Erika. Ertrug schlecht die Prozedur und war abends so gereizt, daß ich schlecht klingende Platten nicht ertrug und wegging.

P. P. Dienstag den 30. XI. 48

Kühleres, klares Wetter. Die Maler, seit Tagen am Hause tätig, verursachen ein kleines Schadenfeuer an dem Veranda-Segeldach. Felix vorübergehend arrested. Arbeitete die zweite Hälfte der Erinnerungen mit Strichen und Verbesserungen durch und war schließlich nicht unzufrieden. – Mit K. in der Hardtgegend. – Merkwürdige Monumental-Anthologie »The Limits of Art«, imposant. – Schrieb neuerdings an Weinberg, Ecuador, kühl. – Begonnen »Der Morgen des Gutsherrn« von Tolstoi. – Gelesen in »Nation«, kluger Aufsatz von Laski (London). Abends spät Ankunft Klaus mit Flugzeug, eingeholt von Erika.

P. P. Mittwoch den 1. XII. 48

Fortwährende Klarheit. Schrieb etwas an IX. »gegen das Ende«. Ging nur wenig. Nachmittags die Kahn bei Erika, K. und mir. Hatte an Knopf zu schreiben, die Guggenheim-Reporte zu erledigen, dem Mann der Hudson-Review zu danken u. a.. Unbeschreiblicher nervöser Haß aufs Diktieren und Erschöpfung danach. – Von der Herz Buch von Eliot »Notes towards the Definition of Culture«. Mutet mich nicht wie das Werk eines großen Geistes an.

P. P. Donnerstag den 2. XII. 48

Klares Wetter. Vergnügen an der weißen Auffrischung des Hauses. Der Malermeister auch futuristischer Künstler. – Einiges geschrieben am Kapitel; zu verbessern. Wenig gegangen; Sonnenhitze mittags. Nachmittags einiges Handschriftliche. 7 Uhr Ausfahrt: Heinrich abgeholt; mit ihm und Horckheimers als Gäste Eva Hermanns Abendessen im Restaurant am Strande. Wählte falsch. Mit Horckheimer über die Unratsamkeit nach Deutschland zu gehen. Über Stifter. Nachher in Evas Haus. Fuhr mit Horckheimers in ihrem neuen Chrysler heim. Sahen noch Erika und Klaus.

P. P. Freitag den 3. XII. 48

Verstimmung, weil es nach den telegraphisch gegebenen Daten scheint, daß aus dem Oxforder Ehrendoktor nichts wird. Vermute politischen Hintergrund, und daß man Katholik und Royalist sein muß wie Eliot. – Nebeldunkel. – Am Schluß des Kapitels. – In Westwood auf der Bank, 800 Dollar von Warburg. – Brief von Henry Schumann Inc. über ihren Konflikt wegen »Diktat der Menschenverachtung« mit den deutschen Kompilatoren. Viel mit Erika darüber. Die deutsche Frechheit ist groß und empörend. – An Brennan und seine Studenten. – Faustus-Besprechung von Politzer im »Turm« (Wien); mäßig. Englische Heine-Anthologie, gut. – Abends ohne die Großen, mit Moni allein. Kaditja Wedekind schickt ihren Brief an sie, den wir eher schonend finden. – Tagüber Dunkelheit und Regen.

P. P. Sonnabend den 4. XII. 48

Wieder hell. Beim Frühstück mit E. über den Fall Schumann-Mitscherlich. – Schloß IX ab und studierte danach den Fall Schumann. Ging nur bis zum Boulevard. Klaus Pr. zum Lunch.

Prof. Willougby schickt Buch der Londoner Goethe-Gesellschaft. Kritik Farley's. – Nachmittags gegen 5 leichtes oder nicht ganz leichtes *Erdbeben*, beunruhigend. – Handschr. Arbeit. Dinner Party bei Zifferens. Zuerst recht munter, dann bald ermüdet und stumm, oder verleitet, politisch zu weit zu gehen. Viel die Rede von dem unsinnigen Bevölkerungszuzug hier bei unvermeidlich drohender Wasser-Kalamität. Die herrschende Unbekümmertheit. Eisig kalter Wind.

P. P. Sonntag den 5. XII. 48

Tief geschlafen nach einiger Tolstoi-Lektüre. Frühstück mit Erika, die bis morgen Abend verreist. Die Zeitung über das Erdbeben. – Ausfertigung diktierter Briefe. – Schrieb den Brief an Schuman und las ihn nach Tische K. u. Klaus vor. Billigung. Gegangen über das Alte Haus. Gelesen in der Publikation der Londoner Goethe-Society über Valéry's Goethe-Bild, seinen Blick auf ihn. Brief an die Servicen wegen Klaus Pr.'s Artikel. Brief an Politzer über den seinen. Die Kahn liefert das eingerichtete Manuskript der Erinnerungen ab. Verpackung in zwei Einschlägen für Luftpost nach Amsterdam, event. noch für die Winter-Rundschau. Brief dazu an Bermann. Bewegt von dieser Ablieferung. – Gehört Musik aus dem Sommernachtstraum mit Chor u. Solisten, neu für mich getroffenes Elfenwesen. Mußte denken an »Were the bee sucks«. – Danach Benny-Programm, erheiternd.

P. P. Montag den 6. XII. 48

Klar und kühl. Niederlage der Kommunisten bei den Gemeindewahlen in Berlin. Glaubhaft. – Begann das neue Kapitel (X) zu schreiben. Aber die Sache hat ja wenig Bedeutung. – Fuhr mit K. nach Corona del Mare. – Haufen Post. Viel zu diktieren. Stephan Spenders Besprechung des Faustus in The Nation. Hopes that later critics will show that his misgivings are wrong. Was er fürchten müßte. Traurig. – Ein paar handschr. Dinge erledigt. Tief gehende Müdigkeit. Heinrich zum Abendessen.

Schwierigkeit eines Gesprächs. Klaus hilfreich. – Valéry und Goethe.

P. P. Dienstag den 7. XII. 48

Morgens mit K. über die Starrheit der kritischen Annäherung an den Roman. Seine Symbolik spielt in mehreren Farben. – Das Wetter klar, bedenklich. – An dem neuen Kapitel. – Gegangen ziemlich weit hinab. Lecture von L. Lewisohn über die Situation des Man of letters in Amerika und gegen die Kritiker des Faustus. Radio-Vortrag eines Rabbi's in Dallas über das Buch. Schrieb an Lewisohn. Erika brachte abends Nachrichten über den Zustand Br. Walters, der in N. Y. nach vielem Dirigieren eine Art von Zusammenbruch erlitten. – Kleine Verbesserungsliste für die Erinnerungen. – Verschlimmerung der Augen.

P. P. Mittwoch den 8. XII. 48

Clay berichtet über die große Anzahl von Übertritten deutscher Bewohner der russischen Zone auf amerik.-englisches Gebiet. – Tröstliche Nachrichten über die Wasserlage. Viel Schnee auf den Bergen. – Nachdenken über die Frage, was es über den Wert eines Buches aussagt, wenn ihm durch die Übersetzung sehr viel oder alles genommen wird. – – Schrieb weiter an X. Ging über das Alte Haus. Erika zurück. Las Briefe vor. Nachmittags anderthalb Stunden Diktate an die Kahn. Mit dem übrig Bleibenden nicht fertig zu werden. Nach dem Abendessen Vorlesung von Kap. IX, Ankunft des Babys. Heiterkeit. Danach las Erika einen in seiner Zerknirschtheit und seinem Deutsch unglaublich komischen Brief-Artikel aus Japan, der dort in einer Zeitschrift erschienen. – Das lange moralische Anhängsel von Tolstois »Luzern« schwer erträglich. Elende Übersetzung.

P. P. Donnerstag den 9. XII. 48
Klar. – Nach dem Baden fertig angekleidet. Enthüllungen des C.U.A. zur Abwechslung über Dealings mit Nazi-Deutschland. – Arbeit am Kapitel. Bei Dr. Marx in Westwood zur Behandlung der Augen. Zur Promenade dann und gegessen im Miramar. – Zwischenfall mit dem kläglichen Schimpfbrief *Schönbergs* an die »S. R. of L.«. Alma Mahler-Werfel als Zwischenträgerin. Nachmittags an einer Antwort geschrieben, sehr ruhig zu halten.

P. P. Freitag den 10. XII. 48
Beende vormittags die Antwort an Schönberg und lese sie Erika vor. Diese schreibt sie ab und bringt sie zu Arlt, der über Sch.'s betrübendes Selbstzeugnis entsetzt ist – und über die Mahler. – Nachmittags Briefe beantwortet, andere beseitigt. Kleine Dinner-Party bei Nathans. Dichter Nebel. Wir kehren um und werden von Mrs. Nathan und Mr. Taylor geholt. Schwierige Fahrt, auch mit Nebellichtern. Der Abend recht angenehm. Rückkehr von Nebel frei. Zu Hause mit Klaus und Erika.

P. P. Sonnabend den 11. XII. 48
Nebeldunkel. – Churchill im Unterhaus gegen Boykott Israels und – für Beendigung des cold war. Nicht ganz klar, wie das settlement with Russia gemeint ist. Oder klar genug. – Wieder am Kapitel. – Gegangen. – Abschrift der Antwort. Mit Erika durchgegangen und expediert. – Nachmittags Korrespondenz gesichtet u. Kleineres erledigt. Deutsche Zeitschriften.

P. P. Sonntag den 12. XII. 48
Tolstois Erzählungskunst, die einfachste und nicht zu beschädigende. (Kaukasus-Novellen.) – Geschrieben am Kapitel (X). Mit K. auf dem Stege zum Einkauf von Fischen. Nachmittags Korrespondenz. Zum Abendessen mit den 3 Kindern Klaus Pr.. Monteux-Konzert, wohllautend und genußreich. Straußens

»Eulenspiegel« wahrscheinlich sein Bestes, wenigstens unter den Symphonieen. Amüsement über Benney. Der Schwager las aus seinem musiktheoretischen Buch Abschnitte über die Zeit des Generalbasses u. ihren theoretischen Tiefstand. – Über den Fall Schönberg.

P. P. Montag den 13. XII. 48

Nebel. Weihnachtliches Zucker-Geschenk der Russen an die Berliner. – In China Changs Sache wohl endgültig verloren. Asien kommunistisch – für die U.S. ein harter Schlag, denn der Kommunismus, widerwärtig in seinen Mitteln, heute wohl die einzige konstruktive Kraft. – Das Un-American Committee kämpft mittelst der Spy-Geschichte von vor 10 Jahren um sein Leben. – Zur Fußpflege in Santa Monica. Dann die Promenade entlang gegangen. Viel Post zu lesen. Nachmittags etwas erledigt. Amerik. Schulausgabe von dem Tag aus dem Leben Hanno Buddenbrooks, mit großem Vokabular. – Las den »Aufbau«. Furtwängler in Chicago. –

P. P. Dienstag den 14. XII. 48

Nachts leichter Regen. Morgens klar. Tolstois »Albert«: Das Violinspiel könnte von Andersen sein. – Der Pudel zur Operation seiner Warze ins Hospital. – Geschrieben am Kapitel. Bei sehr kaltem Wind etwas gegangen. Brief an den langweiligen Berendsohn. Nach dem Thee Besuch von Adornos. Längere Unterredung über den Fall Schönberg und die Schmähung »informer«. Auch über Klaus, seinen Freund und Monika. – Heinrich zum Abendessen (mit Erika diesmal). Erzählte ihm von dem »Erwählten«. – Expedieren der neuen Striche und Verbesserungen nach Amsterdam.

P. P. Mittwoch den 15. XII. 48

Klar. – Die Zeit, die Zeit. – Die »Vererbung erworbener Eigenschaften« als marxistische Sowjet-Philosophie. Austritt des amerik. Zoologen Muller aus der Moskauer Akademie. –

Schloß das X. Kapitel ab. – Zum Haarschneiden nach Westwood. Brief an Maas wegen der Vorlesung in seinem College. Von Lübeck Broncemünze aus dem Metall der Marienglocken. – Abends bei uns große Buffet-Party von 30 Personen, Organisationsleistung K.'s und Erika's. Man blieb bis Mitternacht.

P. P. Donnerstag den 16. XII. 48

Sehr kühle Nächte. Leicht neblig. Fortsetzung des Spy hunting, Meineidsanklage etc. höchst langweilig. – Betitelungen und Anfang von XI. – Zum Lunch ins Miramar. – Der Kahn diktiert und Liesl Frank zur Hochzeit geschrieben. – Viele dankende Anrufe für gestern. – Abends allein. K. mit Klaus zu einer privaten Kino-Vorführung. Erika mit Freundinnen. – Schwerer Regen. E. kam zuerst nach Haus, mit einer Kopfbeule von dem Wurfgeschoß eines Betrunkenen oder Attentäters in der Hotelhalle. Gegen Mitternacht K. und Klaus. Nach Betrachtung eines gutgemeinten Negerfilms war ihr Motor ertränkt worden, sie hatten den Wagen verlassen müssen und waren per Taxi nach Hause gelangt.

P. P. Freitag den 17. XII. 48

Tief geschlafen. Viel schwerer Regen in der Nacht, der sich heute bei großer Dunkelheit fortsetzt. – Las gestern aufmerksam eine Schrift über Goethe und Masaryk des Pragers Siebenschein. G. kann nicht unterscheiden zwischen einer politischen Phantasterei und einem kühnen Plan. Allen Neuerungen entgegen. – Etwas geschrieben an XI. Aufklärung mittags. Etwas gegangen. Kabel von Bermann aus Frankfurt, daß die Erinnerungen im Januar-Heft der Rundschau beginnen und im März als Buch erscheinen sollen. – Zum Thee Klaus Pr. mit 2 Geigern. Danach einige Brief-Arbeit. Früheres Abendessen. Mit K. und Erika zum Cinéma am ferneren Wilshire: Hamlet von Olivier, feste Plätze, genußreiche und denkwürdige Darstellung, vorzügliche Leistung, über die ich die ungerechtesten Urteile gelesen habe. Klare und kluge Regie, gute Schauspieler,

Atmosphäre, die mich an Maeterlink denken ließ. Olivier ein sehr guter Hamlet. Die Kürzungen nicht ungeschickt. – Kalte Nacht. Zu Hause Chokolade. Spät zu Bette.

P. P. Sonnabend den 18. XII. 48

Klares Wetter. – Müde, wenig geschrieben. (Maillols »Radfahrer«). – Gegangen zum Sitz an der Straße bei schönem, kühlen und sonnigen Wetter. Zum Lunch Klaus Pr.. Erfreulicher Artikel über die Musik des »Faustus« von K. Wörner in »Musica«, Kassel. Brief an den Verfasser. Von Marck Goethe-Curiosum zum Weihnachtsgeschenk. Danksagung an ihn. Humm in seinem Blättchen über den »Faustus«, faselnd, sehr lobend, findet den Teufel zwecklos und unverständlich. Hörte aus »Hänsel und Gretel«. Langweilig. – Schreiben von Feist über das Lotte-Festspiel. Seit Mittag Golo. Moni ins Hotel.

P. P. Sonntag den 19. XII. 48

Lichtes Wetter. – Schrieb am Kapitel und ging bis zum Sitz. Langer Eßtisch jetzt. Mahl der Hausfrau. Post-Auslieferung heute. Zum Thee Florence Homolka, die Abzüge der Aufnahmen mit den Bübchen brachte u. uns aufmerksam machte auf einen hübsch illustrierten Artikel über unser Haus in der »Home«-Beilage von L.A. Times. – Begann Brief an Reisiger, dem Bild mit Frido und die Zeitung schicke. Abends der Geiger von Freitag, Tschaikowsky Konzert 1. Satz. Sehr gut. Viel gelacht über Benny.

P. P. Montag den 20. XII. 48

Unruhige Nacht. Zweites Sekonal, sehr wohltätig. – Schrieb an der Legende weiter. Ging zum Alten Haus. Zum Thee Mr. Kornitzer in Sachen seines Buches »Father and Son«. Zu lange. Beendete den Brief an Reisiger. Legte Bild von Frido und mir sowie die Interieur-Aufnahmen aus der Zeitung bei. Ausfertigungen.

P. P. Dienstag den 21. XII. 48
Kühl, halb bedeckt. Frühstück mit Klaus und Golo. Dem C. U. A. fiel ein neues Menschenleben zum Opfer: Sprung aus dem Fenster. – Schrieb etwas weiter. Hatten Lunch im Français. Schrieb an Studienrat Rahn über sein Schmetterlingsbuch. Viele Seasons Karten und Sonstiges. Las in deutschen Zeitschriften. Göttinger Universitätszeitung über den Faustus, hübsch, besonders was »den Engel« betrifft, das Beängstigende und die Oratio ad amicos. – Ohne Bedienung. Felix zu 60 Tagen verurteilt, glimpflich. Spätes Abendessen.

P. P. Mittwoch den 22. XII. 48
Nachts mehrfach erwacht. Außerordentliche Dunkelheit morgens und Regen. C. U. A. sucht das gestrige Opfer als kommunistischen Mord hinzustellen. Amerika führt vor den U.N. die Klage gegen Holland wegen seines Feldzuges in Indonesien, während es Waffen und Marshall-Geld dafür gibt. – In Europa beobachtet man die Gefahr, die in dem Gegensatz von Amerikas technischer Fortgeschrittenheit und seiner reaktionären Geistesverfassung liegt. – – Etwas geschrieben. Bei großer Nässe etwas gegangen. Manuskript von Lesser über Philosophie und Religion bei mir. Peinlich. Beschäftigung mit Feists Lotte-Dramatisierung. Höchst zweifelhaft. Für Zürich, nach Erika, ohnehin unmöglich, da er dort mit allen überworfen. – Diktierte der Kahn. Brief von Katzin über die amerik. Kritiken des Faustus und amerk. Kritik überhaupt. Hält mich für sehr nationalistisch.

P. P. Donnerstag den 23. XII. 48
Helles Wetter. Amerika entzieht Holland die kleine für Indonesien bestimmte Quote. Marshall-Zahlungen sonst bleiben bestehen. Niemand tut den Mund auf über die Heuchelei, den Macchiavellismus. Huyes, bekannter Journalist, verrät in Readers Digest, daß man Rußland eröffnen will, man sei nun fer-

tig und könne es in wenigen Tagen völlig vernichten oder lahm legen. – – Geschrieben, verbesserungsbedürftig. In Westwood bei Dr. Marx zur Behandlung der Augen. Zinkhaltige Tropfen. Brief von Mrs. Meyer. Manuskript »T.M.«, als Mensch nach den Schriften, mäßig dämlich. Am späteren Nachmittag Ankunft der kleinen Familie. Übersiedlung Erikas in ein Boardinghouse in Santa Monica, ungern. Frido Zahnlücken, doch hübsch und freundlich. Toni englisch radebrechend, sehr komisch. Brief an die Meyer, für ihren blanken Coffee set dankend. Buch »The Universe and Dr. Einstein« von Barnett. Lesenswert.

P. P. Weihnachtsabend 1948

Klar und kalt. Die Bübchen auf ihrer »Wolkenwiese«. Sauber beim Frühstück. Die Eltern bleiben 14 Tage, die Kinder Monate lang. Möchten K.'s Kräfte nicht überfordert werden! Felix im Gefängnis. Interimistische Hilfe für sein Weib. – Wenig geschrieben. Müde. Ging mit Frido über den Boulevard. Viele Briefe zu lesen. Ein sehr erfreulicher über den Faustus von Roger Session. »New Leader« über die Musik, als Nachschrift zu einer übersehenen Besprechung. – 7 Uhr brennender Baum und Bescherung mit Schwager Klaus, dem Sergeant und Eva Hermann. Die Bübchen glücklich. Bekam hübsche Stutzuhr unter Glas. Walters und Lind zum Souper. War appetitlos und litt unter tiefgehender Müdigkeit, erzeugt teilweise durch Nachrichten von Hesse, Basler, Widmann über die Zustände in der Schweiz und Bösartigkeiten gegen mich.

P. P. Weihnachtstag 1948

Albernheit der Friedenssentimentalität in den Blättern nach täglicher Hetze. Mit den Bübchen gefrühstückt. Vormittags Briefe geschrieben. Mit K. ausgefahren. Nachmittags Diktate und Besprechungen mit K. (Hatzfeld; die unerlaubte Schweizer »Schopenhauer«-Ausgabe.) Heinrich zum Abendessen. Vorführung des unwahrscheinlichen »Hexenliedes«, gesprochen von Wüllner. Musik von Schillings. – Mit Erika Aufstellung der neuen Uhr im Studio unter K.'s Bild.

P. P. Sonntag den 26. XII. 48

Sehr kühles, halbbedecktes Wetter. Sehr amüsiert über ein Maharadscha-Portrait in der Zeitung, den Kopf voller Edelsteine, Schnurrbart, Zwicker, Orden. Hinter ihm amerik. Captain. Symbolisch-grotesk. – Truman hält Marshall im Amt. – – Widerwillige Beschäftigung mit dem Brief nach Tokyo. Gegangen A. Dr. ganz hinab. Nachricht, daß »Commentary« den Aufsatz Kahlers hat fallen lassen und einen Angriff gegen mich wegen Antisemitismus gebracht hat. »Aufbau« will antworten. Passage aus den Erinnerungen für Marcuse. – Las Frido vor. Schrieb Brief an Lesser. Las abends in »The Universe and Dr. Einstein«. – Regen.

P. P. Montag den 27. XII. 48

Die ganze Nacht Regen. Unruhig. ½3 Sekonal. Im Stuhl. – Sumner Welles gefährlich verunglückt. – Regen, dann leichtes Aufklaren. – Schrieb rasch an dem Artikel für Tokyo. Regen; ging nicht aus. Mittags Landshoffs. Mit ihm nach Tische im Studio über die Geschäfte. Einführung beträchtlicher Mengen von Büchern nach Deutschland mit Einverständnis Washingtons, das Zahlungen in Dollars genehmigt. Es mögen an 40 000 sein. Neudruck mehrerer meiner Werke auch sonst. Ihr Wieder vollzählig werden durch »Joseph der Ernährer«, der in zahlreichen Exemplaren eintraf. Massenpost von Briefen, Drucksachen u. Büchern. Brief von Eisner in Prag, daß dort der Schopenhauer-Ausgabe wegen, also wegen »Pessimismus«, der Faustus habe verboten werden sollen. Mit Mühe gerettet. – Brief von Becher wegen eines Goethe-Vortrags in Weimar u. Verleihung des dortigen Goethe-Preises. Mißlich. – Von Stroh wegen der Gründung einer T.M. Gesellschaft in Nürnberg. Etc. etc. – – Nach dem Thee Frido vorgelesen (»Schneekönigin«).

Dann noch Mehreres geschrieben. Las abends in der neuen Ausgabe des »Ernährer«.

P. P. Dienstag den 28. XII. 48

Wetter geklärt. Sumner Welles improving. Truman über die »Kontraktbrüchigkeit der Russen«, friedenswillige Elemente in Moskau, die Größe des russischen Volkes, das eine »voice« haben sollte. – Schrieb den japanischen Artikel mit Hilfe älteren Stoffs zuende. – Ging bei zu heißer Sonne und falschem Wind. – Kamen die Schweizer Ausgabe der Schopenhauer-Auswahl und ein neuer Lederband der Artemis-Goethe-Ausgabe. Sonst viele Bücher und Briefe. Langer Eßtisch mit den Kindern[,] Klaus Pr. und Sohn. Thee im Schlafzimmer. Einiges Handschriftliche. Dann zu Walters; mit ihrem Chauffeur zur Dinner-Party bei Vicky Baum und ihrem Mann zusammen mit Walters, Lind, Regisseur Ebert und seiner Frau, Landshoffs u. a.. Ganz angenehmer Abend. Spät zu Bett.

P. P. Mittwoch den 29. XII. 48

Nachts, nachdem »Leinwandmesser« und »Schneesturm« zu Ende gelesen, widriges Unwohlsein, das merklich von einer geräucherten Auster zusammenhing. Schlaflosigkeit, Kohle, Natron, Stuhl und Liegestuhl. Allmähliche Besserung. Morgens das Bad ausgelassen. Mit Frido bei kaltem Landwind etwas gegangen. – Schrieb am »Erwählten« weiter. Ging ziemlich weit hinab. Besprechung K.'s mit Landshoff, der eine monatliche Rente von 1000 Dollars anbietet. Exemplare der Neu-Auflage des Felix Krull. Nachmittags zahlreiche Briefe der Kahn diktiert. (Die Angelegenheit Taylor-Lecture, Annahme des ostdeutschen Goethepreises und der Nürnberger T.M.-Gesellschaft). Las abends in der »Erzählung« ein Kapitel aus Vikkos Buch, Erinnerung an Mamas Tod. – Die vielen Personen und Hunde (3), die Unordnung im Hause irritieren mich auf die Dauer.

P. P. Donnerstag den 30. XII. 48

Golo gestern bei Alma Mahler. Schönberg hat wirklich die Absicht zu klagen. Nicht ausgeschlossen, daß er einen unternehmenden Anwalt findet. Überhaupt nichts ausgeschlossen. Warum sollte man nicht finden, daß dem Erfinder der 12 Ton-Musik alle Einkünfte aus meinem Buch zukommen? Ich schließe das weniger entschieden aus, als K.. – Bedeckt, windig. Die Meteorologen glauben Anzeichen für weitere Erdbeben zu haben. Installierung einer militärischen Satelliten-Station ¾ Wegs zum Monde, außerhalb des Anziehungsbereichs der Erde, ins Auge gefaßt. Wer das hat, beherrscht die »Welt«. – Geschrieben am Kapitel, das noch zu Ende führen möchte, bevor den Vortrag beginne. Widrig verstört durch die Verrücktheit Schönbergs. Sah mich schon ruiniert, aber jeder lacht über die Idee. Landshoffs zum Mittagessen. Vorher etwas mit ihm gegangen. Wieder Überfülle von Briefen und Büchern. Mrs. Lowes Artikel über »Faustus«, sehr eindringlich. In »Hudson Review« Aufsatz über die Josephsgeschichten von Morgan. Brief über »Faustus« von Read Bain. Brief von Kerpel über die ungarische Ausgabe und geplanten Goethe-Essayband. Georg Lukász hat einen Band »T.M.« veröffentlicht. Merkwürdig! – Las Frido vor. Schrieb kurze Briefe. Las abends wieder viel in dem Buch von Barnett. – K. erkältet.

P. P. Freitag den 31. XII. Sylvester 1948

Bedeckt und kühl. Zeitungsnachricht von einem vorigen Winter in Sibirien gefallenen riesigen Meteor, das in Form eines Eisenhagels zerstörend niederkam und einen lange beständigen leuchtenden Schweif aus Staub und Rauch hinterließ. – – Schrieb ein Stückchen am »Erwählten« (Wettkampf mit Flann). Fuhr mit K. nach P. P. Park. K. mitgenommen von Moni's hysterischem Benehmen, der prämeditierten Aufgabe ihrer Abreise mit Landshoffs nach New York. Mit Hilfe des jungen Pr. in Hollywood untergebracht. Schwachsinnige Liebesaffaire dazu. Abneigung, mich um das alles zu kümmern. –

Englischer Faustus in sehr schönem Halbfranz-Einband. – Erika übermittelt von Landshoff: ich dürfe mir keinerlei Geldsorgen machen, es stehe mir beliebig viel zur Verfügung. – Der Uhrmacher setzt während meiner Ruhe die interessante neue Uhr mit den hin und her sich drehenden Kugeln wieder in Bewegung. Freude daran und öftere Beobachtung. – Schrieb nachmittags an Roger Sessions. – Nach dem Abendessen Gäste: Marcuses, Speyer. Kalte Ente u. sonstige Bewirtung. Bibi spielte, von seinem Onkel begleitet, altitalienische und -französische Musik auf der Viola, ferner Dvořak und ein Solo von Stravinsky. Seine große Nervosität. Gut, daß er noch Frist hat, der Materie sicherer zu werden. – Frido, der etwas getrunken hatte, lange zugegen, das Fest genießend. Erika spielte heitere Platten, Coward und Valentin. Man blieb bis 12 beisammen und trank noch ein Glas Champagner auf das neue Jahr. Auch von dem ungeheuerlichen, oder ungeheuerlich wiedergegebenen, Vortrag des von Hofe über meine »Reue« gegenüber Deutschland war die Rede, und ob gegen den Unsinn etwas zu tun sei. Marcuse wendet sich an Hofe. – Der Angriff auf mich wegen Antisemitismus im Faustus u. anderwärts nicht in »Commentary«, sondern in einem Washingtoner »Congressional Weekly«. Dumm und harmlos. – Las in Poes »William Wilson«. – Beim Schlafengehen Zurückstellung der Uhren um eine Stunde, da die Daylight saving time beendet.

ANHANG

ZUM BAND 1944–1946

Korrekturen und Ergänzungen der Anmerkungen

TB 2.1.44, Anm. 3, Seite 332. Der richtige Text heißt: [...] Arnold Schönberg [...] emigrierte im Mai 1933 zunächst nach Paris, wo er zum Judentum übertrat. Ende Oktober 1933 übersiedelte er nach Boston, Herbst 1934 nach Los Angeles, wo er von 1936 bis 1944 an der University of California lehrte ... usf.

TB 3.1.44, Anm. 11, Seite 334. Die Anmerkung muß lauten: Der französische Marschall Philippe Pétain (1856–1951), der im Juni 1940 als Ministerpräsident Waffenstillstand mit den Deutschen geschlossen hatte und einen Monat später Staatschef geworden war, hatte im November und Dezember 1943 verschiedene Versuche unternommen, sich von der Kollaboration mit Deutschland zu distanzieren. Trotzdem wurde er ... usf.

TB 3.1.44, Anm. 12, Seite 335. Die Anmerkung muß lauten: Der französische Politiker Pierre Laval (1883–1945), der zwischen 1925 und 1936 mehrfach Minister und Ministerpräsident gewesen, nach der Niederlage Frankreichs 1940 unter Pétain Regierungschef, im Dezember 1940 abgesetzt und im April 1942 als Ministerpräsident erneut an die Spitze der Regierung berufen worden war, wurde nach der Invasion, 1944, nach Deutschland verschleppt ... usf.

TB 7.1.1944, Anm. 1, Seite 340: Der Passus über die ›Sammlung‹ muß heißen: Klaus [...] Mann [...] gab vom September 1933 bis zum August 1935 in Amsterdam die Exilmonatsschrift ›Die Sammlung‹ heraus ... usf.

TB 18.1.44, Anm. 2, Seite 354. Über Fritz Landshoff muß es heißen: [...] gemeinsam mit dem aus Amsterdam geflohenen Leiter der deutschen Abteilung von Querido [...] Fritz H. Landshoff ... usf.

TB 22.1.44, Anm. 4, Seite 359. Die letzte Zeile muß heißen: de Gaulle [...] wurde im Mai 1944 Chef der Provisorischen Regierung Frankreichs ... usf.

TB 24.1.44, Anm. 3, Seite 360. Die letzte Zeile soll lauten: [...] Marschall Pietro Badoglio [...] schloß im September 1943 Waffenstillstand mit den Alliierten ... usf.

TB 30. 1. 44, Anm. 2, Seite 363. Die Anmerkung muß heißen: Gemeint ist Heinrich Himmler . . . usf.

TB 8. 2. 44, Anm. 4, Seite 369. Die Anmerkung muß heißen: Empfehlungsschreiben für den österreichischen Schriftsteller . . . usf.

TB 13. 2. 44, Anm. 2, Seite 374. Die Anmerkung muß lauten: TM besaß die von Wilhelm Herzog 1907 herausgegebene Ausgabe: ›Aphorismen, Fragmente, Briefe von Georg Christoph Lichtenberg‹, die in der Zürcher Bibliothek erhalten ist.

TB 19. 2. 44, Anm. 1 und 2, Seite 378. Statt ›Harold N. Laski‹ muß es ›Harold L. Laski‹ heißen.

TB 9. 3. 44, Anm. 3, Seite 388. Der erste Satz muß heißen: [. . .] Hermann Hesse [. . .] war bereits 1912 in die Schweiz emigriert . . . usf.

TB 19. 4. 44, Anm. 11, Seite 409. Statt ›Polizeipräsident‹ muß es: ›Polizeivizepräsident‹ . . . usf. heißen.

TB 18. 5. 44, Anm. 2, Seite 424. Statt ›Der Schweizer Maler [. . .] Paul Klee‹ muß es heißen: ›Der Maler Paul Klee‹ . . . usf.

TB 18. 5. 44, Anm. 5, Seite 424. Es muß heißen: [. . .] Franz Marc [. . .], der Mitbegründer der Münchener Künstlervereinigung ›Blauer Reiter‹, . . . usf.

TB 20. 6. 44, Anm. 4, Seite 441. Hinter ›Frankfurt 1979, V–VII‹ fehlt die zweite Angabe ›und 33/34, XIII.‹

TB 17. 7. 44, Anm. 7, Seite 455. statt ›einzig nachweisbaren Begegnung‹ muß es einfach ›Begegnung‹ heißen. TM traf Georg Lukács noch einmal 1955 in Weimar.

TB 16. 8. 44, Anm. 3, Seite 470. Es muß heißen: Die im August 1941 [. . .] beschlossene Charta . . . usf.

TB 24. 10. 44, Anm. 8, Seite 513. Der erste Satz muß lauten: [. . .] Wilhelm Keitel [. . .] seit 1938 Chef des Oberkommandos der Wehrmacht . . . usf.

TB 15. 12. 44, Anm. 4, Seite 542. Das Geburtsjahr von H. G. Wells ist 1866, nicht 1886.

TB 24. 1. 45, Anm. 1, Seite 562. Der erste Satz soll heißen: TM dankte [. . .] dem jüdischen Graecisten Ernst Moritz Manasse und seiner Frau Marianne für einen Brief . . . usf.

TB 17. 4. 45, Anm. 3, Seite 614. Das Emigrationsdatum von Walther Franke-Ruta muß in : 1933 geändert, das ›bereits‹ gestrichen werden.

TB 17. 4. 45, Anm. 4, Seite 614. Der Anmerkung sollte folgende Information angefügt werden: Der deutsch-jüdische Kinderarzt Wilfried C. Hulse (Hülse) praktizierte schon in den dreißiger Jahren in New York und war Mitbegründer des New World Club und des ›Aufbau‹.

TB 26.4.45, Anm. 3, Seite 621. Der erste Satz muß lauten: TM verwechselte vermutlich den unter dem Garten der Reichskanzlei gelegenen Hitler-Bunker und das Gebäude des Oberkommandos des Heeres in der Bendlerstraße. Goebbels . . . usf.

TB 7.5.45, Anm. 1, Seite 630. Die letzten Zeilen müssen lauten: [. . .] Bedell Smith. Am 7. 5. 45 wurde im Hauptquartier des westalliierten Oberbefehlshabers General Eisenhower in Reims die Urkunde über die bedingungslose Kapitulation der deutschen Streitkräfte unterzeichnet. Die Ratifizierung einer (geringfügig geänderten) Urkunde wurde am 9. 5. im sowjetischen Hauptquartier in Berlin-Karlshorst durch Friedeburg, Keitel und Generalleutnant Stumpff wiederholt.

TB 7.5.45, Anm. 3, Seite 631. Die Anmerkung muß lauten: Die geschäftsführende Reichsregierung unter Dönitz und Schwerin von Krosigk, die vom 2.–23. 5. 45 in Flensburg amtierte.

TB 15.7.45, Anm. 1, Seite 665. Der erste Satz muß heißen: Die vom 17. 7.–2. 8. 54 im Cecilienhof (nicht, wie TM notiert, im Neuen Palais) zu Potsdam zwischen Truman . . . usf.

TB 10.8.45, Anm. 2, Seite 680. Der zitierte Molo-Satz muß lauten: »Kommen Sie bald wie ein guter Arzt, der nicht nur die Wirkungen sieht, sondern die Ursache der Krankheit sucht . . .« . . . usf.

TB 15.8.45, Anm. 3, Seite 682. Es sollte heißen: [. . .] war die Tochter des amerikanischen Historikers Edward William Dodd . . . usf.

TB 28.9.45, Anm. 4, Seite 708/709. Es muß heißen: Eine Initiative von zehn exiliierten Autoren, die mit der fachkundigen Hilfe des Verlegers Wieland Herzfelde und durch eine – dank geschickter Verhandlungen mit dem Buchhändler Paul Müller zustande gekommene – finanzielle Vereinbarung mit der Buchhandlung Schoenhofs Foreign Books, Cambridge/Mass. im Dezember 1943 verwirklicht werden konnte . . . usf.

TB 5.12.45, Anm. 1, Seite 747. Die Anmerkung sollte wie folgt erweitert werden. Guillermo Andres Jaenecke war der Schwiegersohn des ehemaligen deutschen Reichspräsidenten Friedrich Ebert. Mit dem ›jungen Karl Ebert‹ ist der jüngste Sohn Friedrich Eberts gemeint.

TB 5.12.45, Anm. 2, Seite 747. Die Anmerkung ist zu streichen.

TB 18.2.46, Anm. 2, Seite 786. Der erste Satz muß beginnen: Der US-Innenminister Harold L. Ickes . . . usf.

In der Abteilung *Texte* muß es auf *Seite 807* statt ›Gestrichene Passagen aus dem XVIII. Kapitel‹ ›gestrichene Passagen aus dem XXI. Kapitel‹ heißen.

SIGLEN-VERZEICHNIS

GW I–XIII	Thomas Mann, Gesammelte Werke in zwölf (dreizehn) Bänden, Frankfurt 1960 (1974)
Loewy	Thomas Mann, Ton- und Filmaufnahmen. Ein Verzeichnis, zusammengestellt und bearbeitet von Ernst Loewy, hrsg. vom Deutschen Rundfunkarchiv, TM, Gesammelte Werke in dreizehn Bänden, Supplementband, Frankfurt 1974.
Br. I–III	Thomas Mann, Briefe (I) 1889–1936, (II) 1937–1947, (III) 1948–1955 und Nachlese, hrsg. von Erika Mann, Frankfurt 1961–1965.
Reg. I–V	Die Briefe Thomas Manns. Regesten und Register, Band I–III bearbeitet und herausgegeben unter Mitarbeit von Yvonne Schmidlin (Thomas Mann-Archiv Zürich) von Hans Bürgin (†) und Hans-Otto Mayer (†). Band IV und V überarbeitet und ergänzt von Gert Heine und Yvonne Schmidlin, Frankfurt 1976–1987.
D.ü.D. I–III	Dichter über ihre Dichtungen, hrsg. Rudolf Hirsch und Werner Vortriede, Bd. 14/I–III Thomas Mann, hrsg. von Hans Wysling unter Mitwirkung von Marianne Fischer, Heimeran/S. Fischer, 1975–1981.
TB 18–21, 33/34, 35/36, 37–39, 40–43	Thomas Mann, Tagebücher . . ., hrsg. von Peter de Mendelssohn, Frankfurt 1977–1982.
TB 44–46	Thomas Mann, Tagebücher 1944–1946, hrsg. von Inge Jens, Frankfurt 1986.
TM/HM	Thomas Mann/Heinrich Mann, Briefwechsel 1900–1949, hrsg. von Hans Wysling. Erweiterte Neuausgabe, Frankfurt 1984.
HH/TM	Hermann Hesse/Thomas Mann, Briefwechsel. Erweiterte Neuausgabe, hrsg. von Anni Carlsson und Volker Michels, Frankfurt 1975. Zitiert wird

	nach der TB-Ausgabe ›Fischer TB 5633‹, Frankfurt 1988.
TM/GBF	Thomas Mann, Briefwechsel mit seinem Verleger Gottfried Bermann Fischer, hrsg. von Peter de Mendelssohn, Frankfurt 1973.
TM/KK	Thomas Mann/Karl Kerényi, Gespräch in Briefen, hrsg. von Karl Kerényi, Frankfurt 1960.
TM/AN	Thomas Mann/Alfred Neumann, Briefwechsel, hrsg. von Peter de Mendelssohn, Heidelberg 1977.
TM/EB	Thomas Mann an Ernst Bertram. Briefe aus den Jahren 1910–1955, hrsg. von Inge Jens, Pfullingen 1960.
TM/RF	Thomas Mann/Robert Faesi, Briefwechsel, hrsg. von Robert Faesi, Zürich 1962.
TM/CN	The Letters of Thomas Mann to Caroline Newton, Privately Printed by Princeton University Press, Princeton 1971.
TM/JP	Dichter oder Schriftsteller. Der Briefwechsel zwischen Thomas Mann und Josef Ponten 1919–1930, hrsg. von Hans Wysling unter Mitwirkung von Werner Pfister, Bern 1988, Thomas Mann-Studien, Achter Band.
TM/PA	Thomas Mann. Briefe an Paul Amann 1915–1952, hrsg. von Herbert Wegener, Lübeck 1959. Veröffentlichungen der Stadtbibliothek Lübeck, Neue Reihe, Band 3.
Briefw. Aut.	Thomas Mann, Briefwechsel mit Autoren, hrsg. von Hans Wysling, Frankfurt 1988.
KM Br./Antw. I, II	Klaus Mann, Briefe und Antworten, hrsg. von Martin Gregor-Dellin, 2 Bände, München 1975.
EM Br./Antw. I, II	Erika Mann, Briefe und Antworten, hrsg. von Anna Zanco-Prestel, 2 Bände, München 1984/85.
Bl. TGM.	Blätter der Thomas Mann-Gesellschaft, Zürich.
Hansen/Heine	Frage und Antwort. Interviews mit Thomas Mann 1909–1955, hrsg. von Volkmar Hansen und Gert Heine, Hamburg 1983.
Schröter	Thomas Mann im Urteil seiner Zeit. Dokumente

	1891–1955, hrsg. mit einem Nachwort und Erläuterungen von Klaus Schröter, Hamburg 1969.
Bürgin	Hans Bürgin, Das Werk Thomas Manns. Eine Bibliographie unter Mitarbeit von Walter A. Reichart und Erich Neumann, Frankfurt 1959.
NYT	New York Times.
LAT	Los Angeles Times.
WP	Washington Post.
NYHT	New York Herald Tribune.
NVZ	Neue Volkszeitung, New York.
NSR	Neue Schweizer Rundschau.
NZZ	Neue Züricher Zeitung.
TMA	Thomas Mann-Archiv der Eidgenössischen Technischen Hochschule, Zürich.
KMA	Klaus Mann-Archiv, München.
EMA	Erika Mann-Archiv, München.

ANMERKUNGEN

1946

28. 5. 46

1] *Erika:* Erika Julia Hedwig Mann-Auden (1905–1969), TMs älteste 3
Tochter, ursprünglich Schauspielerin, später Journalistin und Schriftstellerin, 1925–1928 mit dem Schauspieler und Regisseur Gustaf Gründgens, seit 1935 mit dem englischen Dichter Wystan H. Auden (1907–1973) verheiratet. Erika Mann hatte 1933 Deutschland verlassen und ihr in München erfolgreiches Kabarett ›Die Pfeffermühle‹ in Zürich sowie durch Gastspiele in Holland, Belgien, Luxemburg und der Tschechoslowakei weitergeführt. Sie verließ die Schweiz 1936, als ihre Auftritte begannen, mißliebig zu werden, um Gastspiele in New York vorzubereiten. Mißerfolge in der englischsprachigen Welt zwangen sie jedoch zur Auflösung ihres Ensembles. Erika Mann kehrte nicht nach Europa zurück, sondern arbeitete fortan als »lecturer«, nach Kriegsausbruch als Kriegskorrespondentin für die USA. Sie kam mit den amerikanischen Truppen nach Europa und berichtete später über die Nürnberger Kriegsverbrecher-Prozesse. Während des letzten Lebensjahrzehnts ihres Vaters wurde sie zur ständigen Begleiterin seiner Vortragsreisen und unentbehrlichen Helferin bei der Arbeit. Sie publizierte 1956 ihren Report ›Das letzte Jahr. Bericht über meinen Vater‹ und gab 1961–1965 eine dreibändige Auswahl aus den Briefen TMs heraus. 1985/86 erschien in München eine von Anna Zanco-Prestel edierte zweibändige Auswahl aus ihrer Korrespondenz: ›Erika Mann, Briefe und Antworten‹.

2] *Peter Pr. und Frau:* Der Physiker Peter Pringsheim (1881–1964), ein Bruder von Katia Mann, bis 1933 ordentlicher Professor in Berlin, war 1933 nach Brüssel emigriert. Nach dem deutschen Überfall auf Belgien gelang es ihm, in die Vereinigten Staaten zu entkommen, wo er in Chicago am Argonne National Laboratory tätig war. Nach seiner Emeritierung kehrte er nach Belgien, der Heimat seiner Frau Emilia Theodora, geb. Clément, zurück.

3] *Vattarû:* TMs japanischer Gärtner für das kalifornische Anwesen.

3 4] *Medi:* TMs jüngste Tochter, die englischsprachige Schriftstellerin Elisabeth Veronika Mann-Borgese (geb. 1918). Sie heiratete 1939 den italienischen Historiker und Literaturwissenschaftler Giuseppe Antonio Borgese (1882–1952), Professor an der Universität Chicago, mit dem sie zwei Töchter hatte. Elisabeth Mann-Borgese übersiedelte 1950 mit ihrer Familie nach Italien, kehrte später nach Kalifornien zurück und lebt seit einigen Jahren in Kanada.

5] *Doctores Adams und Bloch: Dr. William E. Adams* (gest. 1973), Spezialist für Lungenchirurgie und Operateur TMs im Billings Hospital, Chicago, »ein Mann von schlichter Liebenswürdigkeit und Herzensgüte ohne eine Spur der Tyrannenallüren des Anstaltsgewaltigen deutschen Stils«.

Prof. Dr. Robert G. Bloch (1894–1975), seit 1923 in den USA. »Internist und Universitätsordinarius [...], hochgewachsen, brünett, aus Fürth bei Nürnberg gebürtig.« Zu den Ärztecharakterisierungen vergl. die Ausführungen der Tagebuch-Retrospektive in der *Entstehung* Kap. XIII, GW XI, 255-269, und Prof. Robert G. Blochs Bericht: ›Thomas Mann als Patient‹, ›Aufbau‹, New York, Vol. 41, No. 23 v. 6. 6. 1975, 32.

6] *Dr. Phillips:* »Lungenspezialist, scherz- und plauderhaft von Natur« (*Entstehung* Kap. XIII, GW XI, 256).

7] *Dr. Livingstone:* »Gattin meines Operateurs und Vorsteherin aller Anästhesie, zauberische Mischerin Tiefschlaf bringender Fluiden.« (*Entstehung* a.a.O. 258/259)

8] *Dr. Carlson:* Dr. Ralph Carlson, »erst vierundzwanzigjährig [...] nordischer Herkunft und bildhübsch, ›Intern‹ dieses großen Hauses schon seiner ausgezeichneten Intelligenz und seiner manuellen Geschicklichkeit wegen«. (*Entstehung* a.a.O. 256)

9] *June Coleman:* »die Schwester der Nachtstunden [...], eine denkwürdig angenehme Person«; der »Engel meiner Nächte« und »entschieden hübsch« (*Entstehung* a.a.O. 263).

10] *Bermann:* Dr. Gottfried Bermann (geb. 1897), ursprünglich Chirurg, hatte 1926 nach seiner Heirat mit Brigitte Fischer, gen. Tutti (geb. 1905), der ältesten Tochter von TMs Verleger Samuel Fischer (1859–1934), seinen Beruf aufgegeben und war in den Verlag seines Schwiegervaters eingetreten. Er wurde 1928 Geschäftsführer und fügte auf Wunsch des Verlagsgründers seinem eigenen Familiennamen den Namen Fischer hinzu. Nach Samuel Fischers Tod lag die

Leitung des Verlags allein in Bermanns Händen. Im Frühjahr 1935 gelang es Gottfried Bermann Fischer, mit dem NS-Propagandaministerium eine Vereinbarung zu treffen, wonach die in Deutschland unerwünschten bzw. verbotenen Autoren des Verlages sowie das dazugehörige Buchlager und einige Vermögenswerte unter der Bedingung zur Auswanderung freigegeben wurden, daß die Familie Fischer die verbleibenden Teile des Verlages verkaufte und in »zuverlässige« Hände übergehen lasse. Peter Suhrkamp, seit 1932 im S. Fischer Verlag tätig, brachte eine Gruppe von Finanzleuten zusammen, die den in Deutschland verbleibenden Teil des Verlages erwarb und unter seiner Leitung weiterführte, während Gottfried Bermann Fischer den Emigrationverlag Bermann-Fischer GmbH, in dem hinfort die Werke TMs erschienen, zunächst in Wien, dann, nach dem Einmarsch Hitlers in Österreich (bei dem sich die Familie mit knapper Not nach Italien und in die Schweiz retten konnte, alle Buchbestände jedoch verlorengingen), in Stockholm mit Hilfe des schwedischen Verlagshauses Bonnier im Sommer 1938 neu gründete. Hier wurden fortan die deutschen Ausgaben von TMs Werken verlegt – auch noch, nachdem Gottfried Bermann Fischer 1941 wegen antinationalsozialistischer Betätigung aus Schweden ausgewiesen worden war und in New York, gemeinsam mit dem aus Amsterdam geflohenen Leiter von Querido, dem ehemaligen Kiepenheuer-Verlagsleiter Fritz H. Landshoff, das Unternehmen L.B. Fischer gründete. Im Schutze Bonniers konnte der Stockholmer Verlag weiterbestehen – GBF leitete ihn von New York aus, so gut es eben ging, etablierte 1947 den Bermann-Fischer Verlag in Wien, vereinigte seine Stockholmer Firma mit dem Querido-Verlag zum Bermann-Fischer/Querido-Verlag in Amsterdam und kehrte 1950 nach Deutschland zurück. Dort wurde der S. Fischer Verlag (mit Sitz in Frankfurt und Berlin) in seiner ursprünglichen Form wiederhergestellt. Vgl. hierzu Peter de Mendelssohn, ›S. Fischer und sein Verlag‹, Frankfurt 1970, die Autobiographie Gottfried Bermann Fischers, ›Bedroht – Bewahrt‹, Frankfurt 1967, sowie den von Peter de Mendelssohn herausgegebenen Band *Thomas Mann, Briefwechsel mit seinem Verleger Gottfried Bermann Fischer*, Frankfurt 1973.

11] *Mai-Gumpert:* Der Berliner Arzt und Schriftsteller Martin Gumpert (1897–1955) wanderte 1936 in die Vereinigten Staaten aus und war in New York eng mit Erika Mann befreundet. TM hatte Gumpert 3

1935 in Zürich kennengelernt; in Amerika verband ihn eine wachsende Zuneigung mit dem »Hausfreund«, den er in der Figur des Mai-Sachme im dritten und vierten *Joseph*-Band porträtierte. S. *An Martin Gumpert über ›Dunant‹* (1939), GW XIII, 435, und *Preface to Martin Gumpert, ›First Papers‹* (1941), GW XIII, 436–438.

12] *Caroline Newton:* Die amerikanische Psychoanalytikerin Caroline Newton (1893–1975) war eine frühe Verehrerin TMs, dem sie 1929 zum ersten Mal begegnete. Sie besaß eine große, weit zurückreichende Sammlung von signierten Erstausgaben, Briefen, Manuskripten und Photographien TMs, die sich jetzt größtenteils in der Firestone Library der Universität Princeton befindet, und war ihm bei seiner Niederlassung in den USA behilflich, indem sie ihm im Frühsommer 1938 ihr Landhaus in Jamestown, Rhode Island, zur Verfügung stellte. TMs Briefe an Caroline Newton erschienen deutsch und englisch in *The Letters of Thomas Mann to Caroline Newton*, Privatdruck der Princeton University Press, 1971. Ein Buch über TM, an dem Caroline Newton arbeitete, blieb Fragment.

13] *Windermere:* TMs Stammhotel in Chicago.

14] *»Grünen Heinrich«:* Gottfried Keller (1819–1890), ›Der grüne Heinrich‹, Roman, 4 Bde., Braunschweig 1854/55, 2. überarbeitete Fassung Stuttgart 1879/80. S. *Entstehung* 267: »Später liehen Borgeses mir die vier Bände des ›Grünen Heinrich‹, der mir sonderbarer-, ja skandalöserweise bis zur Stunde so gut wie unbekannt geblieben war.« S. auch TB 6. 6. 46 Text und Anm. 3.

4 15] *Golos [...] »Gentz«:* Golo Mann, ›Friedrich von Gentz. Geschichte eines europäischen Staatsmannes‹, Zürich 1946; engl. Yale 1946.

16] *Golo:* Der Historiker Golo (eigentlich Angelus Gottfried Thomas) Mann (geb. 1909) hatte Deutschland im Frühsommer 1933 verlassen. Er lehrte zunächst an Collèges in Frankreich, war anschließend Redakteur der Zeitschrift ›Mass und Wert‹ und ging im Mai 1940 von der Schweiz als Kriegsfreiwilliger nach Frankreich, wo er von den Franzosen interniert wurde. Gemeinsam mit den Ehepaaren Heinrich Mann und Franz Werfel gelang ihm im Spätherbst 1940 die Flucht in die Vereinigten Staaten. Dort lehrte er an den Colleges von Olivet/Michigan und Claremont/Kalifornien. 1958 kehrte er als Gastprofessor der Universität Münster nach Europa zurück und war von 1960–1964 Professor für Politische Wissenschaften an der Technischen Hochschule Stuttgart. Seither lebt er als freier Schriftsteller und Publizist in Kilchberg am Zürichsee.

17] *in den N. Y. Times:* ›Secretary of Europe‹, ›The New York Times‹ 4
19. 5. 46, VII, 4.

18] *Dr. Rosenthal:* Dr. Frederick (Friedrich) Rosenthal (1902–?), bis 1936 in Berlin, seit 1938 in Beverly Hills praktizierend, war seit längerem der Arzt Heinrich Manns (vgl. *Entstehung* Kap. XII, GW XI, 247) und übernahm auf dessen Wunsch auch die Behandlung TMs. Rosenthal diagnostizierte als erster TMs Lungenkrebs.

19] *Neumanns:* Der Erzähler und Dramatiker Alfred Neumann (1895–1952) war mit seiner Frau Katharina, gen. Kitty, einer Tochter des Münchener Verlegers Georg Müller, von Beginn der zwanziger Jahre an Nachbar der Familie Mann im Münchener Herzogpark und seither mit ihr freundschaftlich verbunden. Die Neumanns emigrierten 1933 nach Florenz, später nach Südfrankreich und gelangten 1940 in die USA, wo sie in Kalifornien wiederum Nachbarn der Manns waren und zu ihrem vertrautesten Umgang gehörten. Alfred Neumann erlag während eines Europa-Aufenthaltes 1952 in der Schweiz einem Herzleiden, Kitty Neumann starb 1979 in München. S. TMs Nachruf *Für Alfred Neumann,* GW X, 530/531. Der erhaltene Briefwechsel der Freunde erschien, hrsg. von Peter de Mendelssohn, 1977 in Heidelberg.

20] *Feuchtwanger:* Der Schriftsteller Lion Feuchtwanger (1884 bis 1958) und seine Frau Marta, geb. Löffler (1891–1988). Die Feuchtwangers lebten nach ihrer Emigration 1933 bis 1940 in Sanary bei Toulon, wo sie TM im Sommer 1933 häufig sah. 1940 zunächst von französischen Behörden interniert, gelangten Lion und Marta Feuchtwanger schließlich über Spanien und Portugal in die Vereinigten Staaten und lebten seit 1941 in Pacific Palisades, wo Katia und Thomas Mann ihre Nachbarn wurden.

21] *Bücher-Geschenk:* Agrippa von Nettesheim, ›Die Eitelkeit und Unsicherheit der Wissenschaften und die Verteidigungsschrift‹ hrsg. v. Fritz Mauthner, Bd. 1 und 2, München 1913. Das Buch steht in der Zürcher Bibliothek. Für TM wurden die Bände im Zusammenhang mit Adrian Leverkühns Geschichte wichtig, »denn darin war nun gleich ein schnurrig entrüstungsvolles Kapitel über Teufelsbannerei und Schwarzkünstlerei und mehr noch: eines über Musik, oder vielmehr gegen sie, voller moralischer Invektiven.« (Vgl. *Entstehung* Kap. XIV,

GW XI, 270/271) Zur Verwendung Agrippascher Denunziationen im *Doktor Faustus* s. TB 8. 6. 46, Text und Anm. 1.

4 22] *Agrippa von Nettesheim:* Der deutsche Naturphilosoph und Okkultist Agrippa von Nettesheim (1486–1535) trug in seinem bekanntesten Werk ›De occulta philosophia sive de magica‹ (1533) die okkulten Lehren der Antike und des Mittelalters zusammen und trat – getragen von dem Glauben an die Magie als ein legitimes Mittel zur Naturbeherrschung – in mehreren Hexenprozessen als Verteidiger der Beschuldigten auf. Seine Kritik an kirchlicher Intoleranz und Inquisition trug ihm die Feindschaft des Klerus ein.

23] *Nietzsche-Arbeit: Nietzsche's Philosophie im Lichte unserer Erfahrung,* GW IX, 675–712.

24] *des Romans:* TM arbeitete seit dem 23. Mai 1943 an seinem Roman *Doktor Faustus. Das Leben des deutschen Tonsetzers Adrian Leverkühn erzählt von einem Freunde.* Zur Entstehungsgeschichte des Werks vgl. zusammenfassend Peter de Mendelssohns ›Nachbemerkungen‹ zur Frankfurter Ausgabe des Romans, 1980, 685–744, erweitert in: Peter de Mendelssohn, ›Nachbemerkungen zu Thomas Mann‹, Bd. 1, Frankfurt 1982 (Fischer Taschenbuch 5770, 111–195).

25] *Apokalypse:* Das dreigeteilte XXXIV. Kapitel des *Doktor Faustus, Apocalipsis cum figuris, Kridwiss und sein Kreis, Weiteres über ›Apocalipsis‹.* TM hatte vor Ausbruch der Krankheit, im Januar und Februar 1946, an den ersten beiden Teilen gearbeitet.

26] *K.:* Die von TM im gesamten TB verwendete Abkürzung für den Vornamen seiner Frau Katia, geb. Pringsheim (24. 7. 1883–25. 4. 1980).

27] *Sekretärin:* TMs Sekretärin Hilde Kahn, geb. Goldschmidt (geb. 1917), die 1937 mit ihrem ersten Mann, Dr. Heinz Kahn, von London in die USA ausgewandert war. Frau Kahn arbeitete von Dezember 1943 bis zu TMs Übersiedlung nach Europa im Juni 1952 im Hause Mann. 1953 heiratete sie den Engländer Sidney Reach. Heute lebt sie in Santa Monica, Kalifornien (S. Hilde Kahn-Reach, ›Thomas Mann, mein Boß‹, ›Neue Deutsche Hefte‹, Jg. 20, 1973, Nr. 2,51–64).

28] *Gemme:* Die Zeichnerin Eva Herrmann (1901–1978), eine langjährige Freundin von Erika und Klaus Mann, von TM wegen ihres feingeschnittenen Profils – frei nach Fontanes ›Mathilde Möhring‹ – auch »die Gemme« genannt, lebte in Santa Barbara, Kalifornien.

29. 5. 46

1] *Alma Mahler:* Franz Werfels Frau Alma (1879–1964) war die Witwe des Komponisten Gustav Mahler.

2] *Frau Thimig-Reinhardt:* Die österreichische Schauspielerin Helene Thimig (1889–1974), Max Reinhardts zweite Frau, ging 1933 vom Deutschen Theater in Berlin nach Wien, emigrierte 1938 in die USA und kehrte 1946 ans Burgtheater zurück.

3] *Mineral oil:* Hier: Mineralwasser.

30. 5. 46

1] *Dieterles:* Der Filmregisseur Wilhelm (William) Dieterle (1893–1972), ursprünglich Schauspieler und Regisseur bei Max Reinhardt, und seine Frau, die Schauspielerin Charlotte Hagenbruch. Dieterle war 1930 nach Hollywood gegangen, um – vor der Einführung des Synchronisierens – deutsche Versionen amerikanischer Tonfilme zu inszenieren. Nach Hitlers Machtantritt blieb er in den USA und wirkte nach 1945 wieder als Intendant in der Bundesrepublik.

2] *Gottlieb:* Der 1939 in die USA emigrierte deutsche Photograph und Musikologe Ernst Gottlieb (1903–1961), Inhaber der führenden musikologischen Buchhandlung in Los Angeles und mit Felix Guggenheim Gründer der ›Pacific Press‹.

3] *des »Tagebuchs«: Leiden an Deutschland. Tagebuchblätter aus den Jahren 1933 und 1934,* ›Pacific Press‹, Los Angeles 1946. TM hatte sich während der Vorarbeiten für seinen »Nekrolog auf den Nationalsozialismus« – den Artikel *The End* (deutsche Fassung GW XII, 944–950) –, im Februar 1945 noch einmal intensiv seinen TB-Aufzeichnungen aus den ersten Exiljahren zugewandt und dabei am 11. 2. 45 zum ersten Mal die Möglichkeit einer auszugsweisen Publikation erwogen, die dann im Mai 1946 durch den hier gemeinten, auf 500 Exemplare limitierten Privatdruck der ›Pacific Press‹ realisiert wurde.

31. 5. 46

1] *W. Meister:* Wilhelm Meister, der Titelheld von Goethes Romanen ›Wilhelm Meisters theatralische Sendung‹, ›Wilhelm Meisters Lehrjahre‹ und ›Wilhelm Meisters Wanderjahre‹.

2] *Hans C.:* Hans Castorp, der Protagonist aus TMs Roman *Der Zauberberg.*

6 3] *Eisner:* Der Berliner Pianist und Musikprofessor Bruno Eisner (1884–1978) war 1933 in die USA emigriert, wo er an verschiedenen Colleges lehrte und als Konzertpianist auftrat.

1. 6. 46

6 1] *(Vortrags-Kapitel):* Das VIII. Kapitel des *Faustus*-Romans, das über Wendell Kretzschmars Musikvorträge in Kaisersaschern berichtet. (GW VI, 68–96)

2] *Heinrich:* Der Schriftsteller Heinrich Mann (1871–1950), TMs älterer Bruder, hatte, wenige Tage nach seinem erzwungenen Rücktritt als Präsident der Sektion für Dichtkunst an der Preußischen Akademie der Künste, am 21. 2. 1933 Deutschland verlassen. Bis zur Besetzung Frankreichs durch die Deutschen lebte er, der Sprecher der linken deutschen Emigranten, in Nizza, von wo er nach einer abenteuerlichen Flucht über Spanien und Portugal im Herbst 1940 in die Vereinigten Staaten gelangte. Er ließ sich in der Nähe seines Bruders in Los Angeles nieder. Dort starb er nach Jahren der Einsamkeit und zunehmenden Verarmung wenige Monate nachdem ihn ein Rückkehrangebot der DDR-Regierung erreicht hatte. S. *Vom Beruf des deutschen Schriftstellers in unserer Zeit. Ansprache an den Bruder* (1931), GW X, 306–315; *Heinrich Mann. (Dem Fünfundsechzigjährigen.)* (1936), GW X, 483–484; *Ansprache zu Heinrich Manns siebzigstem Geburtstag* (1941), GW XIII, 852–857; *Bericht über meinen Bruder* (1946), GW XI, 476–480; *Brief über das Hinscheiden meines Bruders* (1950), GW X, 521–523, sowie ›Thomas Mann/Heinrich Mann, Briefwechsel 1900–1949‹, hrsg. von Hans Wysling, 2. Aufl., Frankfurt 1984.

3] *»Nachsommer«:* In der Zürcher Bibliothek befindet sich die Insel-Ausgabe: Adalbert Stifter, ›Der Nachsommer‹, Leipzig 1920.

4] *Fritzi Massary:* Die Operettendiva Fritzi Pallenberg-Massary (1882–1969), Mutter von Liesl Frank, emigrierte 1933, trat zunächst noch in Wien und London auf, ging 1938 in die USA und lebte unweit der Manns in Beverly Hills.

5] *»St. George u. Th. M.«:* Hans Albert Maier, ›Stefan George und Thomas Mann; Zwei Formen des Dritten Humanismus in kritischem Vergleich‹, Zürich 1946. Das Buch steht in der Zürcher Bibliothek.

6] *H. A. Maier:* Der Germanist und Literarhistoriker Hans Albert Maier (geb. 1910).

2. 6. 46
1] *an die Meyer:* An Agnes Meyer, P. P. 2. 6. 46, Reg. III, 46/218, Br. II, 490/491 (fragm.). 6

2] *die Meyer:* Die als Kind deutscher Eltern in den USA geborene Publizistin Agnes E. Meyer, geb. Ernst (1887–1970) war die Frau des amerikanischen Großbankiers, Philanthropen, Besitzers und Herausgebers der ›Washington Post‹ Eugene Meyer (1875–1959). Sie hatte in Paris studiert, war mit Rodin und Claudel befreundet und sprach und schrieb fließend Deutsch. In den USA war sie als Publizistin auf kultur- und sozialpolitischen Gebieten tätig. Das sehr vermögende Ehepaar Meyer machte sein Stadthaus in Washington und seinen Landsitz in Mount Kisco zu Mittelpunkten des internationalen politischen, gesellschaftlichen und künstlerischen Lebens und verfügte über beträchtlichen Einfluß in Regierungskreisen. TM lernte Agnes E. Meyer, die seine großzügigste Förderin in den USA werden sollte, während des Amerika-Aufenthaltes im Frühjahr 1937 kennen; ab Dezember 1941 sicherte sie seine Existenz durch die Vermittlung eines hochdotierten Beratervertrages mit der Washingtoner Library of Congress. Sie übersetzte die Schrift *Vom kommenden Sieg der Demokratie* und das erste Vorwort zu ›Mass und Wert‹ *(Standards and Values)* und stand, abgesehen von häufigen Begegnungen, nahezu zwanzig Jahre lang in intensivem, sehr umfangreichem Briefwechsel mit TM. Die zum größten Teil erhaltene Korrespondenz wird, ediert von Hans Rudolf Vaget, bei S. Fischer in Frankfurt erscheinen.
Agnes E. Meyers Autobiographie ›Out of these roots. The autobiography of an American Woman‹ (1953) enthält einen Abschnitt über ihre Beziehungen zu TM (183–189).

3] *ihren Brief an A. Neumann:* P. P. 3. 6. 46, im Nachlaß Alfred Neumann, Handschriften-Sammlung der Staatsbibliothek München. Alfred Neumann hatte Erika Mann gebeten, zu einem Schreiben Stellung zu nehmen, in dem sich W. E. Süskind gegen die Behauptung verwahrte, er habe »kurz nach dem Weggang der Familie Mann in einer Berliner Zeitschrift einen Artikel gegen Th. M.s Haus oder Familie veröffentlicht«. Erika Mann antwortete Neumann in einem 3½seitigen Schreibmaschinenbrief, der ihre Stellungnahme zu Süskinds Tätigkeiten im ›3. Reich‹ enthält; zu dem konkreten Vorwurf heißt es in dem Schreiben: »Ich weiß von keinem solchen Artikel,

erinnere mich aber sehr wohl, daß die erste von Süskind redigierte Nummer der ›Literatur‹ einen Angriff auf meinen Vater enthielt – und das war zu der Zeit [...], da derlei noch ›Fleißaufgabe‹ war, freiwilliger Beitrag zur ›nationalen Erhebung‹.« Eine Durchsicht der Jahrgänge 35–37 zeigt, daß Süskind ab 1. 7. 33 (Jg. 35, Heft 10) die Leitung der Zeitschrift übernahm. Im Juli-Heft findet sich ein Artikel von Franz Schauwecker, ›Einheit aus Gegensatz‹, der mit den Antithesen ›Kultur‹ und ›Zivilisation‹, ›Seele‹ und ›Intellekt‹, ›Persönlichkeit‹ und ›Individualität‹ arbeitet und den Satz enthält: »Unter Individualität wird hier der in den letzten Jahrzehnten innerhalb des deutschen Raums vor sich gegangene Zerfall des Persönlichkeitsbegriffs verstanden. Dieser Zerfall ist die Folgeerscheinung einer fortschreitenden Entartung jener Ideale, die durch Frankreich seit dem Bastillesturm [...] in Europa eingeführt worden sind. Diesen Entartungszustand nennt man gemeinhin ›Liberalismus‹. Sein hervorragendster deutscher Vertreter ist Thomas Mann.« (561) Es ist anzunehmen, daß Erika Mann diesen – nicht eben scharfsinnigen – Artikel meinte.
Süskind selbst publizierte ein Jahr später, im Septemberheft 1934, (Jg. 36, H. 12, 685/686) eine positive Besprechung der ersten zwei *Joseph*-Bände, die bereits in den vorangegangenen Heften gelegentlich durch den Abdruck von Exzerpten aus Besprechungen, z. B. von Bernhard Diebold (Jg. 36, 521) oder Eduard Korrodi (Jg. 36, 159) gewürdigt worden waren.

6 4] *Süskind:* Der Münchener Schriftsteller W. E. (Wilhelm Emanuel) Süskind (1901–1970) war bis 1933 mit Klaus und Erika Mann befreundet gewesen und hatte versucht, Klaus Mann zur Rückkehr nach Deutschland zu bewegen. Dieser Versuch sowie die Tatsache, daß Süskind im NS-Staat blieb, wo er Herausgeber der Zeitschrift ›Die Literatur‹ wurde, führte zur Entfremdung zwischen ihm und der Familie Mann. Nach dem Kriege versuchte Süskind, der nach 1945 als Redakteur bei der ›Süddeutschen Zeitung‹ arbeitete, die Verbindungen neu zu knüpfen. Sein Brief und Thomas Manns Antwort, die im Anhang No. 2 zitiert wird, zeigen, wie schwierig der Neuanfang war. Erst allmählich kam es zu einer vorsichtigen Annäherung und einer regelmäßigen, wenn auch in Abständen geführten Korrespondenz, die von verschiedenen Arbeiten Süskinds über Thomas Mann begleitet wurde.

5] *Maximin und Joseph:* Hans Albert Maier hatte an verschiedenen

Stellen seiner Dissertation (s. TB 1. 6. 46 Anm. 5), besonders im vierten Kapitel ›Staat und Religion‹, auf Verbindendes und Trennendes, auf jeden Fall aber Vergleichbares zwischen der Maximin-Gestalt bei George und dem Joseph TMs hingewiesen: »Trotz der größeren, weil aus persönlichem Erlebnis kommenden Gefühlsintensität Georges scheint uns eine Parallelität der seelischen Situation vorhanden und diese nicht zufällig, unsere Zusammenstellung also nicht willkürlich zu sein, da [. . .] Maximin dem gleichen religiösen Typus zugehört wie Joseph, sein Opfertod also auch dem symbolischen Opfertode des Joseph entspricht [. . .]. Dabei ist freilich der Unterschied von höchster Bedeutung, daß Maximin wirklich gestorben und dauerndes, unveränderbares Bild geworden ist, während Joseph in Wahrheit weiterlebt, nur von dem Vater für tot gehalten und als Bild verehrt wird. Ein weiterlebender und gealtert wiedergefundener Maximin würde Georges Kult restlos zerstört haben, durfte also nicht gedacht werden, sein Opfer mußte ein endgültiges sein. Josephs handlungsmäßiges Weiterleben ist noch wichtiger als Manns Bewertung des Weiterwirkens im bloßen Bilde.«

4. 6. 46

1] *Adorno's:* Der Philosoph, Soziologe, Musiktheoretiker und Kom- 7
ponist Theodor W(iesengrund) Adorno (1903–1969) und seine Frau Gretel, geb. Karplus. Adorno, seit 1931 Dozent an der Universität Frankfurt und nach 1933 in Oxford, Princeton und Berkeley lehrend, war mit Max Horkheimer und Herbert Marcuse Hauptvertreter der sogenannten Kritischen Theorie und Mitbegründer des ›Instituts für Sozialforschung‹. Er lebte seit der Übersiedlung des Instituts nach Kalifornien in Los Angeles, in der Nähe von TM, dem er, wie das Tagebuch, die *Entstehung* und vor allem die später ausgeschiedenen Seiten dieses ›Romans eines Romans‹ zeigen, während der Arbeit am *Doktor Faustus* ein immer unentbehrlicherer Helfer bei der Lösung musikalischer Probleme wurde. Adorno kehrte 1950 als Professor nach Frankfurt zurück.

2] *Buchgeschenk:* Walter Benjamin, ›Ursprung des deutschen Trauerspiels‹, Berlin 1928. S. auch *Entstehung* Kap. XIV, GW XI, 270: »Adorno schenkte Benjamins [. . .] Buch [. . .], zu dessen interessantesten Hinweisen derjenige gehört auf den hie und da noch fühlbaren Zusammenhang des Shakespeare-Dramas mit dem allegorischen Teufelsjokus des Mittelalters.« Vgl. auch TM an Max Rychner, P. P. 24. 12. 47, Reg. III, 47/449; Br. II, 578–580, bes. 579.

3] *Benjamin:* Der Schriftsteller und Literaturkritiker Walter Benjamin, geb. 1892, beging 1940, auf der Flucht aus dem besetzten Frankreich, in den Pyrenäen Selbstmord.

4] *an Neider:* An Charles Neider, P. P. 4. 6. 46, Reg. III, 46/220.

5] *Neider:* Der 1915 in Odessa geborene, heute in Princeton lebende amerikanische Schriftsteller, Kritiker und Editor Charles Neider war Mitarbeiter bei Klaus Manns Zeitschrift ›Decision‹ und gab 1947 in New York das Sammelwerk ›The Stature of Thomas Mann‹ heraus.

6] *Essay-Anthologie:* ›The Stature of Thomas Mann‹, ed. by Charles Neider, New York 1947. Das Buch mit einer Widmung des Herausgebers ist in der Zürcher Bibliothek erhalten.

7] *über Webern:* René Leibowitz, ›Anton Webern‹, ›L'Arche‹, Alger-Paris, vol. 3, 2e année, no. 11, Nov. 1945, 130–134.

8] *Webern:* Der österreichische Komponist und Dirigent Anton von Webern (1883–1945), 1904–1908 Schüler von Schönberg und lebenslanger Freund von Alban Berg.

9] *Über Nietzsches Atheismus:* Maurice Blanchot, ›Du côté de Nietzsche‹, ›L'Arche‹, Vol. 3, 2e année, no. 12, Déc. 1945, 103–112, eine Betrachtung des Buches von P. de Lubac, ›Le drame de l'humanisme athée‹: »L'analyse du P. de Lubac revient à ceci: l'athéisme de Nietzsche n'est pas un athéisme ordinaire; il ne se confond pas avec l'athéisme de ceux pour qui la négation de Dieu n'a jamais été un problème ou est un problème résolu; il a un aspect positif essentiel.« Vgl. hierzu *Entstehung* Kap. XIV, GW XI, 272: übereinstimmend »mit der, mir sehr naheliegenden Auffassung [. . .], daß Nietzsches Kampf gegen die christliche Moral ein Ereignis *innerhalb* der Geschichte des Christentums bildet.«

5. 6. 46

7 1] *an Dr. Hamburger:* An Käte Hamburger, P. P. 5. 6. 46, Reg. III, 46/221.

2] *Dr. Hamburger:* Die Germanistin Käte Hamburger (geb. 1896) hatte TM im Herbst 1932 ihre Schrift ›Thomas Mann und die Romantik‹ übersandt und stand seither in Briefwechsel mit ihm. Käte Hamburger emigrierte 1933 nach Schweden, wo sie in Göteborg ein Lehramt fand, kehrte nach dem Zweiten Weltkrieg in die Bundesrepublik

zurück und unterrichtete bis zu ihrer Emeritierung an der Technischen Hochschule Stuttgart. Sie veröffentlichte 1945 ihre Interpretation ›Thomas Manns Roman *Joseph und seine Brüder*, eine Einführung‹. (Neufassung München 1965 unter dem Titel ›Der Humor bei Thomas Mann. Zum Joseph-Roman‹.)
3] *[an] J. Bab:* Der Brief gilt als verschollen; s. Reg. IV, 579.
4] *J. Bab:* Der Schriftsteller, Kritiker, Dramaturg und Theaterhistoriker Julius Bab (1880–1955) emigrierte 1938 nach Frankreich, 1940 in die USA und kehrte nicht nach Europa zurück.
5] *die Pons:* Die französisch-amerikanische Sängerin Lily Pons (1898–1976).

6. 6. 46
1] *Walters:* TMs langjähriger Freund und Münchener Herzogpark- 7
Nachbar, der Dirigent Bruno Walter (1876–1962) mit seiner Tochter Lotte (1903–1970), die von Kindheit an eine nahe Freundin Erika und Klaus Manns war.
2] *Huldschinsky:* Der nach längerer KZ-Haft 1938/39 in die USA emigrierte Film- und Innenarchitekt Paul Huldschinsky (1889 bis 1947), ein früher Münchener Freund der Familie Mann. Huldschinsky hatte die Innenausstattung des Hauses in Pacific Palisades besorgt und kümmerte sich auch weiterhin um Detailänderungen und Renovationen.
3] *doppelte Fassung des 4. Bandes:* Keller hat in der 2. Fassung seines Werks vor allem die der Jugendgeschichte folgenden Kapitel ab Buch III, Kap. 4 (2. Fassung ab Buch III, Kap. 9) in Inhalt und Form stark verändert. Die Erzählperspektive wird durchgängig zur Ich-Erzählung des Helden umgestaltet, der »zypressendunkle Schluß« und kraß negative Episoden des ersten Teils zugunsten einer moralischen Läuterung und einer sozialen Reintegration des Künstler-Bohemiens Heinrich umgestaltet. Zu dem TB-Eintrag vgl. auch *Entstehung* Kap. XIV, GW XI, 273.
4] *von Meta Nackedey:* Der Brief von Caroline Newton, die das Vor- 8
bild für die von TM im XXXI. *Faustus*-Kapitel beschriebene Figur der Meta Nackedey abgab, befindet sich nicht im Thomas-Mann-Archiv.
5] *Eugene:* Eugene Meyer, der Mann von Agnes Meyer; s. TB 2. 6. 46, Anm. 2.
6] *von [...] Toch:* Santa Monica, 6. 6. 46; im TMA.

8 7] *Toch:* Der österreichische Komponist Ernst Toch (1887–1964) emigrierte 1933 über London in die Vereinigten Staaten und lehrte seit 1936 an der University of Southern California in Los Angeles. Er lebte mit seiner Frau in Santa Monica, und TM nutzte die Nachbarschaft zur Diskussion musikalischer Probleme (vgl. *Entstehung* Kap. V und VI, GW XI, 170 und 177).

8] *Lindtberg:* Der österreichische Film- und Theaterregisseur Leopold Lindtberg (bis 1933 Leopold Lemberger) (1902–1984) emigrierte 1933 nach Zürich, wo er als Dramaturg und Spielleiter deutschen Emigrantendramen zu später berühmt gewordenen Aufführungen verhalf.

9] *das »Narrengefecht« in III:* Das Duell, zu dem der niederländische Maler Ferdinand Lys seinen Freund Heinrich nach einer durchzechten Nacht herausfordert, endet in der ersten Fassung (III, Kap. 6) mit einer schweren Verwundung des Lys, an deren Folgen er später (IV, Kap. 14) stirbt. In der 2. Fassung bricht Lys das Duell ab, da er der Narretei, »der Nichtigkeit unseres Tuns« rechtzeitig inne wird (III, Kap. 14).

7. 6. 46

8 1] *das Mendelssohn-Konzert:* Felix Mendelssohn Bartholdy (1809 bis 1847), Violinkonzert e-Moll, op. 64 (1844).

2] *Millstein:* Der 1904 in Rußland geborene amerikanische Geiger Nathan Milstein.

8. 6. 1946

8 1] *Komisches über die Verächtlichkeit der Musik:* Die Darstellung der vier von den Griechen definierten »Arten mit der Stämme Namen« im VII., *De Musica* überschriebenen Kapitel: der phrygischen, »durch die [...] ein Jüngling [...] ein Haus, darinnen eine Hure verborgen gewesen, abzubrennen bewogen worden«, der lydischen, die zwar Platon nicht billigte, da sie »mit einem Geschrei von der dorischen Bescheidenheit und Ehrbarkeit [...] abweicht«, dafür jedoch denjenigen angenehm sei, »welche von Natur lustig sind«. »Die dorische [...] als die gravitätische und ehrbarste«, die »zu Erweckung guter Affekten und Bewegungen des Leibes am besten geschicket und dem menschlichen Leben am meisten nützlich ist.« Sie habe in so großem Ansehen gestanden, daß Agamemnon, »als er nach dem trojanischen Kriege ge-

reist«, einen dorischen Musiker bei Klytemnästra ließ, der die Frau mit einem spondäischen Rhythmus [. . .] bei der Keuschheit gehalten« habe, so daß sie »von dem Aegystho nicht eher hat können geschändet werden, bis dieser den Musicum leichtfertig ums Leben gebracht«. Und schließlich die vierte Art, die myxolydische, die die »Kraft einer gähligen Veränderung und Traurigkeit mit sich führe« (81/82). All diese der Musik zugestandenen Qualitäten, ja, selbst die Tatsache, »daß diese Kunst nicht wenig Lieblichkeit in sich begreifet«, ändere jedoch nichts an der »Erfahrenheit«, daß das Musizieren »ein Exercitium sei geringer Leute, die von schlechtem Gehirne sind [. . .] und die weder im Anfangen noch im Aufhören keine Maße halten«: »Die Musik bringt jährlich durch die Götter was Neues, gleich wie Lybien jährlich ein neu wild Tier hervor.« Darum und wegen ihrer »Vanität« sei die Musik immer wieder in der Kirche verboten worden. Heutigen Tages aber sei »so eine Lizenz und Freiheit, daß auch bei dem Sang der Messe garstige Lieder auf der Orgel geschlagen werden, und also, das[s] sie das Gebet [. . .] nicht in Ehren halten, sondern mit ihren leichtfertigen und ums Geld gekauften Musikanten nicht zur Aufmerkung und Andacht, sondern zur Hurerei, nicht mit Menschenstimmen, sondern bestialischem Geschrei Anlaß geben. Wenn sie rechtschaffen singen sollen, so quieken die Knaben den Diskant, teils brüllen den Tenor, teils bellen wider den Takt, teils mauen wie ein Ochse den Alt, teils knirschen mit den Zähnen den Baß und machen, daß zwar ein groß Geschrei und Getöne gehört wird, aber von dem Text verstehet niemand nichts, also wird zugleich den Ohren und dem menschlichen Nachsinnen ihre natürliche Art genommen.«

2] »*Die Pfeifer*«: ›Pfeifer‹ und ›Sänger‹ werden bei Agrippa verschiedentlich als fragwürdige Subjekte apostrophiert: »Der weise Antisthenes, als er gehöret hat, daß einer ein trefflicher Pfeifer sei, hat er gesagt: das mag wohl ein böser Bube sein, denn wenn er fromm wäre, so wäre er kein Pfeifer, und ist diese Kunst nicht für nüchterne und fromme, sondern für Müßiggänger, Possenreißer und tolle Leute.« Daher sei diese Kunst im alten Rom »als eine, so den römischen guten Sitten ganz zuwider, verachtet« gewesen, und deshalb habe »der König Philippus, als er einstmals gehöret, daß sein Sohn an einem gewissen Ort schön gesungen, [. . .] ihn gescholten und gesagt: ›Schämst du dich nicht, daß du so wohl singen kannst; denn einem Fürsten ist schon genug und mehr als zuviel, wenn er nur soviel müßige Zeit hat, daß er *8* andere kann singen hören‹.« – Die Tatsache, daß Rudi Schwerdtfeger im *Faustus*-Roman das Pfeifen »mit einer bis zur Lächerlichkeit erfreulichen Kunstfertigkeit« (GW VI, Kap. XXVI, 347) beherrscht und »schon als ganz kleiner Junge [. . .] diese Technik auszubilden begonnen« habe, deren »kabarettreife Fertigkeit« darauf schließen lasse, daß er für sie »organisch besonders glücklich angelegt sein mußte«, zeigt, in welchem Maße die Agrippa-Lektüre für TM etwas »zur Sache Gehöriges« darstellte.

3] *Markuse und Frau:* Der Schriftsteller und Philosoph Ludwig Marcuse (1894–1971) und seine Frau Erna, gen. Sascha (1903–1967). Marcuse emigrierte 1933 nach Südfrankreich, wo TM ihn im Sommer 1933 traf, und gelangte 1938 in die USA. Dort lehrte er seit 1940 an der University of Southern California. 1963 kehrte er in die Bundesrepublik zurück.

8 4] *Artikel von Kästner:* Erich Kästner, ›Betrachtungen eines Unpolitischen‹, ›Die Neue Zeitung‹, München, 14. 1. 1946, Feuilleton und Kunstbeilage.

5] *Kästner:* Der Schriftsteller, Journalist und Kabarettist Erich Kästner (1899–1974), dessen Bücher im Mai 1933 auf den Scheiterhaufen der Nationalsozialisten verbrannt worden waren. Kästner blieb in Deutschland und publizierte vorwiegend in der Schweiz. 1942 erhielt er Schreib- und Publizierverbot für das In- und Ausland, 1945–1947 leitete er das Feuilleton der Münchener ›Neuen Zeitung‹, 1951–1962 war er Präsident des Deutschen PEN-Zentrums (West).

6] *tückische Zugeständnisse:* Kästner hatte in seinem Artikel einer fiktiven Kinderschar die Kontroverse um TMs Weigerung, nach Deutschland zurückzukehren, als Folge eines »fast tragischen Mißverständnisses« interpretiert; die »guten, anständigen, unberühmten, daheimgebliebenen Deutschen« hätten sich, auf der hilfeheischenden Suche nach »einem Heerführer des Friedens und der Redlichkeit« an den falschen Mann gewandt: »Den Deutschen fehlt der große, der überlebensgroße Dichter oder Denker, der sich schützend, sammelnd und die Welt beschwörend hinstellt und die Arme ausstreckt wie ein zweiter lieber Gott. Thomas Mann ist kein lieber Gott, der erste nicht und auch nicht der zweite. Sondern er ist, wie gesagt, der bedeutendste und berühmteste unter den lebenden deutschen Dichtern. Und es ist sehr bedauerlich, daß ihn andere, weniger berühmte, trotzdem bedeutende deutsche Dichter solange gebeten und gebettelt haben, bis er böse wurde. Sie haben sich ein bißchen dumm benommen. Wenn ich jemanden um hundert Mark bitte, der nur zehn Mark einstecken hat, wenn ich ihn wieder bitte und weiterbitte, muß er mit der Zeit wütend werden. Das ist ja klar. Thomas Mann ist ein Meister in der Darstellung differenziertester Künstlernaturen, kränklicher, überfeinerter, dekadenter Charaktere, er tut sich sogar auf die Bedeutsamkeit des Nichtgesundseins seiner Bücherhelden etwas zugute, und er geht soweit, die Labilität, die Nervosität, die behutsame Abwegigkeit für Tugenden und hohe Werte zu halten. Dieser Kennerschaft und Vorliebe entsprach seit je eine physische Labilität des Autors selber. Die Athleten und Heroen waren ihm immer ein wenig verdächtig, und er ist selber keines von beiden. Wer kam nur zuerst auf die Idee, ihn über den Ozean zwischen unsere Trümmer zu rufen? Dazu kommt, daß er ein alter Herr ist und noch manches für ihn und uns wichtige Buch schreiben will. Wie könnte er das zwischen unseren Nöten, die man ihm in die Ohren brüllen würde? Und dazu kommt, daß er in Amerika für Europa und für jenes Deutschland, das er nicht haßt, sondern liebt, besser werben und bitten kann und wird, als wenn er in seinem ehemaligen Vaterland wäre. Es war Torheit, ihn zu rufen. Man hätte ihn viel eher bitten müssen, nur ja und auf alle Fälle drübenzubleiben!

Nun ist er verbittert, und, die ihn vergeblich riefen, sind böse, und das alles, liebe Kinder, sind die unausweichbaren Folgen eines Mißverständnisses, das, weiß Gott, zu vermeiden gewesen wäre. Das müßt ihr begreifen und solltet ihr euch merken. Ich will euch, zur Verdeutlichung, ein anderes Beispiel erzählen. In Amerika lebt zur Zeit noch ein anderer großer Deutscher, der Schauspieler Albert Bassermann. Ein herrlicher Schauspieler und ein herrlicher Mensch. Als ihm die Berliner Schauspieler kabelten, ob er nicht in die Heimat zurückkehren wolle, depeschierte er vier Worte: ›Ich komme, Albert Bassermann.‹ Als ich die vier Worte las, habe ich alter Schafskopf beinahe geheult. Seht ihr, liebe Kinder, das ist eben ein anderer Mann als Thomas Mann. Nur darf man das dem Thomas Mann nicht zum Vorwurf machen, daß er nicht ein Mann wie unser Bassermann ist. Das wäre sehr, sehr ungerecht.

Und ungerecht sein, liebe Kinder, soll man nicht und nie. Daß wir in diesen grauen Tagen einen großen deutschen Dichter zu wenig haben, einen, der sich nicht hätte rufen lassen, sondern der ungerufen, vom

Nachhauserennen noch ganz außer Atem, zwischen uns getreten wäre –, daß wir diesen Mann nicht haben, dürfen wir dem anderen, dem Thomas Mann nicht übelnehmen. Er wird und soll in Amerika bleiben. Zum Ersatz-Mann wäre er wahrhaftig zu schade.«

7] *die [...] Jacobson:* Die Germanistin Anna Jacobson (1888–1972) war 1923 in die USA ausgewandert und lehrte von 1924–1956 als Professorin am Hunter College, New York. Sie veröffentlichte eine Reihe von Aufsätzen über TM und stand mit ihm seit 1925 in regelmäßigem Briefwechsel.

8] *»Mefistofile« von Boitu:* Die 1868 entstandene, nach anfänglichem Mißerfolg 1875 überarbeitete Oper ›Mefistofele‹ des italienischen Komponisten und Librettisten Arrigo Boito (1842–1918).

9 9] *The Superman:* Offenbar der Vorabdruck eines Kapitels aus George W. Hallgarten, ›Why dictators? The Causes and Forms of Tyrannical Rule since 600 B. C.‹, New York 1954, in dem sich im Nietzsche gewidmeten Kapitel ›'Counter- and Pseudo-Revolutionary' Dictatorships‹ ein ›The Superman‹ überschriebener Abschnitt findet (191–194).

10] *Hallgarten:* Der Historiker und Politikwissenschaftler Wolfgang (später George W.) Hallgarten (1901–1975), ältester Sohn von TMs Münchener Herzogpark-Nachbarn Robert und Constanze Hallgarten. Wolfgang Hallgarten, der ältere Bruder von Klaus und Erika Manns engem Freund Richard (Ricki), emigrierte 1933 mit seiner Mutter nach Paris und 1937, allein, mit Zwischenaufenthalten in der Schweiz, in die USA; wohin ihm seine Mutter später folgen konnte.

9. 6. 46

9 1] *Heinrichs Memoiren:* Heinrich Mann, ›Ein Zeitalter wird besichtigt‹, Stockholm 1945.

2] *Duff Coopers »David«:* (Alfred) Duff Cooper, ›David‹, New York 1943, deutsche Übersetzung Bern 1946.

3] *Duff Cooper:* Der konservative britische Politiker und Schriftsteller Alfred Duff Cooper (1890–1954), seit 1952 Viscount Norwich. Cooper war 1938 aus Protest gegen das Münchener Abkommen von seinem Posten zurückgetreten. 1940/41 bekleidete er im Kabinett Churchill das Amt des Informations- und Propagandaministers und fungierte von 1943 bis 1948 als britischer Botschafter zunächst in Algier, dann, nach dem Kriege, in Paris.

10. 6. 46

1] *Erika gegen Carl Burckhardt:* In der Zürcher Zeitschrift ›Die Nation‹, Jg. 1946, No. 7 vom 20. 2., 2, war eine Stellungnahme Erika Manns zu der Frage abgedruckt, ob der Schweizerische Gesandte in Paris und Präsident des Internationalen Roten Kreuzes, der Historiker Prof. Carl J. Burckhardt (1891–1974), sich im Winter 1940/41 Adolf Hitlers Stellvertreter Rudolf Heß als Vermittler für Friedensgespräche mit England zur Verfügung gestellt habe, die dieser ohne Wissen seines ›Führers‹ und des deutschen Außenministers in die Wege zu leiten wünschte. In der bisherigen Diskussion hatten sowohl Carl J. Burckhardt wie auch das Internationale Komitee des Roten Kreuzes derartige Dienste entschieden bestritten. 9

Demgegenüber berief sich Erika Mann in einem Arosa, 11. 2. 1946, datierten Schreiben auf ein Interview mit dem nationalsozialistischen Geopolitiker Karl Haushofer, bei dem dieser ihr von dem Versuch seines Sohnes Albrecht erzählt habe, im Winter 1940/41 in Genf über »Dr. Carl Burckhardt« ein solches Gespräch in die Wege zu leiten. Burckhardt habe – so Erika Mann über die Aussagen von Haushofer senior – dem noch im April 1945 zweiundvierzigjährig ermordeten Schriftsteller Albrecht Haushofer, damals zugesagt, »mit dem Herzog von Hamilton sowie womöglich mit dem damaligen Sir Samuel Hoare [1940–1944 als britischer Sonderbotschafter in Madrid für die Erhaltung der spanischen Neutralität tätig] [. . .] in Verbindung zu treten. [. . .] Das Zusammentreffen sollte Anfang Juni auf einem alten Tennisplatz nahe Madrid stattfinden. Hess schien zunächst hocherfreut über Dr. Burckhardts Bereitwilligkeit. Später muß er die Geduld verloren haben. Statt das Diplomaten-Treffen auf neutralem Boden abzuwarten, flog er nach England.« Nach einer ausführlichen Analyse aller Fakten kam Erika Mann zu dem Schluß: »Minister Burckhard bestreitet nicht, als Vermittler zwischen Rudolf Hess und einigen britischen Individuen gedient zu haben (oder versprochen zu haben, als Vermittler zu dienen); statt dessen stellt er fest, daß ›niemals irgendeine Mitteilung oder ein Friedensvorschlag zwischen Deutschland und England durch ihn oder das Internationale Komitee vom Roten Kreuz übermittelt worden ist‹. Da – nach Haushofer senior – Hess ohne Wissen der deutschen Regierung handelte, könnte eine Botschaft, die Dr. Burckhard für ihn übermittelte, als private Mitteilung gelten, umso eher, als sie nicht an die englische Regierung gerich-

tet gewesen sein soll, sondern sich an eine Reihe von Personen wandte, von denen nur eine (Sir Samuel Hoare) als Repräsentant der Regierung zu bezeichnen war.«
Die historische Forschung hat die Vorgänge des Winters 1940/41 aufgearbeitet und dabei auch Carl J. Burckhardts Rolle sowie Albrecht Haushofers Versuch analysiert, gegenüber Rudolf Heß den Schweizer Diplomaten als möglichen Vermittler zu englischen Regierungskreisen »aufzubauen«. Vgl. hierzu zusammenfassend Peter Hoffmann, *Widerstand – Staatsstreich – Attentat*, München 1969, Kap. VI, ›Kontakte zu Kriegsgegnern 1940–1944‹, 255 ff., bes. 257–262, sowie die a.a.O. zitierten zugehörigen Verweise und Belege.

2] *Herr Schweizer von Zürich:* Der »junge Schriftsteller«, »Züricher Freund« (*Entstehung* Kap. XIV, GW XI, 273), Drehbuchautor und Verwaltungsrats-Präsident des Zürcher Schauspielhauses Richard Schweizer (1900–1965). TM kannte ihn aus Zürcher Tagen (vgl. TB 6. 8. und 13. 9. 1938) und schloß sich ihm nach seiner Rückkehr in die Schweiz näher an. Schweizer hielt dem Freund die Abschiedsrede in der Kirche zu Kilchberg und erwarb sich große Verdienste um den Aufbau des Thomas-Mann-Archivs.

11. 6. 46

9 1] *Der König von Italien weigert sich abzutreten:* Der italienische Premierminister Alcide De Gasperi (1881–1954) hatte den erst seit dem 9. 5. 46 regierenden König Umberto II. (1904–1983) gebeten, zurückzutreten. Gestützt durch große monarchistische Demonstrationen besonders in Neapel, Sizilien und Sardinien, weigerte sich der Regent, mußte jedoch, um weiteres Blutvergießen bei den in Gewaltaktionen ausartenden Kundgebungen zu verhindern, nachgeben und flog – nach einer letzten Proklamation an sein Volk – am 13. 6. 46 über Barcelona nach Lissabon ins Exil.

2] *Wissenschaftler prophezeien eine Katastrophe:* Im Vorfeld der amerikanischen Bikini-Atoll-Versuche (s. TB 29. 6. 46 Text und Anm. 1) kam es zu weltweiten Protesten und Warnungen vor den unabsehbaren ökologischen und gesundheitsschädigenden Folgen der US-Experimente.

3] *Herr Joseph:* Der Regisseur, Drehbuchautor und Übersetzer Dr. Albrecht Joseph (geb. 1901) arbeitete seit 1939 als Filmcutter und Sekretär u. a. für Franz Werfel, Emil Ludwig und, ein paar Monate lang,

auch für TM, in Hollywood; nach dem Kriege lebte er – verheiratet mit Anna Mahler (1904–1988) – halb in Kalifornien und halb in Spoleto.
4] *Plan der Verfilmung:* Der Plan wurde nicht realisiert. Die erste Verfilmung von *Königliche Hoheit* fand 1953 statt.
5] *Nachricht vom Tode Gerhart Hauptmanns:* Gerhart Hauptmann (geb. 1862) war am 6. 6. 46 in Agnetendorf/Riesengebirge gestorben. S. auch TMs ›Epitaph‹ in *Entstehung* Kap. XIV, GW XI, 274–279.
6] *Es ist gemein . . .:* William Shakespeare, ›Hamlet‹, 1. Akt, 2. Szene: *Königin:* Du weißt es ist gemein, was lebt muß sterben/ und Ewiges nach Zeitlichkeit erwerben./ *Hamlet:* Ja, gnäd'ge Frau, es ist gemein.
7] *Churchills »Thoughts and Adventures«:* London 1932; deutsch: ›Gedanken und Abenteuer‹, Zürich 1944.
8] *Churchill:* Der konservative britische Politiker Sir Winston Spencer Churchill (1874–1965), von 1940–45 und 1951–53 Premierminister.

12. 6. 46
1] *bürgerkriegartige riots:* S. TB 11. 6. 46, Anm. 1. 10
2] *das XXXV. Kapitel:* ». . . das Schicksal der armen Clarissa, frei nach dem Leben einer geschwisterlichen Wirklichkeit . . .« (*Entstehung* Kap. XIV, GW XI, 272).

13. 6. 1946
1] *Tochter:* Lotte Walter, später verh. Lindt. 10
2] *der junge [Salm]:* Der Name fehlt in der Handschrift. Der Nachsatz macht jedoch deutlich, daß es sich um den 1919 in Deutschland geborenen späteren Professor für Deutsche und Vergleichende Literatur in Cleveland, Ohio, Peter Salm, handelt. Salm emigrierte 1933 nach Italien und 1938 in die USA. Von 1942–1946 tat er Dienst in der Spionage-Abwehr-Abteilung der 3. US-Army, u. a. auch in Deutschland.

14. 6. 46
1] *Exil in Lissabon:* S. TB 11. 6. 46, Anm. 1. 10
2] *Baruch bringt seinen Plan:* Der amerikanische Wirtschafts- und Börsenfachmann Bernard Mannes Baruch (1870–1965), maßgeblicher Mitgestalter des Rooseveltschen ›New Deal‹, war seit 1945 Vertreter der USA im Atomenergieausschuß der UN. In einer vielbeach-

teten Rede zur Eröffnung der neuen Sitzungsperiode legte Baruch am Abend des 14. 6. 46 einen Plan zur internationalen Kontrolle der Atomenergie vor, der unter seinem Namen bekannt wurde, 1948 jedoch am Veto der UdSSR im Sicherheitsrat scheiterte.

15. 6. 46

10 1] *Hardt-Gegend:* Die ehemalige Wohngegend des Rezitators Ludwig Hardt.

2] *einer deutschen Friedensliga:* Vgl. TM an Golo Mann, P. P. 16. 6. 46, Reg. III, 46/238; Br. II, 492/493; »Nun habe ich [. . .] anliegenden Brief aus Berlin erhalten, der mir viel Kopfzerbrechen verursacht, ja mich in wirkliche Verlegenheit gesetzt hat. Soll ich den Vorsitz oder den Ehren-Vorsitz dieser deutschen Friedensliga, die offenbar auf sehr schmalem Boden steht, annehmen und mich dadurch vielleicht mit allerlei patriotischen Bedingungen identifizieren, die diese Leute wahrscheinlich an ihren Friedens- und Versöhnungswillen zu knüpfen *gezwungen* sein werden? Das Wort ›Versöhnung‹ wird in Deutschland ja sehr sonderbar gebraucht, nämlich in dem Sinne, daß es gilt, *Deutschland zu versöhnen,* – und wie soll sich eine deutsche Friedensgesellschaft in ihren öffentlichen Kundgebungen, Aufrufen, Vorträgen etc. von dieser Auffassung freihalten? // Andererseits möchte ich mich nicht immer entziehen, Nein sagen, mich von Deutschland trennen. [. . .] Ist dieser Kreis ernst zu nehmen? Kann man sich mit ihm sehen lassen? [. . .] Die Verantwortung ist groß. [. . .] Bitte prüfe und urteile!« (493) Golo Manns Urteil fiel offenbar negativ aus: Vgl. TB 5. 7. 46, Anm. 1, und TB 10. 7. 46, Anm. 3.

3] *Lochner:* Der amerikanische Journalist Louis P. Lochner (1887–1975). TM nennt ihn »verdächtig«, weil er, wie Erika Mann in Br. II, 711, kommentiert, »als Chef der ›Associated Press‹ [. . .] dem deutschen Siegeszug durch ganz Europa bis nach Rußland« folgte. Tatsächlich war Lochner von 1924 an im Berliner Büro der ›Associated Press‹ tätig, dessen Leiter er von 1928–42 war. 1942 mußte er Deutschland verlassen.

16. 6. 1946

10 1] *Meldung des Committees for Europ. Questions:* Nicht ermittelt.

11 2] *Karlweis:* Der Wiener Schauspieler Oskar Karlweis (1894–1956),

ein Bruder von Marta Wassermann-Karlweis, der zweiten Frau Jakob Wassermanns, emigrierte 1938 nach Frankreich und gelangte 1940 in die USA, wo er als Filmschauspieler und Sänger am Broadway große Erfolge hatte. Er kehrte 1951 nach Wien zurück. TM, der Karlweis im Dezember 1942 als Orlowsky in Reinhardts New Yorker ›Fledermaus‹-Inszenierung bewundert hatte, gedenkt des Wieners »komischen Könnens« in der *Entstehung* Kap. XIV, GW XI, 283.
3] *an Golo:* S. TB 15. 6. 46, Anm. 2.

17. 6. 46
1] *Kombination Schumann-Eichendorf:* TM besaß eine alte Aufnahme (1938) vom ›Liederkreis nach Eichendorff‹, op. 39, gesungen von Friedrich Schorr, der von Fritz Hitzinger begleitet wird. *11*
2] *Wolf:* Im Hause TM existierte eine große Platten-Sammlung mit Liedern von Hugo Wolf (1860–1903).
3] *Strauss:* In TMs Nachlaß befanden sich 2 Aufnahmen des Liedes ›Heimliche Aufforderung‹, op. 27, 3, sowie die Platten ›Der Nachtgang‹, op. 29, 3, ›Winterliebe‹, op. 48, 5, ›Traum durch die Dämmerung‹, op. 29, 1, und ›Liebeshymnus‹, op. 32, 3, von Richard Strauss (1864–1949), alle Lieder gesungen von Heinrich Schlusnus.

18. 6. 46
1] *Fritz Kreisler:* Der österreichische Violinvirtuose und Komponist Fritz Kreisler (1875–1962) war mit einer Amerikanerin verheiratet und lebte seit 1915 vorwiegend in New York. TM hatte den gleichaltrigen Kreisler im Oktober 1933 in Zürich gehört: »Eine Virtuosennatur von Geblüt, die viel Süßigkeiten spendet, der aber auch Ernst und Strenge nicht fremd ist« (TB 10. 10. 33), und das Ehepaar Kreisler im September 1939 bei der kriegsmäßigen Rückfahrt an Bord der ›Washington‹ getroffen. (S. TB 19. 9. 39) *11*
2] *Erikas Freundin:* Wohl die amerikanische Kriegsberichterstatterin Betty Knox.
3] *Vorlesungen über ›Lotte in Weimar‹:* Der Kulturbund in Weimar hatte zu einer Lesung aus *Lotte in Weimar* am 19. 5. 46 eingeladen: »August Momber liest [. . .] vormittags 11 Uhr im Saal des Goethenationalmuseums, Eingang Ackerwand. Die Einführung spricht Prof. Hans Wahl. Außerdem wird eine Ausstellung gezeigt von Erinnerun-

gen Goethes aus der Zeit in Wetzlar und Lottes in Weimar.« (›Abendpost‹, Weimar, 14. 5. 46, 3) – Alle Weimarer Zeitungen wiesen in großen Ankündigungen auf das Ereignis hin, dem nachfolgend enthusiastische Besprechungen gewidmet wurden und das am 30. 5. 46 wiederholt werden mußte, weil der Saal die Besuchermengen nicht fassen konnte.
4] *Juno-Zimmer:* In Goethes Wohnung am Frauenplan. Die Vorlesung fand jedoch nicht im – relativ kleinen – Juno-Zimmer statt.

19. 6. 46

11 1] *Mr. Marton:* Der ehemalige Wiener Theaterverleger Georg(e) Marton hatte TM am 31. 12. 45 im Auftrag des britisch-ungarischen Produzenten und Regisseurs Alexander Korda (1893–1956) ein Options-Angebot für eine *Zauberberg*-Verfilmung gemacht.
2] *Europa-Buch:* ›Alien Homeland‹. Für dieses nie erschienene Buch lassen sich zwei Pläne nachweisen. Peter de Mendelssohn kannte – wie erhaltene Notizen zeigen – von einem ersten Entwurf für die Zeit 1933–1944 eine von Klaus Mann korrigierte ›outline‹, den Text des ›Prologs‹ sowie 37 Seiten des ersten Kapitels. Der Band sollte im New Yorker Verlag L. B. Fischer erscheinen. Nachdem Erika Mann dies Vorhaben 1942 nicht hatte realisieren können, entwarf sie 1945 das Konzept für ein neues Buch, das, unter demselben Titel, nur die Zeit von Frühjahr 1945 bis Frühjahr 1946 umfassen und in ca. 30 Kapiteln à 6–14 Seiten einen Bericht vom Wiedersehen mit dem befreiten Europa und eine Analyse des Vorgefundenen geben sollte. Von diesem zweiten Entwurf existiert im EMA eine ›Synopsis‹, aus der neben der Gesamtkonzeption auch die Anlage und die Schwerpunkte der einzelnen Kapitel zu ersehen sind. Fünf dieser Kapitel sind ausgeführt und im Manuskript erhalten.

22. 6. 46

12 1] *Rede des Attorney General Clarc:* Der US-Justizminister (1945–1949) Thomas C. Clark (1899–1977) hatte am 21. 6. 46 vor der Anwaltskammer in Chicago zunächst versprochen, alles zu tun, »to see to it that in the primaries and forthcoming elections no American citizen will be deprived of his voice because of his race or color« (NYT 25. 6. 46, 17:5) und sich anschließend auf einem luncheon meet-

ing mit dem – hier offenbar von TM gemeinten – Aufruf »to combat a rising tide of juvenile delinquency« an die Frauen Amerikas gewandt. (NYT 23. 6. 46, 5:2).

2] *Artikel [...] über das zerstörte Deutschland:* Stephen Spender, ›Rheinländisches Tagebuch‹, ›Neue Schweizer Rundschau‹, NF 13, 1945/46, 563–581. Das Kapitel ›Professor C.‹ (E. R. Curtius) auf den Seiten 565–571. 12

3] *Spender:* Der englische Poet und Übersetzer Stephen Spender (geb. 1909).

4] *E. R. Curtius:* TMs Beziehungen zu dem Romanisten Ernst Robert Curtius (1886–1956) begannen 1920 mit einer Korrespondenz über Curtius' Buch ›Die literarischen Wegbereiter des neuen Frankreich‹, Potsdam 1919 (vgl. TB 29. 12. 20) und die Frage der TM-Rezeption im frankophonen Raum. Zwei Jahre später knüpfte TMs Essay *Das Problem der deutsch-französischen Beziehungen* (1922), GW XII, 604–624, eine Auseinandersetzung mit der französischen Kritik an den *Betrachtungen,* ausdrücklich an Äußerungen von Curtius über ›Deutsch-Französische Kulturprobleme‹ und deren Kommentierung durch André Gide (›Les Rapports intellectuels entre la France et l'Allemagne‹) an: »Da ich [...] selten etwas gelesen hatte, was in höherem Grade nach meinem Herzen gewesen wäre, als der Artikel des Marburger Professors [i. e. Curtius], so mußten die deutsch-französischen Beziehungen mir glänzend scheinen in dem Augenblick, da ich von André Gide erfuhr, er habe diese Befriedigung geteilt.«

5] *Glossen:* Max Frisch, ›Stimmen eines anderen Deutschland? Zu den Zeugnissen von Wiechert und Bergengruen‹, NSR, NF 13, 1945/46, 537–547.

6] *Wiechert:* Der Schriftsteller Ernst Wiechert (1887–1950) war im Mai 1938 wegen seines öffentlichen Protestes gegen Martin Niemöllers Verhaftung und seiner Weigerung, sich an der Volksabstimmung vom 10. 4. 38 zu beteiligen, die Hitlers Annexion Österreichs nachträglich billigen sollte, festgenommen und ins Konzentrationslager Buchenwald eingeliefert worden. Nach seiner Freilassung im August 1938 lebte er bis Kriegsende zurückgezogen und unter Polizeiaufsicht in Oberbayern. Wiechert galt seit seiner Rede ›Der Dichter und seine Zeit‹, 1935 in der Münchener Universität, als Persona ingrata. TM hatte diese Ansprache, deren Text s. Z. in verbotenen Abschriften in

Deutschland, aber auch unter deutschen Emigranten kursierte, ein halbes Jahr später kennengelernt. Vgl. TB 28. 6. 36: »[Beidler] gab aus einer Abschrift größere Partien aus einer verbotenen Rede des Dichters Ernst Wiechert [. . .] zum Besten, die ein sehr würdiges Dokument darzustellen scheint, aus tiefem Leiden stammend. Eine moralische Blüte dieser Schandepoche in Deutschland, ergreifend und Gedenkens wert.«

7] *W. Herzog:* Der Schriftsteller und Publizist Wilhelm Herzog (1884–1960), ein enger Freund Heinrich Manns, hatte TM zu Beginn des Ersten Weltkrieges aus politischen Gründen in der von ihm edierten pazifistischen Zeitung ›Das Forum‹ scharf angegriffen. Erst nach TMs ›republikanischer Wandlung‹ kam es zu freundschaftlicherem Einvernehmen. Herzog lebte nach 1933 zunächst in Basel und versuchte nach Kriegsausbruch, in die USA zu gelangen. Er wurde jedoch in Trinidad festgehalten und konnte erst nach Kriegsende in die Vereinigten Staaten einreisen, aus denen er 1952 in die Bundesrepublik zurückkehrte. Über sein Verhältnis zu TM hat Herzog in seinem Erinnerungsbuch ›Menschen, denen ich begegnete‹, Bern/München 1959, 268–318, berichtet.

8] *an Frey:* An Alexander Moritz Frey, P. P. 22. 6. 46, Reg. III, 46/248.

9] *Frey:* Der aus München stammende, 1933 zunächst nach Salzburg, dann in die Schweiz emigrierte Schriftsteller Alexander Moritz Frey (1881–1957), mit dem TM »seit Jahrzehnten auf gutem Fuß« (GW X, 827) stand. S. *Liebenswerte Menagerie* (1955), GW X, 827–829.

23. 6. 46

12 1] *die Verwandten aus Pasadena:* Peter Pringsheim und Frau.

2] *Eva H.:* Eva Herrmann. S. TB 28. 5. 46, Anm. 28.

3] *»Lord Jim«:* Der Roman ›Lord Jim‹ (1900) des englischen Romanciers Joseph Conrad (ursprünglich Józef Teodor Konrad Korzeniowski, 1857–1924). Vgl. TM an Agnes Meyer, P. P. 9. 7. 46, Reg. IV, N 46/4: »Zur Zeit lese ich viel Conrad. Was für ein starker, männlicher, moralisch tiefer Erzähler! ›Lord Jim‹ ist wahrhaft vorzüglich und ergreifend.«

4] *an Basler:* An Otto Basler, P. P. 23. 6. 46, Reg. III, 46/249.

5] *Basler:* Der Schweizer Lehrer und Essayist Otto Basler (1902–1984) aus Burg im Aargau stand seit 1930 in freundschaftlicher Beziehung zu TM. Eine Auswahl aus der umfangreichen Korrespondenz zwischen beiden wurde 1965 in den Bl. TMG. 5 publiziert.

24. 6. 46

1] *Experimente:* Das US-Verteidigungsministerium hatte die Ent- 13
wicklung eines »jet of molten metal« (NYT 25. 6. 46, 5:1) mit einer projektierten Geschwindigkeit von 25 000 feet in der Sekunde bekanntgegeben, der auch zur Abwehr von atomaren und konventionellen Raketen einsetzbar sei.

2] *Wolfskehl:* Der dem George-Kreis nahestehende Schriftsteller Karl Wolfskehl (1869–1948), den TM aus seiner frühen Münchener Zeit kannte, war 1934 nach Italien und 1938 nach Neuseeland emigriert.

3] *Leonh. Frank:* Der Schriftsteller Leonhard Frank (1882–1961) floh im Frühjahr 1933 nach Zürich, ging 1937 nach Paris und gelangte nach mehrfacher Internierung in Frankreich 1940 in die USA, wo er zeitweilig in Kalifornien lebte und TM namentlich während der Zeit des *Faustus*-Romans ein wichtiger und vertrauter Zuhörer war. Vgl. TM an Erich von Kahler, P. P. 20. 6. 44: »Auch tut zur Zeit der Umgang [...] mit Leonhard Frank [mir gut], einem im Grunde heimwehkranken, vom Würzburger 17. Jahrhundert und altstädtischem Handwerkertum träumenden und dichtenden Deutschen, der einen merkwürdigen Instinkt für die Geheimnisse meines Romans hat und oft zu uns kommt.« – Über Franks im Exil entstandenen Roman ›Traumgefährten‹ hatte TM bereits 1936 eine Würdigung für die Basler ›National-Zeitung‹ geschrieben. (GW XIII, 428–430)

4] *»Verklärte Nacht«:* Arnold Schönbergs (1874–1951) 1917 für Streichsextett komponiertes, 1943 für Kammerorchester instrumentiertes Werk ›Verklärte Nacht‹, op. 4, nach dem gleichnamigen Gedicht von Richard Dehmel (1868–1920).

5] *Parsifal:* Richard Wagners (1813–1883) letztes Werk, das ›Bühnenweihfestspiel‹ ›Parsifal‹ (1882) – von TM 1928 als »Oratorium der ›Erlösung‹« (GW X, 228) apostrophiert – gewann für den am *Faustus*-Roman Arbeitenden eine spezielle Bedeutung; s. dazu *Entstehung* Kap. III, GW XI, 157 und TB 23. 11. 46 (auszugsweise zitiert in *Entstehung* Kap. XIV, GW XI, 293).

25. 6. 46

13 1] *›Pravda‹ gegen Baruch:* Die ›Prawda‹ hatte am 24. 6. 46 den Baruch-Plan zur internationalen Kontrolle der Atomenergie (s. TB 14. 6. 46, Anm. 2) mit der Begründung abgelehnt, er sei »a product of atomic diplomacy that reflects an obvious tendency towards world domination« und geeignet, den Versuch der USA zu unterstützen, ihre Monopolisierung in der Atombombenproduktion zu festigen. (NYT 25. 6. 46, 1:2).

26. 6. 46

14 1] *Verbesserungen:* U. a. wurde der Kapitel-Anfang, eine gute Manuskriptseite lang, gestrichen (s. Anhang No. 1) und gegen Ende, GW VI, 513, zwischen Satzende und Satzanfang in Z. 20 folgender Passus getilgt: »Jedenfalls war Ines Rodde, der ich doch immer viel freundschaftliche Teilnahme entgegengebracht hatte, mir wahrhaft verleidet, seit ich wußte und sah, welche Wege sie ging – obgleich ihr doch der furchtbare Kummer über den Verlust von Schwerdtfegers Liebe zugute zu halten war. Sie ihrerseits bemerkte dies Erkalten meiner Gefühle für sie, und daß ich sie in meinem Herzen hatte fallen lassen, sehr wohl.«

2] *Nachtrag zu XXXIV:* Evtl. die noch ins Typoskript S. 695 aufgenommene Ergänzung S. 695a zwischen GW VI, 490, Z. 34 (nach »Urvölker«) und 491, Z. 13 (»als ›enorm wischtisch‹ . . .«).

3] *Marx:* Über den von TM auch »Marks« oder »Marcks« geschriebenen Arzt ließ sich nichts Näheres ermitteln.

4] *Artikel von Riess:* Curt Riess, ›Kunst und Politik im Vierten Reich‹. ›Sie und Er‹, Zürich, 19. 4. 46, 3–5.

Dieser bebilderte Artikel, der der Frage nachgeht, warum so viele prominente Künstler im Hitlerreich versagten, stellt denen, die sich anpaßten, jene gegenüber, die Charakter bewahrten, wie TM, dessen Bild (im Smoking vor einer Bücherwand schreibend) die Unterschrift trägt: »Thomas Mann war nicht nur eines der ersten Opfer des Nationalsozialismus, sondern auch eines der schwersten. Während sich in der kritischen Zeit im Dritten Reich keine Stimme zu seinen Gunsten erhob, verübelt man ihm jetzt, daß er nach dem Zusammenbruch nicht zurückkehrt und die einst erzwungene Emigration in eine freiwillige umwandelt.« Der Text des Artikels geht außerdem ausführlich auf die Kontroverse TM/Walter von Molo ein.

5] *Riess:* Der Journalist Curt Riess (geb. 1902), ein Freund von Klaus und Erika Mann und vor 1933 Reise-, Sport- und Theater-Berichterstatter in Berlin, emigrierte 1933 über Prag, Wien und Paris nach New York, wo er ab 1934 als Korrespondent europäischer Zeitungen arbeitete. 1943/44 kam er als Kriegsberichterstatter nach Europa zurück und lebt seit 1954 in der Schweiz.

6] *Studien über Ungarn:* S. hierzu die *Notizen zum Doktor Faustus:* »Frau von Tolna. Gut südl. v. Budapest, wo sie ein Palais hat, nahe Stuhlweißenburg, an der Donau (zwischen Plattensee und Donau). Plattensee: ungar. Balaton, zwischen Donau und Drau. Zufluß Zala, Abfluß Siò zum Kapos (Donau). Fischreich, Weinbau, zahlr. Sommerfrischen und Bäder« (MS 33, No. 191), sowie die ausgeführte Stelle Kap. XXXVI, GW VI, 519.

7] *Othello:* Giuseppe Verdis (1813–1901) 1887 uraufgeführte Oper ›Otello‹.

27. 6. 46

1] *Filibuster im Senat:* Der Senator von Texas, W. Lee O'Daniel, *14*
hatte versucht, durch die Androhung eines Filibusters (einer Dauerrede zur Verschleppung bzw. Verhinderung einer Abstimmung) zu vermeiden, daß die Preisbindungs-Kompetenzen des im Kriege gegründeten Office of Price Administration, OPA, über das gesetzlich festgelegte Datum: 30. 6. 46, Mitternacht, hinaus in Kraft blieben.

2] *Keine Einigung über Triest:* Bei der Pariser Außenminister-Konferenz, wo am 15. 6. 46 die 2. Verhandlungsrunde begonnen hatte, stellte Molotow am 26. 6. 46 dem Plan der drei Westmächte, Stadt und Hafen von Triest in italienischem Besitz zu belassen und Jugoslawien territorial zu entschädigen, seinen neuen Vorschlag gegenüber, der eine gemeinsame italienisch-jugoslawische Verwaltung des für die Abgrenzung bzw. Erweiterung der Einflußsphären von Ost und West so wichtigen Territoriums vorsah.

3] *Byrnes:* Der demokratische Politiker James Francis Byrnes (1879–1972), von 1945–1947 Außenminister der USA.

4] *Vorbereitungen zu XXXVI.:* Zum 36. Kapitel des *Faustus*-Romans, »das die deutsche Atmosphäre der zwanziger Jahre erinnert, die sich unsichtbar haltende Freundin einführt [. . .] und sich an der Beschreibung ihres Ringgeschenkes vergnügt.« (*Entstehung* Kap. XIV, GW XI, 272).

5] *Haus des Juden:* Nicht ermittelt.

6] *Baumgartens Geschichte der Philosophie:* Arthur Baumgarten, ›Die Geschichte der abendländischen Philosophie. Eine Geschichte des geistigen Fortschritts‹, Genf 1945. Das Buch – mit einer Widmung des Verfassers an TM – steht in der Zürcher Bibliothek. Es ist bis auf die offenbar von TM an diesem Tag gelesenen Kapitel ›Schopenhauer‹ (317–330) und ›Marx bis zur Gegenwart‹ (360–390) unaufgeschnitten. Einige der aufgeschnittenen Seiten weisen Anstreichungen TMs auf, die sich auf den Eintrag »über den Faschismus« beziehen.

7] *Kapitelkomplex:* Die Kapitel XXX bis XXXIII, GW VI, 398–467.

28. 6. 46

15 1] *Marek:* Der aus Österreich stammende New Yorker Musikschriftsteller und Journalist George R. Marek (geb. 1902) war später Vizepräsident und Generalmanager der Plattenfirma RCA. Er übersetzte TMs Novelle *Das Gesetz* für den von Armin L. Robinson herausgegebenen Sammelband ›The Ten Commandments‹.

2] *Robinson:* Der aus Österreich stammende Literatur- und Filmagent Armin L. Robinson, der 1943 TM um eine Einleitung zu der von ihm herausgegebenen Anthologie ›The Ten Commandments‹ gebeten hatte. TM schrieb die Novelle *Das Gesetz.* Als sich die als ›Einleitung‹ geplante (und rechtlich an Robinson vergebene) Erzählung jedoch im Prozeß des Niederschreibens unversehens zu einem selbständigen und umfangreichen Prosastück ›auswuchs‹, glaubte sich TM befugt, über dieses Opus, jenseits der vertraglich fixierten Anthologie-Einbindung, frei verfügen und es sowohl der Pacific Press als auch GBF für Einzelausgaben überlassen zu dürfen. Robinson jedoch bestand auf striktem Einhalten der mit ihm geschlossenen Abmachung, so daß sich in den folgenden Jahren ein immer wieder aufflackernder Rechtsstreit entwickelte. Vgl. dazu auch Peter de Mendelssohns Kommentar zum Briefwechsel TM/GBF, a.a.O. 767/768.

3] *Saggi:* Die italienische Ausgabe ausgewählter und von Lavinia Mazzucchetti übersetzter TM-Essays erschien unter dem Titel *Saggi* 1946 im Verlag Mondadori in Mailand.

4] *Robert Neumann:* Der österreichische Erzähler und Parodist Robert Neumann (1897–1975) emigrierte 1934 nach England. Als Präsident des österreichischen PEN-Club im englischen Exil half er vielen

Autoren bei der Flucht vor NS-Verfolgung. Seit 1938 englischer Staatsbürger, lebte er nach 1945 vorwiegend im Tessin/Schweiz.
5] *sein neues Buch:* Robert Neumann, ›An den Wassern von Babylon‹, Oxford, Phaidon Press 1945. Das Buch war bereits 1939 in London in englischer Sprache erschienen.
6] *an J. Bab:* Das Schreiben an Julius Bab gilt als verschollen. S. Reg. IV, 579.

29. 6. 46
1] *Bikini-Atom-Experimenten:* Für den 1. 7. 46 war der erste ameri- 15
kanische Atombombenversuch auf dem Bikini-Atoll vorgesehen. Viele Zeitungen und Agenturen, z. B. AP, berichteten ausführlich, z. T. sogar emphatisch von den letzten Vorbereitungen für dieses als nationales Ereignis mit großem Wissenschaftler- und Medien-Aufgebot inszenierte Experiment.
2] *Skandal:* Nach heftigen Debatten und einem mehr als 8stündigen Filibuster des texanischen Senators O'Daniel (s. TB 27. 6. 46, Anm. 1) hatte der Senat für die einjährige Verlängerung eines sehr modifizierten Preisbindungs-Gesetzes gestimmt und Präsident Truman eine entsprechende Vorlage zugeleitet.
3] *Resignation des Direktors:* In der Erwartung, daß der Präsident die Vorlage unterzeichnete, war der Director of Economic Stabilization, Chester Bowles (1901–1961), am 28. 6. 46 von seinem Amt zurückgetreten.
4] *Truman:* Der demokratische Politiker Harry Spencer Truman (1884–1972); von 1945–1953 33. Präsident der USA.
5] *Koto:* Köchin im Hause Mann. S. TM an Ida Herz, P. P. 14. 6. 46, Reg. III, 46/233: »Wir haben einen passionierten japanischen Gärtner namens Vattaru, dessen Frau (Koto) der Küche vorsteht. Die besten Dienstboten, die wir je hatten, civilisiert, artig, fleißig, reinlich. Und sie verbeugen sich so hübsch, die flachen Hände auf den Oberschenkeln.« (Br. II, 492).
6] *das neue Kapitel:* Kap. XXXVI; s. TB 27. 6. 46, Anm. 4.
7] *Veto Trumans:* Trumans Veto gegen den die OPA-Vollmachten sehr reduzierenden Senatsbeschluß fand im Repräsentantenhaus nicht die erforderliche Zweidrittel-Unterstützung, so daß die OPA-Bill am 30. 6. 46 automatisch ihre Rechtsgültigkeit verlor.
8] *Radio-Ansprache:* Wenige Stunden nach dem Scheitern seines

ausführlich begründeten Vetos wandte sich der Präsident über alle Radiostationen an das amerikanische Volk und erklärte, sein Kampf um Preisstabilität sei noch nicht verloren, aber er brauche die Unterstützung seiner Landsleute, die dem Kongreß sagen sollten, daß sie für effektive Preiskontrolle seien. Nur auf diese Weise sei die Inflation zu vermeiden. Für die Zeit ohne regulierende Gesetze appellierte Truman an jeden Geschäftsmann, jeden Fabrikanten und jeden Großgrundbesitzer, die existierenden Regelungen weiterhin anzuerkennen und ihnen entsprechend zu handeln »even though for a short time they may not have the effect of a law«. (NYT 30. 6. 46, 1:6, 7; 29:6)
9] *an Leonh. Frank:* Verschollen. S. Reg. IV, 579.

30. 6. 46
15 1] *Niko:* TMs Pudel.
2] *Frau Katzi:* Estella Katzenellenbogen (geb. 1886), die Mutter von TMs Sekretär Konrad K., der sich später Kellen nannte. Frau Katzenellenbogen war 1940 in die USA emigriert und unterhielt eine Kunsthandlung am Sunset Boulevard.
3] *Schwiegertochter:* Virginia Katzenellenbogen, die erste Frau von Konrad Kellen.
16 4] *[Violinkonzert von] Berg:* Das 1935 komponierte, »dem Andenken eines Engels« (der Tochter Manon von Alma Mahler und Walter Gropius) gewidmete Violinkonzert des österreichischen Komponisten Alban Berg (1885–1935). Gunilla Bergsten weist in ihrem Buch ›Thomas Manns Doktor Faustus‹, Stockholm 1963, Studia Litterarum Upsalensia 3, 114 nach, daß TM die Rezension in der ›Weltwoche‹ über eine Basler Aufführung des Bergschen Werks, die sich unter den im TMA verwahrten ›Materialien zum *Doktor Faustus*‹ befindet, für die Beschreibung von Adrian Leverkühns Violinkonzert (Kap. XXXVIII, GW VI, 543/544) verwendet hat. Es scheint, daß Berg und Leverkühn nicht zufällig dasselbe Geburtsjahr, 1885, haben.

1. 7. 46
16 1] *an Wolfskehl:* An Karl Wolfskehl, P. P. 1. 7. 46, Reg. III, 46/251; ›Karl Wolfskehls Briefwechsel aus Neuseeland 1938–1948‹, Bd. 1, Darmstadt 1988, 296/297.
2] *Stokowsky:* der britisch-amerikanische Dirigent Leopold Stokowski (1882–1977) dirigierte von 1912–1936 das Philadelphia Sym-

phony Orchestra und gründete 1962 das American Symphony Orchestra, dessen Musikdirektor er bis 1973 war. TM kannte Stokowski seit seiner ersten Amerika-Reise, 1934, wo beide die Überfahrt auf demselben Schiff machten.

2. 7. 1946

1] *das Haus williger als der Senat:* Das amerikanische Repräsentan- 16
tenhaus hatte sich mit großer Mehrheit für einen auf 20 Tage begrenzten Preisstop ausgesprochen, um so der am 1. 7. 46 in Kraft getretenen Aufhebung einer seit gut 4 Jahren bestehenden ›Federal Price Control‹ besser begegnen zu können.

2] *Sunset:* Der Santa Monica, Pacific Palisades und Hollywood durchlaufende Boulevard.

3] *Dr. Perl:* Der Germanist Walter H. Perl (1909–1975) arbeitete nach seiner Emigration zunächst bei der ›Neuen Zürcher Zeitung‹ und war mit TM aus den gemeinsamen Schweizer Jahren bekannt. 1938 ging er in die USA, wo er am Marshall College in Huntington lehrte. 1945 erschien sein Buch ›Thomas Mann 1933–1945. Vom deutschen Humanisten zum amerikanischen Weltbürger‹. Im ›Aufbau‹, vol. XII, No. 35 v. 30. 8. 46, 20/21, hat Perl über seinen hier im TB vermerkten Teebesuch bei TM berichtet.

4] *Erstausgabe:* Heinrich Heine, ›Atta Troll, ein Sommernachtstraum‹, Hamburg 1847. Das Buch ist in der Zürcher Bibliothek erhalten.

5] *an Kadidja Wedekind:* Der Brief gilt als verschollen; s. Reg. IV, 579.

6] *Kadidja Wedekind:* Frank Wedekinds jüngere Tochter Kadidja (geb. 1911), Schwester der Klaus und Erika Mann eng befreundeten Pamela Wedekind, war mit dem Hause Mann aus der gemeinsamen Münchener Zeit bekannt. Sie emigrierte 1938 in die USA, lebte in New York und kehrte nach dem Kriege in die Bundesrepublik zurück.

7] *Einfälle des »New Yorker«:* Vgl. hierzu TMs Schreiben an den Editor der Wochenschrift ›The New Yorker‹, P. P. 15. 2. 48, Reg. III, 48/85: »I take the opportunity to tell you, dear Sir, that I weekly read your magazine with artistic pleasure and often with quite serious amusement.« (Im TMA)

3. 7. 1946

17 1] *an Slochower:* An Harry Slochower, P. P. 3. 7. 46, Reg. III, 46/252.

2] *Slochower:* Der aus Österreich stammende Literarhistoriker und Psychologe Harry Slochower (1900–1985) lehrte ab 1928 am Brooklyn-College, New York, und veröffentlichte mehrere Arbeiten über TM.

3] *Kafka Kritik:* Harry Slochower, ›The Vogue of Franz Kafka‹. Näheres nicht ermittelt.

4] *J. Strauß:* Johann Strauß, Sohn (1825–1899). – In einer TB 5. 10. 48, Anm. 4 aufgeführten Liste seiner Lieblings-Schallplatten nannte TM auch Johann Strauß, ›Two Overtures and two Waltzes‹, die, gespielt von ›Various European Orchestras‹, von Bruno Walter und George Szell dirigiert wurden. S. auch den Text No. 6 mit Zeitbloms Bericht über Adrians musikalische Ausbildung.

4. 7. 46

17 1] *Independence:* Feiertag zur Erinnerung an die Verabschiedung der ›Declaration of Independence‹ am 4. 7. 1776, mit der der Nationalkongreß die Unabhängigkeit der dreizehn ehemals britischen Kolonien an der nordamerikanischen Ostküste festschrieb.

2] *von Ines R. und den beiden Einfältigen:* Adorno hatte die *Faustus*-Kapitel 30–33 gelesen und dabei vom weiteren Schicksal der Ines Rodde und dem Auftauchen von Adrians »fürsorglichen Freundinnen«, Meta Nackedey und Kunigunde Rosenstiel, erfahren, deren Porträts frei nach dem Vorbild zweier TM-Verehrerinnen, Caroline Newton und Ida Herz, gezeichnet worden waren.

3] *Erika . . . (über Högner):* Die TB 19. 6. 46 Anm. 2 erwähnte Synopsis für E Ms Buch ›Alien Homeland‹ notiert zu Kapitel IX: »Portraits of, and conversation with, the two first Bavarian Minister-Presidents to be installed by M[ilitary] G[overnment]: Dr. Fritz Schaeffer, whom the Germans like, proves unwilling honestly to cooperate with M. G. Dr. Wilhelm Hoegner is a perfect sample of that rare space ›the good German‹. His compatriots, however, distrust him. The author attempts to analyze the psychological basis of this distrust.« Im EMA existiert von diesem Kapitel kein ausgeführtes Manuskript, wohl aber der Text von 2 für den Londoner ›Evening Standard‹ geschriebenen Artikeln, 4 und 2 Seiten lang, die Hoegners Biographie und sein politisches Konzept vorstellen. Möglicherweise hat Erika Mann damals aus diesen Texten vorgelesen.

4] *Högner:* Der SPD-Politiker, Reichstagsabgeordnete und spätere (ab 1945) erste bayerische Ministerpräsident Wilhelm Hoegner (1887–1980).

5. 7. 46

1] *Brief von Golo gegen jenen deutschen Pacifisten:* Vermutlich ist Golo Manns Antwortbrief auf TMs Anfrage die deutsche Friedensliga betreffend gemeint. S. TB 15. 6. 46, Text und Anm. 2. *17*

2] *Brief des Redakteurs der ›Wandlung‹:* Der Brief von Dolf Sternberger, Heidelberg, 12. 6. 46, befindet sich im TMA.

3] *Conrads Erzählung:* Joseph Conrad, ›Lord Jim‹, s. TB 23. 6. 46, Anm. 3.

4] *Wells dringt auf die Exilierung:* Der englische Schriftsteller H(erbert) G(eorge) Wells (1866–1946) hatte in einem Artikel für die Zeitschrift ›Socialist Leader‹ gefragt, »whether the royal family was involved in the ›huge‹ sums that [...] the Italien government of Benito Mussolini had paid to Sir Oswald Mosley, British Fascist Leader, before the war«, und erklärt, daß, im Falle einer Verwicklung des englischen Königshauses, »there is every reason why the House of Hanover should follow the House of Savoy into the shadows of exile and leave England free to return to its old and persistent republican tradition.« Mit der Bezeichnung ›House of Hanover‹ hatte H. G. Wells jenen Namen gebraucht, den die königliche Familie im 1. Weltkrieg zugunsten des Namens ›House of Windsor‹ aufgegeben hatte. (NYT 6. 7. 46, 1:2, 3; 5:7).

5] *Skandalöse Rede:* Der Verteidiger des ehemaligen Reichsmarschalls Hermann Göring hatte für die Ausplünderung der von den Deutschen im Krieg besetzten Gebiete die – rechtswidrig gegen die deutsche Bevölkerung gerichtete – britische Blockade-Politik verantwortlich gemacht und außerdem versucht, Görings Kunstraub-Aktionen mit den Praktiken der gegenwärtigen Besatzungsmächte zu legitimieren.

6. 7. 46

1] *Artikel von Fiedler:* Dr. phil. F. Kauz, ›Eine Einladung mit Hintergründen‹, ›Volksstimme‹, St. Gallen, 21. 4. 1946, 1. *17*

2] *(O. R. Kauz):* Dr. phil. F. Kauz war das Pseudonym Kuno Fiedlers für seine Schweizer Rezensionen. Was mit dem O. R., das in der Handschrift allenfalls auch als O. B., keinesfalls aber als Dr. zu lesen ist, gemeint sein könnte, war nicht zu ermitteln.

18 3] *die Möglichkeit untemperiert zu singender Chöre:* Vgl. dazu Zeitbloms Beschreibung der Chorbehandlung in Adrian Leverkühns ›Apokalipsis‹, Kap. XXXIV (Schluß), GW VI, 496–503, und die TB 17. 8. 46 Anm. 1 zitierten Änderungen und ausgeschiedenen Seiten.

7. 7. 46

18 1] *Mahlers 5. Symphonie:* Eine von Bruno Walter dirigierte Aufnahme von Gustav Mahlers 5. Symphonie cis-Moll (1904) befindet sich nicht in TMs nachgelassener Schallplattensammlung.

8. 7. 46

18 1] *Heiligsprechung einer amerikanischen Nonne:* Die Heiligsprechung der Nonne Frances Xavier Cabrini wurde in der Presse nicht zuletzt deswegen so eingehend gewürdigt, weil ›Mother Cabrini‹ die erste US-Bürgerin war, der diese Ehrung widerfuhr.

2] *Russische Confiskationen in Oesterreich:* Die UdSSR hatte in Paris die Auslieferung des deutschen Besitzes in Österreich und die Ausweisung aller deutschen Staatsbürger aus der russischen Besatzungszone verlangt.

9. 7. 46

18 1] *Studium Apollon-Hymnus:* Für die Inschrift auf dem »hellgrünen Ural-Smaragd« jenes Ringes, den Adrians sich unsichtbar haltende Gönnerin, Frau von Tolna, ihrem ersten Brief als »Huldigungsgeschenk« beilegt. Vgl. hierzu GW VI 521/522 und *Entstehung* Kap. XIV, GW XI, 272. TM war auf diesen Gesang durch einen Sonderdruck von Karl Kerényi aufmerksam gemacht worden: ›Apollon-Epiphanien‹, ›Eranos-Jahrbuch‹, vol. XIII, 1945, 11–48, für den er sich am 18. 7. 46 bedankte: »Besonders willkommen waren mir der Kallimachos-Päan und die Pfeil-Schlangen-Schuß-Biß-Symbolik von Chryse. Gewisse Dinge werden gleich als zu mir gehörig, oder als zur ›Sache‹ gehörig erkannt und angeeignet.« (Reg. III, 46/265; TM/KK 136). Zur Bedeutung des Apollon-Hymnus für die Struktur des Faustus-Romans s. Victor A. Oswald Jr., ›Thomas Mann's Doktor Fau-

stus: The Enigma of Frau von Tolna‹, ›The Germanic Review‹, Vol. XXXIII, 1948, 249–253, bes. 251–253, und Hans Rudolf Vaget, ›Frau von Tolna: Agnes E. Meyer und Thomas Manns *Doktor Faustus*‹, in: ›Zeitgenossenschaft. Zur deutschsprachigen Literatur im 20. Jahrhundert‹, Festschrift für Egon Schwarz, hrsg. v. Peter M. Lützeler et al., Frankfurt 1987, 140–152, bes. 150.
2] *»Die Schattenlinie«:* Joseph Conrad, ›Die Schattenlinie‹, Berlin 1926. In der Zürcher Bibliothek befindet sich die Erzählung, übersetzt v. E. McCalman, in einer Ausgabe des Suhrkamp-Verlages von 1948.
3] *an Mrs. Meyer:* An Agnes E. Meyer, P. P. 9. 7. 46, Reg. IV, N 46/4.
4] *[an] Erika's Eule:* Der Brief an Betty Knox konnte bisher nicht nachgewiesen werden. S. Reg. IV, 579.

10. 7. 46
1] *die Mazzucchetti:* Die italienische Essayistin, Kritikerin und Über- *18*
setzerin Lavinia Mazzucchetti (1889–1963) übertrug viele TM-Werke in ihre Muttersprache und initiierte darüber hinaus die erste fremdsprachige TM-Werkausgabe: *Tutte le opere di Thomas Mann*, Mondadori, Mailand, 1953–1963.
2] *»Auguri«:* Lavinia Mazzucchetti, ›Auguri a Thomas Mann‹, ›Corriere della Sera‹, Mailand, 2. 7. 46, 3.
3] *an die deutsche Friedensliga:* An Dr. Radlauer, P. P. 12. 7. 46, Reg. *19*
III, 46/259: Ich habe »so viele Bedenken, die Stellung eines Ehrenpräsidenten der von Ihnen gegründeten Liga zu übernehmen, daß es mir unmöglich war, den Entschluß dazu zu fassen. Ich brauche nicht zu versichern, daß die Gesinnungen Ihres Kreises mir im höchsten Maße sympathisch sind, und daß ich nur wünschen kann, diese Gesinnungen möchten sich mehr und mehr im ganzen deutschen Volke verbreiten. Die große räumliche Entfernung aber von dem Schauplatz Ihrer Tätigkeit, die Unmöglichkeit, an Ihren Beratungen teilzunehmen und für die Manifestationen der Liga einzustehen, mein vollkommener Mangel an Personalkenntnis ferner und dazu der Gedanke, daß Ihre Gruppe, optimistisch gedacht, wahrscheinlich nicht die einzige ihrer Art in Deutschland ist und daß ich vielleicht Unrecht täte, mich mit meinem Namen gerade auf sie festzulegen, – dies alles läßt mich nicht nur zögern, sondern den Gedanken vorläufig von der Hand weisen, den mir ehrenvoller Weise zugedachten Posten zu übernehmen. Die Dinge lägen anders und für mich günstiger, wenn es sich um eine

umfassendere Organisation womöglich aller gleichgesinnten, das Gute wollenden Menschen in Deutschland handelte, eine Vereinigung, in der es dann auch an mir vertrauten Namen, wie des Heidelberger Kreises um Jaspers und Alfred Weber, nicht fehlen würde. Ganz abgesehen von der Frage meiner Ehrenpräsidentschaft würde ich eine solche Zusammenfassung für höchst wünschenswert halten.« Zur Sache s. auch TB 15. 6. 46, Anm. 2.

4] *an einen reuigen Nazi-Jugendführer:* P. P. 12. 7. 46, Reg. III, 46/260.

5] *Petruschka-Suite:* Igor Strawinskys (1892–1971) ›Burleske in 4 Bildern‹, 1911 von Pierre Monteux in Paris uraufgeführt.

11. 7. 1946

19 1] *Prof. Horckheimer:* Der Philosoph und Soziologe Max Horkheimer (1895–1973) hatte 1931 in Frankfurt das ›Institut für Sozialforschung‹ mitbegründet, mit dem er und seine engsten Mitarbeiter Theodor W. Adorno, Herbert Marcuse und Leo Löwenthal 1933 nach Genf und 1934 nach New York emigrierten. Dort (und später in Kalifornien) bestand die Gründung als ›Institute for Social Research‹ bis zu Horkheimers Rückkehr nach Frankfurt im Jahre 1949 weiter. Zwischen 1932 und 1941 gab Horkheimer für sein Institut die ›Zeitschrift für Sozialforschung‹ – ab 1940 in englischer Sprache als ›Studies in Philosophy and Social Science‹ – heraus. – Seit der Übersiedlung nach Kalifornien, 1941, wohnte das Ehepaar Horkheimer nahe den Manns in Pacific Palisades. Man sah sich häufig, und bei der Einbürgerungs-Amtshandlung für Katia und Thomas Mann fungierten die 1940 naturalisierten Horkheimers als Zeugen.

2] *Zudringlichkeit [...] zurückgewiesen:* An H. L. Schroeder, P. P. 17. 7. 46, Reg. III, 46/263. Offenbar hatte man TM von seiten der Foundation »Ungefälligkeit« vorgeworfen.

3] *»Schroeder Foundation«:* ›The Schroeder Foundation. Dedicated to the Advancement of the Cultural Studies‹, Webster Grove, zu deren Ehrenmitglied TM 1947 ernannt wurde (s. Reg. III, 47/95). Eine vergoldete Plakette ›Honor Award for Achievement in Literature‹ befindet sich im TMA.

12. 7. 46

19 1] *Sternbergers Panegyrikus:* Dolf Sternberger, ›Tagebuch. Thomas

Mann und der Respekt‹, ›Die Wandlung‹, Heidelberg, Jg. 1 No. 6, 3. 6. 1946, 451–459.

2] *Sternberger:* Der Essayist, Publizist und Politikwissenschaftler Dolf Sternberger (1907–1989), von 1934–43 Redakteur an der ›Frankfurter Zeitung‹, nach dem Kriege Initiator resp. Mitherausgeber der Zeitschriften ›Die Wandlung‹ (1945–1949) und ›Die Gegenwart‹ (1950–1958); von 1955 bis zu seiner Emeritierung Professor für Politikwissenschaften in Heidelberg.

3] *weiteres von Süskind:* Im TMA befindet sich der TB 20. 7. 46, Anm. 5 auszugsweise wiedergegebene Brief von Süskind, Ambach, 23. 5. 46, der jedoch keinen Hinweis auf hier evtl. gemeinte Veröffentlichungen erhält.

4] *wie Blunk, wie Kirchner:* Der Jurist und Schriftsteller Hans Friedrich Blunck (1888–1961) – 1933–1945 Präsident der Reichsschrifttumskammer, seit 1933 zweiter Vorsitzender der Deutschen Akademie für Dichtung und auf Grund dieser Tätigkeiten nach 1945 in einem britischen Lager für ehemalige NS-Funktionäre interniert – hatte sich im November 1945 über seinen in den USA lebenden Bruder Rudolf mit der Bitte um Intervention an TM gewandt. In einem sehr grundsätzlichen Schreiben vom 19. 11. 45 (Reg. III, 45/539) wies TM dies Anliegen zurück. Zu der umfangreichen Korrespondenz vgl. die von Dr. Walther Blunck herausgegebene Materialsammlung ›Thomas Mann und Hans Friedrich Blunck, Briefwechsel und Aufzeichnungen‹. Sonderdruck aus dem Jahrbuch 1968 der Gesellschaft zur Förderung des Werkes von Hans Friedrich Blunck (Hamburg o. J.) – Ähnlich wie Blunck hatte sich auch der Journalist Rudolf Kircher (1885–1954), in den 30er und 40er Jahren Hauptschriftleiter der ›Frankfurter Zeitung‹, im Dezember 1945 von Italien aus an TM gewandt. (Vgl. TB 29. 12. 1945 und *Entstehung* Kap. XI, GW XI, 241.)

5] *»Almayers Wahn«:* Joseph Conrad, ›Almayers Wahn‹. Das Buch steht, übersetzt von E. McCalman, in einer Ausgabe des S. Fischer Verlags, Berlin 1935, in der Zürcher Bibliothek.

14. 7. 46

1] *von Dr. Beutler:* Der vermutlich handschriftliche Brief des Literar- 19
historikers und Goetheforschers Ernst Beutler (1885–1960) ist verloren. Beutler war seit 1925 Leiter des Goethe-Museums und des Freien Deutschen Hochstifts in Frankfurt, seit 1946 auch Professor für neuere

deutsche Literatur an der Johann Wolfgang von Goethe-Universität. Bei dem von TM im TB erwähnten »Aufruf, zu kommen« handelt es sich aller Wahrscheinlichkeit nach um eine private Einladung; jedenfalls gibt es im Freien Deutschen Hochstift keine Belege für eine institutionelle oder öffentliche Aufforderung.

2] *meine Rede von 32: Ansprache bei der Einweihung des erweiterten Goethe-Museums in Frankfurt am Main.* Gehalten am 14. Mai 1932. Frankfurter Ausgabe – Gesammelte Werke in Einzelbänden, Band ›Leiden und Größe der Meister‹, Frankfurt 1982, 364–368.

3] *Wassermann-Probe:* Diese ›Ausstellung‹ ist nicht rekonstruierbar. TM hat die gängige Wassermann-Methode zum Nachweis einer Syphilis-Erkrankung in seinem Roman nicht beschrieben.

20 4] *Moser:* TM hat eine Parodie des Wiener Schauspielers Hans Moser (1880–1964) von Oskar Karlweis in der *Entstehung* Kap. XIV, GW XI, 283 beschrieben: »ein populär-geschwätziges Bravourstück von annähernd zehn Minuten Dauer, worin es hauptsächlich darum geht, daß ›der Schilling sich in New York befindet, und daß dies das Ölend ist‹. Wer es gehört hat, kennt die Tränen, die wir vergossen.«

5] *Riebers:* Der Philosophieprofessor Charles Henry Rieber (1866–1948) wohnte unweit der Familie Mann in Pacific Palisades. Seine Frau Winifred war eine bekannte Porträt-Malerin, die auch TM zeichnete.

6] *an D. Sternberger:* Der Brief an Dolf Sternberger konnte noch nicht aufgefunden werden. S. Reg. IV, 579.

7] *»Lied von der Erde«:* Gustav Mahlers Symphonischer Zyklus von sechs Gesängen für Alt- (oder Bariton-) und Tenorstimme und Orchester nach Texten aus Hans Bethges (1876–1946) Übertragung chinesischer Gedichte ›Die chinesische Flöte‹ (1911).

8] *»Salome«:* Richard Strauss' Oper nach Oscar Wildes gleichnamiger Dichtung (1905).

15. 7. 46

20 1] *Jener Hugues:* Nicht ermittelt.

2] *von Paris:* Die zweite Runde der Pariser Außenminister-Konferenz, die am 15. 6. 46 begonnen hatte, war am 12. 7. zu Ende gegangen.

3] *Göring, Ribbentrop, Keitel:* Gegen den ehemaligen NS-Reichsmarschall Hermann Göring (1893–1946), den ehemaligen Reichsaußenminister Joachim von Ribbentrop (1893–1946) und den ehemaligen Oberbefehlshaber des Heeres Wilhelm Keitel (1882–1946) waren diese Enthüllungen im Rahmen des Hauptkriegsverbrecher-Prozesses vorgetragen worden, der vom 11. 11. 45 bis zum 1. 10. 46 in Nürnberg stattfand.

4] *Sorge wegen der Handlung:* TM hatte Genf als Uraufführungsort gewählt in Anlehnung an Nietzsches Genfer Episode mit Mathilde von Trampedach, bei der der Musiker Hugo von Senger erfolglos für den Freund warb. In den *Faustus*-Notizen Ms 33, Bl. 48, findet sich ein entsprechender Verweis auf TMs Quelle, Hellmut Walter Branns Buch ›Nietzsche und die Frauen‹, Leipzig 1931. Während der Arbeit änderte TM (Ms Bl. 675 und 679, GW VI, 520 und 524) den Ort ›Genf‹, »wo unter Ansermets Direktion Schwerdtfeger das [...] Violin-Konzert [...] gespielt hatte« (679), zunächst in ›Basel‹ (»wo die Aufführung unter der Direktion des Herrn Paul Sacher und mit seinem Kammerorchester ...« stattfand), schließlich, offenbar erst im Typoskript, in ›Wien‹ (GW VI, 924, Z. 8); gleichzeitig lernt Adrian Marie Godeau nun erst »in den letzten Tagen des Jahres 1924«, als »in Bern und Zürich Wiederholungen des [...] Violinkonzerts« stattfanden, bei den Reiffs in Zürich kennen. (Kap. XXXIX, GW VI, 555).

5] *M. G.:* Marie Godeau.

6] *Schrift von Letters:* F. J. H. Letters, ›An Introduction to Thomas Mann‹, Privatdruck, Sydney 1944.

7] *Letters:* Der Altphilologe Francis Joseph Henry Letters (1897–1964), Professor an der University of New England, Arnundale/Australien.

16. 7. 46

1] *junger holländischer Schauspieler:* Der niederländische Regisseur und Schauspieler Jan Retel (1918–1984). 21

17. 7. 46

1] *an W. Haas:* Der Brief gilt als verschollen. S. Reg. IV, 579. 21

2] *W. Haas:* Der aus Prag stammende Schriftsteller und Kritiker Willy Haas (1891–1975) gründete 1925 zusammen mit Ernst Rowohlt die Wochenzeitschrift ›Die Literarische Welt‹, die er bis 1933 leitete und an der TM häufig mitarbeitete. 1933 mußte Haas seine Zeitschrift unter NS-Druck verkaufen. Er emigrierte zunächst in seine

Heimatstadt Prag, wo er 1933/34 die Wochenzeitung ›Welt im Wort‹, in der auch zwei Beiträge TMs veröffentlicht wurden, herausgab, floh 1939 nach Indien und kehrte nach dem Krieg über London nach Europa zurück. Von 1948 bis zu seinem Tode war er Theater- und Literaturkritiker der Tageszeitung ›Die Welt‹ in Hamburg.

3] *Bach, 5stimmige Fuge:* J. S. Bachs (1685–1750) Tripelfuge cis-Moll (BWV 849) aus dem ›Wohltemperierten Klavier‹.

18. 7. 46

21 1] *XXXVII. Fitelberg:* Der Konzertagent Saul Fitelberg, der im 37. Kapitel des *Faustus*-Romans eingeführt wird, ist ein Porträt des TM durch seine Kinder Klaus und Erika wohlbekannten Film- und Theateragenten Saul C. Colin (s. TB 21. 7. 46, Anm. 1). TM hat in der *Entstehung* Kap. XIV, GW XI, 279/80 beschrieben, wie er, »die Figur des internationalen Agenten, die symbolische Szene der Versuchung der Einsamkeit durch die ›Welt‹«, sowie »die Idee, den amüsanten Verführer ganz allein reden zu lassen« konzipierend und überdenkend, ratlos gewesen sei, was »die Person, die Erscheinung des Mannes selbst« betraf. Erst Frau Katia habe ihn, »als der Augenblick des Weiterschreibens gekommen war«, wie einst in Bozen auf das Urbild des Mynheer Peeperkorn, so jetzt darauf hingewiesen, daß »der Typ doch zur Hand« sei, »ich brauchte mich nur in allgemeinen Zügen an unseren alten Freund in New York, den ehemals in Paris tätigen Literatur- und Theateragenten S. C. [. . .] zu erinnern, um für den ›Weltmann‹ ein Gesicht zu haben.«

2] *die Tagebuchblätter:* S. TB 30. 5. 46, Anm. 3.

3] *Dr. Auernheimer:* Der Wiener Erzähler, Dramatiker und Feuilletonist Raoul Auernheimer (1876–1948), den TM 1919 in Wien kennengelernt hatte. Auernheimer wurde 1938 verhaftet und ins Konzentrationslager Dachau gebracht. Fünf Monate später auf Betreiben Emil Ludwigs unter der Bedingung freigelassen, in die USA auszuwandern, lebte er zunächst in New York, ab 1941 kurze Zeit in Hollywood, dann in Oklahoma, wo er 1944 amerikanischer Staatsbürger wurde. Seine Autobiographie ›Das Wirtshaus zur verlorenen Zeit‹ enthält eine der aufschlußreichsten und grundsätzlichsten Schilderungen der Schwierigkeiten, denen sich deutsche und europäische Emigranten bei ihrem Bemühen gegenübersahen, sich in der Neuen Welt zurechtzufinden.

19.7.46

1] *Shakeup:* Einschneidende – besonders personell einschneidende – Veränderung. 21

2] *Zukow:* Der sowjetische Marschall (seit 1943) Georgi Konstantinowitsch Schukow (1896–1974) stoppte 1942/43 den deutschen Vormarsch vor Moskau und nahm 1945 als Sieger von Berlin in Karlshorst die deutsche Kapitulation entgegen. 1945/46 war er Oberbefehlshaber der sowjetischen Truppen in Deutschland, wurde anschließend – hier von TM gemeint – zum Kommandeur im Distrikt Odessa ernannt und stieg 1955 zum Verteidigungsminister, 1956 zum Mitglied des Politbüros auf. 1957 wurde er aller Ämter enthoben.

3] *Valentin-Platten:* In TMs Nachlaß befanden sich zahlreiche Aufnahmen von Sketchen des Münchener Schriftstellers, Kabarettisten und Komikers Karl Valentin (1882–1948) aus den 20er und 30er Jahren. 22

4] *Klaus:* Der Schriftsteller und Journalist Klaus Heinrich Thomas Mann (1906–1949), TMs ältester Sohn. Klaus Mann, der zusammen mit seiner Schwester Erika Deutschland bereits im März 1933 verließ und 1934 ausgebürgert wurde, gab von September 1933 bis August 1935 in Amsterdam die Exilmonatsschrift ›Die Sammlung‹ heraus und übersiedelte nach einem wechselvollen Leben zwischen Paris, Amsterdam, Zürich, Prag, Wien und New York 1938 endgültig in die USA, deren Bürger er 1943 wurde. Während des Zweiten Weltkrieges gab er in New York die englischsprachige Zeitschrift ›Decision‹ heraus und schrieb gleichzeitig seine Autobiographie ›The Turning Point‹. Nach dem Scheitern seiner Zeitschriften-Unternehmungen stellte sich Klaus Mann der amerikanischen Armee zur Verfügung, mit der er 1944, zunächst als Soldat, dann als Berichterstatter der Armee-Zeitschrift ›Stars and Stripes‹ nach Europa zurückkehrte. Nach mehreren Selbstmordversuchen nahm er sich im Mai 1949 das Leben. – Eine Auswahl seiner Briefe (›Briefe und Antworten‹) erschien in zwei Bänden, herausgegeben von Martin Gregor-Dellin, 1975 in München. S. *An Klaus Mann über den Roman ›Der Vulkan‹* (1939) GW X, 766–769, und *Vorwort zu einem Gedächtnisbuch für Klaus Mann* (1950) GW XI, 510–514.

5] *Major Habe:* Der aus Budapest stammende Journalist und Romanschriftsteller Hans Habe (1911–1977), vormals János Békessy, war bis 1938 Zeitungskorrespondent in Genf, trat bei Kriegsausbruch als Freiwilliger in die französische Armee ein, gelangte 1940 in die Vereinigten Staaten, diente im amerikanischen Heer und war ab 1945 amerikanischer Presseoffizier im besetzten Deutschland, bis 1946 Chefredakteur der ›Neuen Zeitung‹ in München. Später lebte er als freier Schriftsteller und politischer Kolumnist in der Schweiz.

20. 7. 1946

22 1] *Exzerpte für XXXVII:* Vgl. dazu die von Lieselotte Voß in ihrem Buch ›Die Entstehung von Thomas Manns Roman *Doktor Faustus*‹, Tübingen 1975, 160–164 zusammengestellten Dokumente.

2] *Landshoff:* Der Verleger Fritz H. Landshoff (1901–1988), bis 1933 Verlagsleiter bei Kiepenheuer, begründete nach seiner Emigration in Holland die deutsche Abteilung im Verlag Querido, Amsterdam, aus der bald der wichtigste Exilverlag hervorging. Nach dem Überfall der Deutschen auf die Niederlande gelang es Landshoff, der sich zufällig in London aufgehalten hatte, in New York gemeinsam mit GBF ein neues Unternehmen, den Verlag L. B. Fischer, aufzubauen. 1945 kehrte er nach Amsterdam zurück, wo er den deutschen Querido-Verlag bis zu seinem Zusammenschluß mit dem neugegründeten S. Fischer Verlag, 1951, weiterführte. Bis 1986 war Fritz Landshoff leitend im Verlag Harry N. Abrams in New York tätig. Er lebte abwechselnd in New York und Amsterdam.

3] *Rini:* Die niederländische Schauspielerin Sara Catarina Otte (geb. 1917), nach 1945 Frau von Fritz Landshoff.

4] *jungen Schauspieler:* S. TB 16. 7. 46, Anm. 1.

5] *von Süskind:* Ambach, 23. 5. 46; im TMA. Süskind hatte geschrieben: »Verehrte Frau Katia, verehrter Herr Thomas Mann – irgendetwas treibt mich, gerade heute diesen Brief an Sie zu schreiben, den ich vielleicht schon lange hätte schreiben sollen, der mir aber im Dikkicht der allzuvielen und meistens recht unglücklichen ›Offenen Briefe‹ einfach nicht hat gelingen wollen. Ich gestehe: leicht fällt er mir auch heute nicht – denn der Blick, mit dem sich meine Jugendfreundin E., als ich ihr in Nürnberg im Dezember begegnete, meinen Gruß und meine Annäherung verbeten hat, läßt mich fürchten, daß auch Sie beide mich nicht mehr zu kennen oder anzuerkennen wünschen. Ich wüßte freilich nicht, weshalb – denn ich habe mich, wie ich glaube, von Ihnen und den Ihren, als wir einander zuletzt schrieben, ohne Groll, als vom Schicksal Getrennte, verabschiedet, und seitdem habe ich keines von Ihnen je preisgegeben, keines verleugnet und mich – das schrieb ich schon – mit meiner Erwartung fortdauernder Kameradschaft auf den Tag des Wiedersehens gefreut. So hatte ich gedacht, ich würde wenigstens nicht ungehört und unbesehen in das große Aufwaschen mit einbezogen werden, das – wie es scheint – jeden in Deutschland nach 33 wohnen Gebliebenen für jeden damals Fortgegangenen unterschiedslos zum Mauvais Sujet machen soll. Ich rechte nicht um die Zulässigkeit dieser Auffassung. Wir haben hier – was vielleicht schauderhaftestes Erlebnis – seit Jahren den quälenden Verdacht in uns getragen, daß wir – für die Welt – uninteressant, nicht mehr konkurrent, levantinisch [?] werden und daß darin unsere ›Strafe‹ besteht. Wie tief wir in *diesem* Loch stecken, wie sehr ich – um nur von mir zu reden – davon mitbetroffen bin, das wüßte ich freilich gern, und dieserhalb suche ich das Gespräch mit alten Freunden draußen und vermisse es wie das tägliche Brot. Vielleicht steckt auch mehr davon in den Offenen Briefen, als deren ungeduldiger und vielleicht etwas primitiv fordernder Ton vermuten läßt. Wir möchten wissen, wie existent wir – moralisch, intellektuell und so weiter – in einer Welt sind, die das Glück gehabt hat, in sich selbst (mondial[?]) weiterzuatmen, während wir sozusagen unter Gasmasken geatmet haben. Manchmal bilden wir uns ein, es wäre nicht so ganz übel, was wir dabei – handwerklich [?] – aufrechterhalten haben. Aber damit uns darüber Klarheit werde, brauchen wir das Gespräch mit nicht ganz Fremden – so, glaube ich, wäre vieles zu erklären, was an Zurufen von hier Ihnen rüd und dreist erschienen sein mag. Und so, bitte, verstehen Sie auch meinen Brief und nehmen Sie es nicht als Dreistigkeit, wenn ich hinzufüge: um der alten Liebe willen. Auch wenn ich nichts von Ihnen höre, seien Sie sicher, daß ich dankbar bewahre, was ich von Ihnen empfangen habe. – [. . .]«

6] *Blunks Memorandum:* Vgl. hierzu die TB 12. 7. 46, Anm. 4 zi- 22
tierte Dokumentation ›Thomas Mann an Hans Friedrich Blunck‹ a.a.O. 122–128, sowie TMs ›Philippika‹ an Blunck, P. P. 22. 7. 46, Reg. III, 46/267; Br. II, 495–497. Das Memorandum ist eine von Bluncks Anwalt verfaßte ›Schutzschrift‹ zur Verteidigung seines Mandanten.

7] *Frau Landshoff mit Töchtern:* Eva Landshoff (1901–1979), die erste Frau des mit der Familie Mann befreundeten Verlegers Fritz Helmut Landshoff, lebte nach ihrer Flucht aus Nizza, 1940, mit ihren bei-

den Töchtern in Hollywood und half öfters im Mannschen Haushalt.
8] *Traulich und treu:* Richard Wagners ›Vorspiel‹ zum ›Ring des Nibelungen‹, ›Das Rheingold‹, endet mit der Klage der Rheintöchter: »Reines Gold! / O leuchtete noch / in der Tiefe dein laut'rer Tand! / Traulich und treu / ist's nur in der Tiefe: / falsch und feig / ist, was dort oben sich freut.«

21. 7. 46

22 1] *Collin:* Der aus Rumänien stammende Film- und Theateragent Saul C. Colin (1909–1967) war von 1928–33 Vertreter amerikanischer Filmgesellschaften in Paris und emigrierte 1935 in die USA, wo er bis 1945 als Direktor einer Produktionsgesellschaft in der Film- und Theaterbranche arbeitete. Klaus und Erika Mann, die Colin aus Paris kannten, stellten im März 1938 die Beziehung zu TM her, für dessen *Joseph*-Romane der Agent sich im Sommer 1938 vergeblich um eine Verfilmung bemühte. (S. TB 20. 5., 17. 6. und 24. 8. 1938) Nach 1945 arbeitete Colin in New York mit Erwin Piscator und seinem ›Senior Dramatic Workshop‹ zusammen, dessen Leitung er 1953, nach Piscators Rückkehr nach Berlin, übernahm.
2] *XXXVII eröffnet:* Beginn des Fitelberg-Kapitels.
3] *Brief an Süskind:* Das Schreiben, P. P. 22. 7. 46, ist im Besitz von Frau Annemarie Süskind, mit deren freundlicher Erlaubnis es im Anhang, No. 2, zitiert wird.

22. 7. 46

22 1] *Antwort an Blunck:* S. TB 20. 7. 46, Anm. 6.
2] *›Voice of America‹:* US-Rundfunkstation, die mit Hilfe eines weitverzweigten Netzes Informationen über die USA für das Ausland verbreitete.
3] *Beilage über Thieß:* Vermutlich der Artikel von Karl Gerold, ›Frank Thieß gestern und heute‹ in der ›Frankfurter Rundschau‹ vom 9. 7. 1946, 4, in dem ein am 29. 6. 1933 im ›Hannover'schen Tageblatt‹ veröffentlichtes Gespräch mit Frank Thieß zitiert wird, das den Passus enthielt: »Das parlamentarisch-demokratische System hat sich totgelaufen, die ganze Jugend stand dagegen in einer Front, der Widerwille gegen den herrschenden Zustand hatte sein Höchstmaß erreicht. Rein geschichtlich betrachtet, muß Hitlers Werk von hier aus als eine erlösende Tat beurteilt werden. Ich habe dieser Tage sogar von Seiten

linksradikaler deutscher Jugend diese Meinung vertreten hören: daß endlich *ein* Wille aufstand und regierte – das allein gab ihnen schon ein Gefühl von frischer Luft.«

4] *Thieß:* Der Schriftsteller Frank Thieß (1890–1977), dessen Buch ›Das Reich der Dämonen‹ 1941 wegen seiner – wenn auch nur anhand antiker Verhältnisse aufgezeigten – Kritik an totalitären Regimen verboten wurde. – Frank Thieß, dessen Stellung zum Nationalsozialismus – wie jenes Anm. 3 zitierte Interview zeigt – zumindest am Anfang durchaus positiv gewesen sein muß, hatte 1945 – im Anschluß an Walter von Molos ›Offenen Brief an Thomas Mann‹ (s. TB 10. 8. 1945) – versucht, durch ein selbstgerecht-apologetisches Plädoyer für die politische und moralische Integrität der nicht ins Ausland gegangenen, sondern als »innere« Emigranten in Deutschland gebliebenen Schriftsteller, die schnelle Rückkehr der »äußeren« Emigranten – in erster Linie natürlich TMs – zugunsten ihres »verführten und leidenden Volkes« zu fordern. (S. Frank Thieß, ›Die innere Emigration‹, ›Münchener Zeitung‹, 18. 8. 1945, 2; Nachdruck bei Schröter, a.a.O. 336–338.)

5] *deutsche Geburtstagsartikel:* Nicht erhalten. Die denkbaren Artikel sind aus Harry Mattes TM-Bibliographie zu ersehen.

6] *S.:* W. E. Süskind; s. TB 2. 6. 46, Anm. 4.

23. 7. 46

1] *an K. Appelbaum:* An den Pianisten Kurt Appelbaum (geb. 1904), 23
P. P. 23. 7. 46, Reg. III, 46/268.

2] *Fürchterliche Explosionskatastrophe:* Am 22. 7. 46 hatte die zionistische Untergrundorganisation Irgun Zwai Leumi den Flügel des Jerusalemer Hotels ›King David‹, in dem das britische Militärhauptquartier und der englische Sicherheitsdienst residierten, in die Luft gesprengt. Das Attentat kostete 76 Menschen das Leben; es gab 46 Verletzte und 29 Vermißte.

3] *Conrads »Goldenem Pfeil«:* Joseph Conrads Roman ›The Golden Arrow‹ steht, übersetzt von E. McCalman, in der deutschen Ausgabe von S. Fischer, Berlin 1932, in der Zürcher Bibliothek.

24. 7. 46

1] *von Preetorius:* Krottenmühl/Obb., 10. Juni 1946. S. Bl. TMG. 4, 23
1963, 14/15.

2] *Kartenbrief:* Geburtstagsglückwünsche der 5. Mittelschul-Klasse in Beeskow bei Berlin; im TMA.

3] *engl. Ausgabe seiner Autobiographie:* Bruno Walter, ›Theme and Variations‹, New York, 1946.

26. 7. 46

24 1] *an Prof. Springer:* Das Schreiben befindet sich im Privatbesitz von Prof. Otto Springer.

2] *Prof. Springer:* Der aus Deutschland stammende Germanist, Mediävist und Literaturwissenschaftler Otto Springer (geb. 1905) lehrte von 1940 bis zu seiner Emeritierung an der University of Pennsylvania in Philadelphia.

27. 7. 46

24 1] *Plaidoyers:* Beim Prozeß gegen die 22 Haupt-Kriegsverbrecher in Nürnberg.

2] *»Terror-Flieger«:* Die NS-Bezeichnung für die alliierten Bomber, die deutsche Städte angriffen. Die Verteidiger benutzten diesen ihnen geläufigen Ausdruck in ihren Plädoyers.

3] *die jungen Literaturdozenten:* Nicht ermittelt.

28. 7. 46

24 1] *G. Stein:* Die amerikanische Schriftstellerin Gertrude Stein (geb. 1874) starb am 27. 7. 46 in Paris.

2] *an die Schulklasse:* An Gertrud Behm, P. P. 28. 7. 46, Reg. III, 46/271.

25 3] *Harold in Italy:* Hector Berlioz' viersätzige ›Programm-Symphonie‹ ›Harold in Italien‹, op. 16 (1834), nach Byrons ›Childe Harold's Pilgrimage‹. In TMs Nachlaß befand sich eine Aufnahme aus dem Jahre 1946 mit William Primrose (Viola) und dem Bostoner Symphonieorchester unter Serge Koussevitzky.

29. 7. 46

25 1] *Cooper:* Joseph Cooper, TMs Zahnarzt in Hollywood.

2] *Brief von Melantrich:* Der Brief des Prager Verlages Melantrich, in dem bis 1937 und ab 1948 tschechische Ausgaben von TMs Werken erschienen, befindet sich nicht im TMA.

3] *Erinnerungsartikel von Felix Neumann:* Felix Neumann, ›Mit Thomas Mann auf der Schulbank‹, ›Basler Nachrichten‹, Jg. 102, 1946, No. 303 vom 22. 7. 1946. Fragm. bei Peter de Mendelssohn, ›Der Zauberer‹, Frankfurt 1975, 96/97.
4] *Felix Neumann:* Der Schriftsteller und Journalist Felix Neumann (1875–1968), ein Lübecker Klassenkamerad von TM.
5] *an Knopf [...] wegen Mrs. Lowe:* Verschollen; s. Reg. IV, 572. Zur Sache vgl. TB 9. 8. 46, Anm. 2.
6] *The future in perspective:* Sigmund Neumann, ›The Future in Perspective‹, New York 1946.
7] *Neumann:* Der Politikwissenschaftler Sigmund Neumann (1904–1962) war von 1930–33 Leiter der Volkshochschulen Berlins. Er emigrierte 1933 nach London, 1934 in die USA, wo er an verschiedenen Universitäten lehrte, und kehrte 1949 nach München, später nach Berlin (Freie Universität) zurück.

30. 7. 46
1] *Cousine Jane:* TMs Cousine Jane Mann, verh. Baronin von Heister (1877–1955) lebte mit ihrem Mann, Baron Henner von Heister, in Hamburg. Zu TMs Wertschätzung vgl. TB 13. 9. 1919. *25*

1. 8. 46
1] *Rede Molotows gegen Franco:* Auf der Friedenskonferenz, die am 29. 7. 46 in Paris begonnen hatte, apostrophierte der sowjetische Außenminister – im Zusammenhang mit dem Problem der gerechten Beurteilung von Deutschlands ehemaligen Verbündeten – noch einmal den auf der Krim-Konferenz von den drei Großmächten kodifizierten Beschluß »to destroy the last vestiges of nazism and fascism and to enable the liberated peoples to create democratic institutions of their own choice.« Er fuhr dann, mit Blick auf Spanien fort: »It will be impossible to safeguard a durable peace and security unless the last vestiges of fascism which provoked the second world war, have been destroyed. If, however, we have still to deal with the question of the Fascist regime in Spain, then the time must not be too distant, when democratic countries will be able to help the Spanish people, who groan under Franco's regime, to put an end to this survival bred by Hitler and Mussolini, which is dangerous to the cause of peace.« (NYT 1. 8. 46, 2:2) *26*

2] *Molotow:* Der 1939–1949 und 1953–1956 amtierende russische Außenminister Wjatschislaw Michailowitsch Molotow (1890–1986).

3] *Franco:* Der spanische Diktator Generalissimus Francisco Franco Bahamonde (1892–1975), der nach einem von ihm provozierten und mit Unterstützung von Hitler und Mussolini gewonnenen Bürgerkrieg (1936–1939) ein faschistisches Regime errichtete.

4] *Interview mit den Universitätsleuten:* S. TB 27. 7. 46.

5] *an* [...] *Gumpert:* An Martin Gumpert, P. P. 30. 7. 46, Reg. III, 46/275; Br. II, 497.

6] *Liesl Frank:* Liesl Frank (1903–1979), Tochter der Operettendiva Fritzi Massary und Ehefrau des Erzählers und Dramatikers Bruno Frank (1887–1945). Bruno und Liesl Frank waren enge Freunde TMs seit 1911 und bis 1933 seine Nachbarn im Münchener Herzogpark. Die Franks verließen Deutschland am Tag nach dem Reichstagsbrand (27. 3. 1933), lebten zunächst abwechselnd in Aigen bei Salzburg und London und übersiedelten 1937 nach Hollywood, wo Frank für die Metro-Goldwyn-Mayer arbeitete. Sie wohnten in Beverly Hills unweit der Manns, so daß das alte Münchener freund-nachbarliche Verhältnis in Kalifornien wiederbelebt werden konnte. S. *Politische Novelle,* GW X, 685–700; *Bruno Frank's ›Requiem‹,* GW X, 566/567; *Vorwort zu Bruno Franks ›Cervantes‹,* GW XIII, 444–449; *In Memoriam Bruno Frank,* GW X, 497–500; *Trauerrede auf Bruno Frank,* GW XIII, 865/866, und *Ansprache bei der öffentlichen Gedenkfeier für Bruno Frank,* GW XIII, 867/869.

2. 8. 46

26 1] *Briese:* So in der Handschrift.

2] *Memoiren:* Joseph Conrad, ›Personal Record‹, 1912, deutsch: ›Lebenserinnerungen‹, Berlin 1928. Neue Übersetzung unter dem Titel ›Über mich selbst. Einige Erinnerungen‹, Frankfurt 1965.

3] *bevorstehenden Artikels: An Bruno Walter zum siebzigsten Geburtstag,* deutsch: ›Aufbau‹, N. Y., vol. 12, No. 37 vom 13. 9. 46, 5; GW X, 507–512; auch: P. P., zum 15. 9. 46, Reg. III 46/332; Br. II, 501–506.

4] *Herr E. Wiedmann:* Ernst Wiedmann, der Stiefsohn von Paul Huldschinsky.

5] *Erika [...] über Haushofer:* Wohl eine Vorlesung des im EMA erhaltenen, auf 13 Seiten ausgeführten XI. Kapitels von ›Alien Homeland‹, dessen Inhalt in einer gleichfalls erhaltenen Synopsis (s. TB 19. 6. 46, Anm. 2) vorgestellt wird: »The author pays a visit to Professor General (›The Fuehrer's Brain‹) Haushofer and his wife. The 75 years old geo-politician, who is said to have been the intellectual power behind Hitler's throne denies that he's ever had much influence. The chapter centers around Rudolf Hess' flight to England, an incident involving Haushofer's son Albrecht who was subsequently shot for his alleged participation in the 20th July attempt on Hitler's life. Among many things that seem to be true, the father tells many a puzzling lie. His story and portrait are being presented because they are most characteristically German. A few months after the author's visit the old couple commits suicide.«

6] *Haushofer:* Generalmajor Karl Haushofer (1849–1946), Begründer der deutschen ›Geopolitik‹. Diese ›Wissenschaft‹, für die Haushofer von 1921 bis 1939 einen Lehrstuhl in München innehatte, lieferte den Nationalsozialisten das theoretische Rüstzeug für ihren ›Lebensraum‹-Anspruch. Karl Haushofer fiel als General 1945 in alliierte Gefangenschaft und nahm sich aus Angst vor Verhören 1946, gemeinsam mit seiner Frau, das Leben.

3. 8. 46

1] *Bibi:* Der Geiger und Solobratschist Michael Thomas Mann 26
(1919–1977), TMs jüngster Sohn, in der Familie ›Bibi‹ genannt, gab 1957 die Musikerlaufbahn auf, studierte Germanistik und promovierte 1961 an der Universität Harvard über Heinrich Heines Musikkritiken. Seit 1962 lehrte er an der University of California in Berkeley. Michael Mann hatte 1939 die Schweizerin Gret Moser (geb. 1916), eine Zürcher Schulfreundin seiner Schwester Elisabeth, geheiratet und lebte mit seiner Familie in San Francisco.

2] *Borgese:* Der italienische Schriftsteller, Historiker und Literaturwissenschaftler Giuseppe Antonio Borgese (1882–1952), Professor in Rom und Mailand, emigrierte 1931 in die USA und unterrichtete seit 1936 als Ordinarius für italienische Literatur und politische Wissenschaften an der Universität Chicago. 1939 heiratete er TMs jüngste Tochter Elisabeth, kehrte 1950 mit seiner Familie nach Italien zurück und lehrte bis zu seinem Tode an der Universität Mailand.

3] *Programm seines Bandes:* Die von Charles Neider edierte Aufsatzsammlung ›The Stature of Thomas Mann‹, New York 1947, ist in fünf, durch einen vorangestellten ›Toast‹ von W. H. Auden eingeleitete Teile gegliedert: Part I Personal; Part II Operatic, Part III Comparative, Part IV Thematic, Part V General, und enthält Beiträge von 58 (mit TM 59) Autoren.

4] *A. Kerr:* Der Berliner Theaterkritiker Alfred Kerr (1867–1948), der mit TM zeitlebens in einem Verhältnis wechselseitiger Spannungen lebte, die 1913 im ›Verriß‹ der Aufführung von *Fiorenza* in den Berliner Kammerspielen ihren ersten Höhepunkt fanden: »Ein giftiges Gejökel, dem der Ahnungsloseste die persönliche Mordlust anmerken muß« (TM an Hugo von Hofmannsthal, München 9. 1. 1913; Reg. I, 13/2; Br. I, 100; vgl. auch ›Dichter über ihre Dichtungen. Thomas Mann‹, hrsg. v. Hans Wysling unter Mitwirkung von Marianne Fischer, 3 Bände, Heimeran/S. Fischer 1975, Bd. I, 384–386). Die Animosität TM-Alfred Kerr bestand jedoch schon Jahre früher. Vielleicht waren die von Katia Mann in ihren ›Ungeschriebenen Memoiren‹ erzählten Absichten Kerrs, sie zu heiraten, schuld – sicherlich aber auch die abschätzigen Kritiken und mehr oder minder offenen ›Hiebe‹, mit denen Kerr seit dem Erscheinen von *Königliche Hoheit* TMs Äußerungen verfolgte. (Zum Verhältnis TM – Alfred Kerr s. auch TB 44–46, 383/384.)

5] *Miss Dana:* Die amerikanische Schriftstellerin und Übersetzerin der Gabriela Mistral, Doris Dana.

6] *Fles:* Der niederländische Literaturagent und Verleger Barthold Fles (geb. 1902) kam 1925 in die USA und setzte sich nach 1933 besonders für die deutsche Exilliteratur ein.

7] *Schwierigkeiten:* Vermutlich bei der Suche nach einem Verleger für Heinrich Manns im Juni abgeschlossenes Manuskript ›Empfang bei der Welt‹, das erst postum, 1956, im Aufbau-Verlag in Berlin (DDR) erschien.

4. 8. 1946

27 1] *Scheitern der Joseph-Verfilmung:* Eine Intervention des amerikanischen Kardinals Francis Joseph Spellman (1889–1967) konnte nicht nachgewiesen werden. Die Diskussion um die durch TMs Moses-Novelle *Das Gesetz* ausgelöste Frage, ob und inwieweit eine ›Verweltlichung‹ des Mythos erlaubt sei (›Aufbau‹, vol. XI, No. 9 v. 2. 3. 45, 15/16 und No. 5 v. 2. 2. 45, 5), zeigt, daß das Problem aktuell war, und eine Meldung der NYT vom 9. 8. 46, 13:3 macht deutlich,

daß das Interesse der Kirche bei der möglichst direkten Vermittlung biblischer Stoffe und nicht bei der Unterstützung freier literarischer Bearbeitungen lag. Die Zeitung berichtet von einem durch hochrangige Vertreter der christlichen und jüdischen Geistlichkeit unterstützten und supervidierten Vorhaben, »to produce a series of two reel color pictures, based upon popular stories from the Bible«.
2] *Brief-Arbeit:* S. TM an S. Hess, P. P. 3. 8. 46, Reg. III, 46/279. Tisa von Barner, geborene Gräfin Schulenburg, hatte durch einen Mittelsmann in der Londoner Zeitschrift ›Time and Tide‹, vol. 27, No. 24 v. 15. 6. 46, 503, einen Brief ›To Thomas Mann‹ publizieren lassen in der Hoffnung, dem im fernen Kalifornien Wohnenden auf diese Weise Nachrichten vom Schicksal vieler in Deutschland lebender ehemaliger NS-Gegner zukommen zu lassen, die sich verloren vorkämen inmitten von Menschen, die immer noch Hitler verehrten: »If Hitler reigned across the Elbe today, they would all go to him. All but a few, so few that they do not count. They betrayed our Western culture in 1933, handing it over to Eastern mythos and barbarism. Thomas Mann, hear our cry. Write to your old home. Help us, the few survivors of a bygone grace, to preach anew the gospel of liberty and freedom. Help us to guide those who have lost their bearings. Do not forsake us in our distress.«
3] *Gräfin Schulenburg:* Die Bildhauerin und Malerin Elisabeth von Barner, geb. Gräfin von der Schulenburg, geb. 1903, lebt heute als Ordensfrau in einem Kloster bei Dorsten.
4] *Kapitel von Clarissas Tod:* Das XXXV. Kapitel des *Doktor Faustus*, GW VI, 503–514.

5. 8. 1946
1] *Brief zu Walters 70. Geburtstag:* S. TB 2. 8. 46, Anm. 3. 27
2] *C. Franks Symphonie:* Eine Aufnahme der d-Moll-Symphonie des belgischen Komponisten César Franck (1822–1890), gespielt vom San Francisco Symphony Orchestra unter Pierre Monteux, 1942, befindet sich in TMs Schallplattensammlung.
3] *an Eisner:* An Pawel Eisner, P. P. 5. 8. 46, Reg. III, 46/282, mit dem für Verlagszwecke verwendbaren »Waschzettel« über den *Doktor Faustus*: »Der neue Roman – sein Titel ist: ›*Doktor Faustus. Das Leben des deutschen Tonsetzers Adrian Leverkühn. Erzählt von einem Freunde.*‹ – Eine fiktive Künstler-Biographie also und eine dämonische

Geschichte, sorgsam vorgetragen von einem sehr undämonischen Menschen, einem Humanisten und unter den Nazis pensionierten Gymnasialprofessor, der der fasziniert-ergebene Freund des zugrundegegangenen Komponisten war. Dieser teilt das Schicksal Nietzsche's – und vieler hervorragender Musiker. Es ist die Geschichte einer Paralyse und ihrer inspiratorischen Wirkungen mit dem Kollaps am Ende. Die Geschichte einer *Teufelsverschreibung* und also eine religiöse Geschichte, die denn auch mit einem Fuß immer im deutschen 16. Jahrhundert steht. Ein Musik-Roman dabei, – beinahe der Roman der Musik. Ein schrecklich deutscher Roman – beinahe der Roman Deutschlands, – das sich dem Teufel verschrieb. Er hat doppelte Zeit, denn die Biographie wird von 1943–45 geschrieben und nimmt die Ereignisse dieser Jahre auf, während sie ein Leben erzählt, das 1885 beginnt und schon 1930 in geistige Nacht sinkt. – Was für ein Waschzettel! Aber Sie wollten ja etwas hören. T. M.«

4] *Eisner:* Der deutsch-tschechische Journalist und Kritiker Pawel (Paul) Eisner (1889–1958) war der Herausgeber der tschechischen Gesamtausgabe von TMs Werken, die 1948 mit dem von Eisner übersetzten *Doktor Faustus* eröffnet wurde. Eisner übertrug im Rahmen dieser bei Melantrich/Prag erscheinenden Edition außerdem *Lotte in Weimar*, 1949 (Band 2), *Buddenbrooks*, 1950 (Band 3/4) und *Joseph, der Ernährer*, 1951 (Band 5).

5] *Schrift [...] von Gumbert:* H. L. Gumbert, ›Nietzsche, Homer und Fr. A. Wolf. Zum 15. Oktober 1944‹, Nymegen 1944.

6] *Aufsatz über das Wort »Herr«:* Arno Schirokauer, ›Die Wortgeschichte von Herr‹, ›The Germanic Review‹, New York, vol. XXI, 1946, 55–60.

7] *Schirokauer:* Der Germanist, Literaturwissenschaftler und zeitweilige Mitherausgeber der Zeitschrift ›Corona‹ Arno Schirokauer (1889–1954) war nach 1933 in die USA emigriert und lehrte 1946 an der Johns Hopkins University in Baltimore.

6. 8. 1946

27 1] *Isherwood:* Der britische Schriftsteller Christopher Isherwood, ein Freund von Klaus und Erika Mann, von 1930–33 Journalist in Berlin und nach 1940 in Kalifornien lebend, wo er Drehbücher für Metro-Goldwyn-Mayer schrieb. Golo Mann: »Ein alter Freund, hochbegabt, erfolgreich, liebenswert; machte Geld in Hollywood zwischen zwei

Perioden indisch-asketischen Sektierertums; machte ein vergnügtes Haus.« (KM Br./Antw., II, 345).

2] *Nachrichten über Hauptmann:* Im ›Aufbau‹, vol. XII, No. 31 v. 2. 8. 46, waren auf S. 17 eine kurze Notiz über Hauptmanns Tod am 6. 6. 46 und seine Beerdigung auf Hiddensee und auf S. 40 zwei Beiträge über das bis dahin unbekannte Drama ›Finsternisse‹ erschienen: C. F. W. Behl, ›Eine unbekannte Dichtung Hauptmanns‹ und Carl Misch, ›Stimme aus dem Grabe‹. Behl, Hauptmanns »getreuer Eckart und Eckermann«, versuchte, auf Grund intimer Kenntnis der von ihm geretteten späten Manuskripte für eine gerechte Beurteilung von Hauptmanns Verhältnis zum Nationalsozialismus zu werben: »Er hatte sich [. . .] nicht der Möglichkeit berauben wollen, einmal in seiner Heimaterde bestattet zu werden [. . .] Wenn seine noch unbekannte Dichtung erschienen sein wird, ist des verewigten Dichters tiefstes Bekenntnis gegen den Ungeist des Nazitums als sein Vermächtnis all denen geschenkt, die guten Willens in die Zukunft sehen.« – Aber auch Carl Misch, von Hitler aus Berlin vertriebener Zeitungs-Redakteur, glaubte, daß die Akten über Hauptmann wieder zu öffnen seien: »Das größte Interesse wird die Enthüllung wecken, daß Hauptmann sich mit dem *jüdischen* Schicksal und mit der grauenvollen Ausrottung der Juden durch Hitler auseinanderzusetzen versucht hat. Hauptmann hat ein *dramatisches Requiem ›Die Finsternisse‹* geschrieben.«

3] *Artikel der Mistral:* Gabriela Mistral, ›El otro desastre alemán‹, ›Deutsche Blätter‹, 25. Heft, 3. Jg., 1945, 6–8; auch in Neider, ›The Stature . . .‹, a.a.O. 479–483.

4] *die Mistral:* Die chilenische Lyrikerin Gabriela Mistral, eigentlich: Lucila Godoy Alcayaga (1889–1957); 1945 Nobelpreis für Literatur.

7. 8. 46

1] *bei Schildknapp und den Ärzten:* Bei den *Faustus*-Roman-Kapiteln 27
XIX und XX.

2] *Florence Homolka:* die Photographin Florence Homolka (1911–1962), älteste Tochter von Agnes E. und Eugene Meyer, war mit dem 1935 nach England und 1939 in die USA emigrierten österreichischen Schauspieler Oskar Homolka (1898–1978) verheiratet.

28 3] *Miss Shultz:* die Journalistin Lily Shultz, Head of the ›Nation's Associates‹.

8. 8. 46

28 1] *Bilderserie:* Einige dieser Bilder befinden sich im TMA.
2] *Psychiatrin Bühler:* Die Kinderpsychologin Charlotte Bühler (1893–1974) war 1938 nach Norwegen und 1940 in die USA emigriert, wo sie als Psychiaterin arbeitete und an verschiedenen Colleges, zuletzt an der UCLA, lehrte. 1971 kehrte sie nach Europa zurück und lebte in Stuttgart.

9. 8. 46

28 1] *Brief von Knopf:* New York 5. 8. 46. Das Schreiben befindet sich im Archiv des Alfred A. Knopf Verlags, New York.
2] *kontradizierend wegen Helen Lowe:* TM hatte die Frage gestellt, ob Mrs.Lowe-Porter in Anbetracht ihrer sonstigen Belastungen die Übersetzung eines Werks wie des *Doktor Faustus* zugemutet werden könne. Knopf antwortete: »To me it is utterly inconceivable that anyone but Helen Lowe could be entrusted with the translation of the new novel. She expects to do it, and I have made a substantial and special financial contribution to her which should enable her to get some secretarial assistance. [...] The main point is whether Helen can be given a substantial part of the book in final form so that she can make her definitive version from it. This, I know, she is ready to tackle. I quite agree with her that it isn't possible to translate from a draft of the German that is not in final form and then go back and revise. And I have always, perhaps mistakenly, assumed that you worked in such a way that you were never able to turn over to her a final text until you had the whole of it. As a matter of fact, your interests and mine and hers, in the case of this novel, are identical – we all want the final English text in my hands at the earliest possible moment. I will do everything I possibly can do to this end.«
3] *seines spiritistischen Dramas:* Klaus Mann, ›Der siebente Engel‹, Zürich 1946. Die englische Fassung ›The seventh Angel‹ ist unveröffentlicht.

10. 8. 46

28 1] *Artikel für »Musical Quarterly«:* Die englische Fassung des Briefes an Bruno Walter (s. TB 2. 8. 46, Anm. 3) erschien unter dem Titel ›To

Bruno Walter on his 70th Birthday‹ in der New Yorker Zeitschrift ›The Musical Quarterly‹, vol. 32, No. 4, October 1946, 503–508.
2] *Gemme:* Eva Herrmann, s. TB 28. 5. 46, Anm. 28.

11. 8. 46
1] *an Mrs. Meyer:* An Agnes E. Meyer, P. P. 11. 8. 46, Reg. IV, 29
N 46/6.
2] *»keine Abhandlung«:* Der frei zitierte Halbsatz stammt aus einem Brief Ludwig van Beethovens an seinen Verlag Breitkopf und Härtel, Mittwoch, am 2. Wintermonat 1809; in ›Ludwig van Beethovens sämtliche Briefe‹, hrsg. v. Emerich Kastner, Leipzig o. J. (1910), 168/169: »Noch eins! Es gibt keine Abhandlung, die sobald zu gelehrt für mich wäre; ohne auch im Mindesten Anspruch auf eigentliche Gelehrsamkeit zu machen, habe ich mich doch bestrebt von Kindheit an, den Sinn der Besseren und Weisen jedes Zeitalters neu zu fassen. Schande für einen Künstler, der es nicht für seine Schuldigkeit hält, es hierin wenigstens so weit zu bringen.« (a.a.O. 169) TM erwähnt das Zitat in einer später wieder gestrichenen Passage der *Entstehung* (Bl. 146): »Adorno schenkte Benjamins [. . .] Buch über das deutsche Trauerspiel, zu dessen nicht gerade bequemem Studium ich an einen höchst treuherzigen Brief Beethovens denken mußte, worin er seine außermusikalische Bildungsbemühtheit allen Künstlern als Beispiel hinstellt und erklärt: ›Nicht leicht ist eine Abhandlung zu gelehrt für mich.‹ Ich mußte auch denken an den jungen Engländer, den ich beim Verlassen der Uffizien zu seinem Begleiter sagen hörte: ›That was the hardest gallery I ever did!‹ Aber die Beschäftigung mit dem Über-Schwierigen und Widerspenstigen wird sehr erleichtert und befeuert durch die ausgebildete Fähigkeit, überall Beziehungen zum eigenen, nie aus den Augen gelassenen Betreiben zu finden.«

12. 8. 46
1] *Frau Karlweis-Wassermann:* Die österreichische Journalistin 29
Marta Wassermann, geb. Karlweis (1889–1965), die zweite Frau Jakob Wassermanns und Schwester des Schauspielers Oskar Karlweis (s. TB 16. 6. 46, Anm. 2), war 1939 nach Kanada emigriert und lebte in Ottawa.

13. 8. 46

29 1] *Brief und Gedichte:* Der Brief von Gottfried Kölwel, Fischbachau, 20. 6. 46, befindet sich im TMA. Bei den Gedichten handelt es sich um K.s ›Münchener Elegien‹, Detmold 1946.

2] *Kölwel:* Der Lyriker, Erzähler und Dramatiker Gottfried Kölwel (1889–1958), den TM aus München kannte, wo Kölwel ihm 1914 sein erstes Lyrikbändchen ›Gesänge gegen den Tod‹ dediziert hatte.

3] *Arbeit über »Lotte in Weimar«:* Nicht mehr zu ermitteln.

4] *Tänzerin Goslar:* Die Tänzerin, Pantomimin und Choreographin Lotte Goslar (geb. 1907) kam als Mitglied von Erika Manns ›Pfeffermühle‹ 1936 in die USA, wo sie zunächst in der Refugee Artist Group, später in wechselnden Engagements auftrat. 1947 betreute sie u. a. die Brechtsche ›Galilei‹-Aufführung in Hollywood. Im selben Jahr widmete ihr Brecht einen ›Handlungsaufriß‹ von einer Seite ›Aus dem Zirkusleben‹.

5] *an Kölwel:* An Gottfried Kölwel, P. P. 13. 8. 46, Reg. III, 46/288; Br. II, 497/498 fragm.

6] *Nachricht vom Tode H. G. Wells:* Der englische Schriftsteller Herbert George Wells (geb. 24. 9. 1866) war am 13. August 1946, fast achtzigjährig, in London gestorben.

14. 8. 46

29 1] *Entlassungen im State Department:* AP berichtete am 13. 8. 46, Außenminister Byrnes habe bekanntgegeben, daß 40 Beschäftigte des State Department wegen »close connections or involvement with foreign governments« entlassen worden seien. »The forty were among 79 discharged after preliminary examination of 3000 employes by a screening committee.« Byrnes habe diese Zahlen genannt, nachdem ihm Gerüchte zugetragen worden waren, die von »Hunderten, wenn nicht Tausenden von Angestellten« sprachen, die man entlassen hätte »because of Communistic leanings or activities or membership«. (NYT 14. 8. 46, 27:4)

2] *Conrads »Nostromo«:* Joseph Conrads Roman ›Nostromo‹ (1904) steht, mit Anstreichungen TMs versehen, in einer von Ernst W. Freißler besorgten Übersetzung des S. Fischer Verlages, Berlin 1927, in der Zürcher Bibliothek.

30 3] *Sammlung von deutschen Briefen:* Es ist anzunehmen, daß sich dieser Eintrag auf die täglich die Münchener ›Neue Zeitung‹ über-

schwemmende Leserbriefflut bezieht, von der Hans Habe der Gesellschaft erzählte und aus denen er offenbar Exzerpte zusammengestellt hatte. Vgl. hierzu Habes Berichte in seinen Büchern ›Ich stelle mich‹, München/Wien 1954, 493–495, und ›Im Jahre Null‹, München 1966, 97–100.

15. 8. 46

1] *Dr. Beneč:* Der tschechische Schriftsteller und Journalist Bohuš Beneš. S. auch *An Bohuš Beneš über [sein Buch] ›God's Village‹*, GW XIII, 449–452 (Reg. III, 46/341). 30

16. 8. 46

1] *Briefe vom englischen General-Konsulat:* Der britische Botschafter in Washington, Lord Inverchapel, informierte TM am 12. 8. 1946, daß der britische Ankläger, Sir Hartley Shawcross, in seiner Schlußansprache vor dem Nürnberger Tribunal einen Ausspruch zitiert hatte, der, wie der englischen Presse inzwischen aufgefallen war, nicht, wie von Shawcross behauptet, von Goethe, sondern aus Thomas Manns *Lotte in Weimar* (GW II, 664) stammte. Lord Inverchapel gab dann eine Bitte des Außenministeriums weiter, das wissen wollte, »whether you put the words into Goethe's mouth or whether they are an actual quotation from the latter's works. If they do represent an actual quotation, I should be very glad if you could let me know in which work they appear. It is, of course, possible that they are a passage from a contemporary or later commentator. Should this be the case, perhaps you would be good enough to say where you got them from.« Gerhart Alexander macht in einem – TB 16. 1. 47, Anm. 10 zitierten – Hinweis darauf aufmerksam, daß die Londoner ›Times‹ am 29. 7. 46, 34, Ausschnitte des Shawcross-Plädoyers veröffentlicht und damit die Lawine der Falschzitate und Berichtigungen ausgelöst habe, die in den folgenden Monaten auch TM erreichte. (S. TB 20. 10. 46 und 16. 1. 47) 30

2] *Einteilung des Werkes in »Bücher«:* Der Plan wurde später wieder aufgegeben. S. TB 1. 2. 47, Text und Anm. 1.

3] *Conrad: »Mit den Augen des Westens«:* Joseph Conrads Roman ›Under Western Eyes‹, 1911, steht in zwei deutschen Ausgaben in der Zürcher Bibliothek: 1. in der Übersetzung von Ernst Wolfgang Gunter (Pseud. f. Ernst W. Freisler), München, A. Langen 1913. 2. in der Übersetzung von Ernst W. Freisler, S. Fischer, Berlin 1933.

4] *W.s Arzt:* Bruno Walters Arzt, Dr. Spinak, der 1938 Wien verlassen mußte, wo er ein Sanatorium geleitet hatte. Dr. Spinak, der es ablehnte, sich der für einwandernde Ärzte vorgeschriebenen Prüfung – Voraussetzung zur Approbation durch die US-Behörden – zu unterziehen, arbeitete in Kalifornien als Krankenpfleger und betreute Franz Werfel nach seinem schweren Herzanfall. Er war ein Freund des Hauses – Alma Mahler erwähnt ihn verschiedentlich in ihren Memoiren –, und Professor Gustave Arlt konnte auf Grund seiner Kenntnis von Alma Werfels Tagebüchern bestätigen, daß Spinak der hier gemeinte Mediziner ist.

5] *Arlts:* Der amerikanische Germanist Gustave Arlt (geb. 1895) und seine Frau Gusti. Arlt war seit 1935 Professor für deutsche Literatur an der University of California in Los Angeles. TM lernte ihn durch Franz Werfel kennen, mit dem Arlt befreundet war, und nahm wiederholt seine Hilfe in Anspruch, vor allem bei der Übersetzung von kürzeren Arbeiten ins Englische und der Beschaffung von Literatur.

6] *Lester, der für Alma schneidenden Brief [...] geschrieben:* Der Österreicher Conrad Lester, ein Freund Franz Werfels, hatte, auf Bitten Alma Mahler-Werfels, einen Brief Sascha Marcuses beantwortet, in dem diese im Namen ihres Mannes, Ludwig Marcuse, angesichts des Todes von Franz Werfel nachträglich um Verzeihung für mehrere harte Angriffe (›Aufbau‹, vol. XI, No. 10 und 12, 9. und 23. März 1945, s. TB 25. 2. 45) bat. Prof. Lester erinnerte sich im Januar 1986 an den Tenor des – nie abgeschickten – Schreibens: »Ich schrieb u. a. es wäre sehr billig, einen großen Dichter so gehässig angegriffen zu haben und nach dessen Tod seine Witwe um eine Absolution zu bitten. Alma meinte, der Ton des Briefes wäre unrichtig, denn Frau Marcuse hatte eine zeitlang für Franz und sie Sekretärarbeiten verrichtet. Der Brief wurde demnach nicht abgesandt. Meiner allerdings nicht zu bestätigenden Meinung nach hielt Alma meinen Entwurf für zu scharf. Später erzählte sie mir, daß sie die Marcuses bei einer Party getroffen und ihm die Hand gereicht aber kein Wort mit ihm gesprochen habe.«

17. 8. 46

30 1] *Verbesserungen am Oratorium:* Die Vorlagen im TMA zeigen zwei größere Verbesserungen: 1. Im ersten Teil des XXXIV. Kapitels gegen Schluß (GW VI, 479), wo noch in der ersten Typoskriptfassung Bl. 679 der Absatz »Ich nenne das Stück eine Fuge ...« fehlt und erst auf einem (unter den ausgeschiedenen Seiten nicht mehr erhaltenen) ›Beiblatt‹ eingefügt wurde. 2. Im Kap. XXXIV Schluß (GW VI, 499, nach Z. 15) weist das Typoskript S. 706–708 (entsprechend Ms 645–647) eine große Tilgung auf, die durch einen neuen kürzeren Text zwischen 499, Z. 15 und 500, Z. 14 ersetzt wird. Die ausgeschiedene Fassung ist im Anhang, No. 3 abgedruckt.

2] *an den britischen Botschafter:* An Lord Inverchapel, P. P. 17. 8. 46, Reg. III, 46/298, ein Brief zum öffentlichen Gebrauch in Sachen Goethezitat. (S. TB 16. 8. 46, Anm. 1). Der Text ist im Anhang, No. 4, abgedruckt.

3] *an O. M. Graf:* an Oskar Maria Graf, P. P. 7. 8. 46, Reg. III, 46/297.

4] *O. M. Graf:* Der bayerische Romancier Oskar Maria Graf (1894–1967), 1918 zur revolutionären Gruppe um Kurt Eisner gehörig, emigrierte 1933 nach Wien, 1934 nach Brünn und 1938 nach New York, wo er sich am Aufbau des Verbandes deutschsprachiger Autoren, der German-American Writers Association, beteiligte, als deren Präsident er zwischen 1938 und 40 für die Belange und die Rettung von Schriftstellerkollegen wirkte.

5] *»Pagliacci«:* Die Musik zur Pantomime im 2. Akt von Ruggiero Leoncavallos (1858–1919) Oper ›Der Bajazzo‹.

18. 8. 46

1] *Kürzungen:* Im Fitelberg-Kapitel sind bei einem Vergleich des Ma- *31*
nuskripts mit GW VI nur geringfügige Änderungen erkennbar. Lediglich am Ende des Ms-Blattes 692 sind die letzten 4 Zeilen gestrichen. Da die Kürzung mitten im Wort abbricht, ist anzunehmen, daß die Korrektur ursprünglich seitenübergreifend war und das Ms-Blatt 693 neu geschrieben wurde. Der gestrichene Text – zu denken nach GW VI, 535, Z. 17: ». . . wo der musikalische Ruhm in vier Salons gemacht wird.« – lautet: ». . . exklusiven Salons, aber weit offen dem Genie. Sehen Sie, in die vornehme Pariser Gesellschaft einzudringen, ist sehr schwer, man muß dazu schon der Fürst von Monaco sein oder Lord Bernes. Aber für einen Künstler ist nichts leichter als das, gesetzt er wäre berühmt oder auch nur vielbe-. . .«.

2] *die kompositionelle Problematik von IX:* S. TB 20. 8. 46, Anm. 2.

3] *an Dr. Born:* Der Brief gilt als verschollen. S. Reg. IV, 579. Über den Inhalt gibt TB 23. 8. 46 Auskunft.

4] *Dr. Born:* Der Maler und Graphiker Wolfgang Born (1893–1949), den TM aus der gemeinsamen Münchener Zeit gut kannte (vgl. TB 1918–1921) und für dessen ›Tod in Venedig‹-Lithographienfolge er 1921 sein *Vorwort zu einer Bildermappe* (GW XI, 582–584) schrieb. Born lehrte als Kunsthistoriker in Wien und emigrierte 1938 in die USA, wo er zuletzt am City College in New York unterrichtete.

19. 8. 46

31 1] *Verzweifeltes Gebahren der Juden:* Am 12. August hatte Großbritannien einen Einwanderungsstop für Palästina erlassen und begonnen, illegale Einwanderer mit Gewalt nach Zypern zu deportieren, um sie dort zu internieren. Daraufhin war es in den Immigration-Camps zu schweren Aufständen gekommen, in deren Verlauf Guerrillas versucht hatten, ein für den Transport von Einwanderern bereitgestelltes Schiff zu zerstören.

2] *Kürzungen:* In den Kapiteln IX und X; s. TB 20. 8. 46, Anm. 2.

20. 8. 46

31 1] *Klaus Pringsheim und Sohn:* Der Komponist, Dirigent und Musikpädagoge Klaus Pringsheim (1883–1972). Der Zwillingsbruder von Katia Mann, ein Schüler Gustav Mahlers, war musikalischer Leiter der Reinhardt-Bühnen in Berlin gewesen, ehe er 1931 als Lehrer und Dirigent an das kaiserliche Konservatorium nach Tokio berufen wurde. 1937 verlor er aus politischen Gründen seine Stellung in Japan und hatte seither mit großen Schwierigkeiten zu kämpfen. Jetzt, 1946, hoffte der Dreiundsechzigjährige auf die Möglichkeit, in den USA – nicht zuletzt durch die Verbindungen seines Schwagers TM – eine neue Karriere als Dirigent oder Musikpädagoge beginnen zu können. TM, mit den Chancen im Lande und seinen eigenen Möglichkeiten zu helfen besser vertraut, stand diesen Hoffnungen skeptisch gegenüber – mit Recht, wie sich erweisen sollte. – Klaus Pringsheims Sohn Klaus Hubert (geb. 1923) ist heute Professor emeritus der McMaster University in Hamilton, Ontario, Canada.

2] *Kürzungen in IX und X:* Das Typoskript weist in Kap. IX zwei große Änderungen auf: 1. Zwischen GW VI, 100, Z. 16: ». . . als Allotria verpönt haben würde,« und 101, Z. 34: »sondern ihn als subjektiv-willkürlich verachten« stand ursprünglich ein anderer Text von 26 Zeilen, der im Anhang, No. 5 abgedruckt ist. Auch das Manuskript

(Bl. 122/123) zeigt an dieser Stelle viele Korrekturen. – Die zweite große Änderung betrifft GW VI, 105, wo anstelle der jetzigen 20 Zeilen zwischen Z. 4: ». . . das stimmenmäßige Prinzip« und Z. 24: »Daß er durch so vieles Hören . . .« ursprünglich 5 Typoskriptseiten standen. Auch sie sind, zusammen mit den Änderungen, die GW VI, 106, Z. 1–25 betreffen, als fortlaufender Text (Typoskript Seiten 145–151 nebst Beiblättern) im Anhang No. 6 wiedergegeben. – Im X. Kapitel ist im Manuskript, Blatt 141, lediglich eine leichte Korrektur erkennbar. Der letzte Absatz von GW VI, 112 begann ursprünglich etwas anders: »Ein gut Kaisersascherner Kind bist Du! sagte Adrian lachend, als ich ihm von meiner Vision erzählte. Ich fand, daß sie mir die Möglichkeit böte, ihm meine Einsicht in die psychologischen Hintergründe seines Entschlusses ohne Aufdringlichkeit anzudeuten. Nun gab er mir eine Antwort . . .«. Blatt 142 beginnt mit dem endgültigen Text »Adrian lachte laut«. Am Ende des Blattes sind noch einmal 6 Zeilen gestrichen, die nach GW VI, 113, Z. 11: ». . . Theologie zu studieren?« zu denken sind. Sie lauten: »Wenn ich meine eigene Art, über meine Zukunft, die Richtung meiner Studien zu beschließen, mit der seinen verglich, mußte ich mir sagen, daß sie viel farbloser gewesen war, – wie es meiner bescheideneren und darum weniger charakteristischen Existenz eben zukam. Man brauchte nicht just in Kaisersaschern aufgewachsen zu sein, um sich zum Alt-Philologen und Lehrer zu bestimmen. Darin lag weiter keine bedeutende Folgerichtigkeit. Aber Adrian Leverkühn . . .« Ausgeschiedene oder stark eingestrichene Typoskriptseiten zu Kapitel X sind nicht bekannt.

3] *Walter-Artikel nach Basel:* Ein Abdruck in einer Basler Zeitung 31
oder Zeitschrift konnte nicht ermittelt werden.

4] *an den »Aufbau«:* S. TB 2. 8. 46, Anm. 3.

5] *»Ewiges England«.* ›Ewiges England. Dichtung aus sieben Jahrhunderten von Chaucer bis Eliot‹, übersetzt und hrsg. von Hans Feist, Zürich 1945. Der Band steht mit einer Widmung des Herausgebers an TM in der Zürcher Bibliothek.

6] *H. Feist:* Dr. Hans Feist (1887–1952), ursprünglich Arzt, war seit den 20er Jahren, als Klaus und Erika Mann ihn in Berlin kennenlernten, Übersetzer aus dem Englischen, Italienischen und Französischen. Nach seiner Übersiedlung nach München verkehrte er viel im Hause Mann, wo man ihn wegen seiner undeutlichen Ausdrucksweise »Nebel« nannte. Feist emigrierte bei Kriegsausbruch in die Schweiz und kehrte 1945 nach Berlin zurück, wo er 1952 während der Premiere seiner Übersetzung von Christopher Frys Drama ›Die Erstgeborenen‹ an einem Herzversagen starb. S. *Hans Feist zum Gedächtnis*, GW X, 532/533.

7] *»Bekenntnis zu Th. M.«:* Karl Siebener, ›Bekenntnis zu Thomas Mann‹, ›Literarische Blätter‹, Genf, No. v. 25. 6. 46, 1–3. Der Artikel ist in der Zürcher Bibliothek erhalten.

21. 8. 46

32 1] *Konni K.:* Konrad (genannt Konni) Katzenellenbogen (geb. 1913), ein Freund von Erika und Klaus Mann, war über die Schweiz, Holland und Frankreich 1936 in die Vereinigten Staaten gelangt, wo er 1941 TMs Sekretär wurde. Als US-Soldat, ab 1943, änderte er seinen für Amerika schwer auszusprechenden Namen in Kellen, nahm am europäischen Feldzug teil, war bis 1948 Besatzungsoffizier in Deutschland, arbeitete nach seiner Rückkehr für die Rand Corporation und lebt heute in Pacific Palisades.

2] *[an] Frey:* An Alexander Moritz Frey, P. P. 21. 8. 46, Reg. III, 46/300.

3] *[an] Seelig:* An Carl Seelig, P. P. 21. 8. 46, Reg. III, 46/302.

4] *Seelig:* Der Zürcher Schriftsteller und Journalist Carl Seelig (1894–1962), Herausgeber der Werke Robert Walsers und Albert Einsteins, mit dem TM seit seiner Zürcher Zeit in Verbindung stand.

5] *[an] Felix Neumann:* An Felix Neumann, P. P. 21. 8. 46, Reg. III, 46/301.

6] *statement:* Wohl im Auftrag der Zeitung ›Westwood Hills Press‹, in der am 23. 8. 46 auf S. 1 unter der Headline: ›Thomas Mann speaks for Freedom of American Literature‹ ein Brief TMs vom 22. 8. 46 zitiert wird: »A Novel by so literary an author as Mr. Edmund Wilson is obviously not meant for mass-consumption but for a circle of readers spiritually equipped to cope with its contents. Curiously, it is often works of artistic value that are being suppressed, whereas more popular products fit to contribute to the brutalization of the masses remain uncontested. The virtous lust for suppression constitutes a feature of world fascism which – it is to be hoped – has not yet taken sufficient roots in this country to determine the course of its intellectual life.«

7] *Wilsons [...] Roman:* Das Buch des amerikanischen Literaturkritikers und Essayisten Edmund Wilson (1895–1972), ›Memoirs of Hecate County‹, N. Y. 1946, die Geschichte (»fiction«) »about the lives of wealthy New York suburban intelligentsia«.

22. 8. 46

1] *U. S.-Ultimatum:* Am 21. 8. 46 hatten die USA bei Staatschef Tito gegen den Abschuß von zwei amerikanischen Transportmaschinen über Jugoslawien protestiert. 32

2] *Drama der folgenden Kapitel:* Der *Faustus* Kapitel XXXIX–XLII, GW VI, 553–599. Vgl. *Entstehung* Kap. XIV, GW XI, 284: »In den zwanziger Tagen des August [begann ich] mit notierenden Vorbereitungen zu dem Drama Adrian-Marie-Rudi-Ines [...] einem richtigen ›plot‹, der sogar den Eklat des Eifersuchtsmordes mit sich bringt.«

3] *beiden Kindern:* Angelica (geb. 1940) und Domenica (geb. 1944) Borgese.

4] *Klavierkonzert von Brahms mit dem »Immer leiser«:* In Johannes Brahms (1833–1897), 2. Klavierkonzert B-Dur, op. 83, nimmt das Hauptthema des 3. Satzes (Andante) die Melodie des späten Brahms-Liedes ›Immer leiser wird mein Schlummer‹, op. 105 No. 2, zunächst in einem Cello-Solo vorweg.

5] *Rachmaninow:* Der russisch-amerikanische Komponist, Pianist und Dirigent Sergej Wassiljewitsch Rachmaninow (1873–1943) lebte seit 1918 in den USA und wohnte zuletzt in Beverly Hills. Trotzdem scheint TM ihn persönlich nicht gekannt zu haben; jedoch hörte er einmal in einem von Bruno Walter in Los Angeles dirigierten Konzert seine ›Rhapsodie über ein Thema von Paganini‹, op. 43 für Klavier und Orchester. Das TB vom 12. 2. 42 vermerkt nach der Beschreibung der Veranstaltung: »Seltsame Erscheinung des Greises Rachmaninow.«

23. 8. 46

1] *das XXXVIII. Kapitel:* »... das Kapitel der Violinsonate und die Konversation bei Bullinger über sinnliche Schönheit« (*Entstehung* Kap. XIV, GW XI, 281). 32

2] *Wilde-Biographie von Pearson:* Hesketh Pearson (1887–1964), ›Life of Oscar Wilde‹, London 1946. Das Buch mit einer Widmung von Ida Herz und Anstreichungen TMs steht in der Zürcher Bibliothek. 33

3] *Plattenalbum:* Wahrscheinlich sind die im Nachlaß erhaltenen 5 Platten mit Wolf-Liedern nach Goethetexten von 1931 (HMV DB

1825–1830), gesungen von John McCormack, Herbert Janssen, Gerhard Hüsch und Friedrich Schorr gemeint.

24. 8. 46

33 1] *an [...] Rechtsanw. Unger:* An Adrian M. Unger, P. P. 27. 8. 46, Reg. III, 46/313.

2] *Unger:* Adrian M. Unger, ein Rechtsanwalt in Princeton, der TM während seiner Zeit an der Westküste verschiedentlich – wie TM glaubte: freundschaftlich – beraten hatte.

3] *vorzügliche Bilder:* Eine Kollektion mit Photos von ›Pepper-Life‹ befindet sich im TMA.

25. 8. 46

33 1] *philosophischen Aphorismen:* Th. W. Adorno, ›Minima Moralia. Reflexionen aus dem beschädigten Leben‹. Das Buch erschien 1951 bei Suhrkamp in Frankfurt. TM las, wie aus der Eintragung vom 26. 8. 46 hervorgeht, das Manuskript.

2] *Violin-Konzert von Prokofiew:* Das Violinkonzert D-Dur, op. 19 (1923) des russischen Komponisten Sergej Prokofjew (1891–1953).

26. 8. 46

34 1] *Brief von Golo:* Möglicherweise das Schreiben Frankfurt 5. 8. 46, in dem »ein wohlgemeintes Stimmchen« als ›Beilage‹ erwähnt ist.

2] *»Schweinfurter Volksstimme«:* Franz Stegmeyer, ›Thomas Manns Spätwende‹, ›Der Volkswille‹, Schweinfurt, 6. 8. 46.

3] *an Bermann:* An GBF, P. P. 27. 8. 46, Reg. III, 46/308; TM/GBF 462/463.

27. 8. 46

34 1] *An Kahler:* Der Brief gilt als verschollen. S. Reg. IV, 579.

2] *Kahler:* Der in Prag geborene Historiker, Soziologe und Kulturphilosoph Erich von Kahler (1885–1970). TM kannte Kahler seit 1919, aber erst in der Emigration, zunächst in der Schweiz und später in Princeton, wohin Kahler 1938 emigriert war, entwickelte sich zwischen beiden Freundschaft. Ihre Korrespondenz ist zum großen Teil erhalten und publiziert: ›An exceptional Friendship. The Correspondence of Thomas Mann and Erich Kahler‹, Cornell Univ. Press 1975,

Bl. TMG. 10, 1970. Kahler hat verschiedentlich über TM geschrieben und ihm 1969 ein eigenes Buch, ›The Orbit of Thomas Mann‹, gewidmet. S. auch *Erich von Kahler* (1945), GW X, 502–506.

3] *[An] Landshoff:* Der Brief ist verschollen. S. Reg. IV, 579. *34*

4] *[An] die Puppenspenderin:* Der Brief gilt als verschollen. S. Reg. IV, 579. Zur Sache s. TB 23. 8. 46.

5] *Lohengrin-Vorspiel:* TM hat das Vorspiel zur Oper ›Lohengrin‹ (1848) von Richard Wagner zeitlebens besonders geliebt. (S. TB 1. 4. 45, Anm. 3)

6] *In »Aufbau«:* ›Herr Binding marschiert in die Zukunft‹, ›Aufbau‹, vol. XII, No. 34 vom 23. 8. 46, 5: eine Zusammenstellung von Zitaten aus Bindings Veröffentlichungen in den Jahren 1933–1936.

7] *Fall Binding:* Der Lyriker und Erzähler Rudolf G. Binding (1867–1938), ein Konservativer, der sich bemühte, bei grundsätzlicher Zustimmung zur »deutschen Revolution« die Bindungen zu Andersdenkenden und Ausgewiesenen nicht abreißen zu lassen. Binding war nach der Gleichschaltung der Sektion für Dichtkunst an der Preußischen Akademie der Künste Zweiter Vorsitzender der Abteilung geworden; gleichwohl bemühte er sich, den Kontakt zu TM aufrechtzuerhalten. Der Briefwechsel Bindings mit TM (Briefw. Aut. 5–31) zeigt die unüberbrückbare Kluft in politicis (vgl. dazu auch die TB-Eintragungen v. 29. 5., 8. 6., 13. 6. und 15. 12. 1933 und die Aufzeichnung über den Besuch Bs. am 1. 4. 35.), die Binding jedoch nicht hinderte, im Frühsommer 1935 in einem Brief an den damaligen Reichsinnenminister Frick (abgedruckt bei Klaus Schröter, ›Thomas Mann im Urteil seiner Zeit‹, Hamburg 1969, Dok. 95, 242/243) im Namen der inzwischen in ›Deutsche Akademie der Dichtung‹ umbenannten Abteilung um Erlaubnis zu bitten, TM »durch einen Glückwunsch, vielleicht auch durch Entsendung einer Abordnung, [. . .] zu ehren.« – ein Vorhaben, dem die Regierenden allerdings ihre Zustimmung verweigerten. Am 14. 8. 35 reiste Binding noch einmal über Zürich, wo er TM von dem gescheiterten Unternehmen in Kenntnis setzte. Das TB vermerkt: ». . . ins Restaurant, wo er [Binding] mich beim Café-Creme mit seinem Briefwechsel mit dem Innenminister bekannt machte. War es Ironie, Frechheit oder Torheit, der Wunsch, die Verhältnisse vor sich selbst dissimilierend zu beschönigen, wenn er zur Ehre Deutschlands eine Abordnung der Akademie beantragt hat? Ich nahm dankbar zur Kenntnis.«

8] *Briefes an Rolland:* Rudolf G. Binding, ›Antwort eines Deutschen an die Welt‹, Frankfurt/M 1933: »Ich antworte Romain Rolland und antworte damit der Welt. Romain Rolland hat, berufener als viele zu Schmerz und Anklage, in einer Auseinandersetzung über Deutschland (in der Kölnischen Zeitung) diejenigen Vorwürfe, Anklagen und auch Fragen an uns gerichtet, die die ganze Welt an uns richtet. Keine fehlt bei ihm und keine hat die Welt mehr als er. So darf zu seinen Händen die Antwort eines Deutschen gehn. Die Aufgabe ist gestellt und dadurch geadelt, daß Romain Rolland die Anklage erhebt.«

28. 8. 46

35 1] *Brief an Unger:* S. TB 24. 8. 46, Anm. 1.

2] *Maria Müller:* Die österreichische Sopranistin, vor allem Wagner-Sängerin, Maria Müller (1898–1958).

29. 8. 46

35 1] *day-off:* Freier Tag.

2] *nach Maribu:* Nach Malibu in das Haus von Hanns Eisler.

3] *Eislers:* Der Komponist Hanns Eisler (1898–1962), ein Schüler Arnold Schönbergs, kam 1935 über Paris und London in die USA, wo er bis 1942 – mit Unterbrechungen einer Reise durch Spanien und die UdSSR (1936/37) und zweier Ausweisungen (1939 und 1940) – bis 1942 als Gastprofessor für Musik an Alvin Johnsons New School for Social Research in New York lehrte. 1943 – drei Jahre nachdem er auf Intervention namhafter Vertreter des amerikanischen ›liberal establishment‹ (u. a. Eleanor Roosevelt, Alvin Johnson, Dorothy Thompson, Sumner Welles) mit einem Non-quota-Visum endgültig in die USA immigrieren konnte – übersiedelte er nach Kalifornien und lebte mit seiner Frau Louisa, geb. Gosztani, bis zur definitiven Ausweisung 1947 in Malibu, unweit von TM.

4] *an die Lowe:* An Helen Lowe-Porter, P. P. 29. 8. 46, Reg. III, 46/314.

30. 8. 46

35 1] *»Sieg«:* Joseph Conrads Roman ›Victory‹ (1915) steht in der Übersetzung von E. McCalman, S. Fischer, Berlin 1927, in der Zürcher Bibliothek.

2] *an E. Lind:* Der Brief an den Wiener Literaturkritiker Emil Lind

(1890–1966) konnte noch nicht nachgewiesen werden. S. Reg. IV, 579. Lind, den TM aus Wien persönlich kannte, hatte ihm im März 1946 Grüße und ein Gedicht-Zyklus-Manuskript zugesandt.

31. 8. 46

1] *(Gleichgeschl. Liebe):* Die später – vgl. TB 21. 12. 46, Text und 35
Anm. 3 – gestrichenen Manuskriptblätter 711–715.

2] *an Dr. Hirschfeld:* Der Brief gilt als verschollen. S. Reg. IV, 579.

3] *Dr. Hirschfeld:* Der Rundfunkjournalist, Dramaturg und Regisseur Kurt Hirschfeld (1902–1964) emigrierte 1933 in die Schweiz und wurde unter Ferdinand Rieser Dramaturg am Zürcher Schauspielhaus. Als Regisseur und Dramaturg, ab 1961 als Direktor, blieb er dem Hause treu, an dessen Bemühungen um das deutsche exilierte Bühnenschaffen und emigrierte Schauspieler er großen Anteil hatte.

4] *[an] »Das liter. Forum« (New York):* Der Brief gilt als verschollen; s. Reg. IV, 579. Die Empfänger-Institution war nicht zu ermitteln.

5] *Verdi's ›Requiem‹:* Giuseppe Verdi, ›Messa da Requiem‹ für vier Solostimmen, Chor und Orchester (1873/74).

1. 9. 46

1] *hoffende Befürchtung:* Der japanische Überfall auf den U. S.-Flot- 36
tenstützpunkt Pearl Harbour am 7. 12. 1941 hatte den Anlaß für die Kriegserklärung der USA an Japan gegeben.

2] *zum Bericht:* Über den Verlauf der Pariser Friedenskonferenz.

3] *Schlußworte:* Von den 21 in Nürnberg vor Gericht stehenden ehemaligen NS-Politikern erklärten sich 20 in ihren Schlußworten für »nicht schuldig«. Nur der einstige Gouverneur für das sogenannte ›Generalgouvernement Polen‹, Hans Frank, bekannte seine Schuld.

4] *Heß:* Der als Hauptkriegsverbrecher angeklagte NS-Politiker und ›Stellvertreter des Führers‹, Rudolf Heß (1894–1987), erregte 1941 durch seinen angeblich der Friedensvermittlung zwischen England und Deutschland dienenden Flug nach Schottland großes Aufsehen. Er wurde interniert und 1946 in Nürnberg zu lebenslänglichem Gefängnis verurteilt.

5] *Göring:* Der ›Reichsmarschall‹ des Deutschen Reiches, Hermann Göring (1893–1946), im Ersten Weltkrieg Fliegeroffizier, 1932 Reichstagspräsident, 1933 Ministerpräsident von Preußen, 1935

Oberbefehlshaber der Luftwaffe, wurde im Nürnberger Kriegsverbrecherprozeß zum Tode verurteilt und nahm sich vor der Hinrichtung das Leben durch Gift.

6] *Die Ironie des Mediums:* S. den unter dem 21. 12. 46 vermerkten und im Anhang wiedergegebenen ausgeschiedenen Bericht Zeitbloms über das Verhältnis Adrian/Rudi: »Ich spreche andauernd als gebildeter Mann, der sich im Rahmen seiner biographischen Aufgabe mit Ernst und Würde um die Erkundung der recht eigentlich unergründlichen Erscheinung bemüht, die mein verewigter Freund mir einmal als eine erstaunliche Alterierung des Verhältnisses von Ich und Nicht-Ich gekennzeichnet hatte. Die Liebe also, bei der es nicht ohne Sinnlichkeit, der Sinnlichkeit, bei der es nie ohne jenes Wunder, nie ohne die Liebe abgeht.«

7] *an Mrs. Meyer:* Der Brief ist verschollen. S. Reg. IV, 579.

8] *Erzählung des Siegfried:* Im 2. Aufzug, zweite Szene von Richard Wagners Oper ›Siegfried‹ (1871).

2. 9. 46

36 1] *an die Herz:* an Ida Herz, P. P. 2. 9. 46, Reg. III, 46/317.

2] *die Herz:* Die Nürnberger Buchhändlerin Ida Herz (1894–1984), eine frühe Bewunderin der Werke TMs, lernte TM 1925 kennen und ordnete seine Münchener Bibliothek. Seither stand sie in regelmäßiger Verbindung mit dem Hause Mann. Sie war eine gewissenhafte Sammlerin aller TM betreffenden Schriftstücke, und TM selbst fügte im Laufe der Zeit ihrer auch Kuriosa umfassenden Kollektion viele Zeitungsausschnitte und Manuskriptabschriften hinzu. Ida Herz emigrierte 1936 in die Schweiz und von dort nach London. Sie konnte ihre Sammlung retten und übergab sie später, zusammen mit ihrem sehr umfangreichen und größtenteils noch unpublizierten Briefwechsel mit TM dem Zürcher Archiv.

4. 9. 46

37 1] *Enzyklopädie:* Wilhelm Herzog, ›Kritische Enzyklopädie. Hervorragende Menschen aller Zeiten und Völker‹. S. dazu ›Menschen, denen ich begegnete‹, a.a.O. 7.

2] *ganz der Atom-Bombe [...] gewidmet:* Der ›New Yorker‹ vom 31. 8. 1946 druckte auf den Seiten 15–60 den ›Hiroshima-Report‹ von John Hersey mit folgendem redaktionellen Vorspann: »To our readers. The New Yorker this week devotes its entire editorial space to an article on the almost complete obliteration of a city by one atomic bomb, and what happened to the people of that city. It does so in the conviction that few of us have yet comprehended the all but incredible destructive power of this weapon, and that everyone might well take time to consider the terrible implication of its use.«

3] *Mara Pr.:* Die zweite Frau von Katia Manns älterem Bruder, dem Musikologen Heinz Pringsheim (1882–1974), Mara, geb. Duvé, lebte mit ihrem Mann während des Krieges in Icking/Obb., später in München.

5. 9. 46

1] *an die alte Frau Fischer:* An Hedwig Fischer, P. P. o. D., Reg. III, 46/320; Br. II, 499/500. 37

2] *Frau Fischer:* Hedwig Fischer, geb. Landshoff (1871–1952), die Witwe von TMs Verleger Samuel Fischer (1859–1934).

3] *Der italienische Industrielle Giannini:* Nichts Näheres ermittelt.

4] *Trostbrief an Lesser:* An Jonas Lesser, P. P. 5. 9. 46, Reg. III, 46/319. »Trostbrief«, weil TM den 1938 nach London emigrierten österreichischen Philologen und Schriftsteller Jonas Lesser (1896–1968), der für sein Buch ›Thomas Mann in der Epoche seiner Vollendung‹ keinen Verleger fand, tröstet, er könne mit der Publikation ruhig bis zum 75. Geburtstag oder, notfalls, dem Todestag seines »Gegenstandes« warten, denn Lessers Kommentar werde »schwerlich seinesgleichen finden«.

5] *Quartett von Bartok:* Um welches der 6 Streichquartette des im Vorjahr in New York verstorbenen ungarischen Komponisten Béla Bartók (geb. 1881) es sich handelt, ist nicht mehr festzustellen.

6. 9. 46

1] *Kürzungen [. . .] (Brentano-Lieder):* Die im Typoskript noch vorhandenen, für die Druckfassung dann aber ausgeschiedenen Passagen des XXI. *Faustus*-Kapitels (GW VI, 229–246) sind im TB 44–46, 807–810 abgedruckt; einige bereits im Manuskript getilgte Absätze sind im Anhang No. 7 wiedergegeben. 37

2] *Fiedler sendet versch. Artikel über meine Bücher:* Vgl. TMs Dank an Kuno Fiedler, P. P. 11. 9. 46, Reg. III, 46/329. Die Besprechungen waren nicht mehr zu ermitteln.

3] *ihr Buchwerk:* Wie Frau Elisabeth Borgese am 1. 5. 85 in einem Schreiben an Anita Naef mitteilte, las sie damals aus dem 1963 in New York unter dem Titel ›Ascent of Women‹ veröffentlichten Werk, an dem sie seit ihrer Jugend arbeitete.

38 4] *Kahler in Dingen einer Friedensorganisation ...:* In seinem Brief, Princeton, 2. 9. 46, hatte Erich von Kahler TM von der Initiative eines gemeinsamen Freundes, Paul Frankl, erzählt, »der seit Jahren seine mittelalterlichen Glasfenster links liegen läßt, weil er besessen ist von der Idee einer Weltpartei des Friedens, der Völker gegen die Regierungen, einer ›peoples Union‹ in allen Ländern, die den Frieden und die Cooperation von ihren respectiven Regierungen erzwingen soll. Vor zwei Jahren hat er hier eine Urzelle dieser ›Internationale‹ begründet [...] Wiewohl ihm ein paar treffliche Leute geholfen haben [...], tut er sich hier begreiflicherweise schwer. Immerhin hat er die Gründung einer ganz ansehnlichen Gruppe in New York und auch in Chicago durchgesetzt. [...] Er wünscht sich nun ganz besonders, daß Sie seiner Gruppe beitreten, ihr durch die Autorität Ihres Namens helfen. [...]« (Im TMA).

5] *[in Dingen] der »Deutschen Blätter«:* Erich von Kahler war aus Mexiko gebeten worden, er möge TM veranlassen, einen ehemaligen, jetzt zu den »begüterten und altansässigen Auslandsdeutschen« in Mexiko gehörenden Klassenkameraden um eine größere Spende für die 1943 gegründete, von finanziellem Ruin bedrohte Zeitschrift ›Deutsche Blätter‹ in Santiago de Chile zu bitten.

38 6] *über Broch von Reisiger:* In einem langen PS ›kopierte‹ Kahler in seinem Schreiben v. 2. 9. 46 einen Passus aus einem Brief von Reisiger an Broch vom 23. 6. 46: »An Th. M. habe ich schon zweimal geschrieben [...] auch einmal an Golo M. via Stuttgarter Sender. Habe aber bisher keine Antwort. Vielleicht denkt er auch von *mir*, ich sei aus schierer Lust in Deutschland verblieben nach 38!! Aber *das* kann ich mir *doch* eigentlich nicht gut denken. Ich will auf alle Fälle noch mal schreiben. Ich hatte die beiden ersten kleinen Briefe noch nach Princeton adressiert (1945). Vielleicht haben sie ihn also gar nicht erreicht.« Kahler fügte hinzu: »Er [Reisiger] schreibt, daß er im Mai 38, nach seiner Enthaftung, ein Kabel von der Berkeley Universität erhalten hat, (vermutlich durch Ihre Intervention), daß ihn aber das am. Konsulat wegen Mangels einer zweijährigen Lehrtätigkeit in Deutschland das Visum nicht gegeben hat. Dadurch *konnte* er nicht weg. Das klingt

plausibel. Seine Adresse [...] Wenn er wüßte daß er im Faust portraitiert ist, wie würde er sich freuen!«

7] *Pfitzner an Walter:* In einem Brief aus München vom 6. 7. 46 hatte Hans Pfitzner auf Bruno Walters Fragen nach alten Freunden u. a. geantwortet: »Cossmann ist längst tot. Aber *nicht* etwa auf gewaltsame oder gar auf schreckliche Weise umgekommen, sondern an einer Krankheit im Krankenhause von Theresienstadt, unter guter ärztlicher Behandlung. Sollte Dir etwas anderes zu Ohren kommen, so glaube nur: es wird sehr viel phantasiert, und so viel Greuelmärchen erzählt wie im ersten und nach dem ersten Weltkrieg auch. Cossmann ist ja – das weißt Du doch? – *katholisch* geworden, und ich fand ihn, als ich ihn zuletzt sah, reichlich bigott; jedenfalls war der einstige philosophisch und wissenschaftlich gebildete Mann und Gelehrte nicht wiederzuerkennen; noch später soll er *nur* noch gebetet haben.« (Hans Pfitzner, ›Reden, Schriften, Briefe‹, hrsg. von Walter Abendroth, Neuwied 1955) 38

8] *Pfitzner:* Der Komponist Hans Pfitzner (1869–1949), dessen Oper ›Palestrina‹ bei der Münchener Uraufführung durch Bruno Walter, 1917, TM so sehr beeindruckte, daß er ihr in seinen *Betrachtungen* einen ganzen Abschnitt widmete (GW XII, 406–414, 416–426). Pfitzner, der TM als »nationaler Künstler« und »antidemokratischer Nationalist« (GW XII, 425) faszinierte, gehörte 1933 zu den Unterzeichnern des ›Protestes der Wagnerstadt München‹. Darüber hinaus publizierte er in der ›Frankfurter Zeitung‹ vom 1. 7. 1933 eine Entgegnung auf TMs *Erwiderung auf den ›Protest der Richard-Wagner-Stadt München‹* (GW XIII, 76/77). (Vgl. hierzu TB 3. 7. 1933).

9] *Cossmann:* Der Publizist Paul Nikolaus Cossmann (1869–1942) war von 1904–1933 Herausgeber der von ihm mitbegründeten ›Süddeutschen Monatshefte‹, in denen auch Beiträge von TM erschienen, und seit 1921 verantwortlich für den politischen Teil der ›Münchner Neuesten Nachrichten‹. Cossmann, der 1905 vom jüdischen zum katholischen Glauben konvertierte, trat schon früh für Hans Pfitzner ein. Seine bereits vor 1918 öffentlich geäußerten extrem nationalistischen Thesen hatten in der Weimarer Republik verschiedene Prozesse zur Folge. Mit TM führte er nach dem Erscheinen der gegenüber der ersten Edition in gewissen Kapiteln gekürzten Neuausgabe der *Betrachtungen*, 1922, eine Kontroverse, die in den ›Süddeutschen Monatsheften‹, 25. Jg. 1927/28, 838–844, unter dem Titel ›Ein Racheakt‹

dokumentiert ist. Wegen seiner Gegnerschaft zu Hitler wurde Cossmann 1933/34 verhaftet und 1938 als Jude in ein Lager bei München, 1942 nach Theresienstadt verschleppt. Dort ermordete man ihn am 19. 10. 42.

10] *Anakreons Grab und Rattenfänger:* In seiner Wolf-Goethe-Liedersammlung (s. TB 23. 8. 46, Anm. 3) besaß TM das Lied ›Anakreons Grab‹, gesungen von Herbert Janssen, und den ›Rattenfänger‹, gesungen von Gerhard Hüsch, beide Sänger begleitet von Coenrad van Bos in einer Electrola-Aufnahme von 1931.

7. 9. 46

38 1] *Rede des Byrnes in Stuttgart:* In einer Rede am 6. 9. 46 in der Württembergischen Staatsoper verkündigte der US-Außenminister den Entschluß seiner Regierung, den Aufbau eines nicht-kommunistischen Westeuropa zu unterstützen und militärisch zu schützen.

2] *In Paris Grabesstimmung:* Auf der Pariser Friedenskonferenz (29. 7. – 15. 10. 1946) waren die unterschiedlichen Interessen der Alliierten bei der Neuordnung Europas und der Lösung der deutschen Frage immer deutlicher hervorgetreten. Pläne zur Vereinigung der britischen und amerikanischen Zone auf der einen, Konsolidierung des sowjetischen Einflußbereichs jenseits der Elbe auf der anderen Seite ließen eine endgültige Teilung Deutschlands und Europas immer wahrscheinlicher werden.

3] *das XXXIX. Kapitel:* Das Kapitel, »das, anfangs in Zürich spielend, Marie Godeau in den nun immer romanhafter, das heißt dramatischer werdenden Roman einführt«. (*Entstehung* Kap. XIV, GW XI, 282).

4] *Vertrag über den Magic-Mountain-Film:* S. TB 19. 6. 46, Anm. 1 und TM an A. E. Meyer, P. P. 28. 9. 46, Reg. III, 46/346: »Ich habe Geld verdient und eine Anzahlung von 12 000 Dollar bekommen für einen Magic Mountain-Film, den Alexander Korda in London drehen will. Das ist etwas distinguierter, als Hollywood, – soweit da von Distinktion die Rede sein kann!« Zum *Zauberberg*-Filmprojekt vgl. auch TB 24. 2. und 6. 4. 48.

5] *»Der Verdammte der Inseln«:* Joseph Conrads zweiter Roman steht in der Übersetzung von E. McCalman, S. Fischer, Berlin 1934, in der Zürcher Bibliothek.

6] *Beschluß die Brentano-Lieder [...] zu kürzen:* S. TB 6. 9. 46, Anm. 1.

7] *Walter-Festabend:* Vgl. auch *Entstehung* Kap. XIV, GW XI, 282/283.

8. 9. 46

1] *Blätter beseitigt:* Aus seitenübergreifenden Korrekturen ist zu ersehen, daß TM nach größeren Änderungen die Manuskriptseiten neu schrieb – gelegentlich auch dann, wenn die Verbesserungen an Hand des Typoskripts vorgenommen wurden. 38

2] *an O. Wendt:* Der Brief gilt als verschollen. S. Reg. IV, 579. Zur Sache vgl. Reg. III, 46/432 und TB 25. 1. 48.

3] *O. Wendt:* TMs ehemaliger Klassenkamerad, der Studienrat Oskar Wendt. »In Quarta war er mein Vorzugs-Mitschüler, phantasievoll, nett und albern, obgleich Primus. Durch das ganze Gymnasium blieb er ein Musterschüler. Als ich viel später einmal Gelegenheit hatte, ihn zu fragen, warum ich denn gerade über ihn nie wieder etwas gehört hätte, schrieb er: ›Das kommt wohl nur daher, daß Du nicht in akademischen Kreisen verkehrst.‹« (An Viktor Mann, P. P. 3. 7. 48, Reg. III 48/358; Br. III, 36/37.)

9. 9. 46

1] *Die soziale Krise:* Streiks in allen Transportsystemen zu Lande und zu Wasser drohten die gesamte Versorgung der USA lahmzulegen. 39

2] *Heirat:* Die offizielle Verlobung der britischen Kronprinzessin Elizabeth mit Prinz Philip Mountbatten. Die Hochzeit fand erst am 20. 11. 47 statt.

3] *entläßt die Koburger:* In einem Volksentscheid am 8. 9. 46 sprachen sich die Bulgaren gegen die Restituierung der Monarchie und für die Schaffung einer Republik aus. Der erst neunjährige, dem Haus Sachsen-Coburg-Gotha entstammende König Simeon II. verließ mit seiner Familie das Land.

4] *Problem des Romans [. . .] und des Vorworts:* Bohuš Beneš' Roman ›God's Village‹ erschien 1947 in London mit einem Vorwort von TM, das mit dem TB 15. 8. 46, Anm. 1 erwähnten Brief an Beneš, P. P. 22. 9. 46, Reg. III, 46/341 identisch ist.

5] *Admission Day:* Jahrestag der Aufnahme Kaliforniens in die Union als 31. Staat am 9. 9. 1850.

10. 9. 46

39 1] *Möglichkeit des geheimnisvollen Verschleierns:* Des Verhältnisses von Adrian und Rudi im XXXVIII. Kapitel. Vgl. hierzu TB 1. 9. und 21. 12. 46.

2] *Zeitbloms Abhandlung:* Über das homoerotische Verhältnis. S. TB 1. 9. 46, Text und Anm. 6.

3] *Dostojewsky-Aufsatz:* TMs Essay *Dostojewski – mit Maßen* war in der ›Neuen Rundschau‹, Jg. 56/57, H. 4, Juli 1946, 425–440, erschienen.

4] *im New Yorker:* Rebecca West, ›Extraordinary Exile‹, ›The New Yorker‹, 7. 9. 1946, 34–47: »They [gemeint sind die Angeklagten] really do look what they are, even as Belisarius sitting by his beggar's cup or Napoleon brooding on St. Helena. [. . .] So completely obscure are their personalities that it is hard to keep in mind which is which, even after one has sat and looked at them for days . . .«

5] *Rebecca West:* Die anglo-irische Schriftstellerin Cecily Isabel Andrews, geb. Fairfield (1892–1983), hatte unter ihrem Künstlernamen Rebecca West an dem Band ›The Ten Commandments‹ (s. TB 13. 1. 44, Anm. 7) mitgearbeitet.

11. 9. 46

40 1] *Rundschau Aufsatz:* Eugen Kogon (1903–1987), ›Das deutsche Volk und die Konzentrationslager‹, [Schlußkapitel aus Kogons Buch ›Der SS-Staat‹]. Mit einem Vorwort von Klaus Dohrn, ›Die Neue Rundschau‹, Jg. 56/57, H. 4, Juli 1946, 383–400.

2] *Portrait Mariens:* Der Marie Godeau im XXXIX. *Faustus*-Kapitel, GW VI, 555/556.

3] *europ. Hilfsaktion des »Aufbau«:* Für die vom ›Aufbau‹ initiierte »Hilfsaktion zugunsten der in Deutschland und Österreich überlebenden Juden« hatte TM einen *Brief an die Leser des ›Aufbau‹* verfaßt, der am 29. 11. 46 (vol. XII, No. 48, 21) erschien. Der Text (nachgewiesen in Reg. IV, N 46/8) ist im Anhang No. 8 abgedruckt.

4] *an Fiedler:* An Kuno Fiedler, P. P. 11. 9. 46, Reg. III, 46/329.

5] *[an] die Jacobson:* Die Karte an Anna Jacobson gilt als verschollen. S. Reg. IV, 579.

6] *Musiker:* Der Name fehlt in der Handschrift.

7] *Briefe Rilke's:* ›Aus Briefen Rainer Maria Rilkes an Hedwig und

Samuel Fischer‹, ›Die Neue Rundschau‹, Jg. 56/57, H. 4, Juli 1946, 400–425.

8] *Aufnahmen des »Rosenkavalier«:* Die in TMs Plattensammlung befindliche Aufnahme einer Kurzfassung von 1934: Lotte Lehmann, Richard Mayr, Maria Olszewska, Victor Madin, Elisabeth Schumann, Bella Paalen mit den Wiener Philharmonikern unter Robert Heger.

12. 9. 46

1] *M. M.-Film:* Magic Mountain-Film, s. TB 7. 9. 46, Anm. 4. *40*

2] *wegen Reisiger:* An Erich von Kahler, P. P. 10. 9. 46, Reg. III, 46/324. Der handschriftliche, Reisiger betreffende Nachtrag lautet: »Reisigern bitte ich wissen zu lassen, daß nie ein Brief von ihm mich erreicht hat. Die Adresse in Princeton ist keine Erklärung dafür, da ich viel Post von dort nachgeschickt bekomme. Übrigens hätte Schildknapp seinen Freunden auch einmal schreiben können, wenn er während der Nazi-Jahre gelegentlich im Ausland war, z. B. in Holland. ›Zum Vergnügen‹ ist er gewiß nicht in Deutschland geblieben, aber aus Bequemlichkeit und weil er ›gottlob nun einmal kein Jude‹ war, weil er an die Dauer des Regimes glaubte, besser unter ihm zu leben gedachte und auch wohl gelebt hat und nicht sich selbst und seinesgleichen, sondern uns für verlorene, schiefgewickelte Leute hielt. Ich hatte ihm eine Lehrstelle in Berkeley verschafft und sein Gehalt sicher gestellt. Auf das Telegramm des Dean antwortete er: ›Very honored, but difficulties. Letter follows.‹ Der Brief ist nie gefolgt, und die Schwierigkeiten sind nie deutlich definiert worden! Ich zweifle nicht, daß wir sie damals hätten überwinden können, – wenn sie in etwas anderem als in seiner Trägheit und Treulosigkeit bestanden.«

13. 9. 46

1] *beim Dr. [Stout]:* Der Name fehlt in der Handschrift. Vgl. jedoch TB 20. 9. 46. *40*

2] *Will Roggers:* Der Jurist und republikanische Politiker William Pierce Rogers (geb. 1913) war von 1957–61 Justiz-, von 1968–73 Außenminister der USA.

3] *Klemperer […] mit Tochter:* s. TB 14. 1. 47, Anm. 2.

4] *Brief von Reisiger:* Stuttgart, 6. 8. 46; im TMA.

14. 9. 46

41 1] *[an] Knopf:* P. P. 16. 9. 46; im Archiv des Verlags Alfred A. Knopf, New York. Der Brief enthält die Absage auf den TM von Knopf übermittelten Vorschlag von GBF, er möge die Hiroshima-Reportage des amerikanischen Journalisten und Schriftstellers John Hersey (geb. 1914), (s. TB 4. 9. 46, Text und Anm. 2) ins Deutsche übersetzen.
2] *[an] Bermann:* An GBF, P. P. 18. 9. 46, Reg. III, 46/334; TM/GBF 465. »Ich kann mich aber aus dem Grunde durchaus nicht dazu [zu einer Übertragung des Hersey-Reports] entschließen, weil ich nicht das leiseste Interesse daran habe, daß die Deutschen dieses Stück amerikanischer Selbstkritik lesen, dessen moralischer Wert für Amerika selbst unbestreitbar ist. Die Deutschen haben ohnehin nichts Besseres zu tun, als sich über die [...] Fehler [...] der übrigen Welt zu freuen, und ich sehe nicht ein, warum man ihnen neuen Stoff dazu bieten soll indem man ihnen die ausführliche Beschreibung einer amerikanischen Kriegshandlung zugänglich macht, in der viele moralisch empfindliche Leute ein nicht zu entschuldigendes Verbrechen sehen.«
3] *Hershey:* John Hersey; s. Anm. 1.
4] *Verleugnung der Wallace-Rede:* In einer internationales Aufsehen erregenden, wohl als Antwort auf Byrnes' Stuttgarter Ausführungen gedachten Rede vom 12. 9. 46 warnte der US-Handelsminister Henry Agard Wallace (1888–1965), einer der letzten Roosevelt-Leute in Trumans Kabinett, vor einer Politik der offenen Konfrontation mit der UdSSR, durch die die USA die Gefahr eines Krieges heraufbeschwören würden. – Der Präsident selbst stellte die Sache in seinen Memoiren so dar, daß Wallace ihn zwar über seine Absicht, eine Rede zu halten, informiert habe, nicht aber über den Inhalt. Als Wallace dann noch einen im Juli 46 an Truman gerichteten Brief veröffentlichte, in dem er bereits ähnliche Thesen wie in seiner Rede vertreten hatte, distanzierte sich Truman von den Äußerungen seines Handelsministers und ließ die Presse wissen, die Außenpolitik der USA werde, der Erklärungen Wallaces ungeachtet, auf der bisherigen Linie unverändert fortgeführt.
5] *Bild des Byrnes:* ›Time‹, vol. XLVIII, No. 12 v. 16. 9. 46, 21, als Illustration zu einem kritischen Bericht über die Stuttgarter Rede: »Tired looking and jaunty as ever, he read in a slow, clear voice which even Germans with an imperfect command of his tongue could understand. Despite the language of diplomacy, Russians would also under-

stand. The U. S. had moved from the Paris Peace Conference, its stale yammering, its endless skirmishes around the periphery of political war, into Germany. Byrnes's journey to Stuttgart was a move into the heartland. Germany, in the end, would be the great strategic battlefield. There the U. S. now stood, inviting Germans to stand on Western democracy's side.«

6] *Brief von Paul Eisner:* o.O. [Prag], 9. 6. 46; im TMA. Eisner teilte TM mit, daß er eine Unterredung mit Ivan Olbracht, dem tschechischen Übersetzer von Joseph I–III., gehabt habe: »Er ist heute stark politisch engagiert, u. zw[ar] gerade in jenem Lager, das dem ›tendenzfreien‹ reinen Geist (welches eine contradictio in adjecto!) den Kampf angesagt hat. Olbracht konnte sich nicht fassen vor Bewunderung für Sie und Ihre Bücher, vor Dankbarkeit für das von Ihnen Empfangene und innerlich Verwertete; sprach mir von Kommunisten, die genauso denken und fühlen – Ihnen gegenüber –, erzählte, wie ihm aus den Büchern eines der weitaus besten Tschechen von heute, Vladimir Noff, ganze Seiten entgegenspringen, die ohne Sie niemals hätten geboren werden können; versicherte, Ihr Einfluß in Böhmen sei ebenso gewaltig wie wohltätig. Meine Freude war groß. Sie ganz zu ermessen, muß man hier leben, wo eine Art Kulturschlacht ausgetragen wird.«

15. 9. 46

1] *die Schicksale der Sternheim'schen Kinder:* Die Kinder des Dramatikers Carl Sternheim (1878–1942) und seiner Frau Thea Löwenstein geb. Bauer (1883–1971), Klaus und Dorothea, gen. Mopsa, waren Freunde von Klaus und Erika Mann. Klaus Sternheim (geb. 1908) hatte am 11. 3. 46 in Mexiko-City Selbstmord verübt, während Mopsa (geb. 1905), die als Malerin und Bühnenbildnerin in Paris lebte, 1943 wegen Teilnahme an der französischen Widerstandsbewegung verhaftet und in das KZ Ravensbrück gebracht worden war, 1954 an den Folgen von Haft und Folterung starb. 41

2] *an Kerényi:* An Karl Kerényi, P. P. 15. 9. 46, Reg. III, 46/331); Br. II, 506–508; TM/KK 140–142.

3] *Kerényi:* Der ungarische Philosoph und Religionswissenschaftler Karl Kerényi (1897–1973) übersiedelte 1943 von Ungarn in die Schweiz. TM hatte ihn in Budapest kennengelernt. Die briefliche Verbindung ist älter. Sie begann mit der Übersendung von Kerényis Aufsatz über ›Unsterblichkeit und Apollonreligion‹, den TM am 23. 1. 1934 erhielt, und dauerte, allen Kriegswirren zum Trotz, bis zum Tode TMs an.

16. 9. 46

41 1] *Konflikt Byrnes–Wallace:* Von den außenpolitischen Differenzen zwischen dem US-Handelsminister und dem Präsidenten (s. TB 14. 9. 46, Anm. 4) war selbstverständlich auch der in Paris agierende amerikanische Außenminister betroffen. Zwar versicherte Truman, daß er Byrnes bei der Verfolgung der bisherigen außenpolitischen Richtlinien vorbehaltlos decke und Wallace in seine Schranken gewiesen habe, aber er konnte damit nicht verhindern, daß Byrnes seinen Rücktritt anbot. In dieser Situation entschied sich der Präsident dafür, seinen Außenminister zu halten und Wallace gehen zu lassen.
2] *an Reisiger:* An Hans Reisiger, P. P. 16. 9. 46, Reg. III, 46/333.

17. 9. 46

42 1] *Mitteilung über Schildknapp:* In seinem Brief vom 16. 9. 46 hatte TM geschrieben: »Sie hatten, schon als initiierter England-Freund, immer zuviel Abstand vom deutschen Charakter, als daß wir uns nicht darüber verstehen sollten. Überhaupt bin ich sicher, daß zwischen uns sofort alles wie in alten Tagen wäre, wenn wir wieder zusammenkämen. Wir kennen unsere beiderseitigen Schwächen, haben aber, einschließlich der Augenfarbe, vieles gemein, besonders den Sinn für Komik, der mir immer eine Labe an Ihnen war. Ich glaube, daß ich Sie in dem deutschen Roman, der mich schon seit Abschluß des Joseph beschäftigt – er ist deutscher, als einzelne Wendungen dieses Briefes erwarten lassen sollten – richtig beschrieben habe. Sie heißen da Rüdiger Schildknapp und sind nie zu haben, wenn man Sie braucht, sonst aber reizend. –«

18. 9. 46

42 1] *außenpolitischen Brief [...] entwendet:* Es kann sich nur um das von Wallace ohne Wissen des Präsidenten am 17. 9. 46 der Presse übergebene zwölfseitige Schreiben vom 23. 7. 46 (s. TB 14. 9. 46, Anm. 4) handeln, in dem der Handelsminister die Ursachen für das gegenseitige Mißtrauen zwischen den USA und der UdSSR aufgezeigt und einen Wechsel der US-Außenpolitik gefordert hatte,

wenn ein Atomkrieg vermieden werden sollte. Das Department of Commerce gab als Rechtfertigung für die unautorisierte Publikation an, sie sei notwendig geworden, nachdem ein Journalist die Kopie aus den Akten des Ministeriums entwendet habe – eine Behauptung, die Wallace unter dem Druck der Presse am 18. 9. 46 zurücknehmen mußte.

19. 9. 46

1] *Wallace bleibt im Kabinet:* Nach einem zweieinhalbstündigen Gespräch, das am 18. 8. 46 im Weißen Haus stattfand, hatte sich Präsident Truman zunächst entschlossen, Wallace trotz des Pressewirbels um die Briefveröffentlichung im Kabinett zu halten. Wallace seinerseits versprach, er werde sich bis zum Ende der Pariser Außenministerkonferenz nicht mehr öffentlich äußern und von sich aus nicht von seinem Posten zurücktreten. Die Intervention von Byrnes machte das Abkommen zunichte, und Wallace mußte demissionieren. 42

20. 9. 1946

1] *»Pan-Europäische« Rede Churchills in Zürich:* ›The Tragedy of Europe‹, Rede in der Universität Zürich am 19. 9. 1946: »We must build a kind of United States of Europe. [. . .] The first step in the recreation of the European family must be a partnership between France and Germany.« ›Winston Churchill. His complete Speeches 1897–1963. Ed. by Robert Rhodes James, vol. VII, 1943–1949‹, New York and London 1974, 7379–7382. 42

2] *Dr. Stout:* Nichts Näheres ermittelt. Vgl. jedoch TB 13. 9. 46 sowie *Entstehung* Kap. XIV, GW XI, 285: Ich »wandte mich [. . .] um Hilfe von einem Doktor zum anderen, an amerikanische und deutsche, die alle versagten, ja, beim besten Willen geradezu Unheil anrichteten.« 43

3] *beide Ausgaben des »Grünen Heinrich«:* Innerhalb der von Jonas Fränkel und Carl Helbling 1926–1948 herausgegebenen 24bändigen Ausgabe von Gottfried Kellers ›Sämtlichen Werken‹ war die erste Fassung als Band 16–19, die zweite, »auf Grund des Nachlasses« ebenfalls von Jonas Fränkel ediert, als Band 3–6 in Zürich erschienen. Sie sind im TMA erhalten. – Zum Problem der beiden Ausgaben s. TB 28. 5. 46, Anm. 14, und TB 6. 6. 46, Anm. 3.

4] *Photograph:* Nicht ermittelt.

5] *Demission Wallace':* S. TB 19. 9. 46, Text und Anm. 1.
6] *an Dr. Beneš:* S. TB 9. 9. 46, Anm. 4.
7] *Familien-Telegramm an Wallace:* Verschollen.

21. 9. 46

43 1] *Brief von Vikko:* o. O. [wohl München], 7. 8. 46; im TMA.
2] *Abdruck [...] in der ›Süddeutschen Zeitung‹:* Die SZ hatte in ihrer No. v. 2. 8. 46 Passagen aus dem 7. Kapitel von ›Lotte in Weimar‹, GW II, 652–658 und 664/665 abgedruckt.
3] *Hitler-Stelle:* Die von Sir H. Shawcross (s. TB 16. 8. 46, Anm. 1) Goethe zugeschriebenen Worte aus *Lotte in Weimar* (GW II, 664/665), mit denen der SZ-Abdruck endet, waren zu Beginn des Krieges unter dem Titel ›Aus Goethes Gesprächen mit Riemer‹ von Hitler-Gegnern nach Deutschland geschmuggelt worden.
4] *an Bermann:* An GBF, P. P. 21. 9. 46, Reg. III, 46/340; TM/GBF 466/467: »Das [amerikanische Verlags-]Gesetz scheint wirklich zu verbieten, daß die deutsche Ausgabe, wenn sie nicht hier gedruckt wird, was klar unmöglich ist, vor der amerikanischen erscheint. Darum mutet mich Ihre Anzeige des Buches für das Frühjahr [...] recht sanguinisch an.«
5] *Salka Viertel:* Salka Viertel (1889–1978), Ehefrau des Schriftstellers, Bühnen- und Filmregisseurs Berthold Viertel (1885–1953) und Schwester des Pianisten Eduard Steuermann, war ursprünglich Schauspielerin; sie schrieb seit 1928 in Hollywood Drehbücher u. a. für die mit ihr befreundete Greta Garbo. Das gastfreie Haus von Salka Viertel in der Mabery Road in Santa Monica war eine Zuflucht für die europäischen Emigranten und ihre amerikanischen Freunde. Vgl. dazu Salka Viertels Lebenserinnerungen ›Das unbelehrbare Herz‹, Hamburg/Düsseldorf 1970.
6] *Chaplin:* Der Schauspieler Charles Chaplin (1889–1977).

22. 9. 1946

43 1] *Lubitsch:* Der deutsche Filmregisseur Ernst Lubitsch (1892–1947), ehemals Schauspieler bei Max Reinhardt in Berlin, arbeitete seit 1923 in Hollywood und hatte sich durch seine witzigen Lustspiel- und Operettenfilme, darunter ›Ninotschka‹ mit Greta Garbo, einen Namen gemacht.
2] *»Das Duell« von Conrad:* Joseph Conrads Geschichte ›The Duel‹

erschien mit dem Zwischentitel ›A Military Tale‹ in dem Erzählungsband ›A Set of Six‹ 1908 in London und als Einzeldruck im selben Jahr unter ›The Point of Honor‹.
3] *Jacky Eastman:* John Eastman jr., ursprünglich – nach der Lektüre des ›Turning Point‹ – ein Bewunderer Klaus Manns, dehnte später seine Zuneigung auch auf das Werk des Vaters aus und wurde ein leidenschaftlicher Sammler, der seine umfangreiche Kollektion 1966 der Colby Library in Waterville, Maine, vermachte.
4] *Nation-Dinner:* Das Treffen der Nation Associates im Hotel Ambassador, Los Angeles, am 21./22. 9. 46, bei dem diesmal das Thema ›The Challenge of the Post War World to the Liberal Movement‹ zur Diskussion stand, hatte traditionsgemäß seinen Höhepunkt in einem ›public dinner‹.

23. 9. 46
1] *Byrnes ernannt:* Am 22. 9. 46 berief Präsident Truman den ehema- 44
ligen (1942–1946) US-Botschafter in Moskau, William Averell Harriman (1891–1986) zum neuen Secretary of Commerce. Im Zusammenhang mit der Meldung von der überraschenden Ernennung eines engen Roosevelt-Beraters in Yalta und Casablanca wies die ›New York Times‹ auf das Streitgespräch hin, das anläßlich eines Testimonial-Dinners in New York im März 46 zwischen Wallace und Harriman stattgefunden und die grundsätzlich divergierenden Auffassungen der Debattierenden in der Bewertung des Verhältnisses USA – UdSSR offenbart habe. (NYT 23. 9. 46, 4:2)
2] *Blunck schreibt:* Mölenhoffhuus, 23. 8. 46; Blunck a.a.O. 132–135: »Somerset Maugham hat 1939 die hundert besten Novellen der Weltliteratur und für Deutschland Sie, Ihren Bruder, mich und einige andere Namen zueinander gestellt. Es war für mich die erste Wiederbegegnung mit Ihnen unter einem glücklichen Stern. Denn in der Kunst sich wieder zu treffen, ist gleich der Bewegung in Gottes Atem. Sie wird uns dem Alltag entführen und uns an alte freundschaftliche Verbundenheit erinnern. Für Ihr weiteres Werk und Ihr Leben begleiten Sie herzliche Wünsche«.
3] *Basler berichtet:* Burg/Aargau, 15. 9. 46; im TMA: »Es ist Alfred Döblin, von dem innerhalb eines Artikels in einer etwas anrüchigen schweizerischen Zeitung ein Zitat aus einem Brief an irgendwen steht. Obwohl ich annehmen muß, daß Sie davon Kenntnis haben, aber

ich nicht sicher bin, zitiere ich aus Döblins Brief: ›. . . Ihr Thomas Mann, liebe Frau Isolani, der herübersprach, daß alles, was hier erschien zwischen 33 und 45 nach ›Blut und Schande‹ riecht, weiß nichts, absolut nichts. Der Tote kann nichts wissen. Wer haßt, ist tot. (Und warum haßt er sich nicht selbst? Erschienen nicht seine eigenen Bücher noch in den ersten Nazijahren im Lande?) . . .‹. Sie sehen, lieber verratener Thomas Mann, das ist derselbe Döblin, der devot vor Ihnen erscheint als Gratulant im ›Neuen Rundschauheft‹ am 6. Juni 1945. Mit solchen Burschen bekämen Sies zu tun, wenn Sie ›heim‹ gingen!«

44 4] *Döblin:* Der Berliner Arzt und Schriftsteller Alfred Döblin (1878–1957) emigrierte 1933 über die Schweiz nach Frankreich, gelangte 1940 über Portugal in die USA, lebte von 1941–1945 in Kalifornien, kehrte 1945 nach Frankreich zurück und wirkte zunächst als französischer Kulturoffizier in Baden-Baden, wo er die Zeitschrift ›Das goldene Tor‹ (1947–1951) herausgab. TM schätzte Döblin als Schriftsteller, vor allem als den Autor von ›Berlin Alexanderplatz‹, stand ihm persönlich jedoch distanziert gegenüber. Döblin seinerseits hatte kein Verhältnis zu TM: weder zum Werk noch zur Person – eine Haltung, die sich durch die unterschiedlichen Lebensbedingungen in der Emigration, vielleicht aber auch durch Döblins wachsende Hinneigung zum Katholizismus zur völligen Entfremdung, ja zu Haß und Verachtung steigerte. Während der kalifornischen Exiljahre kam es zu einer Art von ›Angewiesenheit‹ Döblins, die äußere Solidarität demonstrierte, nach 1945, wie die Angriffe des ›Alexanderplatz‹-Autors auf TM im ›Goldenen Tor‹ zeigen, jedoch schnell wieder endete. S. *An Alfred Döblin* (1943), GW X, 489/490.

5] *I flattered the fool:* Vgl. TM an Otto Basler, P. P. 23. 9. 46, Reg. III, 46/342; Br. II S. 508/509 fragm.: »Warum aber Döblin [. . .] mich haßt und systematisch verfolgt, ist ganz unerfindlich. [. . .] Ich habe ihm nie etwas zuleide getan, bin ihm nie in die Quere gekommen, bin ihm vielmehr immer mit der größten Artigkeit begegnet, schon im Gedenken an Bulwers Wort ›The fool flatters himself, the wise man flatters the fool.‹ Aber es hat nichts genützt, er möchte mich umbringen, denn nichts anderes bedeutet es ja, wenn er sagt, ich *sei* tot.«

6] *an Bab:* Der Brief gilt als verschollen. S. Reg. IV, 579.

7] *[an] Basler:* S. Anm. 5.

8] *Rubinsteins:* Der aus Polen stammende Pianist Arthur Rubinstein

(1886–1982) lebte, wenn er nicht auf Reisen war, mit seiner Frau Aniela (Nela), geb. Mlynarsky, damals in Brentwood, nahe TM.

9] *Schumann-Brahms-Film:* Vgl. Rubinsteins Erzählung in seinen Memoiren ›Mein glückliches Leben‹ (›My many years‹), Frankfurt 1980, 668/669: »Eine Produktion, an der ich wirklich gern mitwirkte, war die Verfilmung von Robert Schumanns Leben durch MGM. Diesmal hatte ich alles zu spielen, was dann im Film von Schauspielern gemimt wurde, die Robert und Clara Schumann, Brahms und Franz Liszt darstellten ...«

10] *Toscanini:* TM hatte den italienischen Dirigenten Arturo Toscanini (1867–1957) im August 1935 in Salzburg kennengelernt, wo Toscanini noch bis 1937 bei den Festspielen dirigierte, nachdem er es abgelehnt hatte, im faschistischen Italien und im nationalsozialistischen Deutschland Konzerte zu geben. Toscanini, der kein Jude war, gab 1933, nach Hitlers Machtantritt und der Ausweisung jüdischer Kollegen, die in Bayreuth dirigiert hatten, demonstrativ die Leitung der Wagner-Festspiele auf. 1937 emigrierte er in die USA, kehrte nach 1946 jedoch besuchsweise als Gastdirigent nach Italien zurück. Hier an dieser TB-Stelle ist er, wie Strawinsky, im Zusammenhang mit dem Film erwähnt.

11] *Stravinsky:* Der russische Komponist Igor Strawinsky (1882–1971), seit 1934 französischer Staatsbürger, lebte seit Beginn der 40er Jahre in Hollywood und erwarb 1945 die amerikanische Staatsbürgerschaft.

24. 9. 46

1] *die Nation-Leute:* Im Anschluß an das Dinner im Hotel Ambassa- 44
dor. S. TB 22. 9. 46, Anm. 4.

2] *Del Vayo:* Der spanische Politiker Julio Alvarez del Vayo (1891–1976), Außenminister der republikanischen Regierung Negrin, lebte seit 1939 im Exil.

3] *Freda Kirchway:* Die amerikanische Journalistin Freda Kirchwey (1895–1976), seit 1937 Herausgeberin der liberalen Wochenschrift ›The Nation‹, stand mit TM seit ihrer gemeinsamen Tätigkeit im ›International Rescue and Relief Committee‹ in näherer Verbindung.

4] *seines Stücks:* ›Der siebente Engel‹; s. TB 9. 8. 46, Anm. 3.

25. 9. 46

44 1] *Stalin fordert die Zurückziehung:* Stalin unterstützte mit seiner Forderung eine Anklage des kommunistischen chinesischen Generals Chou-En-lai, der die USA beschuldigt hatte, das Moskauer Abkommen der »Großen Drei« zu verletzen, das einen Abzug aller fremden Truppen aus China und die Nicht-Einmischung in innere Angelegenheiten des Landes kodifiziert habe.

26. 9. 46

45 1] *Brief von der »Gnädigen Frau«:* Der Brief von Agnes E. Meyer ist nicht erhalten.

2] *Tonio Kröger, spanisch:* 1945 waren zwei spanischsprachige Übersetzungen des *Tonio Kröger* erschienen: 1. In der von Oliver Brachfeld übersetzten Sammlung: *Tonio Kröger; Anhelo de Felicidad* [Der Wille zum Glück]; *El Payaso* [Der Bajazzo], Barcelona 1945, und 2. die hier gemeinte von Anny dell'Erba: *Tonio Kröger*, Buenos Aires 1945, in der Lisaweta tatsächlich als ›Isabel‹ erscheint. Die Ausgabe ist in der Zürcher Bibliothek erhalten.

3] *nach Brasilien:* Das Schreiben gilt als verschollen. S. Reg. IV, 579.

4] *Valentins Buch:* Veit Valentin, ›The German People; Their History and Civilization from the Holy Roman Empire to the Third Reich‹, New York 1946, deutsch: ›Geschichte der Deutschen,‹ Berlin und Stuttgart 1947.

5] *Valentin:* Der deutsche Historiker Veit Valentin (1885–1947) war 1933 nach London und 1940 in die USA emigriert. TM, der lt. TB seit 1936 mit Valentin in Verbindung stand, hatte den Historiker als Autor für das Buch vorgeschlagen. Vgl. TB 11. 8. 42 und 4. 3. 44, Text und Anm. 9.

27. 9. 46

45 1] *Beidler über Bayreuth:* Der Schriftsteller Franz W. Beidler (1901–1981), ein Enkel Richard Wagners, der in Zürich zu TMs engerem Freundeskreis gehörte, hatte einem Brief, Zürich, 21. 9. 46 (im TMA), die Kopie eines vom Bayreuther Oberbürgermeister Dr. Oskar Meyer an ihn gerichteten Schreibens beigelegt, das den Wagner-Enkel über den Zustand des Festspielhauses, die derzeitigen Vermögensverhältnisse sowie über Pläne für die künstlerische Zukunft Bayreuths informieren und um Beidlers tätige Unterstützung werben sollte: »Es

ist der Wunsch der Stadt Bayreuth, daß Sie und Friedelind Wagner das künstlerische Erbe Ihres Großvaters antreten und fortführen.« Beidler, der dem Stadtoberhaupt seine »Bereitschaft zur Mithilfe« zugesichert und seine »Sach- und Personenkenntnis« samt dem, was er »an internationalen Verbindungen beisteuern« könne, angeboten hatte, ließ TM eine Kopie dieser Antwort zukommen mit dem Bemerken: »Unnötig zu sagen, daß der Gedanke an Sie mich bei der Beschäftigung [...]durchaus beherrscht hat. Ich hoffe, daß die Würde jener Geisteshaltung und Gesinnung, die ich ohne mein Verdienst aber in Ihrem Geist auf diesem Sektor unseres wunderlichen Daseins zu vertreten habe, einen einigermaßen angemessenen Ausdruck gefunden hat, und so zähle ich denn auf Ihre Billigung.« Über den weiteren Verlauf der Bayreuth-Diskussion s. TMs Antwort vom 1. 10. 46, Reg. IV, N. 46/9, sowie den – die zeitliche Abfolge allerdings nicht exakt berücksichtigenden – Bericht in der *Entstehung* Kap. XIV, GW XI, 296/297.

2] *»Spiel des Zufalls«:* Joseph Conrads Roman ›Chance‹ (1913), S. Fischer Verlag, Berlin 1926.

3] *an Bermann:* An GBF, P. P. 27. 9. 46, Reg. III, 46/345; TM/GBF 469/470. Bermann hatte noch einmal in Sachen Hersey-Report (s. TB 14. 9. 46, Anm. 1 und 2) geschrieben und das starke Verlagsinteresse an einer Übersetzung TMs durchblicken lassen.

4] *englisches Lustspiel:* ›Cluny Brown‹, 1946. In dem Hollywood-Film unter der Regie von Ernst Lubitsch spielten neben Charles Boyer Jennifer Jones, Peter Lawford u. a.

5] *(Boyer):* Der französische Schauspieler Charles Boyer (1897–1978) lebte und spielte seit 1931 in Hollywood.

28. 9. 46

1] *Bevin stimmt Stalin zu:* Stalin hatte am 24. 9. 46 erklärt, er be- 45
fürchte nicht, daß ein neuer Krieg unmittelbar bevorstünde. Der britische Außenminister Ernest Bevin (1881–1951) stimmte drei Tage später bei einer Rede in Wordsworth nahe London dieser Ansicht zu: Er kenne keinen, der Krieg wolle. Aber auch der Nervenkrieg müsse endlich ein Ende haben. (NYT 28. 9. 46, 4:7)

2] *Roman von Jackson:* Charles Jackson, ›The Fall of Valour‹, New 46
York und Toronto 1946. Das Buch – mit einer Widmung des Autors an TM – steht in der Zürcher Bibliothek.

3] *Jackson:* Der englische Schriftsteller Charles Jackson (1903 bis

1968), der mit seinem fünf Tage aus dem Leben eines Alkoholikers schildernden Roman ›Lost Weekend‹, London 1945, einen Welterfolg errang.

4] *an Mrs. Meyer:* An Agnes E. Meyer, P. P. 28. 9. 46, Reg. III, 46/346.

5] *San Francisco Familie:* Michael Mann mit seiner Frau Gret, geb. Moser, und seinen beiden Söhnen Fridolin, gen. Frido (geb. 1940), und Anthony, gen. Tonio (geb. 1942).

6] *Freundin mit den langen Zähnen:* Nach Auskunft von Gret Mann die Leiterin des Kindergartens in Mill Valley bei San Francisco, in die sich der kleine Frido Mann, angetan von ihrer liebenswürdigen Art, verliebt hatte.

29. 9. 1946

46 1] *vernichtende englische Anklage gegen [?]:* Der Name fehlt in der Handschrift; Zeitungsberichte lassen vermuten, daß es sich um Hermann Göring handelte.

2] *wie ein Elf:* Zu der wachsenden Identifizierung des Enkels Frido mit der Gestalt des »wunderbaren Kindes« Echo im *Faustus*-Roman vergl. *Entstehung* Kap. XIV, GW XI, 287: »Mehrfach beschreibt nun das Tagebuch das anmutige Kind schon in einer transfigurierenden, entrükkenden und verklärenden Art, nämlich mit dem Wort ›elfenhaft‹. [. . .] Seine Stunde näherte sich.«

3] *an Jackson:* An Charles Jackson, P. P. 5. 10. 46, Reg. III, 46/353.

4] *Dvořaks »Humoreske«:* In dem in diesen Tagen entstehenden XL. *Faustus*-Kapitel nimmt Rudi dem Geiger des Lokals, in dem die Ausflugsgesellschaft zu Mittag ißt, das Instrument weg, fragt den Pianisten, »ob er die ›Humoreske‹ von Dvořak begleiten könne, und spielte auf der mäßigen Fiedel das allerliebste Stück mit seinen vielen Vorschlägen, anmutigen Rutschern und schmucken Doppelgriffen so keck und brillant, daß er lauten Applaus gewann.« (GW VI, 569).

30. 9. 46

46 1] *»a disgrace . . .«:* Zitat aus dem letzten Absatz der ›International Tribunal's Summary of it's Judgement on the Actions and Leadership of Nazism‹, wo es mit Bezug auf die angeklagten Mitglieder des Deutschen Generalstabs und der Oberkommandos der Streitkräfte hieß: »They have been responsible in large measure for the miseries and suffering that have fallen on millions of men, women and children. They have been a disgrace to the honorable profession of arms. Without their military guidance, the aggressive ambitions of Hitler and his fellow Nazis would have been academic and sterile. Although they were not a group falling within the words of the charter, they were certainly a ruthless military caste. Contemporary German militarism flourished briefly with its recent ally, National Socialism, as well as or better than it had in the generations of the past.« (NYT 1. 10. 46, 12:8)

2] *(Ludwig II):* Die Beschreibung von Linderhof und Ettal sowie das Gespräch, das sich »andauernd um die Person des [. . .] ›unglücklichen‹ Königs drehte« (GW VI, 571) im XL., den Ausflug mit Marie Godeau erzählenden *Faustus*-Kapitel, GW VI, 570–574. *46*

3] *Aufregender Brief:* Der 1935 zwangsemeritierte und 1939 nach England emigrierte Bonner Historiker Wilhelm Levison (1876–1947) war am 6. 9. 46 von dem amtierenden Dekan der Bonner Philosophischen Fakultät, dem Althistoriker Friedrich Oertel (1884–1975) gebeten worden, bei TM zu eruieren, ob dieser bereit sei, eine von der Fakultät »gleich nach dem Zusammenbruch von 1945 für null und nichtig« erklärte Aberkennung seines Ehrendoktors in Form einer offiziellen Wiedergutmachung zu akzeptieren, oder »nach der Formel ›deutsch gleich deutsch‹« ablehnen würde. (Zitiert nach Paul Egon Hübinger, ›Thomas Mann, die Universität Bonn und die Zeitgeschichte. Drei Kapitel deutscher Vergangenheit aus dem Leben des Dichters 1905–1955‹, München/Wien 1974, 588). Der Brief, mit dem Levison die Bitte seines Kollegen Oertel erfüllte, befindet sich nicht im TMA. Zu TMs Antwort s. TB 2. 10. 46, Anm. 1.

4] *von Knopf:* New York, 25. 9. 46; Kopie im Archiv des Knopf-Verlags.

5] *von Bermann:* New York, 27. 9. 46, TM/GBF 169.

6] *Drucklegung in Amerika:* GBF beabsichtigte, die Kalkulation einer New Yorker Druckerei (Wallenberg and Wallenberg) für eventuelle Herstellungskosten des *Doktor Faustus* einzuholen, um durch einen Druck der deutschen Romanfassung in Amerika sowohl den schwierigen Copyright-Bedingungen der USA (s. TB 21. 9. 46, Anm. 4) als auch TMs Wunsch nach eigenhändiger Korrektur Rechnung zu tragen.

7] *an Knopf:* P. P. 30. 9. 46; im Archiv des Verlages A. Knopf, New York.

1. 10. 46

47 1] *Urteilssprüche (4 Punkte) in Nürnberg:* In der Urteilsfindung war über 4 Anklagepunkte zu entscheiden gewesen: 1. Teilnahme an einer Verschwörung oder einer gemeinsamen Planung für das Begehen von Verbrechen gegen den Frieden, 2. Bestimmte Verbrechen gegen den Frieden, 3. Kriegsverbrechen, 4. Verbrechen gegen die Menschlichkeit.

2] *Schacht und Papen (kathol. Kirche) [...] freigesprochen:* Der deutsche Finanzpolitiker Hjalmar Schacht (1877–1970), 1933–1939 Reichsbankpräsident und intensiver Förderer der deutschen Aufrüstung, war nach Kriegsausbruch durch Göring aus seinen Ämtern verdrängt und auf Grund loser Kontakte zu konservativen Widerstandskreisen nach dem 20. Juli 1944 verhaftet worden. Der Zentrums-Politiker Franz von Papen (1879–1969), vom 1. 6.–17. 11. 1932 Reichskanzler und danach wesentlicher Wegbereiter des Hitler-Regimes, dessen Vizekanzler er wurde, schied nach dem Röhmputsch 1934 aus der Regierung aus. Die offizielle Politik des Reiches vertrat er jedoch weiterhin zunächst als Gesandter, ab 1936 als Botschafter in Wien und, von 1938–44, in Ankara.

Beide, Schacht und Papen, wurden im 1. Nürnberger Kriegsverbrecher-Prozeß freigesprochen, weil ihnen im Sinne des Gerichtsstatuts keine Verbrechen nachgewiesen werden konnten. Die Freisprüche lösten in Teilen der Presse erhebliche Skepsis und Zweifel an der Objektivität der Prozeßführung aus.

3] *böse Überraschung:* Vgl. *Entstehung* Kap. XIV, GW XI, 285.

4] *Nachricht, daß Reisiger gestorben:* Falschmeldung.

5] *Die Todesurteile:* Das Nürnberger Gericht sprach 12 Todesurteile aus, eines in absentia für Martin Bormann.

6] *An Beidler:* An Franz Beidler, P. P. 1. 10. 46, Reg. IV, N. 46/9; zur Sache s. TB 27. 9. 46, Anm. 1.

2. 10. 46

47 1] *an Prof. Levison:* An Wilhelm Levison, P. P. 3. 10. 46, Reg. III, 46/350. Das Schreiben ist, wie Hübinger a.a.O., 588, No. 231 berichtet, nicht mehr auffindbar. Es ist jedoch zum Teil in dem Bericht zitiert, den Wilhelm Levison am 11. Oktober 1946 aus Durham an die Bonner Fakultät über den Stand seiner Vermittlungsbemühungen gab. Levi-

son zitierte aus TMs »bedingter Zusage«: »Haben Sie Dank für Ihren Brief! Ich hatte seit dem Ende des tausendjährigen Reiches schon hie und da daran gedacht, daß eine solche Geste von Bonn eigentlich fällig sei – und fast schon die Hoffnung aufgegeben, daß sie noch erfolgen werde. Nun kommt der freundliche Wiedergutmachungsantrag doch, als Ergebnis eines längst gefaßten Beschlusses, wie Sie schreiben, und Sie sehen mich aufrichtig erfreut darüber. Ich bin nicht der Mann, ein solches Anerbieten mit der Miene der Unversöhnlichkeit zurückzuweisen. Vorausgesetzt also, daß es sich um einen freien, spontanen und einhelligen Wunsch der Fakultät handelt, und daß diese gewiß ist, mit der Wiederverleihung des Ehren-Doktorats an mich der Stimmung in der Universität überhaupt zu entsprechen und die Gesinnung der großen Mehrheit der Studentenschaft zum Ausdruck zu bringen, – bin ich dankbar bereit, mir das schöne Diplom von damals bestätigen, vielleicht sogar erneuern zu lassen. Denn es ist mir 1933 mit viel anderer Habe verloren gegangen, und unter einer ganzen Kollektion amerikanischer Pergamente dieser Art fehlt das wichtigste und schicksalsreichste, das deutsche.« (Hübinger, a.a.O. 589, Nr. 232.)

3. 10. 46

1] *da Hoegner sie [..] verhaften will:* Der bayerische Ministerpräsi- 48
dent Wilhelm Hoegner hatte erklärt, daß er jeden in Nürnberg Freigesprochenen, der in der US-besetzten Zone bleiben wolle, zunächst vor ein deutsches Entnazifizierungsgericht bringen werde. »This certainly means several years at hard labor« berichtete AP am 1. 10. 46 als Ausspruch Hoegners, der von Papen als »the real instigator of the Third Reich« gebrandmarkt und seinen Freispruch als »astounding« bezeichnet habe. (NYT 2. 10. 46, 20:3)

2] *Papen [..] von Österreich angefordert:* Einer AP-Nachricht vom 1. 10. 46 zufolge hatte das österreichische Justizministerium angekündigt, es werde die Auslieferung Franz von Papens und Baldur von Schirachs, des ehemaligen Reichsjugendführers und späteren Gauleiters von Wien, beantragen.

3] *an V. Valentin über seine Historie:* Der Brief an Veit Valentin über sein Buch ›The German People‹ ist verschollen. S. Reg. IV, 579.

4] *in den musik. Memoiren der Ethel Smyth:* Ethel Smyth, ›Impressions that Remained‹, 2 Bd., London und New York 1919, Neuauflage 1945.

5] *Ethel Smyth:* Die englische Komponistin und Musikwissenschaftlerin Dame Ethel Mary Smyth (1858–1944).

4. 10. 1946

48 1] *100 Polizisten:* Vgl. den Bericht der ›New York Times‹ aus Nürnberg vom 3. 10. 46: »In the hope of arresting Dr. Hjalmar Schacht, Franz von Papen und Hans Fritzsche as they left prison, German police surrounded the Nuremberg court house at 8 o'clock this morning but were called off at 1:30 p. m. by order of Lieut. Gen. Lucius A. Clay. [...] General Clay explained what had happened [...]: He had ordered the German police to withdraw because their action was not necessary or in good taste. The three would have to stay where they were while the Military Government's legal division decided whether Germans involuntarily in the United States zone were subject to the zone's denazification law and consequently subject to arrest under its provisions. If not, the three would have to decide where they wanted to go and [...] the United States commander would have to ask the commanders of the chosen zones whether they would accept the three before any safe conducts could be issued by the United States.« (7:1).

6. 10. 46

48 1] *änderte ich ...:* Die Änderungen sind im Manuskript, Blatt 731 ff., gut erkennbar. Ursprünglich versammelte man sich statt »gegen zehn Uhr« (GW VI, 566) »gegen Mittag [...] am Zuge im Münchener Hauptbahnhof«, und Zeitblom traf seine Gefährten statt »zum Mittagsmahl in einem Gastlokal« (GW VI, 569), »bei Kaffee, Chokolade und Enzianschnaps in einer kleinen Wirtschaft [geändert aus: »einem kleinen Gastlokal«], einem Erfrischungs- und Amüsierlokal« (Ms Blatt 734) wieder, das – ähnlich dem GW VI, 569 beschriebenen – »einen gläsernen, von unten erleuchteten Tanzboden hatte und während der Saison, zur Zeit der Spiele zumal, gewiß ein überfüllter Treffpunkt der Fremden war.« »Zur Stunde«, fährt Zeitblom in der Urfassung (Ms Blatt 734/735) fort, »waren wir die einzigen Gäste, und das kleine Jazz-Orchester, auf seinem flachen Podium, hatte denn auch einfach gefeiert um erst beim Eintreten der Unsrigen die Instrumente wieder aufzunehmen und ganz allein für uns zu spielen. Es spielte schlecht und dumm und Rudi Schwerdtfeger, recht wie es

im Buche steht, enthüllte seinen Stern, nahm dem Violinisten die Geige weg und improvisierte ...« (Hier erreicht der geänderte Text die gültige Version GW VI, 569, Z. 18)

2] *an Vikko:* An Viktor Mann, P. P. 4. 10. 46, Reg. III, 46/352. 49

3] *Gounods Faust:* Die ›Faust‹-Oper (1859) des französischen Komponisten Charles Gounod (1818–1893), die in Deutschland unter dem Titel ›Margarethe‹ bekannt wurde. – In den *Notizen zum Faustus* (Ms 33, Nr. 152) findet sich im Zusammenhang mit einer Liste von Musikstücken, die Adrian Leverkühn hört, ein Hinweis auf den »Walzer aus Gounauds Faust, Melodie des Volkstanzes, der an Margarethens Kerkerlager so rührend erinnert wird«.

4] *durch Faulhaber:* Einer AP-Meldung vom 5. 10. 46 zufolge hatte der Papst durch den Münchener Kardinal Michael Faulhaber (1869–1952) beim Alliierten Kontrollrat um Gnade für den während seiner Haft zum Katholizismus konvertierten und als ehemaliger Generalgouverneur von Polen zum Tode verurteilten Hans Frank gebeten. Diese Nachricht stand im Widerspruch zu einem Reuter-Bericht vom Vortag über die Erklärung eines Vatikansprechers, daß der Papst grundsätzlich nicht um Gnade für in Nürnberg Verurteilte nachsuchen werde. Zur Begründung führte er an: »While it is possible to maintain some reservations over the legality of the Tribunal, there can be no reserve over the guilt of those sentenced, they fully merited their punishment.« (NYT 5. 10. 46, 4:1).

5] *Innitzer für Papen:* Der österreichische Kardinal Theodor Innitzer (1875–1955) soll nach weitverbreiteter Ansicht im Auftrag des Vatikans bei den westlichen Alliierten für Papen interveniert haben.

6] *Fritsch:* Der Leiter der Abteilungen ›Deutsche Presse‹ (1938–1942) und ›Rundfunk‹ (1942–1945) im Reichsministerium für Volksaufklärung und Propaganda, Hans Fritzsche (1900–1953), war von 1924–1932 Mitarbeiter des Hugenberg-Konzerns und hatte 1945/46 »gleichsam als Ersatz für Goebbels« (Theodor Eschenburg) auf der Nürnberger Anklagebank gesessen. Das Urteil vom 1. 10. 46 hatte ihn – neben Papen und Schacht – freigesprochen. Jetzt drohte ihm die Verhaftung durch die bayrische Landesregierung. (s. TB 4. 10. 46, Anm. 1)

7] *das 41. Kapitel:* Der »Dialog zwischen Adrian und Schwerdtfeger in Pfeiffering, [...] eine änigmatische Sonderbarkeit, hinter der das Teuflische lauert, und während dessen Abfassung es im Tagebuch zu wiederholten Malen heißt: ›Las Shakespeare‹.« (*Entstehung* Kap. XIV, GW XI, 286).

8] *an Georg von Prosch:* P. P. 6. 10. 46, Reg. III, 46/354: »Nochmals, Ihr Brief hat mir Freude gemacht, mehr, als das Meiste, was bisher aus Deutschland zu mir kam. Es spricht ein guter, freundlicher Geist daraus, und mit dem Schreiber müßte es sich gut reden lassen, über das deutsche Unglück und über die ganze Not der Zeit. Glauben Sie nur, daß in meinem Herzen kein Haß ist gegen das deutsche Wesen, trotz der Torheiten, die ich von einem immer danebentappenden, immer taktlosen deutschen Patiotismus kürzlich wieder zu hören bekommen habe. Hitler und seine Kumpane habe ich gehaßt – das war ein rechter und gesunder Haß, auf den ich stolz bin. Hätte es mehr davon gegeben von Anfang an in deutschen Landen, es hätte so schrecklich nicht kommen müssen. Aber wie sollte ich ein Volkstum hassen, in dessen höchsten Traditionen ich doch schließlich lebe und webe, wenn ich mir auch der Problematik des deutschen Charakters, selbst auf seinen Höhen, immer bewußter war, als die distanzlose Einfalt. Nach Deutschland zurückzukehren, noch einmal mein Leben umzustürzen und ein neues zu bauen, bin ich zu alt. Aber ich habe hier draußen den Deutschen in der Sprache ihrer guten Zeit ein paar lesenswerte Bücher geschrieben, die ihnen seelisch hilfreich sein könnten, und bin im Begriffe, ein neues, beinahe excessiv deutsches abzuschließen, einen Musiker-Roman, den man wohl ein melancholisches Bekenntnis zum deutschen Schicksal nennen kann.« (Zitiert nach dem Abdruck in der ›Frankfurter Rundschau‹ vom 3. 6. 1967, 5.)

9] *Georg von Prosch:* Der heutige Bankangestellte Georg von Prosch (geb. 1920) arbeitete während des Krieges als Angehöriger eines Kreises junger Widerständler um Josef Furtmayer (der seinerseits Verbindung mit der oppositionellen Studentengruppe ›Weiße Rose‹ hatte) in einem Münchener Rüstungsbetrieb. Er lebt in Frankfurt.

7. 10. 46

49 1] *Sen. Taft und seine Verurteilung:* Robert A. Taft (1889–1953), republikanischer Senator aus Ohio, hatte auf einer Tagung ›on the heritage and responsibility of the English speaking peoples‹ gesagt, daß die Nürnberger Urteile »a miscarriage of justice« und mit dem Deckmantel legaler Verfahren verhüllte Racheaktionen seien (». . . and in vengeance is seldom justice«), an denen das Volk der Vereinigten Staaten noch lange zu tragen haben werde: »They violate that fundamental principle of American law that a man cannot be tried under an expost facto statute. [. . .] The hanging of eleven men convicted at Nuremberg will be a blot on the American record that we shall long regret.« Mit diesen Urteilen hätten die USA möglicherweise die gesamte Idee des Rechts auf Jahre hinaus – zumindest in Europa – diskreditiert. (NYT 6. 10. 46, 1:4 und 45:2,3)

2] *Pravda gegen Byrnes:* Am 6. 10. 46 berichtete die sowjetische Nachrichtenagentur TASS in 90 mit Zitaten durchsetzten Zeilen über eine Rede des amerikanischen Außenministers vor dem Pariser ›American Club‹. Die ›Prawda‹ veröffentlichte diesen Bericht mit einer scharfen Stellungnahme von Marshall Schukow, der Byrnes vorwarf, er spreche in der Rolle eines amerikanischen Protektors von Deutschland »quite definitely in favor of the quickest restoration of the industrial potential of Germany without any serious guarantees against the possible transformation of the country into a base for new German aggression.« Der US-Vorschlag, die Alliierten sollten 40 Jahre lang Abrüstung und Entmilitarisierung in Deutschland garantieren, sei weder uneigennützig noch zweckdienlich (»expedient«). Es gäbe einen wahrhaftigeren (»truer«) und kürzeren Weg, den deutschen Faschismus und Militarismus ein für alle Male zu zerstören: »carrying out without delay the program worked out in Potsdam not only for the demilitarization but also for the democratization of Germany.« (NYT 7. 10. 46, 3:5)

3] *von den Deutschen verhaftet:* Auf Anordnung der Baden-Würt- 50
tembergischen Staatsregierung war Hjalmar Schacht nach seiner Entlassung aus Nürnberg am 7. 10. 46 im Hause seines Freundes, des Industriellen Paul Reusch, in der Nähe von Backnang verhaftet worden. Die US-Militärregierung distanzierte sich in einer öffentlichen Verlautbarung von der Arretierung und erklärte lediglich: »Any proceedings that might be taken against Schacht would be taken under German law. The Military Government's interest in the matter is solely that there should be orderly procedure.« (NYT 8. 10. 46, 1:2,3; 6:2).

4] *Melantrich in Prag:* TMs tschechoslowakischer Verleger. Der Brief, datiert Prag, 2. 10. 46, ist im TMA erhalten: ». . . Als wir Ihnen unseren letzten Brief geschrieben hatten, haben wir gedacht, daß die Gestapo unsere wechselseitige Korrespondenz vernichtet hatte. Erfreut haben wir jedoch festgestellt, daß es uns gelungen hatte Ihre Verträge aufzubewahren, so daß eigentlich Ihr Vertrag vom 19. Mai 1933 für die Ausgabe der tschechischen Übersetzung Ihres Werks Josef und seine Brüder, sowie auch Ihr Vertrag vom 4. Dezember 1937 für Ihr Werk Lotte in Weimar bisher gültig ist. Wenn Sie diese Vertrage nicht mehr haben, könnten wir Ihnen die Kopien absenden. Teilen Sie uns, bitte, mit, ob Sie mit der Rechtsgültigkeit dieser Vertrage übereinstimmen oder ob Sie beabsichtigen einen neuen Vertrag unter anderen Bedingungen abzuschließen. [...] // Wir bereuen feststellen zu müssen, daß die Gestapo bei der Ihre Werke betreffenden Untersuchung unseres Verlags den ausgedruckten Teil Ihres Buches ›Lotte in Weimar‹ in der Übersetzung der Frau Dr. Jitka Fucíková vernichtet hatte. Ebenso vernichtet sind alle Korrekturen; da die Übersetzerin keine Kopie Ihrer Übersetzung hat muß sie [die] ganze Übersetzung neu ausarbeiten. Sie versprach mit Freude sich dieser Arbeit anzunehmen. Deshalb ersuchen wir Sie uns ein Exemplar dieses Werkes einzusenden und so eine frühe tschechische Auslage dieses Werkes zu ermöglichen.«

8. 10. 1946

50 1] *Hitler hatte einen Sohn:* AP veröffentlichte am 7. 10. 46 das Bild eines dreijährigen Jungen namens Helmuth, der – geboren im März 1935 und gestorben beim Selbstmord der Goebbels-Familie im Mai 1945 –, nach Aussage der Frau von Hitlers ehemaligem Präsidialkanzlei-Chef Otto Meißner (1880–1950), ein Kind von Hitler und »Goebbels' attractive, ash-blond wife, Magda« gewesen sei: »issue of a romance [...] while both were vacating on the Baltic Sea in the summer of 1934.« Goebbels habe um die Sache gewußt, so der Bericht von Frau Meißner; he »took advantage of this knowledge [...], but otherwise the fact was kept secret. I am the only survivor who knows it.« (NYT 8. 10. 46, 5:4).

2] *an Frau von Unruh:* An Friederike von Unruh, P. P. 8. 10. 46, Reg. III, 46/355. Die Frau des deutschen Dramatikers Fritz von Unruh (1885–1970) hatte in einem nicht erhaltenen Brief zu verstehen gegeben, daß ihr Mann an Zweifeln bezüglich der Zuneigung TMs zu ihm leide.

3] *Las etwas Shakespeare:* Vgl. TB 6. 10. 46, Anm. 7.

9. 10. 46

1] *Göring droht:* Für diesen Eintrag konnte keine Quelle ermittelt 50
werden. Allerdings veröffentlichte die ›New York Times‹ am 9. 10. 46 einen Korrespondentenbericht, in dem es hieß, daß der Kontrollrat nicht nur die Hinrichtungsmodalitäten zu unterschreiben oder zu ändern, sondern auch über die Gnadengesuche der Verurteilten zu befinden habe. Es sei sehr wohl möglich, daß einem oder mehreren Strafaufschub (reprieve) gewährt werde, »if any prisoner has information needed to straighten out the tangled affairs of Germany or Europe that is of more value to the world than the insistence that he pay with his life on the gallows. The possibility remains that he may be permitted to trade such service for his life. It is conceivable that such men as Hermann Göring, Joachim Ribbentrop, Hans Frank or one of the military leaders might yet obtain such a reprieve.« (NYT 9. 10. 46, 17:1)

2] *Seine Frau:* Die Schauspielerin Emmy Sonnemann (1893–1973).

3] *Dialog in Pfeiffering:* Im XLI. *Faustus*-Kapitel, GW VI, 576–585. S. auch TB 10. 10. 46, Anm. 1.

4] *W. Speyer:* Der Schriftsteller Wilhelm Speyer (1887–1952) emigrierte 1933 nach Holland, später nach Österreich und England. 1940 gelang ihm die Flucht in die USA, wo er – nicht zuletzt durch die Vermittlung seines Jugendfreundes Bruno Frank – im Mai 41 mit einem der Jahresverträge als Drehbuchautor nach Hollywood kam. TM kannte Speyer aus München. Das TB 4. 2. 1919 berichtet von einer Speyer-Lesung im Hause des Münchener Galeristen Georg Caspari.

5] *Ärztin Seletz:* Rachelle Seletz, eine »mausäugige, kleine russische Jüdin im tiefsten Los Angeles, zu der freilich der Weg eine Reise und die so überbeschäftigt und mit ihrer Zeittafel in so heilloser Unordnung war, daß man stundenlang bei ihr warten mußte, die aber ihre Sache, gerade diese, aus dem Grunde verstand, sofort Linderung schuf und mich im Lauf von ein paar Wochen kurierte.« (*Entstehung* Kap. XIV, GW XI, 285)

6] *Schuberts »Musensohn«:* TM besaß in seiner Schallplattensamm- 51
lung eine Aufnahme des Schubertliedes DV 764 aus dem Jahre 1936, gesungen von Gerhard Hüsch, begleitet von Hans Udo Müller.

10. 10. 46

1] *»Viel Lärm um nichts«:* TM las das Shakespeare-Drama im Hin- 51
blick auf den Dialog Adrian-Rudi in Pfeiffering, in dessen Verlauf

Leverkühn den Geiger bittet, bei Marie Godeau für ihn zu werben. Auf diese, sowohl in Nietzsches Biographie als auch in einigen Shakespeare-Sonetten, sowie den Dramen ›Die beiden Veroneser‹ und ›Much ado about nothing‹ vorgegebene Konstellation war TM durch die Studie von Frank Harris ›Shakespeare der Mensch und seine tragische Lebensgeschichte‹ (deutsch: Berlin, S. Fischer Verlag, 1928) hingewiesen worden. Das in der Zürcher Bibliothek erhaltene Buch zeigt TMs Anstreichungen in den Passagen über die ›Werbe-Geschichte‹. Zu der Bedeutung von ›Viel Lärm um nichts‹ für das Dialog-Kapitel vgl. den genauen Nachweis der Quellen in *Entstehung* Kap. IV, GW XI, 166/167: »Adrian macht sich ein finsteres Vergnügen daraus gegen Zeitblom [...] Zitate aus diesen Stücken [die auf dem Pfeifferinger Tisch liegenden Shakespeare-Dramen ›Was ihr wollt‹, ›Viel Lärm um Nichts‹ und ›Die beiden Veroneser‹] in seine Äußerungen mit einfließen zu lassen. Schon seine sonderbar steife Redewendung ›du könntest mich dir jetzt sehr verpflichten‹ ist eine Anführung, und zwar aus ›Viel Lärm um Nichts‹, [I,1] dort, wo Claudio dem Prinzen seine Liebe zu Hero gesteht. Später spricht er das bittere ›Denn so sind Freunde jetzt‹ aus den ›Beiden Veronesern‹ [V,4] [...] Er begründet auch [...] seine fatale Bitte mit Worten aus ›Was ihr wollt‹: ›Sie wird geneigter deiner Jugend horchen, / Als einem Boten ernsten Angesichts‹ [I,5] und nachher, scheinbar seine Torheit beklagend, gebraucht er, wieder aus ›Viel Lärm um Nichts‹ [II,1], gegen Zeitblom das Bild von dem albernen Schulknaben, ›der voller Freuden über ein gefundenes Vogelnest es seinem Kameraden zeigt, und der stiehlt's ihm weg.‹ Worauf Serenus auch noch, unbewußt mitzitierend, antwortet: ›Du wirst aus Zutrauen keine Sünde und Schande machen. Die sind doch wohl beim Dieb.‹ Er hat noch Glück, daß er nicht wörtlich sagt: ›Die Sünde ist beim Stehler.‹ [II,1]« Vgl. dazu Lieselotte Voss, a.a.O., 111–117.

11. 10. 46

51 1] *Das Lied vom armen Kind:* Da auch Frido Mann nicht erinnert, was er gehört hat, läßt sich das Lied nicht mehr nachweisen.

2] *Emperor Concerto:* Ludwig van Beethoven, Klavierkonzert No. 5, Es-Dur, op. 73 (1808/1809).

12. 10. 46

1] *Pearson:* Der Journalist Drew Pearson (1896–1969) schrieb seit 1932 gemeinsam mit Robert Allen die Kolumne ›The Washington Merry-go-round‹, die von etwa 600 Blättern übernommen wurde und, ähnlich wie Pearsons über 56 Blue Network Stations verbreitete wöchentliche Rundfunkkommentare, vorwiegend korrupte politische Machenschaften aufdeckte. 51

2] *über das Journalisten-Fest:* Nicht ermittelt.

3] *Klaus schreibt:* Der Brief ist verschollen. Vgl. jedoch zur Sache: Alfred Döblin an Hermann Kesten o. O. [Baden-Baden] 26. 2. 46: »Schreiben Sie mir [...] über die Ihnen bekannte Emigrantenliteratur (möglichst wenig über Thomas Mann; ich habe nicht nötig, für den Reklame zu machen; zudem ist er im Lande sehr unten durch).« (Alfred Döblin, ›Ausgewählte Werke in Einzelbänden‹, Olten und Freiburg/Br. 1970, 336) Auf Kestens Bereitschaftserklärung vom 1. 3. 46: »Ich will versuchen, ob ich Ihnen den Artikel [...] schreiben kann,« präzisierte Döblin am 5. 1. 1947 – die erste Nummer seiner Zeitschrift ›Das goldene Tor‹ lag vor – seine Erwartungen: »Denken Sie [...] beim Schreiben Ihres Aufsatzes [...] hauptsächlich an Folgendes: Der völlig schwachen, fast erloschenen Literatur hier die doch leidlich kräftige Literatur der Emigration demonstrieren, – dies von vorn herein so anlegen, daß die hier davon profitieren können und angeregt werden; – die einzelnen großen Linien (also etwa die sozialistisch-kommunistische und die unabhängige, die humanistische etc.) so zeigen, daß man hier davon was begreift, – natürlich die Einzelpersönlichkeiten einiger, die wichtiger sind (ich akzeptiere keinerlei Glorifizierung von Thomas Mann, er ist das Musterbeispiel der großbürgerlichen Degeneration; Heinrich Mann, trotz literarischer Abschwächung, ist und bleibt vorzüglich; sein »Communismus« ist kein wirklicher, was man auch sage; ich bin dafür, den aufgeblasenen Hermann Broch zu entlarven als literarischen Hochstapler. Vergessen Sie die Lyrik nicht, die Lasker-Schüler z. B., auch Stefan Zweig bleibt. Brandmarken Sie ruhig die Inzucht der Emigration, und den Schaden, den hier die Kritiklosigkeit angerichtet hat etc. Also – alles Gute!« (Hermann Kesten, ›Deutsche Literatur im Exil, Briefe europäischer Autoren 1933–1949‹, München/Wien/Basel 1964, 294). S. auch TM an Hermann Kesten, P. P. 1. 11. 46, Reg. III, 46/393: »In Europa schickt er [Döblin] nun einen vergifteten Pfeil nach dem anderen gegen mich ab. Es ist mir 52 schmerzlich – um seinetwillen. Was er von Ihnen verlangte (den Aufsatz, in dem ich nicht vorkommen sollte) wirkt ja geradezu leidend.« (›Deutsche Literatur im Exil‹, a.a.O. 289).

52 4] *Kesten:* Der Schriftsteller Hermann Kesten (geb. 1900), bis 1933 Lektor bei Kiepenheuer, gründete nach seiner Emigration mit seinem ehemaligen Verlagsdirektor, Walter Landauer, bei Allert de Lange in Amsterdam einen deutschen Exil-Verlag, den er bis zu seiner Internierung in Frankreich, 1940, leitete. Nach seiner Flucht aus dem Lager gelang es ihm, nach New York zu entkommen, wo er sich – gemeinsam mit TM – im ›Emergency Rescue Committee‹ mit großer Energie für die Rettung der noch in Frankreich internierten Schriftsteller einsetzte. – Kesten kehrte 1949 nach Europa zurück und war von 1972–1976 Präsident des PEN-Zentrums Bundesrepublik Deutschland. (S. auch *Hermann Kesten, ›Die Kinder von Guernika‹* (1953), GW X, 811–814).

5] *Dankesbrief:* Hermann Hesse, ›Danksagung und moralisierende Betrachtung‹, in: H. H., Ges. Schr. Bd. 7, 455 ff.

6] *Hesse:* Der deutsche Schriftsteller Hermann Hesse (1877–1962) war bereits 1912 in die Schweiz emigriert. – Die Verbindung der beiden fast gleichaltrigen Schriftsteller, Hesse und TM, reicht zurück in das Jahr 1904, als Samuel Fischer sie in München zusammenführte. (S. H. H. an TM, Marin pré Neuchatel, 19. 11. 46: »Ich drücke Ihnen die Hand und denke des Tags, an dem ich Sie einst in München kennen lernte, im Hotel, wo Fischers wohnten, so etwa 1904.«) 1910 widmete Hesse TMs Roman *Königliche Hoheit* in der Zeitschrift ›März‹ eine freundliche Besprechung. Die Beziehung intensivierte sich nach TMs Werbung um Hermann Hesse anläßlich von Zuwahlen für die Preußische Akademie der Künste, 1926, und entwickelte sich während TMs Schweizer Jahren vor und nach 1945 zu freundschaftlichem Umgang. Vergl. HH/TH, Briefwechsel, hrsg. von Anni Carlsson, Frankfurt 1968, 2. erw. Aufl. 1975; s. ferner *Dem sechzigjährigen Hermann Hesse* (1937), GW XIII, 840–843; *Hermann Hesse zum siebzigsten Geburtstag* (1949), GW X, 515–520; *Hermann Hesse. Einleitung zu einer amerikanischen ›Demian‹-Ausgabe* (1947), GW XIII, 543/544, und *An Hermann Hesse* (1952), GW X, 529/530.

7] *an H. H.:* An Hermann Hesse, P. P. 12. 10. 46, Reg. III, 46/370; HH/TM 120–122.

8] *»Rigoletto«:* Oper von Giuseppe Verdi (1813–1901). Libretto von Francesco Maria Piave nach dem Drama ›Le Roi s'amuse‹ von Victor Hugo, 1851.
9] *Buch von W. Benjamin:* S. TB 4. 6. 46, Anm. 2.

13. 10. 46
1] *Wallace übernimmt [...] New Republic:* Um ein Medium zur Ver- 52
breitung seiner politischen Absichten zu haben, übernahm Henry Agard Wallace Ende Oktober 1946 die Leitung der den Liberalen nahestehenden Wochenschrift ›New Republic‹, die am 21. 10. 46 (vol. 115, No. 16) mit dem Cover »Henry A. Wallace to edite New Republic« erschien.
2] *neues Kapitel:* Das XLII. *Faustus*-Kapitel über Rudis Werbung bei Marie, die Verlobung, das letzte Konzert und den Tod in der Tram; GW VI, 585–599.
3] *Nietzsche:* Der Philosoph und klassische Philologe Friedrich Nietzsche (1844–1900), dessen Person und Werk TM seit frühester Jugend bestimmend beeinflußte. Sieht man von Richard Wagner ab, so hat sich TM mit keiner Gestalt der deutschen Geistesgeschichte so intensiv wie mit Nietzsche auseinandergesetzt; niemand – Wagner wiederum ausgenommen – ist von ihm so ambivalent, ja widersprüchlich beurteilt worden. Die Nietzsche-Zitate im Werk TMs sind Legion; die Figur des Adrian Leverkühn trägt hervorstechende Züge der Gestalt Friedrich Nietzsches, der auf den Roman folgende Essay ist der Analyse der Nietzscheschen Philosophie »im Lichte unserer Erfahrung« gewidmet. Doch nicht nur Inhaltliches hat der Nachfahr von dem bewunderten Schriftsteller übernommen, sondern – worauf vor allem Peter Pütz in dem TM gewidmeten Kapitel seines Studienbuchs ›Friedrich Nietzsche‹, Stuttgart 1967, 84–86, mit Recht hinweist – auch Stilprinzipien, Kompositionsweisen und Erzählperspektiven: Kunstmittel, die er dann in seinem späten Roman mitsamt der Kunstfigur ihres Urhebers als »teuflisch«, »genial« und »verworfen« etikettierte. S. *Vorspruch zu einer musikalischen Nietzsche-Feier* (1924), GW X, 180–184, und *Nietzsche's Philosophie im Lichte unserer Erfahrung* (1947), GW IX, 675–712.
4] *über mittelalterl. Leben in Deutschland:* Wahrscheinlich, wie Hans Wysling in seinem Aufsatz ›Thomas Manns Verhältnis zu den Quellen‹ in: Paul Scherrer/Hans Wysling, ›Quellenkritische Studien

zum Werk Thomas Manns‹, Bern/München 1967, Thomas-Mann-Studien, 1. Band, 258–346, nachgewiesen hat, Julius Dieffenbacher, ›Deutsches Leben im 12. und 13. Jahrhundert‹, 2 Bde. Leipzig 1907. Die Bücher sind im TMA erhalten.

14. 10. 46

53 1] *[von] Jackson (Advertisement):* Der Inhalt dieses verlorenen Schreibens läßt sich rekonstruieren: TM hatte Jackson am 5. 10. 46 einen Brief über ›The Fall of Valour‹ geschrieben, (Reg. III, 46/353), den die Verleger zu Werbezwecken, als ›advertisement‹, benutzen wollten. Vgl. Charles Jackson an TM, N. Y. 28. 10. 46: »I must begin by apologizing for my letter of last week on Rinehart's stationery. Both my publisher and agent were as excited and pleased by your letter to me as I was, but my mistake lay in showing them your letter at all. I might have known what they would have wanted. As I tried to explain, I was reluctant to exploit both your prestige and your friendship for the sake of commercialism – but you know the publishing business. I hope you'll understand and forgive. Your letter was far too important to me merely to be made use of by the publisher, and I hope I will next time be firm enough never to let them do such a thing again. Since you may not have seen a copy of the advertisement, I enclose one. It appeared in both the New York Times and Herald Tribune. Of course it made a wonderful ad; but I still squirm a little when I think how I took advantage of you and your generosity.« Die Anzeige erschien in der NYT v. 25. 10. 46 (nicht wie Reg. 46/353 angegeben, 24. 10.), 20:7,8: »A letter from Thomas Mann to Charles Jackson, Author of ›The Fall of Valour‹«, und ist im Anhang No. 9 abgedruckt.

2] *an Bermann:* An GBF, P. P. 14. 10. 46, Reg. III. 45/451: »Vor einiger Zeit wandte sich die Stockholmer Radio Gesellschaft [. . .] an mich mit dem Wunsch, ich möchte meine Zustimmung geben, daß aus den Josephsromanen ein musikalisches Hörspiel gemacht würde. [. . .] Herr Hilding Rosenberg [. . .] wurde mir von dem Direktor als ein guter Komponist empfohlen. Ich [. . .] bekomme nun den beifolgenden Vertrag zugeschickt, den ich doch ohne guten Rat nicht unterzeichnen möchte. [. . .] Eventuell dürfte ich Sie [. . .] beauftragen, die Angelegenheit selbst in die Hand zu nehmen und meine Interessen in Stockholm zu vertreten.« (D. ü. D. II, 316).

3] *Joseph-Oper:* Hilding Constantin Rosenberg (1892–?), ›Josef och

hans bröder‹, Oratorium in vier Teilen (1945–1948). Die Partitur des ersten Teils befindet sich in der Zürcher Bibliothek.
4] *Radio-Rede Trumans:* In einer über alle Sender des Landes verbreiteten Rede hatte der Präsident die Aufhebung der Preiskontrolle für Fleisch bekanntgegeben. Dabei schob er die Verantwortung für das Versagen der Kontrolle einer »rücksichtslosen Gruppe selbstsüchtiger Männer« zu, die »in der Hoffnung, politische Vorteile zu gewinnen, die Verkäufer ermutigten, auf die Beseitigung der Preisbindung zu spekulieren«. Dieselbe Gruppe – so Truman – habe auch die Bemühungen der Regierung für die einfachen Leute bekämpft: »Sie hat schon Roosevelt gehaßt und sich allem widersetzt, was von ihm kam.« (N. Z. Z. 15. 10. 46)

15. 10. 46
1] *an L. Mazzucchetti:* An Lavinia Mazzucchetti, P. P. 15. 10. 46, Reg. III, 46/371. *53*

16. 10. 46
1] *Streicher:* Der ungehemmteste Antisemit unter den NS-Politikern, Hitlers Gauleiter in Franken, Julius Streicher (1885–1946), gab seit 1923 das Hetzblatt ›Der Stürmer‹ heraus. Er wurde am 23. 5. 45 verhaftet, in Nürnberg wegen Verbrechens gegen die Menschlichkeit 1946 zum Tode verurteilt und am 16. 10. 46 hingerichtet. *53*
2] *Ribbentrop:* Hitlers letzter Außenminister (seit 1938) Joachim von Ribbentrop (1893–1946), ursprünglich Kaufmann, wurde 1946 in Nürnberg als Hauptkriegsverbrecher verurteilt und hingerichtet.
3] *Sorgenvolle Äußerungen:* Der republikanische Politiker Fiorello La Guardia (1882–1947), von 1935–1945 Bürgermeister von New York; zum Zeitpunkt des TB-Eintrags Director of the United Nations Relief and Rehabilitation Administration, hatte in einer Rundfunkrede gesagt, die Kehrtwendung des Präsidenten in Sachen Fleischpreisbindung (s. TB 14. 10. 46, Anm. 4) bedeute mehr als bloß gestiegene Lebenshaltungskosten; sie sei Ausdruck der totalen Kapitulation der Regierung vor den Profitinteressen einzelner Gruppen. (S. NYT, 17. 10. 46, 17:3)
4] *J. Roosevelt:* Der Bankfachmann James Roosevelt (geb. 1907), ein Sohn des ehemaligen Präsidenten.

5] *»Der Anfang vom Ende«:* Vgl. TM an Lavinia Mazzucchetti P. P. 15. 10. 46, Reg. III, 46/371: »Hier sieht es böse aus. Ich fürchte, daß dieses Land, wo blinde, eigensüchtige Mächte sich erbittert gegen die neuen Notwendigkeiten stemmen, verurteilt ist, das ganze Elend nachzuholen, das wir uns an den Schuhen abgelaufen haben: Erst kommt die Inflation, sie bringt die Verarmung der die Demokratie tragenden Mittelklasse, ihre Umwandlung in vergrämte, irrationale, jeder Demagogie anheimgegebene Massen, – also Faschismus, also Krieg.« (Im TMA)

54 6] *das Buch von Benjamin:* ›Ursprung des deutschen Trauerspiels‹; s. TB 4. 6. 46, Anm. 2.

17. 10. 46

54 1] *Beethovens Briefe in Amerika:* O[scar] G[eorge] T[heodore] Sonneck, ›Beethoven letters in America; facsimiles with Commentary‹ in: ›Commemoration of March 26, 1827‹, New York, 1946, The Beethoven Association. Mit einer Widmung von Paul H. Lang und ›The Musical Quarterly‹ an TM im TMA.

18. 10. 46

54 1] *Einladung der Schweizer Europa-Union:* Die Europa-Union Schweiz, als deren Zweck die Statuten »die Förderung des politischen, wirtschaftlichen und kulturellen Zusammenwirkens der europäischen Staaten und Völker mit dem Ziel der Errichtung einer europäischen Föderation (Vereinigte Staaten von Europa)« ausweisen, war am 11. November 1934, dem zum ›Tag der Völkerverständigung‹ erklärten Jahrestag des Waffenstillstands nach dem Ersten Weltkrieg, in Basel gegründet worden. TM hatte damals die Festrede gehalten (Text mit Kommentaren von Hans Wysling in Bl. TMG. 20, 1983/84, 5–13) und war später, während seiner Schweizer Jahre bis 1939 und ab 1947, häufig Gastredner auf lokalen Veranstaltungen dieser Vereinigung.

2] *»Nigger of Narcissus«:* Joseph Conrads Roman ›Der Nigger vom »Narcissus«‹ (1897) steht in einer Übersetzung von Ernst W. Freißler, S. Fischer, Berlin 1927, in der Zürcher Bibliothek.

3] *van Leydens:* Der niederländische Maler Ernst Leyden (1892–1969), der sich im amerikanischen Exil van Leyden nannte, mit seiner Frau Karin.

19. 10. 46

1] *Radio-Rede des Byrnes:* Radio-Bericht über den Verlauf der Pariser Friedenskonferenz am 18. 10. 46, mit besonderer Betonung der Notwendigkeit, im Interesse eines dauerhaften Friedens die Völker an den schwierigen, von tiefen Interessensgegensätzen zwischen den USA und der Sowjetunion bestimmten Diskussionen teilhaben zu lassen: »In a democratic world, statesmen must share with the people their trials, as well as their triumphs. It is better that the world should witness and learn to appraise clashes of ideas rather than clashes of arms. If this peace is to be lasting, it must be a people's peace.« (NYT 19. 10. 46, 5:3). 54

2] *Artikel über die [...] Laufbahn O'Neils:* ›The Ordeal of Eugene O'Neill‹, ›Time‹ Vol. 48, No. 17 v. 22. 10. 46, 71–78: eine eindrucksvoll geschriebene Reportage über O'Neills Weg vom Sohn eines fahrenden Schauspielers über den Goldgräber, den Seemann, den reichen Landhausbesitzer mit den großen Bühnenerfolgen zum Krankheitsgeschlagenen, teilweise Gelähmten, von Schüttelanfällen Heimgesuchten: ein »prodigal dramatist«, der mit ›The Iceman Cometh‹ das Comeback schaffte. 55

20. 10. 46

1] *Im »German-American«:* Veranlaßt offenbar durch den Irrtum von Sir Hartley Shawcross (s. TB 16. 8. 46, Anm. 1), zitierte die New Yorker Halbmonatsschrift ›The German American‹, vol. V, No. 12 v. 15. 10. 46 auf S. 6 unter dem Titel ›Goethe über die Deutschen. Aus den Gesprächen mit Hofrath Riemer‹ einmal mehr die aus *Lotte in Weimar* (Kap. VII, GW II, 664) stammenden Sätze: »So sollten es die Deutschen halten, darin bin ich ihr Vorbild: Welt empfangend und Welt schenkend, die Herzen weit offen jeder fruchtbaren Bewunderung, groß durch Verstand und Liebe, durch Mittlertum und Geist – Mittlertum ist Geist – so sollten sie sein, und das ist ihre Bestimmung; nicht aber als Originalnation sich zu verstocken, in abgeschmackter Selbstbetrachtung und Selbstverherrlichung sich zu verdummen oder gar in Dummheit zu herrschen über die Welt. Unseliges Volk, es wird nicht gut ausgehen mit ihm, denn es will sich selbst nicht verstehen, und jedes Mißverstehen seiner selbst erregt den Haß der Welt und bringt es in äußerste Gefahr.« (Zitiert nach dem Text des ›German American‹) 55

2] *an den German-American:* P. P. 20. 10. 46, Reg. IV, N 46/10; ›The German American‹, vol. 5, No. 14 v. 15. 11. 46, 5; D. ü. D. II, 511/512.
3] *im alten Faustbuch:* ›Doctor Johann Faust.‹ Von Johannes Scheible, 4. Bd., Stuttgart 1846–1849. Der 4. Band enthält den ›wortgetreuen Abdruck der ersten Auflage des ersten Buches über Faust von 1587. (Bisher in Zweifel gezogen, nun aufgefunden.)‹ TM benutzte, wie Hans Wysling in seinen Anmerkungen zum Brief an Preetorius, P. P. 30. 12. 46, Reg. III, 46/465; Bl. TMG. 4, 1963, 15/16, nachweist, diese, in der Zürcher Bibliothek erhaltene Ausgabe.

21. 10. 46
55 1] *Erklärter Finanzkrieg:* Nachdem die USA den größten Teil eines für die Tschechoslowakei bestimmten Kredits zurückgezogen hatten, war ihnen vom sowjetischen Außenminister unter dem Beifall osteuropäischer Delegierter vorgeworfen worden, sie versuchten durch ihre Finanzhilfe, die Völker ihrem Willen zu unterwerfen: »in granting loans [the United States were] seeking the enslavement of foreign countries.« US-Außenminister Byrnes wies diesen Vorwurf einen Tag später zurück und erklärte, es gebe kein »general program of denying financial aid to countries in the Russian sphere of influence while granting such aid to those considered more friendly to the USA. (NYT 23. 10. 46, 1:6, 7; 6:3)
2] *1/3 Uhr:* So in der Handschrift – wahrscheinlich für ½ 3 Uhr.
3] *Monstre-Brief [...] des Dichters A. Krieger:* Der sechsseitige Brief, Neuenstift b. Passau, 4. 4. 46, mit der Bitte, eine Widmung in Kriegers neuem Buch anzunehmen, befindet sich im TMA.
4] *A. Krieger:* Der deutsche Schriftsteller Arnold Krieger (1904 bis 1965). Krieger, dem die Nationalsozialisten durch Entzug des Passes eine Emigration unmöglich machten, floh noch 1945 in die Schweiz, wo es ihm jedoch nicht gelang, sich eine Existenz aufzubauen. Auf Umwegen kam er 1953 nach Darmstadt zurück.
5] *Brief der Tochter Hermann Vitztum:* Der Brief von Marie Helene Gräfin Vitzthum von Eckstädt (1909–1959), einer Patentochter TMs, die die Familie Mann in den Münchener Jahren häufig besucht hatte, befindet sich nicht unter den im TMA archivierten Schriftstücken.
6] *Hermann Vitztum:* Hermann Graf Vitzthum von Eckstädt

(1876–1942), ein Klassenkamerad Heinrich Manns im Lübecker Katharineum, der sich jedoch bereits in seiner Jugend mehr zu TM hingezogen fühlte und die alte Verbindung wiederaufnahm, als er sich nach mehreren zoologischen und botanischen Forschungsreisen und einer Tätigkeit als Kammerherr beim Großherzog von Weimar 1922 als Privatgelehrter in München niederließ, von wo aus er noch 1925 in Jena als Zoologe promovierte.

22. 10. 46

1] *Molotow in New York:* Vor Beginn der ersten UN-Vollversammlung in Lake Success auf Long Island, die am 23. 10. 46 eröffnet wurde. 55
2] *Nietzsches »Pages Mystiques«:* ›Nietzsche. Pages mystiques. Extraits traduits et accompagnés d'éclairissements par A. Quinot‹, Paris 1945.
3] *R. Laffont:* Der französische Verleger Robert Laffont (geb. 1916).
4] *Mt. des Vortrags:* Jean Fougères Essay ›Thomas Mann ou la séduction de la mort‹ steht in einer broschierten Ausgabe, Paris 1947, 1–50 numeriert, als Exemplar Nr. 11 mit einer Widmung des Verfassers in der Zürcher Bibliothek.
5] *Jean Fougère:* Der französische Wissenschafts-Schriftsteller Jean Fougère (geb. 1914).
6] *Mit Schönberg über sein neues Trio:* Op. 45. In der *Entstehung* Kap. XIV, GW XI, 290, führt TM die TB-Notizen weiter aus: Schönbergs Darlegung über die »äußerst schwierige Ausführung«, die jedoch »vermöge außerordentlicher Klangwirkungen sehr dankbar« sei, habe ihn fasziniert: »Die Verbindung ›Unmöglich, aber dankbar‹ nahm ich in das Kapitel von Leverkühns Kammermusik hinein.« Dieses XLIII. Kapitel wurde 8 Tage nach dem Gespräch, am 30. 10. 46, begonnen. GW VI, 607 zeigt, wie TM die Schönberg-Wendung in seine Kammermusikbeschreibung montiert: »›Unmöglich, aber dankbar‹, so kennzeichnete Adrian [. . .] das Stück [. . .] Es war ein exuberantes Ineinander von Eingebungen, Forderungen, Erfüllungen und Abberufungen zur Bewältigung neuer Aufträge, ein Tumult von Problemen, die zusammen mit ihren Lösungen hereinbrachen, – ›eine Nacht‹, sagte Adrian, ›in der es vor Blitzen nicht dunkel wird.‹« 56
7] *Venia legendi:* Die Erlaubnis, an deutschen Universitäten Vorlesungen zu halten.

23. 10. 46

56 1] *den vorletzten Teil:* Mit dem der Uraufführung der Apocalipsis und dem Tod der Väter gewidmeten XLIII. Kapitel beginnt der letzte Teil des *Faustus*-Romans: »Meine Erzählung eilt ihrem Ende zu – das tut alles. Alles drängt und stürzt dem Ende entgegen, in Endes Zeichen steht die Welt ...« (GW VI, 599) Vgl. auch den Brief an Erika Mann, P. P. 26. 10. 46, Reg. III, 46/385: »... gerade hat die unselige Ines den armen Rudi in der Trambahn totgeschossen, womit der vorletzte Teil unseres schlank gekürzten Büchleins abgeschlossen ist.« (Br. II, 511).
2] *an die junge Gräfin Vitzthum:* Der Brief gilt als verschollen. S. Reg. IV, 579.
3] *Frau v. Becker:* Nicht ermittelt.
4] *Dinner:* S. an Erika Mann, P. P. 26. 10. 46: Mit Alfred »hatten wir schon dinner bei Eddi's, wo er viel von dem pocket money sprach, das er der Lowe-Porter gegeben. 2.400 Dollars genau. ›Since she took the money, Tommy, I am sure, she will do her best‹.« (Br. II, 511/512).
5] *Eddy Knopfs:* Der MGM-Film-Produzent Edwin H. Knopf (1899–1981), ein Bruder von TMs Verleger Alfred A. Knopf, und seine Frau Mildred.

24. 10. 46

56 1] *verfehlter Versuch:* S. den Bericht an Erika Mann in dem TB 23. 10. 46, Anm. 1 und 4 zitierten Brief, P. P. 26. 10. 46: »Henry hat hier *kolossalen* Zulauf. Hulle und Herzog wollten das Mass-Meeting besuchen, aber es war ganz aussichtslos: 11.000 drin und 5.000 draußen. Wir wollten ihn wenigstens bei der ›Private‹ cocktail Party begrüßen, die bei Ciro, Sunset Blvd., stattfand, gaben aber auf, da wir nie herangekommen und noch weniger wieder weggekommen wären.« (Br. II, 511/512)
2] *»Lieder eines fahrenden Gesellen«:* Die hier erwähnte Aufnahme von Gustav Mahlers Liederzyklus von 1884, gesungen von Carol Price, begleitet vom Pittsburgh Symphony Orchestra unter Fritz Reiner, befand sich in TMs Schallplattensammlung.

25. 10. 46

57 1] *Veranstaltungen für Wallace:* Mit dem Auftrag, für »Democratic Progressivism« zu werben, sprach Wallace auf Einladung von James Roosevelt bei einem nächtlichen Mass-Meeting im Olympic Audito-

rium von Los Angeles, auf einem Lunch des Senators Alben Barkley und auf der TB 24. 10. 46 erwähnten Cocktail-Party des ›Hollywood Independent Citizens Committee of the Arts, Sciences and Profession‹, dem auch TM angehörte. Dabei versuchte er, seine Position in 5 Punkten zu umreißen: »First, I am still a Democrat. Second, more than ever before I am a progressive. Third, I am very happy that the prospects for a peaceful world have brightened greatly during the past month. Fourth, I want to do everything I can to elect progressive Democrats to Congress. Fifth, if the Democrats fail to control the Eightieth Congress there is only one way in which they can get control back again and that is by becoming more progressive.« (NYT 25. 10. 46, 15:3).

2] *an Mrs. Meyer:* An Agnes Meyer, P. P. 25. 10. 46, Reg. III, 46/ 57
382; über das Schicksal des im Osten der Vereinigten Staaten in bittere Not geratenen Schauspielers und Rezitators Ludwig Hardt (1886–1947): »Sein Fall ist melancholisch und hoffnungslos, man kann nichts machen. Ich kenne den Mann, der klein und häßlich ist, seit vielen Jahren. Schauspielerisch und rhetorisch begabt, taugte er nicht für die Bühne und wurde aus aufrichtiger Liebe zur Literatur, zum Wort und zur Wortgestaltung *Rezitator*, ein in Deutschland akzeptierter Beruf: Es gab mehrere die Städte bereisende Rhapsoden seiner Art, aber er zeichnete sich durch einen gewissen geistigen Radikalismus seiner Programme aus, sprach viel Heine, Morgenstern, Wedekind, Kafka etc. und war bei jungen Leuten sehr beliebt. Man konnte in Deutschland von dem Beruf des Vortragskünstlers leben. Hier kann man es nicht, denn das genre ist vollständig unbekannt. [. . .] In Princeton habe ich ihn in meinem Hause vor einer großen Gesellschaft sich produzieren lassen, aber er gefiel nur Einstein: [. . .] Hier in Pacific Palisades lebte er mit seiner Frau in einem netten kleinen Haus, das ihn fast nichts gekostet hatte, und konnte, da seine Frau etwas Geld besaß, schlecht und recht existieren. Öfters, weil er es eben nicht lassen konnte und die Illusion des Erfolges braucht, gab er bei sich zu Hause vor einem deutschen Emigrantenkreis Vortragsabende. Dann, aus unbezähmbarem Betätigungsdrang, wollte er höher hinaus. Mit anerkennenswertem, aber ganz unnützem Eifer studierte er Englisch, glaubte sich sprachlich umstellen zu können, übte sich ein englisches Programm ein und trat öffentlich auf. Ich hatte ihn davor gewarnt und half ihm schließlich noch dabei. Der Abend war wohl das Trübseligste, was ich mitgemacht. Scholem Asch, der auch aus Gutmütigkeit ge-

kommen war, hätte beinahe geweint. Unglücklicherweise aber war eine Angestellte des Agenten Colston Leigh zugegen, die ihm einredete, es sei ein Erfolg gewesen, und er solle nach dem Osten gehen und Geld damit machen. Trotz unserem unverhohlenem Kopfschütteln verkaufte der Dummkopf sein Häuschen und zog nach New York, wo er sich in Great Neck ein viel teureres kaufte und allein für Heizung soviel brauchte, wie hier für seinen ganzen Unterhalt. Mit seinen Plänen und Hoffnungen scheiterte er natürlich vollkommen. Er verdient sein Los, – das deshalb so traurig und bemitleidenswert bleibt. Das beste wäre, er ginge nach Berlin oder Wien, hungerte mit den anderen, hätte aber wenigstens etwas Verständnis für sein Können ...«.

26. 10. 46

57 1] *Prozeß:* Auf den ersten Nürnberger Prozeß gegen die Hauptkriegsverbrecher folgten weitere von den Amerikanern durchgeführte sog. ›Nachfolgeprozesse‹, bei deren erstem am 25. 10. 46 Mordanklage gegen dreiundzwanzig deutsche Ärzte erhoben wurde.

2] *an Félix Bertaux:* P. P. 26. 10. 46, Reg. III, 46/384.

3] *an Erika:* An Erika Mann, P. P. 26. 10. 46, Reg. III, 46/385; Br. II, 511/512.

4] *Radio-Interviewer:* Robert Dworkin für die Sendereihe ›Meet the Author‹. Der Text der am 30. 11. 46 von KFI ausgestrahlten Folge ist englisch und deutsch bei Loewy I, 42, 54–71, abgedruckt.

5] *Dialog:* Vgl. TB 10. 10. 46, Anm. 1, und TM an Anna Jacobson, P. P. 7. 11. 47, Reg. III, 47/366; D. ü. D. III, 104: »Wissen Sie, was mir das Merkwürdigste ist? Das Gespräch zwischen Adrian und Schwerdtfeger auf einem Spaziergang in Pfeiffering, als er ihn ›schickt‹. Dafür hatte ich Shakespeare gelesen.« Ähnlich, jedoch ausführlicher an Julius Bab, P. P. 20. 2. 48, Reg. III, 48/98; D. ü. D. III, 141/142. Auf 142 weitere Literaturhinweise.

6] *Trambahnlinie 1:* Vgl. *Entstehung,* GW XI, 286: »Übrigens bewahrte Kitty Neumann mich vor einer ernsten Kompromittierung meiner Münchener Lokalkunde. Ich hatte zum Schauplatz von Ines' Untat einen Wagen der Linie 1 gemacht –, die doch niemals nach Schwabing gegangen ist.«

7] *Uralte Conception:* Neben den bekannten Aufzeichnungen aus dem 7. Notizbuch, 138 und 155, die Hans Wysling u. a. in der Anmerkung 4, D. ü. D. III, 7 zitiert, sei im Zusammenhang mit TMs Tram-

Assoziationen auf eine weitere Quelle, den Brief an Hilde Distel, München, 14. 3. 1902, Reg. I, 02/8; Br. I, 31–33, hingewiesen, in dem es heißt: »Durch die Journale ging vor einiger Zeit eine trübe Geschichte, die sich in Dresden zwischen einem jungen Musiker, einem Mitglied des Hof-Orchesters, und einer Dame der Gesellschaft zugetragen hat. Es handelte sich um eine langjährige unglückliche Liebe vonseiten der Frau, und eines Abends nach dem Theater nahm die Sache im Tram-Bahn-Wagen ein böses Ende. [...] Mir hat [die Sache], aus Gründen theils technischer und theils seelischer Natur, einen ganz merkwürdig starken Eindruck gemacht, und es ist nicht unmöglich, daß ich mich ihrer einmal als Tatsachen- und Fabel-Gerippe zu einer wundervoll melancholischen Liebesgeschichte bediene. (Die »Fabel« ist ja unendlich gleichgültig, aber man muß doch eine haben, nicht wahr?)«
Eine Dankeskarte TMs an Hilde Distel, München, 28. 3. 02, Reg. I, 02/10, zeigt, daß TM den im hier nicht mehr zitierten Briefteil mit sehr detailliert aufgeführter Fragestellung erbetenen (heute leider verschollenen) »ausführlichen«, »recht genauen« und »recht eingehenden« Bericht über »die ganze Geschichte von ihren Uranfängen bis zu dem Schluß- und Knalleffekt« damals wirklich erhalten hat.

27. 10. 46
1] *Radio-Rede:* In einer fünfzehnminütigen Ansprache, die aus Castel Gandolfo direkt nach Boston in den dort tagenden ›National Congress of the Confraternity of Christian Doctrine Today‹ übertragen worden war, hatte Papst Pius XII. gesagt, daß nicht allein äußere, dem Christentum feindliche Kräfte den Bestand der Kirche bedrohten, sondern auch »the interior forces of weakness and decline«. Deshalb sei umfassende Religions- und Glaubensunterweisung das Gebot der Stunde. (S. NYT 27. 10. 46, 40:4–7). 57
2] *Geiger Pollack:* Der österreichische Geiger und Dirigent Robert Pollak (1880–1962), Professor an den Konservatorien von Moskau, San Francisco und, 1930–1937, Tokio, wo er mit Klaus Pringsheim, seinem Kollegen an der Kaiserlichen Musikakademie, befreundet war. Pollak kehrte 1937 nach Kalifornien zurück und war Leiter der Violin-Klasse des Konservatoriums in Los Angeles. 58
3] *an Bermann:* An GBF, P. P. 27. 10. 46, Reg. III, 46/386; TM/GBF, 473.

28. 10. 46

58 1] *Fragebrief an Dr. Rosenthal:* An Frederick Rosenthal, P. P. 28. 10. 46, Reg. III, 46/387; Br. II 512/513.

2] *»Der Ruf«:* ›Der Ruf. Unabhängige Blätter der jungen Generation.‹ Die Zeitschrift erschien vom 1. 3. 1945 bis zum 1. 4. 1946 als ›Zeitung der deutschen Kriegsgefangenen in den U.S.A.‹, hrsg. von Gustav René Hocke und Curt Vinz, verfaßt von einer Gruppe aktiver demokratischer Kriegsgefangener, die durch die PW Special Projects Division of the Provost Marshal General im Lager Van Etten, einem Ferienlager der Cornell-University in Ithaka, versammelt wurden. Zwei der damaligen Mitarbeiter, Alfred Andersch und, später, Hans Werner Richter, gaben vom 15. August 1946 bis zum 1. April 1947 die Fortsetzung des Gefangenen-Projektes als ›Unabhängige Blätter der jungen Generation‹ unter demselben Namen heraus, die 1947 wegen allzu freimütiger Kritik an den Besatzungsmächten von den Amerikanern verboten wurde. TM hatte, wie aus der TB-Eintragung vom 29. 10. 46 zu schließen ist (vgl. 29. 10. 46, Anm. 1), die ersten beiden Nummern des Münchener Blattes vom 15. 8. und 1. 9. 46 zugesandt bekommen. – Aus dem Kreis der ›Ruf‹-Mitarbeiter ging 1947 die ›Gruppe 47‹, eine zwanglose Vereinigung junger antifaschistisch gesinnter Autoren und Publizisten, hervor.

29. 10. 46

58 1] *Verstimmt durch die Generationsattitüde und befremdende Lobsprüche:* Die beiden ersten Nummern des ›Ruf‹ vom 15. 8. und 1. 9. 46 hatten mit Leitartikeln, die bereits in den Überschriften ›Das junge Europa formt sein Gesicht‹ und ›Warum schweigt die junge Generation?‹ ein starkes Selbstbewußtsein formulierten, recht kompromißlos die Sonderstellung der Achtzehn- bis Fünfunddreißigjährigen sowie den Anspruch auf Gehörtwerden und Mitspracherecht für eine Generation proklamiert, die sich von den Älteren »durch ihre Nicht-Verantwortlichkeit für Hitler, von den Jüngeren durch das Front- und Gefangenschaftserlebnis« unterscheide und die – belehrt durch Erfahrung – eine europäische Einheit mit »sozialistischer Praxis und humanistischer Freiheit« anstrebe. – Auch einer jungen Emigrantengeneration war in diesem Zusammenhang gedacht worden, deren Wesen in der Persönlichkeit Arthur Koestlers »seinen bisher bedeutendsten Niederschlag« gefunden habe: »Mit seinem Leben und sei-

nem Werk ist er zu einer Figur von weltweiter Bedeutung aufgestiegen.«

30. 10. 46

1] *»mit dem hellen Schwert ich vor ihm stund«:* Richard Wagner, ›Tristan und Isolde‹, Isoldes Erzählung im 1. Aufzug, 3. Szene: »Der ›Tantris‹/ mit sorgender List sich nannte/ als Tristan/ Isold ihn bald erkannte [. . .]/ Da schrie's mir auf/ aus tiefsten Grund!/ Mit dem hellen Schwert/ ich vor ihm stund,/ an ihm dem Überfrechen/ Herrn Morolds Tod zu rächen.« *58*

2] *»seine Waffen hatt ich geweiht«:* ›Tristan und Isolde‹, 1. Aufzug, 5. Szene, Dialog Tristan/Isolde. Isolde: »Angelobt war er mir/ der hehre Irenheld;/ seine Waffen hatt' ich geweiht;/ für mich zog er zum Streit.«

3] *das 43. Kapitel:* GW VI, 599–609; ». . . das Kapitel der Kammermusik [. . .], hinführend schon zu dem Klage-Oratorium, dessen Ausführungen dann durch das Erscheinen und den furchtbaren Hingang des wunderbaren Kindes noch verzögert wird.« (*Entstehung* Kap. XIV, GW XI, 287)

4] *[an] Dr. Jacobson wegen eines deutschen Buches über mich:* An Anna Jacobson, P. P. 1. 11. 46, Reg. III, 46/392: »Von dem Buch von Arnold Bauer [›Thomas Mann und die Krise der bürgerlichen Kultur‹, Berlin 1946] hatte ich noch nichts gehört und möchte Sie bitten, wenn Sie das Buch gelesen haben, es mir zu schicken. Es ist mir doch interessant, was die Leute in Deutschland jetzt von mir sagen.« (D. ü. D. II, 512) *59*

5] *Stroh:* Der Berliner Essayist und Kritiker Heinz Stroh (1899–1952), der in den 20er Jahren verschiedentlich über TM geschrieben und im Februar 1935 im ›Jüdischen Zentralblatt‹, Prag, ein ›Interview mit Thomas Mann über das Judentum‹ veröffentlichte, das nach Ansicht TMs (vgl. Reg. II, 35/16 und 35/25) Äußerungen enthielt, die er nie getan habe, und die das Erscheinen seiner Bücher in Deutschland gefährdeten. Stroh emigrierte 1938 nach Prag und entkam 1939 von dort nach London.

6] *meine Briefe: an Preetorius:* Vermutlich der in Etappen vom 14. 1.–24. 2. 46 geschriebene Brief, Reg. III, 46/33.

[an] Süskind: Wahrscheinlich das TB 21. 7. 46, Anm. 3 nachgewiesene Schreiben.

[an] Reisiger: Wohl der Brief vom 16. 9. 46, Reg. III, 46/333 (frühere Nachkriegsbriefe von TM an Reisiger sind nicht nachzuweisen. Wie aus dem TB zu schließen, ist es eher unwahrscheinlich, daß TM die Korrespondenz bereits unmittelbar nach Kriegsende wiederaufnahm.)

31. 10. 46

59 1] *Klaus Pr.:* Der Dirigent Klaus Pringsheim. S. TB 20. 8. 46, Anm. 1.
2] *meines Briefes:* P. P. 26. 10. 46; Reg. III, 46/385; Br. II, 511/512.
3] *an die Leute von den »deutschen Blättern«:* Der Brief wurde kassiert und neu geschrieben. S. TB 1. 11. 46.
4] *Mrs. Johnson:* Nicht ermittelt.
5] *Halloween:* Der Abend vor Allerheiligen.

1. 11. 46

59 1] *an die »Deutschen Blätter«:* An die Redaktion der ›Deutschen Blätter‹, Santiago de Chile, P. P. 1. 11. 46, Reg. III, 46/395.
2] *an Kesten:* An Hermann Kesten, P.P. 1. 11. 46, Reg. III, 46/393; ›Deutsche Literatur im Exil‹, a.a.O. 288/289: »Wie freue ich mich, daß Ihr Talent sich fühlbar und sichtlich von Buch zu Buch hierzulande mehr durchsetzt! Warum mußte ein so großer Könner wie Döblin, hier so ganz unbeachtet bleiben? Er ist in tiefer Verbitterung abgereist und haßt nun jeden, von dem er sich einbildet, daß er ihm im Licht gestanden, z. B. – mich, der sich, weiß Gott, nicht vordrängt, auch nicht Geld scheffelt, sondern sich gerade nur eine anständige Unabhängigkeit bewahrt und ihn, Döblin, immer aufrichtig und ausdrücklich geehrt hat.«
3] *3. Brandenb. Konzert:* Johann Sebastian Bach, 3. Brandenburgisches Konzert G-Dur für Streichorchester mit Cembalo, BWV 1048.

2. 11. 46

59 1] *bis zum Alten Haus:* 740 Amalfi Drive; das Haus, in dem TM von April 1941 bis zum Februar 1942 wohnte.
2] *an Dr. Stroh:* Der Brief ist verschollen.
60 3] *an Wallace:* Das Telegramm ist verschollen.

3. 11. 46

60 1] *Klaus Pr.'s Manuskript:* Vermutlich das erste Kapitel aus der ca. 600seitigen Musiktheorie, an der Klaus Pringsheim zwischen 1936

und 1945 arbeitete. Das Manuskript mit dem Titel ›Pythagoras, die Atonalität und wir‹ blieb in toto unveröffentlicht; Teile erschienen 1957 in der ›Schweizerischen Musikzeitung‹.
2] *an Fougère:* An Jean Fougère, P. P. 7. 11. 46, Reg. III, 46/399.
3] *Vortrag:* S. TB 22. 10. 46, Anm. 4.

4. 11. 46
1] *Brief von Vikko:* München, 28. 10. 46; im TMA. 60
2] *Walter-Brief in der »Neuen Zeitung«:* Die ›Neue Zeitung‹, München, Nr. 77 v. 27. 9. 46 (fragm.).
3] *von Dr. Rosenthal:* Der Brief, dessen Informationen TM für die Schilderung vom Sterben des Kindes Echo im *Faustus*-Roman verwendete, gilt als verschollen.

5. 11. 46
1] *von den Gästen:* Von Klaus Pringsheim und seinem Sohn. 60
2] *Students of the World Government:* Eine Organisation Chicagoer Studenten, die an der Realisierung des damals viel diskutierten und u. a. von G. A. Borgese energisch beförderten Gedankens einer Welt-Regierung als Mittel zur Erhaltung des Friedens arbeitete. S. dazu auch Erich von Kahlers TB 6. 9. 46, Anm. 4 zitiertes Schreiben.
3] *Erscheinen der deutschen Ausgabe vor der amerikanischen:* S. TB 30. 9. 46, Anm. 6 und TB 2. 7. 47, Anm. 18.
4] *Buch über Spinoza:* Rudolf Kayser, ›Spinoza. The Life of a Spiritual Hero‹, New York 1946.
5] *Kayser:* Der Essayist und Kritiker Rudolf Kayser (1889–1964), als 61
Nachfolger Oscar Bies von 1921–1932 Redakteur der ›Neuen Rundschau‹, emigrierte 1933 nach Holland und 1935 in die USA.

6. 11. 46
1] *Wahlnachrichten:* Über den Ausgang der Kongreß- und Gouver- 61
neurswahlen am 6. 11. 46.
2] *Kommentar des alten Hoover:* Einem Bericht der NYT 6. 11. 46, 2:6 zufolge hatte der ehemalige Präsident der USA gesagt: »This has been much more than just another Congressional election. The whole world, including the United States, has been for years driving to the left on the totalitarian road of ›planned economy‹. America is by this election the first country to repudiate this road. And it defines that the

republican party is the party of the right. We are again moving to the goal of free man. This decision of the United States will have a profound effect on nations which have been following along the road to the left.«

3] *Hoover:* Der republikanische Politiker und, von 1929–33, 31. Präsident der USA, Herbert Clark Hoover (1874–1964), war nach dem 1. und 2. Weltkrieg maßgeblich am Aufbau europäischer Hilfsprogramme (›Hoover-Speisung‹) beteiligt.

4] *sympathischer junger Amerikaner:* Wahrscheinlich der Psychologe Pierce Ommaney (geb. 1918), damals Regisseur, heute Leiter des Psychological Guidance Center in Anaheim/Calif.

5] *politisch erschütterter [...] Student:* David Mc Coy. Vgl. dazu *Entstehung* Kap. XIV, GW XI,289 (wobei das Datum: ›Septembernachmittag‹ in ›Novembernachmittag‹ geändert werden muß, da die zeitliche Reihenfolge des Kontextes sonst nicht mit den historischen Fakten in Einklang zu bringen ist): »Der junge Mensch drang in mich, nach Chicago zu kommen und für seine Organisation über die Notwendigkeit der Errichtung einer Welt-Autorität zum Schutze des Friedens zu sprechen.« S. auch TB 5. 11. 46, Text und Anm. 2.

6] *Unterstützung:* TM schrieb einen Briefvortrag; s. TB 8. 11. 46, Anm. 2.

7] *Bericht:* Hamilton Basso, ›F.D.R.‹, ›The New Yorker‹, 2. 11. 1946, 114–124.

8] *Roosevelt-Buch:* Frances Perkins, ›The Roosevelt I knew‹, New York 1946.

9] *Miss Perkins:* Die Arbeitsrechtlerin und Spezialistin für Arbeitsschutz, Frances Perkins (1882–1965) war 1933 von Roosevelt als erste Frau im US-Kabinett zum Secretary of Labor berufen worden und in dieser Funktion maßgeblich an der Sozialgesetzgebung des New Deal beteiligt.

10] *Verteidigungsbrief von Süskind:* Das Schreiben befindet sich nicht unter den im TMA archivierten Briefen.

8. 11. 46

62 1] *Stassen:* der demokratische US-Politiker Harold Edward Stassen (geb. 1907).

2] *Artikel-Brief über World Government:* An David McCoy, P. P. dat. 15. 11. 1946, Reg. III, 46/402, GW XIII, 774–783. Die Jahres-

Angaben auf S. 783 und 900 sind falsch: der Brief stammt aus dem Jahr 1946.
3] *an Dr. Kayser:* An Rudolf Kayser, P. P. 8. 11. 46, Reg. III, 46/400; Br. II, 513/514.

9. 11. 46
1] *Über die Entvölkerung Europas:* Werner Rings, ›Wird Europa menschenarm?‹ ›Die Weltwoche‹, Jg. 14, Nr. 674 v. 11. 10. 1946, 3. *62*
2] *Bellini's »Norma«:* Tragische Oper in zwei Aufzügen (1831) des italienischen Komponisten Vincenzo Bellini (1801–1835).

10. 11. 46
1] *»Abschied von der bisherigen Geschichte«:* Alfred Weber, ›Abschied von der bisherigen Geschichte, Überwindung des Nihilismus.‹ Hamburg 1946. Das VI. Kapitel trägt die Überschrift ›Nietzsche und die Katastrophe‹ (144–208). *62*

11. 11. 46
1] *»Short encounter«:* ›Brief encounter‹, englischer Film von 1945 nach Noel Cowards Schauspiel ›Heute Abend um 8 Uhr 30‹, die Geschichte einer Zufallsbekanntschaft, einer Liebe ohne Zukunft – erzählt während der letzten Begegnung der Liebenden in einem tristen Bahnhofsrestaurant. Unter der Regie von David Lean spielen Robert Krasker, Celia Johnson und Trevor Howard u. a.
2] *Noel Coward:* Der englische Schriftsteller, Regisseur, Komponist und Schauspieler Noel Coward (1899–1973).

13. 11. 46
1] *Hetz- oder Warnungsrede:* ›The International Scene‹, Rede vor dem House of Commons, 12. 11. 46; Churchill, ›Speeches‹ a.a.O. 7400–7408: »The world situation has not improved [. . .] The British and American Forces in Europe have melted away. [. . .] The Russian Armes, based on a despotic form of Government have maintained in Europe in vast strength, and mostly on a war footing. More than one third of Europe is held under the Russian Soviet control. The Soviet military frontier is on the Elbe, and it is impossible to forecast what the future fate of France will be. [. . .] The conservative Party cannot of course accept any responsibility for Potsdam, as matters were taken *63*

out of our hands in the vital phase of those discussions. [...] No decisive improvement can be recorded, except, of course, that in the mercy of God the cannons have ceased to fire.« (Alle Zitate 7401).

63 2] *Leitartikler Schumacher [...] über Amerika:* TM meint wahrscheinlich den Artikel von Robert Jungk, ›Amerikas Außenpolitik am Scheideweg‹, ›Die Weltwoche‹, Jg. 14, Nr. 672 v. 27. 9. 46, 1 u. 7. Der Satzspiegel der ersten Seite, auf der auch Karl von Schumachers Leitartikel abgedruckt ist, läßt solche Verwechslung als leicht möglich erscheinen.

3] *Schumacher:* Der Schweizer Journalist Karl von Schumacher (1894–1957), Gründer – gemeinsam mit Manuel Gasser – und langjähriger Leiter der Zürcher ›Weltwoche‹.

4] *Furchtwängler:* Der deutsche Dirigent und Komponist Wilhelm Furtwängler (1886–1954), in dem TM während der Emigrationszeit, vor allem nach 1945, so etwas wie einen ›Erzfeind‹ sah: den Opportunisten und Mitläufer – von allen Seiten hofiert und hochgeehrt, als hätte er nie zu Zeiten der Hitler, Göring und Goebbels den Taktstock gehoben.

5] *E. Fischer:* Der Schweizer Pianist Edwin Fischer (1896–1960).

6] *in Luzern:* Über das Konzert, auf das sich TM bezieht, hatte der ›Aufbau‹, vol. XII, No. 45 vom 8. 11. 46, 6 unter der Überschrift ›Furtwängler konzertierte »schwarz« in Luzern‹ wie folgt berichtet: »*Wilhelm Furtwängler*, der seit dem Ende des Dritten Reiches mit kurzer Unterbrechung in der Schweiz lebt, und als ›Emigrant‹ nicht ohne fremdenpolizeiliche Genehmigung ›erwerbstätig‹ sein darf, umging das allgemeine Schweizer Arbeitsverbot, das auch so vielen *wirklichen* Emigranten schon Kopfzerbrechen bereitete, mit einer wahrhaft odysseeischen List. In Luzern feierte der im Dritten Reich einst so beliebte und von Hitler persönlich geschätzte Schweizer Pianist *Edwin Fischer* seinen 60. Geburtstag mit einem Konzert im Konservatorium. Mit Ansprachen und Ehrungen. Beim B-Dur-Trio von Schubert tauchte plötzlich mitten aus dem Publikum ein Mann auf, mit ›edelgeformtem Künstlerkopf‹ (wie es in der Lokalpresse heißt), setzte sich neben Edwin Fischer aufs Podium und – blätterte um. Es war ›kein Geringerer‹ als Staatsrat Furtwängler. Und nun kommt der Trick! Beim zweiten Satz machten Fischer und Furtwängler ›Wechselt das Bäumchen‹. Den zweiten Satz *spielte Furtwängler*, während Fischer umblätterte. Das Publikum quittierte mit stürmischem Jubel. Und bei der Nachfeier im ›Wilden Mann‹ (dessen Name jedoch nichts mit Hitler zu tun hat) versäumte Furtwängler nicht, auch noch mit einer Rede hervorzutreten. Die Basler ›Nationalzeitung‹ gibt ihrer Verwunderung Ausdruck, daß die beiden anderen heute in der Schweiz lebenden Nazi-Musik-Prominenten *Richard Strauss* und *Lehar* bei der Veranstaltung fehlten.«

7] *von Elkjaer:* Niels Elkjaer, ›Thomas Mann og Nazismen‹, ›Gads Danske Magasin‹, No. 40, Okt. 1946, 104–116. Der Artikel ist im TMA enthalten.

8] *Elkjaer:* Der dänische Gymnasiallehrer Niels Elkjaer (geb. 1915).

9] *Buch [...] von A. Bauer:* Vgl. TB 30. 10. 46, Anm. 4.

10] *A. Bauer:* Der Schriftsteller Arnold Bauer (geb. 1906).

11] *Wolfg. Reinhardt u. Frau:* Der Filmproduzent Wolfgang Reinhardt (1908–1979), älterer Sohn von Max Reinhardt und Else Heims, und seine Frau Sally, geb. Siebert.

12] *politischen Aufsatz:* Der Brief an David Mc Coy; s. TB 8. 11. 46, Anm. 2.

13] *55 deutschen Radiosendungen:* Das gegenüber der 25 Sendungen umfassenden ersten Edition von 1942 um 31 Beiträge erweiterte neue Buch *Deutsche Hörer! 55 Radiosendungen nach Deutschland*, 2. erw. Ausg., war 1945 mit 56 Texten bei Bermann-Fischer in Stockholm erschienen. (GW XI, 983–1123)

14. 11. 46

1] *Gromyko in den U.N.:* Der sowjetische Delegierte beim Welt- 63
sicherheitsrat der Vereinten Nationen und spätere Außenminister der UdSSR, Andrei Andrejewitsch Gromyko (1909–1989), hatte am 13. 11. 46 in einem speziell an die USA gerichteten Appell den Mißbrauch des Nahrungsmittel-Hilfsprogramms für politische Zwecke gegeißelt und in einem 6-Punkte-Programm zur Sicherstellung der Weltversorgung vor einer Preiserhöhung für landwirtschaftliche Produkte gewarnt. Von einer solchen Verteuerung könnten allein »monopolists and middlemen in both countries« (gemeint sind sowohl die exportierenden als auch die auf Import angewiesenen Länder) Profit ziehen. (NYT 14. 4. 46, 1:6 und 10:3)

2] *60 [...] labor-Mitglieder [...] erklären:* 59 britische Labour-Abgeordnete hatten am 13. 11. 46 in einem ›amendment‹ zur Thronrede Georgs VI. die dringende Hoffnung auf eine entscheidende außenpolitische Kursänderung zum Ausdruck gebracht. (S. NYT 14. 11. 46, 1:6,7)

64 3] *den Artikel [...] von 1936:* Gemeint ist vermutlich TMs Aufsatz *Dem sechzigjährigen Hermann Hesse* (GW XIII, 840–843), der am 2. 7. 37 in der NZZ erschienen war.

4] *Anfrage des ›Aufbau‹:* Das Schreiben, das vermutlich die Bitte um ein Statement zur Nobelpreisverleihung an Hesse enthielt, befindet sich nicht im TMA.

15. 11. 46

64 1] *Shaw begrüßt die Aktion der 60:* Eine entsprechende Äußerung des irischen Schriftstellers George Bernard Shaw (1856–1950), Nobelpreis 1925, konnte nicht nachgewiesen werden.

2] *an Hesse:* Das Telegramm (Reg. IV, N 46/11, nach dem TB-Text rekonstruiert), gilt als verschollen.

3] *St.:* Stockholm.

4] *des Artikels:* Des Brief-Artikels an David Mc Coy; s. TB 8. 11. 46, Anm. 2.

5] *altes Heft des Berliner »Querschnitt«:* Wohl das im TMA erhaltene Exemplar ›Der Querschnitt. Magazin der aktuellen Ewigkeitswerte‹, Berlin, Jg. X, 1930, H.4, das 215–219 Klaus Pringsheims Beitrag ›Zustand heutiger Musik‹ und 222–224 Arnold Schönbergs Aufsatz ›Mein Publikum‹ enthält.

6] *Ausgaben einer neu-deutschen Jugendzeitschrift:* Nicht ermittelt.

16. 11. 46

64 1] *F.W.G.-Aufruf:* Aufruf für ein Federal-World-Government; s. TB 8. 11. 46, Anm. 2.

2] *Guggenheim-Gutachten:* Ein Empfehlungsschreiben an die Guggenheim-Foundation zugunsten von Charles Neider; vergl. TM an Charles Neider, P. P. 17. 11. 46, Reg. III, 46/409.

3] *1. Akt der ›Walküre‹:* TM besaß die Gesamtaufnahme des 1. Akts mit Lotte Lehmann, Lauritz Melchior, Emanuel List und den Wiener Philharmonikern unter Bruno Walter (1935).

17. 11. 46

65 1] *Sturm gegen Klu-Klux-Klan Senator Bilbo:* Der US-Senat beschloß am 16. 11. 46 eine »full dress investigation« zur Prüfung der

Frage, ob der demokratische Senator von Mississippi, Theodore Gilmore Bilbo (1877–1947), der in den Kongreßwahlen mit einer knappen Mehrheit von 4000 Stimmen gesiegt hatte, sein Amt behalten dürfe. Ihm war von 48 Bürgern seines Staates vorgeworfen worden, er habe »advocated, counseled, inspired, encouraged, incited, aided and abetted« the white population »to commit acts of violence and intimidation against negroe voters«. (NYT 17. 11. 46, 1:7) Er habe, so die Anklage, jeden »red blooded white Anglo-Saxon in Mississippi« aufgefordert, alle erdenklichen Mittel anzuwenden, um Neger von den Wahlurnen fernzuhalten: »The time to see the nigger is the night before election.« (NYT 18. 11. 46, 22:2) Die NYT 17. 11. 46, 4:2 zitierte Bilbos Ausspruch »I am a law abiding citizen. But I said during the campaigne, I didn't think negroes have a right to vote in Mississippi and I still don't think it.« Die Zeitung berichtete einen Tag später, Bilbo habe eingestanden, Mitglied des Klu-Klux-Klan zu sein und definierte das, was unter dem Begriff ›Bilboism‹ angeklagt sei, als »a combination of racial hatred Klu-Klux-Klannery, intimidation at the polls and a narrow parochialism to which all national interests are subordinate.« (NYT 18. 11. 46, 22:2)
2] *als Foreign agent zu registrieren:* Die Quelle dieser Anschuldigung konnte nicht ermittelt werden.
3] *Reklame-Brief:* An Rudolf Schick, P. P. o. D., Reg. III, 46/409a; Text fragm. in GW XIII, 452/453 *Für Fritz von Unruh*; vollständig im ›Aufbau‹, vol. XII, No. 50 v. 13. 12. 46, 22.
4] *Unruh:* Der pazifistische Dramatiker Fritz von Unruh (1885–1970) emigrierte bereits 1932 nach Frankreich und konnte sich 1940 mit Hilfe des American Rescue Committee und des Hollywooder European Film Fund in die USA retten. TM kannte Unruh aus der gemeinsamen Zeit in der Preußischen Akademie der Künste; die Tagebücher bezeugen einen intensiven Verkehr in Zürich 1935 und später gelegentliche Treffen bei Besuchen TMs an der Ostküste.
5] *Verleger Schick:* Rudolf Schick, Inhaber einer ›Publishing Company‹, New York. Näheres nicht ermittelt.

18. 11. 46
1] *Proklamation Einsteins u. 7 anderer Physiker:* Albert Einstein 65
(1879–1955), Nobelpreisträger und Kollege von TM in Princeton, hatte gemeinsam mit den Professoren Selig Hecht, Victor F. Weiskopf,

Leo S. Szilard, Hans A. Bethe, Torfin R. Hogness und Philip M. Morse die Öffentlichkeit zu Geldspenden aufgerufen, die angesichts der immer billigeren Herstellung und der immer verheerenderen Wirkkraft von Atombomben zu einer Aufklärungskampagne über die menschheitsbedrohenden Implikationen der Atom-Kraft dienen sollten: »There ist no military defense against atomic bombs and none is to be expected. [...] Preparedness against atomic war is futile, and if attempted, will ruin the structure of our social order. If war breaks out, atomic bombs will be used, and they will surely destroy our civilization. There is no solution to this problem except international control of atomic energy and, ultimately, the elimination of war.« (NYT 18. 11. 46, 25:1).

65 2] *an Wallace:* An Henry A. Wallace, P. P. o. D., Reg. III, 46/441: Angebot, den McCoy-Brief für einen Abdruck in ›New Republic‹ zur Verfügung zu stellen: »The letter has the character of an article, its length is about 2.000 words, and deals with the present world situation and America's role today. I believe that its contents would be suitable for your magazine. However, you will probably object to the letter form of the message. I would therefore leave it to you to change this form and give the message the character of an article.« (Im TMA).

3] *Newmans »Wagner«:* Ernest Newman (1868–1959), ›The life of Richard Wagner‹, 4 Bde., New York 1933–1946. Das Werk des englischen Musikologen und Musikkritikers der ›Times‹ steht in der Zürcher Bibliothek und enthält Notizen TMs. Zum knappen TB-Eintrag vgl. *Entstehung* Kap. XIV, GW XI, 293: Das »Gespräch [mit Adorno] ging zunächst über den vierten Band von Ernest Newmans großer Wagner-Biographie, den ich mir wohl eben des ›Parsifal‹ wegen von Knopf erbeten hatte, und mit dessen psychologischer Erklärung von Nietzsche's Bruch mit Wagner (er wird auf gewöhnliche Eifersucht, und sogar einfach gesellschaftliche, zurückgeführt) ich recht unzufrieden war. Dabei spricht Newman von Wagner als Denker oft nicht respektvoller als von Nietzsche, verzeiht aber jenem alles um der Werke willen – als ob die nichts mit dem Denken zu tun hätten. Übrigens nennt er seinen Helden einmal ›a born amateur‹ – und versteht nicht, daß gerade diese Natur, das damit verbundene Mitreden über alles und jedes, die namenlose Unbescheidenheit, die diejenige Hitlers vorwegnimmt, Nietzschen auf die Nerven ging. Die Kennzeichnung, nebenbei, konnte mir recht sein. Welches Ärgernis hatte ich aufgeregt, als ich in ›Leiden und Größe Richard Wagners‹ den Mann des ›Gesamtkunstwerks‹ einen genialen Dilettanten genannt hatte! Nun bestätigte das der Vier-Bände-Biograph mit seinem unerschrockenen Wort vom geborenen Amateur.« – Vgl. auch den Dankesbrief an Alfred A. Knopf, P.P. 3. 12. 46, Reg. III, 46/426; D. ü. D. III, 77.

4] *Fälschungen der Elisabeth:* Nietzsches Schwester Elisabeth, verheiratete Förster (1846–1935), unternahm umfangreiche Retuschen, Fälschungen und Unterschlagungen der ihr jahrelang unkontrolliert zugänglichen Dokumente, besonders der Briefe. Vgl. hierzu zusammenfassend Karl Schlechtas ›Philologischen Nachbericht‹ im 3. Band der von ihm edierten Ausgabe, München 1956, 1383–1452, bes. 1408–1423, sowie: Karl Schlechta, ›Der Fall Nietzsche‹, München, 2. erw. Aufl. 1959.

19. 11. 46

1] *Gefangensetzung des Lewis:* Der amerikanische Gewerkschafts- 65
führer Llewellyan Lewis (1880–1969) hatte für den 20. 11. 46 einen Bergarbeiterstreik angekündigt, dem das US-Innenministerium mit verschiedenen Maßnahmen (erfolglos am Ende) entgegenzuwirken suchte. Eine Verhaftung von Lewis fand nicht statt.

2] *Ringführer des Filmstreiks verhaftet:* 14 ›officers‹ und ›associates‹ der ›conference of Studio Unions‹, einer Vereinigung des technischen Filmpersonals, die seit 8 Wochen die Produktion durch einen Streik lahmlegte, waren am 18. 11. 46 wegen Aufstellung von Streikposten, Nötigung und bewaffneter Übergriffe angeklagt, verhaftet und mit Strafen bis zu 10 Jahren Gefängnis und 5000 Dollar Bußgeld bedroht worden.

3] *Mrs. Irish:* Die Vorsitzende des Los Angeles Philharmonic Committee, Mrs. Leiland Asherton Irish wollte mit Klaus Pringsheim wegen eines Konzertes verhandeln.

4] *an Einstein und A. Busch:* Beide Briefe gelten als verschollen. S. Reg. IV, 579.

5] *A. Busch:* Der Geiger Adolf Busch (1891–1952), jüngerer Bruder des Dirigenten Fritz Busch (1890–1951), Gründer (1919) des Busch-Quartetts, Violinist des Busch-Serkin-Trios, lebte seit 1926 in Basel, seit 1940 in den USA. TM stand seit seinen Schweizer Jahren mit der Familie Busch in freundlicher Verbindung.

20. 11. 46

66 1] *Gefährlicher Grubenarbeiterstreik:* S. TB 19. 11. 46, Anm. 1.

2] *Die deutschen Gewerkschaften:* Der von einer Europa-Reise zurückgekehrte Arbeiterführer Julius Hochmann erklärte am 16. 11. 46 vor dem Jewish Labour Committee, daß sich durch die gemeinsamen Anstrengungen der US-Besatzungsbehörden und deutscher Gewerkschafter aus der Vor-Hitler-Zeit in Deutschland und Österreich wieder eine handlungsfähige und von den Parteien unabhängige Gewerkschaftsbewegung konstituiert habe.

3] *Manchester Baddy:* Der Zeitungsverleger – u. a. ›Los Angeles Daily News‹ – E. Manchester Boddy (1891–1967).

4] *»Twice a Year«:* Thomas Mann, ›From Diaries 1933–34‹, ›Twice a Year‹, New York, vol. 14/15, Fall/Winter 1946/47, 39–50.

5] *an Bohnenblust:* Der Brief an den Schweizer Schriftsteller und Professor für Deutsche Sprache und Literatur an der Universität Genf, Gottfried Bohnenblust (1883–1960), P. P. 21. 11. 46, befindet sich im Besitz von Christine Walker-Bohnenblust, mit deren freundlicher Genehmigung im folgenden aus dem Schreiben zitiert wird. Das Problem, auf das sich TM bezieht, war offenkundig geworden, als ihm der Artemis-Verlag Zürich im August 1946 Bohnenblusts neuestes Buch ›Vom Adel des Geistes‹ zugesandt hatte. Betroffen über die Ähnlichkeit des Titels mit dem der eigenen angekündigten Essaysammlung, wies TM dem Verlag gegenüber darauf hin, daß sein Titel bereits 1939 mit GBF in Stockholm abgesprochen gewesen sei (s. TM an Friedrich Witz, P. P. 26. 8. 46, Reg. III, 46/306). Bohnenblust gegenüber führte er in dem hier gemeinten Brief vor allem den »wesentlichen Unterschied ins Feld«, der sich »gründlichen Lesern« durch die abweichende Formulierung der »beiden Etiquetten« unmißverständlich erschließe: »Es ist etwas Anderes, ob man eine Corona von großen Schriftstellern und Künstlern, über die man schreibt, auf dem Titelblatt als »Adel des Geistes« bezeichnet oder ob man ein Gedankenwerk ›Vom Adel des Geistes‹ im Allgemeinen bietet. Der Gleichklang der beiden Titel wird also für mein Gefühl, und ich glaube auch für das Gefühl des Publikums, weitgehend aufgehoben durch den verschiedenen Sinn. Auch glaube ich, daß Leute, die sich überhaupt für Bücher von der Art der Ihren und der meinen interessieren, niemals in Gefahr sein werden, verführt durch die Ähnlichkeit des Titels, ein Buch von mir zu kaufen, wenn sie eines von Ihnen wollen und umgekehrt. Ich kann beim besten

Willen nichts weiter anführen, um Ihnen den ärgerlichen Fall erträglich zu machen. Ich kann nur wiederholen, daß bestimmt bei niemand eine böse Absicht bestand. Können Sie glauben, daß ich, dem Sie in vergangenen Tagen so viel Freundliches erwiesen haben, die Absicht hatte, Ihnen etwas zu nehmen? Ich habe vor sieben Jahren den Titel in völliger Unabhängigkeit bestimmt und bin überzeugt, daß Bermann ihn ohne jeden Arg akzeptiert hat. Habe ich mit diesen Zeilen nun doch etwas dazu beigetragen, den dummen Fall zu klären und beizulegen? – Wir träumen oft von einer Europa-Reise, zu der ich auch durch einen Brüsseler Agenten wiederholt aufgefordert bin; Wenn ich Europa sage, so meine ich in erster Linie die Schweiz und die dortigen Freunde: Sie nach all diesen Jahren wiederzusehen, wäre mir eine große Freude.«

21. 11. 46

1] *»Students«-Artikel:* S. TB 8. 11. 46, Anm. 2. *66*

2] *Volksbuch:* S. TB 20. 10. 46, Anm. 3.

3] *Ideen zum Faust-Oratorium:* S. hierzu die bei Lieselotte Voss, a.a.O. 200/201, wiedergegebenen ›Notizen‹ Bl. 200–203: »Symphonische Kantate. Dauer ca. 5/4 Stunden«.

4] *das alte Lamento:* Hans Wysling weist in seinem Kommentar zu TMs Brief an Emil Preetorius, P. P. 30. 12. 46, Reg. III, 46/465, Bl. TMG. 4, 16, Anm. 3, darauf hin, daß TM in Ernst Kreneks Buch ›Music here and now‹ auf S. 119 einen Vergleich zwischen Schönberg und Monteverdi gefunden und daraufhin Leverkühns ›Weheklag‹ in Verbindung mit Monteverdis ›Lamento d'Arianna‹ von 1608 gebracht habe. Vgl. auch den genannten Brief an Preetorius: »Eben imaginiere und komponiere ich für meinen Musiker die ›Symphonische Kantate‹, mit der er vom geistigen Leben Abschied nimmt. ›D. Fausti Weheklag‹ (nach dem Volksbuch), ein Lied an die Trauer, da die ›Freude‹ der Neunten Symphonie offenbar nicht sein soll und ihre Verkündigung zurückgenommen werden muß. Es ist ein expressivstes Werk, denn der erste und eigentliche Ausdruck ist Klage, und sobald die Musik sich zum Ausdruck emanzipiert, am Beginn ihrer modernen Geschichte, wird sie zum Lamento und zum ›Lasciatemi morir‹.« (Br. II, 521) Sehr ähnlich auch an Karl Kerényi, P. P. 1. 1. 47, Reg. III, 47/7; TM/KK 146, und, grundsätzlich, *Notizen*, Blatt 200: »Form des Lamento. eigentlich undynamisch, entwicklungslos, i.e. undramatisch, konzentrische Kreise, das Immer Gleiche. Die Idee der *Klage* der Kreatur, die vom Subjekt (Faust) ihren Ausgang nimmt, aber immer mehr sich ausbreitet u. gleichsam den Kosmos ergreift. Die Form besteht in den immer erneuten Schichten der Klage. (Freude etc.) Der rein symphonische Schlußsatz als Klage Gottes: Ich habe es nicht gewollt. Daher ist das ganze ein riesiges *Variationswerk* – auch hierin dem Finale der IX. Symphonie negativ verwandt. Jede Variation (ein ganzer Satz) stellt einen neuen Kreis der Klage dar u. zieht einen neuen unaufhaltsam nach sich ›wie wenn man einen Stein ins Wasser wirft‹. Dabei ist jeder Satz in sich wieder eine Variationsfolge, und alle gehen, als auf das Thema, auf das ›Denn ich sterbe als ein guter und schlechter Christ‹ zurück.«

5] *Durchbruch zum Ausdruck:* In der *Entstehung* Kap. XIV, GW XI, 292/293 eindeutiger formuliert: »Durchbruch aus der Konstruktion zum Ausdruck.«

22. 11. 46

66 1] *an Bermann:* an GBF, P. P. 21. 11. 46, Reg. III, 46/418; TM/GBF 476–478 (fragm.).

2] *das Erscheinen der deutschen Ausgabe vor der amerikanischen:* S. TB 2. 7. 47, Anm. 18.

3] *in St. Gallen:* »Wir haben inzwischen die notwendigen Vorbereitungen für den Satz bei der Druckerei Zollikofer, St. Gallen, getroffen und fangen an, sowie das Manuskript dort eingetroffen ist.« (TM/GBF 475)

4] *Korrektur gelesen:* Der Eintrag »Skandalosität der Ausgabe« (TB 24. 11. 46) sowie ein Passus des Anm. 1 zitierten Briefes an GBF bestätigen, daß es sich um Korrekturen für eine geplante Neuausgabe der Stockholmer Edition von 1944 handelt.

23. 11. 46

67 1] *Radio-Interview:* S. TB 26. 10. 46, Anm. 4.

2] *Dworkin:* Der Bibliothekar und Rundfunkjournalist Robert Dworkin (geb. 1911) veranstaltete seit Mai 1946 zunächst bei KFI, ab Juli 1947 beim Pacific Network von CBS wöchentlich Viertelstunden-Interviews mit berühmten Autoren wie TM, Aldous Huxley, Lion Feuchtwanger, Alfred Noyes, Richard Llewellyn, Clifford Odets,

Robert Nathan u. a., die vor allem für den Gebrauch in öffentlichen Büchereien und Schulen gedacht waren und von diesen Institutionen propagiert und vervielfältigt wurden.

3] *an Mme Berg:* An J. M. Berg, P. P. 23. 11. 46, Reg. III, 46/419. Über die Empfängerin ließ sich nichts Näheres ermitteln.

4] *Gespräch in Pfeiffering ...:* Die *Faustus*-Kapitel XLI, GW VI, 576–585, und XLII, das Ende, 594–599.

5] *Vergleich mit »Parsifal«:* Schon 1943 schrieb TM an seinen Sohn Klaus über den *Faustus*-Plan: »Es wird mein ›Parsifal‹. So war es schon 1910 gedacht, als der politische Einschlag noch vorwegnehmender und verdienstlicher war.« (P. P. 27. 4. 43, Reg. II, 43/108; Br. II, 307 bis 309, fragm. KM Br./Antw. II, 198–200; Zitat 200). Und in der *Entstehung* Kap. III, GW XI, 157, heißt es im Rückblick auf jene Anfänge: »Was da, vielleicht, eines späten Tages, zu machen sein würde, nannte ich im stillen meinen ›Parsifal‹.« Ganz Ähnliches ist noch 1948 in einem Brief an Albrecht Goes zu lesen: »Das Alterswerk [...], ein Thema, das mich schon interessiert hat, als ich noch ganz jung war. Der ›Faustus‹ hat mir lange, lange im Voraus, an 50 Jahre lang, als mein Alterswerk und ›Parsifal‹ vor Augen gestanden.« (P. P. 10. 10. 48, Reg. III, 48/542; D. ü. D. III, 192)

24. 11. 46

1] *Dr. Angell:* Der amerikanische Militärhistoriker Joseph Warner 67
Angell (geb. 1908) lehrte von 1936–1939 an der Universität Yale, die auf seine Initiative hin im Februar 1938 eine ›Thomas Mann Collection‹ einrichtete. (S. TB 24. und 25. 2. 38) Später unterrichtete er am Pomona-College in Kalifornien und der ›Air-University‹ der US-Luftwaffe. Angell publizierte verschiedene Aufsätze über TM sowie einen TM-Reader.

25. 11. 46

1] *schwedische Ausgabe: Lotte in Weimar,* übersetzt von Niels 67
Holmberg, Stockholm 1946.

2] *Konferenz mit Adorno:* Vgl. *Entstehung* Kap. XIV, GW XI, 293/294: »Wir gingen zu der Kantate über, für die der ›Wirkliche Geheime Rat‹ [...] sich mancherlei Zuträgliches ausgedacht hatte. Und doch bin ich versucht zu sagen, daß sein Hauptverdienst um das Kapitel nicht im Musikalischen, sondern auf dem Gebiet der Sprache und ihrer Nuancen liegt, wie sie, ganz zuletzt, ein Moralisches, Religiöses, Theologisches umwerben.« Ursprünglich hatte TM diese Konferenz ausführlicher beschrieben. Der Text der aus dem MS der *Entstehung*, Blatt 174–176, ausgeschiedenen Darlegungen ist im Anhang No. 61 abgedruckt.

3] *Strauß' Gedicht an »Minister Frank«:* Die Gedichtkomposition o. Op., A. V. 136 vom 3. 11. 1943: »Wer tritt herein so fesch und schlank? / Es ist der Freund Minister Frank. / Wie Lohengrin von Gott gesandt, / hat Unheil der von uns gewandt. / Drum ruf ich Lob und tausend Dank / dem lieben Freund Minister Frank!« Das ›Lied‹ war der Tribut des Komponisten für eine Intervention des ›Polen-Frank‹ bei den zuständigen Parteiorganen, der es zu danken war, daß Richard Strauss samt seiner Familie – einschließlich der, wie es damals hieß, »jüdisch versippten« Schwiegertochter Alice – vor Übergriffen geschützt blieb. Das Gelegenheitswerk war am 1. 7. 1945 Gegenstand eines Artikels von K. Louis Flatau in den ›Los Angeles Times‹ gewesen.

4] *Minister Frank:* Der nationalsozialistische Politiker Dr. Hans Frank, ursprünglich Rechtsanwalt, war 1933 bayerischer Justizminister, ab 1934 Reichsminister ohne Geschäftsbereich und ab 1939 Generalgouverneur von Polen. Er wurde am 16. 10. 46 in Nürnberg hingerichtet.

26. 11. 46

68 1] *von Vikko:* München, 11. 11. 46; im TMA.

2] *Revolver-Film:* ›The Killers‹; ein von Robert Siodmak mit Ava Gardner, Burt Lancaster, Edmond O'Brien, Sam Levene und Albert Dekker inszenierter Film von 1946, zu dem Anthony Veiller nach der Vorlage von Ernest Hemingways gleichnamiger Novelle das Drehbuch schrieb. Der ›Aufbau‹ urteilte im Herbst 1946 (vol. XII, No. 36 v. 6. 9. 46): »Es ist eine überzeugende, keineswegs originelle Geschichte von Gangstern, die einander betrügen und sich übervorteilen und die zum Schluß, wie es der Production Code vorschreibt, die gerechte Strafe trifft.«

27. 11. 46

68 1] *den Brief an ihn aus Deutschland:* Brief und Zeichnung sind weder in den DDR-Archiven noch in Zürich erhalten.

2] *die 4 »Ernsten Gesänge«:* Johannes Brahms, ›Vier ernste Gesänge‹, op. 121. Die Aufnahme in TMs Nachlaß mit Alexander Kipnis und Gerald Moore stammt erst von 1947.
3] *die Krise:* Die durch den Bergarbeiterstreik heraufbeschworene Situation. Vgl. TMs Antwort an Agnes Meyer, P. P. 1. 12. 46: »Amerika als Ganzes ist nicht in der glücklichsten Verfassung – moralisch geschädigt durch einen Krieg, der eine Notwendigkeit war, aber böse und schädlich eben doch einfach als Krieg. Das sind die Antinomien dieses Jammertals. Nun haben wir hier viel Verfinsterung der Gemüter, rohe Habgier, politische Reaktion, Rassenhaß und alle Merkmale geistiger Depression, – worüber man aber das reichliche Vorkommen von gutem Willen und gesunder Vernunft nicht vergessen darf, dessen das Land sich immer noch erfreut. Als Deutscher neigt man natürlich zum Pessimismus und fürchtet zuweilen, das ganze Elend, etwas modifiziert, noch einmal erleben zu müssen, – wovon es kein Emigrieren mehr gäbe, – denn wohin? Aber die geschichtlichen, geistigen und materiellen Bedingungen sind doch ganz anders und weit günstiger hier. Amerika wird schon durchkommen. Wenn aber der Fascismus kommt, so kann ich ja geltend machen, daß ich einmal mit Ihnen Senator Tafts Tischgast gewesen bin. Dann entgehe ich vielleicht dem Konzentrationslager.« (Br. II, 514/515)
4] *»Dämon« Lewson:* Gemeint ist der amerikanische Bergarbeiterführer Llewellyan Lewis (s. TB 19. 11. 46, Anm. 1). Vgl. TMs Anm. 3 zitierte Antwort an Agnes Meyer: »Vor ›Dämonen‹ habe ich das Fürchten verlernt. Das sind unglückliche, ungesegnete Wesen, mit denen es bald ein schlechtes Ende nimmt. Was will dieser Lewis mit seinem dicken Schädel? Will er es zu einem show-down treiben, das ihn zum Diktator macht? Aber was Sie von der Widerstandsfähigkeit dieses Büffels gegen den Haß sagen, macht mir einen gewissen Eindruck. Wenn ich denke, wie mir vor jedem Haß schaudert, den ich [. . .] errege, so kommt mich etwas wie Bewunderung für ihn an. Nerven muß er haben wie Telegraphendrähte.« (Br. II, 514)

28. 11. 46
1] *Thanksgiving:* Das jeweils am vierten Donnerstag im November begangene Erntedank-Fest. 68
2] *Missa Solemnis:* TM besaß eine Aufnahme des 1. Teils von Ludwig van Beethovens Messe D-Dur, op. 123, Missa Solemnis, aufgeführt

von dem Harvard Glee Club, der Radcliffe Choral Society und dem Boston Symphony Orchestra, Dirigent Serge Koussevitzky.
3] *Geschichten aus Indien:* ›Plaintales from the Hills‹, 1898, deutsch: ›Schlichte Geschichten aus Indien‹, des 1907 mit dem Nobelpreis ausgezeichneten englischen Erzählers Rudyard Kipling (1865–1936).

29. 11. 46
1] *Studio K. F. I. ...:* Zur Aufnahme des Dworkin-Interviews ›Meet the Author‹; s. TB 26. 10. 46, Anm. 4.
69 2] *Brief von Bermann:* New York, 27. 11. 46, TM/GBF 478/479: »Der Fall Adorno macht mir recht viel Kopfzerbrechen [...] Ich habe einen inneren Widerstand gegen [die] Superklugheit, die sich häufig nicht davor scheut, Falsches zu behaupten, um witzig zu sein, und häufig statt Klärung Verwirrung der Gedanken schafft.«
3] *Anfrage von Harvard:* Nicht ermittelt.
4] *Sorel:* Der französische Publizist und Sozialphilosoph Georges Sorel (1847–1922). Das ›Politik‹-Kapitel der *›Betrachtungen eines Unpolitischen‹* (GW XII, 222–374) zeigt, daß TM sich um 1918 recht ausführlich mit Sorel auseinandergesetzt hat: »Ein Glück nur, daß der Geist geschwinder ist als die Wirklichkeit; daß er nicht erst zu verwirklichen braucht, um zu erkennen. Ein Franzose, Sorel, begriff beizeiten, was anderen erst bei Ausbruch des Krieges sich offenbarte: daß nämlich die parlamentarische Arbeiterbewegung den Gegenwartsstaat nur festigen kann, ihn tatsächlich nur gefestigt hat. Er begriff *die Gefahr der Versöhnung, der Verderbnis des ›Geistes‹ durch die politische Machteroberung,* er nahm gleichzeitig die Erkenntnis vom tyrannischen Einschlag des Sozialismus vorweg und begründete, indem er unpolitisch-anarchistischen Klassenkampf zu lehren begann, den sogenannten ›revolutionären Syndikalismus‹. Ich bitte um Aufmerksamkeit! Diese letzte Konsequenz des Aufklärungsprinzips, dieser Schritt über den radikalen Sozialismus *hinaus* bedeutete zugleich den ersten Schritt zur Reaktion. Denn wie lautet der Titel von Sorels Programmwerk? Er lautet: ›Les illusions du progrès‹. Nun, das könnte genügen. Aber was steht darin? Es steht darin, daß die Demokratie zur Vernichtung der Größe und zur Herrschaft der Mittelmäßigkeit führt; daß sie sich außerdem durch die Aufrichtung einer unvermeidlichen zentralistischen Autorität selbst illusorisch mache. Es steht mehr darin! Es steht darin, daß man jedes Band zwischen dem Volke und *der*

Literatur des achtzehnten Jahrhunderts zerreißen müsse, um die Gefahr seiner Verbürgerlichung abzuwenden. Der Mann war reif. Es kam der Tag, der kommen mußte und an dem er die Unmöglichkeit auch seines ›Syndikalismus‹ (welcher der Führer noch weniger als die bisherige Demokratie entbehren könnte) begriff, sie mit der ganzen ihm innewohnenden vehementen Ehrlichkeit anerkannte und – *zur monarchistischen Partei übertrat*. Auch zur Religion? Zu einer gelasseneren Einschätzung des sozialen Lebens und zu der Erkenntnis, daß Politik ohne metaphysische Religiosität unmöglich ist? Ich weiß es nicht, doch ist es wahrscheinlich. Aber seht ihr den Kreis? Vom äußersten Radikalismus zum äußersten Konservatismus ist nur ein Schritt. Der Menschengeist aber will nicht umkehren. Wer syndikalistischer Anarchist gewesen ist, kann nicht mehr Sozialist werden. Er wird den Schritt ›vorwärts‹ tun, dorthin, wo – in Frankreich – die katholische Kirche steht.«

17 Jahre später, am 16. 1. 36, kommentierte TM in seinem TB einen in der NZZ gelesenen »Merkwürdigen Aufsatz über Sorel und die ›violance‹« mit dem Zusatz: »Interessant sein Vorwegnehmen vieler fascistischer Elemente: so des ›Mythos‹, nämlich der politisch wirksam[en] Fiktion für die Massen, bei der Wahrheit und Vernunft gleichgültig sind ...« Und noch einmal, 9 Jahre später, spielten Sorels ›Réflexions sur la violence‹ eine »bedeutende Rolle« in den Unterhaltungen des Kridwiß-Kreises (*Faustus*, Kap. XXXIV (Forts.), GW VI, 486/87); s. dazu *Notizen*, Bl. 192: »Sorel ›Réflexions sur la violence‹ stirbt 1924 [sic] Schöpfer des Begriffs des Mythos als eines die politischen Leidenschaften u. Energien fesselnden ›crie de bataille‹. Vehikel der polit. Bewegung. Gleichgültigkeit der Wahrheit. Vereinigung des Nationalen und Sozialen. Heines Urteil über Musik und Musiker 1908 [sic] ›Unglückliches Europa!‹ Nur eine Vereinigung: Der Krieg.« Schließlich kommt TM in seinem 1 Jahr nach der Harvard-Anfrage geschriebenen Essay *Nietzsche's Philosophie im Lichte unserer Erfahrungen* noch einmal, ganz im Sinne des TB-Eintrags, auf Sorel zurück: Bei Nietzsches Formulierung von »den *kräftigen Wahnbildern* denken wir heute an Sorel und sein Buch ›Sur la violence‹, worin proletarischer Syndikalismus und Faschismus noch eines sind, und das den Massenmythos, ganz unabhängig von Wahrheit oder Unwahrheit, für den unentbehrlichen Motor der Geschichte erklärt.« (GW IX, 689/690)

5] *Singers »Sprichwörter des Mittelalters«:* Samuel Singer, ›Sprichwörter des Mittelalters‹, 3 Bände, Bern 1944–47. TM las die ›Sprichwörter‹ im Hinblick auf die Redeweisen des Kindes Echo. Vgl. *Entstehung* Kap. XIV, GW XI, 291: »Dabei berührte es mich träumerisch-eigentümlich, zu sehen, wie das Buch [. . .] durch den Mund des Kindes [. . .] eine sprachliche Vertiefung vom Barocken und Lutherischen noch weiter zurück ins Mittelhochdeutsche gewann. Für Echo's Abendgebete [. . .] benützte ich Sprüche aus ›Freidanks Bescheidenheit‹ (13. Jahrhundert).« Für den genauen Nachweis der benutzten Texte s. D. ü. D. III, 92, A 309.

30. 11. 46

69 1] *Artikel in der [. . .] »Täglichen Rundschau«:* Wolfgang Harich, ›Thomas Mann und die Deutschen‹, ›Tägliche Rundschau‹, Berlin, Jg. 2, Nr. 227 v. 29. 9. 46, 5.

2] *Aufsatz über Wagner:* Wohl die später in den Band ›Romantik als deutsches Schicksal‹, Stuttgart 1947, übernommene Abhandlung ›Wagner und die Deutschen‹, a.a.O. 99–110.

3] *Lion:* Der aus dem Elsaß stammende Literaturkritiker und Essayist Ferdinand Lion (1883–1965) war 1933 in die Schweiz emigriert, wo TM ihn, den er aus seiner Münchener Zeit kannte, 1934 in Arosa wiedertraf und später in Zürich häufiger sah. Es scheint, daß der Jüngere den Älteren in seiner zunächst abwartenden Haltung gegenüber der deutschen Entwicklung bestärkte. Lion publizierte 1935 seine erste TM-Monographie, war 1937/38 Redakteur der von TM und Konrad Falke herausgegebenen Zweimonatsschrift ›Mass und Wert‹, lebte während des 2. Weltkriegs versteckt in einem Benediktinerkloster in Frankreich und arbeitete nach 1945 an seinem zweiten TM-Buch, das 1947 – in erweiterter Form 1955 – unter dem Titel ›Thomas Mann, Leben und Werk‹ bei Oprecht in Zürich erschien.

4] *eine Blake-Auswahl:* ›The portable Blake, selected and arranged with an introduction by Alfred Kazin‹, New York 1946, The Viking portable library No. 26. Das Buch – mit einer Widmung von Angell – steht in der Zürcher Bibliothek. S. hierzu auch TM an Agnes Meyer, P. P. 1. 12. 46, Reg. III, 46/424: »Und was für ein Dichter ist Blake. [. . .] Ich habe ihm meine Huldigung dargebracht, indem ich Adrian Leverkühn mehrere Seltsamkeiten von ihm habe komponieren lassen. [. . .] Gerade hat ein amerikanischer Freund, Dr. Angell von Pomona-

College, mir ›The Portable Blake‹, eine gute, von Alfred Kazin besorgte Ausgabe geschenkt.« (Br. II, 516)
5] *4. Symphonie von Mahler:* TM besaß von Gustav Mahlers 4. Symphonie G-Dur, 1901, eine Schallplattenaufnahme aus dem Jahr 1945, gespielt von dem New York Philharmonic Symphony Orchestra mit Desi Halban, Sopran, dirigiert von Bruno Walter.

1. 12. 46
1] *Moni:* Monika Mann, gen. Moni oder Mönchen, TMs zweite *69*
Tochter (geb. 1910), heiratete 1939 den ungarischen Kunsthistoriker Jenö Lányi. Auf der Überfahrt von England nach New York im September 1940 wurde ihr Schiff, die ›City of Benares‹, von einem deutschen U-Boot torpediert. Lányi ertrank, Monika Mann wurde gerettet und gelangte schließlich zu ihren Eltern nach Princeton. Sie lebte lange auf Capri und wohnt heute in Kilchberg. 1956 publizierte sie ihr Erinnerungsbuch ›Vergangenes und Gegenwärtiges‹.
2] *Viel im Tempest:* Gunilla Bergsten weist a.a.O. 275, Anm. 3 in anderem Zusammenhang auf jene, den ›Tempest‹ zitierende Stelle aus *Meine Zeit* (GW XI, 302–324) hin, die auch für TMs Interesse an Shakespeares letztem Drama gerade in der Endphase der *Faustus*-Arbeit bezeichnend ist: »Vermutlich erachtet die Theologie die künstlerische Bemühung gar nicht als ein Rechtfertigungs- oder Erlösungsmittel, und vermutlich hat sie sogar recht damit. Man würde sonst wohl mit mehr Genugtuung, mehr Beruhigung und Wohlgefallen auf das getane Werk zurückblicken. In Wirklichkeit aber setzt der Prozeß der Schuldbegleichung, der – wie mir scheinen will, religiöse – Drang nach Gutmachung des Lebens durch das Werk sich im Werk selbst fort, denn es gibt da kein Rasten und kein Genüge, sondern jedes neue Unternehmen ist der Versuch, für das vorige und alle vorigen aufzukommen, sie herauszuhauen und ihre Unzulänglichkeit gutzumachen. Und so wird es gehen bis zuletzt, wo es mit Prospero's Worten heißen wird: ›and my ending is despair‹, ›Verzweiflung ist mein Lebensend'‹. Da wird, wie für Shakespeare's Magier, nur ein Trostgedanke bleiben: der an die Gnade, diese souveränste Macht, deren Nähe man im Leben schon manchmal staunend empfand und bei der allein es steht, das Schuldiggebliebene als beglichen anzurechnen.«
3] *an die Meyer:* Der bereits mehrfach zitierte Brief an Agnes E. Meyer, P. P. 1. 12. 46, Reg. III, 46/424; Br. II, 514–516.

2. 12. 46

70 1] *interessante Besprechung:* Albert Hubbell, ›The Great Strangeness‹, ›The New Yorker‹, 30. 11. 46, 126–128; eine Analyse des Romans ›Kaputt‹ von Curzio Malaparte, in dem der Rezensent »a clinical study of the Fascist state of mind in its purest, most hidious form« erblickt: »It is one of the most astonishing and forbidding documents of our time – a sort of Gothic nightmare, a masque of the Fascist death [. . .] a horribly gay and gruesome book.«

2] *Malaparte:* Der italienische Schriftsteller Curzio Malaparte (1898–1957), eigentlich Kurt Erich Suckert. TM hatte 1925 in seinem Aufsatz über *Kosmopolitismus* (GW X, 184–191) den damals unter bürgerlichem Namen schreibenden Malaparte wegen der in seinem Buch ›Das lebende Europa‹ (›Europa vivente‹, 1923) vertretenen These: »Die Helden sind der negative Ausdruck einer Nation, die Ausnahme, nicht die Regel. [. . .] Die Genies sind die Äußerung dessen, was ein Volk nicht ist«, ironisch angegriffen und ad absurdum geführt (a.a.O. 188/189).

3] *von Bertaux:* Von Félix Bertaux, 20. 11. 46, im TMA.

4] *aus Canada:* Von dem kanadischen Photographen Yousuf Karsh. Die am 20. 2. 46 aufgenommene Bildserie befindet sich im TMA.

3. 12. 46

70 1] *die Gebete:* Vgl. TB 29. 11. 46, Anm. 5, und das bei Lieselotte Voss a.a.O. 125/126 wiedergegebene und kommentierte *Notizen*-Blatt 197.

2] *von Reisiger:* Stuttgart, 4. 11. 46, Bl. TMG. 8, 1986, 13–16.

3] *[von] Kerényi:* Tegna, 27. 11. 46; TM/KK 143–145.

4] *[von] Hans Blüher:* Der Brief ist verschollen; jedoch gibt ein Briefwechsel zwischen TM und dem Verleger Kurt Wolff den Hinweis, daß Blüher TM die »Inhaltsangabe eines philosophischen Werkes« mit der Bitte um Vermittlung an einen Verleger übersandte. Vgl. TM an Kurt Wolff, P. P. 4. 12. 46; Reg. III, 46/431: »Selbstverständlich überschätzte er meinen Einfluß als ›arbiter scientiarium et artium‹ in der angelsächsischen Welt auf phantastische Weise [. . .] Mir haben in früheren Zeiten gewisse Arbeiten von ihm, ich denke namentlich an die ›Aristie des Jesus von Nazareth‹, einigen Eindruck gemacht, und darum habe ich mir überlegt, wie ich seinem allerdings in etwas forderndem Ton vorgebrachten Wunsch nachkommen könnte.« (Kopie im TMA.) – Kurt Wolffs temperamentvolle Ablehnung des Manuskripts (»nur ein Resumé der früheren Blüher-Bücher, insbesondere des ›Eros in der männlichen Gesellschaft‹«) und des Verfassers ist in dem Band ›Kurt Wolff, Briefwechsel eines Verlegers 1911–1963‹, hrsg. von Bernhard Zeller und Ellen Otten, Frankfurt 1980 (Fischer Taschenbuch 2248), 438/439 abgedruckt.

5] *Hans Blüher:* Der philosophische Schriftsteller und einflußreiche Theoretiker der Jugendbewegung Hans Blüher (1888–1955), dessen Reden und Schriften, vor allem das Buch über ›Die Rolle der Erotik in der männlichen Gesellschaft‹ (2 Bände 1917–1919) und ›Die Aristie des Jesus von Nazareth‹ (1921), TM, wie seine TB-Aufzeichnungen 1918–1921 und Briefe der Zeit beweisen, aufmerksam gelesen hat: »Hans Blüher, dessen Schriften mich sehr fesseln – die Idee seiner ›Rolle der Erotik‹ etc! ist entschieden groß und tief germanisch« (An Carl Maria Weber, München 4. 7. 1920); »Las abends Blüher. Einseitig, aber wahr. Es unterliegt für mich selbst keinem Zweifel, daß ›auch‹ die ›Betrachtungen‹ ein Ausdruck meiner sexuellen Invertiertheit sind.« (TB 17. 9. 1919) »Vortrag von Hans Blüher. Ich freute mich der Ehren, mit denen ich aufgenommen wurde. [. . .] Ein ausgezeichneter Vortrag, mir fast Wort für Wort aus der Seele geredet. Freute mich aufrichtig, dem jungen deutschen Volkslehrer (dies ist sein persönlicher Typus) nachher danken zu können. Das Wort ›Civilisationsliterat‹ brauchte er bereits als feststehend und einverleibt.« (TB 11. 2. 1919).

6] *an Heimerans Verleger:* Wahrscheinlich ein Amerikanismus für den Verlag Heimeran. Das Schreiben ist noch nicht aufgefunden.

7] *Nathans:* Wohl der amerikanische Schriftsteller Robert Grünthal Nathan (1894–1985) mit seiner Frau.

8] *irischer Verfasser von How green is my valley:* Richard Llewellyn, d.i. R. Dafydd Vivian L. Lloyd (1906–1983), ›How Green was my Valley‹, 1939, deutsch 1940.

9] *Hindenburg:* Der deutsche Generalfeldmarschall (seit 1914) und Reichspräsident (1925–34) Paul von Beneckendorff und von Hindenburg (1847–1934).

6. 12. 46

1] *an Lion:* Der Brief an Ferdinand Lion gilt als verschollen. S. Reg. IV, 579. *70*

2] *an den jungen Verfasser:* Der Brief an Wolfgang Harich (s. TB 30. 11. 46, Anm. 1) ist nach Auskunft des Empfängers verloren. Wolfgang Harich erinnerte sich in einem Schreiben an die Herausgeberin vom 13. 10. 87: »Mein Artikel in der ›Täglichen Rundschau‹ vom 29. 9. 46, den damals noch in statu nascendi begriffenen ›Faustus‹-Roman und einen Vorabdruck daraus in S. Fischers ›Neuer Rundschau‹ (Stockholm) betreffend, wurde von Kellen, ohne daß ich davon wußte, an Th. Mann geschickt. Th. Mann hat daraufhin einen sehr freundlichen handschriftlichen Brief an mich geschrieben, worin er seine Freude darüber zum Ausdruck brachte, wie gut ich, im wesentlichen, den Sinn seines neuen Werks bereits erfaßt hätte. Zu meiner Vermutung, in Adrian Leverkühn könne auch Hugo Wolf porträtiert worden sein, schrieb Th. Mann: ›Sie haben den Briefwechsel Hugo Wolfs gelesen? Ein umgetaner junger Mann!‹«

3] *Schleppfuß-Kapitel:* Das XIII. Kapitel des *Faustus*-Romans, GW VI, 133–149.

4] *über den Bösen Blick:* Kap. XIII, GW VI, 148/149.

5] *Telegrammwechsel mit Wallace über den W.G.-Artikel [...] Absage-Telegramm:* Die Dokumente sind nicht erhalten. S. jedoch: TM an Elisabeth Mann-Borgese, P. P. 14. 12. 46, Reg. III, 46/442: »Den Artikel für die Students of F.W.G. [Federal World Government s. TB 8. 11. 46, Anm. 2] hatte ich eigentlich Henry Wallace für seine ›New Republic‹ angeboten, habe ihn aber zurückgezogen, weil er mir bald nicht mehr gefiel. Er sagt zu wenig auf der einen und zu viel auf der anderen Seite. Höchstens als Gelegenheitsmessage mag er im Augenblick das Richtige gewesen sein.« (Br. II, 518)

6] *Lockungen des Agenten Hohenberg:* Von Arthur Hohenberg, Brüssel, 12. 6. 46; im TMA. Vgl. TM an Erika Mann, P. P. 11. 12. 46: »A propos, Agenten. Der in Brüssel hat wieder geschrieben und schildert, wie seine Geschäftsfreunde in Skandinavien, Holland, London, Paris, der Schweiz, schlechthin hysterisch werden, wenn er die Möglichkeit meines Kommens blicken läßt. Er schwört, für jede Bequemlichkeit werde gesorgt sein, jede Überbeanspruchung vermieden werden, und eine schöne Erholungszeit in der Schweiz könne sich anschließen.« (Br. II, 517)

71 7] *Agenten Hohenberg:* Der belgische Konzert- und Vortragsagent Arthur Hohenberg, der 1946 eine Europareise für TM plante.

7. 12. 46

1] *Der Fall Lewis:* Der amerikanische Gewerkschaftsführer war wegen Nichtbeachtung eines gerichtlich erlassenen Streikverbots mitsamt seiner Gewerkschaft zu hohen Bußgeldern verurteilt worden und mußte befürchten, daß der Oberste Gerichtshof den Spruch der unteren Instanzen möglicherweise durch eine Gefängnisstrafe bestätigen und verschärfen würde. Deshalb befahl er am 8. 12. 46 die sofortige Wiederaufnahme der Arbeit unter den bisherigen Bedingungen bis mindestens zum 31. 3. 1947. Damit ermöglichte er dem Supreme Court, bei seiner Arbeit vom Druck der – unter dem Einfluß bewußt herbeigeführten Streikfolgen wie Verdunkelung, Fahrplaneinschränkungen, Energiekrise leidenden – Öffentlichkeit unabhängig zu sein.

2] *Bartoš:* Der heutige Diplomat und studierte Literaturwissenschaftler Arthur A. Bardos (geb. 1921), gebürtiger Ungar und Sohn des Budapester Essayisten, Poeten und Theaterdirektors Bardos, in dessen Theater gewöhnlich TMs Lesungen in Budapest stattfanden.

3] *»Schildknapp« mit Anschließendem:* Das Porträt von Adrians Freund Rüdiger Schildknapp im XX. *Faustus*-Kapitel, GW VI, 222–229, für das Hans Reisiger Pate gestanden hatte, und den Beginn des XXI. Kapitels mit Zeitbloms Exkurs über Deutschlands politische Lage zwischen Juli und Oktober 1943, GW VI, 229–234.

8. 12. 46

1] *unter Schwierigkeiten:* Vgl. hierzu *Entstehung* Kap. XIV, GW XI, 71
291.

2] *amerikanische junge Leute:* Nach Auskunft von Professor Klaus Hubert Pringsheim (»Sonny aus Japan«) der Regisseur Dr. Pierce Ommaney (s. TB 6. 11. 46, Anm. 4) und sein Freund, der finnische Dichter San Norit.

9. 12. 46

1] *Studium des alten »Kleiderschrank«:* Der Vizedirektor von Radio 71
Basel, Paul Meyer, hatte TM um die Lesung seiner frühen Novelle *Der Kleiderschrank* gebeten, wenn er, wie ursprünglich geplant, im Oktober 1946 die Schweiz besuche. (S. TM an Paul Meyer, 1. 8. 46, Reg. III, 46/278.) Als sich der Reisetermin zerschlug, las TM die Novelle im Studio der NBC (s. TB 10. 12. 46), das dann die Aufnahme nach Basel weiterleitete.

10. 12. 46

72 1] *an Kölwel:* An Gottfried Kölwel, P. P. 10. 12. 46, Reg. III, 46/434.
2] *Carlyles Schiller-Biographie:* Thomas Carlyle (1795–1881), ›Leben Schillers‹. Aus dem Englischen. Eingeleitet von Goethe, Frankfurt 1930.

11. 12. 46

72 1] *das 45. Kapitel:* Die Darstellung von Echos Krankheit und Tod, GW VI, 627–636.
2] *an Erika:* P. P. 11. 12. 46, Reg. III, 46/437; Br. II, 516/517.
3] *Vortrag von Klaus Pr.:* Klaus Pringsheim, ›Music in Japan‹, ›The Foreign Affairs Association of Japan‹, Tokyo, 1968, 1–35.

12. 12. 46

72 1] *an die Lowe:* An Helen Lowe-Porter, P. P. 12. 12. 46, Reg. III, 46/440.
2] *Geschichten von Gogol:* TM besaß – als Geschenk des Übersetzers Alexander Eliasberg – die ›Petersburger Novellen‹ in einer Ausgabe von 1922 und, als Band 2 der fünfbändigen, von Otto Buck, Berlin 1923, besorgten deutschen Gesamtausgabe, die ›Meisternovellen‹ des russischen Erzählers Nikolai Wassilijewitsch Gogol (1809–1852).
3] *Politische Predigt des Pastor Niemöller:* Martin Niemöller hielt sich auf Einladung des ›Federal Council of Churches of Christ in America‹ vom 4.–12. 12. 46 in den USA auf. Seine Ansprache in Seattle am 4. 12. 46 hatte zusätzliches Aufsehen durch ein Protest-Telegramm Eleanor Roosevelts erregt, die Niemöller vorwarf, seine Äußerungen ließen zwar eine Gegnerschaft zum NS-Regime auf Grund dessen erkennen, was dieses Regime den Kirchen angetan habe, sie zeigten aber keine Spur einer politischen Opposition – im Gegenteil: als sein Land den Krieg begann, habe sich Niemöller als U-Boot-Kämpfer zur Verfügung gestellt. »I am sure he is a good man according to his lights«, ließ Mrs. Roosevelt die einladenden Kirchenmänner wissen, »but his lights are not those of the people of the United States, who do not like the Hitler political doctrine.« Und deshalb könne sie nicht einsehen, warum US-Bürger den Predigten und Vorträgen Niemöllers zuhören sollten.
4] *Niemöller:* Der U-Boot-Kommandant aus dem Ersten Weltkrieg und spätere Berlin-Dahlemer Pastor Martin Niemöller (1892–1985),

1933 maßgeblich an der Konstituierung der ›Bekennenden Kirche‹ beteiligt, wurde als dezidierter Gegner des Nationalsozialismus 1937 verhaftet und ab 1938 zunächst im KZ Sachsenhausen, ab 1941 in Dachau festgehalten. Nach 1945 wirkte Niemöller bis 1956 als Mitglied des Rates der EKD, Leiter des kirchlichen Außenamtes und Präsident der evangelischen Kirche von Hessen und Nassau. 1956 trat der konsequente Pazifist nach Differenzen mit Kollegen von allen Ämtern zurück. S. *Martin Niemöller* (1941), GW XII, 910–918.

13. 12. 46

1] *Schumanns Violinkonzert:* Robert Schumann (1810–1856), Violinkonzert d-Moll (1853; postum veröffentlicht). 73

2] *an Medi:* An Elisabeth Mann-Borgese, P. P. 14. 12. 46; Reg. III, 46/442; Br. II 517/518: »Nicht weit von Tränen war ich [...], als heute Dein liebes, wohlgedachtes Geschenk, das Schumann-Album eintraf – und denke Dir, jede einzelne Platte ist zerbrochen! Welch ein Jammer! Ich habe meinen Dank für die schöne Gabe nur so lange verzögert, weil ich die betrübliche Nachricht damit verbinden muß.« (518)

3] *Zifferen:* Der Journalist, Filmschriftsteller und spätere Berater des State Department in P.R.-Fragen, Lester Ziffren (geb. 1906) und seine Frau Edythe, geb. Wurtzel, waren Nachbarn der Familie Mann in P. P.

4] *Mutter der Frau:* Grace B. Wurtzel, die Witwe des Hollywood ›top talent‹-Agenten Harry Wurtzel.

14. 12. 46

1] *Aufzeichnungen aus der Zeit des deutschen Zusammenbruchs:* Zur Vorbereitung von Zeitbloms letztem zeitgeschichtlichem Exkurs vom April 1945, zu Beginn des XLVI. *Faustus*-Kapitels, GW VI, 636–639. Vgl. hierzu die Zeittafel in den *Notizen*, Bl. 203 und Lieselotte Voss, a.a.O. 173/174. 73

2] *Aufsätze »Krieg und Frieden«:* Hermann Hesse, ›Krieg und Frieden. Betrachtungen zu Krieg und Politik seit dem Jahre 1914‹, Zürich 1946. Das in der Zürcher Bibliothek erhaltene Heft trägt die Widmung ›Für Thomas von der Trave von Joseph Knecht im Oktober 1946.‹

3] *musik. Winke für die »Weheklag«:* S. TB 25. 11. 46, Anm. 2, und 13. 1. 47, Anm. 2.

4] *über den »Existenzialismus«:* Vermutlich: Günther Anders, ›Nihilismus und Existenz‹, ›Die Neue Rundschau‹, Stockholm, Oktober 1946, Jg. 56/57, 48–76.
5] *Dostojewskys »Totenhaus«:* TM besaß das Werk in der Übertragung von Hans Rohl als 10. Band der Insel-Gesamtausgabe, Leipzig 1921.

15. 12. 46
73 1] *Frau Tiemig:* Helene Thimig; s. TB 29. 5. 46, Anm. 2.
2] *Monteux:* Der französische Dirigent Pierre Monteux (1875–1964) war seit 1917 zumeist in den USA tätig und von 1936–1952 Leiter des San Francisco Symphony Orchestra, in dem später Michael Mann, TMs jüngster Sohn, als Bratschist spielte.
3] *»Eulenspiegel«:* Richard Strauss, ›Till Eulenspiegels lustige Streiche‹, op. 28 (1890).
4] *Klavierkonzert von Schostakowitsch:* Das Konzert für Klavier, Trompete und Streichorchester c-Moll op. 35 (1. Klavierkonzert, 1933) des russischen Komponisten Dimitri Schostakowitsch (1906 bis 1975). (Schostakowitschs 2. Klavierkonzert stammt von 1957.)

16. 12. 46
(Im Manuskript versehentlich 16. VIII. datiert.)
74 1] *Kap. 46:* Das nach einer Beschreibung der deutschen Zustände im März und April 1945 vor allem der »Darstellung von Leverkühns zweitem Hauptwerk ›Dr. Fausti Weheklag‹« (GW XI, 292) gewidmete Kapitel, GW VI, 636–651.

17. 12. 46 (Im Manuskript versehentlich 17. VIII. datiert.)
1] *Bericht von Vikko:* München, 11. 11. 46: »Nun will ich aber von einem Abend erzählen, der einer der größten meines Lebens war: Wir wurden vor einigen Tagen ganz plötzlich zu einer großen Gesellschaft bei Cronauer eingeladen (Schauspieler, Regisseur, Sozialist, jetzt Referent für Bühne, Film und Funk im Kultusministerium). Es war eine sehr vielseitige Versammlung von ca. 60 Personen, Leute aus den Ministerien und Hochschulen, Künstler, einige literarische Amerikaner, ein sozialdemokratischer katholischer Pfarrer, nebst einem sehr fidelen Mediziner, der Nelly fortwährend Cigaretten anbot, rein bürgerliches Element und als Clou Dein Bannerträger, Dr. Stroh aus USA,

der nicht nur ausgezeichnet über Dich sprach, sondern auch Deine große Rede [*Deutschland und die Deutschen*] sehr gut vorlas. Ich war, wie das ganze Publikum, tief erschüttert und von einer Art begeisterter Trauer erfüllt und in das minutenlange ergriffene Schweigen hinein verkündete Cronauer plötzlich mit zitternder Stimme, es wäre noch ein Ehrengast zugegen, nämlich der Bruder, und der Abend würde gekrönt, wenn ich der Versammlung ›Etwas von Dir erzählen‹ wollte.« (Kopie im TMA)

2] *an die Meyer:* An Agnes E. Meyer, P. P. 17. 12. 46, Reg. III, 46/445. 74

3] *Mt. »Joseph oder Bürgerlichkeit [...]«:* Ungedruckt. Vgl. TM an GBF, P. P. 22. 12. 46, Reg. III, 46/456, TM/GBF 479/480: »Ich tue wohl am besten, Ihnen das Manuskript von Löser zurückzuschicken, denn dem Verfasser müßte ich ausführlicher darüber schreiben, und das kann ich nicht gut, denn ich habe nur gerade ›Kontakt‹ genommen und mich schon dabei gelangweilt.«

4] *dramatische Märchenpoesie:* Nicht unter den im TMA archivierten Schriftstücken.

5] *Aufsatz von Dr. Mahlberg:* Heinrich Mahlberg, ›Thomas Mann als Betrachter der russischen Literatur‹, ›Der kleine Bund‹, Literar. Beilage des ›Bund‹, Bern, Jg. 27, Nr. 39 v. 29. 9. 1946, 153–156.

6] *Dr. Mahlberg:* Der Privatgelehrte Dr. Heinrich Mahlberg (1893–1954) emigrierte 1933 in die Schweiz, wo er sich, von der Fremdenpolizei verfolgt, mit Gelegenheitsarbeiten durchschlug und – von keinem Emigrationslexikon erwähnt – nach 20maligem registriertem Wohnungswechsel vergessen starb.

7] *Alter Artikel über Walter:* Unter dem Titel ›*Thomas Mann über Bruno Walter*‹ druckte die Mittagsausgabe der NZZ vom 3. 12. 46, Bl. 3, TMs 1917 geschriebenen Artikel *Musik in München* (GW XI, 339–350), eine Würdigung von Bruno Walters Tätigkeit als Generalmusikdirektor. S. auch TM an Bruno Walter, P. P. 18. 12. 46, Reg. III, 46/446; Bl. TMG. 9, 1969, 37/38: »Das Jugendportrait von Dir, das Dr. Schuh wieder ausgrub, hat mir ganz gut gefallen. Sehr ähnlich ist es natürlich nicht mehr, denn natürlich bist Du viel mondäner und beherrschter geworden, wenn auch nicht so trocken wie Toscanini, von dem ich neulich einen beeilten ›Liebestod‹ hörte, der klang wie der Barbier von Sevilla.«

8] *Schuh:* Der Zürcher Musikschriftsteller und Musikkritiker der

›Neuen Zürcher Zeitung‹, Dr. Willi Schuh (1900–1986), hatte TM 1933 in einem ›Thomas Mann, Richard Wagner und die Münchner Gralshüter‹ überschriebenen NZZ-Artikel vom 21. 4. sehr nachdrücklich gegen den von 40 »Vertretern der Münchener Kunstwelt« unterzeichneten ›Protest der Wagnerstadt München‹ verteidigt. TM hat ihm, als dem »vortreffliche[n] Musik-Referent[en] der ›Neuen Zürcher Zeitung‹, Dr. Schuh« im XXXIX. Kapitel des ›*Doktor Faustus*‹ ein Denkmal gesetzt (GW VI, 555).

18. 12. 46

1] *an Br. Walter:* P. P. 18. 12. 46, Reg. III, 46/446; s. auch TB 17. 12. 46, Anm. 7.

2] *an Liesl Frank:* Der Brief gilt als verschollen. S. Reg. IV, 580.

75 3] *an Frau Cassirer in Sachen Musil:* Der Brief an Toni Cassirer, die Witwe des Philosophen Ernst Cassirer (1874–1945), ist noch nicht aufgefunden. Was den Inhalt angeht, so gibt vielleicht die Korrespondenz TMs mit Alfred A. Knopf vom Januar 1947 »wegen Musil« den entscheidenden Hinweis. S. hierzu TB 17. 1. 47, Anm. 2. Beide Cassirers waren mit Robert und Martha Musil befreundet.

4] *Betrachtungen über gleichgeschl. Liebe:* Im XXXVIII. Kapitel die später wieder gestrichenen Manuskript-Seiten 711–714 zwischen dem Ende des vorletzten und dem Beginn des letzten Abschnitts GW VI, 550, Z.30. S. TB 21. 12. 46, Text und Anm. 3.

19. 12. 46

75 1] *an Dr. Mahlberg:* Das Schreiben gilt als verschollen. S. Reg. IV, 580.

20. 12. 46

75 1] *das Politische beendet:* S. TB 14. 12. 46, Anm. 1.

2] *zu ändern:* S. TB 21. 12. 46, Anm. 3.

21. 12. 46

75 1] *Churchill prophezeit:* In seiner spontanen Erwiderung auf die Bekanntmachung des britischen Premierministers Attlee hatte Churchill am 20. 12. 46 im Unterhaus erregt ausgerufen: »Es scheint, das Britische Empire zerrinnt ebenso schnell wie die amerikanische Anleihe. In

den Tagen der glänzenden Regierung Lord Chathams mußte man früh am Morgen aufstehen, um nicht die Ankündigung eines neuen großen Gebietserwerbs zu verpassen, die damals für das britische Wohlergehen bezeichnend waren. Die nicht weniger bemerkenswerte Regierung Attlee zeichnet sich gerade durch das Gegenteil aus.« (Zitiert nach NZZ 22. 12. 46) Vgl. auch Churchills Burma-Rede vor dem Unterhaus, gleichfalls vom 20. 12. 46, ›Speeches‹ a.a.O., vol. VII, 7417–7419.

2] *Amerikan. Erziehungsprogramm:* Nicht ermittelt. Evtl. im Zusammenhang mit den Aktivitäten der katholischen Kirche unter der Herrschaft des Kardinals Spellman zu sehen.

3] *Diskretisierung:* Die von TM in diesem Zusammenhang gestrichenen 3½ Ms-Seiten 711–715 sind im Anhang No. 10 abgedruckt.

4] *»Messias«:* Georg Friedrich Händels (1685–1759) Oratorium ›Der Messias‹ (1742).

5] *»Ecce homo«:* Vgl. *Entstehung* Kap. XIV, GW XI, 295: »Ich las Nietzsche's ›Ecce homo‹ wieder [...] offenbar zur Vorbereitung auf die Schlußabschnitte des Romans.« Zum Kontext dieser Notiz s. folgende, sich auf ›Ecce homo‹ beziehenden TM-Aussagen: »Die großartigste Schilderung [...]der paralytischen Erleuchtung findet sich, ein stilistisches Glanzstück, in Nietzsche's ›Ecce Homo‹ im dritten Abschnitt des Kapitels über den ›Zarathustra‹.« (*Dostojewski – mit Maßen*, 1945; GW IX, 664) »Die Seite ist ein stilistisches Meisterstück, sprachlich ein wahrer tour de force [...]. Eine Schilderung von Erleuchtungen, Entzückungen, Elevationen, Einflüsterungen göttlicher Kraft- und Machtgefühle, die er nicht umhinkann, als etwas Atavistisches, Dämonisch-Rückschlägiges, anderen, ›stärkeren‹ und gottnäheren Zuständen der Menschheit Angehöriges und aus den physischen Möglichkeiten unserer schwächlich-vernünftigen Epoche Herausfallendes zu empfinden.« (*Nietzsches Philosophie ...*, GW IX, 681/682).

22. 12. 46

1] *Artikel von Sandler:* Åke Sandler, ›Thomas Mann i Amerika‹, ›Göteborgs Handels- och Sjöfartstidningen‹, 14. 11. 1946. *76*

2] *Sandler:* Der Schweder Åke Sandler war 1945 Doktorand im Departement of History an der Universität of Southern California und leitete in dieser Funktion gelegentlich Anfänger-Pflichtseminare zum Thema ›Man and Civilisation‹.

3] *der junge Eysold:* Peter Eysoldt. S. *Entstehung* Kap. XIV, GW XI, 295: »Golo führte uns [...] den jungen Eysoldt zu, Sohn jener Gertrud Eysoldt, die in meiner Jugend als Wedekinds Lulu bei Reinhardt so unauslöschlichen Eindruck auf mich gemacht.« Peter Eysoldt hatte seine Karriere im Januar 1933 als Angehöriger von Erika Manns ›Pfeffermühle‹ in der Münchener ›Bonbonniere‹ begonnen.

23. 12. 46

76 1] *an den Rittmeister Schölvinck:* Der Brief gilt als verschollen. S. Reg. IV 580.
2] *Schölvinck:* Rittmeister Schölwinck, in TMs Tagebuch am 1. 1. 19 als Empfänger einer Neujahrskarte genannt, war ein Bekannter TMs aus der Zeit des Ersten Weltkriegs. Er war zeitweilig Adjutant des Herzogs von Mecklenburg und stellte die Verbindung TMs zu dem Fürstenpaar her, das – nach der Erinnerung von Golo Mann – auch einmal in der Poschingerstraße zu Gast war.
3] *Joels »Nietzsche u. d. Romantik«:* Karl Joël, ›Nietzsche und die Romantik‹, Jena/Leipzig 1905. S. *Entstehung* Kap. XIV, GW XI, 295: Ich »las auch [zur Vorbereitung auf die Schlußabschnitte des Romans], nachdem das Buch mir viele Jahre verloren gewesen, in Joëls ›Nietzsche und die Romantik‹, aus dem ich als Jüngling viel gelernt und das ich antiquarisch wieder erworben hatte.« TMs ›neues‹ Exemplar ist in der Zürcher Bibliothek erhalten.
4] *Perfido und »Die Liebe wirds erreichen«:* Ludwig van Beethoven, ›Ah, perfido‹, Szene und Arie op. 65, und Rezitativ und Arie der Leonore (›Fidelio‹, 1. Akt, No. 9). TM besaß zwei Aufnahmen: 1. Lotte Lehmann und die Berliner Staatskapelle, und 2. Kirsten Flagstad und das Philharmonische Orchester Philadelphia unter Eugene Ormandy (1937).

24. 12. 46

76 1] *[an] Stadtrat Held:* Der Brief an Hans Ludwig Held (1885–1954), von 1921 bis 1933 und von 1945 bis 1953 Direktor der Münchener Stadtbibliothek, gilt als verschollen. S. Reg. IV, 580. TM war mit Held aus seiner Münchener Zeit gut bekannt.
2] *Versehentlicher Kleist:* Zusammenhang nicht ermittelt. In TMs Zürcher Bibliothek befinden sich zwei Kleist-Ausgaben, a) Heinrich von Kleist, ›Sämtliche Werke und Briefe in 6 Bänden‹, hrsg. v. Wil-

helm Herzog, Leipzig 1908–1911, b) ›Heinrich von Kleist, Sämtliche Werke‹, hrsg. und eingeleitet von Arnold Zweig, 4 Bde., Mnch. 1923. Die unter b) aufgeführte Ausgabe weist Benützungsspuren TMs auf.
3] *Mill Valley:* Mill Valley bei San Francisco, der Wohnort der Familie Michael Mann.
4] *Biedermaier Gedichtband:* So in der Handschrift. Um welche Anthologie es sich handelt, konnte nicht ermittelt werden.

25. 12. 46
1] *IX. Symphonie:* Ludwig van Beethoven, Symphonie No. 9 d-Moll, op. 125 (1824), mit dem Finale über ›Freude schöner Götterfunken‹. Vgl. *Entstehung* Kap. XIV, GW XI, 295: »Die ›Neunte Symphonie‹ erklang, sehr passend zu meiner Beschäftigung, beim Abendkonzert. Nie hatte ich das Scherzo und das Adagio mehr bewundert – und brachte wieder einmal keine Liebe auf für den verzettelten letzten, den Variationssatz.« 77
2] *Corelli:* Der italienische Komponist Arcangelo Corelli (1653 bis 1713).

26. 12. 46
1] *polemischen Aufsatz:* Vermutlich ein Kapitel aus Klaus Pringsheims TB 3. 11. 46, Anm. 1 erwähntem Manuskript. 77

27. 12. 46
1] *Skandalöse activities des Unamerican Committee:* Vgl. auch *Entstehung* Kap. XIV, GW XI, 295. Dem bereits 1938 gegründeten Kongreß-Ausschuß ›House Committee on Unamerican Activities‹ war von seinem Berater Ernie Adamson ein Bericht vorgelegt worden, der in 4 Punkten die eingangs aufgestellte Behauptung erhärten sollte, daß »there is a ›conspiracy‹ brewing to promote a communistic revolution in the United States through an economy-wrecking general strike or other means.« 17 wichtige Gewerkschaften würden bereits von Agenten der S.U. befehligt, die Schiffahrt durch den Panama-Kanal sei durch Infiltration kommunistischer Agenten in die mittelamerikanische Zone gefährdet, viele ausländische Vertreter bei den Vereinten Nationen folgten eifrig und »with blind obedience« den Befehlsanweisungen aus Moskau, und schließlich sei die Library of Congress »a heaven for aliens and foreign-minded Americans«. (Zitiert nach NYT 27. 12. 46, 1:6 und 4:3) 77

77 2] *Korrektur der Echo-Kapitel:* Das Manuskript zeigt am Ende von Bl. 786 einen ursprünglich vielleicht seitenübergreifenden Strich, der eine Vorform des letzten Absatzes von GW VI, 616 zugunsten der Druckfassung eliminiert, die auf Blatt 787 beginnt und fast korrekturlos bis zum nächsten Strich: Bl. 788 (zu denken zwischen GW VI, 617, Z. 13 und 27) führt. Die ursprünglichen (in sich mehrfach korrigierten) Versionen lauten (Bl. 786) »Wir gingen hinüber zu ihm, der bei unserer Annäherung etwas zerstreut, das im Buch Geschaute noch in den Augen, zu uns aufsah und ohne Fremdelei meine Bekanntschaft machte. Er war noch nicht in dem Alter, wo ein Junge vor Erwachsenen aufzustehen und seinen Diener zu machen hat, und dachte auch nicht an diese Art Höflichkeit. Die seine bestand darin, uns zum ›Absitzen‹ aufzufordern (der Schweizer sagt ›absitzen‹ statt unseres ›sich setzen‹) und uns, eigentlich mir, dem neu Hinzugekommenen, sein Bilderbuch zu zeigen, das unter der im Laden angebotenen Kinderunterhaltung wohl noch . . .« (Ende des Blattes); Bl. 788 folgt nach »Genau und wörtlich weiß ich das von den drei Orgelmännern, die sich an einer Straßenecke trafen, und deren einer dem anderen gram war, so daß keiner vom Flecke wich« (GW VI, 617, Z. 16), das Poem: ›Drei Orgelmänner trafen sich/ An einer Straßeneck'./ Der eine war dem andern gram, und keiner wich vom Fleck./ Den Schaden trug die Nachbarschaft/ Bei diesem Ohrenschmaus; Die Mäuse hielten Fasten ab,/ Die Ratten zogen aus./ Wer das Konzert zu End gehört,/ Das war ein junger Hund,/ Und als der Hund nach Hause kam,/ Da war er nicht gesund.‹ Nun mußte man das betrübte Kopfschütteln sehen, mit dem er, die Stimme traurig senkend, das Übelbefinden des Hundes aussagte, und hören, wie er in das gerollte R von ›Ratten‹ und überhaupt in den Klang dieses Wortes die ganze verheerende Wirkung dieses akustischen Treffens legte. Oder man mußte die zierliche Grandezza beobachten . . .« (weiter wie GW VI, 617). Am Schluß des XLIV. Kapitels sind im Manuskript (Bl. 797) Echos Gebetsverse gelegentlich ausführlicher als in GW VI, 625/626 zitiert.

3] *Szene Wotan-Brünhild:* Richard Wagner, ›Die Walküre‹, 3. Aufzug, 3. Szene. TM besaß den Akt in einer Aufnahme des New York Philharmonic Orchestra unter Artur Rodzinski mit Helen Traubel als Brünhild und Herbert Janssen als Wotan.

28. 12. 46
1] *an Bermann und sein Bureau:* An GBF, P. P. 28. 12. 46, Reg. III, 46/458. Nicht in TM/GBF. 78
2] *an Süskind:* P. P. 28. 12. 46: Der Brief ist erhalten und mit freundlicher Genehmigung von Frau Annemarie Süskind, im Anhang No. 11 abgedruckt.

29. 12. 46
1] *Russischer Antrag:* Der sowjetische Außenminister drängte den Sicherheitsrat der UN, eine 11-Nationen-Kommission zu benennen, die binnen drei Monaten ein Waffenreduktionsprogramm zur Durchführung der am 14. 12. 46 angenommenen Abrüstungsvorschläge ausarbeiten sollte. 78
2] *Menuhin:* Der amerikanische Geiger Yehudi Menuhin (geb. 1916), der TM – wie die TB zeigen – schon als Achtzehnjähriger durch sein Mozart-Spiel faszinierte.

30. 12. 46
1] *an Preetorius:* An Emil Preetorius, P. P. 30. 12. 46, Reg. III, 46/465; Br. II, 520–522; Bl. TMG. 4, 1963, 15/16. 78

31. 12. 46
1] *J. R. Becher:* Der Lyriker Johannes Robert Becher (1891–1958), für dessen in der Weimarer Republik mit Indizierung bedrohten Anti-Kriegsroman ›Levisite. Der einzig gerechte Krieg‹ sich TM als Mitglied der Berliner Akademie der Künste 1928 eingesetzt hatte, emigrierte 1933 über die Tschechoslowakei nach Frankreich und 1935 in die UdSSR, wo er in Moskau als deutscher Redakteur der ›Internationalen Literatur‹ arbeitete. Becher kehrte 1945 nach Deutschland zurück und war 1954–1958 Minister für Kultur in der Deutschen Demokratischen Republik. 79
2] *an J. R. Becher:* An Johannes R. Becher, P. P. 3. 1. 47, Reg. III, 47/8.
3] *in Sachen Rohrscheidt:* TM hatte sich bereits am 10. 11. 46 in dieser Angelegenheit an Becher gewandt: »Ich erhielt die Nachricht, daß ein Herr Hans von Rohrscheidt, Vetter meiner Frau, Gutsbesitzer in Garzau bei Rehfelde (eine Stunde östlich von Berlin) im Gang der russischen Agrar-Reform enteignet, später unter einer Sabotage-

Beschuldigung von den russischen Besatzungstruppen verhaftet und dann fortgeführt worden ist. Seinen Angehörigen ist sein Aufenthalt und sein weiteres Schicksal vollkommen unbekannt und sie flehen mich an, zu versuchen, etwas über den Verbleib Rohrscheidts in Erfahrung zu bringen und womöglich den Kontakt zwischen ihm und ihnen herzustellen. Ich würde nicht daran denken, diesem Wunsch nachzukommen, wenn ich nicht vermutete, daß vielleicht über die Persönlichkeit des Rohrscheidt bei den russischen Behörden ungenaue oder irrtümliche Vorstellungen bestehen. Rohrscheidt, der von mütterlicher Seite Halb-Jude ist, war dem National-Sozialismus von jeher leidenschaftlich feindlich gesinnt und hat unter der Hitler-Herrschaft viel Scherereien und Nachteile zu erleiden gehabt. Ich kann mir nicht denken, daß ihm nach der Befreiung Deutschlands der Sinn im Geringsten nach Sabotage und feindlichen Akten gegen die Befreier gestanden hat, und seine Verwandten bestätigen mir mit allem Nachdruck diese meine Annahme. Natürlich überschätzen sie gewaltig die Möglichkeiten, die mir zur Verfügung stehen, ihnen und dem Verschollenen dienlich zu sein. Aber ich möchte Sie in kollegialem Vertrauen fragen, ob Sie einen Weg sehen, den Aufenthalt Rohrscheidts ausfindig zu machen und mir vielleicht die amtliche Stelle namhaft machen können, an die ich mich in seinem Interesse zu wenden hätte, gesetzt, daß Sie nicht vielleicht selbst geneigt wären, der Sache irgendwie nachzugehen.« – In seiner Antwort, Berlin 26. 11. 46, ließ Becher den Petenten wissen: »... ich glaube, es wäre weitaus wirksamer, wenn Sie einen persönlichen Brief schreiben würden an Herrn Marschall Sokolowski. Sie können den Brief mir schicken, ich werde ihn dann sofort übersetzen lassen und ebenfalls weiterleiten, denn ich weiß nicht, ob Ihr an mich gerichteter Brief diesen Weg dorthin finden wird. Ich bin überzeugt, daß ein Brief von Ihnen an Marschall Sokolowski zweifellos beachtet, und der Fall, von dem Sie schreiben, noch einmal gründlich nachgeprüft werden wird. Und ich darf Ihnen wohl versichern, daß es mir das Gegenteil einer Belästigung erscheint, wenn ich in solchem Fall um Hilfe angegangen werde und vielleicht in der Lage bin, solche Gesuche an Stellen weiterzuleiten, die tatsächlich helfen können.« TM befolgte den Becherschen Rat und schrieb den in den Regesten fälschlich – da ohne Datum – Anfang 1946 (46/3) eingeordneten Brief an den sowjetischen Marschall Wassili Danilowitsch Sokolowski (1897–1968), den Oberbefehlshaber der sowjetischen Streitkräfte in Deutschland und Militärgouverneur der von der UdSSR besetzten Zone.

4] *in Sachen [...] der darbenden deutschen Künstler:* Joh. R. Becher nahm die Gelegenheit seiner Antwort vom 26. 11. 46 wahr, um im 2. Teil des Briefes TM nun seinerseits ein ihm am Herzen liegendes Problem zu unterbreiten: »Es handelt sich darum, daß ein außerordentlich wertvoller Teil unserer deutschen Intelligenz in solchen materiellen Verhältnissen lebt, daß er mit der Spannungskraft auch allmählich die Hoffnung verliert, ein auch nur einigermaßen wieder anständiges Deutschland aufzubauen. Selbstverständlich betrifft diese Notlage diese Intellektuellen nicht allein. Aber sie, von denen ich spreche, sind saubere anständige Menschen geblieben, trotz der unvorstellbaren Prüfung, die sie in den zwölf Jahren durchmachen mußten. Ich habe mich schon einige Male nach Amerika und auch nach England gewandt, damit wir vom Kulturbund aus wenigstens in einem bescheidenen Maße diese Leute ab und zu unterstützen können. Nun kommen zwar in Deutschland Care-Pakete an, aber sie nehmen nicht den Weg zu uns und auch nicht, soweit ich mich überzeugen konnte, den Weg zu denen, die es in allererster Linie verdienen. Da erhalte ich vor einigen Tagen unvorstellbarerweise einen Brief von Hans Friedrich Blunck, der mir schreibt: ›In einer anderen Angelegenheit bedarf ich noch Ihres Rates. Eine kleine Gruppe von deutschen Wandervögeln, die seit zwanzig Jahren in Amerika leben, bittet mich persönlich um Anschriften deutscher Dichter, die sich in wirklicher Not befinden und denen sie, die den Quäkerkreisen nahestehen, ein Liebesgabenpaket schicken möchten. Ich habe ihnen zunächst ein halbes Dutzend bekannter Namen, die ich gerade nahe hatte, geschickt, dann eine kleine Liste des Hamburger Schutzverbandes. Nun fragen sie auch, ob ich einige Pfundpakete nach der russischen Zone vermitteln könne, bei mir also in Pfundpakete verpacken und weitergeben würde.‹ Herr Hans Friedrich Blunck hat mir schon einige Male geschrieben und mir versichert, er sei immer ein Antifaschist gewesen. Nun, das ist das übliche Schändliche, wie wir es jeden Tag erleben. Ich habe ihm darauf selbstverständlich nicht geantwortet. Daß aber dieser Mann von Amerika aus instand gesetzt ist, deutschen notleidenden Dichtern Hilfe zu erweisen, das kennzeichnet leider zur Genüge die miserable Lebe, in der wir uns befinden. Sie haben zweifellos für diese unsere Lage Verständnis, und so erlaube ich mir die Frage, ob es nicht unseren deut-

79

schen Freunden in Amerika möglich ist, deutschen Schriftstellern, Wissenschaftlern und Künstlern Hilfe zuteil werden zu lassen, und nicht diese Hilfsaktion Herrn Blunck zu überlassen. Daß Leute wie Hans Friedrich Blunck sich mittels solcher Hilfsaktionen wieder eine moralisch-politische Stellung in Deutschland verschaffen, das darf nicht sein. Aber wir selbst können es nicht ändern, dazu brauchen wir die Hilfe unserer Freunde in Amerika und Ihre Hilfe, Herr Thomas Mann, vor allem.«

79 5] *von Preetorius:* Krottenmühl, 23. 11. 46: »Verehrter Thomas Mann:// mir ist inzwischen bekannt geworden, daß Sie s. Zt. meine Ihnen übermittelten Bücher unmutig und abweisend quittiert und in diesem Zusammenhang ihre Verurteilung meiner erneut ausgesprochen haben. – Seitdem habe ich allerdings zwei schöne, gedankenreiche Briefe von Ihnen erhalten und glaubte sie, trotz einer gewissen Reserve des zweiten, handgeschriebenen, als Zeugnisse einer freundschaftlich gebliebenen Gesinnung deuten zu dürfen. – Mit einem Male befällt mich nun die bange Sorge, diese Annahme könnte gar zu optimistisch gewesen sein und trotz jener Briefe sei ich Ihnen nach allem, was geschehen, zutiefst entfremdet, ja, zum Ärgernis geworden. Zudem höre ich von Erika, daß sie mich en tout verwerfe. – Besteht nun meine Sorge zurecht, so habe ich Ihr Urteil zu achten, mich abzufinden mit der schmerzlichen Tatsache, fürderhin Schweigen zu bewahren, Sie nicht mehr in ein unliebsames Dilemma zu bringen. – Seltsam bleibt mir freilich, daß ein Psychologe Ihres genialen Scharfblicks, Ihrer fast unbegrenzten Kennerschaft alles Menschlichen in meinem als dem Falle eines altvertrauten Bekannten nicht differenzierter, gerechter sieht oder sehen kann. – Ich tue mir gewiß nichts darauf zugute, darf aber von meiner Haltung in den vergangenen Jahren sagen, daß sie keine unwürdige war und in kritischen Situationen einige Beharrlichkeit bewiesen hat – sonst wäre mir, trotz Bayreuth und meiner in Berlin großen Position, nicht zugestoßen, was mir tatsächlich zugestoßen ist. – Jedoch: wie Sie künftig auch immer zu mir stehen mögen: meine Bewunderung Ihrer souveränen Künstlerschaft, Ihres klärenden, richtungsweisenden Geistes wird davon ebensowenig angerührt wie meine innere Treue zu Ihnen gemindert. Ihre Person und alle an Sie geknüpften Erinnerungen bedeuten mir und meinem geistigen Haushalt zu viel, als daß je ich Sie noch verlieren könnte.// Leben Sie von Herzen wohl.«

1947

1. 1. 1947

1] *Telegramm [...] Von Erika:* Text in EM, Br./Antw. I, 219; s. auch *Entstehung*, Kap. XIV, GW XI, 296. 83

2] *Berliner Ausgabe von ›Lotte in Weimar‹:* Die Lizenzausgabe im Suhrkamp Verlag, Berlin 1946.

3] *Möricke's Erzählungen:* TM besaß die von Franz Deibel 1911 herausgegebene dreibändige Tempel-Klassiker-Ausgabe der Werke von Eduard Mörike (1804–1873), in deren drittem Band, ›Novellen und Märchen‹, er las. S. *Entstehung* Kap. XIV, GW XI, 298: »Das Lesen von Prosa Mörike's begleitete die Arbeit, und besonders imponierte mir und erregte meinen Neid das ›Stuttgarter Hutzelmännlein‹ durch die natürliche und scheinbar ganz unstudierte Handhabung des älteren Deutsch.«

4] *an Kerényi:* An Karl Kerényi, P. P. 1. 1. 47, Reg. III, 47/7; TM/KK, 145/146.

5] *Dr. Weil:* Der Mäzen Felix José Weil (1898–1975), einer der Hauptförderer des ehemaligen Frankfurter Instituts für Sozialforschung, lebte seit 1936 zunächst in New York, später, nach Verlagerung des Instituts, das in den USA den Namen ›Institute for Social Research‹ annahm, in einem Vorort von Los Angeles. Zu der Einladung s. auch *Entstehung* Kap. XIV, GW XI, 296: »Wir verbrachten den Abend mit Chaplins, Dieterles, Feuchtwangers, Hanns Eisler im Hause des Philosophen Dr. Weil und seiner amerikanischen Frau, und wieder einmal hatte ich mit Eisler einen jener einmal aus Enthusiasmus und Bosheit gemischten Diskurse über Wagner, die mich so sehr amüsierten.«

2. 1. 1947

1] *Kap. XLVII:* »... das vorletzte Kapitel – das letzte eigentlich, denn 83

der Schluß sollte als Nachschrift gefaßt sein« (*Entstehung* Kap. XIV, GW XI, 299) – mit Adrians Abschiedsrede und der Beschreibung des Zusammenbruchs (GW VI, 651–667).
2] ›*El amo y el perro*‹: In der Übersetzung von Betty Lorca war das Buch 1946 bei Zig-Zag in Santiago de Chile erschienen.
3] *das vertraute Trio:* Wahrscheinlich Franz Schubert (1797–1828), Klaviertrio B-Dur, op. 99, s. *Entstehung* Kap. XIV, GW XI, 298: »... ich erinnere mich, daß ich [...] Schuberts herrliches B-Dur-Trio wieder einmal hörte, in Sinnen über den glücklichen Zustand der Musik, den es darstellt, über die Schicksale der Kunst seither, über das verlorene Paradies.«
4] *In Werfels Gedichten:* Franz Werfel, ›Gedichte aus den Jahren 1908–1945‹, privately printed by the Pacific Press, Los Angeles, 1946, distributed by Mary S. Rosenberg, New York. Das Buch befindet sich in der Zürcher Bibliothek.
5] *Erster Jahrgang:* ›Die Neue Rundschau‹, Jg. 1945/1946, Stockholm 1946. In der Zürcher Bibliothek.

3. 1. 1947
84 1] *an den russischen Marschall:* S. TB 31. 12. 1946, Anm. 3.
2] *»Wer ihn wörtlich nimmt ...«:* Karl Joël, ›Nietzsche und die Romantik‹, Jena/Leipzig 1905, 78: »Nietzsche ohne Phantasie lesen, Nietzsche wörtlich nehmen – das heißt ihn richten.«
3] *»Wer Verantwortung fühlt ...«:* Joël a.a.O., 89: »Nietzsche ist ein Trunkener, ein Siegestrunkener, und keiner darf Nietzscheaner sein, der Verantwortung fühlt.«

4. 1. 1947
84 1] *an J. Gassner-Hirsch:* An Joe Gassner (Pseudonym für Karl Jakob Hirsch), P. P. 4. 1. 47, Reg. III, 47/10.
2] *J. Gassner-Hirsch:* Der Kunsthistoriker, Maler, Illustrator und Schriftsteller Karl Jakob Hirsch (1892–1952), dessen Roman ›Kaiserwetter‹, S. Fischer 1931, als eines der ersten Bücher 1933 verboten und verbrannt worden war. Hirsch floh 1934 in die Schweiz, wo er den Namen Joe Gassner annahm, unter dem er 1935 in die USA emigrierte und 1940 amerikanischer Staatsbürger wurde. 1945 kehrte er nach Deutschland zurück und lebte zuletzt in München.
3] *seine Autobiographie:* ›Heimkehr zu Gott‹, München 1946.

4] *Artikel:* Keith Hutchinson, ›Everybody's Business. Fighting for Tariffs‹, ›The Nation‹, vol. 164, No. 1 v. 4. 1. 47, 17.

5. 1. 1947

1] *Journalist von Liberty:* Der Journalist und Schriftsteller Victor Boesen (geb. 1905), Kriegskorrespondent der Zeitschrift ›Liberty‹, war von General Mac Arthur wegen seiner Kritik der dortigen amerikanischen Besatzungspolitik aus Japan ausgewiesen worden. *84*

2] *in Luthers Briefen:* TM besaß ›Martin Luthers Briefe in Auswahl‹, hrsg. v. Reinhard Buchwald, 2 Bde. Insel-Verlag, Leipzig 1909.

3] *im Simplicissimus:* ›Des Hans Jacob Christoph von Grimmelshausen abenteuerlicher Simplicissimus, neu an den Tag gegeben und in unser Schriftdeutsch übersetzt von Engelbert Hegaur‹. Das Buch steht, mit handschriftlichen Anmerkungen versehen, in der Zürcher Bibliothek. Zu den ›Anleihen‹ TMs bei Grimmelshausen, bes. im XV. *Faustus*-Kapitel, s. G. Orton, ›The Archaic Language in Thomas Mann's Doctor Faustus‹, ›The Modern Language Review‹, vol. XLV, 1950, 70–75.

4] *Scherzo von Schumann:* Robert Schumann, Ouverture, Scherzo und Finale E-Dur, op. 52 (1841).

6. 1. 1947

1] *Kommentar:* New York, 1. 1. 1947, EM, Br/Antw. I, 219–221. Da die dem Brief beigefügten monenda in dem Auswahlband fehlen, seien sie hier zitiert: *84*

Seite 722: »Die Geängstigte« – und, gleich darauf, »die Vielerfahrene«. Ist die Wiederholung des substantivierten Adjektivs Absicht?

Seite 726: »Auch«, zweimal dicht hintereinander.

Seite 727: Nur, daß ich das Wort »Splitterrichter« nicht kenne. Nehme beinahe an, daß es hingehört. Hielt aber für *möglich* (nicht wahrscheinlich), daß es »Sittenrichter« heißen sollte.

Seite 730: Regierst Du »trotz«, ganz trotzig mit dem Genitiv? Dein gutes Recht, natürlich, selbstredend.

Seite 732/33 (unten, respektive oben): zweimal »schon« – dicht hintereinander.

Seite 749: Wieder »trotz« mit dem Genitiv *und* ein »trotzdem« im selben Satz.

Seite 751: Müßte mit sammt meinen Beratern vom tollen Wiesel ge-

bissen sein, wenn man »imaginez« sagen könnte und nicht viel mehr »imaginez-vous« sagen müßte.
Seite 754: Sollte es hier nicht »wie« heißen anstelle des komparativischen »als«?
Seite 759: Gehört dies »sie« nicht groß geschrieben?
Seite 760: Zweimal »nun« in einem Satz.
Seite 765: Interpunktion nach »fort«?
Seite 767: Interpunktion nach »enchanté«?
Seite 769: »aufstrebende*n*« Blondhaar, – oder, wie?
Seite 774: War mir doch immer, als hieße es Vieille Cure(s); da aber der Accent mit Tinte aufgesetzt ist, nehme ich fast an, Du hattest Deine Gründe, ihn für richtig zu halten.
Seite 785: Sogar wenn die Wiederholung hier beabsichtigt ist, scheint sie mir zu wortgetreu, – weil doch schließlich nicht als »Motiv« gedacht. Ich meine die von Seite 745, wo Serenus, wie hier, bitter feststellt, daß er nicht gebeten worden sei, ja aber auch gar nicht hätte annehmen können, *wenn* Adrian ihn aufgefordert hätte.
Seite 792: »Lac« mit großem L.
Seite 805: Nehme an, was dasteht, ist richtig, halte nur eben für möglich, daß es einfach »ersten Ranges« heißen soll.
Seite 806: Das »die« im Dialektsätzchen ist zwar ganz folgerichtig, weil Du auch »dich« in der Anrede immer klein schreibst. Nur weil es aussieht wie der Artikel, möchte es den Leser verwirren. Man könnte sich entweder entschließen, es trotz allem groß zu schreiben, oder aber das Dehnungs-E, das ohnedies nicht eigentlich hingehört (handelt es sich doch um ein apostrophiertes »di 'ch«) wegzulassen.
Seite 818: Man *sagt* »Kamelhaarmantel«, aber vielleicht gefällt »Kamelshaarmantel« Dir besser.
Seite 818/19 (unten, respektive oben): Zweimal »ohne« im gleichen Satz.
Seite 824:»Serenus« drei mal vertippt.
Seite 828: Daß, im Verlauf eines knapp mittellangen Gespräches, Adrian *dreimal* auf die Möglichkeit anspielen sollte, die Welt möchte, after all, von Rudis Bedeutung in seinem Leben erfahren, kommt mir, in aller Demut, einmal zu oft vor. Rudi *müßte* die Bestechungs-Absicht erkennen, sie kränkend finden und alles wäre, – wie Adri gewiß voraussähe, verdorben. Zweimal, – ja! Dreimal? Überlegs vielleicht. Danke recht sehr.

Seite 844: Dreimal »nun«, eins hinter dem anderen.
Seite 852: Kleine Tipp- und Korrektur-Konfusion; entweder das erste »das« muß bleiben, oder das »ist« muß weg.
Seite 857: hieße es hier nicht besser »eines Wurfes«? und, sogar wo nicht, kommt nicht der Nominativ »das viersätzige Quartett« überraschend, nach dem genitivischen »der Sonatenphantasie«? Stünde nicht, da ein weiterer Nominativ – »und das Trio« – folgt, schon »die Sonatenphantasie« besser im ersten Fall, – etwa mit einem »da waren« (oder so), das ihn rechtfertigte? (Wie immer, sehe ich alles ein, wenn ich, wie nur zu möglich, ganz im Unrecht bin. Gellja?!)
Seite 865: Dies ähnelt – in a way – einem Problemchen, das früher vorkam. Und zwar scheint mir, daß, wie damals Sereni Selbstbezichtigungen von wegen zu großer Ausführlichkeit und Abschweifens und seine häufigen Hinweise auf die Wohltat der neuen (Kapitel)-Ziffern, hier sein betontes Nicht-dabei-gewesen-sein aber alles wissen, als ob er dabeigewesen, sich genau einmal zu häufig wiederholt. Wir hatten es dreimal, ganz vor kurzem; erst in Bezug auf die beiden Gespräche (Adrian – Rudi und Rudi – Marie) und dann schon im gegenwärtigen Zusammenhang. Man muß ihm, scheint mir, zu diesem Zeitpunkt ganz einfach *glauben*, daß er imstande ist, sich das verschiedenste »lebensgetreu einzubilden«; »Qui s'excuse ...« und er entschuldigt sich, vielleicht, genau einmal zu oft.
Seite 866: Ist »Bienenlippen« richtig? Aber ich kann mir NECHTS darunter vorstellen.
Seite 866/67/68: (Jetzt kommt's, o weh!)
Schau: Nicht als ob ich nicht *genau* verstünde, warum und wozu Echo spricht, wie er spricht; nicht als ob ich den tiefen Sinn und Verstand nicht sähe, der da waltet und für den Zauber dieser Sprache unempfindlich wäre, Dennoch aber: der da redet, ist ein sehr kleines Bübchen, das bei aller Botenhaftigkeit durchaus »naturalistisch«, will sagen, mensch- und Bübchen-erkennbar charakterisiert ist. Und *kein* Bübchen, das »habt« und »Nacht« sagt, würde und *könnte* je die drei Sätze sagen, die anzustreichen ich die Dreistigkeit besessen. Nicht genug aber mit der tiefen Unwahrscheinlichkeit dieser (und nur dieser!) drei Aussprüche, – stehen sie auch noch ganz im Anfang des wunderbarschönen Portraits und könnten geeignet sein, das Kindchen weniger liebenswert zu machen, oder doch, es dem Leser zu erschweren, es – ganz schnell, ohne sich zu wehren – gebührend zu lieben. Daß gerade

in der Mischung aus Babyhaftem und »Würdig Stehengebliebenem« der Reiz besteht – das *weiß* ich ja und weiß, wie gesagt, auch sonst, wo Gott hier wohnt. Es gehen daber die drei Sätze (»Echo dünkt es nicht wohlanständig etc«; »es ist eine wohl-lustbarliche Begegnig«, und »Echo will dess lieber Umgang nehmen«,) beinahe totensicher zu weit. Er *könnte* das nicht sagen, – selbst sein Dad könnte es nicht – und während manches andere, – etwa das »Siehst Du sauer ins Feld« – bei aller Verwunderlichkeit *in sich* glaubwürdig ist, sind diese drei Dinger es nicht, – was hinzunehmen wäre, wenn es nicht eben – ich wiederhole – dem Element der Süßigkeit – dessen glaube ich sehr sicher zu sein – *abträglich* wäre. Es ist der Elf von so ergreifender Herzlichkeit, daß es mir allzu nahe ginge, wenn ihm, – an so entscheidender Stelle, – so im Anfang, meine ich, – etwas am Zeug zu flicken wäre, und so bitte ich denn recht inniglich, daß Du mir mein Dir-am-Zeug-Flicken nicht nur nicht verargen, sondern (was für ein Satz kann jetzt das bestenfalls noch werden; es ist die reine Verlegenheit!) es Dir also gefallen lassen mögest. Gewiß fiele Dir leicht etwas *Ähnliches*, minder hoch Verschnurrtes ein. Zu keiner Zeit darf doch dem Boten auch im geringsten nur etwas Trambahnzwergliches anhaften, oder etwas, das, aus wie großer Ferne immer, an die Köchin erinnerte, die »platterdings« sagte.

Verzeih. Aber ich glaube bei Gott nicht, daß ich *hier* unrecht haben könnte.

Seite 882/83: Ob man von den Gebeten das eine oder andere weglassen sollte? Sie sind ja alle sechs sehr schön und vier von ihnen selbst »inhaltlich« gewissermaßen wichtig. Das Vierte scheint aber nicht unentbehrlich, solange es das Zweite gibt und vielleicht wäre auch das dritte zu entbehren. (Ich irre: das vierte sollte bleiben, wegen der Praedestinationslehre; aber das *zweite und dritte* könnten weg.)

Quae supra diximus, dieser Strichvorschlag erfolgt ohne Leidenschaft, wohl aber in dem vagen Verdacht, daß hier weniger mehr und vier von den für Echo schwer zu Erlernenden (»kompliziertes Zeug« würde Vater Bib sie nennen) *wirksamer* wären, als sechse.

C'est tout. Gern wüßte ich bald, was Du denkst und, besonders, daß Du mir nichts verübelst. Könnten wir dies alles besprechen, ich wäre Deiner Duldsamkeit gewiß. Schriftlich nimmt dergleichen sich vielleicht frecher aus, – Du weißt ja doch aber genauestens, wie durchaus unfrech es gemeint ist.

Fahren wir denn nach Europen? Wie stehen denn die Verhandligen? Nur nicht *zu viele* Engagements, – Peter, Du? – sondern höchstens eine Lecture in Amsterdam, ein Empfang mit Tischredchen in Paris und eine Ansprache in Züritown. That's all. Es *muß* diese Reise *nicht für sich selber zahlen*, – ganz gewiß nicht. Einen »Zweck« soll sie haben und »Vorwände« müssen sein; aber ihrer drei sind genug, bei aller Dicke Deinerseits und wenn es, alles in allem, ihrer viere wären, dann wird dies mehr als genug gewesen sein. Je vous le jure!

Die Deine E.

PS. (quasi)
Nach nochmaliger, – wiederum *äußerst* genußreicher – Lektüre sitze ich nieder, um der folgenden Quisquilien willen:
Seite 818: »Sie trugen Überschuhe« ist erstens, – rein grammatikalisch, versteht sich, mißverständlich, weil auf »Wege« bezüglich. Zweitens, aber, nähme, glaub ich, das »sie gingen gegen den Klammerweiher ... etc« sich rhythmisch besser aus, wenn das »sie trugen« nicht dastünde. Könnte man letzteres einfach weglassen? Nein? Auch recht.
Seite 824: »Wir wollen das lieber nicht tun.« Nach »Liebesboten« und in so ernstem und nahem Zusammenhang mit »Liebe« steht, meine ich, dies »lieber« nicht sehr glücklich. Surely, you know what I mean.

Endgültig Schluß.

2] *nicht zu ändern:* TM hat die von seiner Tochter monierten Aussprüche nicht ausgetauscht oder gestrichen. Vgl. GW VI, 613/614. 84
3] *Besprechung [...] von Humm:* R. J. Humm, ›100 000 Jahre nach Christus. Franz Werfels Zukunftsroman 'Stern der Ungeborenen'‹, ›Die Weltwoche‹, Zürich, Jg. 14, No. 682 v. 6. 12. 1946, 31. 85

7. 1. 1947
1] *Wiechert über dies »hoffnungslose« [...] Volk:* Der ›Aufbau‹ hatte vol. XII, No. 1 v. 3. 1. 47, 1 unter der Überschrift ›Hoffnungslos‹ aus einem vom Berner ›Bund‹ wiedergegebenen Interview Wiecherts mit ›Stockholms Tidningen‹ zitiert: »Wiechert sagte wörtlich: ›Wenn Hitler morgen wiederkäme, so würden 60–80 Prozent ihn mit offenen Armen aufnehmen. Es gibt keine Hoffnung für dies Volk. Es ist zutiefst verdorben, es kennt nur Gier, Haß und Neid. Nie wieder will ich zu Deutschland sprechen, auch nicht zur deutschen Jugend. Mein einziger Trost kommt mir vom Ausland, von meinen alten jüdischen 85

Schülern aus der Zeit, da ich noch Lehrer in Ostpreußen war, und die jetzt in Palästina, Ungarn, Mexiko und Amerika leben. Hier in Deutschland sehe ich nichts als eine einzige Seelenanarchie; wieder geht die Jugend zu den Mystagogen, Astrologen und Propheten. Ich will dieses Land verlassen. In meinem Alter möchte ich endlich eine Ruhe finden, und ich träume von einem Haus am Genfersee.‹« Vgl. auch *Entstehung* Kap. XIV, GW XI, 299.

2] *Rücktritt des Byrnes:* Wegen mangelnder Informierung des Präsidenten und im Hinblick auf die im März 1947 bevorstehende Moskauer Außenministerkonferenz.

3] *General Marshall:* George Marshall (1880–1959) hatte als Sonderbeauftragter Trumans in China vergeblich versucht, im Bürgerkrieg zwischen der Kuomintang und den Kommunisten zu vermitteln. Zu TM's Beurteilung von Marshalls Berufung vgl. den Brief an Agnes Meyer, P.P. 16. 1. 47, Reg. III, 47/25: »Die Ernennung Marshalls hat mich irgendwie angenehm berührt; ich habe das Gefühl, daß die Wahl gut war, und daß er der Mann ist, den das Land braucht. In Europa würde die Berufung eines Generals an diesen Posten wohl allerlei Unheimliches bedeuten, aber mit einem amerikanischen General ist es entschieden etwas anderes.« (Kopie im TMA).

8. 1. 1947

85 1] *A. Dr.:* Amalfi Drive.

2] *zugunsten Kerényi's:* An die Bollingen Foundation, P.P. 11. 1. 47; Reg. III, 47/15.

3] *Fragebogen Koshlands:* Der Geschäftsführer des Verlages Alfred A. Knopf, William A. Koshland (geb. 1906), hatte in einem Schreiben vom 3. 1. 47 um bibliographische Angaben zu den Essays gebeten, die für die Sammlung *Essays of Three Decades*, New York 1947, in Aussicht genommen waren.

9. 1. 1947

86 1] *Der Papst gegen zuviel Freiheit:* Die Quelle für diesen Eintrag konnte nicht ermittelt werden.

2] *Cousine Jane:* S. TB 30. 7. 46, Anm. 1.

3] *Korngolds:* Der österreichische Komponist Erich Wolfgang Korngold (1897–1957), der 1938 nach Hollywood emigriert war, mit seiner Frau Luise, geb. v. Sonnenthal (1900–1962).

10. 1. 1947

1] *Golo [...] nach N.Y. berufen:* Vgl. Golo Mann an seine Mutter, Frankfurt/M. 13. 7. 46: »Neuerdings hat man mir die Leitung der deutschen Abteilung der Voice of America (Radio Station des State Departments) in New York angeboten. Daß es im Grunde nicht das Rechte für mich ist, weiß ich wohl: kämpfe aber annoch gegen die goldene Versuchung.« Vgl. auch TM an Agnes Meyer, P.P. 1. 12. 46, Reg. III, 46/424; Br. II, 514–516: »Morgen sind nun auch Golo und Moni da. Der Civil-Oberstleutnant ist des falschen Herrendaseins in Deutschland, eines verwöhnenden und geistig herunterbringenden Daseins, wie er sagt, endgültig müde und wird nicht dorthin zurückkehren.« (515) 86

2] *Darstellung eines merkwürdigen Falles:* R. J. Humm, ›Nancy, die musikalische Träumerin‹, ›Die Weltwoche‹, Zürich, Jg. 14, No. 683 v. 13. 12. 1946, 17.

11. 1. 1947

1] *an F. Bertaux:* An Félix Bertaux, P.P. 11. 1. 47, Reg. III, 47/22. 86

2] *In Sachen Fayard:* Der Pariser Verlag Arthème Fayard, der 1932 die *Buddenbrooks* (übersetzt von Geneviève Bianquis) und 1933 *Leiden und Größe Richard Wagners* (übersetzt von Félix Bertaux) verlegt hatte, bereitete, in der Übersetzung von Geneviève Bianquis, eine Ausgabe der *Erzählungen* (*Tristan, Der Weg zum Friedhof* und *Der Tod in Venedig*) vor, die 1947 erschien. Félix Bertaux' Übertragung des *Der Tod in Venedig* war 1925 von der Edition Kra publiziert worden.

3] *an Frau A. Gerhard:* An Adele Gerhard, P.P. 12. 1. 47, Reg. III, 47/23. 87

4] *A. Gerhard:* Die aus Köln stammende Schriftstellerin Adele Gerhard (1868–1956) korrespondierte seit 1915 mit TM, den sie auch persönlich kannte (vgl. TB 1918–1921). Frau Gerhard emigrierte 1938 in die USA und kehrte 1955 in ihre Heimatstadt zurück. S. *Adele Gerhard zum 60. Geburtstag* (1928), GW XIII, 831/832.

5] *Kridwiß-Gespräche u. [...] Apokalypse: Doktor Faustus,* aus dem dreigeteilten XXXIV. Kapitel die *Fortsetzung* und den *Schluß*, GW VI, 480–503.

12. 1. 1947

1] *[an] 47:* Im Manuskript steht: »und 47«. 87

2] *»Schleiertanz«:* Die Musik zu Salomes Schleiertanz aus der Oper ›Salome‹ von Richard Strauss (1905).
3] *Zigeunerstücken:* Drei Tänze aus dem Ballett ›El sombrero de tres picos‹ (›Der Dreispitz‹) (1919) des spanischen Komponisten Manuel de Falla (1876–1946).

13. 1. 1947

87 1] *Neue Äußerungen Wallace's:* In einem ›Meet the Press‹-Broadcast des Mutual Network hatte Henry Wallace der englischen und amerikanischen Politik am 10. 1. 47 einmal mehr vorgehalten, sie lade alle Nationen der Welt zur Umzingelung der Sowjetunion ein und sei bereit, in einem Aggressionskrieg gegen Rußland sogar die Atombombe einzusetzen. Die Drohgebärde gegenüber der UdSSR sei der sicherste Weg zum Krieg, dem man vorarbeite, indem man Polen und der CSR die Anleihen verweigere und sie so der sowjetischen Herrschaft in die Arme treibe.
2] *Änderungen am Kantate-Kapitel:* Das Manuskript läßt stilistische Verbesserungen und Umstellungen in der Interpretation der Faust-Kantate gegen Schluß (GW VI, 647–650, Ms. Bl. 823–825 R), sowie Änderungen in den zeitgeschichtlichen Passagen zu Anfang (GW VI, 636, Ms. Bl. 810–813a) des XLVI. Kapitels erkennen. Darüber hinaus wurden offensichtlich auch Seiten ausgetauscht.
3] *Leonoren-Ouverture III:* Ludwig van Beethoven, ›Leonoren-Ouverture‹ No. 3, C-Dur, op. 72a von 1803.

14. 1. 1947

87 1] *Brief von Angell:* Nicht im TMA. Der Inhalt ist jedoch aus TMs Briefen vom 22. 1. 47 (Reg. III, 47/26) und 8. 2. 47 (Reg. III, 47/61) sowie dem Schreiben an Alfred A. Knopf, P.P. 7. 2. 47 (Reg. III, 47/56), zu erschließen: Joseph Angell beabsichtigte, in der sog. ›Portable Library‹ der Viking Press, New York, eine Auswahl aus TMs Werken herauszugeben. Der Plan scheiterte schließlich, weil Knopf seine Zustimmung verweigerte.

88 2] *Klemperer mit Frau u. Tochter:* Der Dirigent Otto Klemperer (1885–1973), langjähriger Freund Klaus Pringsheims, mit seiner Frau, der Sängerin Johanna Geissler (1888–1956), und seiner Tochter Lotte (geb. 1923).

15. 1. 1947

1] *»Elementargeist«:* E. T. A. Hoffmanns erstmals in den ›Letzten Erzählungen‹, 1825, publizierte Novelle im 13. Band von TMs in der Zürcher Bibliothek erhaltenen Ausgabe ›E. T. A. Hoffmanns sämtliche Werke in 15 Bänden‹, hrsg. und mit einer biographischen Einleitung von Eduard Grisebach; neue, um die musikalischen Schriften vermehrte Ausgabe, 15 Bände in 4, Leipzig 1907. 88

2] *an Basler:* An Otto Basler, P.P. 15. 1. 47, Reg. III, 47/24; Br. II, 523/524.

3] *etwas an Hesse:* Vgl. den entsprechenden Passus des Briefes an Basler: »Ich habe wenig [...] zu bieten, denn so lange dieses von Deutschtum, Musik und Schicksal trächtige und auf recht deutsche Art unmögliche Roman-Monstrum nicht fertig ist [...], tauge ich [...] fast zu garnichts und lasse meine Korrespondenz mit verwildertem Gewissen im Argen liegen. Längst z. B. wollte ich an Hesse schreiben, besonders noch, weil ich ihm für seine mild-strengen, unter dem Tolstoi-Titel gesammelten Aufsätze zu danken habe, und komme nicht dazu, weil man doch einem großen Herrn, wie Goethe sagen würde, ›irgend etwas Bedeutendes vorlegen‹ muß. Grüßen Sie ihn doch vorläufig von mir und sagen Sie ihm, wie es um mich steht! Seinerseits hält er an einem Lebenspunkt, wo man, wie es auch mir ein paar mal begegnet ist, als Briefschreiber, notwendig und hoffnungslos bankrott machen muß, was einem zunächst wie eine Katastrophe vorkommt, sich aber dann als ganz gleichgültig erweist.« (Br. II, 523).

4] *Ballettänze von Schumann:* Wohl die Symphonie No. 3 (1941) des amerikanischen Komponisten William Schuman (geb. 1910).

5] *Spanisches [...] von Milhaud:* Darius Milhaud (1892–1974), ›Suite Provençale‹ (1937).

16. 1. 1947

1] *zwischen Frankreich und:* Das Wort »England« fehlt in der Handschrift. Die Allianz ist ein am 15. 1. 1947 unterzeichnetes britisch-französisches Militärabkommen. 88

2] *Blum:* Der französische Journalist und sozialistische Politiker Léon Blum (1872–1950) war 1946/47 Ministerpräsident des sozialistischen Minderheitskabinetts.

3] *Wallace schreibt:* In einem am 20. 1. 47 in der Zeitschrift ›New Republic‹ (vol. 116, No. 3, 18/19) veröffentlichten ›Offenen Brief an

George Marshall‹ hatte Henry A. Wallace – unter Hervorhebung des Vertrauens, das er in die Fähigkeiten des neuen Außenministers setze – seine Forderung nach einer konstruktiven Politik der USA gegenüber den UdSSR wiederholt: »What we need is a mobile offensive in our foreign policy, an affirmation of the revolutionary tradition out of which this country was born, a loud and ringing ›yes‹ to the changes that the wrecked societies of Europe and Asia are demanding at once.// We have abandoned, almost by default, the sponsorship of these changes to Russia. We have permitted the Russians to parade themselves before all the colonial peoples of the world as the only enemy of ›imperialism‹. Almost without a battle we have yielded to the Russians the loyality of millions of workers and peasants in Europe because they believe that the Russians and not ourselves are their only guarantors against hunger and war. We cannot permit this to go on [...]. We must act to implement the Atlantic Charter; we must help the colonial peoples in their struggle to free themselves; we must lead rather than follow in opposition to such men as Franco. We must seek everywhere to find out what changes are needed in the devastated areas of the world to fill the stomachs and make busy the hands of the people; and we must be the first to sponsor them. Wherever we meet Russia in Europe, it is not Russia that is the enemy, but the devastation itself.«

88 4] *Glückwunsch–Botschaft:* Nicht ermittelt.

5] *des Committees for American-Soviet Friendship:* Des National Council of American-Soviet Friendship (NCASF).

6] *Schauspieler Kortner:* Der österreichische Schauspieler Fritz Kortner (1892–1970) emigrierte 1933 von Berlin nach England und 1937, nach der NS-Boykott-Drohung gegenüber Filmen, die unter Beteiligung von Juden gedreht würden, in die USA. Dort gehörte Kortner 1944 zu den Unterzeichnern der ›Declaration of the Council for a Democratic Germany‹ und mußte 1947, im Zusammenhang mit den Ermittlungen gegen Bert Brecht, Verhöre durch das Committee on Unamerican Activities (CUA) über sich ergehen lassen. Kurz darauf kehrte er nach Berlin zurück.

7] *an Mrs. Meyer:* An Agnes E. Meyer, P.P. 16. 1. 47, Reg. III, 47/25.

8] *Vortrags in W.:* Des Nietzsche-Vortrags an der Library of Congress am 29. 4. 47. TM hatte um einen Termin »in den letzten 10 Tagen des April« gebeten.

9] *psychoanalytischen Studie über Dr. Johnson:* Vermutlich Edward Hitschmann, ›Samuel Johnson's Character: A Psychoanalytic Interpretation‹, ›Psychoanalytic Review‹, vol. XXXII, April 1945, 207–218.
10] *Hamburger Akademische Blätter ...:* Gerhard Alexander, ›Geschichte einer Mystifikation‹, ›Hamburger Akademische Rundschau‹, Jg. 1, 1946/47, H. 4, 148/149. Der Verfasser zeigt die Quelle der von Sir Hartley Shawcross (s. TB 16. 8. 46, Anm. 1) über Johannes R. Becher (›Aufbau‹, Berlin, Jg. 1, 1946, H. 17) bis zur ›Hamburger Akademischen Rundschau‹ (1. Jg., 1946/47, H. 3, 104/105) und den ›Frankfurter Heften‹ (1. Jg., 1946/47, H. 1, Mai 1946) Goethe zugeschriebenen TM-Sätze aus *Lotte in Weimar*: ein Flugblatt, das im Kriege Ausschnitte aus dem 7. Roman-Kapitel, als Goethezitat getarnt, in hoher Auflage verbreitete.

17. 1. 1947
1] *Fouqués »Undine«:* Friedrich de la Motte Fouqué, ›Undine, Eine Erzählung‹, Berlin 1811. *89*
2] *Wegen Musil an Knopf:* TMs Brief ist nicht erhalten (s. Reg. IV, 580); jedoch läßt die Antwort des Knopf-Geschäftsführers William A. Koshland, o.O., (New York), 20. 2. 47, erkennen, daß TM seinen Verleger erneut auf Robert Musils Werke, diesmal speziell auf ›Die Verwirrungen des Zöglings Törless‹, hingewiesen hatte: »After your long letter [...] regarding Robert Musil, we got in touch with his widow and secured for consideration a copy of DIE VERWIRRUNGEN DES ZÖGLING TORLESS. This had been careful and sympathetic consideration. As you probably know, we spent any amount of time – literally – in the old days considering and reconsidering DER MANN OHNE EIGENSCHAFTEN. But we always came to the conclusion that Musil would not find a substantial audience over here. We still, alas, feel the same way.« – William Koshland, dem ich diese Information verdanke, teilte mir am 30. 10. 87 in Sachen TM/Robert Musil außerdem mit: »TM as long ago as 1936 urged Musil upon us and did so repeatedly over the years. Ironically we do now own the rights to republish DER MANN OHNE EIGENSCHAFTEN which is being retranslated and will be published with the NACHLASS.«
3] *an Angell:* An Joseph W. Angell, P.P. 22. 1. 47, Reg. III, 47/26, S. dazu TB 14. 1. 47, Anm. 1.

19. 1. 1947

89 1] *das vorletzte Kapitel:* S. TB 2. 1. 47, Anm. 1.

2] *an Bermann:* Der Brief gilt als verschollen. S. Reg. IV, 580.

3] *[an] Vikko:* An Viktor Mann, P.P. 22. 1. 47, Reg. III, 47/28.

4] *»Ritt«:* Der Walkürenritt zu Beginn des 3. Aufzuges von Richard Wagners ›Die Walküre‹.

5] *Thibaut:* Der französische Geiger Jacques Thibaud (1880–1953).

6] *Saint-Saens:* Der französische Komponist Camille Saint-Saëns (1835–1921).

7] *Cellini-Ouverture:* Hector Berlioz, Ouverture zu ›Benvenuto Cellini‹, op. 23, 1838.

20. 1. 1947

89 1] *»Nachwort«:* Der *Nachschrift* überschriebene letzte Abschnitt des *Doktor Faustus*, GW VI, 668–676.

2] *Artikel von Harich:* Wolfgang Harich, ›'Lotte in Weimar', Thomas Mann wieder auf dem deutschen Büchermarkt‹, ›Tägliche Rundschau‹, Berlin, Jg. 2, No. v. 29. 12. 46, 4.

3] *Harich:* Der Philosoph und Publizist Wolfgang Harich (geb. 1921), von 1949–1957 Professor an der Humboldt-Universität, Berlin, wurde wegen »Bildung einer konspirativen staatsfeindlichen Gruppe« zu zehn Jahren Zuchthaus verurteilt, 1964 jedoch begnadigt. Harich lebt seither als Verlagslektor und freier Publizist in der DDR.

21. 1. 1947

90 1] *Stalin äußert:* TM bezieht sich auf den Bericht von Elliott Roosevelt über ein Interview, das Stalin ihm und seiner Frau Faye Emerson am 21. 12. 1946 in Moskau gewährt hatte. Dort fand er die von Roosevelt junior zitierten Stalin-Sätze: »Die Völker sind nicht mehr willens, in den Krieg zu ziehen. Sie sind des Krieges müde [. . .] Man muß zu dem Schluß kommen, daß die Gefahr eines neuen Krieges jeder Realität entbehrt.«

2] *Hilfe für Prof. Kutscher:* S. an Artur Kutscher, P.P. 24. 1. 47; Reg. III, 47/33. TM antwortete auf ein Bittschreiben Kutschers, ihn – der wegen seines 1942 vollzogenen Beitritts zur NS-Partei von den amerikanischen Besatzungsbehörden seines Amtes enthoben worden war – bei seinen Rehabilitationsbemühungen zu unterstützen: ». . . noch während der Emigration in Zürich hatte ich gewiß Möglichkeiten, Ihre

Arbeit zu verfolgen und habe mich gefreut, daß Sie und Ihre Schüler sich durch die sog. nationale Revolution nicht abhalten ließen, meiner Lebensarbeit eine freundliche Wertschätzung zu bewahren. Wie ich Sie und Ihre Bestrebungen und Äußerungen kenne, ist es nur schwer vorstellbar, daß Ihr Verhalten zum Nationalsozialismus, wenigstens innerlich, jemals anders als fremd und ablehnend gewesen sein kann, und es ist mir unbedingt glaubhaft, daß Sie den Anschluß an die Partei nur vollzogen haben, um nicht Ihrer Lehrtätigkeit verlustig zu gehen, auch, daß Sie trotz dieses Schrittes persona ingrata geblieben sind.« (Deutsches Literaturarchiv Marbach). – Zum ›Fall Kutscher‹ vgl. zusammenfassend den Bericht in der ›Süddeutschen Zeitung‹ v. 15. 2. 47, 5.

3] *Prof. Kutscher:* Der Literarhistoriker und Theaterwissenschaftler Artur Kutscher (1878–1960), der seit 1915 als Professor in München lehrte. Kutscher lud gelegentlich bekannte Schriftsteller ein, in seinen Seminaren vor Studenten und geladenen Gästen aus eigenen Werken vorzulesen. TM beschreibt in einer TB-Aufzeichnung vom 2. 7. 1919 eine dieser Gastvorlesungen: »Ich [...] fuhr [...] zum ›Neuen Theater‹, wo im Lesezimmer des oberen Stockwerks Prof. Kutscher mit den Seinen versammelt war. [...] Las das Jagdkapitel [aus *Herr und Hund*], légèrement. Der Beifall herzlich. Kutscher hielt eine Ansprache zu meinen Ehren, die mit der Aufforderung schloß, sich zum Dank von den Sitzen zu erheben. Schrieb ins Gästebuch, saß noch einige Zeit und ging um 1/2 11.«

22. 1. 1947

1] *Gimbel:* Der »glänzend begabte« (*Entstehung* Kap. XI, GW XI, 90
235) jüdisch-polnische Pianist Jakob Gimpel (geb. 1906), den TM 1945 kennengelernt hatte. Gimpel kam 1938 aus Österreich über England in die USA und lebte seit 1939 in Los Angeles.

2] *Geschichte des Obersten Morse:* Charles Sealsfield (d. i. Karl Anton Postl, 1793–1864), ›Die Erzählung des Obersten Morse‹. TM las die aus dem 1843 erschienenen ›Kajütenbuch‹ stammende Geschichte in der von Hugo von Hofmannsthal herausgegebenen Anthologie ›Deutsche Erzähler‹, Insel-Verlag, Leipzig 1912, die sich mit einer Widmung des Herausgebers an Thomas und Katia Mann in der Zürcher Bibliothek erhalten hat.

23. 1. 1947

90 1] *in den Briefen von N.'s Mutter an O.:* Franziska Nietzsche-Oehler, ›Der kranke Nietzsche. Briefe seiner Mutter an Franz Overbeck‹, hrsg. von Erich Friedrich Podach, Bermann-Fischer Verlag, Wien 1937. Das Buch steht mit einer Widmung des Herausgebers an TM in der Zürcher Bibliothek.

24. 1. 1947

91 1] *Herr Fülip-Miller:* Der österreichische Schriftsteller René Fülop-Miller (1891–1963) emigrierte 1935 nach Frankreich und gelangte 1939 in die USA, wo er an verschiedenen Universitäten, zuletzt am Hunter College, New York, und in Hanover, New Hamp. lehrte.
2] *Photographie eines Oelgemäldes:* Das Photo befindet sich nicht in den Sammlungen des TMA.
3] *Katherin Mc Garrity-Snörd:* Im TMA befindet sich der Begleitbrief von Kathryn McGarrity-Snörd, NY City, 20. 1. 47. Über die Person der Malerin war jedoch nichts Näheres zu ermitteln.

25. 1. 1947

91 1] *Ex-Rabbi Brown:* Der aus England stammende Rabbiner und Schriftsteller Lewis Browne (1897–1949), Verfasser erfolgreicher Bücher über jüdische Probleme und populärer Kanzelredner.
2] *Langes Schreiben nebst Dokumenten:* Der zusammenfassenden Darstellung, die TM im XIV. Kapitel seiner *Entstehung*, GW XI, 296/297 gibt, ist zu entnehmen, daß es sich bei dem hier erwähnten, leider nicht erhaltenen Schreiben um die Bitte handelte, TM möge die Ehrenpräsidentschaft eines neu zu bildenden Bayreuth-Kuratoriums übernehmen: »... über den Plan des Stadtoberhauptes, die Liste der heranzuziehenden Personen, die Bildung eines Kuratoriums waren eingehende Verhandlungen gepflogen worden, und vor allem, indem er den Vorschlag fast zur Bedingung seiner Mitwirkung machte, war Beidler für meine Ehrenpräsidentschaft eingetreten, die er mir nun [...] sehr ernstlich und herzlich antrug.« Vgl. hierzu auch TM an Franz W. Beidler, TB 27. 1. 47, Reg. III, 47/34.
3] *Sinclair Lewis:* Der amerikanische Romancier – Nobelpreis 1930 – Sinclair Lewis (1885–1951), den TM im Sommer 1934 in den USA kennengelernt hatte.

26. 1. 1947

1] *Partei in Groß-Hessen:* In Friedberg hatte sich unter der Leitung des Bankiers Leuchtgens eine rechtsorientierte ›Nationaldemokratische Partei Deutschlands‹ gebildet. 91

2] *Telegramm des Agenten Hohenberg:* Nicht erhalten. S. in diesem Zusammenhang jedoch TM an Emil Oprecht, P.P. 31. 1. 47; Reg. III, 47/49, mit der Bitte, ihm bei dem Arrangement zusätzlicher Schweizer Vorträge behilflich zu sein.

3] *an Vikko:* An Viktor Mann, P.P. 27. 1. 47, Reg. III, 47/38.

4] *[an] Korrodi:* An Eduard Korrodi, P.P. 27. 1. 47, Reg. III, 47/37.

5] *[an] Faesi:* An Robert Faesi, P.P. 27. 1. 47, Reg. III, 47/35.

6] *[an] die junge Malerin:* An Kathryn McGarrity, P.P. 27. 1. 47, Reg. III, 47/40.

7] *Respighi, »Pines of Rome«:* Die ›Sinfonische Dichtung‹ ›Pini di Roma‹ (1924) des italienischen Komponisten Ottorino Respighi (1879–1936). 92

27. 1. 1947

1] *Barthli, der Korber:* TM las die Novelle des Schweizer Schriftstellers Jeremias Gotthelf (d. i. Albert Bitzius, 1797–1854) vermutlich in Hugo von Hofmannsthals Anthologie ›Deutsche Erzähler‹, Leipzig 1912. 92

2] *an Beidler:* An Franz W. Beidler, P.P. 27. 1. 47, Reg. III, 47/34.

3] *an den amerk. Universitäts Officer:* An Ronald Gregor Smith, P.P. o.D., Reg. III, 47/43; Hübinger a.a.O. 597.

4] *Plan:* Vgl. den im TMA erhaltenen Brief von Clara Urquhart, New York, 19. 1. 47, mit dem Exposé für ein »annual festival of art, thought and letters of the Universe«, dem – verbunden mit einem geistigen Zentrum für etwa 150 »residents« aus allen Teilen der Welt – die Aufgabe zukommen solle ähnlich wie im mediceischen Florenz, die Voraussetzungen für eine alle Künste umfassende Renaissance »on a scale never before envisaged« zu schaffen.

5] *Dubito:* Ich zweifle. Vgl. TMs dilatorischen Antwortbrief vom 7. 2. 47, Reg. III, 47/60.

6] *Exposee von Medi:* Für eine ›Geschichte der ständischen Vertretungen‹, eine Forschungsarbeit im Auftrag des ›Committee to frame a World Constitution‹, Chicago, Dokumentensammlung des Committee in der Bibliothek der Chicago University.

7] »*Winterreise*«: TM besaß eine alte (1933) Aufnahme des Schubertschen Liederzyklus, gesungen von Gerhard Hüsch, am Flügel Hans Udo Müller.

28. 1. 1947

92 1] *an Mrs. Meyer:* An Agnes E. Meyer, P.P. 28. 1. 47, Reg. III, 47/42; Br. II, 524.

2] *an den Bonner Dekan:* An Friedrich Oertel, P.P. 28. 1. 47, Reg. III, 47/41; Br. II, 525/526; Hübinger a.a.O. 596/597: Dank für die Erneuerung des Ehrendoktor-Diploms.

29. 1. 1947

92 Der Eintrag ist vom Anfang bis zur 4. Zeile: »›Dr. Faust‹ zu schreiben« mit roter Tinte geschrieben.

1] *Beitrag über die deutsche Frage:* S. TB 12. 2. 47, Anm. 3.

2] *Interview des Figaro:* Nicht realisiert. S. TB. 31. 1. 47.

3] *Aufsatz über Proust:* TM lehnte die Bitte von Philip Rahv, New York 21. 1. 47, an der zu Prousts 25. Todestag geplanten Ausgabe des ›Partisan Review‹ mitzuarbeiten, nach langem Zögern schließlich ab. Vgl. an Philip Rahv, P.P. 7. 2. 47, Reg. III, 47/57.

4] *an Oprecht:* An Emil Oprecht, P.P. 29. 1. 47, Reg. III, 47/45.

5] *S. Maugham-Film:* Wohl der Fox-Film ›Razor's Edge‹. Drehbuch (nach dem gleichnamigen Roman von W. Somerset Maugham, 1874–1965) von Lamar Trotti; unter der Regie von Edmond Goulding spielten Tyrone Power, Gene Tierney, John Payne, Anne Baxter u. a.

30. 1. 1947

93 1] *an Oprecht:* An Emil Oprecht, P.P. 31. 1. 47, Reg. III, 47/49, mit der Bitte um Hilfe beim Arrangieren von Vorträgen in der Schweiz, da der Agent Hohenberg die Europa-Tournee abgesagt habe. Vgl. auch TB 26. 1. 47.

2] *[an] Warburg:* An Fredric J. Warburg, P.P. 31. 1. 47, Reg. III, 47/50, mit der Bitte um Arrangements von Lesungen resp. Vorträgen in London.

3] *Marshall zieht [...] Truppen [...] zurück:* Am 29. 1. 47 hatte das State Department offiziell den Abbruch der amerikanischen Vermittlungsversuche in China (s. TB 7. 1. 47) bekanntgegeben und den Abzug des US-Personals angekündigt.

4] *musik. Verbesserungen:* S. TB 4. und 5. 2. 47, jeweils Text und Anm. 1 bzw. 2.

31. 1. 1947

1] *Ausflug nach San Francisco:* Erst im November 47 verwirklicht; s. TB 17. und 21. 11. 47. 93

2] *Tal der Gemme:* Die Gegend von Uplifters Ranch, südlich des Sunset Boulevards in Pacific Palisades, zwischen P.P. und Santa Monica, in der Eva Herrmann wohnte.

3] *Platten von Schumanns Violinkonzert:* Offenbar der Ersatz für die zerbrochenen. S. TB 13. 12. 46.

4] *»Weheklag«-Kapitel:* Des XLVI. *Faustus*-Kapitels, *Doktor Fausti Weheklag*, GW VI, 636–651.

5] *des historischen Teils:* Zeitbloms Betrachtungen zu Beginn des Kapitels, GW VI, 636–639.

6] *Glückwunsch-Telegramm:* New York, 31. 1. 47, EM, Br./Antw. I, 221.

1. 2. 1947

1] *Einteilung in 6 Bücher:* Später wieder rückgängig gemacht. Vgl. *Entstehung* Kap. XIV, GW XI, 300. Zu dem ursprünglichen Plan s. *Notizen zum Doktor Faustus*, Bl. 207: »Die Büchereinteilung./ 1. Buch I–X bis zur Beziehung Universität Halle. Jugendgeschichte / 2. Buch XI–XXI Halle und Lpz, (schließt die Infektion ein) – einschl. der Brentano-Lieder / 3. Buch XXII–XXIX, ›Er soll sehen, daß er heil aus der Sache davonkommt‹ Das Dokument ist 25 / 4. Buch XXX–XXXVII (einschl. Fitelberg) / 5. Buch XXXVIII–XLII (Rudis Tod) / 6. Buch XLIII–XLVII Nachschrift (schließt Echo ein und das Faust-Oratorium)«. 93

2] *Fr. E. Heims:* Die Schauspielerin Else Heims (1878–1958), die erste Frau Max Reinhardts.

3] *in Sachen des Violin-Konzerts u. der Kammermusik:* S. TB 4. und 5. 2. 47, Text und jeweils Anm. 1. 94

2. 2. 1947

1] *Motto:* »Außerdem habe ich [...] dem Ganzen ein Motto aus Dante beigegeben, das mir gut auf Zeitbloms Unternehmen zu passen scheint.« (An Helen Lowe-Porter, P.P. 28. 2. 47, Reg. III, 47/84, D.ü.D. III, 88.) Das Motto stammt aus der ›Divina Comedia‹, Inferno, 94

2. Gesang, und wird italienisch zitiert: »Lo giorno se n'andava ...« (S. GW VI, 7.)

2] *Chinesische Flöte und Quartett:* Ernst Toch, ›Die chinesische Flöte‹ für Solosopran und 14 Soloinstrumente. – Um welches der 8 Streichquartette es sich handelt, ist nicht mehr feststellbar.

3. 2. 1947

94 1] *an Frau Huldschinsky:* Der Brief gilt als verschollen. S. Reg. IV, 580.

4. 2. 1947

94 1] *wieder einsätzig machte:* Vgl. die ausgeschiedenen Typoskriptseiten 768–770, auf denen im Gegensatz zur Druckfassung GW VI, 543, Z. 4–544, Z. 28 (»In drei Sätzen geschrieben, führt es kein Vorzeichen ...«) ein einsätziges Werk genannt wird: »das bekanntlich in einem Satz und ohne alle Vorzeichen [...] geschriebene Stück«. Der später ausgetauschte Text ist im Anhang No. 12 abgedruckt.

2] *Photograph:* Der in Petersburg geborene und in Los Angeles gestorbene Mode- und Porträt-Photograph (u. a. Strawinsky und Lotte Lenya) Georg Baron von Hoyningen-Huene (1900–1968).

3] *Memoiren Szigeti's:* Joseph Szigeti, ›With Strings Attached‹, New York 1947. In seinem Dankesbrief an Pat Knopf, den Sohn des Verlegers Alfred A. Knopf, vom 14. 2. 47, Reg. III, 47/65, nennt TM Szigetis Buch »one of the most charming musicians biographies«. Die deutsche Übersetzung der Szigeti-Memoiren erschien ohne Jahresangabe unter dem Titel ›Zwischen den Saiten‹ im Verlag Albert Müller, Zürich/Stuttgart/Wien.

4] *vom Grammophonkapitel:* Am Schluß des 16. Kapitels seiner Memoiren, ›Von der Bedeutung des Grammophons‹ (Deutsche Ausgabe 146–157), hatte Szigeti den Auszug eines durch TMs *Zauberberg*-Kapitel *Fülle des Wohllauts* (GW III, 883–907) angeregten, zuerst 1942 in der Zeitschrift ›The American Music Lover‹ (vol. 9, No. 2, Oct. 1942, 27 ff.) erschienenen Artikels abgedruckt. Im Rahmen dieser historisch-literarisch akzentuierten Meditationen über das Thema ›elektroakustische Musikaufnahmen‹ zitiert Szigeti TMs Satz »Der Geist eines Violinisten von Weltruf spielte, wie hinter Schleiern, zu einer Klavierbegleitung, die trocken klang wie Spinett, eine Romanze von Rubinstein« (GW III, 887), und versah ihn mit folgender Fußnote:

»Diese Platte war sicher eine von mir gespielte Platte, denn zu dieser Zeit existierte Rubinsteins Stück nur in der Aufnahme von mir.« (Szigeti, a.a.O. 155)

5] *Anekdoten aus der Seelig'schen Sammlung:* Carl Seelig (Hrsg.), ›Sterne. Anekdotische Kurzgeschichten aus 6 Jahrhunderten‹. Das Buch ist in TMs Bibliothek erhalten – mit der handschriftlichen Widmung »Für Dr. Thomas Mann, den zukünftigen Stern der II. Auflage. Carl Seelig, Zürich, Oktober 1946.«

6] *Börnes [...] Naivetät:* In den bei Seelig 127–133 abgedruckten Börne-Texten ›Die Schmeichler‹, ›Ein Beispiel deutscher Titelsucht‹, ›Der verlorene Hund‹, ›Der Aufpasser‹, ›Paganini‹, ›Liebesnot‹ und ›Die Wette‹.

5. 2. 1947

1] *die »Kammermusik« nach A.'s Entwurf:* Ein Vergleich der ausge- 94
schiedenen Typoskriptseite 857 mit GW VI, 605–607 zeigt, wie TM die ursprüngliche Fassung – 12 Zeilen über eine »Sonatenphantasie für Klavier und Streicher« – zu der fast zwei Druckseiten umfassenden Beschreibung einer Ensemblemusik »für drei Streicher, drei Holzbläser und Klavier ...«, 605, Z.6 bis 607, Z.20 erweiterte. Die ursprüngliche Fassung – zu denken hinter 605, Z.6 »Wunderertrags:« – lautet: »der Sonatenphantasie für Klavier und Streicher, eines Wurfes, der den Atem verschlägt. Das viersätzige Quartett, Allegro, Lento, Scherzo und Presto, das wohl die klügsten, tiefsten, erregt-witzigsten und oft auch verletzendsten Gespräche bietet, die je vier Geisterstimmen mit einander geführt haben, und des Trios für Geige, Viola und Violoncell, das, kaum spielbar, in der Tat nur von drei Virtuosen allenfalls technisch zu bemeistern, ebenso durch seinen konstruktiven Furor, die Hirnleistung, die es darstellt, wie durch die ungeahnten Klangmischungen in Erstaunen setzt, die ein das Unerhörte begehrendes Ohr, eine kombinatorische Phantasie sondergleichen den drei Instrumenten abgewonnen hat.« – »Unmöglich, aber dankbar« ging dann der Text – wie GW V1, 607, Z.21 – weiter, wobei es statt »Ensemblemusik« (607, Z.23) natürlich »Sonatenphantasie« heißt.

2] *strich Bedrückendes:* Das Manuskript zeigt eine Kürzung auf den 95
Blättern 853/854, die – zu denken zwischen GW V, 674, Z.24 und 25 (zwischen »nachsichtig zunickten« und »Für meine Person«) – im Anhang No. 13 abgedruckt ist.

3] *an Knopf:* An Alfred A. Knopf, P.P. 7. 2. 47, Reg. III, 47/56
4] *»Z. Marcas«:* Balzacs 1840 erschienene, innerhalb der ›Comédie humaine‹ den ›Scènes de la vie politique‹ zugeordnete Erzählung ›Z. Marcas‹.
5] *die »Frau von 30 Jahren«:* Balzacs Roman ›La femme de trente ans‹ ist in zwei deutschen Ausgaben in der Zürcher Bibliothek vorhanden: 1. in der Übersetzung von Otto Flake bei Reclam, Leipzig 4. Aufl. 1920, und 2. in der Übersetzung von Walter Widmer, die 1946 bei Claassen in Hamburg erschien.

6. 2. 1947
95 1] *Entdeckung [. . .] in der Südpol-Zone:* Admiral Richard E. Byrd gab am 5. 2. 47 Details seiner US-Navy-Südpol-Expedition bekannt, »that turn the present maps of Antartica into waste paper. Where ice-covered sea is shown, Navy patrol planes found mountains higher than the Matterhorn; where mountains are charted they found a bay four times the size of Connecticut [. . .] with two large islands locked in their midst.« (NYT 6. 2. 47, 1:6,7)
2] *Brief von Vikko:* München, 12. 1. 47; im TMA.
3] *Bermann-Bücher Hofmannsthal:* Wahrscheinlich Bände der von Herbert Steiner herausgegebenen ›Gesammelten Werke in Einzelausgaben‹, Stockholm/Frankfurt 1945–1955. *Zweigs Balzac:* Stefan Zweig, ›Balzac. Der Roman seines Lebens‹, aus dem Nachlaß herausgegeben von Richard Friedenthal, Stockholm/Amsterdam 1946.

7. 2. 1947
96 1] *an Humm:* An Rudolf Jakob Humm, P.P. 7. 2. 47, Reg. III, 47/55.
2] *Collectiv-Conzeption:* Nach der Erinnerung von Gerhard Albersheim handelte es sich um eine Kollektiv-Komposition ›Genesis‹, an der sich alle in Los Angeles lebenden Komponisten beteiligen sollten. Albersheim erinnert sich einer Musik seines Freundes Mario Castelnuovo-Tedesco. Inwieweit die bekannten Kompositionen von Darius Milhaud ›La création du monde‹, Ballettmusik op. 81 a, und Arnold Schönberg, ›Prelude zur Genesis für Chor und Orchester‹, op. 44 (1945) mit einbezogen wurden, war so wenig zu ermitteln wie der Beitrag von Ernst Toch.

8. 2. 1947

1] *an Hesse:* An Hermann Hesse, P.P. 8. 2. 47, Reg. III, 47/62; HH/ TM 125–127. 96

2] *an Angell:* An Joseph W. Angell, P.P. 8. 2. 47, Reg. III, 47/61.

3] *an Blüher:* An Hans Blüher, P.P., datiert 17. 2. 47, Reg. III, 47/72. Zur Sache s. TB 3. 12. 46, Anm. 4.

4] *»Flutenreicher Ebro«:* Robert Schumann, ›Flutenreicher Ebro‹, op. 138, No. 5, nach dem ›Romanze‹ überschriebenen Gedicht von Emanuel Geibel.

5] *an den Thomanern:* An dem bereits im Mittelalter existierenden (wahrscheinlich 1212 gegründeten) Chor von Schülern der Leipziger Thomasschule, zu deren berühmtesten Kantoren J. H. Schein (1616–1630) und Johann Sebastian Bach (1723–1750), in der Neuzeit Karl Straube (1918–1939) und Günther Ramin (1940–1956) gehörten.

6] *Stendhals »De l'amour«:* Stendhal ›Über die Liebe‹. Deutsch von Fr. v. Oppeln-Bronikowski, Berlin 1921. Das Buch mit einer Widmung von Henry H. Remak an TM (s. auch TM an Henry A. Remak, P.P. 5. 2. 47, Reg. III, 47/52) ist in der Zürcher Bibliothek erhalten.

9. 2. 1947

1] *Große Gebietsverluste [...] vorgesehen:* Im Vorfeld der Unterzeichnung von Friedensverträgen mit Deutschlands ehemaligen europäischen Verbündeten am 10. 2. 47 in Paris.

2] *Prozessierung:* Am 8. 2. 47 hatte der stellvertretende US-Kriegsminister Howard Petersen die Anklageschrift gegen den deutschen Industriellen Friedrich Flick und vier seiner Mitarbeiter, Otto Steinbrink, Konrad Kaletsch, Bernhard Weiß und Hermann Terberger, veröffentlicht.

3] *Nietzsche-Vortrag:* Der am 29. 4. 47 in der Library of Congress auf Englisch und am 3. 6. 47 während des XIV. Internationalen PEN-Kongresses in Zürich auf Deutsch gehaltene Vortrag *Nietzsche's Philosophie im Lichte unserer Erfahrung*, GW IX, 675–712.

4] *Schopenhauer-Schrift: Schopenhauer* (1938), GW IX, 528–580. 97

5] *Wilde-Biographie:* Frank Harris, ›Oscar Wilde. His Life and Confessions‹, 2 Bände, New York 1928.

10. 2. 1947

97 1] *Nachtclub-Brand:* Bei dem Brand in einem Tanzlokal des britischen Sektors von Berlin am 8. 2. 47 starben über 80 Menschen.

2] *Power Cut:* Stromsperre.

3] *Von Fayard:* Der Brief von TMs französischem Verlagshaus Fayard ist nicht erhalten. Zur Sache s. jedoch TM an Félix Bertaux, P.P. 12. 1. 47, Reg. III, 47/22: »Die europäischen Verlagsverhältnisse liegen für mich ziemlich verworren, da ich ja niemals weiß, welcher Verlag eigentlich noch existiert und welche Rechte während der Hitler-Jahre erloschen sind. Von Fayard habe ich seit annähernd zehn Jahren keine Abrechnung bekommen und nichts von ihm gehört. [. . .] Ich bin geradezu überrascht zu hören, daß Fayard seine Verlagstätigkeit wieder aufgenommen hat, denn nach allem, was ich von seinen Gesinnungen wußte, war ich der Annahme, daß er ein starker Collaborationist gewesen sei.« (D.Ü.D.I, 566). Es ist also anzunehmen, daß Fayards Brief der Wieder-Anknüpfung an das alte Verlags-Verhältnis galt.

11. 2. 1947

97 1] *Rede Churchills:* ›Fuel and Power Crisis‹, Unterhausrede am 10. 2. 47, in der Churchill im Zusammenhang mit der Kohlenkrise in Großbritannien einen scharfen Angriff gegen den Sozialismus formulierte: »The brute fact is that Socialism means mismanagement [. . .], bad housekeeping, incompetence in high places and progressive degeneration of our island life.« Churchill, a.a.O. Bd. VII, 7426–7433.

2] *Kingdon-Committee on Germany:* Ein Brief TMs vom 15. 2. 47, Reg. III, 47/70 weist das hier gemeinte Committee als eine dem Wahlprogramm von Henry Wallace nahestehende Vereinigung aus, die zeitweilig eine Art Keimzelle für die ›Third Party‹, die Wallace-Partei, bildete: das ›Committee of Progressive Citizens of America‹. – Der gebürtige Engländer und naturalisierte Amerikaner Frank Kingdon (1894–1972) war ursprünglich Geistlicher, später Präsident der University of Newark und Rundfunk-Kommentator. Er engagierte sich in verschiedenen Hilfs- und Bürgerrechts-Organisationen, u. a. als Mitbegründer des Emergency Rescue Committees, dem hunderte deutscher Flüchtlinge ihr Leben und eine Starthilfe in den USA verdankten. In seinen Funktionen arbeitete Kingdon oft eng mit TM zusammen (s. TB 28. 7. 40 und die dazugehörenden Anmerkungen von Peter

de Mendelssohn). Bei dem hier zur Diskussion stehenden Problem handelt es sich, wie aus TMs Antwortbrief hervorgeht, um die Einladung zu einem Seminar, das das o.g. Committee of Progressive Citizens über die ›Deutsche Frage‹ abhalten wollte. S. auch TB 12. 2. 47, Text und Anm. 3.
3] *Kabinen auf der Queen Elizabeth:* Für die Überfahrt von New York nach Southampton, 11.–16. 5. 47.

12. 2. 1947
1] *Entdeckung einer eisfreien Oase:* Die US-Expedition (s. TB 97
6. 2. 47, Anm. 1) meldete am 11. 2. von ihrem antarktischen Unternehmen, daß sie eine ca. 20 Meilen große, völlig eisfreie Seelandschaft mit 50 Fuß hohen konischen Erdkugeln entdeckt habe.
2] *3 Book-Reviews:* a) an Pat Knopf, P.P. 14. 2. 47, Reg. III, 47/65 über Philipp Frank, ›Einstein, his Life and Times‹, New York 1947.
b) im selben Brief über Joseph Szigeti, ›With Strings Attached‹, New York 1947; s. TB 4. 2. 47, Anm. 3.
c) wohl an Maurice Samuel, P.P. 15. 2. 47, Reg. III, 47/71 über sein Buch ›Web of Lucifer‹, das 1948 in London erschien.
3] *an Kingdon:* P.P. 15. 2. 47. Der in Form eines Statements abgefaßte Brief ist GW XIII, 786–788 publiziert.

13. 2. 1947
1] *in N.'s frühen Schriften:* TM besaß Nietzsches frühe Schriften, 98
›Die Geburt der Tragödie‹ (1872), ›Unzeitgemäße Betrachtungen‹ (1873–1876) und ›Menschliches, Allzumenschliches‹ (1878), in der 20bändigen Groß-Oktav-Gesamtausgabe, Leipzig 1905 (GOA), und in der von Alfred Baeumler besorgten Edition ›Friedrich Nietzsche. Auswahl in 4 Bänden‹, Reclam, Leipzig 1931. Beide Ausgaben – mit starken Benutzerspuren – sind in der Zürcher Bibliothek erhalten.

14. 2. 1947
1] *von Bermann:* Nicht in TM/GBF. Zur Sache s. jedoch TMs Ant- 98
wort, P.P. 14. 2. 47, Reg. III, 47/64; TM/GBF 481.
2] *Zum Thee W. Herzog:* Wilhelm Herzog hat diesen Besuch im TM-Kapitel seiner Memoiren, ›Menschen, denen ich begegnete‹, Bern/München 1959, 305–307 ausführlich beschrieben.
3] *an Bermann:* S. Anm. 1.

15. 2. 1947

98 1] *Epsteins:* Nichts Näheres ermittelt.

16. 2. 1947

98 1] *Dr. Goldblatt und Frau:* Offensichtlich Nachbarn in P.P. Vgl. TM an Martin Gumpert, P.P. 17. 6. 46, Reg. III, 46/239: »Mein Doktor scheint weiter keine Schwierigkeiten zu machen, will sich nur aus Gewissenhaftigkeit noch genauer mit Goldblatt über die Sache unterhalten. Dann wird er mir die Erfrischung wohl verabfolgen.« (Kopie im TMA). TB 8. 5. 48 wird jedoch ein benachbartes Ehepaar Goldblatt als »atomic scientists« vorgestellt.

99 2] *Bücher von Podach und Brann:* a) Erich Podach, ›Nietzsches Zusammenbruch. Beiträge zu einer Biographie nach unveröffentlichten Dokumenten‹, Heidelberg 1930. – b) Erich Podach, ›Gestalten um Nietzsche. Mit unveröffentlichten Dokumenten zur Geschichte seines Lebens‹, Weimar 1932. – c) Hellmut (Henry) Walter Brann, ›Nietzsche und die Frauen‹, Leipzig 1931. Alle diese Bücher sind – mit vielen Anstreichungen und Notizen TMs versehen – in der Zürcher Bibliothek erhalten.

3] *Podach:* Der Kulturwissenschaftler und Forscher auf dem Gebiet der kulturellen Anthropologie Erich Podach (1894–1967).

4] *Brann:* Der medizinische Schriftsteller und Journalist Hellmut Walter (später Henry W.) Brann (1903–1978) emigrierte 1933 über Paris in die USA, wo er als Dozent an der Rutgers University, als Redakteur bei der ›New Yorker Staatszeitung‹ und als Bibliothekar in Washington arbeitete.

5] *M. Elman:* Der aus Rußland stammende amerikanische Geigenvirtuose Mischa Elman (1891–1967).

6] *Ointment:* Salbe.

17. 2. 1947

1] *russische Aufforderung:* Seit 1946 hatten Johannes R. Becher und Paul Wandel Heinrich Mann wiederholt gebeten, in die damalige sowjetisch besetzte Zone Deutschlands zurückzukehren. 1947 verlieh ihm die Humboldt-Universität in Ost-Berlin die Würde eines Ehrendoktors der Philosophie.

2] *Essays [...] aus Buenos Aires: Freud, Goethe, Wagner, Tolstoi,* übers. v. León Mirias (1,2,3) und Pablo Simón (4), Buenos Aires 1944.

18. 2. 1947

1] *Platte:* Vermutlich ist eine Aufnahme von ›The President's D-Day Prayer on the Invasion of Normandy‹ vom 6. 6. 1944 gemeint. TM gab diese Platte im Oktober 1948 bei einer Umfrage der ›Saturday Review of Literature‹ als eine seiner »Favorite Records« an. S. TB. 5. 10. 48, Anm. 3. 99

2] *Nation über die kulturelle »Freiheit« in Rußland:* Sidney Hook, ›Philosophy and the Police‹, eine Besprechung des Buches ›Soviet Philosophy: A Study on Theory and Practice‹ von John Somerville, ›The Nation‹, vol. 164, No. 7. v. 15. 2. 47, 188/189.

3] *Tschaikowsky-Konzert:* Das Violinkonzert D-Dur, op. 35 (1878).

19. 2. 1947

1] *unser ehem. Haus:* Während des Sommers 1940, vom 5. 7.–6. 10., bewohnten Thomas und Katia Mann ein »elegantes Haus in schöner Hügellandschaft« (TB 5. 7. 40), 441 North Rockingham, Brentwood. S. auch die Beschreibung in einem Brief an Erich von Kahler, Brentwood, 8. 7. 40, Reg. II, 40/381; Br. II, 148/149. 99

2] *In der N.Z.Z.:* Am 13. 2. 47 in der Abendausgabe, Seite 6: »›Heiße Doktor und Professor gar‹, konnte Thomas Mann nach seinen amerikanischen Diplomen sagen. ›Bin nun also wieder ein deutscher Doktor‹, schrieb er nicht ohne Ironie einem Zürcher Freund.«

3] *Stich von Zürich:* Im TMA.

4] *an Werner Richter:* Der Brief an Werner Richter über sein Buch ›Washington, Vater einer neuen Generation‹, Zürich 1946, gilt als verschollen. S. Reg. IV, 580.

5] *Werner Richter:* Der Berliner Germanistik-Professor Werner Richter (1887–1960), von 1925–1932 Ministerialdirigent im preußischen Kultusministerium, emigrierte 1933 in die USA, wo er an verschiedenen Colleges lehrte. Seit 1948 lebte Richter in Bonn.

6] *Stendhals »Psychologie der Liebe«:* S. TB 8. 2. 47, Anm. 6. 100

7] *Carmen-Musik:* Aus der Oper ›Carmen‹ des französischen Komponisten Georges Bizet (1838–1875).

8] *Prokofjew, fesselnd:* Vermutlich die ›Skytische Suite‹ op. 20 (1914/15), ›Ala und Lolly‹, des russischen Komponisten Sergej Prokofjew (1891–1953).

20. 2. 1947

100 1] *Brief [...] nach Tel Aviv:* An Fritz Grünbaum, P.P. 20. 2. 47, Reg. III, 47/74; Br. II, 527/528.

21. 2. 1947

100 1] *an Hardt:* Der Brief an Ludwig Hardt gilt als verschollen. S. Reg. IV, 580.

2] *in Nietzsches Briefen:* TM besaß Friedrich Nietzsches ›Gesammelte Briefe‹ in der sechsbändigen Ausgabe bei Schuster und Löffler, Berlin/Leipzig 1902–1909. Sie steht – mit zahlreichen Notizen TMs versehen – in der Zürcher Bibliothek.

3] *Händls Royal Firework Music:* Georg Friedrich Händel (1685–1759), ›Music for the Royal Fireworks‹ (1749).

22. 2. 1947

100 1] *Washington Day:* Feiertag zum Gedenken des Geburtstags von George Washington am 22. 2. 1732.

2] *in N.'s nachgelassenen Schriften:* Die Bände 9–16 der GOA enthalten, chronologisch geordnet, Nietzsches nachgelassene Werke.

3] *Abenteuer des Schotten Nicholson:* Robert Louis Stevenson, ›The misadventures of John Nicholson‹, ›The Works‹, vol. XIII, London 1922. In der Zürcher Bibliothek befinden sich einige Bände der von Marguerite und Curt Thesing herausgegebenen ›Gesammelten Werke‹. Der Band mit der o. e. Geschichte ist nicht darunter.

4] *Slezaks:* Der österreichische Schauspieler Walter Slezak (1902–1983), Sohn des Wiener Tenors Leo Slezak, lebte mit seiner Frau zunächst in New York, später bei Los Angeles, wo er zum Kreis der Österreicher um Alma Werfel und Fritzi Massary gehörte.

24. 2. 1947

101 1] *von W. Opitz [...] Über Ehrenbergs:* Spreeau, 22/23. 1. 47; im TMA: »... Somit bin ich bei der Geschichte meiner Beziehung zu Ihnen. Das letzte Schreiben, das ich von Ihnen erhielt, ist dasjenige (April 1935), in dem Sie das reizvolle Wort von Ihrer ›Nichtwiederkehr‹ prägten und unter anderem von ›jenem Paul‹ (frei nach Platen) sprachen, der sich nicht gerade befriedigend benommen hatte. [...] Von Carl Ehrenberg, mit dem ich alljährlich ein bis zwei Lebenszeichen austausche, erhielt ich gerade vor kurzem einen Brief, der mir

sehr zu denken gab. Daß er reichlich viel von dem Gedankengut des ›falschen Messias‹ übernommen hatte, mußte ich mit Befremden während der Hitlerzeit wahrnehmen, wo seine Briefe den ernstlichen Glauben verrieten, daß Deutschland einer Zeit erhöhter Weltgeltung und Bewegungsfreiheit entgegengeführt werde. Das war für mich niederschmetternd, wie Sie sich denken können, und der Anlaß die Korrespondenz unter vorsichtigen Entgegnungen nach Möglichkeit einzuschränken. Jetzt haust Carl mit Frau und Schwägerin in nur 2 Zimmern seiner Wohnung und von einer Lehrtätigkeit an der Musik-Akademie spricht er überhaupt nicht mehr. Ich erwarte von ihm eine Antwort auf meine Frage, ob er sich etwa doch zu sehr ›exponiert‹ hat, und nun die Repressalien erduldet. Hinsichtlich jenes Paul, dessen Charakterbild ich von je her als ein schwankendes angesehen habe, so charmant er sein konnte, berichtet Carl, daß er in Plauen in einem Krankenhaus liegt. Entweder muß er dort gemalt haben, oder er muß beim Zusammenbruch aus München entwichen sein und aus irgendwelchen Gründen den Rückweg nicht gefunden haben. Übrigens fällt mir eben ein, daß der Saarbrückener Sender, als er seine Einweihung beging, mit einem ›festlichen Vorspiel zu einer national-sozialistischen Feier‹ von C. Ehrenberg eröffnete, das groteskerweise das alte sozialdemokratische Kampflied ›Auf Brüder, zur Sonne, zur Freiheit‹ variierte. [...] Nur, man merkt dem immerhin freundschaftlich treuen Carl eine tiefe Betrübnis an.« Der zweite Teil des Briefes enthält eine detaillierte Beschreibung und eine eingehende Analyse der Situation in der sowjetisch besetzten Zone Deutschlands, kurz vor der Gründung der DDR.

2] *W. Opitz:* Der Schriftsteller Walter Opitz (1879–1960) gehörte vor der Jahrhundertwende dem Münchener Kreis um Kurt Martens, die Brüder Ehrenberg und TM an und blieb mit TM zeitlebens in freundschaftlicher Verbindung. *101*

3] *Ehrenbergs:* Die aus Dresden stammenden Brüder Paul und Carl Ehrenberg, wichtige Freunde TMs in seiner frühen Münchener Zeit. Der Maler Paul Ehrenberg (1878–1949), ein sehr guter Geiger, mit dem TM oft musizierte, ist das Vorbild für die Figur des Rudi Schwerdtfeger im *Doktor Faustus.* Zu TMs Gefühlen für Paul Ehrenberg vgl. *Lebensabriß*, GW XI, 98–144, bes. 107: »Meine Neigung für [...] Paul [...] war etwas wie die Auferstehung meiner Empfindungen für jenen zugrunde gegangenen blonden Schulkameraden,

aber dank größerer geistiger Nähe sehr viel glücklicher.« Carl Ehrenberg (1876–1962) war Pianist und Komponist, der TM gelegentlich ganze Opern auf dem Klavier vorspielte, in den 20er und 30er Jahren Kapellmeister, später Professor an der Musikhochschule in Köln.
4] *Siegmund:* Dr. jur. Siegmund Mann (1891–1953), der Sohn von TMs Vetter und Mitvormund, dem Konsul Paul Alfred Mann (1860–1930), war als Rechtsanwalt in Lübeck tätig.
5] *[von] der Köchin Maja:* Der Brief ist nicht erhalten. Maja Schmiedel, die Frau des Tölzer Gärtners, kochte für die Familie Mann während der Tölz-Aufenthalte 1909–1917. S. Klaus Manns Erinnerungen in ›Kind dieser Zeit‹, Hamburg 1967, Rowohlt Taschenbuch 4996, 16/17.
6] *Ballet-Suite von Rossini:* Offenbar eines der zahlreichen Rossini-Arrangements.

25. 2. 1947

101 1] *von Knopf:* New York, 20. 2. 47; Kopie im Archiv des Verlags A. A. Knopf. Der Verleger hatte seinen Autor wissen lassen: »I suppose to make you privy to the fact that publishing now is going to be much more difficult than it has been during the past five years. Bookstores are showing increasing resistance to anything but bestsellers. This, however, is not nearly so important as the very grave increases in the cost of everything that goes into the making of a book: paper, printing and binding. These costs have risen substantially since the first of this year and further substantial increases are due within the next month or so. The results are going to be very serious indeed for the borderline book and particularly the good book that doesn't promise to pay its own way. The results, of course, will not show up in our midst probably for a year but I am forced every week now to refuse even to consider publishing ideas that would six months ago have interested us greatly. Labor in the printing trades is simply overreaching itself but nothing short of a severe and extended depression will have any effect there, so that the cure might be even more painful than the disease.«
2] *mit Witzen des »New Yorker's«:* Der ›New Yorker‹ v. 22. 2. 47 hatte auf Seite 28 einen Bericht des ›Port Chester Item‹ referiert, der »stolz verkündet« hatte, daß, nach dem Tod von Paul Warburg, Alfred A. Knopf sich anschicke, die »country residence« des britischen Verle-

gers in Hartsdale zu erwerben und seine Verlagsräume aus der Madison Avenue dorthin zu verlegen. »The dignified and homey atmosphere is to my way of thinking, the ideal background for the creation of beautiful books«, habe Knopf aus diesem Anlaß geäußert – Grund genug für den ›New Yorker‹, das Ereignis in einer witzigen ›Eclogue‹ von James Gidney zu würdigen. – Vgl. auch TM an A. A. Knopf, P.P. 28. 2. 47: »Your letter could not but have a slightly depressing effect on me, but I was a little cheered up by the humorous news in the ›New Yorker‹ regarding your acquisition of the Warburg estate and the planned transfer of your activities over there. My heartiest congratulations to this plan which seems grand and encouraging to me. And I should think that it is even based on a very sound and thoughtful economical calculation.«

26. 2. 1947

1] *W. Mehring:* Der Schriftsteller Walter Mehring (1896–1981), politisch engagierter Chanson-Dichter der zwanziger Jahre, emigrierte 1933 nach Frankreich, von wo er nach einjähriger Internierung 1941 in die USA gelangte. 1953 kehrte er nach Europa zurück und lebte zuletzt in Zürich. *101*

2] *Buch von Gassner-Hirsch:* S. TB 4. 1. 47, Anm. 3.

3] *an die Lowe:* An Helen Lowe-Porter, P.P. 28. 2. 47, Reg. III, 47/84.

4] *[an] Bermann:* Der Brief gilt als verschollen. S. Reg. IV, 580. *102*

5] *[an] Knopf:* An Alfred A. Knopf, P.P. 26. 2. 47, Reg. III, 47/81. S. auch TB 2. 3. 47, Anm. 1.

6] *Beantwortung:* Der Brief an Walter Mehring gilt als verschollen. S. Reg. IV, 580.

27. 2. 1947

1] *»Will from the Mill«:* Robert Louis Stevensons Erzählung ›Will o'the Mill‹ (›Will von der Mühle‹), 1887. *102*

2] *Brief an W. Opitz:* An Walter Opitz, P.P. 27. 2. 47, Reg. III, 47/83.

28. 2. 1947

1] *(Über Ehrenbergs):* »Ach, meine Jugendfreunde, die Ehrenbergs! Carl, der Ihnen den dämlichen Brief geschrieben hat, spielte den Tristan so schön gebunden, und ›jener Paul‹ war freilich ein Maler, dem viele, viele gleichen, aber ein reizender Kerl und wohl eigentlich eine *102* meiner großen Liebschaften, – ich kann es nicht anders sagen. Schlechtes Benehmen? Die Zeit forderte wohl garzu dringend zu schlechtem Benehmen auf, und wenn man war wie viele, viele, so benahm man sich eben wie sie alle. Was ich mich aber bei Ihrer Erwähnung des verblendeten Briefs wieder gefragt habe, ist dies: Ich *galt* solchen Menschen doch etwas, ich stand doch in einem gewissen geistigen und moralischen Ansehen bei ihnen. Hat ihnen denn meine Haltung gegen das, was da ›die Macht ergriff‹ garkeinen Eindruck gemacht, sie garnicht ein bißchen nachdenklich gestimmt, sie an ihrer Begeisterung garkein bißchen zweifeln lassen? Haben sie mich einfach für einen schiefgewickelten Narren gehalten, weil ich Deutschland mied und mich ausbürgern ließ? Es ist sonderbar. [...]« (in der Sammlung Hans-Otto Mayer, Düsseldorf).

2] *Lustigs:* Der Schriftsteller und Drehbuchautor Jan (Hans) Lustig (1902–1979) mit seiner (ersten) Frau Charlotte.

1. 3. 1947

102 1] *50jähriger Defensivvertrag:* Der Vertrag wurde am 4. 3. 47 unterzeichnet.

2] *der englisch-russische:* Der zwanzigjährige Freundschaftsvertrag zwischen Großbritannien und der UdSSR.

3] *Korrodi über Lions Buch:* Eduard Korrodi, ›Eine Studie über Thomas Mann‹, N.Z.Z., 23. 1. 47. Zu Lions Buch s. TB 11. 3. 47, Text und Anm. 2.

4] *an U. Rukser:* An Udo Rukser, P.P. 1. 3. 47, Reg. III, 47/85; Br. II, 528/529. Zu TMs Bemühungen um die Erhaltung der ›Deutschen Blätter‹ s. TB 31. 10. 46 und an Erich von Kahler, P.P. 10. 9. 46, Reg. III, 46/324.

5] *U. Rukser:* Der promovierte Jurist, Schriftsteller und Kunstsammler Udo Rukser (1892–1971) emigrierte 1938 nach Chile, wo er als Estanciero und Schriftsteller tätig war und zusammen mit dem ehemals Bremer Kunsthistoriker und Journalisten Albert Theile 1943–1946 die bürgerlich-konservative Kulturzeitschrift ›Deutsche Blätter‹ herausgab. Ab 1946 war Rukser Mitglied der Philosophischen Fakultät an der Universität von Santiago/Chile.

6] *Aufsatz von Niebuhr:* Reinhold Niebuhr, ›A Faith to Live By. 1. The Dilemma of Modern Man‹, ›The Nation‹, vol. 164, No. 8 v. 22. 2. 47, 205–209.

7] *Niebuhr:* Der amerikanische Theologe Reinhold Niebuhr (1892–1971), 1939 gemeinsam mit dem ehemals kommunistischen, später sozialdemokratischen Journalisten Karl B. Frank, Pseudonym Paul Hagen (1893–1969), Begründer der ›American Friends of German Freedom‹, an deren Inaugural-Dinner TM teilgenommen hatte (s. TB 7. 12. 39).

2. 3. 1947

1] *seines biographischen Planes:* S. TM an Alfred A. Knopf, P.P. 26. 2. 47, Reg. III, 47/81: »Dr. Angell [...] has been compensated through the request of a New York firm to write a biography about me. How he is going to do that without knowing German, is not quite clear to me. We will have a conference about the matter shortly. On the whole, I think that one bothers too much with me.« (Kopie im TMA). 103
2] *Eckermann'sche Konversationen:* Zu Anm. 1 und 2 vgl. TM an Joseph Warner Angell, P.P. 30. 3. 47, Reg. III, 47/127, in dem TM für Angells Buch dankt und auf die Diskussion über die »various problems« bei dem Besuch am 2. 3. zurückkommt, die er inzwischen mit Knopf besprochen habe. Der Verleger erbitte sich ein »scheme« der geplanten biographischen Arbeit. TM selbst: »A biographical book from your hand is for me a highly satisfactory and promising idea; the plan of the conversations however is much less attractive for me.« (Kopie im TMA). – Angespielt wird auf Johann Peter Eckermann (1792–1854), ›Gespräche mit Goethe in den letzten Jahren seines Lebens‹ (1838–1847).

3. 3. 1947

1] *Wunderlicher Brief des Amerikaners:* Nicht ermittelt. 103
2] *meinen Brief an Dr. Richter:* S. TB 19. 2. 47, Anm. 4.
3] *Laski über Rußland:* Harold J. Laski, ›Why Does Russia Act that Way?‹, ›The Nation‹, vol. 164, No. 9 v. 1. 3. 47, 239–242.
4] *Laski:* Der britische Soziologe, Politikwissenschaftler und Labour-Party-Politiker Harold J. Laski (1893–1950).
5] *Über Kierkegaard:* William Barrett, ›Fragments of Fragments‹; über eine Kierkegaard-Anthologie, hrsg. von Robert Bretall, Princeton 1947, ›The Nation‹, vol. 164, No. 9 v. 1. 3. 47, 250, 252, 254.

4. 3. 1947

103 1] *Ablehnung an die G. Eisler-Leute:* An Frank Kaufmann, P.P., 4. 3. 47, Reg. III. 47/86: »I received your kind letter of Febr. 28 in which you ask me to participate in your meeting of March 20 speaking by telephone. To my regret however I cannot accept this invitation. It is my conviction that Gerhard Eisler should be allowed to return to his fatherland to the rehabilitation on which he is eager to contribute. And yet I feel not familiar enough with the facts as to be a public speaker in this case, and above all, it is completely out of my line to take part in such a manner in this countrie's internal politics of the day.«

2] *G. Eisler:* Der deutsche Journalist Gerhart Eisler (1897–1968), ein Bruder des Komponisten Hanns Eisler, mußte, als Kommunist, 1933 emigrieren. Er gelangte über Spanien, Frankreich und Mexiko 1940 in die USA, wo ihn der Senatsausschuß zur Untersuchung ›Unamerikanischer Aktivitäten‹ im Februar 1947 beschuldigte, als Agent einer ausländischen Macht führend für den kommunistischen Umsturz in den Vereinigten Staaten gearbeitet zu haben. Eisler, der besonders durch seine Schwester, die ehemalige KPD-Vorsitzende Ruth Fischer (Pseudonym für Elfriede Eisler), und andere Renegaten als Comintern-Agent und Kreml-Terrorist denunziert worden war, der möglicherweise mit dem kanadischen Atom-Spionagering (s. TB 18. 2. 46, Text und Anm. 4) in Verbindung gestanden habe, wurde am 4. 2. 47 unter dem Vorwand eines Paßvergehens festgenommen und zunächst auf Ellis Island, dann (»because he was considered to be a disturbing element on the island where numerous German aliens await deportation«, NYT 8. 2. 47, 7:4) in New York inhaftiert. Gegen eine vom Civil Rights Congress (s. TB 6. 5. 47, Anm. 1) aufgebrachte Kaution von 20 000 Dollars – gesammelt auf großen Ralleys und Mass Meetings im ganzen Land – setzte man ihn bis zum Beginn des Prozesses im Juni 1947 auf freien Fuß. Der Verurteilung folgten eine erneute Entlassung, abermalige Verhaftung und ein neues Verhör. Als Eisler bei seiner Verhandlung 1949 eine Verurteilung zu 5 Jahren Haft wegen illegaler Einwanderung zu erwarten hatte, beschloß er, seine FBI-Verfolger zu täuschen. Es gelang ihm, als blinder Passagier auf dem polnischen Schiff ›Bartory‹ nach Southampton zu entkommen. Dort holte ihn die Polizei von Bord. Da die Briten jedoch dem Auslieferungsverlangen der USA nicht stattgaben, konnte Eisler 4 Tage später nach Prag und von dort in die DDR weiterreisen, wo man ihn zum Volkskammer-Mitglied und Professor für politische Wissenschaften an der Universität Leipzig ernannte.

5. 3. 1947

Im Manuskript steht am Ende der Aufzeichnung – später von TM wieder gestrichen – der erste Satz der Notate vom 6. 3. (»Drängend am Nietzsche«): ein Beweis dafür, daß TM seine Eintragungen nicht immer täglich vornahm. 103

1] *Der Musiker Dahl:* Der Dirigent und Komponist Ingolf Dahl (1912–1970) emigrierte 1938 in die USA und lehrte von 1945–1970 an der Musikabteilung der USC in Los Angeles. Er galt als erfolgreicher Hollywood-Dirigent. Aufnahmen Dahlscher Kompositionen befanden sich nicht in TMs nachgelassener Plattensammlung.

2] *Blechbläser-Quartett:* Vielleicht die 1944 entstandene ›Music for Brass-Instruments‹.

8. 3. 1947

1] *Furchtwänglers Verteidigungsrede:* Das Schlußwort des Dirigenten Wilhelm Furtwängler vor der Berliner Spruchkammer, gehalten am 17. 12. 46, endete mit dem Passus: »Meint Thomas Mann wirklich, daß man im Deutschland Himmlers nicht Beethoven musizieren durfte? [s. TMs offener Brief an Walter von Molo, 7. 9. 45, Reg. III, 45/395] Konnte er sich nicht denken, daß niemals Menschen es nötiger hatten, es inniger und schmerzlicher ersehnten, Beethoven und seine Botschaft der Freiheit und Menschenliebe zu hören, zu erleben, als gerade die Deutschen, die unter dem Terror Himmlers leben mußten?« (›Die Tat‹, Zürich, 24. 6. 47, 9). 104

2] *George:* Der Berliner Journalist Manfred Georg, später George (1898–1965), bis 1933 Redakteur im Verlag Ullstein, emigrierte 1933 nach Prag und 1938 in die Vereinigten Staaten, wo er von 1939 bis zu seinem Tode Herausgeber und Chefredakteur der deutschsprachigen Wochenschrift ›Aufbau‹ war, die unter seiner Leitung vom Vereinsblatt des ›Jewish Club‹ in New York zur meistgelesenen Zeitschrift der deutschsprachigen Emigration, der jüdischen voran, wurde.

3] *Chaplins Landru-Film:* Charly Chaplins nach einer Idee von Orson Welles 1944–1946 in den USA gedrehter Film ›Monsieur Verdoux.

Eine Komödie des Mordes‹. Die Geschichte des mörderischen Heiratsschwindlers Verdoux ist eine Variation des durch den Pariser Frauenmörder Landru vorgegebenen Themas.

10. 3. 1947

104 1] *Gegen Furchtwängler:* Der Entwurf dieses nie abgeschickten, an die Redaktion des ›Aufbau‹ gerichteten Schreibens ist erhalten und im Anhang No. 14 abgedruckt.
2] *Deutsche Dinge:* U. a. wohl Karl Jaspers, ›Die Schuldfrage‹, – Teildruck einer in Heidelberg 1945/46 gehaltenen Vorlesungsreihe über ›Die geistige Situation in Deutschland‹, Zürich und Heidelberg 1946.
3] *Jaspers:* Der Philosoph Karl Jaspers (1883–1969) war bis zu seinem Berufsverbot, 1937, Ordinarius der Heidelberger Universität gewesen, zu deren Rektor er 1945 von den Alliierten bestimmt wurde. 1948 nahm er einen Ruf an die Universität Basel an. Golo Mann hatte 1932 bei Jaspers in Heidelberg promoviert und seinen langjährigen Lehrer im August 1945 wiedergetroffen. (Vgl. Golo Mann, ›Erinnerungen und Gedanken: Eine Jugend in Deutschland‹, Frankfurt 1986, 293–332).
4] *Rowohlt über [...] Ro-Ro-Ro:* Der Brief des Verlegers Ernst Rowohlt (1887–1960) ist nicht erhalten. Vgl. jedoch TM an seinen Bruder Viktor, P.P. 27. 3. 47, Reg. III, 47/124: »Ro-Ro-Rowohlt hat mir also richtig einen langen Brief geschrieben, der mir, muß ich sagen, gründlich mißfallen hat. Genau 1940 mußte der Mann nach Deutschland zurückkehren, angeblich in der Überzeugung, daß es mit den Nazis nun doch gleich zu Ende sein würde, und hat, schreibt er, nie so viel gelacht, wie in der Neujahrsnacht nach seiner Ankunft. Gelacht, in Deutschland, Neujahr 1941. Dann hat er sich schnell noch ein paar Länder erobert, sich schließlich den Engländern zur Verfügung gestellt und baut nun also die Kultur wieder auf. Sehr gern würde ich nicht geschäftlich mit ihm zu tun haben. Ich habe seinen Brief an Bermann weitergegeben. Der sagt, die Zeitungsdrucke seien nichts Neues, man habe früher schon Ähnliches gemacht und er selbst plane mit Suhrkamp auch dergleichen. Er will seinerseits an Rowohlt schreiben. Sicher ist ja, daß diese wohlfeilen Massendrucke ein sehr gutes Mittel sind, Autoren, deren Bild den breiten Schichten in Deutschland recht undeutlich geworden ist – und zu denen gehöre ich – diesen Schichten wieder praesent zu machen.« – Ro-Ro-Ro war das populäre

Markenzeichen für die seit 1946 im Rowohlt-Verlag zunächst im Zeitungsformat (Auflage 100 000 Stück, Preis 0,50), dann – ab 1950 – als geklebtes Taschenbuch erscheinenden ›Rowohlts Rotations Romane‹ – ein Unternehmen, zu dem sich der Verleger entschlossen hatte, weil er – wie es in den den Zeitungsdrucken angefügten ›Bitten an die Leser‹ hieß – »in der bisher üblichen Buchproduktion keine Möglichkeiten« sah, den »ungeheuren Lesehunger der Nachkriegsjahre zu befriedigen«.

11. 3. 1947

1] *Gotthelf-Bandes:* Das Buch – Band 17 der vierundzwanzigbändigen Ausgabe von R. Huziker und H. Bloesch ›Jeremias Gotthelf, Sämtliche Werke‹, 1911–1932, steht (neben den Bänden 4 und 11) in der Zürcher Bibliothek. Vgl. TM an Emil Oprecht, 29. 1. 47, Reg. III, 47/45: »in Ihrem 1947-Katalog sehe ich [. . .] eine 17bändige J. Gotthelf-Ausgabe angeführt. [. . .] Für das ganze Werk [. . .] habe ich keinen Platz. Ich wünsche mir aber sehr den Band, in dem die ›Schwarze Spinne‹ enthalten ist. [. . .] Bitte, schicken Sie ihn mir!« (Kopie im TMA). 104

2] *[Buch] von Lion:* Ferdinand Lion, ›Thomas Mann. Leben und Werk‹, Zürich 1947. In der Zürcher Bibliothek.

3] *Absage-Brief an M. George:* P.P. 11. 3. 47, Reg. III, 47/99; Br. II 529/530 (fragm.): »Aus Furtwänglers Schriftsatz, wie aus so vielen anderen Dokumenten, geht mir wieder hervor, welch ein Abgrund zwischen unserem Erlebnis und dem der in Deutschland Zurückgebliebenen klafft. Eine Verständigung ist über diesen Abgrund hinweg völlig unmöglich, und ich habe mich, wenn auch anfangs ungläubig, mehr und mehr davon überzeugen müssen, daß auch meine Äußerungen während des Krieges und nachher in Deutschland nur als ein unwissendes Gerede empfunden worden sind, das an das Erlebnis der Deutschen in keiner Weise heranreicht, und nur außerhalb Deutschlands als Trost und Stärkung empfunden werden konnte. So habe ich aus zuverlässiger Quelle, daß mein Brief nach Bonn, der doch die Runde um die Welt gemacht hat und, man kann wohl sagen, überall als eine Art von Ehrenrettung für den deutschen Geist und die deutsche Würde empfunden worden ist, dem Philosophen Karl Jaspers, demselben, der eine so gute Rede über die deutsche Schuld gehalten hat, ›wehe getan‹ hat, als er ihn las. Dies streng privat. Ich erzähle es Ihnen nur, um Ihnen meinen Entschluß begreiflich zu machen, den Deutschen nicht mehr ›wehe zu tun‹ und ihnen ihren Furtwängler zu lassen, wenn sie ihn haben wollen.«

4] *Druckerlaubnis:* An Friedrich Oertel, P.P. 11. 3. 47, Reg. III, 47/100; Hübinger a.a.O. 601.

5] *Danksagung:* S. TB 28. 1. 47, Anm. 2.

12. 3. 1947

105 1] *Agent Hurndon:* Wohl William Herndon von der Agency William Herndon, Mitchell Gerth in Beverly Hills.

2] *Affairen Robinson und Korda:* Die ›Affaire Robinson‹ war ein jahrelanger Rechtsstreit um TMs Novelle *Das Gesetz.* Der Agent Armin L. Robinson, der die Geschichte im November 1942 für seine Anthologie ›The Ten Commandments‹ (wie er glaubte, mit allen Rechten) erworben hatte, prozessierte gegen GBF, Felix Guggenheim und den Autor, weil TM die weit über Erwarten umfänglich gewordene Erzählung 1944 als selbständigen Titel im Luxusdruck bei der Pacific Press hatte erscheinen lassen. Die Angelegenheit zog sich bis zum November 1946 hin und verlief schließlich im Sande. – Mit der ›Affaire Korda‹ sind vermutlich die Schwierigkeiten in der Realisierung des *Zauberberg*-Film-Projektes gemeint, für das Alexander Korda nach längeren Verhandlungen im März 1946 die Rechte erworben hatte. 1950 trat Korda trotz der schon ins einzelne gegangenen Beratungen (s. dazu TB 24. 2. und 6. 4. 48) »im letzten Augenblick (aus Gründen, die wohl mit der englischen Produktionslage zusammenhängen,)« von dem Plan zurück. (Vgl. TM an Richard Schweizer, P.P. 3. 11. 50, Reg. III, 50/436; D.ü.D.I, 576/577).

13. 3. 1947

105 1] *Rede Trumans:* In einer am 12. 3. 47 vor dem Repräsentantenhaus gehaltenen programmatischen Rede gab der Präsident sein später als ›Truman-Doktrin‹ bezeichnetes außenpolitisches Konzept bekannt, das die Bereitschaft der USA signalisierte, anderen freien Völkern militärische und wirtschaftliche Unterstützung gegen eine Gefährdung ihrer Freiheit von innen und außen zu gewähren. Als ersten Schritt auf diesem Wege bat Truman um die Zustimmung des Kongresses zu einer Militär- und Wirtschaftshilfe für die Türkei und die antikommunistischen Kräfte in Griechenland.

2] *»Dr. Jeckyll and Mr. Hyde«:* Robert Louis Stevenson, ›The strange case of Dr. Jeckyll and Mr. Hyde‹, 1886.
3] *an Staatsanw. S. Mann:* Das Schreiben gilt als verschollen. S. Reg. IV, 580.

14. 3. 1947
1] *an Bermann:* Das Schreiben ist – nebst dem beigelegten Brief von Ernst Rowohlt (s. TB 10. 3. 47, Text und Anm. 4) – verschollen. S. Reg. IV, 580. 105

15. 3. 1947
1] *an Faesi:* An Robert Faesi, P.P. 16. 3. 47, Reg. III 47/103; TM/RF 74–46. 105
2] *an Lion:* Der Brief gilt als verschollen. S. Reg. IV, 580.
3] *verzichtendes Lob:* So in der Handschrift (statt: ›vernichtendes‹?).
4] *französischen Vorschlag:* Auf der Moskauer Konferenz hatte der französische Außenminister Bidault erklärt, daß Frankreich in der Bevölkerungszahl Deutschlands, die viel größer sei als die irgendeines Nachbarlandes, ein durch hohes deutsches Industrieaufkommen verstärktes Kriegspotential sehe. Frankreich habe sich deshalb zu einem revolutionären Schritt entschlossen und sei bereit, zusammen mit anderen Ländern, deutsche Einwanderer aufzunehmen in der Absicht, sie mit der eigenen Bevölkerung zu vermischen. S. hierzu TM an Klaus Mann, P.P. 19. 3. 47, Reg. IV. N 47/4,: »Den größten Eindruck hat mir Bidaults Moskauer Vorschlag einer gelenkten Auswanderung großen Stils aus Deutschland gemacht. Frankreich sei bereit, wenn auch andere es seien, Millionen von Deutschen zu resorbieren. Sehr mutig und ingeniös. Die Calamität der ›20 millions de trop‹ wäre damit gelöst. Ein so sonderbares Volk sollte nicht so zahlreich sein. Außerdem wäre es ein Schritt weiter zur Schaffung eines entnationalisierten europäischen Typs, eine Synthese europäischer Tradition, die das griechische Bildungselement in der römischen Machtwelt abgeben könnte.« (Kopie im TMA). 106
5] *»Zerstreut über die Welt«:* 1. Moses, 11,8, das Ende der Geschichte vom Turmbau zu Babel: »So zerstreute sie der Herr von dort in alle Länder, daß sie aufhören mußten, die Stadt zu bauen.«

16. 3. 1947

106 1] *Tragische Ouverture:* Johannes Brahms, ›Tragische Ouverture‹ d-Moll, op. 81 (1880).

18. 3. 1947

106 1] *Verhandlungen in Moskau:* Auf der Moskauer Konferenz hatten die vier Außenminister ihre sich zum Teil widersprechenden Deutschland-Pläne vorgelegt.

2] *zum ›Paßamt‹:* Die Aushändigung des ersten amerikanischen Reisepasses war mit einer feierlichen Zeremonie und dem Eid auf die Verfassung verbunden.

19. 3. 1947

107 1] *Suwaroff-Orden:* Der 1942 gestiftete, ausschließlich für Offiziere bestimmte sowjetische Suwarow-Orden, benannt nach dem im Siebenjährigen Krieg (1756–1763) besonders erfolgreichen russischen Feldherrn Alexander Wassiliewitsch Graf Suwarow-Rymniski.

2] *Radio-Rede Atlees:* Am 18. 3. 47 hatte der britische Premierminister Clement Attlee eine Serie von Radioansprachen mit einer Grundsatzrede eröffnet, in der er sagte, daß die englische Demokratie mit Selbstdisziplin und sozialem Sinn ihre Schwierigkeiten so überwinden werde, wie sie der Gefährdungen in den Kriegsjahren Herr geworden sei.

3] *Dial-Press-Goethe Angelegenheit:* Der Verleger Alfred O. Mendel, ›The Living Thought Library‹, hatte TM am 19. 3. 46 gebeten, einen Goetheband herauszugeben. Das Buch ›The Permanent Goethe. Edited, Selected and with an Introduction by Thomas Mann‹ erschien 1948 bei der Dial Press in New York.

4] *an Klaus:* An Klaus Mann, P.P. 19. 3. 47; s. TB 15. 3. 47, Anm. 4.

5] *Streit [. . .] wegen Deutschland:* Im März 1985 schickte Oskar Seidlin Anita Naef auf ihre Bitte hin die Abschrift des unter ›Texten‹ zitierten TM-Briefes nebst einer ›erläuternden Vorbemerkung‹ – Schriftstücke, die es erlauben, jedenfalls die Hauptpunkte des Streites zu rekonstruieren: »Im März 1947 entspann sich eine lebhafte politische Polemik in Briefen zwischen Klaus Mann und seinem langjährigen Freund Oskar Seidlin [. . .], in der sich Klaus Mann als ›antideutsch‹ im guten alten Onkel Heinrich-Stil‹ bekannte, wogegen Seidlin protestierte. In diesen Briefen, in denen es insgesamt um die Haltung der antifaschistischen Emigranten gegenüber Nachkriegs-Deutschland ging, fiel auch der Name des ›Paten‹ Ernst Bertram, den Seidlin als einen ›Windhund‹ bezeichnete. Klaus Mann schickte diesen Briefwechsel seinem Vater, der im folgenden Schreiben an Klaus darauf reagiert. Dieser Brief scheint verloren [. . .]. Seidlin hat, bevor er das Original an Klaus Mann zurückschickte, eine wortgetreue Abschrift genommen, die hier vorliegt.« – Der Brief, dessen Ende bereits TB 15. 3. 47, Anm. 4 zitiert wurde, ist im Anhang No. 15 abgedruckt.

6] *Koplowitz:* Der Schriftsteller und Germanist Oskar Koplowitz (1911–1986), der später unter seinem Autorennamen Oskar Seidlin die US-Staatsbürgerschaft annahm, war ein Jugendfreund von Klaus Mann. Seidlin emigrierte 1933 in die Schweiz, aus der er 1936 ausgewiesen wurde. 1938 kam er in die USA und lebte ein Jahr in New York, von wo aus er gelegentlich Sekretärsdienst für TM und Erika Mann tat, ehe er 1940 eine Anstellung als Lecturer am Smith College im Staat Massachussetts erhielt, die er bis zu seiner Einberufung zur US Army 1942 innehatte. Nach seiner Entlassung lehrte Seidlin von 1946–1972 an der Ohio State University in Columbus, dann in Bloomington/Indiana, wo er als Emeritus starb.

7] *Übersetzer Mr. Tailor:* Der Germanist Ransom T. Taylor (geb. 1913), 1947–1950 Graduate Instructor of German an der UCLA, war TM von Harold von Hofe empfohlen worden. Taylor war nach Abschluß seiner Studien als Professor für Deutsche Literatur in Nebraska und Milwaukee tätig.

20. 3. 1947

1] *an einen Korrespondenten in Amsterdam:* Wohl an Herbert Frank, 107
19. 3. 47, Reg. III, 47/106; Br. II, 530/531 (fragm.)

2] *Deutsche Fragen aus Göttingen:* Wohl von Wilhelm Heubner. Der Brief ist nicht erhalten; s. jedoch TMs Antwort, P.P. 27. 3. 47, Reg. III, 47/123.

3] *Moniti all'Europa:* Die italienische Ausgabe von *Achtung, Europa!* erschien, übersetzt von Cristina Baseggio, 1947 in Mailand.

4] *an ihn:* An Arnoldo Mondadori, P.P. 21. 3. 47, Reg. III, 47/110.

5] *10 bändige Gesamtausgabe:* S. TB 10. 7. 46, Anm. 1.

21. 3. 1947

108 1] *Heidelberger »Wandlung«:* ›Die Wandlung. Eine Monatsschrift unter Mitwirkung von Karl Jaspers, Werner Krauss und Alfred Weber herausgegeben von Dolf Sternberger‹, erschien vom November 1945 bis zum Dezember 1949 in Heidelberg.

2] *an Bermann:* Der Brief gilt als verschollen. S. Reg. IV, 580. Das ›Schweizer Angebot‹ wird jedoch aus TMs Brief an Otto Basler, P.P. 22. 3. 47, Reg. III, 47/111, deutlich: Basler hatte TM in einem nicht mehr erhaltenen Schreiben die Offerte des Zürcher Verlags Conzett und Huber unterbreitet, in der Reihe ›Manesse-Bibliothek der Weltliteratur‹ einen Band ›Meisternovellen‹ herauszubringen.

3] *An Angell:* An Joseph Warner Angell, P.P. 30. 3. 47, Reg. III, 47/127. S. auch TB 2. 3. 47, Anm. 1.

22. 3. 1947

108 1] *In Moskau:* Auf der Konferenz der Außenminister.

2] *Rede für die United World Federalists:* Für ein Meeting in Los Angeles am 7. 4. 47. Vgl. TM an Agnes E. Meyer, P.P. 6. 4. 47, Reg. III, 47/138: »Morgen werde ich Ihnen ins Handwerk pfuschen mit einem kleinen speech für die World Federalists of Southern California. Da sage ich auch ›We shall have the law governed world, if the first law is alive in all our heart‹.« (Kopie im TMA). Das deutsche Manuskript der Rede ist im Anhang No. 16 abgedruckt.

23. 3. 1947

108 1] *an Basler:* S. TB 21. 3. 47, Anm. 2.

2] *H. Ebers:* Der Maler und Illustrator Hermann E. Ebers (1881–1955), ein Jugendfreund von Katia Mann und Schulkamerad ihrer Brüder, dessen Lithographien zur Josephslegende TM im Winter 1923 die ersten Anregungen gaben, sich mit dem Joseph-Thema zu beschäftigen. Vgl. *Lebensabriß*, GW XI, 136–139: »Um diese Zeit [. . .] zeigte ein Münchener Maler [. . .] mir eine Bildermappe, die er gefertigt und die die Geschichte Josephs [. . .] in hübscher graphischer Darstellung bot. Der Künstler wünschte sich einen einleitenden Schriftsatz von mir [. . .], und halb gewillt, ihm den Freundschaftsdienst zu leisten, las ich in meiner alten Familienbibel [. . .] die reizende Mythe nach, von der Goethe gesagt hat: ›Höchst anmutig ist diese natürliche Erzählung, nur erscheint sie zu kurz, und man fühlt sich berufen, sie ins einzelne auszumalen‹. Noch wußte ich nicht, wie sehr mir dies Wort [. . .] zum Motto kommender Arbeitsjahre werden sollte.«

3] *»Vorspiel u. Liebestod«:* Anfang und Ende von Richard Wagners ›Tristan und Isolde‹ (1859).

4] *Wallerstein:* Der amerikanische Cellist und Dirigent Alfred F. Wallenstein (1898–1983), von 1943–1956 Leiter des Los Angeles Philharmonic Orchestra.

5] *Stendhals »Armance«:* Stendhal, ›Armance ou quelques scènes d'un salon de Paris en 1827‹, Paris 1827.

25. 3. 1947

1] *Arbeiterdemonstration:* Am 24. 3. 47 protestierten auf dem Champs de Mars 200 000 französische Gewerkschaftsangehörige gegen die ›imperialistische‹ Außenpolitik Trumans gegenüber Griechenland und der Türkei. *109*

26. 3. 1947

1] *Absage-Brief:* S. TB 20. 3. 47, Anm. 2. *109*

27. 3. 1947

1] *an Vikko:* An Viktor Mann, P. P. 27. 3. 47, Reg. III, 47/124; Br. II, 532–534 (fragm.). S. auch das Zitat TB 10. 3. 47, Anm. 4. *109*

28. 3. 1947

1] *Plan der Fortsetzung des Hochstapler-Romans:* Endgültig führte TM den Plan erst nach der Beendigung der *Entstehung* und des *Erwählten,* 1951–1954, aus; jedoch tauchen seit dem Herbst 1947 in Briefen und Tagebuch-Notizen verschiedentlich Erwägungen zur Neu-Aufnahme der Krull-Memoiren auf. Vgl. TB 8. 9. 47 und die zusammenfassende Darstellung von Hans Wysling: ›Archivalisches Gewühle. Zur Entstehungsgeschichte der *Bekenntnisse des Hochstaplers Felix Krull*‹ in: Paul Scherrer/Hans Wysling, ›Quellenkritische Studien zum Werk Thomas Manns‹, ›Thomas Mann-Studien‹, Erster Band, Bern/München 1967, 234–257. *109*

29. 3. 1947

110 1] *»Anakreons Grab«:* TM besaß eine Schallplatte mit Hugo-Wolf-Vertonungen von Goethe-Gedichten, gesungen von Lotte Lehmann, begleitet von Erno Balogh.

30. 3. 1947

110 1] *Artikel zu Hesse's Siebzigstem: Hermann Hesse zum siebzigsten Geburtstag,* GW X, 515–520.
2] *Aufsatz von Adorno:* ›Anti-Semitism and Fascist Propaganda‹ in: ›Anti-Semitism. A Social Disease‹, ed. by Ernst Simmel, New York 1946, 125–137.

31. 3. 1947

110 Die Eintragungen vom 29., 30. und 31. 3. 47 sind im Manuskript irrtümlich [»19] 27« datiert.
1] *Kabel an die Herz:* An Ida Herz, P. P. o. D., Reg. III, 47/134.

1. 4. 1947

110 1] *über Hesse:* S. TB 30. 3. 47, Anm. 1
2] *Vortrag der Meyer:* Agnes Meyer sprach am 1. 4. 47 vor der ›California Association of Secondary School Administrators‹ über ›The Present Crisis in Education: A Crucial Test of America's Idealism‹. Das Manuskript des Vortrags befindet sich im Agnes Meyer-Nachlaß in der Library of Congress, Washington.
3] *Dr. Mann:* Nichts Näheres ermittelt.

2. 4. 1947

110 1] *halbierende Kürzung:* Vgl. TM an Agnes Meyer, P. P. 6. 4. 47: »Erika hat bisher 14 Seiten gestrichen, wobei es noch ziemlich ohne Blutvergießen abgegangen ist. Aber es müssen 25 sein, und nun beginnt das Morden.« S. auch *Entstehung* Kap. XIV, GW XI, 301: »Erika leistete ein Meisterstück literarischer Regie, indem sie den Aufsatz, eben für's Mündliche, durch hundert Aussparungen im einzelnen und unter Bewahrung des Wesentlichen, genau um die Hälfte kürzte.« Ein Vergleich des im TMA verwahrten Vortrags-Typoskripts mit der Buchfassung des Essays in GW IX, 675–712, zeigt die einschneidenden, in der Tat fast die Hälfte des ursprünglichen Textes betreffenden Kürzungen.

3. 4. 1947

1] *an Bermann:* An GBF, P. P. 4. 4. 47, Reg. III, 47/136; TM/GBF 482/483: Widerspruch gegen GBFs Weigerung, dem von Basler vermittelten Manesse-Angebot (s. TB 21. 3. 47, Anm. 2) zuzustimmen. 110

2] *an Kurt Wolff:* P. P. 6. 4. 47, Reg. III, 47/141; Kurt Wolff, Briefw. a.a.O. 440/441. – Wolff hatte TM am 1. 4. 47 um Mitarbeit an einem Pantheon-Goethe-Reader gebeten: »Für das Buch wünsche ich mir eine große, lange Einleitung von Thomas Mann, der unter allen Lebenden mit der Goetheschen Gedankenwelt am tiefsten vertraut ist.« TM antwortete mit Hinweis auf das wieder aktuell gewordene (s. TB 19. 3. 47) Dial-Angebot dilatorisch. Die 1949 bei Pantheon erschienene Anthologie ›Wisdom and Experience‹ enthielt kein TM-Vorwort. Sie wurde von Hermann J. Weigand herausgegeben und eingeleitet.

4. 4. 1947

1] *»Rot und Schwarz«:* Stendhals Roman ›Le Rouge et le Noir‹ 111
(1830).

2] *Rede für den 7.:* S. TB 22. 3. 47, Anm. 2. 112

3] *Über Pfitzners grotesken Brief:* Wahrscheinlich ist der Brief an Bruno Walter, München, 5. 10. 46 gemeint, in dem Pfitzner versucht, sich gegen Bruno Walters Replik, New York, 16. 9. 46 (Bruno Walter, ›Briefe 1894–1962‹, Frankfurt 1969, 289–291), auf die von dem Komponisten als »Greuelmärchen« verharmlosten KZ-Grausamkeiten zu verteidigen: »Zu meiner Rechtfertigung, daß ich im Falle Coßmann das Wort ›Greuelmärchen‹ gebraucht habe, [...] möge gesagt sein, daß, wenn man an einen alten Freund schreibt, man nicht jedes Wort überlegt; *dann aber*, daß ich meine Bemerkung unmöglich als ›trennend‹ oder als unter ›Getrennten‹ gemacht empfinden konnte, da – so verschieden unsere Auffassungen auch sein mögen – wir doch *insofern* uns *nicht* in getrennten Lagern befinden, als uns die Wahrheit, gleichviel, wie sie aussieht, doch als *Wahrheit* gelten muß. [...] Daß im Zweiten Weltkrieg die Greuel in den KZ-Lagern *keine* Märchen, wenigstens zum großen Teil nicht, waren, muß ich [...] glauben. Aber im *ersten* Weltkrieg *gab es allerdings* nicht nur einzelne Greuelmärchen, sondern ein teuflisch ausgehecktes Lügensystem [...] zu dem Zwecke, alles Deutsche in der Welt zu diffamieren, vogelfrei, und zum

Abscheu ›der Menschheit‹ zu machen. [...] – *Aber so etwas muß seine Folgen zeitigen; es wäre naiv, zu glauben, daß das nicht der Fall sein könnte. Man kann ein Volk unmöglich so martern und demütigen, wie es in und nach dem ersten Weltkrieg mit Deutschland geschehen ist, ohne daß die Folgen, die mit causaler Gesetzmäßigkeit daraus entstehen, dementsprechend sind.* – Und so *entstand* der zweite Weltkrieg, der ohne den ersten nicht zu *denken* und zu beurteilen ist. Und so entstand, wie es *in solchen* Zeiten immer geschieht, ein Mann, wie der ›entfesselte Proleteus‹ –, mit *Zubehör!* Aus einer Notwendigkeit, die ich ›*meta-causal*‹ nennen möchte. – Ich gedenke keine politische Schrift zu verfassen, und mich also nicht bei Hitler aufzuhalten, aber eines *muß* ich sagen: Für seine Taten und Untaten das gesamte deutsche Volk verantwortlich zu machen, und Deutschland mit ihm zu identifizieren, (wie es selbst manche Deutsche sich nicht schämen zu tun, wie Thomas Mann und Hermann Hesse) ist intellektuell ebenso flach wie falsch, wie moralisch infam. [...] – Wir Deutschen [...] sind jetzt der Prügelknabe für Grausamkeiten, die kein anständiger Mensch *nicht* verabscheuen wird. Du sprichst von ›Entsetzlichem, was alles übersteigt, was die Phantasie sich ausdenken kann‹. Dieser Phantasie könnte man sehr zu Hilfe kommen, wenn man, gleichwie die K.Z.-Greuel, *das* im Film *zeigen würde*, was, seit dem Zusammenbruch, tagtäglich in Ostpreußen, und wo die Russen sonst hinkommen, vorgeht. [...] Und wie amerikanische Kulturbomben und Humanitätsphosphorkanister das ganze schöne Deutschland zugerichtet haben – das hast du nicht gesehen ... Von dem, was ich persönlich [...] erlebt habe, will ich schweigen.// Aber da sitzen Amerikaner und Russen im Namen der *Menschlichkeit* über Deutsche zu Gericht und verurteilen tapfere Heerführer, die im Kriege ihre Pflicht getan haben, zu schimpflichem Tode!// Wie es im einzelnen Menschen Charakterzüge gibt, die angeboren, ewig, metaphysisch sind, – und andere, die zeitbedingt, ›dazukommen‹, den *empirischen* Charakter ausmachen – so auch bei ganzen Völkern. Und da frage ich mich: Welche Taten der Deutschen gehören seinem ewigen, ›intelligiblen‹ [...] Charakter an, und welche entspringen nicht einer angeborenen Eigenschaft (vortreffliches Wort!), kommen also nicht von innen, sondern sind nur durch ein Motiv von außen hervorgerufen?// Zusammenfassend: Wenn ich frage, was ist Deutschland?, so ist es im Sinne von: ›*Was ist Deutschlands platonische Idee?*‹ Ist es das ›heilig Herz der Völker‹ oder

ist es eine nach Millionen zählende Bande von grausamen Verbrechern? [...]« (Pfitzner, a.a.O. 322–325, Zitate 322–324)
4] *»Hinnerk von der Lammerstraat«:* Das Lied ›Jan Hinnerk wahnt op de Lammer-Lammerstraat, kann maken wat he will ...‹ aus der Sammlung ›Niederdeutsches Liederbuch. Alte und neue plattdeutsche Lieder und Reime mit Singweisen‹, hrsg. von Mitgliedern des Vereins für Niederdeutsche Sprachforschung, Hamburg u. Leipzig 1884.

5. 4. 1947
1] *Schluß des Nietzsche [...] revidiert:* Die Revision ist im Typoskript nicht mehr erkennbar; ein vierzehnseitiger Vortragstext befindet sich nicht unter den im TMA gesammelten Skripten. *112*
2] *Adorno über den letzten Newman-Band:* Theodor W. Adorno, ›Wagner, Nietzsche und Hitler‹, ›Kenyan Review‹, vol. IX, No. 1., Winter 1947, 155–162. Wieder abgedruckt in ›Musikkritische Schriften‹, Bd. VI, Frankfurt 1984, 404–412.

6. 4. 1947
1] *an Taylor:* Das Schreiben – vermutlich an den Übersetzer des *Nietzsche*-Essays, Ransom T. Taylor – gilt als verschollen. S. Reg. IV, 580. *112*
2] *[an] die Meyer:* An Agnes E. Meyer, P. P. 6. 4. 47, Reg. III, 47/138.
3] *[an] eine Mutter in Argentinien:* An Frau L. P. Sommer, P. P. 6. 4. 47, Reg. III, 47/140.
4] *an Rosenhaupt:* An Hans Rosenhaupt, P. P. 6. 4. 47, Reg. III, 47/139.
5] *Rosenhaupt:* Der Literat Hans Rosenhaupt (geb. 1911) war 1933 in die Schweiz und 1935 über Frankreich in die USA emigriert.
6] *Manuskript aus Amsterdam:* Das vermutlich von Herbert Frank (s. TB 20. 3. 47, Text und Anm. 1) übersandte Konvolut befindet sich nicht im TMA.

7. 4. 1947
1] *Brief nach Amsterdam:* Der Brief an Herbert Frank gilt als verschollen. S. Reg. IV, 580. *112*
2] *Dr. Bernhardt-Kahn:* Der promovierte Jurist Bernhard Kahn (1876–1955) war bis 1939 von Berlin und Paris aus maßgeblich in der

jüdischen Auswanderungs- und Flüchtlingshilfe tätig. Bei Kriegsausbruch floh er in die USA, wo er in verschiedenen Gremien für jüdische Belange, u. a. in Palästina, arbeitete.

3] *Chairman Lindström:* Vermutlich Carl E. Lindström (1896 bis 1969), Publizist und Zeitungsverleger, später Professor für Zeitungswissenschaft in Michigan. TM erwähnt bereits am 17. 5. 41 im Zusammenhang mit einem Federal-Union-Dinner einen Redner Lindstrom.

4] *Hauptredner Nash:* Wohl der Schriftsteller Ogden Nash (1902–1971), u. a. Verfasser eines Librettos für Kurt Weill ›On Truck of Venus‹, 1943.

113 5] *Schriften von L. Hamburger:* Wohl Leo Hamburger, ›Die Religion in ihrer dogmatischen und ihrer reinen Form‹, München 1930 (das Buch steht, mit Anmerkungen TMs versehen, in der Zürcher Bibliothek), ferner der Aufsatz ›Pragmatismus‹, ›Jahrbuch der Schopenhauer-Gesellschaft‹ 19, 1932, sowie eine nicht nachweisbare ›Geschichte der Metaphysik‹. Vgl. hierzu den Brief an Johanna Heymann, 8. 4. 47, Reg. III, 47/142: ». . . und so habe ich denn alles, was, kritisch oder preisend, in der ›Religion‹ sowohl wie im ›Pragmatismus‹ über diese beiden [gemeint sind Nietzsche und Schopenhauer] zu lesen ist, mit besonderer Konzentration und Freude aufgenommen. [. . .] Mein Respekt vor der Denkkapazität, der sittlichen Gesinnung Hamburgers ist sehr groß. Ich betrachte es als einen Glücksfall, daß jener spanische Gelehrte sich bei dem argentinischen Verlage für die ›Geschichte der Metaphysik‹ eingesetzt hat und hoffe mit Ihnen auf die Bereitwilligkeit von ›Losada‹. Auch halte ich Prof. Ferraters Rat für richtig und versprechend, den Aufsatz aus dem Jahrbuch der Schopenhauer-Gesellschaft der Zeitschrift für ›Philosophy and Phenomenological Research‹ anzubieten.« (Kopie im TMA).

6] *Leo Hamburger:* Über den Philosophen (?) Leo Hamburger, der 1931 mit TM über Publikationsmöglichkeiten für verschiedene Aufsätze korrespondiert hatte (s. Reg. I, 31/29, 31/40, 31/73), war nichts Näheres zu erfahren.

8. 4. 1947

113 1] *hebräischen Ausgabe des Joseph:* Die vier *Joseph*-Bände erschienen 1957–1959 in der Übersetzung von Seraga Weil in Tel Aviv.

2] *Ament:* Der nach Hollywood emigrierte Schauspieler Rudolf

Amendt, ein Freund von Erika und Klaus Mann, mit denen er 1927 in KMs ›Revue zu Vieren‹ auf Tournee ging.

9. 4. 1947

1] *bei dem sybaritischen Revolutionsredner:* Nach der Beschreibung 113
des aktuellen politischen Geschehens zur Zeit der Niederschrift gedenkt Serenus Zeitblom im XXXIII. *Faustus*-Kapitel (GW VI, 452/453) des »peinlichen« Gebarens »herrenlos gewordener Untertanen«, wie sie sich während des Revolutionswinters 1918/19 zu »hilf- und heillose[r] Ratsversammlung« z. B. in den »damals ins Leben tretende[n] ›Räten geistiger Arbeiter‹ [. . .] in Münchener Hotelsälen« zusammenfanden. Und Zeitblom fährt fort: »Wäre ich ein Romanerzähler, ich wollte dem Leser eine solche Sitzung, bei der etwa ein belletristischer Schriftsteller, nicht ohne Anmut, sogar auf sybaritische und grübchenhafte Weise über das Thema ›Revolution und Menschenliebe‹ sprach [. . .], plastisch schildern.« Mit jenem »belletristischen Schriftsteller« aber war, wie das TB vom 8. und 10. 12. 1918 ausweist, ursprünglich Bruno Frank gemeint: »B. Frank ist als Redner für die erste öffentliche Versammlung des ›Politischen Rates‹ angemeldet. Dieser kleine Hochstapler mit dem Grübchen in der Wange spricht über ›Revolution und Menschenliebe‹. Ja, ja, was auf sich hält, thut mit.« (8. 12. 18) Zwei Tage später berichtet das TB über die Veranstaltung: »Franks Rede nicht ohne Anmut, aber sybaritisch und grübchenhaft.« (10. 12. 18). TM mußte befürchten, daß Liesl Frank bei der Lektüre des XXXIII. Kapitels trotz der Tilgung des Namens das Urbild des »sybaritischen Revolutionsredners« erkennen würde. – Zur Übernahme von Schilderungen aus den frühen Tagebüchern in den *Faustus*-Roman, besonders für die Darstellung des Kridwiß-Kreises, vgl. die ausführlichen Nachweise in Peter de Mendelssohns Vortrag ›Dichtung und Wahrheit in den Tagebüchern Thomas Manns‹, ›Ensemble 15‹, München, dtv, 1984.

2] *Zarek:* Der Schriftsteller Otto Zarek (1891–1958), ein alter Bekannter TMs aus München (vgl. die Erwähnungen Zareks in den TB 1918–1921), war 1933 nach Ungarn, 1938 nach England emigriert und kehrte 1954 in die Bundesrepublik zurück.

3] *Opfer des kalten Blicks:* All jene Personen aus TMs Freundes- und Bekanntenkreis, die der *Faustus*-Autor in seinem Roman mehr oder minder schmeichelhaft porträtierte.

4] *an Humm:* An Rudolf Jakob Humm, P. P. 9. 4. 47, Reg. III, 47/143.
5] *Humm:* Der Schweizer Schriftsteller und Journalist Rudolf Jakob Humm (1895–1977), ein Freund von Hermann Hesse. TM kannte Humm – wie aus den TB hervorgeht – seit 1937 und stand mit ihm von 1935 bis zu seinem Tod in brieflicher Verbindung.
6] *Brentano-Prozeß:* Ein Ehrverletzungsprozeß, den der 1933 in die Schweiz emigrierte und wegen seiner dortigen politischen Haltung nicht unumstrittene Schriftsteller Bernard von Brentano gegen den Schweizer Journalisten Manuel Gasser (1909–1979), Mitherausgeber der ›Weltwoche‹, führte. – Gasser hatte auf einen von der Berner ›Nation‹ veröffentlichten Panegyricus auf den »Antinazi, Antifaschisten und echten Demokraten« Brentano erwidert, daß dieser 1939/40, nach Hitlers Siegen in Ost und West, »ein begeisterter Anwalt des Nationalsozialismus« und, was »noch widerlicher« sei, ein rabiater Antisemit geworden sei, der »unverzüglich nach Deutschland reiste, um sich bei den dortigen Machthabern und Verlegern anzubiedern«, der »große Mann in der deutschen Kolonie Zürichs« wurde, sich »öffentlich in Gesellschaft der berüchtigtsten Mitglieder der 5. Kolonne« zeigte »und es so schamlos trieb, daß einem anständigen Menschen nichts anderes übrig blieb, als jede Beziehung mit ihm abzubrechen.« – Der Prozeß, in dessen Verlauf beide Seiten eine solche Fülle prominenter Zeugen aufboten, daß schließlich ein Großteil der während der Zeit des Nationalsozialismus in Zürich veranstalteten literarischen Aktivitäten zur Diskussion stand und sich darüber hinaus innenpolitische Konsequenzen schon dadurch abzuzeichnen begannen, daß – wie die ›Tat‹ am 21. 3. 47 schrieb – »drei Redakteure der Tat als Zeugen contra Gasser und Weltwoche aufgeboten« seien ... dieser Mammut-Prozeß endete mit einer Rehabilitierung Brentanos.

10. 4. 1947

114 1] *Vertreter der Writers Mobilisation:* Die Writers Mobilization war eine Aktionsgemeinschaft mehrerer Autorenverbände und ist im weitesten Sinn jenen Bürgerrechtsbewegungen zuzuordnen, die sich in der Zeit des Nationalsozialismus für europäische Flüchtlinge eingesetzt hatten und nun gegen die Tätigkeiten des ›Committee on Unamerican Activities‹ die konstitutionell verbürgten Civil Rights geltend machten.

2] *an Dr. Beneč:* Der Brief an den tschechisch-amerikanischen Schriftsteller Bohuš Beneš gilt als verschollen. S. Reg. IV, 580.

11. 4. 1947

1] *an Jaroslav Kvapil:* P. P. 11. 4. 47, Reg. III, 47/147. 114

2] *Jaroslav Kvapil:* Vermutlich der tschechische Schriftsteller, Regisseur und Dramaturg Jaroslav Kvapil (1868–1950), seit 1912 Chef des Schauspielhauses am Prager Nationaltheater.

12. 4. 1947

1] *an Bertaux:* An Félix Bertaux, P. P. 12. 4. 47, Reg. III, 47/148. In 114 diesem Schreiben weist TM darauf hin, daß er mit Albin Michel über den *Faustus*-Roman abgeschlossen habe und der französische Verlag sich in eigener Regie für einen Übersetzer entscheide.

2] *Albersheim u. Frau:* Der Wiener Pianist und Musikwissenschaftler Gerhard Albersheim (geb. 1902) und seine Frau Erna waren 1939 aus Wien in die USA emigriert, wo Gerhard Albersheim seit 1940 am Konservatorium und an der University of Southern California, Los Angeles, lehrte. TM, der das Ehepaar Albersheim durch die Vermittlung von Alfred Neumann 1944 kennengelernt hatte, bediente sich während der Arbeit am *Faustus*-Roman gern der Sachkenntnis des Musikologen, dem er sich darüber hinaus freundschaftlich verbunden wußte.

13. 4. 1947

1] *Reise-Vorträge:* Den *Nietzsche*-Vortrag für Washington 114 (29. 4. 47), das Hunter-College (3. 5. 47), King's College, London (20. 5. 47); auf Deutsch für Zürich (3. 6. 47), Bern und Basel (15./16. 6.); *Faustus*-Kapitel (Fitelberg, opus 111, Teufelsgespräch, Echo) für Zürich (8. und 10. 6. 47), St. Gallen (11. 7.), Amriswil (5. 8.) und Neugut bei Faesi (2. 8. 47). Dazu die Texte für die Veranstaltungen in Den Haag und Amsterdam.

2] *Standard Hour Konzert:* Ein allabendlich von der kalifornischen ›Gas-Company‹ finanziertes und dem Rundfunk übertragenes Schallplattenkonzert, dessen Musik durch Werbe-Hinweise auf die gemeinnützigen Leistungen der Company unterbrochen wurde.

115 14. 4. 1947

1] *Sensationelle Reden:* Auf Pressekonferenzen und großen Versammlungen sowie in der BBC hatte Henry Wallace – einem Bericht in ›New Republic‹, vol. 116, No. 16 v. 21. 4. 47 zufolge – vor allem über drei Themenkreise gesprochen: 1. »A US-program of ›unconditional loans to anti-Soviet governments‹ leads along the path of war.« 2. The UN »has not failed because it has not been tried«. 3. »We shall save peace only by approaching world problems in the spirit of a world movement.«

2] *die Stelle gegen Pfitzner:* In dem TB 4. 4. 47 Anm. 3 erwähnten Brief an Bruno Walter hatte Pfitzner u. a. die von ihm selbst mit rhetorischem Pathos vorgetragenen Fragen nach »Deutschlands platonischer Idee« (»Ist es das ›heilig Herz der Völker‹ oder ist es eine nach Millionen zählende Bande von Verbrechern?«) in einer Weise zu beantworten gesucht, die TM veranlaßte, in seinem Glückwunsch *Hermann Hesse zum 70. Geburtstag* (GW X, 515–520) zu Pfitzners Ausführungen öffentlich Stellung zu nehmen: »Ein namhafter alter Tonsetzer in München, treudeutsch und bitterböse, hat kürzlich in einem Brief nach Amerika uns beide, Hesse und mich, als ›Elende‹ bezeichnet, die nicht wahrhaben wollten, daß wir Deutsche das oberste und edelste der Völker, ›ein Kanarienvogel unter lauter Spatzen‹ seien. Das Bild als solches ist eigentümlich verfehlt und albern, von seiner Unbelehrtheit, dem unverbesserlichen Dünkel, der sich darin ausdrückt, und der doch Jammers genug über dies unselige Volk gebracht hat, ganz abgesehen. Nun, der Mann hat sein Leben lang viel zänkischen Unsinn geredet, und so legt man's zum übrigen. Auch lasse ich für meine Person das Urteil der ›deutschen Seele‹ ergeben auf mir sitzen. Ich war wohl wirklich zu Hause nur ein grauer Vorstadtspatz unter lauter Harzer Gemütsrollern, und so waren sie 1933 auch herzlich froh, mich los zu sein, ob sie gleich heute tief beleidigt tun, weil ich nicht zurückkehre. Aber Hesse? Welche Ignoranz, welche Unbildung [. . .] gehört dazu, diese *Nachtigall* (denn ein bürgerlicher Kanari ist er freilich nicht) ihres deutschen Waldes zu verweisen.« (Pfitzner hatte a.a.O. 324 geschrieben, der *Haß des Auslandes* auf Deutschland sei nicht zu begründen: »*Er ist immer mal da* [. . .] bekannt aus dem Leben der Menschen im Einzelnen, wo es oft genügt, daß ein Mensch ein bißchen ›anders‹ ist als ›alle‹. [. . .] Der Kanarienvogel unter Spatzen.«)

3] *Brief für die Zeitschrift des S.D.S.:* An den Schutzverband der

Deutschen Schriftsteller, P. P. 18. 4. 47, Reg. III, 47/155, über *Die Aufgabe des Schriftstellers* (GW X, 779–783); als Geleitwort für die erste Nummer der Zeitschrift des Schutzverbandes Deutscher Schriftsteller, in ›Der Schriftsteller‹, Jg. 1, H. 1, 1947.
4] *Zusage:* TMs Zusage, am 20. 5. 47 im King's College zu London seinen *Nietzsche*-Vortrag zu wiederholen, ist offensichtlich verloren. S. Reg. IV, 580.
5] *Der patriotische Brief Pfitzners:* S. Anm. 2 und TB 4. 4. 47, Anm. 3. Wie sehr TM dieser Brief bewegte, geht aus dem Schreiben an Korrodi hervor, mit dem er die Übersendung des Hesse-Artikels begleitet: »Den ›rebuff‹ an Pfitzner konnte ich mir nicht verkneifen. Er bezieht sich auf einen unglaublichen Brief, den der alte Tropf an Bruno Walter gerichtet.« (An Korrodi, P. P. 15. 4. 47, Reg. III, 47/152).

15. 4. 1947
1] *Brief nach München:* S. TB 14. 4. 47, Anm. 3. *115*

16. 4. 1947
1] *Einleitung für »Demian«:* TM erweiterte seinen am 2. 6. 47 in der NZZ gedruckten Geburtstagsartikel für *die Einleitung zu einer amerikanischen ›Demian‹-Ausgabe:* Hermann Hesse, ›Demian, The Story of a Youth, With a Foreword of Thomas Mann‹, New York 1947. Der neue Schlußpassus ist in GW XIII, 453/454 gedruckt. Ein Vergleich mit dem Abdruck des Vorworts in der ›Neuen Rundschau‹, Juli 1947, 245–250 zeigt, daß das GW XIII abgedruckte Addendum durch einen veränderten Übergang eingeleitet wird: »Sie [d. i. die Nobelpreis-Ehrung] trägt einen Namen um den Erdkreis, dessen man nicht überall bisher so recht gedacht, und es konnte nicht fehlen, daß sie auch in Amerika den Klang dieses Namens verstärkte, Verleger und Publikum zum Aufhorchen bringt.« *115*
2] *der Agent:* Nicht ermittelt, vielleicht William Herndon, s. TB 12. 3. 47, Anm. 1.
3] *Mrs. Lothar:* Elisabeth Lothar, die Frau des TM gut bekannten (s. TB 7. 1. 40) österreichischen Schriftstellers und Theaterleiters Ernst Lothar (1890–1974), eine Nichte von TMs »altem akademischen Bundesbruder« (an GBF, 4. 4. 44) Erich Koch-Weser.
4] *zur Begutachtung eines Films:* Vermutlich ›Crossfire‹; s. TB 3. 12. 47, Anm. 3.

5] *Doktoren Rosenthal und Alexander:* Dr. Frederick (Friedrich) Rosenthal (s. TB 28. 5. 46, Anm. 18); über Dr. Alexander konnte Näheres nicht ermittelt werden.

17. 4. 1947

115 1] *Ketten-Explosionen:* S. TB 20. 4. 47, Anm. 1.

116 2] *Deutsche Frage [. . .] nicht gelöst:* Die Moskauer Friedenskonferenz ging am 24. 4. 47 ohne Einigung in der Deutschlandfrage zu Ende.

3] *des Filmplanes »K. H.«:* Damals nicht verwirklicht.

4] *den belletristischen Revolutionsredner:* S. TB 9. 4. 47, Anm. 1.

5] *Gesangsplatten:* Von den angegebenen Szenen (›Walküre‹ II,1; ›Götterdämmerung‹ I,3; ›Parsifal‹ II) fand sich in TMs Nachlaß neben einer Bayreuther Gesamtaufnahme des ›Parsifal‹ unter Hans Knappertsbusch aus dem Jahre 1951 nur die Aufnahme von ›Waltrautes Erzählung‹, gesungen von Kerstin Thorborg, begleitet vom RCA Victor Symphony Orchestra unter Karl Riedel.

18. 4. 1947

116 1] *an Mrs. Meyer wegen Erika:* An Agnes E. Meyer, P. P. 18. 4. 47, Reg. III, 47/154: »Wären Sie sehr ungehalten, wenn Erika für die beiden Tage zu uns stieße? Hat Ihr bescheidenes Heim Platz auch für sie? [. . .] Wir brauchen sie dringend [. . .] in Visa-Geschäften und zu einer Besprechung mit dem General, der uns die Einreise nach Deutschland *nicht* bewilligen soll.« (Kopie im TMA). – Nach diesem Brief kann kein Zweifel mehr bestehen, daß TM während seiner Europa-Reise Deutschland unter keinen Umständen besuchen wollte.

2] *Hesse-Vorwort:* S. TB 16. 4. 47, Anm. 1.

3] *Telegramm von Joe Davidson:* Der Inhalt des nicht erhaltenen Dokuments ist schwer zu erschließen. Die NYT berichtete am 17. 4. 47, 9:1 aus Paris von einer gewissen Betretenheit angesichts der harschen Wallace-Kritik an der offiziellen US-Politik, insbesondere der Truman-Doktrin. Es ist anzunehmen, daß Joe Davidson TM um Unterzeichnung einer telegraphischen Adresse bat, mit deren Hilfe die Verstimmung jener französischen Politiker besänftigt werden sollte, die Wallace eingeladen hatten und sich nun, nach den Londoner Attacken ihres Gastes, dem Vorwurf ausgesetzt sahen, sie seien einem kommunistischen Komplott aufgesessen.

4] *Joe Davidson:* Nichts Näheres ermittelt. Einem Schreiben TMs an das Independent Citizens Committee z. Hd. von Joe Davidson, P. P. 23. 2. 1946, Reg. III, 46/122, ist zu entnehmen, daß es sich um einen Funktionär dieser von TM hochgeschätzten Bürgerrechts-Vereinigung handelt.

19. 4. 1947

1] *Elis. Schumann-Platte:* Auf Anfrage teilte mir Gerhard Albers- *116*
heim am 17. 6. 85 mit: »Die Platte enthielt Liednummern aus dem Repertoire von Elisabeth Schumann. Ich glaube mich an ein (englisches?) Seefahrerlied von Haydn und an das Ständchen von Richard Strauss zu erinnern.«

2] *Elis. Schumann:* Die 1938 über London in die USA emigrierte Sopranistin Elisabeth Schumann (1885, in anderen Lexika 1888 und 1891, –1952).

3] *an Bibi:* Die Karte an Michael Mann gilt als verschollen. S. Reg. IV, 580.

4] *Flinker:* Der österreichische Buchhändler, Publizist und Schriftsteller Martin Flinker (1895–1986), der 1938 aus Wien über die Schweiz nach Frankreich floh, eröffnete 1947 am Quai des Orfèvres eine neue, bald sehr renommierte Buchhandlung, die 1948 TMs BBC-Ansprachen *Deutsche Hörer!* in französischer Übersetzung: *Appels aux Allemands,* und zum 80. Geburtstag, 1955, eine ›Hommage de la France à Thomas Mann‹ publizierte.

5] *Roman-Manuskript-Auslese:* Für die Lesung im Zürcher Schauspielhaus am 8. 6. 47. TM wählte ›Gespräche‹ (s. TB 2. 7. 47), d. h. die Fitelberg-Suada des XXXVII., und Wendell Kretzschmars Vortrag über ›opus 111‹ aus dem VIII. Kapitel seines *Faustus*-Romans.

6] *Churchill gegen Wallace:* Der englische Oppositionsführer hatte am 18. 4. 47 während einer Rede in der Londoner Albert Hall die ›Nestbeschmutzung‹, die Henry Wallace mit seiner Londoner Rede begangen habe, scharf verurteilt. Er warf dem amerikanischen Politiker vor, einen Keil zwischen Großbritannien und die USA treiben und England in das System der von Moskau ausgehenden Intrigen ziehen zu wollen. (S. Churchill, a.a.O. Bd. VII, 7470–7475; bes. 7472).

7] *Abschieds-Telefon-Gespräch:* Vor der am 22. 4. 47 beginnenden Europa-Reise.

117 8] *amerikanisch-spanischer Roman:* Alfred Neumann, ›Der Pakt‹, Neuer Verlag, Stockholm/Zürich 1949. Das Buch steht mit einer Widmung an Katia und TM in der Zürcher Bibliothek.
9] *(Gen. Walker):* Der Held des Neumannschen Romans, William Walker, ein »toll gewordener amerikanischer Idealist, der zum Freibeuter und Diktator Nicaraguas wird«.

20. 4. 1947

117 1] *Die Humanité über die Texas-Explosionen:* Unter der Überschrift ›Drame de pétrol à Texas City‹ berichtete das Zentralorgan der kommunistischen Partei Frankreichs, ›L'Humanité‹, auf Seite 1 von 1000 Toten und 3500 Verletzten. Das Blatt fragte, ob man einen Zusammenhang dieser Hiroshima evozierenden Katastrophe mit den Arbeiten in der US-Atomwaffen-Versuchs-Zone von Los Alamos, das mit Texas City eine direkte Transport-Verbindung habe, völlig ausschließen könne.
2] *Maler Wiedemann:* Vielleicht der 1905 in München geborene columbianische Maler Guillermo Wiedemann. S. TB 10. 1. 48, Anm. 3, und 6. 4. 48, Anm. 2.
3] *Vater und Sohn:* Klaus und Klaus-Hubert Pringsheim.

21. 4. 1947

117 1] *Unruh gegen Furtwängler:* Fritz von Unruh hatte offenbar die von TM abgelehnte Stellungnahme zum Schlußwort Furtwänglers vor der Spruchkammer (s. TB 8. 3. 47, Anm. 1) für den ›Aufbau‹ übernommen. Die Zeitschrift druckte in ihrer Nummer vom 18. 4. 47 (Jg. XIII, No. 16, 1 und 10) eine Gegenüberstellung von Passagen der Furtwängler-Rede mit entsprechenden Repliken Unruhs.
2] *Artikel zu [...] Vortrag im Hunter College:* Anna Jacobson, ›Der Essayist Thomas Mann‹, ›Aufbau‹, New York, Jg. XIII, No. 16 v. 18. 4. 47, 23.

22. 4. 1947

118 1] *Depeschenwechsel:* Nicht erhalten. S. jedoch die im TMA archivierten Briefe von Frederic Warburg, London, 18. 3. 47, und Roger Senhouse, London, 24. 3. 47, mit Einzelheiten für den Londoner Aufenthalt.
2] *Warburg:* TMs britischer Verleger Frederic J. Warburg (1898–?).

3] *Kontrakt [...] vom Morgarten-Verlag:* Für den Band *Meistererzählungen*, der 1947 bei Conzett und Huber, den Eignern sowohl des Morgarten- als auch des Manesse-Verlages, als Band 27 der ›Manesse-Bibliothek der Weltliteratur‹ erschien. Er enthält *Tristan, Tonio Kröger, Der Tod in Venedig* und *Mario und der Zauberer*.

23. 4. 1947

Neben den TB-Eintrag vom 23. 4. ist von TM das Wort ›Europa-Reise‹ geschrieben. *118*

1] *Kafka-Charakteristik:* Günther Anders, ›Franz Kafka – Pro und Contra‹, ›Die Neue Rundschau‹, Stockholm, Jan. 1947, Jg. 56/57, 119–157.

2] *Fragmentarisches:* ›Fragmente und Tagebuchblätter. Unveröffentlichtes von Franz Kafka‹, ›Die Neue Rundschau‹, a.a.O. 157–173.

3] *Über den Nazi-Benn:* Eugen Gürster-Steinhausen, ›Gottfried Benn, ein Abenteuer der geistigen Verzweiflung‹, ›Die Neue Rundschau‹, a.a.O. 215–226.

4] *Landschaftsschilderung von Hesse:* Hermann Hesse, ›Beschreibung einer Landschaft. Ein Stück Tagebuch‹, ›Die Neue Rundschau‹, a.a.O. 196–205.

24. 4. 1947

1] *Q. E.:* Queen Elizabeth. *119*

2] *Im Stendhal das Kapitel.* Stendhal, ›Le Rouge et le Noir‹, Kap. 46.

25. 4. 1947

1] *dem dortigen Großvater:* Dem Vater von Gret Mann, Dipl. Ing. Fritz Moser in Zollikon. *119*

2] *Daphnis u. Chloe:* ›Daphnis et Chloé.‹ Sinfonische Fragmente in 2 Suiten (1910–1912) des französischen Komponisten Maurice Ravel (1875–1937).

3] *Brahms 1. Symphonie:* Johannes Brahms, 1. Symphonie c-Moll, op. 68 (1876).

26. 4. 1947

1] *Marshall Field:* Die Marshall Field Department Stores (Warenhäuser) in Chicago, 1852 gegründet, 1947 Familienbesitz in der dritten Generation. Marshall III Field (1893–1957) war einer der einflußreichsten Philanthropen der USA, Roosevelt-Anhänger, Be- *120* gründer und Präsident der Field-Foundation für soziale Belange, Bankier und Verleger (Hauptanteile bei Simon and Schuster), Gründer der liberalen Pro-Labour-Zeitung ›PM‹ (New York 1940–1948) und, 1941, der ›Chicago Daily Sun‹; daneben Besitzer zahlreicher Radiostationen.

27. 4. 1947

120 1] *»Soll ich, weil die Demokratieen ›versagen‹ ...«:* Als Zitat nicht nachzuweisen. Wahrscheinlich eine Reflexion im Anschluß an die Borgese-Diskussion vom Vorabend.

28. 4. 1947

120 1] *über Grillparzer u. Schreyvogel:* Dorothy Lasher-Schlitt, »Josef Schreyvogel, Grillparzer's ›Väterlicher Freund‹«, ›The Germanic Review‹, vol. XXI, 1946, 208–305.
2] *Schreyvogel:* Der österreichische Journalist, Übersetzer, Erzähler, Dramatiker und Kritiker Joseph Schreyvogel (1768–1832).

29. 4. 1947

121 1] *Ag:* Agnes E. Meyer.
2] *Social worker:* Vermutlich Saul Alinsky, Leiter einer Selbsthilfeorganisation in den Hinterhöfen von ›Chicago's Packingtown‹, »a young criminilogist who prefers to do the kind of work that keeps people out of jail.« (›Out of These Roots‹, a.a.O. 246). Zu Alinsky s. auch a.a.O. 245–254.
3] *liberalen Bischof:* Vermutlich Bishop James Sheil (gest. 1969), den Agnes Meyer durch die Vermittlung von Saul Alinsky kennengelernt hatte und mit dem sie eine enge Freundschaft verband. Vgl. ›Out of These Roots‹, a.a.O. 250–253.
4] *Prof. Baumgard:* Der Berliner Philosophieprofessor David Baumgardt (1890–1963) emigrierte 1935 nach England und floh 1939 weiter in die USA, wo er an verschiedenen Universitäten lehrte. Von 1941–1954 fungierte er als ›consultant in philosophy and political ideology‹ für die Library of Congress in Washington.
5] *Lippman:* Der amerikanische Publizist und Kolumnist Walter Lippmann (1889–1974) war von 1921–1931 Chefredakteur der ›New York World‹, später, bis 1951, der ›New York Herald Tribune‹. Seine dort publizierten Kommentare ›Today and Tomorrow‹ erschienen

nachgedruckt in vielen amerikanischen Zeitungen. Auch der ›Aufbau‹ publizierte die Kolumne seit 1945.

6] *Bonnet:* Vermutlich Jean Bonnet, 1931–40 Direktor des ›Institut de Coopération Intellectuelle‹, der 1941 in die USA entkommen konnte, wo er in der Bewegung ›France Forever‹ tätig war.

7] *dem Schweizer Gesandten:* Minister Karl Bruggmann (1889–1967), nach Tätigkeiten in Petrograd, Brüssel, Paris und Prag von 1939 bis zu seiner Pensionierung, 1954, Chef der Schweizer Gesandtschaft in Washington.

30. 4. 1947

1] *Botschafter:* Lord Inverchapel, S. TB 1. 5. 47, Anm. 1. 122

2] *Mr. Jordan:* Nichts Näheres ermittelt.

3] *Miss Kissin:* Die amerikanische Schriftstellerin Rita Kissin sandte – vielleicht als Folge der im TB vermerkten Begegnung – TM im Dezember 1947 die Fahnen ihres Buches ›The Precious Dust‹, das 1948 in New York erschien. Vgl. TM an Rita Kissin, P. P. 6. 12. 47, Reg. III, 47/414.

1. 5. 1947

1] *Lord Ingwerchapel:* Archibald John Clark-Kerr, Lord Inverchapel 122
(1882–1951), von 1946–1948 britischer Botschafter in Washington.

2] *Duke of Windsor:* Der britische König Edward VIII. (1894–1972) hatte am 10. 12. 36 auf den Thron verzichtet, um die geschiedene Amerikanerin Mrs. Wallis Simpson heiraten zu können. Er führte seither den Titel ›Herzog von Windsor‹ und lebte vorwiegend in Frankreich und den USA.

3] *Nägel:* Das deutsch-schweizerische Hoteliersehepaar Naegel, zur Zeit des TB-Eintrags Manager des von TM in New York bevorzugten Hotels St. Regis, war dem Ehepaar Mann seit 1935, damals als für das Hotel Algoquin in der 44. Straße verantwortlich, bekannt.

2. 5. 1947

1] *Molly Shenstone:* (1897–1967), die Frau des Princetoner Physik- 123
professors Allen Shenstone (1893–1980). Zwischen dem Ehepaar Mann und dem Ehepaar Shenstone bestand seit der Princetoner Zeit, da Molly Shenstone Katia Mann bei der Beantwortung der englischen Korrespondenz half, eine freundschaftliche Verbindung.

2] *Oprechts:* Der sozialdemokratische Zürcher Buchhändler und Verleger Dr. Emil Oprecht (1895–1952) und seine Frau Emmie, nach 1933 Protektoren der emigrierten deutschen Schauspieler und Literaten, waren seit TMs Zürcher Zeit mit dem Ehepaar Mann befreundet. In Oprechts Buchhandlung in der Rämistraße 5 trafen sich die exilierten deutschen Intellektuellen, und die von Oprecht gegründeten Verlage ›Dr. Oprecht & Helbling‹ und ›Europa-Verlag‹ waren die führenden antifaschistischen Verlagshäuser der Schweiz. Bei ›Dr. Oprecht & Helbling‹ erschien von September 1937 bis zum November 1940 die von TM und Konrad Falke herausgegebene Zweimonatsschrift ›Mass und Wert‹. S. auch *Abschied von Emil Oprecht* (1952), GW X, 526–528.

3] *beantworteten:* TMs Antwort ist nicht erhalten. S. Reg. IV, 580.

4] *Lee von Hunter-College:* Benno Mohammed Lee (1883–1961), seit 1940 Executive Director des Hunter College Concert Committee. Lee, als Sohn eines ungarischen Vaters und einer türkischen Mutter in Kairo geboren, war 25 Jahre lang Theaterdirektor in Wien. 1938 wurde er verhaftet und erhielt nach einjähriger Gefangenschaft in den Konzentrationslagern Dachau und Buchenwald kurz vor Kriegsausbruch die Auswanderungsgenehmigung in die USA.

5] *englischer Kriegsgefangenen-Lager-Film:* Vermutlich der britische Film ›The Captive Heart‹ (1946). Nach einem Drehbuch von Angus MacPhail und Guy Morgan spielen unter der Regie von Basil Dearden Michael Redgrave, Rachel Kempson, Basil Redford, Mervyn John, Jack Warner u. a.

3. 5. 1947

123 1] *Die Angelegenheit mit N. B. C. – Basel:* S. TB 9. 12. 46, Anm. 1.

2] *Schuster:* Der amerikanische Anglist, Schriftsteller und Kulturpolitiker George Nauman Shuster (1894–1977), von 1940–1960 Präsident des Hunter College, den TM im Oktober 1943, anläßlich seiner dort gehaltenen »*Joseph*-lecture« kennengelernt hatte. (S. TB 17. 10. 43).

3] *Ich sprach ...:* TM wiederholte seinen am 29. 4. 47 in Washington gehaltenen Nietzsche-Vortrag.

4] *Lazare:* Der amerikanische Schriftsteller und Kunstkritiker, zeitweilig Mitherausgeber der Zeitschrift ›Decision‹, Christopher Lazare (geb. 1912), ein Freund von Klaus Mann, war nach Kriegsende zunächst an der Freien Universität in Berlin und später in Wien als »lecturer«, Professor und Übersetzer tätig.

4. 5. 1947

1] *Interview mit Heimann:* ›Thomas Mann, Author, Philosopher and Nobel Price Winner Says: »A new war is not inevitable . . .«‹ TM sagte in diesem Interview u. a. »May I call this age of trials and errors the *post-bourgeois* era? It is difficult to define it by a common denominator. Yes, it is essential to find for it a synthesis to denote the basic principles of human liberty and equality, the social necessities and prerequisites to which the individual is entitled.// Totalitarianism did not find them. Neither Russian communism nor American democracy with its somehow antiquated economic doctrines points in the right direction. It seems to me that a compromise must be found and will be found. It lies half way between the Russian and the American systems. If Soviet Russia abandons her radicalism, as eventually she will, and if the United States revises her democratic principles in accordance with the requirements of a new age, which eventually she must, then we shall strive toward a true world democracy. And then and only then the dangers which Nietzsche held threatening both to the 20th century and its successors will be averted.« Das vollständige Interview ist im TMA erhalten. 124

2] *Heimann:* Über den Journalisten Curt L. Heymann war nichts Näheres zu ermitteln.

3] *Erikas Freund Cooker:* Edwin H. Coker, Manager der New York Telephon Corporation, hatte während des Krieges als Major, später als Colonel in General Pattons Stab gearbeitet und Erika Mann 1945 als Kriegsberichterstatterin in München kennengelernt. Vgl. TB 21. 11. 45 und den im TMA erhaltenen und von TM gern zitierten Brief Cokers aus dem Hauptquartier der amerikanischen Streitkräfte in München vom 27. 10. 45. Coker blieb mit Erika Mann bis zu ihrem Tode befreundet.

4] *boss:* Der Leiter der deutschen Sektion am amerikanischen Radio für Europa und spätere amerikanische Diplomat (u. a. US-Botschafter in Budapest) Alfred Puhan.

5] *Christiane Hofmannsthal:* Christiane Zimmer (1902–1987), Frau des Indologen Heinrich Zimmer (1890–1943), war die Tochter Hugo von Hofmannsthals.

5. 5. 1947

124 1] *Rastede:* Der deutsche Lehrer Hans Gerhard Rastede (1898–1955) unterrichtete an der Lawrenceville School nahe Princeton und hatte TM während seiner Princetoner Zeit zuweilen mit Schülern besucht oder in seine Schule eingeladen.

2] *J. Maass:* Der Schriftsteller Joachim Maass (1900–1972) war 1939 in die USA emigriert, wo er von 1940–1952 am Mount Holyoke College, Mass. deutsche Literatur lehrte. 1936 hatte Maass TM in Zürich besucht und ihn 1939 in Princeton wiedergetroffen. – Das biographisch-kritische Buch kam nicht zustande.

3] *für die Rundschau: Einleitung zu einer amerikanischen Demian-Ausgabe,* ›Die Neue Rundschau‹, Stockholm, 1947, 245–250. GW XIII, 453/454 und GW X, 515–520. (S. TB. 16. 4. 47, Anm. 1).

4] *Übergabe des deutschen »Nietzsche«:* Der deutschen Urfassung von *Nietzsche's Philosophie im Lichte unserer Erfahrung* an Joachim Maass, der von 1945–1949 Mitredakteur der ›Neuen Rundschau‹ war.

5] *Horch:* Der Agent Dr. Franz Horch (1901–1951), ehemals Dramaturg bei Max Reinhardt und Kritiker in Berlin, vermittelte im Exil neben Franz Werfels, Upton Sinclairs und John Dos Passos' Büchern auch TMs Werke an südamerikanische Verlage.

6] *Carnegie Hall:* Ein aufwendiger Musik-Film der Federal Films-Produzenten William Le Baron und Boris Morros, der – unter der Regie von Edgar George Ulmer – die Geschichte eines jungen Pianisten, Sohn einer Carnegie Hall-Angestellten, zum Vorwand für eine Star-Parade nimmt.

6. 5. 1947

124 1] *Affaire mit ›Civil Rights‹:* Wahrscheinlich eine Solidaritäts-Aufforderung der 1946 gegründeten, über einen großen Kautionsfonds verfügenden, einflußreichen und bis 1957 erfolgreich arbeitenden Bürgerrechtsbewegung ›Civil Rights Congress‹ zur Verteidigung der Grundrechte pro-kommunistischer Linker gegen die Verfolgung durch das ›House Committee on Unamerican Activities‹. Im Anschluß an die Verhaftung von Gerhart Eisler am 4. 2. 47 hatte der ›Civil Rights Congress‹ zu landesweiten Protestaktionen aufgerufen, und TM unterschrieb, gemeinsam mit ca. 50 weiteren prominenten Persönlichkeiten, einen Aufruf zugunsten von Eisler, den Georg Potempa in seiner ›Bibliographie der von TM unterzeichneten politischen Auf-

rufe und anderer kollektiver Publikationen‹, Morsum/Sylt, 1988, No. 85, erstmalig nachweist. Er ist im Anhang No. 17 abgedruckt. – Jetzt, im Vorfeld der für Juni angesetzten Gerichtsverhandlung gegen Eisler, bereitete man offensichtlich eine weitere öffentliche Erklärung vor. Es bleibt unklar, warum TM diesmal seine Unterschrift verweigerte. Auch der TB-Eintrag vom 8. 5. 47: »Froh, daß ich die Declaration nicht unterschrieb, die sich als kommunistisch entpuppte«, gibt nur unzureichend Aufschluß.

2] *Brann, »Dudu und Suleika«:* Gemeint ist das (von TM an vielen Stellen markierte) 6. Kapitel des II. Teils von Branns Buch ›Nietzsche und die Frauen‹, ›Triebverdrängung und Bildersprache. (Der 'Zarathustra' als sexualpsychologisches Problem)‹, S. 120 ff., in dem der Autor auf den Seiten 136–141 aus den ›Dionysos-Dithyramben‹, ›Die Wüste wächst: weh dem, der Wüsten birgt . . .‹ zitiert: 124

»Den genannten Südfrüchten /ähnlich, allzuähnlich / Liege ich hier [. . .] / Umlagert von Euch / ihr *stummen,* ihr *ahnungsvollen* / Mädchen-Katzen, / Dudu und Suleika, / *Umsphinxt,* daß ich in *ein* Wort / viel Gefühl stopfe . . .« (136) und:

»Oh weint mir nicht / Weiche Herzen! (!!) [. . .] / Weine nicht mehr, / Bleiche Dudu! / Sei ein Mann, Suleika! Mut! Mut!«

TM hat in seinem Exemplar die Stellen markiert. Außer dem genannten Abschnitt weisen auch das 4. Kapitel des I. Teils ›Das Weib als Sphinx und die Cosima-Tragödie‹, sowie das 5. Kapitel des II. Teils, ›Dionysos ohne Eros (Nietzsches Liebesunfähigkeit)‹, viele Lese- und Arbeitsspuren auf.

3] *Seine Bilder:* Unruh betätigte sich neben seinem literarischen Schaffen auch als Maler.

4] *Sein Roman:* Fritz von Unruh, ›The End is Not Yet‹, New York 1947; deutsch ›Der nie verlor‹, Bern 1948.

5] *Mrs. Cahne:* Nicht ermittelt. Der Name ist im Manuskript nicht eindeutig zu entziffern.

6] *mit Berle:* Die Bekanntschaft mit dem amerikanischen Juristen und Politiker Adolf August Berle (1895–1971) war TM durch Agnes Meyer vermittelt worden, als, im November 1943, die Gründung eines ›Free-Germany‹-Committee unter der Präsidentschaft von TM in Emigrationskreisen (Tillich, Brecht) diskutiert wurde. TM, der ein solches Amt nur übernehmen wollte, wenn die Gründung die offizielle Billigung der US-Regierung fände, hatte Berle, der damals Assistent

Secretary of State war, in einem langen Brief vom 18. 11. 43 (Reg. II, 43/224) seine Skepsis dargelegt und um die Meinung der Amerikaner gebeten, die Berle bei einer Lunch-Einladung am 25. 11. 43 mitteilte. Die Berichte beider Partner divergieren, was das Ergebnis der Sitzung betrifft: Während TM in sein Tagebuch ein »Gespräch über das Politicum mit glücklich negativem Ausgang« notiert, zeigt das Berlesche ›Memorandum of Conversation‹ sowie eine 18 Jahre später aus dem Gedächtnis gegebene Darstellung, daß das State Department eine offizielle Stellungnahme vermeiden wollte und Berle TM lediglich aus Gründen der Arbeitsökonomie nahelegte, seinen Namen nicht durch eine aufreibende Präsidentschaftstätigkeit vorzeitig abzunutzen. Doch wie dem auch gewesen sein mag, der Gründungsplan scheiterte; 1944 trat der ›Council of a Democratic Germany‹ an die Stelle des ›Free-Germany‹-Unternehmens. – Vgl. zu dem Vorgang: Herbert Lehnert, ›Bert Brecht und Thomas Mann im Streit über Deutschland‹, ›Deutsche Exilliteratur seit 1933. 1. Kalifornien‹, Bern/München 1976.
7] *Martin von Genf:* Nicht ermittelt.

7. 5. 1947

125 1] *Übersetzungen nach Yeats u. a. englischen Dichtern:* S. hierzu TM an Antoinette von Kahler, N. Y., 8. 5. 47, Reg. III, 47/170: »Mit Erich hatten wir gestern einen gemütlichen Abend, den besten wohl, den wir jetzt hier in New York verbracht. Er las uns erstaunlich schöne Übersetzungen englischer Gedichte vor, die noch lange in uns nachklingen werden.« (Kopie im TMA).

8. 5. 1947

125 1] *Deklaration der ›Civil Rights‹:* S. TB 6. 5. 47, Anm. 1.
2] *Tennenbaum:* Der Zürcher Geschäftsmann Richard Tennenbaum, als Vermögensberater von Bruno Frank und Fritzi Massary empfohlen, beriet TM während der Zürcher Exiljahre in finanziellen Dingen und zu Fragen des in München beschlagnahmten Eigentums. S. TB 30. 4. 33.
3] *Buchgeschenk:* Johann Wolfgang von Goethe, ›Der Mann von fünfzig Jahren‹ mit Zeichnungen von Max Liebermann, für den Verlag Paul Cassirer, Berlin 1922, in einer Auflage von 600 vom Illustrator signierten Exemplaren gedruckt. TMs Ausgabe trägt die Nummer 325 und ist in der Zürcher Bibliothek erhalten.

4] *Winziges Moseskind:* S. TMs Dank an Re Heinemann, New York, 9. 5. 47, Reg. III, 47/171. Die Kleinplastik ist im TMA erhalten.
5] *Friedelind Wagner:* Die Wagner-Enkelin Friedelind (geb. 1918) war 1937 über Italien und Buenos Aires in die USA emigriert und lebte in New York.

9. 5. 1947
1] *Affaire:* Eine harmlose Party des im TM-Haus am San Remo Drive *125*
zurückgebliebenen Neffen hatte Eva Herrmann Anlaß zu überbesorgter Reaktion gegeben.
2] *[von] Unruh:* Von Fritz von Unruh, o. O. 9. 5. 47; im TMA.
3] *an Vikko:* An Viktor Mann, New York, 9. 5. 47, Reg. III, 47/172.
4] *[an] die Geberin:* S. TB 8. 5. 47, Anm. 4.

10. 5. 1947
1] *Editor der ›Sunday Times‹:* Das britische Journalisten-Lexikon *126*
weist als ›Sunday-Times‹-Editor William Waite Hadley (gest. 1960) aus. Es ist aber auch möglich, daß der in einem Bericht der NYT neben Lee Shuster und anderen als Passagier erwähnte ›President of the Los Angeles Times‹, Norman Chandler, gemeint ist.

13. 5. 1947
1] *Martel:* Vermutlich Lester Markel (1894–1977), von 1925–1965 *126*
Sunday Editor der ›New York Times‹.
2] *Hamilton:* Wohl der New Yorker Kunstsammler und -händler Carl Hamilton, den TM aus seiner Princetoner Zeit kannte. S. TB 17. 5. 40.
3] *Barbara Ward:* Die britische Nationalökonomin und Journalistin Dame Barbara Ward (1914–1981), verh. Baronesse Jackson of Lodsworth; seit 1939 Assistant Editor des ›Economist‹.
4] *Producer Schubert:* Der Theater-Manager Lee Shubert (1883 bis 1953), gemeinsam mit seinem Bruder Sam S. Shubert Begründer der Shubert Theatrical Company, die heute zahlreiche Theater in New York und anderen Städten der USA kontrolliert.
5] *über städt. Leben im Mittelalter:* Vermutlich in Bernhard Heil, ›Die deutschen Städte und Bürger im Mittelalter‹. Das Buch steht in der zweiten verbesserten Auflage, die 1906 bei Teubner in Leipzig erschien, in der Zürcher Bibliothek.

6] *»Balfour of Shaw«:* Robert Louis Stevenson, ›David Balfour von Shaw. Seine Abenteuer Anno Domini MDCCLI‹, ins Deutsche übertragen von Curt Thesing, Berlin 1924/25. Das Buch steht in der Zürcher Bibliothek.

15. 5. 1947

127 1] *Hollywood:* Nicht ermittelt.

2] *an Agnes Meyer:* MS Queen Elizabeth, 14. 5. 47, Reg. III, 47/173.

3] *an Klaus:* Verschollen. S. Reg. IV, 580.

4] *Assistenz am Goethe-Bande:* Der unter Assistenz von Klaus Mann zusammengestellte Band ›The Permanent Goethe‹ (s. TB 19. 3. 47, Anm. 3). Zur gemeinsamen Arbeit vgl. KM an Fritz Strich, Amsterdam, 26. 7. 47, KM Br./Antw. II, 258–260, und Amsterdam, 11. 8. 47, a.a.O. 262/263, sowie TM an KM, P. P. 25. 9. 47, a.a.O. 264; Reg. III, 47/283; Br. II, 550/551 (fragm.).

5] *über mittelalterliche Sitten:* Wohl in dem TB 13. 5. 47, Anm. 5 erwähnten Band von Heil.

21. 5. 1947

127 1] *Cousinen:* S. Anm. 6 und 7.

2] *Preßkonferenz:* Offenbar am 18. 5. 47. Jedenfalls brachte AP unter diesem Datum das im Anhang No. 18 abgedruckte Interview. Zwei Tage vorher, bei seiner Ankunft in Southampton, hatte TM bereits für DENA und Reuter Rede und Antwort gestanden. Die ›Neue Zeitung‹, München, druckte am 19. 5. 47, 5 den bei Hansen/Heine, a.a.O. 266–269 dokumentierten Text. – Am 19. Mai empfing TM dann einen Korrespondenten der ›Welt‹ (J. H.) zum Interview, das einen Tag später auf Seite 1 des Hamburger Blattes erschien. S. Hansen/Heine, a.a.O. 270–275.

3] *Harold Nicolson:* Der britische Diplomat, Historiker und Publizist Harold Nicolson (1886–1968), ein guter Deutschland-Kenner und entschiedener Gegner des NS-Regimes, den TM seit den 20er Jahren kannte, hatte im April 1939 in einer Besprechung von Erika Manns Buch ›A School for Barbarians‹ für den Londoner ›Daily Telegraph‹ den berühmt gewordenen Slogan ›This amazing Family‹ für die Familie Mann geprägt. Nicolson schrieb anläßlich TMs London-Aufenthalt in seiner ›Spectator‹-Kolumne ›Marginal Comment‹ (No. vom 30. 5. 47, 620) eine persönlich gehaltene Würdigung: »It was a curious experience to meet him again and to recall the afternoon, nearly twenty years ago which I spent with him at Munich ...«

4] *Recording:* Am 19. 5. 47 las TM für die BBC eine gekürzte Fassung seines Vortrags *Germany and the Germans* unter dem Titel *Germany – Her Character and Destiny.* Im TMA befindet sich ein 10-seitiges Manuskript, dessen Text der Fassung in dem BBC-Blatt ›The Listener‹, vol. XXXVII, No. 959 v. 12. 6. 47, 895–897, entspricht. Eine Übersetzung des BBC-Textes erschien am 9. 8. 1947 in der Zeitschrift ›Der Dreiklang‹, Flensburg (2. Jg. No. 32, 253–256).

5] *Nietzsche-Vortrag:* TM wiederholte am 20. 5. 47 im King's College der London University seinen Vortrag *Nietzsche's Philosophy in the Light of Contemporary Experience.* S. dazu den Dank der Londoner Universität: »I think [...] it was the largest audience which has ever assembled in the Senate House on such an occasion« (im TMA), und Erika Mann an Lotte Walter, Zürich, 26. 5. 47, EM Br./Antw. I, 222: »Man stand [zu TM] aber so, daß zum ersten Mal in der Geschichte der London University alle Pforten des Gebäudes geschlossen werden mußten, weil die Unmengen nicht zu halten waren; daß sowohl die im Saal als die im Overflow-Saal (wo man nur hörte, nicht sah) vor und nach der Darbietung minutenlang tobten und während ihrer aufpaßten, wie ein einziger Luchs; daß eine Press Conference, ein Empfang, ein Broadcast, die und den anderen jagte und – dies das Verwunderlichste – nicht *ein* hämisches Wörtchen irgendwo erschien (bisher).« – Das Konzept der kurzen Einleitung zur Lesung fand sich im TMA. Es ist im Anhang No. 19 abgedruckt.

6] *Ilse Dernburg:* Die Innenarchitektin Ilse Dernburg (1880–1965).

7] *Ihre Schwester:* Die Übersetzerin Käthe Rosenberg (1883–1960). Die Schwestern waren Cousinen von Frau Katia Mann; 1933 emigrierten sie gemeinsam nach London.

8] *Rosenstiel-Herz:* Ida Herz erscheint im *Doktor Faustus* (Kap. XXI, *128*
GW VI, 417/418) als Kunigunde Rosenstiel.

9] *Artikel im Observer:* Unsignierter Artikel ›Profile – Thomas Mann‹, ›The Observer‹, London, 18. 5. 1947, 6.

10] *R. Senhouse:* Der Verleger und Mitbegründer des Verlagshauses Martin Secker and Warburg Ltd., Roger Senhouse (1900–1970).

22. 5. 1947

128 1] *Vertreter der T. M.-Gruppe:* Vertreter der ursprünglich in Prag, dann in London emigrierte Schriftsteller unterstützenden Gruppe um Wilhelm Sternfeld.

2] *Recorded Interview:* Das in englischer Sprache geführte Interview im Gebäude der BBC. S. Loewy a.a.O. I, 45 und den Bericht der ›Neuen Zeitung‹, 26. 5. 47, 5: »London, 25. Mai (BBC). Thomas Mann hat sich in London in zwei neuen Interviews gegenüber der BBC und der UP [*Botschaft an das deutsche Volk*, GW XIII, 789] über die Lage der Welt und Deutschlands geäußert. In einer für Deutschland bestimmten Sendung der BBC antwortete er auf eine Frage, er sei immer ein aufrichtiger Bewunderer Englands, seiner Geistigkeit und der englischen Menschlichkeit gewesen, die sich heute so bewundernswert bewähre. Er glaube, daß die Menschheit von England noch viel zu erwarten habe. Vielleicht werde England als Land, das auf dem Wege zu einem sozialen Humanismus am weitesten vorgeschritten sei, die Synthese der Fragen der Zukunft finden. Zum Schluß richtete Thomas Mann einen Gruß an seine deutschen Landsleute. Er wisse, wie schwer Deutschland zu leiden habe, und er nehme herzlichen Anteil daran. Es sei kein Wunder, daß zwei Jahre nach einer solchen Katastrophe noch keine wirkliche Erholung eingetreten sei. ›Aber lassen Sie uns zwei Jahre weiter sein, so glaube ich, daß die im Grunde gesunde deutsche Natur schon vieles überwunden haben wird‹.«

3] *Fischer:* Der Journalist Alfred Joachim Fischer (geb. 1909), vor 1933 Mitarbeiter u. a. an der ›Vossischen Zeitung‹ und dem ›Berliner Tageblatt‹, kam nach einer Flucht durch ganz Europa und nach Australien 1941 nach London und arbeitete dort u. a. für die BBC und ›Die Zeitung‹. Seit 1946 schreibt Fischer, der in Berlin lebt, wieder für die deutsche Presse.

4] *»General«:* Beim BBC-Chef.

5] *von holländischem Professor:* Vermutlich von dem Philosophie-Professor Hendrik J. Pos (1898–1955), dem Präsidenten des 10. Internationalen Kongresses für Philosophie in Amsterdam. Professor Pos hielt sich 1947 zu Gastvorträgen in England auf.

28. 5. 1947

128 1] *Presse-Konferenz:* Am 23. 5. 47, bei der TM dem UP-Vertreter die *Botschaft an das deutsche Volk* übergab (S. TB 22. 5. 47, Anm. 2).

2] *Saurats:* Romanist an der London University, Denis Saurat. Zu diesem Dinner vgl. die Tagebucheintragung von Harold Nicolson vom 22. 5. 47: »Diner bei Denis Saurat und seiner Frau zu Ehren von Thomas Mann. – Es ist eine ziemlich strenge Veranstaltung mit Lagerbier und ungenießbarem Essen. Ich bin der einzige andere Gast. Mann glaubt wirklich, die Engländer seien die Hoffnung der übrigen Welt. Er hat das Gefühl, daß Amerika faschistisch werde. Das bedrückt ihn. ›Ich möchte nicht ein zweites Mal zum Märtyrer der Freiheit werden.‹ Also verhält er sich in den USA ziemlich still. Er glaubt jedoch, unser großes Prestige und unsere Erfahrung könnten die Welt retten. Nur wir könnten einen ›humanistischen Sozialismus‹ schaffen. Und das könnten wir nur unter der Labour Party tun. Ich mag ihn sehr gern. Er ist so einfach und schlicht.«

3] *Lord Vansittard:* Der britische Diplomat Sir Robert (später Baron) *128*
Vansittart (1881–1957), seit 1929 ständiger Unterstaatssekretär im Außenministerium, wurde Ende 1937 wegen seiner kritischen Haltung zur nachgiebigen Einstellung der Regierung Chamberlain seines Postens enthoben. Vansittart – der übrigens ein Freund Hugo von Hofmannsthals war (Vansittart: »ein junger Diplomat, einst head-boy in Eton, einer der begabtesten Engländer, die ich kenne«, schrieb Hofmannsthal am 28. August 1908 an Harry Graf Kessler. Die Schätzung war gegenseitig: Vansittart widmete Hofmannsthal ›Songs and Satires‹, London 1909. Vgl. Hugo v. Hofmannsthal – Harry Graf Kessler, ›Briefwechsel 1898–1929‹, hrsg. von Hilde Burger, Frankfurt/M., 1968, 190 und 515) – galt als kompromißloser Deutschenfeind, nachdem er in seinem Buch ›Black Record‹ (›Finstere Vergangenheit‹) den Nationalsozialismus als eine allen Deutschen ohne Unterschied innewohnende Denk- und Verhaltensart erklärt hatte.

4] *bei den Tanten:* Gemeint sind die Cousinen Ilse Dernburg und Käthe Rosenthal. S. TB 21. 5. 47, Anm. 6 und 7.

5] *Privat-Flugzeug:* TM flog »mangels normaler ›reservations‹ mit einem Air-Taxi, das so klein wie lärmend war.« (Erika Mann an Lotte Walter, Zürich, 26. 5. 47, EM, Br./Antw. I, 223).

6] *»Traumspiel«:* August Strindbergs Drama in einer Inszenierung von Leonard Steckel. Es spielten u. a. Käthe Gold, Wolfgang Heinz, Paul Hoffmann und Gustav Knuth.

7] *Interview mit Dr. Baumgartner:* Dr. Paul Baumgartner

(1914–1982) war von 1946–1953 Chefredakteur der Zürcher illustrierten Wochenschrift ›Sie und Er‹. Es ist anzunehmen, daß die Unterredung mit der unter Anm. 8 nachgewiesenen Publikation zusammenhing.

8] *[Interview mit] Basler:* Otto Basler, ›Wiedersehen mit Thomas Mann‹, ›Sie und Er‹, Zürich, XIII. Jg. No. 22 v. 30. 5. 1947 (Hansen/Heine, a.a.O. 275–279), mit einem Riesenphoto auf der Titelseite zur Begrüßung.

9] *Vorzügliche Bilder:* Eines ist dem unter Anm. 8 erwähnten Basler-Artikel beigegeben.

10] *Schiedhaldenstraße:* Im Haus Schiedhaldenstr. 33 lebte TM vom 28. 9. 1933 bis zu seiner Übersiedlung nach Princeton im September 1938.

11] *Baumann:* Friseurgeschäft in Zürich, das TM seit 1935 besuchte.

12] *Optiker Zwicker:* In der Zürcher Bahnhofstraße.

129 13] *von dem Verlag des Hesse-Büchleins:* Von Hans Tschudy, St. Gallen, der 1947 das Buch ›Für Hermann Hesse‹ mit Beiträgen von Thomas Mann, André Gide und Hans Carossa herausbrachte. Ein Exemplar steht in der Zürcher Bibliothek.

14] *Vertreter von Korrodi:* Wahrscheinlich ist der spätere Feuilleton-Redakteur der NZZ, Werner Weber (geb. 1919), gemeint.

15] *Rückreise von Paris:* TM ging nicht nach Paris, sondern flog am 10. 8. 47 von Zürich aus direkt nach Amsterdam. Von dort kehrte er am 29. 8. 47 mit dem holländischen Dampfer ›Westerdam‹ in die USA zurück.

2. 7. 1947

129 1] *Affaire der offiziellen Münchener Einladungen:* Die Leitung der ›Internationalen Jugendkundgebung‹, die auf Einladung der Münchener Zeitschrift ›Echo der Woche‹ in Zusammenarbeit mit dem Bayerischen Landesjugendring vom 28. 6.–3. 7. 47 unter großer Beteiligung europäischer Prominenz aus 14 Staaten in München und Oberbayern stattfand, hatte für die offiziellen Veranstaltungen zu Beginn der Tagung neben André Gide auch TM eingeladen. In einem undatierten Telegramm an Philipp Auerbach (Reg. III, 47/183) lehnte TM diese Einladung ab und kündigte eine »versöhnliche Darlegung der Gründe« an. Die Münchener entsandten daraufhin offenbar Kuriere nach Zürich, um TM in persönlichem Gespräch zu einer Teilnahme zu bewe-

gen – doch ohne Erfolg. Vgl. dazu TM an Alfred Neumann, Flims 14. 7. 47, Reg. III, 47/222; Br. II, 543/544 (fragm.); TM/AN 60: »[Diese Reise] war ein recht atemloser Reigen von Anforderungen, Festen, Leistungen, auch Spannungen, Aufregungen, Abwehr-Reaktionen gegen unbehagliches Drängen, das natürlich aus D. kam. Es gab offizielle und inoffizielle Einladungen, Sendboten erschienen und insistierten. Aber ich habe mich nicht entschließen können. Scheu, Verfremdung, Verstimmung über so manches von dort Erfahrene hielten mich ab, auch die Vorstellung des Künstlichen und Prekären der Sache, die Schutzmaßregeln und möglichen Pfiffe. Genug, ich bin froh, ausgewichen zu sein und tue mein Möglichstes, die Bitterkeit zu stillen, habe an deutsche Blätter geschrieben, in St. Gallen zugunsten des Münchener Waisenhauses gelesen etc. . . .«. S. auch TM an HH, 14. 6. 47, Reg. III, 47/185; HH/TM 129/130 und TM an Hans Reisiger, Zürich, 19. 6. 47, Reg. III, 47/188; Bl. TMG. 8, 1968, 16: »Ach, lieber Freund, nach D. komme ich nicht, diesmal jedenfalls noch nicht. Zu vieles spricht dagegen im Lande und in meinem doch immer noch und immer wieder stark verbitterten Herzen. Die Furtwängler-Demonstration allein schon, frech und unmusikalisch wie sie war, würde mich abhalten. Hätte man statt dessen Adolf Busch eingeladen und *ihm* 15 Minuten lang applaudiert, das wäre ermutigender. Auch wäre solch ein Besuch eine künstliche, ängstliche Sache, und die Amerikaner sähen ihn garnicht sehr gern.« Vgl. auch Erika Mann an ihren Vater, Zürich, 26. 6. 47: »Was ich sagen möchte und wovon ich so sehr wünschte, daß Du es mir glaubtest, ist dies: es *ist* zur Zeit – völlig gleichgültig, *wie* man es macht – mit den Menschen [in Deutschland] nicht auszukommen und je weniger man sich abgibt mit ihnen, desto besser, schonsamer (für alle) und, á la longue, aussichtsreicher. – Meinst du wirklich (der Gedanke verfolgt mich!), der Besuch, von welchem ich dir abgeraten (ohne ihn freilich, als es ernst wurde, irgend sabotieren zu wollen), hätte alles, alles zum Besseren und Guten wenden können? Nie und nimmer hätte er dies gekonnt. Ach, wäre es nicht – potentiell zumindest – so unverhältnismäßig kostspielig gewesen, ich hätte wünschen müssen, das Experiment – und mit ihm die Probe aufs Exempel – endlich gemacht zu sehen.« (Im TMA).

2] *Matinee:* TM las am 8. Juni im Zürcher Schauspielhaus. Vgl. TM 129
an Alfred Neumann, Flims 14. 7. 47: »Aber das Netteste war doch die ›Faustus‹-Vorlesung im Zürcher Schauspielhaus, die als Situation ge-

nau an die Abschiedsfeier von 1938 [s. TB 13. 9. 38] anknüpfte, als ich aus ›Lotte‹ las, so genau, daß die ganzen 9 Lebensjahre seitdem versunken schienen. Ich gab das Fitelberg-Kapitel (die Versuchung durch die ›Welt‹) zum Besten, und es herrschte große Heiterkeit und Herzlichkeit. Opus 111 kam zum Schluß. Die Zürcher mischen, wenn sie erfreut sind, Getrampel in den Applaus, was eine Art von Donner ergibt. Erika war ganz glücklich.«

129 3] *Korrodis Besprechung:* Eduard Korrodi, ›Thomas Mann als Vorleser‹, NZZ, 10. 6. 47, Bl. 3: »›Das ist ein Wiedersehen, das ist ein rührendes Wiedersehen‹ – so begann Thomas Mann, als er sich im Schauspielhaus auf den gleichen Stuhl setzte und an den gleichen Tisch wie vor neun Jahren, als er aus dem Goethe-Roman gelesen hatte. Diese Worte kaum gesprochen, schwoll noch einmal das Gebrause der nicht minder gerührten Zuhörer an, denn solches konnte einen schon übernehmen: das Phänomen, wie die bösen Geister die geistige Kraft dieses Mannes nicht versehren konnten und wie die Götter die Ausnahme statuierten und ihrem Liebling das lange Leben verhießen, die elastische Gestalt, das ungebleichte Haar, den Schalk in den Mundwinkeln und den totalen Charme des Geistes, der Stimme und der Haltung. So hat Weimar den über siebzigjährigen Goethe nicht gesehen wie Zürich den Mann, dem wir es freudig gönnen, daß er in seinem neuen Zuhause in Californien ungestraft unter den Palmen seines Gartens wandeln soll.«

4] *Die Abende in Bern und Basel:* TM hielt am 15. 6. in Bern seinen *Nietzsche*-Vortrag, den er am 16. 6. in Basel wiederholte.

5] *(3 Könige):* Das Basler Hotel ›Drei Könige‹, TMs Basler Hotel seit 1933.

6] *Abend bei den Zürcher Studenten:* Am 10. 6. 47 redete TM zu den im Auditorium Maximum der Universität versammelten Zürcher Studenten (s. *Ansprache an die Zürcher Studentenschaft,* GW X, 367–371 und Anhang No. 20) und las ihnen anschließend aus dem VIII. (Wendell Kretzschmars Vorträge) und dem XXXVII. (Saul Fitelbergs Suada) Kapitel des *Doktor Faustus* vor.

7] *Barths:* Dr. Hans Barth (1904–1965), von 1929–1946 Feuilleton-Redakteur bei der ›Neuen Zürcher Zeitung‹, anschließend Professor für Philosophie an der Universität Zürich, und seine Frau Dora waren Thomas und Katia Mann aus den Zürcher Exiljahren gut bekannt.

8] *Erscheinen des Hesse-Artikels:* TMs Glückwunsch *Für Hermann*

Hesse (s. TB 30. 3. 47, Anm. 1) war (gekürzt) am 2. 6. 47 in der NZZ und am 30. 6. 47 im Feuilleton der ›Neuen Zeitung‹ in München erschienen.

9] *Empedokles:* In dem Hölderlinschen Drama spielten unter der Regie von Ernst Ginsberg u. a. Paul Hoffmann und Agnes Fink.

10] *Nestroy:* Johann Nestroys ›Das Mädel aus der Vorstadt‹, inszeniert von Leopold Lindtberg. Es spielten Käthe Gold, Therese Giehse u. a.

11] *Stella:* Goethes Drama in einer Gastvorstellung des Wiener Burgtheaters. Unter der Regie von Raoul Aslan spielten Alma Seidler, Käthe Dorsch, Curd Jürgens, Solveig Thomas, Elfriede Ott u. a.

12] *»Götterdämmerung« unter dem verrückten Knappertsbusch:* Am 14. 6. 47 im Zürcher Stadttheater. S. TM an Agnes Meyer, Flims 27. 6. 47, Reg. III, 47/197; Br. II, 539/540 (fragm.): »In Zürich hörten wir die ›Götterdämmerung‹ unter Knappertsbusch, dessen Gebaren völlig exzentrisch war. Den verrückten Deutschen den Untergang dirigieren zu sehen, war ein grundunheimlicher Eindruck.«

13] *Knappertsbusch:* Der Dirigent Hans Knappertsbusch (1888 bis 1965) war 1922–1935 Generalmusikdirektor der Bayerischen Staatsoper in München und aus dieser Zeit mit TM persönlich gut bekannt. 1933 hatte er den ›Protest der Wagnerstadt München‹ mit unterzeichnet (S. TB 19. 4. 33), sich aber später nationalsozialistischen Weisungen widersetzt und seinen Posten aufgeben müssen.

14] *Begegnung mit Vikko:* Viktor Mann hat dieses Treffen in seinem *130*
Buch ›Wir waren Fünf‹, Konstanz 1949, 583–585 ausführlich beschrieben.

15] *Buch-Ausgabe beim Morgarten Verlag: Meistererzählungen,* s. TB 22. 4. 47, Anm. 3.

16] *»Wiedersehen mit der Schweiz«:* Erklärung bei TMs erstem Europa-Besuch über den Schweizerischen Rundfunk am 19. Juni 1947, GW XIII, 215–219.

17] *Hausmann u. meine Antwort:* Manfred Hausmann hatte, als Reaktion auf eine durch falsche Kommasetzung entstellte DENA-Wiedergabe von TMs am 16. 5. 47 in Southamptom gegebenen Reuter-Interview: »On the other hand I would not like to pay a visit to Munic and Bonn, where the university recently renewed my award of honorary Doctor of Philosophy, [!] under the allied bayonets«, deutsch: »Ich möchte weder München noch Bonn besuchen, die kürzlich unter dem Druck der Alliierten mir mein Ehrendoktorat erneut verliehen« (zitiert nach der DENA-Fassung in der ›Frankfurter Rundschau‹ vom 17. 5. 47; vergl. Hansen/Heine 268/269) am 28. 5. 47 im Bremer ›Weserkurier‹, Jg. 3 Nr. 42, Bl. 2, einen Artikel ›Thomas Mann‹ veröffentlicht, in dem er TMs Ablehnung, nach Deutschland zurückzukehren, kritisierte und die Behauptung aufstellte, der in die Schweiz emigrierte Dichter habe 1934 in einem Brief an den nationalsozialistischen Innenminister Wilhelm Frick um die Erlaubnis gebeten, nach Deutschland zurückkehren zu dürfen. TM antwortete am 25. 6. 47 aus Flims; die ›Neue Zeitung‹ in München druckte die Replik am 7. 7. 47 Bl. 3 unter der Überschrift ›Briefe in die Nacht‹. Sie schloß: »Wenn unter den ›Briefen in die Nacht‹ (so wollte René Schickele sie nennen), die ich in meiner Qual zu jener Zeit schrieb –, wenn unter diesen Rufen, dem davonschwimmenden Deutschland nachgesandt, sich auch ein Brief an Frick befand, und wenn Manfred Hausmann es verstanden hat, sich in den Besitz dieses Briefes zu setzen, so soll er ihn in seiner Gänze veröffentlichen, statt mit einer offensichtlich verfälschten Inhaltsangabe hausieren zu gehen. Ich bin gewiß, daß ein solches Dokument aus dem Jahre 1933 mir nicht zur Unehre gereichen wird, sondern zur Schande nur dem seither Gerichteten, der, wie Hausmann mit einer Art von Genugtuung feststellt, ›nicht darauf antwortete‹.« – Vier Tage später replizierte Manfred Hausmann auf diese Aufforderung: »Der von mir erwähnte Brief Thomas Manns an Frick ist geschrieben. Ich habe einen Durchschlag bis 1942, als die Haussuchung drohte, bei mir gehabt. Es steht zu erwarten, daß das Original sich unter den Akten des ehemaligen Innenministeriums befindet. An den Inhalt kann ich mich deshalb so genau erinnern, weil der Brief mir damals von einem gemeinsamen Freunde gerade zu dem Zweck übermittelt wurde, mich in meinem Entschluß, in Deutschland zu bleiben, zu bestärken, ›denn Thomas Mann will ja auch zurückkommen‹, und weil ich ihn später immer wieder gelesen und anderen vorgelesen habe. Es handelte sich ja um einen Brief von dem großen Thomas Mann! Weder ist mir noch irgendwem in den Sinn gekommen, dem verehrten Schriftsteller seine Entscheidung zu verargen. Seine Entscheidung war ja auch unsere Entscheidung. Wir waren im Gegenteil von der tragischen Anhänglichkeit an Deutschland, an das geheime Deutschland erschüttert. Ich finde, es besteht kein Grund für Thomas Mann, diese seine Einstellung heute zu verleugnen. Es waren der Brief und die Haltung eines im Innersten getroffenen und gepeinigten Menschen. Ganz so, meinten wir, habe Thomas Mann schreiben müssen. Diesen Brief wird jeder, der ihn zu Gesicht bekommen sollte, verstehen. Was von vielen, auch von mir, nicht verstanden wird, sind die Worte der letzten Zeit. Und darum geht es.« – Wenig später fand sich TMs Brief tatsächlich unter den Akten des Innenministeriums. Die ›Neue Zeitung‹ veröffentlichte ihn am 8. 8. 47. Er zeigte, daß das angebliche Ersuchen an den Minister Frick, nach Deutschland zurückkehren zu dürfen, in Wahrheit ein Schreiben *An das Reichsministerium des Inneren* (GW XIII, 96–106) war, ein ausführlicher Brief, verfaßt, um die Verlängerung des im April 1933 abgelaufenen Passes und die Freigabe der in Deutschland beschlagnahmten Habe, »Haus, Bibliothek, Inventar und Vermögen« zu erreichen – vergeblich, wie man weiß.

18] *an Evans:* Der Brief an Luther H. Evans, Zürich, 15. 6. 47, Reg. *130*
III, 47/186, enthält die Bitte um Rat und Hilfe in Sachen amerikanisches Copyright für den *Faustus*-Roman, das durch die Auslieferung der deutschen Ausgabe *vor* der amerikanischen gefährdet war, denn TM konnte als US-Bürger den verlagsrechtlichen Schutz nur dann in Anspruch nehmen, wenn das Buch zuerst in den Vereinigten Staaten erschien. Nachdem es zunächst so aussah, als seien alle von TM vorgeschlagenen Kompromisse (Nicht-Auslieferung der deutschen Ausgabe in den USA vor Erscheinen der amerikanischen; ›liberale‹ Auslegung des Gesetzes) nicht möglich, löste Gottfried Bermann Fischer das Problem dadurch, daß er 50 numerierte und vom Autor signierte Exemplare der deutschen Urfassung in einer mimeographierten Ausgabe bei Wallenberg and Wallenberg in New York herstellen und den Roman somit in den USA erscheinen ließ.

19] *Korrespondenz mit Landshoff:* Es fand sich nur ein Brief von Katia Mann, Flims 23. 6. 47, der die Bitte um Vortragsarrangements für die zweite Augusthälfte in den Niederlanden enthält.

20] *Huis ter Duin:* Grandhotel und Kurhaus Huis ter Duin in Noordwijk aan Zee, das Domizil von Thomas und Katia Mann während des letzten europäischen Sommeraufenthaltes vom 16. 6. bis zum 5. 8. 39.

21] *Der Mediziner Dr. Amberg:* Dr. Max Amstein (1896–1968). Vgl. Hermann Hesse an TM, Baden, 13. 12. 48: »An Sie haben wir hier nicht selten lebhaft gedacht. Ich hatte mich mit Dr. Amstein aus Speicher verabredet, die Badener Kur gemeinsam abzuhalten. Sie lernten ihn in Flims damals kennen. Dieser interessante Mann nun, ein vielseitig begabter, aber gefährdeter Arzt, Dichter und in den Künsten, vor allem aber im Lesen Bewanderter, brachte das Manuskript eines Vortrags mit, den er [. . .] vor kurzem gehalten hatte, und las ihn mir vor. Thomas Manns Werk als Erlebnis. Es ist eine ausgezeichnete, Ihrer würdige und originelle Arbeit . . .« – Amsteins Vortrag ›Gedanken zum Werk Thomas Manns‹ erschien auf Veranlassung Hermann Hesses in der ›Neuen Schweizer Rundschau‹, NF XVII, 1949, No. 1 (Mai-Heft).

130 22] *Geschichte mit Niko:* S. TM an Ernst Gottlieb, Flims, 27. 6. 47, Reg. III, 47/195; Br. II, 539: »Niko [TMs Pudel, der während der Abwesenheit seines Herren den Betreuern entlaufen war] befindet sich seit Wochen schon 1550 San Remo Drive. Er ist einfach nach Hause getrottet. [. . .] Mir hat immer geahnt, daß er der Klügste von uns allen ist.«

23] *Des treuen Basler [. . .] zu gedenken:* An Otto Basler, Flims, 26. 6. 47, Reg. III, 47/192.

24] *Telegramm an Hesse:* Verschollen. S. Reg. IV, 580.

25] *nach Montagnola:* Zu Hermann Hesse.

26] *die tschechische [Gesamtausgabe]:* Die Ausgabe, ›Thomas Mann, Dilo‹, erschien ab 1948 bei Melantrich in Prag. S. TB 5. 8. 46, Anm. 4.

131 27] *Die PEN-Woche im heißen Zürich:* Der erste internationale PEN-Kongreß nach dem Kriege fand in der Woche vom 3. bis zum 7. 6. 47 in Zürich statt. Nach einer feierlichen Eröffnung im Tonhallesaal mit Reden des Zürcher PEN-Präsidenten Robert Faesi, des Schweizer Bundespräsidenten Philipp Etter und des Generalsekretärs des Internationalen PEN, Hermon Ould, hielt TM den Festvortrag. Es war die Premiere der deutschen Urfassung von *Nietzsche's Philosophie im Lichte unserer Erfahrung.* – Die von TM apostrophierte ›Arbeitssitzung‹ fand am 4. Juni statt und galt – einem Bericht der ›Neuen Zeitung‹ vom 9. 7. 47 zufolge – als die »dramatischste und wesentlichste« des Kongresses. Sie dauerte einen ganzen Tag und »befaßte sich mit der Frage, ob eine deutsche Gruppe des PEN-Clubs, die mit dem Anbruch des Naziregimes aufgelöst worden war, wieder geschaffen werden sollte. Bei dieser Gelegenheit trat Thomas Mann mit allem Nachdruck für die Schaffung einer solchen Gruppe ein. Für viele, denen die Tatsache, daß Mann – hundert Kilometer von der Grenze seines Heimatlandes entfernt – sich entschlossen hatte, trotz dringender Bitten nicht nach

Deutschland zurückzukehren, eine tiefe Enttäuschung bereitete, bedeutete sein warmherziges Plädoyer ein versöhnliches Gegengewicht. ›Als deutschbürtiger Mensch‹, führte der Dichter der ›Buddenbrooks‹ aus, ›als deutscher Schriftsteller, aber auch als amerikanischer Bürger trete ich für die Gründung eines deutschen PEN-Clubs ein. Trotz aller entmutigenden Anzeichen, die selbst das besiegte, das befreite Deutschland an den Tag legt, lebt dort doch eine erhebliche Minorität von Menschen, welche leidet unter der Abgeschnittenheit von der übrigen Welt, die sehnsüchtig, hungrig und durstig den Kontakt mit dem Ausland wiederzufinden hofft.‹ Mann blieb nicht im Theoretischen, sondern nannte eine Gruppe von Menschen, die nach seiner Meinung ohne jeden Zweifel in eine neuzugründende deutsche PEN-Gruppe aufgenommen werden sollten. Als Präsidenten schlug er Ricarda Huch vor, die er als eine ›stolze, aufrechte Frau‹ bezeichnete. Als Mitglieder, für die er selbst einstehen könne, nannte er die drei anwesenden deutschen Vertreter Becher, Kästner und Wiechert, außerdem Anna Seghers, Ernst Pentzoldt, Karl Jaspers, Manfred Hausmann, Hans Reisiger, Bernhard Kellermann, Friedrich Wolf, Karl Barth, W. E. Süskind, Theodor Plivier und Fritz von Unruh. Bei der Abstimmung über die Zulassung der deutschen Autoren ergab sich bei einigen Stimmenthaltungen das Einverständnis des Kongresses mit 19 gegen 1 Stimme, daß deutsche Autoren, die dem Hitlerregime Widerstand entgegengesetzt haben, künftighin wieder in den Club aufgenommen werden und an seinen Tagungen teilnehmen können. Neun Delegationen, die von allen Staaten abgeordnet waren, in denen während des Krieges deutsche Armeen gestanden haben, enthielten sich der Stimme. Nur Norwegen sprach sich für die Zulassung der deutschen Autoren aus. Die Nein-Stimme kam von der jüdischen Delegation. Vor der Abstimmung hatte es eine erregte Debatte gegeben, in der der Schriftsteller der französischen Widerstandsbewegung, Vercors, der Versammlung empfahl, sich mit dem deutschen Problem überhaupt nicht zu befassen, da kein in Deutschland während des Hitlerregimes verbliebener Schriftsteller hörbar gegen Hitler protestiert habe. Ähnlich argumentierte der Belgier Louis Pierrard, er pries jedoch Männer wie Carl von Ossietzky und Thomas Mann. Der englische Delegierte Phillis Bentley warnte davor, hier in Nazimethoden zu verfallen. Schließlich wurde durch Mehrheitsbeschluß die Gründung einer deutschen Gruppe genehmigt, zusätzlich aber die Einberufung einer Garantiekommission durchgesetzt, die, aus drei Vertretern der ehemals deutschbesetzten Länder, einem emigrierten Deutschen, einem in Deutschland gebliebenen Deutschen und dem Generalsekretär des PEN-Clubs bestehend, jeden einzelnen Antrag auf Mitgliedschaft einer besonderen Prüfung unterziehen solle.« – Einen Eindruck der anstrengenden Sitzungswoche gibt Erich Kästners zusammenfassender Bericht ›Reise in die Gegenwart‹, ›Neue Zeitung‹, München, 23. 6. 47; auch die ›Neue Zürcher Zeitung‹ berichtete in extenso durch Artikel vom 3. – 8. 6. 47.

131 28] *Tischrede:* Offenbar frei gesprochen. Die ›Swiss-American Society for Cultural Relations‹ hatte – laut Vorstandsprotokoll vom 3. 5. 47 – ursprünglich die Absicht gehabt, »anläßlich der Tagung des PEN-Clubs evt. Thomas Mann oder eine amerikanische prominente Persönlichkeit für einen Vortrag zu gewinnen«. Da der Jahresbericht des Präsidenten für 1946/47 aber lediglich vermerkt: »Zu Ehren der amerikanischen Delegation im PEN-Club-Kongress fand am 4. Juni ein Lunch statt, der durch die Anwesenheit von Thomas Mann seine spezielle Note erhielt«, dürften es wahrscheinlich wirklich nur »ein paar Worte« gewesen sein, die TM bei dieser Gelegenheit sprach.

3. 7. 1947

131 1] *Deutschland u. die Deutschen:* Die Lizenzausgabe des Suhrkamp-Verlages, Berlin 1947.

2] *Leipziger Zeitung:* »Thomas Mann schreibt an die ›Leipziger Zeitung‹«, ›Leipziger Zeitung‹, 2. Jg. No. v. 17. 6. 47, 1. Die Zeitung druckte das Faksimile eines Briefes aus Zürich vom 2. 6. 47, Reg. III, 47/179, zusammen mit einem Begleitartikel von Walter Gilbricht, ›Der Dichter und wir‹, und einer redaktionellen Vorbemerkung, deren letzter Absatz lautete: »Es dürfte kaum ein markanteres und tiefer beeindruckendes Zeichen für die geistig-seelische Verbundenheit Thomas Manns mit uns Deutschen geben als dieses: Eine Zeitung telegraphiert ihm, ein Ruf aus Deutschland erreicht ihn – und der verehrungswürdige, zweiundsiebzigjährige Dichter diktiert nicht etwa seiner Sekretärin eine verbindlich-unverbindliche Antwort in die Maschine. Er greift selbst zur Feder und formuliert sein Bekenntnis. Wir freuen uns, es unseren Lesern übermitteln zu können.« – TM schrieb: »Sehr geehrter Herr, haben Sie Dank für Ihr Telegramm. Gewiß ist es rührend, ja erschütternd für mich, wieder auf europäischem Boden –

und Deutschland nahe zu sein. Die Verhältnisse dort sind zu verworren, als daß ein persönlicher Besuch in der Heimat mir gegenwärtig vernünftig und versprechend erschiene; aber daß das deutsche Schicksal mich tief bewegt und beschäftigt, heute wie all diese Jahre her, ist wohl eine Selbstverständlichkeit.// Es war nicht zu erwarten, daß so kurze Zeit nach der furchtbaren Katastrophe, in die böse Abenteurer Deutschland geführt, schon Erholung und eine ausgeglichene Geistesverfassung dort walten würden. Solcher Genesung ist auch der allgemeine Weltzustand wenig günstig, der ein Krisen-Zustand schwerer Untergangs- und Anpassungsnöte und heftiger ideologischer Spannungen ist. Überall herrscht Verwirrung, und der Mensch überhaupt leidet. ›Wer nicht verzweifeln kann‹, hat Goethe gesagt, ›der muß nicht leben‹. Die Verzweiflung eben ist der Fruchtboden der Hoffnung, und unsere Hoffnung für Deutschland ist nicht zu trennen von derjenigen für Europa und für die Menschheit. Dem deutschen Geist sind große Aufgaben zugewiesen beim Aufbau der Welt. Deutschland soll ehrenvoll dastehen und glücklich sein, wenn es Trotz, Dünkel und Eigennutz von sich abtut und seine Kraft daran setzt, eine reinere, reifere menschliche Gesellschaft schaffen zu helfen.«

3] *Scheitern der Pariser Europa-Konferenz:* Die Pariser Konferenz der Außenminister Großbritanniens, Frankreichs und der Sowjetunion endete am 2. 7. 47, ohne daß es zu einer Ost-West-Einigung über den Europa-Hilfsplan des amerikanischen Außenministers George C. Marshall kam. Unmittelbarer Anlaß für das Scheitern war die Ablehnung eines vom französischen Außenminister Bidault vorgelegten Kompromißplans durch Molotow. Zeitgenössische Presseberichte interpretierten den Mißerfolg als offenen Bruch zwischen der Sowjetunion und den Westmächten.

4] *P.-See:* Lac Prau Pulté, unweit Flims-Waldhaus.

7. 7. 1947

1] *An Frau Hedda Eulenberg:* Flims, 6. 7. 47, Reg. III, 47/206; Br. II, 541/542 (fragm.). 131

2] *»Burkhardts Religion« von v. Martin:* Alfred von Martin, ›Die Religion Burckhardts‹, 1924.

3] *v. Martin:* Der Jurist und Soziologe Alfred von Martin (1882–1979), 1931 Direktor des soziologischen Seminars in Göttingen, war 1933 seines Amtes enthoben worden und lebte seither in München, wo er 1946 zunächst an der Technischen Hochschule, ab 1948 an der Universität lehrte.

8. 7. 1947

132 1] *Schreiben von Furtwängler:* Clarens, 4. 7. 47; in: Wilhelm Furtwängler, ›Briefe‹, Wiesbaden 1964, 166–169.
2] *Antwort an Hausmann:* S. TB 2. 7. 47, Anm. 17.
3] *Komposition des Goethebandes:* ›The Permanent Goethe‹; s. TB 19. 3. 47, Anm. 3.

10. 7. 1947

132 1] *Ehrenbeilage der Bündner Zeitung:* Die literarische Beilage der ›Neuen Bündner Zeitung‹, No. 166 v. 18. 7. 41 war TM gewidmet und enthielt außer einem Brief von ihm an den Herausgeber Hans Enderlin, Flims, 9. 7. 47, Reg. III, 47/217, (dem hier apostrophierten ›Beitrag‹) einen Leitartikel von M.[artin] S.[chmid], die Radioansprache *Deutsche Hörer!* vom 25. 5. 43 (GW XI, 1072–1075), und einen Ausschnitt aus der Röntgenszene des *Zauberberg* (GW III, 5. Kap. ›Mein Gott, ich sehe‹, 285–305.
2] *Döblin:* Alfred Döblin, der während seiner Emigration in Frankreich, 1939/40, im damals von Jean Giraudoux geleiteten französischen Informationsministerium aktiv für die antifaschistische Propaganda gearbeitet hatte, war 1941 offiziell zum Katholizismus übergetreten. Im November 1945 kehrte er, dem 1940 die Flucht nach Hollywood geglückt war, als kulturpolitischer Mitarbeiter der französischen Militärregierung im Rang eines Obersten nach Europa zurück, wo er im französischen Hauptquartier in Baden-Baden von 1946–1951 die literarische Zeitschrift ›Das goldene Tor‹ herausgab und, 1949, die Gründung der Mainzer Akademie für Wissenschaften und Literatur wesentlich beförderte.
3] *2 neue Romane:* Wahrscheinlich sind ›Der neue Urwald‹ – Band 3 der Trilogie ›Das Land ohne Tod‹ – und der neu bearbeitete Band der Trilogie ›November 1918‹, ›Vorspiel und Band 1: Verratenes Volk‹ gemeint, die beide 1948 erschienen.
4] *Die Frau:* Erna Charlotte Döblin, geb. Reiss.

13. 7. 1947

1] *mit freundlichem Lehrer:* Nicht ermittelt. 132

2] *Regina Ulmann:* Die jüdisch-katholische Schriftstellerin Regine Ullmann (1884–1961), Freundin Rilkes, Carossas, Ina Seidels, Max Picards und Albrecht Schaeffers, die TM aus München kannte, emigrierte 1935 über Österreich, Rumänien und Italien in die Schweiz, wo sie in ihrer Geburtsstadt St. Gallen lebte. Nach Kriegsende kehrte Frau Ullmann nach München zurück. 133

3] *Die »Neue Zeitung« mit meinem Brief:* S. TB 2. 7. 47, Anm. 17.

4] *Auslassung der Stelle über ihn:* ›Die Neue Zeitung‹ hatte in ihrer Publikation vom 7. 7. 47 aus TMs Brief folgende GBF geltende Stelle ausgelassen: »Bermann-Fischer, der damals hoffte, den Verlag in Berlin halten zu können, versprach, mich mit dem Automobil an der Grenze abzuholen und nach Berlin zu bringen. Er schickte den Redakteur der ›Neuen Rundschau‹, S. Sänger, zu mir nach Sanary sur mer, damit er mich zur Heimkehr überrede. Ich weigerte mich.« (Br. II, 537).

5] *Druckfehler-Brief:* Das Schreiben an die Druckerei Winterthur AG, die den *Faustus* druckte, gilt als verschollen. S. Reg. IV, 580. Vgl. jedoch TM an Agnes Meyer, Flims, 27. 6. 47, Reg. III, 197: »Die Korrekturen des ›Faustus‹ strömen herzu. Dieses rapide Durchgehen des in Jahren Geschriebenen, mit dem Besserungsstift, hat etwas sehr Erschütterndes für mich.« (Im TMA)

6] *an Maj. Wallenberg:* Das Schreiben gilt als verschollen. S. Reg. IV, 580. Es ist jedoch anzunehmen, daß TM sich für die Kurier-Übermittlung seiner Antwort an Hausmann bedankte.

7] *Maj. Wallenberg:* Der Berliner Journalist Hans Wallenberg (1907–1977), der noch bis 1937 in einer jüdischen Druckerei gearbeitet hatte, floh 1938 über Prag nach New York, wo er eine eigene Drukkereivermittlungsfirma, Wallenberg and Wallenberg, gründete, die 1947 die mimeographierte Ausgabe des *Doktor Faustus* herstellte. Wallenberg, der 1942 als Soldat US-Bürger geworden war, ging 1945 als amerikanischer Offizier zunächst nach Berlin, wo er als Chefredakteur der von der US-Army herausgegebenen ›Allgemeine[n] Zeitung‹ fungierte, dann nach München, wo er im März 1946 Nachfolger von Hans Habe bei der unter amerikanischer Ägide erscheinenden ›Neuen Zeitung‹ wurde. Nach Einstellung des Blattes in München und Frankfurt kehrte Wallenberg zunächst nach New York zurück. Von 1961 bis zu seinem Tode wirkte er in verschiedenen Funktionen im Zeitungs- und Verlagswesen der Bundesrepublik – u. a. für Axel Springer – in Hamburg und Berlin.

8] *Prof. Hanhart:* Der Zürcher Ordinarius für Psychiatrie, Ernst Hanhart (1891–1973), war mit TM seit dessen Schweizer Vortragsreise im September 1921 gut bekannt (s. TB 20. 9. 21) und beriet ihn in medizinischen Fragen, vor allem den *Zauberberg* betreffend.

14. 7. 1947

133 1] *brenzliches Buch:* Vermutlich das im TMA befindliche unveröffentlichte Manuskript ›Woran es liegt. Eine Kritik der reinen Vernunft.‹

2] *in Stifters Briefen:* In TMs Zürcher Bibliothek stehen ›Adalbert Stifters Briefe‹ in einer Auswahl des Insel-Verlags, Leipzig 1922, Insel-Bücherei No. 207.

16. 7. 1947

134 1] *Über den freundlichen Verlauf:* Nach dem Scheitern der Pariser Außenministerkonferenz (s. TB 3. 7. 47, Anm. 3) hatte Georges Bidault am 12. 7. 47 in Paris eine europäische Konferenz der wirtschaftlichen Zusammenarbeit eröffnet, an der 16 Nationen, u. a. Großbritannien, Frankreich, Belgien, Deutschland, Griechenland, Irland, Island, Italien, Luxemburg, Portugal, Schweden, die Schweiz und die Türkei teilnahmen. Spanien war nicht eingeladen, die osteuropäischen Staaten sowie die UdSSR hatten abgesagt.

2] *Sforza:* Der italienische Außenminister (1947–1951) und Wortführer des antifaschistischen Widerstands (1944 Mitglied der Badoglio-Regierung) Carlo Graf Sforza (1872–1952).

17. 7. 1947

134 1] *Aufsatz [...] von J. Mercanton nebst [...] Brief:* Jacques Mercanton, ›Thomas Mann: La Poésie. L'Art‹, ›Suisse Contemporaine‹, No. 7 v. Juli 1944, 595–609; aufgenommen in Jacques Mercanton, ›Poètes de l'universe‹, Paris 1947. – Der Brief befindet sich nicht im TMA. S. jedoch TMs Antwort, Flims, 19. 7. 47, Reg. III, 47/234.

2] *J. Mercanton:* Der Schriftsteller und – ab 1955 – Romanist der Universität Lausanne Jacques Mercanton (geb. 1910).

18. 7. 1947

1] *Bewundernde Aeußerungen:* Nicht im TMA. 134

2] *Prof. Berendsohn:* Der Hamburger Germanist Walter A. Berendsohn (1884–1984) emigrierte 1933 nach Dänemark und 1943 nach Schweden, wo er in Stockholm als Bibliothekar und Dozent wirkte. Berendsohn war einer der ersten Literarhistoriker, die die deutschsprachige Emigrationsliteratur zum Thema ihrer Forschungen machten.

3] *die »Morde«:* Die recht unbedenkliche und ›freie‹ Porträtierung von Freunden und Bekannten in den Figuren des *Faustus*-Romans. (S. TB 9. 4. 47: »Opfer des kalten Blicks«.)

4] *Reisi:* Hans Reisiger als Vorbild für Rüdiger Schildknapp, *Doktor Faustus* Kap. XX, GW VI, 222–229.

5] *Annette:* Annette Kolbs Porträt in der Beschreibung der Jeanette Scheurl: »Von mondäner Häßlichkeit, mit elegantem Schafsgesicht, darin sich das Bäuerliche mit dem Aristokratischen mischte, ganz ähnlich wie in ihrer Rede das bayerisch-Dialekthafte mit dem Französischen, war sie außerordentlich intelligent und zugleich gehüllt in die naiv nachfragende Ahnungslosigkeit des alternden Mädchens.« (Kap. XXIII, GW VI, 269).

6] *Preetorius:* In der Figur des Sixtus Kridwiß (Kap. XXXIV, Fortsetzung, GW VI, 481): Kridwiß, »Graphiker, Zeichner, Buchschmuck-Künstler und Sammler ostasiatischer Farbholzschnitte und Keramik [...], ein kleiner, altersloser Herr von stark rheinhessischer Sprechweise und ungewöhnlich geistiger Angeregtheit, der ohne feststellbare gesinnungsmäßige Bindung rein neugierigerweise die Bewegungen der Zeit behorchte, und dies und das, was ihm zu Ohren kam, als ›scho' enorm wischtisch‹ bezeichnete.« Die Herrenabende in der – minutiös beschriebenen – Preetorius-Kridwiß'schen Wohnung im München der zwanziger Jahre – sind im Roman durch ein geistiges Klima bestimmt, das, wie Peter de Mendelssohn in seinem TB 9. 4. 47, Anm. 1 erwähnten Vortrag und im Nachwort zum *Doktor Faustus* in der Frankfurter Ausgabe nachweist, durch die in den frühen Tagebüchern (s. bes. TB 15. 9. 1919) genau aufgeführten Urbilder der Diskussionsrunde geprägt wird. – Vgl. auch TMs Brief an Preetorius, P. P., 12. 12. 47, Reg. III, 47/428; Bl. TMG. 4, 1983, 17–19.

7] *Geffcken:* Der TM und – vor allem – dem Ehepaar Löhr in der Münchener Zeit befreundete Maler Walter Geffcken (1872–1950) taucht im *Faustus*-Roman als der »Glattmaler Nottebohm« (GW VI, 664) auf, ein Künstler der von Helmut Institoris bei der Ausschmükkung seiner »vor jedem Stäubchen bewahrten Acht-Zimmer-Wohnung in der Prinzregentenstraße« bevorzugten »besonneneren Glaspalast-Richtung, [...] aus Hamburg gebürtig«, verheiratet mit einer, wie es gegen Ende des Romans – GW VI Kap. XLVII, 664 – heißt, »bürgerlich geprägten, hochbusigen Frau, die wir ›die mütterliche Brust‹ zu nennen pflegten«, »hohlwangig, spitzbärtig und drollig, begabt für lustige Imitationen von Schauspielern, Tieren, Musikinstrumenten und Professoren, eine Stütze der nun freilich aussterbenden Karnevalsfeste, geschickt in der gesellschaftlichen Einfange-Technik des Portraitisten und als Künstler, ich darf es wohl sagen, der Mann einer inferioren Glattmalerei.« Kurzum, der Meister »einer gekonnten Mittelmäßigkeit«, des »Artig-Unanstößigen« und »Vornehm-Beruhigenden«, der, wie Serenus Zeitblom einfühlsam und minutiös berichtet, das Ehepaar Institoris »für gutes Geld sehr ähnlich und nichtssagend« malte, »und später, als Kinder kamen, [. . .] ein lebensgroßes Familienbild [. . .] verfertigen [durfte], eine puppige Darstellung, auf deren ansehnlicher Fläche eine Menge hochgefirnißter Ölfarbe verschwendet war, und die in reichem Rahmen, versehen mit elektrischer Eigenbeleuchtung von oben und unten, das Empfangszimmer schmückte.« (GW VI Kap. XXXII, 436/437). Helmut Institoris und das Ehepaar Nottebohm bilden denn auch die zweite Gruppe, die – am Ende des Romans – zwar schweigend, aber doch in unübersehbarem Protest während Adrians Abschiedsrede den Raum verläßt.

134 8] *das rücksichtslos Autobiographische [...] macht:* Der Satz ist in der Handschrift unvollständig. Denkbar wäre: ›. . . macht den tief erregenden Radikalismus des Ganzen aus‹.

9] *von Masereel:* Le Lansson, 6. 7. 47; im TMA.

10] *über seine Mappe:* Der belgische Maler und Graphiker Frans Masereel (1889–1972), zu dessen ›Stundenbuch‹ TM bereits 1926 ein Vorwort geschrieben hatte (GW X, 660–673), bat um einen Essay zu seinem »Roman en images« (GW X, 786) ›Jeunesse‹. TM entsprach der Bitte mit dem Beitrag *Der Holzschneider Masereel* (GW X, 783–789). Das Buch erschien 1948 bei Oprecht in Zürich.

11] *Sammlung meiner Briefe:* S. TM an Walter A. Berendsohn, P. P., 18. 9. 47, Reg. III, 47/275: »Die Frage meiner Briefe ist für mich eine posthume Angelegenheit, die ich ganz und gar anderen überlasse. Eine schonend pietätvolle Auswahl wird sehr notwendig sein, denn ich habe beim Briefeschreiben nie viel acht gegeben auf mich und die Nachwelt und bin mir dunkel bewußt, viel Unsinn geschrieben zu haben.« (Kopie im TMA)

19. 7. 1947

1] *an Mercanton:* Flims 19. 7. 47, Reg. III, 47/234.. *135*

2] *engl. Ausgabe:* Eine englische Ausgabe von Lions TB 11. 3. 47, Anm. 2 erwähnten Buch konnte nicht nachgewiesen werden.

20. 7. 1947

1] *Beilage der »Bündner Zeitung«:* S. TB 10. 7. 47, Anm. 1. *135*

21. 7. 1947

1] *»Neues Schloß«:* Das Zürcher Hotel ›Neues Schloss‹ in der Stokkerstraße. *135*

2] *Morosanis:* Die Inhaber des Flimser Grand Hotel Surselva.

3] *Prof. Meng:* Der Basler Psychoanalytiker Heinrich Meng (1887–1972), den TM aus der Zeit seines Schweizer Exils kannte. S. TB 10. 1. 36.

4] *Scholl:* Die Papierwarenhandlung, in der TM seit seiner Emigration nach Zürich seine Schreibutensilien zu kaufen pflegte.

5] *Artikel von Shuster:* Nicht ermittelt. *136*

6] *Job:* Der Schweizer Schriftsteller Dr. Jakob Job (1891–1973), Leiter des Schweizerischen Rundfunks in Zürich. TM kannte Job aus seiner ersten Exilzeit.

22. 7. 1947

1] *Baron Üxküll:* Edgar Baron Uexküll (1884–1952), ursprünglich Gutsbesitzer in Estland, bis 1917 zaristischer Diplomat in den USA, nach 1918 Presse- und Informationschef der Allianz-Versicherung in Berlin, Freund von Max Liebermann, Max Reinhardt und anderen Berliner Persönlichkeiten der Weimarer Republik, seit den zwanziger Jahren auch von Thomas Mann. Edgar von Uexküll wurde im Zusammenhang mit dem Aufstand vom 20. Juli 1944 verhaftet und bis Kriegsende im KZ festgehalten, 1947 emigrierte er nach Schweden. Sein Sohn Alexander (geb. 1938) lebt heute als Bankier in Stockholm. *136*

2] *Dr. Heer:* Der Schweizer Schriftsteller, Verfasser historischer Romane, Gottlieb Heinrich Heer (1903–1967), ein Freund Alfred Neumanns, war mit TM aus der Zürcher Exilzeit gut bekannt.
3] *Dr. Helbling:* Der Zürcher Literarhistoriker Carl Helbling (1897–1966) hatte 1922 seine Dissertation über TM geschrieben und stand seither mit ihm in Verbindung. Vgl. ›Neue Zürcher Zeitung‹, 31. 5./1. 6. 1975, 59: ›»Ich kenne meine Situation genau«. Briefe Thomas Manns an einen Zürcher Doktoranden‹.
4] *Wiedersehen mit dem »Adler« und der alten Frau Heer:* TM hatte den Gasthof ›Adler‹ in Ermatingen, Besitz der Tante des Schriftstellers G. H. Heer, Elise Heer (1873–1960), im August 1935 und 1936 besucht und für die mitfahrende Freundesgesellschaft sowie die Gastgeberin »in dem schönen Barocksaal des Oberstocks« aus seinem Werk vorgelesen. Vgl. TB 6. 8. 35 und 17. 8. 36.

23. 7. 1947

136 1] *Friedelind hat von unserer Begegnung berichtet:* In New York, vor der Abreise nach Europa. Vgl. TB 8. 5. 47.

24. 7. 1947

137 1] *»Neue Schloß«:* S. TB 21. 7. 47, Anm. 1.
2] *Der Brief ans Innen-Ministerium von 1933:* Der Brief an das Reichsministerium des Inneren, Küsnacht, datiert Frühjahr 1934 (GW XIII, 96–106) erschien im Feuilleton der ›Neuen Zeitung‹ vom 8. 8. 47. Vgl. dazu TB 2. 7. 47, Text und Anm. 17.
3] *beide Paare aus München:* Viktor Mann und seine Frau Magdalena (gen. Nelly), geb. Kilian, und TMs Schwager, Heinz Pringsheim, mit seiner Frau Mara, geb. Duvé.

25. 7. 1947

137 1] *an Lion:* Der Brief ist verschollen. S. Reg. IV, 581. Vermutlich ging es um die Fixierung der am 19. 7. 47 erwähnten »Irrtümer«.
2] *Vortrag:* Bei der Veranstaltung des ›Schutzverbandes deutscher Schriftsteller im Ausland‹, die auf Wunsch TMs im Rahmen der »normalen« Treffen – also ohne öffentliche Werbung und Presse – stattfand, las, im gewohnten kleinen Saal, nach einer etwas ausführlicheren Einleitung des Verbandsvorsitzenden Walter Fabian und einer improvisierten, antwortartigen Stellungnahme zu den Forde-

rungen aus Deutschland, der Ehrengast das XLIV. Kapitel aus *Doktor Faustus.*

3] *Dr. Fabian:* Der sozialistische und pazifistische Publizist Walter Fabian (geb. 1902) war nach jahrelanger Flucht mit Aufenthalten in der CSSR, Frankreich, Nordafrika und wieder Frankreich 1942 illegal in die Schweiz gelangt, wo er ab 1943 als Journalist und Übersetzer lebte und sich in der Arbeiterbildungsarbeit sowie in der Flüchtlingshilfe engagierte. 1961 kehrte er in die Bundesrepublik zurück.

4] *Widmer:* Vermutlich der Basler Lehrer, Kritiker und Übersetzer Walter Widmer.

26. 7. 1947

1] *an Eulenberg:* An Herbert Eulenberg, Zürich, 26. 7. 47, Reg. III, *137*
47/241; Br. II, 545/546 (fragm.).

2] *Herbert Eulenberg:* Der Dramatiker und Essayist Herbert Eulenberg (1876–1949). TM kannte ihn aus der gemeinsamen Münchener Zeit und blieb während der Emigration persönlich und brieflich mit ihm in Verbindung.

3] *an die Druckerei:* An die Druckerei Winterthur AG, Zürich, *138*
26. 7. 47, Reg. III, 47/240.

31. 7. 1947

1] *Mazzuc:* TMs Übersetzerin Lavinia Mazzucchetti. S. TB 10. 7. 46, *138*
Anm. 1.

2] *der tschechische Konsul:* Ján Saska hatte, als tschechoslowakischer Konsul in Zürich, TM am 19. 11. 1936 den Eid abgenommen. Damit war TM Bürger der CSSR geworden.

3] *der kleine Louis:* Wohl identisch mit dem TB 2. 7. 47 erwähnten *139*
»Liftboy Louis Marti«.

4] *Copy Right Problem:* S. TB 2. 7. 47, Anm. 18.

5] *seine deutsche u. Wiener Reise:* Vgl. dazu GBF ›Bedroht – Bewahrt‹, a. a. O. 284–313.

6] *Die deutschen Massendrucke*: S. TB 10. 3. 47. Auch GBF trug sich offenbar schon 1947 mit einer ro-ro-ro-ähnlichen Taschenbuchreihe. Die ›Fischer Bücherei‹ erschien jedoch erst ab 1952. S. ›Bedroht – Bewahrt‹, a. a. O. 386–402.

1. 8. 1947

139 1] *Absage nach Braunschweig:* An den Oberbürgermeister der Stadt Braunschweig, Zürich, 2. 8. 47, Reg. III, 47/242: Absage der Einladung, an einer Braunschweiger Kulturwoche teilzunehmen.
2] *Wiener intern. Geschäftsmann:* Der österreichische Bankier Dr. Curt W. Grimm, ein Freund von Golo Mann.
3] *Frl. Steinschneider:* Nicht ermittelt.
4] *Habbima:* Das 1916 in Moskau gegründete hebräische Theater Habima (Die Bühne), das sich 1927 nach einer USA-Tournee spaltete in eine Gruppe, die in Amerika blieb, und eine, die 1928 nach Palästina ging, wo sie 1958 den Titel ›Nationaltheater Israels‹ erhielt.

2. 8. 1947

139 1] *Meyer vom Manesse-Verlag:* Der Germanist Dr. Walther Maier (1897–1985) gab seit 1944 die ›Manesse-Bibliothek der Weltliteratur‹ heraus.
2] *Fretz:* Der Zürcher Verlag Fretz und Wasmuth, dessen früherer Leiter und gelegentlicher Berater Walther Maier war.
3] *von Benedikt:* Von Ernst Benedikt, Stockholm 25. 7. 47: »... ich kann nicht anders, als Ihnen meine innige Bewunderung aussprechen und meine Dankbarkeit für Stunden des intensivsten Genusses. [...] mein Gefühl sagt mir, daß hier etwas Einzigartiges geleistet wurde, das Sie selbst vielleicht nur noch in den Buddenbrooks erreicht haben. Vor allem fand ich die Sprache von einer solchen strömenden Kraft und einer solchen Präzision, daß wirklich in jeder Zeile die berühmte Vorschrift Flauberts an Maupassant erfüllt erscheint. Ich glaube, daß noch nie Musik, nicht vorhandene Musik mit solcher Sinnlichkeit zum Vortrag durch das Wort gebracht worden ist. Ich persönlich dachte oft an Hugo Wolff und an Mahler, allein all diese Beispiele reichen doch nicht aus für die seltsamen Klänge Leverkühns [...] Am rührendsten war für mich die Gestalt des ›seeligen Kindes‹, das zugleich wirklich ist und zugleich Märchen, zugleich Engel und vollkommene Menschlichkeit. Dostojevsky könnte Sie um ein solches Motiv beneiden, das in seinen Karamasoff wohl hätte Platz finden können ...« (Im TMA).
4] *Benedikt:* Der österreichische Journalist und Maler Dr. jur. Ernst Benedikt (1882–1973) war ab 1906 Redakteur, von 1920–1934, als Nachfolger seines Vaters Moriz Benedikt, Herausgeber und Chefredakteur der ›Neuen Freien Presse‹ in Wien. Nach einer Gestapo-Haft

1938/39 emigrierte er im Mai 1939 über England nach Schweden, wo er für große Zeitungen arbeitete. 1962 kehrte Benedikt nach Wien zurück.
5] *Begleittext:* Nicht erhalten.
6] *Korrespondenz mit Pen-Club Amsterdam:* An Anthonie Donkersloot, Zürich, 2. 8. 47, Reg. III, 47/243: Annahme einer Einladung vom holländischen PEN-Club für den 12. 8. 47.
7] *Deutsche Spezial-Ausgabe:* Lizenzausgabe des Suhrkamp-Verlags, Berlin/Frankfurt 1947.
8] *Problem Reisi:* S. TB 4. 9. 47, Anm. 7. 140
9] *an Kerényi:* An Karl Kerényi, Zürich, 2. 8. 47, Reg. III, 47/245; TM/KK, 154/155.
10] *Landgut Faesi:* Der Schweizer Literarhistoriker Robert Faesi (1883–1972) besaß ein Landhaus ›Neugut‹ oberhalb Wädenswil. S. auch TM an Robert Faesi, Zürich 23. 7. 47. Reg. III, 47/239.
11] *Rychner:* Der Schweizer Literarhistoriker, Essayist und Kritiker Max Rychner (1897–1965) war ein früher Bewunderer TMs gewesen, den er erstmals im Januar 1914 in Zürich vorlesen hörte. Rychner, der bis 1937 als Sonderberichterstatter der ›Neuen Zürcher Zeitung‹ in Deutschland, danach am Berner ›Bund‹ und ab 1939 an der ›Tat‹ in Zürich arbeitete, hat im Laufe seines Lebens mehr als 50 Aufsätze über TM verfaßt, mit dem ihn eine freundschaftliche Beziehung verband.
12] *Aerzte und Teile des Teufelskapitels:* Wohl den Schluß des XIX. (GW VI, 207–211) und aus dem XXV. Kapitel des *Doktor Faustus.*
13] *der junge Fueterer:* Der Filmproduzent und Gründer der ›Condor‹-Film-Gesellschaft Dr. Heinrich Fueterer (geb. 1911) war ein Stiefsohn von Robert Faesi.
14] *über geheime Selbstportraits:* Die später in das zweite Buch von Jonas Lessers Werk ›Thomas Mann in der Epoche seiner Vollendung‹, Zürich/München 1952, eingegangene Abhandlung ›Geheime Selbstbildnisse‹.

3. 8. 1947
1] *Maler Ulbrich:* Ernst-Eduard Ulbrich (1921–1982). Im TMA befindet sich ein Privatdruck: Ernst-Eduard Ulbrich, ›. . . oder wie man Dichter malt‹, der, eingebettet in einen Essay ›Gerhart Hauptmann und das letzte Portrait‹ Photos von Ulbrichs Hauptmann-Portrait 1946 enthält. – Über die Arbeit mit TM berichtet die Abhandlung ›Thomas 140

Mann und der Appenzeller Alpenbitter‹, der die signierte Portraitskizze beigegeben ist. Außerdem befindet sich in dem Band das Faksimile einer ›Zürich, 3. 8. 47‹ datierten Widmung, die TM in ein vom Maler zur Sitzung mitgebrachtes Buch schrieb: »Ernst Ulbrich zur Erinnerung an eine sehr produktive Sitzung.«

140 2] *W. Goetz:* Vermutlich der baltische Schriftsteller, Privatgelehrte und Bayreuth-Kenner Bruno Goetz (1885–1954), mit dem TM – wie aus den Regesten hervorgeht – 1925/26 verschiedentlich korrespondiert und mit dem er im Juli 1925 ein persönliches Zusammentreffen vereinbart hatte. Goetz lebte, wie Nikolas Sombart in seinen Erinnerungen ›Jugend in Berlin‹, 1984, 195 erwähnt, nach dem Krieg in Zürich, so daß anzunehmen ist, daß es sich bei dem von TM hier erwähnten Besucher (den ein Photo in dem von Wolf Siegfried Wagner 1976 in München herausgegebenen Bildband ›Die Geschichte unserer Familie‹ im Kreise der Familie in Bayreuth zeigt,) um ihn und nicht um den gleichfalls baltischen Schriftsteller Wolfgang Goetz handelt, der, worauf TM in seinem Brief an Bruno Goetz vom 22. 12. 25, Reg. IV, N 25/23 hinwies, bereits am 13. 12. 25 in der ›Frankfurter Zeitung‹ mit seinem Namensvetter verwechselt worden war.

3] *Winifred Wagner:* Die gebürtige Engländerin Winifred Wagner (1897–1980) leitete nach dem Tod ihres Mannes, des Wagner-Sohnes Siegfried, von 1930–1944 die Bayreuther Festspiele.

4] *der alten Chamberlain [...] ihren Gatten:* Richard Wagners Tochter Eva (1867–1942) und ihr Mann, der britische Kulturphilosoph und Schriftsteller Houston Stewart Chamberlain (1855–1927).

5] *als Schuldigen preisgegeben:* Vermutlich erzählte Goetz Geschichten, die mit jenem hymnischen Brief zusammenhingen, den der gelähmte Chamberlain nach einer Visite Hitlers bei ihm seiner Frau Eva über seinen Eindruck von dieser Begegnung diktiert hatte. Eva Chamberlain war der einzige Mensch, der den auch Sprachgestörten verstehen konnte und die Auswahl der Besucher bestimmte.

6] *»Antiken Erzählern«:* Mit der Sammlung von Felix Stoessl, ›Antike Erzähler von Herodot bis Longos‹, Zürich, Manesse-Verlag, 1947.

7] *Der Begnadete: Der Erwählte.* Zur Bedeutung antiker Erzählungen sowie des Sophokleischen ›Oedipus‹ für den *Erwählten* geben die Tagebücher an verschiedenen Stellen Hinweise und damit Aufschluß auf einen von der Forschung bisher wenig beachteten ›Quellen‹-Komplex.

8] *Essaybändchens:* Der Plan kam nicht zustande.

4. 8. 1947

1] *Einstellung der Kampfhandlungen:* Auf Weisung der Vereinten Nationen stellten Niederländer und Indonesier ihren seit Juli erneut gewaltsam ausgefochtenen Nationalitätenkampf vorübergehend ein. 141

2] *(»Teufelstheater«):* Alexander Moritz Frey, ›Verteufeltes Theater‹, Wiesbaden 1957.

3] *Vertrag mit Manesse:* Für den Band *Meistererzählungen;* s. TB 21. 3. 47, Anm. 2.

4] *eines solchen für ihn: Neue Studien,* Stockholm, Bermann-Fischer Verlag 1948. Der Band enthält die von TM notierten Essays: *Phantasie über Goethe, Dostojewski – mit Maßen, Nietzsche's Philosophie im Lichte unserer Erfahrung* und *Joseph und seine Brüder.*

5] *Dr. Wechsler:* Der schweizerische Diplom-Ingenieur und Filmproduzent Lazar Wechsler (1896–1981).

6] *Burg des Professors von Salis:* Der Schweizer Historiker, Schriftsteller und politische Kommentator Jean Rodolphe von Salis (geboren 1901), seit 1935 Professor der ETH in Zürich, wohnt auf Schloß Brunegg im Aargau.

7] *mit Curtius:* S. TB 2. 8. 47.

5. 8. 1947

1] *Närrisches Manuskript:* Nicht ermittelt. 141

2] *Schurek [. . .] über Barlach:* Paul Schurek, ›Begegnungen mit Barlach. Ein Erlebnisbericht‹. Das Buch steht in der zweiten erweiterten Auflage von 1954 in der Zürcher Bibliothek.

3] *Schurek:* Der Hamburger Lehrer und Volksschriftsteller Paul Schurek (1890–1962).

4] *Larese:* Der Schweizer Primarschullehrer und Schriftsteller Dino Larese (geb. 1914) veranstaltete literarisch-musikalische Vortragsabende und Begegnungen im nordschweizerischen Amriswil.

5] *Vorlesung:* ». . . Amriswil war wohl die kleinste Gemeinde, in der 142 ich je gelesen habe. An gebildet entgegenkommender Empfänglichkeit des Publikums [. . .] kann sie es wahrhaftig mit jeder großen berühmten Stadt und Kulturstätte aufnehmen. « (An Dino Larese, Amsterdam 13. 8. 47, Reg. III, 47/254).

6] *Der Arzt u. Maler:* Dr. Max Boller (1897–1974).

7] *Frau Heer:* Die Ermatinger ›Adler‹-Wirtin Elise Heer. S. TB 22. 7. 47, Anm. 4.

8] *Beilage:* Die ›Thurgauer Zeitung‹, Jg. 1947, No. 179 v. 2. 8. 47 hatte ihr 2. Blatt (Seite 3 und 4) Thomas Mann gewidmet. Die Beilage enthielt einen ff gezeichneten Beitrag ›Thomas Mann und die Deutschen‹, Dino Lareses Feuilleton ›Kleine Reise mit Thomas Mann‹, sowie den Abdruck der Schmetterlingsbeschreibung aus dem V. Kapitel des *Faustus*-Romans (Kap. III, GW VI, 22 ff.).

9] *Gutmütigkeitshonorar:* S. TM an Dino Larese, Zürich, 22. 7. 47, Reg. III, 47/238, ein Schreiben, in dem der Vortragende um Diskretion in bezug auf das Ausnahme-Honorar von 300 sfr. bittet.

6. 8. 1947

142 1] *Antwortbrief von Luther Evans:* Nicht im TMA. Zur Sache s. TB 2. 7. 47, Anm. 18.

2] *des Bermann'schen Standpunktes:* GBF glaubte, mit dem Druck der mimeographischen Ausgabe dem Gesetz Genüge zu tun. Vgl. auch GBF an TM, Stockholm, 1. 10. 47; TM/GBF 484–489.

3] *Witwe Rieser:* Marianna-Amalia Rieser, eine Schwester Franz Werfels (1899–Mitte der 60er Jahre). Ihr Mann, der Direktor des Zürcher Schauspielhauses Ferdinand Rieser, war im Juni 1947 tödlich verunglückt.

4] *Frau Wolff:* Die Wiener Schauspielerin und spätere US-Bürgerin Ellen Richter, recte Ellen Wolff-Weiß (1891–1969), Frau des ehemaligen Zahnarztes und späteren Operetten- und Revue-Autors Willy (William) Arthur Wolff.

5] *S. Trebitsch und Frau:* Der Wiener Schriftsteller Siegfried Trebitsch (1869–1956), erster deutscher Shaw-Übersetzer, emigrierte 1938 in die Schweiz. TM kannte ihn und seine Frau Antoinette, geb. Keindl, seit seiner Wiener Reise, Dezember 1919 (vgl. TB 6. 12. 1919) und verkehrte während seiner Zürcher Exiljahre mit ihm. Zum 85. Geburtstag, am 21. 12. 1954, schrieb TM eine Laudatio für die Zürcher ›Weltwoche‹: *Siegfried Trebitsch zum Geburtstag,* GW X, 543–545.

6] *die junge Rieser:* Erika Rieser.

7. 8. 1947

142 1] *Sendung von Mondadori:* Die Photos von TMs Besuch in Meina befinden sich im TMA.

2] *Falkenberg:* Der spätere Dramaturg, Verlagslektor und Fernsehchefredakteur Hans-Geert Falkenberg (geb. 1919). Falkenberg hat in einem ›Gespräch mit Thomas Mann‹, ›Göttinger Universitätszeitung‹, 24. 10. 1947, abgedruckt bei Hansen/Heine a.a.O. 283–285, über diese Begegnung berichtet.

3] *Pollag:* Der Internist Dr. Sigmund Pollag (1888–1977), ein Kunstsammler und Malerfreund, Mitbegründer der Gesellschaft ›Amis de la culture française‹, impfte TM gegen die Pocken. S. an S. Pollag, P. P. 4. 11. 47, Reg. III, 47/360. 143

4] *Frau u. Kind:* Helena Pollag-Adamska und Tochter Evelyn.

5] *Ausgabe von Kellers Gedichten:* In der Zürcher Bibliothek nicht erhalten.

6] *Katzensteins:* TMs alte (s. TB 9. 4. 34) Schweizer Freunde, der Zürcher Neurologe Dr. Erich Katzenstein (1893–1961) und seine Frau, Dr. Nettie Sutro Katzenstein (1889–1967). Nettie Katzenstein gründete 1933 das ›Schweizer Hilfswerk für Emigrantenkinder‹, das bis 1947 nahezu 10 000 Flüchtlingskinder betreute. Zu Frau Dr. Katzensteins Engagement in karitativen Organisationen vgl. auch TB 19. 10. 33.

7] *Schweizer Freunde des Hauses:* Nach übereinstimmender Auskunft von Herrn Ello Katzenstein, dem Sohn des Hauses, und der Psychotherapeutin Gertrud Hunziker-Fromm waren damals neben dem Ehepaar Mann der Bildhauer Paul Speck mit seiner Frau, der Kinderärztin Dr. Else Speck, der Kunstmaler Max Hunziker mit seiner oben genannten Frau, und der Architekt Ello Katzenstein anwesend. Frau Hunziker berichtet von der Betroffenheit der Anwesenden, als sich anläßlich des Gesprächs über eine Ausstellung von Pierre Bonnard und Edouard Vuillard herausstellte, daß TM die Namen dieser zeitgenössischen bildenden Künstler völlig fremd waren.

8. 8. 1947

1] *Studio Zürich:* Die Aufnahme der Lesung der Novelle *Das Wunderkind* von 1903 (GW VIII, 339–348) für die Schweizerische Rundspruchgesellschaft, Studio Zürich, ist erhalten. S. Loewy, a.a.O. I/48. 143

2] *der fehlende Band der Sophienausgabe:* Vgl. TM an Emil Oprecht, P. P. 29. 1. 47, Reg. III, 47/45: »Befindet sich bei Ihnen nicht noch ein Band meiner Großherzogin Sophie-Goethe-Ausgabe in rotem Halbleder, den wir Ihnen einmal als Einband-Muster geschickt haben? Es war ein Register-Band. Ich nehme nicht an, daß er in einer Kiste vergraben ist, sondern sich greifbar in einem Ihrer Schränke befindet.«

3] *Prof Strich:* Der Berner Literarhistoriker Fritz Strich (1882–1963) war seit seiner Tätigkeit als a. o. Professor in München (1915–1929) mit TM gut bekannt und veröffentlichte verschiedene Studien zum Werk des Dichters.

4] *Mosers:* Bei Fritz und Paula Moser, den Eltern von Frau Gret Mann, in Zollikon.

5] *Tochter:* Gret Manns Schwester Elisabeth Brahn-Moser.

6] *Schwiegersohn:* Franz Brahn.

7] *Cousin(e):* Professor O. Konrad Brahn aus Groningen.

8] *indonesische Frau:* Mien Brahn-Schey.

9] *Tagebuch eines Verzweifelten:* Friedrich Percyval Reck-Malleczewen, ›Tagebuch eines Verzweifelten‹, Lorch/Stuttgart 1947.

10] *Reck-Malleczewen:* Der Schriftsteller – ursprünglich Arzt und Anthropologe – Friedrich Percyval Reck-Malleczewen (geb. 1884) war am Silvestertag 1944 verhaftet und am 17. Februar 1945 im Konzentrationslager Dachau ermordet worden.

9. 8. 1947

143 1] *Illustr. italienische Zeitschriften:* Nicht ermittelt.

11. 8. 1947

144 1] *Flugplatz Bösendorf:* Vermutlich ist der Flughafen Zürich-Dübendorf gemeint.

16. 8. 1947

144 1] *Presse-Konferenz:* Der Querido-Verlag hatte ursprünglich für Montag, den 11. August 1947 (nicht, wie TM notierte, für den 12. 8.) 11 Uhr zu einer Pressekonferenz ins Amstel-Hotel eingeladen.

2] *Prof Donkerslo:* Der niederländische Schriftsteller Nicolaas Anthonie Donkersloot (1902–1965), (Pseudonym Anthonie Donker), seit 1936 Professor der holländischen Literaturwissenschaft an der Universität Amsterdam.

3] *Empfang im Pen:* Im Paviljoen Vondelpark. Über den Verlauf der Veranstaltung s. den Anm. 4 zitierten Pressebericht.

4] *ich [...] antwortete:* Das ›Algemeen Handelsblad‹, Amsterdam, brachte am 13. 8. 47 einen Bericht über die Veranstaltung, aus dem sich auch der Inhalt von TMs Antwort rekonstruieren läßt: »Das PEN-

Zentrum der Niederlande hat gestern nachmittag den amerikanisch-deutschen Schriftsteller Thomas Mann mit seiner Frau und seinem Sohn, dem gleichfalls in Amerika lebenden Klaus Mann, im Paviljoen Vondelpark empfangen. [...] Für den erkrankten Präsidenten des Zentrums, Victor E. van Vriesland, begrüßte Professor Dr. N. A. Donkersloot den Dichter mit einer Rede über die Schwierigkeiten mit Deutschland, die großen Probleme der Menschheit und die Aufgaben, die den Dichtern und Schriftstellern aus dieser Situation erwüchsen. Thomas Mann antwortete und gedachte in einer improvisierten Ansprache seines Freundes Menno ter Braak und mit ihm aller, die Opfer des satanischen Regimes geworden seien. Er, Thomas Mann, habe in den Kriegsjahren etwas gelernt, was er nie zu lernen gedacht habe: den Haß. Daß er während seiner Europa-Visite sein einstiges Vaterland nicht besucht habe, erklärte er damit, daß er unsicher gewesen sei, ob er es ertragen hätte, den Trümmerhaufen zu sehen, in den ein teuflisches Regime sein Land, nicht nur, was den äußeren Zustand betreffe, verwandelte. Thomas Mann hob dann besonders das Vertrauen hervor, das er in die Jugend setze – weshalb er sich in Noordwijk mit aller Hingabe der Arbeit an der Einleitung zu einer Holzschnittfolge von Masereel machen wolle, die den Titel ›Jugend‹ trage.«

5] *[Les] Enfants du Paradis:* Der 1943 nach dem Buch von Jacques Prévert und unter der Regie von Marcel Carné in Nizza und Paris gedrehte Film ›Die Kinder des Olymp‹ mit der Arletty, Jean-Louis Barrault, Maria Casarès, Pierre Brasseur u. a. *144*

6] *Nietzsche-Vortrag im Indischen Museum:* Auf Einladung der ›Stichting 1940–45‹, einer heute noch aktiven Vereinigung, die sich die materielle und immaterielle Unterstützung von Angehörigen der im Widerstand gegen die nationalsozialistischen Okkupanten Gefallenen und die Versorgung der in diesem Kampf Verwundeten zum Ziel gesetzt hat.

7] *Dinaux:* Der niederländische Literaturkritiker, Essayist, Übersetzer (u. a. mehrerer Werke von TM) und spätere Präsident des holländischen PEN-Clubs, Carel J. E. Dinaux (1898–1980). Dinaux hat am 16. 8. 47 in der Zeitung ›Haarlems Dagblad‹ über den hier von TM erwähnten Besuch geschrieben: Zu den Beziehungen zwischen TM und Carel Dinaux s. Léon Hansen, ›Een symbolische Copula. De Brieven van Carel Dinaux aan Thomas Mann‹, ›Maatstaf‹, Amsterdam, Jg. 1987, H. 11/12.

8] *Direktor der Stichting:* Dr. B. H. de Jongh.

9] *Sothmann:* Die 1933 nach Amsterdam emigrierte Buch-, später auch Kunsthändlerin Magdalene Sothmann.

145 10] *holl. Verleger:* Es handelt sich, wie aus dem am 16. 8. 47 in Amsterdam unterzeichneten Vertrag hervorgeht, um Theo Moussault, Inhaber und Leiter der Moussault's uitgiving in Amsterdam. Bürgin a.a.O. weist allerdings nur *Die vertauschten Köpfe* als von Moussault 1950 in Amsterdam verlegtes Buch nach: *De verwisselde Hoofden,* in der Übersetzung von C. J. E. Dinaux. *Das Gesetz* erschien erst 1956 bei W. Gaede in Delft: *De Wet,* gleichfalls von Dinaux übersetzt.

17. 8. 1947

145 1] *nach 8 Jahren:* TM verbrachte im Sommer 1939 vom 16. 6.–5. 8. seine Ferien im Noordwijker Hotel Huis ter Duin.

2] *Gespräch-Buches:* Das von Joachim Maass geplante Buch über TM. S. TB. 5. 5. 47.

3] *Huizinga's »Erasmus«:* Johan Huizinga, ›Erasmus‹, übersetzt von Werner Kaegi, 3. Aufl., Basel 1941. Das Buch, ein Geschenk Richard Schweizers, steht, mit vielen Notizen und Anstreichungen TMs versehen, in der Zürcher Bibliothek.

4] *Schwester des † Tucholsky:* Kurt Tucholskys einzige Schwester Ellen Milo, gen. Hippel (1897–1982) emigrierte vermutlich 1936 mit ihrem Mann in die Niederlande und ging später in die USA.

5] *an Landshoff:* Der Brief ist verschollen. S. Reg. IV, 581.

18. 8. 1947

146 1] *an Basler:* An Otto Basler, Noordwijk, 18. 8. 1947, Reg. III, 47/255.

2] *an Schweizer:* An Richard Schweizer, Noordwijk, 18. 8. 47, Reg. III, 47/256.

3] *Knohpf-Kaufmanns:* Das Ehepaar Cnoop-Koopmans. Frau Cnoop-Koopmans, geb. Breitenstein, war in erster Ehe mit dem Brauerei-Besitzer Heineken verheiratet und die Mutter des TB 12. 10. 47 erwähnten Besuchers Heineken.

19. 8. 1947

146 1] *Maler Simon:* Nicht ermittelt.

22. 8. 1947
1] *New Yorker Goethe-Band:* ›The Permanent Goethe‹; s. TB 19. 3. 47, Anm. 3. 146

23. 8. 1947
1] *Brief nach London:* An Herrn [?] Haller, Noordwijk, 22. 8. 47. Das im TMA erhaltene Konzept enthält nach TMs Dank für einen – nicht mehr auffindbaren – Brief vom 14. 8. 47 und einem überleitenden Passus das Vorwort zu Lions Thomas-Mann-Buch: »Was Lions Büchlein betrifft, so haben Sie wirklich das Ihre getan, und ich bin ganz willig, das Meine zu tun. Übrigens habe ich Ihnen (und ihm) Schwierigkeiten gemacht; aber die störendsten Unstimmigkeiten mußten doch richtig gestellt werden, ehe ich mein placet und imprimatur gab. Nehmen Sie nun als Vorwort das Folgende:« (Es folgt der in GW XIII, 212–215 mit einigen Kürzungen und Veränderungen, namentlich im letzten Abschnitt von 214 wiedergegebene Text, dessen Vorlage ich nicht ermitteln konnte.) Wegen der in GW XIII fehlenden Bemerkungen sei jener Passus, so wie er im Manuskript vom 22. 8. 47 steht, hier noch einmal wiedergegeben: »Von meinen Freundschaften ist interessant die Rede. Ich habe eben als Freunde und Zierden meines Lebens öfters Menschen empfunden, mit denen ich nur in großen Zeitabständen, viel seltener persönlich zusammenkam, als mit denen, die Lion zu nennen weiß: Karel Čapek, den Tschechen, zum Beispiel und Menno ter Braak, den holländischen Kritiker. Sie beide hat der Nazismus mir gemordet, – den mein Biograph nicht hassen kann. Er ist zu fein, um zu hassen, vielleicht auch, um zu lieben. Freunde – er nennt den verstorbenen Ponten, aber das war kein Freund, sondern ein ehrgeizig und fixiert sich zutuender Kollege, der sich und mich mit einem ungesunden Vergleichszwang quälte. Einmal sagte er zu mir: ›Sie haben das Intellektuelle und ich das Dichterische – das heißt, ich habe ja beides!‹ Als ich den Nobelpreis bekommen hatte, auf den ich, im Gedanken an die Großen, die ihn *nicht* bekommen haben, nicht recht stolz sein wollte, sagte er: ›Sie sollten das nicht unterschätzen. In Amerika bin ich jetzt doch öfters gefragt worden: »Who is Thomas Mann?«‹ – Ja, das war ein Freund! – Mit mehr Recht, mit *viel* mehr Recht, lieber Fernand! führt der Verfasser unter meinen Freundschaften sich selber an ...« – Zum Fortgang der Angelegenheit S. TB 26. 9. 47, Anm. 5. 146

2] *Erwiderung Hausmanns:* Manfred Hausmann, ›Was Thomas Mann schrieb‹, ›Weserkurier‹, Jg. 3, No. 39 v. 9. 8. 1947.

3] *Frau von Fritsch aus Leiden:* Nicht ermittelt.

4] *In Lake Success:* Auf der Vollversammlung der Vereinten Nationen.

5] *Begleitbrief:* Der Brief an Emil Oprecht gilt als verschollen. S. Reg. IV, 581.

147 6] *Vorlesung in der Kgl. Schauburg:* In der Königlichen Schauburg zu s'Gravenhage las TM »voor een kleine schare belangstellenden – waartee minister Vos behoorde – enkele hoofdstukken« aus dem *Faustus*-Roman.

7] *die Dronheim:* J. Cronheim, die Assistentin von Fritz Landshoff beim Querido-Verlag.

8] *»Dames een Heeren«:* Korrekt »Dames en Heren«.

9] *Anspielung auf ›Misplaatste tact‹:* Das niederländische Wochenblatt ›Elsevier‹ hatte in einem dem Thomas-Mann-Besuch gewidmeten Artikel am 23. 8. 47 die Tatsache moniert, daß TM – jedenfalls bei offiziellen Anlässen – während seines Holland-Aufenthaltes aus Rücksicht auf die »überreizten Nerven« der Niederländer englisch sprach und hinzugefügt: »Wir halten das für ›misplaatste tact‹« (ein fehl am Platze seiendes Taktgefühl). Die Holländer seien klug genug, um einzusehen, daß die Sprache Hitlers nicht mit der ›hohen Sprache‹ von Schiller, Goethe, Heine, Kant oder Hegel gleichzustellen sei.

10] *r. b. g.:* Rebus bene gestis.

11] *Häring:* Der Jurist und langjährige Schriftführer der Societet voor Culturele Samenwerking, Den Haag, Mr. P. Heering.

24. 8. 1947

147 1] *Vorwort über Lion:* Vorwort zur englischen Ausgabe von Ferdinand Lion, ›Thomas Mann, Leben und Werk‹. S. TB 23. 8. 47, Anm. 1.

25. 8. 1947

147 1] *In Memoriam ter Braak: In memoriam Menno ter Braak,* ›Het Parool‹, Amsterdam, 28. 8. 47; GW X, 513–515.

2] *Interview:* Nicht ermittelt. Möglicherweise eine private Unterhaltung.

3] *drei Herren:* Wohl Herren von der Miarka-Vriendenkring in Amsterdam, darunter der Sekretär der Vereinigung, J. W. Halsema. Vgl.

hierzu TM an Johannes Buising, Noordwijk, 23. 8. 47, Reg. III, 47/259; Br. II, 547.

4] *Intern. Jugend-Austausch-Organisation.* Nicht ermittelt. Vgl. jedoch den Brief TMs an Wolfgang Linder, P. P. 25. 11. 46, Reg. 46/422: »Das Thema Ihres Briefes ist die deutsche Jugend und ihre Versöhnung mit der übrigen Welt, und da trifft es sich merkwürdig, daß ich fast gleichzeitig mit Ihrem Brief einen aus Holland empfing, dessen Gedanken sich mit den Ihren begegnen. Der Brief stammt von dem Direktor der niederländischen Vereinigung für Internationalen Jugendverkehr [...] Die jungen Leute fordern mich auf, ihnen, wenn es an der Zeit ist, einen Artikel für ihre Monatsschrift zu schreiben [...] Ich werde alles tun, was in meinen Kräften steht, um diesen Wunsch zu erfüllen [...]. Der Grund, warum ich Ihnen von diesem Plan schreibe, ist, daß ich Ihnen die Anregung geben möchte, sich vielleicht direkt mit der genannten holländischen Vereinigung in Verbindung zu setzen. Die Adresse lautet: Herr H. W. Pirang, Vereniging vor International Jeugdverker, Central Bureau, Rapenburg 45, Leiden.« 148

5] *Sprach [...] frei:* Es scheint, als habe die offizielle Presse damals über TMs Auftritt in diesem Rahmen nicht berichtet. Jedenfalls fanden sich keine Berichte, aus denen der Verlauf der Veranstaltung zu erschließen gewesen wäre.

26. 8. 1947

1] *Sammlung von Goethe-Studien:* Vermutlich Karl Ludwig Kannegießer, ›Vorträge über eine Auswahl von Göthe's lyrischen Gedichten, gehalten an der Universität Breslau‹, Breslau 1835. Das Buch steht in der Zürcher Bibliothek. 148

2] *an Bruno Walter:* Noordwijk, 26. 8. 47, Reg. III, 47/262; Bl. TMG. 9, 1969, 38/39.

3] *Maler Citroen:* Der Maler und Graphiker Paul Citroen (1896–1983), als ›Bauhaus‹-Student Kommilitone von Klee und Kandinsky, ging 1927 in die Niederlande und lehrte ab 1929 an der königlichen Kunstakademie. Während der deutschen Okkupation gelang es ihm, unterzutauchen. Citroen schuf 1955 das letzte Bild TMs.

4] *Plan einer intereuropäischen Goethe-Akademie:* Nichts Genaueres ermittelt. Es ist jedoch denkbar, daß ›Akademie‹ im Sinne einer Veranstaltung im Jubiläumsjahr 1949 gemeint war.

27. 8. 1947

149 1] *gezeichnet:* Eine Kopie des 28. 8. 47 datierten Bildes von Paul Citroen befindet sich im TMA.

2] *Impresario van Mick:* Nicht ermittelt.

3] *Indian Institute:* In Anwesenheit des Amsterdamer Bürgermeisters Mr. Arn J. d'Ailly las TM am Abend des 27. 8. 47 im Indisch Instituut die Fitelberg-Szene und die Beschreibung von opus 111 aus seinem *Faustus*-Roman.

28. 8. 1947

149 1] *Bermanns Trick-Ausgabe:* Die mimeographierte deutsche *Faustus*-Ausgabe in New York; s. TB 2. 7. 47, Anm. 18.

30. 8. 1947

149 1] *an den Rektor in Malente:* Der Brief gilt als verschollen. S. Reg. IV, 581.

2] *Abschiedstelegramm:* Verschollen; s. Reg. IV, 581.

150 3] *Maler Beckmann – seine Frau:* Max Beckmann (1884–1950) und seine Frau Mathilde, gen. Quappi (1904–1986), eine Tochter des Münchener Malers Wilhelm von Kaulbach. In seinem 1979 veröffentlichten Band ›Tagebücher 1940–1950‹ erwähnt Beckmann verschiedentlich die Seereise mit TM.

4] *neue Goethe-Arbeit:* Der Einleitungsessay zur Ausgabe ›The Permanent Goethe‹ (s. TB 19. 3. 47, Anm. 3), *Phantasie über Goethe*, GW IX, 713–754.

5] *Strudelkopf Hutten:* Der deutsche Humanist und streitbare reformatorische Publizist Ulrich, Reichsritter von Hutten (1488 bis 1523).

2. 9. 1947

151 1] *in den antiken Erzählern:* S. TB 3. 8. 47, Anm. 6.

2] *Vage produktive Versuche:* Der Plan einer Novelle aus dem Umkreis Erasmus – Luther – Hutten (vgl. an Erika Mann, P. P. 20. 5. 51: ». . . will ich eine würdig-meisterhafte historische Novelle über Erasmus, Luther und Ulrich von Hutten schreiben«), zu dessen Ausführung es dann nicht mehr kam, scheint also bei der Huizinga-Lektüre während der Überfahrt erstmals konkretere Formen angenommen zu haben. Einige Wochen zuvor hatte TM in einem Bern, 12. 6. 47 datierten Gespräch mit dem deutsch-rumänischen Schriftsteller Oscar Walter Cisek (1897–1966) einen in derselben Zeit angesiedelten Plan erwähnt, in dessen Mittelpunkt allerdings nicht Erasmus, sondern Martin Luther stehen sollte: »Ich denke manchmal an die Komödie, deren ernster und oft genug auch lächerlicher Pseudoheld unser Reformator Martin Luther werden soll. Gefallen mir doch unerbittliche Scherzbilder und Karikaturen – ernst gemeinte Karikaturen.« (D. ü. D. III, 560).

3. 9. 1947
1] *Horse races [...] Beckmann [...] studierte [...] den Anblick:* Vgl. 152
Max Beckmann in seinen ›Tagebüchern‹, a.a.O., 217: »Abends war Pferdchenspiel, lustig englisch und draußen grollten die Seeriesen ›sollen wir ihn nun endlich umbringen, diesen frechen Hund – oder noch ein bißchen laufen lassen‹. Unterhielt mich zwischendurch häufig mit Thomas Mann und Frau.«
2] *in den Briefen an Väter:* In der von Paul Elbogen herausgegebenen Anthologie ›Lieber Vater. Briefe berühmter Deutscher an ihre Väter‹, Bern 1932, die Mozart-Briefe vom 7. 10., 24. 10. und 13. 11. 1777 sowie vom 27. 7. 1782 und 4. 4. 1784 auf den Seiten 51–55.
3] *an Mrs. Meyer zu schreiben:* An Agnes Meyer, »Westerdam«, 3. 9. 47, Reg. III, 47/266. Ein Bericht über die Europa-Reise und die »insistenten Einladungen, offizielle nun auch, die aus Deutschland kamen.«: »Sie, liebe Freundin, wollten nicht, daß ich hinginge, und keiner wollte es, dem wirklich an mir gelegen ist. Persönlich fühlte ich mich einfach noch nicht ›reif‹ für dies Wiedersehen, seelisch nicht bereit dazu. Die ganze Qual ist noch nicht lange genug her, sie wirkt fort in mir und erhält neue Nahrung durch den Eindruck von Verständnislosigkeit, Egoismus, unverbesserlichem Dünkel, den das gegenwärtige Deutschland auf mich macht. Der Welt recht bald wieder die Faust zeigen zu können, ist alles wovon diese Menschen träumen, und es ist garnicht so sicher, daß diese Träume – Schäume sind. Rußland sammelt tölpelhafterweise einen ebensolchen Haß auf sein Haupt, wie einst Deutschland, und das allgemeine Mitleid mit diesem ist durchaus tendenziös. Rußland mag im eigenen Lande nicht zu besiegen sein, aber es mit vereinten Kräften aus Deutschland wieder hinauszuwerfen, samt den Polen, ist bestimmt möglich, und wenn man sich erinnert, daß schon Hitler, wäre er nur ein bißchen ma-

nierlicher gewesen, alles hätte haben können, was er wollte (siehe ›München‹), so schweben einem Zukunftsbilder vor, die es voreilig erscheinen lassen, sich der *Furcht* vor Deutschland zu entschlagen. Man wird den Kontinent Deutschland ›anvertrauen‹. Aber ob ein deutsches Europa auch ein europäisches Deutschland bedeuten wird? Ich zweifle. Auf Macht wird es wieder hinauslaufen, und mir graut vor deutscher Macht.«

4. 9. 1947

152 1] *Professor der Oekonomie:* Eine von der ›New York Times‹ am 9. 9. 47 veröffentlichte Meldung über die Ankunft der ›Westerdam‹ in New York nennt an berühmten Passagieren neben TM und Max Beckmann »Dr. Leonhard A. H. Peters, agricultural counselor to the Netherland Ambassy in Washington« und »Godert Joustra, chairman of the Netherlands Railways«.

2] *Briefe an seinen Vater:* S. TB 5. 1. 47, Anm. 2.

153 3] *Lukians Reiselügen:* Eine Ausgabe von Lukians (um 120–185) ›Wahren Geschichten‹ befindet sich nicht unter den in der Zürcher Bibliothek erhaltenen Büchern.

4] *»Great Expectations«:* Der 1946 unter der Regie von David Lean gedrehte englische Film nach dem gleichnamigen Roman (1869) von Dickens; unter dem Titel ›Geheimnisvolle Erbschaft‹ später für die BRD synchronisiert.

5] *an F. Bertaux:* An Félix Bertaux, R. M. S. »Westerdam«, 4. 9. 47, Reg. III, 47/267.

6] *Novellen von Maugham:* In der Zürcher Bibliothek fand sich kein Band mit Novellen des englischen Schriftstellers William Somerset Maugham.

7] *an Reisiger:* An Hans Reisiger, R. M. S. »Westerdam«, 4. 9. 47, Reg. III, 47/268; Bl. TMG. No. 8, 1968, 16–19: »Ich habe mich nie als Deserteur vom Deutschtum und vom deutschen Schicksal gefühlt, am wenigsten in der Zeit, da ich an dem Faustus-Roman schrieb (1943–46). [. . .] Sie glauben nicht, lieber Freund, wie dieses in jeder Beziehung problematische Werk mir nahe gegangen ist. Es ist von Anfang bis zu Ende in einem Zustand tiefer Erregung, tiefer Aufgewühltheit und Preisgabe geschrieben und die 4 Bände Joseph waren das reine Opernvergnügen im Vergleich damit. Das war Epik; dies ist etwas anderes, Schrecklicheres, – obgleich einiges Heitere, auch etwas

Lieblich-Tränenlösendes darin vorkommt. [...] Ich kann doch manches ausdrücken, aber ich kann nicht ausdrücken, warum es so schrecklich ist. Daß ich ernstlich krank wurde mittendrin, war kein Zufall, es war das Buch, das mich verzehrte. Warum? Weil es, geschrieben während des Krieges, in tiefer Trennung von Europa und allen persönlichen Beziehungen dort, sich immerfort mit dem deutschen Charakter und Schicksal beschäftigt? Weil die von einem anderen aufgezeichnete Biographie, als die es sich gibt, soviel Unheimlich-Autobiographisches, das kalte Bild meiner Mutter, das Zugrundegehen meiner Schwestern enthält und schließlich das arge Leben Adrian Leverkühns nicht nur ein Symbol ist für das Verderben Deutschlands, die Krisis der Epoche, die Krisis der Kunst etc., sondern auch eine versetzte, verschobene, verzerrte, dämonische Wiedergabe und Bloßstellung meines eigenen Lebens?
Das sind Fragen, die viel von Feststellungen haben. Und nun ist da also, unter anderen *montage*haften Vorkommnissen, das ›Portrait‹, von dem Sie gehört haben, Rüdiger Schildknapp, der ›Gleichäugige‹, mit dem Adrian so gern lacht, und den er bis zu seinem Ende immer wiedersehen will. Portrait? Es ist garkein Portrait, obgleich frevelhafter Weise als solches gegeben. Ich bin von der Wirklichkeit ausgegangen und habe sie dann mehr als einmal sündhaft im Stich gelassen. Ich habe schon etwas scheinbar Wahres hingestellt, aber ich bin einfach nicht bei der Wahrheit geblieben, und mit Fug und Recht können Sie sagen, und alle, die Sie lieben und schätzen, werden es mit Ihnen sagen: Das und das und das ist *nicht wahr*. Es ist eine karikierende Halb-Wirklichkeit, nur angelehnt ans Leben und in der Blickweise von der erregt preisgebenden Kälte des ganzen Buches.
Möchte ich mich annähernd richtig ausgedrückt haben! Wir rauschen durch allerlei Klimata, und ich habe einen seemüden Kopf. Alles, was ich hoffe, ist, daß die eigentümliche Erschütterung, in der das Buch geschrieben ist, sich auch Ihnen, fast unfehlbar, mitteilen wird, und daß die Mißgefühle darin untergehen werden, die Ihnen das ›Portrait‹, da und dort, erregen mag. Übrigens habe ich nun plötzlich wieder das Gefühl, daß ich Sie auf viel zu Schlimmes gefaßt mache – aus Schuldgefühl. Er ist ja doch eine ausgemacht attraktive Freundesfigur, dieser Humorist Rüdiger, und eine gewisse Deckung gegen seine Charakterisierung ist von vornherein dadurch gegeben, daß ein *Eifersüchtiger*, der Schreiber des Buches, Zeitblom, sie liefert.

Alldies ist verfrüht gesagt, aber ich wollte es rechtzeitig sagen. Wenn der Band zu Ihnen kommt, so lesen Sie, bitte, vor der Lektüre, noch einmal diesen Brief und bleiben Sie mir gut.«

6. 9. 1947

153 1] *Wolframs »Parzival«:* In TMs Zürcher Bibliothek befindet sich: Wolfram von Eschenbach, ›Parzival‹, aus dem Mittelhochdeutschen übersetzt von K. Pannier, 3. Aufl., Reclam, Leipzig, o. J. (Reclams Universal-Bibliothek No. 3681–3684). Zu TMs Arbeit mit diesen Bändchen vgl. Hans Wysling, ›Thomas Manns Verhältnis zu den Quellen‹, ›Thomas-Mann-Studien‹, Bern und München, Erster Band, 1967, bes. 265–268.

154 2] *klatriges Konzert:* Vgl. hierzu Max Beckmanns Tagebucheintrag vom 5. 9. 47: »Abschiedsstimmung beginnt. Q[uappi] sollte mit Th. Mann Musik und Dichtung vereinigen. Wurde aber abgelehnt, möglich, daß Frau Th. Mann das übel nimmt – habe aber keine Lust hier vor Textil und Wolle selbst durch Q[uappi] zu glänzen.«

3] *Mr. Dresden:* Vermutlich der niederländische Komponist (Pfitzner-Schüler) und Chorleiter Sem Dresden (1881–1957).

7. 9. 1947

154 1] *Excerpte:* Vgl. die im TMA archivierten *Notizen zum Erwählten* sowie Hans Wysling a.a.O., bes. 265–273.

8. 9. 1947

154 1] *Interview:* S. TB 9. 9. 47, Anm. 1.

2] *englische Ausgabe: Doctor Faustus. The Life of the German Composer Adrian Leverkühn as Told by a Friend,* New York 1948.

3] *Artikel aus Basler National-Zeitung:* H. K., ›Politik am Wochenende‹, ›National-Zeitung‹, Basel, 23./24. 8. 47.

4] *Gesichter:* Im Manuskript steht »Gesichen«. Es wäre also auch die Lesart »Geschichten« denkbar.

9. 9. 1947

155 1] *In den Times:* NYT 9. 9. 47, 13:6. »[...] ›A certain amount of planned economy is necessary in Europe, because of the great destruction and impoverishment of the people due to the war‹, Mr. Mann said. ›And I think America should realize this fact and not try to build Eu-

rope in the old style.‹// [. . .] Thomas Mann described the German people as ›suffering deeply‹, but added: ›They don't like to hear of the sufferings of other people. I don't doubt that there are a great number of Germans who are well-meaning and inclined toward democracy, but they are in the minority.// They insist on believing that the bad conditions in which they are living are the consequence of Allied policies and not because of Hitler and the fact they lost the war. The intention of Hitler was that Germany should be a menace to the world by military policy or misery.// The Germans should realize their misery was caused by the Hitler regime. I don't believe they are inclined toward communism – a small minority, of course, like in America – but the bulk of the people are not inclined.‹.« *155*

2] *Shirers neues Diary:* William L(awrence) Shirer, ›End of a Berlin Diary‹, London 1947, Vorabdruck in ›Atlantic Monthly‹, vol. 179, No. 6, June 1946, 93–103. Die Stellen über den Molo-Brief und die Radiosendungen, 97–99, werden eingeleitet durch einen Bericht über Verhandlungen mit Johannes R. Becher in Berlin, der in diesem Zusammenhang interessant sein dürfte: ». . . I went again to see Becher, who complained that his German cultural committee and its new publishing house find it difficult to make cultural contacts with the American Military Government. He says the British and the Russians have been most helpful. The Germans, he declares, are starving for foreign books and are specially anxious to fill the void of the last twelve years. They want to read again Hemingway and Steinbeck and Dos Passos and Sinclair Lewis and others. But AMG, he says, apparently hasn't heard of America's best writers. – It became clear that Becher and his crowd are really quite bitter at Thomas Mann for not rushing back to Germany. They are pretty sore at him for a letter he wrote to Walter von Molo, a minor German poet and a former president of the German Academy of Poetry, explaining why he wasn't going back to Germany. – What a commentary on German culture and character in our time, when the country's greatest living author has to become an American citizen, and has to tell his former countrymen that what they did to him in the past and what they failed to do as decent men and honest artists under the Nazis, does not make him feel much like returning! I am moved by the tragedy of this great estrangement between a German artist and the German people.« (Eintrag vom 10. November 1946).

3] *Antiquar Schatzki*: Der ehemalige Frankfurter Buchhändler Walter Schatzki (1899–1983), der seit 1938 in New York ein renommiertes Antiquariat besaß, hatte den Vertrieb der bei Wallenberg and Wallenberg, 103 Park Avenue, New York, vervielfältigten Copyright-Ausgabe des *Doktor Faustus* (s. TB 2. 7. 47, Anm. 18) übernommen. S. auch GBF an TM, Frankfurt/M, 7. 11. 1950: »Ich würde [für den Druck des *Erwählten*] den gleichen Weg vorschlagen wie bei ›Faustus‹, nämlich die Handsignierung und den Vertrieb durch die Firma Walter Schatzki.« (TM/GBF, a.a.O. 557).

4] *Werfels »Reiseroman«*: Franz Werfels nachgelassenes Buch ›Stern der Ungeborenen. Ein Reiseroman‹, war 1946 bei Bermann-Fischer in Stockholm erschienen.

10. 9. 1947

155 1] *Hilla Fischer:* Hilde Fischer, gen. Hilla (geb. 1916), die jüngere Schwester von Brigitte (Tutti) Bermann-Fischer, war eine Zeitlang Sekretärin von Fritz Busch und arbeitete nach seinem Tode als Repräsentantin vieler Sänger der Metropolitan Opera in New York.

11. 9. 1947

156 1] *von Gumpert angekauften Kondolenz-Brief:* »Sobald man über das Leben nachdenkt, kommen einem die Tränen«: Der Passus steht in dem TM/GBF 87/88 abgedruckten Kondolenz-Brief TMs an Hedwig Fischer vom 2. 11. 1934. Das Schreiben befindet sich heute im Verlagsarchiv, Lilly Library, Bloomington, USA, vorher lag es im Archiv GBFs in Camaiore. Wie der Passus »von Gumpert angekauft« zu erklären ist, bleibt dunkel.

2] *Streichers historisches Wort:* Anspielung nicht genau ermittelt. – Der in Nürnberg hingerichtete Streicher (s. TB 16. 10. 46, Anm. 1) hatte – wie der amerikanische Historiker Randall L. Bytwerk in seinem Buch ›Julius Streicher: The Man Who Persuaded a Nation to Hate Jews‹, New York 1983, 45, nachwies – während seiner Haft intensiv im Alten Testament gelesen und sich zum Schluß seines Lebens bereit erklärt, gemeinsam mit den Juden in Palästina zu kämpfen. Darüber hinaus hatte Streicher ein von Jay W. Baird, Professor of Modern European History an der Miami University Oxford/Ohio, kommentiertes und publiziertes, in Gegenwart des damaligen US-Vernehmungsoffiziers Captain Dolibois (Deckname Gillen) niedergeschriebe-

nes ›Politisches Testament‹ hinterlassen, in dem er die Nürnberger Gesetze als Erlaß zur Reinerhaltung der jüdischen Rasse ausgab. Baird zitiert (in seiner Publikation ›Das politische Testament Julius Streichers‹, ›Vierteljahrsschrift für Zeitgeschichte‹, 26. Jg., 1978, 663/664) auch einen Dolibois-Bericht über die Inspektion der in Mondorf inhaftierten NS-Führer (unter ihnen Julius Streicher), die Erika Mann »in ihrem üblichen männlichen Aufzug – Hemd, Krawatte, Zigarillo« im Auftrag der amerikanischen Zeitschrift ›Liberty‹ vornahm: »Streicher stand in der Zelle. [. . .] Als er meine Stimme hörte, drehte er sich um, und dann sah er Erika Mann in der Tür stehen und wußte sofort, wer sie war. Er spreizte die Beine noch etwas weiter, kreuzte die Arme, lächelte höhnisch und sagte: ›Na, sind Sie also gekommen, um all die wilden Tiere im Zoo anzustarren‹, und er sagte: ›Dann können Sie auch gleich alles sehen!‹ Dabei [. . .] ließ er seine Hose herunter und entblößte sich. Erika Mann zeigte sich wenig erschüttert. Sie schnippte die Asche von ihrer Zigarre, drehte sich um und ging weiter zum nächsten Raum.«
3] *Purim etc., die elf Gehängten des Buches Esther:* Esther 9.

12. 9. 1947
1] *Glückwunsch-Telegramm an Knopf:* Im Archiv des Knopf-Verlages, New York. 156

14. 9. 1947
Die Worte »Pacific Palisades« sind im Manuskript von TM unterstrichen. 156
1] *Sonny:* TMs Neffe Klaus Hubert Pringsheim. 157
2] *[von] Uxkull:* Von Edgar v. Uexküll, Stockholm, 6. 9. 47; im TMA.
3] *von Frey:* Zürich, 3. 9. 47; im TMA: »Hier kommen die Achtundachtzig – diese Schar, die Sie beisammen sehen wollen . . .« Auch die ›Liste der 88 Schriftsteller‹ hat sich in einer von Alexander M. Frey signierten undatierten Verlautbarung erhalten, die Frey – wie aus dem Begleitbrief hervorgeht – offenbar an verschiedene »Stellen« hatte »auslaufen« lassen. Sie hat folgenden Wortlaut: »Es ist an der Zeit, jene achtundachtzig deutschen Schriftsteller aufzuzählen, die im Oktober 1933 sich veranlaßt sahen, ›vor Ihnen, Herr Reichskanzler das Gelöbnis treuester Gefolgschaft feierlichst abzulegen‹. Da leider be-

reits deutlich genug geworden ist, wie schnell die Namen dieser ganz Unentschuldbaren – unentschuldbar, weil sie wissen mußten und wußten, was sie taten – vergessen werden, seien sie hier lückenlos genannt: Friedrich Ahrenhövel, Gottfried Benn, Werner Beumelburg, Rudolf G. Binding, Walter Bloem, Max Karl Böttcher, Hans Fr. Blunck, Rudolf Brandt, Arnolt Bronnen, Otto Brües, Alfred Brust, Karl Bulcke, Hermann Claudius, Hans Martin Cremer, Marie Diers, Peter Dörfler, Max Dreyer, Franz Dülberg, Ferd. Eckardt, Richard Euringer, Ludwig Finkh, Hans Franck, Otto Flake, Heinrich von Gleichen-Russwurm, Gustav Frenssen, Friedrich Griese, Max Grube, Johannes Günther, Max Halbe, Ilse Hamel, Agnes Harder, Carl Haensel, Hans Ludwig Held, Karl Heinl, Friedrich W. Herzog, Rudolf Herzog, Hans von Hülsen, Paul Oskar Höcker, Rudolf Huch, Brune W. Jahn, Hanns Johst, Max Jungnickel, Hans Knudsen, Ruth Köhler-Irrgang, Gustav Kohne, Karl Lange, Johann von Leers, Heinrich Lilienfein, Heinrich Lersch, Oskar Loerke, Herybert Menzel, Gerhard Menzel, Alfred Richard Meyer, Agnes Miegel, Walter von Molo, Börries von Münchhausen, Müller-Partenkirchen, Müller-Schulte, Eckart von Naso, Helene von Nostitz-Wallwitz, Josef Ponten, Rudolf Presber, Hofrat Rehbein, Ilse Reicke, Hans Richter, Heinz Schauwecker, Johannes Schlaf, Anton Schnack, Friedrich Schnack, Richard Schneider-Edenkoben, Wilhelm von Scholz, Lothar Schreier, Gustav Schroer, Wilhelm Schussen, Ina Seidel, Heinrich Sohnrey, Willy Seidel, Dietrich Speckmann, Heinz Steguweit, Lulu von Strauss und Thorney, Eduard Stucken, Will Vesper, Josef Magnus Wehner, Leo Weismantel, Bruno Werner, Heinrich Zerkaulen, Hans Caspar von Zobeltitz.

Bereits sind in der schweizer Presse wieder die Namen von Ludwig Finkh, Ina Seidel, Max Halbe und anderen in einem bejahenden und ehrenvollen Sinn zu lesen. Ina Seidel hat den ›Führer‹ in einer garnicht mißzuverstehenden Weise besungen; Walter von Molo hat die Unverschämtheit gehabt, das Wort kritisch an Thomas Mann zu richten, statt sich in Scham zu verkriechen. Alle diese Verräter am Geist, an sauberer Gesinnung und ehrenhafter Haltung, von denen jeder sich ganz klar darüber war, welcher Banditenregierung er öffentlich seine Stimme gab, haben sich damit eindeutig als Förderer eines Verbrechersystems bekannt, mit dessen Liquidierung sie selber aus dem deutschen Schrifttum für alle Zeiten zu verschwinden haben.«

4] *Aus Hollywood unwillkommene [...] Ansprüche:* Vermutlich die Bitte um Unterstützung eines Protestes in Sachen Hanns Eisler. Vgl. TB 27. 9. 47, Anm. 1 und 2.

15. 9. 1947

1] *Th. Th. Heines »Roman«:* Thomas Theodor Heine, ›I Wait for Miracles‹, New York 1947. 157

2] *Th. Th. Heine:* Der Maler, Zeichner und Graphiker Thomas Theodor Heine (1867–1948), Mitbegründer des ›Simplicissimus‹, an dem TM von 1898 bis 1900 als Redakteur tätig war, hatte 1921 einen Privatdruck von TMs Novelle *Wälsungenblut* mit Steindrucken ausgestattet. Heine emigrierte 1933 in die CSR, 1938 nach Norwegen und gelangte nach Verhören durch die Gestapo endlich nach Schweden, wo er am 26. 1. 1948 in Stockholm starb.

3] *W. Richters Buch über Frankreich:* Werner Richter, ›Frankreich. Von Gambetta zu Clemenceau‹, Erlenbach-Zürich, 1946.

4] *»Essays of 3 Decades«:* Das Buch mit den von Helen Lowe-Porter übersetzten Essays erschien 1947 gleichzeitig in London bei Secker and Warburg, und in New York bei Knopf.

5] *an die Herz:* An Ida Herz, P. P. 15. 9. 47, Reg. III, 47/269.

6] *Kun. Rosenstiel:* S. TB 21. 5. 47, Anm. 8.

16. 9. 1947

1] *Stücke aus »Faustus«:* Eine Lesung des Abschnitts über Beethovens Klaviersonate op. 111 wurde am 18. 8. 47 vom Frankfurter Sender ausgestrahlt (s. D. ü. D. III, 100, Anm. 330). 158

2] *Parsifal-Platten:* TM besaß eine Gesamtaufnahme des Bayreuther Festspiel-Ensembles unter Hans Knappertsbusch.

3] *Münchner Aktion von 1933:* Der ›Protest der Wagnerstadt München‹ gegen TMs Rede *Leiden und Größe Richard Wagners,* der am 16./17. 4. 1933 – unterzeichnet u. a. von Richard Strauss, Hans Pfitzner, Hans Knappertsbusch, Olaf Gulbransson und Siegmund von Hausegger – in den ›Münchner Neuesten Nachrichten‹ erschienen war und TM bewog, zunächst nicht nach Deutschland zurückzukehren. In der sich anschließenden öffentlichen Auseinandersetzung über den ›Fall‹ hatte, neben Stefan Zweig in Österreich und Walter Sieber im Berner ›Bund‹, in der Schweiz vor allem Willi Schuh in einem ›Thomas Mann, Richard Wagner und die Münchner Gralshüter‹ überschriebenen Artikel in der NZZ vom 21. 4. 33 gegen die Unterzeichner des ›Protestes‹ Stellung genommen. S. dazu TMs Aufzeichnungen vom 17. 4.–18. 5. 33.

17. 9. 1947

158 1] *an Uxküll:* Das Schreiben an Edgar, Baron von Uexkuell gilt als verschollen. S. Reg. IV, 581.

2] *[an] Brantl:* An Maximilian Brantl, P. P. 17. 9. 47, Reg. III, 47/272.

3] *Brantl:* Der Münchener Jurist und Schriftsteller Maximilian Brantl (1881–1959), Anwalt und Freund Heinrich Manns und mit TM verbunden, hatte in den Jahren der Entzweiung als eine Art ›Verbindungsmann‹ zwischen den Brüdern fungiert.

4] *[an] Frey:* An Alexander Moritz Frey, P. P. 17. 9. 47, Reg. III, 47/273; Br. II, 548: ». . . vielen Dank für die makabre Liste [s. TB 14. 9. 47, Anm. 3]. Daß auch H. L. Held und Loerke darauf stehen, machte mich doch betroffen. Das übrige Völkchen ist ganz an seinem Platz, aber merkwürdig bleibt, wie wenig diese Ponten, v. Scholz, Seidel etc. sich um unser Außensein kümmerten. Gab es ihnen garnicht zu denken? Noch heute könnt' es mich kränken.«

5] *Zerstörung des Warschauer Ghettos:* ›Die Vernichtung des Warschauer Ghettos im April und Mai 1943. Auszug aus dem Bericht des verantwortlichen SS- und Polizeiführers Stroop‹, ›Die Wandlung‹, Heidelberg, Jg. II, H. 6, August 1947, 524–553.

18. 9. 1947

158 1] *im Sterben:* Der ehemalige Bürgermeister von New York, Fiorello La Guardia, starb am 20. 9. 47.

2] *an [. . .] H. Marcus:* An Hugo Marcus, P. P. 18. 9. 47, Reg. III, 47/276.

3] *H. Marcus:* Der Privatgelehrte Hugo Marcus (1880–1966), Verfasser philosophischer, ästhetischer und rechtsphilosophischer Untersuchungen.

4] *deutsche Radio-Reden:* Nicht ermittelt.

159 5] *Bericht [. . .] von Laski:* Melvin J. Laski, ›Mann and Nietzsche‹, ›The New Leader‹, vol. XXX, No. 33 v. 16. 8. 47, 11; ein groß aufgemachter Bericht über die Bedeutung von TMs Europa-Reise und seines Nietzsche-Vortrags vor den europäischen Delegierten des PEN-Clubs:

»The return of Thomas Mann to the continent of Europe was in itself a cultural phenomenon. It would be scarcely an exaggration to call it an act of international spiritual significance. There is everywhere, here and in America, a sense of isolation and smallness, a feeling that unifying bondshave slipped away, that the vigor and very life of what we call ›the West‹ has perished. The dark questions, which are the eternal recurrences of pessimism, are being posed once again – *Is Man Dead? Is Europe Finished?* ... The modern intellectual, an alien in the ›nation‹, in the ›State‹, in ›world politics‹, has now been alienated from his own deepest tradition, ›culture‹. He has always been a lonely figure, but today his loneliness is not tragic but merely confused and provincial. In Heidelberg or in Paris or in Rome or New York he feels himself spiritually cut off from his own community. So, I must confess, it has been a little bewildering but gratifying to note how this summer voyage of Thomas Mann to Britain and to Switzerland has excited and invigorated broad European cultural circles. Mann's curios position and personality today has served to touch them (and scandalize them) at any number of literary, political and national points. And it is a good thing, almost a sign of recovering health. The sensations, the bitterness, the raging argument, the indignation, will not be without constructive effect. To be sure, here in the nineteenth-century Switzerland, the good smug burghers show only complacent pride in the return of their adopted literary son to whom they gave asylum in the years before the war. But for the French, the spectacle of a German-speaking, German-traditioned genius whom they can't lay low, to whom they must show a measure of respect, is quite a challenge. And for the Americans and the Germans in central Europe, Mann's refusal to return, either as schoolmaster or prodigal, is a fine blow against their respective national conceits. The US Army has been incensed by his references to their ›bayonets‹ and his unwillingness to offer himself as an official Occupation-line lecturer. The Germans, whatever their politics or literary tendency, have always seen Thomas Mann as a *Geistesverräter*, a traitor to their sacred traditions (if they have grudgingly recognized him as an immortal of world letters): pride (even in Germany) goes before respect for fame and success. – In the light of all this, Mann's performance in London, and again here in Zurich as the International P.E.N. Conference's guest of honor, was a characteristic *tour de force*. That he should have chosen Nietzsche as his theme in post-Nazi Europe seems to me to be a master-stroke of Mann irony. That he should have left his listeners and commentators wondering and guessing – ›here, clearly, is a great Revision, but in which direction?‹ ›is the Nietzschean philosophy receiving its final burial rites?‹ ›or has the mad sick hermit of Sils Maria been given a new lease on intellectual life?‹ – this, surely, was an achievement of rare musical intricacy!«

19. 9. 1947

159 1] *von Erika:* Nicht erhalten. S. jedoch EM an Lotte und Bruno Walter, P. P. 3. 11. 47; EM, Br/Antw. I, 229–231.

20. 9. 1947

159 1] *Vishinsky Anprangerung:* In einer Rede auf der 2. UN-Vollversammlung in Flushing Meadows, Long Island, am 18. 9. 47 hatte der sowjetische Außenminister die Vorschläge seines amerikanischen Kollegen Marshall zur Revision des Veto-Rechts abgelehnt und, zusammen mit scharfen Angriffen auf die Truman-Doktrin und den Marshall-Plan, die er als Verletzung der UN-Charta bezeichnete – in Szene gesetzt, um Deutschland zum ersten amerikanischen Stützpunkt in Europa auszubauen –, einige US Diplomaten und Organe öffentlicher Meinungsäußerung der ›Kriegshetze‹ bezichtigt.

2] *Briefwechsel:* Der amerikanische Präsident hatte am 16. 8. 47 Papst Pius XII. den Besuch seines ›personal representative‹ Myron C. Taylor angekündigt, um den seit 1939 von Zeit zu Zeit stattfindenden Meinungsaustausch zwischen dem Vatikan und dem Capitol wieder aufzunehmen. Der anläßlich dieser Gelegenheit stattfindende Briefwechsel (mit den Anreden »Your Holyness« und »Your Excellency«) wurde in der amerikanischen Presse groß aufgemacht und mit nicht immer freundlichen Kommentaren versehen.

3] *Fälschung von Ernteberichten:* Unter der Überschrift ›Prämien für Unehrenhaftigkeit‹ berichtete der ›Aufbau‹, vol. XIII, No. 37 v. 12. 9. 47, 4, die amerikanische Militärregierung habe »große Fälschungen in den von den Deutschen selbst durchgeführten Ernteeinschätzungen aufgedeckt und in amtlichen Verlautbarungen erklärt, daß die Eigenernten Deutschlands erheblich höher sein würden, als die Deutschen behaupten, und daß die Gefahr bestünde, daß erhebliche Teile der deutschen Ernte im Schwarzhandel verschwinden würde, statt dem deutschen Industriearbeiter zu Gute zu kommen.« – Das Blatt sah in dem Vorkommnis die falsche Deutschlandpolitik der USA und die leichtfertige Unterstützung scheindemokratischer Kräfte bestätigt: »Der Wiederaufbau Deutschlands wird offen als Bollwerk gegen den Kommunismus betrieben. Solch ein Bollwerk aber kann nur auf den Prinzipien der Wahrheit und Ehrenhaftigkeit begründet sein. Ein deutsches Regierungssystem in Westdeutschland, das aus Fälschung, Schiebung und Schwarzhandel mit amerikanischem Wohlwollen sich entwickeln kann, ist der Beginn eines neuen Faschismus.« Diesen gefährlichen Tendenzen gegenüber macht sich der ›Aufbau‹ die Empfehlungen Hans Kelsens zu eigen, durch Staatsvertrag der Alliierten einen westdeutschen Staat zu begründen, der frei vom nationalsozialistischen Erbe eine neue Aera der Demokratie einleiten könne. Solche »staatschöpferischen Absichten der Alliierten« dürften allerdings nicht »durch Begünstigung deutscher Fälschungen und Schiebungen getrübt werden«.

4] *Lippmanns Rat:* Vermutlich in seiner Kolumne ›Today and Tomorrow‹, in der Lippmann seit dem 3. 9. 47 unter der Überschrift ›The Cold War‹ in Auseinandersetzung mit dem berühmten ›Foreign-Affairs‹-Artikel des ›Mr. X.‹ (George F. Kennan) seine Analysen und Vorschläge publizierte.

5] *Goethe-Auswahl:* Ein *Goethe-Anthology* überschriebener, von der endgültigen Konzeption stark abweichender handschriftlicher Entwurf befindet sich im TMA. S. dazu TB 21. 9. 47, Anm. 2. *160*

6] *»Trovatore«:* In TMs Nachlaß fand sich eine Aufnahme der Verdi-Oper (1853) mit Chor und Orchester der Mailänder Scala unter Herbert von Karajan.

21. 9. 1947

1] *»Sinngedicht«:* Gottfried Keller, ›Das Sinngedicht‹, zuerst Berlin 1882. *160*

2] *Briefentwurf:* An Sidney G. Philipps, P. P. 26. 9. 47, Reg. III. 47/287; s. Anhang No. 22. – TM hatte bereits am 10. 6. 47 einen ersten Entwurf für die Anthologie nach New York geschickt (Reg. III. 47/184). Jetzt übersandte er seinem Verleger, die Überlegungen des letzten Vierteljahres zusammenfassend (s. u. a. TB 8.7. und 20. 9. 47), eine neue, beachtlich erweiterte ›outline‹, deren Text im Anhang No. 23 wiedergegeben wird.

3] *M. D.:* Der Name des Arztes, der in TMs Nachbarschaft wohnte, konnte nicht ermittelt werden.

22. 9. 1947

160 1] *Über Th. Th. Heine's Roman:* An Greenberg Publishers, New York, P. P. 30. 9. 47, Reg. III, 47/289.

2] *Besuch von Iljin und Genossen:* Der in den USA lebende russische Schriftsteller Maximilian Abramovitch Ilyin (geb. 1893), war an dem Entwurf der Vorlage für den Film ›The woman with the hundred faces‹ beteiligt, an dem TM nach dem Wunsch des Filmagenten Henry Leiser federführend mitarbeiten sollte. Die Angelegenheit, in die auch Louis Bromfield involviert war, wurde TM jedoch sehr bald lästig, und er entzog sich, indem er seinen Part am treatment von Bruno Frank schreiben ließ. S. dazu die in D. ü. D. III, 303 zitierte Notiz von Erika Mann. Merkwürdig bleibt, daß das Amsterdamer ›Handelsblad‹ am 18. 9. 47 eine von der schwedischen Zeitung ›Dagens Nyheter‹ übernommene Meldung druckte, der zufolge Greta Garbo die Hauptrolle in diesem Film, dessen Regie Jean Renoir übernommen habe, angetragen worden sei.

3] *in meinen Goethe-Aufsätzen: Goethe und Tolstoi* (1921), GW IX, 58–173; *An die japanische Jugend* (1932), GW IX, 228–296; *Goethe als Repräsentant des bürgerlichen Zeitalters* (1932), GW IX, 297–332; *Goethe's Laufbahn als Schrifsteller* (1932), GW IX, 333–362; *Über Goethe's Faust* (1939), GW IX, 581–621; *Goethe's Werther* (1941), GW IX, 640–655.

4] *Faust-Walzer:* TM besaß die ›Faust‹-Ballettmusik in einer Aufnahme des Royal Opera Orchestra London unter George W. Byng.

23. 9. 1947

160 1] *Britisch-russisches Duell:* Wohl die Rede vom 22. 9. 47, mit der sich der britische Vertreter gegen die vom sowjetischen Außenminister am 18. 9. 47 vorgetragenen Äußerungen zum Korea-Problem und zum Marshall-Plan wandte und seinerseits das Problem der Abrüstung hinter dem Eisernen Vorhang zur Sprache brachte.

2] *K.'s Zwilling:* Klaus Pringsheim. S. TB 20. 8. 46, Anm. 1.

161 3] *an Blanche:* An Blanche Knopf, P. P. 30. 9. 47, Reg. 47/290: Dank für William Shirers ›End of a Berlin Diary‹, das gerade bei Knopf in New York erschienen war.

4] *an einen jungen deutschen Dichter:* An Heinz-Winfried Sabais, P. P. 23. 9. 47, Reg. III, 47/282.
5] *Agent Merton über die Aussicht der Verfilmung des Joseph:* Alexander Kordas amerikanischer Vertreter, der ehemalige Wiener Theaterverleger und Bühnenvertriebs-Inhaber Georg(e) Marton (s. TB 19. 6. 46, Anm. 1). Auch dieser Plan der *Joseph*-Verfilmung wurde nicht realisiert. Zu vorangegangenen Projekten vgl. D. ü. D. II, 168, 291, 307 – zu einem späteren a.a.O. 347.
6] *an Corda:* An Alexander Korda, P. P. 26. 9. 47, Reg. III, 47/286. Eine *Zauberberg*-Verfilmung unter der Ägide von Korda kam nicht zustande. Zu weiteren Bemühungen vgl. TB 24. 2. und 6. 4. 1948 und schließlich den Brief an Richard Schweizer, P. P., 3. 11. 50, Reg. III, 50/436: »Alexander Korda hat den Gedanken [einer *Zauberberg*-Verfilmung] nach schon ziemlich ins Einzelne gegangene[n] Beratungen im letzten Augenblick (aus Gründen, die wohl mit der englischen Produktionslage zusammenhängen) fallen lassen. Nun ist es W. Dieterle, der große Lust zu dem Unternehmen hat, das ich, bei aller Einsicht in die Schwierigkeiten, im Grunde für dankbar halte.«
7] *Corda:* Der aus Ungarn stammende britische Filmregisseur, Produzent und, 1932, Gründer der London Film Production, Sir Alexander Korda (1893–1956).
8] *»Die nächste Stufe der Menschheit«:* Lancelot L. Whyte, ›The Next Development in Man‹, London 1944, deutsch Zürich 1946.
9] *Lancelot L. Whyte:* Der (Natur-)Wissenschaftler und Schriftsteller Lancelot Law Whyte (1896– 1972).

25. 9. 1947
1] *Copyright-Affaire:* S. TB 2. 7. 47, Anm. 18. 161

26. 9. 1947
1] *Katerlieschen-Geschichten:* Geschichten aus der Verwandt- und 162
Bekanntschaft des Hauses Mann, die einen Vergleich mit der Figur des Katerlieschens aus dem Grimmschen Märchen No. 59, ›Der Frieder und das Katherlieschen‹, nahelegten. Klaus Pringsheims Frau Klara, gen. Lalla, geb. Kozler aus Prag (1888–1978) bot wegen ihrer familiennotorischen Naivität häufig Anlaß zu derartigen Erzählungen.
2] *Fall Hans Eisler:* S. TB 27. 9. 47, Anm. 1.
3] *an Bermann:* Verschollen. S. Reg. IV, 581. Zum Inhalt (Copy-

right-Problem, Korrektur- und Absatzfragen den *Doktor Faustus* betreffend) s. GBF an TM, Stockholm 1. 10. 47, TM/GBF 484–489.

4] *Biographische Revisionen im Bielschowsky:* Albert Bielschowsky, ›Goethe. Sein Leben und seine Werke‹. Die beiden in der Zürcher Bibliothek erhaltenen Bände, München 1905, weisen keine ›Revisionen‹ im Sinne von ›Verbesserungen‹ auf, tragen jedoch vielfache Spuren von Lesen und Wiederlesen.

5] *von Haller, London:* Der Brief Hallers befindet sich nicht im TMA. Er stellte ganz offensichtlich die Antwort auf TMs TB 23. 8. 47, Anm. 1 erwähnten Brief mit dem Vorwort dar. Das wird deutlich aus TMs, Reg. IV, N 47/9 aufgeführtem Antwortschreiben, P. P. 17. 9. (ganz offensichtlich eine Verschreibung für 27. 9.) 47, von dem sich gleichfalls ein Konzept im TMA fand, das im Anhang No. 24 abgedruckt ist.

6] *Arlt angegangen:* Wohl wegen der Korrektur der beanstandeten Übersetzung des Lion-Vorworts.

27. 9. 1947

162 1] *über den Hanns Eisler-»Prozess«:* Der Prozeß gegen den in Hollywood tätigen Musiker Hanns Eisler fand vom 24.–26. 9. 47 in Washington statt. Der Ausschuß zur Verfolgung von sog. ›unamerican activities‹ versuchte zu beweisen, daß Eisler »als Gründer und Vorstand des internationalen Musikbüros [in Moskau] eine treibende Kraft des internationalen Kommunismus« gewesen sei. Die Beteuerung des Angeklagten, er habe zwar einmal um Aufnahme in die KP nachgesucht, sei aber niemals Mitglied der Partei gewesen, half wenig. Die Ankläger des ›Committees on Unamerican Activities‹, denen es mit ihrer Kampagne gegen die Brüder Eisler gleichzeitig um eine Denunziation der liberalen Rooseveltschen Einwanderungspolitik ging, beschuldigten ihn des Meineids und der illegalen Immigration. Eisler wurde am 2. Oktober verhaftet und mit Ausweisung bedroht. Vgl. hierzu zusammenfassend: Jürgen Schebera, ›Hanns Eisler im USA-Exil 1938–1948‹, Meisenheim am Glan 1978, 98–101.

2] *wiederkehrende Aufforderungen zum Kampf:* Vgl. TM an Agnes Meyer, P. P. 10. 10. 47: »Ich selbst unterschreibe *nichts* mehr von allen Aufrufen, mit denen die verzweifelte Linke sich lästig macht, denn ich habe wenig Lust, noch einmal den Märtyrer zu spielen [...]. Aus persönlichen Gründen geht mir der Fall Eisler nahe. Ich kenne den

Mann recht gut, er ist hoch gebildet, geistvoll, im Gespräch sehr amüsant, und oft habe ich mich mit ihm, namentlich über Wagner, glänzend unterhalten. Als Musiker ist er, nach dem Urteil all seiner Kollegen, ersten Ranges. Seit die Inquisition ihn dem ›weltlichen Arm‹ zur Verschickung empfohlen, besteht die Gefahr, daß er in einem deutschen Lager landet. Ich höre, daß Strawinsky (ein Weißrusse!) eine Demonstration zu seinen Gunsten einleiten will. Aber ich habe Weib und Kinder und erkundige mich nicht weiter danach.« (Br. II, 555). – Daß TM seine Zurückhaltung schließlich aufgab, zeigen die TB-Eintragungen vom 11. 10. 47, der Brief an Albert Einstein, P. P. 14. 10. 47, Reg. III. 47/323; Br. II, 559, sowie die TB 11. 10. 47, Anm. 2 erwähnte Petition an die tschechoslowakische Regierung.

3] *fünften Kolonne:* Gruppierungen, die aus dem Untergrund heraus 162
gegen ihren Staat und für den ideologischen Gegner arbeiten. Seit dem berühmten Buch ›The Trojan Horse in America‹ (1940) von Martin Dies schlug sich in den USA diese systematisch geschürte Angst vor Unterwanderung in einer Reihe von Registrierungsvorschriften für Einwanderer sowie, schließlich, in den stärker werdenden Aktivitäten des ›Committee on Unamerican Activities‹ nieder.

4] *Hinrichtung deutscher Nazi-Sadisten:* UP meldete am 26. 9. 47 aus Landsberg die Hinrichtung von zwei früheren KZ-Aufsehern und einem »sergeant«, der einen alliierten Kriegsgefangenen ermordet hatte. Vollstreckungen in Frankfurt – eventuell im Zusammenhang mit dem dort stattfindenden I.G.-Farben-Prozeß – ließen sich zu diesem Zeitpunkt nicht nachweisen.

5] *Apologetischer Artikel und Brief von [...] Luise Rinser:* Das achtseitige Manuskript befindet sich – allerdings ohne den Begleitbrief – im TMA.

6] *Luise Rinser:* Die Lehrerin Luise Rinser (geb. 1911) lebte seit 1939 als freie Schriftstellerin in Bayern. Sie erhielt jedoch schon 1940 Berufs- und Publikationsverbot, überlebte eine Haftzeit wegen ›Wehrkraftzersetzung‹ und veröffentlichte ihre Erlebnisse 1946 in einem ›Gefängnistagebuch‹. Luise Rinser war von 1945–1953 Mitarbeiterin der ›Neuen Zeitung‹ in München und lebt seither wieder als freie Schriftstellerin.

7] *Antwort:* An Luise Rinser, P. P. 27. 9. 47, Reg. IV, N. 47/10.

8] *ungarischer Freund:* Artur Bardoš; s. TB 7. 12. 46, Anm. 2.

9] *Joseph-Komposition:* S. TB 14. 10. 46, Anm. 3. Die von TM erwähnten Aufnahmen befinden sich nicht unter dem bisher registrierten Plattennachlaß.

28. 9. 1947

163 1] *Eisenhower:* Der amerikanische General Dwight D. Eisenhower (1890–1969) hatte im Juni 1944 die alliierte Landung in der Normandie durchgeführt und am 8. 5. 45 die deutsche Kapitulation entgegengenommen. Bis November 1945 blieb er Oberbefehlshaber der US-Besatzungstruppen in Deutschland, übernahm von 1948–1953 das Amt des Präsidenten der Columbia University und war gleichzeitig, von 1950–1952, Oberbefehlshaber der Nato-Streitkräfte. Als republikanischer Politiker kandidierte er erst eine Legislaturperiode später, im November 1952, für das Amt des Präsidenten. Er wurde gewählt und 1956 noch einmal in seinem Amt bestätigt.

2] *Bermann'schen Preis-Roman:* Walter Kolbenhoff, ›Von unserem Fleisch und Blut‹, Bermann-Fischer Verlag, Stockholm, und Nymphenburger Verlagshandlung GmbH, München, 1947. GBF hatte am 1. 10. 1945 in Verbindung mit und auf Anregung von der Zeitschrift ›Der Ruf‹ (s. TB 28. 10. 46, Anm. 2) ein Preisausschreiben für deutsche Kriegsgefangene in den USA initiiert, dessen Bedingungen die Zeitschrift am 1. 10., 1. 11. und 15. 11. 45 publizierte (s. dazu ›Bedroht – Bewahrt‹ a.a.O. 282). Der Ausschreibungstext hatte folgenden Wortlaut: »Schriftsteller-Wettbewerb. In Verbindung mit einem international bekannten Verlagshaus wird ein Wettbewerb für junge, zur Zeit in den USA kriegsgefangene Schriftsteller ausgeschrieben, um sie in ihren Nachkriegsplänen zu fördern. Eingereichte Manuskripte müssen üblichen Buchumfang haben: sie sind einzureichen mit folgender An schrift: *Provost Marshall General, 50 Broadway, New York, N. Y. Attention: Library Contest.* Die deutsche Anschrift, die nach der Rückkehr zur Heimat zu benutzen ist, wird in einer der nächsten Nummern des ›Ruf‹ bekanntgegeben. – Außer dem üblichen Honorar gelangen nachstehende Preise zur Verteilung: 1. Preis RM 3000, 2. Preis RM 1500. – Eine Auszahlung in den Vereinigten Staaten erfolgt nicht, die Preise werden vielmehr nur in Deutschland und nur an vollständig entlassene Kriegsgefangene vergeben. Angenommene Werke werden sowohl in deutscher als auch in englischer Sprache veröffentlicht. – Der Wettbewerb läuft ab sofort. Einsendeschluß 1. Mai 1946.« Bei diesem Preisausschreiben wurde nur der erste Preis vergeben.

3] *Kolbenhoff:* Der gelernte Chemograph Walter Kolbenhoff (recte Hoffmann, geb. 1908) veröffentlichte während seiner Reisen durch Europa, Afrika und Kleinasien in den zwanziger Jahren erste literarische Versuche im ›Vorwärts‹ und war ab 1929 als KP-Mitglied und Angehöriger des ›Bundes Proletarisch-revolutionärer Schriftsteller‹ Reporter bei der ›Roten Fahne‹. 1933 mußte er Berlin verlassen, ging nach Amsterdam und wurde von dort nach Dänemark ausgewiesen. In Kopenhagen fand er – durch die Fürsprache von Wilhelm Reich – Arbeit beim Rundfunk, wurde jedoch nach dem Einfall der deutschen Wehrmacht regulär zum Kriegsdienst eingezogen, nahm an den Kämpfen in Jugoslawien und Italien teil, geriet 1944 in amerikanische Gefangenschaft und traf im US-Lager mit Hans Werner Richter und Alfred Andersch zusammen, in deren ›Ruf‹-Redaktion er mitarbeitete, bis er, 1946, nach Deutschland entlassen wurde. In München lebte er zunächst als Redakteur der ›Neuen Zeitung‹ und Mitarbeiter des ›Ruf‹, später als freier Schriftsteller.

4] *Akadem. Abhandlungen von O. Seidlin:* Oskar Seidlin, ›Essays in German and Comparative Literatur‹, Chapel Hill. 1961. Darin auf S. 182 ff. der erwähnte Aufsatz »Laurence Sterne's ›Tristram Shandy‹ and Thomas Mann's ›Joseph the Provider‹«, der zuerst in der Zeitschrift ›Modern Language Quarterly‹, Jg. 8, 1947, 101–118 erschienen war. TM hatte offenbar Sonderdrucke einiger Aufsätze erhalten, denn die Anspielung auf die »krankhafte Halbexistenz der Helena bei Goethe« findet sich in dem ›Publications of the Modern Language Association‹ 42/1942 erschienenen Seidlin-Essay ›Helena: Vom Mythos zur Person‹.

5] *an die deutsche Dichterin:* An Luise Rinser; s. TB 27. 9. 47, Anm. 7.

6] *Stockholmer Musik:* S. TB 27. 9. 47, Anm. 9.

29. 9. 1947

1] *an Seidlin:* An Oskar Seidlin, P. P. 28. 9. 47, Reg. III, 47/288; *163*
Br. II, 551/552, mit der Bitte, ihn bei Übersetzungsproblemen von Goethe-Gedichten für den Dial-Band zu beraten.

2] *an [...] Rosenberg:* Der Brief gilt als verschollen; s. Reg. IV, 581.

3] *Vorrede: Phantasie über Goethe.* S. TB 30. 8. 47, Anm. 4.

4] *Der deutsche Soldaten-Roman:* ›Von unserem Fleisch und Blut‹; s. TB 28. 9. 47, Anm. 2.

30. 9. 1947

164 1] *Tochter:* Liesl Frank.

2] *Krüppel S.:* Nicht ermittelt.

3] *Schriften [...] von L. Mittner:* Vermutlich die zwei Arbeiten ›Da Pigmalione a Cassandra‹, ›Studi Germanici‹ 5/6, 1940 und ›Friedrich Schiller, Liriche e Ballata‹, Mailand 1947 des italienischen Germanisten Ladislao Mittner (1902–1975).

1. 10. 1947

164 1] *[von] Dr. Haß:* Bonn, 5. 9. 47; im TMA.

2] *Dr. Haß:* Der Germanist Hans Egon Hass (1916–1969).

3] *Artikel aus der Universitätszeitung:* Hans Egon Hass, ›Thomas Mann‹, ›Bonner Universitätszeitung‹, Jg. 1947, No. 15, 6–8.

4] *Cocteau:* Der französische Schriftsteller, Filmregisseur, Choreograph und Graphiker Jean Cocteau (1889–1963), ein Freund von Klaus Mann, der 1930 Cocteaus Roman ›Les enfants terribles‹ unter dem Titel ›Die Geschwister‹ dramatisiert hatte.

5] *La Machine Infernale:* Das 1934 entstandene Bühnenstück erschien auf Deutsch erst 1951 unter dem Titel ›Die Höllenmaschine‹ in der Übersetzung von K. Mühlbauer.

6] *K.'s Stück:* Klaus Manns Bühnenstück ›Der siebente Engel‹, Zürich 1946 und – in der endgültigen Fassung – 1947, blieb unaufgeführt und unübersetzt.

7] *an Dr. Haß:* An Hans Egon Hass, P. P. 1. 10. 47, Reg. III, 47/293.

8] *an Jean Cocteau:* P. P. 8. 10. 47, Reg. III, 47/308; Br. II, 552/553.

2. 10. 1947

164 1] *an Dr. Mittner:* Das Schreiben an Ladislao Mittner gilt als verschollen; s. Reg. IV, 581.

2] *an Borgese über die ›Verfassung‹:* Auch dieses Schreiben ist verschollen. S. Reg. IV, 581. Mit der ›Verfassung‹ dürfte der Entwurf für eine Weltregierung, ›Preliminary Draft of a World Constitution‹ gemeint sein, der im März 1947 in ›Common Cause‹ erschienen war. Zu TM's Stellungnahme vgl. auch den im Anhang No. 25 abgedruckten Text.

165 3] *telegr. Warnung:* An GBF, P. P. 2. 10. 47, Reg. III, 47/294; TM/GBF 489

4] *»Waffen für Amerika«:* Lion Feuchtwanger, ›Waffen für Amerika‹, Querido, Amsterdam 1947, ›Gesammelte Werke‹, Bd. 17. Der Roman steht mit einer Widmung des Verfassers in der Zürcher Bibliothek.

3. 10. 1947
1] *H. Eißler [. . .] verhaftet:* S. TB 27. 9. 47. 165
2] *Dr. Edel:* Nichts Näheres ermittelt.

4. 10. 1947
1] *Passport fraud:* Paß-Betrug. 165
2] *Rankin:* Dem Abgeordneten aus Mississippi, John E. Rankin (1882–1960), war es 1945 durch geschicktes Taktieren gelungen, den Kongreß-Ausschuß zur Untersuchung staatsfeindlicher Tätigkeiten (das sog. Dies-Committee) zu einem ständigen Komitee des Abgeordnetenhauses zu erheben und sich selbst erfolgreich um den Vorsitz zu bemühen. 166
3] *Thomas:* Das Abgeordnete und Vorsitzende des Untersuchungs-Ausschusses – Verhandlungsführer während des Verhörs von Bert Brecht – J. Parnell Thomas (1895–1970). Thomas wurde 1949 wegen Korruption und Unterschlagung zu einer hohen Gefängnisstrafe verurteilt.
4] *Strawinskys Vorhaben:* In Form eines schriftlichen Protestes offenbar nicht realisiert. Strawinsky gehörte jedoch – neben Ernst Toch – zu den Initiatoren des Solidaritätskonzerts am 14. 12. 47 in Los Angeles (s. TB 14. 12. 47). Zur Rolle Strawinskys vgl. auch Nathan Notowicz, ›Wir reden hier nicht von Napoleon. Wir reden von Ihnen. Gespräche mit Hanns Eisler und Gerhart Eisler‹, Verlag Neue Musik, Berlin (DDR), 1971.
5] *von Feist-Nebel:* Genf, 27. 9. 47: »Nun komme ich heute mit einer seltsamen Anfrage: Erika erwähnte beiläufig im Gespräch, daß Sie beide, als Sie die Dorsch in ›Stella‹ sahen an die Lotte gedacht hatten. Seitdem läßt mich dieser Gedanke nicht wieder los [. . .] ich finde die Idee vorzüglich, und es würde mich ungeheuer reizen den Versuch zu wagen. [. . .] Würden Sie mir die Erlaubnis geben, eine Dramatisierung zu versuchen? Ich würde mich natürlich in allen Details nach Ihren Wünschen richten und Ihnen alles vorher vorlegen. Das ganze Buch ist ja eigentlich wie ein Drama. Die immer wachsende Spannung

der ersten Kapitel auf die Erscheinung Goethes macht es dem Bearbeiter nicht schwer. Es müßte durch geschickte Streichungen das herausgearbeitet werden, wodurch Sie uns ein völlig neues Goethebild geschenkt haben. [. . .] Ich würde es [. . .] als eine neue dramatische Form sehen, die lediglich durch gedankliche Spannung wirkt; durch die streng gehaltene Melodie des Themas, im Gegensatz zu den atonalen Kompositionen eines Wilder oder Saroyan. – Die große Schwierigkeit wäre natürlich: Goethe auf der Bühne. Ihn auftreten zu lassen, durften vielleicht unter allen Lebenden nur Sie wagen! Aber auf der Bühne? Ich könnte mir denken, daß man es so umgeht, daß man nach der großen Spannung der ersten Kapitel bzw. Szenen in denen ja seine Gestalt völlig gegeben wird, ihn nur einmal wirklich kurz erscheinen läßt, nämlich bei dem Eintreten in das Empfangszimmer und dem Wiedersehen mit Lotte. Die blaßroten Schleifen müßten natürlich die dramatische Spannung sehr untermalen und der Augenblick und die Enttäuschung des Wiedersehens müßte der stumme Höhepunkt des Dramas sein; »Daß dann die Dinge, wenn sie wirklich sind, nur schale Schauer des Erinnerns bringen.« Das wundervolle ›Lunch‹ ist natürlich auf der Bühne nicht möglich. Ich glaube der Schlußteil müßte sich ganz in's Visionäre verlieren bzw. steigern, wie er es im Roman übrigens auch tut. Eventuell könnte man eine Werther-Szene einfügen – sei's vorher, sei's nachher – auch in visionärer Form und möglichst auch ohne Goethes Erscheinen. Unser Kätchen würde das gewiße sehr schätzen, denn sie liebt es sehr noch entre les ages zu sein und sie ist ja auch trotz ihres Alters von unverwüstlicher Jugend.« (Im TMA) – Hans Feists Dramatisierung ›Lottens Wiederkehr. Komödie in 4 Akten (8 Bildern) nach Motiven von Thomas Manns Roman ‚Lotte in Weimar'‹ wurde am 8. 5. 1950 mit Albert Bassermann in der Rolle des Goethe in Heidelberg uraufgeführt. (S. dazu TM an Hans Feist, P. P. 1. 1. 49, Reg. III. 49/3 und *Hans Feist zum Gedächtnis* (1952). GW X, 532/533.

166 6] *Dankesbrief des Philosophen Marcus:* Oberwil, Baselland, 26. 9. 47; im TMA.

7] *das stark mordverdächtige Liebespaar:* L. Overall, einzige Erbin eines bedeutenden Vermögens, stand in Verdacht, gemeinsam mit ihrem Verlobten, G. Gollum, ihre Eltern auf einer Yacht totgeschlagen und durch eine anschließende Explosion an Bord alle Spuren verwischt zu haben. Die Verhandlung gegen das ›Mörderpärchen‹ fand in der

Presse starke Beachtung und endete am 6. 10. 47 mit einem Freispruch. TM mit seinem Sinn für Räuberpistolen hatte – als »Romancier« – die ganze Geschichte »mit einer gewissen Aufregung« verfolgt. Vgl. dazu den Brief an Agnes Meyer, P. P. 10. 10. 47, Reg. III, 47/314; Br. II, 554–557: »Der Freispruch ist ein Phänomen, das ich noch nicht aus dem Sinn bringe. Für viel Geld konnte man Einblick tun in die Korrespondenz der jungen Leute während ihrer Untersuchungsgefangenschaft. Ernst Lubitsch zum Beispiel hat diese Briefe gelesen und berichtet, an Obszönität seien sie schwer zu übertreffen, dagegen komme nichts darin vor, was auf das geringste Nachgrübeln über den eigenen Fall, das Geheimnis des Todes der Eltern schließen lasse. Während der Verhandlung haben die beiden verliebte Blicke getauscht, offenbar nach Anweisung des Verteidigers; denn nach dem Freispruch erklärte das Mädchen, ihren Freund nicht heiraten zu wollen ›and leave it to us to figure out why she doesn't care.‹ Was mag die cheering crowd des Gerichtssaals dazu sagen? Verstehen Sie überhaupt, warum und worüber die Leute jubelten? Das Paar hatte persönlich nach allen Bildern doch nichts Bezauberndes. Gibt es eine volkstümliche Begeisterung darüber, daß man ein krasses Verbrechen begehen kann and may get away with it? Das wäre keine sehr gesunde Begeisterung. Der Gipfel von allem scheint mir zu sein, daß der Verteidiger jetzt die Versicherungssumme einklagen will – was ja der Annahme des Selbstmordes zynisch widerspricht. Ich glaube, die Hausfrau, die ganz allein bis zuletzt standhielt und nur gezwungen dem ›Nicht schuldig‹ schließlich zustimmte, wird recht behalten mit ihrem Vertrauen, daß irgendwie die Strafe die Schuldigen schon noch ereilen wird.« (556).

5. 10. 1947

1] *Physiker Planck:* Der deutsche Physiker, Nobelpreis 1918, Max Planck (geb. 1858), war am 4. 10. 47 in Göttingen gestorben. 166

2] *an Feist:* Im TMA befindet sich nur noch der Original-Umschlag des Schreibens. Der Brief selbst gilt als verschollen, s. Reg. IV, 581.

3] *Freisprechung:* S. TB 4. 10. 47, Text und Anm. 7. 167

4] *Bildung einer neuen europ. Comintern:* Im Vorfeld der für November 1947 in London vorgesehenen Außenministerkonferenz befahl Moskau die Bildung eines Internationalen kommunistischen Informationsbüros in Belgrad – eine Maßnahme, die von der westlichen

Welt als Versuch zur Wiederbelebung der kommunistischen Internationale bewertet wurde, deren Auflösung Stalin am 22. 5. 43 verfügt hatte.

6. 10. 1947

167 1] *Mordprozess:* s. TB 4. 10. 47, Anm. 7.

2] *Marshall-Plan:* Der am 5. 6. 47 in einer Ansprache an der Harvard-University von General George C. Marshall (1880–1959) entwickelte Plan zur Wiederherstellung geordneter Wirtschaftsverhältnisse in Europa mit dem Ziel, durch die Beseitigung von Hunger, Elend und Verzweiflung leistungsfähige Handelspartner zu gewinnen und ein europäisches Bollwerk gegen das weitere Vordringen des Kommunismus zu errichten.

3] *»Truman-Doctrine«:* S. TB 13. 3. 47, Anm. 1.

4] *Sparsamkeitsaufruf:* Der amerikanische Präsident hatte am 5. Oktober zum dritten Mal seine Landsleute über den Rundfunk aufgerufen, Lebensmittel für Europa einzusparen.

5] *von Bermann:* Stockholm, 1. 10. 47; TM/GBF 484–489.

6] *Rundschau-Druck: Nietzsche's Philosophie im Lichte unserer Erfahrung,* ›Die Neue Rundschau‹, Stockholm, H. 8, (Herbst) 1947, 359–389.

7] *Neue Grobheiten:* Wohl während der dreistündigen hitzigen Debatte über den Antrag des russischen Außenministers, jedes Land solle durch Parlamentsbeschluß die Möglichkeit schaffen, all jene Zeitungseigentümer zu bestrafen, die unwahre und verleumderische Behauptungen über andere Nationen verbreiteten. Der Antrag wurde schließlich mit 34:6:8 Stimmen abgelehnt.

8] *In »Nation«:* Joseph Lilly, ›La Guardia‹, ›The Nation‹, vol. 165, No. 14 v. 4. 10. 47, 336/337.

9] *Aufruf der »Amer.-Sowjet-Friends«:* Der Aufruf, vermutlich des ›National Council for American Soviet Friendship‹, konnte noch nicht ermittelt werden. Allerdings fanden sich in der Zeitung ›Neues Deutschland‹, Berlin, vom 7. 11. 1947 auf S. 1 unter den Glückwünschen zum 30. Jahrestag der Gründung der Sowjetunion auch folgende Zeilen TMs – eventuell die Antwort auf den »vernünftig zu lesenden Aufruf«: »Ich habe vielleicht nicht genug Sinn für die von Rußland ausgehende Bedrohung der kapitalistisch-bürgerlichen Lebensordnung, denn ich bin kein Kapitalist. Soviel aber sehe ich, daß von Ruß-

land keine Bedrohung dessen ausgeht, worauf alles ankommt, nämlich des Friedens.«
10] *Feeding for political means:* Ernährungshilfe aus politischen Gründen.

7. 10. 1947
1] *Erklärung der jungen Mörderin:* S. TB 4. 10. 47, Anm. 7. 168
2] *an Bermann:* Verschollen, s. Reg. IV, 581.
3] *»Der S. S. Staat«:* Eugen Kogon, ›Der SS-Staat‹, München 1946. S. auch TB 11. 9. 46, Anm. 1.
4] *Kogon:* Der deutsche Publizist und Politikwissenschaftler Eugen Kogon (1903–1987) war 1938 verhaftet und von 1939–1945 im Konzentrationslager Buchenwald gefangengehalten worden. Seit 1946 gab er – gemeinsam mit Walter Dirks – die kulturpolitische Monatsschrift ›Frankfurter Hefte‹ heraus.

8. 10. 1947
1] *an [...] Staeps:* An Hans-Ulrich Staeps, P. P. 8. 10. 47, Reg. III, 47/310. 168
2] *Musiker Staeps:* Nichts Näheres ermittelt.

10. 10. 1947
1] *an Feuchtwanger:* An Lion Feuchtwanger, P. P. 9. 10. 47, Reg. III, 47/311. 168
2] *[an] Marcuse:* An Ludwig Marcuse, P. P. 9. 10. 47, Reg. III, 47/313.
3] *von Seidlin:* O. O. [Columbus, Ohio], 4. 10. 47; im TMA. – Offenbar haben Seidlins Bedenken TM, wie ein Brief an Agnes Meyer vom 10. 10. 47, Reg. III, 47/314, zeigt, nicht gleichgültig gelassen: »Zudem macht die übernommene Herausgeberschaft mir viel Kopfzerbrechen, denn als Fremder bin ich gar nicht imstande, die Qualität der vorhandenen englischen Übersetzungen zu beurteilen, die rechte Auswahl daraus zu treffen, festzustellen, was (von den Gedichten etwa) neu übersetzt werden muß, und die notwendige Bibliotheks-Arbeit zu leisten. Der Verlag, offenbar in der Annahme, daß ich alles kann, hat mich da mit einer Aufgabe betraut, der ich garnicht recht gewachsen bin, und die ich wohl werde niederlegen müssen.« (Kopie des in Br. II nur fragmentarisch abgedruckten Briefes im TMA). 169

169 4] *junger amerik. Composer will Rat:* Der Brief von Charles Burkhart, Goshen College, Goshen Indiana, datiert 5. 9. 47, befindet sich im TMA.

5] *Der junge Driesch:* Der deutsche Komponist Kurt Driesch, geb. 1904, Sohn des Leipziger Philosophen Hans Driesch (1867–1941). Anläßlich eines Vortrags 1925 hatte TM das Haus Driesch in Leipzig besucht und dabei auch den damals einundzwanzigjährigen Musiker kennengelernt, der ihn durch die Improvisation am Flügel beeindruckte.

6] *Söhnchen Beißer:* Der in Anlehnung an *Unordnung und frühes Leid* in seiner frühesten Jugend »Beißer« gerufene Sohn von Kurt Driesch, Hans-Ulrich. Vgl. TM an Kurt Driesch, P. P. 18. 10. 47, Reg. III, 47/326: »Wir alle hier [. . .] haben herzlich gelacht über das Leben in Fleisch und Blut, das bei Ihnen die Figur des kleinen Beißer angenommen hat. Nehmen Sie unser aller herzlichste Wünsche für das Wohlergehen dieses lieben Kleinen, der in seiner frühesten Jugend durch so wilde Prüfungen und Abenteuer gegangen ist.« (Zitiert nach ›Deutsche Woche‹, 6. Jg. No. 2 v. 11. 2. 1956, 14).

7] *Französischer Literarhistoriker [. . .] von Döblin [. . .] belehrt:* Das Schreiben von Roger Beyer, Baden-Baden, 15. 7. 47, befindet sich im TMA: »Vor einigen Wochen hatte ich zum ersten Mal Gelegenheit, Herrn Döblin zu sprechen. Als ich mir erlaubte, Ihren Namen zu erwähnen, unterbrach er mich mit folgenden Worten: ›Der interessiert mich gar nicht. Der datiert ja. Schon längst überholt‹.«

8] *»Phantasie über Goethe«:* Vgl. TB 30. 8. 47, Anm. 4. TM selbst hatte keine allzu hohe Meinung über dieses Vorwort. Vgl. die in D. ü. D. zusammengestellten Äußerungen, vor allem den gleich nach Beendigung des Essays geschriebenen Brief an Eberhard Barthold, P. P. 22. 10. 47, Reg. III, 47/337: »über Goethen schrieb ich schon wieder. [. . .] Was soll ich machen? Dank ›Lotte in Weimar‹ gelte ich als ›the only man who possibly can do it‹, und so sitze ich denn und plündere etwas gelangweilt mich selbst.«

9] *an die Meyer:* S. Anm. 3 und 10.

10] *»The best years of our lives«:* Der 1946 von William Wyler nach einem Buch von Robert Sherwood gedrehte Film mit Fredric March, Dana Andrews, Harold Russell, Myrna Loy, Teresa Wright, Virginia Mayo u. a. Vgl. TMs ausführliche Verteidigung des Films gegenüber Agnes Meyer in dem Anm. 3 aufgeführten Brief: »In Ihrer unvergeßlichen Rede hier, vor der Lehrer-Organisation [s. TB 1. 4. 47, Anm. 2], in der Sie auch an ›Hollywood‹ so mutige Kritik übten, haben Sie, wenn ich mich nicht ganz und gar irre, in der Wahl des speziellen Objekts ganz seltsam fehlgegriffen, indem Sie nämlich ›The best years of our lives‹ von Sherwood als eine disgrace für die amerikanische Produktion und für das Land selbst bloßstellten. Verehrte Freundin, wieviele volksverderberische Machwerke gab es anzuprangern statt dieses Films, den ich damals nicht kannte! Erst gestern habe ich ihn zufällig gesehen und muß sagen: er gehört zum Vorzüglichsten, was mir auf diesem Gebiete vorgekommen, – von unübertrefflicher Natürlichkeit, grundanständig in der Gesinnung, glänzend gespielt und voll von echt amerikanischem Leben. Sagen Sie mir um Gottes willen: wo ist etwas Hetzerisches, Herabsetzendes, an schlechte Instinkte Appellierendes in dieser Vorführung, etwas, was dem Lande zur Schande gereichte? Die Schwierigkeiten der Wiederanpassung der Heimkehrer ans zivile Leben sind ja mit Diskretion, Humor und Güte geschildert, die Frauen ergreifend bis auf die Eine, Ordinäre, die zum Bilde gehört, die Männer, als Individuen mit ihren abgestuften Schicksalen, durchaus lebenswahr – und lebenswahr die Welt, in die sie zurückkehren. Durfte die Tragik nicht anklingen, daß jedesmal, wenn die boys zurückkehren, die Idee des Krieges, in dem sie ihre Gliedmaßen opferten, verraten und ausverkauft ist? Haben Sie etwas dagegen, daß der Mensch, der die Roheit und politische Schlechtigkeit besitzt, dem heimgekehrten Krüppel zu sagen: ›We fought the wrong people‹ *niedergeschlagen* wird? Wenn nicht, wogegen haben Sie etwas? Ich muß die Überlegenheit des Urteils einer Amerikanerin wie Sie es sind a priori anerkennen. Da ich Amerikaner sein möchte, muß ich wünschen, zu sehen und zu denken, wie Sie. Ich bitte Sie ernstlich, klären Sie mich auf, wenn Sie Zeit dazu finden, über die Gründe Ihres verwerfenden Spruches, damit ich sie bei mir verarbeiten kann.«

11] *Conrads Memoiren:* S. TB 2. 8. 46, Anm. 2.

11. 10. 1947

1] *Eisler:* Im Manuskript steht – wohl eine Verschreibung – »Eisner«. 169

2] *Petition:* S. TB 27. 9. 47, Anm. 2 und den Text im Anhang No. 26. Da nur der Entwurf für die Petition erhalten ist, lassen sich die Namen der Mitunterzeichner nicht mehr feststellen. Daß TM noch häufiger Petitionen in Sachen Eisler unterschrieb, zeigt neben einem TB-Eintrag vom 29. 10. 47 auch die bei Georg Potempa in der Bibliographie über TMs ›Beteiligung an politischen Aufrufen und anderen Publikationen‹, Morsum/Sylt 1988, 117 und Tafel XVI zitierte Eingabe an das US-Justizministerium.

3] *Compendium Vitae des Erasmus:* Im TMA ist lediglich das Huizinga-Buch (s. TB 17. 8. 47, Anm. 3) erhalten, das viele Arbeitsspuren (Anstreichungen) aufweist.

4] *Gundolfs Schrift:* Friedrich Gundolf, ›Friedrich des Großen Schrift über die deutsche Literatur‹, hrsg. v. Elisabeth Gundolf, Zürich 1947.

12. 10. 1947

169 1] *Teilung Palästina's:* Am 11. 10. 47 hatte der amerikanische Delegierte bei der UN-Palästina-Kommission, Hershel Johnson, die generelle Zustimmung seiner Regierung zu dem Mehrheitsvorschlag der Vereinten Nationen gegeben, der eine Teilung des Landes in einen jüdischen und einen arabischen Teil bei wirtschaftlicher Einheit des Gebietes vorsah.

2] *Mörderin Overell:* S. TB 4. 10. 47, Anm. 7.

170 3] *an die Chicago Daily News:* Vermutlich ist der nur als Konzept im TMA erhaltene und Br. II. 558/559 abgedruckte Brief an einen Mr. Gray, P. P. 12. 10. 47, Reg. III, 47/321, gemeint (s. auch TB 19. 10. 47, Anm. 7). Genaueres ließ sich nicht ermitteln, da das Reg. III, 47/321 angegebene Archiv des Oberlin College in Oberlin/Ohio keine entsprechenden Akten mehr finden konnte.

4] *an den Musiker Burkhart:* An Charles Burkhart, P. P. 18. 10. 47, Reg. III, 47/325.

5] *Bierbrauer Heinicke:* Es kann nur der niederländische Bierbrauer Heineken gemeint sein, der mit seiner Teevisite offenbar den Besuch erwiderte, den Thomas und Katia Mann während ihres Sommerurlaubs bei seiner Mutter, Frau Cnoop Koopmans (s. TB 18. 8. 47), gemacht hatten. Heineken ist heute ein bekannter Mäzen des holländischen Kulturlebens.

13. 10. 1947

170 1] *an Lesser:* An Jonas Lesser, P. P. 12. 10. 47, Reg. III, 47/322.

2] *Senator von Texas on horseback:* Die Quelle für diese Nachricht ließ sich nicht ermitteln.

3] *Symptome von Ekel:* Vgl. TM an Ida Herz, P. P. 26. 10. 47, Reg.

III, 47/347; Br. II, 560/561 (fragm.): »Die politische Atmosphäre ist recht wenig erfreulich in diesem Lande, am besten noch zu erklären aus einer gewissen moralischen Abspannung nach den Anstrengungen der Roosevelt-Genie-Periode. Wenigstens aber stößt das idiotische und verfassungswidrige Treiben des ›Committee on unamerican activities‹ doch auf ziemlich starken öffentlichen Widerstand, und mit dem Angriff auf Hollywood hat es sich möglicherweise sein Grab geschaufelt.« (561).

14. 10. 1947

1] *Rimes and Aphorisms:* Vermutlich Texte für die Abschnitte ›Proverbs in Rhyme‹ und ›Proverbs in Prose‹, ›The Permanent Goethe‹, a.a.O. 615–641. 170

2] *Skandalöser Artikel von Schumacher:* Karl von Schumacher, ›Deutschlands Chance‹, ›Die Weltwoche‹, Zürich, 3. 10. 47, 1, mit dem im vierten Absatz formulierten Tenor: »Damit [...], daß Amerika und Europa heute in Rußland die künftige Gefahr für ihre Freiheit sehen, erwächst für Deutschland eine natürliche Chance. Denn heute ist Deutschland schon allein durch seine geographische Lage, dann aber auch durch die potentielle Macht, die es immer noch in sich birgt, zu der neuen Ostmark geworden, wo allein wirksam ein russischer Angriff gegen den Westen abgeschlagen werden kann.«

3] *Buch von [...] Byrnes:* James F. Byrnes, ›Speaking Frankly‹, London/Toronto 1947.

4] *Brief nach Chicago:* S. TB 12. 10. 47, Anm. 3.

15. 10. 1947

1] *Zur Gewalt gegen die Russen [...] drängt auch der Papst:* Nicht Pius XII., sondern Kardinal Spellman hatte in seiner Rede zum Marianischen Kongreß in Argentinien gesagt: »As the danger of communism and bigotry mercilessly mount we face the perils born of a satanic parenthood that breeds war. [...] Communism is an enemy of all men who believe in God and in America. Each of us has a choice to make – unity and a world wherein our children shall learn in liberty to live in the love of God and neighbor, or disunity in a land, where our children shall live in godless serfdom – in a world enslaved. [...] If man chooses a road to selfstrangulation and serfdom the fault will be ours.« 171

16. 10. 1947

171 1] *des Joseph-Vortrags:* Des Vorlesungsskripts *Joseph und seine Brüder* für den Essay-Band *Neue Studien*, der 1948 bei Bermann-Fischer in Stockholm erschien.

2] *Zeitungsartikel:* Nicht gefunden.

17. 10. 1947

171 1] *an Bermann:* Der Brief ist verschollen; s. Reg. IV, 581.

172 2] *Rede Erikas:* Die Ansprache ist EM, Br/Antw. I, 228/229 abgedruckt.

3] *Feuchtwangers Gespräch mit Gromykow:* Vermutlich im April 1947, als sich Gromyko zur Palästina-Debatte in Lake Success (Staat New York) und Feuchtwanger in New York aufhielt.

18. 10. 1947

172 1] *an Frau Hallgarten:* An Constanze Hallgarten, P. P. 18. 10. 47, Reg. III, 47/328. Der von Constanze Hallgarten übermittelte Brief des ehemaligen Verlagsleiters von Oldenbourg, Wilhelm Ludwig von Cornides, befindet sich nicht unter den im TMA archivierten Dokumenten. Der Inhalt ist jedoch aus TMs Antwort, P. P. 8. 11. 47, Reg. III, 47/374 zu erschließen.

2] *Strichs Goethe-Buch:* Fritz Strich, ›Goethe und die Weltliteratur‹, Bern 1946. Das Buch steht mit einer Widmung des Verfassers in der Zürcher Bibliothek.

19. 10. 1947

172 1] *Beginn des Hollywood Prozesses:* Die hearings des ›Committee on Unamerican Activities‹, vorgenommen, um den Grad der kommunistischen Infiltration (falls eine solche existiere) »into the film colony and its output« festzustellen: »During the two or three weeks of the inquiry the committee will seek to demonstrate that Communists gained a foothold in the motion-picture industry and that the White House, under President Roosevelt, exerted its influence to promote the production of films containing ›flagrant‹ Communist propaganda. [. . .] Among those who will testify later are Gary Cooper, Robert Taylor, Robert Montgomery, Adolph Menjou, Ronald Reagan and Larry Parks.« Gleichzeitig mit der Anklage hatte sich eine Gruppe von unbetroffenen Schauspielern, Regisseuren und Hollywood Angestellten –

unter ihnen Paulette Goddard, Henry Fonda, Gregory Peck, Katherine Hepburn, Anatol Litvak, William Wyler u. v. a. – zusammengefunden und in einem Telegramm an den Obersten Gerichtshof zum Ausdruck gebracht, »that they were ›shocked and outraged by the attempt to smear the motion-picture industry‹.« (NYT, 20. 10. 47, 14: 2, 3).

2] *»Mission to Moskow«:* Das 1943 von Max Steiner in den USA gedrehte »remarkable portrait of what the makers of the film think the Soviet Union like« (James Agee) mit Walter Huston, Ann Harding, Oskar Homolka, George Tobias, Gene Lockart, Eleanor Parker u. a. beschrieb »die russische Karriere des US-Botschafters Joseph E. Davies« und galt als besonders sowjetfreundlicher Film. Während der Hollywood-Verhöre durch das ›Committee on Unamerican Activities‹ bedauerte Jack L. Warner, der Produktion dieses Films zugestimmt zu haben.

3] *Ein reicher Mann:* Eugen B. Casey, »former aid to the late President Roosevelt« (NYT, 19. 10. 47, 3: 2), war wegen Steuerhinterziehung zu einer sechsmonatigen Gefängnisstrafe und hoher Geldbuße verurteilt worden.

4] *Petrillo verbietet [...] die Herstellung von records:* Der mächtige erste Mann der US-Musiker-Gewerkschaft, James Caesar Petrillo (1892–1984), kündigte – mit der Begründung, man sei nicht willens, an der Herstellung eines Instruments mitzuwirken, das einen eventuell eines Tages zerstören könnte – zum 31. 12. 47 »once and for all the making of recordings and transscriptions by the Unions 225.000 members in the United States and Canada«. (NYT, 19. 10. 47, 1: 2, 3).

5] *Kabel Bermanns:* Stockholm, 18. 10. 47; TM/GBF 490: »Registration certificate issued last night – fastest registration on record – my lawyer forwards certificate to you.«

6] *Annahme der Nietzsche-lecture:* Der Vortrag auf Einladung der 173
Humanist Society of San Francisco fand am 18. 11. 47 im Geary Theatre statt. S. den Bericht über den Verlauf der Veranstaltung TB 21. 11. 47. TM hatte bereits zur öffentlichen Gründungsveranstaltung der Gesellschaft am 5. 10. 47 eine Grußbotschaft nach San Francisco geschickt, deren Text im Anhang No. 27 abgedruckt ist.

7] *Telephon mit Feuchtwanger [...] wegen der Chicago Daily News:* S. den TB 12. 10. 47, Anm. 3 nachgewiesenen Brief an Mr. Gray: »ganz so, wie Mr. Lyons sie wiedergibt, werden die beiden Äußerungen in Bob Nathans Living room wohl nicht gelautet haben. Feuchtwanger kann unmöglich gesagt haben: ›I'm going home to Germany‹, denn er denkt ja, so wenig wie ich, daran, das zu tun, und so wenig wie ich, würde er, obendrein in dem Haus eines amerikanischen Schrifstellers, Deutschland, im Gegensatz zu Amerika, als ein Land bezeichnen, ›where real culture can be found.‹ Wie ich unseren Lion kenne, hat er einen Sprach-Patriotismus vertreten, der das Leben des deutschen Wortes an das Leben Deutschlands gebunden sieht. Er wird auseinandergesetzt haben, daß eine Sprache nicht in der Luft stehen kann, daß sie ohne den Rückhalt von Volk und Staat eine tote und tonlose Sprache ist, und daß darum wir deutschen Schriftsteller ein Interesse an der politischen Existenz Deutschland haben. Das hat viel Wahres.« (558)

8] *Telegramm an Basler:* An Otto Basler, P. P. 20. 10. 47, Reg. III, 47/336.

9] *Glückwunsch an Bermann:* An GBF, P. P. 19. 10. 47, Reg. III, 47/334; TM/GBF 490.

10] *Zusage:* Verschollen.

11] *»La Gioconda«:* Die 1876 in Mailand uraufgeführte Oper des italienischen Komponisten Amilcare Ponchielli (1834–1886). Das Libretto von Arrigo Boito fußt auf Victor Hugos ›Angelo, Tyrann von Padua‹.

12] *die Thorberg:* Die schwedische Altistin Kerstin Thorborg (1896–1970) sang von 1936–1950 an der Metropolitan-Opera.

13] *»Gang zum Münster«:* Am Ende des zweiten Akts von Richard Wagners Oper ›Lohengrin‹.

14] *de Gaules Wahlsieg:* Bei den französischen Gemeindewahlen am 19. 10. 47 errang die Volksunion Charles de Gaulles mit 38,5% der Stimmen einen unerwartet großen Erfolg.

20. 10. 1947

173 1] *Druck des englischen »Nietzsche«: Nietzsche's Philosophy in the Light of Contemporary Events. An Address Delivered in the Coolidge Auditorium in the Library of Congress on April 29, 1947.* Published by the Library of Congress, Washington: US Government Printing Office 1947.

2] *Exemplar des registrierten Buches:* Ein Exemplar der auf 50 Stück begrenzten mimeographierten Ausgabe. S. TB 2. 7. 47, Anm. 18.

3] *Der Rechtsanwalt sendet das Copyright-Certifikat:* Der Brief der Kanzlei Poletti, Diamond, Rabin, Freidin & Mackay, New York, datiert 17. 10. 47, befindet sich im TMA und hat folgenden Wortlaut: »I am enclosing Certificate of Registration of the Copyright Officer # 17601 covering the Schatzki edition of your new novel *DOKTOR FAUSTUS* which was published in New York yesterday. – You may be interested to know that the Register of Copyright advises us that this was the fastest registration on record of the Copyright Office.«

4] *Münchener Schriftsteller-Zeitschrift:* S. TB 14. 4. 47, Anm. 3.

5] *Beitrag von Döblin:* Alfred Döblin, ›Die Gegenwart der Literatur‹, ›Der Schriftsteller‹, Jg. 1, H. 1, August 1947, 4–6, mit scharfen Angriffen gegen eine »feudalistische« sowohl wie gegen eine »humanistisch-bürgerliche« Literatur und dem Fazit: »Wenn die feudalistische Gruppe eine ausgesprochen politisch konservative, ländliche und handwerkliche Vorliebe hat, so ist die progressive [die Döblin positiv herausgearbeitet hatte] stadtgeboren, der Technik und Industrie verbunden und leidenschaftlich an allen fortschrittlichen Fragen interessiert. Was an neuer Formalistik in den Jahren vom ersten Weltkrieg bis 1933 in Deutschland ans Licht trat, wuchs aus ihr heraus.«

21. 10. 1947

1] *»T. M.'s Heimkehr«:* Walter A. Berendsohn, ›Thomas Mann's Heimkehr‹, ›Stuttgarter Zeitung‹, 8. 11. 47. 174

2] *»Essays of three Decades«:* S. TB 15. 9. 47, Anm. 4.

3] *Attorney Katz [...] aus dem Saal gebracht:* Der Rechtsbeistand der zehn angeklagten Filmautoren, Charles J. Katz (1905–1983) aus Los Angeles, war im Anschluß an seine Bitte, einen Belastungszeugen ins Kreuzverhör nehmen zu dürfen, mit Gewalt aus dem Gerichtssaal gebracht worden. (S. NYT 22. 10. 47, 1: 8 und 3: 2–4).

22. 10. 1947

1] *die Mutter:* Agnes E. Meyer. 174

2] *des deutschen Bibliographen:* Die Anfragen von Hans Bürgin befinden sich nicht mehr im TMA.

3] *»Zauderberg«:* Nicht ermittelt.

4] *an Berendsohn:* An Walter A. Berendsohn, P. P. 22. 10. 47, Reg. III, 47/338.

5] *Taylor:* Der Schauspieler Robert Taylor, der neben Gary Cooper, Robert Montgomery, Adolphe Menjou, Ronald Reagan u. a. als Zeuge der Anklage vernommen wurde, hatte in Vorverhören den vom Committee inkriminierten Film »Song of Russia« als »kommunistische Propaganda« und »subversives Machwerk« bezeichnet, an dem mitzuarbeiten man ihn »gezwungen« habe.

23. 10. 1947

174 1] *Kabel von Bermann:* Stockholm, 23. 10. 47; TM/GBF, 493.

2] *Faustus-Besprechung von Rychner:* Max Rychner, ›Thomas Manns Doktor Faustus‹, ›Die Tat‹, 18. 10. 47, 1. Vgl. hierzu TM an Agnes Meyer, P. P. 31. 10. 47: »Ich lege die allererste Besprechung [. . .] bei [. . .]. Sie ist mir ein werter Besitz, der Wärme, ja des Enthusiasmus wegen, mit dem darin von diesem Buch der Schmerzen die Rede ist. ›Es hat heute seinesgleichen nicht‹ – da das einmal gesagt werden *konnte*, so scheint mir, daß ihm danach nicht mehr viel geschehen kann.«

3] *von [. . .] Caroline:* Von Caroline Newton, Kingston, 1947; im TMA.

4] *vom Editor von »Story«:* Von Whit Burnett, New York, 21. 10. 47; im TMA. Das Schreiben, in dem Burnett TM für eine ›This is my best‹ betitelte Sammlung um die Angabe eines (eigenen) Textes – »short story or passage from a book« – bittet, mit dem er seine Art des Schreibens angemessen repräsentiert sähe, enthält im dritten Absatz die im TB zitierte Stelle.

24. 10. 1947

175 1] *seinem neuen Roman:* S. TB 19. 4. 47, Anm. 8.

25. 10. 1947

175 1] *Hollywood-Proteste:* Mit Hilfe ganzseitiger Anzeigen in Filmjournalen hatten verschiedene, sich später im ›Committee for the First Amendment‹ zusammenschließende Hollywood-Stars wie Eddi Cantor, Norman Corwin, Henry Fonda, Ava Gardner, Paulette Goddard, Benny Goodman, Katherine Hepburn, Gregory Peck, James Stewart, Fredric March, Rita Hayworth, Frank Sinatra u. a. gegen die hearings protestiert. Am 25. 10. kündigte das Committee, das seinen Namen unter Berufung auf das im ersten Zusatzartikel der amerikanischen Verfassung garantierte Recht auf freie Meinungsäußerung gewählt hatte, seine ›coast to coast broadcast action‹ ›Hollywood Fights Back‹ an. S. auch TB 26. 10. 47, Anm. 3.

2] *von der Fürstin:* Der Brief von Agnes Meyer ist nicht erhalten.
3] *»La Legge«:* Die Novelle *Das Gesetz* in der Übersetzung von Mario Merlini, Mailand 1947.
4] *an Basler:* An Otto Basler, P. P. 26. 10. 47, Reg. III, 47/346.
5] *»Vision«:* ›Vision. Deutsche Beiträge zum geistigen Bestand‹, hrsg. von Gerhard F. Hering und Paul Wiegler, Konstanz 1947–1956. Die von TM erwähnten Texte: Immanuel Kant, ›Zum ewigen Frieden‹, ›Vision‹, 1. Jg. 1. H., August 1947, 2–23; Franz Kafka, ›Ein Hungerkünstler‹, a.a.O. 24–28.
6] *seinen 18. Roman:* ›Der Atem‹. Vgl. die Anmerkung Hans Wyslings zum Brief von Heinrich Mann, 15. 4. 42 in TM/HM a.a.O. 456: »Manuskript abgeschlossen am 25. 10. 1947.«
7] *Über die neue Komintern:* Vgl. die am 23. 10. 47 von UP verbreitete Meldung: »Der britische Labour-Abgeordnete Zilliacus gibt bekannt, Stalin habe einer nicht amtlichen Delegation britischer Labour-Parlamentarier erklärt, die Errichtung der Kominform (s. TB 5. 10. 47, Anm. 4) habe nichts an Rußlands Willen geändert, auch weiterhin gute Beziehungen zu Großbritannien und den USA aufrecht zu erhalten.«
8] *Schumacher:* Der Politiker Kurt Schumacher (1895–1952) war gleich nach der Machtübernahme durch die Nationalsozialisten inhaftiert und fast die ganzen zwölf Jahre in verschiedenen Konzentrationslagern festgehalten worden. 1945, nach der Befreiung, begann er mit dem Wiederaufbau der SPD, zu deren Vorsitzenden er im Mai 1945 gewählt wurde. Schumacher galt als vehementer Gegner einer Vereinigung von SPD und KPD, aber auch, später, der Adenauerschen West-Integrations-Politik.

26. 10. 1947
1] *Berman kabelt:* Stockholm, 25. 10. 47; TM/GBF 493. 176
2] *über Faustus geschrieben:* Eduard Korrodi, ›Thomas Manns Doktor Faustus‹, ›Neue Zürcher Zeitung‹, 22. 10. 47, Fernausg., 5.
3] *Radio-Demonstration:* ›Hollywood Fights Back‹: eine von der ABC über den ganzen Kontinent übertragene Aktion, which »carried into millions of American houses the truth about what was going on [...] describing it as a story of informers, spies, invasions of privacy and other violation of right after the manner of dictatorship and police state.« Die NYT wies am 26. 10. 47 auf diese Veranstaltung hin, die

Gordon Kahn in seinem Bericht ›Hollywood on Trial‹, New York 1972, 140, »a gigantic backfire of publicity« nannte: »On October 26 and November 2, 1947, the Committee for the First Amendment was on the air with two broadcasts, directed by Norman Corwin, and including the most distinguished scientists, political leaders, writers, actors, directors, lawyers in the United States.«

4] *Pepper:* Claude Pepper (geb. 1900), von 1936–1950 demokratischer Senator von Florida.

5] *W. Wanger:* Der Filmproduzent Walter Wanger (1894–1968), von 1939–1944 Präsident der Academy of Motion Picture, Arts and Sciences in Los Angeles.

6] *an I. Herz:* An Ida Herz, P. P. 26. 10. 1947, Reg. III, 47/347.

27. 10. 1947

176 1] »*The best years*«: Die Diskriminierung des Films ›The best years of our lives‹ (s. TB 10. 10. 47, Anm. 10), der nach der Uraufführung mit Preisen und Auszeichnungen überhäuft worden war, steht in einer Reihe mit dem Verdikt anderer sog. ›thinking films‹ wie ›Margie‹, ›None but the lonely heart‹, ›Mission to Moscow‹ oder ›Song of Russia‹, die mit Hilfe spannender, z. T. sogar witziger Fabeln und in einer allgemein verständlichen Darstellungsart politische und soziale Probleme der USA zur Sprache brachten, z. B. »bad housing, unemployment, profiteering, high prices, Jew-baiting, Negro-baiting, fascism in America, illiteracy, inflation, pool taxes, boom- and bust, war« (Kahn, a.a.O. 136) . . . Themen, die geeignet waren, den Ärger der Rechten und ihrer Vertreter John E. Rankin und J. Parnell Thomas zu erregen.

2] *Brief der Meyer:* Nicht erhalten. Zur Sache s. jedoch den TB 10. 10. 47, Anm. 10 zitierten Antwortbrief TMs.

3] *Brief Bermanns:* Stockholm 22. 10. 47; TM/GBF, 490.

4] *Rychners Besprechung:* S. TB 23. 10. 47, Anm. 2.

5] *dem Verfasser:* An Max Rychner, P. P. 26. 10. 47, Reg. III, 47/348; Br. II. 562. Der von TM im TB angeführte Passus lautet: »Einem Buch, das erst einmal gleich so besprochen und beurteilt werden konnte, mag nachher noch allerlei Tadel und Ablehnung zustoßen, – viel, denke ich, kann das ihm dann nicht mehr anhaben.«

6] *Torberg:* Der österreichische Schriftsteller und Publizist Friedrich Torberg (1908–1979) floh 1938 in die Schweiz, 1939 nach Frankreich, 1940 nach Portugal und gelangte 1941 in die USA, wo er zunächst für

Warner Brothers, später als freier Film- und Drehbuchautor arbeitete. 1951 kehrte er nach Wien zurück.

7] *the fastest registration:* S. TB 20. 10. 47, Anm. 3. 177

8] *von Citroen:* Vgl. TM an Paul Citroen, P. P. 2. 11. 47, Reg. III, 47/356 und – fast inhaltsgleich – P. P. 22. 11. 47, Reg. III, 47/389: »Wie sehr habe ich mich über den Liebermannschen Fontane gefreut! Ein Meisterwerk. Herzlichen Dank. Ich lasse ihn rahmen und werde einen guten Platz im Hause für ihn finden. [...] So ein Bild wie der Fontane ist, sollten Sie auch von mir machen.«

9] *Liebermanns Fontane-Portrait:* Max Liebermann (1847–1935) schuf 1896 eine Portraitzeichnung und eine Lithographie Fontanes.

28. 10. 1947

1] *Besprechung der »Weltwoche«:* Eric Streiff, ›Thomas Manns ‚Doktor Faustus'‹, ›Die Weltwoche‹ v. 24. 10. 47, 5. 177

2] *»Bearded Philosopher«:* Felix Weil.

3] *Informierung Knopfs:* Über das Erscheinen der deutschen *Faustus*-Ausgabe in Europa. S. An Alfred A. Knopf, P. P. 2. 11. 47, Reg. III, 47/358.

4] *ganzseitig in der »Tat«:* ›Thomas Manns Brief (1934) im Wortlaut‹, ›Die Tat‹, 7. 9. 47, 5.

5] *Der »New Leader« [...] zugunsten des [...] Committees:* Der ›New Leader‹, vol XXX, No. 43 v. 25. 10. 47, brachte auf Seite 3 einen Artikel von Jonathan Stout, ›Spotlight on Hollywood‹: »[...] a national spotlight has been turned on the Communist propaganda machine in Hollywood. That is uniquely the function of this or any inquiry by a Congressional committee. And once more it demonstrates what all experience with the Communists has taught ... that the one thing the Communists can not bear is the broad light of day on their activities.« Auf derselben Seite gab David Constable einen tendenziösen Bericht über den Versuch der »Hollywood-darlings of the *Daily Worker*«, »to label any attempt by Congress to uproot Communist infiltrators in Hollywood as ›Fascist‹. The Committee's intent,« so hätten Journalisten dieser Gruppe erklärt, »is not to exorcise Communists but rather to control the ideology presented in Hollywood Films.« Ein dritter Beitrag – allen totalitären Feinden der Demokratie gewidmet – versucht, die Leser mit Hilfe konkreter Fallbeispiele von der Harmlosigkeit und Rechtmäßigkeit der Überprüfungsmethoden zu überzeugen: Fulton Oursler, ›The »Witch-Hunt« Smoke Screen‹, a.a.O. 4 u. 14.

6] *»Hostile witnesses«:* Ein zur Verteidigung der eigenen Sache aufgebotener Zeuge, dessen Aussagen sich unversehens als der eigenen Sache feindlich erweisen.

7] *Mrs. Chaplin:* Oona O'Neill-Chaplin, die Frau des Schauspielers.

29. 10. 1947

177 1] *statement zugunsten Eislers:* Vermutlich ein Protest im Zusammenhang mit dem von Potempa a.a.O., 116, erwähnten Schreiben von Charles Chaplin an Picasso und die französischen Intellektuellen mit der Aufforderung, zugunsten von Hanns Eisler ihre Stimme zu erheben. Der Aufruf der Franzosen erschien am 27. 11. 47 auf S. 1 in ›Les Lettres Françaises‹, Paris, und wurde 1965 im ›Sinn und Form‹-Sonderheft ›Hanns Eisler‹, 28/29, kommentiert nachgedruckt.

2] *[von] Frey:* Zürich, 25. 10. 1947; im TMA.

3] *Bild des Rathauses:* Im TMA.

4] *Karla Dräge:* Genaueres noch nicht ermittelt. Möglicherweise eine Verschreibung für ›Drege‹ oder ›Dräger‹.

178 5] *»Stairway to Heaven«:* Der 1946 in England unter dem Titel ›A Matter of Life and Death‹ gedrehte Film. Unter der Regie von Michael Powell und Emeric Pressburger spielten David Niven, Kim Hunter u. a.

30. 10. 1947

178 1] *an Bermann:* Wohl: An Justinian Frisch, Bermann-Fischer Verlag, Stockholm, P. P. 27. 10. 47, Reg. III, 47/349.

2] *[an] Vikko:* An Viktor Mann, P. P. 30. 10. 47, Reg. III, 47/351.

3] *statement:* Der in ›New Masses‹, vol. LXV, No. 8, 9, und später, als Vorwort zu Gordon Kahns Dokumentation ›Hollywood fights back‹ veröffentlichte Text ist im Anhang No. 28 abgedruckt. Zur Sache s. TB 26. 10. 47, Anm. 3. TM nahm an der zweiten Sendung des ›Committees for the First Amendment‹ am 2. 11. 47 teil.

31. 10. 1947

1] *energisches statement:* S. TB 30. 10. 47, Anm. 3.

2] *Mr. Berkovici:* Vielleicht der amerikanische Schriftsteller Leo-

nardo Bercovici, der 1941 TMs Novelle *Tristan* für ein Broadway-Theater dramatisiert hatte. (S. TB 20. 2 und 17. 3. 41).
3] *Brief der Köchin Nandl:* Der Brief der langjährigen Köchin der Familie Mann in München ist verschollen.

1. 11. 1947
1] *italienischer Brief:* Das Schreiben von Ernesto Caronni, Monza, 11. 10. 47, befindet sich im TMA. 178
2] *Torre di Venere:* »Torre liegt etwa fünfzehn Kilometer von Portoclemente, einer der beliebtesten Sommerfrischen am Tyrrhenischen Meer, städtisch-elegant und monatelang überfüllt, mit bunter Hotel- und Bazarstraße am Meer hin, breiten, von Capannen, bewimpelten Burgen und brauner Menschheit bedecktem Strande und einem geräuschvollen Unterhaltungsbetrieb.« (*Mario und der Zauberer*, GW VIII, 658).
3] *Cipolla:* »Cavaliere Cipolla [...] ein fahrender Virtuose, ein Unterhaltungskünstler, Forzatore, Illusionista und Prestidigiatore [...]. Ein Zauberkünstler.« (GW VIII, 670).

2. 11. 1947
1] *Anzeige des Faustus:* S. TB 26. 10. 47, Anm. 2. 178
2] *Gespräch mit dem vorkommenden Schuh:* Korrodi hatte seine Anzeige mit den Worten geschlossen: »Wir werden versuchen, in einem Gespräch dem Werk nahezukommen, wie denn der Musikkenner sogar eine reale Figur ist, die Thomas Mann mit ihrem bürgerlichen Namen nennt.« Vgl. dazu *Doktor Faustus*, Kap. XXXIX, GW VI, 555. – Zum Gespräch mit Schuh s. TB 22. 11. 47, Anm. 13. 179
3] *an die Meyer:* P. P. 31. 10. 47, Reg. III, 47/355; Br. II, 562/563 (fragm.).
4] *Violinkonzert von Prokowjew:* Sergej Prokofjew, Violinkonzert No 2, g-Moll, op. 63. TM besaß eine Aufnahme von 1938 mit Jascha Heifetz und dem Boston Symphony Orchestra unter Serge Koussevitzky.
5] *In England:* Bei den Gemeindewahlen am 1. 11. 47 verlor die englische Labour Party insgesamt 625 Sitze. Sie büßte damit ihre bisherige knappe absolute Mehrheit ein, blieb jedoch mit 43,9% aller Stimmen stärkste Partei.

6] *loan:* Anleihe, Kredit.

7] *»decent Government«:* Im Sinne von ›der amerikanischen Politik willfährig‹.

8] *»Hollywood fights back«:* S. TB 30. 10. 47, Anm. 3.

9] *In »Colliers« böser Bericht:* Wahrscheinlich: Sigrid Schultz, ›Germany's Underground Wants War.‹, ›Collier's Illustrated Weekly‹, New York, 1. Teil, 8. 11. 1947, 11, 74–77. Auf den am 1. 11. 47 in ›Collier's‹ erschienenen Deutschland-Artikel von Lewis H. Brown, ›Let's Get Germany off our Back‹ trifft TMs Beschreibung allenfalls für eine kurze faktenreiche Darlegung des Hungerzustands zu, die innerhalb des Ganzen jedoch nur die Basis zur Entwicklung positiver (wirtschaftlicher) Perspektiven abgibt.

10] *an Fiedler:* An Kuno Fiedler, P. P. 2. 11. 47, Reg. III, 47/357.

11] *[an] Whyte:* An Lancelot Law Whyte, P. P. 7. 11. 47, Reg. III, 47/372.

3. 11. 1947

179 1] *Balzacs »Mädchen m. d. Goldaugen«:* Honoré de Balzac, ›Das Mädchen mit den Goldaugen‹, deutsch von Walter Widmer; mit 47 Holzschnitten von Honoré Daumier, Zürich 1945. Im TMA.

2] *Unterschlagender Bericht:* Ein ungezeichneter Bericht ›Targets of Red Film Quiz at 'Reception' with Eisler. Former Federal Officials and Movie Stars Join in Attack on House Un-American Committee‹: »Seven Hollywoodians, who last week refused to tell the House Un-American Activities Committee whether they were Communists, found themselves today at a reception with two members of the Communist hierarchy – Gerhardt Eisler, reputed ›brains‹ of the party in America, and Eugene Dennis, party secretary treasurer. // The meeting *called* to denounce what speakers called the ›Fascist tactics› of the committee headed by Rep. Thomas (R) N. Y., was attended by about 400 persons. // At the same time a galaxy of Hollywood stars took half an hour on the radio to strum the same tune. // The array of talent on the radio was headed by Humphrey Bogart and his wife, Lauren Bacall, and included Lon McAllister, Evelyn Keyes, June Havoc, Paul Henreid, Jane Wyatt and an all-star cast of writers and musicians. Even *former* Gov. Herbert Lehman of New York and ex-Assistant Atty Gen. Thurman Arnold were in there pitching at Thomas and his associates.« (LAT 3. 11. 47,1).

3] *[an] Trebitsch:* Der Brief an Siegfried Trebitsch gilt als verschollen. S. Reg. IV, 581.
4] *[an] Dr. Pollag:* An Siegmund Pollag, P. P. 4. 11. 47, Reg. III, 47/360.
5] *[von] R. Nürnberg:* New York, 30. 10. 47; im TMA.
6] *R. Nürnberg:* Der Schriftsteller und Journalist Rolf Nürnberg (1903–1949) emigrierte 1936 in die USA, wo er seinen Namen in Ralph Nunberg änderte.
7] *[von] Dr. Jacobson:* Der Brief von Anna Jacobson, New York, 1. 11. 47, befindet sich im TMA.

4. 11. 1947
1] *Committeefreundliches Editorial:* Es handelt sich um den Frontpage Article der ›Los Angeles Times‹ vom 4. 11. 1947, ›Red Inquiry Told of Ghost Writing‹, der die von TM referierte Behauptung enthält. *180*
2] *als Stück der »Ausblick«-Reihe:* TMs im Juni 1945 in der Washingtoner Library of Congress gehaltener Vortrag *Deutschland und die Deutschen* erschien 1947 in der Schriftenreihe ›Ausblicke‹, einer von GBF 1938 in Wien begonnenen und in Stockholm fortgesetzten Broschüren-Reihe.
3] *Herbstheft [. . .] mit Nietzsche-Aufsatz:* S. TB 6. 10. 47, Anm. 6.

5. 11. 1947
1] *Selbstmord des Botschafters Winant:* John Gilbert Winant, 1941–1946 US-Botschafter in London und dreimaliger Gouverneur des Staates New Hampshire, hatte sich am 3. 11. 47 aus unbekannten Gründen – »Nervenzusammenbruch« – erschossen. *180*
2] *Pressure der katholischen Kirche:* Kardinal Spellman hatte eine in allen katholischen Kirchen New Yorks zu verlesende Warnung vor dem Twentieth-Century-Fox-Kassenschlager ›Forever Amber‹ erlassen, die einen Protest der ›National Legion of Decency‹ gegen den als »a glorification of immorality and licentiousness« verdammten Streifen unterstützen sollte. Ein ähnliches Verdikt war von Erzbischof John J. Cantwell für die Kirchen der Erzdiözese Los Angeles vorbereitet worden. Demgegenüber machte die Fox-Filmgesellschaft geltend, ›Forever Amber‹ sei »a ›sincere portrayal‹ of the unattractive consequences of reckless personal conduct« which »by bringing unhappiness to Amber St. Clare in the end ›symbolizes the fate of

those who flout the rules of life and live as they please‹.« (NYT 25. 10. 47, 12: 1).

3] *an Nunberg:* Der Brief an Rolf Nürnberg ist verschollen. S. Reg. IV, 581. Vielleicht handelte es sich um eine Reaktion auf Nunbergs Glosse zum Erscheinen der Wallenberg and Wallenberg Ausgabe des *Doktor Faustus,* ›Ein Unikum‹, ›Aufbau‹, vol. XIII, No. 45 v. 7. 11. 47, 8: »Das amerikanische Copyright-Gesetz hat beinahe über Nacht eine Buchseltenheit geschaffen, die einzigartig ist, und die noch dazu einen besonderen Wert erhält, weil es sich um das Werk eines der größten Romanschriftsteller unseres Jahrhunderts, Thomas Mann, handelt.// [...] Am 14. Februar langten auf der Copyright Abteilung zwei Exemplare eines von einem Vervielfältigungsbureau hergestellten Exemplars des ›Doktor Faustus‹ von Thomas Mann mit dem beschworenen Affidavit des Autors an, dass dieser Erstdruck in Amerika hergestellt worden sei. Die 754 von einem Vervielfältigungsbureau gelieferten Seiten sind sorgfältig abgezogen und in ein ansprechendes Buch im Oktavformat gebunden worden. Die Ausgabe trägt folgende Inschrift: ›Der Roman *Dr. Faustus* von Thomas Mann wurde in der vorliegenden Form als Erstausgabe in den Vereinigten Staaten von Amerika hergestellt und veröffentlicht, um den amerikanischen Urheberrechtsschutz zu sichern‹.// Die vorliegende Sonderausgabe ist auf fünfzig Exemplare beschränkt, die fortlaufend numeriert und vom Autor handschriftlich signiert wurden. Es dürfte das erste Mal sein, daß ein Dichter von Weltruf in diesem Jahrhundert den Erstdruck eines neuen Werkes in dieser Weise hat erscheinen lassen müssen.«

4] *[an] Korrodi:* Verschollen. S. Reg. IV, 581.

5] *Gralserzählung:* Gurnemanz' Erzählung im ersten Aufzug von Richard Wagners ›Parsifal‹.

6. 11. 1947

180 1] *Artikel Lippmanns:* Vermutlich die am 4. 11. 47 in der NYHT unter der Headline ›Lippmann says Russia lost the cold war and knows it‹ erschienene Kolumne ›Today and Tomorrow‹ mit der Generalthese: »Our problem is not how to contain the Soviets. They are contained. It is to push toward a settlement which permits the recovery of Europe and of the world and to relax the tension, to subdue the anxiety, and to end the panic.«

2] *Anzeige aus der »National-Zeitung«:* Alexander M. Frey, ›Doktor

Faustus‹, ›Nationalzeitung‹, Basel, 2. 11. 47, 8. S. auch A. M. Frey an TM, 25. 10. 47: »Über die Großartigkeit des Romans will ich hier garnichts sagen; Sie wissen darum. Sagen will ich nur, wie erschütternd Deutschland durch Sie für mich hingestellt ist, – wie schmerzhaft deutlich unsere völlig verflogene Münchener Atmosphäre wird; wie da aus Kleinigkeiten mir die ganze Stadt aufbricht (in der elektrischen: ›Für zehn geradeaus!‹) wie der Geist und Ungeist eines halben Säkulums zu einem Gebilde sich verfilzt zeigt, das dann in Hitler endete. Das Krankheitsbild des kleinen Nepomuk ist so unerträglich gut, daß ich heulend den Mantel anziehen und ein paar Straßen laufen mußte, ehe ich weiterlesen konnte.«

3] *gar zu sehr auf das »Deutsche« gestellt:* Frey hatte geschrieben: »Es geht ihm so sehr um die Deutschen, dem Deutschen Thomas Mann – er im besten Sinne deutsch mit seiner schöpferischen Skepsis, seinem ordnenden Willen, seinem Drang, die Welt zu erfassen, wie sie ist, ihr zu sagen, wie sie sein sollte, um besser und glücklicher zu sein, – er mit seiner liebenden Bemühung um den Menschen auch dort, wo es schwer und immer schwerer wird, ihn zu lieben.«

4] *Beantwortung eines Fragebogens:* An Helen Lowe-Porter, P. P. 7. 11. 47, Reg. III, 47/367; Br. II, 563–566.

5] *dankte Frey:* Das Schreiben ist verschollen. S. Reg. IV, 581.

6] *Goethes »Schönste Briefe«:* Leipzig, Insel-Verlag 1946; im TMA. TM hatte am 16. 9. 47 den New Yorker Buchhändler Theo Feldman um Besorgung des ihm von Klaus Mann empfohlenen Bändchens gebeten. S. Reg. III, 47/271.

7. 11. 1947

1] *Lecture in San Francisco:* S. TB 19. 10. 47, Anm. 6. *181*

2] *Rede Molotows:* Der sowjetische Außenminister hatte in einer Rede am Vorabend der Oktoberrevolutionsgedenkfeiern die Verdienste der Sowjetunion um die kriegesentscheidenden Offensiven und ihr demokratisches Vorgehen beim Versuch eines europäischen Wiederaufbaus gegen das imperialistisch-aggressive Verhalten der Anglo-Amerikaner abgegrenzt, die auf den Besitz des Atombomben-Geheimnisses pochten, obwohl dieses Geheimnis vielleicht gar nicht mehr existiere. – Zwei Tage später meldeten die Zeitungen die ersten sowjetischen Atombomben-Versuche.

3] *An die Jacobson:* An Anna Jacobson. P. P. 7. 11. 47, Reg. III, 47/366.

4] *[Brief] nach Salzburg:* Das Schreiben ist verschollen. S. Reg. IV, 581. Es hat sich jedoch ein Brief des Verlags ›Das Silberboot‹, Salzburg, vom 26. 4. 1948 erhalten, aus dem der hier gemeinte Vorgang zu rekonstruieren ist. Der Verlagsleiter Ernst Schönwiese läßt TM wissen, »daß der Plan, Ihre ›Fiorenza‹ als Hörspiel herauszubringen, inzwischen verwirklicht werden konnte. Die Tonbandaufnahme jedenfalls habe ich vor einigen Tagen beendet und die Sendung soll nun Donnerstag, den 3. Juni, um 20 Uhr 15 Minuten anläßlich Ihres Geburtstages erfolgen. Die Aufführung ist zugleich als Festveranstaltung zum dreijährigen Bestand der Sendergruppe Rot-Weiß-Rot gedacht. Es ist übrigens derselbe Tag, an dem vor 23 Jahren Dr. Rosenthal im Wiener Volkstheater das Stück herausbrachte [. . .] Ich würde hoffen, daß die Sprecher Ihren Beifall hätten. Den Lorenzo spielt der Intendant des hiesigen Theaters, Johann van Hamme, den Girolamo Heinrich Wilbert, ein hervorragender Sprecher, der lange Jahre in Wien und Hamburg tätig war. Auch die übrigen Rollen konnte ich mit sehr guten oder doch guten Sprechern besetzen, die ich zum Teil aus Wien und Linz nach Salzburg kommen ließ. Die Zwischenaktsmusik komponierte Albert Fischer, der, wie er mir sagte, Ihnen in Berlin und München mehrfach begegnet ist.«

5] *»Shooshine«:* Der italienische Film ›Scuscia‹, Vittorio de Sicas traurig endende Geschichte einer Freundschaft zwischen zwei streunenden Schuhputzerjungen von 1946.

8. 11. 1947

181 1] *Pläne zur Integrierung West-Deutschlands:* Im Vorfeld der am 25. 11. 47 beginnenden Londoner Außenminister-Konferenz hatte der US-Militärgouverneur, General Clay, eine Reihe von Erklärungen abgegeben, aus denen hervorging, daß sich die USA im Fall eines Scheiterns der Konferenz nicht davon abhalten lassen würden, die politische und wirtschaftliche Reorganisation der westlichen Besatzungszonen nach amerikanischen Vorstellungen zu verwirklichen.

2] *Staats-Geburtstagsfeiern:* Die Feierlichkeiten zum 30. Jahrestag der Oktober-Revolution.

3] *an Lion:* Der Brief ist verschollen. S. Reg. IV, 581.

4] *Freys Besprechung:* S. TB 6. 11. 47, Text und Anm. 2.

5] *an Adorno:* An Theodor W. Adorno, P. P. 8. 11. 47, Reg. III., 47/373; Br. II, 567.

6] *an Cornides:* An Wilhelm Ludwig Cornides, P. P. 8. 11. 47, Reg. III, 47/374: Über sein ambivalentes Verhältnis zu Deutschland. »Da Sie es in München nicht aushalten – was soll ich dort?«

9. 11. 1947

1] *die Engländer bezichtigen die Russen:* Wahrscheinlich ist das in der NZZ vom 15. 11. 47 als »wenig glaubwürdig« bezeichnete Gerücht gemeint, die Russen hätten aus deutschen Kriegsgefangenen eine Armee unter Generalfeldmarschall Paulus und General von Seydlitz – also Angehörigen des ehemaligen Komitees ›Freies Deutschland‹ – aufgestellt. 181

2] *Religiös-spiritistische Sekte:* Nicht ermittelt.

3] *In Rex Stouts Zeitschrift über Deutschland:* ›Prevent World War III‹, Bulletin, published by the ›Society for the Prevention of World War III‹, Chicago – San Francisco – Los Angeles – Seattle – Des Moines – Spokane; ein hektographiertes Informationsblatt von dezidiert deutschfeindlicher Tendenz, wie nicht nur die Inhaltsverzeichnisse, sondern auch Auszüge aus der Grundsatzerklärung dieser von Rex Stout präsidierten und u. a. von Emil Ludwig und Frederick W. (Friedrich Wilhelm) Foerster mitgetragenen Vereinigung zeigen: »The widespread habit of setting the Nazis apart from the German people results from an inadequate knowledge of German history.// This inadequate knowledge has made Americans easily vulnerable to the lies and distortions of German propaganda and its supporters both conscious and unconscious, within our country.// Unless the American people are brought to understand the German master-race obsession, and the resulting German determination to conquer the world by force, we cannot possibly take the necessary steps to prevent a third world war.// The forces in Germany that raised Hitler to power and have maintained him, are the identical forces that stood behind Bismarck and Kaiser Wilhelm.// Any treatment of the enemy, after military victory, which does not destroy those forces will leave Germany as strong and dangerous as ever.« TM las vermutlich in der 22. No., die das Datum ›October, 1947‹ trägt und fast ausschließlich Artikel über deutsche Probleme publizierte. 182

4] *strich in der Luxusausgabe:* In der Halblederausgabe des *Faustus*, Stockholm 1947. Eine genaue Überprüfung der Striche war nicht möglich, da der Band aus der Zürcher Bibliothek entwendet wurde. Lediglich die Karteikarte gibt noch »handschriftliche Korrekturen« für die Seiten 7, 43, 56, 102–241, 355, 388, 433, 443, 487, 740, 752 und 756 an.

10. 11. 1947

182 1] *Schwierigkeiten im Domino:* Weder das Manuskript noch der gedruckte Text enthalten Hinweise auf ein »Domino«. Es können also nur ›Schwierigkeiten im Zusammenfügen der Teile‹ gemeint sein. TM verwendet das Wort öfter in diesem Zusammenhang.

2] *von Rychner:* Zürich, 4. 11. 1947; im TMA.

3] *Bestätigung aus San Francisco:* S. TB 19. 10. 47, Anm. 6 und den Dankesbrief der Humanist Society San Francisco v. 30. 11. 47; im TMA.

4] *an Gumpert:* An Martin Gumpert, P. P. 10. 11. 47, Reg. 47/375; Br. II, 567/568.

5] *an Bermann:* Nicht in TM/GBF. Lt. Reg. IV, 581 verschollen.

11. 11. 1947

182 1] *Lippmann [...] »Germany goes underground«:* Vgl. hierzu die Kolumne ›Today and Tomorrow‹ in der NYHT vom 10. 11. 1947, 1, wo Lippmann unter der Headline: ›Lippmann hits slipped peace with Western German State because treaty would benefit Russia, since Western Germans would seek unified »Reich« in negotiations with Soviet area‹ folgende Zentralthese vertreten hatte: »It is necessary to begin by realising that the Germans have already gone underground. [...] In the British and the American Zones the gap is rapidely widening between the official appearance and the German reality. The allied military authorities continue to reign, but more and more in the interior life of Germans they do not govern.«

2] *Upl. Club:* Uplifters Club, der Wohnort von Eva Herrmann. S. TB 31. 1. 47.

3] *Armistice-Day:* Der amerikanische Feiertag zur Erinnerung an den Waffenstillstand am 11. 11. 1918.

4] *an Knopf:* An Alfred A. Knopf, P. P. 15. 11. 47, Reg. III, 47/380.

5] *holländ. Musiker Hagemann:* Der niederländische Komponist, Pianist und Dirigent Richard Hagemann (1882–1966).

6] *jüdische Witwe:* Grace B. Wurtzel, Schwiegermutter von Lester Ziffren.

12. 11. 1947

1] *Idlers:* Nichtstuer, hier: Arbeitslose. 183

2] *von Hesse:* O. O., 13. 10. 47. Der nur in einer unvollständigen Abschrift erhaltene Brief ist in HH/TM, a. a. O. 137 abgedruckt.

3] *»Deutsche Schicksale«:* Alfred Kantorowicz, ›Deutsche Schicksale‹, Portraits, Berlin 1947.

4] *A. Kantorowicz:* Der promovierte Jurist, Journalist, Literarhistoriker und Schriftsteller Alfred Kantorowicz (1899–1979) emigrierte 1933 nach Frankreich, wo er in Paris die Deutsche Freiheitsbibliothek begründete, nahm 1936 am spanischen Bürgerkrieg teil, wurde 1940 in Frankreich interniert und gelangte ein Jahr später durch eine von Anna Seghers in ›Transit‹ beschriebene Verkettung glücklicher Umstände in die USA, wo er bei der Nachrichtenabteilung von CBS arbeitete. 1947 kehrte Kantorowicz zunächst in die DDR zurück. Dort lehrte er an der Humboldt-Universität und gab die gesamtdeutsche Zeitschrift ›Ost und West‹ heraus. 1957 übersiedelte er in die BRD.

5] *an die Servicen:* An Louise Servicen, P. P. 13. 11. 47, Reg. III, 47/378: Ein Versuch, die Bedenken der Übersetzerin wegen der vielen musiktechnischen Ausdrücke im *Doktor Faustus* mit dem Hinweis auf die Kürzungen der musikanalytischen Passagen für die fremdsprachigen Ausgaben zu zerstreuen.

6] *Propagandistin:* Wahrscheinlich Mrs. Sigel; s. TB 24. 11. 47.

13. 11. 1947

1] *Riots in Paris:* Wahrscheinlich sind die schweren Unruhen in Marseille gemeint, bei denen am 12. 11. 47 der gaullistische Bürgermeister Carlini und vierzig weitere Personen schwer verletzt wurden. 183

2] *In Polen Ähnliches:* Nach der Flucht von Stanislaw Mikolajczyk und mehreren anderen Funktionären der Bauernpartei nach England, hatte die polnische KP begonnen, die führerlos gewordene letzte Oppositionspartei zu zerschlagen, ihre zurückgebliebenen Führer zu verhaften und die Aufstände, die diesen Maßnahmen folgten, rigoros zu unterdrücken.

3] *Votum der U.N.:* Die UN-Vollversammlung stimmte am 18. 11. 47 mit 29:16 Stimmen der Resolution über die Verurteilung des Franco-Regimes zu. Die zur de facto-Verurteilung nötige ⅔-Mehrheit wurde damit verfehlt.

4] *Agent Rimsky mit seiner amerikanischen Frau:* Erika Manns

Freund und Agent Rombout van Riemsdyck und seine Frau, die Malerin Lucile van Riemsdyck.
5] *Film »The Bishop's Wife«:* Der 1947 von Henry Koster nach einem Roman von Robert Nathan gedrehte Film.
6] *Faustus-Besprechung:* E[ugen] F[eldberg], ›Doktor Faustus‹, ›Luzerner Neueste Nachrichten‹, 31. 10. 47.

14. 11. 1947
1] *Bilder des Poschingerhauses:* Nicht gefunden.
184 2] *Rede J. R. Bechers:* Johannes R. Becher, ›Vom Willen zum Frieden‹, Berlin 1947. Darin Bechers ›Rede auf dem ersten Schriftstellerkongreß in Berlin am 7. 10. 1947‹.
3] *Eintreten für mich:* Bechers Ansprache enthielt u. a. folgenden auf TM bezogenen Passus: »Verwerflich ist m. E. auch der Versuch, wie er meist wohl nicht so sehr böswillig als gedankenlos unternommen wird, eine Persönlichkeit wie Thomas Mann in einen Gegensatz zum deutschen Volk zu bringen, im völligen Verkennen der Tatsache, daß Thomas Mann wohl die stärkste deutsche geistige Position im Ausland und *der* deutsche Sendbote des Weltfriedens ist. Es ist nur zu bedauern, daß deutsche Schriftsteller diese Position Thomas Manns so sehr verkennen und sich bemüßigt sehen, sie, zu Deutschlands Schaden, zu erschüttern. Danken wir, daß wir in unserem tiefsten deutschen Unglück Ernst Wiechert und Ricarda Huch, und danken wir, daß wir Thomas Mann haben.« (102/103).

15. 11. 1947
184 1] *Aufruhr in Italien:* Vom Norden – Mailand und Oberitalien – ausgehende kommunistische Aktivitäten gegen »Terrorakte von rechts« mit dem Ziel, Premierminister De Gasperi zur Kabinettsumbildung im Sinn einer Beteiligung der Linken an der Regierung zu zwingen.
2] *Briefe produziert:* Während des Nürnberger Prozesses gegen die I.G. Farben waren Beweise dafür vorgelegt worden, »that the firm bought 150 women from Oswiecim Concentration Camp at 80 Dollar each and then killed them all in experiments with a sporific drug«. (›Facts on File‹, 15. 9. 1947)
3] *[von] Dial Press:* Das Schreiben von George W. Joel, Editor in Chief, New York, 11. 11. 47 befindet sich im TMA.

16. 11. 1947

1] *Eröffnung des Kampfes gegen den Kommunismus:* Vermutlich sind die Pläne amerikanischer Politiker gemeint, jegliche Wirtschaftshilfe für Nationen zu verweigern, die – »jetzt und in Zukunft« – unter sowjetischem Einfluß stünden; gleichzeitig signalisierten die USA jedoch ihre Bereitschaft, in diesen Ländern alle Tendenzen zu unterstützen, die auf eine Befreiung von der russischen Herrschaft abzielten. (W. Averell Harriman am 13. 11. 47: »The United States should hold itself ready to aid the nations of Europe if they should hold themselves free from Russian domination.«) 184

2] *an die Lowe:* Der Brief ist verschollen. S. Reg. IV, 581.

3] *An Becher:* An Johannes R. Becher, P. P. 16. 11. 47, Reg. III, 47/385: Dank für das »bedeutende Dokument« der Rede auf dem Schriftstellerkongreß: »Daß sein Grundmotiv ›Friede!‹ lautet, ist beglückend und ehrt Sie wie das Staatswesen, in dessen Geist und unter dessen Schutz Sie sprechen. – Persönlich ist es mir eine Freude zu sehen, daß Sie für mein oft bemäkeltes Deutschtum ein gutes Wort eingelegt haben. Übrigens ist das im Laufe der Diskussion auch noch von anderer Seite geschehen – zu meiner Genugtuung, wenn ich mir auch jene tristen Mäkeleien und Anwürfe nie sehr nahe habe gehen lassen, sondern in diesen Dingen durchaus der richtigstellenden Zeit vertraue. Schon mein neuer Roman, ein ›Doktor Faustus‹, der auch in Deutschland selbst erscheinen soll, wird wahrscheinlich viele überzeugen, daß es ein Irrtum war, einen Deserteur vom deutschen Schicksal in mir zu sehen.« (Im Archiv Berlin-Niederschönhausen.).

4] *Bouvard et Pécuchet:* Gustave Flauberts 1872 begonnener, 1881 postum als Fragment veröffentlichter Roman, dessen zweiter Teil zwei kritische Wörterbücher, ein ›Dictionnaire des idées recus‹ (Wörterbuch der gängigen Meinungen) und ein ›Sottisier des livres‹ (Florilegium mit Torheiten aus Büchern) bilden sollten, zur Veranschaulichung jener Indices bürgerlicher Gemeinplätze und Vorurteile, an deren Zusammenstellung Flaubert seit 1847 arbeitete.

17. 11. 1947

1] *Unruhen [...] gegen die Kolonisierung:* Togliattis Versuch einer großangelegten Kampagne gegen die seiner Meinung nach amerikahörige Politik der Regierung De Gasperi. Der »Sturm gegen die von rechts drohende Gefahr« brach während des zweiten Kongres- 185 ses der regierenden Democrazia Cristiana in Neapel am 17. 11. 47 los.

2] *Warnende Rede Vishinsky's:* Auf einem Dinner des National Council of American-Soviet Friendship zu Ehren des 30. Jahrestages der Oktoberrevolution und der seit 14 Jahren bestehenden diplomatischen Beziehungen zwischen den USA und der UdSSR warnte der sowjetische Außenminister in einer vom schriftlichen Text offenbar entscheidend abweichenden Rede die amerikanischen Kriegstreiber (»I saw with my own eyes and heard with my own ears that there is a frenzied ideological upsurge of public opinion in favor of war with the Soviet Union«) vor der Kraft der russischen Streitkräfte. Hauptziel seiner »scathing attacs« waren dabei der amerikanische UN-Berater und spätere Außenminister John Forster Dulles, sowie Churchill, Byrnes und de Gaulle, die Wischinsky als »admirers and imitators of Hitler« denunzierte. (Vgl. NYT 1. 11. 47, 1: 6 und 4: 4).

21. 11. 1947

185 1] *Vortrag in Scotch etc Hall:* S. dazu TM an Agnes Meyer, P. P. 3. 12. 47: ». . . ich hielt noch einmal vor einem sehr empfänglichen, jedenfalls sehr freundlichen amerikanischen Riesenpublikum den Vortrag über Nietzsche.«

2] *Dr. Borr:* Dr. Hugh Robert Orr, der Vorsitzende der Humanist Society of San Francisco.

3] *Interview von S. F. Chronicle:* Das Interview erschien ohne Angabe des fragenden Journalisten am 23. 11. 47 im ›San Francisco Chronicle‹. Es ist in deutscher Übersetzung bei Hansen/Heine a.a.O., 286–288, unter der Überschrift »Kommunismus – ein ›leeres Wort‹« abgedruckt.

4] *Gewagte Auskunft:* Vermutlich TM's vorsichtige Deutung des Marshall-Plans als Instrument der amerikanischen Kontrolle Europas: »›Der Marshall-Plan wird von vielen Europäern als Instrument einer amerikanischen politischen und finanziellen Kontrolle Europas aufgefaßt. [. . .] Die neulichen Tumulte in Italien und Frankreich [. . .] sind zumindest teilweise auf die Tatsache zurückzuführen, daß wir finanzielle Unterstützung mit politischen Bedingungen verbinden und reaktionäre Regierungen verlangen.‹ [TM] erklärte, man habe in diesen Ländern stark den Eindruck, daß Amerika den freien Willen des Volkes unterdrückt, indem es den linken Flügel aus den Regierungen ausschließt. ›Dieses Gefühl mag verkehrt sein, aber es ist nichtsdestoweniger vorhanden‹.« (287).

5] *Shrine:* Konzerthaus in San Francisco.

6] *Lark:* Lerche. Der Name eines Zuges von San Francisco nach Los Angeles.

7] *Stifter-Buch:* Alfred von Winterstein, ›Adalbert Stifter, Persönlichkeit und Werk.‹ Eine tiefenpsychologische Studie, Wien 1946. Das Buch steht mit einer Widmung des Verfassers in der Zürcher Bibliothek.

8] *Winterstein:* Der Wiener Tiefen- und Parapsychologe Alfred Frhr. von Winterstein (1885–1958), dessen 1936 in ›Imago‹ veröffentlichten Aufsatz über ›Swedenborgs religiöse Kunst und sein Traumtagebuch‹ TM im August 1936 mit Interesse gelesen hatte. (S. TB 16. und 17. 8. 1936; vgl. weiterhin: TM an Alfred von Winterstein, P. P. 6. 12. 47, Reg. III, 47/420; Br. II, 573/574)

9] *[von] Bermann:* Nicht in TM/GBF. *186*

10] *Schwierigkeiten mit »Commentary«:* Die Schwierigkeiten ließen sich offenbar beheben. Jedenfalls erschien der englische *Nietzsche*-Essay in zwei ›Commentary‹-Folgen: der erste Teil vol. V. No. 1, Jan. 1948, 17–26; der zweite: vol. V, No. 2, Febr. 1948, 149–156.

11] *Überfall:* Am 14. November war in Glendale eine politische Versammlung von etwa 50 den ›Progressive Citizens‹ nahestehenden Bürgern durch Mitglieder der ›American Legion‹ unter Führung des Zeitungsherausgebers H. C. Burkheimer überfallen, des Podiums verwiesen und schließlich zum Verlassen der Räume gezwungen worden. Eine Anzahl von Bürgerrechtsbewegungen aus der Region Los Angeles hatte den Vorfall als »alarming abridgement of civil right« gebrandmarkt. Der Glendale Justice Court verurteilte die Friedensbrecher im Dezember zu Geldstrafen.

12] *Blum versucht ...:* Der französische Politiker Léon Blum war am 20. 11. 47 von Staatspräsident Auriol mit der Bildung einer neuen Regierung beauftragt worden, erhielt aber am 21. 11. bei der Abstimmung in der Nationalversammlung nicht die nötige Stimmenzahl.

13] *an Dr. Horch:* Der Brief an den Agenten Franz Horch ist verschollen. S. Reg. IV, 581.

22. 11. 1947

186 1] *Verhandlungen mit Schuman:* Nach dem Scheitern der Blumschen Bemühungen um eine neue Regierungsbildung errang der Finanzminister des Kabinetts Ramadier, Robert Schuman (1886 bis 1963), am 22. 11. die erforderliche Mehrheit und wurde noch am gleichen Tag als neuer Premierminister bestätigt.

2] *Korruptionsprozess:* Gegen den früheren Leiter der Auftragsabteilung für die amerikanischen Luftstreitkräfte, Generalmajor Benett Meyers, lief ein Verfahren wegen Betruges, Meineids, Unterschlagung und Erpressung.

3] *Hughes:* Der Industrielle und Flugzeugbauer Howard Hughes (1905–1976).

4] *Brewster:* Der demokratische Senator Owen Brewster (1888 bis 1961).

5] *an Basler:* An Otto Basler, 24. 11. 47, Reg. III, 47/390.

6] *[an] die Herz:* An Ida Herz, 24. 11. 47, Reg. III, 47/392.

7] *[an] Suhrkamp:* An Peter Suhrkamp, P. P. 27. 11. 47, Reg. III, 47/407.

8] *Message für das Glendaler Protest-Meeting:* Der Text ist im Anhang No. 29 abgedruckt.

9] *Congressional Committee:* The House Committee on Unamerican Activities.

10] *Unterbringung der Apollo-Verse:* S. *Doktor Faustus,* Kap. XXXVI, GW VI, 521 f.: In den Stein des Ringes, des ›Huldigungsgeschenkes‹ der Frau von Tolna an Adrian Leverkühn, sind »in feinsten griechischen Lettern zwei Verse eingraviert, die man auf deutsch ungefähr wie folgt wiedergeben kann:/ Welch ein Beben durchfuhr den Lorbeerbusch des Apollon!/ Beben das ganze Gebälk! Unheilige, fliehet! Entweichet!/« – Vgl. hierzu und zu Zeitbloms sich anschließender Interpretation dieser Verse TMs bereits TB 9. 7. 46, Anm. 1 erwähnten Brief an Karl Kerényi, P. P. 18. 7. 46: »Besonders willkommen waren mir der Kallimachos Päan und die Pfeil-Schlangen-Schrift-Biß-Symbolik von Chryse. Gewisse Dinge werden gleich als zu mir gehörig, oder als zur ›Sache‹ gehörig erkannt und angeeignet.«

11] *Verlauf von Rudis Sendung:* Von Rudi Schwerdtfegers Brautwerber-Mission im XLI. *Faustus*-Kapitel.

12] *Exzessive Deutschfreundlichkeit:* Die Stelle ist apokryph. Im

Kontext (Adrians »Sendung« basiert auf dem Nietzsche'schen »Modell« der Werbung um eine Frau durch einen Dritten) kann nur Nietzsche, nicht Wagner, gemeint sein. Dann wäre »Götterdämmerung« eine – naheliegende – Verschreibung für »Götzendämmerung« ... was freilich bedeutete, daß »Deutschfreundlichkeit« in »Deutschfeindlichkeit« zu ändern wäre. (Vgl. das Kapitel ›Was den Deutschen abgeht‹ in der ›Götzendämmerung‹ und TMs Diktum aus *Nietzsche's Philosophie im Lichte unserer Erfahrung*: »Auch gegen die Deutschen, diese Verderber der europäischen Geschichte, hat er seine schweflichten kritischen Blitze geschleudert und schließlich kein gutes Haar an ihnen gelassen«.). Also doch Wagner und die ›Götterdämmerung‹? Aber zwischen Richard Wagner und Adrian Leverkühn läßt sich kein tertium comparationis konstruieren, ganz abgesehen davon, daß Wagner nach der ›Götterdämmerung‹ keineswegs nur von exzessiver Deutschfreundlichkeit geprägt war: »Für dich Germania keinen Richard!« Eine crux also, diese Eintragung, wie immer man sie wendet und dreht.

13] *Gespräch über »Faustus« in der N.Z.Z.:* Ein zweiteiliges ›Colloquium‹ über den *Faustus*-Roman erschien am 29. 11. und 6. 12. 47 jeweils in der Morgenausgabe der ›Neuen Zürcher Zeitung‹ (jeweils 2 Tage später in der ›Fernausgabe‹). Der erste Teil war ein Gespräch zwischen dem Feuilleton-Redakteur Eduard Korrodi und dem Theologen Ernst Bieri; der zweite Dialog fand zwischen dem Musikkritiker Willi Schuh und dem Biologen Ernst Hadorn statt.

23. 11. 1947

1] *Schuman Premier:* S. TB 22. 11. 47, Anm. 1. *186*

2] *Film-Direktor Koster:* Der Kinderbuchillustrator und Ullstein-Redakteur, Drehbuchautor und Filmregisseur Henry Koster (ursprünglich Hermann Kosterlitz, 1905–1988) emigrierte 1933 zunächst nach Paris, von dort, 1936, nach Hollywood, wo er sich als einer der wenigen deutschen Drehbuchschreiber durchsetzen und sich auch als Regisseur einen Namen machen konnte.

3] *Lincoln:* Der amerikanische Präsident Abraham Lincoln (1809–1865).

4] *Boris-Godunow-Darsteller:* Nicht ermittelt. Boris Godunow ist die tragende Figur der gleichnamigen Oper von Modest Mussorgski (1839–1888).

5] *›Morgen‹ von Strauß:* Richard Strauss' Vertonung von John Henry Mackays Gedicht ›Morgen‹ op. 27, No. 4 (1893/1894).

24. 11. 1947

186 1] *Polyzoides:* Vermutlich der Spezialist für ›International Affairs‹, Mitarbeiter der ›Los Angeles Times‹ und Rundfunk-Kommentator Adamantios Theophilus Polyzoides (1895–1965), seit 1931 Mitglied der University of Southern California.
2] *Benesch' Memoiren:* Eduard Beneš, ›Memoirs‹, Prag 1947.
3] *Einleitungs-Worte:* Vermutlich für das von Mrs. Sigel am 12. 11. erbetene Meeting in Sachen jüdische Siedlungen in holländisch Guayana. Der Text dieses Statements ist bisher noch verschollen.
4] *an [...] Spender:* An Stephen Spender, P. P. 26. 11. 47, Reg. III, 47/403: »With these lines I want to ask you whether you would and could grant me the honour and artistic support of your collaboration in this volume.«

25. 11. 1947

188 1] *an Dial Press:* An George W. Joel, The Dial Press, P. P. 26. 11. 47, Reg. III, 47/400.
2] *an Feist:* Verschollen. S. Reg. IV, 581.
3] *Gedichte der Bauer-Schwindt:* Nicht mehr feststellbar, um welches Manuskript oder Bändchen es sich handelte. Lotte Lehmann hatte TM bereits 1940 zwei Versbücher von der mährischen Schriftstellerin Greta Bauer-Schwindt (1904–1944) übergeben. S. TB 10. 8. 40.
4] *Neiders Buch über Kafka:* Charles Neider, ›Frozen Sea: A Study on Franz Kafka‹, Hunter College, New York, 1948.
5] *Artikel [...] in »Nation«:* Harold J. Laski, ›Is Europe Done For? How the Marshall Plan will make or break European Democracy. First of three Articles‹, ›The Nation‹, vol. 165, No. 21 v. 22. 11. 47, 548–550 mit dem Resümee: »The future of Europe depends [...] upon its economic unification; and this can be obtained in either the hard way or the civilized way. The hard way implies a resolute refusal of American help on any terms which prevent Europe's leaders from completing the transition to a socialist economy; it will mean a generation of suffering, the possibility of civil war, the slow ascent from darkness to light. The fear of all this has led to the enthusiastic reception of

Mr. Marshall's proposal. The civilized way is a revival of lendlease for some such period as five years, with the inclusion of Eastern Europe and Russia among its beneficiaries. By that way [...] the ›iron curtain‹ could be penetrated, the latent democratic forces of Russia could be mobilized, and we could solve the urgent problems which center in the release of atomic energy.«

26. 11. 1947

1] *Verbeugung der Film-Häupter [...]. Entlassungen:* Die großen amerikanischen Filmgesellschaften beschlossen am 25. 11. 47 (»in an action unprecedented in American industrial fields«), Kommunisten jede Beschäftigung zu verweigern und »to discharge or suspend without compensation the ten Hollywood figures who have been cited for contempt of Congress.« (NYT 26. 11. 47, 1: 2/3) 188

2] *an Hesse:* An Hermann Hesse, P. P. 25. 11. 47, Reg. III, 47/394; Br. II, 568–570 (fragm.); HH/TM 138/139.

3] *Faustus-Besprechung:* Arnold Hans Schwengeler, ›Doktor Faustus. Zum neuen Buch von Thomas Mann‹, ›Der Bund/Der kleine Bund‹, Bern, Jg. 28, No. 47 v. 23. 11. 47, 217/218.

4] *Schrift von Prof. Singer:* Samuel Singer, ›Dogma und Dichtung des Mittelalters‹, ›Publications of the Modern Languages Association of America‹, vol. 62, 1947, No. 4, part 1, 861–872. Ein Sonderdruck des Essays ist in der Zürcher Bibliothek erhalten. Er trägt eine Widmung des Verfassers und ist mit Anstreichungen TMs versehen.

5] *Prof. Singer:* Der österreichische Mediävist Samuel Singer (1860–1948), seit 1896 Professor an der Universität Bern.

6] *an den Redaktor des »Bund«:* An Arnold Hans Schwengeler, P. P. 26. 11. 47, Reg. III, 47/402.

7] *an Kerényi:* An Karl Kerényi, P. P. 26. 11. 47, Reg. III, 47/401; TM/KK 156.

27. 11. 1947

1] *Auf der Londoner Konferenz ...:* Der russische Außenminister, der auf der am 25. 11. eröffneten 6. Zusammenkunft des Außenminister-Rates die Sitzung vom 26. 11. 47 leitete, hatte gleich zu Beginn die baldige Beendigung der Vier-Mächte-Verwaltung in Deutschland und die sofortige Bildung einer gesamtdeutschen demokratischen Regierung gefordert. Im weiteren Verlauf seiner Rede warf er dem We- 188 sten vor, er verhindere einen Friedensvertrag, weil er – um die Konkurrenz auf dem Weltmarkt ein für alle Male auszuschalten – Deutschland wirtschaftlich schwächen und versklaven wolle. Die Zweiteilung in Sklaven- und Herren-Staaten aber führe notwendig zu Konflikten, aus denen ein dritter Weltkrieg entstehen könne.

28. 11. 1947

189 1] *Central-Regierung:* Das Hoover-Vandenberg'sche Votum, im Falle bleibender Ost-West-Divergenzen für Westdeutschland eine Sonderregierung einzusetzen, scheiterte am Einspruch des amerikanischen Außenministers Marshall.
2] *Protest schwedischer Filmleute:* 24 schwedische Schauspieler, Regisseure und Film-Direktoren hatten der US-Botschaft in Stockholm eine Note übergeben, in der sie Protest gegen die Verfolgung ihrer amerikanischen Kollegen durch das ›Committee on Unamerican Activities‹ einlegten und das Vorgehen der Prosecutoren als »contrary of all democratic sense of justice« bezeichneten.
3] *Article in »Life«:* Sidney Olson, ›The Movie Hearings‹, ›Life‹ vol. 23, No. 21 v. 24. 11. 47, 137, 138, 141, 142, 145, 146, 148; ein ausführlicher, von Dokumenten durchsetzter Bericht mit dem Fazit: »What good did the hearings do? Every American will have his own answer, probably different. Some things were clear: the committee is on the right track but is poor managed, with more of an eye on sensation than on justice or fact-finding. The ›Unfriendly‹ 19 [as the witnesses subpoenaed as pro-Communist called themselves] did not make a preposessing appearance. The Hollywood fanfare that resulted in the committee for the First Amendment of the Constitution was simply unfortunate. The producers and their representative, Eric Johnston, seemed more concerned with the box office than anything else. – Yet, somehow, it was a rewarding show. Afterall, the main argument was about Americanism.« (148).
4] *an einen jungen Deutschen:* Nicht ermittelt. Eventuell ist dieser Brief die Antwort auf das Schreiben eines »sympathischen jungen Deutschen«, das Richard K. Raupach einem Brief an TM beigelegt hatte. Vgl. dazu TM an R. K. Raupach, P. P. 15. 11. 47, Reg. III, 47/383.
5] *Academia dei Lincei:* Accademia Nazionale dei Lincei, Rom; das Aufnahmediplom, datiert 5. 10. 47, befindet sich im TMA.

6] *»A Study of Goethe«:* Barker Fairley, ›A Study of Goethe‹, London 1947. S. dazu TM an Barker Fairley, P. P. 1. 12. 47, Reg. III, Reg. 47/408; Br. II, 570–573: »Tatsächlich ist mir, als ob ich nie ein besseres, nein, ein so gutes, so interessantes Buch über Goethe gelesen hätte, ein so richtiges, aufschlußreiches, die ganze Erscheinung auffrischendes, das in seiner Wärme und seinem Wahrheitssinn so sehr meinen kritischen Bedürfnissen entsprach.«

7] *Barker Fairley:* Der englische Literaturwissenschaftler und damalige Germanist der Universität Toronto, Professor Barker Fairley.

29. 11. 1947

1] *Gides Tagebücher [. . .] auf Englisch:* ›The Journals of André Gide‹, transl. by Justin O'Brien, vol. 1–3, London 1947–1949, und New York, 1947–1951. 189

2] *Beardy philosopher:* Felix Weil.

30. 11. 1947

1] *Der beschlossene jüdische Staat:* Die Palästina-Kommission der UN hatte am 25. 11. 47 mit 25:13:17 Stimmen beschlossen, Palästina in einen arabischen und einen jüdischen Staat zu teilen. Dieser Beschluß, der auf arabischer Seite entschiedenen Widerspruch, auf der jüdischen hingegen trotz der empfindlichen Verzichte begeisterte Zustimmung auslöste, wurde am 29. 11. 47 mit der Bestätigung durch eine Zweidrittel-Mehrheit in der UN-Vollversammlung (33:13:10) rechtsgültig. 189

2] *Glückwunschtelegramm:* Nicht ermittelt. 190

3] *an Prof. Fairley:* S. TB 28. 11. 47, Anm. 6.

4] *»Commentary«-Übersetzung:* S. TB 21. 11. 47, Anm. 10.

1. 12. 1947

1] *vom Tode Ricarda Huchs:* Ricarda Huch war am 17. 11. 47 achtzigjährig in Schönberg/Taunus gestorben. 190

2] *Artikel von Prof. Olle Holmberg:* Olle Holmberg, ›Faust och djävulen‹, ›Dagens Nyheter‹, Stockholm, 18. 11. 1947.

3] *Holmberg:* Der Skandinavist und vergleichende Literarhistoriker Olle Holmberg (1893–1974).

4] *Die Nachtwachen des Bonaventura:* Eine von Walter Widmer, Zürich 1945 edierte Ausgabe des 1804 anonym publizierten Werkes steht in der Zürcher Bibliothek.

2. 12. 1947

190 1] *Wut der Araber:* Nach der Bestätigung der Teilung Palästinas durch die UN hatten führende arabische Politiker erklärt, man werde das Äußerste tun, um die Bildung eines zionistischen Staates zu verhindern. Die erste Maßnahme war die Ausrufung eines Judenboykotts und eines dreitägigen Generalstreiks.

2] *Tokyoter Society [...] opera omnia:* S. auch den TB 4. 12. 47 Anm. 2 erwähnten *Neujahrsgruß an Japan:* »Nicht ohne Bewegung hörte ich kürzlich von der Gründung einer Gesellschaft zur Förderung einer japanischen Gesamtausgabe meiner Werke.«

191 3] *an Mrs. Meyer:* An Agnes E. Meyer, P. P. 3. 12. 47, Reg. III, 47/411: »Endlich kann ich Ihnen ein anständig gebundenes Exemplar des ›Doktor Faustus‹ senden und es Ihnen als äußerlich bescheidene Weihnachtsgabe in dankbarer Freundschaft darbringen.«

3. 12. 1947

191 1] *Faustus-Bericht:* Otto Basler, ›Thomas Manns Doktor Faustus‹, ›Sie und Er‹, Zürich, Jg. 23, No. 52 v. 19. 11. 47, 224; ein Hymnus auf »das unbeschreibliche Buch«, das Basler »für den Weihnachtstisch« empfiehlt.

2] *dankte ihm:* Der Brief an Otto Basler konnte noch nicht nachgewiesen werden.

3] *»Crossfire«:* Amerikanischer Film von 1947 nach der Erzählung ›The Brick Foxhole‹ von Richard Brooks. Unter der Regie von Edward Dmytryk spielen Roy Hunt, Robert Young, Robert Mitchum, Robert Ryan, Gloria Grahame u. a. die Geschichte einiger US-Soldaten, die, während sie auf ihre Entlassung warten, in eine – antisemitische – Mordaffäre verstrickt werden. Der Film wurde in den USA wegen der vor Selbstgerechtigkeit und Nachkriegs-Optimismus warnenden Tendenz und der Darstellung eines nicht unproblematischen Verhältnisses zu jüdischen Minderheiten heftig diskutiert. Der ›Aufbau‹, der sich immer wieder mit dem Film beschäftigte, druckte am 4. 4. 47 mit dem Titel ›Hollywood for Tolerance‹ (»Some producers have at last taken it upon themselves to employ the film as a medium for combatting bias and intolerance«) ein Gespräch mit Dmytryk: »In this picture [...] we are using all the elements of a suspense story to convey the idea that individuals fostering an acquired feeling of blind hatred against a certain section of the population might come to their own doom ...«

4. 12. 1947

1] *Wiener Nazi-Orchester:* Wohl die Wiener Philharmoniker, die Bruno Walter bis 1938 dirigiert und mit denen er im Herbst 1946 auf seiner ersten Europa-Reise nach dem Kriege konzertiert hatte. 191

2] *Artikel für »Asahi Shimbun«: Ein Neujahrsgruß an Japan.* Der Text ist im Anhang No. 30 abgedruckt.

5. 12. 1947

1] *streiten sich die Großen:* Um die Frage der Reparationen und der wirtschaftlichen Zukunft Deutschlands. 192

2] *»Gesprächs«:* S. TB 22. 11. 47, Anm. 14.

3] *an [. . .] Herm. Lange:* Der Brief ist verschollen. S. Reg. IV, 581.

4] *Herm. Lange:* Hermann Lange (1876–1961) war 1889/90 ein Mitschüler TMs auf dem Katharineum und lebte von 1896–1914 in Rußland, danach als Fabrikant in Lübeck. TM hat die Verbindung mit Lange zeitlebens aufrechterhalten. S. *An Hermann Lange* (1948), GW XIII, 223–225.

6. 12. 1947

1] *Faustus-Besprechungen:* W[alter] B[oesch], ›Doktor Faustus – das neue Werk von Thomas Mann‹, ›Tagesanzeiger für Stadt und Kanton Zürich‹, 23./24. 11. 47, 2 u. 9.; Emil Staiger, ›Thomas Manns Doktor Faustus‹, ›Neue Schweizer Rundschau‹, N. F. Jg. 15, H. 7, November 1947, 423–430. 192

2] *Lustigs:* Der Schriftsteller und Drehbuchautor Jan (Hans) G. Lustig (s. TB 28. 2. 47, Anm. 2) und seine Frau Charlotte. Lustig, in den zwanziger Jahren Film- und Theaterkritiker bei den Berliner Ullstein-Blättern, daneben bereits Drehbuch- und Hörspielautor, emigrierte 1933 nach Paris und gelangte mit Hilfe des American Rescue Committee im November 1940 nach Hollywood. Hier war er einer der wenigen, deren Verträge immer wieder verlängert wurden. Nach dem Tod seiner Frau kehrte Lustig 1959 nach Europa zurück und lebte in München, wo er in zweiter Ehe Liesl Frank-Mittler, die Witwe Bruno Franks, heiratete. Lustig verfaßte gemeinsam mit Erika Mann ein Drehbuch nach dem *Zauberberg.*

3] *Thornton Wilders [. . .] Roman:* ›The Ides of March‹, New York 1948, deutsch: ›Die Iden des März‹, Amsterdam 1949.

7. 12. 1947

192 1] *Artikel über die Deutsche Frage:* Der Artikel wurde zu dieser Zeit nicht geschrieben (s. Anm. 2).

193 2] *ablehnende Antwort:* Die Absage an Freda Kirchwey ist verschollen. S. Reg. IV, 581.

8. 12. 1947

193 1] *politischen Vortrags:* Verwirklicht erst 1949 mit *Goethe und die Demokratie,* einem Vortrag, den TM am 2. 5. 49 auf Englisch in der Library of Congress, und deutsch am 24. 5. 49 in Stockholm hielt.

2] *Vorwort zum Hanno-Kapitel: Foreword to the Chapter ›The Masters of Buddenbrooks‹,* ›The World's Best‹, ed. Whit Burnett, Dial-Press, New York 1950, 757–760; deutsch *Zu einem Kapitel aus ›Buddenbrooks‹,* GW XI, 552–556.

3] *[von] Reisiger:* O. O. 11. 11. 1947, Bl. TMG. 8, 1968, 19/20.

4] *[von] Fiedler:* St. Anthöny, 2. 11. 1947; im TMA.

5] *»kleinen Hund Flick«:* TMs Hund zu Beginn der zwanziger Jahre. Hier ist jedoch mit hoher Wahrscheinlichkeit der anhängliche TM-Verehrer und Sammler John Eastman jr. (s. TB 22. 9. 46, Anm. 3) gemeint. In einem Bericht von Richard Cary über Eastmans ›Thomas Mann Collection‹, publiziert in der Zeitschrift ›Colby Library Quarterly‹ vom September 1966, 313–333, werden unter den Beständen neben einer Widmung in der deutschen Ausgabe des *Doktor Faustus* vom 2. 12. 47, der Band *Essays of Three Decades,* die Wiener Ausgabe von *Joseph in Ägypten* (1936), sowie ein Rarissimum, *Pfitzners Palestrina,* S. Fischer Verlag, Berlin 1919, mit dem Dedicationsdatum 7. 12. 47 aufgeführt.

6] *an die Übersetzer:* Von den Schreiben an Lavinia Mazzucchetti in Mailand, Pavel Eisner in Prag und Endre Gáspár in Budapest hat sich offenbar nur der Brief an Lavinia Mazzucchetti, P. P. 9. 12. 47, Reg. III, 47/425 erhalten.

9. 12. 1947

193 1] *Jüdisch-arabische Schlacht:* Nachdem ägyptische Zeitungen zum »Heiligen Krieg in Palästina« aufgerufen und der Rat der mohammedanischen Universitäten in Kairo gemeinsam mit dem islamischen Priesterseminar gefordert hatte, die Ungläubigen aus dem »heiligen Schrein des Islam«, Palästina, zu vertreiben, war es in den jüdischen

Elendsvierteln zwischen Jaffa und Tel Aviv zu schweren Schießereien gekommen. Am 7. 12. 47 meldeten die Zeitungen bereits 55 Tote.

2] *von Kahler:* Ithaka, 6. 12. 47; Bl. TMG. 10, 1970, 47–49.

3] *backstage:* Hinter der Bühne.

4] *Buch:* Max Hirschberg, ›Die Weisheit Rußlands‹, Stockholm 1947. Das Buch steht in der Zürcher Bibliothek.

5] *Hirschberg:* Der Schriftsteller und Übersetzer Max Hirschberg (1883, München – 1964, New York).

10. 12. 1947

1] *Russische Kündigung:* Am 9. 12. 47 übergab die Sowjetregierung 194
dem französischen Geschäftsträger in Moskau die Nachricht, daß die UdSSR beschlossen habe, die Wirtschaftsverhandlungen mit Frankreich vorläufig einzustellen. Als Grund wurde die Schließung des französischen Repatriierungslagers in Beauregard angegeben, das französische Polizei durchsucht und aus dem sie 19 Russen wegen angeblicher Unruhestiftung ausgewiesen hatte. Die Franzosen machten geltend, daß die Ausgewiesenen Agitatoren seien, die sich im November und Dezember 1947 an den Streiks der Hafen-, Bergwerks- und Eisenbahn-Arbeiter beteiligt hätten . . . eine Entgegnung, die die Russen offenbar nicht überzeugte. Jedenfalls wiesen sie drei Wochen nach der Schließung des Lagers Beauregard ihrerseits die französische Repatriierungskommission aus der UdSSR aus.

2] *Artikel der Hamburger:* Käte Hamburger, ›Thomas Manns Faustus-Roman‹, ›Göteborgs Handels- och Sjöfarts-Tidning‹, 27. 11. 47. Ein deutsches Manuskript befindet sich im TMA.

3] *merkwürdiger Bericht:* Der ›Aufbau‹, vol. XIII, No. 49 v. 5. 12. 47, 23 u. 29: m[anfred] g[eorge], ›Der amerikanische Mann. Erstaunliche Ergebnisse einer erstaunlichen Arbeit‹. Zum Erscheinen des 1. Teils der Kinsey-Studie ›Über die Sitten und das Geschlechtsleben des amerikanischen Mannes‹.

4] *ungeheuerlicher Artikel:* Leopold Schwarzschild, ›Jubiläum unseres Problems No. 1‹, ›Neue Schweizer Rundschau‹, N. F. 15, 1947/1948, 415–422. Die Abhandlung, die TM so erregte, schloß mit den Sätzen: »Die Maximen und Praktiken des Politikers Marx, die waren eine Lehre, die Lenin wirklich anwenden konnte! Aus diesem Vorbild entstand eine zweite Art von Marxismus. Sie manifestiert sich in dem autokratischen Einparteien-Staat der Sowjets, den Prozessen, den

Zwangsarbeitslagern, dem intellektuellen Monopol, der Grausamkeit, den unwahrhaftigen Verträgen, der kompletten Treulosigkeit – und den Kaskaden von skrupellosen Verdächtigungen, Beschuldigungen, Verleumdungen und Beschimpfungen, Tag um Tag, gegen alle und jeden. Diese zweite Erbschaft Marx' läuft auf die Zertrümmerung von fast allem hinaus, was wir Zivilisation nennen – und sie wächst noch immer. Während seines ersten Jahrhunderts hat der Marxismus diese Zertrümmerung nur in einem Teil der Welt vollbringen können. Aber es fehlt nicht die Entschlossenheit und Besessenheit, das hohe Werk früh im zweiten Jahrhundert zu vollenden.«

5] *neue Aufnahmen:* In TMs Plattensammlung fand sich nur eine am 11. 4. 47 eingespielte Aufnahme von Schuberts C-Dur-Symphonie, DV 944, mit dem New Yorker Philharmonic Symphony Orchestra unter Bruno Walter.

11. 12. 1947

194 1] *Annahme der russischen Note:* In Sachen Repatriierung. S. TB 10. 12. 47, Anm. 1.

2] *Sympathie-Kundgebung:* »We have followed with profound interest proceedings of Unamerican Committee which has been investigating alleged Communist activities in Hollywood and find ourselves completely at a loss to understand why so many of our fellow artists, technicians and screenwriters have been subjected to an inquisition. We extend our sympathy and our congratulations to all those who refuse to submit themselves to this examination of their private beliefs and opinions and who fight to uphold great liberal traditions of United States as expressed in that great document The Bill of Right.« (Zitiert nach einer UP-Meldung vom 10. 12. 47, NYT 11. 12. 47, 11: 1). Unterzeichnet war der Protest von Anthony Asquith, Robert Dolet, Maurice Elvey, Anatol de Gruenwald, Sir Alexander Korda, Vivien Leigh, Roger Livesney, Sir Laurence Olivier und Michael Redgrave.

3] *Zusage St. Spenders:* Spenders Antwort auf TMs Anfrage vom 26. 11. 47, Reg. III, 47/403, ob er bereit sei, von ausgewählten Goethe-Gedichten für den projektierten Dial Band neue Übersetzungen anzufertigen, befindet sich nicht im TMA. Dagegen fand sich eine von TM geschriebene Liste »Neu zu übersetzen. Gedichte«: »Elfenlied / Dies wird die letzte Trän' nicht sein (Sehnsucht) / Alles geben die Götter, die unendlichen / Mignon: Nur wer die Sehnsucht kennt / Mignon: So laßt mich scheinen, bis ich werde / Harfenspieler (wer sich der Einsamkeit ergibt) / Ganymed / Das Göttliche [gestr. Grenzen der Menschheit] (Edel sei der Mensch). [Gestr. Grenzen der Menschheit Wenn der uralte heilige Vater)] / Warum gabst Du uns die tiefen Blicke / Trilogie der Leidenschaft / Vor Gericht / Der Gott und die Bajadere / Phänomen (Wenn zu der Regenwand) / Wanderers Gemütsruhe (Übers Niederträchtige, Divan) / Elemente (Divan) (Aus wie vielen Elementen) Divan / Sei Du im Leben wie im Wissen (Zahme Xenien) / Vom Vater hab ich die Statur (Zahme Xenien) / Wie's aber in der Welt zugeht (Zahme Xenien) / Den Vereinigten Staaten (Zahme Xenien) / Wenn im Unendlichen Dasselbe (Zahme Xenien).

4] *beantwortete:* An Ida Herz, P. P. 11. 12. 47, Reg. III, 47/426.

5] *wegen der Geschäftsbranche:* Vgl. den Anm. 4 angeführten Brief 194
an Ida Herz: »[...] kummervoll zu denken, daß ein Buch, das selbst nur *eine* offene Wunde ist, auch Mitmenschen noch kränken muß. [gemeint ist Käte Hamburger] – Nehmen nun Sie mir wenigstens die derbe Geschäfts-Branche nicht übel, die ich mir mit der wüstentraurigen Rosenstiel in Verbindung zu bringen erlaubt habe! Glauben Sie dieser ›Nuance‹ wegen nicht, daß Sie die Rosenstiel sind! Es wäre Größenwahn! Es wäre die ärgste Hypochondrie!! Und *gesetzt*, der Wahn enthielte ein elektron-kleines Körnchen Wahrheit? Was dann? Dann finden wir die wüstentraurige Rosenstiel, der Sie fesche Londonerin gleichen, wie ich dem Herkules, am Sterbebett des kleinen Nepomuk, und zuletzt steht sie wie eine Schildwache aufrecht und treu neben dem kollabierenden Leverkühn. Das ist kein Zugeständnis. Und doch ...« (Im TMA).

6] *Auch an Preetorius:* Die Figur des Sixtus Kridwiß im *Doktor Faustus* trägt deutliche Züge des bis 1933 zum Münchner Freundeskreis TMs gehörenden Graphikers und Bühnenbildners Emil Preetorius (1883–1973) (s. auch TB 18. 7. 47, Anm. 6). Am 12. 12. 47 schrieb TM dem alten Gefährten: »Irgendwo mittendrin nun sind da, in naher Verbindung mit Leverkühns angekündigtem Kapitalwerk, der ›Apocalipsis cum figuris‹, Szenen aus einem Münchener Debattier-Klub, bei denen der Teufel mich ritt, an gewisse, mit geistreichen Herren in Ihrem Heim [...] verbrachte Abende zu denken und diese doch eigentlich völlig dezente Erinnerung meiner Schilderung vom Wachstum des Bösen zu unterlegen! Muß ich Sie bitten, sich nicht davor zu entsetzen und darüber zu zürnen? Ich muß es wohl allerdings und tue gut,

die Bitte ins Beschwörende zu treiben, wenn da auch noch die neugierige und Darmstädterisch redende Randfigur des freundlichen Gastgebers schattenhaft, sehr schattenhaft, auftaucht, ein Schemen ohne vollere Existenz, der mit Ihrer Person 2½ Äußerlichkeiten gemeinsam hat, und das ist alles. Noch einmal, *muß ich Sie bitten*, sich mit mir zusammen über die Dummheit und Bosheit, auch die Entrüstung derer hinwegzusetzen, die da sagen werden, das seien Sie? Absurd!« (Reg. III, 47/428, Bl. TMG. 4, 1963, 17–19, das Zitat 18/19).
7] *ein kunstphilosophisches Buch:* Emil Preetorius, ›Gedanken zur Kunst‹, Berlin 1940, 4. erw. Auflage München 1947.

12. 12. 1947

195 1] *Wallace erklärt:* In seiner Zeitschrift ›New Republic‹, vol. 117, No. 26 v. 29. 12. 47, 11–13 begründete Wallace in einem ›Taft as a Candidate for President‹ überschriebenen Artikel diesen Vorschlag: »On many occasions I have said that peace was the dominant issue in the 1948 campaign. My conviction has been so strong that several times I have said that *if* the only choice were between a *Truman* advocating compulsory military training and military aid to reactionary regimes and a *Taft* strong against compulsory military training and shipment of arms abroad, I would vote for Taft. I have made this statement because I wanted to emphasize the supreme importance of peace in the strongest possible way. – My remarks have been taken all too literally by people who have read what I said, in the newspapers, minus the big *if*. For clarification, let me add explicitly that I shall never cast a vote for Bob Taft for President.«
2] *an Preetorius:* S. TB 11. 12. 47, Anm. 6.

13. 12. 1947

195 1] *Brief der alten George Sand:* In einer ungezeichneten Glosse ›Wieder am Scheidewege?‹ zitierte die Zeitschrift ›Der Ruf‹, München, 2. Jg., No. 20 v. 5. 10. 47 einen Brief der George Sand an Gustave Flaubert aus den ›Temps‹, Paris, 3. 10. 1871: »Wir werden die Deutschen um ihrer Siege willen ebenso beklagen müssen, wie uns um unserer Niederlage willen, denn für sie ist es der Anfang ihrer moralischen Entwertung. Die Tragödie ihres Niederganges hat begonnen, und da sie mit eigener Hand daran arbeiten, wird er schnell fortschreiten. All diese großen, materiell gerichteten Organisationen, in denen Recht, Gesetz und Ehrfurcht vor der Menschheit verleugnet werden, sind tö-

nerne Kolosse. Wir haben diese Erfahrung teuer bezahlt. Aber der moralische Niedergang Deutschlands bedeutet nicht das künftige Heil Frankreichs, und wenn wir an der Reihe sein werden, ihm das erlittene Unrecht zu vergelten, wird uns seine Vernichtung kein neues Leben schenken. Nicht im vergossenen Blut verjüngen und erneuern sich die Völker. Ströme von Leben können noch aus der Leiche Frankreichs entstehen, aber die Leiche Deutschlands wird ein Pestherd Europas werden. Ein Volk, das seine Ideale verloren hat, kann sich nicht selber erneuern. Sein Tod wirkt nicht befruchtend, alle, die seine giftigen Ausdünstungen atmen, werden von dem tödlichen Übel mitbetroffen. Armes Deutschland. Gott schüttet über dich wie über uns die Schale seines Zorns aus, und der denkende Geist beweint dich und bereitet deinen Grabspruch vor, während du frohlockst und dich berauschst. Frankreich, der bleiche, blutende Kranke, hält immer noch in verkrampften Händen einen Zipfel des besternten Mantels der Zukunft, du aber hüllst dich in eine befleckte Fahne, die dir zum Leichentuch werden wird ...« TM hat sich diese Briefstelle auf einem im TMA erhaltenen Manuskriptblatt abgeschrieben.

2] *»Bemerkungen ...«:* S. TB 8. 12. 47, Anm. 2.

14. 12. 1947

1] *Neue Russen-Austreibungen:* S. dazu TB 10. 12. 47, Anm. 1. Die diplomatischen Auseinandersetzungen und die Presse-Diskussionen um die Vorgänge im Repatriierungslager Beauregard zogen sich über Wochen hin. 195

2] *Truman-Doktrin:* S. TB 13. 3. 47, Anm. 1.

3] *Gedichten L. Fürnbergs:* Vermutlich Louis Fürnberg, ›Der Bruder Namenlos‹, 1947.

4] *L. Fürnberg:* Der Lyriker und Erzähler Louis Fürnberg (1909 bis 1957) war Mitglied der tschechoslowakischen KP und arbeitete bis zu seiner Verhaftung nach Hitlers Einmarsch in die CSR für Zeitschriften und Agitprop-Gruppen. 1940 gelang ihm die Flucht nach Palästina. Nach seiner Rückkehr, 1946, war er zunächst im diplomatischen Dienst der CSR tätig und wurde schließlich, 1954, stellvertretender Direktor der Nationalen Forschungs- und Gedenkstätten in Weimar. 196

5] *Eisler-Konzert:* In Los Angeles fand am 14. 12. 47 ein u. a. von

Ernst Toch und Igor Strawinsky initiiertes Solidaritätskonzert für den von Ausweisung bedrohten Hanns Eisler statt.
6] *Père Goriot:* Balzacs 1834/1835 geschriebener Roman.

15. 12. 1947

196 1] *Pariser Konferenz:* Gemeint ist wohl die zweite Londoner Außenministerkonferenz, die am 15. 12. 47 vorzeitig abgebrochen wurde.
2] *Anti-Inflationsmaßnahme:* Am 16. 12. 47 verfügte die Regierung der UdSSR eine Währungsreform und hob gleichzeitig alle Rationierungsvorschriften bei Festsetzung einer einheitlichen Preisliste für Verbrauchsgüter auf.
3] *»Monetary purge«:* Währungsreform.
4] *an Kahler:* An Erich von Kahler, P. P. 15. 12. 47, Reg. III, 47/436; Bl. TMG. 10, 1970, 47–49.
5] *an Dr. Rosenhaupt:* Verschollen. S. Reg. IV, 582.
6] *Ungarische Gesamtausgabe: József és testvérei,* übers. von Sárközi György und Vajda Endre, Athenäum-Verlag, Budapest 1946.
7] *Ausgabe des Krull-Fragments:* Der von Viktor Lanyi übersetzte Band *Egy szélhámos vallomásai* erschien nicht im Athenäum-, sondern im Révai-Verlag, Budapest 1947.
8] *Buch von Fairley:* S. TB 28. 11. 47, Anm. 6.

16. 12. 1947

196 1] *Westdeutscher Block beschlossen:* Unmittelbar nach dem Abbruch der Londoner Konferenz und Molotows Abflug nach Moskau begannen zwischen den drei westlichen Außenministern die Verhandlungen über die Frage einer westdeutschen Regierung und eines Gemeinwesens, das – als 17. Teilnehmer am ›European Recovery Program‹ – in den Kreis der vom Marshall-Plan subventionierten Staaten Europas aufgenommen werden konnte.
2] *Cocteau-Übersetzung:* S. TB 1. 10. 47.
3] *Legende: Der Erwählte,* s. TB 21. 12. 47, Anm. 1.
4] *an Süskind:* P. P. 16. 12. 47: »Ihrem erinnerungsvollen Brief folgte heute das Mimik-Buch [. . .] und wurde dankbar, mit heiterer Rührung aufgenommen, auch mit gehöriger Anerkennung des gewiß garnicht so kleinen Opfers, das mit diesem Weihnachtsgeschenk eine Anhänglichkeit an die Jugendzeit der anderen bringt. – Erika müssen Sie verstehen. Dieses mein Lieblingskind, eine Persönlichkeit von be-

lebender und faszinierender Wirkung, wohin sie kommt, ist ein Charakter, – sprühend amüsant auf dunkel leidenschaftlichem Hintergrund. Leicht treten Tränen in ihre schönen Augen, des Zorns oder der Ergriffenheit. Ihr Mut, ihr Hochsinn, ihre Einsatzbereitschaft, ihre Gefühlskraft bei lebendigster Intelligenz sind unvergleichlich. Sie hat die Zeit mitgelebt und mitgelitten wie Einer. Sie war in Spanien, im Tschechenland, in London, als es dort am schlimmsten war. Sie ist unversöhnlich, weil sie zuviel gesehen hat von dem, wovon ihr Deutschen die Augen wegwendet, die Lager, das gespeicherte Menschenhaar, die Kinderschuhe, die Goldplomben. Als sie mit ihrer britischen Kameradin von Auschwitz wegfuhr, haben beide lange kein Wort gewechselt. Das war ein anderes und doch auch wieder dasselbe Schweigen, das sie eisern wahrt, gegen jeden, der auch nur im Entferntesten – Aber genug und nicht noch einmal das alte Lied: Ihre Unerbittlichkeit hat, glaube ich, einen kleinen Stoß bekommen, eine kleine Erweichung erfahren, als ich ihr das Mimik-Buch übergab.// Ich lebe in beträchtlicher Spannung auf die Wirkung meines Faustus-Romans, eine[s] Geheimwerkes im Grunde, dessen Oeffentlichwerden mich tief erregt. Auch geht Erregung aus von dem Buch, wie die Schweizer Besprechungen zeigen. Nun soll die innerdeutsche Ausgabe [. . .] in Druck gehen – ihr gilt meine Spannung. Was werdet ihr sagen? Es ist nämlich etwas so excessiv Deutsches, daß es euch selbst am Ende zuviel sein wird. Jedenfalls wird es das Vorurteil, ich sei ein Deserteur vom deutschen Schicksal, hie und da ins Wanken bringen.«

5] *Kritik des Goethe'schen »Faust«:* Vermutlich Brooks Atkinsons Artikel ›Albert Bassermann and The Players From Abroad Stage the First Part of Goethe's ‚Faust'‹, NYT 29. 11. 47, 9: 2, 3. 197

6] *Walker-Roman:* Alfred Neumann, ›Der Pakt‹; s. TB 19. 4. 47, Anm. 8 und 9.

17. 12. 1947

1] *Trizonia:* Die drei westlichen Besatzungszonen Deutschlands. 197

2] *Italien-Episode:* Im TMA befindet sich außer dem Manuskript der mit dem Text in GW IX, 726–728 identischen Italien-Passage ein Typoskript, in dem – auf S. 11–20 – eine von der Druckfassung abweichende Deutung des Italien-Aufenthaltes mit anderem Übergang wieder gestrichen wurde. Der »leere« Text, um dessen Verbesserung sich TM am 17. 12. 47 bemühte, ist im Anhang No. 31 abgedruckt.

3] *2. Teil des Colloquiums:* S. TB 22. 11. 47, Anm. 13.
4] *Dankbrief:* Verschollen; s. Reg. IV, 582.
5] *Neiders [. . .] Sammelwerk:* S. TB 3. 8. 46, Anm. 3. Das Buch trägt die Widmung: »Dear Thomas Mann / It is a rare privilege to be able to communicate one's love of your work in so substantial a form as this volume. / Permit me to express, for myself and for my co-contributers, the hope that you will be blessed by creative fertility, for many years to come. / January 2, 1948, Charles.«
6] *Night letter:* Telegramm an Charles Neider, P. P. 18. 12. 47, Reg. III, 47/444.
7] *Straußens »Don Quixote«:* ›Don Quixote. Fantastische Variationen über ein Thema ritterlichen Charakters für großes Orchester‹ op. 35 (1898) von Richard Strauss.

18. 12. 1947

197 1] *das ganze Ehrenbuch:* Die Neidersche Anthologie ›The Stature of Thomas Mann‹. S. TB 3. 8. 46, Anm. 3.
2] *Statement:* Verschollen.
3] *Schäffer:* Der 1939 über Kuba in die USA emigrierte Lyriker und Prosaist Albrecht Schaeffer (1885–1950), dessen Versepos ›Der göttliche Dulder‹ TM 1920 beeindruckt hatte (». . . mit metrischer Kunst und wirklichen Schönheiten«, TB 5. 6. 1920).
4] *an Adorno:* An Theodor W. Adorno, P. P. 18. 12. 47, Reg. III, 47/439; Br. II, 577.

19. 12. 1947

1] *»in Kissingen«:* Der Traum geht offenbar zurück auf einen Besuch TMs bei einem Burgbesitzer in Mitteldeutschland während der 20er Jahre, der ihm (und den anderen Anwesenden) durch einige Auflagen (striktes Rauchverbot) in unangenehmer Erinnerung blieb . . . Auflagen, die Erika Mann jedoch nicht hinderten, auf einer Nach-Abiturs-Reise dem Burgherren ihrerseits eine Visite abzustatten, an die sie später offenbar auch nicht mehr gern zurückdachte.
2] *Meldung der N. Y. Times:* Nicht ermittelt.
3] *an die Jacobson:* An Anna Jacobson, P. P. 18. 12. 47, Reg. III, 47/441.

20. 12. 1947

1] *Marshalls Radio-Report:* Der aus London heimgekehrte Außenminister machte in einer Rundfunkbotschaft am Abend des 19. 12. 47 den sowjetischen Delegationsleiter für das Scheitern der Londoner Konferenz verantwortlich und beschuldigte die UdSSR, jeden Wiederaufbau Deutschlands zu sabotieren. *198*

2] *An Bermann:* Verschollen, s. Reg. IV, 582.

3] *»Gesta«-Kommentare:* Die zweibändige Ausgabe der ›Gesta Romanorum‹, übersetzt von Dr. Johann Georg Gräße, Leipzig 1905, die sich in TMs Zürcher Bibliothek erhalten hat, enthält am Ende des zweiten Bandes mehrere Apparate:

»1. Anhang. Die in der lateinischen Redaction der Gesta Romanorum nicht enthaltenen, aber entweder in der altdeutschen gedruckten Bearbeitung oder in der Grimm'schen Handschrift befindlichen Geschichten.« a.a.O. 133–219, mit einer Korrektur TMs auf S. 187.

»2. Anhang: Die vom Lateinischen abweichenden Geschichten der englischen Redaction der Gesta Romanorum.« a.a.O. 221–253. – »Erklärende Anmerkungen«, a.a.O. 254–306 (in diesem Teil hat TM sich die Seiten 299 und 300–306 angestrichen), und »Angaben und Übersetzungen«, a.a.O. 307–318, mit TMs Markierungen von deutschen Versionen auf den Seiten 316/317.

21. 12. 1947

1] *Annäherung an den »Erwählten« oder »Begnadeten«:* Zur Entstehung und zu den Quellen von TMs Gregorius-Roman *Der Erwählte*, GW VII, 9–260, der 1951 bei S. Fischer in Frankfurt erschien, vgl. Hans Wysling, ›Thomas Manns Verhältnis zu den Quellen. Beobachtungen am »Erwählten«‹, a.a.O. 258–324. Im TMA befindet sich neben dem Manuskript je ein Konvolut mit ›Notizen‹ und ›Materialien‹ zum *Erwählten.* *198*

2] *Chabrier:* Der französische Komponist und frühe Wagner-Anhänger Alexis Emanuel Chabrier (1841–1894).

22. 12. 1947

1] *Arlt wegen Goethe-Übersetzung:* Gustave Arlt übersetzte die *Phantasie über Goethe: Introduction into Goethe.* *198*

2] *an Prof. Singer:* »kassiert«, s. TB 23. 12. 47. Vgl. aber TM an Samuel Singer, 7. 11. 47, Reg. III, 47/370: »Ihr liebenswürdiges Ange-

bot [...], mir gelegentlich dabei [i. e. bei der Annäherung an die mittelalterliche Legende] mit historischem Material oder Hinweisen auf solches zur Hand zu gehen, ist mir höchst lieb und wertvoll, und Sie werden mir erlauben, mich und Sie daran zu erinnern, wenn der Augenblick kommt.« – Nun, der Augenblick war offensichtlich am 22. 12. 47 noch nicht gekommen, sondern erst am 20. 1. 48, als TM den Berner Gelehrten um eine »hochdeutsche Übersetzung« (»im Mittelhochdeutschen bleibt mir doch zu vieles dunkel«) von Hartmann von Aues ›Gregorius vom Steine‹ bat. Samuel Singer und seine Mitarbeiterin halfen sofort mit einer eigenen Prosa-Übersetzung, deren Typoskript im TMA erhalten ist.
3] *von Helbling:* Meilen, 14. 12. 47; im TMA: »... als ich ihn [Helblings Sohn] eines Tages fragte, ob er nun fertig gelesen habe, sagte er nur: ja, und die Tränen standen ihm in den Augen, wie sie seinem Vater aufgestiegen waren, als er das Buch aus der Hand gelegt hatte. [...] [Ich freute mich] an einigen Gesprächen mit Freunden, die meine völlige Hingabe an den Roman teilen.«
4] *Helbling:* Der Schweizer Literaturkritiker, Gymnasiallehrer und, von 1955–1965, Professor für Didaktik, Carl Helbling (1897–1966), hatte 1922 die erste Dissertation über Thomas Mann vorgelegt: ›Die Gestalt des Künstlers in der neueren Dichtung. Eine Studie über Thomas Mann‹, und war mit ihm persönlich seit dem Beginn der 20er Jahre gut bekannt.
5] *Feuilleton [...] von Stössinger:* Felix Stössinger, ›Thomas Mann: Doktor Faustus‹, ›St. Galler Tagblatt‹, Jg. 109, No. 572, v. 6. 12. 47.
6] *Stössinger:* Der aus Prag stammende Wiener und Berliner Journalist Felix Stössinger (1889–1954) war 1942 über Prag (1933) und Südfrankreich (1938) in die Schweiz gelangt. (S. auch TB 6. 7. 1948, Anm. 3)
7] *Rychner in der »N. Schw. Rundschau«:* Max Rychner, ›Thomas Mann und die Politik‹, ›Neue Schweizer Rundschau‹, N. F. 15, H. 8, Dezember 1947, 451–477.

23. 12. 1947
199 1] *Walters kummervolle Bewunderung:* Der Rolle der Musik im *Doktor Faustus.*
2] *Panamas Widerstand:* Panamas Nationalversammlung lehnte am 23. 12. 47 einstimmig ein Anfang Dezember ausgehandeltes Abkom-

men ab, das den USA zur Sicherung des Kanals auf 5 bzw. 10 Jahre die Errichtung mehrerer Stützpunkte außerhalb der 16 km breiten Kanalzone erlauben sollte.
3] *»Small-Talk«:* Nicht gefunden.
4] *Neiders Aufsatz:* Charles Neider ›The Artist as Bourgouis‹, ›The Stature . . .‹ a.a.O. 330–357.

24. 12. 1947
1] *von Sternberg:* Nicht im TMA. Zum Problem vgl. jedoch TMs 199
Antwort an Wilhelm Sternfeld, P. P. 8. 1. 48, Reg. III, 48/21 sowie das Schreiben an Ben Huebsch, P. P. 19. 1. 48, Reg. III, 48/31 mit der Bitte um Unterstützung notleidender westdeutscher Schriftsteller durch den amerikanischen PEN-Club.
2] *Sternberg:* Gemeint ist der Journalist Wilhelm Sternfeld (1888 bis 1973), der 1933 zunächst nach Frankreich, von dort, nach seiner Ausweisung, 1935, über Prag und Polen nach England floh, wo er die 1938 in der CSR begonnene Flüchtlingshilfe ›Thomas Mann Society for Aid of Emigré Writers‹ zusammen mit Ludwig Quidde und Kurt R. Grossmann fortführte und sich nach dem Krieg für die Erforschung der deutschsprachigen Exilliteratur einsetzte. (S. Sternfeld/Thiedemann, ›Deutsche Exilliteratur 1933–1945. Eine Bio-Bibliographie‹, Heidelberg 1962, 2. erw. Auflage Heidelberg 1970)
3] *an Rychner:* An Max Rychner, P. P. 24. 12. 47, Reg. III, 47/449; Br. II, 578.
4] *an Helbling:* An Carl Helbling, P. P. 24. 12. 47, Reg. III, 47/448.
5] *Hanno-Einleitung:* S. TB 8. 12. 47, Anm. 2.

25. 12. 1947
1] *Gestapo-Akten:* Nicht mehr zu ermitteln 200
2] *an F. Stössinger:* Verschollen; s. Reg. IV, 582.
3] *an Vikko:* An Viktor Mann, P. P. 25. 12. 47, Reg. III, 47/450.
4] *der junge Arthur:* Artur Bardoš; s. TB 7. 12. 46, Anm. 2.
5] *Zürcher Globus-Stuhl:* Ein im Zürcher Kaufhaus ›Globus‹ erworbener Stuhl.

26. 12. 1947
1] *In Griechenland:* Eine Radiostation der griechischen Guerrilla 200
hatte am 24. 12. 47 die Bildung der ›Ersten provisorischen demokratischen Regierung eines freien Griechenland‹ unter General Markos Va-

fiades bekanntgegeben. Am 25. 12. waren daraufhin über 2000 Guerilleros in die nahe der albanischen Grenze gelegenen Stadt Konika eingedrungen, um Gelände für den neuen griechischen Staat zu gewinnen. Die Regierung in Athen deckte gleichzeitig mit der Ankündigung von Gegenmaßnahmen gegen die Usurpatoren ein angeblich von General Vafiades angezetteltes weitverzweigtes kommunistisches Komplott zur Beseitigung legal gewählter griechischer Politiker auf und ließ allein in Athen etwa 500 Menschen festnehmen.

2] *an Dr. Brantl:* An Maximilian Brantl, P. P. 26. 12. 47, Reg. III, 47/451; Br. II, 580/581.

3] *an die Senderin:* Weder das Nietzsche-Manuskript noch TMs Stellungnahme konnten bisher ermittelt werden.

4] *Scherers deutsche Literaturgeschichte:* Wilhelm Scherer, ›Geschichte der Deutschen Litteratur‹. TM besaß die 7. Aufl., Berlin 1894. Zur Bedeutung von Scherers Werk für den *Erwählten* vgl. Wysling a.a.O. passim, bes. 269.

5] *Marcuse […] über Faustus:* Ludwig Marcuse, ›Der unerlöste Faust‹, ›Aufbau‹, vol. XIV, No. 3 v. 16. 1. 1948, 11/12.

27. 12. 1947

1] *Mr. Baily:* Wohl der Sammler Harold James Baily, für den TM, wie aus den Regesten hervorgeht, des öfteren Bücher signierte.

201 2] *Stephen Spender […] »Returning to Vienna«:* ›Nine Sketches‹, 1947. Das schmale Bändchen – die No. 144 einer auf 150 Exemplare limitierten Ausgabe – ist in der Zürcher Bibliothek erhalten.

28. 12. 1947

201 1] *an Annette Kolb:* Verschollen; s. Reg. IV. 582.

2] *»Jeanette«:* die Figur der Jeanette Scheurl im Roman *Doktor Faustus* trägt Züge von Annette Kolb. S. TB 18. 7. 47, Anm. 5.

3] *D'Indy:* Der französische Komponist (César-Franck-Schüler) Vincent d'Indy (1851–1931).

29. 12. 1947

1] *von Politzer:* Bristol/Pennsylv. 27. 12. 47; im TMA.

2] *von B. Fairley:* Toronto, 26. 12. 47; im TMA.

3] *an die Servicen:* An Louise Servicen, P. P. 28. 12. 47, Reg. III, 47/453.

30. 12. 1947

1] *Rede Henry Wallace:* Am 30. 12. 47 gab Henry Wallace in Chicago bekannt, daß er – um eine Wiederwahl Trumans zu verhindern – 1948 als unabhängiger Kandidat an den Präsidentschaftswahlen teilnehmen werde. Gleichzeitig kündigte er seinen Rücktritt aus der Redaktion der Zeitschrift ›New Republic‹ an, für die er jedoch weiterhin Leitartikel schreiben werde. – Politische Beobachter interpretierten Wallaces Kandidatur als Teil einer langfristigen Strategie, die darauf abzielte, mit der Wahl eines möglichst durchschnittlichen und ›reaktionären‹ Republikaners im November 1948 die politische Situation der USA weiter zu verschlechtern, um auf diese Weise bei der übernächsten Wahl, 1952, den Sieg eines fortschrittlichen Demokraten – nach Möglichkeit Wallaces selbst – zu sichern. *201*

2] *viele Wahrheiten:* Wallace hatte gesagt: »There is no real fight between a Truman and a Republican. Both stand for a policy which opens the door to war in our lifetime and makes war certain for our children.«

31. 12. 1947

1] *Friedensplan zur Hilfe für Europa:* Seine Rede in Chicago konkretisierend, hatte Henry Wallace am 30. 12. 47 in Milwaukee einen 7-Punkte ›Wallace-Plan‹ verkündet, der an die Stelle des »insane« Marshall-Plans treten sollte. Hauptvorschläge waren 1. Errichtung eines ausschließlich von der U.N. verwalteten Wiederaufbaufonds für ein auf fünf Jahre berechnetes Hilfsprogramm, dessen Gelder in erster Linie die USA aufzubringen hätten. 2. Die Unterstellung des Ruhrgebiets unter die Kontrolle der vier Siegermächte. *202*

2] *Brief vom alten Singer:* Bern 25. 12. 47; im TMA. Seine Bewegung nach der Lektüre des *Doktor Faustus* faßte Singer in die Worte zusammen: »Ergriffen, zerprügelt, zu Boden geschlagen.«

3] *von Hesse:* Baden, 12. 12. 47, HH/TM, 140/141. Hesses Brief war lobend-kritisch und enthielt die passus: »Da steht nun freilich vieles, das man Ihnen übelnehmen wird, daran ist man ja gewöhnt. Sie werden es nicht zu schwer nehmen. Mir selbst ist [...] die Innenwelt Leverkühns sehr viel klarer, geordneter, durchsichtiger als seine Umwelt, und das gerade gefällt mir so, daß diese so mannigfaltig, figurenreich und so verschiedentlich belichtet ist, daß sie Raum hat für die Hallenser Theologenkarikaturen wie für das holde Kind Nepomuk, daß der Dichter uns den Guckkasten so reich besteckt hat und kaum jemals die gute Laune, den Spaß am Theater verliert. [...] Noch etwas: auf manchen Seiten Ihres Buches, wo Leverkühnsche Musik analysiert wird, fand ich mich an eine Nebenfigur des ›Glasperlenspiels‹ erinnert, an Tegularius, dessen Glasperlenspiele zu Zeiten die Neigung haben, auf scheinbar legitimstem Wege in Melancholie und Ironie zu enden.«

4] *von Marcuse:* Los Angeles, 29. 12. 47; im TMA.

5] *Léon Dujovne »Th. M. ...«:* Das 1947 in Buenos Aires erschienene Buch ›Thomas Mann; las ideas y los seres en su obra‹ ist in der Zürcher Bibliothek erhalten. Vgl. auch TM an Léon Dujovne, P. P. 21. 1. 48, Reg. III, 48/34.

6] *an die Meyer:* An Agnes E. Meyer, P. P. 31. 12. 47, Reg. III, 47/454; Br. II, 581/582.

1948

1. 1. 1948

1] *Erikas hübsches Gedicht:* »Ich bin das gute neue Jahr,/ noch besser als das alte war/ und wesentlich gescheiter./ Am End' gehört dazu nicht viel,/ und doch, was man auch sagen will,/ die Nachricht stimmt mich heiter.// Ich bin sehr jung, man sieht es gleich/ und äußerst Möglichkeiten reich/ und rein von allem Schmutze./ Mir hat noch keiner was getan,/ drum schau' ich jeden freundlich an,/ ganz wie der Frido Butze.// Und wünsche Glück, Ihr lieben Leut'/ für dort und dann und hier und heut'/ und daß ich Euch behage./ Ich bin das gute neue Jahr,/ noch besser als das alte war,/ hü, alle meine Tage.« (In einer privaten Plattenaufnahme im TMA erhalten.) 205

2] *Jacksons Nürnberger Anklage-Reden:* R[ock] H[oughwout] Jackson, ›Die drei Anklagereden von R. H. Jackson. Mit einem Vorwort von Gustav Radbruch‹, München 1946.

2. 1. 1948

(Im Manuskript irrtümlich 2. II. datiert.)

1] *Einladung:* Frankfurt, 27. 11. 47; im TMA. 205

2] *Frankfurter Ober-Bürgermeister:* Der Jurist und während der NS-Zeit wiederholt inhaftierte SPD-Politiker Walter Kolb (1902–1956), von 1946 bis zu seinem Tode Oberbürgermeister von Frankfurt.

3] *Paulskirchen-Feier:* Zur Erinnerung an das Zusammentreten des ersten deutschen Parlaments (Frankfurter Nationalversammlung) am 18. 5. 1948 in der Paulskirche.

4] *von Basler:* Burg, 24. 12. 47; im TMA: »Ich habe noch nie ein Buch mit solch aufwühlendem Inhalt, mit solcher Energiegeladenheit gelesen. Es ist eine geistige Atombombe und hat seinesgleichen nicht.«

5] *von Dr. Kaufmann:* Buffalo, 29. 12. 47; im TMA.

6] *dankte:* An Fritz Kaufmann, P. P. 2. 1. 48, Reg. III, 48/5.

7] *An Marcuse-Hofe:* An Ludwig Marcuse, P. P. 2. 1. 48, Reg. III,

48/6: »Ich habe vergessen, Sie nach Dr. Hofes [...] Adresse zu fragen. Sie können ihn aber auch gleich selber fragen, ob er mir nicht eine hochdeutsche Übersetzung von Hartmann von Aue's Legende *Gregorius vom Steine* verschaffen kann. Bei Reclam gibt es eine, es muß also eine in der Welt sein, und ich habe sie *nötig.*« (Marcuse a.a.O. 54).
8] *Brief von H. Johst:* Berlin, 10. 10. 33. Das Schreiben ist bei Eduard Spangenberg, ›Mephisto. Roman einer Karriere‹, München 1982, 76, und im Marbacher Katalog No. 40, ›S. Fischer, Verlag‹, Marbach 1985, 445, abgedruckt.

3. 1. 1948

206 1] *Geographische Explorationen:* Hans Wysling weist in seinem bereits mehrfach zitierten Aufsatz über ›Thomas Manns Verhältnis zu den Quellen‹ nach, daß die in den *›Notizen zum Erwählten‹* auf den Blättern, 20, 21, 22 festgehaltenen Exzerpte zu ›Flandern‹, ›Bretagne‹, ›Irland‹, ›Burgund‹ etc. aus Meyers kleinem Lexikon stammen. S. Wysling a.a.O. 324.
2] *Brief-Aufsatz:* Von Oscar Schmitt-Halin, Wiesbaden, 2. 12. 47; ein 6 eng beschriebene Schreibmaschinenseiten langer Essay über opus 111 und die Musik im *Doktor Faustus*.
3] *deutscher Brief über »Lotte«:* Nicht ermittelt.
4] *Rowohlts Gallup:* Vgl. die Meldung des ›Aufbau‹, vol. XIII, No. 36 v. 5. 9. 47, 20: »Sehr im Gegensatz zu den Beschimpfungen, die momentan deutsche Zeitungen über Thomas Mann ausgießen, ergab eine Umfrage an die Leser der *Rowohlt-Rotations-Romane*, daß unter dreitausend Leserwünschen Thomas Mann weitaus an erster Stelle steht. Er wurde unter 600 Autoren von 140 Lesern verlangt. Es folgen Hermann Hesse mit 65 Wünschen, Werfel mit 49, Sinclair Lewis mit 47, Hemingway mit 41, ebenso Kästner und Wiechert mit je 41, dann Balzac und Alfred Polgar mit je 40.«
5] *(Mitteilung des »Bookseller«):* W. B. P. Aspinall, ›What the Germans want to read‹, ›The Bookseller‹, 6. 12. 47, 1180–1183. Ein Artikel vorwiegend über Rowohlts Rotations Romane (s. TB 10. 3. 47, Anm. 4) und eine im Zusammenhang damit in Auftrag gegebene Umfrage nach Leserwünschen: »Rowohlt conducted a Gallup poll inquiry into the preferences of a thousand readers, chosen from the academic professions, booksellers, merchants, young people, prisoners of war, workmen, and others. One of the results of this poll was to get the ten

authors whose works are at present most in demand. They rank as follows: 1. Thomas Mann (by a very large margin). 2. Hermann Hesse. 3. Franz Werfel. 4. Sinclair Lewis. 5. Ernest Hemingway. 6. Erich Kästner. 7. Ernst Wiechert. 8. Balzac. 9. Romain Rolland. 10. Jakob Wassermann.« Die nachfolgende Analyse differenziert dies Umfrage-Ergebnis. – Es ist anzunehmen, daß TM seine Information aus dem ›Aufbau‹ und nicht aus dem ›Bookseller‹ bezog.

6] *Schrift von Arnold Brecht:* Der erwähnte Aufsatz erschien in ›The American Political Science Review‹, vol. XLI, No. 3, July, 1947.

7] *Arnold Brecht:* Der Professor für politische Theorie, Rechtsphilosophie und vergleichende Verfassungswissenschaft Arnold Brecht (1884–1977) war 1933 in die USA emigriert und lehrte an der School for Social Research in New York sowie, als Gastprofessor, in Harvard und Yale. Zu Brechts Vita vgl. seine zweibändige Autobiographie ›Aus nächster Nähe. Lebenserinnerungen von 1884–1967‹, Stuttgart 1966/1967. Darin auf den Seiten 169–171 – aus der Perspektive des gleichfalls berühmten Kon-Pennälers – die Beschreibung des Festaktes zum Vierhundertjahresjubiläum des Lübecker Katharineums mit TMs Festansprache.

8] *Schnabel:* Der österreichische Pianist und Komponist moderner Musik Artur Schnabel (1882–1951) war 1938 in die USA emigriert und lehrte – neben ausgedehnten Konzertreisen – an der University of Chicago.

4. 1. 1948

1] *Kunstgeschichtliche Ausforschungen:* Vgl. Wysling a.a.O., bes. 269–273 sowie – für Einzelheiten – die Exzerpte der *Notizen zum Erwählten*. *207*

2] *Zürcher Photographien:* Vom Aufenthalt 1947, im TMA.

3] *Absage:* An Walter Kolb, P. P. 4. 1. 48, Reg. III, 48/12; Br. III, 11/12. Der im TMA erhaltene handschriftliche Entwurf zeigt, daß zwischen dem Ende des Textes auf S. 11 und dem ersten Satz auf S. 12 folgende Passage gestrichen wurde: »Ueber den Traum von einem demokratischen Groß-Deutschland ist die Geschichte hinweggegangen. Von romantischem Imperialismus, Erinnerungen ans Heilige Römische Reich war er übrigens auch schon angeflogen. Der deutsche Einheits- und Reichsgedanke scheint mit dem der Macht, der europäischen Hegemonie untrennbar verbunden, und gerade Macht kommt

Deutschland nicht mehr zu, man wird sie ihm nicht mehr gewähren. Ich gestehe, dass die staatliche Zukunft Deutschlands mir vollkommen dunkel ist – wem ist sie es nicht? Aber anderen mag es leichter fallen, über das zu sprechen, was ihnen dunkel ist, als gerade mir.// Ich habe da eine weitere Hemmung angedeutet, eine innere. Jedenfalls trägt sie nicht dazu bei, mir die äußeren Hindernisse überwindbarer erscheinen zu lassen, die meiner Reise entgegenstehen.« Zu TMs Absage-Gründen vgl. auch TM an Lavinia Mazzucchetti, P. P. 13. 3. 48, Reg. III, 48/136: »Eine Einladung nach Frankfurt als Paulskirchenredner habe ich dankend abgelehnt. Über 48 könnte ich nur steif und ohne rechten Glauben reden.« S. ferner TM an Agnes E. Meyer, P. P. 17. 3. 48, Reg. III, 48/141: »Ich sollte zur Paulskirchen-Feier (1948) als Redner nach Frankfurt kommen, habe aber freundlich abgesagt – so freundlich, daß der Oberbürgermeister den Brief veröffentlicht hat –, und es geht nun Fritz von Unruh, der auch ganz der rechte Mann ist.«

5. 1. 1948

207 1] *von Korrodi:* Zürich, 27. 12. 47; im TMA: »Mich beschäftigt der Gedanke einer Schrift ›Thomas Mann und die Fakultäten‹. Aber fände ich nur den souveränen Mediziner, der da seine Feder rühren könnte, u. den Alttestamentler, der auch der dichterischen Intuition zugänglich wäre. Dr. Schuh wäre natürlich der Musikant – aber es müßten nicht alle Schweizer sein. – // Wenn Sie – es eilt nicht – die Frage überdenken, einige Literatur mir u. eventuelle Mitarbeiter angeben könnten, so würde ich, da ich einen Verleger habe, mir eine Gestalt des ungewöhnten kritischen Unternehmens bald vorstellen können, wobei das Zerlegen eines Dichters in Fakultäten sinnlos wäre ohne die Kohärenz des Werkes.« – Der Plan kam nicht zustande.

2] *von Frau G. H. Heer:* Der Begleitbrief zur Übersendung der in Anm. 3 aufgeführten Besprechung, Ermatingen, 31. 12. 47, ist im TMA erhalten.

3] *besprochen:* Nelly Heer-Heusser, ›Das Meisterwerk unserer Zeit. Betrachtungen zu Thomas Manns ‚Doktor Faustus'‹, ›Schweizer Bücher-Zeitung und Anzeiger für den schweizerischen Buchhandel‹, Zürich, Jg. 59, No. 12, Dezember 1947, 83/84.

4] *Austausch Hülsen–Molo:* Der Sternfeld-Brief ist nicht mehr erhalten, aber der Vorgang ist aus TMs Antwortschreiben, P. P. 8. 1. 48, Reg. III, 48/21, zu erschließen: »Für Ihre Mitteilung vom 29. Dezember bin ich Ihnen sehr dankbar. Die Promptheit, mit der Herr von Molo Ihnen geantwortet hat, zeugt von der Begierde dieser Herren, sich von jenem unheimlichen Makel [gemeint ist die Unterschrift unter die TB 14. 9. 47, Anm. 2 mit allen Unterzeichnern aufgeführten ›Treue-Erklärung der 88‹] reinzuwaschen. Sehr klar, sehr entschieden und unzweideutig entlastend finde ich die Äußerungen Hülsens und von Molos nicht. Ihre Unfähigkeit, sich an den Vorfall, die Huldigung an den Führer, genau zu erinnern muß doch befremden. Klar und deutlich spricht keiner von beiden aus, daß er das Manifest nicht unterzeichnet hat. Aber ich kann mir gut vorstellen, daß der damalige trunkene Zustand des Landes die Verantwortlichkeit des Einzelnen stark herabsetzte und niemand recht wußte, was er tat oder was in seinem Namen getan wurde. Ich erinnere mich, daß der Schriftsteller Binding, dessen Namen ebenfalls unter dem Manifest stand, dagegen protestiert hat. Er erklärte schriftlich, das Schriftstück nicht unterschrieben zu haben. Das hat sonst keiner getan. Und daß die Erklärung den übrigen nicht zu Gesicht gekommen sein sollte, ist nicht wohl anzunehmen.«

5] *Hülsen:* Der Schriftsteller und Journalist Hans von Hülsen (1890–1968), ein früher Bekannter TMs und von 1908–1934 (spätere Briefe sind nicht nachweisbar) sein Korrespondent.

6] *von M. Klausner:* Tel Aviv, 27. 12. 47; im TMA. Der Brief enthält die Bitte, zur »Absicherung« der von M. Klausner in deutschen und hebräischen Vorträgen vertretenen Interpretation, »einige [den *Doktor Faustus* betreffende] Fragen zu beantworten, damit uns Ihre künstlerische und weltanschauliche Intention klar wird«: »Was wir nicht verstanden, war dieses: bei allen Teufelspakten, die wir kennen, von Salomo und Asmodai angefangen, ohne den mittelalterlichen Faust zu vergessen – war der Pakt immer eine bewußte, freiwillige Tat des Sünders. Der Teufel versprach als Zahlung Macht, Reichtum, Genuß. Adrian dagegen gerät in die Fänge des Satans, ohne – soweit wir sehen – geringste persönliche Schuld oder Absicht. Wenn er auch in der Beichte das Gegenteil behauptet, so ist doch dies schon ein Produkt des Wahnes. Sollen wir dies nun so verstehen, daß das deutsche Genie in die Klauen des Faschismus geraten ist, ohne das Bewußtsein der selbstzerstörerischen und mörderischen Absicht des Teufels? – Wir glauben ferner aus Ihren theoretischen Schriften [. . .] entnehmen zu können, daß Sie das leider in der Frühzeit so populär gewordene Hitlertum durchaus mit der alt-eingewurzelten Vorstellung des pferdefüßigen Satans verbinden, der Macht, Genuß und Übermenschentum verspricht, und auf der anderen Seite die Hölle von Auschwitz und ähnliches erdenkt. Haben wir diese Teufelsverbindung mit Hitler richtig verstanden, die eben das deutsche Genie in den Abgrund reißt. – Und nun noch ein drittes: sollen wir die Kreationen von Leverkühn in der Weise deuten, daß sie als Ausdruck höchster Musik nur bisher unverstanden und unentdeckt blieben? Oder sollen wir sie als Produkte eines kranken Genies auffassen, die mit dem Genie zugleich dem Untergang geweiht sind. Unsere Musiker haben versucht, bei Leverkühn Anklänge an Mahlers achte Symphonie, an seine Lieder zu finden, ferner an Hindemith und Schönberg. Alle diese Kreationen sind aber eben nicht aus der Schicksalsverquickung mit Deutschland entstanden, sondern in der Rettung vor Deutschland. – Wir hier [...], die wir mit einer Belastung unserer Beziehung zum Deutschtum leben müssen, zu dem gleichen Deutschland, das uns mehr als ein Drittel unseres Volkes ermordet hat, – wir fürchten uns vor einer möglichen Auferstehung des deutschen Genies. – Ich weiß nicht, ob Ihnen bekannt ist, daß wir hier ein außerordentlich hochentwickeltes Musikleben haben, das sich in der Pflege der frühen und der modernsten, der romantischen und der klassischen Werke auswirkt. Unsere Musiker hier möchten Ihren Adrian Leverkühn nur als die Gestaltung eines Super-Musik-Genies ansehen, und wir anderen glauben, daß auch Sie es nicht von der symbolisch-deutschen Verquikkung trennen wollten.«

7] *M. Klausner:* Die deutsche Schauspielerin und Schriftstellerin, in Palästina Leiterin des Verlages Moadim in Tel Aviv, Margot Klausner (1905–1975).

8] *Dr. Wolf:* Der aus Deutschland in die USA emigrierte Dr. Erich Wolff besaß in Beverly Hills eine große Praxis. TM schreibt seinen Namen wechselweise Wolf oder Wolff.

6. 1. 1948

208 1] *Faksimile:* Friedrich Nietzsche, ›Dionysos-Dithyramben‹, Limitierter Nachdruck in 440 Exemplaren nach der zweiten vollständigen Reinschrift von 1888. Druck der Nietzsche Gesellschaft, München 1923. TMs in der Zürcher Bibliothek erhaltenes Exemplar trägt die No. 2 und ist mit einer Widmung von Charles Rieber versehen.

2] *Pollitzers Aufsatz:* Heinz Politzer, ›Heinrich Heine‹, ›Die Neue Rundschau‹, Stockholm, 1948, 1–29.
3] *Pollitzer:* Der österreichische Schriftsteller und Literarhistoriker Heinz Politzer (1910–1978) emigrierte 1938 nach Prag und 1939 nach Palästina. 1947 ging Politzer in die USA, wo er zunächst am Bryn Mawr College, ab 1956 an der University of California in Berkeley lehrte.

7. 1. 1948
1] *bei Eicken:* Heinrich von Eicken, ›Geschichte und System der Mittelalterlichen Weltanschauung‹, Stuttgart 1887. Das Buch war, wie vor allem Hans Wisskirchen in seiner Dissertation ›Zeitgeschehen im Roman. Zu Thomas Manns *Zauberberg* und *Doktor Faustus*‹, Bern 1986, Thomas Mann-Studien, Band 6, bes. 68 ff. nachweist, TM für Naphtas Argumentation wichtig. (Vgl. TB 16.–27. 4. 1919: »Eick [sic]: Mittelalterliche Weltanschauung. Ein wichtiges Hilfswerk für den Zbg.« (16. 4. 1919). Leider ist TMs Exemplar des Eickenschen Werks in der Zürcher Bibliothek nicht mehr vorhanden. 208
2] *[bei ...] Scherer:* S. TB 26. 12. 47, Anm. 4.
3] *Brief und Aufsatz von K. vom Rath:* Beide Schriftstücke sind nicht erhalten.
4] *K. vom Rath:* Nicht ermittelt.
5] *Adorno's [...] Aphorismen:* ›Minima Moralia‹, s. TB 25. 8. 46, Anm. 1.
6] *an Schmitt-Halin:* An Oscar Schmitt-Halin, P. P. 7. 1. 48, Reg. III, 48/13; Br. III, 12/13.
7] *Schmitt-Halin:* Der Jurist Oscar Schmitt-Halin (1906–?), zeitweilig Justitiar und Geschäftsführer der Vereinigung der Druckereibetriebe in der Bundesrepublik Deutschland.
8] *Mr. Honig:* Als Abgeordneter des ›Jewish Labor Committee‹ bat Camille Honig TM um eine Warnung vor dem aufkommenden Antisemitismus in den USA. TM erfüllte den Wunsch mit seinem Schreiben an Honig, P. P. 14. 1. 48, Reg. III, 48/25, das im Anhang No. 32 abgedruckt ist.

8. 1. 1948
1] *Wahlrede Trumans:* ›Message on the State of the Union‹, 7. 1. 48: 208
»We believe the United States can be an effective force for world peace

only if it be strong. We look forward to the day, when nations will decrease their armaments. Yet so long as there remains serious opposition to the ideal of a peaceful world we must maintain strong armed forces.«

2] *Neiders Buch:* S. TB 3. 8. 46, Anm. 3.

3] *von Käthe Rosenberg:* London, 3. 1. 48; im TMA.

209 4] *Toch mit seinem musiktheoretischen Buch:* ›The Shaping Forces of Music‹, New York 1948. TM lehnte die Tochsche Bitte am 16. 1. 48 in einem Brief ab, von dem dann Teile in englischer Übersetzung dem Buch vorangestellt wurden. S. dazu TB 16. 1. 48, Anm. 1.

9. 1. 1948

209 1] *erneute Un-American Hearings:* Über das inquisitorische Vorgehen des Committee on Unamerican Acitivies, das das Leben im Lande mehrere Jahre lang entscheidend prägte und eine Atmosphäre von Angst und Schrecken verbreitete, unterrichten zusammenfassend David Caute, ›The Great Fear. The Anti-Communist Purge Under Truman and Eisenhower‹, New York 1978, und Walter Goodman, ›The Committee. The Extraordinary Career of the House Committee on UN-American Activities‹, London 1969.

2] *Vorrede:* S. TB 30. 8. 47, Anm. 4.

3] *Bööks Buch über Andersen:* Frederik Böök, ›H. C. Andersen. En Levnadstecking‹, Stockholm 1938; deutsch: ›Das Leben des Märchendichters H. C. Andersen‹, Zürich 1943. Die von Anni Carlsson übersetzte deutsche Ausgabe steht mit einer Widmung der Übersetzerin in der Zürcher Bibliothek.

4] *farbige Stiche:* Im TMA sind verschiedene Joseph-Bilder archiviert.

5] *Julia Petrosa:* TMs Cousine (1870-1969), Tochter von Heinrich Nicolaus Stolterfoth und seiner Frau Maria, geb. da Silva Bruhns, einer Schwester von TMs Mutter.

6] *Nitze über Pascal:* Nicht ermittelt. William A. Nitze hatte TM bereits im Frühjahr 1943 einen Pascal-Aufsatz zugesandt, für den sich TM am 7. 5. 43 von P. P. aus bedankte. S. Reg. 43/119 mit Literaturangabe.

7] *Brief-Erguß:* Alfred Neumanns große Expektoration über den *Doktor Faustus*, Los Angeles, 4. 1. 48, ist in einer Abschrift im TMA erhalten.

8] *an Dial:* Verschollen. S. Reg. IV, 582.
9] *[an] Dr. Nitze:* Verschollen. S. Reg. IV, 582.
10] *[an] Basler:* An Otto Basler, P. P. 10. 1. 48, Reg. III, 48/22.
11] *Bergs »Wozzek«:* Die nach Georg Büchners Dramenfragment ›Woyzeck‹ komponierte, 1925 uraufgeführte Oper des österreichischen Komponisten Alban Berg (1885–1935).

10. 1. 1948
1] *»Enterbung«:* Der Zusammenhang ist unklar: eventuell geht es um den Verkauf der Pringsheimschen Silbersammlung, die sich im Besitz der nichtjüdischen Schwiegertochter Mara Pringsheim befand und nach der Währungsreform durch eine Erbengemeinschaft verkauft wurde. Katia Mann hatte auf ihren Anteil verzichtet. – Die berühmte Majolika-Sammlung, die TM im Text erwähnt, mußte Alfred Pringsheim schon 1939 bei Sotheby versteigern lassen. Die Gestapo beanspruchte 75% des Erlöses als ›Bezahlung‹ dafür, daß die alten Pringsheims nach Zürich ausreisen ›durften‹. Welche Zahlungen 1948 in London noch fällig waren, konnte nicht ermittelt werden. *209*
2] *»Malerei und Plastik des Mittelalters«:* ›Handbuch der Kunstwissenschaft‹, hrsg. von F. Burger, Akademische Verlagsgesellschaft, Berlin-Neubabelsberg, Bd. I, ›Malerei und Plastik des Mittelalters II‹ von Julius Baum. Über die Verwendung dieses Buches bei den Arbeiten zum *Erwählten* vgl. Wysling, a.a.O., 271.
3] *Wiedemann:* Vielleicht der in Bogotá lebende, 1905 in München geborene Guillermo Wiedemann. *210*
4] *Artikel:* Anonym, ›Latter-Day-Oracle‹, ›The Times Literary Supplement‹, Jg. 46, No. v. 20. 12. 47, 663.
5] *Buch von J. Mercanton:* S. TB 17. 7. 47, Anm. 1.
6] *an H. Eisler:* Verschollen; s. Reg. IV, 582.

11. 1. 1948
1] *Excerpte:* S. Eicken, a.a.O. 2. Teil, 151 ff., bes. 171. *210*
2] *in einem Wiener Blatt:* Nicht ermittelt.
3] *Briefe Wölflins:* ›Aus unveröffentlichten Briefen von Heinrich Wölfflin‹, ›Die Neue Rundschau‹, Stockholm, Jg. 1948, 78–90.
4] *Wölflin:* Der Schweizer Kunsthistoriker Heinrich Wölfflin (1864–1945), den TM aus München, wo Wölfflin von 1912–1925

lehrte, kannte, und den er nach 1933 in Zürich, wohin Wölfflin 1925 berufen worden war, wiedertraf.

5] *Aufsatz Fish Armstrongs:* Hamilton Fish Armstrong, ›Ein Amerikaner sieht Europa‹, ›Die Neue Rundschau‹, a.a.O. 50–64.

6] *Fish Armstrong:* Der amerikanische Publizist, Verleger, Diplomat und Politiker (u. a. zuständig für Flüchtlingsfragen) Hamilton Fish Armstrong (1893–1973) war Herausgeber der Zeitschrift ›Foreign Affairs‹.

7] *[Aufsatz] von Misch:* Carl Misch, ›Politische Notizen‹, ›Die Neue Rundschau‹, a.a.O. 96–103: Aspektreiche Ausführungen zu der These »Wer unvoreingenommen den Weltlauf betrachtet, kann nicht leugnen, daß die Kriegsgefahr beängstigend wächst.« (96).

8] *Misch:* Der ehemalige politische Redakteur an der ›Vossischen Zeitung‹ in Berlin, Carl Misch (1896–1965), floh 1933 nach Paris, wo er von 1936 als Mitarbeiter, ab 1938 als Chefredakteur der ›Pariser Tageszeitung‹ arbeitete. 1940 konnte Misch in die USA entkommen. In New York schrieb er zunächst politische Artikel für den ›Aufbau‹ und die ›Deutsche Volkszeitung‹. Von 1947 bis zu seinem Tode lehrte er als Professor für Geschichte am Centre College of Kentucky, Danville, und war als politischer Kolumnist für die ›Neue Rundschau‹ tätig.

9] *an Neider:* An Charles Neider, P. P. 12. 1. 48, Reg. III, 48/23.

10] *[an] Knopf:* Vermutlich der P. P. 8. 1. 48 datierte Brief, der sich im Archiv des A. A. Knopf-Verlags in New York befindet.

12. 1. 1948

210 1] *von Dieterle:* Canoga Park, Calif., 8. 1. 48; im TMA.

2] *Antwortete ihm:* Der Brief ist verschollen; s. Reg. IV, 582.

211 3] *Die Erzählung:* ›Die Erzählung‹, eine ›Zeitschrift für Freunde guter Literatur‹. Herausgegeben im Südverlag Konstanz von Ludwig Emanuel Reindl, 2. Jg., 1948. Die erste Nummer, Januar 1948, enthielt auf den Seiten 3–10 einen Vorabdruck aus Viktor Manns Buch ›Wir waren fünf. Bildnis der Familie Mann‹, Konstanz 1948.

13. 1. 1948

211 1] *Red-baiting:* Kommunisten-Hetze.

2] *Statement:* S. TB 7. 1. 48, Text und Anm. 8.

3] *Besprechung:* ›Doktor Faustus‹, ›Neues Winterthurer Tagblatt‹ v. 13. 12. 47, 11.

4] *im Walter'schen:* Im Hause Bruno Walters in Beverly Hills.
5] *Walker-Roman:* ›Der Pakt‹; s. TB 19. 4. 47, Anm. 8 und 9.

14. 1. 1948
1] *den Löwenberg der Oper-Annalen:* Alfred Loewenberg (1902 bis 211
1949), Autor des Buches ›Annals of Opera 1597–1940‹, Cambridge 1943.
2] *Tochs Musiklehre:* S. TB 8. 1. 48, Anm. 4.
3] *Vorübersetzung:* Nicht erhalten. Zur Sache vgl. TB 1. 10. 47.

15. 1. 1948
1] *Schwabs Volksbücher:* Gustav Schwab (Hrsg.), ›Deutsche Volks- 212
bücher‹, 3 Bände, Berlin 1836/1837.
2] *Römische Kirchen des Mittelalters:* Evtl. las TM bei Eicken, a.a.O., 169–212 das Kapitel ›Das fränkische Reich und die römische Kirche‹. Vgl. hierzu die Blätter 3 und 4 aus den *Notizen zum Erwählten*.
3] *Knopf schreibt:* New York, 13. 1. 1948: »I think you will be glad to know we are planning to celebrate your birthday this year by bringing out a handsome, single-volume edition of JOSEPH AND HIS BROTHERS printed from brand-new plates made uniform with THE MAGIC MOUNTAIN and the other books. We are hoping to price this, to begin with at any rate, at five dollars, though how long we will keep it so low no one can tell. It occurs to me in this connection that you might like to take the opportunity to write a brief introduction. I'm assuming that you could manage it in English as there probably wouldn't be time to send it over to Mrs. Lowe for translating and it certainly shouldn't be translated by anyone else. How does the idea strike you? If you feel dubious, just say so frankly and forget it. But if you have something interesting to say, it would add distinctly, I think, to the attractiveness of the new edition.« (Im Archiv des A. A. Knopf-Verlags, New York)
4] *einbändige Ausgabe des Gesamt-Joseph: Joseph and His Brothers*, New York 1948.
5] *Bermann über [. . .] Faustus:* Nicht in TM/GBF.
6] *an Bermann:* Verschollen; s. Reg. IV, 582.
7] *[an] die Herz:* An Ida Herz, P. P. 16. 1. 48, Reg. III, 48/28.
8] *Dinge über mich:* S. TB 17. 7. 47, Anm. 1. Mercanton hatte in seinem Thomas Mann gewidmeten Essay die Popularität der TMschen

Bücher in Relation zu der geringeren Verbreitung und zurückhaltenderen Aufnahme des Joyceschen Œuvres gesetzt.
9] *aus seinem Brief:* Baden, 12. 12. 47; HH/TM, 140/141. Vgl. hierzu TM an Otto Basler, P. P. 10. 1. 48: »Unter uns, es ist mir ziemlich deutlich, daß Hesse nicht sehr angetan ist vom ›Faustus‹. Wo er direkt davon spricht, läßt er sich nichts merken. Aber vorher, als von der Fortsetzung des ›Krull‹ die Rede ist, freut er sich bedeutsam auf den ›Spaziergang in artistischer Höhenluft‹ und auf das ›Spiel mit einer von aktuellen und makabren Problemen freien Materie‹. Ja, ja, der Faustus ist aktuell und makaber, eine blutige Angelegenheit, – bei der ich, wie Hesse aus Höflichkeit behauptet, ›kaum jemals die gute Laune, den Spaß am Theater verloren‹ habe. ›Kaum jemals‹ ist sehr zart gesagt.« (D. ü. D. III, 126); vgl. auch TB 31. 12. 47, Anm. 3.

16. 1. 1948

212 1] *an Toch:* P. P. 16. 1. 48, Reg. III 48/29: »Lieber, sehr verehrter Herr Toch, wenn ich Ihnen sagen muß, daß ich Ihren und Ihres Verlegers Wunsch nicht erfüllen kann, so ist das gewiß *nicht* das Resultat meiner Beschäftigung mit Ihrem Buch, die in diesen Tagen sehr intensiv war. Im Gegenteil, das Ermutigende ist so sehr die Grundeigenschaft der vortrefflichen Schrift, daß sie *sogar* dazu ermutigen könnte, ihr ein Vorwort zu schreiben – und es ist recht schmerzlich, von seinem Mut keinen Gebrauch machen zu dürfen. Gar keine Frage: es ist das liebenswürdigste musikalische Lehr- und Anschauungsbuch, das mir je vor Augen gekommen, – klar, klug, einfach, heiter und tröstlich, von einer Liberalität, in der Aberglauben und falsche Feierlichkeit zergehen, broad-minded, wohlwollend-progressiv, ja, optimistisch in Dingen der Zukunft der abendländischen Musik und ihrer noch offenen Möglichkeiten, – die Probleme nicht von außen beredend, sondern sie von innen erleuchtend, belustigend geradezu, zugleich vereinfachend und belebend, *produktiv* wie ich selten oder nie ein theoretisches Werk gefunden, weil es eben im Grunde nicht Theoretisches gibt, sondern ermutigend praktische Befunde eines tätigen Künstlers. Und so weiter. Ich sage es Ihnen, werde es anderen sagen und haben es einem und dem anderen schon gesagt. Als Vorrede ausführen kann ich es nicht. Daß ich mich nicht als Musik-Sachverständigen einschalten möchte, nachdem ich gerade als Romancier einiges ad hoc acquirierte Wissen um Musik etwas hochstaplerisch an den Tag gelegt, ist das Wenigste.

Ich schäme mich, die Vordringlichkeit meiner eigenen Angelegenheiten ins Feld zu führen, aber sie bedrängen mich eben, ich bin nicht Herr meiner Zeit.«

2] *von Albersheim:* 14. 1. 48; im TMA.

3] *Collection Marshall d. Landis:* Es sind zwei Briefe TMs aus dem Jahr 1950 erhalten (Reg. III, 50/26 und 50/389), aus denen hervorgeht, daß Marshall D. Landis offenbar ein Bibliophile und Sammler war, der TM verschiedentlich mit schönen Büchern beglückte.

4] *Film-Unterhaltung:* Der nach dem gleichnamigen Roman von Robert Smythe Hichens 1947 unter der Regie von Alfred Hitchcock mit Charles Laughton, Alida Valli, Gregory Peck, Louis Jourdan u. a. gedrehte Film ›The Paradine Case‹.

17. 1. 1948

1] *Verbot von Filmen mit Menjou:* Als Antwort auf die Zusammenar- 212
beit des Filmschauspielers Adolphe Menjou mit dem ›Committee on Un-American Activities‹.

2] *an Albersheim:* An Gerhard Albersheim, P. P. 16. 1. 48, Reg. III, 48/27; D. ü. D. III, 127.

3] *Marcuse's [...] Besprechung:* Ludwig Marcuse, ›Der unerlöste 213
Faust‹, ›Aufbau‹, vol. XIV, No. 3 v. 16. 1. 48, 9/10: »Der Weisheit letzter Schluß dieses Faustus ist: eine Kantate ›Doktor Fausti Weheklag‹ – und der Wahnsinn. Weder hat dieser Faustus sich ›strebend‹ bemüht, noch hätte er erlöst werden können, wenn er's getan hätte. Er endet nicht mit einem ›Gerettet‹, sondern [...] mit einer Zurückverweisung des Gedankens an Rettung als Versuchung.//[...] ⟨Grabbes⟩ Mephisto [...] ist ein Ahnherr des Thomas Mannschen. Goethes zynischer Kavalier hingegen, der sich so manierlich in Gottes gutes Universum einfügt, ist nicht einmal ein Vetter zehnten Grades unseres Unholds hier, der als ›frecher Abschaum‹, als ›ein Mannsluder‹, als ein ›blutiger Ludewig‹ gekennzeichnet wird.// Goethe hat nie so furchtbare Gesichte. Und Thomas Mann ist so wenig ein Goethe-Epigone, daß er den ungoethischsten aller Fauste schrieb.«

4] *George [...] in seiner Einleitung:* In einer die Marcuse-Rezension einleitenden ›Vorbemerkung der Redaktion‹ hatte Manfred George u. a. geschrieben: »Neben den mehr essayistischen Partien des Werkes gibt es, namentlich in der zweiten Hälfte, mehr erzählende, die das München nach dem ersten Weltkrieg beschreiben. Da ist vor allem das

Schicksal zweier Schwestern: die eine eine Schauspielerin, die Selbstmord begeht, die andere, die Frau eines Kunsthistorikers, die ihren Geliebten, einen Violinisten, erschießt.«

5] *Debussy's Protest:* Vgl. die von Heinrich Strobel in seiner Monographie ›Claude Debussy‹, Zürich 1940, auf Seite 246 zitierte »Verärgerung« des Komponisten »über einen Empfang, auf dem ein Redner in wohlmeinender Weise Debussy als den Überwinder der Melodie feiert. Er springt auf. ›Aber mein Herr, meine ganze Musik will nichts anderes sein als Melodie‹.«

6] *Studie über Emerson:* Ralph Waldo Emerson, ›Personal Philosophy‹, Ed. with an Introductory Essay ›Thomas Mann: The Criterion‹ by Linden Dalberg. S. dazu TMs an Agnes Meyer, PP. 11. 8. 48, Reg. III, 48/431: »Es ist eine Art Emerson-Brevier, ausgewählt und geordnet unter verschiedenen Gesichtspunkten und Stichworten: ›Amerika‹, ›Literature‹, ›Personality‹, ›Religion‹ etc. etc. und gibt wirklich ein vorzügliches Bild von Emersons geistiger Figur, – jedenfalls hat es mir sein Bild viel klarer gemacht, als es mir bisher war.«

7] *Emerson:* Der amerikanische Philosoph und Schriftsteller Ralph Waldo Emerson (1803–1882).

8] *Linden Dalberg:* Philosoph in Kent/Washington. Nichts Näheres ermittelt.

9] *Bellini-Bilderwerk:* Vermutlich Ph. Hendy/L. Goldsheider, ›Giovanni Bellini‹, Phaidon, London/New York 1945. Das Buch steht in der Zürcher Bibliothek.

18. 1. 1948

(Im Manuskript versehentlich mit 18. 1. 1947 datiert.)

213 1] *»Nation« gegen seine Aktion:* Freda Kirchwey, ›Wallace: Prophet or Politician?‹, ›The Nation‹, vol. 166, No. 2 v. 10. 1. 48, 29–31: »... the move is strategically unwise. If Wallace makes a strong run, he will very likely send a reactionary Republican to the White House and throw several good Progressives out of Congress. If his showing is poor, he will present the country and the world with a demonstration of weakness in progressive ranks which will be unfortunate and in some ways deceptive« – eine These, die erregte Leserzuschriften zur Folge hatte; s. ›The Nation‹ vom 14. 2. 48, 194–196 und vom 21. 2. 48, 200.

2] *Commentary-Nietzsche:* S. TB 21. 11. 47, Anm. 10.

19. 1. 1948
(Im Manuskript versehentlich 1947 datiert.)
1] *Aufsatz:* Frederic H. Young, ›The Conflict of Nature and Spirit, Illustrated Especially in Thomas Mann's ‚Magic Mountain'‹, ›Christendom‹, Chicago, H. 13, Winter 1945, 59–68. 213
2] *Neues Buch:* Vermutlich die Erzählung ›The Enchanted Voyage‹, 1948, deutsch: ›Verzauberte Reise‹. 214
3] *»Löl«:* TMs Neffe Klaus Hubert Pringsheim.
4] *Buch über mich:* Erika Mann schrieb keine Biographie über ihren Vater, sondern, nach seinem Tod, eine Dokumentation ›Das letzte Jahr. Bericht über meinen Vater‹, die 1956 in Frankfurt erschien.

20. 1. 1948
1] *wirtschaftlicher Friedensplan:* Das ›European Recovery Program‹ (E. R. P.), für dessen Durchführung Baruch in einem detaillierten 11-Punkte-Programm Opfer Amerikas zugunsten Europas verlangte. 214
2] *von H. Eisler:* Malibu, 18. 1. 48; im TMA: »Als Musiker bin ich besonders entzückt, wie Sie das Musikalische gemeistert haben. Selbst die esoterischen Küchengeheimnisse der 12 Tontechnik fehlen nicht. Aber es ist nicht nur die Einsicht in die Theorie der Kompositionstechnik und in die gesellschaftliche Lage der Musik mit ihren Widersprüchen, sondern auch die Art, wie Sie sich Musikstücke gewissermaßen austräumen, die mich besonders ergriffen hat. Wir Musiker haben alle Ursache, neidisch zu sein, wenn wir die Beschreibung der gewaltigen Oratorien [...] lesend hören – Die Naturbeobachtungen des Vaters Leverkühn, die so merkwürdig im Gespräch Leverkühn's mit dem Teufel wieder auftauchen, und schließlich im Wahnsinnsausbruch eine unheimliche Bedeutung bekommen, ist das Seltsamste und Originellste, das ich jemals gelesen habe. – [...] Aber es sind darin auch politische Formulierungen von einer Kühnheit und Einsicht in die geschichtliche Schwäche der Deutschen, wie man sie nur noch bei Marx findet. Es ist besonders scharf formuliert, wo Sie von der falschen Einigung Deutschlands sprechen, falsch geeinigt in drei großen Kriegen gegen den ›äußeren Feind‹. ›Wenn das deutsche Volk eine höhere Gesellschaftsform erreichen will, und wenn schon Blut vergossen werden muß, da das bei uns nun einmal so Sitte zu sein scheint, dann kann es nur durch den Bürgerkrieg sich erheben.‹ Das ist eine wahrhaft klassische Formulierung.«

3] *Schweizer Buch über St. Gallen:* ›Verbesserter und nützlicher Almanach der ehrsamen und gar lobenswerten Gallus Stadt‹, St. Gallen 1947; in der Zürcher Bibliothek. Hans Wysling verweist a.a.O. 324 auf die Stadt und Kloster sowie den ›heroischen Alexandrinern‹ Josua Welters geltenden Anstreichungen TMs.
4] *»Goethe u. seine Zeit«:* Georg Lukács, ›Goethe und seine Zeit‹, Bern 1947.
5] *»Das Glück der Andernachs«:* Wilhelm Speyers 1947 in Zürich erschienener deutsch-jüdischer Familienroman.

21. 1. 1948

214 1] *»Reds succumb in war of nervs«:* Vermutlich auf die Position der Sowjets im Rahmen der sich abzeichnenden Bemühungen des Westens um ein seine Besatzungszonen umfassendes teildeutsches Staatsgebilde. Westliche Diplomaten berichteten, daß die Russen in dem zur Rede stehenden Augenblick nicht auf einen definitiven Bruch mit dem Westen vorbereitet (»prepared«) seien.
2] *Telegramm an [Bermann]:* Verschollen; s. Reg. IV, 582.
3] *Korrodi schickt [...] Bewunderungsbrief [...] von Alther:* Der Brief des Zürcher Rechtsanwalts Peter Alther (geb. 1919), Zürich, 5. 1. 48, befindet sich im TMA.
4] *von Victor Zuckerkandl:* Nach einer Anmerkung in D. ü. D. III, 167 ist der Brief verschollen. S. jedoch das dort aus einem Schreiben TMs an Caroline Newton wiedergegebene Zitat: »In Wahrheit ist es [das *Faustus*-Buch] mein Bestes und Äußerstes. Alles Frühere führt dazu hin, und ich weiß wohl, das kommt nicht wieder. Was noch folgt, kann nur noch Nachspiel und Zeitvertreib sein, wenn auch Zuckerkandl mir schrieb: ‚Nach dem ›Othello‹ kommt der ›Falstaff‹'.«
5] *Zuckerkandl:* Der österreichische Musiker, Musik-Kritiker, -Philosoph und -Pädagoge Victor Zuckerkandl (1896–1965) war ab 1936 als Lektor des Bermann-Fischer Verlags in Wien tätig und konnte 1938 in die Schweiz und weiter nach Stockholm entkommen, wo er wieder für GBF arbeitete. 1940 ging er in die USA und lehrte als Professor für Musikwissenschaft an verschiedenen Colleges.

215 6] *an S. Singer:* An Samuel Singer, P. P. 20. 1. 48, Reg. III, 48/32; Br. III, 14: Die Bitte um eine in den USA selbst über die Library of Congress nicht zu erhaltende hochdeutsche Übersetzung von Hartmann von Aues Gregorius-Legende.

7] *An Anni Carlsson:* Verschollen; s. Reg. IV, 582.
8] *Copie Monjeau's:* Eine Nachahmung des Filmschauspielers Adolphe Menjou (1890–1963), der als Mitglied des ›executive committee‹ der ›Motion Picture Alliance for the Preservation of American Ideals‹ in den Hearings des CUA stets auf der Gegenseite von Chaplin stand. Vgl. TB 17. 1. 48, Anm. 1.

22. 1. 1948
1] *Faustus-Artikel der Dr. Heer:* S. TB 5. 1. 48, Anm. 3. *215*
2] *Manuskript von Heller:* Erich Heller, ›Thomas Mann, A Study on His Work in Relation to the Main Currents of Thought in the 19th Century Germany‹, Diss. Univ. of Cambridge, 1947.
3] *Faust-Studien:* S. TB 20. 1. 48, Anm. 4.

23. 1. 1948
1] *Rede Bevins:* Zur Eröffnung einer Unterhausdebatte über die internationale Situation vertrat der britische Außenminister die These, daß es nur durch die wirtschaftliche Konsolidierung Westeuropas möglich sein werde, den Einfluß der UdSSR zurückzudrängen. *215*
2] *[an] Mondadori:* Verschollen; s. Reg. IV, 582.
3] *[an] Landshoff:* Verschollen; s. Reg. IV, 582.
4] *für de Boer:* An Max W. Frey, P. P. 28. 1. 48, Reg. III, 48/47; Br. III, 14/15.
5] *de Boer:* Der holländische Geiger Willem de Boer (1885–1962), seit 1908 Konzertmeister des Zürcher Tonhalle-Orchesters, war TM als Lehrer seines Sohnes Michael persönlich gut bekannt.
6] *Schrieb der Frau Dr. Heer:* An Nelli Heer-Heusser, P. P. 22. 1. 48, Reg. III, 48/38.
7] *ausgezeichnete Broschüre:* Nichts Näheres ermittelt.
8] *Earl Browder:* Der ehemalige Sekretär der Communist Party of the USA, Earl Browder (1891–1973), der nach dem Nicht-Angriffs-Pakt zwischen Stalin und Hitler die Partei verlassen und 1944 wesentlich zur Auflösung der CP in den USA beigetragen hatte. 1946, nach der Restitution der Partei, wurde er endgültig ausgeschlossen.

24. 1. 1948
1] *Churchills Lob:* Die partielle Zustimmung zu Bevins Thesen und die Weiterführung der antisowjetischen Agitation in Churchills Un- *215*

terhausrede vom 23. 1. 48 über ›Foreign Affairs‹. Speeches a.a.O., Bd. VII, 7581–7590.

216 2] *Goethe-Einleitung:* S. TB 30. 8. 47, Anm. 4.

3] *von [...] Perl:* Washington, 22. 1. 48; im TMA: »Ein Plan reifte [...], eine Darstellung des Faustus zu geben, gewissermaßen als läuternden Kommentar, ähnlich wie Slochower die Josephswelt analysierte – ich will hoffen, klarer und tiefer – während ich schreibe kommt mir die Idee, daß das eigentlich ein Sammelwerk sein sollte, in dem ein Musiker, ein Arzt, ein Theologe oder Philosoph und endlich last and least ein Literarhistoriker sprechen sollte.«

4] *an Perl:* An Walter H. Perl, P. P. 25. 1. 48, Reg. III, 48/42.

5] *Golo's Arthur:* Arthur Bardoš, s. TB 7. 12. 46, Anm. 2.

6] *»Lucia di Lamermoor«:* Die 1835 nach einer Novelle von Walter Scott entstandene tragische Oper des italienischen Komponisten Gaetano Donizetti (1797–1848).

25. 1. 1948

216 1] *Vorwort:* Introduction zur TB 15. 1. 48 Anm. 4 erwähnten Ausgabe von *Joseph and His Brothers*, deutsch: *Sechzehn Jahre*, GW XI, 669–681.

2] *Bücher- u. Zeitschriftenspende:* S. TB 26. 1. 48, Anm. 2.

26. 1. 1948

217 1] *an ihn:* An Erich Heller, P. P. 26. 1. 48, Reg. III, 48/43.

2] *an Wendt:* An Oskar Wendt, P. P. 26. 1. 48, Reg. III, 48/44: Benachrichtigung, daß für das in Lübeck geplante Thomas-Mann-Archiv 11 Pakete mit verschiedenen Materialien: Übersetzungen, einigen deutschen Ausgaben sowie Sekundärliteratur abgegangen seien. Verschiedene kleinere Manuskripte und Bildmaterial seien noch zurückgehalten, weil es zu riskant sei, diese Dinge schon jetzt der Post anzuvertrauen.

27. 1. 1948

217 1] *Dr. Meisel:* Der Schriftsteller Hans Meisel (geb. 1900), der 1927 für seinen Roman ›Torstenson. Entstehung einer Diktatur‹ den Kleistpreis erhalten hatte, war 1934 zunächst nach Italien, 1936 nach Österreich und 1938 in die USA emigriert, wo er ab November 1938 bis zum Juli 1940 als Sekretär für TM arbeitete und vor allem die riesige Post in Sachen deutscher Emigranten für ihn erledigte. Ab 1940 lehrte Meisel

an verschiedenen Colleges politische Wissenschaften, Geschichte und Literatur, schließlich, bis zu seiner Emeritierung, als Professor für politische Wissenschaften an der Universität von Ann Arbor, Michigan.

2] *In der Nation:* J. F. Stone, ›Boom, Bust, War‹, ›The Nation‹, vol. 166, No. 4 v. 24. 1. 48, 90/91: »Nation readers with a penchant for horror stories will find some fine gruesome fare in two reports made public here this week. The Economic Report of the President indicates that we are moving inexorably from boom to bust; the report of his Air Policy Commission, that we are moving fatalistically toward war.«

3] *Stockholmer Frageliste:* Für die Neuauflage von *Adel des Geistes. Sechzehn Versuche zum Problem der Humanität*, 6.–10. Tsd., Stockholm 1948; s. dazu TM an Justinian Frisch, P. P. 27. 1. 48, Reg. III, 48/45.

28. 1. 1948

1] *verwegenem Ultimatum:* Die Reden Bevins (s. TB 23. 1. 48, Anm. 1) und Churchills (s. TB 24. 1. 48, Anm. 1) hatten durch ihre von Churchill ausgesprochene These: »Wer kann an einen ständigen Frieden in Europa oder in der Welt glauben, so lange die Grenzen Asiens an der Elbe liegen?« die UdSSR in Zugzwang gebracht. *217*

2] *an W. de Boer:* Der Brief gilt als verschollen: S. Reg. IV, 582. Vielleicht ist aber hier das Schreiben *für* de Boer (S. TB 23. 1. 48, Anm. 4) gemeint.

3] *Schriften von Löwenthal:* Da sich im TMA keine Arbeiten von Leo und Richard Löwenthal fanden und die Regesten nur ein Dankesschreiben TMs an Richard D. Loewenberg für zwei Artikel verzeichnen, ist nicht mehr mit Sicherheit zu sagen, auf welche Schriften sich dieser TB-Eintrag bezieht.

4] *[Schriften] von Marcuse:* In TMs Zürcher Bibliothek fanden sich von Ludwig Marcuse ›Die Philosophie des Glücks von Hiob bis Freud‹, Zürich und Wien 1947, und ›Plato and Dionysius‹, New York 1947 – letzteres mit einer Widmung des Verfassers an TM.

5] *Caesar-Roman:* S. TB 6. 12. 47, Anm. 3.

29. 1. 1948

1] *Glückwunsch an den alten Geiger:* S. TB 23. 1. 48, Anm. 4. *217*

2] *an L. Lewisohn:* An Ludwig Lewisohn, P. P. 29. 1. 48, Reg. III, 48/50.

3] *L. Lewisohn:* Der amerikanische Schriftsteller und Übersetzer Ludwig Lewisohn (1882–1955) war einer der ersten, die in den USA auf TM aufmerksam machten. TM hatte bereits 1928 ein *Vorwort zu Ludwig Lewisohns Roman ›Der Fall Herbert Crump‹*, GW X, 700–703 geschrieben.

4] *neuen Roman:* Ludwig Lewisohn, ›Anniversary‹, New York 1948; deutsch ›Verlorene Tochter‹, 1949.

218 5] *Sechzig Quartseiten langer Brief von Lesser:* Das Schreiben, von dem es im Manuskript heißt, es sei sechzig Seiten lang gewesen, befindet sich im TMA.

30. 1. 1948

218 1] *Ermordung Ghandis:* Der Vorkämpfer für die Einigkeit Indiens und Anwalt des strikt gewaltlosen Widerstands Mohandas Karamchand Gandhi (geb. 1869), seit 1915 unter seinem Ehrentitel Mahatma (der, dessen Seele groß ist) bekannt, wurde am 30. 1. 48 erschossen.

2] *ihres Faustus-Artikels:* S. TB 10. 12. 47, Anm. 2.

3] *Faustus-Artikel der New Yorker Volkszeitung:* Nicht ermittelt.

4] *an Lesser:* An Jonas Lesser, P. P. 29. 1. 48, Reg. III, 48/49a; D. ü. D. III, 129/130.

5] *Rychners Politik-Aufsatz:* S. TB 22. 12. 47, Anm. 7.

31. 1. 1948

218 1] *von J. Maaß:* Das vorwiegend dem *Doktor Faustus* gewidmete Schreiben, South Hadley/Mass, 29. 1. 48, in dem Joachim Maass TM jedoch auch mitteilt, daß er »frei« sei »zu einem ernsthaften und methodischen Ins-Auge-Fassen und Beginnens des Unternehmens, von dem ich Ihnen einmal in New York sprach«, befindet sich im TMA.

2] *Bibi's Aufsatz:* Michael Mann, ›Über Thomas Manns ‚Doktor Faustus'‹, ›Schweizer Musikzeitschrift‹, Zürich, Jg. 88, No. 1 v. 1. 1. 48, 4–8.

3] *bedankt:* An Michael Mann, P. P. 31. 1. 48, Reg. III, 48/51; Br. III, 16/17.

1. 2. 1948

219 1] *Vorrede [. . .] (»Betrachtungen«):* S. TB 9. 2. 48, Anm. 1.

2] *Angell's [Vorhaben]:* S. TB 2. 3. 47, Text und Anm. 1 und 2. Es scheint, als habe Angell sein Vorhaben später in einen ›Thomas Mann

Reader‹ abgewandelt. Vgl. dazu TM an J. W. Angell, P. P. 7. 2. 48, Reg. III, 48/58.

3] *Maaßens Vorhaben:* S. TB 31. 1. 48, Text und Anm. 1. 219

4] *an die Hamburger:* an Käte Hamburger, 2. 2. 48, Reg. III, 48/53; D. ü. D. 132–134: ». . . kalt eben, bis ans Herz hinan, ist Ihr Bericht, – vielleicht ein unerlaubter Vorwurf angesichts eines Buches, in dem das teuflische Motiv der ›Kälte‹ eine so beherrschende Rolle spielt. Und doch, wie kommt es, daß gerade dieses Buch in der deutsch lesenden Welt eine seit vielen Jahren beispiellose Ergriffenheit erzeugt. Daß ich Briefergüsse und Besprechungen bekomme, wie ich sie nie gelesen? Daß diese Menschen [. . .] nach den höchsten Worten greifen, um es zu kennzeichnen, und daß in den literarischen Kreisen der Schweiz Wochen lang von nichts anderem die Rede war? Nicht umsonst hat dies Werk mir zugesetzt und an mir gezehrt wie kein anderes; nicht umsonst erkrankte ich mitten drin gefährlich, – und genas [. . .] wie ein junges Blut, um dies fertig zu machen. Früheres von mir hat allerlei Wirkung hervorgebracht, aber zum erstenmal sehe ich *Tränen* in den Augen meiner Leser, – Die Ihrigen sind trocken und blicken leer. Vielleicht sind Sie die einzig Nüchterne, Klarsehende und besonnen auf lange Sicht Urteilende, es mag sein. Und doch hat sie etwas Bedauerliches und Unnatürliches, diese Ihre Verschlossenheit, um nicht zu sagen: Versperrtheit gegen ein Werk, das so viele aufwühlt bis zum Grunde, und von dem Sie sprechen wie von einem Dinge, das Spuren ehemaliger Vorzüge aufweist, aber ganz anders und am besten überhaupt nicht hätte gemacht werden sollen. Nicht die Spur eines Gefühls für die singuläre Stellung, die das Buch einnimmt innerhalb (oder zuoberst) meines Lebenswerkes und, sagen wir doch die Wahrheit, im zeitgenössischen ›Schrifttum‹; für seine Eigenschaft als Lebensbuch und Konfession, sein Zurücklassen des Literarischen, seine fast wilde Direktheit und wunde Wirklichkeit als bisher unzweifelhaft größtes und erlittenstes Symbol und Bild der Epoche, – nicht die Spur von Zugänglichkeit für all das findet sich in Ihren intelligent gelangweilten Aussagen. Mehr als einmal versagt selbst die Intelligenz. Der Erzähler wird weggewünscht – als ob ohne dies Medium dieser Lebensbericht überhaupt erträglich gewesen wäre. Und wenn es dann heißt, in Anbetracht des Umstandes, daß es Leverkühns Werke gar nicht gebe, sei ihre Beschreibung doch allzu ausführlich, – so gibt man einfach auf und sagt ›Sorry!‹.«

2. 2. 1948

219 1] *Neru:* Der indische Politiker Jawaharlal, gen. Pandit Nehru (1889–1964).

2] *an J. Maaß:* An Joachim Maass, P. P. 2. 2. 48, Reg. III, 48/54:

3] *von Vikko:* München, 8. 1. 48; im TMA.

3. 2. 1948

219 1] *neue Verhaftung G. Eislers:* S. TB 4. 3. 47, Anm. 2.

2] *Freundschaftsvertrag:* Ein Zehnjahresvertrag »covering Italo-American friendship, trade and navigation«.

3] *Über Speyers Roman:* Nicht ermittelt. Vielleicht ein dem TB 14. 9. 48, Text und Anm. 1 erwähnten Brief ›An die Leser des ‚Aufbau'‹ ähnliches Scheiben.

4] *das unglaublich falsche Goethe-Citat:* Nicht sicher ermittelt.

5] *»Herzog Ernst«:* Zur Verwendung der in Gustav Schwabs ›Deutschen Volksbüchern‹ abgedruckten Geschichte der Abenteuer des Herzog Ernst s. Wysling a. a. O. 270.

4. 2. 1948

219 1] *Kafka-Nachahmung [...] von X. Lord:* James Lord, ›No Traveller Returns‹, London 1955.

2] *X. Lord:* Der amerikanische Schriftsteller James Lord (geb. 1922). S. dazu TM an Albrecht Goes, P. P. 24. 1. 50: »Ich beobachte seit einiger Zeit einen jungen amerikanischen Schriftsteller, begabt und sich versuchend, der mir neulich seine erste gelungene Arbeit schickte. [...] James Lord heißt er.« (Br. III, 131). Die Regesten zeigen, daß TM seit April 1945 mit Lord in brieflicher Verbindung stand.

3] *Kundgebungen:* Wohl Teil der zahlreichen Boykotts und Demarchen während der Spiele. »The games took on the spirit of the times«, schrieb die New York Herald Tribune in einem Resümee vom 15. 2. 48 über die (trotz aller Erfolge und dem wohltuenden Unterschied zu der Nazi-Drill-Olympiade von 1936) »most hectic games«.

220 4] *Die III Party [...] denunziert:* Quelle nicht ermittelt. Im Zusammenhang mit Wallace's Entschluß, für eine dritte Partei zu kandidieren, waren jedoch in allen Lagern kritische und zum Teil verleumderische Stimmen laut geworden, die Wallace unamerican activities vorwarfen. Auch der executive council der American Federation of Labor hatte eine Unterstützung der Kandidatur mit der Begründung verwei-

gert, Henry A. Wallace sei ein »front, spokesman and apologist« der kommunistischen Partei.
5] *an Fiedler:* An Kuno Fiedler, P. P. 5. 2. 48, Reg. III, 48/55; Bl. TMG 12, 1972, 18/19; D. ü. D. 111, 134–136.

5. 2. 1948
1] *Blanche:* Blanche Knopf. 220
2] *Heinrichs Roman-Manuskript:* ›Der Atem‹.

6. 2. 1948
1] *an Vikko:* An Viktor Mann, P. P. 6. 2. 48, Reg. III, 48/57; Br. III, 17/18 (fragm.); der dort ausgelassene Passus »über [. . .] Faustus« in D. ü. D. III, 136. 220

8. 2. 1948
1] *an Alma Mahler:* P. P. 8. 2. 48, Reg. III, 48/69: »Dank, daß Sie sich die Mühe machten, mir die Stellen herauszuschreiben. Es ist wirklich eine merkwürdige und meines Wissens noch nicht gemachte literarhistorische Feststellung. Die Vorstellung des Medaillons auf dem Hals einer Frau und seine Gefahren muß eine Art von idée fixe bei dem Alten [i. e. Goethe] gewesen sein, natürlich eine erotisch gefärbte. In den ›Wahlverwandtschaften‹ ist sie in einer für das ganze Buch charakteristischen Weise psychologisch benutzt: Eduard spricht vom Aufheben eines Kindes, vom Tragen einer Sache, vom Schwanken der Kutsche, von Stoß und Fall, – nur nicht von der Umarmung, die das Metall eindrücken könnte, und an die er im Geheimen denkt [›Die Wahlverwandtschaften‹, 1. Teil, 7, Kapitel]. Echter J. W. Goethe! – Ich muß noch andere fragen, ob etwa ihnen die Parallelen aufgefallen sind.« (Kopie im TMA). 221
2] *Späße J. Benny's:* TM schreibt auch Benney. Jack Benny war der Künstler-Name des amerikanischen Radio-Entertainers Benjamin Kubelsks.
3] *Problems der »Betrachtungen«:* S. TB 9. 2. 48, Anm. 1.

9. 2. 1948
1] *Umarbeitung:* Ein Vergleich des in GW XI, 669–681 abgedruckten Textes mit dem Manuskript läßt die Umarbeitung rsp. Kürzung er- 221

kennen. Die von TM damals ausgeschiedene Passage (zu denken zwischen 672, 5. Z. von unten: ». . . Nachkriegsspannungen in Deutschland schon volle Schärfe erreicht hatten« und der Fortsetzung des Satzes »und daß ich in jenen zwanziger Jahren . . .«) ist im Anhang No. 33 abgedruckt.

222 2] *an [. . .] Sabais:* An Heinz-Winfried Sabais, P. P. 9. 2. 48, Reg. III, 48/70; Br. III, 18–20.

3] *Sabais:* Der Schriftsteller, Journalist und spätere Oberbürgermeister der Stadt Darmstadt Heinz-Winfried Sabais (1922–1981) arbeitete zunächst bei verschiedenen Verlagen in der DDR. Als Generalsekretär des Goethepreis-Ausschusses war er 1948/49 mit der Durchführung der Weimarer Jubiläumsfeierlichkeiten beschäftigt. In dieser Funktion oblag ihm die Betreuung TMs während der Vortragsreise vom 3.–8. 8. 1949.

4] *Faustus-Besprechungen:* Die Kritik aus dem ›Algemeen Handelsblad‹ Amsterdam konnte nicht ermittelt werden; ein Manuskript von Anders Österling, ›Thomas Manns Doktor Faustus‹, publiziert in ›Stockholms Tidningen‹, 12. 1. 48, befindet sich hingegen im TMA.

5] *O. Seidlin [. . .] sendet Analyse:* Oskar Seidlin, ›Stiluntersuchungen an einem Thomas-Mann-Satz‹, ›Monatshefte für Deutschen Unterricht‹, Madison, Wis., vol. 39, 1947, No. 9, 439–448.

6] *15 Zeilen-Satz aus »T. i. V.«:* Der erste Satz des zweiten Kapitels von *Der Tod in Venedig*, GW VIII, 450.

7] *an [. . .] Knopf:* Verschollen. Auch im Archiv des A. A. Knopf Verlags, New York, nicht mehr auffindbar.

8] *»Nation«. Das Kriegs-Blaubuch:* I. F. Stone, ›Toward World War III‹, ›The Nation‹, vol. 166, No. 6 v. 7. 2. 48, 146–148.

9] *von alten Singer:* Bern, 2. 2. 48; im TMA.

10. 2. 1948

222 1] *Gegen-Publikation der Russen:* Die offizielle Erklärung, mit der die Sowjets gegen die falsifikatorische Behauptung einer Kooperation zwischen Hitler-Deutschland und der Sowjetunion opponierten, wie sie angeblich in Tagebüchern von NS-Führern enthüllt worden sei. Die Veröffentlichung solcher Dokumente – so die Russen – diene einzig dem Ziel, die UdSSR zu beleidigen. In Wahrheit seien es die USA, Großbritannien und Frankreich gewesen, die Hitlers Herrschaft, vor allem seine Hochrüstung und Kriegsvorbereitungen, durch einen ›gol-

denen Regen‹ ermöglicht und alle Versuche der Sowjetunion vereitelt hätten, *rechtzeitig* eine Anti-Hitler-Allianz zu schaffen.
2] *»Adressat unknown«:* Katherine Kressman Taylor, ›Address Unknown‹, New York 1939.

11. 2. 1948
1] *Faustus-Besprechung:* Bruno E. Werner, ›Ein Europäischer Roman. Thomas Manns neues Werk ‚Doktor Faustus'‹, ›Neue Zeitung‹, München, 29. 11. 47, 3. 222
2] *Zürcher Ausgabe »Meistererzählungen«: Meistererzählungen (Tristan, Tonio Kröger, Der Tod in Venedig, Mario und der Zauberer),* Zürich 1947; Manesse-Bibliothek der Weltliteratur, Bd. 27.
3] *in seiner Prosa-Übersetzung:* Die maschinenschriftliche Übersetzung der mittelhochdeutschen Legende ›Gregorius auf dem Stein‹, die Samuel Singer mit seiner Assistentin Marga Noeggerath-Bauer für TM anfertigte, befindet sich im TMA. – Vgl. dazu den TB 9. 2. 48, Anm. 9 erwähnten Brief von Samuel Singer, Bern 2. 2. 48: »Was den Hartmann'schen Gregorius anbelangt, so habe ich die Übersetzung natürlich nicht, wie überhaupt Übersetzungen aus Sprachen, die ich verstehe, bei mir spärlich gesät sind. Außerdem ist gerade diese Übersetzung unbrauchbar, da wesentliche Teile des Gedichts erst später gefunden wurden, und sie infolgedessen unvollständig ist. Ich habe deswegen den Anfang des Gedichts für Sie in schlichte Prosa möglichst wörtlich übersetzt, schicke Ihnen diesen Anfang zu und frage Sie an, ob er Ihnen so recht ist und ob ich fortfahren soll.«

12. 2. 1948
1] *Verwarnung:* Mit ungewöhnlicher Schärfe hatte das Zentralkomitee der kommunistischen Partei in Moskau eine Reihe der angesehensten russischen Komponisten – unter ihnen Prokofjew, Schostakowitsch und Khatchaturian – des Modernismus, des Formalismus und der Produktion volksferner Musik geziehen und von ihnen ultimativ verlangt, sie sollten künftig Werke schaffen, die sich durch Einfachheit, Wahrheit und Eingänglichkeit auszeichneten und vom russischen Volk verstanden und angeeignet werden könnten. 222
2] *Arlt'sche Fassung:* Die Übersetzung des TB 30. 8. 47 Anm. 4 nachgewiesenen Essays. 223
3] *R. M. Rilke Urteile:* Rainer Maria Rilke hatte im Oktoberheft der

›Neuen Rundschau‹ (1912, 23. Jg. H. 10, 1368–1395) die erste Hälfte des *Tod in Venedig* gelesen und am 6. 11. 1912 an Hedwig Fischer geschrieben: »Wunderbar berührte mich die venezianische Novelle Thomas Mann's (von der ich [...] erst den ersten Teil kenne): aber der war von meisterhafter Faktur und mir, der ich ja nahezu Venezianer geworden war, von besonderen Anklängen.« – Das Urteil, nach der Lektüre des zweiten Teils (›Neue Rundschau‹, 1912, Jg. 23 H. 11, 1499–1526) fiel jedoch weniger positiv aus: »Dagegen [...] (lag's an der Stunde, in der ich mich damit einließ?), war mir der zweite Teil vom ›Tod in Venedig‹ nur peinlich, ich hatte noch nicht den Mut, ihn wieder vorzunehmen. Gewiß mußte dies der Verlauf sein, auch, daß da, in der verhängnisvollen Auflösung und Zersetzung, deren Phosphoreszieren gleichsam eine einzige Lichtquelle ist, in der, was sich abspielt, erkennbar wird –, auch, daß die Konturen eigentlich nicht mehr zu geben waren, sondern nur Dünste, Gerüche, Trübungen, die sich ineinander hinüberschieben, alles das begreif ich ganz und gar, und doch, ich weiß nicht, es ist, als würde dem Leser kein Standpunkt mehr angewiesen, von dem aus er sich das alles gefallen lassen mag, so hoch die Kunst der Erzählung im ersten Teil war, dies hier ist nicht mehr erzählt, es fließt aus und durchtränkt alles und man sieht's größer werden wie verschüttete Tinte.« (Ronda, 31. 12. 1912). S. hierzu ›Rilke an das Ehepaar S. Fischer‹, Zürich 1947, 72/73 und Samuel Fischer/Hedwig Fischer, ›Briefwechsel mit Autoren.‹ Herausgegeben von Dierk Rodewald und Corinna Fiedler, Frankfurt 1989.
4] *Sophokles' Oedipus nebst Kommentar:* In der Zürcher Bibliothek fand sich keine kommentierte Sophokles-Ausgabe mehr.

13. 2. 1948
223 1] *Zeitungsbericht:* Nicht gefunden.
2] *an [...] Singer:* An Samuel Singer, P. P. 13. 2. 48, Reg. III, 48/75; Br. III, 20/21.
3] *von Becher:* Berlin, 19. 1. 48; im Johannes R. Becher-Archiv bei den Nationalen Forschungs- und Gedenkstätten der DDR. Becher bittet in diesem Schreiben um ein Exemplar des *Doktor Faustus,* da Bermann auf eine entsprechende Anfrage nicht reagiert habe und alle anderen Versuche, das Buch, »das hier in Deutschland bereits vor seinem Erscheinen begeisterte Kritiken gefunden hat«, zu erhalten, erfolglos geblieben seien. – Wegen des von TM erwähnten »Lizenzdrucks [...]

in der russischen Zone« bat Becher zu erwägen, »ob es nicht zweckmäßig wäre, gerade für dieses Buch eine Art Gemeinschaftsproduktion möglich zu machen [...]. Vielleicht kann der Aufbau-Verlag in diesem Ausnahmefall eine Lizenz von Beermann-Fischer bzw. Suhrkamp erwerben, denn bei der verhältnismäßig geringen Auflage des Suhrkamp-Verlages kann von einer Konkurrenz natürlich nicht die Rede sein, und es wäre tief bedauerlich, wenn Ihr neues Werk nur verhältnismäßig wenig Deutschen zugänglich gemacht würde.«

4] *über Faustus [...] Autobiographisches:* Verwirklicht von Juli bis Oktober 1948 in *Die Entstehung des Doktor Faustus. Roman eines Romans,* Amsterdam 1949; GW XI, 145–301.

5] *»Sechzehn Jahre«:* Im Manuskript steht »Sechszehn«.

6] *B. Britten:* Der englische Komponist Benjamin Britten (1913 bis 1976). S. auch TB 9. 3. 48, Anm. 5.

14. 2. 1948

1] *Beschluß:* Das *Joseph*-Vorwort erschien unter dem Titel *Sechzehn Jahre. Vorrede zur amerikanischen Gesamtausgabe von ›Joseph und seine Brüder‹ in einem Bande* in der ›Neue[n] Schweizer Rundschau‹, Zürich, N. F. Jg. 15, H. 11, März 1948, 634–653. Vgl. TM an Otto Basler, P. P. 14. 2. 48, Reg. III, 48/76; D. ü. D. III, 434: »Ich würde den deutschen Text gern in einer Schweizer Zeitschrift erscheinen sehen und denke vor allem an die ›Neue Schweizer Rundschau‹, der der Aufsatz schon wegen des Citates auf S. 6 zukommt (Rychner).« – Die Stelle, auf die TM hier verweist, ist in der späteren Druckfassung gestrichen. Sie ist im Text des Anhangs No. 33, Abs. 2 nachzulesen. 224

2] *an Mermod:* An den Schweizer Verleger Henri Louis Mermod, Lausanne.

3] *franz. Essayband:* Thomas Mann, *Etudes (Phantasie über Goethe, Nietzsche's Philosophie im Lichte unserer Erfahrung, Joseph und seine Brüder),* Transl. Philippe Jacottet, Lausanne, Editions Mermod, 1949.

4] *Th. Th. Heine gestorben:* S. TB 15. 9. 47, Anm. 2.

5] *Gedanken über [...] die Situation:* Im Manuskript steht: »der Situation«.

15. 2. 1948

1] *Peron von Argentinien:* Der argentinische General und Politiker, seit 1946 Staatschef, Juan Domingo Perón (1895–1974), hatte in einer 224 erst jetzt publizierten Rede vom 5. 2. 48 »a clash between capitalist imperialism and Communist imperialism« vorausgesagt und prophezeit, »the fate of all countries will decide in Europe, where there may be a war similar to or worse than the last.« Argentinien würde in jeden Konflikt mit hineingezogen werden und an der Seite der USA und anderer westlicher Staaten kämpfen.

2] *Hesse schrieb:* O. O. 21. 1. 1948. »Heute habe ich, Sie werden lachen, zum erstenmal einen Text von Ihnen in englischer Sprache gelesen, vielmehr buchstabiert, Ihr Vorwort zum Demian, dessen amerikanische Ausgabe eben bei mir eintraf. // Es ist mir eine Freude, so an Ihrer Hand und von Ihnen vorgestellt dem fremden Land zum erstenmal ernstlich entgegenzutreten, denn die früheren Versuche, Bücher von mir in Amerika einzuführen, wurden dort überhaupt nicht bemerkt. [. . .] Noch einmal sage ich Ihnen Dank [. . .] und schicke für das neue Jahr unsere Wünsche mit. Mögen die nächsten Weltkatastrophen so lange noch zögern, bis wir ihnen nicht mehr erreichbar sind, und möge irgendwo die lichte und hübsche Seite des Lebens weiter gedeihen.« HH/TM, 141/142

3] *Vorwort zum amerik. »Demian«:* S. TB 16. 4. 47, Anm. 1.

4] *»Die Geschichte Roms«:* Ferdinand Gregorovius, ›Geschichte der Stadt Rom im Mittelalter‹, (1859–1872). TMs Exemplar, Dresden 1926, ist in der Zürcher Bibliothek erhalten. Es weist Benutzerspuren und Notate von TMs Hand auf.

5] *Arao:* Der chilenische Pianist Claudio Arrau (geb. 1903).

—

16. 2. 1948

225 1] *Eisenhower über den »despotischen Koloß«:* Bei seinem ›final report‹ als ›chief of staff‹ beschwor General Eisenhower die Gefahr eines – bei westlicher Nachlässigkeit auf militärischem Gebiet – künftig triumphierenden »despotic colossus, spread over and beyond the combined terretories of the roman Empire, the Persia of antiquity, the Germanic kings and the Mongol Khans.«

2] *von der Hamburger:* Von Käte Hamburger, Göteborg, 9. 2. 48; im TMA.

3] *Faustus-Besprechung von Bab:* Julius Bab, ›,Doktor Faustus', der neue Roman von Thomas Mann‹, ›Staatszeitung und Herold‹, New York, 8. und 15. 2. 48.

4] *Angriff eines Jüngers:* Arnold Schönberg hatte – verärgert über die

Benutzung ›seiner‹ Zwölfton-Technik im *Doktor Faustus* – unter dem Namen eines fingierten Adepten, Hugo Triebsamen, TM einen gleichfalls fingierten Artikel aus einer ›Encyclopaedia Americana‹ vom Jahre 1988 zugesandt, in dem zu lesen war, Thomas Mann, ursprünglich Musiker, sei der wahre Erfinder des Zwölftonsystems gewesen, habe es aber, da er Schriftsteller geworden sei, stillschweigend geduldet, daß ein diebischer Komponist namens Schönberg sich seiner Erfindung bemächtige. Erst im *Doktor Faustus* habe er sein geistig-musikalisches Eigentum eindeutig als solches proklamiert. (Zitiert nach Br. III, 482/483.)
5] *Brief-Entwurf:* S. TB 17. 2. 48, Anm. 1.

17. 2. 1948
1] *an Schönberg:* An Arnold Schönberg, P. P. 17. 2. 48, Reg. III, 48/ 225
90; Br. III, 22/23.
2] *an Mrs. Meyer:* An Agnes E. Meyer, P. P. 17. 2. 48, Reg. III, 48/89.
3] *von Vikko:* München, 8. 1. 48; im TMA: »Daß das Echo aus Deutschland noch nicht stark sein kann, ist erklärlich, denn das Buch ist ja erst ganz vereinzelt im Land. Die Neue Zeitung konnte es sich erst mit dem dritten Versuch beschaffen. [. . .] Die NZ brachte dann eine ganz ausgezeichnete Besprechung von Bruno E. Werner. Ich hoffe, Du hast sie ebenso bekommen, wie die des ›Tagesspiegels‹. Letzterer hat auch eine Rundfrage nach dem wichtigsten geistigen Ereignis 1947 erlassen, bei der Peter Mendelsohn nur den Faustus aufs Schild hob. [. . .] Süskind tippte auf das Beethovenkonzert aus Faustus und ein anderer wählte Lotte in Weimar. Von acht Befragten brachten also vier Deinen Namen und die anderen erklärten ausdrücklich, daß sie wenig zu lesen bekommen hätten.«
4] *Beunruhigt . . .:* Viktor Mann hatte geschrieben: »Mich stört an der Senatorin Rodde, daß sie nach Sachlage und einigen Eigenschaften Mama sein könnte und sie doch nicht ist. [. . .] Eigentlich geht das ja nur uns an, weil nicht mehr viele Lebende die Zusammenhänge bis ins Letzte kennen. Andererseits ist der Kreis, der den Faustus schon kennt übereifrig beim Entschlüsseln. Eine diskrete Anfrage habe ich schon dahingehend beantworten müssen, daß Frau Rodde so wenig Mama ›ist‹ wie Gerda Buddenbrook, die sie ja genealogisch auch ›sein‹ könnte. War das in Deinem Sinne gesprochen? // Mir fällt auf, daß Du

die Senatorin nach Clarissas Tod aufgegeben und in Stillschweigen begraben hast. [...] Frau Rodde erscheint [...] weder bei der Episode Echo, noch bei Adrians Zusammenbruch mehr. Auch bei Ines' Schrekkenstat läßt Du die aufs neue getroffene Mutter nicht mehr zu Wort, oder Geste kommen. Oder hat der Chronist vorher einmal kurz von ihrem Tod und Begängnis gesprochen? Ich mußte das Buch [...] schleunigst zurücksenden und konnte es daher nicht mit ganzer Muße lesen.// War Dir ›wöhler‹ dabei, sie in Vergessenheit gehen zu lassen? Es wäre sehr nett, wenn Du mir hierüber drei Zeilen schreiben würdest.« (Im TMA)

18. 2. 1948

225 1] *Beleg:* S. TB 4. 12. 47, Anm. 2.

2] *Von Elchinger [...] Sonette auf Faustus:* Manuskript und Brief befinden sich nicht mehr unter den im TMA archivierten Schriftstücken.

3] *Aufsatz über Faustus:* Siegfried Marck, ›Huldigung für ‚Doktor Faustus'‹, unveröffentlichtes Typoskript; im TMA. S. dazu TM an Siegfried Marck, P. P. 22. 2. 48, Reg. III, 48/103, Ausz. in D. ü. D. III, 142/143.

4] *in Sachen der »Brücke«:* S. den in Anm. 5 zitierten Brief.

5] *Entwurf einer Botschaft nach Prag:* Der 1938 aus Berlin nach Norwegen emigrierte Schriftsteller und Verlagslektor Max Tau (1897 bis 1975) hatte, wie er in seiner Autobiographie ›Auf dem Weg zur Versöhnung‹, Hamburg 1968, beschreibt, zur Gründungskonferenz der von ihm initiierten Verlegergemeinschaft ›Die Brücke‹ nach Prag eingeladen. TM Mann sandte für dieses, durch die politischen Umstände im letzten Augenblick verhinderte Treffen folgende Botschaft (Zitiert nach Tau a.a.O. 34): Pacific Palisades, 20. 2. 1948 »Ich [...] habe vollen Sinn für die Bedeutung der Idee. [...] Daß den sogenannten kleinen Nationen, denen dies Attribut nach ihren kulturellen Leistungen oft so wenig gebührt, in unserer Zeit eine wichtige menschliche Sendung zukommt, gehört auch zu meinen Glaubenssätzen, und daß norwegische, schwedische, dänische, belgische Verleger und solche Hollands und der Schweiz im Begriffe sind, sich mit tschechischen, bulgarischen, finnischen zu einem Bund zur gemeinsamen Verbreitung guter europäischer Literatur in ihren Sprachen zusammenzuschließen, eine Brücke des Geistes, der Freiheit und der kulturellen Solidarität bildend über den Abgrund hinweg, welchen die Machtpolitik aufgerissen hat zwischen Ost und West, das ist eine schöne, Hoffnung erwekkende Nachricht – die beste, meine ich, die uns seit langem zugekommen ist. Es ist besonders gut zu hören, daß auch ein britischer Verlag sich schon gefunden hat, der bereit ist, das Buch des Jahres in seine Obhut zu nehmen, so daß eine Brücke geschlagen ist auch vom Kontinent hinüber zu der weiten englisch lesenden Welt. Indem ich die Ehrenmitgliedschaft dieser überpolitischen und doch auch politisch bedeutsamen Vereinigung dankbar annehme, sende ich Ihrer ersten Tagung, die in Prag, am Geburtstag des Präsidenten Masaryk, unter dem Vorsitz seines Sohnes stattfinden soll, meine herzlichen Wünsche für ein glückliches Ergebnis Ihrer Beratungen.«

6] *Roman [...] von Weaver:* John Downing Weaver (geb. 1912), ›Another such Victory‹, New York 1948.

7] *In der Nation:* ›Letters on ,The Nation' and Wallace‹, ›The Nation‹, vol. 166, No. 7 v. 14. 2. 48, 194–106.

19. 2. 1948

1] *Besprechung [...] von Kauz-Fiedler:* Dr. phil. Kauz (d. i. das Pseudonym für Kuno Fiedler), ›,Doktor Faustus.' Das Buch vom deutschen Schicksal‹, ›Volksstimme‹, St. Gallen, Jg. 44, No. 35 v. 11. 2. 48; Bl. TMG 12, 1972, 19–22. Zu TM's Reaktion vgl. TM an Kuno Fiedler, P. P. 19. 5. 48, Reg. III, 48/269; Bl. TMG. 12, 22/23. 226

2] *Theater-Film »Double Life«:* Die Story eines Othello und Desdemona spielenden Schauspieler-Ehepaares, das an der Identifizierung des Mannes mit seiner Rolle zugrunde geht. In dem von George Cukor nach einem Drehbuch von Ruth Gordon und Garson Kanin gedrehten Film spielen Ronald Colman und Signe Hasso. Der ›Aufbau‹ brachte vol. XIV, No. 10 v. 5. 3. 48, 14, eine ausführliche Besprechung.

20. 2. 1948

1] *Truman [...] gegen die Republikaner:* Der Präsident hatte sich in seiner Wahlrede am 19. 2. 48 nicht nur gegen die Republikaner gewandt, sondern sich auch mit den abweichlerischen Kräften in seiner eigenen Partei, den reaktionären Südstaatlern auf der Rechten und den Neutralisten auf der Linken, auseinandergesetzt, die mit Wallace's ›Dritter Partei‹ liebäugelten. Ihnen allen hielt der Präsident entgegen, daß es Pflicht ›aller fortschrittlichen Kräfte der USA‹ sei, bei den Wahlen im November die Demokraten zu unterstützen. 226

2] *Babs Doppel-Artikel:* S. TB 16. 2. 48, Anm. 3.
3] *an Bab:* An Julius Bab, P. P. 20. 2. 48, Reg. III. 48/98; Auszug in D. ü. D. III, 141/142.
4] *[an] Bermann:* Verschollen. S. Reg. IV, 582.
5] *[an] Vikko:* An Viktor Mann, P. P. 20. 2. 48, Reg. III, 48/99; Br. III, 23/24 (fragm.).
6] *[an] Rastede:* Der Brief gilt als verschollen. S. Reg. IV, 582.
7] *der mir [...] geschrieben:* Lawrenceville, 17. 2. 48; zweieinhalb eng beschriebene Schreibmaschinen-Seiten mit einem Hymnus auf den *Doktor Faustus*.

21. 2. 1948

226 1] *Kabinetkrise:* So – typisch für TM – im Manuskript. Der Eintrag bezieht sich auf den Austritt von drei nicht-kommunistischen Parteien aus der tschechoslowakischen Regierungskoalition, der mit dem Zurückziehen von zwölf Ministern verbunden war.
2] *Den »Begnadeten« neu angefangen:* Die Schwierigkeiten des Anfangs lassen sich noch im Manuskript erkennen: die erste Seite ist ganz offensichtlich ergänzt, Z. 1 auf S. 2 geändert, so daß der Übergang wieder stimmt. Vgl. hierzu auch TB 9. 3. 48.
3] *Zwilling:* Klaus Pringsheim; s. TB 20. 8. 46, Anm. 1.
4] *Triebsamen:* S. TB 16. 2. 48, Anm. 4.
5] *Ouverture zur »Diebischen Elster«:* ›La Gazza Ladra‹, 1817; Oper des italienischen Komponisten Gioacchino Rossini (1792–1868).
6] *»Oberon«:* Carl Maria von Webers (1786–1826) »Romantische Oper« ›Oberon‹ (1825/26).
7] *Freischütz:* Carl Maria von Webers Oper ›Der Freischütz‹ entstand 1817–1820.

22. 2. 48

227 1] *Tokyoter Artikel:* S. TB 4. 12. 47, Anm. 2.
2] *Die russischen Komponisten:* Die russische Zeitschrift ›Kultur und Leben‹ hatte mitgeteilt, Dimitri Schostakowitsch habe auf einer Komponistenzusammenkunft die Kritik der Partei am gegenwärtigen Musikschaffen der UdSSR (s. TB 12. 2. 48, Anm. 1) als ›väterliches Interesse‹ des Staates an seinen Künstlern bezeichnet.
3] *an S. Marck:* S. TB 18. 2. 48, Anm. 3.
4] *an O. M. Graf:* An Oskar Maria Graf, P. P. 22. 2. 48, Reg. III, 48/102.
5] *»Abendlich strahlt«:* Die »alte Platte« von 1928 mit dem Monolog

des Wotan aus Richard Wagners ›Rheingold‹, 4. Szene, gesungen von Friedrich Schorr, befand sich in TMs Nachlaß.

6] *»Robert der Teufel«/»Genofeva«:* In den Schwabschen ›Volksbüchern‹ (s. TB 15. 1. 48, Anm. 1), in denen TM auch die Sagen von ›Herzog Ernst‹, (s. TB 3. 2. 48, Anm. 5), der ›Schönen Melusina‹ und dem ›Doktor Faustus‹ las.

23. 2. 1948

1] *der einen schamlosen Profitwelt:* Im Manuskript steht: »der 227
einer ...«; es wäre also auch denkbar, daß TM den einfachen Genitiv: »einer Profitwelt« schreiben wollte.

2] *Anmerkung:* Der endgültige Text der seit dem 15. Tausend in allen Ausgaben des *Doktor Faustus* gedruckten ›Nachbemerkung‹ hat folgenden Wortlaut: »Es scheint nicht überflüssig, den Leser zu verständigen, daß die im XXII. Kapitel dargestellte Kompositionsart, Zwölfton- oder Reihentechnik genannt, in Wahrheit das geistige Eigentum eines zeitgenössischen Komponisten und Theoretikers, Arnold Schoenbergs, ist und von mir in bestimmtem ideellem Zusammenhang auf eine frei erfundene Musikerpersönlichkeit, den tragischen Helden meines Romans, übertragen wurde. Überhaupt sind die musiktheoretischen Teile des Buches in manchen Einzelheiten der Schoenberg'schen Harmonielehre verpflichtet.«

3] *Sekretär der One-World-Organisation:* Weder über den Sekretär 228
noch über die Organisation ließ sich Definitives ermitteln.

4] *Portrait von Unruh:* Ob es sich um ein von Unruh gemaltes Portrait TMs handelte, ist nicht sicher. Im TMA fand sich kein Bild. Der ›Aufbau‹ hatte am 18. 10. 47 über eine Unruh-Ausstellung der Galerie St. Etienne in New York berichtet: »Zum ersten Male wird sie malerische Arbeiten des Dichters Fritz von Unruh der Öffentlichkeit zugänglich machen. Es sind Portraits, Kompositionen und Landschaften, die im Laufe der letzten zwei Jahre in New York und Long Island entstanden sind.«

5] *dankte:* An Fritz von Unruh, P. P. 29. 2. 48, Reg. III, 48/113.

24. 2. 1948

1] *Note an ihn:* Offensichtlich verschollen. S. Reg. IV, 582. 228

2] *Tabori:* Der britisch-ungarische Schriftsteller und Regisseur George Tabori (geb. 1914) floh 1933 von Berlin nach Wien und 1938

nach London. 1947 ging er in die USA und arbeitet seit 1968 wieder in Europa.
3] *Dramatisierung des Zbg.:* George Tabori, der 1947 aus London nach Hollywood gekommen war, hatte, als er TM das erste Mal bei Salka Viertel traf, bereits mehrere Monate an einer Film-Dramatisierung des *Zauberberg* (seines »Traumsujets«: so am 15. 10. 87) gearbeitet. Ein treatment, das heute im TMA archiviert ist, lag vor, und auch die Hauptdarsteller, auf die sich Tabori mit seinem Freund Zoltán Korda, dem Bruder des Rechtsinhabers Sir Alexander Korda, einigen konnte, standen bereits fest: Greta Garbo als Claudia Chauchat und Montgomery Clift als Hans Castorp. Der Plan wurde niemals realisiert. Ein Film, der nur unter Kranken spielte – so Tabori in einem Gespräch am 15. 10. 87 –, sei im Hollywood jener Jahre undenkbar gewesen.
4] *Vorbesprechung:* ›A Modern Faustus‹, ›Times Literary Supplement‹, Jg. 1947/48, No. 2402 v. 14. 2. 48, 96.

25. 2. 1948
228 1] *Schönberg-Notiz:* S. TB 23. 2. 48, Anm. 2.
2] *Masereel-Buch:* S. TB 18. 7. 47, Anm. 10.
3] *nach dem »Tagesspiegel«:* Werner Oehlmann hatte in seiner Besprechung ›Thomas Mann und die deutsche Musik‹, ›Der Tagesspiegel‹, v. 19. 2. 48, Beiblatt, geschrieben: »Wenn das [i. e. die wesenlose »breite, normale Menge« des in NS-Deutschland »Produzierten«] nicht das Ende der deutschen Musik bedeuten soll, so bedürfen wir nicht so sehr großer schöpferischer Begabungen wie eines neuen Musikbildes, das die Kraft zur Universalität der Anschauung aufbrächte. Wir finden es als Wunschbild in einer großen, vielleicht der größten Dichtung der Zeit.«
4] *Analyse des Death in Venice:* M. L. Rosenthal, ›The Corruption of Aschenbach‹, ›University of Kansas City Review‹, 1/1947, 49–56.

26. 2. 1948
229 1] *kommunistische Macht-Übernahme:* Der Rücktritt der zwölf bürgerlichen Minister (s. TB 21. 2. 1948, Anm. 1) hatte durch das Ausscheren der Sozialdemokraten aus der Union nicht – wie geplant – die Demission des amtierenden Ministerpräsidenten Gottwald erzwingen können, sondern, im Gegenteil, mit Hilfe einer sozialistisch/kommu-

nistischen Koalition dazu geführt, daß der gestärkte Gottwald bei Beneš eine Arbeiter-Regierung an Stelle des bisherigen Allparteienkabinetts durchsetzen konnte.

2] *Brief Schönbergs:* Los Angeles, 25. 2. 1948, im TMA. Schönberg hatte geschrieben: »Mein synthetischer Hugo Triebsamen [...] ist vielleicht eine Drohung in der näheren Zukunft, nicht vielleicht erst im Jahr 2048. Ich kann das *belegen;* aus Druckwerken. Denn wie ich in einem kleinen Artikel vor einigen Monaten geschrieben habe: ›... das Bedürfnis der Urheber meiner Ideen zu sein, ist so bedrängend, daß sehr bald jeder es sein wird, ausgenommen ich.‹// Meine Situation ist ungewöhnlich im Vergleich zu anderen Neuerern. Den Deutschen bin ich ein Jude, den Romanen Deutscher, den Kommunisten bin ich Bourgeois und die Juden sind für Hindemith und Strawinsky. Im Vergleich dazu sind die gewöhnlichen Ursachen der Schwerfaßlichkeit unbedeutend, weil jene nicht einmal auf soviel Sachlichkeit beruhen wie diese.// Ich weiß, daß ich nur auf Nachruhm rechnen darf und den sollte ich nicht noch verteidigen müssen.«

27. 2. 1948

1] *Doktor Mendelssohn:* Nichts Näheres ermittelt. Vermutlich der TB 26. 2. 48 erwähnte »junge amerik.-jüdische Orthopäde«. *229*

2] *von Basler:* Burg/Aargau, 14. 1. 48; im TMA. Das Schreiben enthält die Mitteilung, daß Hesse den Doktor Faustus »als erstes Weihnachtsbuch« genannt habe, sowie die Abschrift eines höchst positiven *Faustus*-Urteils von Karl Möschinger (»Lob unseres größten Komponisten«): »Ich halte dieses Werk für ein vollendetes Meisterwerk größtmöglicher humaner Gesinnung.«

3] *N. S. R.:* ›Neue Schweizerische Rundschau‹; s. TB 14. 2. 48, Anm. 1.

4] *Artikel von W. Widmer:* Der wt gezeichnete Artikel war am 28. 1. 48 im Basler ›Vorwärts‹ erschienen, stammt aber vermutlich nicht von Widmer, der seine Artikel anders zeichnete. *230*

5] *An die Hamburger Universitätszeitschrift:* TMs *Joseph*-Vorwort erschien unter dem Titel *Sechzehn Jahre* in der ›Hamburger Akademischen Rundschau‹, 2. Jg. H. 11/12, Mai/Juni 1948, 559–568.

6] *Kafka's Tagebücher englisch:* TM erhielt von Schocken die Fahnen. S. Theodore Schocken an TM. New York 18. 2. 48; im TMA.

28. 2. 1948

230 1] *Mönchsgeschichte:* Am ersten Kapitel des *Erwählten:* ›Wer läutet‹; GW VII, 9–15.

2] *Geschichte von der Schönen Melusine:* In Schwabs ›Volksbüchern‹; S. TB 22. 2. 48, Anm. 6.

29. 2. 1948

230 1] *»Dogma und Dichtung des Mittelalters«:* S. TB 26. 11. 47, Anm. 4.

2] *Dean Rieber:* Der Philosophieprofessor Charles Henry Rieber (geb. 1866) wohnte unweit der Familie Mann in Pacific Palisades. Seine Frau, die Portrait-Malerin Winifred Rieber, hatte TM verschiedentlich gezeichnet.

1. 3. 1948

231 1] *»Geist der Erzählung«:* Vgl. GW VII, 10: »Wer also läutet die Glocken Roms? – Der Geist der Erzählung [. . .]. ist es, der spricht: ›Alle Glocken läuten‹, und folglich ist er's, der sie läutet. So geistig ist dieser Geist [. . .], daß grammatisch nur in der dritten Person von ihm die Rede sein und es lediglich heißen kann: ›Er ist's.‹ Und doch kann er sich auch zusammenziehen zur Person, nämlich der ersten, und sich verkörpern in jemandem, der in dieser spricht und spricht: ›Ich bin es. Ich bin der Geist der Erzählung, der, sitzend [. . .] in der Bibliothek des Klosters Sankt Gallen [. . .] diese Geschichte erzählt . . .‹«

2] *Eine von de Mendelssohn:* Peter de Mendelssohn, ›Der Zauberer‹, ›Sie‹, Berlin, No. 3 und 4 v. 18. und 25. 1. 48, 7/8 und 4–6.

3] *de Mendelssohn:* Der Schriftsteller, Publizist und Übersetzer Peter de Mendelssohn (1908–1982) emigrierte 1933 nach Paris, 1935 nach London, wo er an der ›Zeitung‹ und bei der BBC arbeitete. Von 1945–1948 war Mendelssohn Presseoffizier der Britischen Kontrollkommission in Deutschland, später Korrespondent in London und lebte dann bis zu seinem Tode als freier Schriftsteller in München. Er ist Verfasser einer gründlichen, leider über den ersten Band nicht hinausgekommenen TM-Biographie und Herausgeber der Tagebuchbände 1918/21, 1933/34, 1935/36, 1937/39, 1940/43.

4] *von der Meyer:* New Providence Island, Bahamas, 26. 2. 48; in der Beinecke Library, Yale.

5] *1848-Vortrag:* S. TM an Agnes E. Meyer, P. P. 7. 3. 48, Reg. III, 48/124: »Das 1848ger Thema liegt mir garnicht recht; ich wüßte nur

Steifes und commonplace-haftes darüber zu sagen und mag außerdem die kaum begonnene Arbeit so bald nicht unterbrechen.« – Offenbar handelte es sich um eine Anfrage, die Agnes Meyer im Auftrag eines Bekannten an TM weitergeleitet hatte. Da von Agnes Meyers Brief der Schluß fehlt, läßt sich die Angelegenheit nur aus TMs Reaktion rekonstruieren.

2. 3. 1948

1] *Verantwortung Bermanns:* GBF an Katia Mann, New York, 1. 3. 48; TM/GBF 493–497. 231

2] *Menuhin:* Der amerikanische Geiger (Sir) Yehudi Menuhin (geb. 1916), der TM – wie die TB zeigen – schon als Achtzehnjähriger durch sein Mozart-Spiel faszinierte. (S. TB 9. 11. 34 und 14. 8. 35).

3. 3. 1948

1] *von Moni:* Im TMA befindet sich nur ein Brief New York, 10. 12. 47, gleichfalls über den Faustus-Roman, der hier jedoch kaum gemeint sein kann. 232

2] *Apokalipsis anfangs anders heißt:* Das Schreiben von Elisabeth Borgese-Mann ist nicht enthalten, der Zusammenhang nicht ermittelt. Im Ms des *Doktor Faustus* steht anfangs stets ›Apokalypse‹.

3] *»Neue Studien«:* S. TB 4. 8. 47, Anm. 4.

4] *Brief des Frankfurter Oberbürgermeisters:* Das Schreiben, Frankfurt, 18. 2. 48, befindet sich nicht mehr im TMA.

5] *Veröffentlichung meines Briefes:* S. TB 4. 1. 48, Anm. 3.

6] *der Stadt Frankfurt widmen:* S. TB 5. 3. 48, Anm. 4.

4. 3. 1948

1] *Abdrucksrecht:* S. ›Über den ‚Faustus'. Aus einem Brief an [. . .] Emil Preetorius‹, ›Neue Zeitung‹, München, 11. 3. 48. 232

2] *mit Kridwiß:* Mit Emil Preetorius. S. 11. 12. 47, Anm. 6.

3] *an Dr. Werner:* An Bruno E. Werner, P. P. 4. 3. 1948, in Privatbesitz. Das Schreiben enthält den Dank für Werners »schöne Besprechung des Faustus« (s. TB 11. 2. 48, Anm. 1), die »wirklich das erste deutsche Echo auf das kuriose Werk«, »(kurios weil es ja sein Seltsames hat, daß einer mit über 70 sein ›wildestes Buch‹ schreibt)« und »durch ihre ernste Klugheit und Einsicht« bewegend gewesen sei.

4] *Dr. Werner:* Der Feuilletonchef der ›Neuen Zeitung‹, München, Bruno E. Werner (1896–1964).

5. 3. 1948

232 1] *von Süskind:* W. E. Süskind, ›Doktor Faustus‹, ›Süddeutsche Zeitung‹, 6. 3. 48, 5.

2] *[von] Kahler:* Erich von Kahler, ›Säkularisierung des Teufels. Thomas Manns Faust‹, ›Die Neue Rundschau‹, Stockholm, 1948, 185–202.

3] *von Feist:* Nicht erhalten. Zur Sache s. TB 4. 10. 47, Anm. 5, sowie die in D. ü. D. II, 517, 521, 525, 526, 539 zitierten Dokumente.

4] *an den Oberbürgermeister:* An Walter Kolb, P. P. 7. 3. 48, Reg. III, 48/123: »Erlauben Sie mir nun aber, Ihnen zu sagen, daß die Rührung, die Ihr Vorschlag, die Widmung meines Romans betreffend, mir erregte, sogleich mit dem entschiedenen Gefühl verbunden war, daß dieser Gedanke nicht ausführbar ist. Dieses dunkle, verteufelte, recht verzweifelte und nur von einem schwachen Hoffnungsschimmer erfüllte Buch aus Anlaß des Paulskirchen-Gedenkfestes Ihrer guten Stadt Frankfurt zu widmen – glauben Sie mir, es würde mehr Verwunderung als Beifall erregen. Das Buch ist schlechthin ungeeignet als Festgeschenk für diese Gelegenheit. [...]// Ich mache Ihnen aber einen Gegenvorschlag. Im Bermann-Fischer Verlag [...] erscheint nächstens ein Essayband von mir, [...], in dem ich auch den Vortrag ›Deutschland und die Deutschen‹ einschließen will [...] diesen Band, der sich viel besser dazu eignet, möchte ich mit der von Ihnen vorgeschlagenen Widmung versehen.« (Kopie im TMA).

7. 3. 1948

233 1] *an die Meyer:* An Agnes E. Meyer, P. P. 7. 3. 48, Reg. III, 48/124.

2] *Beilagen:* Nicht mehr erhalten.

234 3] *Artikel:* Jacques Duvaldizier, ›Die Verantwortung Nietzsches‹, ›Lancelot‹, vol. 11, 1948, 3–20.

8. 3. 1948

234 1] *Knopf sehr angetan:* New York, 2. 3. 48,: »Just a line to tell you how much I like the introduction you wrote for JOSEPH AND HIS BROTHERS. Once the little details of English style are straightened out, it will add greatly I think to the attractiveness of the new edition.« (Im Archiv des Verlages A. A. Knopf)

2] *Endloses Telegramm:* Nicht unter den im TMA archivierten Schriftstücken; ein Druck konnte gleichfalls nicht ermittelt werden.

3] *an Erika:* An Erika Mann, P. P. 8. 3. 48, Reg. III, 48/125; Br. III, 27/28.
4] *Liste der deutschen Schriftsteller in need:* Eine auf Bitten von Wilhelm Sternfeld, London, initiierte Hilfsaktion des amerikanischen PEN-Club zugunsten der hungernden deutschen Schriftsteller. S. Ben Huebsch an TM, New York, 4. 2. 48: »Mr. Rice and I consulted immediately after receipt of the identicial letters which you sent us, and decided to postpone an answer until we could make a statement on behalf of the American PEN. [. . .] // As a matter of fact the PEN in the past sent some food packages to German and Austrian writers, the names having been chosen for us by Robert Neumann. At a Board meeting yesterday it was decided to continue to include Germans among the beneficiaries of the money that we are raising, and to ask you and Mr. Sternfeld, as well as Mr. Neumann to recommend names.«

9. 3. 1948
1] *von der Lowe [. . .] mit Übersetzer-Vorwort:* Nicht im TMA. Zur Sache s. jedoch den Anm. 2 zitierten Brief von TM an Blanche Knopf. *234*
2] *an Blanche Knopf:* P. P. 10. 3. 48, Reg. III, 48/128: »From Mrs. Lowe [. . .] I received yesterday the enclosed Translator's Note [. . .] and I can well understand, that Mrs. Lowe feels the need to point out the enormous difficulties of her task. I am only afraid that her characterization of the book might have too discouraging an effect and might give the impression that this book is terribly high-brow and accessible only to the highest developed intellect. I think that in paragraph four the sentence ›adressed to no other audience than an intellectual even a cosmopolitan one‹, should be shortened in such a manner that it simply reads: ›addressed to no other audience than a cosmopolitan one‹. That would modify the matter somewhat.«
3] *Glückwunsch:* An James A. Linen, ›Time Magazine‹, New York; P. P. 11. 3. 48, Reg. III, 48/129: »I am glad to take this opportunity to tell you that all-weekly I read Time with great interest, never failing to find something to instruct and stimulate me. Your magazine is among the most skilful and lively publications of this country, and its literary, artistic and musical parts, in particular, display great circumspection in the cultural events of our time.«
4] *an Prof. Singer:* An Samuel Singer, P. P. 8. 3. 48, Reg. III, 48/126; Br. III, 26/27.

5] *aus London eingetroffene Platten:* Eine Freundin von Ida Herz, die Journalistin Heidi Heimann, hatte – veranlaßt durch die Ähnlichkeit der Textauswahl zwischen Britten und Leverkühn – TM Platten von Benjamin Brittens ›Serenade‹ op. 31 (1943) geschenkt . . . Aufnahmen eines Musikstücks, in dem u. a. die Gedichte ›Nocturne‹ von Tennyson, ›O rose, thou art sick‹ von Blake und ›Ode to sleep‹ von Keats vertont sind. Ida Herz hatte in einem nicht erhaltenen Brief vom Januar 48 angefragt, ob TM Brittensche Musik kenne. TM antwortete am 16. 1. 48: »Ich muß der Wahrheit gemäß antworten, daß zwar der Name dieses Komponisten, aber nichts vòn seiner Musik mir bekannt ist. [. . .] Die Verwandtschaft meiner Musik-Phantasien mit seinen wirklichen Werken beruht also, ich will nicht sagen, auf Zufall, aber auf einer Coinzidenz, die bestimmt ihre tieferen Gründe in unserer Zeitgenossenschaft hat. Merkwürdig wird Ihnen und Ihrer Freundin sein, zu hören, daß Medi mir vor Kurzem schrieb, sie sei der Überzeugung, daß aus dem Faustus ein vorzüglicher Film gemacht werden könne und daß, wenn er zustande käme, Benjamin Britten die Musik dazu schreiben müsse.«

10. 3. 1948

235 1] *Jan Masaryk [. . .] Selbstmord:* Der tschechoslowakische Außenminister Jan Masaryk (geb. 1886) war am 10. März durch einen Fenstersturz ums Leben gekommen. Die Gerüchte, daß es sich nicht um Selbstmord in einem Depressions-Anfall, sondern um Mord der Geheimpolizei an einem Mann gehandelt habe, der Klement Gottwald, dem neuen Machthaber, im Wege stand, haben sich bis heute nicht aufklären lassen.

2] *von Frido:* O. O., 8. 3. 48; im TMA.

3] *an Moni:* Verschollen. S. Reg. IV, 582.

4] *an Frido:* Verschollen. S. Reg. IV, 582.

5] *Buch von Arnold Hahn:* Es hat sich nicht feststellen lassen, um welches Buch des seit 1939 im englischen Exil lebenden tschechischen Schriftstellers und Journalisten Arnold Hahn (1881–1963) es sich handelt.

6] *»Mathilde« englisch:* Die englische Übersetzung von Leonhard Franks Roman fand sich nicht in TMs Nachlaß-Bibliothek.

7] *kommunistischer Außenminister:* Der Posten des Außenministers blieb zunächst unbesetzt. Die Geschäfte wurden vom bisherigen Stellvertreter Masaryks, Clementis, wahrgenommen, der erst später zum offiziellen Nachfolger ernannt wurde.

11. 3. 1948

1] *Faustus-Besprechung aus »Europa«:* Nicht ermittelt. 235

2] *Gedichte aus »Im Flügelkleide«:* Gedichte aus der Verse des 18. und beginnenden 19. Jahrhunderts enthaltenden Anthologie von Richard Brill, ›Als ich noch im Flügelkleide . . .‹, mit Bildern von Ramberg und Margraf, Hannover 1946.

3] *an die Senderin:* An Heidi Heimann, P. P. 10. 3. 48; Reg. III, 48/127, Br. III, 28 (fragm.).

12. 3. 1948

1] *Weiterer Selbstmord in Prag:* Der Führer der mährisch-tschechischen Sozialisten, J. Harod, hatte im Gefängnis Selbstmord begangen. 235

2] *von Hesse:* O. O., Anfang März 48 HH/TM, 143/144. 236

3] *denkbarst warm:* Im Manuskript nicht eindeutig zu lesen. Es könnte auch ›dankbarst‹ heißen.

4] *Besprechung des »Glasperlenspiels« und des »Faustus« zusammen:* Nicht ermittelt.

5] *Zuckerkandls »Die Musik im ›Faustus‹«:* Victor Zuckerkandl, ›Die Musik des Doktor Faustus‹, ›Die Neue Rundschau‹, Stockholm, 1948, 203–214.

6] *Manuskript von Hans A. Maier:* Hans Albert Maier, ›Die Stellung des ‚Doktor Faustus' im Gesamtwerk Thomas Manns‹, ›The Modern Language Quarterly‹, Seattle, Vol. 9, Sept. 1948, 343 ff.

7] *»Witiko«:* Adalbert Stifters 1865–1867 bei Heckenast erschienener Roman ist in der Zürcher Bibliothek nicht mehr erhalten.

8] *an die Mazzucchetti:* An Lavinia Mazzucchetti, P. P. 12. 3. 48, Reg. III, 48/130.

9] *Nietzsche-Buch von A. Wirtanen:* Vermutlich Atos Kazimir Wirtanen, ›Nietzsche – den otidsenlige‹ (Nietzsche – der Unzeitgemäße), Stockholm 1945.

10] *A. Wirtanen:* Der finnisch-schwedische Schriftsteller, Journalist und Politiker, von 1936–1954 finnischer Reichstagsabgeordneter (Sozialist) Atos Kazimir Wirtanen (1906–1979).

11] *an Beneš:* Das Telegramm ist verschollen; s. Reg. IV, 582.

12] *Klaus [. . .] zu Gast:* Zu Anm. 11 und 12 vgl. TM an Otto Basler,

P. P. 14. 3. 48, Reg. III, 48/139, Bl. TMG 5, 1965, 8/9: »Dem armen Beneš, der ein Sterbender ist, habe ich ein Sympathie-Telegramm geschickt. Charakteristisch ist übrigens auch wieder, daß Klaus, der nach Prag zu Vorträgen eingeladen war und nun absagen wollte, vom kommunistischen Kultur-Ministerium sehr herzlich genötigt worden ist, doch zu kommen. Man hat ihm sogar die Flugkarte geschickt, und so ist er denn hingeflogen . . .«

13. 3. 1948

236 1] *meines Glückwunsches an Time Magazine:* S. TB 9. 3. 48, Anm. 3.
2] *von der Meyer:* Leyford Coy, Bahamas, 11. 3. 48; in der Beinecke Library der Universität Yale.
3] *an V. Zuckerkandl:* Verschollen. S. Reg. 582.

14. 3. 1948

236 1] *Annahme des [. . .] Marshall-Plans:* Der U.S.-Senat hatte den Hilfs-Plan mit überwältigender Mehrheit (69:17) gebilligt.
2] *an Mayer:* An Hans Albert Maier, P. P. 13. 3. 48; Reg. III, 48/137.
3] *[an] Basler:* An Otto Basler; s. TB 12. 3. 48, Anm. 12.
4] *[an] Wirtanen:* Verschollen. S. Reg. IV, 582.
5] *Faust-Studien von Enders:* Aus einem Schreiben TMs an Carl Enders vom 11. 10. 47, Reg. III, 47/316, geht hervor, daß Enders an einer Studie über Faust II von Goethe arbeitete. 1948 erschien die hier offenbar gemeinte Arbeit ›Müttermythos und Homunculus-Allegorien in Goethes »Faust«‹.
6] *Enders:* Der Bonner Literaturwissenschaftler Carl Enders (1877–1963).
7] *Gorkis Erinnerungen an Tolstoi:* Maxim Gorki, ›Erinnerungen an Tolstoi‹, neu übersetzt von Fega Frisch, Zürich 1945. Das Buch ist in TMs Zürcher Bibliothek erhalten.

15. 3. 1948

237 1] *»der Senator von Ohio«:* Nicht ermittelt.
2] *Verfasser von ›One more such Victory‹:* John Downing Weaver; s. TB 18. 2. 48, Anm. 6.
3] *Lese [. . .] den »Idioten«:* TM besaß von Dostojewskis 1868/69 geschriebenem Roman die von H. Röhl im Insel-Verlag, Leipzig 1921 besorgte Übersetzung.

16. 3. 1948
1] *Neues Heft von »Commentary« mit [...] Brief:* R. W. Flint, ›Thomas Mann's Nietzsche. Letter to the Editor‹, ›Commentary‹, New York, Vol. 1, No. 5, März 1948, 279: »Thomas Mann makes an interesting beginning [in revaluating Nietzsche], interesting because one sees how the incompleteness of his grasp of Nietzsche's importance prevents him from making a convincing repudiation of Nietzsche's influence.« Flint bringt zwei historische Tatsachen vor, die TM den objektiven Umgang mit seinem Gegenstand erschwerten: 1. »The continued Parochialism of German thought on the outskirts of Roman Europe (its innate assumption that since the real centers of power and authority lie elsewhere it may claim a wide speculative immunity)« und 2. »The sense in which Nietzsche was justified in speaking of a ›transvaluation of values‹.« Schließlich *sei* Nietzsche etwas Neues innerhalb des Christentums gewesen und könne nicht einfach als »a new phase in an ever-recurring upsurge of heroic vitalism« abgetan werden... Vorwürfe und Thesen, die Flint dann in vier Punkten belegt und erweitert. 237

17. 3. 1948
1] *an Mrs. Meyer:* An Agnes E. Meyer, P. P. 17. 3. 48, Reg. III, 48/141; Auszüge in D. ü. D. III, 150. 237
2] *[an] Kahler:* An Erich von Kahler, P. P. 17. 3. 48, Reg. III, 48/140.

18. 3. 1948
1] *von Blanche K.:* New York, 16. 3. 1948: »[...] everything seems magnificently in order except one question that I want to put to you: that refers to Gleichen-Russwurm. If he is alive and perpetrated the swindle, there might be trouble with him. If he is dead, I doubt that it would make much difference. His heirs might sue. But if by chance this is not something that Gleichen-Russwurm did at all and he is alive, could we possibly change his name since we might have trouble. You will know all the facts and if I am questioning something that is not necessary, you will tell me.« 238
2] *Gleichen Rußwurm:* Der Schriftsteller (Verfasser kulturhistorischer Schriften, Dramen und Romane) Karl Alexander Freiherr von Gleichen-Rußwurm (1865–1947), letzter Urenkel Friedrich Schillers, den TM aus seiner Münchener Zeit kannte, und dessen »Fall«, einen

mißglückten Juwelen-Versicherungsbetrug, der in den zwanziger Jahren durch die Presse ging, TM im XXXIX. Kapitel des Doktor Faustus (GW VI, 561/562) ausführlich dargestellt hatte: »Die Sache war fast nicht zu glauben. Der Baron hatte, angeblich, ein wohlverpacktes und sehr hoch versichertes Schmuckstück zur Umarbeitung an einen auswärtigen Juwelier gesandt, – welcher, als das Paket bei ihm eintraf, nichts darin fand, als eine tote Maus. Diese Maus hatte untüchtigerweise die Aufgabe nicht erfüllt, die der Absender ihr zugedacht hatte. Offenbar war die Idee gewesen, daß der Nager sich durch die Hülle beißen und entkommen sollte, – die Illusion erzeugend, daß das Geschmeide durch das Gott weiß wie entstandene Loch gefallen und verlorengegangen sei, womit die Versicherungssumme fällig gewesen wäre. Statt dessen war das Tier verendet, ohne den Ausgang zu schaffen, der das Abhandenkommen des nie hineingelegten Colliers erklärt hätte, – und aufs lächerlichste sah der Erfinder des Schelmenstücks sich bloßgestellt. Möglicherweise hatte er es in einem kulturhistorischen Buch aufgepickt und war ein Opfer seiner Lektüre.«

238 3] *beantwortet:* An Blanche Knopf, P. P. 19. 3. 48, Reg. III, 48/148: »[...] Now the problem Gleichen-Russwurm. The man actually did the trick in his time, and the story was discussed in all German papers. He died a few months ago. Whether his widow or any other relatives are living I do not know; the couple had no children. That I called him by name belongs to this novel's specific ›montage‹ technique which, time and again, takes in direct elements of reality. This is, of course, not without dangers. It is noteworthy, however, that neither Bermann hesitated to print these passages in the Stockholm edition, nor is Suhrkamp who is preparing the edition for Germany showing any scruples. As far as I am informed Germans are not at all in the position at this moment, to sue, but this, of course, will be reversed some day. I think, you must discuss the matter with your lawyer and ask him, whether, though the facts are true and generally known, the possibility of a lawsuite nevertheless exists. If he definitely thinks so, one has to change the name and call the baron, let us say, ›von Oppeln-Ohrwurm‹./ I think one could keep the relationship to Schiller, if one would not speak of a grandson or great grandson, but simply of some distantly related descendent.« – Am 24. 3. 48 konnte Blanche Knopf TM mitteilen, daß der Verlagsjustitiar die Belassung des Namens Gleichen-Russ-

wurm unter den gegebenen Umständen für möglich hielt: »We will assume that no one can be interested.« (Beide Schreiben im Archiv des Verlags A. A. Knopf, New York).
4] *in den Briefen des Erasmus:* Erasmus von Rotterdam, ›Briefe‹, verdeutscht und herausgegeben von Walther Köhler, Wiesbaden 1947. Die Ausgabe ist in der Zürcher Bibliothek enthalten.

19. 3. 1948
1] *Französische Faustus-Besprechung:* Robert Heitz, ›L'éternelle tragédie humaine: ‚Doktor Faustus' de Thomas Mann‹, ›Les dernières nouvelles d'Alsace‹, Straßburg, 10. 3. 1948, 1. 238
2] *an diesen:* An Robert Heitz, P. P. 18. 3. 48, Reg. III, 48/142; Ausz. in D. ü. D. III, 150/51.
3] *bearded philosopher:* Felix Weil.

20. 3. 1948
1] *streitender Briefwechsel:* Die TM damals zugeschickte Abschrift der Korrespondenz zwischen Albert Moeschinger und seinem Freund, Dr. Rudolf Fischer, sowie der Begleitbrief mit der Bitte um Beurteilung der Standpunkte liegen im TMA. S. auch D. ü. D. III, 152–155. 239
2] *Verlangen des »Aufbau«:* S. TB 21. 3. 48, Anm. 2.
3] *Rabbi Silver:* Der jüdische Gelehrte und Vizepräsident der US Zionistenorganisation Dr. Abba Hillel Silver (1893–1963), den TM 1938 in Cleveland persönlich kennengelernt hatte.
4] *Widmung:* S. TB 3. 4. 48, Anm. 3.

21. 3. 1948
1] *Montage-Frage im Faustus:* S. TB 18. 3. 48, Anm. 1–3. 239
2] *Protest-Kundgebung: Gespenster von 1938,* ›Aufbau‹, vol. XIV, No. 13 v. 26. 3. 1948, 1; GW XIII, 515/516.
3] *kürzte:* Die Kürzung ist nicht rekonstruierbar, da kein Manuskript auffindbar war und alle gedruckten Texte – einschließlich des englischen in der ›Nation‹ – der gleichen, offenbar bereits gekürzten Vorlage folgen.
4] *Caulaincourts Erinnerungen an Napoleon:* Armant Augustin Louis de Caulaincourt, ›Mémoirs of General de Caulaincourt, Duke of Vicenza, 1812–1813‹, 1935. S. TM an Ida Herz, P. P. 23. 3. 48, Reg. III, 48/156: »Etwas Neues sind für mich die Memoiren des Grafen

Caulaincourt, mit ihrer sehr intimen und lebendigen Charakteristik Napoléons.«

22. 3. 1948

239 1] *an Suhrkamp:* An Peter Suhrkamp. P. P. 21. 3. 48, Reg. III, 48/154: »Bei dieser Gelegenheit noch etwas den ›Faustus‹ Betreffendes. Die sonderbare Neigung des Buches zur Wirklichkeits-Montage hat es mit sich gebracht, daß unter anderem der Name des verstorbenen Barons von Gleichen-Rußwurm nebst seinem skurrilen Fehlversuch mit der Maus offen darin vorkommt. Weder Bermann noch Sie [. . .] haben Bedenken dagegen erhoben, noch lassen die vorläufigen, an dem Buche mit Erregung teilnehmenden deutschen Besprechungen [. . .] sich etwas merken. Ich möchte aber doch fragen: Halten Sie es trotz der gerichtsnotorischen Wahrheit der Anekdote und obgleich der eigentümliche Memoiren-Charakter des Romans die Verwendung wirklicher Namen und Vorkommnisse gewissermaßen rechtfertigt, für möglich, daß wir [. . .] Unannehmlichkeiten zu befürchten haben, etwa eine Klage gewärtigen müssen? [. . .] Sollten Sie [. . .] zu der Befürchtung neigen, so müßten wir im letzten Augenblick die Sache ändern. Der Baron müßte dann etwa von Oppeln-Ohrwurm heißen und kein Schiller-Enkel, sondern ein unehelicher Nachkomme Goethes sein. Das wäre lächerlich, würde dem Buch schlecht anstehen und bei der Bekanntheit des Falles ganz auf dasselbe hinauslaufen. Nur als Not-Maßnahme, wenn die juristische Form es verlangen sollte, würde ich es in Vorschlag bringen.«

2] *ihrer Tochter:* Anna Mahler (1904–1988).

3] *der Abbé:* Georg Moenius (1890–1953); katholischer Geistlicher und Schriftsteller; ein Freund des Hauses Werfel.

4] *Marshalls Rede hier:* ›Address prepared for delivery to the Los Angeles branch of the University of California‹ mit der zentralen These: »The United States cannot stand aloof and see other free nations destroyed one by one.«

23. 3. 1948

240 1] *Palestine-Statement:* S. TB 21. 3. 48, Anm. 2.

2] *an Cohen von »Commentary«:* An Elliot E. Cohen, P. P. 26. 3. 48, Reg. III, 48/158: ein ironisch-böses Schreiben in Sachen Flint-Letter: »Privately and quite belated I want to express to you my regret about

the fact that you were obliged to publish the unpleasant and strangely hostile letter of Mr. Flint.«
3] *japanische Ausgabe von »Das Gesetz«: Jukkai,* Tokio 1948.

24. 3. 1948
1] *Übersetzung mit Namensratschlägen:* Bern, 19. 3. 48, im TMA, ›Materialien zum Erwählten‹. Von den Namen, von denen Singer glaubte, daß sie »für die eine oder andere Person passen könnten«, hat TM bei den männlichen Wiligis, Eisengrein und Gormund, bei den weiblichen Baduhenna und Sibylla unterstrichen. 240
2] *an die Herz:* An Ida Herz, P. P. 23. 3. 48, Reg. III, 48/156; Auszug in D. ü. D. III, 352.
3] *Mrs. Betje:* Nicht ermittelt.

25. 3. 1948
1] *Oxford University Nietzsche Society [...] will mich:* S. TM an A. G. Lee, P. P. 1. 4. 48; Reg. III, 48/171: »If you should be of the opinion that the critique of Nietzsche's philosophy expressed therein [i. e. in TMs Nietzsche-Arbeiten] does not disqualify me as a honorary president of an academic Nietzsche-Society, but that my sympathy for the pathetic tragedy of his life predominates, I will be very glad to accept the honor you offered me.« 241
2] *Vortrag von Prof. Dr. Konta:* Die Einladungskarte befindet sich im TMA.
3] *Prof. Dr. Konta:* Der 1938 in die Schweiz emigrierte österreichische Komponist und Musikwissenschaftler Robert Konta.
4] *an Dr. Feist:* Verschollen; s. Reg. IV, 582.
5] *In der Nation:* Howard Watson, ›Farben Nazis on Trial‹, ›The Nation‹, vol. 166, No. 12 v. 20. 3. 48, 321–323.
6] *Hinrichtung der [...] halfwits:* Die Exekution der in Nürnberg verurteilten Kriegsverbrecher. S. TB 16. 10. 46.

26. 3. 1948
1] *Süskind, der allerlei deutsche Kuriosität schickt:* Weder der Brief noch die Beilagen sind erhalten. 241
2] *Ausgabe von »Lotte«: Lotte in Weimar* war 1946 in einer Lizenzausgabe bei Suhrkamp erschienen; 1947 wurde das 7.–16., 1949 das 17.–26. Tausend ausgeliefert. Bei Bermann-Fischer in Stockholm er-

schien das Buch 1948 in einer leicht veränderten und gekürzten Auflage (18.–27. Tausend) innerhalb der Stockholmer Ausgabe.
3] *an Bruno Walter:* P. P. 26. 3. 48, Reg. III, 48/162; Br. III, 29.

27. 3. 1948

241 1] *Ein Scientist über ...:* Nicht ermittelt.
2] *an Frau Hardt:* Der Brief an Giulia Hardt, die Witwe des Schauspielers Ludwig Hardt, ist verschollen. S. Reg. IV, 582.
3] *[an] die Jacobson:* An Anna Jacobson, P. P. 27. 3. 48, Reg. III, 48/163.

28. 3. 1948

242 1] *an Reisiger:* An Hans Reisiger, P. P. 28. 3. 48, Reg. III, 48/165; Bl. TMG. 8, 1968, 21/22.
2] *seine »Maria Stuart«:* Hans Reisiger, ›Ein Kind befreit die Königin‹, Stuttgart 1939.

29. 3. 1948

242 1] *Brief über den »Nietzsche«:* Von Dr. Langfelder, Buenos Aires; s. TB 3. 4. 48.
2] *Der »Aufbau«:* S. TB 21. 3. 48, Anm. 2.
3] *Magnes' Klagen:* Der jüdische Politiker und Präsident der Universität Jerusalem, Judah Leon Magnes (1877–1948), Anwalt eines jüdisch-arabischen Einheitsstaates in Palästina, hatte sich, wie aus dem TB 30. 3. 48, Anm. 1 nachgewiesenen Brief TMs an ihn hervorgeht, offensichtlich bei Freda Kirchwey über inkorrektes Vorgehen der ›Nation‹ in Sachen Palästina-Resolution beklagt.
4] *Neue Lieferung der Übersetzung:* Wohl eine neue Sendung von Samuel Singer und Marga Bauer aus Bern.

30. 3. 1948

242 1] *an Magnes:* An J. L. Magnes, P. P. 1. 4. 48, Reg. III, 48/173. Der Text dieses Schreibens ist im Anhang, No. 34 abgedruckt.
2] *von Beneš:* Prag, 23. 3. 48; im TMA: »Deeply touched by your thought I thank you most cordially for your kind expressions of sympathy.«

31. 3. 1948

1] *Aid to Spane:* So im Manuskript. 243

2] *Hearing Wallace':* Ein spezielles Hearing ließ sich nicht ermitteln, aber die Wallace-Kampagnen gegen die Politik des Präsidenten blieben von seiten der Regierungs-Administration nicht unbeantwortet. So hatte Truman während einer Ansprache vor Griechisch-Amerikanern am 29. 3. 48 geäußert: »Wallace ought to go to the country he loves so well and help them against his own country if that is the way he feels.«

3] *von Beheim-Schwarzbach:* London, 15. 3. 48; im TMA. Beheim-Schwarzbach schickte seine Besprechung des *Doktor Faustus* (›,Höllisch Feuer unter dem Kessel'. Thomas Manns Roman vom Teufelspakt‹, ›Die Welt‹, Hamburg, 31. 1. 48) und schrieb im Begleitbrief: »Erlauben Sie mir, als einziges persönlich gehaltenes Wort, das zu sagen sich noch erübrigt, hinzuzufügen, daß ich Ihnen für diese ungeheure Bereicherung unseres deutschen Schrifttums mehr Dank weiß, als ich sagen kann.«

4] *Beheim-Schwarzbach:* Der Schriftsteller Martin Beheim-Schwarzbach (1900–1985) war 1939 von Hamburg nach London emigriert und kehrte 1948 zurück.

5] *Reproduktion von »L'inconnue«:* Die Reproduktion des Bildes von Roger van der Weyden ist im TMA erhalten.

6] *an Süskind:* Das Schreiben, P. P. 31. 3. 48 ist im Anhang No. 35, abgedruckt.

1. 4. 1948

1] *»Ulenspiegel«:* Charles de Coster (1827–1879), ›Tyll Ulenspiegel und Lamme Goedzak‹, deutsche Erstausgabe Jena 1909. 243

2] *neue Fassung der Translator's Note:* S. TB 9. 3. 48, Anm. 2.

3] *an Mrs. Lowe:* P. P. 1. 4. 48, Reg. III, 48/172. Der Text dieses Schreibens ist im Anhang No. 36 wiedergegeben.

4] *an Beheim-Schwarzbach:* An Martin Beheim-Schwarzbach, P. P. 1. 4. 48, Reg. III, 48/169.

5] *die Lieder von Britten:* S. TB 9. 3. 48, Anm. 5.

6] *»Mimesis« von E. Auerbach:* Erich Auerbach, ›Mimesis. Dargestellte Wirklichkeit in der abendländischen Literatur‹, Bern 1946. Das Buch ist in der Zürcher Bibliothek erhalten. Hans Wysling weist in seinem bereits mehrfach erwähnten Artikel, ›Thomas Manns Verhältnis zu den Quellen‹ (bes. 274–276) nach, in welcher Weise TM den Auerbach für die Kapitel VI und VII des *Erwählten* zu Rate zog.

7] *E. Auerbach:* Der deutsche Literarhistoriker Erich Auerbach (1892–1957), von 1930–35 Romanist der Universität Marburg, lehrte von 1936–1947 in Istambul, 1948–1950 am Pennsylvania State College und ab 1950 in Yale.

2. 4. 1948

244 1] *seine T. M.-Anthologie:* ›The Thomas Mann Reader‹, ed. Joseph Warner Angell, New York 1950. S. auch TB 24. 11. 46, Anm. 1.

2] *»Ironie und Radikalismus«:* GW XII, 568–589. Der Text wurde in Section IV der Angell-Anthologie aufgenommen. S. Bürgin IV, 513.

3. 4. 1948

244 1] *Russisch-alliierte Reibungen:* Spannungen, die schließlich zu der ernsten Berlin-Krise führten, in der die Westmächte die von den Russen eingeschlossene Stadt per Luftbrücke versorgen mußten.

2] *Wallace-Mann Isaac:* Nichts Näheres ermittelt.

3] *Erscheinen der »Neuen Studien«:* Die Lizenzausgabe der *Neuen Studien*, erweitert um *Deutschland und die Deutschen*, erschien im Juni 1948 mit der Widmung: »Dies kleine Buch, das in einem Jahr schmerzlich großen historischen Gedenkens erscheint, widme ich der Stadt Frankfurt am Main, in der der Geist der Paulskirche niemals erstarb und die ihn weiter in deutsche Zukunft tragen möge.«

4] *»Faustus«:* In der Lizenzausgabe des Suhrkamp-Verlags, 1.–7. Tausend, Frankfurt, 1947.

5] *an Dr. Langfelder:* P. P. 5. 4. 48, Reg. III, 48/175: Dank für den TB 29. 3. 48 erwähnten Brief über *Nietzsche's Philosophie im Lichte unserer Erfahrung*.

6] *Dr. Langfelder:* Nichts Näheres ermittelt.

5. 4. 1948

245 1] *Buch [. . .] gegen Roosevelt:* Charles Austin Beard, ›President Roosevelt and the Coming of the War 1941. A Study in Appearences and Realities‹, Yale University Press 1948.

2] *Ermordung zahlreicher kommunistischer Führer:* Die Quelle dieser Aufzeichnung ließ sich nicht finden. Die von TM im Nachsatz erwähnten Truppenparaden hingegen, an denen über 25 000 wohl-

ausgerüstete Soldaten teilnahmen, verfolgten offenbar den Zweck, die italienischen Wähler von der Notwendigkeit zu überzeugen, bei den bevorstehenden Wahlen antikommunistisch zu votieren.
3] *Hilfsbilder zum Gregorius:* Einige dieser visuellen Hilfen sind in dem Band ›Bild und Text bei Thomas Mann. Eine Dokumentation herausgegeben von Hans Wysling unter Mitarbeit von Yvonne Schmidlin‹, Bern 1975, 406–427, zusammengestellt.
4] *Brief Fridos:* o. O. 3. 4. 48; im TMA.

6. 4. 1948
1] *Möglichkeit einer Zauberberg-Dramatisierung:* S. TB 24. 2. 48. 245
2] *Dschungel-Bildes:* Wohl das TB 10. 1. 48 erwähnte Bild des Malers Wiedemann.

7. 4. 1948
1] *von Brantl das Nietzsche-Portrait von Olden:* Zusammenhang 245
nicht geklärt. Im TMA befindet sich weder ein von Olden gemaltes noch ein von Olden verfaßtes literarisches Nietzsche-Porträt.

8. 4. 1948
1] *an Frl. Dr. Bauer:* An Marga Bauer-Noeggerath, P. P. 8. 4. 48, 246
Reg. III, 48/179; Auszug in D. ü. D. III, 353.
2] *an Dial Press:* an George W. Joel, P. P. 7. 4. 48, Reg. III, 48/178.
3] *An den P.E.N. Club:* An Jane Hudson, P. P. 13. 4. 48, Reg. III, 48/188.
4] *An Suhrkamp:* An Peter Suhrkamp, P. P. 17. 4. 48, Reg. III, 48/196.
5] *an Frido:* Verschollen; s. Reg. IV, 582.
6] *The Musical Alphabet:* Nicht ermittelt.

9. 4. 1948
1] *Einladung nach Oxford:* Nicht erhalten. Zu der Hauptmann- 246
Nachfolge vgl. TMs Bericht über die »Oxford invitation to speak there about Goethe« in dem Schreiben an Roger Senhouse, 18. 4. 48, Reg. III, 48/199: »It is the so called Taylorian lecture, and at the same time I was invited to become the honorary president of an Undergraduate German Literary Society. This post was held during the last twenty years by Gerhart Hauptmann.«
2] *In Kafkas Tagebüchern, englisch:* TM hatte die Fahnen der von 247

Max Brod edierten Ausgabe ›Franz Kafka. Diaries‹, New York 1948/49 von Theodore Schocken am 18. 2. 48 zugeschickt bekommen. Vgl. TB 27. 2. 48, Anm. 6.

3] *[von] Secker:* Von Roger Senhouse, London, 24. 3. 48; im TMA.

10. 4. 1948

247 1] *Aufruhr in Colombia:* Nach der Ermordung des kolumbianischen Politikers Jorge Eliecer Gaitán war es in mehreren Städten Kolumbiens zu Aufständen und Plünderungen gekommen, die sich sehr schnell zu einem landesweiten Aufruhr ausweiteten.

2] *Aufsatz über den Miniaturmaler:* Ernst Scheyer, ›Joseph Rabe, der Maler Goethes‹, ›The Germanic Review‹, vol. 22, No. 7, Dec. 1947, 243–269.

3] *Das unsymphatische Portrait:* Dem Aufsatz ist eine Reproduktion des Rabeschen Goethe-Ölbildnisses von 1814 aus dem Kölner Wallraf-Richartz-Museum beigegeben mitsamt zwei Urteilen des Abgebildeten, die TMs Eindruck vielleicht präzisieren können: Goethe an Sulpiz Boisserée, 7. 6. 1824: »Was mein Portrait betrifft, so darf man mit der Nachbildung nicht rechten, da man beim Original manches zu wünschen hätte«, und, drei Jahre später, 15. 1. 27: »Das Portrait ist trefflich gearbeitet, wenn der Herr nur nicht so spitzfindig aussähe.« S. auch TMs Antwort an Ernst Scheyer, P. P. 13. 4. 48, Reg. III, 48/189: »Es ist unglaublich, wie die Goethe-Sphäre mich immer wieder fasziniert und einnimmt, sobald ich damit in Berührung komme – und die Berührung ist eigentlich permanent. Ich habe den Alten auf dem Strich, liebe und bewundere ihn grenzenlos und kenne eine Erheiterung über seinen naiven Egoismus und seine Diplomatie, der keine andere gleichkommt. Raabe's Portrait war mir bekannt, aber ich habe es bei dieser Gelegenheit mit neuen Augen angesehen. Sehr, sehr merkwürdig! Wie wandlungs- und aspektreich, ja mystifizierend muß dies Gesicht gewesen sein, wechselnd nicht nur im Lauf der Jahre, sondern jeden Tag! Hier ist er Antonio weit mehr als Tasso, mit einem touch von Mephistopheles dazu. Von Faust nichts, oder gar von Werther. Wie muß er die Menschen verwirrt haben, obgleich er fand, man müsse sie ›befriedigen‹. Nun, er ist ja auch wieder im höchsten Grade befriedigend. // Was hätte er wohl zu meinem Faustus gemeint? Lazarett-Poesie? Vielleicht. Aber das bis ins Langweilige hinein Aufregende hätte ihn doch interessiert.« (Kopie im TMA)

4] *Lehres Lokal:* So – wiederholt – im Manuskript.
5] *Dekokt:* Absud, in erster Linie von Arzneimitteln.

11. 4. 1948

1] *Bomben auf Vorstädte von Jerusalem:* Die Araber hatten am 10. April das jüdische Jerusalem mit schwerem Artilleriefeuer belegt. Daraufhin plädierten die religiösen Führer beider Seiten nachdrücklich für wirksamen Schutz der heiligen Stätten der Stadt und ihrer Umgebung. *247*

2] *an den »Kindern«:* Am III. Kapitel des *Erwählten,* GW VII, 20–32.

3] *»Silberboot«:* ›Das Silberboot‹, Zeitschrift für Literatur, Herausgegeben von Ernst Schönwiese, Verlag ›Das Silberboot‹, Salzburg.

4] *Briefe Hofmannsthals:* Hugo von Hofmannsthal, ›Briefe an Rudolf Alexander Schröder‹, ›Das Silberboot‹, Salzburg, Jg. 4, 1948, H. 1, 15–20.

5] *eine Lanze für mich gebrochen haben:* Der christlich-humanistischer Tradition verpflichtete deutsche Schriftsteller Rudolf Alexander Schröder (1878–1962) hatte 1935 mit einem Beitrag für die Festausgabe der ›Neuen Rundschau‹ Thomas Manns ›zum 60. Geburtstag‹ gedacht.

6] *Jack Benny:* S. TB 8. 2. 48, Anm. 2.

12. 4. 1948

1] *Verhaftung eines »russischen Spions«:* Die kolumbianische Armee meldete am 11. April die Verhaftung von zwei sowjetischen Agenten, woraufhin Radio Bogotá unverzüglich den Abbruch der diplomatischen Beziehung zur Sowjetunion ankündigte und der amerikanische Außenminister auf der in Bogotá tagenden 9. panamerikanischen Konferenz die Aufstände der zurückliegenden Tage als einen – den Streik-Provokationen in Frankreich und Italien vergleichbaren – kommunistisch gelenkten Versuch interpretierte, das Treffen zu vereiteln. *248*

2] *L. Lewison schreibt:* Der Brief von Ludwig Lewisohn ist nicht erhalten. S. jedoch TMs Verteidigung in dem Antwortbrief P. P. 19. 4. 48, Reg. III, 48/203: »Breisacher ist der jüdische Faschist wie er im Buche steht, der jüdische Diener der faschistischen Epoche, wie Leben und Literatur ihn mir oft genug gezeigt haben. Vieles, was er sagte, steht in Goldbergs ›Wirklichkeit der Hebräer‹. Kennen Sie es?

Lieben Sie es? Oder haben einen Widerwillen gegen seinen snobisch-boshaften Humanismus? // Fitelberg ist mir viel, viel lieber, ein gescheites, treuherziges Weltkind, unter den Verführerfiguren des Buches die liebenswürdigste. Sein verfehlter Versuch, das in krankem Hochmut einsame Deutschtum in die ›Welt‹ zu entführen, erscheint mir von wirklicher höherer Komik.« (zitiert nach D. ü. D. III, 158).
3] *Alt-französische Anmerkungen:* S. TM an Samuel Singer, P. P. 13. 4. 48, Reg. III, 48/190; D. ü. D. III, 353/354: »Ich brauche ein paar Brocken eines *älteren Französisch,* gelegentlich einzuflechten in meine Erzählung; ich meine kein zu altes, etwa aus der Zeit Chrétien de Troyes.«

13. 4. 1948

248 1] *Verhaftung:* S. TB 12. 4. 48, Anm. 1.
2] *Colly:* So – häufig – im Manuskript.
3] *Brief an Singer:* S. TB 12. 4. 48, Anm. 3.
4] *An Prof. Speyer:* An Ernst Scheyer; s. TB 10. 4. 48, Anm. 3.
5] *Buch über die Verbrechen der deutschen Ärzte:* S. TB 3. 12. 48, Anm. 1.

249 6] *Geschwisterszene:* TM besaß die Gesamtaufnahme vom ersten Akt der ›Walküre‹ aus dem Jahr 1935 mit Lotte Lehmann, Lauritz Melchior, Emanuel List und den Wiener Philharmonikern unter Bruno Walter.

14. 4. 1948

249 1] *Fortsetzung der Konferenz:* Die 9. panamerikanische Konferenz in Bogotá wurde nach den innenpolitischen Unruhen (s. TB 10. 4. 48, Anm. 1), in deren Verlauf auch Konferenz-Akten verbrannt und am Tagungsgebäude erhebliche Zerstörungen angerichtet worden waren, am 9. April zunächst unterbrochen, am 13. April jedoch wieder fortgesetzt.
2] *»Ost und West«:* Die von 1947–1949 von Alfred Kantorowicz in Berlin herausgegebene gesamtdeutsche Zeitschrift.
3] *Der Amsterdamer »Centaur«:* Thomas Mann, ›Hermann Hesse‹, ›Centaur‹, Revue internationale des arts et des sciences, Jahrbuch 1947/48, Amsterdam, 33–36.

15. 4. 1948

1] *»Lebe frisch in neuen Dingen«:* S. TB 11. 3. 1943: »Gestern nachmittag im Dunkeln dichtete ich mir folgende Verse: Warum lähmst du deine Schwingen,/ Quälest dich mit alter Scham?/ Lebe frisch in neuen Dingen/ Und vergiß den toten Kram!« 249

2] *»Vertreibe Eulen und Fledermäuse«:* Quelle nicht ermittelt.

3] *Brief des alten Singer:* Bern, 8. 4. 48; im TMA.

4] *Gentleman's Agreement:* Die Geschichte eines nichtjüdischen Journalisten, der sich aus beruflichen Gründen entschließt, eine Zeitlang als Jude zu leben und nun alle Vorurteile seiner Landsleute gegen die Juden kennenlernt. Ihn dünkt, als bestünde ein ›gentleman's agreement‹ zwischen gewissen Nicht-Juden mit der Vereinbarung, Juden als Menschen zu behandeln, die man von den eigenen Lebenskreisen ausschließen müsse: So der ›Aufbau‹, vol. XIII, No. 15 v. 4. 4. 1947, 22 über den 1947 gedrehten Film von Elia Kazan.

5] *Artikel von Schuh:* Willi Schuh, ›Oliver Messiaens ‚Quatuor'‹, NZZ 14. 12. 1947, Blatt 3 mit einer Beschreibung des Werks, die in der Tat an Leverkühn erinnert. Die wörtliche Evokation des TMschen Musikers steht in folgendem Zusammenhang: »[...] Nicht minder bezeichnend, daß Messiaen dem Mystizismus [...] [seiner Partitur] eine ‚Kleine Theorie seiner rhythmischen Tonsprache' nachschickt, – gleichsam einen Auszug seiner zweibändigen ‚Technique de mon language musical', deren Rationalismus in einem merkwürdigen Kontrast zu all dem steht, was man erwarten könnte, wenn Messiaen seine Neigung für ›une musique chatoyante, raffinée, voluptueuse même (mais pas sensuelle), une musique qui exprime la fin du temps, l'ubiquité, les corps glorieux, les mystères divins et surnaturels‹ bekennt und erklärt, daß ihm so etwas wie eine ‚art et ciel-théologique' vorschwebe. Aber wer sich an die imaginare Musik einer anderen ‚Apocalipsis' erinnert, den wird dieser scheinbare Widerspruch nicht so sehr in Erstaunen setzen, denn auch dort geht es um eine Verbindung von Vernunft und Magie, um die ›zum Geheimnis erhobene Berechnung‹, um musikalische Theologie und Zahlenzauber, Überintellektualismus und Barbarismus in einem – und selbst der 'antihumanen Dämonie der Glissandi' ist Messiaen im 7. Satz verfallen!«

6] *von Frido:* April 1948; im TMA. 250

16. 4. 1948

250 1] *Bilder vom zerstörten Lübeck:* Die Bilder des Photographen Theo Scheerer (1911–1961) befinden sich im TMA.

2] *von F. Strich:* Das Schreiben von Fritz Strich, Bern, 8. 4. 48 über den *Doktor Faustus* befindet sich – von TM als »Faustus-Brief« markiert – im TMA.

3] *Frau Fritz Busch:* Grete Busch, geb. Boettcher (1886–1966).

4] *Met:* Die Metropolitan Opera in New York.

5] *»Tristan und Isolde« von Herz übersetzt:* Die alte Ausgabe: Gottfried von Straßburg, ›Tristan und Isolde. Neu übersetzt und nach den altfranzösischen Tristanfragmenten des Trouvère Thomas ergänzt von Wilhelm Hertz‹, Stuttgart 1877, ist in der Zürcher Bibliothek erhalten.

6] *»Tausendjähriger Rosenstrauch«:* ›Der Tausendjährige Rosenstrauch. Deutsche Gedichte aus 1000 Jahren‹, Wien 1938. Die Anthologie »aus dem obersten Fach« von TMs Bibliothek befindet sich nicht mehr unter den in Zürich aufgestellten Büchern.

17. 4. 1948

250 1] *Sendung von Fiedler an Golo:* S. TM an Kuno Fiedler, P. P. 19. 5. 48: »Ihre Sendung an Golo habe ich ihm seinerzeit übergeben.« Der Kontext legt nahe, daß es sich um Kritiken über Golo Manns Gentz-Biographie handelte.

2] *Kleine Zeitschrift [...] mit vorwurfsvollem Artikel:* A[line] V[alangin], ›Kritik des Werkes‹, ›Unsere Meinung‹, Zürich, Jg. 1, No. 2 v. März 1948, 2/3: Die Verfasserin kritisiert, daß sich TM »erlaubt [...], die Zwölftonmusik als große Kostbarkeit in sein Werk einzubeziehen, um es dadurch zu beleben und zu aktualisieren«, ohne die eigentlichen Erfinder dieser Technik, Arnold Schönberg und Josef Mathias Hauer zu nennen: »Wenn es wohl aus künstlerischen Gründen unmöglich war, die Namen der wirklichen Erschaffer im ›Doktor Faustus‹ anzugeben, so wäre Thomas Mann doch das Mittel einer außertextlichen Notiz geblieben, um den Ruhm zu Füßen derer zu legen, denen er gebührt.«

3] *Verlust seiner Wohnung:* Vgl. Lion Feuchtwanger an Arnold Zweig, Pacific Palisades, 13. 4. 48: »Heinrich Mann ist gerade siebenundsiebzig geworden. Er ist ungewöhnlich frisch und hat einen Roman vollendet, der mir vom künstlerischen Standpunkt aus besonders geglückt erscheint, aber wahrscheinlich nicht sehr leicht durchzusetzen sein wird. Immerhin sind da Hoffnungen. Wirtschaftlich geht es ihm nicht sehr gut. Überdies ist ihm jetzt die Wohnung gekündigt worden, die er seit etwa sieben Jahren innehatte. Das ist zur Zeit in Los Angeles ein Problem, das viel Kopfzerbrechen macht.« (Lion Feuchtwanger/Arnold Zweig, ›Briefwechsel 1933–1958‹, Band 1, Fischer Taschenbuch No. 1980, Frankfurt 1980, 502/503).

4] *»Orpheus«:* Vermutlich ist die Oper ›Orpheus und Euridike‹ von Christoph Willibald Gluck (1714–1787) gemeint.

5] *»Louise«:* Die 1900 in Paris uraufgeführte Oper von Gustave Charpentier (1860–1956).

18. 4. 1948

1] *an Humm:* s. TB 19. 4. 48, Anm. 1. 251

2] *Gumperts kleiner Roman:* Vermutlich Martin Gumpert, ›Der Geburtstag‹, Amsterdam 1948.

19. 4. 1948

1] *an Humm:* An Rudolf Jakob Humm, P. P. 19. 4. 48, Reg. III, 48/202: »Zu dem Artikel ›Kritik des Werkes‹ möchte ich nur Eines sagen. Als Appell an meine Loyalität kommt er zu spät. Der Musik von jeher nahe wohnend, habe ich tatsächlich in der Vorstellung gelebt, es sei ein Element allgemeinster abendländischer Bildung, zu wissen, wer in der Welt der Wirklichkeit der Urheber des als 12 Ton- oder Reihentechnik bekannten Kompositionsstils ist. Das hat sich als Irrtum erwiesen, und Arnold Schönberg und ich sind längst übereingekommen, daß es, um Mißverständnisse zu vermeiden, notwendig sein wird, allen Übersetzungen [. . .] und bald auch der Stockholmer Ausgabe eine Nachbemerkung mitzugeben, die das wirkliche geistige Eigentum klarstellt. [. . .] Glauben Sie es oder nicht, es gibt Leute, die, von soviel biographischem Aufwand verblendet, Leben und Leiden Adrian Leverkühns für wahr halten und die sofortige Aufführung der Werke fordern, mit denen ich, Ihrem Mitarbeiter zufolge, die 12 Ton-Musik ›verunglimpft‹ haben soll.« (Zitiert nach ›Thomas Mann erwidert‹, ›Unsere Meinung‹, Zürich, Jg. 1 No. 3, Mai 1948). 251

2] *[über ein Buch] von Kafka:* Wohl: An Theodore Schocken, P. P. 23, 4. 48, Reg. III, 48/217 über Franz Kafka, ›Diaries‹.

3] *[über ein Buch] von Guérard:* An den Verlag Norton & Co., New

York, P. P. 23. 4. 48, Reg. III, 48/214: über Albert Guérards Buch ›Personal Equation‹, New York 1948.

4] *Prof. Guérard:* Der Professor für englische Literatur an der University of Stanford, Kalifornien, Albert Léon Guérard (1880–1959).

5] *[über ein Buch] von Wallace:* An Miss Sullivan, Harcourt, Brace & Co, New York, P. P. 23. 4. 48, Reg. III, 47/216, über Henry Wallace ›Toward World Peace‹, New York 1948: »The book does not need praise. It speaks for itself because it speaks the truth. During the present avalanche of nonsense it is a blessing and a joy to hear the voice of reason and prudence. I find soundest understanding of what is real and necessary. Above all, the book expresses the author's solicitous love of his country, – his country and ours, which is in danger of blindly ruining itself, be it in a cold or hot war, if it does not heed the warnings of one its best and truest sons.«

6] *[von] Trebitsch:* Von Siegfried Trebitsch, Zürich, 26. 3. 48; im TMA.

7] *[von] Faesi:* Champfer, 7. 3. 48, Muzzano bei Lugano, 26. 3. 48; TM/RF 80–84.

8] *Neue Fassung:* Der Brief nebst Beilage befindet sich nicht mehr im TMA. Zur Sache s. TB 9. 3. 48, Anm. 2 und TB 1. 4. 48, Text.

20. 4. 1948

251 1] *Dirigent Stidry:* Fritz Stiedry (1883–1968), von 1928 bis 1933 erster Dirigent an der Städtischen Oper Berlin, leitete von 1933–1937 die Leningrader Philharmoniker, ehe er, 1938, in die USA ging, wo er von 1946 bis 1958 in New York an der Metropolitan Opera wirkte.

252 2] *an Faesi:* an Robert Faesi, P. P. 19. 4. 48, Reg. III, 48/201; TM/RF 84/85.

21. 4. 1948

252 1] *Arbeiter-Führer Reuther:* Der als Kommunistenfeind bekannte Präsident der Gewerkschaft für die in der Automobilindustrie beschäftigten Arbeiter, der 40jährige Walter Reuther, war am 20. 4. 48 durch das Küchenfenster seiner Wohnung angeschossen und verwundet worden.

2] *Gasparri über die »politische Reife«:* Der italienische Ministerpräsident und Führer der siegreichen Christdemokraten, Alcide De Gasperi hatte in seiner Rede nach den Wahlen betont, das italienische

Volk habe in freier Entscheidung gegen die Kommunisten votiert. Es sei weder reaktionär noch in Gefahr, sich auf die Seite der äußersten Rechten zu stellen.
3] *Winterreise:* TM besaß von Franz Schuberts Liederzyklus D. V. 911 eine Gesamtaufnahme aus dem Jahre 1933 mit Gerhard Hüsch und Hans Udo Müller.

22. 4. 1948
1] *Faustus-Artikel aus Svenska Dagbladet:* Karl Ragna Gierow, ›Thomas Manns övermänniska‹, ›Svenska Dagbladet‹, Stockholm, 12. 4. 1948. Vgl. TM an Ida Herz, P. P. 30. 5. 48, Reg. III, 48/292: »Was ich von schwedischen Besprechungen in deutscher Übersetzung sah, war im ganzen viel wärmer als der Bericht unserer guten Hamburger [s. TB 10. 12. 47, Anm. 2]. Besonders Svenska Dagbladet zeichnete sich aus, und der Chefredakteur, von dem der Artikel stammt, schrieb mir noch persönlich, nach seiner Meinung sei dies Buch der Gipfel meines Lebenswerkes ›und also‹ der Gipfel der gegenwärtigen Literatur überhaupt. Dies ›also‹ ist ja ein bißchen kühn . . .« *252*
2] *Abhandung [. . .] von Hanns Fischer:* Hanns Fischer, ›Rede über Thomas Mann's Faustroman. An die Gebildeten unter seinen Verächtern‹; ein Typoskript dieser vermutlich unveröffentlichten Arbeit befindet sich im TMA.
3] *Hanns Fischer:* Der deutsche Journalist Hanns Fischer (geb. 1900) emigrierte und lebte als Journalist und Übersetzer in Chicago.
4] *an Maaß:* An Joachim Maass, P. P. 22. 4. 48, Reg. III, 48/209.
5] *[an] Matthias:* Der Brief an den Soziologen und Politikwissenschaftler Leo (ab 1936 Leon Lawrence) Matthias (1893–1970) gilt als verschollen; s. Reg. IV, 582.

23. 4. 1948
1] *zionistische Miliz . . .:* Am 22. 4. 48 eroberten Kommandos der Haganah in einem Handstreich die palästinensische Hafenstadt, besetzten die Schlüsselpositionen und brachen den arabischen Widerstand. Die Araber sprachen von einem »Massacre«, eine Darstellung, der der britische Hochkommissar entschieden widersprach. Auf jeden Fall aber setzte ein Massenexodus der Araber aus der besetzten Stadt ein. Offizielle Stellen sprachen von 20 000 bis 40 000 Flüchtlingen. *252*
2] *Artikel:* Robert Peacock, ›Thomas Mann and His Faust‹, ›Manche-

ster Guardian Weekly‹, 15. 4. 1948, 10: Eine Doppelbesprechung über den *Doktor Faustus* und Neiders Anthologie.

3] *Antworten vom alten Singer:* Bern, 20. 4. 48. Das Schreiben, in dem Singer altfranzösische Redewendungen mitteilt und TM erklärt, was sprachlich mit ihnen zu machen wäre, befindet sich bei den ›Materialien zum *Erwählten*‹ im TMA.

253 4] *Neue Fragen gestellt:* An Samuel Singer, P. P., 27. 4. 48, Reg. III, 48/223; D. ü. D. III, 354/355.

5] *Mrs. Kapelle und ihr Gatte:* Nicht ermittelt.

24. 4. 1948

253 1] *Bildbericht:* Auch die NYT vom 24. 4. 48 (6:2,3) brachte einen bebilderten Korrespondentenbericht: »In a scene of solemn pageantry in St. George's Chapel, King George VI presided today over a service commemorating the 600th anniversary of the founding of Britain's highest order of chivalry – The Most Nobel Order of the Garter. [. . .] Under a bright sun that sent flickering shadows across the battlements of Windsor Castle and glinted from the swords of the cavalry lining the route, the King and Queen Elizabeth, preceded by scarlet-clad heralds and twenty Garter Knights walked slowly down from the royal chambers through the castle close to the chapel. There, after hymns and prayers the ceremonial began, when the King, in a ringing voice, called out: ›It is our pleasure that Her Royal Highness Princess Elizabeth, Duchess of Edinburgh be installed‹// Her face pale and solemn against the dark blue velvet of her Garter robe, Princess Elizabeth walked slowly to her stall over which hung her royal banner. Next to her, also in Garter robe, sat her grandmother, Queen Mary.// Again the King's voice echoed through the stillness of the crowded chapel and this time the Duke of Edinburgh, his naval uniform partly hidden by his robe, walked slowly to his place.// [. . .]// As the scarlet dark blue and gold of the great ones of the land disappeared through the massive doors of Windsor Castle, the lesser ones in workday clothes – their faces aglow from the pleasure of witnessing the ›royal show‹ – filtred back into the bustle of reality.«

2] *an Preetorius:* An Emil Preetorius, P. P. 24. 4. 48, Reg. III, 48/219; Br. III, 30/31 (unvollst.); ein Absatz mehr in den Auszügen D. ü. D. III, 158/159.

3] *der kleine Bartok:* Arthur Bardoš, s. TB 7. 12. 46, Anm. 2.

25. 4. 1948
1] an *Preetorius:* P. P. 24. 4. 48, Reg. III, 48/219; Br. III, 30/31 (fragm.) 253
2 *an [. . .] Hanns Fischer:* P. P. 25. 4. 48, Reg. III, 48/220; D. ü. D. III, 160/161 (Auszug).

26. 4. 1948
1] *Frau Eulenberg:* Die Übersetzerin Hedda Eulenberg, Frau von Herbert Eulenberg. 253
2] *Vikko [. . .] schreibt:* München, 16. 3. 48; im TMA: Ein Brief in Sachen Plattenwünsche, die TM dem Bruder gegenüber geäußert hatte, und die Viktor Mann durch die Überspielung alter, bei »Radio München« lagernder Bänder erfüllen wollte, wenn der Bruder ihm »Folien (Rohplatten)« (»Die passende Größe ist 10 inches«) schickte. Außerdem lägen beim Südverlag in Konstanz »die von Dir gewünschten Gesangsplatten« bereit und würden bei der nächsten sich bietenden Transportmöglichkeit nach Pacific Palisades weitergeleitet. Auch andere einflußreiche Freunde seien gebeten, bei der Beschaffung guter Gesangsplatten zu helfen.
3] *Besprechung:* Wolfgang Schneditz, ›Thomas Mann und Faust‹, ›Salzburger Nachrichten‹, 2. 3. 1948.
4] *von Antiquar Rosenthal:* Das Schreiben von Erwin Rosenthal, ›Rare Books, Manuscripts‹, Berkeley/Calif. ist nicht erhalten. Dagegen befindet sich im TMA ein Rosenthal-Brief vom 13. 7. 48, in dem es gleichfalls um Fragen der Überlassung von Manuskripten zum Zwecke der Versteigerung geht. S. dazu TB 18. 11. 48, Text und Anm. 1. 254
5] *im »Aufbau«:* Wolfgang Bretholz, ›Die Wahrheit über die Tschechoslowakei‹, Folge 3: ›Schulbeispiel eines politischen Fehlers‹, ›Aufbau‹, vol. XIV, No. 17 v. 23. 4. 48, 5.

27. 4. 1948
1] *Religiöser Aufsatz über Faustus:* Baruch Kurzweil, ›Doktor Faustus‹, ›Ha-aretz‹, Tel Aviv, 26. 3. 1948. 254
2] *von der Fürstin:* Der Brief von Agnes E. Meyer, »Unterwegs«, 23. 4. 48, befindet sich in der Library Beinecke, Yale University.
3] *an Strich:* An Fritz Strich, P. P. 26. 4. 48, Reg. III, 48/221; D. ü. D. III, 161 (Auszug).
4] *englisch-deutscher Brief:* Das Schreiben des 1934 nach England

emigrierten deutschen Lyrikers und Literarhistorikers Erich Meissner (1895–1965), Gordonstoun, o. D., befindet sich im TMA.
5] *Gedichtbuch:* Wohl der 1948 als Privatdruck erschienene Band ›Mensch im Gefels‹.
6] *Photographie einer Malerei:* Die Beilage ist nicht erhalten.

28. 4. 1948
254 1] *(Schwertleite):* Gegen Ende des III. Kapitels, GW VII, 30/31.
2] *an einen Sprachpuristen:* Nicht ermittelt; nach Reg. IV, 583 verschollen.

29. 4. 1948
255 1] *jüdischer Vormarsch auf Jaffa:* Zionistische Verbände hatten nach tagelangem schweren Beschuß am 29. 4. 48 die größte arabische Siedlung in Palästina, die Stadt Jaffa südlich von Tel Aviv, eingeschlossen.
2] *panic stricken:* So im Manuskript.
3] *Russische Kompromiß-Vorschläge:* Eine diese Eintragung bestätigende Meldung ließ sich nirgendwo ermitteln.
4] *Lend lease:* Leih- und Pachtsystem; im politischen Sprachgebrauch die Überlassung von Gelände zu militärischen Zwecken gegen anderweitige Hilfsleistungen.
5] *Ende des 2. Kapitels:* Die ursprüngliche Kapitelzählung ist nicht immer mit der im Manuskript und in GW VII identisch. Die Kapitelüberschriften sind von TM – das ist deutlich zu erkennen – erst mit Bleistift in die endgültige Handschrift eingetragen.
6] *Dorothy Thompson plädiert:* Nicht ermittelt.
7] *an die Fürstin:* An Agnes E. Meyer. P. P. 28. 4. 48, Reg. III, 48/224; D. ü. D. III, 161/162 und 355 (Auszüge): »Wie sollte man's heutzutage nicht im Gebälk knistern hören? Es ist auch wahr: Wie in dem Roman die Musik nur Vordergrund und Paradigma ist für die Situation der Kunst und Kultur überhaupt, so ist auch mit dem ewigen ›Das Ende kommt, es kommt das Ende‹ nicht gerade nur Deutschland gemeint. Mir ist selbst oft angst, daß, wie der ›Tod in Venedig‹ 1913 an seinem rechten, fatalen Platz stand, so auch dies Buch in seiner Tiefe von Kommendem mehr weiß, als sein Verfasser zu wissen sich getraut. Aber ich könnte mir schwer verzeihen, wenn mein Lübecker Totentanz Sie tapfere Frau zu verwirren, zu deprimieren und Sie im Glauben an den Wert Ihrer Aktivität zu erschüttern vermöchte. Dies

um so viel mehr noch, als ich Ihre Sorge teile um dies Land hier, das meiner Überzeugung nach auf falschen Wegen wandelt und Gefahr läuft, sich moralisch und physisch zu ruinieren. Es wäre so unendlich schade darum!«

30. 4. 1948

1] *Telegramm des Bischofs von Utah:* Telegramm und Antwort sind nicht erhalten. Es ist jedoch anzunehmen, daß mit dem Bischof von Utah jener Bishop von Salt Lake City, Arthur Wheelock Moulton (1890–1973), gemeint ist, der schon die TB 11. 10. 47 erwähnte Eingabe an den Congress in Sachen Gerhart Eisler mitunterzeichnete. 255

2] *Zürcher Ehrenbuch:* Zur Sache s. TB 23. 1. 48. Das auch TMs Beitrag enthaltende Buch ›Willem de Boer, 40 Jahre Konzertmeister des Tonhalle-Orchesters Zürich. 1908–1948‹, war Anfang 1948 in Zürich erschienen.

3] *von Appelbaum:* Der Brief des Pianisten Kurt Appelbaum (geb. 1904), 241 West Street, [New York], 28. 4. 48, ist im TMA erhalten.

4] *an Dichter-Mahler Meißner:* S. TB 27. 4. 48, Anm. 4. Der Brief ist verschollen. S. Reg. IV, 583.

5] *In W. Herz' Kommentaren:* S. TB 16. 4. 48, Anm. 5.

1. 5. 1948

1] *Generalstabsberatungen:* Nicht ermittelt. Die erste große inoffizielle Europa-Konferenz mit über 700 Delegierten aus 21 Staaten wurde am 7. 5. 48 mit einer Rede Winston Churchills in Den Haag eröffnet. In der Woche zuvor hatten in Brüssel erste Verhandlungen über eine europäische Wirtschafts- und Währungsgemeinschaft stattgefunden. 255

2] *Verbesserungen:* Im Manuskript ist erkennbar, daß S. 16 neu geschrieben wurde; S. 21 (GW VII – S. 26) weist starke Korrekturen auf. 256

3] *Den dritten Abschnitt begonnen:* Es kann sich nur um das spätere Kapitel IV: ›Die schlimmen Kinder‹ (GW VII, 32–39) handeln.

2. 5. 1948

1] *Ermordung:* Der griechische Justizminister Christos Ladas war am 1. 5. 48 einem Handgranaten-Attentat kommunistischer Guerrilleros zum Opfer gefallen. 256

2] *Döblin [. . .] mag nicht richtigstellen:* In der Zeitschriftenschau des ›Goldenen Tor‹, Jg. 1, H. 3, Dezember 1946, 299, hatte Alfred Döblin

Hefte des Berliner ›Aufbau‹ vorgestellt und dabei »eine Rede Bechers« erwähnt, »in der er ein gewisses Wort von Goethe (auszugsweise) zitiert (Goethe zu Fr. Wilhelm Riemer)«, das er, Döblin, als besonders ›passend‹ im folgenden Text abdruckte. Was Döblin und Becher entgangen war: es handelte sich bei diesem Zitat um das bereits mehrfach Goethe zugeschriebene Diktum aus TMs *Lotte in Weimar*. – Dieser Becher-Döblinsche Irrtum wurde wenig später unter Verweis auf die ganze Geschichte der Mystifikation (s. TB 16. 1. 47, Anm. 10) durch Hans H. Bockwitz ›Ein Goethegespräch‹, im ›Zwiebelfisch‹, 25. Jg. H. 7, 14/15, richtiggestellt. Auch Alfred Döblin korrigierte – was TM offenbar entgangen war – unter Verweis auf die bisherige Diskussion die Fehlinformation in seiner Zeitschrift Jg. 2, 1947, H. 8/9, 861: »Es handelt sich [. . .] um einen Wortlaut aus dem Roman ›Lotte in Weimar‹ von Thomas Mann.«

3] *Erika beabsichtigt:* S. TB 3. 5. 48, Anm. 4.

4] *Nietzsche-Buch:* Otto Flake, ›Nietzsche, Rückblick auf seine Philosophie‹, Baden-Baden 1946. Zu TMs Urteil vgl. den Brief an Oscar Schmitt-Halin, P. P. 3. 5. 48, Reg. III, 48/237; Br. III, 31/32: »Das Buch ist ohne Liebe, Bewunderung und Erbarmen, auch ohne jeden Sinn für den mythischen Zauber dieses Lebensschauspiels.«

3. 5. 1948

256 1] *an den »Schlimmen Kindern«:* Dem späteren IV. Kapitel des *Erwählten*, GW VII, 32–39.

2] *italienische Artikel:* U. a. David Sante, ›L'Italia nell'opera di Thomas Mann‹, ›Giornale dell'Emilia‹, Bologna, 11. 4. 48.

3] *Abhandlung über den Zbg.:* Ein Typoskript des 1948 in Leipzig vervielfältigten Vortrags von Martin Greiner befindet sich im TMA. Vgl. TMs Antwort an den Autor, P. P. 6. 5. 48, Reg. III, 48/242; D. ü. D. III, 163 (Ausz.).

4] *Brief Erikas an Döblin:* New York City, 6. 5. 1948; EM Br./Antw. I, 237–240.

4. 5. 1948

256 1] *Bericht des Engländers Laski:* Nicht ermittelt.

2] *Laski:* Der britische Soziologe, Politikwissenschaftler und Labour-Politiker Harold Joseph Laski (1893–1950).

257 3] *Empfehlung an Guggenheim:* An Felix Guggenheim, P. P. 6. 5. 48,

Reg. III, 48/243: Die Bitte, Wilhelm Speyer während der Arbeit an einer geplanten Fortsetzung seines Romans ›Das Glück der Andernachs‹ zu unterstützen.
4] *Zimmer »The King and the Corps«:* Heinrich Zimmer, ›The King and the Corpse‹, New York (Pantheon Books) 1948. Eine Besprechung des Buches durch TM ist bisher unbekannt.

5. 5. 1948
1] *Telegramm [...] Reaktion:* Nicht erhalten. Der Zusammenhang geht jedoch aus dem Antwortschreiben des State Department, Washington 2. 6. 48, hervor: »Your telegram of May 6, 1948 addressed to the President concerning the executions in Greece has been referred from the White House to the Department of State for further consideration and reply.« In diesem Schreiben teilt das State Department mit, daß die Exekutionen (»currently being carried out«) nur des besonders grausamen Mordes an ihren Landsleuten während der Unruhen im Winter 1944/45 Angeklagte betreffe und nach gültigem Recht – das der Brief in allen Einzelheiten darlegt – erfolgt sei. 257
2] *an Guggenheim:* S. TB 4. 5. 48, Anm. 3.
3] *[an] Knopf:* Verschollen; s. Reg. IV, 583.
4] *[an] Perl:* An Walter H. Perl, P. P. 6. 5. 48, Reg. III, 48/248.
5] *seine Sammlung:* ›The Stature of Thomas Mann‹; s. TB 4. 6. 46, Anm. 6.
6] *Spater Aufbruch:* Im Manuskript steht – recht eindeutig zu entziffern – »Aufbrau«.

6. 5. 1948
1] *Marcks Manuskript:* Wohl ›Huldigung für »Doktor Faustus«‹; s. TB 18. 2. 48, Anm. 3. 258
2] *Beanstandungen:* Nicht zu verifizieren.
3] *Artikel [...] in Times Magazin:* Chester Bowles, ›We Need a Program *For* as Well as *Against*‹ Chester Bowles says America must foster real reforms abroad, not simply oppose communism. ›The New York Times Magazine‹, 18. 4. 1948, 7, 61, 62, 63, 65, 66, 67.
4] *Dorothy Thompson [...] (Über Wallace' Buch):* Eine Äußerung von Dorothy Thompson zu Henry Wallace, ›Towards World Peace‹ konnte nicht ermittelt werden.
5] *an Preetorius:* Verschollen; s. Reg. IV, 583.

7. 5. 1948

258 1] *An der Liebesszene:* Zwischen Wiligis und Sibylla; GW VII, 35/36.

2] *»Music and Literature« von Brown:* Calvon S. Brown, ›Music and Literature‹, Athens, Ga. 1948. S. TM an Frazier Moore, Univ. of Georgia, P. P. 29. 5. 48, Reg. III, 289.

3] *Zürcher Mt.-Versteigerung:* S. TB 18. 11. 48, Anm. 1.

4] *Pastorale:* Ludwig van Beethoven, 6. Symphonie F-Dur, op 68, ›Pastorale‹ (1807/1808).

8. 5. 1948

258 1] *an Dr. Feist:* Der Brief ist verschollen; s. Reg. IV, 583.

9. 5. 1948

259 1] *»The third party (which is communist)«:* Nicht ermittelt. Offenbar waren aber derartige Äußerungen über die Dritte Partei keine Ausnahme. In seiner ›Republic‹-Kolumne: ›Henry Wallace's Column‹, vol. 116, No. 18, v. 3. 5. 48 hatte Wallace bereits Beispiele für ähnliche und schlimmere Vorkommnisse (Entlassungen von Sympathisanten) aufgelistet und festgestellt: »The assaults on our party are a tribute to its importance. No other third party in the history of our country has had its significance so quickly recognized by the reactionaries in the old parties. Lies, violence and press boycotts are problems the New Party will overcome.«

2] *Innere Versuche:* Erster Hinweis auf die Beschäftigung mit der *Entstehung des Doktor Faustus.*

10. 5. 1948

259 1] *an Ilse Dernburg:* Der Brief konnte bisher noch nicht aufgefunden werden.

2] *Das V. Kapitel begonnen:* ›Herr Eisengrein‹, GW VII, 39–47.

3] *Vetter Siegmund:* S. TB 24. 2. 47, Anm. 4.

4] *Artikel über Buddenbrooks:* Im TMA befindet sich ein nicht mehr zu datierender Ausschnitt aus den ›Lübecker Nachrichten‹, der das von TM erwähnte Jugendbildnis mit dem Mantel enthält.

5] *»Lost Horizon«:* Eine 1937 von Frank Capra für die Columbia gedrehte »eskapistische Romanze« nach einem Drehbuch von Robert Triskin. Es spielten Ronald Colman, H. B. Warner, Thomas Mitchell, Isabel Jewell, Jane Wyatt u. a.

6] *In Heften der neuen »Weltbühne«:* Walter Kiewert, ›Heinrich Manns Abrechnung mit dem Zeitalter‹, ›Die Weltbühne‹, neu herausgegeben von Maud v. Ossietzky und Hans Leonard, III. Jg., No. 13/14, 1. April-Doppel-Heft 1948, 330-334.

11. 5. 1948

1] *Note des State Departments:* Ein von der Presse als ›prospect for a general settlement between the USA and Russia‹ mißverstandenes Statement des US-Botschafters Walter Bedell Smith gegenüber dem Außenminister der UdSSR, Molotow, hatte als nicht für die Öffentlichkeit bestimmte Note die Russen darauf hinweisen sollen, daß die USA ihr European Recovery Programm ungeachtet sowjetischer Gegenpropaganda fortsetzen würden. In diesem Zusammenhang hatte Smith erneut betont, daß die USA – allen Divergenzen zum Trotz – »die Türen weit offen« hielten . . . ein Diktum, das die Russen als amerikanische Bereitschaft zu einem die UN und den Alliierten Kontrollrat in Deutschland umgehenden Gipfeltreffen der ›big two‹ interpretierten. – Präsident Truman machte am 11. 5. in einer offiziellen Erklärung den Konferenz-Gerüchten ein Ende. *259*

2] *»Herr Eisengrein«:* S. TB. 10. 5. 48, Anm. 2. *260*

3] *Introduktion:* S. TB 25. 1. 48, Anm. 1.

4] *vom Agenten M.:* Von George Marton.

5] *Notiz im »Aufbau«:* O[ssip] K[alenter], ›Der dritte Bruder Mann‹, ›Aufbau‹, Jg. XIV, No. 19 v. 7. 5. 48, 12: »Nach Thomas Mann und Heinrich Mann hat nun auch der dritte der Brüder Mann zu schreiben begonnen. Victor Mann, der bisher ein stilles und zurückgezogenes Leben als Bankbeamter geführt hat, begann auf Anregung eines deutschen und eines schweizerischen Verlegers seine Kindheits- und Familienerinnerungen niederzuschreiben. Er war angeblich der ausgesprochene Liebling seiner Mutter und sieht seine Geschwister vielfach mit deren Urteil und Vorurteil. Das Manuskript [. . .], dem ein feiner Humor eignen soll, trägt – in Anlehnung an Thomas Manns Josef-Roman – den Titel ›Thomas und seine Brüder‹.«

6] *an [Vikko]:* An Viktor Mann, P. P. 11. 5. 48, Reg. III, 48/253; Br. II, 32.

7] *an L. Mazzucchetti:* P. P. 11. 5. 48, Reg. III, 48/254: »Können Sie mir Auskunft geben über R. Bacchelli, dessen großes Roman-Werk ›Il mulino del Po‹ neulich von J. R. Humm in der ›Weltwoche‹ enthusiastisch angezeigt wurde? Humm ist ein wenig unberechenbar, und ich würde gern von Ihnen hören, was Sie von Bacchelli halten, ob es sich um ein Erstlingswerk handelt, wie die italienische Kritik sich dazu gestellt hat etc. Wundern würde ich mich nicht, wenn aus Italien, dem gesündesten europäischen Lande, heute das überragend Große käme. Ich sollte Knopf auf das Werk aufmerksam machen, wenn Sie so hoch davon denken wie Humm.«

8] *Der amerikanisch-russische Notenwechsel:* S. Anm. 1.

9] *an E. Rice:* Verschollen; s. Reg. IV, 583.

10] *E. Rice:* Der amerikanische Dramatiker Elmer Rice (1892–1967).

11] *[an] Huebsch:* Verschollen; s. Reg. IV, 583.

12] *Unterstützung deutscher Schriftsteller:* S. TB 8. 3. 48, Anm. 4.

12. 5. 1948

260 1] *Die amerik.-russische Sensation:* S. TB 11. 5. 48, Anm. 1.

2] *autobiogr. Fragment: Die Entstehung des Doktor Faustus.*

3] *Rede beim Wallace-Dinner:* S. TB 15. 5. 48. Der Text der nicht gehaltenen Rede ist im Anhang No. 37 abgedruckt.

4] *2 handschriftl. Briefe:* Bisher ist nur ein Brief an Johannes Urzidil, P. P. 12. 5. 48, Reg. III, 48/257, nachweisbar, auf den die im TB vermerkten Kriterien zutreffen.

13. 5. 1948

260 1] *Zurückweisung des russischen »bid«:* S. TB 11. 5. 48, Anm. 1.

2] *Prozeß der russischen Komponisten:* S. TB 12. 2. 48, Anm. 1.

3] *Eventualrede:* S. TB 12. 5. 48, Anm. 3.

4] *Schrift über den Zbg.:* Johanna Seidel Gräfe, ›Über den ‚Zauberberg' von Thomas Mann‹, Berlin 1947. TM gefiel die Schrift so sehr, daß er sie bereits eine Woche später einem Studenten als Interpretationshilfe empfahl. (S. an Michael Ott, P. P. 20. 5. 48, Reg. III, 48/276.)

14. 5. 1948

261 1] *[Verleger] Korfitzen:* Wohl Knut Viggo Korfitsen (1905–1969) vom Stockholmer Ljus-Verlag.

2] *Finnische Ausgabe: Joosef ja hänen veljensä* Bd. I–IV erschien in der Übersetzung von Lauri Hirvensalo 1947/48 in Helsinki.

3] *von Reisiger:* o. O. [Stuttgart], 5. 4. 48; im TMA.

15. 5. 1948

1] *6 Hefte einer Wiener Zeitschrift »Plan«:* Eine in Wien 1945–1948 erscheinende ›Zeitschrift für Literatur, Kunst und Kultur‹. 261

2] *Mrs. Caspari:* Nicht ermittelt.

16. 5. 1948

1] *an [Reisiger]:* An Hans Reisiger, P. P. 16. 5. 48, Reg. III, 48/264. Das Schreiben befand sich 1989 nicht mehr im TMA. 262

17. 5. 1948

1] *Brief an Stalin:* Henry A. Wallace hatte am 11. Mai mit einem offenen Brief an Stalin versucht, die durch den Smith-Molotow-Noten-Austausch entstandene ungeklärte Situation mit Hilfe eines Plädoyers zur Beendigung des kalten Krieges positiv zu nutzen. 262

2] *Weizmann:* Chaim Weizmann (1874–1952), ursprünglich Biochemiker, war 1917 maßgeblich am Zustandekommen der Balfour-Deklaration beteiligt gewesen. 1918 gründete er die Hebräische Universität in Jerusalem. Als langjähriger Präsident der Zionistischen Weltorganisation wurde er 1948 zum ersten Staatsoberhaupt von Israel gewählt.

3] *von Fiedler:* Nicht erhalten. Einige Hinweise gibt TMs Dankesbrief, P. P. 19. 5. 48, Reg. III, 48/269; Bl. TMG. 12, 1972, 22/23, in dem von einer »Sendung für Golo«, der Fiedlerschen *Faustus*-Besprechung und der Kritik F. Kauz, ›Klaus Mann, ‚André Gide'. Die Geschichte eines Europäers‹ die Rede ist.

4] *Brods Buch über Kafka:* Weder Max Brods Biographie ›Franz Kafka‹, 1937, noch die 1948 erschienene Studie ›Franz Kafkas Glauben und Lehre‹ befinden sich in der Zürcher Bibliothek.

18. 5. 1948

1] *Stalins Eingehen:* In einem Brief vom 17. 5. 48 hatte Stalin das Wallace-Schreiben als das wichtigste politische Dokument seit Kriegsende bezeichnet und gesagt, kein auf Frieden bedachter Staatsmann könne an den von Wallace aufgestellten Punkten vorbeigehen. Es könnte durchaus eine Co-Existenz zwischen Kapitalismus und Kommunismus geben, und eine friedliche Beilegung der noch bestehenden Differenzen sei nicht nur möglich, sondern lebensnotwendig. 262

2] *Gesamtausgabe seines Shaw:* Trebitsch hatte die Zusendung der von ihm übersetzten zwölfbändigen Shaw-Ausgabe in seinem TB 19. 4. 48, Anm. 6 erwähnten Brief vom 26. 3. 48 angekündigt.

263 3] *Faustus-Broschüre von P. Mendelssohn:* Peter de Mendelssohn, ›Der Zauberer. Drei Briefe über Thomas Manns ‚Doktor Faustus' an einen Freund in der Schweiz‹, Berlin/München 1948.

4] *Prokowjews »Klassische«:* Sergej Prokofjew (1891–1953), Klassische (1.) Symphonie, op. 25 (1915/16).

5] *Rubinstein:* Der polnisch-amerikanische Pianist Arthur Rubinstein (1886–1982) lebte, wenn er nicht auf Konzertreisen war, mit seiner Frau Aniela (Nela), geb. Mlynarsky, in Brentwood/Kalifornien.

6] *Konzert von Rachmaninow:* Rubinstein erwähnt in seinen Memoiren für den hier in Frage stehenden Zeitraum die Aufführung von Sergej Rachmaninows (1873–1943) ›Rhapsodie über ein Thema von Paganini für Klavier und Orchester‹, op. 43.

7] *Ormandy:* Der aus Ungarn stammende amerikanische Dirigent Eugene Ormandy (1899–1985), ursprünglich Violinist, dirigierte seit 1936 das Philadelphia Orchestra, in dem Michael Mann für eine Saison in der Hollywood Bowl als Bratschist engagiert war.

8] *Brahms' Fünfte:* Da Johannes Brahms (1833–1897) nur vier Symphonien schrieb, ist nicht mehr auszumachen, welche TM hier im Sinne hatte. Es wäre jedoch denkbar, daß TM keine der Original-Symphonien, sondern das von Arnold Schönberg 1937 für Orchester gesetzte und 1938 in dieser Fassung von Otto Klemperer in Los Angeles uraufgeführte Klavierquartett op. 25 hörte.

19. 5. 1948

263 1] *Stalins Entgegenkommen:* S. TB 18. 5. 48, Anm. 1.

2] *an Fiedler:* S. TB 17. 5. 48, Anm. 3.

3] *[an] den Verleger der Mendelssohn'schen Schrift:* An den Verlag Ullstein/Kindler. Hellmut Kindler kann sich an kein Thomas Mann-Schreiben erinnern, so daß der Brief vermutlich verlorenging.

4] *von Singer:* Bern 15. 5. 48; im TMA. Singer notierte in diesem bei den ›Materialien zum *Erwählten*‹ liegenden Schreiben weitere französische Redewendungen.

20. 5. 1948

263 1] *Der Mord an dem Columbia Broadcaster:* Der Middle-East Correspondent von CBS, der vierunddreißigjährige George Polk, war am 16. Mai gefesselt und erschossen in Saloniki aufgefunden worden. Der

Reporter hatte versucht, ein Interview mit dem Chef der griechischen Guerrilla zu arrangieren, und wurde bereits seit einer Woche vermißt. Während Polks Freunde überzeugt waren, daß die Rechten ihn, den vehementen Kritiker der Regierung in Athen, umgebracht hätten, verkündeten offizielle Stellen, es sei hundertprozentig sicher, daß er von Kommunisten getötet worden sei, und setzten für die Ergreifung des Mörders eine Belohnung von 2500 Dollar aus.

2] *Antikommunisten-Gesetz:* Am 19. Mai billigte das Repräsentantenhaus mit großer Mehrheit die ›Mundt-Nixon Communist control bill‹. (S. TB 28. 5. 48, Anm. 5)

3] *Das VI. Kapitel:* ›Frau Eisengrein‹, GW VII, 47–52.

4] *an den alten Singer:* An Samuel Singer, P. P. 20. 5. 48, Reg. III, 48/278; Auszug in D. ü. D. III, 355.

5] *Streitschrift von Rilla gegen [...] Lüth:* Paul Rilla, ›Literatur und 264
Lüth. Eine Streitschrift‹, Berlin (Henschelverlag) 1948: eine vernichtende Polemik gegen die von Döblins Protegé, dem Arzt Paul E. H. Lüth, verfaßte zweibändige Darstellung der deutschen Literatur von 1885–1947, ›Literatur als Geschichte‹, Limes Verlag, Wiesbaden 1947. Zwei Kapitel dieser Rillaschen Streitschrift sind speziell den von Döblin zumindest geduldeten Fehlurteilen Lüths über TMs Werk gewidmet.

6] *Döblin an Erika:* Paris, 13. 5. 48; EM Br./Antw. I, 241–243.

7] *Brief nach England:* Da der Empfänger nicht zu ermitteln war, gilt das Schreiben einstweilen noch als verschollen. S. Reg. IV, 583.

8] *Nachrichten über Jerusalem und die [...] transjordanische Armee:* Die Araber hatten am 18. Mai mit 6000–7000 Legionären aus Saudiarabien und Ägypten in die Schlacht um Jerusalem eingegriffen und innerhalb von zwei Tagen ⅘ der Altstadt und die modernen Vororte erobert.

21. 5. 1948

1] *Aufsätze von Kahler und Zuckerkandl:* S. TB 5. 3. 48, Anm. 2 und 264
TB 12. 3. 48, Anm. 5.

2] *das autobiogr. Fragment: Die Entstehung des Doktor Faustus.*

3] *Kleiner Beitrag von Moni:* Monika Mann, ›Notiz über New York‹, ›Die Neue Rundschau‹, a.a.O. 240–243.

4] *Briefe von Hofmannsthal:* Hugo v. Hofmannsthal, ›Briefe‹, ›Die Neue Rundschau‹, a.a.O., 215–228.

5] *Zeilen von Annette Kolb:* Paris, 17. 5. 48; Briefw. Aut., a.a.O. 315.

6] »*Worte*« *über ihre Mutter:* Hans Wysling weist in seinem Kommentar, a.a.O. 670/71 nach, daß mit hoher Wahrscheinlichkeit TMs Ausführungen im *Doktor Faustus,* XXIII. Kapitel, über Jeanette Scheurl und deren Mutter gemeint sind, u. a. also das Portrait »einer Pariserin, – einer gelähmt im Stuhl verharrenden, aber geistig energischen alten Dame, die sich niemals die Mühe gegeben hatte, Deutsch zu lernen: mit Recht, da ihr im Glücke phraseologischer Konversation auf Schienen laufendes Französisch geradezu für Geld und Stand aufkam«. (GW VI, 268).

22. 5. 1948

265 1] *[Aufsatz] von Borgese:* G. A. Borgese, ›Rußland contra Weltregierung‹, ›Die Neue Rundschau‹, Stockholm, Jg. 1948, 157–173.

2] *[Aufsatz] von Berdiaeff:* Nicolas Berdiaeff, ›Die Dialektik des Göttlichen und des Menschlichen im deutschen Denken. Die Bedeutung Nietzsches – Dialektik des Trinitarismus‹, ›Die Neue Rundschau‹ a.a.O., 113–138.

3] *Berdiaeff:* Der russische Philosoph Nikolai Alexandrowitsch Berdiaeff (1874–1948) wandte sich von einer ursprünglich marxistischen Position unter dem Einfluß Jakob Böhmes und Dostojewskis einem mystischen Christentum zu. Berdiaeff, der in Heidelberg studiert hatte, verlor 1922 seinen Moskauer Philosophie-Lehrstuhl, gründete im selben Jahr in Berlin eine religionswissenschaftliche Akademie und ging zwei Jahre später nach Paris, wo er bis zu seinem Tode lebte.

4] *an Trebitsch:* Verschollen; s. Reg. IV, 583.

5] *an Mrs Meyer:* An Agnes E. Meyer, P. P. 22. 5. 48, Reg. III, 48/279; Auszug in D. ü. D. III, 165.

6] »*Falstaff*«: Giuseppe Verdis letzte Oper (1893).

7] *Die Ägypter nehmen Bethlehem:* S. TB 20. 5. 48. Die Ägypter hatten nach Durchquerung der Wüste Negev das Gebiet südlich von Jerusalem erreicht und Bethlehem erobert.

23. 5. 1948

265 1] *amerik. Generalkonsul erschossen:* Thomas C. Wasson war am 22. 5. von einem Heckenschützen schwer verwundet worden und erlag am 23. 5. seinen Verletzungen.

2] *Dewey gewinnt die Oberhand über Stassen:* Auf der ersten republikanischen Wahlveranstaltung in Oregon konnte Thomas E. Dewey seinen Stimmenvorsprung gegenüber seinem Konkurrenten Harold E. Stassen beträchtlich ausbauen und verfügt jetzt über 273 Wahlmänner-Stimmen gegenüber 141 von Stassen.

3] *(Dame Eisengrein):* Das VI. Kapitel des *Erwählten*, ›Frau Eisengrein‹; GW VII, 47–52.

4] *an Gumpert:* Verschollen; s. Reg. IV, 583.

5] *Novelle des Schweden Dagerman:* Stig Dagerman, ›Der Verurteilte‹, ›Die Neue Rundschau‹, a.a.O. 174–185.

6] *Dagerman:* Der schwedische Schriftsteller, Romancier und Novellist Stig Dagerman (geb. 1923).

7] *Auskünfte [...] über Bacchelli:* Auf TMs Anfrage vom 11. 5. 48 (s. TB 11. 5. 48, Anm. 7) antwortete Lavinia Mazzucchetti am 17. 5. aus Zürich: »Er [Bacchelli] ist ein sehr kultivierter, raffinierter Künstler, weltanschaulich ist er ein repressiver Italiener der Renaissance, d. i. ein leise zynischer, ironischer, glaubensloser Weltdeuter. [...] Mulino del Po ist ein entsetzlicher historischer Roman, der schon anno 36 oder 37 erschien [...] und sich immerhin gut behauptete. Ich gehöre zu den nicht wenigen, die das Werk für einen, österreichisch gesprochen, ›sitzen gebliebenen Teig‹ betrachten.« Vor kurzem – so Frau Mazzucchetti – sei ein neues »kürzeres erzählendes Werk [...], das sehr gelobt wurde« erschienen. »In irgendeiner Besprechung las ich, daß Bacchelli auf den Spuren von Thomas Mann wandelte. [...] Es ist ein Roman mit biblischem Stoff [...] Vielleicht überlegt sich's der Verlag, welches Werk von dem Autor er will.« (Im TMA)

24. 5. 1948

1] *von Humm:* Zürich, 19. 5. 48; im TMA. Das Schreiben enthält 265
u. a. die Mitteilung, »daß unter den Offizieren des Urner Bataillons Ihr ›Faustus‹ sehr eifrig diskutiert worden sei«.

2] *Brief über Faustus:* Von Heinrich Bremer, Berlin-Friedenau, 6. 5. 48; im TMA.

3] *an Neumanns:* An Alfred und Kitty Neumann, P. P. 24. 5. 48, Reg. III, 48/283, TM/AN 66/67.

4] *[an] Feist:* An Hans Feist, P. P. 28. 5. 48, Reg. III, 48/287; Ausz. in D. ü. D. II, 517.

25. 5. 1948

266 1] *das Brentano-Gedicht [. . .] von den »arbeitsblutigen Händen«:* Der später aus den im XXI. Kapitel des *Doktor Faustus* komponierten ›13 Brentano-Gesängen‹ wieder ausgeschiedene »Schmerzenssang: ›Frühlingsschrei eines Knechtes aus der Tiefe‹« mit der Strophe: ›Immer stürzen mir die Wände,/ jede Schicht hat mich belogen,/ und die arbeitsblutgen Hände/ brennen in den bittern Wogen‹. (Abgedruckt in TB 1944–1946, Seite 808.) – Zu der Haas-Umfrage vgl. TB 18. 6. 48, Anm. 1.

26. 5. 1948

266 1] *Szene am Bach:* Der zweite Satz aus Ludwig van Beethovens 6. Symphonie F-Dur, ›Pastorale‹, Andante molto mosso, hat den Titel ›Szene am Bach‹.

2] *Zimmers Legendenbuch:* S. TB 4. 5. 48, Anm. 4.

27. 5. 1948

266 1] *Zuletzt falsch:* Das Manuskriptblatt 53 weist Korrekturen auf; der Kapitel-Neuanfang – markiert nur durch einen Strich und die seitlich eingefügte Überschrift ›Die Aussetzung‹ – zeigt, daß TM hier zunächst keinen Einschnitt vorgesehen hatte. Vgl. dazu auch TB 28. 5.: »Am Kapitel, – das wohl schon das nächste ist.«

2] *Jaspers' »Von der Wahrheit«:* Karl Jaspers, ›Von der Wahrheit‹, München 1947.

3] *an Verlag Moor:* Wegen des Drucks von Theodor W. Adornos Manuskript ›Philosophie der modernen Musik‹ in Adornos altem Verlag J. C. B. Mohr in Tübingen, P. P. 29. 5. 48, Reg. III, 48/288. S. auch TB 29. 5. 48, Text und Anm. 6.

4] *wegen des »Committee«:* Nicht zu ermitteln, da der Brief von Karl Ragna Gierow sich nicht unter den im TMA archivierten Schriftstükken befindet.

5] *an Prof. Enders:* Verschollen; s. Reg. IV, 583.

28. 5. 1948

267 1] *»The Standard«:* ›A Publication to Promote Ethical Thinking and to Encourage Better Ways of Life‹, New York 1940–1956.

2] *»Vereinzelung . . .«:* TM hatte den Aufsatz des von 1933–1949 in Istanbul lebenden deutschen Nationalökonomen Alexander Rüstow

(1885–1963), ›Vereinzelung, Tendenzen und Reflexe‹, ›Gegenwartsprobleme der Soziologie. Festschrift zum 70. Geburtstag von Alfred Vierkandt‹, Potsdam 1949, von Konrad Engelmann zugesandt bekommen. S. TM an Konrad Engelmann, P. P. 31. 5. 48, Reg. III, 48/293: »Mit Recht durften Sie von mir lebhaftestes Interesse für Prof. Rüstows Schrift erwarten. Es ist eine kritische Leistung von imposanter gelehrter Umsicht. Nicht umhin kann man dabei, zu denken, daß das Schicksal der ›Vereinzelung‹ einer der Hauptgründe für die religiöse Anziehungskraft des Communismus ist. Nur übt heute dessen Rivalin, die katholische Kirche, dieselbe Anziehungskraft aus, – wo doch, nach Rüstow, die christliche Erlösungsreligion die Vereinzelung zuerst betrieben hat, bevor ihr der sozialistische Auflösungsprozeß dabei entgegenkam. Hier empfinde ich einen gewissen Bruch in der bedeutenden Arbeit. Wozu die religionspsychologische Einleitung, wenn dann die Vereinzelung des Menschen rein soziologisch erklärt und nicht dem Christentum zur Last gelegt wird. Ist es die Meinung immerhin, daß dieses der Atomisierung den Boden bereitet hat? / Fast wundere ich mich, daß mir dieser Aufsatz erst jetzt zukommt. Bücher pflegen zu mir im rechten Augenblick zu kommen, und ich habe das deutliche Gefühl, daß es recht gut gewesen wäre, wenn ich diese Studie gelesen hätte, während ich am ›Doktor Faustus‹ schrieb. Aber wir haben im Grunde auf verschiedene Weise und in verschiedenen Formen alle dieselben Gedanken – was nun doch wieder nicht ›Vereinzelung‹ zu nennen ist.« (Kopie im TMA)

3] *Verlängerung des Corda-Vertrages:* Für die Verfilmung des *Zauberberg.* 267

4] *Zigeuner-Bilder von Pankok:* Die Holzschnittfolge ›Zigeuner‹, (1947) des deutschen Malers und Graphikers Otto Pankok (1893–1966) befindet sich nicht mehr unter TMs Nachlaß.

5] *(Mundt-bill):* Ein von den Republikanern Karl E. Mundt und Richard M. Nixon verfaßter Gesetzesvorschlag, der es ermöglichen sollte, einer eventuellen totalitären Diktatur unter fremder – sprich kommunistischer – Kontrolle mit allen Mitteln vorzubeugen. Diese vom Geist des Committee on Unamerican Activities beeinflußte Vorlage kam, obwohl sie im House of Representatives mit 319 zu 57 Stimmen verabschiedet worden war, im Senat nie zur Abstimmung, doch wurden ihre wichtigsten Bestimmungen in den ›Internal Security Act of 1950‹ aufgenommen.

29. 5. 1948

267 1] *Jerusalem ergibt sich:* Am 28. Mai waren die Araber in die von 2500 Juden bewohnte Altstadt von Jerusalem eingedrungen. Die ca. 500 Verteidiger hatten sich nach einer zehntägigen arabischen Beschießung ergeben, Frauen, Kinder und Greise wurden evakuiert.

2] *Rede Marschals:* Vor dem Nationalkonvent der General Federation of Women's Clubs in Portland/Oregon hatte sich der amerikanische Außenminister gegen die »zynische totalitäre Propaganda« der Sowjets gewandt, die »auf Verdrehung, Umkehrung und Verwirrung« beruhe.

3] *von Knopf:* New York, 25. 5. 48, im TMA: »First of all my congratulations, hearty but I dare say quite superfluous and bordering on the impertinent, on another colossal achievement. I cannot flatter myself – and I know you won't mind me being so frankly – that I have understood more than a part of the book, but nevertheless I read on with interest and sometimes with absolute compulsion. There are sections of the book which seem to me superb and in a way that will appeal to any literate and intelligent reader.«

4] *in proof Form:* In den Druckfahnen.

5] *an die Herz:* An Ida Herz, P. P. 30. 5. 48, Reg. III, 48/292.

6] *nach Tübingen:* An den Verlag J. C. B. Mohr (Paul Siebeck); s. TB 27. 5. 48, Anm. 3. Der Text dieses bisher nur in Auszügen bekannten Schreibens wurde der Herausgeberin vom Verlag zur Verfügung gestellt und ist im Anhang No. 38 abgedruckt.

7] *Epochenbuch:* Heinrich Mann, ›Ein Zeitalter wird besichtigt‹, Stockholm 1945.

30. 5. 1948

267 1] *Den Palestina-Juden geht es schlecht:* Die Ankunft jüdischer Immigranten hatte den vom Welt-Sicherheitsrat ausgehandelten vierwöchigen Waffenstillstand noch einmal verschoben, so daß die siegreichen Araber weiterhin auf einem ungeteilten, arabisch dominierten Palästina bestanden.

2] *Hearing Wallace':* Henry A. Wallace hatte vor einer Senatskommission in Washington zu verstehen gegeben, daß, wenn die Mundt-Nixon-Bill eine Mehrheit finden würde, er und seine Third Party »would refuse to comply with the [. . .] communist controll bill by registering with the Attorney General.«

31. 5. 1948

1] *Peace-Rede:* Der Text der Rede ist im Anhang No. 39 abgedruckt. 268

2] *bis zur Aussetzung:* Bis zum Schluß des VII. Kapitels, GW VII, 57/58.

3] *an Engelmann:* An Konrad Engelmann, P. P. 31. 5. 48, Reg. III, 48/293. Zur Sache s. TB 28. 5. 48, Text und Anm. 2.

1. 6. 1948

1] *an Hesse:* An Hermann Hesse, P. P. 1. 6. 48, Reg. III, 48/294; HH/TM, 144/145. 268

2] *Artikel von Pfeiffer-Belli:* Erich Pfeiffer-Belli, ›Thomas Mann's ‚Doktor Faustus'‹, ›Deutsche Beiträge‹, München, Jg. 1948, No. 2, 88–93.

2. 6. 1948

1] *Cinéma: »Der Idiot«:* Der 1945 von Georges Lampin mit Gérard Philipe, Edwige Feuillère u. a. nach dem Roman von Dostojewski gedrehte Film ›L'Idiot‹. 268

3. 6. 1948

1] *Übersetzung der deutsch geschriebenen Teile:* Der Peace-Rede, s. TB 31. 5. 48, Anm. 1. Die Rede ist teils deutsch, teils englisch geschrieben. 268

4. 6. 1948

1] *Brief über [...] Nietzsche-Buch:* An Herbert E. Hinderks, P. P. 4. 6. 48, Reg. III, 48/296. Zur Sache s. TB 28. 6. 48, Anm. 11. 269

2] *»Welt als W. u. V.«:* Arthur Schopenhauer, ›Die Welt als Wille und Vorstellung‹, 1819. TM besaß Arthur Schopenhauers ›Sämtliche Werke in 6 Bänden‹, hrsg. von Julius Frauenstädt, 2. Aufl., neue Ausg., Leipzig, Brockhaus, 1922. Die Edition ist in der Zürcher Bibliothek erhalten.

5. 6. 1948

1] *Festhaltung des französischen Cabaret-Sängers:* Nicht ermittelt. 269

2] *des neuen Romans von Huxley:* Aldous Huxley, ›Ape and Essence‹, New York 1948.

3] *Brief des Herausgebers:* Von Frederic Morgan, New York, 3. 6. 48; im TMA.

4] *Kretzschmar-lectures:* Die ›Lectures of Wendell Kretzschmar‹, translated by Helen Lowe Porter (deutscher Text GW VI, Kap. VIII, 68–96) erschienen in der Zeitschrift ›The Hudson Review‹, New York, vol. 1, No. 3, autumn 1948, 293–317.

5] *Aufsätze:* 1. Joseph Frank, ›Reaction as Progress, or the Devil's Domain: Notes on ›‚Doktor Faustus'‹, ›The Hudson Review‹, vol. 2, No. 1, spring 1949, 38–53. – 2. Richard P. Blackmur, ›Hans Castorp, Small Lord of Counterpositions: Notes on the Prophecy of Mann's ‚The Magic Mountain', ›The Hudson Review‹, vol. 1, No. 3, autumn 1948, 318 ff.

270 6] *Fagott-Konzert von Marcello:* Vermutlich meint TM das Oboen-Konzert in d-Moll des italienischen Komponisten Alessandro Marcello (1669–1747), das Johann Sebastian Bach fürs Cembalo bearbeitete und das seither für viele Instrumente adaptiert wurde. Ein Fagott-Konzert von Marcello ist nicht nachweisbar.

7] *Gedicht:* Das Gedicht ›Fridos Gruß an den Opapale zum 73. Geburtstag‹ befindet sich als Privataufnahme im TMA und enthält in der zweiten Strophe die Reminiszenz an TMs 72., »im fernen Schweizerland« verbrachten Geburtstag: »Selbst der Frido merkt verwundert,/ dass die liebe Zeit vergeht./ Das Annett'le ist schon hundert,/ wenn sie's gleich nicht eingesteht.// Aber dass ein Jahr verflossen/ seit im fernen Schweizerland/ wir geburtstäglich genossen,/ das ist wirklich allerhand.// Und erscheint mir um so toller,/ dass man es so gar nicht sieht,/ Höchstens bist Du etwas voller, aber älter bist Du nit.// Auch von mir steht außer Frage,/ dass ich unverwüstlich klein./ Dürft' ich noch am Ehrentage,/ dies beweisend, um Dich sein?// So, jetzt kann ich nicht mehr weiter,/ eben weil ich winzig bin./ Sei geherzt, geküsst und heiter,/ tausendfach Dein Fridolin.«

6. 6. 1948

270 1] *die glänzendsten Berichte:* Publiziert in ›Book of the Month-Club-News‹, New York, October 1948, 4–10.

2] *am VIII. Kapitel:* ›Die fünf Schwerter‹, GW VII, 58–66.

3] *die V.te Symphonie von Mahler:* Gustav Mahler, 5. Symphonie cis-Moll von 1904. In TMs Plattennachlaß ist keine Aufnahme dieses Werks mehr vorhanden.

4] *»Friedrich II.« von Wahl:* Rudolf Wahl, ›Wandler der Welt. Friedrich II., der sizilianische Kaiser‹, München 1938.
5] *Wahl:* Der Fabrikant und Historiker, Dr. rer. pol. Rudolf Wahl (1894–1961).
6] *Plattenaufnahmen meines Telegramms:* Weder Platten noch der Text von TMs Protest konnten ermittelt werden.

7. 6. 1948
1] *Exemplare des »Permanent Goethe«:* S. TB 19. 3. 47, Anm. 3. 270
2] *an Knopf:* An Alfred A. Knopf, P. P. 9. 6. 48, Reg. III, 48/299.
3] *[an] die »Hudson Review«:* An Frederic Morgan, P. P. 9. 6. 48, 271
Reg. III, 300.
4] *an Agnes Meyer:* P. P. 7. 6. 48, Reg. III, 48/297.
5] *in »Ciba Symposia«:* Nicht ermittelt.

8. 6. 1948
1] *Abdankung Beneš':* Der tschechoslowakische Staatspräsident Edu- 271
ard Beneš war am 7. 6. 1948 zurückgetreten, um die neue, von den Kommunisten ausgearbeitete Verfassung für die ČSR nicht unterzeichnen zu müssen. Statt seiner ratifizierte Premierminister Klement Gottwald die Urkunde am 8. 6. 48.
2] *Brief des Department of State:* Washington, 2. 6. 48; im TMA. Zur Sache s. TB 5. 5. 48, Anm. 1.
3] *Installierung einer westdeutschen Föderation:* Zum Tatbestand s. Carlo Schmids ›Erinnerungen‹, 1979, 316 f.: »Am 2. Juni 1948 war die Einigung der Westmächte vollzogen. Es wurde ein Kommuniqué herausgegeben, in dem es hieß: ›. . . die Delegierten erkennen an, daß es bei Berücksichtigung der augenblicklichen Lage notwendig ist, dem deutschen Volk Gelegenheit zu geben, die gemeinsame Grundlage für eine freie und demokratische Regierungsform zu schaffen . . .‹«
4] *Dieter Sattler aus München:* Der deutsche Architekt und Diplomat, 1947–1951 Staatssekretär im Bayrischen Kultusministerium, ab 1952 Botschaftsrat in Rom und von 1959–1966 Leiter der Kulturabteilung des Auswärtigen Amtes, Dieter Sattler (1906–1968), war die letzten zweieinhalb Jahre seines Lebens Botschafter der Bundesrepublik beim Vatikan.
5] *Mendelssohn-Konzert, gespielt von Millstein:* Eine Aufnahme des Violinkonzerts e-Moll, op. 64 von Felix Mendelssohn-Bartholdy un-

ter Bruno Walter, mit dem russisch-amerikanischen Violinisten Nathan Milstein (geb. 1904) als Solisten, fand sich nicht mehr unter TMs Platten.

9. 6. 1948

271 1] *Diplom:* S. TB 28. 11. 47, Anm. 5.

10. 6. 1948

272 1] *an Frido:* Verschollen; s. Reg. IV, 583.

2] *sprechenden Vogel:* S. TB 4. 6. 48.

3] *Gegend des »Sommernachtstraums«:* Gemeint ist die Verwandtschaft mit Felix Mendelssohn Bartholdys Ouverture op. 21 (1826) und der siebzehn Jahre später komponierten Bühnenmusik zu Shakespeares ›Sommernachtstraum‹, op. 61 (1843).

11. 6. 1948

272 1] *Brief des Komponisten Möschinger:* Saas Fee, Wallis, 8. 6. 48; im TMA. Ein langes Schreiben mit dem Fazit: »Jedenfalls ist das Zwölftonsystem nicht so neu, daß Schönbergs daraus resultierende Theorie für sich den Anspruch einer Erfindung erheben dürfte.«

2] *Stücke über h e a e es:* Albert Moeschinger, ›Vier Fünftonstücke über h-e-a-e-es (dem Andenken Adrian Leverkühns)‹ für Klavier. Autograph im TMA.

3] *Oper:* Albert Moeschingers dramatische Kantate ›Die kleine Seejungfrau‹ für Soli, Chor und Orchester, op. 75 (1948) nach TMs im *Doktor Faustus* (GW VI, 457) Adrian Leverkühn zugeschriebener Andersen-Variation. TM hörte das Werk, das von Radio Basel uraufgeführt wurde, während seines Europa-Aufenthaltes am 25. 6. 1949 in Gegenwart des Komponisten in Basel.

12. 6. 1948

272 1] *Antworten:* An Ervino Pocar, P. P. 13. 6. 48, Reg. III, 48/311; ausführlich in D. ü. D. III, 167–170.

2] *Brahms' Zigeunerlieder:* Johannes Brahms' Liederzyklus op. 103, No. 1–8 von 1887 nach Texten aus dem Ungarischen von Hugo Conrat. TM besaß eine Platte mit Lotte Lehmann und Paul Ulanowsky.

3] *Lehmann:* Die Sopranistin Lotte Lehmann (1888–1976), 1914–1938 an der Wiener Hof- bzw. Staats-Oper engagiert, emigrierte nach der Besetzung Österreichs in die USA, wo sie in Santa Barbara/Kalifornien eine Musikakademie gründete. TM lernte Lotte Lehmann vermutlich 1935 während eines Salzburg-Aufenthaltes persönlich kennen. S. TB 24. 8. und 15. 9. 1935.
4] *Traubel:* Die amerikanische Sopranistin Helen Traubel (1898–1972), seit 1937 an der Metropolitan Opera in New York, erfolgreiche Wagner-Sängerin, trat nach dem Zweiten Weltkrieg zunehmend auch in Operetten, Musicals und im Tonfilm auf, so daß die Met den 1953 auslaufenden Vertrag mit ihr nicht mehr erneuerte.
5] *»Lieder« Wagners:* Von Richard Wagners ›Wesendonk‹-Liedern ›Im Treibhaus‹ und ›Träume‹ besaß TM eine Aufnahme von 1947 mit Helen Traubel und dem Philadelphia Orchestra unter Leopold Stokowski.

13. 6. 1948
1] *an Caroline Newton:* P. P. 13. 6. 48, Reg. III, 48/310; TM/CN 45/46. *273*

14. 6. 1948
1] *Ärztin Rachel:* Die von TM in der *Entstehung des Doktor Faustus* (GW XI, 285) als so außerordentlich hilfreich beschriebene Ärztin Rahel Segetz. *273*
2] *über Faustus:* Karl L. Mayer, ›‚Doktor Faustus'. Eine Einführung in das Buch von Thomas Mann‹, ›Hüben und Drüben‹, Beilage zum ›Argentinischen Tageblatt‹, Buenos Aires, 6. 6. 48, 1–3.
3] *Ausgabe der »Akademischen Rundschau«:* Die ›Hamburger Akademische Rundschau‹, Jg. 2, H. 11/12, Mai/Juni 1948 war TM gewidmet und enthielt – neben dem Abdruck von TMs Essay *Sechzehn Jahre* – folgende Beiträge: Hans-Joachim Lang, ›Der letzte Deutsche‹; Erich Heller, ›Tonio Kröger und der tödliche Lorbeerbaum‹; Max Rychner, ›Thomas Mann und die Politik‹; Käte Hamburger, ›Der Roman vom Mythus‹; Wolfgang Linder, ›Thomas Manns Indische Legende‹; Ludwig Landgrebe, ›Thomas Mann über Nietzsche‹; Wolfgang Linder, ›Gespräch mit Thomas Mann‹.

4] *Schrieb [...] nach Montevideo:* An Karl Leopold Mayer, P. P. 14. 6. 48, Reg. III, 48/311; Auszug in D. ü. D. III, 170.

5] *Klagen:* Das Schreiben ist verloren. Zur Sache s. TMs Antwortbrief, P. P. 16. 6. 48.

6] *Luschnat:* Der deutsche Schriftsteller David Luschnat (1895–1984) emigrierte 1933 zunächst nach Frankreich, wo er 1934 den ›Schutzbund deutscher Schriftsteller im Ausland‹ mitbegründete, dann in die Schweiz und kehrte 1958 nach Frankfurt zurück.

7] *Bericht Süskinds:* W. E Süskind, ›Dichter und ihre Gesellen‹, ›Süddeutsche Zeitung‹, 28. 5. 48.

15. 6. 1948

273 1] *Segitz:* S. TB 14. 6. 48, Anm. 1.

2] *von Kahler:* Nicht im nachgewiesenen Briefbestand des TMA. Vgl. jedoch TM an Erich von Kahler, P. P. 17. 6. 48, Reg. III, 48/317.

3] *F.-Aufsatz:* Die englische Übersetzung von Erich von Kahlers Essay ›Die Säkularisierung des Teufels‹ erschien unter dem Titel ›Thomas Mann's ‚Doktor Faustus': Terminal Work of an Art Form and an Era‹ in ›Commentary‹, New York, No. 7, April 1949, 348 bis 357.

4] *Lustig Prean [...] an den Herausgeber:* Nicht erhalten.

274 5] *feindselige Kritik:* Robert Blauhut, ›Wandel des Bildes des deutschen Menschen. Zu Thomas Manns ‚Doktor Faustus'‹, ›Die Furche‹, Wien, Jg. 4, 1948, No. 24 v. 12. 6. 48, Beilage ›Die Warte‹, 2, mit dem Fazit: »Von [Goethe] bis zu Thomas Mann ist ein weiter Weg, der bestimmt ist von einer anarchischen und nihilistischen Auflösung der Lebenseinheit, die Goethe noch hatte, die aber durch irreparable schizoide Schübe des Menschengeistes endgültig verloren ist und die nur ein Wunder Gottes wieder zurechtrücken kann.«

6] *Lustig-Prean:* Der österreichische Schriftsteller Karl Lustig-Prean (1892–1965) war 1938 nach Brasilien entkommen. Er kehrte 1948 nach Wien zurück.

7] *an die Dr. Hamburger:* An Käte Hamburger, P. P. 15. 6. 48, Reg. III, 48/310.

8] *Joseph-Aufsatzes:* Käte Hamburger, ›Der Roman vom Mythus‹, s. TB 14. 6. 48, Anm. 3.

9] *Kapitel über Tonio Kröger:* Erich Heller, ›Tonio Kröger und der tödliche Lorbeerbaum‹; s. TB 14. 6. 48, Anm. 3.

10] *Vortrag von D.F. Fleming:* In ›The Journal of Politics‹, vol. 10, No. 1, February 1948, 117–130.

16. 6. 1948

1] *mit roter Tinte:* Die von TM rot markierten TB-Eintragungen aus den Jahren 1943–1947 sind in den edierten Bänden durch überlange Schrägstriche gekennzeichnet. 274

2] *von Caroline N.:* O. O., o. D. im TMA: »›Faustus‹ ist ein heiliges Buch, ein von Gott gesegnetes Buch. So lang das Wort Deutschland lebt, wird dieses Buch leben, leben und unerläßlich sein für den, der versucht, Deutschland zu verstehen.«

3] *von Frau Eulenberg:* O. O., Pfingsten, 1948: Die Mitteilung, daß sie, angesichts des Interesses, das das Buch in Düsseldorf und Umgebung finde, gebeten sei, in ihrer Ortsgruppe der ›Vereinigung für demokratische Erneuerung Deutschlands‹ 6–8 Abende über den *Doktor Faustus* zu sprechen.

4] *vom Tode des Wiligis:* Im VIII. Kapitel des *Erwählten*, GW VII, 60–62.

5] *über Gide's Journal:* Alfred Kazin, ›The Journal Keeper‹, ›The New Yorker‹, 12. 6. 48, 91–94.

17. 6. 1948

1] *walkout der Russen:* Aus Protest gegen die Konsolidierung der Westzonen Deutschlands, für die eine Wahrungsreform mit Einführung der ›Deutschen Mark‹ beschlossen worden war, hatten die Sowjets 140 Güterwagen mit Kohle für Berlin die Durchfahrt verwehrt und die Elbbrücke auf dem Transitweg Berlin–Helmstedt ›wegen dringender Reparaturarbeiten‹ geschlossen. Die Berlin-Krise spitzte sich zu: am 16. 6. um 22.45 verließ der russische Kommandant ostentativ die Sitzung des Alliierten Kontrollrats in der gemeinsamen Kommandantur in Berlin. 274

2] *Verleih-System:* S. TM an Max Rychner, P. P. 2. 7. 48, Reg. III, 48/350: »Die Buchhändler hatten Suhrkamp so eine Art Leihzirkel-System für den ›Faustus‹ vorgeschlagen. So groß ist, bei natürlich kleiner Auflage, die Begierde.«

3] *Reisiger [...] Schlimm und schwierig:* Der Suhrkamp-Brief ist nicht erhalten, der Sachverhalt jedoch aus anderen Briefen zu erschließen. Am deutlichsten hat ihn vielleicht Reisiger selbst gegenüber Hermann Broch ausgesprochen: »Ich war u. bin [...] bereit, allen nur erdenklichen Humor u. guten Willen aufzubringen u. einem *solchen* Autor das Recht zu einiger karikierender Unbill zuzugestehen. Aber es sind nun doch Dinge in der Schilderung dieses Rüdiger, die kaum erträglich sind. Daß die ganze Gestalt keine *Spur* meiner *geistigen* Art hat, *nichts* z. B. von dem, was ich das *Whitmännische* nennen möchte, das ja auch auf Th. M., nach seiner eigenen öffentlichen, wiederholten Aussage, großen Einfluß geübt hat – das mag hingehen; er konnte es einfach in dem Zusammenhang nicht *brauchen*. Auch vieles andere würde ich gelten lassen. Aber daß er mich, resp. Rüdiger, als einen ›Krippenreiter‹ darstellt, der sich überall ›zum Essen‹ einladen läßt, der ›von jüdischen Verlegers- und Bankiersfrauen‹ Geschenke provoziert und hinterm Rücken ›antisemitische Bemerkungen‹ macht u.s.w. – das geht dann doch zu weit! Es ist unleidlich, sich *da*gegen etwa noch verteidigen u. rechtfertigen zu sollen! Es ist allzu unwürdig u. herabziehend. Ich habe nicht eine einzige Bankiersfrau gekannt, die mir Geschenke gemacht hätte, u. von Verlegersfrauen war die liebe Frau Fischer die einzige, die mir, wie *allen* befreundeten Autoren, zu Geburtstagen pp. Geschenke machte. [...] Wie *kann* man dergleich in ein so hämisches Licht stellen! [...] Es geht so weit, daß er ja sogar, obgleich adjektivisch verkappt, (die ›reisigen Vorfahren‹) meinen *Namen* anbringt. – Vorgestern war Bermann bei mir u. sagte mir, M. sei sehr beunruhigt u. frage immer wieder: ›Wird Reisiger wohl gekränkt sein?‹ – Ja, aber warum *tut* er denn so was überhaupt? Selbst wenn ich ihm anrechne, daß er das Buch schrieb zu einer Zeit, als wir nicht in Briefwechsel standen u. er vielleicht annahm, ich hätte mich von ihm abgewendet (was er aber als Freund nicht hätte denken *dürfen!*), so hätte er doch wenigstens jetzt, 1947, in Zürich, als er die Korrekturen las u. als wir ja längst wieder in herzlichster Korrespondenz standen [...] diese verletzendsten Stellen ändern können.« – Es ist anzunehmen, daß Peter Suhrkamp TM die Verletztheit von Reisiger, wie sie auch in dem Broch-Brief zum Ausdruck kommt, wissen ließ. Jedenfalls erklärte TM sich bereit, »die beanstandete Stelle von dem Wort ›Reisige‹ zu befreien und dafür ›berittene Begleiter von Edlen und Fürsten‹ zu setzen«, um so dem Freunde jedenfalls den »guten Willen« zu zeigen (an Peter Suhrkamp, 25. 6. 48, Reg. 48/342, D. ü. D. III, 173/174, ähnlich an Walter Rilla, P. P. 22. 6. 48, Reg. III, 48/330, D. ü. D. III, 171/172). In der Tat ist in der innerdeutschen Erstausgabe, Berlin und Frankfurt 1947, und allen folgenden Editionen diese Korrektur durchgeführt. Vgl. GW VI, Kap. XX, 226).

4] *vom T. M. Archiv:* Von Dr. Horstmann, Thomas-Mann-Archiv der Hansestadt Lübeck, Lübeck 15. 5. 48; im TMA. Das Schreiben enthält den Dank des Archivs für die »so überaus hochherzige Spende, die nun den Grundstock für unser Lübecker ›Thomas-Mann-Archiv‹ bildet.«

5] *[an] Kahler:* An Erich von Kahler, P. P. 17. 6. 48; Reg. III, 48/317. 275

6] *[an] R. Wahl:* An Rudolf Wahl, P. P. 17. 6. 48, Reg. III, 48/318, über seine TB 6. 6. 48, Anm. 4 nachgewiesene Biographie.

7] *»Der Schattenmann«:* Ruth Andreas-Friedrich, ›Der Schattenmann. Tagebuchaufzeichnungen 1938–1945‹, Berlin 1947.

18. 6. 1948

1] *Brief über Lyrik: Das Lieblingsgedicht;* Antwort auf eine Rundfrage von Willy Haas für die ›Welt am Sonntag‹, Hamburg, 1. 8. 48; GW X, 921–923. 275

2] *W. Haas:* Der in Prag geborene Berliner Literat, Drehbuchautor und, 1925, Mitbegründer der ›Literarischen Welt‹, Willy Haas (1891–1973) floh 1933 in die CSR und 1939 weiter nach Indien. 1948 kehrte er nach Europa zurück und lebte als Doyen des Feuilletons der ›Welt‹ und freier Kritiker in Hamburg.

3] *an Preetorius wegen Wolfskehl:* Der Brief ist verschollen; s. Reg. IV, 583. Die Sache läßt sich jedoch aus einem Schreiben Karl Wolfskehls an Emil Preetorius, Auckland 12. 6. 48 erschließen: »Geliebtester Emil, dies diktier ich an einem besonders schmerzvollen Tag, aber es muß von der Seele herunter, hat mir seit gestern, wo ich's erfuhr, schon Pein genug gemacht. In einem an Margot Ruben gerichteten Kurzbriefchen schreibt jene Erika Mann, ihr Vater habe von meiner Krankheit und meinen precarious material circumstances erfahren, bedaure beides. Zur Erleichterung des zweiten Punktes legt er einen Scheck von 50 Dollar bei. Weil an Margot Ruben gerichtet, nehme ich an, das Bedauern und die noble Attitude gehen auf eine Anregung von Deiner Seite zurück. Ich stehe mit dieser Art Weltberühmtheiten, besonders der in question, in fast gar keinem Kontakt. So kannst Du Dir denken, daß mich die Sache und die Art der Übermittlung (durch dritte Hand) bitter gekränkt haben. Letzteres um so mehr, als besagte Erika in einem ihrer amerikanisch geschriebenen dickleibigen Tagespamphlete mich unter einem Feigenblattnamen (Anton) in der lächerlichsten, hochnäsigsten Weise unter einiger Hervorhebung meiner ›Halbblindheit‹ abtut. Auch in ihrem gestrigen Geschreibs hat sie die Frechheit, K. W. ›a distinguished poet and scholar‹ zu schimpfen. Die Affaire, an sich gewiß so gleichgültig als möglich, hat mir, dessen Krankheit nervös so stark mitbedingt ist, eine Art Rückschlag geschenkt. [...] Wird aber bald wieder vorbei sein, reg Dich nicht auf! [...] Du hast's so gut gemeint. Aber ehe ich von einem Thomas Mann einen Bettelscheck einlöse, hänge ich mich auf an geborgtem Strick.« (›Wolfskehls Briefwechsel‹, a.a.O., Bd. 2, 960–962 und 1271).

4] *von Vikko:* O. O. [München], 18. 5. 48; im TMA. »Der mir von Dir übersandte Ausschnitt aus dem New Yorker AUFBAU ›Der dritte Bruder Mann‹ [s. TB 11. 5. 48, Anm. 5] hat mich empört und deprimiert zugleich. Ersteres, weil die Mystifikation, der die Herren des AUFBAU zum Opfer gefallen sind, mich als bodenlos geschmacklosen und über alle Massen taktlosen Menschen erscheinen läßt, letzteres aber, weil es Monate dauern wird, bis mein Dementi das Blatt über Dich erreichen wird und weil es sich um eine Zeitung von so weltweiter Verbreitung handelt.« Es folgt ein in 4 Punkte zusammengefaßtes Dementi der Behauptungen, Viktor Mann habe für sich in Anspruch genommen, »der ausgesprochene Liebling« seiner Mutter gewesen zu sein, der Münchener Sender habe verschiedentlich Lesungen aus der Biographie gebracht, und das Buch habe ursprünglich ›Thomas und seine Brüder‹ heißen sollen.

5] *Fragen der St. Louis Post Dispatch:* S. TB 4. 7. 48, Anm. 2.

6] *(Einstein, Fermi, Maritain):* Der deutsche Physiker Albert Einstein, der italienische Physiker Enrico Fermi (1902–1954) und der französische Schriftsteller Jacques Maritain (1882–1973) waren gleichfalls um Beantwortung der Umfrage gebeten worden.

7] *Mr. Fritzmann:* Reverend Stephen Fritchman (geb. 1902), s. TB 29. 10. 48, Anm. 1.

8] *Faustus-Besprechung:* Günter Schab, ›Thomas Mann's ‚Doktor Faustus'‹, ›Allgemeine Zeitung‹, Mainz, 7. 4. 48.

19. 6. 1948

275 1] *Rogers Ranch, P. P. Park:* Wohnbezirke von Pacific Palisades.

2] *Memoiren von Beneš:* ›Memoirs of Eduard Beneš. 1. Omens of a New Conflict‹, ›The Nation‹, vol. 166, No. 25 v. 19. 6. 48, 679–682.

20. 6. 1948

1] *Annonce Saroyans:* Die Anzeige des amerikanischen Schriftstellers William Saroyan (1908–1981) hat sich nicht finden lassen. 276

2] *Verwirrung [...] durch die Währungsmaßnahmen:* Am 18. 6. 48 hatten die westlichen Alliierten in Frankfurt für ihre Zonen eine Währungsreform verkündet, die durch Einführung der DM an Stelle der alten, in der sowjetisch besetzten Zone aber weiterhin gültigen Reichsmark die unterschiedlichen Wirtschaftssysteme in Ost- und Westdeutschland festschrieb.

21. 6. 1948

1] *Vandenberg-Boom:* Der republikanische Senator Arthur H. Vandenberg hatte am 19. 6. 48 erklärt, daß er für eine Kandidatur zur Verfügung stünde, wenn seine Partei ihn wolle. Auf der vom 21.–25. 6. dauernden ›Convention‹ entschieden sich die Wahlmänner jedoch mit großer Mehrheit für den Governor von New York, Thomas Edmund Dewey, gefolgt vom kalifornischen Governor Earl Warren, der dann jedoch – genau wie der im zweiten, entscheidenden Wahlgang klar unterlegene Dewey-Antipode Robert A. Taft – zugunsten von Dewey verzichtete. 276

2] *Schrift:* ›Literatur und Lüth‹, Berlin 1948; s. TB 20. 5. 48, Anm. 6.

3] *Bruder Paul:* Der in der NS-Zeit verfolgte Literarhistoriker und Theaterkritiker Paul Rilla (1896–1954), war während des Krieges Verbindungsmann zu der für die UdSSR arbeitenden Widerstandsgruppe ›Die rote Kapelle‹ gewesen. – Nach 1945 übernahm er in Berlin die Kulturredaktion der ›Berliner Zeitung‹.

4] *Aufsatz [...] über den Faustus:* Paul Rilla, ›Notizen zu Thomas Mann's »Doktor Faustus«‹, ›Dramaturgische Blätter‹, Berlin, Jg. 2, H. 4/1948, 145–155.

5] *großer Aufsatz:* Martin Schlappner, ›Thomas Mann und das Moralistentum André Gides‹, ›Der Bund; Der kleine Bund‹, Bern, 30. 5. 48, 89–91.

6] *Beantwortung von Fragen:* TMs Antwort ist verschollen; s. Reg. IV, 583. Die Sache geht aus einem Schreiben GBFs, Amsterdam, 16. 5. 48 hervor: »Die neue 3bändige ›Joseph‹-Ausgabe nähert sich der Vollendung. Ende Mai soll der 1. Band ausgedruckt sein, im darauffolgenden Monat der zweite und Ende Juli der dritte [im Rahmen der Stockholmer Gesamtausgabe] [...] Der Verlag hat sich über drei Länder nun ausgebreitet. Alle unsere Anstrengungen sind darauf gerichtet, dieses dezentralisierte Unternehmen endlich wieder zusammenzufassen. [...] Der Wiener Verlag hat bereits mit dem Druck einiger Bücher für das Amsterdamer Verlagshaus begonnen.«

22. 6. 1948

276 1] *Erikas Buch-Plan:* S. TB 19. 1. 48, Anm. 4.

2] *Interview:* Für den Bericht in den ›Los Angeles Times‹; s. TB 19. 12. 48, Anm. 1.

3] *an W. Rilla:* An Walter Rilla, P. P. 22. 6. 48, Reg. III, 48/330; Br. III, 33–35 (fragm.). Die ausgelassene Briefstelle lautet: »Besonders lieb war mir die heiter akzeptierende Ruhe, mit der darin [in Rillas Brief] von gewissen Montage-Freiheiten des Romans, Portraits, Namen, wirklichen Schicksalen etc. die Rede ist. Sie hängen zusammen mit einer gewissen ihm eingeborenen Erregtheit, Direktheit, Rücksichtslosigkeit, seinem Charakter als Lebensbeichte. Das Portrait ›Schildknapp‹, hingemalt, als Europa fern, verschlossen, versunken war und niemand wußte, wer dort noch lebte oder mit versunken war, – – ich habe in langen Briefen das Menschenmögliche getan, um ihm die Spitze abzubrechen, dem Freunde darüber hinwegzuhelfen. Ich habe zugegeben, daß, was vom Unmenschen auch in mir ist, in dem Buch rückhaltlos zu Tage kommt. Es fehlt nur, daß ich mit diesem Werk der Schmerzen, das mein eigenes Leben in Gefahr brachte, auch noch Mitmenschen wehe tun müßte.«

277 4] *Der Baseler Erotiker:* Nicht ermittelt.

23. 6. 1948

277 1] *A. Dr.:* Amalfi Drive, TMs alte Wohngegend.

2] *Pianistin Pescha Kagan:* Nichts Näheres ermittelt.

3] *Brief an Adorno [...] mitgenommen:* Der Brief vom 30. 12. 45, Reg. III, 45/620 mit der Bitte um Ratschläge für das Oratorium ›Apocalipsis cum figuris‹ im *Doktor Faustus.* TM nahm den Brief im Hinblick auf sein »biographisches Vorhaben«, *Die Entstehung des Doktor Faustus,* mit. S. auch Anhang No. 60 und 62.

24. 6. 1948

277 1] *Dewey – »Blitz«:* Das unvermutet schnelle Sich-Durchsetzen des Dewey-Flügels und die gleichfalls nicht voraussehbare, nach einer nur

dreistündigen Kampagne feststehende überwältigende Stimmenmehrheit, mit der der New Yorker Governor auf der Convention in Chicago zum republikanischen Präsidentschaftskandidaten gekürt wurde.
2] *Konferenz:* Die zweitägige Konferenz der UdSSR mit sieben weiteren Ostblockstaaten im Warschauer Wilanow-Palast ging am 24. 6. 48 mit einer gemeinsamen Erklärung zu Ende, die noch einmal für die Revision der westlichen Teilungsbeschlüsse eintrat, die in Potsdam beschlossene Abrüstung Deutschlands, die 4-Mächte-Kontrolle des Ruhrgebiets sowie die Erfüllung der Reparationsverpflichtungen einklagte und die Bildung einer gesamtdeutschen provisorischen, von allen demokratischen Parteien und Kräften getragenen deutschen Regierung befürwortete.
3] *in »Dichtung und Wahrheit«:* Für das Motto der *Entstehung.* S. TB 28. 6. 48, Anm. 2.
4] *[an] Suhrkamp:* An Peter Suhrkamp, 25. 6. 48; Reg. III, 48/342. Zur Sache s. TB 17. 6. 48, Anm. 3.
5] *[an] W. Linder-Bonn:* An Wolfgang Linder, P. P. 25. 6. 1948, Reg. III, 48/340.
6] *W. Linder:* Der »junge Feld-Unterarzt« Wolfgang Linder hatte TM zu seinem 70. Geburtstag einen Artikel ›Begegnung einer Jugend mit Thomas Mann‹ geschickt, der den Jubilar als erste Nachricht von einer »unter dem Nationalsozialismus erzogenen Jugend« außerordentlich beeindruckt: »I was able to learn much from this touching eulogy about the mental process which took place under the surface of national-socialistic life in Germany during the last twelve years«. (An Paul W. Freedman, P. P. 15. 7. 45, Reg. III, 45/296; s. auch TB 9. 7., 12. 7. und 20. 7. 45 mit den dazugehörigen Anmerkungen.).
7] *an Dial Preß:* An George W. Joel, P. P. 25. 6. 48, Reg. III, 48/339.
8] *Zusage nach London:* An L. A. Willoughby, P. P. 25. 6. 48, Reg. III, 48/344.

25. 6. 1948
1] *Gov. Warren:* S. TB 21. 6. 48, Anm. 1. *278*
2] *an Amann:* An Paul Amann, P. P. 26. 6. 48, Reg. III, 48/345; TM/PA 68.
3] *Hutchins:* Der amerikanische Erziehungswissenschaftler Robert Maynard Hutchins (1899–1977), von 1945–1951 Kanzler der Uni-

versität von Chicago, seit dieser Zeit mit den Borgeses befreundet und mit ihnen gemeinsam in der World-Government-Bewegung engagiert, später Begründer und Leiter des ›Center for the Study of Democratic Institutions‹ in Santa Barbara.

26. 6. 1948

278 1] *Goethe-Arbeit für den Sommer 49:* Zum 200. Geburtstag. Thomas Mann schrieb *Goethe und die Demokratie* und, für die deutschen Veranstaltungen in Frankfurt und Weimar, die *Ansprache im Goethe-Jahr.*

2] *»Pan-Europa«:* Die 1923 gegründete Pan-Europa-Bewegung des Politikers und Schriftstellers Richard Nikolaus Graf Coudenhove-Calergi (1893–1972), die eine Vereinigung Europas zum Schutz vor einem neuen Krieg und der Eroberung des Kontinents durch Sowjetrußland erstrebte.

3] *Kriegsrede:* ›Britain »Floundering and Sinking«‹, Rede auf einem Fest der Konservativen in Luton Hoo am 26. 6. 48; Churchill, a.a.O. vol. VII, 7669–7677.

27. 6. 1948

279 1] *Benützt ist eine Liebesleidenschaft:* Das Verhältnis zu Paul Ehrenberg, das im *Doktor Faustus* in der Beziehung Adrian Leverkühns zu Rudi Schwerdtfeger »aufgenommen« ist.

28. 6. 1948.

279 1] *»Roman eines Romans«:* Die *Entstehung des Doktor Faustus. Roman eines Romans;* s. TB 13. 2. 48, Anm. 4. S. auch TM an Agnes E. Meyer, P. P. 21. 7. 48, Reg. III, 48/395: »Ich habe jetzt meine Legenden-Novelle unterbrochen, um die Entstehungsgeschichte des ›Faustus‹ zu schreiben: ›Roman eines Romans‹. Es ist nur etwas für meine Freunde und ich werde die Schrift wohl nur Deutsch erscheinen lassen.«

2] *Motto:* »Denn obgleich jedes dichterische Werk zur Zeit seiner Erscheinung auf sich selbst ruhen und aus sich selbst wirken soll, und ich deswegen bei keinem weder Vor- noch Nachwort, auch gegen die Kritik keine Entschuldigung geliebt, so werden doch solche Arbeiten, insofern sie in die Vergangenheit zurücktreten, unwirksamer, eben je mehr sie im Augenblick gewirkt, ja man schätzt sie weniger, je mehr sie zur Verbreitung der vaterländischen Kultur beigetragen haben; wie die Mutter so leicht durch eine Anzahl schöner Töchter verfinstert wird. Deshalb ist es billig, ihnen einen historischen Wert zu verschaffen, indem man sich über ihre Entstehung mit wohlwollenden Kennern unterhält.« (Johann Wolfgang von Goethe, ›Dichtung und Wahrheit‹).

3] *Fusion:* Fritz H. Landshoff hatte nach dem Krieg erneut die deutschsprachige Abteilung des wiedereröffneten Querido-Verlags in Amsterdam übernommen, über die GBF den Import seiner in Stockholm und Wien gedruckten Verlagsproduktion nach Deutschland anstrebte. Da das schwedische Verlagshaus Bonnier diesem Plan nicht zustimmen mochte, verkaufte der Verleger Tor Bonnier seine Anteile am Stockholmer Bermann-Fischer Verlag der neugegründeten Verlagsgesellschaft Bermann-Fischer/Querido, mit Sitz in Amsterdam, die – geleitet von Fritz H. Landshoff und Gottfried Bermann Fischer – bis 1950 bestand und alle alten Verlagsrechte zurückgewinnen konnte. Näheres bei Friedrich Pfäfflin/Ingrid Kussmaul, ›S. Fischer, Verlag‹, Katalog zur Ausstellung, Marbach 1985, und Reiner Stach, ›100 Jahre S. Fischer Verlag. Kleine Verlagsgeschichte‹, Frankfurt 1986.

4] *von Preetorius:* Krottenmühl, 21. 5. 48; im TMA: Ein enthusiastisches, einschränkungsloses Lob des *Doktor Faustus.* »Sie gehören damit zu den gesegneten Künstlern von der Sorte Goethe oder Tizian oder Verdi.«

5] *in »German Life & Letters‹:* C. P. Magill, ›Doktor Faustus‹, ›German Life and Letters‹, N. S. No. 1, April 1948, 234–237.

6] *[in] »Etudes Germaniques«:* Louis Leibrich, ›Le nouveau roman de Thomas Mann: Doktor Faustus‹, ›Etudes germaniques‹, Lyon/Paris, Jg. 3 No. 1, Jan.–Mars 1948, 91–97.

7] *Ausfüllung eines Fragebogens für Immigranten:* Um was es sich hier handelte, ließ sich nicht mehr ermitteln.

8] *Die Russen beseitigen Marshall Tito:* Das kommunistische Informationsbüro (s. TB 5. 10. 47, Anm. 4) schloß am 27. 6. 48 die KP Jugoslawiens wegen Abweichungen vom Marxismus-Leninismus und Annäherung an den imperialistischen Kapitalismus aus dem Kominform aus.

9] *Symphonie von Schubert:* Gemeint ist wohl Franz Schuberts große *280*
C-Dur Symphonie (D. V. 944).

10] *Loges Erzählung:* Richard Wagner, ›Rheingold‹, 2. Szene: »Um den gleißenden Tand,/ der Tiefe entwandt,/ erklang mir der Töchter Klage:/ an dich, Wotan,/ wenden sie sich,/ daß zu Recht du zögest den Räuber,/ das Geld dem Wasser/ wieder gebest,/ und ewig es bliebe ihr Eigen.«
11] *das Nietzsche-Buch:* H. A. Reyburn, H. E. Hinderks, J. G. Taylor, ›Friedrich Nietzsche. Ein Menschenleben und seine Philosophie‹, Kempen/Ndrh. 1947. Das Buch ist in der Zürcher Bibliothek erhalten.
12] *Britische u. amerk. Flugzeuge ...:* Die Errichtung der Luftbrücke, über die die westlichen Alliierten die von ihnen verwalteten Sektoren Berlins mit Lebensmitteln versorgten, nachdem die Russen die Schienen- und Straßen-Zufahrtswege blockiert hatten.

29. 6. 1948
280 1] *Neujahrsartikel:* S. TB 4. 12. 47, Anm. 2.

1. 7. 1948
280 1] *Verschärfung:* Nachdem die Russen den westlichen Protest gegen die Sperrung der Zufahrtswege nach Berlin zurückgewiesen und die Blockade aufrechterhalten hatten, bekräftigte der amerikanische Außenminister noch einmal offiziell die Entschlossenheit der Westmächte, der sowjetischen Herausforderung mit allen Mitteln – unter Einschluß des Kriegsrisikos – zu begegnen.
2] *Bericht von Rychner:* Max Rychner, ›Thomas Manns Goethe-Studien. Zu den Essays: »Neue Studien«‹, ›Die Tat‹, Zürich, 19. 6. 48, 11.
3] *an Dr. Rychner:* An Max Rychner, P. P. 2. 7. 48, Reg. III, 48/350; Bl. TMG. No. 7, 1967, 18/19.

2. 7. 1948
281 1] *Aufnahmen [...] für L. A. Times:* Zur Illustration des Interviews am 22. 6. 48 und für den TB 19. 12. 48, Anm. 1 nachgewiesenen Bericht in den ›Los Angeles Times‹.
2] *an Vikko:* An Viktor Mann, P. P. 3. 7. 48, Reg. III, 38/358, Br. III, 36/37. Zur Sache s. TB 18. 6. 48, Anm. 4. Die von Viktor Mann geforderte Richtigstellung war am 25. 6. 48 (vol. XIV, No. 26, 8) im ›Aufbau‹ erschienen: »Zu der kürzlich im ›Aufbau‹ veröffentlichten Nachricht [...] erfahren wir, daß seine [d. i. Viktor Manns] von liebevollem

Humor getragenen Erinnerungen an die gemeinsame Jugendzeit nicht [...] den Titel ›Thomas und seine Brüder‹ tragen werden, der dem Ganzen eine keineswegs beabsichtigte Note gegeben hätte, sondern unter dem Titel ›Bildnis einer Familie‹ erscheinen werden, der dem geschilderten Milieu wie der Art der Erzählung eher gerecht werden dürfte.«

3] *mit Widmung:* S. TB 3. 4. 48, Anm. 3.

3. 7. 1948

1] *verschärft:* Am 1. 7. 48 hatte die russische Delegation aus Protest gegen die Einführung der westlichen Währung auch in Berlin die gemeinsame alliierte Stadtkommandantur verlassen. Die drei westlichen Stadtkommandanten verlegten ihr Hauptquartier in die Westzonen. 281

2] *Einsteins »Mozart«:* Alfred Einstein, ›Mozart. Sein Charakter, sein Werk,‹, Stockholm 1948.

3] *A. C. Chakravarty:* Nichts Näheres ermittelt.

4] *Elis. Bergner:* Die österreichische Schauspielerin Elisabeth Bergner (1900–1986) war 1934 mit ihrem Mann, dem aus Ungarn stammenden Regisseur Paul Czinner (1890–1972) zunächst nach England, später in die USA und schließlich zurück nach England emigriert. Sie kam nach dem Kriege nur zu gelegentlichen Gastspielen in die Bundesrepublik und nach Österreich und starb in London.

5] *Rud. Ladenburg:* Der Berliner Physiker Rudolf Ladenburg (1882–1952), ein Freund und weitläufiger Verwandter der Familie Mann/Pringsheim, lehrte seit 1931 in Princeton, wo ihn TM 1938 wiedertraf.

6] *»Als der Großvater –«:* Gustav Wustmann, ›Als der Großvater die Großmutter nahm. Ein Lesebuch für altmodische Leute‹. Neubearbeitung von Anton Kippenberg und Friedrich Michael, 5. veränderte Auflage, Leipzig 1922.

7] *Telephon-Anruf [...] aus Lübeck:* Wie aus späteren Meldungen in der deutschen Presse hervorgeht, handelte es sich um den Versuch der ›Lübecker Nachrichten‹, TM für eine Hilfsaktion zugunsten des Wiederaufbaus der Marienkirche zu gewinnen. Die Tatsache, daß man 1948 aus Deutschland nur in die USA telefonieren konnte, wenn der Empfänger die Gebühren übernahm (»collect«-Verfahren) – und dieses Ansinnen in Pacific Palisades, da der Anrufer unbekannt blieb, zurückgewiesen wurde, trug TM gehässige Kommentare ein, die auch nicht zurückgenommen wurden, als seine Bemühungen um die Hauptkirche seiner Heimatstadt weltweit bekannt geworden waren.

4. 7. 1948

282 1] *an Feist:* Verschollen; s. Reg. IV, 583. Zur Sache der Lotte-Dramatisierung s. TB 4. 10. 47, Anm. 5.

2] *Antwort:* ›One Does Not Lead the World by Terror‹ by Thomas Mann, German-Born Novellist, ›St. Louis Post Dispatch‹, 15. 8. 1948, 1. Ein mit der Zeitschriften-Fassung identisches Typoskript befindet sich im TMA. Der Text ist im Anhang No. 40 abgedruckt.

5. 7. 1948

282 1] *Eisenhowers Absage:* Nachdem am 2. Juli auch noch die Wahlmänner aus Virginia und Georgia erklärt hatten, auf der Democratic Convention in Philadelphia für Eisenhower votieren zu wollen, wies der General in einer offiziellen Erklärung noch einmal auf sein Januar-Schreiben hin, in dem er betont hatte, daß er sich nicht mit einer politischen Partei identifizieren wolle und deshalb die Nominierung für ein öffentliches Amt nicht annehmen könne.

2] *Bernadotte [. . .] als Runciman:* Der UN-Beauftragte für Palästina, der schwedische Diplomat und Präsident des Roten Kreuzes, Graf Folke Bernadotte (1895–1948), versuchte, durch Verlängerung eines am 9. 7. auslaufenden Waffenstillstands zwischen Juden und Arabern Zeit für die Durchsetzung des von den Vereinten Nationen beschlossenen, auf der Teilung Palästinas beruhenden Friedensplans zu gewinnen. Seine Bemühungen erinnerten TM offensichtlich an die Vermittlerrolle, die der britische Politiker Walter Runciman (1870–1949), seit 1937 Viscount Runciman of Oxford, als Initiator und Leiter der sogenannten Runciman-Mission bei der Vorbereitung und Realisierung des Münchener Abkommens zwischen Großbritannien, Frankreich, Italien und Deutschland im Juli 1938 gespielt hatte.

6. 7. 1948

282 1] *Eisenhower Draft Bewegung:* Die wesentlich von James Roosevelt in Kalifornien, dem New Yorker Bürgermeister William O'Dwyer, Colonel Jacob M. Arvey aus Chicago und Senator Pepper aus Florida getragene ›Wählt Eisenhower‹-Kampagne, die auch nach der definiti-

ven Absage des Generals nicht aufgab, sondern darauf pochte, »that Eisenhower's words lacked finality«.

2] *Jim Roosevelt gibt nicht auf:* Vor allem James Roosevelt, der älteste Sohn des Präsidenten, hatte versucht, die ›Anti-Truman-Democrats‹ durch einen nochmaligen Appell an die Wahlmänner von der Notwendigkeit eines Endes der Ära Truman zu überzeugen: »The Rally aims to block Truman.«

3] *Stössinger:* Der aus Prag stammende Schriftsteller Felix Stössinger (1889–1954) emigrierte 1933 aus Berlin in seine Heimatstadt, floh 1938 nach Nizza und gelangte 1942 in die Schweiz. TM kannte Stössinger seit Februar 1937, als ihm der Gast anläßlich eines Teebesuchs über sein Werk ›Revolution der Weltpolitik‹ »interessanten Bericht erstattete«. (S. TB 28. 2. 37).

4] *Artikel über Faustus:* Felix Stössinger, ›Doktor Faustus‹, ›Neue Wege‹, Bad Ragaz, No. 42, Mai 1948, 202–209.

5] *einen Vortrag:* Vermutlich die am 1. 7. 48 am Vasaar College, Pough Keepsie, New York, gehaltene Ansprache ›Standards and Values‹. Der Titel ist ein TM-Zitat in Agnes Meyers Übersetzung: TMs erstes Editorial für ›Mass und Wert‹ erschien als ›Standards and Values‹ in der ›Washington Post‹.

6] *Schnöder [...] Artikel:* Jacques Barzun, ›Thomas Mann as Critic, or The Strayed Novelist‹, ›The Nation‹, vol. 167, No. 1 v. 3. 7. 48, 20/21, eine kritische Betrachtung der *Essays of Three Decades*, in der einer lauen Bewunderung gewisser Qualitäten, besonders des *Kleist*-Essays, der grundsätzliche Einwand folgte: »But he stands in his own light and sees only vague reflections of himself in the waters of the past, while we watch distorted images spread across the endless circles. / Throughout, the lack of formal order is matched by a lack of intellectual order. The author absentmindedly *plays* with his categories« ... vor allem, was den Begriff ›bourgeois‹ beträfe, der bei TM zugleich ›middling‹, ›aristocratic‹, ›liberal‹, ›philistine‹, ›conscientious‹ und ›workmanlike‹ bedeuten könne: »Mann's variations in this regard are not simple meanderings; they are elaborate flabbiness of mind, akin to indolent caprice.«

7] *Mr. Morris:* Das Schreiben mit der Bitte um eine Unterredung, 283
unterzeichnet von Charles Morris, All Souls Unitarian Church, Los Angeles 25. 6. 48, befindet sich im TMA.

7. 7. 1948

283 1] *Prager Demonstration:* Am 6. 7. 48 hatten in Prag mehrere tausend Teilnehmer einer Veranstaltung des Volksturnverbands Sohol Hochrufe auf Beneš und Masaryk ausgebracht und ausländische Fahnen geschwenkt. Eine sich anschließende Anti-Gottwald-Demonstration mit 3000 Teilnehmern war schließlich von der Polizei aufgelöst worden.

2] *Jahrbuch:* S. TB 9. 7. 48, Anm. 4.

3] *Goethe–Eckermann:* Die Artemis-Ausgabe von Johann Peter Eckermann, ›Gespräche mit Goethe in den letzten Jahren seines Lebens 1823–1832‹, hrsg. von Ernst Beutler, Zürich 1948, befindet sich in der Zürcher Nachlaß-Bibliothek.

4] *Bowl-Propaganda-Dinner:* Eine »Fund-Raising«-Veranstaltung zugunsten der Hollywooder Bowl.

5] *Montemezzi:* Der italienische Opernkomponist Italo Montemezzi (1875–1952) lebte von 1939 bis 1949 in Kalifornien.

6] *Menuhins Schwester:* Die Pianistin Hephzibah Menuhin (1920 bis 1981).

8. 7. 1948

283 1] *jener giftigen Kritik:* S. TB 6. 7. 48, Anm. 6.

2] *an Knopf:* An Alfred A. Knopf, P. P. 13. 7. 48, Reg. III, 48/369.

284 3] *Aufsätze der Hudson Review:* S. TB 5. 6. 48, Anm. 4.

9. 7. 1948

284 1] *F.-Bericht: Die Entstehung des Doktor Faustus.*

2] *an [...] Moeschinger:* An Albert Moeschinger, P. P. 9. 7. 48, Reg. III, 48/361; Auszug in D. ü. D. III, 176.

3] *an Mrs. Meyer:* An Agnes E. Meyer, P. P. 9. 7. 48, Reg. III, 48/360.

4] *Zehnjahr-Buch:* ›Zehnjahrbuch des Verlages Bermann-Fischer. 1938–1948. Redigiert und eingeleitet von Friedrich Torberg‹, Wien 1948.

10. 7. 1948

284 1] *nicht ein erfreuliches:* So im Manuskript.

2] *endgültiges Nein:* Eisenhower hatte in einem Telegramm an Senator Pepper vom 9. 7. 48 definitiv erklärt, daß er eine Nominierung als demokratischer Präsidentschaftskandidat unter allen Umständen ab-

lehnen werde: »I ask you to accept my refusal as final and complete, which it most emphatically is.«
3] *Juden im Unterliegen:* Der Eintrag kann sich nur auf die Weigerung der Araber beziehen, der von Bernadotte vorgeschlagenen Verlängerung des Waffenstillstands zuzustimmen. Militärisch befanden sich, nach Wiederaufnehmen der Kampfhandlungen, die Juden am 10. 7. eher in der Vorderhand.
4] *Artikel:* Lavinia Mazzucchetti, ›Thomas Mann: Il ‚Doktor Faustus', ›Il Ponte‹, Florenz, No. 4, Mai 1948, 238–243.
5] *Musik im faschistischen Zeitalter:* Vermutlich der in zwei Fassungen existierende Vortrag von 1945: ›What National Socialism has done to the Arts‹ und ›The Musical Climate for Fascism in Germany‹; zu Lebzeiten des Autors ungedruckt, jetzt in Theodor W. Adorno, ›Gesammelte Schriften‹, 20. 2, 413–440.
6] *»Carlotta a Weimar«:* Die Übersetzung von Lavinia Mazzucchetti erschien mit acht Illustrationen von Luigi Grosso 1948 bei Mondadori in Mailand.
7] *Illustrationen, brr:* Vgl. das Schreiben an Lavinia Mazzucchetti, P. P. 12. 7. 48, Reg. III, 48/364, in dem TM seiner Übersetzerin bescheinigt, sie habe »nicht eine Wendung des Originals verfehlt«, und dann fortfährt: »Und die Bilder? Was sagen Sie? Ich mag nichts sagen. Es ist wohl noch nie ein Erzähler mit Illustrationen zu seinen Büchern zufrieden gewesen. So mag mein Befremden wenig zu bedeuten haben. Und doch, und doch . . ./ Arnoldo, il presidente himself, hat mir einen hoch-rhetorischen Brief zum Erscheinen des Buches geschrieben. Ich muß ihm noch danken – und weiß nicht, wie ich mich dabei um die Bilder herumdrücke.« (Kopie im TMA)
8] *Faustus-Artikel von Pierre Lorson S. J.:* Pierre Lorson, ›Les lettres à l'étranger. Deux romans allemands‹, ›Etudes‹, Paris, Jg. 81, No. 4, April 1948, 81–93; über TM 87–93.
9] *Le colonnel:* Alfred Döblin.
10] *Dankesbrief:* Verschollen; s. Reg. IV, 583.

11. 7. 1948
1] *an Stössinger:* Verschollen; s. Reg. IV, 583. *285*
2] *In Lichtenbergs Briefen:* TM besaß die von Wilhelm Herzog 1907 herausgegebene Ausgabe ›Aphorismen, Fragmente, Briefe von Georg Lichtenberg‹, die in der Zürcher Bibliothek erhalten ist.

12. 7. 1948

285 1] *an die Mazzucchetti:* An Lavinia Mazzucchetti, P. P. 12. 7. 48, Reg. III, 48/364; s. auch TB 10. 7. 48, Anm. 7.
2] *[an] Adorno:* An Theodor W. Adorno, P. P. 12. 7. 48, Reg. III, 48/363; Br. III, 37.

13. 7. 1948

285 1] *Faustbesprechungen:* Vermutlich Iring Fetscher, ›Der andere Weg. Betrachtungen zum ‚Doktor Faustus' von Thomas Mann‹, ›Studentische Blätter‹, Tübingen, No. 6/1948, 3–6; und: Frederick C. Sell, ›Ein Kommentar zu Thomas Manns ‚Doktor Faustus'‹, ›Monatshefte für deutschen Unterricht‹, Madison/Wis., Jg. 40, No. 4, April 1948, 195–203.
2] *von Preetorius:* Krottenmühl, 29. 5. 48; im TMA.
3] *an Wahl [. . .] korrigiert:* Rudolf Wahl hatte gebeten, TMs Brief vom 17. 6. 48 (s. dort, Anm. 6) zu Werbezwecken benutzen zu dürfen. TM bat in dem hier gemeinten Schreiben, gewisse kritische Passagen über dritte Autoren bei der Weiterverwendung fortzulassen und machte offenbar entsprechende Vorschläge.
4] *Angelegenheit der Lübecker Marienkirche:* TM war aus Lübeck gebeten worden, eine Hilfsaktion zugunsten des durch die Währungsreform finanziell gefährdeten Wiederaufbaus der Marienkirche zu initiieren. Die Art und Weise, in der er versuchte, den Erwartungen der Lübecker Rechnung zu tragen, zeigt ein Brief an den Präsidenten des New Yorker Hunter College, George N. Shuster, P. P. 14. 8. 48, Reg. III, 48/374: »The beautiful old city of Luebeck has suffered severe losses and the few monuments which have been spared should be preserved and restored as far as possible. The Marienkirche is certainly the most important old building and it would be a great pity if it should now completely be destroyed because of the lack of financial aid. I have immediately cabled to my German publisher, Peter Suhrkamp in Berlin, and asked him to transfer all my German royalities to the writer of the enclosed letter [von Hans Schrem, dem Chefredakteur der ›Lübecker Nachrichten‹, s. TB 14. 7. 48, Anm. 3] in order to meet the most urgent immediate needs. But this is, of course, only a modest beginning. / I learned that the American government has been spending considerable sums for purposes of this kind in Italy. The Italian art treasures are, of course, much better known than

those of Germany, but Luebeck is really a city which can compete with many famous Italian spots. / I would appreciate if you could let me know whom I should address for assistance in this matter.« (Kopie im TMA)

14. 7. 1948

1] *Democratic Convention:* Der National-Convent der Demokraten in Philadelphia zur Nominierung ihres Präsidentschaftskandidaten. 286

2] *Rede der Douglas:* Die kalifornische Abgeordnete Helen Douglas Gahagan (1900–1980), ehemals Schauspielerin, sprach als Vertreterin der anwesenden weiblichen Delegierten, die ein Drittel des Wahl-Gremiums ausmachten.

3] *Kabel:* An Hans Schrem, ›Lübecker Nachrichten‹, Santa Monica, 15. 7. 48, Reg. III, 48/381: »Contacting Authorities here and offering my German Royalities at Suhrkamp-Verlag for imediate urgent needs. Best wishes Thomas Mann« (zitiert nach dem in den ›Lübecker Nachrichten‹ vom 17. 7. 48 abgedruckten Faksimile.

4] *an Dr. Sell:* An Friedrich C. Sell, P. P. 14. 7. 48, Reg. III, 48/373.

5] *»Urmensch und Mysterium«:* Karl Kerényi, ›Urmensch und Mysterium‹, ›Eranos-Jahrbuch 1947‹ (Bd. 15), Zürich 1948, 41–47; aufgenommen in: Karl Kerényi, ›Niobe. Neue Studien über antike Religion und Humanität‹, Zürich 1949.

6] *Beziehungen zum Gregorius:* Vgl. TM an Karl Kerényi, P. P. 17. 7. 48, Reg. III, 48/385: ». . . alles, was ich von Ihren Schriften studiert, hat mich irgendwie fruchtbar belehrt, mich angeregt und sich [. . .] bei meinem eigenen Träumen und Bauen nutzbar machen lassen. Ich habe das deutliche Gefühl, daß es auch mit ›Urmensch und Mysterium‹ so gehen wird [. . .] Schon manchmal, wenn etwas Neues kam, habe ich mir gesagt: ›Ach, diesmal wird es wohl nichts für mich sein‹ [. . .] Und wenn ich dann zu lesen begann, so war es doch wieder etwas für mich, ich horchte auf, strich an, und leise begann die produktive Maschine zu arbeiten.« (TM/KK, 157). – Eineinhalb Jahr später zeigt ein Brief vom 4. 1. 50, Reg. III, 50/8, wo TM Kerényis Darstellung für seinen Roman nutzbar machten konnte: »Gerade beschäftigt mich wieder Ihr ›Urmensch und Mysterium‹, das zum Merkwürdigsten gehört, was Sie geschrieben haben. Es beschäftigt mich im Zusammenhang mit dem ›Gregorius‹ und zwar mit der Frage seiner Ernährung auf dem Felsen. Diese wird von Hartmann von Aue in einer

Weise beschrieben, die *leise* anklingt an die Epikur'sche Hypothese von uteri der Erde und von der Nährmilch, die sie im Anfang der Menschheit gespendet habe. Ich will dies anhand Ihrer Citate über die ›Schläuche‹ genauer und phantastischer ausführen, als Hartmann ...« (Br. III, 126). S. dazu *Der Erwählte,* GW VII, Kap. XXIV, 190/191.

15. 7. 1948

286 1] *Attentat:* Am 14. 7. war der Führer der KPI, Palmiro Togliatti, in der Nähe des Gebäudes der Nationalversammlung in Rom durch den fünfundzwanzigjährigen sizilianischen Jura-Studenten Antonio Pallante niedergeschossen und schwer verwundet worden.
2] *Russische Zurückweisung:* Am 15. 7. begann in London die Konferenz der drei westlichen Besatzungsmächte über die möglichen Reaktionen auf die sowjetische Behauptung, durch die Einführung der Deutschen Mark und viele andere Verletzungen des Vier-Mächte-Abkommens habe der Westen seine Rechte, in Berlin mitzuregieren, »für null und nichtig« erklärt.
3] *Eckermann–Sorel:* ›Friedrich Sorets Gespräche mit Goethe in Eckermanns Bearbeitung.‹ (S. auch TB 7. 7. 48, Anm. 3.)
4] *Sorel:* Der Weimarer Prinzenerzieher Friedrich Jakob Soret (1795–1865), Gesprächspartner Goethes und französischer Übersetzer der ›Metamorphose der Pflanzen‹.

16. 7. 1948

286 1] *Upton Sinclair fordert Wallace auf:* In einem Telegramm vom 15. 7. 48 hatte Upton Sinclair an H. A. Wallace appelliert, »to return to the ›rededicated Democratic Party‹ and ›help save us from another Republican regime‹.« Sinclair erinnerte – der NYT vom 16. 7. 48, 3:5 zufolge – an die ›acceptance‹-Rede des Präsidenten: »It was the speech of a man who had mastered his job. [...] The recalling of Congress is a great stroke. For the first time in our history the two dominant parties have been called upon to prove their belief in their platforms in advance of the election. I do not see how you can fight this redidicated Democratic party.«
2] *Vater und Tochter in Sachen [...] Judenkolonie:* Nichts Näheres ermittelt.
3] *an [...] Fetscher:* An Iring Fetscher, P. P. 15. 7. 48, Reg. III, 48/377.

4] *Fetscher:* Der Politikwissenschaftler und Historiker Iring Fetscher (geb. 1922) lehrte bis 1988 an der Universität Frankfurt.

17. 7. 1948

1] *Korrodis Besprechung:* Eduard Korrodi, ›‚Neue Studien' von Thomas Mann‹, ›Neue Zürcher Zeitung‹, 16. 6. 48, Bl. 8. 287
2] *Artikel über franz. Préciosité:* Eduard Korrodi, ›La préciosité et les précieux‹, ›Neue Zürcher Zeitung‹, 19. 6. 48.
3] *statement:* Noch nicht aufgefunden.
4] *an Basler:* An Otto Basler, P. P. 17. 7. 48, Reg. III, 48/384.
5] *[an] Kerényi:* An Karl Kerényi, P. P. 17. 7. 48, Reg. III, 48/385.
6] *»André Chénier«:* ›Andrea Chénier‹, das 1896 uraufgeführte musikalische Drama mit geschichtlichem Hintergrund in vier Bildern von Luigi Illica, Musik von Umberto Giordano.

18. 7. 1948

1] *Die Nachtigall:* Hans Christian Andersens Märchen ›Die Nachtigall‹ von 1843. TM besaß eine Gesamtausgabe der Andersen-Märchen, Halle 1887/88 nebst Ergänzungsband. Sie ist mit Anstreichungen TMs in der Zürcher Bibliothek erhalten. 287

19. 7. 1948

1] *Memoiren-Buch von H. v. Hülsen:* Hans von Hulsen, ›Freundschaft mit einem Genius. Erinnerungen an Gerhart Hauptmann‹, München 1947. 287
2] *von Basler:* Das Schreiben von Otto Basler, Burg/Aargau, 14. 7. 48, befindet sich im TMA.
3] *im »Aufbau« [...] über ihn:* ›Aufbau‹, vol. XIV, No. 29 v. 16. 7. 48, 9: »Selbstmordversuch Klaus Manns. Klaus Mann, der bekannte Autor und Journalist, Sohn von Thomas Mann, beging am vergangenen Sonntag Abend in seiner Wohnung in Pacific Palisades, Cal. einen Selbstmordversuch. Er atmete Gas ein und schnitt sich die Pulsadern auf. Die Rettungswache mußte das Badezimmer aufbrechen und brachte Klaus Mann in das Santa Monica Hospital, wo er die Nacht verblieb. Er ist jetzt wieder in guter Verfassung.// Klaus Mann kehrte vor einem Monat über New York nach Pacific Palisades von einer erfolgreichen Vortragstournee durch Nord- und Mitteleuropa zurück.

In einem Anfall von Erschöpfung und Depression, aber ohne ein besonderes Motiv, glaube er nicht länger leben zu können.«

4] *an Landshoff:* An Fritz Landshoff, P. P. 20. 7. 48, Reg. III, 48/392.

5] *([an] Becher):* An Johannes R. Becher, P. P. 19. 7. 48, Reg. III, 48/387.

6] *Statement über Deutschland:* Nicht ermittelt.

7] *Spring:* Der anthroposophische Schriftsteller Powell Spring (1891–1968), dessen Schriften TM seit 1944 aufmerksam gelesen hatte.

20. 7. 1948

288 1] *In Washington Konferenzen:* Alarmierende Börsen-Bewegungen und das Gerücht, die USA hätten versucht, ihre westlichen Verbündeten auf eine ›harte Linie‹ einzuschwören, indem sie einen durch Panzer geschützten Zug oder Straßenkonvoi durch die sowjetisch besetzte Zone nach Berlin schicken wollten, hatten den amerikanischen Präsidenten veranlaßt, die Generale Clay und Murphy zum Rapport für den 21. 7. nach Washington zu beordern.

2] *Ostzonen-Zeitschrift »Aufbau«:* Die seit 1948 zunächst von Johannes R. Becher, später von Bodo Uhse in Berlin herausgegebene Monatsschrift ›Aufbau‹. S. TM an Johannes R. Becher, P. P. 23. 7. 48: »Dies schreibe ich [. . .], um meinem Vergnügen und meiner Ueberraschung Ausdruck zu geben über das hohe Niveau der Zeitschrift, zu dem ich Sie und Ihre Mitarbeiter nur beglückwünschen kann.« (D. ü. D. III, 179).

3] *Artikel:* Walther Victor, ›Thomas Manns ‚Doktor Faustus'. Erster Eindruck von des Dichters großem Roman‹, ›Aufbau‹, Berlin, 4. Jg. H. 6, Juni 1948, 491–496.

4] *W. Victor:* Der Schriftsteller und Journalist Walther Victor (1895–1971) war 1935 in die Schweiz, 1938 nach Luxemburg und 1940 nach Frankreich geflohen, von wo es ihm gelang, vor den anrükkenden Deutschen in die USA zu entkommen. 1947 kehrte er nach Europa zurück und lebte bis zu seinem Tode in Berlin-Niederschönhausen.

5] *Mozart-Requiem:* Von Wolfgang Amadeus Mozarts Requiem, KV 626, besaß TM eine Aufnahme der University of Pennsylvania Choral Society und dem Philadelphia Orchestra unter Harl McDonald. Die Solisten sind nicht genannt.

6] *Bild der Mengstraßen-Ruine:* Im TMA. TM bedankte sich noch am selben Tag für die Aufnahme und schickte dem Lübecker Archiv als Gegengabe eine Photographie seines Hauses am San Remo Drive. S. TM an Siegfried Horstmann, P. P. 20. 7. 48, Reg. III, 48/391.

21. 7. 1948

1] *Verhaftung:* Unter dem Vorwand, einen gewaltsamen Umsturz in 288
den USA zu planen, wurden am 20. 7. 48 zwölf hochrangige Kommunistenführer angeklagt und neun von ihnen durch das Federal Bureau of Investigation (FBI) festgenommen, am 22. jedoch gegen hohe, vom Civil Rights Congress aufgebrachte Kautionen (pro Mann 5000 Dollar) wieder freigelassen. Die KP wertete die Beschuldigungen als »a Truman effort to win the election by hook or crook« und sprach von »this American version of the Reichstag fire«, in Scene gesetzt, um den Zulauf von Wählern zur Third Party Henry A. Wallaces zu stoppen.

2] *Improvisation über Harden:* An Harry F. Young, P. P. 24. 7. 48, Reg. III, 48/405. Der Text dieser Brief-Charakteristik ist im Anhang No. 41 wiedergegeben.

3] *Regisseur Mittler:* Der Regisseur und Schauspieler Leo Mittler (1893–1958).

22. 7. 1948

1] *Bericht Bermanns:* Amsterdam, 17. 7. 48; TM/GBF 500–505. 289

2] *an die Meyer:* An Agnes E. Meyer, P. P., 21. 7. 48, Reg. III, 48/395.

23. 7. 1948

1] *von Schülern Bertrams:* Der Brief von Werner Schmitz befindet 289
sich nicht unter den im TMA archivierten Schriftstücken. S. jedoch TMs Antwort, P. P. 30. 7. 48, Reg. III, 48/410; Br. III, 38–40; TM/EB 195–198.

2] *an Becher:* An Johannes R. Becher, P. P. 23. 7. 48, Reg. III, 48/397, Auszug in D. ü. D. III, 179. Vgl. TB 20. 7. 48, Anm. 2.

3] *Anfragen wegen Harden:* S. TB 21. 7. 48, Anm. 2.

25. 7. 1948

1] *angeblicher Abschiedsbrief:* ›Masaryk's Suicide. Letter to Stalin‹, 290
›The New Leader‹, New York, vol. XXXI, No. 29 v. 17. 7. 1948, 8/9.

2] *K.:* hier Klaus Mann

3] *deutsches Buch über Sophokles:* Karl Reinhardt, ›Sophokles‹, 1933. TM erhielt die 3. Auflage, Frankfurt 1947, die sich in der Zürcher Bibliothek befindet.

4] *»Ape and Essence«:* S. TB 5. 6. 48, Anm. 2.

5] *Faustus-Besprechung:* Hans Mayer, ›Doktor Faustus‹, ›Ost und West‹, Berlin, Jg. 2, Heft 6, Juni 1948, 23–30.

6] *Hans Mayer:* Der promovierte Jurist, Literarhistoriker und Essayist Hans Mayer (geb. 1907) war nach einer Exilzeit in Frankreich und der Schweiz 1945 als Rundfunkredakteur nach Frankfurt berufen worden, wo er mit Golo Mann zusammenarbeitete. 1948 ging er als Professor für Literaturgeschichte nach Leipzig, kehrte jedoch 1963 nicht mehr in die DDR zurück. Von 1965 bis zu seiner Emeritierung lehrte Hans Mayer an der TH Hannover. Heute lebt er in Tübingen.

[27. 7. 1948]

290 1] *die nochmalige Erteilung des Nobel-Preises:* Einer Meldung aus ›Svenska Dagbladet‹ zufolge hatten zwei Mitglieder der schwedischen Akademie, Einar Löfstedt und Hjalmar Gullberg, vorgeschlagen, TM in Anbetracht seines »bedeutenden Spätwerks« ein zweites Mal mit dem Nobelpreis auszuzeichnen. Der Vorschlag wurde in der Nobelstiftung diskutiert, dann aber mit der Begründung abgelehnt, daß in ein und derselben Disziplin der Preis jeweils nur einmal an einen Kandidaten verliehen werden könne. S. dazu Anders Österling in ›Stockholms Tidningen‹, 28. 1. 1962 sowie Kjell Strömberg, ›Introduction‹ in: Thomas Mann, *La mort a Venice,* Paris 1962 und Gunilla Bergsten, ›Thomas Mann in Schweden‹, in: ›Thomas Mann 1875–1975. Vorträge in München–Zürich–Lübeck‹, Frankfurt 1977, 432.

30. 7. 1948

290 1] *über Bertram:* S. TB 23. 7. 48, Anm. 1.

2] *The Trials of O. Wilde:* Harford Montgomery Hyde (Hrsg.), ›The Trials of Oscar Wilde‹, London 1948. Das Buch steht in der Zürcher Bibliothek. S. dazu TM an Ida Herz, P. P. 7. 8. 48, Reg. III, 48/428: »Von den Büchern, mit denen Sie mich letzthin erfreuten, waren die Wilde trials wohl das Interessanteste. Merkwürdig, wie die Bücher über ihn und seinen Fall kein Ende nehmen. Er war mir, wie der ganze englische Ästhetizismus, nie sehr sympathisch. Aber das Leiden erhöht eben doch und veredelt für die Menschheit das Andenken« (Br. III, 42).

31. 7. 1948

1] *viel aufgenommen:* Zu den Inspirationen, die der *Doktor Faustus* durch Adornosches Gedankengut erfuhr, s. zusammenfassend: Hansjörg Dörr, ›Thomas Mann und Adorno‹, ›Literaturwissenschaftliches Jahrbuch im Auftrag der Görres-Gesellschaft, Berlin‹, N. F., Bd. 11, 1970, 285–322. 291

1. 8. 1948

1] *W. Hallgarten und Frau:* Der Historiker George Wolfgang Hallgarten (1901–1975), Sohn von TMs ehemaligem Herzogpark-Nachbarn, dem Privatgelehrten Robert Hallgarten und seiner Frau, der in der pazifistischen Bewegung der Weimarer Republik engagierten Constanze (»Hündchen«) Hallgarten, geb. Wolff-Arndt, mit seiner Ehefrau, der Rechtsanwältin Katherine MacArthur Drew. Hallgarten war 1933 über Frankreich und England in die USA gekommen, wo er als Historiker an verschiedenen Universitäten lehrte. 291

4. 8. 1948

1] *Fontanes »Von 20 bis 30«:* Theodor Fontanes 1898 zuerst veröffentlichte autobiographische Studie ›Von Zwanzig bis Dreißig‹. 291

2] *an Knopf:* An Alfred A. Knopf, P. P. 3. 8. 48; im Archiv des A. A. Knopf Verlags, New York: TM erwidert auf eine durch Knopf weitergeleitete Anfrage, daß er niemals ein Buch von Disraeli gelesen habe, weder zur Zeit, da er *Tonio Kröger* schrieb, noch später; seine Kenntnis von diesem bemerkenswerten Mann habe er ausschließlich durch das Buch von Brandes. – Außerdem erkundigt er sich, ob die Gerüchte, der Book of the Month-Club habe den *Doktor Faustus* zum Buch des Monats gewählt, den Tatsachen entsprächen.

3] *an Hesse:* An Hermann Hesse, P. P. 3. 8. 48, Reg. III, 48/424; HH/TM 146/147.

5. 8. 1948

1] *Druckschriften:* ›Publications of the English Goethe-Society, London‹. 292

2] *»Das Lot«:* Eine in Berlin von Alain Bosquet, Alexander Koval und Edouard Roditi herausgegebene Schriftenreihe.

3] *an den Lübecker Bürgermeister:* An Otto Passarge, P. P. 6. 8. 48, Reg. III, 48/425.

4] *»The Unquiet Grave«:* ›Das Grab ohne Frieden‹, ›Das Lot‹, Berlin,

3. Band, Mai 1948, 52–73: Auszüge aus einem unter dem Pseudonym Palinurus 1944 erschienenen Tagebuch des englischen Schriftstellers und Journalisten Cyril Vernon Conolly (geb. 1903).

5] *Brahms' Haydn-Variationen:* Johannes Brahms, Variationen für Orchester über ein Thema von Haydn B-Dur, op. 56a (1873).

6. 8. 1948

292 1] *Manuskript eines Linden Dalberg:* S. TB 17. 1. 48, Anm. 8.

7. 8. 1948

293 1] *Andersens »Feuerzeug«:* Hans Christian Andersens Märchen von 1843, in dem das Feuerzeug eine Aladins Wunderlampe vergleichbare Rolle spielt.

8. 8. 1948

293 1] *das »Häßliche junge Entlein«:* Hans Christian Andersens Märchen von 1842/43.

10. 8. 1948

294 1] *Kollege Heins:* Rechtsanwalt Dr. Valentin Heins (1894–1971), den TM 1933 mit der Wahrung seiner Ansprüche gegenüber den NS-Behörden beauftragt und dem er seine in der Poschingerstraße zurückgebliebenen Briefe und Manuskripte zur Aufbewahrung anvertraut hatte. Nach dem Krieg sagte Valentin Heins aus, daß alle Thomas-Manniana bei einem Fliegerangriff in seiner Privatwohnung verbrannt seien. Die Familie Mann schenkte dieser Aussage keinen Glauben. Allerdings sind bis heute nirgendwo Manuskripte aus dem Heinsschen Depot wieder aufgetaucht.

11. 8. 1948

294 1] *von Tutti Fischer:* Old Greenwich, 9. 8. 1948; TM/GBF 506–508.

2] *von ihrer Mutter:* Von Hedwig Fischer, Old Greenwich/Conn., 9. 8. 48; im TMA.

3] *Göbbels Buch des [..] Rieß:* Curt Riess, ›Joseph Goebbels‹, New York 1948.

4] *Rieß:* Der Journalist Curt Riess. S. TB 26. 6. 1946, Anm. 5.

12. 8. 1948

294 1] *Antwortete:* An Ernst Robert Curtius, P. P. 12. 8. 48, Reg. III, 48/433.

2] *Aufsatz von Prof. Kaufmann:* Fritz Kaufmann, ›Dr. Fausti Weheklag‹, ›Archiv für Philosophie‹, Stuttgart, Jg. 3, 1949, No. 1, 5–28. Das TM 1948 zugesandte Typoskript befindet sich im TMA.
3] *von Vikko:* Vermutlich München, 19. 7. 48, im TMA.
4] *Kostprobe:* Die Seiten 49–61 von Viktor Manns ›Bildnis der Familie Mann‹, ›Wir waren Fünf‹, sind der Rekonstruktion des seit 1933 verschollenen ›Bilderbuch(s) für artige Kinder‹ gewidmet, das Heinrich und Thomas Mann während ihres gemeinsamen Aufenthalts in Palestrina, 1896/98, für ihre Schwester Carla und den Bruder Viktor schrieben, illustrierten und banden. Der Text war als Vorabdruck in der ›Erzählung‹, Konstanz, Jg. 2, 1948, H. 7, S. 13–16, erschienen.

13. 8. 1948
1] *Antwort Knopfs:* O. O. [New York], 9. 8. 48; im Archiv des Verlags A. A. Knopf, New York: »You know dealing with the Book-of-the-Month Club now is a little bit like dealing with the Deity or the weather – you take what you get and it really doesn't matter whether you are thankful or not.« – Im Falle des *Doktor Faustus* habe man sich in New York entschieden, das Buch als »reserve selection and one of dual« zu erwerben. Das heiße, man wisse noch nicht, wann und mit welchem anderen Buch zusammen der Roman erscheinen solle. Finanziell bedeute diese Entscheidung »approximately a third less to publisher and author«. 294
2] *an Dr. Kaufmann:* An Fritz Kaufmann, P. P. 14. 8. 48, Reg. III, 48/434; Auszug in D. ü. D. III, 181/182. 295

14. 8. 1948
1] *an Vikko:* An Viktor Mann, P. P. 14. 8. 48, Reg. III, 48/436; Br. III, 42–46 (fragm.). 295
2] *das Zbg-treatment:* Nicht realisiert.

15. 8. 1948
1] *an den Erinnerungen [...] (Reisiger): Entstehung* Kap. VIII, GW XI, 202/203. Die ursprüngliche Schildknapp-Eintragung ist geändert. Der später gestrichene Text des Manuskriptblattes 68 ist im Anhang No. 47 abgedruckt. 295

16. 8. 1948
1] *»Anakreons Grab«:* TM besaß zwei Aufnahmen des von Hugo Wolf vertonten Goethe-Gedichts: 1. Herbert Janssen/ Coenrad v. Bos 295

von 1931, 2. Lotte Lehmann/ Erno Balogh, vermutlich von 1939. Die Textfragen – wahrscheinlich entstanden beim Anhören der zweiten Aufnahme – ließen sich nicht rekonstruieren.

2] *von Reisiger:* O. O. 10. 8. 48; im TMA: Reisigers Reaktion auf die Lektüre des *ganzen Faustus*-Romans; ein nobler, verständnisvoller, leicht melancholisch-resignierter Schriftsteller-Brief, der die unerschütterliche Freundschaft des Jüngeren allen Verletzungen zum Trotz eindrucksvoll bekundet: »Mit meiner Liebe und Verehrung für *all* Ihr Werk – zumeist, immer wieder, für den heißgeliebten ›Joseph‹, der für alle Zukunft das leuchtende Merkzeichen dieser Epoche sein wird. [. . .] hat die persönliche Affäre nichts zu tun, das zeigt Ihnen dieser Brief. Daß sie mich etwas schmerzt – ›was geht es dich an‹ (möchte ich fast sagen!).«

3] *Die kleine Seejungfrau:* Hans Christian Andersens Märchen von 1839.

4] *F.D.R.-Erinnerungs-Parodie:* Frank Sullivan, ›Frank Sullivan's Story‹, ›The New Yorker‹, 14. 8. 48, 22–24; eine Parodie auf den Memoiren-Boom: »So many former members of F.D.R.'s Cabinet have been writing their memoirs, that I see no reason why I shouldn't write mine, too. [. . .] Fortunately I kept careful notes of all my dealings with F.D.R., just in case some publication might one day see fit to present my side.«

17. 8. 1948

296 1] *an Reisiger:* An Hans Reisiger, P. P. 17. 8. 48, Reg. III, 48/449; Auszug in D. ü. D. III, 182/183: »Reisi dear, Sie sind ein Goldmensch, und die nur zu berechtigten Vorhaltungen Ihres Briefes stellen wirklich das *Minimum* dessen dar, was ich an Empfindlichkeiten von Ihnen zu gewärtigen hatte. [. . .] das Maß von ›guter Miene‹, Duldsamkeit, Verständnis, Selbstüberwindung [. . .] ist *einfach bewundernswert.*«

2] *[an] E. Toch:* An Ernst Toch, P. P. 17. 8. 48, Reg. III, 48/450.

3] *Musik-Buch:* ›The Shaping Forces of Music‹, s. TB 8. 1. 48, Anm. 4.

4] *K. Reinhardt:* Der klassische Philologe Karl Reinhardt (1886 bis 1958).

18. 8. 1948

296 1] *»Goethe et Tolstoi«:* Die zweite Auflage von Alexandre Vialattes Übersetzung war 1947 in Paris erschienen.

19. 8. 1948

1] *Hearings in Washington:* Die Verhöre in der Spionage-Angelegenheit Alger Hiss/Whittaker Chambers (s. TB 9. 12. 48, Anm. 1 und 13. 12. 48, Anm. 2) hatten bereits ein Todesopfer gefordert: Der Finanzexperte Harry Dexter White war drei Tage, nachdem er als Zeuge vor dem Committee ausgesagt und Chambers ihn als ›fellow traveler‹ bezeichnet hatte, am 16. August nach einem Herzanfall gestorben. Henry A. Wallace verwies in einem Nachruf noch einmal auf »the grueling, witch-hunting, 72-page cross-examination« und hob die Verdienste hervor, die White sich durch die Aufdeckung von nationalsozialistischen Geheimkonten in neutralen und befreundeten Ländern erworben habe. 296

2] *8. Abschnitt:* Das VIII. Kapitel der *Entstehung,* GW XI, 199–211.

20. 8. 1948

1] *Nachwort:* S. TM an Charles G. Cleveland, P. P. 23. 8. 48, Reg. III, 48/456. Der Text, mit dem TM seine GW X, 920 abgedruckte Time-Capsule-Botschaft von 1938 für die Nachwelt bereits zum zweiten Mal ergänzte, ist noch nicht aufgefunden. Der erste Nachtrag von 1943 ist im Anhang No. 42 veröffentlicht. 296

2] *Komplex von Angells »T. M. Reader«:* S. TB 2. 4. 48, Anm. 1 und TM an Helen Lowe-Porter, P. P. 20. 8. 48, Reg. III, 48/453; Br. III, 46: »Für ein Buch, das Joseph W. Angell mit Knopf vorbereitet, und das vielleicht ›The T. M. Reader‹ heißen soll, möchte Knopf diesen Dostojewski-Aufsatz [*Dostojewski – mit Maßen*] von Ihnen neu übersetzt haben. Er ist schon einmal [. . .] übersetzt worden, aber Alfred glaubt in der ganzen Welt *nur* an Sie. So machen Sie sich denn, bitte, an die Arbeit . . .«.

21. 8. 1948

1] *Ödipus-Studien:* In Karl Reinhardts Sophokles-Buch. 297

2] *neues Theaterstück:* Lion Feuchtwanger, ›Wahn oder Der Teufel in Boston‹, Pacific Press, Los Angeles 1948.

22. 8. 1948

1] *an Bermann:* Verschollen; s. Reg. IV, 583. 297

23. 8. 1948

297 1] *review der Faustus-Besprechungen:* Fritz Störi, ›Das Echo: Betrachtungen zur Literatur über Thomas Mann's ‚Doktor Faustus'‹, ›Tages-Anzeiger für Stadt und Kanton Zürich‹, 22./23. 7. 1948.

2] *»Galoschen«:* Hans Christian Andersens Märchen ›Die Galoschen des Glücks‹ von 1838.

24. 8. 1948

298 1] *Lustspiele von Hofmannsthal:* In den von Herbert Steiner zunächst im Bermann-Fischer Verlag, Stockholm, später im S. Fischer Verlag, Frankfurt herausgegebenen ›Gesammelten Werken in Einzelausgaben‹.

2] *Bücher des »Lee van Dowsky«:* In der Zürcher Bibliothek befindet sich von den Büchern des 1933 nach Frankreich und 1942 in die Schweiz geflohenen Schriftstellers Herbert Lewandowski (geb. 1896) nur die Biographie ›Paul Gauguin oder die Flucht vor der Zivilisation‹, Wiesbaden 1947, mit einer Widmung des Verfassers unter dem Pseudonym Lee van Dowsky.

25. 8. 1948

298 1] *Frankfurter Vortrag:* Max Horkheimer, ›Philosophie und Studium‹, Vortrag, gehalten am 8. 6. 1948 an der Universität Frankfurt; ›Frankfurter Hefte‹, Jg. 4, No. 8, 656–666.

26. 8. 1948

298 1] *Roosevelts Tod: Entstehung* Kap. IX, GW XI, 220/221.

2] *von Knopf:* [New York] 24. 8. 1948: »The Gods have spoken and DR. FAUSTUS is going to be sent out in November by the Book-of-the-Month Club as one of a dual selection together with Somerset Maugham's new novel. I think it is a measure of the low state of the bookselling business in this country today that the Club feels it necessary to couple two such names as Mann and Maugham together in a dual selection and to offer them to their members at a fantastically low price – they speak of three dollars and seventy-five cents for the two books together.«

3] *Taylor lecture:* S. TB 9. 4. 48, Anm. 1.

4] *Bilder aus Bautzen:* Im TMA.

5] *Tochter Gabriele Reuters:* Lily Avenarius.

6] *Nietzsche-Stelle:* Gabriele Reuter, ›Vom Kinde zum Menschen. Die Geschichte meiner Jugend‹, Berlin 1924, 458 ff. Hans Wysling weist in seiner Kommentierung des Antwort-Briefes von TM an Lily Avenarius, D. ü. D. III, 184, Anm. 703, nach, daß TM das Reuter-Zitat dem in der Zürcher Bibliothek erhaltenen Buch ›Der kranke Nietzsche. Briefe seiner Mutter an Franz Overbeck‹, hrsg. v. Erich Podach, Wien 1937, entnahm, wo es sich unter ›Begegnungen und Berichte‹ als Ergänzung zu einem Brief von Franziska Nietzsche, Naumburg 28. 3. 1895, auf S. 251 findet. Der *Faustus*-Roman ›montiert‹ die Stelle in die ›Nachschrift‹, GW VI, 675, 2. Absatz: Zeitbloms Bericht von seiner letzten Begegnung mit Adrian Leverkühn, den er wie eine »Grabfigur des Mittelalters« auf der Couch liegend antrifft, ist fast wörtlich der Schilderung von Gabriele Reuter entnommen.
7] *Brief [...] von K.'s Mutter:* Der Brief von Hedwig Pringsheim befindet sich nicht mehr unter den im TMA archivierten Schriftstükken.
8] *Melchior:* Der als Wagnersänger gefeierte dänische Tenor Lauritz Melchior (1890–1973).
9] *»Die wilden Schwäne«:* Hans Christian Andersens Märchen von 1838.
10] *Master of arts-Arbeit:* Ilse J. Perkins, ›Das symbolisch-mythologische Element im Kampf des Hans Castorp um sein Ego. Eine Studie aus dem ‚Zauberberg'‹, M. A.-Arbeit für die Universität Utah, 1948; im TMA.

27. 8. 1948
1] *neuen Plan:* Nicht realisiert. 299

28. 8. 1948
1] *van Leydens mit Sohn:* Der holländische Maler Ernst Leyden (1892–1969), seit dem amerikanischen Exil Ernst van Leyden, den TM 1937 im Tessin bei Emil Ludwig kennengelernt hatte, mit seiner Frau Karin und seinem Sohn Ernst. 299
2] *Besprechung:* F. Kauz, ›Ein neues Thomas Mann-Buch‹, ›Volksstimme‹, St. Gallen, 4. 8. 48, 3.
3] *an [Fiedler]:* An Kuno Fiedler, P. P. 28. 8. 48, Reg. III, 48/469; Bl. TMG. 12, 1972, 23/24.

29. 8. 1948

299 1] *Hofmannsthal »Schwieriger«:* Hugo von Hofmannsthal, ›Der Schwierige‹, Lustspiele, a.a.O. Bd. 2, Stockholm 1948, 143–314.

2] *Teil VI: Entstehung* Kap. VI, GW XI, 176–187.

30. 8. 1948

299 1] *»Short Novels of the Masters«:* ›Short Novels of the Masters. Edited and with an Introduction by Charles Neider‹, New York 1948. Der Band enthält: Fedor Dostoievsky, ›Notes from Underground‹; Gustave Flaubert, ›Simple Heart‹; Leo Tolstoi, ›Death of Ivan Ilitsch‹; Anton Chechov, ›Ward No. 6‹; Thomas Mann, ›Death in Venice‹; James Joyce, ›The Dead‹; D. H. Lawrence, ›The Fox‹.

2] *»Zwerg Nase«:* ›Der Zwerg Nase aus dem Märchen-Almanach auf das Jahr 1827‹; in TMs Ausgabe: Wilhelm Hauff, ›Märchen‹. Hrsg. v. Friedrich von Oppeln-Bronikowski, Berlin 1923. Das Buch steht in der Zürcher Bibliothek.

3] *Soiree bei Albersheim:* Gerhard Albersheim vermutete in einem Brief an die Herausgeberin vom 13. 7. 87, daß er damals die Mezzo-Sopranistin Belva Kibler begleitet und die »Quatre Main«-Pieces vermutlich mit dem Dirigenten Fritz Zweig gespielt habe.

300 4] *Dirigent Zweig:* Der aus Olmütz stammende Musiker Fritz Zweig (1894–1984), vor 1933 Kapellmeister an der Kroll-Oper und Berliner Staatsoper, nach 1933 als Opernkapellmeister in Prag und Paris tätig, war 1940 mit seiner Frau, der Sängerin Tilly de Garmo, in die USA emigriert, wo er in Los Angeles als Korrepetitor und Leiter einer Dirigentenklasse tätig war.

31. 8. 1948

300 1] *Slezak:* Der Film- und Broadway-Schauspieler und Sänger Walter Slezak (1902–1983), Sohn des Wiener Tenors Leo Slezak. Walter Slezak hat in seinen 1964 in München erschienenen Memoiren ›Wann geht der letzte Schwan?‹ das künstlerische und gesellschaftliche Leben in New York und Hollywood beschrieben.

2] *Korngold:* Der österreichische Komponist Erich Wolfgang Korngold (1897–1957), der 1920 mit seiner Oper ›Die tote Stadt‹ einen Welterfolg errungen hatte, war 1938 nach Hollywood geflohen, wo er bis zu seinem Tode u. a. als Filmkomponist arbeitete.

3] *Artikel:* A. J. Liebling, ›The Wayward Press; All About Inside-Policy Data‹, ›The New Yorker‹, 28. 8. 48, 40–45.

1. 9. 1948

1] *Konstanzer Verlag:* Der Südverlag, Konstanz. *300*

2] *Schilderung [...] gefiel mir:* Die Abschnitte I und II des Kapitels ›Bei den schnellen Rossen‹ in Viktor Manns Buch, a.a.O. 267–287.

3] *»Jeunesse«:* S. TB 18. 7. 47, Anm. 10.

4] *Artikel [...] von Angelloz:* Jean F. Angelloz, ›Le ‚Faust' de Thomas Mann‹, ›Mercure de France‹, Paris, vol. CCCV, Jan.–Avr. 1949, 74–83.

2. 9. 1948

1] *»Mme Butterfly«:* Die 1904 uraufgeführte Oper ›Madame Butterfly‹ des italienischen Komponisten Giacomo Puccini (1858–1924). *301*

3. 9. 1948

1] *(Cynthia):* S. *Entstehung* Kap. X, GW XI, 230/231. *301*

2] *Artikel über Lyrik:* S. TB 18. 6. 48, Anm. 1.

3] *Aufsatz der Jacobson:* Nicht ermittelt.

4] *»Des Kaisers neue Kleider«:* Hans Christian Andersens Märchen von 1837.

4. 9. 1948

1] *Prof Guérard:* S. TB 19. 4. 48, Anm. 4. *301*

2] *Benedetto Croce:* Der italienische Philosoph, Historiker, Literaturwissenschaftler und Politiker Benedetto Croce (1866–1952), mit dem TM seit 1930 in Verbindung stand und den er seit 1931 persönlich kannte.

3] *Grimms »Räuberbraut«:* Das Märchen ›Der Räuberbräutigam‹ aus dem ersten Band der Grimmschen Sammlung.

4] *»Katherlieschen«:* S. TB 26. 9. 47, Anm. 1.

5. 9. 1948

1] *XI. Abschnitt: Entstehung* Kap. XI, GW XI, 232–245. *301*

2] *an Neumanns:* An Alfred und Kitty Neumann, P. P. 5. 9. 48, Reg. III, 48/479; Br. III, 47/48; TM/AN 68/69.

3] *Abschnitt mit dem »Glasperlenspiel«: Entstehung* Kap. VII, GW XI, bes. 193/194.

6. 9. 1948

302 1] *über Burckhardt in der Rundschau:* Eugen Gürster-Steinhausen, ›Kulturpessimismus. Gedanken aus Anlaß von zwei neuen Büchern über Jacob Burckhardt‹, ›Die Neue Rundschau‹, Stockholm, 1948, Jg. 59, Heft 3. 314–331.

2] *an Mrs. Meyer:* An Agnes E. Meyer, P. P. 6. 9. 48, Reg. III, 48/480.

3] *[an] den Konstanzer Süd-Verlag:* An Johannes Weyl, P. P. 6. 9. 48, Reg. III, 48/481.

4] *»Fliegender Koffer«:* Hans Christian Andersens Märchen von 1839.

5] *Dahl:* Der Komponist Ingolf Dahl (1912–1970) emigrierte 1933 zunächst nach Zürich, wo er von 1934–1938 am Zürcher Stadttheater dirigierte, und floh 1938 weiter nach Hollywood. Dort lehrte er als Assistant Professor an der Musikabteilung der University of Los Angeles und machte gleichzeitig als Filmmusiker Karriere.

6] *Vandenburg mit Frau und Schwester:* Der aus Holland stammende Cellist Willem Vandenburg, ein Freund und Kollege Michael Manns, der zuweilen im Hause Mann gemeinsam mit Freunden »einem Kreis von Gästen Quartette von Haydn, Mozart, Beethoven (132!), Mendelssohn, Brahms und Dvorak« (*Entstehung* Kap. VIII, GW XI, 202) vorspielte. Frau und Schwester nicht ermittelt.

7. 9. 1948

302 1] *beantwortete:* An Agnes E. Meyer, P. P. 7. 9. 48, Reg. III, 48/482; Br. III, 48/49.

2] *Haufs »Gespensterschiff«:* Wilhelm Hauff, ›Die Geschichte vom Gespensterschiff‹, ›Maehrchen-Almanach auf das Jahr 1826 für Söhne und Töchter gebildeter Stände‹, 1. Band, Stuttgart 1826. – Zu TMs in der Zürcher Bibliothek erhaltenen Ausgabe s. TB 30. 8. 48, Anm. 2.

8. 9. 1948

303 1] *Geschrieben (Stifter): Entstehung* Kap. XI, GW XI, 236/237.

2] *Schriften von H. Driesch:* In TMs Zürcher Bibliothek befinden sich weder Schriften von Hans noch von Kurt Driesch.

3] *H. Driesch und seinem Sohn:* S. TB 10. 10. 47, Anm. 5.

4] *Schriftsteller Frischauer:* Der österreichische Schriftsteller Paul Frischauer (1898–1977) war 1934 nach England, 1940 nach Brasilien

und 1945 endlich in die USA gelangt. Später kehrte er nach Wien zurück.
5] *An das Austrian Institute:* Nicht ermittelt. Vermutlich eine Intervention in Sachen Frischauer an die New Yorker Kulturinstitution.

9. 9. 1948
1] *Mayers Aufsatz:* Hans Mayer, ›Thomas Manns Roman ‚Doktor Faustus'‹, ›Der Dreiklang‹, Flensburg, Jg. 3, No. 28 v. 17. 7. 1948, 237–240. 303
2] *Abdruck [...] in »Die Erzählung«:* Ein Auszug aus dem XLVI. *Faustus*-Kapitel, ›Dr. Fausti Weheklag‹ (GW VI, 639–651), war in der Konstanzer Zeitschrift ›Die Erzählung‹, Jg. 2, H. VIII, August 1948, 7–12, erschienen.

10. 9. 1948
1] *Artemis-Wiz:* Der Verleger Friedrich Witz. 303
2] *Fragen von Pocar:* Nicht unter den im TMA archivierten Schriftstücken.
3] *Pocar:* Der italienische Übersetzer des *Doktor Faustus*, Ervino Pocar. Das Buch erschien 1949 als Band 8 der ›Tutte le opere di Thomas Mann‹ bei Mondadori in Mailand.
4] *an Basler:* An Otto Basler, P. P. 10. 9. 48, Reg. III, 48/485.
5] *[an] Pocar:* An Ervino Pocar, P. P. 10. 9. 1948, Reg. III, 48/486.
6] *[an] den jungen Weyl:* Reg. IV, 583 weisen den Brief an Michael Weyl, den Sohn des damals in Princeton lehrenden Mathematikers Hermann Weyl (1885–1955), der TM aus den Anfängen seiner amerikanischen Emigration gut bekannt war, als verschollen aus.
7] *seine Mutter:* Helene Weyl, geb. Joseph, die u. a. García Lorca und Ortega y Gasset ins Deutsche übersetzt hatte.
8] *Balzacs »Mädchen mit den Goldaugen«:* S. TB 3. 11. 1947, Anm. 1.

11. 9. 1948
1] *Monikas Bleistift-Postkarte:* Nicht erhalten. 304
2] *Brief der Fürstin:* Der Brief von Agnes Meyer ist gleichfalls verschollen. Zum Inhalt s. jedoch TM an Erich von Kahler, P. P., 14. 9. 48, Reg. III, 48/499. In diesem Schreiben zitiert TM aus jenem

verlorenen Brief von Agnes Meyer: »Ich bin überglücklich, daß Erich Kahler einen so intelligenten Artikel [. . .] publiziert hat. Bitte, sagen Sie ihm, daß Ihr bester amerikanischer Kritiker [Einschub TM: (das ist sie)] behauptet, dies sei das einzige wirklich einsichtreiche Studium Ihrer Werke, und das sagt jemand, der vielleicht alles über Sie gelesen hat. Adolf Busch hat mir versprochen, er wird mich mit Kahler zusammenbringen. Aber sagen Sie ihm doch, daß er mich einfach besuchen soll, wenn und ob sein Weg ihn nach Washington bringt. Es wäre ein Genuß, mit einer solchen Intelligenz über Sie zu sprechen. [. . .] Komisch ist es, wieviel Mut mir ein Artikel wie der von Kahler macht. Da sieht man, daß es noch Menschen gibt, die wissen, daß es heute auf Leben und Tod geht.«
3] *Kahlers »Säkularisierung des Teufels«:* S. TB 5. 3. 48, Anm. 2.

12. 9. 1948
304 1] *infame Albernheiten:* Der Vorsitzende des ›Committee on Unamerican Acitivites‹, J. Parnell Thomas, hatte mitgeteilt, daß seine Institution die Geschichte eines gewissen Arthur Adams untersuche, der im Verdacht stehe, »one of the most important Soviet agents« zu sein, beauftragt, sich während des Krieges Geheimnisse der atomaren Forschung und Radartechnik zu beschaffen.
2] *an Kerényi:* An Karl Kerényi, P. P. 12. 9. 48, Reg. III, 48/488; TM/KK 159/160.
3] *an Kahler:* An Erich von Kahler, P. P. 14. 9. 48, Reg. III, 48/499, s. TB 11. 9. 48, Anm. 2.
4] *[an] Mrs. Lowe Porter:* An Helen Lowe-Porter, P. P. 14. 9. 48, Reg. III, 48/500.
5] *Abschnitt mit Roosevelts Tod: Entstehung* Kap. IX, GW XI, 220/221.
6] *Adorno [. . .] so gefeiert:* In den später ausgeschiedenen Seiten der *Entstehung*; s. Anhang No. 55–62.

13. 9. 1948
304 1] *Neue Albernheiten:* In der Sache Arthur Adams, den Thomas inzwischen als »a former Canadian resident« identifiziert hatte, der sich von 1943–45 in den USA aufgehalten habe. S. TB 12. 9. 48, Anm. 1.
2] *Der russische Kommandant von Wien . . .:* Der amtierende russische Stadtkommandant von Wien, Major Darlew, war seit dem 1. 9. 48

»auf geheimnisvolle Weise« verschollen. (So das Fazit aus den Nachrichten über Befragungen der Ehefrau und des Dienstmädchens.)

3] *an Adorno:* Offensichtlich kassiert. 304

4] *von Bermann:* New York, 9. 9. 48, TM/GBF 510/511.

5] *von Knopf:* New York, 10. 9. 48: »The truth is I have been greatly disappointed of the sale of the one-volume-JOSEPH – just a little over 7000 to date. But a large printing was imperative if the price was to be kept down and I just can't help feeling that the booksellers have failed to take advantage of an opportunity to bring a very fine bargain to the attention of thousands of readers who might buy and I hope still will.« (Im Archiv des A. A. Knopf-Verlags, New York)

6] *Dr. Valentiner:* Der ursprünglich deutsche Kunsthistoriker und Museumsfachmann William Reinhold Valentiner (1880–1958), von 1906–1908 bei Bode in Berlin tätig, lebte seit 1908 in den USA und war 1948 Direktor des Städtischen Museums in Los Angeles. TM hatte sich in der Frage möglicher Hilfsmaßnahmen für St. Marien in Lübeck an Valentiner gewandt. S. dazu auch TB 7. 11. 48, Anm. 4.

7] *Ausschnitt:* Nicht ermittelt.

8] *Bertram-Schüler Schmitz:* Der Bibliothekar und Schriftsteller Werner Schmitz (geb. 1919); s. TB 23. 7. 48, Anm. 1.

9] *Kölner Universitätszeitung:* Cand. phil. Rainer Grünther, ›Aus den Katakomben‹, ›Kölner Universitätszeitung‹, Jg. 2, H. 2, Juni 1947, 27–29, mit folgender von TM apostrophierter »albernster Kennzeichnung« eines Dichters, in dessen Bann selbst der »Herrscher wohlgefällig, erleichtert, aufatmend einer Rede lauscht, die ihn auf ihre Weise verflucht und am Ende seiner Tage sieht«, und dessen Sprüche, »die wie ein geistiger Wein vom Licht einer herrlichen Heimat genährt sind, man in den Taschen der vom Tyrannen Erschlagenen findet«: »Wo war in den letzten Jahren dieser Dichter [...]. Man wird ein paar Namen nennen, doch bald begreifen, daß sie nicht zutreffen – nicht auf diese höchste, legendenhafte Form der Vaterlandsliebe. Dieser Dichter kann nicht der vornehme Biograph Hans Castorps sein, den wir sehr verehren, der aber zuviel Geschmack besaß, um nicht das Leben auf der Terrasse im Pfirsichgarten eines amerikanischen Landhauses dumpfer Katakombenluft vorzuziehen. Er hatte selbst zuviel von seinem Helden, dem jungen Patrizier Hans Castorp, der stets alles ›höchst hörenswert‹ fand, sowohl die Mahnworte Settembrinis, des Freimaurers im abgetragenen Flauschrock, als auch die Thesen des radikalen Träumers Naphtas, des Katholiken und Atheisten, der in seinem karmesinroten Boudoir aus silbernen Tassen trank und likörgetränkte Tortenstücke aß; völlig zu schweigen von Hans Castorps Sinn für die ›Atmosphäre‹ der Madame Chauchat. Wir vergessen nicht, daß der Dichter einst die mutigen Betrachtungen eines Unpolitischen schrieb – doch waren sie eben in keiner Weise verbindlich gemeint, wollten durchaus nicht jener verruchten Intoleranz verfallen, die ja für den Feinsinnigen, den gegen das Atmosphärische so durchlässigen Dichter mit jeder allzu eindeutigen Meinungsäußerung verbunden ist.«

304 10] *prophetische Georgeverse Bertrams:* In der Entgegnung auf den Grünther-Artikel von cand. phil. Cat. Thomé, ›Hatten wir denn Dichter . . .?‹, ›Kölner Universitätszeitung‹ 2. Jg., No. 6, Oktober 1947, 100/101, wird im Zusammenhang mit der Bücherverbrennung in Bonn am 10. Mai 1933 das Bertram-Gedicht ›Feier der Jugend‹ mit den Versen zitiert »Verwerft, was euch verwirrt,/ Verfemt, was euch verführt!/ Was reinen Willens nicht wuchs,/ In die Flamme mit was euch bedroht!// Aber zu sondern wißt/ Den heilig fremderen Keim:/ Flamme des Dankes dereinst/ Lodert Geschontem hinauf.«

11] *lehnte [. . .] Gutachten [. . .] ab:* An Willy Bauer, P. P. 15. 9. 48, Reg. III, 48/501; Br. III, 50/51.

12] *Eutiner Ankläger:* Der Amtsgerichtsrat Willy Bauer (geb. 1907), 1948 öffentlicher Ankläger beim Entnazifizierungshauptausschuß für den Kreis Eutin/Holst.

13] *an Prof Marck:* An Siegfried Marck, P. P. 13. 9. 48. Reg. III, 48/495: »Von der Politik so wenig wie möglich. Die activities des Unamerican Committee machen mir täglich speiübel, aber die Russen sind unheimlich genug, und unter dem Gesichtspunkt der Bequemlichkeit, wenn nicht unter der ästhetischen Moral, wäre die angelsächsische Weltherrschaft der kommunistischen zweifellos vorzuziehen. Das ist ein finsterer, unerbittlich tugendhafter Bereich, und es muß eine sehr hagere, sehnige fanatische Verfassung dazu gehören, um gegen das süße Gift der Freiheit immun zu sein, und nicht davonzulaufen. Der Wiener Kommandant scheint auch der buhlerischen Verlockung erlegen, aber gerade noch ›gerettet‹ zu sein. Ich danke.« (Kopie im TMA).

14. 9. 1948

1] *an die Leser des »Aufbau«:* Im TMA befindet sich ein Konzept des anscheinend nie publizierten Schreibens. Es ist im Anhang No. 43 abgedruckt. 305

2] *von [...] Kurt H. Wolff:* Columbus, Ohio, 12. 9. 48; im TMA.

3] *Kurt H. Wolff:* Aus dem im TMA archivierten Schreiben geht hervor, daß Wolff, ein »schriftstellernder Soziologe«, der unter dem Namen M. N. Vado publizierte, seit 1936 Briefe an TM schrieb.

4] *der Verleger:* Dem 1933 emigrierten Verleger Dr. Kurt Wolff (1887–1963) war 1941 die Flucht in die USA gelungen, wo er bereits ein Jahr später, gemeinsam mit Curt Faber du Faur und Kyrill Schabert, in New York die Pantheon Books Inc. gründete und ab 1943 als Verleger der Bollingen Foundation u. a. Gesamtausgaben von C. G. Jung und Paul Valéry, zweisprachige Editionen von Stefan George und Charles Péguy, sowie Grimms Märchen, Münchhausens Abenteuer, Schwabs ›Sagen des klassischen Altertums‹ und Stifters ›Bergkristall‹ auf englisch herausbrachte.

15. 9. 1948

1] *Geschrieben (Apokalypse): Entstehung* Kap. XI–XII, GW XI, 243 und 245–249. 305

2] *an W. Lippman [...] in Sachen der deutschen Schriftsteller:* P. P., 13. 9. 48, Reg. III, 48/494. Der Text ist im Anhang No. 44 abgedruckt.

16. 9. 1948

1] *Geschrieben nahe der Krankheitscäsur: Entstehung* Kap. XII, Ende, GW XI, 252–254. 305

2] *von Kerényi:* Tegna, 11. 9. 48; TM/KK 158/159.

3] *zu beantworten:* Der Brief an Monika Mann ist nicht mehr auffindbar.

17. 9. 1948

1] *Ermordung des Bernadotte:* Der von den Vereinten Nationen beauftragte Vermittler im Streit zwischen Juden und Arabern, der schwedische Graf Folke Bernadotte von Wisborg (geb. 1895), war am 17. September von jüdischen Extremisten in Jerusalem ermordet worden. Die Begründung, die die Terroristen der Hazit Hamoledet- 306

Gruppe einen Tag später durch Bekennerbriefe verbreiteten, lautete: »We killed Bernadotte because he worked for the British and carried out their orders.«

2] *Bormann Martin:* Der nationalsozialistische Politiker – seit 1941 Leiter der Parteikanzlei, ab 1943 ›Sekretär des Führers‹, Martin Bormann (geb. 1900), galt seit dem 1. 5. 45 als verschollen und wurde später auf Grund von Zeugenaussagen für tot erklärt. Da sein Tod jedoch nie mit letzter Evidenz bewiesen werden konnte, gab es immer wieder Gerüchte über Bormann und seine Bereitschaft, wieder eine führende Rolle im nationalistischen Lager zu übernehmen.

3] *Congreß-Kandidat Jerger:* Wahrscheinlich ein Wallace-Mann. Näheres nicht ermittelt.

4] *Unterstützendes statement:* Verschollen.

5] *an die Herz:* An Ida Herz, P. P. 17. 9. 48, Reg. III, 48/507.

6] *Lukacz's Goethe-Schriften:* ›Goethe und seine Zeit‹, s. TB 20. 1. 48, Anm. 4.

18. 9. 1948

306 1] *Geschrieben (Werfels »Stern«):* Über Franz Werfels opus postumum ›Stern der Ungeborenen‹, *Entstehung* Kap. XII, GW XI, 250–252.

2] *Suhrkamp über [. . .] Faustus:* Berlin, 13. 8. 48; im TMA. »Die Öffentlichkeit wird hier schon ohne Unterlaß mit ›Dr. Faustus‹ beschäftigt. Nicht nur, daß umfangreiche Kritiken in Zeitungen und Zeitschriften im Anschluß an die Stockholmer Ausgabe erscheinen, das Buch ist auch Gegenstand von Vortragsabenden und Diskussionsabenden.« (S. auch D. ü. D. III, 190, A. 730).

3] *jener Bursche:* Klaus Manns Freund Harold. S. TB 14. 7. 48.

4] *Heft mit seinem Aufsatz:* S. TB 25. 7. 48, Anm. 5.

5] *Danksagung:* An Hans Mayer, P. P. 18. 9. 48, Reg. III, 48/508.

19. 9. 1948

306 1] *Schluß von XI:* Vermutlich ein Schreibfehler. TM schloß in diesen Tagen das XII. Kapitel ab. S. TB 18. 9. 48, Anm. 1.

2] *Deutsche Nachdrucksangelegenheit:* Nicht mehr feststellbar.

3] *Wiligis und Sybilla:* Das inzestuöse Geschwisterpaar aus dem Roman *Der Erwählte*.

20. 9. 1948
1] *Hospital-Erinnerungen: Entstehung* Kap. XIII, GW XI, 255–269. 306
2] *über Strindberg: Über August Strindberg II*, GW XIII, 869/870.
3] *Prof Holmberg:* Olle Holmberg; s. TB 1. 12. 47, Anm. 3.

21. 9. 1948
1] *an Bermann:* Verschollen; s. Reg. IV, 584. 307
2] *Brief Erikas an Klaus:* Verloren.

22. 9. 1948
1] *allgemeine Räumung:* Offenbar ein Irrtum TMs. Die Russen hatten am 19. 9. nicht die Räumung Deutschlands, sondern den auf Bitten der nordkoreanischen Regierung beschlossenen Rückzug ihrer Truppen aus Korea bekanntgegeben. 307
2] *Message von Spender:* Stephen Spender, ›Message to Wroclaw‹, ›The Nation‹, vol. 167, No. 12 v. 18. 9. 48, 326.
3] *an Suhrkamp:* An Peter Suhrkamp, P. P. 24. 9. 48, Reg. III, 48/516.
4] *von Homer Smith:* Als ›Homer Smith‹ erledigte Erika Mann gelegentlich Sekretärsarbeiten für ihren Vater. S. TB 13. 12. 47.

23. 9. 1948
1] *»Die Beichte eines Toren«:* August Strindbergs 1887 geschriebener autobiographischer Roman ›Le Plaidoyer d'un Fou‹ erschien 1895 in Paris. 307
2] *»Biechen«:* Nicht ermittelt.
3] *Vertrag Corda's:* S. TB 19. 6. 46, Anm. 1 und 23. 9. 47, Anm. 6.
4] *Rede Trumans:* Während seiner Wahl-Reise hatte der Präsident am 22. 9. in Oakland seine Kampagne »a cruisade of the people against the special interests« genannt und in vehementen Diatriben gegen die »do-nothing«-Republikaner und die »Wall Street greed« gewettert.

24. 9. 1948
1] *an [. . .] Angellot:* Der Brief an Jean-Pierre Angelloz – vermutlich ein Dank für den TB 1. 9. 48, Anm. 4 nachgewiesenen ›Faustus‹-Aufsatz – ist verschollen. S. Reg. IV, 584. 307
2] *»Remember Mama«:* Der nach John van Drutens Broadway-Bühnenerfolg ›I Remember Mama‹ von George Stevens gedrehte Film mit Oskar Homolka und Irene Dunne in den Hauptrollen.

25. 9. 1948

308 1] *Strindbergs »Inferno«:* August Strindbergs autobiographische Schrift von 1897.

2] *Deutscher Artikel:* Heinz Joachim, ›Ein Modell zum ‚Doktor Faustus'?‹, Interview mit Hans Pfitzner, ›Die Welt am Sonntag‹, Hamburg, 8. 8. 48.

26. 9. 1948

308 1] *das »Heidedorf« mit der »Dürre«:* Adalbert Stifters 1840 geschriebene Novelle ›Das Heidedorf‹ aus dem ersten Band der ›Studien‹, 1844.

27. 9. 1948

308 1] *(Klinik gegen das Ende): Entstehung* Kap. XIII, GW XI, 255 bis 269.

2] *an Clay:* An den amerikanischen Oberbefehlshaber in Deutschland, General Lucius D. Clay, P. P., 2. 10. 48, Reg. III, 48/523: Die Bitte, bei der Beschaffung einer Schweizer Dauer-Aufenthaltsgenehmigung für den Verlobten der langjährigen Assistentin von Professor Samuel Singer in Bern behilflich zu sein.

3] *Pressionsbrief:* Nicht erhalten. Der ›National Council for the Arts, Sciences and Professions‹, eine Organisation, der TM verbunden war, hatte sich jedoch bereits am 23. Juni in einer offenbar ähnlichen Sache an ihn gewandt: »Our purpose is to further the campaign of Henry A. Wallace by showing why creative men and women see in his candidacy an opportunity to have a constructive administration in a peaceful world.// Through interviews with men and women whose lives and work are universally respected we plan to present a picture of some of the creative, humanitarian pursuits which a Wallace administration would foster. For example, we believe that the significance of a Wallace victory in relation to your world view as well as your writing career will be of great public interest.« (Im TMA).

28. 9. 1948

309 1] *an Brantl:* Der Brief an Maximilian Brantl gilt als verschollen. S. Reg. IV, 584.

309 2] *Tagebuch-Auszüge:* Für das letzte Kapitel der *Entstehung*.

3] *Waltraute [...] Erda:* TM besaß sowohl von Waltrautes Erzählung

(›Götterdämmerung‹, 1. Aufzug, 3. Szene), als auch von Erdas Mahnung (›Rheingold‹, 4. Szene) Aufnahmen mit Kerstin Thorborg und dem RCA Victor Symphony Orchestra unter Karl Riedel.

29. 9. 1948

1] *erklärt Spaak:* In einer mit fünfminütigen Ovationen bedachten Rede hatte der belgische Außenminister Paul Henri Spaak in Paris – an die Adresse der Russen gerichtet – ausgerufen: »Do you know what is the basis of our policy? It is fear of you, fear of your government, fear of your policy! [...] Your foreign policy today is bolder and more ambitious even than that of the Czars. [...] In every one of the countries represented here you maintain a Fifth column, alongside which Hitler's Fifth Column was but an organization of Boy Scouts. [...] [Communist fifth columns] lose no opportunity to enfeeble the state in which they live«, but: »Let us make a new start. It is not too late.« 309

2] *an XIV:* Am letzten, mit der Heimkehr nach Pacific Palisades beginnenden Kapitel der *Entstehung*, GW XI, 269–301. 310

3] *Eyks »Bismarck«:* Erich Eyck, ›Bismarck‹, 3 Bände, Erlenbach – Zürich 1941–1944.

4] *an Bermann:* Verschollen; s. Reg. IV, 584.

5] *Er schrieb:* Auch dieses Schreiben befindet sich nicht in TM/GBF.

30. 9. 1948

(Von TM irrtümlich 30. X. datiert.)

1] *4 Mächte-Klage:* Vor dem UN Security Council in Paris hatten die drei Westmächte Klage wegen der russischen Blockade Berlins geführt. 310

2] *Hoher Militär erklärt:* Die Quelle für diesen Eintrag konnte nicht ermittelt werden.

3] *englische Ausgabe des Faustus: Doctor Faustus, The Life of the German Composer Adrian Leverkuehn as Told by a Friend.* Transl. H. T. Lowe-Porter, New York 1948.

4] *Kleines Aergernis:* S. TM an Helen Lowe-Porter, P. P. 3. 10. 48, Reg. III, 48/528; Br. III, 51/52: »Sie haben sehr recht getan, gelegentlich deutsche Worte einfach stehen zu lassen. In einem Fall haben Sie es merkwürdiger Weise nicht getan, wo es besonders am Platz gewesen wäre: ich meine im Fitelberg-Kapitel, wo der Gast von Anatol France spricht und den Witz macht, ein deutscher Schriftsteller könne sich nicht ›Deutschland‹ nennen, er müsse sich mit ›Deutsch‹ begnügen – und da gebe er sich einen jüdischen Namen. Hier hätten unbedingt ›Deutschland‹ und ›Deutsch‹ im Original stehen bleiben müssen, denn ›Deutsch‹ ist ja ein bekannter jüdischer Familienname, während ›German‹ überhaupt kein Name ist. Auch ein Kriegsschiff heißt natürlich nicht ›Germany‹, sondern ›Deutschland‹. Man sollte das bei nächster Gelegenheit ändern.« (52).

5] *mit Dieterles:* Im Manuskript steht irrtümlich »mehr« Dieterles.

6] *aus den Gedichten der Kempner:* Friederike Kempners ›Gedichte‹, 1873, waren wegen ihrer unfreiwilligen Komik in großen Auflagen verbreitet. In der Zürcher Bibliothek steht eine unter dem Titel ›Der schlesische Schwan‹ 1953 von Gerhart Herrmann Mostar in Heidenheim herausgegebene Anthologie.

7] *Kempner:* Die Schriftstellerin Friederike Kempner (1836–1904).

1. 10. 1948

310 1] *Montgomery:* Der britische Generalfeldmarschall Bernard Law Montgomery (1887–1976), als Oberbefehlshaber der englischen Truppen siegreich in Afrika, Sizilien und bei der Normandie-Landung, 1945/46 Kommandeur der britischen Besatzungszone und Mitglied des Alliierten Kontrollrats in Berlin, war zum Chef der alliierten Streitkräfte in Europa ernannt worden.

2] *an Knopf:* P. P. 2. 10. 48: »It was a great moment, when I first held the English edition of Faustus in my hands, a great moment in my life and in the book's life story which has already some duration, but is to start now in this country.« (Im Archiv des A. A. Knopf-Verlags, New York.)

3] *Message für das Wallace-Dinner:* Der bisher nur im ›German-American‹, New York, vol. VII, No. 12 v. 21. 10. 48, 1, veröffentlichte Text ist im Anhang No. 45 abgedruckt.

2. 10. 1948

311 1] *»The most faithful son of America«:* So hatte TM Wallace in seiner Message genannt.

2] *Mr. Endor [...] in Sachen der Joseph-Dramatisierung:* Der von The Blackstone, Chicago, mit der Herstellung eines auf TMs Joseph-Romanen basierenden Drehbuchs beauftragte amerikanische Schrift-

steller Guy Endore. Vgl. dazu den Brief von Walter A. Weiß, The Blackstone, Chicago, 22. 9. 48: »I had already discussed the Joseph matter with Mr. Guy Endore in Los Angeles. He was receptive to my thought and proceeded to read the book from which perusal he emerged with all the enthusiasm I anticipated. Endore is a writer who in my opinion has the subtelety and sensivity required for the task. By now he may have called you for an appointment or will shortly do so. Endore was highly recommended to me and I am hoping that you will find as I did that he has the attributes which could make him the man we want. // I understand fully your anxiety to be certain the value of your movie rights is not prejudiced. Naturally you would not sanction any dramatization which you felt might be less than a distinct credit to Joseph, nor would I have any interest in such a project.«
3] *Volksrede Wallace's im Stadium:* Auf seiner Wahlreise durch den Westen bezichtigte Wallace in seinen ausschließlich öffentlichen (»non segregated«) Ansprachen Demokraten und Republikaner, sie planten eine heuchlerische Vorwahl (»phony preelection«) und beabsichtigten, eine internationale Krisis herbeizuführen sowie Rußland aus der UN hinauszuwerfen, obwohl die UdSSR keine Bedrohung für die USA darstellten.

3. 10. 1948
1] *Unglücksfalle:* Im Manuskript steht »Unglücksfallen«. 311
2] *Voraussagen bis 1970:* Nicht ermittelt.
3] *(Hauptmann): Entstehung* Kap. XIV, GW XI, 275–279.
4] *an die Lowe:* An Helen Lowe-Porter; s. TB 30. 9. 48, Anm. 4.
5] *Abschnitt XI:* GW XI, 232–245.

1. 10. 1948
1] *Luxus-Ausgabe: Der kleine Herr Friedemann.* Holzschnitte und Initialen von Otto Nückerl-Aibling. Erstausg. München: Phantasus Verlag 1920, Phantasus-Drucke, Druck 2, 220 vom Dichter und Künstler signierte Exemplare. 311

5. 10. 1948
1] *neue Ausgabe:* Band I *(Die Geschichten Jaakobs/ Der junge Joseph)* der dreibändigen Ausgabe bei Bermann-Fischer, Stockholm 1948. 312
2] *Klaus Pr. [. . .] über die Musik des Faustus:* Klaus Pringsheim, ›Der Tonsetzer Adrian Leverkühn: Ein Musiker über Thomas Manns Ro-

man‹, ›Der Monat‹, Berlin, Jg. 1, No. 1, Januar 1949, 84 ff; englisch: ›The Music of Adrian Leverkühn‹, ›Musicology‹, New York, April 1949, 253–268.

3] *Vorzugsplatten für [Saturday Review] of Literature:* Der Eintrag ist unvollständig und wurde gemäß der von TM in ›The Saturday Review of Literature‹, vol. 31, No. 44 v. 30. 10. 48, 12, publizierten Liste ›My Favourite Records‹ ergänzt, die folgende Schallplatten aufführt: »*Franck:* Symphony in D minor. Pierre Monteux conducting the San Francisco Symphony Orchestra.// *Mendelssohn:* Concerto in E minor. Nathan Milstein, violin, and the Philharmonic-Symphony Orchestra of New York, Bruno Walter conducting.// *Mozart and Others:* A Song Recital by Lotte Lehmann.// *Berlioz:* ›Harold in Italy‹. William Primrose, violist, with the Boston Symphony, Serge Koussevitzky conducting.// *Beethoven:* Symphony Nr. 3 in E flat (›Eroica‹). Bruno Walter conducting the Philharmonic Symphony Orchestra of New York.// *Wagner:* ›Parsifal‹, Act III. Berlin State Opera solists, chorus and orchestra. Karl Muck conducting.// *Wagner:* ›Die Walküre‹, Act I. Lotte Lehmann, soprano, Lauritz Melchior, tenor, Emanuel List, bass, and the Vienna Philharmonic Orchestra, Bruno Walter conducting.// *Berg:* Excerpts from ›Wozzeck‹. Charlotte Boerner, soprano, and the Janssen Symphony Orchestra, Walter Janssen conducting.// *Strauss,* Johann: Two Overtures and Two Waltzes. Various European orchestras, Bruno Walter and George Szell conducting.// *Schubert:* ›Der Musensohn‹ (Goethe) and ›Der Wanderer‹ (Schmidt von Luebeck). Gerhard Huesch, baritone, and Hans Udo Müller, piano.// *Schumann:* ›Romanze‹ (Geibel) and Schubert's ›Der Erlkönig‹ (Goethe). Heinrich Schlusnus, baritone, and Franz Rupp, piano.// *Roosevelt:* ›A Prayer for the Nation on D-Day, June 6, 1944‹. Franklin D. Roosevelt, recorded off the air.«

6. 10. 1948

312 1] *»Hauptmann« […] Fitelberg: Entstehung* Kap. XIV, GW XI, 275–279; 279–281.

2] *der »Ruf« […] mit […] Verteidigung:* Nikolaus Sombart, ›Wir können uns Thomas Mann leisten‹, ›Der Ruf‹, München, Jg. 3, No. 17 v. 1. 9. 48, 5; eine Erwiderung auf Ulrich Sonnemann, ›Thomas Mann oder Maß und Anspruch‹, ›Frankfurter Hefte‹, Jg. 3, H. 7, Juli 1948, 625–640. »Deutschland liegt am Boden«, hatte Sonnemann am

Schluß seines Pamphlets geschrieben, »und niemand weiß, was aus ihm werden soll. Hat jener Teufel es geholt, von dem es kein Zurück gibt? Ist es zu den Müttern gegangen und wird ein glühender Dreifuß [. . .] ihm folgen, wenn es noch einmal zurückkehrt? Wir wissen es nicht. Sollte es aber zurückkehren, sollte das neue Wort einmal von ihm gesprochen werden; sollte ein Tag dämmern, da die Lehmströme der Verwirrung abfluten [. . .]: so wird eine überlebende Generation, der nicht erfrorene, nicht verhungerte Teil der Jugend, der unentwegten Edelfäulnis, die wir als das Werk Thomas Manns kennen, jene Gleichgültigkeit entgegensetzen, die tödlicher ist als aller Protest. Der deutsche Geist, was hat er mit jenem zu schaffen? Mag er immerhin fortfahren, die kokette Selbstbezichtigung im Titel zu führen als ein ›morbider, schon etwas parodistischer Nachfahre großen Deutschtums‹: läßt er dem Maskenspiel die Verleumdung folgen, so bleiben die Manen dieses untergegangenen, dieses noch nicht wieder auferstandenen Deutschtums selbst in diesen Jahren kräftig genug, Zeugnis abzulegen wider ihn und die schwanke Scheinwelt, die er gebannt.« – Dieser Verdammung hielt Sombart entgegen: »Ist darüber eigentlich ein Wort zu verlieren? Wohl nicht, wenn Herr Sonnemann es unterlassen hätte, während er sein Opfer mit Tiefschlägen bearbeitet, über dessen Schulter hinweg, der deutschen Jugend verständnisinnig und zustimmungsheischend zuzuzwinkern, wenn er darauf verzichtet hätte, durchblicken zu lassen, diese Liquidation geschähe eigentlich nur für sie, ›Deutschlands junge Elite‹, und um ihretwillen.// Da bleibt nichts anderes übrig, als die Stimme zu erheben und energisch zu erklären: nein, dies geht nicht! Für die Freunde Deutscher Literatur in New York, bitte, für die Leser der ›Frankfurter Hefte‹, gerne, aber nicht für die junge deutsche Elite! Und zwar aus einem sehr einfachen Grund: sie kommt ohne Thomas Mann nicht aus, Thomas Mann ist – auf dem Gebiete der deutschen Literatur – ihr größter und bedeutendster Lehrmeister.«
3] *Psychiater Dr. Hacker:* Dr. Friedrich Hacker (1914–1989), ein Neffe von Richard Strauss, der nach seiner Emigration aus Wien, 1938, in Beverly Hills eine psychiatrische Klinik gegründet hatte.

7. 10. 1948
1] *Artikel:* John Franklin Bardin, ›Joseph and the Blessing‹, ›The New Leader‹, vol. 31, No. 40 v. 2. 10. 48, 10 und 15. S. dazu TM an den 312

Editor of ›The New Leader‹, P. P. 9. 10. 48, Reg. III, 48/535: Dank, daß die einbändige *Joseph*-Ausgabe »has caused your influential paper to print such an intelligent appreciation of my work«.

2] *Süskind mit »Bemerkungen zu Lotte in Weimar«:* W. E. Süskind, ›,Lotte in Weimar'. Einige Bemerkungen zu Thomas Manns Roman‹, ›Frankfurter Rundschau‹, 28. 8. 48. (Nicht, wie vielfach aufgeführt: 1949.)

3] *Manuskript:* Albrecht Goes, ›Tagebuch der ,Faustus'-Lektüre‹, ›Almanach auf das Jahr des Herrn 1949‹, Hamburg 1949, 98–117; Nachdruck in: Albrecht Goes, ›Erfüllter Augenblick. Eine Auswahl‹, Frankfurt 1955, 47–69. Das Typoskript, auf das sich der TB-Eintrag bezieht, befindet sich im TMA.

8. 10. 1948

313 1] *Artikel:* Charles J. Rolo, ›Mann and his Mephistopheles‹, ›Atlantic Monthly‹, Boston, vol. 182, No. 5, Nov. 1948, 92–94. S. dazu TM an Agnes E. Meyer, P. P. 9. 10. 48, Reg. III, 48/537: »Dieser Mr. Rolo hat einen recht klaren, ja scharfen und richtigen Blick für meine Existenz, und besonders über meine konservative Art, die Tradition aufzulösen, macht er eine sehr hübsche Bemerkung. Ich kann ganz froh sein, daß diese intelligente und wohlwollende Besprechung in ›Atlantic‹ erscheinen wird, und wenn sie ungefähr den Ton angibt für die kritische Aufnahme des Buches in Amerika überhaupt, so kann ich noch froher sein.«

2] *Aufnahmen von »Henry V.«:* Nicht unter den Nachlaßplatten TMs.

9. 10. 1948

313 1] *Campaign-Reden:* Wahlkampfreden.

2] *(Komiker):* Die Seiten über Karlweis und Chaplin, *Entstehung* Kap. XIV, GW XI, 283/284.

3] *»The Reader's Encyclopedia«:* TM hatte den von William Rose Benét edierten Band nebst einem New York, 4. 10. 48 datierten Begleitschreiben vom Verlag Thomas Y. Crowell mit der Bitte ›to say a word‹ zugeschickt bekommen.

4] *an Süskind:* Das im Besitz von Frau A. Süskind befindliche Schreiben ist im Anhang No. 46, abgedruckt.

5] *[an] Agnes E. Meyer:* S. TB 8. 10. 48, Anm. 1.

10. 10. 1948
1] *Marshall hält Truman ab:* Der Präsident hatte in einem am 8. 10. bekanntgewordenen und von der Weltpresse spektakulär dargestellten Alleingang versucht, seinen Chief Justice Fred M. Vinson (»as a personal envoy«) unter Umgehung der Vereinten Nationen und der europäischen Verbündeten, zu Gesprächen über Atomwaffen-Kontrolle und andere Probleme, an denen sich die Ost-West-Spannungen entzündeten, nach Moskau zu schicken. Nach einer Unterredung mit seinem Außenminister am 9. 10., der einen direkten Kontakt der USA mit Moskau als Affront gegenüber den UN und der westlichen Allianz interpretierte, ließ der Präsident den Plan fallen, konnte aber nicht verhindern, daß sein Vorhaben für öffentliche Aufregung und Wahlkampf-Spekulationen sorgte. *313*
2] *Churchill:* Während der Schlußsitzung des Kongresses der britischen Konservativen in Llandudno (Wales) anläßlich eines Angriffs auf die United Nations: »In fact, what should be the majestic centre of world security and later on of world cooperation and finally of world government had been reduced to a mere cockpit in which the representatives of mighty nations and ancient states hurl reproaches, taunt and recrimination at one another, to marshal public opinions and inflame the passions of their peoples in order to arouse and prepare them for what seems to be a remorselessly approaching third world war. [. . .] It is my belief [. . .] that at the present time the only sure foundation of peace and of the prevention of actual war rests upon strength. If it were not for the stocks of atomic bombs now in the trusteeship of the United States there would be no means of stopping the subjugation of Western Europe by Communist machinations backed by Russian armies and enforced by political police. [. . .] Nothing stands between Europe today and complete subjugation to Communist tyranny, but the atomic bomb in American possession.«

11. 10. 1948
1] *Faustus-Kommentar:* Frederic C. Sell, ›Ein Kommentar zu Thomas Manns ‚Doktor Faustus'‹, ›Die Wandlung‹, Heidelberg, 3. Jg. H. 5, Sept. 1948, 403–413. *314*
2] *Sell:* Der Historiker, Verwaltungsbeamte und Literaturgeschichtsprofessor Frederick C. Sell (1892–1956), vor seiner Naturalisierung Friedrich Carl Sell, lehrte von 1938–1941 als German Lecturer an der

Harvard University, von September 1941 bis zu seinem Tod am Mount Holyoke College. Sell hatte 1940 ein Buch ›Thomas Mann and the Problem of Anti-Intellectualism in Germany‹ publiziert.
3] *an Prof Mayer:* An Hans Mayer, P. P. 11. 10. 48, Reg. III, 48/544.
4] *Goethe-Buches:* ›Spiegelungen Goethes in unserer Zeit‹, hrsg. von Hans Mayer, Wiesbaden 1949. Das Buch enthielt neben Aufsätzen der genannten Autoren auch TMs Essay *Phantasie über Goethe.*
5] *records:* Vgl. TB 8. 10. 48, Text und Anm. 2.

12. 10. 1948
314 1] *Beneš soll [...] prophezeit haben:* In einer Botschaft, die – wie der ›Aufbau‹, vol. XIV, No. 41 v. 8. 10. 48, 1, berichtete – Beneš in seinen letzten Lebenstagen »durch einen persönlichen Boten mündlich einer Gruppe von Freunden« zukommen ließ. »Einer von diesen [...] hat sie jetzt, da Beneš tot und alle Beteiligten in Sicherheit sind, im ›Organ der demokratischen Tschechoslowaken im Exil‹ veröffentlicht, dessen erste Nummer soeben in Paris [...] erschienen ist.« Der ›Aufbau‹ gibt kommentierte Auszüge dieser Erklärung wieder, in denen es u. a. heißt: »Daß Beneš mit der sicheren Niederlage des Ostens und das heißt: mit dem unvermeidlichen Konflikt zwischen Westen und Osten rechnet, geht am deutlichsten aus der tiefen Besorgnis hervor, mit der er [...] das künftige Schicksal der Tschechoslowakei betrachtet. ›In beiden Kriegen‹, so erklärt er, ›standen wir auf der Seite der Sieger; diesmal hat uns der kommunistische Verrat auf die Seite der Besiegten gestellt. Das Hasardieren mit dem Schicksal der Nation ist umso schlimmer, als es gleichzeitig ein Verrat an unserer gesamten Erziehung und an dem ganzen Sinn unseres Lebens ist. Die Kommunisten haben die Nation verraten und durch den Verrat treiben sie uns in die sichere Niederlage‹.« (›Aufbau‹, a.a.O. 4).
2] *streichen:* Vgl. die im Anhang No. 47–50 zusammengestellten, im gedruckten Text gestrichenen Passagen.
3] *an R. Schweizer:* An Richard Schweizer, P. P. 12. 10. 48, Reg. III, 48/546; Br. III, 53.

13. 10. 1948
314 1] *Vitriolic speech Vishinsky's:* In einer erbitterten Auseinandersetzung mit dem amerikanischen Delegierten über die divergierenden

Atom-Kontroll- und Abrüstungs-Konzepte während einer Sitzung des politischen Ausschusses der Vereinten Nationen in Paris.

2] *mit [. . .] dem Grafen Logna:* Count Carl (Károly) Lonyay. Näheres nicht ermittelt.

3] *sein Meyerlink-Buch:* Lonyay, Count Carl (Károly), ›The Tragedy of Mayerling‹, New York 1949.

4] *»Delia«:* Die 1915 von Bruno Walter entdeckte und seither eng mit ihm befreundete Sopranistin Delia Reinhardt hatte Europa verlassen, um in Kalifornien in der Nähe des Dirigenten zu leben.

5] *Lectures of W. Kretzschmar:* S. TB 5. 6. 48, Anm. 4.

6] *Aufsatz über den »M. M.«:* Richard P. Blackmur, ›Hans Castorp, Small Lord of Counterpositions: Notes on the Prophecy of Mann's »Magic Mountain«‹; s. TB 5. 6. 48, Anm. 5.

7] *Schönbergs Anfrage:* Nicht unter den im TMA archivierten Schriftstücken.

8] *schrieb ihm:* Verschollen; s. Reg. IV, 584.

14. 10. 1948

1] *(Echo): Entstehung* Kap. XIV, GW XI, 290–292. 315

2] *das Lübeck-Heft:* Das Lübeck gewidmete Heft der Zeitschrift ›Merian‹ (Jg. 1948, H. 2) druckte, 29–34, unter dem Titel ›Anno 1848‹ das 3. Kapitel des 4. Teils der *Buddenbrooks*, (GW I, 181–194) und, 48–54 TMs Essay *Lübeck als geistige Lebensform.* 50/51 zeigte Bilder von der Fassade und einer Giebelfigur des Buddenbrook-Hauses, und 52 brachte neben einem Bild von TM das Faksimile des Briefes an Helga und Theo Scheerer v. 17. 4. 48, Reg. III, 48/195; Br. III, 30 (fragm.). S. auch TB 16. 4. 48, Anm. 1.

3] *Leipziger Rede:* Irrtümlich für »Lübecker Rede«; s. Anm. 2.

15. 10. 1948

1] *(Kantate): Entstehung* Kap. XIV, GW XI, 293/294. 315

2] *Aufsatz von H. A. Maier:* Hans Albert Maier, ›Die Stellung des ‚Doktor Faustus' im Gesamtwerk Thomas Manns‹, ›Modern Language Quarterly‹, Sept. 1948, 343 ff.

3] *schrieb ihm:* An Hans Albert Maier, P. P. 15. 10. 48, Reg. III, 48/547.

4] *an Knopf:* P. P. 16. 10. 48: »Dear Alfred, I am very sorry to hear

that you are disappointed – as I am – by the issue of the HUDSON REVUE and that you feel embarrassed with regard to other publications who had sought permission to print certain parts of the book. I had been prepared for the mishap by a pitiable letter from those youngsters in which they complained to me of their contributors' (including Mr. Kenneth Burke's) failure to deliver their pieces in time; additional contributions, they wrote, would have to follow in later issues. And: actually, the ›*Notes on the Magic Mountain*‹ appear under the heading ›*Examination of Thomas Mann*‹ which goes to indicate that the ›Examination‹ is to be continued. The planned issue in my honour on the occasion of the publication of *Doctor Faustus* has, of course, not materialized; nor is the contributors' tardiness an excuse for the editors' failure to mention even the title of the book from which Kretzschmar's lectures were taken. Whether this omission was caused by negligence or by the wish to lend the ›Lectures‹ the character of an original contribution, heaven only knows.// Personally, I find the matter disturbing merely because it seems to disturb you. For the rest the whole thing is of utter indifference to me, and frankly, your closing remark that ›advance of publication interest in Doctor Faustus is building up very nicely‹ means far more to me than does the entire HUDSON REVUE.« (Im Archiv des A. A. Knopf-Verlags, New York).
5] *Stephen Spender für »Nation«:* Stephen Spender, ›Thomas Mann's Doctor Faustus‹, ›The Nation‹, New York, vol. 167, No. 23 v. 4. 12. 48, 634/635.

16. 10. 1948
315 1] *(»Licht in der Nacht«): Entstehung* Kap. XIV, GW XI, 294.
2] *an Day:* Das Schreiben an den Slawisten am Occidental College der University of Los Angeles, George M. Day (1882–1958), ist verschollen. S. Reg. IV, 584.

17. 10. 1948
316 1] *(Erikas Telegramm): Entstehung* Kap. XIV, GW XI, 296. Vgl. auch TB 1. 1. 47.
2] *an Sat. Rev. of Lit.:* Das Schreiben – wohl die Antwort auf das am 16. 10. 48 eingetroffene Telegramm – ist verschollen; s. Reg. IV, 584.
3] *Artikel aus dem »Tagesspiegel«:* Hellmut Jaesrich, ›Kalifornische Rechenschaft‹, ›Der Tagesspiegel‹, Berlin, 12. 9. 48, Literaturblatt.

4] *»Der Weg ins Verderben«:* Franz Silberstein, ›Der Weg ins Verderben. Europäische Politik von Bismarck bis Hitler‹, Buenos Aires 1948.
5] *Silberstein:* Der Journalist Franz Silberstein (1887–1949), in den zwanziger und dreißiger Jahren Korrespondent und Redakteur am ›Berliner Tageblatt‹, an der ›Deutschen Allgemeinen Zeitung‹ und der ›Vossischen Zeitung‹, floh 1935 nach Argentinien und arbeitete von 1939–1949 am ›Argentinischen Tageblatt‹, 1944/45 auch für die ›Deutschen Blätter‹ in Santiago de Chile.

18. 10. 1948
1] *das Telegramm:* Evtl. die Nachricht an ›Saturday Review of Litera- *316*
ture‹; s. TB 17. 10. 48.
2] *(Fall Beidler-Wagner): Entstehung* Kap. XIV, GW XI, 296–298.
3] *von Schönberg:* Los Angeles, 15. 10. 48; im TMA: »Ich bin sehr froh, daß Sie so gut waren, meinem Wunsch zu willfahren: mich gegen die Unfähigkeit der Musikhistoriker aller Zeiten zu beschützen. Aller Zeiten, denn ich glaube fest daran, daß, sollten heutige Exemplare dieses Standes in fünfzig Jahren nicht mehr leben (wenn das leben ist) so werden aus der Asche ihrer Unfruchtbarkeit ewig neue erstehen.// Warum ich an Beermann Fischer dieserhalb geschrieben habe, hat zwei Gründe. 1) hat mich ein hiesiger Mitarbeiter dieses widerlichen ›Time‹-Magazines für das ein Komponist blos ein Gegenstand für blöde Witze ist, es hat mich also einer seiner Mitarbeiter um ein Interview ersucht, mit Hinweis auf Dr. Faustus – ich habe es abgelehnt. 2) aber habe ich mit Herrn Beermann-Fischer ein persönliches Hühnchen zu pflücken (was heißt das?). Auf dem Waschzettel des Buches, das Ihren siebzigsten Geburtstag feierte, hat er dargetan, wie unwürdig ich bin, mich in einer solchen Gesellschaft (in der der übrigen Beitragenden) zu befinden, indem er dort meinen Namen gänzlich ausließ; im Inhaltsverzeichnis aber, wendet er eine wirkungsvollere Methode an. Dort komme ich auch nicht vor, aber mehr als das: ein gewisser Alfred Schönberg hat Ihnen meinen Canon gewidmet.// Ich war fest davon überzeugt, daß ich von Ihnen nichts anderes zu erwarten habe, als von mir selbst und ich bin sehr froh, daß mein Vertrauen in dieser Weise belohnt wurde.// Ich habe mit großem Bedauern davon gehört, daß auch Sie sich nicht immer so wohl fühlen, als man es wünschen mag. Ich hätte mich gewiß öfters nach Ihnen erkundigen sollen, wären es nicht meine eigenen Zustände, die, die mich beschäf-

tigten, und die einen ganz braven Menschen in einen hartgesottenen Egoisten verwandeln.// Ich hoffe sehr, daß mein nervöses Augenleiden sich bessern werde, damit ich wieder anfangen kann, zu lesen. Dann wird es zuerst Ihr Doktor Faustus sein!«

4] *Oktoberheft:* U. a. mit Beiträgen von Clifton Fadiman, ›Doctor Faustus‹, a.a.O. 4–6; Henry Seidel Canby, Dorothy Canfield, John Marquand and Christopher Morley, ›Comment of the Other Judges‹, a.a.O. 6; Katherine Rosin, ›Thomas Mann‹, a.a.O. 9/10.

5] *Maughams Roman:* Somerset Maughams Roman ›Catilina‹, London/Toronto 1948, wurde im November 1948 gleichzeitig mit TMs *Doctor Faustus* als ›Book of the Month‹ herausgegeben.

6] *an Mme [Bertaux]:* An Céline Bertaux, P. P. 19. 10. 48, Reg. III, 48/557; Br. III, 53/54.

19. 10. 1948

316 1] *von Cambridge und Cansas City:* Beide Schreiben sind nicht im TMA. S. jedoch TM an E. M. Butler, Newham College, University of Cambridge, P. P. 20. 10. 48, Reg. III, 48/560, und TM an J. A. Burzle, P. P. 3. 11. 48, Reg. III, 48/588, sowie P. P. 18. 12. 48, Reg. III, 48/686.

20. 10. 1948

317 1] *»British Weekly« mit Artikeln:* Geraint Vaugham Jones, ›Thomas Mann, Novelist and Prophet‹, ›British Weekly‹, London, 30. 9. 48.

2] *E. Caldecott:* Nichts Näheres ermittelt. S. jedoch die TB 22. 10. 48 erwähnte »Friedensbotschaft« für Ernest Caldecott, die im Anhang No. 51 abgedruckt ist.

3] *Buch über musikalische Reproduktionskunst:* Bruno Walter, ›Von der Musik und vom Musizieren‹, Frankfurt 1957.

21. 10. 1948

318 1] *an »British Weekly«: Letter to British Weekly*, ›British Weekly‹, London, 2. 12. 48, 2; Reg. III, 48/582.

2] *an Vikko:* An Viktor Mann, P. P. 21. 10. 48, Reg. III, 48/564.

3] *an den italienischen Übersetzer:* An Ervino Pocar.

4] *Aeußerung in Free World:* Nicht gefunden.

5] *Beantwortet:* Die Antwort ist verschollen; s. Reg. IV, 584. Der Sachverhalt – weitere Initiativen zur Rettung der Lübecker Marienkirche – geht hingegen aus einem Schreiben TMs an die ›Lübecker Nachrichten‹ hervor, das die Zeitung am 19. 10. 48 auf Seite drei unter der Überschrift ›Memling-Altar leihweise nach USA‹ im Rahmen eines Artikels über TMs Vorschlag, als Faksimile abdruckte: »Ich erhalte soeben einen Brief von einem im amerikanischen Kunstleben einflußreichen Mann, der den Gedanken entwickelt, den ›Memling‹-Altar, wie das auch, zu demselben Zweck, mit italienischen Kunstwerken (Donatello) geschieht, hierher zu ›verschiffen‹, um ihn, sei es in einem Museum oder bei einem Kunsthändler, gegen Eintrittsgeld zu zeigen. Auf diese Weise wäre wahrscheinlich eine hübsche Summe zusammenzubringen. Es soll darüber verhandelt werden, und ich hoffe, bald Positives melden zu können.«

22. 10. 1948

1] *Friedensbotschaft:* S. TB 20. 10. 48, Anm. 2. *318*
2] *Wallace-message:* Der Text ist im TMA erhalten und im Anhang No. 52 abgedruckt.
3] *von Knopf:* New York, 20. 10. 48; im TMA.
4] *Nachricht vom Tode Kerrs:* Der Sternfeld-Brief befindet sich nicht mehr unter den im TMA archivierten Schriftstücken. Alfred Kerr hatte im September bei einem Theaterbesuch in Hamburg einen Schlaganfall erlitten, an dessen Folgen er am 12. 10. 48 gestorben war.
5] *über Faustus geschrieben:* Kein Druck ermittelt; auch im Kerr-Nachlaß bei der Berliner Akademie der Künste fand sich kein Manuskript über den *Doktor Faustus*.
6] *an Liebermann:* Versehen TMs. Es handelt sich um einen Brief an Franz Silberstein. S. TB 17. 10. 48, Text und Anm. 4 und 5.

23. 10. 1948

1] *Neuer Brief:* S. TB 20. 10. 48, Anm. 2. *319*
2] *Legende: Der Erwählte.*
3] *New York Times will Goethe-Artikel:* S. dazu TMs Antwortbrief an Lester Markel, P. P. 27. 10. 48, Reg. III, 48/571: »The 200th birthday of Goethe is already connected as you can imagine, with all kinds of demands. I would, however, be glad to make a contribution to the New York Times. But my schedule makes it impossible for me to start such an article before the second half of January 49. If this is not too late for you, will you please send me the outline and inform me of the

length you approxemately desire.« (Im TMA). Gleichfalls im TMA befindet sich ein Schreiben von Lester Markel, New York, 7. 1. 49, mit einer Erinnerung: »Are we getting the Goethepiece from you? I hope so.« Eine Arbeit TMs für die ›New York Times‹ hat sich jedoch nicht ermitteln lassen.

4] *Herr und Frau Motschan:* Der Schweizer Industriechemiker Georges Motschan (geb. 1920), der TM 1937 als Schüler besuchte (s. TB 27. 7. 37) mit seiner Frau. Motschan hat in seinem Buch ›Thomas Mann – von nahem erlebt‹, Verlag der Buchhandlung Matussek, Nettetal, 1988, über die Visite in Kalifornien erzählt, wo er sich erbot, während der für 1949 ins Auge gefaßten, aber immer wieder – nicht zuletzt auch wegen der zu erwartenden Unbequemlichkeiten – verworfenen Deutschlandreise als Chauffeur und Helfer in technischen Dingen zur Verfügung zu stehen.

5] *an Agnes Meyer:* P. P. 23. 10. 48, Reg. III, 48/566: »ich möchte Sie in einer delikaten Angelegenheit um Ihre Meinung und Ihren Rat bitten. Sie wissen, ich habe Luther Evans geschrieben, daß ich im Frühjahr 49 gern wieder in der Library of Congress sprechen würde und zwar, anläßlich des 200. Geburtstags, über Goethe. [...] Nun fällt mir auf, daß nicht nur Evans' Antwort seit Wochen auf sich warten läßt, sondern daß auch Sie, als Sie mir letzthin schrieben, auf die Sache nicht eingegangen sind, und ich fange an, mich zu fragen, ob es nicht sehr naiv von mir war, jetzt diese Frage aufs Tapet zu bringen. Wir leben in politisch gespannten Zeiten, die Präsidentenwahl steht bevor, und vielleicht muß ein Institut wie die Library nicht nur das (ziemlich feststehende) Ergebnis der Wahl, sondern auch dessen Folgen für das öffentliche Leben und für die Library selbst abwarten, bevor eine Antwort auf meine Selbsteinladung gegeben werden kann.«

6] *Damnation de Faust:* Hector Berlioz (1803–1869) ›La Damnation de Faust. Légende dramatique‹ in vier Abteilungen, op. 24 (1845).

24. 10. 1948

319 1] *Auffassung der Fischersfrau:* Am Schluß des IX. und im X. Kapitel des *Erwählten*, GW VII, 79, 82/83.

2] *pro Wallace statement:* S. TB 22. 10. 48, Anm. 2.

25. 10. 1948
1] *an Lesser:* An Jonas Lesser, P. P. 25. 10. 48, Reg. III, 48/567: »Ich habe unterdessen meinen autobiographischen Bericht über die Entstehung des Buches abgeschlossen und beschäftige mich wieder mit dem kleinen Legenden-Roman, indem ich die Ausarbeitung eines neuen Goethe-Vortrags noch bis Anfang nächsten Jahres zurückstelle. Wie soll ich denn auch *noch* immer etwas über den Mann zusammenkratzen! J'ai vidé mon sac. Aber daß ich 1949 würde daran glauben müssen, war vorauszusehen.« 319
2] *Kl. Nachtmusik:* Wolfgang Amadeus Mozart (1756–1791), ›Eine kleine Nachtmusik‹, KV 525 (1787). 320
3] *Beecham:* Der englische Dirigent Sir Thomas Beecham (1879–1961).
4] *Le Bal (Fantastique):* Hector Berlioz, ›Symphonie fantastique‹, op. 41, 2. Satz ›Un bal‹.

26. 10. 1948
1] *Problem »Adorno«:* S. TB 12. 9. 48 und die im Anhang No. 57–62 zitierten ausgeschiedenen Passagen. 320
2] *Artikel:* S. TB 5. 10. 48, Anm. 2
3] *Seidlin über das »Glasperlenspiel«:* Oskar Seidlin, ›Hermann Hesses Glasperlenspiel‹, ›Die Wandlung‹, Heidelberg, Jg. 3, 1948, 298–308.

27. 10. 1948
1] *»Mittelalterliche Weltanschauung«:* S. TB 7. 1. 48, Anm. 1. 320

28. 10. 1948
1] *Faustus-Besprechung:* ›Case History of a Genius‹ (mit Bild), ›Time‹, vol. 52, No. 18 v. 1. 11. 48, 96. 321
2] *Artikel über Faustus und Nietzsche:* Maurice Colleville, ›Nietzsche et le ‚Doktor Faustus' de Thomas Mann‹, ›Etudes Germaniques‹, Jg. 1948, No. 3, Avril–Sept., 343–354.
3] *an die Münchener Akademie:* P. P. 28. 10. 48, eine Antwort auf ein Schreiben vom 30. 9. 48, in dem der Generalsekretär, Dr. Alfred Jacob, TM mitteilte, daß »die Bayerische Akademie der Schönen Künste, welche z. Zt. die einzige Anstalt ihrer Art in Deutschland ist, und nicht nur Mitglieder in Bayern, sondern auch in anderen deutschen Ländern 321

und im Ausland zählt«, beabsichtige, ihn, TM, »zu ihrem ordentlichen Mitglied zu wählen«. TM reagierte zögernd: »Meine ordentliche Mitgliedschaft wäre nur nominell, eine Fiktion. Ich könnte praktisch an den Arbeiten der Akademie nicht mitwirken, keiner Sitzung beiwohnen, mich an keiner Wahl beteiligen [...] und wäre für alle gefaßten Beschlüsse formell mit verantwortlich, ohne doch an ihrer Formung mitgearbeitet zu haben.« Er gab zu bedenken: »Ehrenmitglied zu heißen, wäre mir, obgleich es ein bißchen anspruchsvoll klingt, eigentlich das Liebste.« Doch auch diese Lösung schien bei genauerer Prüfung nicht »völlig befriedigend«: »... vielleicht sollte man seiner Phantasie einen Ruck geben und für den besonderen Fall etwas Neues erfinden, z. B. die Würde eines Ehrenvorsitzenden der literarischen Abteilung.« – Dieser Vorschlag erschien auch der Akademie akzeptabel. Am 25. 2. 49 teilte Generalsekretär Jacob mit, »daß die Bayerische Akademie der Schönen Künste in der Vollversammlung vom 24. 2. 49 Sie Ihrer Anregung entsprechend zum Ehrenvorsitzenden der Abteilung Schrifttum gewählt hat. Die Angelegenheit hat sich höchst bedauerlicher Weise dadurch verzögert, daß über die Geschäftsbehandlung Zweifel bestanden. Man dachte zunächst an eine Satzungsänderung; das ist aber eine umständliche Sache, weil dafür der ›Ministerrat‹ zuständig ist, von dem bei der bestehenden Geschäftsüberlastung ein Bescheid in nicht ganz dringenden Angelegenheiten nicht so bald zu erwarten ist. Auch hätte man mit der Möglichkeit rechnen müssen, daß der Ministerrat eine Satzungsänderung aus Anlaß eines einzelnen Falles ablehnen werde. Die Akademie hat sich nun entschlossen, den drei Abteilungen freizustellen, je einen Ehrenvorsitzenden zu wählen, sodaß keine formellen Schwierigkeiten mehr bestehen.« Das Antwortschreiben aus Pacific Palisades gibt am 11. 3. 49 Dankbarkeit und Überraschung kund: »Ich hatte kaum damit gerechnet, daß man sich bereit finden werde, auf meinen etwas extravaganten Not-Vorschlag einzugehen« – und übermittelt den herzlichen Dank und die Rührung TMs darüber, »daß es gelungen ist, diese neue und schöne ehrenamtliche Beziehung zwischen mir und der Stadt herzustellen, in der ich 40 Jahre meines Lebens verbracht habe.« – Die restliche Korrespondenz – wenn es denn eine solche gegeben hat – scheint bis auf eine Tee-Einladung während der Tage, die TM im Juli 1949 in München weilte, verloren, so daß sich einstweilen noch nicht feststellen läßt, wie sich die Dinge damals weiterentwickelten. Das Mitglieder-Verzeichnis von

1951, in dem TM als »Ehren*mitglied*« aufgeführt wird, läßt den Schluß zu, daß der neue Titel bei den Behörden Anstoß erregt haben muß und sich TM, um den Affront zu vermeiden, schließlich mit der Bezeichnung »Ehrenmitglied« zufriedengab. – Die beiden bisher unbekannten Thomas-Mann-Briefe, die mir der derzeitige Akademie-Präsident Heinz Friedrich aus den alten Akten heraussuchte, sind im Anhang No. 53 und 54 abgedruckt.
Die Münchener Affäre ist indes auch noch aus einem anderen Grund von Interesse. Es scheint, als habe parallel zu seinem Generalsekretär auch der Präsident der neugegründeten Akademie, TMs alter Freund Emil Preetorius, nach Kalifornien geschrieben. Jedenfalls bedankt sich TM am 9. 3. 49, also zwei Tage *vor* der Antwort an Jakob, bei Preetorius für einen »guten Brief vom 25. II.«, den er habe »ruhen lassen«, bis die »angekündigte Antwort von der Münchener Akademie« eingetroffen sei. »Sie ist nun gekommen, und ich lege Ihnen den Brief [. . .], der nicht in allen Punkten mit Ihren Angaben übereinstimmt, bei.« Dieses bereits in den Bl. TMG. 4, 1963, 20/21, publizierte Schreiben zeigt, welche Rolle die offenbar zuerst von Preetorius ausgesprochene, dann in abgeschwächter Form von Jacob wiederholte Einladung, während der Münchener Goethe-Feierlichkeiten das Wiedersehen mit Deutschland mittels eines Fest-Vortrags zu akzentuieren, für TMs Reise-Überlegungen gespielt hat.

29. 10. 1948

1] *Rev. Fritschman:* Der unitarische Geistliche Stephen H. Fritchman (geb. 1902), war ›Minister‹ der First Unitarian Church of Los Angeles und hatte in dieser Eigenschaft TMs vier Enkel getauft. Vgl. TM an Stephen H. Fritchman, Kilchberg, 5. 12. 54, Reg. IV, 54/388; Br. III, 366/367: »Ich fühle mich der Unitarian Church auf mancherlei Weise verbunden, auf persönliche und allgemein geistige. Durch sie haben alle meine vier Enkel, Männlein und Weiblein, die Taufe empfangen, und Sie selbst waren es, lieber Mr. Fritchman, der meinen Bruder, welcher uns in Californien starb, für die Ewigkeit einsegnete. Doch dies beiseite. Der Geist Ihrer Kirche, der christliche Humanismus, den sie vertritt, und der in Ihrer Person einen so ergebenen und mutigen Verkünder hat, – dieser Geist ist es, der mich anzieht, seit ich ihn kennen lernte, und den ich in wahrer Sympathie bewundere.« *321*

2] *Brief für ihn:* TMs Statement ist in einem Rundbrief der First Unitarian Church im TMA erhalten und wird im Anhang, No. 63 wiedergegeben.
3] *von der Mazzucchetti:* Lavinia Mazzucchetti, ›Verità e poesia in ‚Carlotta in Weimar' di Thomas Mann‹, ›Svizzera Italiana‹, Jg. 1948, No. 69, Juni, 219–222.
4] *ihre Zeitschrift mit Späßen über »Faustus«:* Anon., ›Der Irgendwiealismus‹, ›Zürcher Student‹, Jg. 26, 1948, H. 4, 94–97. TM antwortete am 30. 10. 48, Reg. IV, N 48/3; Die Studentenzeitschrift druckte den Brief im 6. Heft des 26. Jg., 1948, 154: »Die Rolle, die gelegentlich ›Dr. Faustus‹ darin [i. e. in dem oben erwähnten, als ›Vorwort zu einem demnächst im Verlag Z. Ueberfluß & Co. erscheinenden Buch von Prof. Dr. Alexander R. Mumpitz, Freiherr von Hanenast‹ deklarierten Artikel] spielt, hat mich nicht wenig amüsiert, und zwar im Gedenken an Ihre Bemerkung, daß das humoristische Element in dem Buch viel zu sehr übersehen werde. Ich finde, das ist ein erlösendes Wort. Wenn ich jenem Adrian Leverkühn irgend etwas von mir selbst mitgegeben hatte, so ist es der Sinn für Komik und die Neigung zur Parodie. Der Verfasser der sehr hübschen Satire [...] war sich vielleicht garnicht bewußt, daß er, stilistisch, die Parodie einer Parodie gab, nämlich einer Selbstparodie, die dann freilich in der Fortführung, ohne eigentlich ihre Linie zu verlassen, an die äußersten Grenzen heutiger Ausdrucksmöglichkeiten der deutschen Sprache führt. Ist das wahr, oder nicht? – «
5] *merkwürdige Schrift eines [...] Quinn:* Nicht ermittelt.

30. 10. 1948

321 1] *Strindbergs »Schwarze Fahnen«:* August Strindbergs Roman (›Sittenschilderung von der Jahrhundertwende‹) ›Sedeskildringar fran sedelskriftet‹ von 1907. Der Roman war 1908 in deutscher Sprache in München als Band 5, Abt. 2 der Sämtlichen Werke Strindbergs erschienen.
2] *Adorno-Bekenntnisse: S.* TB 12. 9. 48 und die im Anhang No. 57–62 abgedruckten, aus der *Entstehung* ausgeschiedenen Texte.
3] *Einladung:* Nicht erhalten. Aus TMs Antwort an Sims Carter, Goethe Bicentennial Foundation, Chicago, P.P. 17. 11. 48, Reg. III, 48/625, geht jedoch hervor, daß man in Chicago gehofft hatte, ihn zu einem Jubiläumsvortrag zu gewinnen. TM, der das ihm vorliegende

Programm als ›excellent‹ rühmt, selbst aber wegen seiner für 1949 geplanten Europareise keine Zusage machen kann, schlägt Barker Fairley und Erich Kahler als Referenten vor.

4] *Vorwort:* TMs Beitrag ›Preface‹ – datiert 1. 11. 48 – erschien in 321
›Projet de Constitution Mondial‹, ed. par R. M. Hutchins, G. A. Borgese et d'autres, Paris 1949, 7–10. Der deutsche Text ist im Anhang No. 64 abgedruckt.

5] *aus New York Times:* Orville Prescott, ›Doctor Faustus‹, ›The New York Times Book Review‹ v. 29. 10. 1948.

6] *[aus] Herald:* Lewis Gannet, ›Doctor Faustus‹, ›New York Herald Tribune‹ v. 29. 10. 1948.

7] *Berichtigung verlangend:* S. TB 31. 10. 48, Anm. 1.

8] *Artikel von del Vayo:* Juan Alvarez del Vayo, ›Germany Comes Back‹, ›The Nation‹, vol. 167, No. 18 v. 30. 10. 48, 481: eine Analyse des industriellen und wirtschaftlichen Wiederaufstiegs sowie der politischen Restauration der Bundesrepublik unter der Schirmherrschaft der westlichen Alliierten: »Support for the restoration of Germany as an economic and industrial power has inevitably meant support of its former ruling class. The swing to the right has become the distinguished feature of recent local elections. Plans for giving more administrative control to the Ruhr industrials were announced the other day [...] In the New York Times [...] Drew Middleton reported the progressive return of former Nazis to positions of high responsibility.// On the psychological level the original effort to drive home to the Germans the realization of their guilt and at the same time lay the basis for the democratization of an ultra-chauvinist nation has also been abandoned. Today the notion of guilt is as alien to the average German as the idea that the United States might one day go fascist is to most Americans.« – Alvarez del Vayo schloß seine düstere Schilderung der deutschen Zustände mit dem Fazit: »Germany's rapid comeback has a kind of inevitable, nightmare quality, and foreign observers seem unable to grasp fully the danger it presents. It is to the credit of Sumner Welles that he has been one of the few public men in America to criticize the curtain of silence which has cloaked the revival of the power responsible for the tragic mess in which the world finds itself today.«

31. 10. 1948

322 1] *an die New York Times:* To the editor of the ›New York Times‹, P. P. 31. 10. 48, Reg. III, 48/583. Das deutsche Konzept befindet sich im TMA und ist im Anhang No. 65 abgedruckt.

2] *Seatle:* So im Manuskript.

3] *Eroica:* Ludwig van Beethoven, Symphonie No. 3, op. 55 (1803/1804).

4] *Anruf Jacksons:* Vgl. TMs Schreiben an Charles Jackson, P. P. 4. 11. 48, Reg. III, 48/592, in dem er sich über Jacksons telephonisch geäußerte Empörung gerührt zeigt.

1. 11. 1948

323 1] *Skandal der Gaserstickungstode:* Zwanzig Personen starben und Hunderte erkrankten auf Grund eines Smog-Einbruchs in Donova/Pennsylvania. Eine nahegelegene Zinkfabrik wurde stillgelegt und eine Überprüfung der offensichtlich unzureichenden Sicherheitsvorkehrungen angeordnet.

2] *Vorwort:* S. TB 30. 10. 48, Anm. 4.

3] *Brief nach Göttingen:* An Dr. Roterberg, P. P. 1. 11. 48, Reg. III, 48/585.

4] *franz. Übersetzung: Le Docteur Faustus,* Paris 1950.

5] *meines Beitrags:* S. TB 22. 10. 48, Anm. 2 und TB 24. 10. 48.

2. 11. 1948

323 1] *IX. Kapitel der Legende:* ›Die Fischer von Sankt Dunstan‹, GW VII, 66–79.

2] *Aufsätze über moderne Musik:* René Leibowitz, ›Ein Brief aus Hollywood‹, ›Stimmen‹, Monatsblätter für Musik, herausgegeben von H. H. Stuckenschmidt und Josef Rufer, Berlin, Jg. 1, H. 7/1948, 213–216; H. H. Stuckenschmidt/Josef Rufer, ›Neue Musik‹, ›Stimmen‹, Heft 8/1948, 244–249; im selben Heft erschien auch Klaus Pringsheims Artikel ›Musikerziehung in Japan‹, a.a.O. 225 bis 229.

3] *Stuckenschmidt [. . .] über den Begriff der »Bürgerlichen Musik«:* H. H. Stuckenschmidt, ›Was ist bürgerliche Musik?‹, ›Stimmen‹, Heft 7/1948, a.a.O. 209–213.

4] *Stuckenschmidt:* Der Komponist, Musikwissenschaftler, -kritiker

und -schriftsteller (Schönberg-Biograph) Hans Heinz Stuckenschmidt (1901–1988).
5] *Schweizer-Wiener Zeitschrift »Bücherschau«:* Nicht ermittelt.
6] *Close race:* Kopf-an-Kopf-Rennen.

3. 11. 1948
1] *Illenois:* So im Manuskript. 324
2] *Niederlage [...] des elenden Gallup:* Der amerikanische Professor für Zeitungswesen und Werbung, George Horace Gallup (1901–1984), Begründer (1935) des ›American Institute of Public Opinion‹, dessen Meinungsforschungsmethoden und Analysen auf Grund der relevanten Prognosen seit der Präsidentenwahl 1936 hohe Kompetenz zugewiesen wurde, hatte Dewey favorisiert.
3] *Marshall kündigt [...] Rücktritt an:* Der US-Außenminister George Marshall hatte nach den Wahlen dem Präsidenten seinen Rücktritt angeboten, den Truman jedoch nicht annahm.
4] *wie es niederträchtiger Weise hoffte:* So im Manuskript.
5] *Artikel über »Faustus«:* Alfred Kazin, ›Doom of Dr. Faustus, demon of the absolute. Thomas Mann offers searching fictional study of deep-rooted conflict in German spirit and culture‹, ›New York Herald Tribune Weekly Book Review‹, 31. 10. 48, VII, 3. Vgl. dazu TM an Charles Jackson, P. P. 4. 11. 48: »I [...] enjoyed the article of A. Kazin [...], though he overemphasizes the parallell with Germany: for Adrian Leverkühn is much more a representative of our time than an allegory for Germany. He is simply a man who bears the sufferings of the epoch.« (D. ü. D. III, 195). S. ferner TM an Alfred Kazin, P. P. 5. 11. 48, D. ü. D. III, 195/196 (Auszug).
6] *Artikel [...] im New Yorker:* Hamilton Basso, ›A New Deal with the Old Nick‹, ›The New Yorker‹, vol. 30, No. v. 30. 10. 48, 106/107 – ein Artikel, dessen erster Satz den Tenor des Ganzen zusammenfaßt: »Doctor Faustus, the new novel by Thomas Mann (Knopf), is a thick, heavy pudding that it is hard to get one's teeth into.« Anhand von drei Ausstellungen bewies der Rezensent seinen Lesern, »that anyone who will manage to get into the skin of Adrian Leverkühn [...] is going to find it a very poor fit«: »As a philosopher, Mr. Mann is rather more ponderous than profound; as a competitor of Goethe in the handling of the Faust story, he is hopeless outclassed; as a novelist, he failed in this particular book. He has failed not because he was unable to bring off

his own version of Faust, or because his philosophical digressions slow down the movement of his book to a pace less lively than a crawl, but simply because his central character, upon whose credibility everything else depends, never really comes to life.« TM war, wie Briefe aus der in Frage stehenden Zeit beweisen, tief getroffen und erbost: »The New Yorker should really be ashamed of Hamilton Basso who is stupid like a tenor and had obviously no inclining of what he was talking about. [...] I like the New Yorker and so, for me, it was a sobering disillusion« (An Joseph Warner Angell, 8. 11. 48; D. ü. D. III, 197). »... den tiefsten Punkt erreichte ein gewisser Hamilton Basso [...] Es war da der Dummheit eine Bosheit beigemischt, die ich übrigens verstehe. Ich bin zeitweise in diesem Land zu viel gelobt, zu oft als ›the greatest living man of letters‹ etc. ausgerufen worden und mußte auf eine verärgerte Reaktion gefaßt sein.« (An Agnes E. Meyer, P. P. 8. 11. 48; D. ü. D. III, 197). »›New Yorker‹! Das Letzte!«: An Klaus Mann, 12. 11. 48; D. ü. D. III, 198.

4. 11. 1948

325 1] *etwas darüber [...] schreiben:* TM führte dies Vorhaben nicht aus.

2] *an Jackson:* S. TB 31. 10. 48, Anm. 4.

3] *[an] Kazin:* An Alfred Kazin, P. P. 5. 11. 48, Reg. III, 48/595; D. ü. D. III, 195/196 (Auszug). S. auch TB 3. 11. 48, Anm. 5.

4] *Kazin:* Der amerikanische Schriftsteller und Literaturwissenschaftler Alfred Kazin (geb. 1915).

5] *[an] Caroline N.:* An Caroline Newton, P. P. 5. 11. 48, Reg. III, 48/597; TM/CN 47/48.

6] *Ed. Knopfs:* Edwin H. Knopf (1899–1981), jüngerer Bruder von TMs Verleger, Filmproduzent der Metro-Goldwyn-Mayer, mit seiner Frau.

7] *»Edvard, my son«:* MGM-Film von 1948 nach dem gleichnamigen Bühnenstück von Robert Morley und Noel Langley. Unter der Regie von George Cukor spielten Spencer Tracy, Deborah Kerr, Ian Hunter, James Donald u. a.

5. 11. 1948

326 1] *Die Saturday Review of Literature:* Die Ausgabe vom 30. 10. 48 (vol. 31, No. 44) enthielt neben dem von TM apostrophierten Artikel von Claude Hill, ›Mirror of the German Soul. Thomas Mann Closes an Account‹ (11–13, 37) auf p. 12 TMs Antwortliste ›My Current

Reading‹ (s. Anhang No. 66). Hills Artikel wurde durch eine kurze vita TMs ergänzt, die durch Voranstellen des zur Vignette verkleinerten Titelbildes: Portrait TMs vor einem zwischen Notenbändern schwebenden Genius (Leverkühn?) – besonderes Gewicht erhielt und vor allem die politischen Aktivitäten hervorhob: »His denunciation of the Third Reich [. . .] costs him his German citizenship and an honorary doctorate. He responded with fire in ›An Exchange of Letters‹. Migrating here in 1938, he spoke earnestly for democracy. ›For reasons of power politics‹ he now says sadly, ›official America has ceased to consider Fascism as enemy but, rather, a potential ally against Communism . . . a most unfortunate constellation, which must be held largely responsible for the overall failure of our occupation policy‹. «

2] *von Münchener Blättern:* Die Münchener Zeitschrift ›Echo der Woche‹ hatte in ihrem ›Vor einem neuen Novemberputsch‹ überschriebenen Leitartikel der Nummer vom 22. 10. 48 Klaus und Erika Mann als »führende Agenten Stalins in USA« bezeichnet.

3] *Schulze-Wilde:* Der Journalist, Redakteur und Herausgeber der Zeitschrift ›Echo der Woche‹ Harry Schulze-Wilde (geb. 1899).

4] *Klaus will klagen:* S. KM Br./Antw. II, 453/454.

5] *an Guérard:* An Albert Guérard, P. P. 5. 11. 48, Reg. III, 48/594.

6] *guten Artikel:* Albert Guérard, ›European Union. Dream or Necessity?‹, ›Southwest Revue‹, vol. XXXIII, No. 4, Autumn 1948, 333 bis 340.

6. 11. 1948

1] *Fortführung des »Felix Krull«:* Die erste Erwähnung des später wieder aufgenommenen Plans. 326

2] *Goethe-Vortrag: Goethe und die Demokratie,* (1949), GW IX, 755–782.

3] *Artikel der Meyer:* Agnes E. Meyer, ›The School, the State, and the Church‹, ›Atlantic Monthly‹, Boston, vol. 182, No. 5, Nov. 1948, 45–50.

4] *den von Rolo:* s. TB 8. 10. 48, Anm. 1.

5] *seine neue Arbeit:* Wilhelm Speyer, ›Andrai und der Fisch‹, 1951.

6] *an die Meyer:* An Agnes E. Meyer, P. P. 8. 11. 48, Reg. III, 48/604.

7] *an Erika:* An Erika Mann, P. P. 6. 11. 48, Reg. III, 48/601; Br. III, 55/56.

8] *Artikel von Swing:* Raymond Swing, ›Harry Hopkins – Whipping 327

Boy or Assistant President?‹ Über das Buch ›Roosevelt and Hopkins – an Intimate History‹ von Robert Sherwood, ›Atlantic Monthly‹, vol. 182, Nov. 1948, 87–91.
9] *in Time:* ›Time‹, vol. LII, No. 19 v. 8. 11. 48 widmete die Rubrik ›National Affairs‹ (21–26) fast ausschließlich dem Verlauf der Präsidentschaftswahlen.

7. 11. 1948

327 1] *geschrieben vom Abt:* Im X. Kapitel des *Erwählten*, ›Das Heckgeld‹, GW VII, 79–85.
2] *über die Laufbahn des Physikers Oppenheimer:* ›The Eternal Apprentice‹, ›Time‹, 8. 11. 48, 70–81.
3] *Oppenheimer:* Der amerikanische Physiker Robert Oppenheimer (1904–1967), ab 1943 Leiter des Atomwaffen-Forschungszentrums Los Alamos, geriet, nachdem er sich dem Bau der Wasserstoffbombe in den USA widersetzt hatte, 1953 in ein Untersuchungsverfahren wegen angeblicher kommunistischer Gesinnung und verlor nach seinem Verhör, 1954, die Genehmigung, an geheimen Projekten mitzuarbeiten. Erst John F. Kennedy rehabilitierte ihn 1963.
4] *die Lübecker Angelegenheit:* Der Vorschlag, den ›Memling-Altar‹ zu Ausstellungszwecken in die USA zu verschiffen, um so Geld zum Wiederaufbau der Marienkirche zu beschaffen (s. TB 21. 10. 48, Anm. 5), stammte, wie aus einem Schreiben des Sankt-Annen-Museums in Lübeck hervorgeht, von Dr. Valentiner. – Für die Stadt Lübeck lehnte der Direktor des Museums am 6. 11. den Vorschlag ab: »Nachdem die Kirchenleitung – unbegreiflich für die wirklich mit den Kunstwerken noch verbundenen Menschen – vor wenigen Monaten mit der Anregung eines Verkaufs des Memling-Altars Aufsehen und Widerwillen nicht nur in Lübeck, sondern überhaupt in Deutschland erregt hatte, war die Stimmung in Lübeck ungünstig für einen Vorschlag, der den Memling, wenn auch nur für einige Zeit, aus der Stadt entfernen würde. Hinzu kommt, daß Dr. Valentiner eine Ausstellung in Amerika nur dann für einigermaßen ertragreich hält, wenn auch noch ein zweites Kunstwerk von ebenso hohem Range aus Lübeck dem Memling-Altar folge. Er hatte die Gregorsmesse dafür vorgeschlagen, die leider nicht mehr existiert. So scheint mir der Plan von Dr. Valentiner wirklich nicht durchschlagenden Erfolg zu versprechen, nachdem er nur zur Hälfte, wenn überhaupt, verwirklicht werden könnte.«

8. 11. 1948

1] *Drohung des Südens:* Die Realisierung dieser Drohung scheiterte 327
am entschlossenen Widerstand der Parteispitze und des Präsidenten, die ihrerseits alle Demokraten, die das Civil Rights Programm mißachteten und Farbigen den Zugang zu öffentlichen Ämtern verwehrten, von der Parteiführung ausschlossen. Eleanor Roosevelt sagte am 8. 11. 48 in Paris, daß »she would like to see the permanent ousting of the Southern Dixicrats from the Democratic Party«, und benannte als einen der schlimmsten Reaktionäre John Rankin aus Mississippi, »who presumably should be barred«. – Zwei Tage später verkündeten einige demokratische Abgeordnete, »that they would move in January to kill the House Un-American Activities committee and supplant it with a ›Committee on Civil Liberties‹, preferably with joint Senate-House membership.« – In der Tat hatten die republikanischen Mitglieder des Komitees Einbußen erlitten. Zwei der fünf Vertreter hatten durch Wahl ihren Sitz verloren, und der Chairman, J. Parnell Thomas, war durch eine federal grand jury in Washington angeklagt worden. Die Anklage warf ihm 34 offenkundig gewordene Vergehen vor, darunter betrügerische Geldforderungen zugunsten von Personen, die er auf die Gehaltsliste seines Congressional Office gesetzt habe, obwohl sie niemals entsprechende Tätigkeiten ausgeübt hätten. Jetzt drohte ihm die Höchststrafe von 32 Jahren Haft und 40 000 Dollars Geldbuße.

2] *von Kerényi:* Tegna, 2. 11. 48; TM/KK 160–162.

3] *von Dr. H. Mayer:* Leipzig, 20. 10. 48; im TMA: »Mir kommt es [...] darauf an, diesen neuen Schülern [»Söhnen von Arbeitern und Bauern, die sich aus eigener geistiger Anstrengung die Voraussetzungen für ein Studium ganz neuer Art erarbeitet haben«] das Bild eines Humanismus zu entwickeln, der in der Tat ›durch vieles hindurchgegangen‹ ist, wie auch diese jungen Menschen durch vieles hindurchzugehen hatten.// Es versteht sich beinahe von selbst, daß Werk und Gestalt Thomas Manns dabei [...] entschiedene Anregungen und Beispiele abgeben werden. Es wäre schön, wenn man den Namen des Dichters auch für die Zukunft durch eine engere Beziehung mit solcher Tätigkeit im Geiste eines realen, eines sozialistischen Humanismus verknüpfen könnte. Es tauchte nun der Gedanke auf, künftige Arbeiten dieser jungen Menschen auf dem Gebiete der Geistes- und Kulturwissenschaften durch eine Stiftung anzuregen, die, von der Leipziger Universität unterhalten und verwaltet, einen Ansporn dazu böte, das Erbe einer großen deutschen Vergangenheit mit den Erfahrungen der heutigen deutschen Gegenwart organisch und ohne Bruch zu verbinden. Die materiellen Voraussetzungen sind gegeben. Der Verlag Volk und Welt in Berlin und Leipzig, der sich seit seiner Gründung um die Herausgabe deutscher und ausländischer Werke mit echt humanistischer Substanz nicht unwesentlich verdient gemacht hat, ist bereit, die heute in Deutschland beträchtliche Summe von 50 000 Mark einer solchen Stiftung an der Universität Leipzig zur Verfügung zu stellen. Aus den Zinsen dieses Kapitals sowie besonderen Zuschüssen sollen Stipendien und Prämien für Arbeiten der jungen Generation gezahlt werden. // Wäre es nicht abermals ein schöner Gedanke, wenn der Name einer ›*Thomas Mann Stiftung*‹ diesem Unternehmen von Beginn an Richtung und Symbol verliehe.«

327 4] *Von Linden Dalberg:* Kent, Washington, 4. 11. 48; im TMA.

5] *an Angell:* An Joseph Angell, P. P. 8. 11. 48, Reg. III, 48/603.

6] *an Ernst Toch über sein Quartett:* P. P. 8. 11. 48, Reg. III, 48/605: »Ihr Quartett [. . .] ist eine außerordentlich fesselnde, ausgesprochen persönliche Musik, voll von Feinheiten auch humoristischer Art und überraschenden Erfindungen, klanglichen und thematischen. Man möchte beinahe das Wort ›amüsant‹ brauchen, bei allem oft sogar schweren Ernst, den das Werk birgt. Gerade bei diesen ernsten und schwermütigen Stellen mußte ich an das ›Ewig-Romantische‹ der Musik denken, wovon Sie mir einmal sprachen. Wenigstens sind Sie nicht von der Sorge besessen, nur ja recht kalt zu sein. // Merkwürdig ist es ja, daß die nicht mehr tonale Musik, eben weil keine Tonika da ist, eigentlich kein Schliessen kennt, sondern nur ein Aufhören. Für das Schliessen hatte sich eine ganze Kultur und ein Arsenal von Formeln entwickelt, von Klischees, die mehr oder weniger phantasievoll gebraucht wurden. (Einer der besten Schlüsse ist die Auflösung in Dur, womit der 1. Satz von César Franks Symphonie endet.) Nun scheint sich auch schon für das atonale Aufhören ein solches Brauchtum freihändig herzustellen, was ein Zeichen wäre für das starke Bedürfnis nach Convention, das zuletzt aller Kunst und gerade der Musik innewohnt. Wenigstens hören, wenn ich nicht irre, zwei Ihrer Sätze in der gleichen Weise auf, was mir bereits als ein Ansatz zur Formel erschien.« (Kopie in der Sammlung Hans-Otto Mayer).

7] *»Nation« an den [...] President elected:* ›To the Victor. An Open Letter from the Editors‹, ›The Nation‹, vol. 167, No. 19 v. 6. 11. 1948, 505/506.

9. 11. 1948

1] *Indictment:* Anklage; s. TB 8. 11. 48, Anm. 1. 327

2] *die Aussage verweigert:* J. Parnell Thomas hatte sich unter Berufung auf seine Immunität als Abgeordneter geweigert, vor Gericht zu erscheinen.

3] *Film-President Johnson:* Der Präsident der Motion Pictures Association of America, Eric Alva Johnston, hatte nach seiner Rückkehr aus Europa, wo es ihm gelungen war, US-Filme in die UdSSR, die Tschechoslowakei, Jugoslawien und Spanien zu verkaufen, einen umfassenderen »non-governmental exchange of visits by labor leaders and professional people between Europe and the United States« als das beste Mittel empfohlen, den Kommunismus zu bekämpfen, und betont, daß amerikanische Arbeiterführer, die auf öffentlichen Versammlungen in Europa sprächen, weit mehr Interesse auf sich zögen als Diplomaten: »The great struggle with communism is on the worker level, and I know no better way to combat communism than to have workers take a leading part in it.« 328

4] *Kleine Rechnungsfehler im Faustus:* Nicht ermittelt.

5] *Besprechung:* Milton Merlin, ›Thomas Mann Gives His Version of Faust‹, ›Los Angeles Times‹, 7. 11. 48, ›Books‹, Part IV, 7, mit einer Zeichnung von William Sharp: »Chief Character«: »Adrian Leverkühn at the piano illustrates Thomas Mann's new novel ›Doctor Faustus‹.«

6] *Wiener »Faustus«:* Die um einige Passagen (angeführt bei Bürgin, I, 76 B) gekürzte Ausgabe, 20.–24. Tsd. bei Bermann-Fischer, Wien 1948.

7] *Ausgabe der Kriegsreden: Appells aux Allemands. Messages radiodiffusés aux Allemands d'Octobre 1940 á Juin 1945,* in der Übersetzung von Pierre Jundt 1948 bei Martin Flinker in Paris.

8] *Einleitung von Vermeil:* Edmond Vermeil »Professeur à la Sorbonne et à l'Institute d'Études Politiques«, ›Introduction critique‹, a.a.O. 11–42.

9] *von Frido:* O. O. 8. 11. 48; im TMA.

10] *Leipzig und München:* S. den Brief an Hans Reisiger, P. P.

19. 12. 48, Reg. III, 48/696; Br. III, 63/64 (fragm.): »Meine Lage ist kompliziert. Neulich sollte ich ordentliches Mitglied der Bayerischen Akademie der Künste, literarische Abteilung, werden [. . .] Gleich darauf wollte man in Sowjet-Leipzig eine Universitäts-Stiftung nach mir benennen. Ich habe auf beides ausweichend geantwortet. Welcher Bessere, wo er auch sei, säße denn heute nicht zwischen den Stühlen.«

10. 11. 1948

328 1] *an den Book of the Month [Club]:* P. P. 12. 11. 48, Reg. III, 48/610.
2] *in »Sowjet Literatur«:* In der im Verlag für fremdsprachige Literatur, Moskau, erscheinenden Zeitschrift.
3] *»Der Monat«:* Eine von Melvin J. Lasky in Berlin herausgegebene ›Internationale Zeitschrift für Politik und geistiges Leben‹.

11. 11. 1948

328 1] *an Flinker:* An Martin Flinker, P. P. 11. 11. 48, Reg. III, 48/608: »Die bedeutende Mitarbeit Professor Vermeils an dem Buch ist für dieses, für den Autor und den Verlag eine besondere Auszeichnung. Wollen Sie ihm doch, bitte, für sein groß angelegtes Vorwort auch persönlich noch meine aufrichtige Erkenntlichkeit aussprechen. Es wird nichts an ihr gemindert durch die Tatsache, daß er die Dinge nicht immer ganz richtig sieht. Auch 1930, als ich die Rede ›Appell an die Vernunft‹ hielt, war es noch nicht zu spät, das Verhängnis abzuwenden, wenn das Bürgertum sich auf die Seite der Arbeiter gestellt hätte, und nicht damals erst stieß der ›Zauberlehrling‹ seine cri d'alarm aus. Zehn Jahre lang schon hatte ich den anschwellenden deutschen Nationalismus mit allen mir zu Gebote stehenden Mitteln bekämpft in allen seinen Formen und philosophischen Verkleidungen. Und vorher? Meine Verteidigung des Deutschtums gegen die jakobinisch-puritanische ›Tugend‹, die sich später so schön bewährte, indem sie half, Hitler zu finanzieren, hatte nichts mit Judenvergasungen und Gestapo-Kellern zu tun, nichts mit all den Dingen, die die Welt sechs Jahre lang zu unserer Verzweiflung wohlwollend duldete, weil der National-Sozialismus ein ›Bollwerk gegen den Bolschewismus‹ war. Ich habe über den Frieden von München geschrieben, wie er es verdiente. Und heute rüstet man Deutschland wieder auf . . . Aber genug!« (Kopie im TMA)
329 2] *Schuberts 7. Symphonie:* S. TB 28. 6. 48, Anm. 9

3] *Strindberg über Wagner:* August Strindberg, ›Ein Blaubuch. Die Synthese meines Lebens‹, 2 Bände, Leipzig 1908, ›Strindbergs Werke. Deutsche Gesamtausgabe, Abt. Wissenschaft und Philosophie‹, Bd. 4 und 5. Die Bände sowie ›Ein drittes Blaubuch nebst dem nachgelassenen Blaubuch‹ (a.a.O., Bd. 17) stehen in der Zürcher Bibliothek. Die Stelle über Wagner im 2. Band a.a.O., 724: »Alle unmusikalischen Menschen und alle Darwinisten würden sofort Wagnerianer . . .«

12. 11. 1948
1] *an Klaus:* An Klaus Mann, P. P. 12. 11. 48, Reg. III, 48/615; KM, Br./Antw. II, 291/292; Br. III, 56/57 (fragm.). 329

13. 11. 1948
1] *Fall H. Mayer-Leipzig:* S. TB 8. 11. 48, Anm. 3. 329
2] *Brief:* An Hans Mayer, P. P. 14. 11. 48, Reg. III, 48/617; Br. III, 57–60.
3] *»Zauberflöte«:* Von Mozarts 1791 geschriebener Oper fanden sich in TMs Plattennachlaß nur Aufnahmen der Ouvertüre und der Arien ›In diesen heilgen Hallen‹ (Ezio Pinza) und ›Dies Bildnis ist bezaubernd schön‹ (Richard Tauber).

14. 11. 1948
1] *an Dr. Mayer:* S. TB 13. 11. 48, Anm. 2. 329
2] *Mrs. Pohl:* Nicht ermittelt.
3] *Absage nach München:* An Hanns Maria Brann, P. P. 14. 11. 48, Reg. III, 48/616. Offenbar hatte Brann TM um Zustimmung zur Veröffentlichung seiner an Josef Ponten gerichteten Briefe gebeten. In einem Schreiben vom 25. 6. 48, Reg. III, 48/336 gab TM sein prinzipielles Einverständnis zu dem Vorhaben, bestand aber darauf, die in Betracht gezogenen Schriftstücke noch einmal zu lesen. Jetzt, am 14. 11. 48, teilte er dem Münchener Editor mit, daß sie ihm doch »unbedeutend und von allzu momentaner Gültigkeit« zu sein schienen und er es besser fände, wenn es der Nachwelt überlassen bleibe, »ob sie sich darum kümmern mag«. – Nun, sie hat sich gekümmert. ›Der Briefwechsel zwischen Thomas Mann und Joseph Ponten 1919–1930‹, herausgegeben von Hans Wysling unter Mitwirkung von Werner Pfister, erschien mit dem Obertitel ›Dichter oder Schriftsteller‹ als 8. Band der Thomas Mann Studien 1989 in Bern.

15. 11. 1948

329 1] *Tronfolgers:* So im Manuskript. Gemeint ist der englische Kronprinz Charles.

330 2] *Lyriker Elliot:* Der aus den USA stammende Lyriker T[homas] S[tearns] Eliot (1888–1965), seit 1927 britischer Staatsbürger.

3] *Caroline [. . .] an Levin:* Das Schreiben befindet sich nicht unter den im TMA archivierten Schriftstücken.

4] *Levin:* Der Harvarder Literaturwissenschaftler Harry Levin hatte am 31. 10. 38 in der ›New York Times Book Review‹ einen Artikel ›Dr. Mann versus a Teutonic Mephisto‹ veröffentlicht, der, bei kluger Analyse der Tradition, TMs Werk durch eine Fülle von Einzelvergleichen in einer Weise relativierte, die den Autor kränken mußte: So etwa, wenn der Rezensent feststellte, daß der Teufel in diesem Buch zwar in »various guises and even in person« erscheine, jedoch »not in such good form as when he interviewed Ivan Karamazov«; und was die Musikbeschreibungen betreffe, so würden zwar jene, »who like to read program notes about imaginary compositions« Passagen finden, die ihnen zusagten, jedoch zeige ein Vergleich des ›Doctor Faustus‹ mit dem ›Jean-Christophe‹, daß Rollands Roman, »however dated, is somewhat more convincing in its presentation of musical life«. »Chatty references to Massine and Virgil Thomson«, so meint Harry Levin, »do not guarantee the solidity of Mann's own creations. Leverkühn remains a symbolic shadowy figure, whose reserve is accentuated by long tirades in the manner of Luther's table-talk.« In dem im TMA erhaltenen Zeitungsausschnitt ist neben dieser Stelle noch jene angestrichen, in dem der Rezensent anläßlich der Feststellung, daß die Freundschaften des Helden, der mit einer venerischen Infektion für seine »ambigous gift« zu zahlen habe, »exercise al blighting effect upon the personalities around him, notably upon the little nephew whose death repeats da capo the ending of ›Buddenbrooks‹.« TM, der verschiedentlich betonte, daß er den Artikel selbst nicht gelesen habe, war offenbar vor allem dieses Zitat zugetragen worden: »Dr. Levin [. . .] soll geschrieben haben, der kleine Echo sei Hanno Buddenbrook da capo. Da neigt man das Haupt. Mit 25 konnte ich die Leiden eines verfeinerten Kindes erzählen, mit 70 eine Epiphanie. Aber the learned gentleman merkt keinen Unterschied.« (An Claude Hill, 18. 11. 48, D. ü. D. III, 200.). S. ferner TM an André von Gronicka, P. P. 20. 11. 48, Reg. III, 48/632, und an Helen Lowe-Porter, P. P. 8. 1. 49, Reg. III, 49/24; D. ü. D. III, 213/214.

5] *Mayer von Univ. Conn.:* Hans Albert Maier protestierte in einem (nicht abgedruckten) Leserbrief gegen die Faustus-Rezension von Orwell Prescott (s. TB 30. 10. 48, Text und Anm. 5).

6] *Stenogramme aus dem »Führer-Hauptquartier«:* Vermutlich Gerhard Boldt, ›Die letzten Tage‹, bearbeitet von Ernst A. Hepp, Rowohlt-Verlag, Hamburg – Stuttgart 1947.

7] *»The Informer«:* Der von John Ford 1935 nach einem Roman von Liam O'Flaherty gedrehte Film aus dem irischen Freiheitskampf. Es spielten Victor McLaglen, Preston Foster, Margot Graham und Wallace Ford.

8] *»Rasse oder Menschheit«:* Nicht ermittelt.

16. 11. 1948

1] *(Wiesenknarre):* August Strindberg, ›Ein Blaubuch‹, 1. Band, 330
a.a.O. 10: ›Das Wunder der Wiesenknarre‹.

2] *Deutsche Polizeitruppe:* Vermutlich ist die kasernierte Volkspolizei in der DDR gemeint. Die Existenz paramilitärischer Organisationen im kommunistisch beeinflußten Osteuropa war durch eine Rede des European Representative der AFL (American Federation of Labor) erneut ins Bewußtsein der Öffentlichkeit gedrungen, der gesagt hatte, daß die europäische KP solche Verbände mit dem Ziel aufgestellt habe, das European Recovery Program der USA zu zerstören.

3] *ihr Bräutigam Lind:* Der Schauspieler Karl Ludwig Lindt.

4] *an Friedr. Walter:* An Friedrich Walter, P. P. 16. 11. 48, Reg. III, 48/621.

5] *[an] Lesser:* An Jonas Lesser, P. P. 16. 11. 48, Reg. III, 48/619.

6] *[an] Caroline Newton:* P. P. 16. 11. 48, Reg. III, 48/620; TM/CN 48.

7] *im »Aufbau« über Th. Elliot:* Richard Dyck, ›Literatur-Nobelpreis für T. S. Eliot‹, ›Aufbau‹, vol. XIV, No. 46 v. 12. 11. 48, 8.

17. 11. 1948

1] *an den Fischern in IX:* ›Die Fischer von Sankt Dunstan‹, *Der Erwählte*, GW VII, 66–79. 330

2] *Nathans Theaterkritik:* George Jean Nathan, ›The Theatre Book of the Year. A Record and an Interpretation‹, New York 1943. TM hatte das Buch von Blanche Knopf zugeschickt bekommen. S. an Blanche Knopf, P. P. 27. 11. 48, Reg. III, 48/641: »Many thanks for the ›Theater Book of the Year‹! [. . .] Mr. Nathan is a strong critic, with a rich and amusing vocabulary of displeasure, and what differentiates him from many others who try to imitate the crushing negativism, is the unmistakable fact that a true, deep and sensitive love of the good and the spiritual forms the background of his witty ill-humour. He is at his best when he derides the commercialization of great and serious art, as in the case of the adaption of Strindberg's ›Dance of Death‹. I also love his self-irony which occasionally softens his mercilessness. It is not his fault that the interest arouse by his reviews almost invariably surpasses that which one takes in their objects.« (Kopie im TMA)

331 3] *(Knopf versus Times):* Im TMA fand sich der Durchschlag eines Schreibens von Alfred Knopf an Arthur Hays Sulzberger, Esq., The New York Times: »I am writing [. . .] to you because I feel very deeply about *The Times'* treatment of Thomas Mann's *Doctor Faustus* and want you to know it.« Obwohl er – so Knopf an Sulzberger – der Meinung sei, daß es nichts Dümmeres gebe als einen gegen die Art der Kritiken protestierenden Verleger, gälten solche Vorbehalte nicht im Fall Thomas Mann, und erst recht nicht in bezug auf den *Doktor Faustus.* Orville Prescott habe, dessen sei er, Knopf, sicher, nicht mehr verstanden von dem Buch als er, »and I do not pretend to be able to understand more than a portion – and perhaps only a small portion. [. . .] It strikes me therefore, as plain silly for you to expect your daily reviewer to tackle such a work as *Doctor Faustus* at all in a critical sense. He would probably have to spend weeks working at it. On the other hand, he could deal with the book fairly – to himself, the author, his readers, and the publisher, in a purely reportorial sense.« Und was »Harry Levin of Harvard« angehe, so müsse er sagen: »If he felt about a book, its author, and its translator as he did, I should think he would have returned it [. . .] with the suggestion that [. . .] [the editor] find another and more sympathetic reviewer. If he didn't do this, I'd have expected your editor to discard the Levin review and himself find a more sympathetic reviewer. After all, Mann has a most unusually distinguished and honored career and has earned, I should think, by now the kind of treatment that you didn't give him [. . .] the right, in a paper of the standing of *The Times*, to be treated by, shall I say, his peers?«

18. 11. 1948

1] *Telegramm:* Das Telegramm ist nicht erhalten. Über die Sache informiert jedoch eine kurze Notiz im ›Aufbau‹, vol. XIV, No. 51 v. 17. 12. 1948, 5: »Sensationelle Ergebnisse erzielte eine Handschriftenversteigerung in Zürich, bei der auch das in Küssnacht bei Zürich abgefaßte Manuskript von Thomas Manns ‚Lotte in Weimar' 16 000 Schweizer Franken brachte. ›Das hohe Ergebnis‹, schreibt die Basler ‚Nationalzeitung', ›erklärt sich dadurch, daß während des zweiten Weltkrieges sozusagen alle Thomas Mann-Manuskripte, von den ‚Buddenbrooks' bis zum Josefs-Roman, zerstört wurden‹.« 331

2] *Münchener Denunzation:* S. TB 5. 11. 48, Text und Anm. 2.

3] *an Claude Hill [...] wegen des [...] geplanten Buches:* P. P. 18. 11. 48, Reg. III, 48/627: »Ob ich Sie für befugt halte, ein interpretierendes Buch über mein literarisches Werk zu schreiben? Ja, mir ist gerade so zu Mute, alsob ich das täte. Nur, daß ich grundsätzlich weder Autoren noch Verleger zu Publikationen über mich und das Meine anfeuere. Die schon gereizten Kritiker (ich schiebe manche schlechte Faustus-Besprechung auf diese Gereiztheit) sollten nur wissen, wie wenig ich schuld bin an solchen Erscheinungen wie Neider ›The Stature of Thomas Mann‹.
Ich weiß, es war eine Herausforderung, es hat böses Blut gemacht und vielleicht hätte ich es verhindern können. Sie dürfen nicht erwarten, daß ich bei einem Verleger für Ihre Beauftragung [mich] einsetzte. Am wenigsten kann ich es tun bei Alfred Knopf, von dem ich weiß, daß er Abmachungen hat mit einem jungen amerikanischen Literaturhistoriker, betreffend eine Pocket-Auswahl meiner Schriften mit Einleitung *und* ein Buch über meinen Weg von ›Buddenbrooks‹ zu ›Faustus‹. Ich bemühe mich, so wenig wie möglich davon zu wissen und darf von nichts anderem wissen, was etwa hinter meinem Rücken geschieht.« (Kopie im TMA)

4] *Manuskript [...] aus Ecuador:* Berthold Weinberg, ›Deutung des politischen Geschehens unserer Zeit, entwickelt aus einer Wesensbetrachtung der Völker und der allgemeinen Bewegungen der Zeit‹, New York 1951. Das Buch erschien mit einem Vorwort von TM, das mit dem TB 27. und 30. 11. 48 erwähnten Brief an Berthold Weinberg (Reg. IV, N 48/4) identisch ist.

19. 11. 1948

331 1] *das Fundkind:* Im IX. Kapitel des *Erwählten*, GW VII, 75–79.
2] *Faustus-Studie:* André von Gronicka, ›Thomas Mann's ‚Doktor Faustus'. Prolegomena to an Interpretation‹, ›The Germanic Review‹, New York, vol. 23, No. 3, Oktober 1948, 206–218.
3] *A. v. Gronicka:* Der aus Rußland stammende Literarhistoriker André von Gronicka (geb. 1912) war bereits 1926 in die USA gekommen und lehrte 1948 (1944–1962) an der Columbia University, New York.
4] *Aus Deutschland Vortrag:* Hans Harder Biermann-Ratjen, ›Der Deutsche und die Politik. Gedanken über eine Rede von Thomas Mann‹, Typoskript, Hamburg 1948; im TMA.

20. 11. 1948

332 1] *über G. Nathans Theaterkritiken:* S. TB 17. 11. 48, Anm. 2.
2] *an v. Gronicka:* An André von Gronicka, P. P. 20. 11. 48, Reg. III, 48/632.
3] *neuen deutschen Joseph-Ausgabe:* S. TB 5. 10. 48, Anm. 1.
4] *Artikel von Feuchtwanger:* Lion Feuchtwanger, ›Thomas Mann Uses Faustian Theme in 20th Century Allegory‹, ›Los Angeles Daily News‹, 20. 11. 48.
5] *Kassette:* Die mehrfach erwähnte Kassette für die *Faustus*-Rezensionen – ein Geschenk Erich von Kahlers – ist nicht erhalten.

21. 11. 1948

332 1] *Split im Politbüro:* Gut unterrichtete westliche Kreise in Moskau glaubten Anzeichen für einen über die Frage »Krieg mit dem Westen oder Frieden?« entstandenen Split in der obersten Sowjetführung zu haben, waren aber der Meinung, daß die unmittelbare Kriegsgefahr sich seit dem Juni drastisch verringert habe und ein Krieg zwischen den Vereinigten Staaten und der UdSSR auch von den östlichen Satellitenstaaten als zwar »inevitable«, aber doch nicht als »imminent« angesehen werde.
2] *21jähriger neuer Piano-Star:* Eventuell der Sieger im Rachmaninow-Wettbewerb, Seymour Lipkin.

22. 11. 1948

1] *Kundgebung:* Auf der Schlußkundgebung ihrer Convention in Cincinnati hatte die AFL die USA und andere demokratische Nationen aufgefordert, alle Handelsbeziehungen zur UdSSR so lange abzubrechen, bis die Sowjets ihre Berlin-Blockade aufgäben. Gleichzeitig wandte sie sich gegen alle Appeasement-›Missions to Moscow‹ und votierte für den Marshall-Plan und ein defensiv ausgerichtetes Militärbündnis mit allen friedliebenden Nationen der Welt. 332

2] *Manuskript Dr. Weinberg:* S. TB 18. 11. 48, Anm. 4.

3] *Cansas University insistiert:* Auf einem Goethe-Vortrag von TM. S. TB 19. 10. 48 und TMs Schreiben an den Acting Librarian of Congress, P. P. 27. 11. 48, Reg. III, 48/642.

4] *Svenska Dagbladet [insistiert]:* Wegen des Strindberg-Artikels. S. TB 24. 11. 48, Anm. 2.

5] *Buch von Biddle:* Nicht ermittelt.

6] *Biddle:* Der amerikanische Jurist und Schriftsteller Francis Biddle (1886–1968) war von 1941–1945 unter Roosevelt General-Attorney der USA.

7] *an Suhrkamp:* An Peter Suhrkamp, P. P. 22. 11. 48, Reg. III, 48/638. Ablehnung von Suhrkamps Vorschlag, TM solle zum Goethejahr eine Kollektion seiner Goethe-Essays herausgeben.

8] *Mayers Goethe-Buch:* S. TB 11. 10. 48, Anm. 4.

23. 11. 1948

1] *»Take off your Mask« des Analytikers Eidelberg:* Genauere Angaben über das Buch oder den Aufsatz des Psychoanalytikers Ludwig Eidelberg konnten nicht ermittelt werden. 333

2] *Verteidigungsrede:* ›»Ich habe die Zeit vor mir, lebend oder tot«. Rede Knut Hamsuns vor seinen Anklägern‹, ›Der Ruf‹, Jg. 3, No. 20 v. 15. 10. 1948, 8/9. Dazu: Richard Hey, ›Intoleranz gegen einen Dichter. Gedanken zum Fall Knut Hamsun‹, a.a.O.

24. 11. 1948

1] *In China die Kommunisten siegreich:* Angesichts einer neuen erfolgreichen Offensive der chinesischen Kommunisten bei Suchow und im Norden des Landes hatte Nationalchina seine Hilfe-Forderung an die USA verstärkt. Während Mme Chiang Kai-Shek einen »dramatic trip to Washington« erwog, zögerten der amerikanische 333

Präsident und sein Außenminister auf einem Treffen am 24. 11. 48 angesichts des Risikos, direkt in den chinesischen Bürgerkrieg hineingezogen zu werden und der Gefährdung ihrer Verpflichtungen gegenüber der übrigen Welt, ihr Engagement in Fern-Ost zu intensivieren.

2] *Versuch, über Strindberg zu schreiben: Hyllning till August Strindberg*, ›Svenska Dagbladet‹, Stockholm, 27. 12. 1948; deutscher Text *Strindberg* (1948) GW X, 371–374.

3] *Hatzfeld:* Der Schriftsteller Adolf von Hatzfeld (1892–1957), seit einem Selbstmordversuch, 1913, erblindet, war mit TM aus den frühen Münchener Jahren gut bekannt. S. *Adolf von Hatzfeld* (1923), GW X, 629–636.

4] *Master Sergeant Pr.:* Klaus Hubert Pringsheim.

25. 11. 1948

333 1] *Sergeant heimgefahren:* Im Manuskript steht: »den Sergeant heimgefahren«, vermutlich eine Verschreibung für ›von dem Sergeanten‹ oder ›mit dem Sergeanten‹.

2] *große Studie:* S. TB 5. 10. 48, Anm. 2.

334 3] *Mt. aus Ecuador:* S. TB 18. 11. 48, Anm. 4.

26. 11. 1948

334 1] *Müller-Hermann:* Der Volkswirt und politische Redakteur Ernst Müller-Hermann (geb. 1915), Mitbegründer der CDU in Bremen, Angehöriger der Bürgerschaft, von 1952–1980 Mitglied des Bundestages, zeitweilig stellvertretender Fraktionsvorsitzender.

2] *Donizetti:* Der italienische Komponist Gaetano Donizetti (1797–1848).

3] *von Knopf an Times:* S. TB 17. 11. 48, Anm. 3.

27. 11. 1948

334 1] *Die Contempt charges:* Um welche herabziehenden Anschuldigungen gegenüber Marshall es sich handelte, war nicht mehr festzustellen.

2] *Angells Exposé:* Nicht erhalten. Die John Simon Guggenheim Memorial Foundation, New York, hatte TM am 23. 11. 48 um Gutachten für Joseph Angell, Albert Guérard und Fitzroy Davis gebeten; TM hatte die Petenten offenbar um Exposés für ihre Vorhaben ersucht.

3] *Manuskript:* Frederic Morgan, ›Notes on the Joseph Novels‹, ›The Hudson Review‹, New York, vol. 1, 1948/49, 546–556.

4] *an den Mann in Ecuador:* An Berthold Weinberg, s. TB 18. 11. 48, Anm. 4. 334

28. 11. 1948

1] *Oliviers »Hamlet«:* Der britische Schauspieler, Regisseur und Theaterleiter Sir Laurence Olivier (1907–1989) führte Regie und spielte die Hauptrolle in dem englischen ›Hamlet‹-Film von 1948, über den der ›Aufbau‹, vol. XIV, No. 50 v. 10. 12. 48 schrieb: »Laurence Olivier gibt den ›Hamlet‹ nicht als Film, sondern er übersetzt ihn ins Bildliche.« 334

2] *Zu korrigierende und zu streichende Stellen:* S. die Zusammenstellung im Anhang No. 47–50 und 55–62.

29. 11. 1948

1] *Sendung fürs Dagbladet:* S. TB 24. 11. 48, Anm. 2. 335

2] *Knopf-Portrait:* Geoffrey T. Hellman, ›Profiles. Publisher. II. Flair is the Word‹, ›The New Yorker‹, v. 27.11. 48, 36–42: »Alfred A. Knopf, one of the most respected, widely discussed, and colorfully dressed publishers in America, who has been a pioneer in improving the typography, binding, and jackets of books and in popularizing European authors and the custom-made blue shirt in this country, is, by temperament, a Tory. A man of commanding presence, compelling mustace, and resolute, piratical mien, he is plainly contemptuous of tumbrils. Unlike many contemporary Tories, he has not gone underground. He knows that everything has been going to the dogs for twenty years or more, and he openly and often imparts his knowledge, with an air of profound personal injury, to associates and authors in his air-conditioned Madison Avenue office, a nest of distinguished eighteenth-century mahagony bookcases, Chinese rugs, original Beerbohm Drawings, privately printed books, musical scores, and old maps framed in natural bamboo. [. . .] He signed a check for a down payment on the home of the late Paul M. Warburg [. . .] with the intention of turning it into an office. To the joy of most of the Knopf personal, the local zoning restrictions could not be bypassed, and the deal felt through.«

3] *Geschichte der Emigrantenliteratur:* Walter A. Berendsohn, ›Das andere Deutschland‹, unveröffentlichtes Manuskript.

30. 11. 1948

335 1] *Monumental-Anthologie:* ›The Limits of Art. Poetry and Prose chosen by Ancient and Modern Critics‹, ed. by Huntington Cairns, New York 1948. TM hatte den Band, der heute in der Zürcher Bibliothek steht, von Kurt Wolff zugeschickt bekommen. S. TM an Kurt Wolff, P. P. 4. 12. 48, Reg. III, 48/657: »Das Buch ist die großartigste und originellste Anthologie, die mir je vor Augen kam, und nicht genug kann man die weltliterarische Umsicht und Belesenheit des Kompilators bewundern.«

2] *Aufsatz von Laski:* Harold J. Laski, ›Let's Start Over‹, ›The Nation‹, vol. 167, No. 22, v. 27. 11. 48, 602–604.

1. 12. 1948

335 1] *an Knopf:* An Alfred A. Knopf, P. P. 4. 12. 48, Reg. III, 48/654.

2] *Guggenheim-Reporte:* S. TB 27. 11. 48, Anm. 2.

3] *zu danken:* An Frederic Morgan, P. P. 4. 12. 48, Reg. III, 48/655.

4] *Buch von Eliot:* T. S. Eliot, ›Notes towards the Definition of Culture‹, London 1948.

3. 12. 1948

336 1] *Konflikt:* TM hatte das Buch ›Diktat der Menschenverachtung‹ von Alexander Mitscherlich und Fred Mielke, Heidelberg 1947, im April von dem Verleger Henry Schumann mit der Bitte um Stellungnahme zu der Frage, ob man es auf englisch erscheinen lassen solle, zugeschickt bekommen. In einem Schreiben vom 22. 5. 48 (Reg. III, 48/281) befürwortete TM eine englische Publikation, deren Erscheinen der Verleger am 27. 5. als definitiv darstellte und für die er TM um ein Vorwort bat. Wie aus einem Brief TMs an Henry Schumann vom 9. 12. 48 (Reg. III, 48/663) hervorgeht, hatte der Verleger in der Zwischenzeit angesichts der massiven Angriffe, denen die Publikation in (West)Deutschland von seiten der ärztlichen Standesorganisationen ausgesetzt war, offenbar Bedenken bekommen. TM suchte diese Zweifel in einem (nach Reg. III, 48/663 im TMA erhaltenen) großen Plädoyer für das Buch zu zerstreuen, das ich gern unter den Texten des Anhangs abgedruckt hätte. Leider ist das Schriftstück jedoch z. Zt. (1989) verschollen.

2] *An Brennan:* An Joseph Gerard Brennan, P. P. 12. 12. 48, Reg. III, 48/671: »Your article ›Two conceptions of Death‹ shows me that you are still writing good and thoughtful things, and in addition you have now become an inspiring lecturer. Of course, the most eloquent tongue would be of no avail if there weren't warm young hearts, thirsting for the good and the spiritual, to respond to it. That they are there and that they gather around you so gratefully, is a beautiful, comforting sign. I personally am, naturally, quite moved by the news that these striving and receptive young people like to hear about my books and take pleasure in reading them. After all, we poets are all longing for a little immortality, and the sympathy of the young generation for our work is a guarantee that it will survive us for a little while.// Please give my kindest regard to your pupils, together with my best wishes for the success of their studies. By that I do not mean just the outward success, but I hope that the devoted study of what great minds, through their suffering and creating, have contributed to the world, may form them into human beings which are able to cope with the difficulties of this confused period of transition.« (Kopie im TMA)

3] *Brennan:* Der Philosophie-Dozent Joseph Gerard Brennan (geb. 1910) hatte seine Dissertation über ›Thomas Mann. A Study in the Problem of Art and the Artistic‹ geschrieben (1942 unter dem Titel ›Thomas Mann's World‹ in New York erschienen) und TM 1941 in Princeton besucht. (S. TB 27. 1. 41.) Brennan lehrte 1948 an der Columbia University in New York.

4] *Faustus-Besprechung von Politzer:* Heinz Politzer, ›Der neue Faust‹, ›Der Turm‹, Wien, Jg. 3, 1948, No. 1, 41–43.

5] *Englische Heine-Anthologie:* ›The Poetry and Prose of Heinrich Heine‹, Selected and Edited by Frederic Ewen, New York 1948. TM hatte das Buch am 24. 11. 48 von der Citadell Press, New York, zugeschickt bekommen.

4. 12. 1948

1] *Fall Schumann-Mitscherlich:* S. TB 3. 12. 48, Anm. 1. 336

2] *Mitscherlich:* Der Journalist, Arzt und Psychoanalytiker Alexander Mitscherlich (1908–1982) hatte als Beobachter und Berichterstatter am Nürnberger Prozeß gegen die NS-Ärzte (s. TB 26. 10. 46, Anm. 1) teilgenommen. 1949 erschien das von ihm zusammen mit Fred Mielke herausgegebene Buch ›Wissenschaft ohne Menschlichkeit. Medizinische und eugenische Irrwege unter Diktatur, Bürokratie und Krieg‹, eine erweiterte und auf grundsätzliche ethische Fragen zielende Fassung des TB 3. 12. 48, Anm. 1 erwähnten Bandes.

337 3] *Prof. Willoughby:* Der Germanist der Londoner Universität Leonard Ashley Willoughby (1885–1977).

4] *Buch der Londoner Goethe-Gesellschaft:* ›Publications of the English Goethe-Society‹, London, vol. XVII, 1947. 173–185: Elizabeth M. Wilkinson über Barker Fairley, ›A Study of Goethe‹, Oxford 1947, mit der durch eine TM-Sentenz abgesicherten Kritik an Fairleys Tendenz, Goethe mit den Figuren seiner Werke zu identifizieren: »Professor Fairley admits ›no distinction between Goethe and his characters‹; from Werther to Goethe ›it is never more than a step‹; ›the line between them, flimsy at best, here disappears altogether‹. But the line between them, far from being flimsy, is Goethe's life-line; the difference is not, as Professor Fairley insists, ›one of unessentials and externals only‹, but a difference in the center. Thomas Mann puts his finger on it when he says: ›. . . das Wissen ist doch etwas anderes als das Sein, höchstens ein Teil des Seins‹. Goethe wußte vom Werther mehr als er von ihm war, er hätte sonst nicht fortleben und wirken können (*Forderung des Tages* 175).« (176).

5] *Kritik Farleys:* S. Anm. 4. Nicht Fred Long Farley, sondern der von TM hochgeschätzte Goethe-Forscher und Professor der Germanistik in Toronto, Barker Fairley, ist gemeint.

5. 12. 1948

337 1] *an Schumann:* An Henry Schumann, P. P. 9. 12. 1948, Reg. III, 48/663. Zur Sache s. TB 3. 12. 48, Anm. 1.

2] *Über Valéry's Goethe-Bild:* K. W. Maurer, London, ›Valéry and Goethe‹, ›Publications of the English Goethe-Society‹, a. a. O. 74–100.

3] *an die Servicen:* An Louise Servicen, P. P. 7. 12. 48, Reg. III, 48/662: Begleitbrief zu Klaus Pringsheims Aufsatz ›Der Tonsetzer Adrian Leverkühn. Ein Musiker über Thomas Manns Roman‹ (s. TB 5. 10. 48, Anm. 2), den Louise Servicen zum Erscheinen der französischen *Doktor Faustus*-Ausgabe in einer Pariser Zeitschrift unterbringen sollte.

4] *an Politzer:* An Heinz Politzer, P. P. 5. 12. 48, Reg. III, 48/658. Zur Sache s. TB 3. 12. 48.

5] *für die Winter-Rundschau:* Die Kapitel I–VII der *Entstehung des Doktor Faustus* wurden in der ›Neuen Rundschau‹, Amsterdam, 60. Jg. 1949, H. 13, 18–74 vorabgedruckt.

6] *an Bermann:* Verschollen; s. Reg. IV, 584. Vgl. jedoch GBF an TM, Frankfurt, 14. 12. 48, TM/GBF, 514/515, in dem GBF den Eingang des Manuskripts bestätigt, das anstelle eines Aufsatzes über Eliot in letzter Minute in das Rundschau-Heft aufgenommen werden konnte.
7] *Musik aus dem Sommernachtstraum mit Chor und Solisten:* Felix Mendelssohn Bartholdy, ›Bühnenmusiken zu Shakespeares Sommernachtstraum; 12 Nummern für Orchester, gemischten Chor und Soli‹, op. 61. S. auch TB 10. 6. 48, Anm. 3.
8] *»Were the bee sucks«:* William Shakespeare, ›The Tempest‹, 5,1: Ariel: Were the bee sucks, there suck I:/ In a cowlips bell I lie,/ There I couch when owls do cry./ On the bat's back I do fly/ After Summer merrily.// Merrily, merrily shall I live now/ under the blossoms that hangs on the bough.
Wo die Bien', saug ich mich ein:/ Bette mich in Maiglöcklein,/ Lausche da, wenn Eulen schrein,/ Fliege mit der Schwalben Reihn/ Lustig hinterm Sommer drein.// Lustiglich, lustiglich leb' ich nun gleich,/ Unter den Blüten, die hängen am Zweig. (Schlegel/Tieck).

6. 12. 1948
1] *Niederlage der Kommunisten:* Die wegen politischer Spannungen 337
vom November vertagten Stadtverordnetenwahlen fanden am 5. Dezember nur in den Westsektoren statt und ergaben eine klare SPD-Mehrheit, die zwei Tage später Ernst Reuter zum Oberbürgermeister wählte. Der Ostberliner Oberbürgermeister Friedrich Ebert bestritt die Legalität dieser Westberliner Wahl.
2] *Kapitel (X):* ›Das Heckgeld‹, GW VII, 79–85.
3] *Stephen Spenders Besprechung:* S. TB 15. 10. 48, Anm. 5.
4] *Hopes that later critics:* Stephen Spender hatte, nach Auflistung alles dessen, was in dem Roman ›marvelous‹ sei, ein recht negatives Fazit seiner Eindrücke gezogen: »Nevertheless, it is necessary to indicate my grave misgivings, hoping that later critics will show that I am wrong.«

7. 12. 1948
1] *Lecture von L. Lewisohn:* Ludwig Lewisohn, ›The Man of Letters 338
and American Culture‹. Ein Manuskript des Vortrags befindet sich im TMA.

2] *Radio-Vortrag:* Rabbi David Lefkowitz, ›Satan speaks again in Thomas Mann's ‚Doktor Faustus', Address over W. F. A. A., Sunday Nov. 21st 1948. Text im TMA.

3] *An Lewisohn:* An Ludwig Lewisohn, P. P. 7. 12. 1948, Reg. III, 48/661: Dank für den Vortrag, »der von so schöner Unzufriedenheit ist, und für die Seiten besonders, in denen Sie so zornig-ritterlich gegen gewisse versperrte Kritiken des ›Faustus‹ zu Felde ziehen. Sie tun es in einem großen kulturellen Zusammenhang, und darum kann ich Ihnen zustimmen, obgleich ich sonst nicht den Gekränkten und Wehleidigen spielen mag. Das Buch ist in Europa, in der Schweiz und Deutschland wenigstens, mit fast unheimlicher Schnelligkeit rezipiert worden, und die Leute haben dabei zu Worten gegriffen, die auf mich und das Meine anzuwenden sie bisher Abstand nahmen. Warum nicht danach ein paar kalte Douchen? Ein gutes Zeichen ist es ja garnicht, wenn ein Kunstwerk allzu prompt und leicht verstanden wird [...].// En somme, es ist mir im Grunde ganz recht, daß mir jetzt hier ein bißchen Unrecht geschieht. Es stärkt eher mein Selbstgefühl, – demzufolge der ›Faustus‹ gewiß kein Buch ersten Ranges, aber innerhalb der zeitgenössischen Literatur schon etwas Besonderes und ziemlich Aufregendes ist. Jedenfalls ist es die Krönung meines persönlichen Werks, was immer das nun besagen möge. Natürlich ist man immer derselbe, aber doch immer auf einer höheren Spirale.« (Kopie im TMA)

4] *Kleine Verbesserungsliste:* Verschollen.

8. 12. 1948

338 1] *Clay berichtet:* Während einer Berliner Pressekonferenz gab der US-General Lucius D. Clay bekannt, daß monatlich zwischen 25 000 und 40 000 Flüchtlinge aus der sowjetisch besetzten Zone Deutschlands in den Westen kämen – abgesehen von einer unspezifizierten Anzahl russischer Deserteure aus dem militärischen und dem zivilen Bereich.

2] *Kapitel IX:* Die Ankunft des ausgesetzten Gregorius bei den Fischern von Sankt Dunstan.

3] *Brief-Artikel aus Japan:* Von Isaburo Hirata, Tokio, 20. 2. 48: ein 11 Seiten langes in deutscher Sprache verfaßtes Schreiben, das als Artikel in der Aprilnummer der japanischen Literaturzeitschrift ›Kindai-bungaku‹ (›Die moderne Literatur‹) veröffentlicht worden war. Der Brief befindet sich im TMA.

4] *Anhängsel von Tolstois »Luzern«:* Die Novelle schließt – nach Beendigung der eigentlichen Handlung und ausgehend von einer die Ereignisse zusammenfassenden Zeitungsnotiz – mit einer die Vorgänge sozialkritisch und philosophisch ins Allgemeine erweiternden sechsseitigen Meditation.

9. 12. 1948

1] *Enthüllungen des C. U. A.:* Im Zuge der der Whittacker Chambers/Alger Hiss-Spionage-Affaire (s. TB 13. 12. 48, Anm. 2) geltenden Verhöre des CUA waren 12 der angeblich von Alger Hiss gestohlenen und von dem Kurier des kommunistischen Untergrunds, Chambers, in einem hohlen Kürbis verwahrten und transportierten Mikrofilm-Dokumente publiziert worden, deren unsensationeller Inhalt die Frage nach dem Inhalt der »for security reasons« nicht publizierten Dokumente aufgeworfen hatte. Am 8. Dezember hatten Mitglieder des Committees durchblicken lassen, »that one 1938 paper contained an American diplomat's suggestion that the US consider a trade treaty with Hitler«, gemacht in der Hoffnung, »that such a pact would help the Democrats in the 1938 and 1940 elections.« (›Facts on File‹, 1948, 397 K). *339*

2] *Schimpfbrief Schönbergs:* Schönbergs Brief ist, zusammen mit TMs Antwort, in der ›Saturday Review of Literature‹, New York, vol. 32, No. 1 v. 1. 1. 49, 22/23 und, auf deutsch, im März-Heft des ›Monat‹, Berlin (1. Jg. No. 6, 76–78) abgedruckt.

3] *an einer Antwort:* An die Redaktion der Saturday Review, P. P. 10. 12. 48, Reg. 48/667; Br. III, 60/667.

10. 12. 1948

1] *Mr. Taylor:* Vermutlich Ransom T. Taylor; s. TB 19. 3. 47, Anm. 7. *339*

11. 12. 1948

1] *Churchill im Unterhaus:* In einer auch von der liberalen Presse als »weit über eine gewöhnliche Ansprache hinausgehend« gewürdigten Grundsatz- und Versöhnungsrede hatte Winston Churchill überraschend eine »private and personal message« an Stalin vom April 1945 erwähnt. (»It was designed to show his peaceful intent toward Russia when he was in power«: so der ›Manchester Guardian‹ am 16. 12. 48 in einem nahezu enthusiastischen Bericht über Churchills Rede.)

12. 12. 1948

339 1] *(Kaukasus-Novellen):* Leo Tolstoi, ›Eine Begegnung im Felde mit einem Moskauer Bekannten. Aus den kaukasischen Aufzeichnungen des Fürsten Nechldudow‹, Leo Tolstoi, ›Gesammelte Novellen‹, Jena 1924–1928, Bd. 1, 149–189. Der Band ist in TMs Zürcher Bibliothek erhalten.

340 2] *»Eulenspiegel«:* Richard Strauss, ›Till Eulenspiegels lustige Streiche. Nach alter Schelmenweise in Rondoform‹, op. 28.

3] *aus seinem musiktheoretischen Buch:* S. TB 3. 11. 46, Anm. 1.

13. 12. 1948

340 1] *in China:* Nach den Niederlagen und Rückzügen der Nationalchinesen bei Nanking und Peiping hatte der amerikanische Beauftragte, Paul G. Hoffman, für einen vernünftigen Friedensschluß mit den Kommunisten votiert und beide Parteien wissen lassen, daß die USA jedes chinesische System unterstützen würden, das die Rechte des Einzelnen, das Koalitionsrecht, freie Rede sowie Versammlungs- und Pressefreiheit garantierte.

2] *Spy-Geschichte:* Alger Hiss, ehemaliger Angestellter des State Department, war angeklagt, in den dreißiger Jahren, besonders 1937/38, Geheimdokumente aus den Akten des State Department entwendet und dem damals für »den kommunistischen Untergrund« arbeitenden Spion Whittaker Chambers übergeben zu haben. Der groß aufgemachte Prozeß zog sich über Monate hin und förderte so viele Räuberpistolen-»Erkenntnisse« zutage, daß Präsident Truman wiederholt und mit Nachdruck sagte, »he considers the committee probe a red herring«; die Prosecutoren jagten nur sensationellen headlines hinterher, das Committee sei tot.

3] *Amerik. Schulausgabe:* ›Ein Tag aus dem Schulleben Hanno Buddenbrooks. Edited with notes, introduction and vocabulary by Laurence Gemeinhardt‹, New York 1948.

4] *»Aufbau«. Furtwängler in Chicago:* Das Editorial der Nummer vom 10. 12. 48 (vol. XIV, No. 50, 4) berichtete, daß das Chicago Symphony Orchestra Wilhelm Furtwängler eingeladen habe, als Nachfolger Artur Rodzinskis die ständige Leitung des Orchesters zu übernehmen. Furtwängler habe sich noch nicht entschieden, aber die amerikanische Presse sei bereits damit beschäftigt, eine »Reinwaschungskampagne« zu inszenieren, die die Rolle vergessen machen sollte, die der Dirigent bei der Hebung des Ansehens nationalsozialistischer Kulturpolitik gespielt habe. Der ›Aufbau‹ erinnerte demgegenüber an den Satz des ehemaligen Chefs des amerikanischen Nachrichtenkontrollamts in Berlin, Generalmajor Robert A. McClure, der 1946 erklärt hatte: »Es ist eine unbestreitbare Tatsache, daß Furtwängler sich durch seine Tätigkeit in prominentester Weise mit Nazideutschland identifiziert hat. Indem er zuließ, sich zum Werkzeug der Partei machen zu lassen, gab er eine gewisse Respektabilität dem Kreise von Männern, die jetzt in Nürnberg wegen Verbrechens gegen die Menschlichkeit angeklagt sind.« – Zwei Wochen später, am 24. 12. 48 (vol. XIV, No. 52, 4 und 56), widmete die Zeitschrift dem ›Fall Furtwängler‹ noch einmal einen großen Artikel: ›Von der Vergeßlichkeit eines Dirigenten und der Welt. Der Fall Furtwängler – ein moralisches Problem‹.

14. 12. 1948

1] *Tolstois »Albert«:* In der TB 12. 12. 48, Anm. 1 nachgewiesenen Novellensammlung. *340*

2] *an [...] Berendsohn:* An Walter A. Berendsohn, P. P. 14. 12. 48, Reg. III, 48/681.

3] *Die Schmähung »informer«:* Schönberg hatte in seinem TB 9. 12. 48, Anm. 2 erwähnten Brief geschrieben: »Die Annahme Ihres Buchkritikers, daß er [i.e. TM] Belehrungen über diese Technik [gemeint ist »die Methode des Komponierens mit 12 Tönen«] von Bruno Walter und Strawinsky empfing, ist wahrscheinlich falsch, denn Walter weiß überhaupt nichts über Komposition mit zwölf Tönen, und Strawinsky hat höchstwahrscheinlich kein Interesse dafür.// Der Berater und Unterweiser war ein früherer Schüler meines verstorbenen Freundes Alban Berg, Herr Wiesengrund-Adorno. Dieser ist gut unterrichtet über alle die wirklichen Details dieser Technik und war dadurch wohl befähigt, Herrn Mann eine ziemlich genaue Beschreibung dessen zu geben, was ein Laie – der Dichter – benötigt, um einem anderen Laien – dem Leser – glauben zu machen, daß er versteht, was da los ist.«

15. 12. 1948

1] *Muller:* Der amerikanische Biologe und Genetiker Hermann Joseph Muller (1890–1967). *340*

341 2] *an Maas:* Verschollen; s. Reg. IV, 584.
3] *Broncemünze:* Die Münze – eigentlich schon eine kleine Plakette – ist im TMA erhalten und zeigt auf der einen Seite das unzerstörte, auf der anderen Seite das brennende Gotteshaus St. Marien. Wie die ›Hannoverschen Neuesten Nachrichten‹ vom 8. 7. 48 meldeten, wurden in Lübeck »einige tausend Münzen geprägt, mit deren Erlös man die Kirche vor dem Einsturz zu retten« hoffte.

16. 12. 1948

341 1] *Spy hunting:* S. TB 13. 12. 48, Anm. 2. Das Gericht hatte Hiss überführt, zweimal die Unwahrheit gesagt zu haben, als er bestritt, daß er Whittaker Chambers 1937/38 Geheimdokumente übergab und als er behauptete, nach seinem Eintritt ins State Department, 1936, nicht mehr mit Chambers zusammengetroffen zu sein.
2] *Betitelungen:* Das Manuskript zeigt, daß TM die Kapitelüberschriften erst nachträglich einfügte; s. TB 29. 4. 48, Anm. 5.
3] *Anfang von XI:* ›Der Trauerer‹, GW VII, 86–94.
4] *Liesl Frank zur Hochzeit:* TMs Brief zur Hochzeit von Liesl Frank mit dem Regisseur Leo Mittler ist verschollen; s. Reg. IV, 584.

17. 12. 1948

341 1] *Schrift über Goethe und Masaryk:* Hugo Siebenschein, ›Goethe und Masaryk‹, Bern 1948.
2] *mit 2 Geigern:* Mit Robert Pollak (s. TB 27. 10. 46, Anm. 2) einem engen Freund der Pringsheims aus der gemeinsamen Zeit in Japan, und mit dem Bruder des Pianisten Jakob Gimpel (s. TB 22. 1. 47, Anm. 1), der ein Schüler von Pollak war.
3] *Hamlet von Olivier:* S. TB 28. 11. 48, Anm. 1.

18. 12. 1948

342 1] *(Maillols »Radfahrer«):* Es kann keinem Zweifel unterliegen, daß Aristide Maillols (1861–1944) Bronzestatue ›Le Cyclist‹ von 1907/1908, die Plastik eines nackten, sinnenden (trauernden?) sehr jungen Jünglings, TM als Vorlage bei der Beschreibung des Credemi-Grigorß im XI., ›Der Trauerer‹ überschriebenen Kapitel diente. Vgl. die Beschreibung GW VII, 86 mit der Abbildung bei Waldemar George, ›Aristide Maillol‹, Neuchatel und Berlin 1964.
2] *Artikel über die Musik des »Faustus«:* Karl Wörner, ›Ein Dichter

über Musik: Thomas Mann in seinem Roman ,Doktor Faustus'‹, ›Musica‹, Kassel, Jg. 1, H. 2, Sept./Okt 1948, 229–237.

3] *an den Verfasser:* Der Brief an Karl H. Wörner ist verschollen; s. Reg. IV, 584. 342

4] *Goethe-Curiosum:* Evtl. ›Unterhaltungen zur Schilderung Goethe'scher Denk- und Dichtweise‹, ein Denkmal, herausgegeben von Carl Friedrich Göschel, Bd. 1 und 2, Schlensingen: Glaser 1834. In TM's Zürcher Bibliothek befinden sich noch zwei weitere Goetheana aus dem Jahr 1832, auf die das Kriterium »Curiosum« jedoch nicht eigentlich zutrifft.

5] *an ihn:* Das Schreiben an Siegfried Marck gilt als verscholllen; s. Reg. IV, 584.

6] *Humm [...] über den »Faustus«:* Rudolf Jakob Humm, ›Tarteifel‹, ›Unsere Meinung‹, Zürich, Jg. 1, No. 10, Dez. 1948, 1–3: Ein sehr salopp geschriebener ›Totalverriß‹ mit dem etwas überraschenden Fazit »Gott fehlt in diesem Buch«. »Schoß ich übers Ziel? Hielt ich nicht Maß? Dann wolle man mich entschuldigen; aber wenn vom Teufel die Rede ist, dann darf man nicht schweigen. Thomas Mann schreibt irgendwo, daß er so gern parodiere. Gott läßt sich eben nicht parodieren, und so auch nicht der Teufel. Er [der Teufel?] hat Goethe parodiert; warum parodiert er nicht Dante, wenn er mit Meister Urian schon nach Palestrina geht? Hätte vor seiner Figur sich die Erde geöffnet und in dem Trichter hinter dem Schmierfink das ins Eis gesteckte riesige Ungeheuer gestanden, das mit seinen Fledermausflügeln eisigen Wind fächelt – dann hätte die kosmische Klage angestimmt werden können. Fiel ihm nicht Pascal ein und der Abgrund, den dieser immer neben seinem Stuhl sah? Mit Pascal hat Leverkühn manchen Zug gemein.// Aber Tartaifel keinen mit Luzifer. Und so kann man nur sagen: Armer Leverkühn, armes deutsches Volk.// Übrigens wird das deutsche Volk auch so gesund werden. Und noch einmal übrigens: Warum sollte der Verfasser nicht selber um die Unmöglichkeit seines vorzeitigen Versuchs wissen, das Naziproblem in eine kosmische Ordnung einzubauen? Die Nazi kann man christlich nicht lieben, und daran scheitert das Buch. Hätte er doch nur seinen gottlosen Belzebub nicht in Palestrina auftauchen lassen! Mir ist's leid um Palestrina, und dem braven Bürgermeister hätte ich gern einen Eimer Zürcher Leitungswasser amorevolmente gereicht, die gotische Idee von seinem Städtchen abzuwaschen.« – Zu TMs Urteil über dies unerwartete Elaborat vgl. den

Brief an Erika Mann, P. P. 8. 2. 49, Reg. III, 49/111: »Humm [. . .] hat [. . .] in seinem Blatt den ›Faustus‹ mit solcher Wut demoliert, daß ich doch erstaunt war. Er trampelt nur so darin herum, und als einem Ehrenempfänger der Zeitschrift schickt er es mir dann zu. Wird mich noch mehrere Tage beschäftigen.« (Br. III, 72.).

7] *aus »Hänsel und Gretel«:* Aus Engelbert Humperdincks (1854–1921) gleichnamiger Märchenoper (1890).

8] *Lotte-Festspiel:* Hans Feist, ›Lottens Wiederkehr. Komödie in vier Akten (acht Bildern) nach Motiven aus Thomas Manns Roman ‚Lotte in Weimar'‹, Hamburg und Wien o. J. Vgl. TM an Hans Feist, P. P. 1. 1. 49, Reg. III, 49/3: »Lassen Sie mich ganz allgemein noch einmal aussprechen, daß ich beim eifrigen Lesen aufrichtig Ihre Geschicklichkeit in der dramatischen Umformung und Bemeisterung der vielen Schwierigkeiten bewundert habe.« Die ausführlichen Einlassungen TMs und seine Einwände gegen Details der Feistschen Bearbeitung sind abgedruckt in D. ü. D. II, 520/521.

19. 12. 1948

342 1] *Artikel über unser Haus:* Annarhae White, ›Thomas Mann . . . An Exile Finds Home‹, mit Photos von Jack Carrick, ›Los Angeles Times‹ v. 19. 12. 48. Wie aus einem Brief TMs an Agnes Meyer, P. P. 23. 12. 48, Reg. III, 48/702; Br. III, 65 (fragm.) hervorgeht, amüsierte TM in dem eher betulich lokalpatriotisch gestimmten Bericht (»The 73-years old Nobel prize winner says flatly there is no better place to live than in Southern California«) die Beschreibung des Arbeitszimmers samt der beigegebenen exkulpierenden Erklärung: »The most interesting room in the house – certainly its focal point – is Dr. Mann's study. Here among treasured mementos of his career he studies, writes and contemplates. It is his sanctum and also a workshop. Despite his age and repudiation he has to work for his living.« – »Meine Sekretärin erzählte mir«, so TM an Agnes Meyer, »ein Herr ihrer Bekanntschaft sei über diese Feststellung ganz erbittert gewesen und habe gerufen, es sei unerhört, man müsse eine große Sammlung veranstalten, damit ich mich sofort zur Ruhe setzen könne. – Die Komik ist doch das Beste auf der Welt! Sie wird mir mit den Jahren immer teurer.«

2] *an Reisiger:* An Hans Reisiger, P. P. 19. 12. 48, Reg. III, 48/696; Br. III, 63/64 (fragm.).

3] *der Geiger von Freitag:* S. TB 17. 12. 48, Anm. 2.

20. 12. 1948
1] *Mr. Kornitzer:* Der amerikanische Historiker, Biograph und Schriftsteller Bela Kornitzer. 342
2] *»Father and Son«:* Bela Kornitzer, ›American Fathers and Sons‹, New York, 1952. Vgl. hierzu TM an Bela Kornitzer, P. P. 2. 1. 49, Reg. III, 49/8: »Meanwhile I have attentively perused the papers you left with me. The interview with Albert Einstein's son would indicate that your book is composed of utterances by the young generation about their fathers. According to that it would be more appropriate that you should interview my son Klaus. But I realize that the first peace [piece] of the book gives a wrong impression, and that you want prominent Americans to tell about their unknown fathers in your book.«

21. 12. 1948
1] *Sprung aus dem Fenster:* S. TB 22. 12. 48, Anm. 1. 343
2] *an Studienrat Rahn:* An Fritz Rahn, P. P. 20. 12. 48, Reg. III, 48/697.
3] *Rahn:* Der Pädagoge, Schriftsteller und Sprachwissenschaftler Fritz Rahn, mit dem TM seit 1926 gelegentlich korrespondiert hatte.
4] *Schmetterlingsbuch:* Fritz Rahn, ›Schmetterlinge. Versuch über das Naturschöne‹, Frankfurt 1943.
5] *Göttinger Universitätszeitung über den Faustus:* Hans-Geert Falkenberg, ›Thomas Mann: ‚Doktor Faustus', Versuch einer Analyse‹, ›Göttinger Universitäts-Zeitung‹, Jg. 3, No. 21 v. 8. 10. 48, 6/7.
6] *was »den Engel« betrifft:* Falkenberg hatte geschrieben: »Am Ende des ›Faustus‹ erscheint nicht, wie im Drama der göttliche Jüngling Euphorion, sondern ein Engel, das Kind Nepomuk – Symbol für die mittelalterliche Sehnsucht Adrian Leverkühns.«

22. 12. 1948
1] *als kommunistischen Mord:* Der Direktor der Instituts für internationale Erziehung und Berater des State Department Lawrence Duggan war am 19. 12. 48 aus dem Fenster gestürzt. Der amtierende Vorsitzende der Kommission für die Untersuchung antiamerikanischer Umtriebe, Karl Mundt, gab unmittelbar nach Duggans Tod bekannt, daß der frühere kommunistische Geheimagent Whittaker Chambers (s. TB 13. 12. 48, Anm. 2) Duggan als einen der sechs Beamten im 343

State Department angegeben habe, die ihm vertraulich Informationen zugespielt hätten.
2] *Manuskript von Lesser:* Jonas Lesser, ›Thomas Mann on Philosophy and Religion‹, später gedruckt in ›Contemporary Review‹, London, Nov. 1949, 272 ff.

23. 12. 1948

343 1] *Huyes [. . .] in Reader's Digest:* William Bradford Huie, ›A Navy or an Air Force‹, ›Reader's Digest‹, December 1948, 62–67: Eine Analyse des in den USA schwelenden Konflikts zwischen Navy und Air Force, die zum Schluß für den bevorzugten Ausbau der Luftflotte eintritt: »If the enigmatic minds in the Kremlin can be deterred from war [. . .] the deterrent will be the knowledge that the American Air Force can give Moscow and Magnitogorsk multiplied doses of what struck Hiroshima.«

344 2] *Manuskript:* Nicht unter den im TMA archivierten Schriftstücken.
3] *an die Meyer:* An Agnes E. Meyer, P. P. 23. 12. 48, Reg. III, 48/702; Br. III, 65 (fragm.).
4] *»The Universe and Dr. Einstein«:* Lincoln Barnett, ›The Universe and Doctor Einstein‹, New York 1948. Das Buch steht in der Zürcher Bibliothek. S. dazu TM an William Sloane Associates, P. P. 8. 1. 49, Reg. III, 49/26.

24. 12. 1948

344 1] *von Roger Session:* Berkeley, 21. 12. 48; im TMA.
2] *Roger Session:* Der amerikanische Komponist und Musikpädagoge Roger Huntington Sessions (1896–1985), ein Freund G. A. Borgeses, dessen ›Montezuma‹-Drama er vertonte, war mit TM seit der Princetoner Zeit bekannt. (S. TB 25. 12. 38).
3] *»New Leader« über die Musik:* ›Mann's Musik . . . A Note on Mann's Musical Esthetics as represented in his last Novel‹, ›New Leader‹, New York, vol. XXXI, No. 51 v. 18. 12. 48, 12.
4] *von Hesse:* Baden b. Zürich, 13. 12. 48, HH/TM 147/148.
5] *Widman:* Vermutlich ist der Basler Pädagoge, Übersetzer und Journalist Walter Widmer gemeint. Im TMA befindet sich kein den Sachverhalt aufklärendes Schreiben mehr.

25. 12. 1948

1] *die unerlaubte Schweizer »Schopenhauer«-Ausgabe:* ›Schopenhauer. Dargeboten von Thomas Mann‹, Zürich 1948, eine deutsche Version des Schopenhauer-Bandes in der ›Living Thoughts Library‹. Welche Rechtsunklarheiten TM zu dem Adjektiv »unerlaubt« bewogen, ließ sich nicht mehr rekonstruieren. 344

2] *Vorführung des [. . .] »Hexenliedes«:* Max von Schillings, ›Das Hexenlied‹, Melodram. TM spielte seine Aufnahme aus dem Jahre 1933 mit Ludwig Wüllner als Sprecher und den Berliner Philharmonikern unter Max von Schillings.

3] *Schillings:* Der Komponist, Dirigent und Opernintendant Max von Schillings (1868–1933) war als Nachfolger Max Liebermanns 1932/33 Präsident der Preußischen Akademie der Künste. Er erzwang am 15. 2. 33 Heinrich Manns Rücktritt von seinem Amt als Vorsitzender der Abteilung für Dichtkunst und deckte die Exmittierung der jüdischen Akademie-Mitglieder sowie all jener Schriftsteller, die, wie TM, nicht bereit waren, eine Verpflichtung zu loyaler Zusammenarbeit mit der »neuen Regierung« zu unterzeichnen. 345

4] *Wüllner:* Der Sänger und Rezitator Ludwig Wüllner (1858–1938), den TM im November 1933 im Hause Reiff in Zürich kennengelernt hatte (s. TB 27. 11. 33) und dessen Goethe-Rezitationen das TB vom 2. 2. und 22. 5. 36 lobend erwähnt.

26. 12. 1948

1] *Brief nach Tokyo:* An Jisaburo Hirata, P. P. 28. 12. 48, Reg. III, 48/713. 345

2] *den Aufsatz Kahlers hat fallenlassen:* Fehlinformation. Erich von Kahlers Artikel ›Die Säkularisierung des Teufels‹ erschien unter dem Titel ›Thomas Mann's ‚Doktor Faustus'. Terminal Work of an Art Form and an Era‹ in ›Commentary‹, vol. 7, No. 4, April 1949, 348–357.

3] *Angriff [. . .] wegen Antisemitismus:* Der Artikel von Alfred Werner, ›Thomas Mann's Failure‹, der hier gemeint ist, erschien – wie TM am 31. 12. 48 notierte – nicht in ›Commentary‹, sondern in der Zeitschrift ›Congress Weekly‹, New York, vol. XV, No. 32 v. 13. 12. 48, 11–14. Es handelte sich allerdings nicht, wie TM vermerkte, um einen Angriff, der »dumm und harmlos« sei, sondern um eine sehr behutsame und differenzierte Analyse der These, daß sowohl der *Zauber-*

berg als auch der *Doktor Faustus* »contain several Jewish characters drawn in a way not quite worthy of either the outstanding liberal or the great artist [Thomas Mann].« Was den *Zauberberg* – speziell die Figur des Naphta – betrifft, so beantwortet der Autor die Frage »Why did the representative of terror and violence, of superstition and authoritarianism have to be a Jew?« mit dem Hinweis: »I wonder whether some atavistic reaction and recollection had not played a nasty trick upon that great liberal, Thomas Mann, when he felt compelled to select a Jew for the role of Satan's advocate.« – Den Höhepunkt des ›Antisemitismus‹ im Werk TMs glaubte der Autor im *Doktor Faustus* zu erkennen: Warum, so fragt er, trifft Zeitblom nur abstoßend, im besten Fall lächerlich gezeichnete Juden? Warum erscheint Chaim Breisacher so eng jenem Teufel verwandt, dem Leverkühn Leib und Seele verkauft ... ein Mann of a »fascinating ugliness«, der »with a certain malicious pleasure« seine Rolle als »ferment and foreigner« in den Münchener Salons spielt, »debunking everything held in esteem by others«? Warum schließlich sei der Verführer Saul Fitelberg mit allen Klischees »to be found in fourth-rate novels« gezeichnet: »fat, not potbellied but fleshy and soft in his limbs and his thick white hands; smooth-shaven, full-faced, with a double chin, strongly marked arched brows, and lively almond-shaped eyes full of southern meltingness behind the horn-rimmed glasses« ... eine Beschreibung, angesichts derer man sich fragen müsse, ob die den *Doktor Faustus* lesenden Nachkriegs-Deutschen »will be more impressed by Mann's denunciations of Nazism, or by this portrayal of a *Stuermer*-Jew«. Warum muß dieser Jude dann auch noch ›impresario‹ sein und aus Polen stammen? – Kein Zweifel, so der Autor, »the late Goebbels would have enjoyed the chapter, consisting mainly of Fitelberg's chatter, although the Nazi Minister [...] was not known to have been particularly fond of Mann.«

4] *»Aufbau« will antworten:* Nicht realisiert; s. Anm. 3.

5] *an Lesser:* An Jonas Lesser, P. P. 26. 12. 48, Reg. III, 48/712.

27. 12. 1948

347 1] *Sumner Welles:* Der amerikanische Politiker Sumner Welles (1892–1961) war 1937–1943 Unterstaatssekretär, Ratgeber und Sonderbeauftragter F. D. Roosevelts gewesen.

2] *Artikel für Tokyo:* S. TB 26. 12. 48, Anm. 1.

3] *»Joseph der Ernährer«:* Der letzte Band der TB 5. 10. 48, Anm. 1 nachgewiesenen Ausgabe. 347

4] *Schopenhauer-Ausgabe:* S. TB 25. 12. 48, Anm. 1.

5] *von Becher:* Berlin, 29. 10. 48; im TMA: »Von einem Komitée, das die Goethefeiern für Weimar und die Ostzone vorbereitet, bin ich gebeten worden, mich an Sie zu wenden, ob Sie bereit wären, die Festrede in Weimar [. . .] 1949 zu halten. Das Komitée wird alles vermeiden, daß diese Feier irgendwie mit den in Frankfurt geplanten Feiern kollidiert, und so soll auch eine zeitliche Übereinstimmung zwischen Weimar und Frankfurt gefunden werden.// Das Komitée hat einen Goethe-Nationalpreis gestiftet, der, – wie ich Ihnen zunächst vertraulich mitteilen möchte – Ihnen verliehen werden soll. Man hat mich auch in diesem Falle gebeten, bei Ihnen vorzufühlen, ob Sie bereit sind, diesen Preis anzunehmen.«

6] *Von Stroh:* Nürnberg, 17. 12. 48; im TMA: »Wir [gemeint sind der Nürnberger Oberbürgermeister Dr. Otto Ziebill und Heinz Stroh] bitten Sie [. . .] um Ihr Einverständnis, eine Thomas Mann Gesellschaft ins Leben rufen zu dürfen. Außer uns beiden sind der ehemalige Rektor der Universität Erlangen, Prof. Dr. Brunner, der Kunsthistoriker Dr. Traugott Scholz [?], der Dirigent Dussel [?], der Leiter des Rundfunks Dr. Fritz Mellinger und noch einige andere Nürnberger für die Gründung dieser Gesellschaft, die Ihren Namen tragen möchte. Alle diese Herren waren während der tausend Jahre mundtot und einige waren eingesperrt. Ihr Name soll zeigen, daß wir Sie lieben, und daß der Geist Ihres Schaffens unser Bekenntnis ist.« Aufgabe der neuen Gesellschaft sollten Vorlesungen und Vorträge sowie der Einsatz für junge Dichter und Wissenschaftler sein.

7] *Stroh:* Der Berliner Essayist und Kritiker Heinz Stroh (1899–1952) war 1933 nach Prag und 1939 weiter nach England geflohen. Stroh hatte – wie aus einem Brief TMs an ihn aus St. Moritz vom 15. 2. 1935 hervorgeht – im Rahmen eines für das ›Jüdische Zentralblatt‹, Prag, bestimmten Interviews Äußerungen publiziert, von denen TM sagte, daß sie in dieser Art nie gefallen seien und die er, um das Weitererscheinen seiner Bücher in Deutschland nicht zu gefährden, habe dementieren müssen. Trotz dieses Vorkommnisses blieb das Verhältnis freundlich. Stroh publizierte noch im März 1937 in der Berliner ›Jüdischen Revue‹ einen Aufsatz über ›Thomas Manns jüdische Menschen‹.

8] *(»Schneekönigin«):* Hans Christian Andersens Märchen ›Die Schneekönigin‹ von 1843/44.

28. 12. 1948

346 1] *Truman über die »Kontaktbrüchigkeit der Russen«:* »There are certain leaders in the government of that country [UdSSR], who are exeedingly anxious to have an understanding with us. I'll spend my time in the next 4 years to reach an understanding on the basis that peace is possible with all nations. I know it can be done. The welfare of the people is the first issue«: Mit dieser Bemerkung versuchte Präsident Truman während einer improvisierten Rede in Kansas City am 27. 12. 48 eine Diskussionsäußerung zu relativieren, in der es hieß: »Contracts are not sacred with the Soviet Government.« Indem er nun plötzlich von »einigen den USA freundlich gesinnten Führern in der UdSSR« sprach, ließ Truman offen, ob er aus definitiver Kenntnis des splits im Politbüro (s. TB 21. 11. 48, Anm. 1) heraus sprach oder nur Mißtrauen innerhalb der sowjetischen Führungsschicht säen wollte.
2] *Schopenhauer-Auswahl:* S. TB 25. 12. 48, Anm. 1.
3] *Artemis-Goethe-Ausgabe:* Der Verleger Friedrich Witz hatte TM am 24. 12. 47 einen Geschenkgutschein für die von Ernst Beutler herausgegebene Artemis-Gedenkausgabe geschenkt. Die Bände sind in der Zürcher Bibliothek erhalten.
4] *bei Vicki Baum und ihrem Mann:* Bei der 1931 in die USA ausgewanderten österreichischen Harfenistin und Schriftstellerin Vicki Baum (1888–1960) und ihrem Mann, dem Dirigenten Richard Lert (1885–?).
5] *Regisseur Ebert:* Der Reinhardt-Schüler, Schauspieler und Regisseur Carl Ebert (1887–1980), 1931–1933 und 1956–1961 Intendant der Städtischen Oper Berlin, Mitbegründer der Glyndebourne-Festspiele, Regisseur am Teatro Colón, Buenos Aires, und des Maggio Musicale, Florenz, zeitweiliger Berater des türkischen Kultusministers und Initiator der ersten Opern-Aufführungen in Ankara, lebte 1948–1954 mit seiner Frau in Los Angeles.

29. 12. 1948

346 1] *»Leinwandmesser« [...] »Schneesturm«:* Leo Tolstois Novellen ›Der Leinwandmesser. Geschichte eines Pferdes‹ und ›Schneesturm‹. Zu TMs Ausgabe s. TB 12. 12. 48, Anm. 1.

2] *Neu-Auflage des Felix Krull:* Eine Neu-Ausgabe der *Bekenntnisse* 346
des Felix Krull, um ein ›zweites Buch‹ (fragmentarisch) erweitert, war 1937 in Amsterdam bei Querido herausgekommen. Von dieser Ausgabe erschien 1948 eine neue Auflage (s. Bürgin I, 21c), deren Erlös für die ›Thomas Mann-Gesellschaft‹ bestimmt war.

3] *[Brief betreffend die] Angelegenheit der Taylor-Lecture:* An James Boyd, Taylorian Institute, Oxford, P. P. 30. 12. 48, Reg. III, 48/717. Zur Sache s. TB 9. 4. 48, Anm. 1.

4] *[Brief betreffend die] Annahme des ostdeutschen Goethepreises:* An Johannes R. Becher, P. P. 2. 1. 49, Reg. III, 49/4: »Zunächst muß ich Ihnen sagen, daß die Zeitungsmeldungen, daß ich im kommenden Frühjahr oder Sommer Deutschland besuchen würde, recht sehr in der Luft standen. Ich habe solche Absicht nie kundgegeben und bin sehr ungewiß, ob es auch dieses Mal zu solchem Besuch kommen wird. Ich habe im Zusammenhang mit der Goethe Zweihundert-Jahrfeier im Osten dieses Landes und in England einige Vorträge zu halten. Ob mich mein Weg noch weiter führen wird, ist heute noch ungewiß, denn ich bin nicht mehr im sportlichsten Alter und muß, wenn ich noch etwas vor mich bringen will, mit meinen Kräften haushalten. Immerhin ist es möglich, daß ich auch die Schweiz noch besuche. Der Besuch in Deutschland aber, lassen Sie mich Ihnen das vertraulich sagen, ist und bleibt mir höchst problematisch, besonders auch weil ich voraussichtlich nicht ohne große Schwierigkeiten meinen Besuch auch auf die Ostzone ausdehnen könnte, während ich doch immer bestrebt bin, in Wort und Tat eine einseitige Festlegung auf eine der beiden Sphären zu vermeiden. Außerdem kann ich mir, immer vertraulich gesprochen, von einem Aufenthalt in Deutschland kaum etwas anderes als Pein, Verwirrung und eine Belastung meiner Nerven versprechen, die schlecht angebracht wäre.// Wenn aber nun die Verleihung des bei Ihnen gestifteten Goethe-Nationalpreises nicht abhängig ist von meiner persönlichen Gegenwart, so nehme ich keinen Anstand, diese Ehrung mit Freude und Dank anzunehmen. Gerade eben habe ich der Gründung einer Thomas Mann-Gesellschaft in Nürnberg zugestimmt, und es ist mir eine Genugtuung, mit derselben Post meine Zustimmung, zunächst persönlich Ihnen gegenüber, zu der freundlichen Absicht zu geben, die man bei Ihnen hegt.«

5] *[Brief betreffend die] Nürnberger T. M.-Gesellschaft:* An Heinz Stroh, P. P. 2. 1. 49, Reg. III, 49/13: »Lassen Sie mich nur sagen, daß

Ihre und Ihrer Freunde Absicht, in Nürnberg eine auf meinen Namen getaufte Gesellschaft zu gründen, mich außerordentlich freut, und daß ich selbstverständlich diesem Plan dankbar zustimme. Es muß mich ja von Herzen freuen, daß es in Deutschland immer noch oder wieder Menschen gibt, die so genaue und sympathievolle Kenner meiner Schriften sind wie die Herren, die Sie mir in Ihrem Brief bei Namen nannten. Die Tätigkeit der Gesellschaft wird sich ja sicher nicht und soll sich durchaus nach meinem Wunsch nicht auf die Beschäftigung mit meiner Lebensarbeit beschränken, sondern sie wird wirken in dem Sinn und Geist, für den ich nach meinen Kräften eintrete und dessen Verbreitung für Deutschland und für die Welt so lebenswichtig ist.«

6] *ein Kapitel aus Vikkos Buch:* Viktor Mann, ›Abschied von der Mutter‹, ›Die Erzählung‹, Konstanz, Jg. 2, No. XII, Dezember 1948, 32–34.

30. 12. 1948

347 1] *Mrs. Lowes Artikel:* Helen Lowe-Porter, ›Doctor Faustus‹, erstmals publiziert in John C. Thirlwall, ›In Another Language. A Record of the Thirty-Year-Relationship between Thomas Mann and his English Translator, Helen Tracy Lowe-Porter‹, New York 1966.

2] *In »Hudson Review«:* Frederick Morgan, ›Notes on the Joseph Novels‹, ›Hudson Review‹, New York, vol. 1, 1948/49, 546–556.

3] *von Read Bain:* Miami University, Oxford Ohio, 26. 12. 48. Der sechs Seiten lange Brief mit einer entschiedenen Stellungnahme gegen Hamilton Basso befindet sich im TMA.

4] *Read Bain:* Der Soziologe Read Bain (1892–?), ab 1927 Professor an der University of Southern California in Summes.

5] *von Kerpel:* Das Schreiben von TMs ungarischem Übersetzer Eugen (Jenö) Kerpel befindet sich nicht mehr unter den im TMA archivierten Materialien.

6] *ungarische Ausgabe: Doktor Faustus,* übers. v. Gáspár Endre, Budapest 1948.

7] *Goethe-Essayband:* Nicht erschienen. Geplant war die Publikation von drei Goethe-Aufsätzen TMs. S. TM an Jenö Kerpel, P. P. 11. 1. 49, Reg. 49/33, mit TMs Zustimmung zur Publikation von dreien seiner Goethe-Aufsätze zur Athenaeum Goethe Zentenarfeier, dem Ausdruck seiner Freude darüber, daß Lukács ein Buch über ihn schrieb und der Anfrage, ob er (Lukács) denn den *Doktor Faustus* auf deutsch gelesen habe.

8] *Lukász hat einen Band »T. M.« veröffentlicht:* Georg Lukács, ›Thomas Mann‹, Berlin 1949. In der Zürcher Bibliothek ist die ungarische Ausgabe, Budapest 1948, erhalten.

31. 12. 1948

1] *Wettkampf mit Flann:* Das XII., ›Der Faustschlag‹ überschriebene Kapitel des *Erwählten*, GW VII, 94–101. *347*

2] *Englischer Faustus:* Wohl die von Helen Lowe-Porter übersetzte amerikanische Ausgabe, New York 1948.

3] *an Roger Sessions:* Verschollen; s. Reg. IV, 584.

4] *Coward und Valentin:* In TMs Nachlaß befanden sich zahlreiche Aufnahmen von Sketchen des Münchener Kabarettisten Karl Valentin (1882–1948) aus den 20er und 30er Jahren, sowie zwei Platten mit Chansons des englischen Dramatikers, Schauspielers und Schlagerkomponisten Noel Coward (1899–1973), dessen parodistisches ›Mad Dogs and Englishman‹ (s. TB 1. 6. 41) es TM vor anderen angetan hatte. Es ist möglich, daß TM die Valentin-Platten von seinem Bruder Viktor geschickt bekam. Der fragmentarisch erhaltene Briefwechsel zeigt, daß der Ältere den Jüngeren dringlich um Zusendung solcher Aufnahmen gebeten hat und Viktor Mann sich sehr bemühte, die Wünsche des Bruders zu erfüllen. So schrieb er ihm am 28. 2. 48: »Mit Platten sieht es bös aus. Ich selbst besitze auch nur die mit dem Spritzbrunnenaufdreher und dem Herrn Baron von Rembremmerding. Sonst würde ich Dir bei Gott die anderen schicken. In Geschäften hat man seit Kriegsende keine Platten mehr bekommen, sodaß sogar der Rundfunk um leihweise Überlassung bitten mußte. Heute hörte ich, daß man bei Ablieferung von zwei alten eine neue erwerben könne. Ich werde dem Gerücht sofort nachgehen. Ob es dann aber Valentinplatten gibt, wäre auch noch fraglich. Eher die von Dir gewünschten Lieder. Jedenfalls werde ich tun, was immer möglich ist. Notfalls mußt Du eben alte Platten schicken.«

5] *Vortrag des von Hofe:* Der Sachverhalt ist aus einem der Herausgeberin von Harold von Hofe freundlicherweise zur Verfügung gestellten Brief Ludwig Marcuses sowie aus einigen anderen Dokumenten zu rekonstruieren: Getreu dem TM am Altjahrsabend gegebenen Versprechen, wandte sich Marcuse am 1. 1. 49 an seinen Freund von Hofe: *348*

»Gestern Abend waren wir bei Thomas Mann. Es war fast die ganze Groß-Familie mit Kindern und Kindeskindern versammelt – als Thomas Mann das folgende vorlas, das ihm sein Bruder aus Deutschland geschickt hat.// *Thomas Mann Tragödie*.// ›Tiroler Tageszeitung‹. Innsbruck.// ›Einer Einladung der Innsbrucker Universität folgend, sprach Prof. Dr. Harold von Hofe (Los Angeles) über Thomas Mann. Der Vortragende, der sich rühmt, seit sieben Jahren freundschaftliche Beziehungen zu dem in Kalifornien schaffenden Dichter zu unterhalten, bekannte nun, daß sich Thomas Mann mehr und mehr bewußt wird, wie sehr er wegen seiner Haltung im letzten Krieg Deutschland gegenüber ins Unrecht geraten ist; ferner, daß Mann vieles falsch gesehen habe und daß sich aus diesen beklagenswerten Umständen die bittere Tragödie seines Lebens entwickele.// In dem Augenblick aber, da ein enger Vertrauter des Dichters sozusagen in dessen Namen spontan ein symbolisches mea culpa, mea maxima culpa spricht, beugen sich alle jene, die aus tiefem Verantwortungsbewußtsein – nicht ohne aufrichtiges Bedauern – vor dem Anathema des freiwillig Exilierten abrücken mußten, in erneuter Wertschätzung vor dem berühmten deutschen Romancier und werden ihn grüßen, wenn er – wie vom Vortragenden angekündigt wurde – anläßlich der Feier zur 200. Wiederkehr von Goethes Geburtstag in Frankfurt sprechen wird.‹« –// »Es war eine ungeheure Empörung,« fuhr Marcuse fort, »Mir blieb die Spucke weg. Aber dann sagte ich sofort: daß Sie zu meinen engsten Freunden gehören, daß ich Sie seit 8 Jahren gut kenne, daß es ganz ausgeschlossen ist, daß Sie das gesagt haben. Erika half mir dann – und unterstrich: daß man doch bei Zeitungen nie wissen könne, was sie verdreht haben.« – Harold von Hofe dementierte umgehend; die ›Tiroler Tageszeitung‹, Innsbruck, druckte das Dementi am 28. 1. 49: Harold von Hofe betonte, daß er »in keiner Weise in Thomas Manns Namen gesprochen habe, sondern voll und ganz« in seinem eigenen, und er fuhr fort: »Die zitierten Sätze entsprechen dem von mir Gesagten nicht.// Ich führte aus: 1) Thomas Mann hat die Spannung Amerika–Rußland nicht vorausgesehen; er hat nicht vorausgeahnt, daß auf der Nachkriegswelt ein Druck lasten würde, wie es heute der Fall ist. Die beklagenswerten politischen Konflikte, die sich nach 1945 herausgestellt haben, ändern jedoch nichts an der Tatsache, daß Thomas Manns Haltung in der Epoche 1933–1945 die richtige war. 2) Thomas Mann war – meiner Ansicht nach – nicht dazu geschaffen, als exilierter Schriftsteller zu leben und als politischer Kämpfer zu wirken. Und weil ihm das Schicksal eine Rolle zuerteilte, die ihm im wesentlichen nicht liegt, entstand eine Situation, die für mein Gefühl Züge einer deutschen Dichtertragik aufweist. Das ist die Thomas Mann Tragödie.« – Damit war der Sachverhalt klargestellt – es bleibt jedoch der Verdacht, daß es sich bei der entstellenden Wiedergabe der von Hofeschen Ausführungen – einer Entschuldigung des Chefredakteurs für »die so irrige Darstellung Ihres Vortrags« zum Trotz – nicht nur um das Werk eines seines Metiers unkundigen Berichterstatters handelte, sondern daß sie – möglicherweise – Teil einer weiterreichenden Diffamierungskampagne war. Unter den mir von Harold von Hofe zugänglich gemachten Dokumenten befand sich eine maschinenschriftliche »vertrauliche Information«, die in ihrem ersten Teil ein dem Bericht in der ›Tiroler Tageszeitung‹ ähnliches Resumée des Hofeschen Vortrags gibt und dann fortfährt: »Diese Worte [zitiert im Marcuse-Brief] veranlaßten die ›Freien Stimmen‹ [gemeint ist die Zeitschrift ›Freie Stimmen Österreichs, Kampfblatt für nationale Politik‹] zu folgenden kommentierenden Bemerkungen: Thomas Mann sei mitverantwortlich für die trostlosen Fehler, welche die amerikanische Politik seit 1945 in Deutschland begangen habe. Man habe Manns Haß gegen den Nationalsozialismus in den USA von Anfang an als Haß gegen das deutsche Volk interpretiert und die Äußerungen des Dichters hätten ja auch genügend Anlaß zu dieser Gleichsetzung gegeben. Aus dessen Verhalten hätten die Alliierten das Recht abgeleitet, Deutschland schlimmer zu behandeln, als es jemals in der Geschichte einem Kolonialvolk widerfahren sei. Seinen Aussagen, besonders in der Politik, fehle es weithin an Bescheidenheit. Man pflege sich im Ausland immer wieder auf Mann zu berufen, ›wenn man den Deutschen ins Kreuz tritt und ins Gesicht spuckt‹. Auch sein Sohn Klaus habe in Überheblichkeit und Hochmut jahrelang das deutsche Volk in den Schmutz getreten. Bei diesem scheine ebenfalls die ›Tragödie des Lebens‹ einzusetzen. Wie Thomas und Klaus Mann ergehe es heute vielen deutschen Emigranten. Zu seinem Volke, so fährt das Blatt fort, gehöre man in guten wie in schlechten Tagen. Wenn es gequält, gepeinigt, getreten und gedemütigt werde, dann könne man sich nicht auf die Seite der Sieger und Befreier stellen und sich brüsten, man habe alles im voraus gewußt. Die Deutschen würden nicht vernichtet werden. Als Gegenstück zitieren die ›Freien Stimmen‹ einen ungenannt gebliebenen Dichter, der in einer Salzburger Zeitschrift u. a. schreibt: ›Millionen deutscher Frauen wurden geschändet, ganze Provinzen entleert, deutsche Flüchtlinge unterwegs zu Millionen gemordet, die Städte ausgebrannt. Jede zertrümmerte Großstadtstraße besteht aus Kerkern, darin Frauen und Kinder sich zu Tode quälten. Man errichtet auf Folterkammern die neuen Häuser und der Getöteten Geist wird in ihnen umgehen. Man hat die Vaterlandsliebe verächtlich gemacht, die Gefallenen zu ehren vergessen. Keine Familie, die durch Gewalt und Verfolgung nicht litt. Die Nutznießer des Untergangs schwätzen, aber das Volk ging nicht in die Knie. Es ist voll jener, von Gott allein gegebenen Zuversicht, daß es auferstehen wird.‹ Die ›Freien Stimmen‹ schließen ihren Kommentar mit der Bemerkung: ›so spricht ein deutscher Dichter. Daß Thomas Mann nicht so gesprochen hat, das ist nun die bittere Tragödie seines Lebens.‹«

348 6] *Der Angriff auf mich*: S. TB 26. 12. 48, Anm. 3.

7] *Poes »William Wilson«:* Die 1840 geschriebene Schaueridylle des amerikanischen Schriftstellers Edgar Allan Poe (1809–1849).

TEXTE

Text No. 1
Zu TB 26. 6. 1946, Anm. 1
Der im gedruckten Text, GW VI, 503, fehlende ursprüngliche Anfang des XXXV. Kapitels von *Doktor Faustus*.

Dem Leser wird der Notbehelf literarischer Regie nicht entgangen sein, dessen ich mich, zu seinen Gunsten, bei Anordnung des Jüngstgeschriebenen bedient habe. Die drei letzten Kapitel bilden durchaus eine Einheit, und sachlich das einzig Korrekte wäre es gewesen, sie als geschlossenen Erzählkomplex in einem Zug zu Papier zu bringen. Damit aber hätte ich jede räumliche Ausschreitung von früher und jede Zumutung an die Geduld des aufnehmenden Lesers überboten, deren ich mich sonst schon schuldig gemacht. Seinem Erfrischungsbedürfnis durch die Proklamierung neuer Kapitelanfänge, die Einschaltung fortschreitender Zahlen entgegenzukommen, wäre zwar human, dabei aber ernstlich fehlerhaft gewesen. Ein Kompromiß zwischen dem geistig Richtigen und der gebotenen Rücksicht auf menschliche Schwäche, zwischen Strenge und Güte also, um die Sache ganz ins Moralische und Abstrakte zu tragen, wollte gefunden sein: ein gut katholisches Problem, wenn ich das mit einem Lächeln hinzufügen darf; und ich löste es, wie man sieht, indem ich wohltuende Schein-Cäsuren schuf, nämlich so, daß ich die gleiche Ziffer wiederholentlich mit dem Zusatz ›Fortsetzung‹ und ›Schluß‹ erscheinen ließ.

Ich will nur gestehen, daß ich soeben mit einiger kindischer Genugtuung die neue Nummer, diese stattliche XXXV, über den neuen Abschnitt schrieb. Seines Fleißes, heißt es, darf jedermann sich rühmen, und wenn ich bedenke, daß ich seit noch nicht anderthalb Jahren (denn die Zeit, in der ich schreibe, ist nun der Spätsommer oder beginnende Herbst des Jahres 44) diesem Erinnerungswerk meine Kräfte weihe und in den vergangenen 16 Monaten (was für Monaten übrigens!) bei sparsamem Umgang mit den Zahlen vierunddreißig zum Teil nur allzu inhaltreiche Kapitel aufgehäuft habe, von denen einige – nein, welche alle ohne Ausnahme an meine Besonnenheit, meine Fassung und

Selbstbeherrschung die höchsten Ansprüche stellten, – so kann ich in Anbetracht meines Alters, der mangelhaften Ernährung und der wachsenden Entsetzlichkeit aller Umstände mit meiner Leistung wohl zufrieden sein.

Man lasse mir diese persönliche Zwischenbemerkung, die lediglich meiner Beruhigung, Stärkung, mäßigen Aufheiterung dienen soll, freundlich hingehen. ⟨Die neue Ziffer steht einem Abschnitt zu Häupten . . . ⟩(Manuskript Bl. 652/653)

Text No. 2
Zu TB 21. 7. 46, Anm. 3.

Pacific Palisades 22. 7. 46: »Lieber Herr Süskind, so sollen denn auch Sie einen ›leibhaftigen‹ Brief haben zum Dank für Ihre beiden arg anhänglichen – ob noch anhänglich oder wieder anhänglich, das weiß Gott allein, ich stelle es dahin, und beides soll mir recht sein, also arg anhänglich jedenfalls. Der Kerstin Strindberg sollen Sie eines Tages den Auftrag gegeben haben, mir auszurichten, ich solle mich ›was schämen‹. Sie ist damit nach England gefahren und hat es dort als deutsch-charakteristische Äußerung an die Presse gegeben. Gehört das zu den Mißverständnissen und Verleumdungen, von denen Sie sprechen? Ich glaube kaum. Ich glaube, wenn Hitler gesiegt hätte, würden Sie heute noch so denken. Gottlob hat er nicht gesiegt, und nun denken Sie also nicht mehr so. Daß Sie es nicht mehr tun, ist nicht das Letzte an der ganzen Geschichte, worüber ich mich freue. – Mißverständnisse und üble Nachrede? Ach, das ist es nicht so sehr. Die Verständigungsschwierigkeiten kommen aus der Verschiedenheit des Erlebens, des Standpunktes während der 12 Jahre, der perspektivischen Gewohnheiten, des Gefühls. Ich meine weniger den Choc des Exils, den Verlust von Heim und Habe, des deutschen Lesepublikums und all das durch eine prononcierte Haltung selbst Verschuldete, dem ihr mit Gemütsruhe oder mißbilligend – *uns* mißbilligend – zusaht. Ich meine Schrecknisse wie den Verlust von Wien, die qualvolle Schande von München, 1938, mit der die Geschichte Europas ihren tiefsten Punkt erreichte, und gewisse Zeiten um 1940, als wir allem

Anschein nach den Krieg verloren – worauf ihr zu Hause Gebliebenen es doch mindestens in aller Ruhe ankommen ließet. Unter wie fremden Gesichtspunkten und Umständen haben wir, ihr und wir, das alles durchgemacht! Man hat sich recht sehr ›auseinander gelebt‹, finden Sie nicht? In gewissem Sinn seid ihr in Deutschland Sitzengebliebenen uns allen, mit wenigen klaren und deutlichen Ausnahmen, die wirklich eine ›innere Emigration‹ bildeten , wie die alte Huch und der alte Meinicke, wildfremd und unverständlich geworden. Neulich bekam ich ein langes Memorandum von H. F. Blunck – Gott weiß, warum er es mir schuldig zu sein glaubte. Ich habe ja keine Macht zu binden und zu lösen. [. . .] – Und wie drücken Sie selbst sich aus, in Ihrer Antwort an den Dr. Stroh, über den Herrn Generalgouverneur Frank, in dessen Politik Sie keine Einsicht hatten, der aber Ihrer Meinung nach die versöhnlichsten Absichten hatte? Was ist das alles? Verbesserung des Gewissens? Künstliche, gewollte Unwissenheit? Bequemlichkeit, Stumpfheit, oder was? Habt ihr denn kein Gefühl, keine moralische Reizbarkeit, keine Fähigkeit zum Abscheu, zum Zorn, zum Grauen? Und keine Spur von Vorhersicht? Was für ein pathisches, hinnehmendes, abwartendes, zum Sympathisieren und Mittun bereites Verhalten war das zu einem so durch und durch infamen Teufelsdreck, wie der National-Sozialismus für jedes anständige Herz vom ersten Tage an war! Wenn eine warmherzige, tapfere – und natürlich auch ein bißchen intelligente – Frau wie Erika in ihrer denkwürdigen ›Pfeffermühle‹ in farbigen, bewegenden Symbolen alles voraussagen konnte, was aus dem Unfug, der aktiven und passiven Unmoral kommen mußte: das ganze Elende, die ganzen Trümmer, – wie steht ihr da dort drinnen mit euerer Blindheit, euerem ›Interesse für das Neue‹ und euerer strikten Weigerung, für die Wahrheit zu leiden? ›Ihr seid mir scheene Schriftsteller!‹ – würde der König von Sachsen sagen. – Das ist nun eine Philippika geworden – gegen alle Vorsätze. Ich tauge gar nicht zum starren Sittenrichter, bin eigentlich der Letzte, einen Stein aufzuheben und tue mir nichts darauf zugute, daß ich gnädig geführt wurde. Auch freut es mich ja, daß Ihnen an unserer freundlichen Gesinnung gelegen ist. Sie ist da, sie ist vorhanden, seien Sie darüber beruhigt! Niemand von uns wünscht Ihnen Böses. Ich persönlich habe Sie immer für einen fein begabten Menschen gehalten und bleibe Ihnen dankbar dafür, daß Sie mehrmals Ihre reizvolle literische Intelligenz in den Dienst meiner Arbeit stellten, sogar noch nachdem Hitler

›die Weimarer Verfassung beschworen‹ hatte! An Ihrem Freund Klaus haben Sie, glaube ich, direkt oder indirekt weniger nett gehandelt. Aber genug von alledem. Auch für mündliche Erörterungen bin ich garnicht sehr, wenn man sich noch einmal wiedersehen sollte. Aber für mich ist es spät geworden. –

Noch eins: Erika meint, daß Sie das Buch mit Kritiken über die Aufführungen des ›Laienbundes deutscher Mimiker‹ verwahren, mit Beiträgen von Walter, mir, Marks u. anderen. Ist es noch da, und würden Sie es uns überlassen? Die Kinder sähen es gern wieder, und man könnte hier im Freundeskreis darüber lachen. Es is[t] nur eine Anfrage. Ihr ergebener Thomas Mann.

Text No. 3
Zu TB 17. 8. 1946, Anm. 1.
Eine später ausgeschiedene Passage aus dem *Doktor Faustus*, Kap. XXXIV (Schluß), zu denken an Stelle des Textes zwischen GW VI, 499, Z. 15 und 500, Z. 14.

⟨... des Vorwurfs des Barbarismus.⟩ Er gründet sich zum Teil auf Selbstwidersprüche des Werkes, die auch mir schwer zu schaffen gemacht haben, und von denen ich einen großartig befremdenden anführen will.

Es ist bekannt, daß Leverkühns Oratorium grundsätzlich in dem neuen ›Strengen Satz‹ komponiert ist, dessen Idee er mir eines Tages zu Buchel, auf einem Spaziergang, unter Kopfschmerzen auseinandersetzte, und der – für ihn persönlich – in dem Liede ›O lieb Mädel‹ und der melodisch-harmonischen Beherrschtheit dieses Stückes durch die Intervallreihe, das Tonsymbol h-e-a-e-es, Hetaera Esmeralda, seine Wurzel hatte. Das magische Quadrat der Reihen-, der Zwölf Ton-Technik, welche die Einheit der musikalischen Dimensionen, die Indifferenz von Melodik und Harmonik stiftet, und in der keine frei, keine unthematisch ist, bildet im Ganzen das Formprinzip des Werkes. Nun beruht aber diese, fast möchte ich sagen: gewalttätige, die Libertinage der freien Atonalität eisern bindende Konstruktionsidee, jeder sieht es, auf der gleichschwebenden Temperatur des Tonsystems, wie Bach sie nach dem Vorschlag eines gewissen Andreas Werckmeister als mathematisch genaue Teilung der Oktave in zwölf gleich weit von einander entfernte Halbtöne durchführte, und wie sie die Voraussetzung für alle neuere harmonische Modulationskunst bildet. Dennoch und in stupendem Gegensatz zur chromatischen-modulatorischen Hochentwicklung enthält die ›Apocalipsis‹ Chorpartien, Motetten a capella mit den charakteristischen Stimmkreuzungen des Palestrina-Stils (wobei also etwa der Alt und selbst der Sopran unter den Tenor hinabsteigt oder dieser den Alt überspringt) – Gesänge, die in den alten Kirchentonarten geschrieben und in völlig reiner, untemperierter Stimmung zu singen sind, so daß kaum einer der gesungenen Töne oder Intervalle auf dem Klavier oder der Orgel praktisch vorkommt. Ich rede nicht von der fast unerfüllbaren Zumutung, die das für heutige Chorsänger und ihren Einüber bedeutet; ich rede von der stilistischen Verwegenheit, die in demselben Werk so heterogene, historisch einander so fremde Haltungen und musikalische Verfassungen vereinigt.

Man hat darauf das Wort angewandt, das ich zu erklären, zu entschuldigen suche, indem ich es zurückweise. Die Vereinigung des Ältesten mit dem Neuesten ist mitnichten eine solche Tat der Willkür, wie es scheinen möchte: Es liegt in der Natur der Dinge, liegt an der Krümmung der Welt, sozusagen, daß im Spätesten das Früheste wiederkehrt. So war die Musik des ganzen ersten Jahrtausends unserer Zeitreichung einstimmig, monodisch, – und das ist, wenn man will, auch die Esmeralden-Musik der Reihentechnik. Die alte Tonkunst kannte den Rhythmus nicht, wie die Musik ihn später verstand. Der Gesang war nach den Gesetzen der Sprache metrisiert; er verlief nicht in taktmäßig und periodisch gegliedertem Zeitmaß, sondern gehorchte eher dem Geiste freier Rezitation. Und wie steht es um den Rhythmus unserer, der jüngsten Musik? Ist nicht auch er dem Sprachakzent angenähert? Durch wechselvolle Über-Beweglichkeit aufgelöst? Es gibt schon bei Beethoven Sätze, ⌊gestr. (»ich erinnere an die letzte der drei C moll-Variationen, das Largo, molto espressivo«)⌋ so frei, daß sie so gut wie a-rhythmisch, rhythmuslos sind. Bei Leverkühn ist seit der ›Apokalypse‹, zuerst in ihr, die Takteinteilung aufgegeben, – wie sie aufgegeben, oder aus Unwissenheit verabsäumt war in den herrisch-ahnungslosen Tonsetzereien jenes Kauzes über See, von dem ein anderer Kauz, Adrians Lehrer, uns in unserer Jugend erzählt, und über den mein Genosse auf dem Heimweg sich mit so hochmütigem Beifall geäußert hatte ... Großer Gott, warum fällt der Mann, warum fällt Beissel mir ein? Und warum stelle ich mich, als hätte ich nicht schon längst, nicht wiederholt schon an den wunderlichen Tyrannen, den strikten Schulmeister und Neubeginner der Sangeskunst zu Ephrata überm Meere gedacht? Ich sprach von Einprägungen. Es gibt solche, die, dem Verstand unbeachtlich wie sie scheinen mögen, in der Seele fortwirken und ihren unterschwellig bestimmenden Einfluß üben. Nun, auch die Figur und das quasi-musikalische Betreiben Johann Conrad Beissels war eine solche Einprägung. Eine Welt liegt zwischen seiner naiv beherzten Pädagogik und dem bis an die Grenzen musikalischer Gelehrsamkeit, Technik, Geistigkeit vorgetriebenen Werke Leverkühns. Und doch geht für mich, den Befreundet-Wissenden, der Geist des Erfinders der Herren- und Dienertöne und der musikalischen Hymnen-Rezitation ohne Takteinteilung gespenstisch darum um. ⟨Trage ich mit dieser intimen Bemerkung ...⟩ (Typoskript – ausgeschiedene Seiten – Seite 706–708. Das Manuskript-Bl. 645–647 zeigt leichte Veränderungen und unkorrigierte Vorstufen.)

Text No. 4
Zu TB 17. 8. 1946, Anm. 2.
Schreiben an den britischen Botschafter in Washington, Lord Inverchapel, in Sachen des falschen Goethe-Zitats; P. P., 17. 8. 1946:

In his final speech before the International Military Tribunal the British Attorney General made the following statement:

Years ago Goethe said of the German people that some day fate would strike them, would strike them because they betrayed themselves and did not want to be what they are. It is sad that they do not know the charm of truth, detestable that mist, smoke and berserk immoderation are so dear to them, pathetic that they ingeniosly submit to any mad scoundrel who appeals to their lowest instincts, who confirms them in their vices and teaches them to conceive nationalism as isolation and brutality.

The English press have since pointed out that these words do not originate with Goethe, but that they hail from my Novel 'Lotte in Weimar' and from a monologue wherein I put them into the great poet's mouth.

The English press are tendencially right. This, however, does not mean that the British Chief Prosecutor was essentially wrong. It is true, the quoted words do not appear literally in Goethe's writings or conversations; but they were conceived and formulated strictly in his spirit and although he never spoke them, he might well have done so. The above mentioned monologue contains many utterances which Goethe actually made but which have been modified and varieated for poetic purposes. On the other hand the monologue holds much that Goethe did not say but which is backed by numerous authentic pronouncements in such a way that it may be deemed authentic. The great German who in his ›Sprueche in Reimen‹ (›Rhymed Maxims‹) spoke of the ›pious German nation, which feels truly elated only when all its dignity has been gambled away‹ (›die fromme deutsche Nation, die sich erst recht erhaben fühlt, wenn all ihr Würdiges verspielt‹) might easily have said the words ascribed to him by the British Attorney General. In a higher sense theses words are indeed his own.

I thought it advisable and a matter of loyality to furnish your Excellency with this explanatory note in answer to your letter of August 12th. Please feel free to use my statement whenever and wherever you may see fit.

Text No. 5
Zu Tagebuch 20. 8. 1946, Anm. 2
Eine später ausgeschiedene bzw. stark veränderte Passage aus dem *Doktor Faustus*, Kap. IX, zu denken an Stelle des Textes zwischen GW VI, 100, Z. 16 und 101, 34.

... will sagen daß er improvisierte und, salva venia, komponierte. ⟨Denn kaum kannte er die Noten, als er auch schon zu schreiben und auf dem Papier mit Akkorden zu experimentieren⟩, das heißt: auf Grund der Akkord-Umkehrung, deren Kenntnis er wie manches andere schon in den Unterricht mitgebracht hatte, also unter kleinstem

Aufwand von Stimmbewegung, Akkorde zu verbinden, fortzuführen, ineinanderfließen zu lassen begann.

⟨Auf dem Schulhof, zwischen einer griechischen Stunde und einer in Trigonometrie, sprach er mir, an die glasierte Ziegelmauer gelehnt, von diesen Unterhaltungen seiner Mußezeit⟩, deren Resultate er Kretzschmarn vorlegte, damit er ihm etwaige Sprünge in der Stimmführung, das heißt: in der Weiterführung der einzelnen Akkordbestandteile korrigere.

– Mein Meister, sagte er, hat ganz recht, das Elementare in seinem Handwerk herauszustreichen und es erklärlich zu finden, daß die Musik es liebt, ihre Elemente zu feiern. Ich glaube selbst, daß die bei keinem andern Kulturgewächs so interessant und erinnernswert bleiben, wie im Fall der Musik. Nimm nur gleich die Umwandlung des Intervalls in den Akkord, des Horizontalen also ins Vertikale, des Nacheinanders ins Gleichzeitige. Dabei ist Gleichzeitigkeit eigentlich das Primäre, denn der Ton selbst, mit seinen näheren und entfernteren Obertönen, ist ein Akkord, und die Skala nur die analytische Auseinanderlegung des Klanges in die horizontale Reihe. Aber mit dem gewählten, dem komponierten, oder, wie soll ich sagen, dem stilisierten Akkord ist es doch etwas anderes. ⟨Ein Akkord will fortgeführt sein, und sobald du ihn weiterführst, ihn in einen anderen überleitest, wird jeder seiner Bestandteile zur Stimme⟩. Oder richtiger, Stimmen, der horizontalen Entwicklung zugedacht, sind seine einzelnen Töne schon von dem Augenblick an, wo der Akkord zusammentritt. ›Stimme‹ ist ein gutes Wort, denn es erinnert daran, daß die längste Zeit Musik gesungen worden ist, – einstimmig erst und dann mehrstimmig, und das kannst du nun freilich nicht sagen, niemand weiß es mit Sicherheit, wie man von der Einstimmigkeit zur Mehrstimmigkeit kam: ob auf harmonischem oder auf polyphonischem Wege, also indem man dem Ton den Akkord zur Begleitung gab, oder so, daß der Akkord das Ergebnis der Stimmführung war. [Verbessert aus: »oder so, daß die Sangesmeister auf den Gedanken kamen, mehrere Stimmen auf kontrapunktisch berechnete Weise gleichzeitig singen zu lassen.] Harmonie und Kontrapunkt, das geht durcheinander, ist jedenfalls vierhundert Jahre durcheinander gegangen. Polyphonie ist nicht souveräne Stimmelodie, die sich im Vertikalen überhaupt nicht umsieht, sondern hat immer akkordische Rücksichten genommen. Und der Akkord lebt nicht in der Vertikalen allein, sondern ist ein Erzeugnis der Horizontalen auch, der melodiehaften Fortführung seiner Stimmen. Man sollte darauf vielleicht sogar mehr Gewicht legen, sollte in einer Akkordverbindung etwas anderes sehen als das Resultat der Stimmbewegung und in dem akkordbildenden Ton die Stimme ehren – oder vielmehr in ihm *nicht* ehren ⟨sondern ihn als subjektiv willkürlich verachten, solange er sich durch den Gang der Stimmführung, das heißt: polyphonisch ausweisen kann.⟩ (Manuskript Blätter 122–124)

Im Typoskript folgt nach »einstimmig erst und dann mehrstimmig« nur noch ein Satz: »... und der Akkord ist ein Ergebnis des polyphonen Gesanges, das heißt, des Kontrapunkts, das heißt eines Geflechts unabhängiger Stimmen, die bis zu einem gewissen Grade und nach veränderlichen Geschmacksgesetzen auf einander Rücksicht nehmen. Ich denke ⟨man sollte nie in einer akkordischen Verbindung...⟩« (Typoskript Seiten 137/138).

Text No. 6
Zu TB 3. 7. 1946, Anm. 4 und TB 20. 8. 1946, Anm. 2, Teil II
Eine später ausgeschiedene Passage aus dem *Doktor Faustus*, Kap. IX, zu denken an Stelle des Textes zwischen GW VI, 104, drittletzte Zeile »Bei Brahms den er sehr hoch achtete...« und 106, Zeile 25, vor »wie in dem großartig eigenbrötlerischen ›Ich komme vom Gebirge her‹«:

⟨Bei Brahms, den er sehr hoch achtete⟩ wegen seiner kammermusikalischen Faktur, der fein verästelten Satzart halber, in welcher Themen, Harmonien und Rhythmen sich reich und tiefsinnig verknoten, demonstrierte er ihm die offenbar wesentliche Bezugnahme auf vorklassische Kunst und den kontrapunktischen Stil und gab ihm zu bemerken, ⟨wie in dieser Art von Romantik, unter vernehmbarer Berufung auf Bach, das stimmenmäßige Prinzip dem modulatorisch-farbigen, ernst entgegentrete und es zurückdränge.⟩ Und doch handle es sich dabei um einen vielleicht nicht ganz legitimen Ehrgeiz der harmonischen Instrumentalmusik, Werte und Mittel mit einzubeziehen, die eigentlich der alten Vokal-Polyphonie angehörten und auf die wesentlich homophone Instrumental-Harmonik nur übertragen wurden. Polyphonie, kontrapunktische Mittel wurden herangezogen, um den

Mittelstimmen, die doch im Generalbaß-System nur Füllung, nur akkordische Begleiterscheinung seien, höhere Eigenwürde zu verleihen. ⟨Wahre Stimmenselbständigkeit, wahre Polyphonie sei das aber doch nicht⟩ und ⟨sei es auch schon bei Bach nicht gewesen, bei dem man zwar die kontrapunktischen Künste der Vokalzeit überliefert finde, der aber doch von Geblüt ein Harmoniker und nichts anderes gewesen sei, – schon als Mann des temperierten Klaviers sei er das gewesen, dieser Voraussetzung für alle neuere Modulationskunst.⟩ Wenn Bach eine Vokal-Fuge schreibe, so sorge er für Sangbarkeit. Aber instrumental gedacht sei sie im Grunde doch, und sein harmonischer Kontrapunkt habe mit alter Vokal-Poyphonie so wenig zu tun, wie Händels Fresko-Akkordik.

Dies war nun ganz besonders etwas für Adrian, und wenn ich sage: er sprach zu mir über Musik, so denke ich namentlich an seine Nach-Erörterungen dieser Dinge.

Die Künstler, äußerte er wohl gegen mich – wenn ich von Weitem Vermutungen über das genus anstellen darf – sind sehr zur Langenweile und zum Ekel geneigte Leute, sie ekeln und langweilen sich allezeit an Gewohnheiten, Übereinkünften, Ordnungsprinzipien, in denen die Majorität der Genießenden sich noch wohlgefällig behagt. Wenn Brahms, und in seiner Art auch Wagner, und selbst Beethoven schon zuletzt, die Polyphonie beschwören, so tun sie es meiner Meinung nach, weil sie in den akkordischen Üblichkeiten der tonalen Harmonik kein passendes Organisationsmittel mehr sehen, sondern sie als erstarrt und abgebraucht empfinden. Form, Organisation, Ordnung müssen natürlich sein. Aber wenn ich nicht irre, ist die Musik auf einer Entwicklungsstufe angelangt, wo nur noch die Polyphonie das angemessene Organisationsmittel für sie ist. Das heißt: Harmonik wird Polyphonie, es gibt da garnichts mehr zu vereinigen und zu versöhnen, die Auffassung des Akkords als eines Stückes Polyphonie und nicht als eines homogenen Klanges ist das Einzige, was nachgerade die Komponisten vor tötlicher Langerweile retten kann.

Etwas Ähnliches hatte er, zu meiner Verblüffung, schon einmal gesagt, und ich glaube nicht, glaubte auch damals nicht, daß er nur nachsprach. Was er sagte, hatte er nicht direkt von Kretzschmar, denn der war garkein revolutionärer Lehrer – als Lehrer kann man nicht gut revolutionär sein; man lehrt das Überlieferte, nicht den Umsturz. Sondern er gab dem, was er dort, theoretisch und praktisch, gehört hatte, eine Wendung, die etwas anderes, Weitergehendes, intellektuell Verstärkendes daraus machte, und ich kann es nach 40 Jahren wiedergeben, wie er es damals sagte, weil ich die Gewohnheit hatte, solche Äußerungen von ihm in mein Tagebuch einzutragen, was dem Leser charakteristisch erscheinen mag für die erstaunte Hochachtung, die der Ältere dem Jüngeren entgegenbrachte.

Auf Wagner war Kretzschmar unmittelbar durch einen Akkord, einen vagierenden, gekommen, den sogenannten Tristan-Akkord, das berühmte, zwischen a- und es-Moll schwebende f-h-dis-gis gleich im dritten Takte des Vorspiels, diesen schwermütig vorbehaltvollen Zusammenklang, der nicht etwa vollkommen neu und einmalig ist (im Vorübergehen und unbetont findet man ihn in Beethoven'scher Klaviermusik auch), der aber hier durch seine Exponiertheit, den auf ihm ruhenden Akzent, eine unvergleichliche seelische Bedeutung gewinnt und recht zu bemerken gibt, wie sehr die Stellung eines Akkords seinen Sinn bestimmt. Darauf wies Kretzschmar hin und gab dem Eleven denn also ein Bild des überschwänglich wollüstigen und schlafsüchtigen Werkes, indem er vergleichend zu den parodistisch-kernigen ›Meistersingern‹ hinüberwechselte, Reminiszenzen hieraus im ›Parsifal‹ nachwies, Vorklänge aus den ›Nibelungen‹ im ›Lohengrin‹ aufzeigte, und so fort. Das Werk des Bayreuthers war der vorzügliche Tummelplatz für sein Steckenpferd der Beziehungen und Zusammenhänge, denn was da an Einflüssen aus allen Richtungen der Windrose persönlichkeitsbildend zusammengeschossen war, das war nicht herzuzählen, – als Absorptions-Phänomen war es ein individuelles Gegenstück zur deutschen Weltmusik des 18. Jahrhunderts, die ebenfalls alles aufgenommen und alles, was Italien, Frankreich, England geboten, zu einer Universalkunst deutscher Prägung zusammengefaßt hatte. Immerhin, meinte Kretzschmar, bewähre sich das deutsche Verarbeitungsgenie in Wagners persönlichem Fall nicht ebenso rein und einwandfrei. Die Kombination von virtuosem Stil und Großer Oper mit feuchtem Tiefblick deutsch-lyrischer Romantik, von Bellini, Donizetti, Spontini, Liszt, Berlioz und Meyerbeer also, mit Schubert, Mendelssohn, Schumann, Weber und Marschner sei nicht ganz so vertrauenerweckend, wie ingeniös; verglichen mit jener menschheitlichen Synthese des 18. Jahrhunderts lasse sie einen gewissen Verfall des Deutschtums erkennen – obgleich, oder gerade weil das Nationale darin so eindrucksvoll plakatiert, so dekorativ herausgestellt werde und beständig von welschem Tand und deutschem Schwert die Rede sei.

Es war einigermaßen gewagt von dem Amerika-Deutschen, dem jungen, in das von Macht und stolzer Wissenschaft strotzende Reich Bismarcks hineingeborenen Schüler von einem ›Verfall des Deutschtums‹ zu sprechen. Aber es bewies viel Vertrauen zu seiner objektiven Intelligenz, und auch auf seine freie Lektüre, bei der er auf mehr als ein Beispiel kalter Abstandnahme des Deutschtums von Deutschtum gestoßen sein mußte, konnte Kretzschmar dabei rechnen. Vielleicht war es überhaupt die geringe seelische Beteiligung des altdeutschen Kleinstädters an den modernen Geschichtsentwicklungen, die Tausendjährigkeit seiner Lebensszene, vielleicht war es ›Kaisersaschern‹, wodurch Adrian in den Stand gesetzt wurde, solche Äußerungen mit der gelassenen Neugier aufzunehmen, mit der er sie mir wiedergab. Ich meinerseits vermerkte sie in meinem Tagebuch, und da stand sie denn in recht farbigem Nebeneinander mit jener anderen über die Polyphonie als Organisationsmittel der emanzipierten Musik. –

Kretzschmars synoptische Vorspielmethode hatte, wie ich selber feststellte, wenn ich gelegentlich einer solchen ›Unterrichtsstunde‹ beiwohnte, etwas außerordentlich Anregendes, Belehrendes, und Adrian sprach mir mit soviel Lob davon, wie seine die Erwärmung meidende, sich im Charakterisierenden haltende Ausdrucksweise es zuließ. So konnte sein Mentor ihm nicht den ›Ball‹ aus Berlioz' Fantastischer Symphonie mit dem reizenden Walzer-Motiv vorführen, ohne den Walzer aus Gounods ›Faust‹, die Melodie des Volkstanzes, die an Margarethens Kerkerlager so rührend erinnert wird, in ihrem verwandten Charm danebenzustellen, – zum Vergleich aber sofort auch den Wiener Stil heranzuziehen und eine halbe Stunde lang mit großer Verve, um nicht zu sagen: Begeisterung, Lanner und Johann Strauß den Jüngeren zu spielen.

Ich erwähne das, um seine musikalische Duldsamkeit und Vorurteilslosigkeit hervorzuheben, den völligen Mangel an Hochmut, den der im Strengen und Schweren wohl Erfahrene vor dem Leichten, selbst vor primitiver Tanzmusik an den Tag legte, und womit er dem Schüler imponierte. Für ihn war Musik – Musik, wenn es eben nur welche war, und an dem schönen Wort Goethe's »Die Kunst beschäftigt sich mit dem Schweren und Guten« fand er auszusetzen, daß das Leichte auch schwer sei, wenn es gut sei, was es ebensowohl sein könne, wie das Schwere. Sein Horizont war international, und den Deutschen verübelte er den Aberglauben, sie allein hätten Tiefe und Grübelei in Pacht, – zu gern vergäßen sie, sagte er, daß hinter den Bergen auch noch Leute wohnten. Eine besondere Vorliebe hegte er für das russisch-französische Ballett, aus dessen reizvoller Geschichte, von Lully bis Tschaikowsky und noch neueren, er vieles mitteilte. In Gounods Melodik war er verliebt und fand manches von Flotow bezaubernd. Die ›Cavalleria rusticana‹ von Mascagni, die damals noch jung war, spielte er uns fast in extenso vor und nannte sie einen frischen und echten, gesunden und inspirierten Wurf, obgleich er sich über das ›Intermezzo sinfonico‹ lustig machte. Ich weiß noch, wie Adrian mir von dem eigentümlich leidenschaftlichen Verhalten seines Lehrers zu einem Stück wie der Des-dur-Arie der Delila aus ›Samson‹ von Saint Saëns, jenem ›Sieh mich vor Wonne beben‹ berichtete, einem Verhalten, von dem er offenbar angesteckt war. Es sei lächerlich und blödsinnig schön, habe Kretzschmar gesagt; es sei schlechthin himmlisch, man solle das gut sein lassen und sich nicht allzu verschämt die Augen wischen. Geistige Schönheit sei das zwar nicht, sondern exemplarisch sinnliche, und nach Schiller sei es also gemein. Denn der habe gesagt: ›Gemein ist alles, was nicht zu dem Geiste spricht und kein anderes als ein sinnliches Interesse erregt.‹ Aber dieser Idealismus lasse die Tatsache außer acht, daß der Geist durchaus nicht nur von Geistigem angesprochen werde, sondern von der animalischen Schwermut sinnlicher Schönheit aufs tiefste ergriffen werden könne und sogar der Frivolität schon Huldigungen dargebracht habe. Philine sei doch am Ende nur ein Hürchen, aber Wilhelm Meister, der seinem Autor nicht gar fern stehe, zolle ihr eine Achtung, die offenbar von der Gemeinheit sinnlicher Unschuld nichts wissen wolle.

Man sieht, wie weit die Unterweisungen des Organisten aus dem bloß Musikalischen in einen allgemein ästhetisch-moralischen Fragebezirk hinüberreichten. Daß Adrian durch sovieles Hören lebhaft zum Lesen von Partituren angeregt wurde, die er teils aus des Lehrers Privatbestande, teils aus der Stadtbibliothek entlieh, brauche ich nicht zu sagen. Ich betraf ihn oft bei solchem Studium und auch bei schriftlichem Instrumentierungswerk. Denn Bescheide über den Register-Umfang der einzelnen Orchester-Instrumente (Auskünfte, deren der Pflegesohn des Instrumentenhändlers übrigens kaum bedurfte) waren in den Unterricht eingeflossen, und Kretzschmar hatte angefangen, ihn mit der Orchestrierung kurzer klassischer Musikstücke, einzelner Klaviersätze von Schubert und Beethoven zu beauftragen, auch mit der Instrumentierung der Klavierbegleitung von Liedern: Übungsarbeiten, deren Schwächen und klangliche Mißgriffe er ihm dann nachwies und verbesserte. Adrians erste Bekanntschaft mit der glorreichen, durchaus einmalig nationalen Kultur des deutschen Kunstliedes von Heinrich Albert, Hiller, Zumsteeg und Zelter bis zu Schubert und Schumann, Robert Franz, Brahms und Hugo Wolf, fiel in jene Zeit, – eine herrliche Begegnung! Und meine Freude, ihr beiwohnen zu dürfen, wäre noch größer gewesen, wenn seine Vorliebe, wie meine, solchen Perlen gegolten hätte wie der ›Mondnacht‹ von Schumann, Schuberts ›Ständchen‹ und ›Musensohn‹, dem harfend berauschenden ›Du bist Orplid, mein Land‹ von Wolf oder der ›Feldeinsamkeit‹ von Brahms. All diese bewunderte er zwar, aber sichtlich ohne daß sie ihn so nahe berührten wie gewisse andere, die auch ich sehr hoch stellte, aber nicht so ins Herz geschlossen hatte wie jene. Bei Brahms, dem Liederkomponisten, schätzte mein Freund über alles die eigentümlich strenge und neue Stilgebung in den über Bibeltexte gesetzten ›Vier ernsten Gesängen‹, besonders die religiöse Schönheit des ›O Tod, wie bitter bist du‹. Schuberts immer zwielichtiges, vom Tode berührtes Genie aber suchte er gerade dort auf, wußte er vornehmlich dort zu finden, wo es nur halb definiertes, aber unabwendbares Einsamkeitsverhängnis zum Ausdruck bringt, ⟨wie in dem großartig eigenbrödlerischen ›Ich komme vom Gebirge her‹ des Schmidt von Lübeck, und jenem ›Was vermeid ich denn die Wege, wo die andren Wandrer gehn‹ aus der ›Winterreise‹ . . .«⟩ (Typoskript S. 145–151; das Manuskript, Bl. 129–134, weist stellenweise Abweichungen auf.)

Text No. 7
Zu TB 6. 9. 1946, Anm. 1.
Der im gedruckten Text des *Doktor Faustus* fehlende, bzw. in einigen Partien geänderte Schluß des XXI. Kapitels, GW VI, 246, zu denken an Stelle des letzten Absatzes.

Ganz nebenbei gesagt war die hübsche Original-Ausgabe von Clemens Brentano's Gedichten, aus der Adrian sich die 13 Gesänge erlas, ein Geschenk von mir an ihn. Das könnte wundernehmen, denn logischerweise sollte Fremdheit bestehen zwischen einer männlich-vernunftgebundenen, wenn man so will: nüchternen Geistesform, Sittlichkeit und Bildung, wie ich sie als mein Teil zu betrachten habe, und den überall aus dem Kindlich-Volksklanglichen ins Geisterhafte entschwebenden, um nicht zu sagen: entartenden Sprachträumereien des Romantikers, dem binnen kurzem der katholischen Kirche in die Arme zu sinken bestimmt war. Katholisch freilich nun gerade war ich geboren, und habe meinen Humanismus stets als eine Form des Katholizismus betrachtet; Leverkühn dagegen war Protestant, geprägt von einem Reformationsdeutschtum, in welchem Charakter zum Schicksal wurde, und dem in unsterblicher Freundschaft anzuhangen mein Schicksal war. Wird ja doch einmal in diesen Gedichten sogar Jesu süßes Blut angerufen, was garnicht nach meinem ...« Die anschließende Seite ist von TM vernichtet; statt ihrer ist der Text des letzten Absatzes von Kapitel XXI, GW VI, 246, der jedoch ursprünglich um eine halbe Seite länger war, auf einem neuen, in die fortlaufende Paginierung eingefügten Blatt notiert. Dieser in der Druckfassung getilgte Passus lautet: »Ja, etwas von Musik war in dieser Geschenkhandlung selbst, von der Musik des Jägerliedes, dessen hold-unsinnige Verhältnisse mir immer als eine traumhaft umgestellte Spiegelung meines Verhältnisses zu Adrian erscheinen wollte. Wohl hatte ich mehr von dem Hirten, an den der Sang gerichtet ist, und er vielmehr war der tragisch kühne Jäger, der die kalte Hand der Geister und des Bechers glühenden Rand nicht scheut. Aber wozu sich der Jäger dem Hirten erbietet: seines Herdes Glut zu werden, ihm den Fels zur Laube zu biegen, das hätte ich ihm alles gerne geleistet, und das geheimnisvolle ›Mir ist's Ernst und dir ist's Scherz‹, mit dem der wilde Freund dem Frommen den gespannten Bogen zum Schuß reicht – zum Schusse ins Herz –, Gott helfe mir, aber es schien mir immer mehr aus meiner Seele gesprochen, als aus seiner. [verb. aus: »... das geheimnisvolle ›Mir ist's Ernst und dir ist's Scherz‹ konnte ich wohl als meine Rede für mich in Anspruch nehmen, da er der Künstler war und ich der Freund, der immer nur wollte, daß er *träfe*, mochte auch mein eigenes Herz seines Pfeiles Berge sein.«] (Manuskript Blatt 320/321)

Text No. 8
Zu TB 11. 9. 1946, Anm. 3
Aufruf Thomas Manns an die Leser des ›Aufbau‹ zur Unterstützung der Aktion ›Combined Relief for Jews From Germany and Austria‹, gedruckt im ›Aufbau‹, vol. XII, No. 48 v. 29. 11. 46, 1.

Die Hilfsaktion zugunsten der in Deutschland und Österreich überlebenden Juden schließt das erste Halbjahr ihres Wirkens mit einem ansehnlichen Erfolge ab. Ich war sogleich von der dringenden Notwendigkeit dieses Hilfswerkes tief überzeugt, habe mich nach Kräften dafür eingesetzt und höre mit Genugtuung von den bisherigen Ergebnissen. Es konnten nicht nur namhafte Geldmittel, sondern auch beträchtliche Mengen lebensnotwendiger Dinge aller Art hinübergeschickt werden.

Aber das Erreichte genügt keineswegs. Ein neuer Winter bitterer Bedürftigkeit erwartet die Geretteten – wenn man Menschen so nennen darf, die mit knapper Not dem Verderben in Konzentrationslagern und Gefängnissen entronnen und den Härten eines Lebens preisgegeben sind, das zu bestehen nach allem, was sie durchgemacht haben, über ihre Kräfte geht. Diese Menschen sind nicht gerettet, sie müssen erst gerettet werden, und dazu rufe ich von Herzen auf, wie ich es schon einmal tat. Die Opferwilligkeit darf nicht ermatten, die Aktion muß mit verdoppelter Energie fortgesetzt werden, und jeder, der das Glück hatte, sein Auskommen in diesem noch immer begünstigten Lande zu finden, muß geben, so viel er kann, um seine Menschenpflicht gegen die leidenden Brüder in Europa zu erfüllen.

Pacific Palisades, Californien, den 11. September 1946
Thomas Mann.

Text No. 9
Zu TB 14. 10. 1946, Anm. 1.
Ein Brief von Thomas Mann an Charles Jackson, als Anzeige publiziert in der ›New York Times‹ 25. 10. 46, 20:7/8.

Dear Mr. Jackson:

I have read your new novel which, I believe is going to be another sensational hit. It is a work of striking fidelity to life, in which particularly the American life will recognize itself with a certain agitation – be it grateful or wrathful. It is a courageous, ruthlessly probing book, unconvering without a trace of speculative frivolity the difficulties, embarassments and fears of marital and sexual life in general, and far from denying the knowledge we have attained of the so-called homosexual component, a phenomenon which, as Goethe says, is in nature, although it seems to be directed against nature.

The relationship between Grandin and the young Marine captain is observed clearly and accurately, and you act as a poet by making the reader regard it as something quite human, and not as a monstrosity. The work is characterized by the same humane frankness which, in your preceding book, served to make the problem of dipsomania an artistic experience to the informed and uninformed alike. How Grandin makes the overwhelming discovery that he loves the boy in the most complete sense of the word is a gripping piece of narration, and also the character of the boy has much authenticity, – although in this respect I had to overcome some psychological doubts. However, they have overcome. The Marine's brutal reaction to the revelation of feelings which he has unwittingly nurtured must be accepted as congruous, after all. Anyhow, it is possible, and I could not say how to do it differently.

Please accept my repeated thanks together with my heartiest congratulations. Thomas Mann

Text No. 10
Zu TB 21. 12. 1946, Anm. 3
Im Manuskript gestrichene Textpassage aus dem *Doktor Faustus*, XXXVIII. Kapitel, zu denken GW VI, 550 zwischen dem vorletzten und dem letzten Absatz.

Ich sehe meine Aufgabe, über die Entwicklung dieses menschlich und gefühlsmäßig, ich möchte sagen: belletristisch schwer zugänglichen Verhältnisses zu sprechen – und ich bin entschlossen, Offenheit dabei mit schonender Rücksicht auf die inneren Widerstände zu verbinden, die ich beim Leser voraussetzen muß – und die ich teile. Ja, wenn ich gleich zu Beginn meiner Aufzeichnungen dem Zweifel Ausdruck gab an meiner persönlichen Eignung zur Darstellung dieses Lebens, einem Zweifel, der dem Widerspruch galt zwischen meiner zwar liebevollen aber eher nüchternen Kondition und einem von Dämonie umwitterten Gegenstande: so ist hier dies Bedenken ganz besonders am Platze; denn der Gefühlssektor, den ich berühre, ist mir – ich sage es garnicht zu meinen besonderen Ehren – in tiefster Seele, in tiefstem Fleische fremd und unverständlich – und das obgleich in meinem Leben das Interesse der Freundschaft dasjenige an den ehelich-hausväterlichen Verbundenheiten stark überschattete. Das lag an der außerordentlichen, auszeichnenden, erregenden und hochbeschäftigenden Natur dieser dienenden Freundschaft, die immer viel kühle [gestrichen: »Gleichgültigkeit und«] Unachtsamkeit hinzunehmen hatte; an mir lag es nur insofern, als ich, humanistischer Weise, das Natürlich-Materielle als die ruhende Grundlage, das Geistige aber als den höher bewegenden Bezirk des Daseins zu betrachten gewohnt war.

Bei alledem verhält es sich so, daß ich mich der Unfähigkeit, gewissen Richtungen des Gefühlslebens auch nur imaginativ zu folgen, eher anklage, als daß ich mich ihrer berühmte. Man sieht mich bereit, in dieser Unfähigkeit ein Versagen meines Humanismus zu erblicken, der mich zu besagter Sphäre geradezu in vertrauliche Beziehung setzen sollte. Eine Spielart der Sympathie, die dem Altertum für den Inbegriff der Liebe galt; die sich immer erneuerte, wenn eine Wiedergeburt antiker Sitte und Sittlichkeit das Erdenleben erhöhte, der Michelangelo und Shakespeare emphatische Huldigungen darbrachten, sie sollte dem Mitgefühl oder doch wenigstens dem Mit- und Nachdenken des Altphilologen nicht ganz und gar fremd und geistig unvollziehbar sein. Auch will ich wenigstens dies Letztere von mir nicht kraß und uneingeschränkt behaupten. Wer über das Wesen der Kultur nachdenkt, wird zu der Einsicht gelangen, daß sie nur möglich wird durch eine Modifikation der Instinkte, die man auch deren Überwindung nennen könnte. Kultur entfernt die Triebe von ihren ursprünglichen Zwecken und schafft längere Zweckreihen. Zu ihren Ausübungen, die sie zugleich erst konstituieren, gehört unzweifelhaft eine Läuterung der Idee des Überpersönlichen, die sich für den Zeugungsmenschen in der Gattung, d. h. eigentlich in etwas Unpersönlichem erfüllt. Es ist die geistige Leistung, die, indem sie eine andere Erhabenheit über Zeit und Raum, eine persönliche Art von

Unsterblichkeit schafft, den schöpferischen Menschen mit einer gewissen Notwendigkeit in ein leeres, gleichgültigeres Verhältnis zur Welt der Zeugung und Gattung setzt und ihn zu Gefühlsneigungen disponieren mag, deren Zweckfremdheit im Sinne der Gattung ihnen die Mißbilligung der natürlichen Vernunft zuzieht.

Mit diesen Erwägungen verfolge ich lediglich die Absicht, mich angesichts des hier sich aufwerfenden Problems als gebildeten Menschen zu erweisen. Es fehlt mir nicht an der Achtung, daß mit der abseitigen Gefühlsweise, die einen so dringendsten Anspruch auf ein objektives Verstehen erhebt, ein letztes und zartestes Wort gesprochen ist über das Verhältnis von Weisheit und Schönheit. Vielleicht ist nirgends in der Welt des Gefühls das Wort ›Neigung‹ so sehr nach seinem genauen Sinn, nach seiner Gebärde am Platze, als hier, wo der Geist sich zum Geschöpflich-Lebendigen, d. h. zu dem, was ihm ›schön‹ erscheint, in schwermutsvoller Ergriffenheit herabläßt. Schon in diesem Bilde erweist sich, daß es sich *nicht* um eine Liebe des Gleichen zum Gleichen handelt, sondern nur um eine Abwandlung und Vergeistigung der Polarität, die Natur und Vernunft zur Bedingung des Gefühls machen. Auch ist zu sagen, daß der Schönheitsbegriff, den diese beiden bestimmen, von jener Abwandlung garnicht so sehr betroffen ist, da ja bei dem Menschentyp, der das Gefühl erregt, immer noch halbwegs weibliche Anziehungskräfte wirksam sind. Jugend, Lebendigkeit, Knabenhaftigkeit, also ein Habitus, der, ohne feminin zu sein, einen möglicherweise verwirrenden Mittelstand zwischen dem eigentlichen Männlichen und dem Weiblichen bildet, vermögen offenbar ästhetisch und emotionell für den mangelnden Geschlechtsunterschied aufzukommen.

Ich spreche andauernd als gebildeter Mann, der sich im Rahmen seiner biographischen Aufgabe mit Ernst und Würde um die Erkundung der recht eigentlich unergründlichen Erscheinung bemüht, die mein verewigter Freund mir einmal als eine erstaunliche Alterierung des Verhältnisses von Ich und Nicht-Ich gekennzeichnet hat. Der Liebe also, bei der es nicht ohne Sinnlichkeit, der Sinnlichkeit, bei der es nie ohne jenes Wunder, nie ohne die Liebe abgeht.

Schönheit – das Wort ist hier als ein philosophischer Terminus gebraucht, dessen Beziehungen zur Wirklichkeit zu pathetisch, zu schwach sein mögen, als daß die Wirklichkeit ihm gewachsen wäre. Rudi Schwerdtfeger war selbstverständlich überhaupt nicht schön, sondern nur nett und einschmeichelnd, was ja ein bescheidener Grad der Annäherung an das ästhetisch Vollkommene ist. Seine Gesichtsbildung fiel, wie ich offen erwähnt habe, etwas ins Mopshafte, und ohne die lachenden blauen Augen wäre nichts an seiner Erscheinung gewesen, was ein so pathetisches [verb. aus: »hochgreifendes«] Urteil wie ›schön‹ gerechtfertigt hätte, es sei denn sein gerader und weder zu hoher noch zu kurzer Wuchs. Was aber, frage ich, wäre selbst aus den Augen und ihrer Bläue geworden, was aus den ansprechenden Proportionen seiner Gestalt, wenn er einen blonden Spitzbart getragen hätte, wie Dr. Kranich. Nichts beweist stärker das Illusionäre der Leidenschaft, nichts spricht aber auch deutlicher zugunsten meiner Theorie, daß in keinem Fall das Gleiche nach dem Gleichen verlangt, als die vollkommene Absurdität und Unmöglichkeit der Vorstellung, daß in diesem Fall seine koboldhaften Werbungen je irgendwelchen Erfolg hätten zeitigen können. Wohlgemerkt: der Bart war potentiell vorhanden; er war nur rasiert; aber obgleich man das sah, genügte es, das Phantom weit genug vom Männlichen zu entfernen, um es, mit einiger koboldhafter Nachhilfe, zum Objekt der Emotion tauglich zu machen!

⟨Wahrscheinlich ist es mein Schicksal, nur steif und trocken-grüblerisch über das Phänomen selbst sprechen zu können, das Adrian mir eines Tages als eine erstaunliche und immer etwas unnatürliche Alterierung des Verhältnisses von Ich und Nicht-Ich kennzeichnete – das Phänomen der Liebe.⟩ Den Psychologen in mir aber hindert sein zuweilen scheinbar anti-polares Auftreten nicht, an seiner wesentlich polaren Natur festzuhalten; und es kann mich darin die Erfahrung nur bestärken, daß das Gefühl, dessen scheuer Zeuge ich war, sehr bald, fast sofort, durch ein ganz entgegengesetztes durchkreuzt wurde. Davon mit Nächstem. Es kann aber garkein Zweifel bestehen, und mit gebildeter Fassung, wenn auch mit geheimem Herzensschrecken, will es berichtet sein, daß eine unermüdliche, durch nichts abzuschreckende Zutraulichkeit endlich den Sieg davongetragen hatte – einen Sieg, der, wie ich mir heute sage, nur einen bestimmten Charakter haben konnte, und der, koboldhafter Weise, immer auch in diesem Sinn angestrebt worden war. ⟨Es ist mir vollkommen klar, daß für Schwerdtfegers Flirtnatur ...⟩ (Manuskript-Blätter 711–715; Anschluß GW VI, 551, Z. 20).

Text No. 11
Zu TB 28. 12. 46, Anm. 2.
Brief Thomas Manns an W. E. Süskind, Pacific Palisades 28. 12. 1946:

Lieber Herr Süskind, ich mag das Jahr nicht zu Ende gehen lassen, ohne Ihnen ein versöhnliches Dankeswort zu sagen für Ihren freundlich-ausführlichen Brief, der wieder vor mir liegt, und den ich aufmerksam, mit allem menschlichen Eingehen und guten Willen gelesen habe. Daß Sie den meinen als einen Hagel moralischer Ohrfeigen empfunden haben, tut mir leid, aber es sollte mich nicht überraschen, da ihr alle ja auch aus meiner offenen Antwort an Molo nichts als Bitterkeit und Lieblosigkeit herausgelesen habt. Sonderbar! Es standen doch eigentlich ganz herzliche Dinge darin, und eben nur zu verstehen geben wollte der Brief, daß die 1000 Jahre, obgleich sie nicht ganz vollzählig geworden sind, doch Veränderungen und neue Lebensgestaltungen gezeitigt haben, die man nicht so leicht wieder rückgängig macht. So nun auch meine Antwort an Sie. Ich wollte Sie nicht damit zusammenstauchen wie einen Schuljungen, sondern einen Standpunkt, eine Erlebnisweise umschreiben. Wir verlorenen Kinder Deutschlands (mein Gott, wie gleichgültig ließ man uns ziehen! [. . .]) haben auch allerlei durchgemacht [. . .]

Aber genug, und keine neue Polemik! Gegen wen und was auch wohl noch? Sie müßte sich heute ja, wäre nicht die unauslöschliche Dankbarkeit für den Sieg, gegen den Sieger wenden. Übrigens habe ich anno 38 in einer Schrift, die in Deutschland nicht bekannt geworden ist, »This Peace«, England so unumwunden die Meinung gesagt, daß noch heute die London Times kein gutes Wort für mich haben. Aber England zwei Jahre später, als alles verloren schien! Nie genug zu bewundern! Es war der Retter der Welt.

Man weiß wovon, aber wofür, das ist recht unklar geworden. Gebe Gott, daß die Chance, die der Menschheit gegeben war, einen entschiedenen Schritt vorwärts zu tun auf dem Wege zu ihrer sozialen Reife, nicht ganz und gar vertan wird! Im Stillen glaube ich, daß sie, trotz allem gegenteiligen Anschein, doch nolens, volens ein Stück vorwärtsgestoßen worden ist.

Deutschland Schicksal, sein Elend aber geht mir näher, als meine Tadler glauben; es täte das auch dann, wenn es nicht in dem Roman, den ich jetzt beende, eine so durchwaltende Rolle spielte, und ich kann wohl sagen: das Herz krampft sich mir zusammen bei Berichten, wie jetzt etwa die Dieterles sie uns von ihrer Reise liefern. Gewiß, der Zustand ist genau der, in dem die gehängten Nihilisten Deutschland nach ihrem Falle haben wollten. Desto gräßlicher, daß sie ihren Willen hatten! Daß ich die Anfänge einer Auferstehung zum Guten und Würdigen noch erleben möge, ist meine Bitte an eine Führung, die mir zum Siebzigsten den Sturz des Verhaßten bescherte und hoffentlich ganz am Ende meinem natürlich doch deutschen Herzen noch positivere Genugtuungen aufgespart hat. [...] Thomas Mann

Text No. 12
Zu TB 4. 2. 1947, Anm. 1.
Die Beschreibung des ursprünglich einsätzig geplanten Violinkonzerts im XXXVIII. Kapitel des *Doktor Faustus*, zu denken an Stelle des in GW VI, 543/544 beschriebenen dreisätzigen Werkes.

Es ist wahr: das bekanntlich in einem Satz und ohne Vorzeichen, auch ohne alle Vortragsangaben, bis auf die einfachsten graphisch-dynamischen Weisungen geschriebene Stück enthält Partieen von tiefem Ernst und all der strengen, ja bitteren Geistigkeit, die von jeher Leverkühns Schaffen charakterisierte, Partieen übrigens von solcher violinistischen Schwierigkeit, daß Rudolf sein Äußerstes aufzubieten hatte, um ihnen gerecht zu werden: ⟨der Schweiß perlte jedesmal, wenn er die Aufgabe durchgeführt, unter seinem lockig aufstrebenden Blondhaar, und das Weiße seiner hübschen zyanenblauen Augen war von rotem Geäder durchzogen.⟩ Es ist Adrian Leverkühn allein, der hier das Wort führt und das Niveau bestimmt – daher die Anstrengung, ja Überanstrengung des Ausführenden. Dieser kommt jedoch auf seine Kosten durch das Haupt-Thema des Werkes, einen in seiner Art wundervollen melodischen Wurf, eine rauschende, in großem Bogen sich hintragende, sinnbenehmende Kantilene, die, immer durchaus tonal gebunden, sich dreimal im Lauf des Stückes, in verschiedenen Tonarten, Des-dur, B-dur und endlich, als triumphales Tutti, in offenem C-dur entfaltet und entschieden etwas Etalagehaftes, Prunkendes hat – eine Melancholie, der es an Gefälligkeit gegen das Konzertpublikum, nach dem Sinne des Spielers, nicht fehlt. Das Charakteristisch-Entzückende der Erfindung ist das unerwartet und zart akzentuierte Sich-Übersteigern der auf einen gewissen Höhepunkt gelangten melodischen Linie um eine weitere Tonstufe, von der sie dann, mit höchstem Geschmack, vielleicht mit allzuviel Geschmack geführt, zurückflutend sich aussingt. Der Moment bietet eine der schon körperlich wirkenden, Haupt und Schultern hinnehmenden, das ›Himmlische‹ streifenden Schönheitsmanifestationen, derer nur die Musik und sonst keine Kunst fähig ist. In noch sparsamer Instrumentierung stimmt das Orchester bald nach Beginn das Thema an, die Geige nimmt es solistisch, mit leichter Baßgrundierung auf und wiederholt es später in kunstvoll gefügtem Zwiegesang mit dem Cello. Vor Ausbruch des Tutti endlich, auf das nur noch Schlußfloskeln folgen, ist ihr eine Art von kühnem Anlauf in dramatischem Parlando-Charakter gegeben, – eine deutliche Reminiszenz an das Rezitativ der Primgeige im letzten Satz von Beethovens A-moll-Quartett – nur daß auf die großartige Phrase dort etwas anderes folgt, als eine melodische Festivität, in der die Parodie des Gewinnenden und Hinreißenden ganz ernst gemeinte und darum irgendwie beschämend wirkende Leidenschaft wird.

⟨Ich kann an das hybride Erzeugnis nicht denken . . .⟩ (Typoskript 768–770; weiter wie GW VI, 544).

Text No. 13
Zu TB 5. 2. 1947, Anm. 2.
Eine im gedruckten Text gestrichene Passage aus der ›Nachschrift‹ zum *Doktor Faustus*, zu denken GW VI, 674, zwischen dem vorletzten und dem letzten Absatz.

Es sind sonderbare Gefühle, mit denen meinesgleichen jene gewisse sachliche Nüchternheit wahrnimmt, mit der schlichte Naturen, wie diese Frau, ihr Amt als Schmerzensmutter versehen, und ohne welche sie seelisch wohl garnicht tüchtig dafür wären. So nahm Elsbeth Leverkühn ihren geistig abgeschiedenen Sohn wohl mit sich nach Dorf Oberweiler oder selbst nach Kaisersaschern in die Stadt, wenn sie etwa dort zu einem Kaffeekränzchen eingeladen war, und wußte sich seiner dann auf sehr probate Art zu entledigen. Irgendwo nämlich, bei der Postmeisterin im Dorf oder bei den Freundinnen in der Stadt, gab es gewiß ein Klavier. Darauf ging sie zu, öffnete es und schlug einen Dreiklang an, worauf er sich schrittweise näherte und, vorläufig noch im Stehen, ihrem Beispiel folgte. Dann drückte sie ihn, mehr oder weniger energisch, an den Schultern auf den Sessel nieder, sprach: ›Da bleibst du, mein Junge!‹ und wußte, daß er eine Stunde und länger mit dem Aufsuchen und Verbinden von Akkorden beschäftigt sein würde, indeß sie sich dem Genuß von Geplauder und Kaffeetrinken überlassen mochte. Man weiß nicht, was für ein Gesicht man dazu machen soll: Die mater dolorosa, die den großen, ihr wieder zugefallenen Sohn resolut aufs Klavier-Bänkchen drückt, damit sie in Ruhe nebenan ihr Kränzchen halten könne! Einst – das war wenigstens immer mein Eindruck gewesen – hatte sie ihn schützen wollen vor der Musik. Jetzt gab sie ihn in ihren Schutz, um für eine Weile seiner Beaufsichtigung überhoben zu sein.

Text No. 14
Zu TB 10. 3. 1947, Anm. 1.
Entwurf eines Briefes an die Redaktion des ›Aufbau‹, New York, in Sache Wilhelm Furtwängler.

Sehr geehrte Herren, »Furtwänglers Gedanken und Erinnerungen habe ich aufmerksam, und zum Teil wiederholt gelesen: nicht nur das ›Schlußwort‹, das er unter rauschendem Beifall des Publikums vor der Berliner Denazifizierungskommission gesprochen hat und das mit dem schon berühmt gewordenen Satze schließt: ›ich bereue es nicht, für das Deutsche Volk dies getan zu haben‹, sondern das ganze 15 Seiten-Exposee, worin er sich der Entstellungen und Verleumdungen erwehrt, denen seine Haltung während der Hitlerzeit ausgesetzt war und nachher ausgesetzt blieb. Ich kenne diese Entstellungen und Verleumdungen nicht, habe jedenfalls niemals teil daran gehabt und nehme an, daß sie unter dem Eindruck seines Memorandums verstummen werden. Denn das ist eine außerordentlich eindrucksvolle Verteidigungsschrift, die zum großen Teil mit unanfechtbaren, Achtung gebietenden Fakten arbeitet und den Verfasser vom Vorwurf des

Mangels an Mut und gutem Willen völlig entlastet. Es ist gar kein Zweifel – und war mir auch vor dieser Lektüre nie zweifelhaft, daß Furtwängler sich im Rahmen des in einem Terrorstaat Möglichen wie ein Mann benommen, große Opfer gebracht, Vielen geholfen hat und in seiner Opposition gegen die Kunstpolitik des Regimes bis an die genaue Grenze dessen gegangen ist, was er sich in seiner Stellung (die nach seiner eigenen Aussage an Geschütztheit und Zwang zur Rücksichtnahme ungefähr der eines katholischen Kirchenfürsten gleichkam) irgend erlauben konnte. Die Bezichtigung, er sei ein Nazi gewesen, ist als falsch erwiesen, im technischen, inquisitiven Sinne steht er gereinigt da, und ich muß gestehen, es ist mir eine Wohltat, zu wissen, daß dieser hervorragende Musiker nun bald in allen vier Zonen Deutschlands seine Interpretationskunst wieder frei wird üben können. Er ist einer der bedeutendsten Vertreter – wahrscheinlich der bedeutendste – des hochgefeierten Virtuosentyps, den unsere Epoche hervorgebracht hat (in früheren Zeiten kam die Musik ohne ihn aus): des königlichen Orchesterführers, des genialen Dirigenten; und es wäre eine Pein und Schande gewesen, wenn diese Kraft hätte feiern, dieser Mann müßig hätte in Deutschland herumsitzen und zu der gedrückten Existenz eines bloßen Komponisten herabsteigen müssen. Hätte er etwa von Zeit zu Zeit, unter Umgehung des Arbeitsverbots, sich auf ein Podium stehlen und – welch ein Anblick! – einem befreundeten Solisten die Noten umblättern sollen, um nach einer Weile, zum ergriffenen Gaudium des Publikums, den Platz mit ihm zu tauschen? Es wäre ihm zuteil geworden, was er durch sein Verbleiben im Deutschland Hitlers gerade streng zu vermeiden wünschte, nämlich ›als Märtyrer gefeiert zu werden‹. Aber diesem Schicksal ist er auch so nicht völlig entgangen: bei seiner Inquirierung, seiner Absolution, auch vorher schon in manchem deutschen Konzertsaal, *ist* er als Martyrer gefeiert worden und mit Recht; denn er hat gelitten und gerungen, hat sich unter unendlichen Schwierigkeiten, halben und ganzen Zugeständnissen, abwechselnd mit trotzigen Verweigerungen, immer am Rande des K. Z., zwischen den Klippen und Schlünden, den Fallen und Fangeisen der nationalsozialistischen Kulturpolitik hindurchgewunden, und was man feierte, war im vollsten Sinne des Wortes seine *Unschuld*, das heißt: sein Glaube und Unglaube, seine Unwissenheit, sein völliges Nichtverstehen und Nichtverstehen-Wollen dessen, was in Deutschland ›die Macht ergriffen‹ hatte, seine verblendete Meinung, man könne unter dieser Macht in Deutschland Kultur treiben, die kindliche Überschätzung seiner eigenen Macht, gegen den blutigen Banausen-Bolschewismus, der da Allmacht geworden war, ›für das deutsche Volk etwas zu tun‹.

Aus jeder Zeile seines Exposees geht diese tragische Ahnungslosigkeit, diese Unfähigkeit, das Wesen des Nationalsozialismus zu begreifen, zu lesen, was dieser Brut auf der Stirn geschrieben stand, klar hervor. Hatte er nie einen Blick in den ›Völkischen Beobachter‹ getan, nie von den Boxheimer Dokumenten gehört, von Hitlers Kameradschaft mit den Mördern von Potempka, nichts von den scheußlichen Ankündigungen, die die zur Arbeit sich rüstende Bestie schon ausgestoßen hatte? Der Reichstagsbrand war gewesen und der Sumpf von einem Prozeß, der darauf folgte; die Niederknüppelung des ›Marxismus‹; die Testamentsfälschung; die Judenentrechtung. Die Konzentrationslager füllten sich. Am laufenden Band ließ Göring, ein sybaritischer Henker, junge Arbeiter hinrichten, die vor Jahr und Tag einen Krawall mit S.A.-Männern gehabt hatten. Von dem, was Juni 34 geschah, muß auch etwas in des Meisters träumerische Höhe gedrungen sein. Bald brannten die Synagogen. Aber Furtwängler, auf nichts als die Reinerhaltung des Konzertlebens bedacht, glaubt, es sei etwas getan, wenn er die jüdischen Mitglieder seines Orchesters solange schützt und deckt, . . .

(Der später wieder gestrichene Anfang lautete ursprünglich: »Das deutsche Dokument, in das Sie die Freundlichkeit hatten, mir Einblick zu gewähren, sende ich Ihnen hiermit, rar und kostbar wie es ist, als registrierte Luftpostsache dankend zurück. // Ich habe Wilhelm Furtwänglers Gedanken und Erinnerungen aufmerksam und zum Teil wiederholt gelesen . . .«)

Text No. 15
Zu TB 19. 3. 1947, Anm. 4 und 5.
Brief von Thomas Mann an Klaus Mann, P. P. 19. 3. 1947, Reg. IV, N. 47/4.

Lieber Eissi, Dank für den Briefwechsel. Werdet Euch schon wieder vertragen, hauptsächlich, kann ich wohl sagen, durch Dein Verdienst, denn Du bist mild und humoristisch geblieben bis zum Schluß, während der Bubi [i. e. der Mann'sche Name für Seidlin] reichlich larmoyant sich gebärdet und etwas mehr alttestamentarische Rachsucht schon brauchen könnte. Wenn ich an Capek und ter Braak und Ernst Weiss und andere denke, die das verfluchte deutsche Gesindel mir umgebracht hat, so sehe ich heute noch rot und gönne der gottgeschlagenen Rasse jede Strafe. Andererseits – wie kann man sagen: ›Ich bin anti-deutsch‹? Das klingt mir nun wieder komisch und wie ein ganz haltloses Statement. Die Deutschen sind ja schon selbst gegen sich, durchaus selbstmörderisch veranlagt, immer gegen den eigenen Nutzen wütend – beinahe schon wieder gewinnend, und wenn man sagt ›Ich bin gegen sie‹, so ist man eigentlich für sie. ›Windbeutel‹ ist gewiß das letzte Wort, das auf den armen Paten [i. e. Ernst Bertram] paßt. Vom Deutschtum hat er schon etwas verstanden, nur daß er eben ein germanistischer Runenrauner war und noch der letzten Entartung und Verpöbelung das positive Zeichen wahren wollte. Jetzt ist er aus seinem Lehramt verstoßen, lebt krank und mittellos bei Freunden und klagt, er habe doch in seinen Vorlesungen gegen die Nazis Dinge gesagt, daß die Studenten gar nicht hätten mitschreiben mögen. Es wird ein schöner Edelmist gewesen sein, treu verblendet. Und doch war sein Nietzsche-Buch, bei allem pro-Deutschtum, ein sehr nobles Buch und ist von Bäumler, einem wirklichen Nazi, verhöhnt worden.

Nimm den alten Hesse. Er hat seine sehr ärgerlichen Seiten, aber Gide hat ihm nach ›Narziß und Goldmund‹ einen Liebesbrief geschrieben, und wenn ich im Time Magazine über den ›Steppenwolf‹ nun so lese: ›It is a repellent example of that *beery* old thing, German Romanticism . . . It tells the story of a fractured personality, Germany's perhaps – tinged with Lutheran, Nietzschean and Freudian influences, and in general quite a mess‹ – so fühle ich doch eine Art von Betrübnis über diese analphabetische Art von Anti-Germanism, und es tröstet mich wenig, daß er hinzufügt: ›it stands as fiction deep in the shadow of the *Magic Mountain*‹, denn auf Adrian paßt das ja alles auch.

Daß das Deutschtum quite a mess ist, ist unbestreitbar, und wenn Nietzsche es sagt, ist es gut, wenn aber Time Magazine es sagt, ist es bloß ungebildet. Natürlich ist es unglaublich, daß die Deutschen verlangten, die Welt solle an ihnen genesen, – wo sie doch erst einmal von ihrer Tod-Süchtigkeit genesen müßten. Wiechert, jetzt glücklich in der Schweiz, sagt, es sei nicht auszuhalten gewesen: die ganze Jugend bestehe aus Jünger-Jüngern, mit dem Tode cynisch auf Du und Du, frech nihilistisch, und seit er ein Wort von Schuld gesagt, hätten sie ihm dauernd die Fenster eingeworfen. Dabei die Mitleids-Campagne, zu deren Opfern Bubi offenbar gehört. Sie hungern und frieren wirklich, daß Gott erbarm', aber nicht das ist es, weshalb Högner gesagt hat: ›Lieber Emigrant in Zürich als Minister in Bayern‹. Das sollte Bubi'n doch zu denken geben.

Im Grunde haben sie genug von sich selbst und wollen weg. Den größten Eindruck hat mir Bidaults Moskauer Vorschlag einer gelenkten Auswanderung großen Stils aus Deutschland gemacht. Frankreich sei bereit, wenn auch andere es seien, Millionen von Deutschen zu resorbieren. Sehr mutig, neu und ingeniös. Die Calamität der ›20 millions de trop‹ wäre damit gelöst. Ein so sonderbares Volk sollte nicht so zahlreich sein. Außerdem wäre es ein Schritt weiter zur Schaffung eines entnationalisierten europäischen Typs, einer Synthese europäischer Tradition, die das griechische Bildungselement in der römischen Machtwelt abgeben könnte.

Herzlich

Zauberer

Text No. 16

TB 22. 3. 1947, Anm. 2.

Rede auf einem Meeting der United World Federalists in Los Angeles am 7. 4. 1947.

Meine Damen und Herren, als die Aufforderung an mich erging, heute Abend auf dieser Plattform zu sitzen und ein paar Bemerkungen zu unserem Gegenstand – einem Gegenstand von brennender Wichtigkeit ohne Frage – zu machen, war mir klar, daß ich mich dieser Pflicht nicht entziehen dürfe. Die United Nations sind mir ein teurer Name, ein Name, geprägt von Amerikas großem Präsidenten, Franklin Roosevelt, ein Name aus der heroischen Zeit des gemeinsamen Kampfes gegen Fascismus und Nazismus; und die Erhaltung dieser siegreichen Gemeinschaft im Frieden, ihre Ausgestaltung zu einer Frieden gebietenden Welt-Autorität, ist ein Gedanke, der meinem Herzen zu nahe ist, als daß ich heute hätte fehlen mögen.

Es gab eine Zeit, meine Damen und Herren, wo man in Italien, einem Lande, in dem ich viel gelebt habe, zu sagen liebte: ›Italia fará da se‹, ›Italien wird es allein machen‹. Unser Amerika erinnert mich jetzt manchmal an dieses ›Italia fará da se‹. In begreiflichem Selbstvertrauen glaubt es, oder scheint zuweilen zu glauben, es alles allein machen zu sollen und können. Und doch, meine ich, würde es der übrigen Welt mehr Vertrauen einflößen und sich weniger dem Verdacht imperialistischer Tendenzen aussetzen, wenn die United States sich mehr auf die United Nations stützten und dieser Gemeinschaft ihre Macht zufließen ließen, um ein unwiderstehliches Instrument der Friedenssicherung und des sozialen Fortschritts der Menschheit daraus zu machen.

Amerika bietet heute ein seltsam widerspruchsvolles Bild. Es geht über das Land eine – ich will mich diplomatisch ausdrücken – konservative Welle hin, die der Furcht entspringt vor zeitgebotenen Veränderungen seiner sozialen und ökonomischen Struktur. Wer diesen Veränderungen, der Anpassung an die neuen Lebensbedingungen zugunsten redet, wird mit dem Wort ›liberal‹ gebrandmarkt, womit eigentlich ›communistic‹ gemeint ist. Aber mit ›communistic‹ wiederum ist einfach ›liberal‹ gemeint – ein sehr komplizierter Denkprozeß. Und nicht nur, daß Amerika am guten Alten, das garnicht mehr das gute Alte ist, sondern eine zersetzte Spätform davon, festhalten möchte, – es möchte womöglich auch andere Völker, für die es erst recht nicht mehr paßt, darin festhalten.

Das ist das eine Gesicht Amerikas. Zugleich aber ist es das Land des guten Mutes und Willens, das Land eines pionierhaften Optimismus geblieben, das es immer war, und nirgend sonst ist die Luft so voll von generösen Plänen und Ideen, Plänen von World Government, Common economic administration of the earth, internationalem Völkerparlament etc. etc. . . . Das ist schön und rührend und großartig, und immer, wenn ich dazu aufgerufen werde, stelle ich mit Freude meinen Namen und mein bißchen Ansehen in den Dienst dieser Ideen. Nur glaube ich, daß sie zuweilen auf etwas mechanische Weise überschätzt werden.

Wo es um eine neue Ordnung, neue Bindung, die Anpassung der menschlichen Gesellschaft an die Erfordernisse der Weltstunde geht, da ist gewiß mit Konferenzbeschlüssen, technischen Maßnahmen, juridischen Institutionen wenig getan. Notwendig zuerst ist die Wandlung des geistigen Klimas, die Entstehung einer neuen Atmosphäre, in welcher die neuen Institutionen erst gedeihen können. Nicht diese schaffen den Geist; es ist der Geist, der die Institutionen schafft. Und dieser neue Geist, meine ich, kann nur von religiöser Art sein.

Mit Religion meine ich nicht Dogma und Konfessionen. Wenn Roosevelt von Religion sprach, so dachte er auch nicht an diesen oder jenen besonderen Kult, sondern sah über den Unterschied der Bekenntnisse hinweg und erfüllte den Begriff mit allem, was es auf Erden an Ehrfurcht gibt vor dem Geheimnis über uns, um uns und in uns, dem Geheimnis, das schweigend, aber unausweichlich Rechenschaft von uns fordert für unsere Taten und Gedanken. Religion ist Ehrfurcht, die Ehrfurcht vor dem Geheimnis, das der Mensch ist. Ein neuer Humanismus ist nötig, – nicht die dünn-rationale und optimistische allgemeine Menschenliebe des achtzehnten Jahrhunderts, sondern ein religiös fundierter und gestimmter Humanismus, der durch vieles hindurchgegangen ist und alles Wissen ums Untere und Dämonische hineinnimmt in seine Ehrung des menschlichen Geheimnisses; ein vertieftes und sympathievolles Gefühl für die Schwierigkeit und den Adel des Menschseins; eine alles durchziehende Grundgesinnung, der niemand sich entzieht, die jeder in seinem Innersten als Richter anerkennt.

Die Aufgaben zu lösen, welche diese Zeitwende uns stellt, ist nur eine solche humanistische Frömmigkeit imstande. A law governed world wird nicht sein, ohne daß das Gesetz zuvor in unser aller Herzen lebendig ist.

Text No. 17
Zu TB 6. 5. 1947, Anm. 1.
Ein von Thomas Mann mit unterschriebener Aufruf gegen das ›Committee on Un-American Activities‹ vom März 1947. Abgedruckt im ›German American‹, vol. V, No. 21 v. 7. 3. 1947.

As American citizens deeply concerned with the future of democracy in our land, we condemn the undemocratic practices of the Thomas-Rankin House Committee on Un-American Activities, most recently exemplified by the shameful persecution of the German anti-fascist refugee Gerhart Eisler. It is our opinion that the Committee's action against Mr. Eisler by no means concerns him alone, but rather is a matter of grave and urgent import for all Americans. The hysterical atmosphere contrived around this case on a nationwide scale indicates that this incident, involving a German Communist kept here against his will, is intended as the initial phase of a sweeping attack upon the entire labor and progressive movement in the United States. Were such tactics to remain unchecked in our nation, as in Germany in the early 1930's, we Americans would have ourselves to blame for consequences possibly as disastrous as those which overtook the German people.

From its inception under the chairmanship of Martin Dies, the Un-American Activities Committee has sought to confuse and disunite the American people by fomenting undue suspicions and anxieties among them. It has hounded distinguished liberals, defamed outstanding progressives and spread irresponsible slanders against labor and antifascist organizations. It has tried to set itself up as an official agency of thought control and a semi-official political police.

During the presidency of Franklin D. Roosevelt, the Committee waged unremitting warfare against the democratic policies of the Administration, singling out its leaders and agencies for special calumny. The wartime operations of the Committee were of such a character that Vice President Wallace declared that »the effect on our morale would be less damaging if Mr. Dies were on the Hitler payroll.« When Dies' successor as chief spokesman for the Committee, Rep. John E. Rankin of Mississippi, publicly asserted that ›international Jewish financiers‹ were chiefly responsible for the war, agencies of the Nazi Propaganda Ministry acclaimed him an ›outstanding American‹. Fifth column organizations throughout the United States have reprinted and widely disseminated Rankin's anti- Semitic and anti-Negro tirades.

Instead of investigating and exposing subversive activities, the Un-American Activities Committee has actually countenanced and encouraged them. Fascists and fifth columnists such as Father Charles E. Coughlin, George Sylvester Viereck and William Dudley Pelley have repeatedly extolled the work of the Committee. Former Rep. Samuel Dickstein charged that »110 fascist organizations in this country have the key to the backdoor of the Un-American Activities Committee.« As the official organ of the Chicago diocese during the episcopacy of the late Cardinal Mundelein, The New World observed: »If it is really a community to investigate ›un-American activities‹ it should begin with an investigation of itself.«

President Roosevelt denounced the Committee's methods as »sordid procedure«. A chief investigator for the Committee was an anti-Semitic propagandist with a police record. Criminals, professional labor spies, foreign agents and other disreputable characters have figured prominently among those testifying at the Committee's hearings as ›expert‹ withnesses against outstanding Americans. A star witness against Gerhart Eisler is William Nowell, labor spy and former aide to Gerald L. K. Smith.

Today the Un-American Activities Committee openly plans to intensify and expand its anti-democratic activities. The Eisler case sets the stage for the passage of anti-labor legislation, for an all-out attack on organized labor and the educational system, and for the suppression of all liberal thought in the radio and movie industries. The inevitable consequence of this program would be the ultimate suppression of all traditional American liberties.

We therefore call upon Congress to abolish this most un-American committee and urge President Truman to effect the immediate release of Gerhart Eisler, permitting him to return to his homeland as he wishes. We urge our fellow Americans to join us in these efforts.

Text No. 18
TB 21. 5. 1947, Anm. 2.
Text eines AP-Interviews, London, 18. 5. 1947, ›New York Times‹, 19. 5. 1947, 7:4.

Thomas Mann, celebrated German-born writer, who is revisiting Europe for the first time since 1939, asserted today that ›Germany is again already misusing her liberty and democracy‹. Self-pity, he said, has led Germany to fail in cooperation with the Allies.

›Germany refuses to acknowledge that misery and tragedy are not hers alone, although she herself caused them‹, the 71-year-old author told a reporter. ›There is suffering in England and in France, but in

Germany people refuse to acknowledge the sufferings of others. Germany takes a morbid pride in her own tragedy, believing it to be unique. It is self-pity, part of the national egoism, which is preventing Germany from cooperation with the Allies in her revival‹.

The Allies, he said, ›were misled by the Germans drugged attitude after the collapse and have not recognized this essential unwillingness of the Germans to do their best and to cooperate with the victors‹.

The writer declared that Dr. James Newman, American Military Governor of Hesse, was ›absolutely right‹ in sternly warning the Germans of his district recently to discontinue strikes and violence. But he said, ›it naturally will take a long time for Germany to recover her health after such a complete spiritual and moral collapse‹.

He attributes Germany's difficulties, to two other main factors: That the entire country, its talents, resources and strength, had from 1933 until the end of the war been concentrated on an ›barbaric regime‹; and ›the failure of the Allies to agree at Yalta or Potsdam on economic and trade interchange among all four zones of occupation‹.

The novelist said that the occupying authorities lacked imagination in recognizing Germany's spiritual and cultural needs. Lack of teachers and of books, he said, prevented the revival of culture and the proper education of the young.

›I hope there soon will be hughe camps in Germany, run by the British and American zones‹, he went on, ›where thousands of teachers can be trained together, so, that they may go out and instruct the young Germans of today‹.

He said he was not pessimistic about the world outlook, asserting:

›Though I do not believe there will be world reconciliation and revival next Wednesday, I do believe they are coming. Even in high conservative America you feel this in the air; inspite of America's being a capitalist stronghold, the air is full of plans for world cooperation‹.

The novelist is on his way to Zurich and said he had no plans to visit Germany, the land he left in protest in 1933.

›I have had no official invitation to go there‹, he commented, ›and I feel that at present, when travel is so difficult, it would be an embarassement both to me and to my friends to have to travel round to see them with an American MP or conducting officer at my side.‹

Text No. 19
Zu TB 21. 5. 1947, Anm. 5.
Von Erika Mann korrigiertes maschinenschriftliches Konzept für die Einleitung zum Londoner Nietzsche-Vortrag.

Ladies and Gentlemen, Time is precious, but you will understand the need which I feel to devote at least a few words to expressing the emotions which take possessions of me as I stand once more on the ancient soil of Europe, after an absence of so many and so eventful years. That it should be England which I visit first gives me special pleasure, and the exceptionally warm welcome which I have received moves me very deeply.

We have visited this country several times since the first World War, but, more than that, I have always been an admirer of its literature, its history, its specific humanity, which has proved itself in such an admirable way in the fearful crisis through which we have lived. Never can any European, or indeen any human beeing, forget that it was Great Britain who in 1940, when all seemed lost, saved mankind by her steadfastness from the most horrible slavery. It is very doubtful whether any other nation would have had the spiritual forces of resistance to withstand the terrible trials which were imposed on her.

These heroic deeds belong to the past, but for the future, too, the eyes of mankind are turned hopefully towards this country. – To her lot – it would appear – has fallen the task of creating that moral and political synthesis of freedom and equality, of socialism and respect for the value and rights of the individual.

England, in short, is perhaps the furthest on the road to that new humanism, with which my lecture today will eventually deal. And now let us begin at the beginning.

Text No. 20
Zu TB 2. 7. 1947, Anm. 6.
Der in GW X, 367–371, *Ansprache an die Zürcher Studentenschaft*, nicht gedruckte Anfang und die Überleitung zur Lesung des Fitelberg-Kapitels aus dem *Doktor Faustus:*

Meine Damen und Herren,

ich möchte mich nicht wiederholen und nicht noch einmal meiner Freude Ausdruck geben, wieder in der Schweiz, wieder im lieben Zürich zu sein, wo ich vor dem Krieg so glückliche Jahre verbracht habe.

Ich durfte im Kongreß-Saal zum ersten Mal wieder vor einem Schweizer Publikum sprechen, dann im Schauspielhaus aus meinem neuen Roman lesen, und nun ist es mir ein besonderes Vergnügen, an die Schweizerjugend, an die Zürcher Studentenschaft das Wort zu richten.

Dieser Abend ist ja angekündigt als eine Ansprache an die Studentenschaft, und so mögen die hier anwesenden älteren Jahrgänge es mir verzeihen, wenn ich mich in erster Linie an die Jugend wende, und die kleine Vorlesung aus meinem Roman, die ich folgen lassen will, besonders auf dieses Auditorium abstimme.

⟨Es war niemals leicht für einen Mann von fortgeschrittenen Jahren ...⟩

Offenbar hatte Thomas Mann zunächst vorgehabt, aus dem Studentenkapitel zu lesen. Der im Typoskript erhaltene Übergang lautete: »Diese Zeit ist mühevoll, und *Bemühung* ist es, die sie dem jungen wie dem älteren Menschen, wenn er guten Willens ist, auferlegt. Von einer bemühten und auch ehrlich ringenden Jugend handelt das Roman-Kapitel, das ich Ihnen nun mitteilen möchte, ein frühes Kapitel eines Buches, das ich im Jahre 1943 zu schreiben begann und das die Epoche von 1885–1945, also bis zum Zusammenbruch des deutschen Reiches, deckt. Der Held dieses Buches ist ein deutscher Musiker, Adrian Leverkühn, der sich zunächst zur Theologie hingezogen fühlt und dieser Wissenschaft in Halle an der Saale einige Jahre lang obliegt. Das Kapitel, das ich lesen will, spielt also im ersten Jahrzehnt des Jahrhunderts, längere Zeit vor dem ersten Weltkrieg, unter jungen Leuten ⟨gestrichen: »wie Sie«⟩, und schon bewegt von den Problemen, die der erste Weltkrieg ins Licht rückte und die Sie und uns alle auch heute noch beschäftigen.«

Ein zweiter, handschriftlicher Übergangstext ist auf einem eingelegten Blatt notiert und lautet:

»Es war im Frühjahr 1943, daß ich den seltsamen Roman zu schreiben begann, den ich vor einigen Monaten beendete, und aus dem ich Ihnen heute ein paar Abschnitte vorlesen darf. Er heißt ›Doktor Faustus. Das Leben des deutschen Tonsetzers Adrian Leverkühn, erzählt von einem Freunde‹. Diese dämonisch umwitterte Geschichte wird also angeblich nicht von mir, sondern von einem überlebenden Freunde und Verehrer des Komponisten erzählt, einem emeritierten Gymnasialprofessor in Freising an der Isar. Es ist ein Zeitroman, der die Epoche von 1885 bis 1945, also bis zum Zusammenbruch Deutschlands deckt, der mit dem geistigen Zusammenbruch . . . [von Adrian Leverkühn identisch ist?] Es ist eine melancholische Geschichte, da sie sich im Grunde auf eine symbolische und individualisierte Weise mit dem Charakter und Schicksal des Deutschen Volkes beschäftigt. Daß auch der Humor nicht ganz zu kurz kommt, möge Ihnen das Kapitel zeigen, das ich zunächst lesen will. Es spielt an einem ländlichen Ort in Oberbayern namens Pfeiffering, dem Refugium meines leidenden Helden, in einem alten klösterlichen Hause, das einer gew[issen] Familie Schweigestill gehört, und stellt eine Versuchung des Einsamen dar durch die *Welt*. – Danach hoffe ich Ihnen eine Episode aus der musikalischen Bildungsgeschichte meines Helden lesen zu können.«

Text No. 21
Zu TB 2. 7. 1947, Anm. 27.
Einleitung zum Nietzsche-Vortrag im Rahmen der Zürcher PEN-Tagung, gehalten am 3. 7. 1947.

Meine Damen und Herren, – die Zeit ist kostbar, denn ohnedies wird man in einer Stunde nicht mit dem Thema Nietzsche fertig. Aber Sie werden verstehen, daß es mir ein Bedürfnis ist, meinem Vortrag wenigstens ein kurzes Wort der Freude und Rührung voranzuschicken darüber, daß ich den alten Boden Europas wieder unter meinen Füßen fühlen, wieder seine geistige Luft atmen, meine Augen wieder an seinen Landschaften, seinen historisch gesättigten Städtebildern weiden darf, wie ich es zuerst, vor wenigen Tagen, in England erlebte. Neun Jahre lang habe ich der weiten, jungen Welt dort drüben, einer liebenswerten, in gewisser Weise herrlichen, menschlich gewinnenden Welt gelebt, deren Bürger ich geworden bin. Aber ich habe nie aufgehört und konnte nie aufhören, mich als Europäer zu fühlen, an Europa zu denken, – und wenn ich›Europa‹ dachte und ›Europa‹ sagte, so meinte ich – ich will es nur gestehen, – eigentlich immer die Schweiz: begreiflicher Weise; denn fünf Jahre lang nachdem ich Deutschland verloren, hat dieses kleine, von Weltluft durchwehte Land, hat Zürich mir Schutz und Freiheit und Arbeitsfrieden gewährt, und ich habe es ihm nie vergessen, es ihm immer im Herzen gedankt und mir gewünscht, es wiederzusehen. Es gab Jahre, wo die Erfüllung dieses Wunsches – auch persönlich, durch bedrohliche Krankheit, die mich anfiel, – sehr zweifelhaft schien. Aber wir haben überlebt, die Schweiz und ich, und ein dritter Überlebender ist es, der uns zusammenführt, der mir den äußeren Anlaß zu dieser Reise gegeben hat und mir die erste Gelegenheit bietet, wieder zu einem Schweizer Publikum zu sprechen: Es ist der Internationale PEN-Club, der seinen diesjährigen Welt-Kongreß in Zürich abhält, – und wo könnte er ihn passender begehen als auf Schweizer Boden? Er ist ja mehr, viel mehr als eine bloße Interessensgemeinschaft von ›Poets, Essayists und Novellists‹ der alten und neuen Welt; er repräsentiert einen Willen, eine Gesinnung – man kann sagen: eine schweizerische Gesinnung; die Idee einer freien Völkergemeinschaft, der Zusammenarbeit und des gleichen Rechtes, des ungefesselten Gedankens, einer Welt des Friedens, einer sozialen Welt, die von vermeidbarem, nicht gottgewolltem Leiden befreit sein möge. Kurzum er repräsentiert, in einer Zeit der Verstörung, Verwirrung und der krisenhaften Anpassungsnöte, die Idee der Humanität, ja des neuen Humanismus, der vielleicht im Entstehen begriffen ist, und von dem auch in meinem heutigen Vortrag schließlich die Rede sein wird, – Und nun fangen wir mit dem Anfang an!

Text No. 22
Zu TB 21. 9. 1947, Anm. 2.
Brief Thomas Mann an Sidney Phillips, Dial Press, New York, in Sachen Goethe-Anthologie: Pacific Palisades o. D. [26. 9. 1947]:

Dear Mr. Phillips,

Seit wenigen Tagen von meiner Europa-Reise zurück, schreibe ich Ihnen aufs Neue über die geplante Anthologie. Alle Anforderungen, welche die Reise an mich stellte, haben mich nicht hindern können, mich immer wieder zwischendurch mit dieser Angelegenheit, die mir am Herzen liegt, zu beschäftigen, und ich schicke Ihnen hier einen genaueren Prospekt des Buches, wie es mir jetzt vorschwebt: einer

Auswahl, die das Wesentliche von Goethes dichterischem Werk vor Augen stellt, und die zu treffen mir Freude und Genuß bereitete, weil sie sich tatsächlich nur aus dem Vorzüglichsten, aus lauter Perlen zusammensetzt.

Sie sehen, meine outline vom 10. Juni hat eine beträchtliche Erweiterung erfahren, weil sie mir nicht repräsentativ genug erschien und vieles von mir besonders Geliebte, was nach meiner Überzeugung auch dem amerikanischen Publikum nicht vorenthalten werden sollte, aus ängstlicher Rücksichtnahme auf den Raum noch ausschloß. Soweit die *Prosa* in Frage kommt, habe ich es, mit Ausnahme von ›Werther's Sorrows‹, bei einer fragmentarischen Vertretung belassen und aus ›Travels in Italy‹ sowohl wie aus ›Wilhelm Meisters Lehrjahre‹ und der Autobiographie nur ein paar prägnante Kapitel gegeben; aus den ›Wanderjahren‹ und den ›Wahlverwandtschaften‹ nur je eine geschlossene Erzählung und dazu die für sich stehende ›Novelle‹ (Short Story), nebst einigen literaturkritischen Noten, ein paar Briefen und dem Essay über Granit, damit auch der naturwissenschaftliche Sektor von Goethes Interessenwelt wenigstens angedeutet sei. Beim *Drama* aber hielt ich es für unerläßlich, außer Faust I auch ›Egmont‹, ›Tasso‹ und ›Iphigenie‹ vollständig aufzunehmen. Beim II. Teil des ›Faust‹ habe ich mich für die Darbietung des V. Aktes entschlossen, weil er der zugänglichste ist und am Schluß an die Gretchen-Geschichte des 1. Teiles anknüpft. Ich dachte dabei an Goethes Wort: ›Der ist der glücklichste Mensch, der das Ende seines Lebens mit dem Anfang in Verbindung setzen kann.‹

Das ist eine Sentenz aus den ›Maximen und Reflexionen‹ des Dichters, und da er gerade auch als Aphoristiker und Präger von Sprichworten glänzt, so habe ich mich nicht enthalten können, eine eigene Abteilung solcher Beispiele einzurichten, die, wie die Briefauswahl, noch abgeschrieben werden müssen. Sie werden nicht sehr viel Platz einnehmen.

Im Ganzen freilich muß ich gestehen, daß ich mir nicht mehr recht im Klaren darüber bin, welches nach diesen meinen Vorschlägen der Umfang des Buches sein wird. Es ist das ja auch weitgehend eine drucktechnische Angelegenheit, und da man heute mit Hilfe eines leichten Papiers Bände bis zu tausend Seiten herstellt, halte ich es immer noch für möglich, meine Auswahl in einem Bande unterzubringen. Ich glaube, Sie werden mir zustimmen, wenn ich meine, daß eine

Goethe-Selektion, die Ihr Verlag zum 200. Geburtstag des Dichters unter meinem Namen herausgibt, nicht den Charakter der Dürftigkeit haben sollte, ja, daß es unter Umständen sogar kein Unglück wäre, wenn *zwei* in einer Kassette vereinigte Bände daraus werden sollten.

Die Komposition der Auswahl war nicht ganz leicht zu bewerkstelligen. Wie Sie sehen, habe ich das Ganze in 6 Abteilungen angeordnet, indem ich die Dramen, die Balladen und die Prosa-Stücke (mit dem Anhang der Maxims, Proverbs and Reflections) zwischen zwei Gruppen von je ungefähr 25 Gedichten einrahmte: ›Poems of Youth and Love‹ und ›Poems of Wisdom‹. Diese Kategorien gehen freilich ein wenig ineinander über; denn die ›Trilogie der Leidenschaft‹, die, wenn sie irgend übersetzbar ist, aufgenommen werden sollte, ein lyrisches Tryptichon, das der Liebe des Siebzigjährigen zu der jungen Ulrike von Levetzow seine Entstehung verdankt, ist kein Werk der Jugend, wenn auch eines junggebliebenen Herzens; und andererseits finden sich unter den ›Poems of Wisdom‹ ein paar Stücke, die weniger von Weisheit, als von der unverwüstlichen Liebeskraft des Alten zeugen. Davon muß in der Introduction humoristisch-entschuldigend die Rede sein –

Auch nach vorhandenen und brauchbaren *Übersetzungen* habe ich mich schon viel umgesehen und erkundigt. Die Liste sieht so aus:

Carlyle: ›Wilhelm Meisters Lehrjahre‹; ›Novelle‹; Poems (›Goethe, Life and Selected Works‹, Boston 1885 ›The Tale and Favourite Poems‹, Modern Classics 13, Boston 1881)

Taylor: ›Faust‹[;] ›Iphigenie‹[;] ›Tasso‹

Anna Swamvick: ›Faust‹[;] ›Iphigenie‹[;] ›Tasso‹[;] ›Egmont‹ (Dramatic Works of Goethe, London 1846)

Skott: ›Erlkönig‹ and other Ballads (in Goethe's Poetical Works, Boston 1902, – containing also translations by Coleridge etc. [)]

Elizabeth Browing: ›The Poems of Goethe‹, London 1853–74

Aytonn and Martin: ›The Poems and Ballads of Goethe‹, New York, 1859

Sarah Austin: ›Fragments from German Prose Writers‹, London and New York 1841

Coleridge: Poems (in ›Goethe's Poetical Works‹, Boston 1902)

Longfellow: Poems (in ›Works of Goethe‹, Philadelphia 1901)

Charles Des Voeux: ›Tasso‹ (London 1827) (supervised by G.[oethe] himself.)

Felicia Hermans: Poems (in her Collected Works)
Shelley: Faust I (Prolog im Himmel; Osterspaziergang; Walpurgisnacht. [])]

Ferner hat mich ein Schweizer Literar-Historiker informiert, daß sich gute Übertragungen Goethe'scher Gedichte in dem Buche von Low Dickenson: ›Goethe and Faust‹ (Oxford) finden, besondern ›Selige Sehnsucht‹. Als beste Faust-Übersetzungen nennt mir dieser Gelehrte die von *Blackie* (1834), *Amster* (1835), *Swanwick* (1850) und *Martin* (1866). In Betracht zu kommen scheint mir ferner die jüngst bei New Directions erschienene Translation of Part I by C. F. *Mac Intyre.*

Nun möchte ich Sie fragen, ob und wie weit der Verlag in der Lage ist, sich selbst um die Übersetzungen zu kümmern. Für mich wäre es eine große Erleichterung, wenn einer Ihrer editors Nachforschungen in der Public Library halten könnte. Wahrscheinlich wird sich in den meisten Fällen die Wahl fast von selbst ergeben. Besonders handelt es sich um die Feststellung, welche der von mir ausgewählten Gedichte (und gereimten Sprüche) *unübersetzt* sind oder einer *Neu-Übersetzung* bedürfen. Als Übersetzer von Lyrik sind zu nennen:

W. H. Auden, Stephen Spender, Frederic Prokosch, Peter Viereck

Als Übersetzer für Prosa: Norbert Gutermann – sämtlich in oder bei New York lebend.

Mit diesen Herren, oder einem oder zweien von ihnen, werde ich mich natürlich selbst in Verbindung setzen, sobald ich übersehe, woran es fehlt, und womit ich sie zu beauftragen habe. Ich wäre sehr dankbar, wenn der Verlag mir bei der Feststellung des Erforderlichen etwas behilflich sein könnte.

Very truly yours Thomas Mann

Text No. 23
Zu TB 21. 9. 1947, Anm. 2.
Die erweiterte outline für den Goethe-Band der Dial-Press.

Goethe Anthology

Poems of Youth and Love
An den Mond (»Füllest wieder Busch und Tal«)
Wonne der Wehmut (»Trocknet nicht . . .«)

Heideröslein (»Sah ein Knab'...«)
Elfenlied
Der Musensohn
Gefunden (»Ich ging im Walde...«)
Willkommen und Abschied
Mailied (»Wie herrlich leuchtet...«)
Nähe des Geliebten (»Ich denke dein...«)
Gegenwart (»Alles kündigt dich an...«)
Sehnsucht (»Dies wird die letzte Trän' nicht sein...«
»Alles geben die Götter, die unendlichen...«)
Meeres Stille; Glückliche Fahrt
Wanderers Nachtlied. Ein gleiches.
Nachtgesang (»O gib vom weichen...«)
Mignon: »Kennst du das Land...«
»Nur wer die Sehnsucht kennt...«
»So laßt mich scheinen, bis ich werde...«
Harfenspieler (»Wer sich der Einsamkeit ergibt...«)
Prometheus
Ganymed
Grenzen der Menschheit; Das Göttliche (»Edel sei der Mensch...«)
An Charlotte v. Stein (»Warum gabst du uns die tiefen Blicke...«)
Trilogie der Leidenschaft

Notes on Shakespeare, Voltaire and Byron
(From ›Schriften zur Literatur‹)

Granite (an essay)

Letters to Herder, Schiller, Frau v. Stein etc.

Maxims and Reflections in verse and prose

Poems of Wisdom
Proemion (»Im Namen dessen, der sich selbst erschuf...«)
Eins und Alles (»Im Grenzenlosen sich zu finden...«)
Vermächtnis (»Kein Wesen kann zu Nichts zerfallen...«)
Dauer im Wechsel (»Hielte diesen frühen Segen...«)
Wiederfinden (»Ist es möglich! Stern der Sterne...«)
Urworte ›Orphisch‹

Texte

Selige Sehnsucht (»Sag es niemand ...« From ›Divan‹)
Unbegrenzt (»Daß du nicht enden kannst ...« From ›Divan‹)
Hatem (»Locken haltet mich gefangen ...«)
Suleika (»Nimmer will ich dich verlieren ...« both from ›Divan‹)
Wanderers Gemütsruhe (»Übers Niederträchtige ...« from ›Divan‹)
Es ist gut (»Bei Mondenschein im Paradies«, from ›Divan‹)
Elemente (»Aus wie vielen Elementen ...« from ›Divan‹)
»Sei du im Leben wie im Wissen ...« from ›Zahme Xenien‹
»vom Vater hab' ich die Statur ...« Ibidem
»Teilen kann ich nicht das Leben ...« Ibidem
»Wie's aber in der Welt zugeht ...« Ibidem
»Den Vereinigten Staaten« Ibidem
»Wenn im Unendlichen dasselbe ...« Ibidem
Anakreons Grab Ibidem

Drama
Faust I
Egmont (Five Acts)
Torquato Tasso (Five Acts)
Iphigenie auf Tauris (Five Acts)
Fragment from Faust II (Act Five)

Ballads
Erlkönig
Der Fischer
Vor Gericht
Der Totentanz
Der Zauberlehrling
Die Braut von Korinth
Der Gott und die Bajadere

Prose
Young Werther's Sorrows
Fragments from ›Travels to Italy‹ (Philippo Neri, the Humorous Saint. Carnival in Rome)
An Episode from Wilhelm Meisters Lehrjahre (Book five, from Chapter 4 to Chapter 14: a Hamlet production)

Novelle (Short Story)
Die neue Melusine (A Fairytaile, from ›Wilhelm Meisters Wanderjahre‹)
Die wunderlichen Nachbarskinder (A Tale from ›Die Wahlverwandtschaften‹)
An Episode from ›Dichtung und Wahrheit‹ (Autobiography)
(Part One, Book III; Frankfurt under French occupation)

Text No. 24
Zu TB 26. 9. 1947, Anm. 5.
Konzept eines Schreibens von Thomas Mann an den Buchhändler Haller in London, Pacific Palisades, 17. 9. 1947, Reg. IV, N 47/9.

Sehr geehrter Herr Haller, Sie wenden das Wort ›Privatrache‹ falsch an, und auch Ausdrücke wie ›äußerst bissig‹ und ›giftspritzend‹ wirken recht albern in diesem Zusammenhang. Aber Sie sind ja kein Schriftsteller, sondern ein Buchhändler, und als solcher haben Sie dringend ein Vorwort zu Lions Buch von mir gefordert. Um seinetwillen habe ich nachgegeben und mich aus der Affaire zu ziehen versucht, indem ich das Buch zugleich lobte und seine Gültigkeit einschränkte. Obgleich Ihnen das als Giftmischerei erscheint, wollen Sie das Vorwort aufnehmen. Daß es mir *viel lieber* wäre, Sie ließen mich bei dem ganzen Geschäft aus dem Spiel, haben Sie von vornherein gewußt. Ich brauche es Ihnen nicht noch einmal zu versichern.

Die Übersetzung wünsche ich unbedingt zu sehen bevor sie in Druck geht. Die Citate von Goethe und Hofmannsthal werden besser im Original gebracht, allenfalls mit einer Übersetzung am Fuß der Seite. Goethe's ›Wohl kamst Du durch‹ findet sich in den ›Sprüchen und Reimen‹. Hofmannsthals ›Den Erben laß verschwenden‹ steht in seinen Gedichten.

Ihr ergebener Thomas Mann.

Text No. 25
Zu TB 2. 10. 1947, Anm. 2.
Aus ›Common Cause‹, A Monthly Report of the Committee to Frame a World Constitution, vol. 1, No. 10, May 1948, 365/360.

The ›Preliminary Draft of a World Constitution‹ has occupied me intensely yesterday – and it continues to do so . . . Already the Preamble conquered me by its wisdom in which resignation and imperturbability are joined in a singular way. A magnanimous spirit of law and justice dominates the whole wide-arched structure of the provisions.

It is a first rate document, honor-saving for human reason under all circumstances, even if life should choose to stumble over it blindly – which is probably will do. Anyhow, I believe that in the United States this signpost, in its concreteness and precision, will make no slight impression. Whatever may be the spiritual crisis in which this country finds itself at the moment – its basis ideals should make it comparatively receptive to thoughts and demands which are, in the last analysis, but the continuation and juridical embodiment of the liberal-freemasonic idea of the world republic. . . . Byzantine Russia cannot even remotely understand the kind of liberating communism which is certain inherent in it. Certain *homines religiosi* as, e. g. Niebuhr, are just as remote from understanding this, for they suspect in it a Tower of Babel. What appeals to me in this document, on the contrary, is not humanistic hubris, but something that is called in the Joseph stories ›Gottesklugheit‹ (Godinspired sagacity). Therefore my yea and amen.

Thomas Mann.

Text No. 26
Zu TB 11. 10. 1947, Anm. 2.
Eingabe an das tschechoslowakische Konsulat in San Francisco, Hanns und Louise Eisler durch die Ausstellung tschechischer Papiere die Ausreise aus den USA zu ermöglichen.

Proceedings have begun to deport from the United States to Germany the great composer Hanns Eisler and his wife Louise for political reasons. To escape this fate the Eislers would gladly offer to leave this country voluntarily if they could obtain passports or travelling papers. Hanns Eisler has always been an enthusiastic admirer of the Czechoslovak Democracy and has taken active part in various musical festivals arranged by the Czechoslovak Government.

It has been our experience that the Czechoslovak Government have always been ready to help artists in great distress. In fact, the Czechoslovak Government in Exile once issued to the Eislers provisional passports which have since expired. In consideration of all this, the undersigned respectfully petition the Czechoslovak Government to offer asylum to Mr. and Mrs. Eisler and make available to them through the Consulate General in New York or the Consulate in San Francisco either passports or other travelling papers which may enable them voluntarily to leave the United States.

Text No. 27
Tagebuch 19. 10. 1947, Anm. 6
Konzept für eine Grußbotschaft zur offiziellen Gründungsfeier der Humanist Society, San Francisco, am 5. 10. 1947.

Die Humanist Society von San Francisco tut mit der feierlichen Eröffnung der Humanist Lectures in the Geary Theatre ihren ersten Schritt in eine weitere Öffentlichkeit. Nehmen Sie meine herzlichen Glückwünsche zu diesem Ereignis! Ich kenne die reinen und hochherzigen Gesinnungen, die zur Gründung der Gesellschaft führten und bin überzeugt, daß ihre Verbreitung diesem Land und der Welt nur zum Heil gereichen kann. Es kommt auf die Schaffung einer neuen Atmosphäre, eines neuen geistigen und moralischen Klimas an, in dem allein die neuen, übernationalen und erdumspannenden Institutionen gedeihen können, welche man heute notgedrungen ins Auge faßt. Sie bleiben Utopie ohne die Vertiefung und Befestigung des Gefühls für die Würde des Menschen, für die Schwierigkeit und den Adel des Menschseins, kurz ohne die Entstehung und Ausbreitung des neuen Humanismus, dem Ihre Vereinigung zu dienen gewillt ist.

Thomas Mann.

Text No. 28
Zu TB 30. 10. 1947, Anm. 3.
Statement für die Sendung ›Hollywood fights back‹.

I have the honor to expose myself as a hostile witness. I testify that I am very much interested in the moving picture industry and that since my arrival in the United States, nine years ago, I've seen a great many Hollywood films. If communist programm had been smuggled into any of them, it must have been most thoroughly hidden. I, for one, never noticed anything of the sort.

I testify, moreover, that to my mind the ignorant and superstitious persecution of the believers in a political and economic doctrine which is – after all – the creation of great minds and great thinkers and which has its adherents everywhere on earth, – I testify that this persecution is not only degrading for the persecutors themselves but also very harmful to the cultural reputation of this country.

As an American citizen of German birth, I finally testify that I am painful familiar with certain political trends. Spiritual intolerance, political inquisition and declining legal security and all this in the name of an alleged ›state of emergency‹. That's how it started in Germany. What followed was fascism and what followed fascism was war. I welcome this opportunity to utter a warning which I would hardly sound were it not for my heart's undying belief that this great land of our love deserves our concern as well as our confidence.

Text No. 29
Zu TB 22. 11. 1947, Anm. 8.
Nightletter an Fred J. Gobelle, Glendale, P. P. o. D. Reg. III, 48/1.

It was indeed a shock to learn about the disgraceful assault by men who consider themselves patriots upon the freedom of assembly and the privacy of a group of liberally minded citizens. This happened when President Truman through his committee had only just examined the current application and re-affirmend the inalienable validity of America's basic law Bill of Rights. The deed of the invaders constitutes a scandalous aberration which must be branded as such in court as well as by the leadership of the American Legion to demonstrate that the United States has not ceased and will not cease to be a free country. The intruder's apparent belief that an action such as theirs could be committed with impunity is viciously symptomatic of the atmosphere which was permitted to develop in this country. The general indignation on the other hand which their performance has aroused and of which I deem your rally an important manifestation is a distinct comfort.

Thomas Mann.

Text No. 30
Zu TB 4. 12. 1947, Anm. 2.
Ein Neujahrsgruß an Japan.

Daß die große japanische Zeitung ›Asahi Shimbun‹ mir durch ihren Schweizer Korrespondenten den Wunsch aussprechen ließ, ihrer zahlreichen Leserschaft einen Neujahrsgruß von mir zu übermitteln, war mir eine Ehre und Freude. Die Sympathie, die sich in diesem Wunsche ausdrückt, empfinde ich als glückliche Erwiderung meiner eigenen für ein fernes Menschentum, eine alte, noble Kultur, die zu stilkräftig und pittoresk ist, als daß sie nicht jeden Europäer früh beeindrucken und einen dekorativen Teil seines Weltbildes bilden sollte.

Wo war das deutsche Bürgerhaus, das europäische überhaupt, dessen Innenzier nicht von japanischer Gerätekunst und Keramik profitiert hätte, in dessen Speisezimmer oder Salon nicht irgendein feines Lackschränkchen, eine Theebüchse, ein Porzellan Service, eine Schale mit Emailmalerei aus dem fernen Inselreiche aufgestellt und in täglichem Gebrauch gewesen wären? War es reich und kunstliebend, ein solches Haus, so schmückten Farbholzschnitte der berühmten japanischen Meister, eines Moronobu oder Utamaro, die Wände. War es freundlich der Literatur und Dichtung, so fehlten in seinen Bücherschränken nicht Übersetzungen japanischer Lyrik aus früheren Jahrhunderten, deren sublimer Zartheit gewisse, aufs Ost-Asiatische spezialisierte deutsche Literaten und Sprachkünstler mit einfühlender Liebe gerecht zu werden suchten.

So kam ein Sprößling der gebildeten Stände eines europäischen Landes früh mit japanischem Lebensstyl, ja mit japanischer Gefühlsweise in Berührung. Lose Bilder zum mindesten, wenn auch kein zusammenhängendes Bild, von der Landschaft, den Sitten Nippons waren ein Besitz unserer Phantasie. Die sonderbare Bergpyramide des Fudschijama; Tempelhöfe und hölzerne Heiligtümer mit geschwungenen Dächern, zu denen Alleen von Glocken- und Trommeltürmchen und seltsame Tore aus schräg gestellten Pfeilern und Querbalken führten; Wohnhäuser aus Ölpapier-Wänden mit der eleganten Matten-Reinlichkeit ihrer Innenräume; das Frühlingsfest der Kirschblüte, das Totenfest der bunten Laternen – das waren vertraute Vorstellungen. Und der Kimono, der Papierschirm und -Fächer, nun, das war beliebte Import-Ware, die wir mit Händen griffen.

Ich war noch ein Knabe, als Sullivans musikalisches Lustspiel »Der Mikado« seinen Siegeszug über die europäischen Bühnen hielt und auch über diejenige meiner kleinen norddeutschen Vaterstadt. Es war ein Operetten-Japan, das da gespielt wurde, aber zur Popularisierung des japanischen Kostüms, der Physiognomie des Landes trug die heitere Veranstaltung nicht wenig bei. Später dann, in München, sah ich Ernsteres, Authentischeres, das mich ästhetisch tief berührte: eine gastierende Truppe japanischer Tänzer und Schwertfechter, gedrungenmuskulöser, archaisch gekleideter Gestalten, die in tragisch-heroischen Pantomimen und Kampfscenen eine kraftvolle Ausdruckskunst bewährten und etwas vom Geist der kriegerischen Kamakurazeit vermittelten. Ich wußte, daß Japan seither ein höchst modernes und technisiertes Land mit Eisenbahnen, Telegraphie, einem neuzeitlich ausgestatteten Heer und allgemeiner Schulpflicht geworden war, eine konstitutionelle Monarchie mit Parlament und einer sozialistischen Partei, – ein Land, in dem gleichwohl unter der demokratisch angepaßten Oberfläche viel vom alten Ritter-Geist des Samurai-Adels, viel romantischer Militarismus lebendig geblieben war.

In meine Jugend und mein reiferes Mannesalter fiel ein gut Teil der modernen Geschichte Japans: Der Krieg um Korea, die Einnahme Port Arthurs und Schantungs, der Aufstieg des Landes zur Großmacht, der russisch-japanische Krieg, und die Teilnahme Japans am ersten Weltkrieg. So wurde das bunte Phantasie-Reich von einst in meiner Vorstellung zu einem sehr realen Faktor der modernen Welt. Aber auch in privater Sphäre kam es mir näher. Es muß irgendwann zwischen den beiden Weltkriegen, und zwar nicht lange nach dem ersten, gewesen sein, daß zuerst japanische Druckschriften, Zeitungsartikel, ja Bücher mir vor Augen kamen, die sich mit meiner Arbeit kritisch beschäftigten oder Übersetzungen daraus darstellten. Welch merkwürdiges Erlebnis! Welch Abenteuer! Man las, man kannte mich in jener Fabel-Ferne. In den schmuckhaften Schriftzeichen des Orients erörterte man, was ich tat, und gab es wieder. Man hat es seither in wachsendem Maße getan. Nicht ohne Bewegung hörte ich kürzlich von der Gründung einer Tokyoter Gesellschaft zur Förderung einer japanischen Gesamtausgabe meiner Werke. Das Leben bringt seltsame Dinge heran, unerträumte.

Ein lieber Verwandter, Zwillingsbruder meiner Frau, berichtete mir davon, der Jahre lang zwischen den Kriegen als Musiker, Dirigent, Direktor der Kaiserlichen Kapelle wirkte, und aus dessen Schilderungen von Land und Leuten die wärmste Sympathie, ja eine gewisse Faszination durch die japanische Lebensform sprach, die, wie es scheint, jeder dort einige Zeit ansässige Europäer erfährt. Ich habe noch keinen solchen gefunden, der, in die abendländische Welt zurückgekehrt, nicht Heimweh nach dem Osten bekommt und dorthin zurückgestrebt hätte.

Werde ich für meine eigene Person einmal, als Reisender, die Gründe dieser typischen Bezauberung erforschen können? Soviel hat das Schicksal schon gewollt, daß ich, der Sohn der Baltischen See, zum Anwohner des Pacifischen Ozeans geworden und dadurch in eine Art von Nachbarschaft mit Japan gerückt bin, die menschlich manifest wurde durch den Eintritt eines japanischen Ehepaars in den Dienst unseres Hauses. Diese liebenswürdigen Leutchen, Vattaru und Koto mit Namen, waren durch den grausamen Krieg ihres Eigentums verlustig gegangen, sie hatten die Mißhelligkeiten der Lager-Entwürdigung kennen gelernt und suchten sich wirtschaftlich wiederherzustellen, indem sie dienten. Nie haben wir angenehmere, reinlichere, höflichere, kultiviertere Helfer gehabt, als diese. Vattaru war ein passionierter und wohlgeübter Gärtner, unter dessen Händen unsere etwas vernachlässigten Rabatten und Rasenflächen zu größter Schönheit gediehen. Koto, etwas nervös und ermüdbar nach allem, was sie durchgemacht, erwies sich gleichwohl als geschickte Köchin und hatte eine Art, Blumen in einer Tonvase zu ordnen, aus der auf schwer definierbare Weise, durch einen überhängenden Zweig roter Beeren oder ich weiß nicht, was, der ganze Kulturstil ihrer Heimat sprach. Ich sah es gar zu gern, wie sie sich, die flachen Hände auf die Oberschenkel gelegt, verneigte. Das Pärchen hat uns wieder verlassen, um auf eigenen Füßen zu stehen, bewahrt uns aber seine Anhänglichkeit und kehrt zu gelegentlicher Aushilfe zurück. –

Der tragischen Auseinandersetzung zwischen dem Lande, dessen Bürger ich bin, und dem Ihren habe ich in ernster Erschütterung beigewohnt, von vornherein überzeugt, daß Japan sich von der Vermessenheit seiner herrschenden Schicht in ein Abenteuer hatte stürzen lassen, das zu keinem guten Ende führen konnte. Die nationalen Verhältnisse erinnerten mich sehr an diejenigen im deutschen Kaiserreich vor dem ersten Weltkriege, mit dem Deutschlands Unglück begann. Es war die Mischung feudalistischer Rückstände mit moderner Industrialisierung, eine technisierte Romantik also, die beiden Ländern zum Verhängnis wurde. 1918 gehörte Japan noch zu den Siegermächten; 1945 teilte es die vernichtende Katastrophe, in der das Land meiner Herkunft versank. Anders aber, als in Deutschland, wo Trotz und Selbstbemitleidung die Heimsuchung unfruchtbar zu machen drohen, ist in Japan viel klare Einsicht in die Fehler der Vergangenheit erkennbar, viel guter und energischer Wille, sich von der Erfahrung belehren zu lassen und aus dem Zusammenbruch neue Wege zu neuem Leben zu finden. Die Niederlage bedeutet eine große »Taikwa«, eine »große Veränderung«, eine Generalrevision und Erneuerung der moralisch-politischen Grundlagen des Landes und seiner Beziehungen zur Umwelt, die für Japan selbst und die Welt zu den glücklichsten Ergebnissen führen kann. Allgemein gesprochen, bringt die Niederlage gewisse Vorteile mit sich, deren der Sieger sich leicht entschlägt, da es ihm nahe liegt, aus dem Siege den Schluß auf seine Vollkommenheit zu ziehen und daraus zu folgern, daß alles bei ihm zum besten steht, während die moralische Auflockerung, welche das Unterliegen zeitigt, zur Einkehr bei sich selbst und zu strenger Gewissensprüfung disponiert und den Willen zum aufgeklärten Neubeginn erzeugt.

Vor allen Dingen hat Japan – ich zweifle nicht daran – aus seinem Unglück gelernt, was jedes kluge Volk heute weiß, daß der Krieg zum frevelhaften Anarchismus geworden ist, unfähig, irgend eine der Aufgaben zu lösen, die heute der Menschheit gestellt sind. Nicht die nationale Idee, die das 19. Jahrhundert beherrschte, – die *soziale* steht heute im Vordergrunde, und sie hat weltweites Ausmaß gewonnen, drängt auf umfassende Vereinigung der Kräfte und Fähigkeiten. Vom bloß Nationalen her ist kein Problem mehr, kein ökonomisches, politisches oder allgemein Geistiges, zu bewältigen, und der Friede ist zum obersten sittlichen Begriff und Gebot geworden, vor dessen Ernst alles nationale Heldentum zur obsoleten Farce wird. Der Verrat am Frieden ist das, was fortan nicht mehr verziehen werden wird, denn es ist der Verrat der Menschheit an sich selbst. Sieger oder Besiegter – es steht keinem mehr frei, dem eigenen souveränen Ruhm zu leben; ehrenhaft lebt ein Volk nur noch als Diener der Menschheit.

Zum neuen Jahr wünsche ich dem japanischen Volke von Herzen Glück und Frieden.

Text No. 31
Zu TB 17. 12. 1947, Anm. 2.
Die von TM für die Druckfassung geänderte Passage der *Phantasie über Goethe*, Typoskript, Seite 18–20.

⟨Goethe ward traurig und krank, er sprach nicht mehr, welkte körperlich dahin – und floh, floh wieder einmal Hals über Kopf, wozu eine seraphisch entnervende Liebschaft nicht den letzten Antrieb gab: das Verhältnis zu der Hofdame Frau von Stein,⟩ ein sittigendes Bildungserlebnis eher, als eine Leidenschaft, und auf die Dauer so wenig wie die Staatsfron auszuhalten.

Italien also, die Italienische Reise, ein Urlaub von vollen zwei Jahren unter klassischem Himmel, inmitten eines friedlichen Volks, der Anschauung hingegeben der Antike und großer Kunst, – ein Bildungserlebnis weit gewaltigerer Art, als der Minnedienst, der den Staatsdienst verklärt und seine Natur, seine Vitalität mit Verdünnung, bläßlicher Vergeistigung, wirklicher Schwächung bedroht hatte; ein Erlebnis von unermeßlicher Wärme und sinnlich-geistiger Beglückungskraft, das ihn erhöht, ausweitet, namentlich durch den Aufenthalt in Rom seine bisher ins Kleine gezwängte, ins Große drängende Natur mit der Größe der geschichtlichen Welt in Kontakt setzt und sie die Möglichkeit eigener umfassender Großheit erst gewahr werden läßt, ein von Geschäften gänzlich dispensiertes, dem tiefen Genuß, der inneren Arbeit und Selbstformung freigegebenes Dasein, das ihn als Dichter sich wiederfinden, aber auf höherer Ebene oder Spirale sich wiederfinden läßt, ihn lehrt, die Größe nicht im subjektiven Sturm, sondern im Objektiven, in apollinischer Ruhe, Distanz und Klarheit zu suchen, ihm die Idee des Stils offenbart, seinem Künstlertum die Einheit von Plastik und Geist, die Verbindung von Kühnheit und Form, zudringender Kraft und konzilianter Grazie schenkt, die Diskretion des Unerhörten, den Instinkt, das Unerhörte in Artigkeit, Konvenienz und Ironie zu betten. ›Bildung‹ ist ein sehr mattes Wort für das, was Italien an ihm tat, oder was er vermöge Italiens an sich vollbrachte. Wenn er sagt, die Hauptabsicht seiner Reise sei gewesen, ihn von den physisch-moralischen Übeln zu heilen, die ihn in Deutschland quälten, und den heißen Durst nach wahrer Kunst zu stillen, so ist auch das nur ein unzulänglicher Ausdruck für Erhöhung, Klärung, Befestigung, die er durch diese Jahre unter halkyonischem Himmel erfuhr. Es handelte sich nicht um ›Kunst‹, oder erst mittelbar um diese. Es handelte sich um die Integrierung seiner Persönlichkeit, um jenes *ganz* werden, von dem er selbst einmal spricht. Das urbane Genie, der gesittete Dämon, der erzogene Titane, der europäische Deutsche, welcher der Welt zwar ein ausgeprägt deutsches, der eigenen Nation aber ein europäisches Antlitz zuwendet – sie wurden in Italien fertig.

⟨So kehrte der Neununddreißigjährige zurück in das Thüringische Residenzstädtchen ...⟩.

Text No. 32
Zu TB 7. 1. 1948, Anm. 8
Statement für Camille Honig, P. P. 14. 1. 1948

With these lines I want to thank you once more for your recent visit, and to tell you that your news about the activities of the Jewish Labor Committee have been very interesting and important to me.

The world finds itself in a difficult period of transition and adaption which involves much mental and moral confusion, the people's sense of justice is being put to a crucial test which weaker hearts and minds fail to pass. It has nothing to do with reason, but is a phenomenon of atavistic and morbid superstition when the blame for the difficulties and sufferings now imposed upon humanity is fixed on a certain race, scattered over the whole world, the Jews, – as if anything would be better and any problem would be solved if the Jews were to disappear from the world, – when in reality it is very often the Jewish mind with its particular clarity, intelligence and humane devotion which contributes most to the recognition and solution of these problems.

The masses, in their bewilderment and helplessness, are only too accessible to irrational myths (like antisemitism) that appeal to their dark emotions, and this fact is craftlily exploited by every kind of reactionary demagogue, by all enemies of progress, peace and justice. To demounce the Jew as the enemy of mankind, is the most popular and, indeed, most effective slogan employed by the real enemies of mankind, and one can be sure that wherever antisemitism takes root and flourishes, mankind's hope for a peaceful settlement of its difficulties decreases, while the danger of new catastrophes that will destroy all civilization grows in proportion.

The welfare and happiness of all of us, but of the working classes expecially, are closely connected with the ideas of peace and justice, in a word, with *democracy*, and antisemitism is a tried and proven means of undermining and destroying it. In national-socialist Germany, as well as in fascist Italy, the persecution of Jews and the destruction of the worker's rights went hand in hand. Your organization will be rendering an important service indeed if it succeeds in winning American labor over the realization that race-hatred is the worst enemy of their cause.

Text No. 33
Zu TB 9. 2. 1948, Anm. 1.
Die in der Vorrede *Sechzehn Jahre. Zur amerikanischen Ausgabe von ›Joseph und seine Brüder‹ in einem Bande*, 1948, GW XI, 669–681, auf S. 672 im letzten Absatz, zwischen »schon volle Schärfe erreicht hatten« und »daß ich in jenen zwanziger Jahren« aus dem Manuskript ausgeschiedenen Meditationen über die Funktion der *Betrachtungen eines Unpolitischen* für das politische Bewußtsein Thomas Manns.

⟨Man muß bedenken, daß zu der Zeit, als ich mit dem ›Joseph‹ begann, die innerpolitischen Nachkriegs-Spannungen in Deutschland schon volle Schärfe erreicht hatten⟩ und in mein tägliches Leben und Denken immerfort beunruhigend hineinspielten. Zum Politischen geweckt war mein Gewissen seit dem Ausbruch des ersten Weltkrieges, den ich als geschichtliche Wende, spektakulösen Abschluß des bürgerlichen Zeitalters und Ausgangspunkt unabsehbarer Umwälzungen unweigerlich hatte erkennen müssen. Es half nur wenig, daß ich dem literarischen Produkt dieses Gefühls für eine Zeitenwende und zugleich für eine tiefe Krisis meines eigenen Lebens den Titel ›Betrachtungen eines Unpolitischen‹ gab. Mit Geist und Seele war ich seitdem ins Politische verstrickt, das ich gerade mit jenem weit und tief greifenden Buch abzuwehren versucht hatte, und fortan gehalten, bekennend meinen Mann darin zu stehen. Das Buch, eine leidensvolle, zum Teil heute skandalös wirkende Kampfschrift, aus der im nachhitlerischen Deutschland sowohl wie anderwärts gern zu meiner Bloßstellung citiert wird, war ein uferloses, Jahre verschlingendes Schreibwerk rigoroser Selbstprüfung und Introspektion, dessen Motto: ›Vergleiche dich, erkenne, was du bist!‹ durch ein anderes hätte ergänzt werden sollen: ›Niemand bleibt ganz, der er war, indem er sich erkennt.‹ Ich half mir weiter damit und war nach seinem Abschluß bereit, den literarischen Europäismus, von dem das Buch voll ist, durch den politischen zu ergänzen, die europäisch-demokratische Menschheitsreligion in meinen moralischen Horizont aufzunehmen, der bisher allein von deutscher Spätromantik, von Schopenhauer, Nietzsche, Wagner bestimmt gewesen war.

Einen ›essayistischen Abenteurer- und Bildungsroman‹, ein ›Buch der Überwindungen und Selbstverbrennungen um eines heimlich fordernden Wachstums willen‹, so hat denn auch kürzlich, bei einem Rückblick, ein kluger Schweizer Kritiker die ›Betrachtungen‹ genannt, und er fügte hinzu, daß sie die kathartische Funktion, die sie in meinem Leben gehabt hätten, auch für meine deutschen Leser hätten haben sollen. Hier ist das Trauerspiel. Es hatte sich einer ›gemüht an Stelle der Christenheit‹, wie es bei Claudel heißt, und die ›Christenheit‹ war zu faul gewesen, um irgend mitzutun. Beim letzten Wort der ›Betrachtungen‹ (spätestens damals!) stand ich nicht mehr, wo ich beim ersten gestanden. Aber die Deutschen standen noch dort. Sie hatten sich meine kultur-konservative Polemik behagen lassen und sie als statisch verstanden, nicht als dynamisch, – das heißt: sie hatten sie mißverstanden. Was ich fortan tat, meine Verteidigung des schwachen Geschöpfes der Niederlage, der von allen Seiten sabotierten Republik; meine Bekämpfung des steigenden Nationalismus und aller ihn fördernder philosophischen Strebungen und Manöver, des vitalistischen Irrationalismus; mein ›Appell an die Vernunft‹, mein Eintreten für Europa und für den Frieden – wurden im günstigsten Fall mit Kopfschütteln aufgenommen, zu dem etwa die befremdete Frage gehörte: ›Warum tut er das? Will er Minister werden?‹ Allermeist aber sah man in meiner Haltung schlechthin Verrat und Abfall, – den Abfall von einem Deutschtum, das ich der völkisch-barbarischen Diktatur, dem Kriege, dem Verderben entgegentaumeln und Europa mit sich in den Abgrund reißen sah, und vor dem ich meine Seele im vorletzten Augenblick salviert hatte.

Was ich feststelle ist, 〈daß ich in jenen zwanziger Jahren meine künstlerische Arbeit, dank meiner politischen, unter dem Druck, den seelischen Störungen und Beschwerungen nationaler Verhaßtheit tat . . .〉

Text No. 34
Zu TB 30. 3. 1948, Anm. 1.
Schreiben Thomas Manns an den Rektor der Hebräischen Universität in Jerusalem, J. L. Magnes; Pacific Palisades, 1. 4. 1948:

Dear Mr. Magnes:

I was very dismayed about your letter of march 1st and have immediately written to Miss Freda Kirchwey, editor of the Nation, asking her for an explanation. Her reply has reached me now, and we are, as always, unanimous in our respectful admiration of your person and in the estimation of your convictions. Furthermore, Miss Kirchwey has admitted that it may not have been quite correct to submit the statement in question to the United Nations without asking first the individual consent of each member of the Nation Associates. On the other hand, however, I must say that I would certainly have given my consent to the document entitled ›Could the Arabs Stage an Armed Revolt Against the United Nations?‹. I remember now that the pamphlet had come to my attention a day after its presentation, but I must confess that I did not recognize it from the quotation in your letter.

The document in question is of a factual, not editorial character. The facts compiled therein were collected by a representative of the Nation, Miss Shultz, when she was in the Middle-East last summer, and the accuracy of the data is indisputable. General Hildring told Miss Shultz during the session of the General Assembly that the facts were accurate and that by themselves the Arabs could not maintain an armed revolt. In addition: Secretary Forrestal, who is responsible for the revision of the American policy on partition, told an important leader of the Democratic party that the kind of revolt which the Arabs could stage could be put down by less than one division of any modern army. On March 19th, the day on which the American delegation announced the revision plan, the assistant to Senator Austin said immediately after the Security Council meeting, that the United States knew the Arabs were incapable of sustaining a revolt.

From all facts brought to my attention it is perfectly clear to me that for the most part the events in Palestine are controlled by the Arab League and the ›warfare‹ is conducted by some seven thousand so called volunteers from the Arab states. I am being assured that the Palestine Arabs for the most part are quiet. The Arab League, which is responsible for the incursion of the revolution is a creature of the British. Brig.-Gen. Clayton, the British representative in Cairo, attends its meetings and directs its strategy. The revolt is simply a form of blackmail to get the partition resolution reversed, and it is definitely instigated by the British who have even gone so far as to allow Nazi prisoners of war to enter Palestine for the purpose of training Arabs. This last fact is particularly sordid and characteristic of the whole situation.

At present, there are still 110 000 trained British troops stationed in Palestine. Can anybody doubt that these troops could have prevented the killings had the British government wanted them to? And surely they need not have fired upon the population to do so. The Arabs know very well when the British firmly intend to prevent trouble.

The latest decision of the United States had nothing to do with Palestine, but only with war planes against the Soviet Union. In my opinion, this decision is the most humiliating and revolting political event since the treachery perpetrated on Czechoslovakia in 1938. It is a contribution to the increasing demoralization of the world which sooner or later must lead to an all-engulfing catastrophe. I have expressed this open in German and English, and you, dear Mr. Magnes, will have to consider and understand my position from the viewpoint of the world situation in general. I am convinced that the partition, the foundation of a Jewish State in its extremely modest boundaries, could have been carried out with a minimum of conflict if that small area had not become the vortex of the big power fight involving oil and bases. A firm word from the United States could undoubtedly put an end to this fighting, a word addressed to the British as well as to the Arab states. Instead, one withdraws an approval which was more like an initiative and decided the U.N. in favour of partition, one reverses a decision in complete disregard of the blow dealt to the prestige of the U.N. and its ability to maintain peace.

Please keep in mind, dear Mr. Magnes, that we liberals are living here under circumstances where we are being decried as communists, and that we are fighting a difficult struggle against tendencies which we fear might morally and physically ruin this intrinsically decent country.

Please accept my best wishes and regards.

Cordially yours Thomas Mann.

Text No. 35
Zu TB 30. 3. 1948, Anm. 6.
Schreiben an W. E. Süskind, Pacific Palisades, 31. 3. 1948:

Lieber Herr Süskind,

ich kann nicht viel schreiben, denn ich habe mir kürzlich beim Stolpern über eine schlecht beleuchtete Schwelle in fremdem Haus den linken Schulterknochen gebrochen und bin nicht nur noch ungeschickt, sondern auch müde von dem Malheur. Aber ein Wort des Dankes muss doch auf den Weg gebracht werden für Ihre beiden Briefe (auch der ältere kam nun) und für Ihren Faustus-Aufsatz, der mich gefreut hat, besonders durch die Betrachtung über Mut und Kühnheit, die mir sehr gefällt. Natürlich ehrt es mein Buch, dass es zu ihr Anlass gab, aber sie ist gut und wahr überhaupt, erfreulich als kritisches Aperçu – und hat übrigens mit dem aufgegriffenen Wort vom »Geheimwerk« nicht wenig zu tun. Denn ein solches ist im Grunde jedes neue, gewagte, persönliche und rücksichtslose Stück Arbeit, und auch was Unheimliches ist immer damit verbunden, – wie ich so gern das Wort des Degas citiere, der Künstler müsse an sein Werk in der Verfassung gehen, wie der Verbrecher an seine Tat.

Es ist auch sonst viel hübsch Bemerktes in dem Artikel (wo erscheint er denn?), nur etwas zuviel und peinlich ist mir den Dummen, Kleinen und Verkleinerern das Wort gegeben, die von der Fuge dieses von oberer Klugheit komponierten Lebens nicht einen Deut verstehen. Mich wundert, dass es Ihnen nicht widerstanden hat, den Sums zu referieren. Was ist denn das, schon wird mir die Hand lahm? Das Papier ist in der federnden Klammer der Unterlage befestigt, die ich in meiner Sofa-Ecke mit der entnervten Linken halten muss. Ich tue besser, zu schliessen und einige kreisende Uebungen mit dem hängenden Arm zu machen, zur Stärkung des neu gebildeten Gewebes.

Ihr Thomas Mann.

Text No. 36
Zu TB 1. 4. 1948, Anm. 3.
Aus einem Brief Thomas Manns an Helen Lowe-Porter, Pacific Palisades, 1. 4. 1948:

Unendlich leid tut es mir, daß man Ihnen beschwerlich fällt mit Änderungen an der vollkommen richtig intentionierten Translator's Note, die von Anfang an so hübsch und geistreich war. Ich hatte nur die eine Besorgnis (und Knopfs teilten sie), daß sie in ihrer ersten Form den Roman garzu sehr als schwer zugängliches High-brow-Werk darstellte und dadurch abschreckend wirken könnte. Meiner Meinung nach aber hätte es schon genügt, wenn man ›Only for intellectuals‹ weggelassen hätte, – das Andere war ja alles sehr gut. Die zweite Fassung habe ich nicht gesehen. Die dritte, die Blanche mir jetzt schickte, scheint mir im zweiten Absatz ein bischen mager. Daß ich mit dem Zauberberg das erste Viertel des Jahrhunderts und mit dem Faustus das zweite interpretiert habe, klingt mir zu sehr nach nüchternem Programm. Die Bezugnahme auf den Magic Mountain ist an sich richtig. Der Faustus setzt dessen situationskritische Linie fort, aber auf eine dichterisch viel wärmere, leidenschaftlichere und aufgewühltere

Weise. In seiner Teufelsbeschwörungs-Fabel spiegelt sich die allumfassende Krisis unserer Epoche, von deren Nöten der Roman ein seelischer Rechenschaftsbericht ist. Die Memoirenform ist nicht nur äußerliche Maske, sondern die wesentliche Mitteilungsart für dies Buch, ein Lebensbuch von rücksichtsloser, fast wilder Direktheit, welche, das Literarische überschreitend, etwas Neues und Letztes innerhalb meines Werkes – und vielleicht des zeitgenössischen Schrifttums darstellt. Wenn es der Mühe wert, ja geboten war, es mit den außerordentlichen Schwierigkeiten der Übersetzung aufzunehmen, so darum, weil es sich zwar um ein physiognomisch sehr deutsches, mit dem deutschen Charakter und Schicksal schmerzlich beschäftigtes Buch handelt, das sich auch sprachlich tief in deutsche Vergangenheit gräbt, zugleich aber um ein durchaus internationales, für die Lage der abendländischen Kultur allgemein gültiges Werk, – woraus sich erklärt, daß die Original-Ausgabe auf dem Kontinent, besonders in der Schweiz und im europäischen Norden, aber auch in Frankreich und schon in Deutschland selbst mit einer Erschütterung aufgenommen worden ist, die noch keines meiner Bücher je erregt hat. Übersetzungen ins Französische, Italienische, Schwedische, Tschechische und Ungarische sind in Vorbereitung.

Natürlich darf eine Translators' Note nicht zu weit in der kritischen Anpreisung des Gegenstandes gehen. Aber sofern Sie erklären wollen, warum the reading of this work is indispensable to us, kann Ihnen vielleicht etwas im Vorstehenden zur Auffüllung des zweiten Absatzes dienlich sein.

Übrigens soll es mir auch recht sein, wenn Sie finden, daß das zu weit führt und daß wir es besser bei Ihren knappen Formulierungen sein Bewenden haben lassen.

Text No. 37
Zu TB 12. 5. 1948, Anm. 3.
Handschriftlicher, von Erika Mann verbesserter Entwurf für eine Rede beim Wallace-Diner.

Ladies and gentlemen, I can only say, that I am embarrassed, because my name too, the name of a simple writer, was granted here tonight with some applause. For I feel, that all applause should go to our distinguished guest and friend, the hero of this evening and, let us hope, the hero of the coming elections: to Henry Wallace.

If I say, that his name, his person, his spirit, his courage are the hope of this country, I mean it in a very specific sense. People like myself, who came over // to the U.S. during the great epoch of Franklin D. Roosevelt, are deeply concerned and saddened by the undeniable fact, that all over the world America is rapidly loosing the sympathy and admiration of the peoples who loved her as a great power that stands for freedom, democracy and peace, as a nation confessing to and practicing the belief in social progress and a better future for the masses hungry for justice. We feel depressed and offended because, wherever we look today, America is being considered the last powerful stronghold of reaction and suppression, as a determined supporter of everything detested and despised by the peoples, as a power working with a sort of clumsy macchiavellism in the interest of all that is retrograde and rotten.

In his sensationel and really splendid article in New York Times Magazine of April 18th Chester Bowles tells how he asked an italian Government official: ›Why do you not carry out here certain long overdue economic and social reforms?‹ The Italian was amazed. ›We understood‹, he said, ›that you Americans were opposed to all such measures and we have to take into consideration the mood of America for very good reasons.‹ We know these reasons. Dollars or no Dollars, that is the question. But what a sadly characteristic anecdote! – I know one more and it takes only two minutes to render it. During the Nazi-occupation of Holland the faithful wife of a man who had been imprisoned by the Gestapo for racial or political reasons – I don't know – and faced the gas-chamber, decided to save her husband. Knowing that all this Nazi-rabble were bribable and coving she went to see a very influencial Gestapo officer and offered him a considerable amount for the release of her husband, more, she promised so on payings in certain monthly or anual installments up to the end of her life. He accepted her offer. She payed the first rate of the money and the man was released. Loyally she went on to pay for more than a year. Then, the Germans lost the war, liberation came for Holland too, and the woman did, what all of us would have done: she stopped paying for the rescue of her husband, who had been jailed against justice and freed by corruption. The Gestapo man waited a little for a more favourable atmosphere, and then, what did he do? He sued the woman for failing to fulfil her duty according to their treaty. He verily had the insolence to do so, and what happened? Believe it or not: The netherlandish judge convicted the woman to amend the Gestapo officer for the non-payed money and to go on with her regular payments for ever. Because a treaty is a treaty.

Do you know what I am afraid of? I fear, the judge issued this perverse verdict because Holland is a Marshall plan-land and a Benelux-country, and because the judge believed, that America would resent it, if the complaint of a brave Gestapo-man, who may be useful in the struggle against Russia, would be rejected!

That is my suspicion and unfortunately it is not unjustified. There was, or is, an organisation in Holland, called ›Friends of America‹. The American Ambassador was invited to join this organisation as honorary chairman, but luckily abstained at the last moment. For to the embarrassement of the Dutch Government was eventually discovered, that the ›Friends of America‹ consisted almost exclusively of Mussart-men, followers of the Dutch Quisling, Dutch Nazis. – A Nazi-Organisation has the audacity to call itself ›Friends of America‹! That it should come to this! says Hamlet. // Such ideas regarding our country dominate today the brains in Europe and elsewhere and it seems to me a moral necessity and a matter of imense importance to both ourselves and the whole world that this false image of America and of the spirit and will of her people be rectified. A huge demonstration is called for to prove that the italian official and the benelux judge are wrong; that the American people is not standing for reaction and Gestapo-rabble, but for democracy and social progress, and for this demonstration the coming presidencial elections offer the one great opportunity. I don't know whether or not Henry Wallace will succeed in becoming President of the United States in 1948. But I do know that this man is the genuine expression and personification of the true American mind and will and that millions and millions of votes must go to him in order to restore the honor of America as a nation of wellmeaning intelligence and as the champion of progressive democracy.

(Den durch // gekennzeichneten Abschnitt fügte Thomas Mann seiner Hollywood-Peace-Rede ein. Siehe Text No. 39.)

Text No. 38
Zu TB 29. 5. 1948, Anm. 6.
Ein Schreiben Thomas Manns an den Verlag Mohr und Siebeck, Tübingen, zugunsten von Theodor W. Adornos Buch ›Philosophie der modernen Musik‹.

Sehr geehrte Herren,

mit besonderer Anteilnahme höre ich, daß Sie Theodor Adorno's Buch ›Philosophie der modernen Musik‹ herauszugeben beabsichtigen und möchte Sie aufrichtig dazu beglückwünschen, daß Sie diesem Autor, dessen bedeutendes Werk über Kierkegaard Sie früher schon veröffentlichten, durch diese nicht weniger gewichtige Publikation in Deutschland neues Ansehen verschaffen wollen.

Dr. Adorno ist einer der feinsten, schärfsten und kritisch tiefsten Köpfe, die heute wirken. Selbst schaffender Musiker, ist er zugleich mit einer analytischen Fähigkeit und einem sprachlichen Ausdrucksvermögen begabt, deren Präzision und aufhellende Kraft ihresgleichen suchen, und ich wüßte nicht, wer dem Publikum über die gegenwärtige Situation der Musik klügere und erfahrenere Auskunft zu geben wüßte, als er. Ich kenne sein Werk sehr wohl; es hat mir in gewissen Teilen Anregung und Belehrung gewährt bei meinem Musiker-Roman ›Dr. Faustus‹, und ich wünsche sehr, daß ihm in dem Lande, in dessen Sprache es geschrieben ist, die Anerkennung zuteil werde, die ihm gebührt.

Vor allem wünsche ich, daß Ihnen die französische Militärbehörde bei Ihrem verlegerischen Vorhaben alles Entgegenkommen, ein höchst angebrachtes, erweisen und mit Genehmigung, Papierbewilligung etc. nicht zögern möge.

Ihr sehr ergebener Thomas Mann.

Text No. 39
Zu TB 31. 5. 1948, Anm. 1.
Rede vor der Peace-Group in Hollywood.

Meine Damen und Herren, – als Meeting-Redner fühlt man sich heute in diesem Lande auf etwas unsicherem Boden. Man weiß nicht, was zu sagen, wovon zu reden noch erlaubt ist. Das Wort ›Friede‹ zum Beispiel, darf man es noch frei im Munde führen, ohne sich dem Vorwurf von unamerican activities auszusetzen? Zwar hat Präsident Truman für Memorial Day Friedensgebete angeordnet. Aber ob das mehr bedeutet als seine Anerkennung des Staates Israel, oder als unser sofort wieder verleugnetes Verhandlungsangebot an Rußland, ob nicht trotzdem ›Friede‹ als ein subversiver Begriff und als ein anderes Wort für Kommunismus betrachtet wird, dessen ist niemand sicher. Man kann nicht wissen, ob man nicht mit dieser Parole auf die Schwarze Liste des Attorney General kommt – gesetzt, man wäre noch nicht darauf – diese Schwarze Liste, die, wenn die Mundt-Nixon-Bill den Senat passiert, für jeden einzelnen von uns eine höchst schaurige Aktualität gewinnen kann.

Wie seltsam und wie melancholisch haben sich doch die Dinge geändert, seit ich zuerst in dieses Land kam! Damals, 1938, war Francis Biddle Attorney General, ein feiner Mann von hoher Bildung. Sprößling alter amerikanischer demokratischer Kultur, ein Kenner von Literatur und Kunst, ein Freund, mit dem man auf der gleichen geistigen Ebene heiter und vertrauensvoll verkehrte. Daß ich je vor dem Attorney General der Vereinigten Staaten würde zittern müssen, vermochte ich mir damals garnicht vorzustellen. Man lebte als geistiger Mensch, als Schriftsteller, in Harmonie mit dem Geist des Landes und seiner administration. Es war die Zeit, wo Amerikas großer Präsident die Worte sprechen konnte:

»The work, my friends, is peace. More than an end of this war – an end to the beginnings of all wars. Yes, an end, forever, to this impractical unrealistic settlement of differences between governments by the mass killing of peoples.«

War das subversiv, war es Kommunismus? O doch, unzählige Male sind – vielleicht nicht gerade diese Worte, ist aber das ganze System, das innen- und außenpolitische Verhalten, aus dem sie kamen, als kommunistisch denunziert worden, und im Jahre 1944 versandten ein republikanischer Senator und 12 representatives free through the mails ein Dokument, worin es hieß: »The red specter of communism is stalking our country from east to west, from north to south«, und worin die Roosevelt-Administration was charged of being part of a gigantic plot to sell our democracy out to the communists. – Und heute? Geschieht nicht seit Jahren alles, was geschieht, um der Nation den Geist auszutreiben, den Franklin Roosevelt ihr einflößte? Um sein Werk abzubauen und rückgängig zu machen, sein Andenken zu verkleinern und beschmieren? Geschieht nicht alles aus wütender Reue darüber, daß man nicht lieber mit Deutschland Rußland geschlagen, statt mit Rußland den Faschismus?

Aus dieser Wut, dieser Reue kommt die Mundt-Nixon-Bill des Unamerican Committee, die, wenn sie Gesetz würde, einen Schritt bedeuten würde – nicht den ersten, aber einen starken und bedrohlichen Schritt weiter zu einem amerikanischen Faschismus. Fortunately, ladies and gentlemen, contempt of the Unamerican Committee and of the Congress which enthusiastically accepted that bill, is a question of acting and not of feeling. For if it were a matter of feeling, I think most of us would be in jail. Ich würde mich niemals der aktiven Verachtung des Committees schuldig machen und ihm die Antwort verweigern, sondern, wenn ich von ihm citiert und befragt würde, so würde ich ebenso höflich wie aufrichtig antworten: Nein, ich war niemals ein Kommunist und werde es niemals sein. Ich liebe nicht die Diktatur, die oft schaurigen Methoden des Polizeistaates, die Regimentation der Kultur und ihre Herabzwingung auf ein Massenniveau. Ich halte dies alles in West-Europa für ganz unmöglich und unerträglich, aber ich glaube auch garnicht, daß ein autoritativer Sozialismus in Frankreich oder Italien notwendig ein russisches Gepräge tragen müßte, – das Gepräge eines Landes also, das die Freiheit niemals gekannt hat. [gestrichen: Ferner habe ich gelegentlich der Committee-hearings offen ausgesprochen, that to my mind the ignorant and superstitious persecution of the believers in a political and oeconomic doctrine which is after all the creation of great minds and great thinkers and which has its adherents everywhere on earth, – that this persecution is not only degrading for the persecutors themselves but also very harmful to the cultural reputation of this country.]

Noch einmal, ich bin kein Kommunist, aber ich verstehe die Anziehungskraft, die der Kommunismus ausübt auf die darbenden und unterdrückten Massen der Welt, diese Massen, die begriffen haben, daß ihr Elend nicht nötig wäre, und denen an politischer Freiheit wenig oder nichts, an Brot und ökonomischer Sicherheit aber alles gelegen ist. Ich verstehe auch die Anziehungskraft des Kommunismus für junge Menschen überall in der Welt, denen er in der Anarchie und Ratlosigkeit unserer Zeit einen seelischen Hafen, einen Glauben, einen Ankergrund zu bieten scheint. [gestrichen: und ich könnte Ihnen Briefe zeigen von solchen jungen Menschen in Europa and elsewhere, die mir das Glück schildern, das sie empfinden, seit ihnen die kommunistische Heilslehre ein Ziel gegeben hat, und seit sie wissen, wofür sie leben.]

Vielleicht werden Sie mir antworten: ›Es handelt sich nicht darum, den Kommunismus zu verstehen, sondern ihn zu bekämpfen.‹ Aber aus dieser Gegenüberstellung von understanding und fight sehen Sie schon, daß das Verstehen mit dem Gegenstande und der Parole unseres Meetings zu tun hat: mit dem *Frieden*. Der Friede ist eine Sache des Verstehens – freilich nur dann, wenn es sich im Ernst um den Gegensatz von Ideologien und nicht um einen bloßen Machtkampf handelt, bei welchem das Ideologische nur als Vorwand herhalten muß. In diesem Fall ist der blinde Haß auf den Kommunismus nur eine Maske für den Haß auf Rußland als Macht-Rivalen, und die Verfolgung von Anhängern der kommunistischen Ideologie in diesem Land hat dann den einzigen Zweck, die Geschlossenheit der Nation für den gewollten Krieg gegen Rußland zu gewährleisten. Vernichtet werden aber kann diese Anhängerschaft nur mit faschistischen Mitteln, und die erwiesene Neigung des Monopol-Kapitalismus, den Faschismus zum Schild zu nehmen, trägt dazu bei, daß die Bill of Rights schon manchen Abbruch zu erleiden gehabt hat, und daß das Land unter unkonstitutionellen Befragungen, Diffamierungen und Gesinnungsspionage langsam die Züge des Polizei-Staates anzunehmen begonnen hat. Wenn aber der Polizei-Staat nicht kommunistisch ist, was er bei uns gewiß nicht ist, was ist er dann?

Ich sage nicht, daß wir bereits in einem faschistischen oder auch nur semi-faschistischen Lande leben. Aber wenn Amerika sich selbst die Demokratie vorbehält, modified by that cold war – draußen in der Welt unterstützt und schützt es den Faschismus überall, und hat dadurch seit dem Ende des Krieges eine beklagenswerte Einbuße an moralischem Prestige erlitten. People like myself, who came over (Wallace speech, p 1–3) [s. Text No. 37] That it should come to this! says Hamlet. That it should come to the fact, daß Dr. Hjalmar Schacht uns bereits bescheinigte, wir seien auf dem rechten Wege! Was sollte geeigneter sein, uns stutzig zu machen? Was sollte geeigneter sein, uns die Augen dafür zu öffnen, daß dieser Weg ein unamerikanischer Weg ist, daß wir ihn verlassen und in unserer Innen- und Außenpolitik (denn die beiden gehören zusammen) den Weg wiederfinden müssen, den Roosevelt uns führte?

Der Krieg gegen Rußland und also auch der kalte Krieg, der nur sein Vorspiel sein kann, sind keine Notwendigkeit. Der Krieg mit Rußland ist nur unvermeidlich, wenn wir ihn wollen – und das amerikanische Volk, das gut und freundlich ist, will ihn gewiß nicht, – so wenig wie Rußland ihn wollen kann, das viel zu sehr gelitten hat unter dem vorigen Krieg und noch zu sehr auf seinen sozialistischen Wiederaufbau bedacht sein muß, als daß es von sich aus auf den unabsehbaren Waffengang mit den Vereinigten Staaten sinnen könnte. Dazu entschließen würde es sich nur aus Not, wenn wir es dazu zwingen, es in die Enge treiben, indem wir etwa der Sowjet-Union des Recht bestreiten, sich, nachdem sie in einem Vierteljahrhundert zwei zerrüttende Invasionen erlitten hat, mit einem Cordon von freundlichen Staaten zu umgeben – wenn wir also beschließen sollten, Rußland aus den Balkans [?] auszutreiben, wo ihnen die Hegemonie in Yalta zugesichert worden ist.

Man kann nicht sagen, daß die Russen unzuverlässige Vertragspartner sind. Als Churchill in Griechenland die Liquidation des wartime underground einleitete und die Rückkehr der exiliierten Faschisten und Monarchisten zur Bildung der gegenwärtigen Regierung erzwang, da kam ein milder und formeller Protest von Washington, aber keiner von Rußland, denn in Yalta it had been agreed Greece was not to be included in the Soviet sphere of influence. Desto mehr Verantwortung tragen wir für die Greuel, die heute dort geschehen, die Geisel-Morde, die täglichen Erschießungen, Untaten eines reaktionären Regimes, denen in der Tschechoslowakei nichts Ähnliches an die Seite zu stellen ist. Was dieses Land betrifft, so war die Wendung, die dort die Dinge genommen haben, die Folge eines political thunder, der von den antikommunistischen Parteien hinter dem Rücken des Präsidenten Benesz, ohne sein Wissen, begangen wurde; eine interne Gegenaktion der tschechischen Kommunisten, an der Rußland keinen unmittelbaren Anteil hatte.

Rußland ist nicht interessiert daran, daß in den Staaten seiner Einfluß-Sphäre unbedingt der totalitäre Kommunismus russischer Prägung herrscht. Das beste Beispiel dafür ist Finnland, wo – ich erwähne das als ein Symptom – meine Bücher und die anderer nicht-kommunistischer Schriftsteller frei erscheinen können – wie übrigens auch in

Prag –, und wo noch kürzlich zum Erstaunen der Welt ein kommunistisches Mitglied der Regierung einfach fired wurde. Rußland genügt es, wenn die es umgebenden Länder Regierungen haben, die ihm und jeder Form von Sozialismus nicht geradezu feindlich gesinnt sind. Auch in den Staaten West-Europas würde ihm das genügen, und wenn es sich überzeugen könnte, daß Amerika es leben lassen will, daß Amerika davon absteht, den Welt-Faschismus gegen Rußland zu organisieren und Deutschland wieder aufzubauen als ein Bollwerk ›to save western civilization from the threat of communism‹, kurz, wenn es wieder ein Roosevelt-Amerika vor sich hätte und nicht das Amerika des Committee on unamerican activities, so wäre die Verständigung zwischen den beiden großen Mächten, ihr friedliches Nebeneinanderleben durchaus möglich, und die Welt wäre befreit von dem Fluch des Zwiespalts zwischen West und Ost, der allein ihre Gesundung aufhält und sie hindert, die großen sozialen Aufgaben zu erfüllen, die ihr gestellt sind.

Der Krieg ist längst nichts anderes mehr, als ein widerliches Hinter die Schule laufen vor diesen wirklichen und ernsten Aufgaben, und nichts anderes ist auch der kalte Krieg mitsamt dem Marshall-Plan, der nur sein Mittel ist, – ein Mittel, Europa dem Sozialismus abzukaufen und es gegen Rußland zu bewaffnen. Die Milliarden und Abermilliarden, die wir dafür opfern, indem wir so die amerikanische Wirtschaft selbst gefährden und unseren Lebensstandard verkümmern, sind verschwendet. Nicht so stellt man die Weltwirtschaft wieder her und befriedigt die Sehnsucht der Massen nach Sicherheit, Arbeit und Brot. Man tut es durch die Zusammenarbeit von Ost und West, durch full scale trade with Russia, by the establishment of Peace.

Mein ›Friede‹ ist keine kommunistische Parole. Es ist der sittliche Befehl, der kategorische Imperativ, der heute an die Menschheit ergeht, und den sie nur um den Preis ihrer Selbstzerstörung mißachten würde. Und eine Peace Conference wie die unsrige is no unamerican activity, im Gegenteil dient sie dazu, to restore the honor of America as a nation of wellmeaning intelligence and as a champion of progressive democracy.

Text No. 40
Zu TB 4. 7. 1948, Anm. 2.
One Does Not Lead The World by Terror. Antwort auf eine Umfrage der ›St. Louis Post Dispatch‹.

It was my good fortune to come to the United States in 1938 when the air in my native Europe had grown more and more difficult to breathe. Even in free and democratic Switzerland I was no longer able to speak my mind on the crucial issues of the day without embarassing my hosts, the Swiss Government and people. America received me generously, and here I was permitted to work both as an artist and a responsible citizen of our endangered globe. As time went by, I also came to participate in the life of the nation whom I liked and respected from the very outset; and eventually – in the midst of World War II – I acquired American citizenship. I have never thought lightly of this privilege and its inherent rights and obligations, and though my European heritage will remain a decisive part of my spiritual makeup, I feel that I now belong here and am glad of it.

At the time I spoke of – the time of Europe's imminent downfall and Nazification – the United States appeared to be the world's best hope. Under America's great President, Franklin Roosevelt, this country seemed to be moving toward that synthesis of democracy and socialism which remains the order of the day. An all-important reconciliation seemed to be in the offing – the reconciliation of social justice and democratic freedom; and powerful America seemed destined to lead humanity into a better, more humane future.

If today all does not look as hopeful here as it did in the late thirties, it is the general condition of the world, rather than any exclusively American development which should be blamed. And if people like myself feel compelled occasionally to warn against certain tendencies prevalent in this country, they are doing so, not because of any lack of gratitude or from the point of view of critical strangers. Quite the contrary! My very attachment to the United States makes me a vigilant and sometimes apprehensive observer of American policies.

As for the general condition of the world that I mentioned, it has been brought about by the recent war which, though fought in the interest of humanity, has left us in a state of confusion, corruption and continuous danger. In Russia, it suspended – temporarily at least – the needed evolution from totalitarianism towards democracy; and while, in the United States, the preservation of democratic freedom is allegedly the mainspring of all that's being done, our means of defence are sometimes dangerously close to those of the police state. Both, here and in the Soviet Union, arrogant nationalism and aggressive imperialism constitute very real dangers. And here as there the notion of world leadership has been gravely misunderstood.

One does not lead the world by either bribing or terrorizing it into submission. In this country, isolationism at last would appear to be a thing of the past but many a former isolationist rejoices in an internationalism which would buy and exploit the world rather than guide it.

These are some of the anxieties which I felt urged to express at this time. They do not lessen my thankfulness to this country. Nor have I ceased to believe in our nation's basic soundness and its ability to collaborate with others on the establishment of a just and lasting peace. If some influential Americans today appear to be thinking in terms of a ›preventive war‹, it is up to the people to make them change their puerile minds. For nothing could be more disastrous and suicidal for our planet than to engage in the atomic conflict. We must not permit it to happen.

For the rest I am fond of recalling a remark by a British friend – Harold Nicolson. »In the United States«, he told me last summer, »one has to distinguish between the weather and the climate. Though at present the weather is undeniably bad, the climate continues to be fine.«

Text No. 41
Zu TB 21. 7. 1948, Anm. 2.
Thomas Manns Auskunft an den Doktoranden Harry F. Young in Sachen Maximilian Harden. Pacific Palisades, 24. 7. 1948.

Dear Mr. Young,

Maximilian Harden, whom I have known personally, was a very strange personality. Originally an actor, he transferred his dramatic talent to the field of history and politics, which he viewed completely in the light of scenic effects, heroism and histrionics. He was without doubt the most important and interesting publicist Germany has produced, and it was for a good reason that, after his dismissal, Bismarck drew him to his side: he recognized in Harden's polemic talent an excellent means of taking revenge on Wilhelm II. and to defend his creation, the German Reich, against the reckless and fatal politics pursued by the Kaiser.

Harden's fame and success were chiefly based on his ability to present the political realm in a literary light, in literary form and with artistic verve. His tendencies were often dubious. Just because he was a Jew, he leaned strongly toward snobbish conservativism and Prussianism, and inclined very much toward the paradoxical; at the time of the Dreyfus affair which exited all of Europe and split it into two camps, Harden was a passionate anti-Dreyfusian and opponent of Zola. Until 1914 his writings had a definitely militaristic character, but later he converted to a slighty hysterical pacifism. His methods of fighting the corruption among the court circles, or more personally speaking, of the Count Eulenburg, were not exactly in good taste.

But everything he wrote was interesting and highly readable, and there is no doubt in my mind that of the critical personalities prominent at that time in Berlin and Vienna – Karl Kraus, Alfred Kerr and himself – he was the most important one, and endowed with the widest horizon. Wishing you good luck to your dissertation, I only want to add that you will, of course, regard this letter as completely private and personal.

Very sincerely yours Thomas Mann

Text No. 42
Zu TB 20. 8. 1948, Anm. 1
Das Postscriptum von 1943 für die 1938 versenkte ›Time‹-Capsule.

When I wrote my little contribution to the Time Capsule in 1938, many among us could already clearly see the ordeal that was inevitably approaching this country, and that it would have to participate in the war for the rights of man that has been forced upon the free peoples by the fascist criminals. Generally speaking, this war is exactly about what I gave in my contribution its proper name: The right of man to strive for the most exalted image of himself, for the idea of the humanization of man. In hoping for victory our hope is indentical with that to get perhaps one step nearer to the goal. We ought not to forget our epoch, in spite of all the suffering and terror, contains at the same time, great hopes. It is altogether possible that humanity, through this terrible war, will make a decisive step forward in its social wisdom and maturity.

This seems to me to be what I would add to the words which I entrusted, five years ago, to the Time Capsule.

Text No. 43
Zu TB 14. 9. 1948, Anm. 1.
Handschriftliches Konzept eines Briefes ›An die Leser des »Aufbau«‹ zugunsten von Wilhelm Speyer, undatiert.

Meine Damen und Herren,

erlauben Sie, daß ich mich, völlig auf eigene Hand, an Sie alle in einer menschlichen und künstlerischen Angelegenheit wende, die mir am Herzen liegt, und für die ich auch Ihr aktives Interesse hoffe gewinnen zu können.

Sie haben, viele von Ihnen jedenfalls haben kürzlich in diesen Blättern die schöne, warmherzige Besprechung voll hohen Lobes gelesen, die Herr Kurt Pinthus dem großen Roman von Wilhelm Speyer: ›Das Glück der Andernachs‹ widmete. Ich habe mich von Herzen darüber gefreut, denn wenn je ein Werk der zeitgenössischen Literatur eine so ausdrucksvolle, ja begeisterte Würdigung verdient hat, so ist es Speyers außerordentliches Buch. Wir alle, oder doch die Älteren unter uns, erinnern uns wohltuender, zuweilen bezaubernder Eindrücke, die wir dem noch jugendlichen Talent dieses Dichters verdankten, – ich denke an seine reizende lyrische Novelle ›Wie wir einst so glücklich waren‹, an die frische lebensvolle Internatsgeschichte vom ›Kampf der Tertia‹, an ›Schwermut der Jahreszeiten‹, die elegische Liebesnovelle, und an so manche mit feinem Kunstgefühl geformte Kurzerzählung. Das alles waren, gewiß ohne daß er wüßte, nur anmutige Vorspiele zu viel Bedeutenderem. Dieser Mann und Künstler ist den schweren Weg gegangen, den das Weltgeschehen so vielen von uns gewiesen hat, und er ist auf ihm nicht ermattet, sondern erstarkt. Die Unbilden des Exils haben seine Kräfte, die künstlerischen, moralischen, geistigen, gespornt, gestählt, haben sie voller und mächtiger gemacht und sie zu einer Leistung herausgefordert, deren er sich im sicheren Behagen der Heimat vielleicht nie unterwunden hätte, – und von heute auf morgen (in Wirklichkeit aber durch lange und treue Arbeit) hat er sich damit unter die Ersten und Besten gestellt, die heute die Kunst der Erzählung pflegen.

Man soll große Worte nicht unnützlich brauchen, aber dieser Roman, der, einsetzend zur Zeit Bismarcks und des jungen Wilhelm, mit kluger Kunst, die Schicksale zweier deutscher Familien, einer jüdischen und einer märkisch-adligen parallelisiert, ist genau das, was man ein Meisterwerk nennt: ein Werk gereiften, voll ausgebildeten, ganz zu sich selbst gekommenen Könnens, wie es immer nur das Produkt strenger und anspruchsvoller, um das Gute und Große wissender Selbsterziehung sein kann. Es ist da eine Kundigkeit im Historischen und Gesellschaftlichen, ein Blick für soziale Typen nebst der Fähigkeit, sie reden und wandeln zu lassen, eine Kenntnis des Menschenherzens, ein Ausschöpfen des erzählerischen Augenblicks – das Gegenteil der Flüchtigkeit –, ein Vortrag dazu, der Gescheitheit und Empfindung vereinigt und auf nobler Höhe das Platte so gut wie das Preziöse vermeidet, – höchst selten das alles, höchst wohltuend, gewinnend und in bedeutendem Sinne unterhaltend.

Warum lobe ich noch einmal, was hier und in Europa soviel schon gelobt worden ist? Das Buch ist vollkommen in seiner Art – und ist doch unvollständig. Mit seinen viereinhalbhundert Seiten ist es ein Anfang, ein erster Band. Größer hat der Autor es gedacht, zum Größeren möchte er es ausbauen, denn vieles von deutscher Entwicklungsgeschichte, von individuellem und von Familien-Schicksal ist unternehmenden Geistes darin angelegt, was weiterzutreiben, bis in unsere Tage, bis zur deutschen Katastrophe von 1933 und 1945 fortzuführen der Sechzigjährige sich wünscht, sich zutraut. Kurzum, er möchte sein Werk vollenden – und sieht nicht, wie er es tun kann, wie zu leben wäre, während er es tut. Die Umstände, alle schlechten Umstände wollen, daß er des Minimums wirtschaftlicher Sicherheit entbehrt, das ihm ruhige, freie Hand geben würde, seine Aufgabe zu erfüllen. Ein Jahr, anderthalb Jahre einer bescheidenen Geborgenheit vor direkter Not, des freien Ausblicks auf unbeängstigte Arbeitsfrist, und es wäre getan.

Wollen wir ihm nicht helfen? Ich rede in niemandes Auftrag, auch nicht im Namen dieses Blattes, ich rede allein und persönlich und zwar zu den vielen Lesern und Freunden, die Speyer, über die Welt hin verstreut, besitzt. Ich schlage eine Ehrengabe vor, eine Sammlung, die verhindern soll, daß ein bedeutendes literarisches Monument unserer Zeit Fragment und Torso bleibe, und eröffne sie, so gut ich kann, mit 100 Dollars. Mancher Reichere wird mehr geben können und wollen, und geben nur hundert von Ihnen die Hälfte, den vierten Teil, so haben wir im Handumdrehen das bißchen Geld zusammen, das nötig ist, einem guten und schönen Werk zu vollem Wuchs zu verhelfen.

Text No. 44
TB 15. 9. 1948, Anm. 2.
Brief Thomas Manns an Walter Lippmann, Pacific Palisades, 13. 9. 1948:

Dear Mr. Walter Lippmann,

For some time past I have been much concerned about a situation which – I have come to think – might prove of interest to you. Although it involves primarily the German writers or, more generally, the intellectuals in the Western Zone, I believe American interests to be also at stake.

Here is the issue: As you surely know, the American Military Government are not overly interested in anything »spiritual«. Despite their highly advertised plan to »re-educate« the German people they tend to neglect and to brush aside the very men – and women – without whose assistance »re-education« – a most problematical notion in itself – becomes an utter impossibility: the well-meaning, the »better«, the political untained German intellectuals. This had been true from the very outset. Never, in the American and British Zones, were these authors, professors, etc. given any special consideration or encouragement. On the contrary: In as far as such grouping existed, they were placed in the lowest, least »essential« class of applicants for supplementary rations and the like; and since, with a few prominent and rather dubious exceptions, they had not been able to accumulate riches under Nazism, they lacked the funds needed to complement their meager allotments on the black market. To make matters worse, the rank and file of their countrymen, whose respect and admiration for the »spirit« have always been limited were quick to appreciate the lack of interest displayed by the occupying powers. And, even worse, the petty German officials – former Nazis very many of them – who play so decisive a part in the lives of today's Germans made it a point to annoy and injure our collegues, and quite especially the non-Nazis among them, whenever an opportunity offered itself. I am reliable told that these people find it very difficult to obtain any of the countless special permits required for the repair of houses and flats; for the purchase of clothes and shoes, and so on.

Though all this has been going on for a long time, two recent developments have aggravated the situation. The German currency has not only impoverished the nation as a whole, it has also, more particularly – at least for the time being – wrecked the book market; all but ruined the theatres, and caused even the best and most popular revues and magazines to lose up to 90% of their subscribers. Now that money is exeedingly scarce whereas consumer goods have become available, a large number of editors, lectors, and other literary job holders have been dismissed to join the ranks of the free-lancing majority who find it completely impossible to earn their livings. Simultaneously, the Soviets – always eager to cultivate »their« German intelligentsia – appear to have stepped up their efforts in this respect. As for both, housing and food, intellectuals in the Soviet Zone enjoy a highly privileged existence and one which their opposite numbers in Western Germany view with bitter envy. The latter, of course, know that this comparative well-beeing, including »Stalin Parcels« and ration-free meals, has to be paid for, and that the »Easterners« are no longer free to write and talk as they please. »But then«, as one of my »Western« correspondents put it, »our strictly rationed spiritual freedom means precious little in the face of the physical privations which we writers have to endure, and which some of us may not be able to endure much longer«.

Please do not, dear Mr. Lippmann, misunderstand me. I am not trying to enlist your sympathy for these confreres of ours many of whose self-pitying complaints make unpleasant reading and not all of which ring entirely true. Even so, the discrepancy between the Soviet and our own attitude toward the German intelligentsia remains a matter of fact which cannot but hurt America's best interests. That is why, some time ago, I felt urged to approach the American PEN whose International Relief Fund has not thus far been open to German nationals, and suggested that a number of needy and worthy German authors be put on the PEN's list, and receive occasional CARE-parcels. Both, Ben Huebsch and Elmer Rice saw my point, and packages have been sent to some 50 or 60 writers. The effect, I noted, has been great – far greater than the actual, or even the relative value of the gifts would seem to have warranted. That an American writers' organisation should have come to the rescue of its German collegues seems to have meant a crucial and encouraging deal. All the more regrettable was it for me to learn a few days ago that the PEN had run out of funds, and could not in the foreseeable future continue its international relief work.

In an urgent and intelligent letter, Mr. W. Sternfeld (London) has just pictured to me the probable consequences of the PEN's announced inability to help. Mr. Sternfeld, a Czech citizen, a member of the Board of the German (refugee) PEN in London, and an ardent and seasoned worker on behalf of Hitler's victims, is anything but sentimentally »pro-German«. In fact, he has been very useful in helping to distinguished between the reliable elements and the objectionable ones, and his judgement of the latter has proved most severe. Opposed to fascism and communism alike, the man considers our failure to alleviate the plight of »our« German intelligentsia a serious political blunder which the Russians find it very easy to exploit. No piece of direct Soviet propagande – he assures me – has been remotely as successful as is this indirect, benevolent approach.

I cannot help agreeing with Mr. Sternfeld, and keep wondering what might best be done. Feeling that even the continuance of the PEN's modest parcel service would be quite valuable, I should gladly approach a number of friends with a view to obtaining the necessary funds. If at all possible, however, more ought to be done. Some sort of an official move designed not merely to ameliorate existing living conditions but also to convince the whole of Western Germany of America's determination not to let her thinking and writing friends (or potential friends) perish would seem to be called for. And I cannot imagine any better means to provoke some such move than one – or even one half – of your columns. Surely, the issue deserves our attention. Considering the important part that Western Germany is scheduled to play within the framework of the Marshall Plan, the mood and morale of those who mold public opinion there cannot be deemed negligeable. Should you agree in principle but find this letter insufficiantly documented to serve as a basis for your appeal, I should be happy to furnish additional and more detailed information.

Besides, and just in case: I might, of course, personally adress an open letter to the ›New York Herald Tribune‹, presenting the case to a limited public. Need I tell you, though, that as a writer of German birth I should appear to be pleading primarily *pro domo*, whereas your quasi semi-official status as America's foremost commentator on foreign affairs would lend the greatest possible weight to your argument? Your piece, moreover, would be read throughout the country, while mine might or might not be re-printed outside of New York City.

May I hope to hear from you?

Believe me, dear Mr. Lippmann,

Yours very sincerely Thomas Mann

P. S. Apart from its probably result in the official sphere, your printed comment would be certain to impress and influence potential donators to the PEN's International Relief Fund which is why I shall await your reply before approaching the persons in question.

Text No. 45

Zu TB 1. 10. 1948, Anm. 3.

(›The German-American‹, New York, vol. VII, No. 12 v. 21. 10. 1948, 1.)

Thomas Mann wählt Wallace

Anläßlich einer Versammlung für Henry Wallace in Hollywood gab Thomas Mann, der weltberühmte deutsche Schriftsteller und Nobelpreisträger für Literatur, folgende Erklärung ab:

Ich benütze die Gelegenheit, da Henry Wallace die Westküste mit seinem Besuch beehrt, um ihn, als den getreuesten Sohn Amerikas, auf das herzlichste zu begrüßen. Unser Gast ehrt sein Heimatland dadurch, daß er die Wahrheit verkündet. Er ist ein aufrechter Vorkämpfer und läßt sich nicht einschüchtern durch jene Dummköpfe, die ihn mit Beschimpfungen überhäufen. In den Augen der ganzen Welt werden jene Millionen, die ihm ihre Stimme geben werden, als die moralische und intellektuelle Elite angesehen werden. Wenn es auch so aussieht, als ob ernste Schwierigkeiten einer ehrlichen Verständigung mit dem heutigen Rußland im Wege stehen, so müssen wir uns doch darüber klar sein, daß der amerikanisch-russische Konflikt das gefährlichste Hindernis darstellt, für den gesamten Fortschritt der Menschheit. Die Zukunft der ganzen Welt hängt von der Lösung dieses Konfliktes ab und Wallace ist der richtige Mann, um diese Lösung zu ermöglichen. Aber jene Leute, die vielleicht bald die Regierungsmacht in ihren Händen halten werden und die sich selbst so gern als die Beschützer des Friedens ausgeben, haben in Wirklichkeit keine feste Überzeugung. Wenn sie zur Macht kommen sollten, so werden sie nur dann fühlen, daß sie sich für den Frieden einsetzen sollen, wenn der Ausgang der Wahlen deutlich zeigt, daß ein großer Teil des amerikanischen Volkes den Frieden fordert.

Laßt uns deshalb, laßt alle wahren Amerikaner, eine großartige, höchst notwendige Friedensdemonstration durchführen, indem wir alle für HENRY WALLACE wählen.

Text No. 46
Zu TB 9. 10. 1948, Anm. 4.
Schreiben an W. E. Süskind, Pacific Palisades, 6. 10. 1948:

Lieber Herr Süskind,

Ihr freundlicher Brief vom 6. Juni liegt immer noch neben mir (mit den Kongress-Berichten, peinlich, peinlich [s. TB 14. 6. 48, Anm. 6]) und nun kommt die ›Frankfurter Rundschau‹ mit Ihren Bemerkungen über Lotte in Weimar, für die ich denn doch, wie der Alte sagen würde, allerschönstens zu danken habe. Selten oder nie, scheint mir, ist so

Zartes, Feines, Schönes und Verständiges über das Buch gesagt worden – über den Roman, wäre es mir fast entschlüpft, denn ich kann ja doch nicht umhin, und es wird auch garnichts übrig bleiben, als das Ding in diese Kategorie zu rechnen, die ich viel zu variabel sehe, als dass nicht auch meine Art von Produktion sollte darin unterzubringen sein. Für mich ist der Roman einfach das Gebiet literarischer Abenteuer, und er ist desto mehr Roman, je mehr er *als Werk*, als Unternehmen, an sich selbst romanhaft, d. h. abenteuerlich, neu und ›kein Roman mehr‹ ist. Es ist nun einmal meine Lust und mein Schicksal, auf eine liebevolle Art die Tradition aufzulösen. »Under the cover of a conventional use of language«, schrieb hier neulich jemand, »he has been perhaps as adventurous an innovator as Joyce.« Die Deutschen, besonders natürlich die deutschen Literaten, haben mich nie richtig gesehen.

Mit der Undelikatesse des ›siebenten Kapitels‹ ist es auch so eine Sache. Die darin geübte Verspieltheit ist eine mein Leben durchwaltende Eigenschaft. Als Junge spielte ich Griechengötter und Prinzen, und mit 60 habe ich einmal Goethe gespielt, – wem tut es weh? Ich denke gern an die Zeit dieser unio mystica zurück. Es war eine Art von Tempeltheater, und immer bedeutete ja, einen Gott zu spielen, auch ein bisschen, der Gott zu sein. Haben Sie ›Joseph, der Ernährer‹ in Ihrem Besitz? Dann lesen Sie doch, bitte, nach, was Joseph gleich im ersten Kapitel zu Chamat über die höhere Unterhaltung, das ›durch die himmlische Blume leben‹ und über den Aerger der Ehrsamkeit dessentwegen sagt! Es ist die beste Antwort an die Delikaten, die mir mein Spiel nicht gönnen, und war auch als Antwort an sie gemeint.

Verzeihen Sie meine Geschwätzigkeit! Ich wollte mich nur empfänglich zeigen für Ihre kluge Betrachtung. Das Blatt zeigt, dass ihr dort schon mit dem Goethe-Jubiläum beginnt. Mein Gott, und ich muss mich ja auch vorbereiten, habe schon im Osten und in England fürs Frühjahr Versprechen abgegeben, ohne bisher – eine *Ahnung* zu haben, wie ich noch einmal etwas über Goethe zusammenkratzen soll! Bis Anfang nächsten Jahres hat es Zeit. Ich hatte einen kleinen archaischen Roman nach Hartmann von Aue's ›Gregor auf dem Stein‹ angefangen und schreibe jetzt an meinen Erinnerungen betreffend die Entstehung des ›Doktor Faustus‹ während der Jahre 1943-1946, – ›Roman eines Romans‹ – auch eine Unterhaltung, an der mancher sich ärgern wird. Aber eine Anzahl von Freunden wird es interessieren.

Gute Gesundheit, gute Arbeit wünsche ich Ihnen und uns allen den Frieden. Churchill, aesthetisch genommen ein wundervoller Kerl, freut sich schon unbändig auf den Krieg, aber ich kann an diesen Wahnsinn noch nicht glauben.

Ihr Thomas Mann.

Texte No. 47–50
Aus dem Typoskript der *Entstehung des Doktor Faustus* ausgeschiedene Passagen:

No. 47 (zu TB 15. 8. 1948, Anm. 1.)
Die bereits im Manuskript umgeschriebene Rechenschaft über das Schildknapp-Portrait im VIII. Kapitel, GW XI, 202/203 lautete ursprünglich:

⟨Im Roman war das Portrait Rüdiger Schildknapps an der Tagesordnung, ein künstlerisch gelungenes Stück, dessen menschliche Fragwürdigkeit (denn um ein Portrait⟩, durchaus kein boshaftes, aber ein unverfälschtes, handelte es sich nicht nur der Form nach) ⟨damals überhaupt mein Bewußtsein nicht berührte. Dazu war Europa und was dort lebte, oder nicht mehr lebte, zu weit abgetrennt, versunken, zu sehr Vergangenheit und Traum geworden.⟩ Dazu, vor allem, stand ich zu sehr unter dem Banne eines Buches, wie ich es nie geschrieben und wie es auch sonst, soviel ich sah, in der Welt nicht vorkam, eines Buches, ⟨das, Bekenntnis und Lebensopfer durch und durch⟩, im streng Werkmäßigen scheinbar sich haltend, kein Werk mehr sein wollte, sondern, indem es als gebundenste Komposition sich darstellt, zugleich aus der Kunst tritt und auf fast wilde Art ins Wirkliche übergeht. Die Erregung, in der es lebt und die es erzeugt, diese Erregung von der dem guten Serenus Zeitblom beständig die Hand zittert, hat hier ihre Quelle. Seine Rücksichtslosigkeit ist radikal – bis zu jener Unmenschlichkeit, die zum Charakter seines Helden gehört und ›Kälte‹ heißt. In ein nach Deutschland gesandtes Exemplar schrieb ich: ›Dem alten Freunde ... dies Lebensbuch, worin, was vom Unmenschen in mir ist, ohne Rückhalt zu Tage kommt. Wiederholt freilich schrieb ich auch: ›Es fehlte nur, daß ich mit einem Buch, das mir selber beinahe ans Leben ging, auch noch Mitmenschen wehe tun müßte‹. (Manuskript Blatt 68/69)

No. 48 (zu TB 12. 10. 1948, Anm. 2.)
Aus Kapitel III; GW XI, 158, Zeile 10, nach »in das Unternehmen des 36jährigen« stand ursprünglich:

Ein 68jähriger setzte es fort, in neu belebter Lust an dem in vieler Hinsicht höchst adäquaten Stoff, den er in festhaltender Geduld durch die Jahrzehnte und so viele abweichende Anstrengungen hindurchgetragen – wie das Material, das sich, Handschrift, Notizen und tausend gesammelte Einzelheiten, 1933 in dem beschlagnahmten und von der Nazi-Polizei durchstöberten Koffer befand, später in Küsnacht in rückwärtigen Schreibtischfächern verstaut wurde und nun hier den Platz der Joseph-Hilfsmittel einnehmen würde. Viel Information ist mit dem Münchener Arbeitszimmer abhanden gekommen, und ich ermesse noch nicht, welche Hindernisse der Verlust bereiten würde. Die Wiedervertiefung in das Vorhandene muß zeigen, ob der sachliche Reiz stark genug ist, mich zu den nötigen Studien zu bewegen. Vorläufig wird der Gedanke der Wiederaufnahme hauptsächlich durch die Idee der Kontinuität, des großen Bogens gestützt. Die umstürzenden Abenteuer dieser Jahrzehnte, die Zumutungen, die zwei große Kriege stellten an Herz und Hirn, Revolution, Exil und Wanderschaft, in immer erneuter Arbeit durchgestanden, – und nun reizt mich der Trotz, zurückzugreifen auf das, worüber so viel Sturm und Mühe, Zeit und Leben hinweggegangen, und ein Beispiel heiter-unbeirrbarer Treue, überlebender Ausdauer zu geben mit der Durchführung des vor Alters abgebrochenen epischen Capriccio. ⟨Vorteil, auf einer alten Grundlage weiterzubauen.⟩ (Typoskript S. 18/19).

No. 49. Kapitel IV, Ende, GW XI, 168, Zeile 4, zwischen »als weil« und »die Idee« ist folgende Passage gestrichen:

⟨Nicht so sehr, weil solche Aufklärung eine kleine Bresche in die sphärische Geschlossenheit meiner Romanwelt schlägt, als weil⟩ von einem Raube, einer Enteignung weder im Ernst noch im Spiel die Rede sein kann. Zwar ist der Name Schönberg so wenig wie der Nietzsches genannt, – so will es die Geschlossenheit der Sphäre. Aber nirgends steht geschrieben, daß Leverkühn (und *nicht* Schönberg) der Erfinder der Zwölf-Ton-Technik sei. Er behauptet es nicht, und es wird nicht von ihm behauptet. Er entwickelt auf jenem Spaziergang dem Freunde, der nichts von Wien, Hauer, Schönberg weiß, die komplizierte Theorie eines neuen ›strengen Stils‹, zu dem es in seiner eigenen früheren Produktion schon Ansätze gibt, von der er aber nicht sagt, daß er sie erfunden habe. Die Gefahr liegt nun freilich zuletzt nicht darin, daß der Leser glauben könnte, mein Komponist sei der Autor dieser Theorie, als darin, daß er, folglich, glauben könnte, ich sei es. Ich habe diese Gefahr in Kauf genommen aus dem einfachen Grunde, weil ⟨die Idee der Zwölf-Ton-Technik in der Sphäre des Buches, dieser Welt des Teufelspaktes und der schwarzen Magie eine Färbung, einen Charakter annimmt, die sie – nicht wahr? – in ihrer Eigentlichkeit nicht besitzt, und die sie wirklich gewissermaßen zu meinem Eigentum, das heißt: zu dem des Buches machen. Schönbergs Gedanke und meine ad hoc-Version davon treten so weit auseinander, daß es, von der Stillosigkeit abgesehen, in meinen Augen fast etwas von Kränkung gehabt hätte, seinen Namen zu nennen.⟩ (Typoskript S. 31/32)

No. 50. Kapitel XIV, GW XI, 290, dritte Zeile von unten nach »ging Ende Oktober ab«, ist folgende, den Verleger Gottfried Bermann-Fischer betreffende Passage gestrichen:

... das druckfertige Manuskript, 34 Kapitel, waren an Mrs. Lowe sowohl wie an den deutschen Verleger abgegangen, der nun also *gelesen* hatte, zweimal alles Vorliegende, wie er mir sagte. Er hatte mir geschrieben, wollte mir aber durchaus schon vor Eintreffen des Briefes sagen, welchen schwer zu beschreibenden Eindruck die Lesung auf ihn gemacht und wie erfüllt er davon sei. Was da über die Weiten von Küste zu Küste zu mir drang, der erste Rückhall des Buches, die erste Äußerung deutscher Leserberührtheit davon, lief auf Leverkühns knabenhaftes Gesprächwort über die dritte Leonorenouvertüre hinaus, das Bermann in seinem Brief citierte: ›Sag, was hältst du von der Größe? Ich finde es hat sein Unbehagliches, ihr Aug' in Aug' gegenüberzustehen.‹ Muß ich sagen, daß ich die helle Angetanheit des Mannes, der meine Arbeit der deutschlesenden Welt vermitteln sollte, mit Vorsicht aufnahm? Dennoch tat sie ergreifend wohl nach so viel Kämpfen und Sorgen. Ob man an solche Lobpreisung nun glaubt oder nicht, – man läßt sie doch dem noch Bevorstehenden zugutekommen; übertrieben und täuschend wie sie sei, man benutzt sie als tonisches Mittel, um mit dem noch zu Tuenden leichter und zuverlässiger fertig zu werden.

⟨Das erste Echo-Kapitel (XLIV) war Anfang November begonnen worden . . .⟩ (Typoskript S. 196).

Text No. 51
Zu TB 20. 10. 1948, Anm. 2.
Statement zugunsten des ›Minister of Peace‹ Ernest Caldecott; Pacific Palisades, 30. 10. 1948

Dear Mr. Caldecott:

It was a great pleasure to see you at my home the other day in your new capacity as ›Minister of Peace‹. That is a beautiful title, a venerable office, and its importance was on my mind when I reflected on how best to comply with your wish to send you and your readers again a short Christmas message.

Were I to determine what I, personally, mean by religiousness, I should say: it is *attentiveness* and *obedience;* attentiveness to the inner changes of the world, the mutation in the aspects of truth and right; obedience which loses no time in adjusting life and reality to these changes, this mutation, and thus in doing justice to the spirit. It is the concern with the will of God, with which ours must coincide; with the demands of the present, the postulate of the aeon, of the world hour, the intelligent listening to what the world spirit wants, to the new truth and necessity.

That is my definition of religiosness and of ›sin‹. To live in sin is to live against the spirit, to cling to the antiquated, obsolete, and to continue to live in it, due to inattentiveness and disobedience. The consequence of this are visitations and catastrophes, which represent the inevitable punishment when man has permitted the cleft between truth and reality to become too wide, while the reward and fruit of man's religious efforts to reconcile reality and truth as far as possible is peace.

The word ›peace‹ always has a religious ring, and what it signifies is a gift of intelligence before God. ›Peace on Earth‹ – this Christmas message of the angels is a promise whose fulfillment is dependent on our willingness to serve the truth with obedience and courage.

Sincerely yours   Thomas Mann.

Text No. 52
Zu TB 22. 10. 1948, Anm. 2.
Ein – undatiertes – Statement Thomas Manns zugunsten von Henry A. Wallace.

What is needed today above all is an impressive demonstration staged by the American people – a demonstration for peace and progressive democracy. Tragically, official America has given the world some reason to consider this country a great reactionary power ready to ally itself with international fascism.

We must *not* permit this falsification of the true American character to go uncorrected. For sheer patriotism we must set it right. And the *only* way we can do so is by voting for the *only* candidate who has come out clearly and courageously against the division of the earth in two hostile camps, and for democratic progress in a peaceful world. That is why I vote for *Henry Wallace* and why I *most* earnestly hope that millions of loyal Americans will do likewise.

(Die hier kursiv gedruckten Unterstreichungen sind im Text nachträglich mit einem Tintenschreiber vorgenommen und dienten vermutlich als Betonungshilfen für die Rundfunkaufnahme.)

Text No. 53
Zu TB 28. 10. 1948, Anm. 3
Brief an die Bayerische Akademie der Schönen Künste, Pacific Palisades, 28. 10. 48:

Sehr verehrter Herr Dr. Jacob, Ihr Schreiben vom 30. September habe ich erhalten und beantworte es umgehend. Diese Antwort muss vor allen Dingen bestehen in der wärmsten, herzlichsten Danksagung für die Ehre, welche die Bayerische Akademie der Schönen Künste mir mit dem Wunsche erweist, mich unter ihre Mitglieder aufzunehmen, und für die freundliche Gesinnung, die sich in diesem Wunsche ausspricht. Auch hat die Akademie – und haben Sie persönlich, werter Herr Doktor, – vollkommen recht, mich als einen deutschen Künstler zu betrachten. Das ist durchaus nach meinem Sinn, und meine amerikanische Staatsbürgerschaft braucht mich keineswegs zu hindern, die Wahl zum ordentlichen Mitglied anzunehmen. Dennoch habe ich Bedenken, dies zu tun und zwar wegen der übergrossen Entfernung meines Wohnsitzes vom Sitz der Akademie. Meine ordentliche Mitgliedschaft wäre nur nominell, eine Fiktion. Ich könnte praktisch an den Arbeiten der Akademie nicht mitwirken, keiner Sitzung beiwohnen, mich an keiner Wahl beteiligen (z. B. gleich an der des Direktors der literarischen Abteilung – schon aus Mangel an Personalkenntnis nicht), und wäre für alle gefassten Beschlüsse formell mit verantwortlich, ohne doch an ihrer Formung mitgearbeitet zu haben. Dies Verhältnis scheint mir nicht wünschenswert, und ich habe sehr ernstlich darüber nachgedacht, welchen Weg man einschlagen könnte, um Ihren schönen Gedanken, eine Verbindung zwischen der Akademie und mir herzustellen, jedenfalls zu bewahren. Wenn die ausserordentliche Mitgliedschaft die Vorstellung einschliesst, ich sei ein amerikanischer und kein deutscher Schriftsteller, so ist sie nicht passend. Ehrenmitglied zu heißen, wäre mir, obgleich es ein bisschen anspruchsvoll klingt, eigentlich das Liebste, möge auch die Definition in Artikel 6, IV der ›Verordnung‹ auf meinen Fall nicht so recht zutreffen. Es bliebe dann die Wahl zum korrespondierenden Mitglied, in welcher Eigenschaft ich tatsächlich mehreren Instituten, der Academy of Arts and Letters in New York und der Academia Nazionale in Rom (Lynceorum Academia) schon angehöre. Völlig befriedigend ist, das gebe ich zu, keine dieser Auskünfte, und vielleicht sollte man seiner Phantasie einen Ruck geben und für den besonderen Fall etwas Neues erfinden, z. B. die Würde eines Ehrenvorsitzenden der literarischen Abteilung. Hoffentlich halten Sie es nicht für Arroganz, dass ich dergleichen anrege: In Wirklichkeit bedeutet es nur die Bitte an Sie und die anderen Häupter der Akademie, mit mir über einen schicklichen Ausweg nachzudenken.

Mit hochachtungsvoller Begrüssung,
sehr geehrter Herr Doktor,
Ihr ergebener
Thomas Mann

Text No. 54
Zu TB 28. 10. 1948, Anm. 3.
Schreiben Thomas Manns an die Bayerische Akademie der Schönen Künste, Pacific Palisades, 11. März 1949:

Sehr verehrter Herr Dr. Jacob,

Ihr Schreiben vom 25. Februar habe ich sehr dankbar – und auch mit Überraschung – empfangen. Ich hatte kaum damit gerechnet, dass man sich bereit finden werde, auf meinen etwas extravaganten Not-Vorschlag einzugehen. Desto mehr rührt und freut es mich, dass es gelungen ist, diese neue und schöne ehrenamtliche Beziehung zwischen mir und der Stadt herzustellen, in der ich 40 Jahre meines Lebens verbracht habe.

Ich sage herzlichen Dank! –

Ueber weitere Fragen, die vorläufig eben noch allzusehr *Fragen* sind, korrespondiere ich mit meinem Freunde Emil Preetorius.

In vorzüglicher Hochachtung
Ihr ergebener
Thomas Mann

Texte No. 55–62
Zu TB 26. und 30. 10. 1948, Anm. 1 und Anm. 2.
Die Entstehung des *Doktor Faustus.* Aus dem Text ausgeschiedene, Theodor W. Adorno betreffende Passagen:

No. 55. Aus dem V. Kapitel; GW XI, 173, Zeile 7 nach: »studierte er Philosophie und Musik« hieß es ursprünglich:

promovierte 1924 mit einer erkenntnistheoretischen Dissertation und habilitierte sich, mit einem Buch über Kierkegaard, ⟨1931 als Privatdozent an der Frankfurter Universität, wo er Philosophie lehrte, bis er von den Nazis verjagt wurde.⟩ 1934 verließ er Deutschland, arbeitete zunächst an der Universität in Oxford und folgte 1938 dem Institute of Social Research nach New York.

⟨Seit 1941 lebt er, fast nachbarlich nahe bei uns, in Los Angeles.⟩ (Typoskript S. 38; Manuskript Blatt 33.)

No. 56. Aus dem V. Kapitel; GW XI, 173, Z. 20 fehlt in der Druckfassung der Satz nach »bei Alban Berg und Eduard Steuermann in Wien«:

Die Freundschaft mit diesen beiden und die mit Rudolf Kolisch und Anton von Webern war für ihn künstlerisch entscheidend. ⟨1928–31 war er als Redakteur des Wiener ›Anbruchs‹ im Sinne der radikalen modernen Musik tätig.⟩ (Typoskript S. 39; Manuskript Blatt 33.)

No. 57. V. Kapitel, GW XI, 173: Nach dem letzten Satz »›Es ist unglaublich. Er kennt jede Note der Welt‹« fehlt folgender Passus:

Die Wechselwirkung des musikalischen und sozialphilosophischen Elementes in ihm hat, außer in einem erst teilweise publizierten Buch über Richard Wagner, ihren Niederschlag in zahlreichen englischen und deutschen Studien gefunden, die meistens in der ›Zeitschrift für Sozialforschung‹ veröffentlicht sind. Einen vorläufigen Abschluß dieser Arbeiten bedeutet das Buch ›Philosophie der modernen Musik‹, das jetzt, wenn das Entgegenkommen der französischen Militärbehörde zu erreichen ist, in Deutschland, bei Mohr in Tübingen, erscheinen soll. Ich kenne den zweiten Teil noch nicht, der sich mit Stravinsky beschäftigt und die Unmöglichkeit einer musikalischen Restauration in ihrem Zusammenhang mit den regressiven Tendenzen des Zeitalters auseinandersetzt. Der erste aber war das ⟨Manuskript, das er mir damals brachte, und dessen ›Einschlägigkeit‹, dessen frappantes Passen in die Sphäre meines Romans sogleich meine Aufmerksamkeit spannte. Im Wesentlichen hatte es Schönberg, dessen Schule und die Zwölfton-Technik zum Gegenstande.⟩ (Typoskript S. 40; Manuskript Blatt 34.)

No. 58. V. Kapitel; GW XI, 174: Der getilgte Passus, zu denken in Zeile 21 nach »Adorno'schen Analysen« lautete:

⟨Die Darstellung der Reihen-Musik und ihre in Dialog aufgelöste Kritik, wie das XXII. Faustus-Kapitel sie bietet, gründet sich ganz und gar auf Adorno'sche Analysen.⟩ Mehr noch, vieles von dem, was Leverkühn später vom eiskalten Teufel über die bis zur Unmöglichkeit problematische Rolle der Kunst – der Musik im Besonderen – in unserer Gesellschaft sich anhören muß, ist nichts als diskursive Einschmelzung von Gedanken jener Schrift. Adrian hört es, weil er es weiß, und ebenso ließ ich mir von außen sagen, was ich wußte, ließ mir helfen durch einen anderen – von mir selbst. Der ›andere‹ hatte nicht wenig Spaß daran. ›Ich bin bekanntlich der Teufel‹, sagte er, als er mit dem Kapitel bekannt geworden war.

Die gleiche Bewandtnis hat es mit ⟨gewissen Bemerkungen über die Tonsprache des späten Beethovens ...⟩ (Typoskript S. 41; Manuskript Blatt 35.)

No. 59. Im IX. Kapitel, GW XI, 223, ist der erste Absatz ursprünglich um folgende Passage länger gewesen:

Er dachte den Gesängen [im XXVII. *Faustus*-Kapitel] die Streichquartett-Begleitung zu, die durch strenge Kunst und thematisch-variative Verflechtung mit der Singstimme den üblichen Begriff der Begleitung hinter sich läßt. Nichts konnte besser passen zum Geiste des Ganzen, dem Geist des ›Magischen Quadrats‹; und meine Sache war nur, den guten Serenus die artistische Teufelei mit ehrfürchtigem Staunen beschreiben zu lassen. (Typoskript S. 107; Manuskript Blatt 89.)

No. 60. In Kapitel XII, GW XI, 249 war der erste Absatz ursprünglich um folgenden Text länger:

⟨Vollkommen vertraut mit den Absichten des Ganzen und denen dieses besonderen Stückes,⟩ die ja im Wesentlichen dahingingen, ⟨das Werk dem Vorwurf des blutigen Barbarismus sowohl wie dem des blutlosen Intellektualismus bloßzustellen,⟩ traf er es vorzüglich mit Vorstellungen wie der Entwicklung der Chöre aus Flüstern, geteiltem Sprechen und Halbsingen zu reichster Vokal-Polyphonie, der des Orchesters vom magisch-primitiven Geräusch zu entwickeltster Musik.

Oder mit Klangvertauschung des Vokal- und des Instrumentalparts, der ›Verrückung der Grenze zwischen Mensch und Ding‹, der Idee, den Part der babylonischen Hure einem höchst graziösen Koloratur-Sopran zu übertragen und ›seine virtuosen Läufe mit flötenhafter Wirkung in den Orchesterklang eingehen‹ zu lassen, andererseits gewissen Instrumenten den Klangcharakter einer grotesken vox humana zu verleihen. Der Einfall, daß in dem verzweifelten Stück die Dissonanz für den Ausdruck alles Ernsten und Geistigen, das Harmonische und Tonale aber für die Welt der Hölle, i. e. des Gemeinplatzes stehen solle, ist echte Schönberg- und mehr noch Berg-Schule. Aus Adrians melancholischer Neigung zur Parodie entwickelte er das dämonische Merry-go-round der spottenden Nachahmung aller möglichen musikalischen Stile, aus dem Motiv der kleinen Seejungfrau das Wort von der ›Bitte um Seele‹, aus der Mischung von ›Kaisersaschern‹ und musikalischem Radikalismus die Formel ›Explodierende Altertümlichkeit‹. Das alles hätte ebenso gut von mir sein können, es war von mir, wie auch die Wendung ›Neueste Berichte vom Weltuntergang‹, die auf den eisigen Part des hoch-tenoralen testis angewandt wird, – aber in mitdichtender Einfühlung sprach es der Ratgeber mir vor. Der sinnreichste und bestangepaßte tip, den er mir gab, war die substanzielle Identität des Höllengelächters mit dem Engelskinderchor, deren bewegte Darstellung ich für den Kapitelschluß aufsparte. Es war so, daß ich zuerst das flüchtig Aufgenommene zu Hause ›befestigte‹, das heißt: in bestimmterer Ausführlichkeit niederschrieb, – und dann blieb mir nichts zu tun, als das Gegebene kompositionell zu ordnen, auszuformen, sozusagen in Verse zu bringen, will sagen: es den guten Serenus recht aus voller Brust, schwer atmend, in Entsetzen und Liebe vortragen zu lassen. (Typoskript S. 140/141; Manuskript Blatt 120/121.)

No. 61. Der vorletzte noch einmal Adornos Mitarbeit – hier an Adrians Violinkonzert – betreffende Absatz im XIV. Kapitel, GW XI, 282 lautete ursprünglich:

⟨Das Violinkonzert betreffend, Adrians hybrides Geschenk an die Zutraulichkeit, so hatte ich von dem Stück schon ein seiner eigentümlichen seelischen Bedeutung leidlich entsprechendes Bild gegeben, als Adorno sich danach erkundigte.⟩ Seit der ›Apokalypse‹ und gewissen Ratschlägen in Sachen der Hymnen-Komposition und der Kammermusik, fühlte er sich geistig mit dem Werk verbunden und verantwortlich für seine zünftige Unangreifbarkeit, hatte als musikalischer Mit-Dichter gleichsam Blut geleckt und war warm geworden, – was ich mit Vergnügen wahrnahm. Daß ich in sehr absehbarer Zeit bei Leverkühns zweitem Hauptwerk, der ›Weheklag Dr. Fausti‹, angelangt sein werde, hatte ich ihn wissen lassen, ihm den Text des Volksbuches zu lesen gegeben und ihn gebeten, sich über die Form der Komposition Gedanken zu machen. Er hatte es versprochen. Jetzt fragte er. ⟨›Aber jenes Konzert, ist es eigentlich schon geschrieben?‹ – ›Ja, so ziemlich.‹ – ›Nein, erlauben Sie, das ist wichtig, wir müssen da sehr akkurat sein!‹⟩ Und stehenden Fußes improvisierte er den polytonalen c-g-eb-d-fis-a-Akkord, mit dem hohen f der Geige darüber, der nun sozusagen das technische Rückgrat ⟨der von mir nur ungefähr ausgehörten Imagination, dieser⟩ beschämend ernst gemeinten ⟨›Parodie des Hinreißenden‹⟩ bildet.

⟨Kapitel XXXVIII war in zwölf Tagen getan ...⟩ (Manuskript Blatt 160; Typoskript 184/185.)

No. 62. (Zu TB 25. 11. 1946, Anm. 2)
Eine später ausgeschiedene Passage aus dem XIV. Kapitel, zu denken nach den ersten zwei Worten von GW XI, 294:

⟨Wir gingen zu der Kantate über, für die der ›Wirkliche Geheime Rat‹ [...] sich mancherlei Zuträgliches ausgedacht hatte⟩, was gut ›in Verse zu bringen‹ sein würde.
Seine Verdienste um die 9 Seiten des XLVI. Kapitels, die von dem großen Klage-Werk handeln, sind nicht geringer, als die um die Realisation der ›Apokalypse‹ im einzelnen. Er war es, der, geistreich genug, aus dem alten Text den zwölfsilbigen Satz vom ›guten und bösen Christen‹ herausgriff und mir riet, es zum Generalthema des Variationenwerkes und seiner ›Ringe‹ zu machen, – ja, auch das Gleichnis von den konzentrischen Kreisen, die sich um einen ins Wasser geworfenen Stein, einer um den anderen, ins Weite bilden und immer dasselbe sind, stammt von ihm. Er hielt darauf, daß das Prinzip ›Keine freie Note mehr‹ in der ›Weheklag‹ universell werde und das Werk ›vom Thematischen restlos verzehrt‹ sein lasse. Wie würde es sich ausnehmen, des armen Fausti Höllenfahrt als Ballett-Musik und Tanz-Furioso zu geben? Gut! sagte ich und notierte den Tip. Sehr war ihm, um die Idee des Durchbruchs aus der Konstruktion zum Ausdruck zu stützen, an dem resümierenden Aufgebot aller ausdruckstragenden Momente der Musik überhaupt gelegen, dieses bewußte Verfügen über sämtliche Ausdruckscharaktere, die sich in der Geschichte der Musik je und je niedergeschlagen, und ihre Ausläuterung zu Grundtypen der Gefühlsbedeutung. ›Vorzüglich‹, sagte ich. ›Das ist Adrian ganz. Serenus wird davon zu melden wissen. Sonst noch etwas?‹ ⟨Er wußte noch mehr. Und doch, ich muß es sagen, liegt sein Hauptverdienst um das Kapitel garnicht im Musikalischen, oder, wenn doch, so auf dem Ge-

biete der Sprachmusik und ihrer Nuancen, wie sie, ganz zuletzt, ein Moralisches, Religiöses, Theologisches umwerben. Als ich nämlich, nach 14tägiger Arbeit daran, mit dem Abschnitt fertig war, oder damit fertig zu sein glaubte, gab ich ihn Adorno eines Abends bei mir im Zimmer zu hören. Er fand im Musikalischen nichts zu erinnern, zeigte sich aber grämlich des Schlusses wegen, der letzten 40 Zeilen, in denen es nach all der Finsternis um die Hoffnung, die Gnade geht, und die nicht dastanden, wie sie jetzt dastehen, sondern einfach mißraten waren. Ich war zu optimistisch, zu gutmütig und direkt gewesen, hatte zuviel Licht angezündet, den Trost zu dick aufgetragen. ⟩ Mit vollem Recht erhob mein Kritiker Bedenken dagegen. ›Nein, nein‹, sagte er, ›nicht diese Versöhnlichkeit! Sie dürfen nicht so der Verzweiflung zu nahe treten, nicht klingen darf es, als ob nun der Erzsünder die Gnade so geradehin in der Tasche hätte! Ich beschwöre Sie, bieten Sie all Ihre Kunst auf, um dies zarter, vager, leiser, zweifelnder zu sagen, ja, es zum Paradox zu erheben . . .‹ Das war lästig! Ich stand damals schon im nächsten, dem Versammlungskapitel, wollte weiter, wollte zu Ende kommen und sollte nun ändernd zurück. Aber folgsam setzte ich mich gleich am nächsten Morgen ⟨zur gründlichen Überholung der anderthalb oder zwei Seiten nieder und gab ihnen die behutsame Form, die sie jetzt haben . . . ⟩ (Typoskript S. 200–202; Manuskript Blatt 174/175.)

Text No. 63
Zu TB 29. 10. 1948, Anm. 2.

Statement by Thomas Mann, Nobel-prize winner novelist, given to Rev. Stephen H. Fritchman, to be read with his pulpit editorial, October 31, 1948 at the First Unitarian Church of Los Angeles.

The case of the Los Angeles Ten is but one symptom – if a very outstanding and a particularly shocking one – of the incipient decline of legal security which we have of short been witnessing in this country. Let no-one think that any such injustice may be done with impunity. Whenever the constitutional rights of any one individual are being violated, albeit in the name of a ›state of emergency‹ alleged by the violators, it is the entire nation who suffers. Perhaps, the American people are not as yet fully aware of the apalling significance of occurences such as this. They have never known, never experienced, fascism, and may not recognize its maturing features in what is happening here. As an American citizen of German birth and one who has been through it all, I deem it not only my right but my solemn duty to state: We – the America of the Un-American Activities Committee; the America of the so-called loyalty checks; the America of Judge Pierson Hall's court – are well on our way towards the fascist police state and – hence – well on our way towards war. And war today would mean nothing short of our planet's atomic suicide. Let's call a halt while there is still time. Let's call a halt – NOW!

Text No. 64
Zu TB 30. 10. 1948, Anm. 4.
Vorwort zur französischen Übersetzung der ›Preliminary Draft of a World Constitution‹.

Das erstaunliche Elaborat, das auf Englisch ›Preliminary Draft of a World Constitution‹ hieß, soll nun in französischer Sprache erscheinen, – ein sehr guter Gedanke; denn es kann kaum ein Zweifel bestehen, daß im Lande der größten politischen Wachheit und Reizbarkeit, im Lande der Revolution, in Frankreich, diese Schrift, die Revolution, Utopie, den hochintelligenten Willen zur Anpassung der Wirklichkeit an die Wahrheit atmet in jeder Zeile, mit dem lebendigsten Interesse aufgenommen werden wird.

Es ist, in seiner Bestimmtheit und Durchsichtigkeit, ein Dokument ersten Ranges, ein ehrenrettendes für die menschliche Vernunft unter allen Umständen, auch wenn das Leben blind darüber hinwegtaumeln sollte, – wie es wahrscheinlich ist. Gleich die Preamble hat mich eingenommen durch eine Weisheit, in der Resignation und Unerschütterlichkeit eine rare Mischung eingehen. Ein großartiger Rechtssinn beherrscht dann die weitgespannte Architektur der Satzungen, an deren Konstruktion eine Anzahl der besten und geschultesten Köpfe Amerikas, Juristen, Oekonomen, Pädagogen und Philosophen mitgearbeitet haben, die aber im Wesentlichen doch den Geist *eines* Mannes, Antonio Borgese's, des Verfassers von ›The March of Fascism‹ und der ›City of Man‹ widerspiegeln.

Am Ende wird es kein Zufall sein, daß ein Landsmann Mazini's die Seele dieser ganzen real-utopischen Veranstaltung war, denn ihre Gedanken und Forderungen sind zuletzt doch nur die Fortentwicklung und juristische Konkretisierung der liberal-freimaurerischen Idee der Weltrepublik. Das byzantinische Rußland ist vorläufig weitab vom Verständnis des freiheitlichen Kommunismus, auf den sie zielt. Und weitab davon sind auch gewisse homines religiosi, protestantische zumal, die den Turmbau zu Babel, menschliche Vermessenheit, humanistische Hybris darin sehen. Ist es sicher, daß sie von Sünde einen ganz richtigen Begriff haben? Sünde ist, sollte ich denken: gegen den Geist der Wahrheit leben; leben, als wäre es diese Weltstunde nicht, sondern noch die vorige; dumm und verstockt sich ans Überständige klammern, ans nicht mehr Gemäße, offensichtlich Verworfene, und sich taub stellen gegen Gottes Willen. Die Kluft, die sich aufgetan hat zwischen dem, was sich heute noch Wirklichkeit zu nennen wagt, und der Wahrheit, dem im Geiste längst Erreichten, ist schlechthin ein religiöser Skandal, eine Blasphemie, die Flut und Schwefelregen herausfordert. Sie werden nicht ausbleiben, und die Verfasser dieses Entwurfs einer neuen und realistischen, das heißt den Tatsachen entsprechenden Weltordnung rechnen damit, daß man erst nach der Katastrophe ihre organisatorischen Vorschläge zu Rate ziehen wird – sollte es dann noch etwas zu organisieren geben. Sie haben auf jeden Fall ihre Pflicht getan und einen Plan bereit gestellt, dessen Stunde kommen möge. The readiness is all.

Text No. 65
Zu TB 31. 10. 1948, Anm. 1.
Brief Thomas Manns an den Herausgeber der ›New York Times‹, Pacific Palisades, 31. 10. 1948.

Dear Sir,

in seiner Anzeige meines Romans »Doctor Faustus« (»Books of the Times«, Friday, October 29.) hat Mr. Orville Prescott eine politische

Bewertung eingeflochten, die der Richtigstellung bedarf. Er sagt von mir: »He did not take public notice of the Nazis in his native country until they had come to power. Afterwards he spoke out nobly against them . . . but his awareness of the Nazi issue came late.« Das ist ein Irrtum. Diese awareness kam im Gegenteil leidvoll früh. Zehn Jahre lang habe ich, sehr zu meinem persönlichen Nachteil, den wachsenden deutschen Nationalismus mit allen mir zu Gebote stehenden Mitteln öffentlich bekämpft und im heraufkommenden National-Sozialismus, als Einer von Wenigen, von Anfang an den Zerstörer Deutschlands und Europas gesehen. Meine Berliner Rede »Appeal to Reason«, gehalten drei Jahre vor Hitlers Machtergreifung, nach dem ersten großen Wahlsiege der Nazis ist, ›on the record‹ in der bei Knopf erschienenen Sammlung meiner politischen Essays seit 1923: *Order of the Day*. Ich kenne aus bitterster Erfahrung den Weg, der zum Faschismus, zum Kriege und ins Verderben führt, und auf dem ich my native country vergebens zurückzuhalten suchte. Die Kenntnis dieses Weges und seiner Stationen mag der Grund sein für meine gegenwärtige politische Haltung, die Mr. Prescott ebenfalls in seinen literarischen Kritizismus einbezieht.

Sincerely yours

Thomas Mann

I would be grateful for the publication of these[e] lines.

Text No. 66
Zu TB 5. 11. 1948, Anm. 1
Antwort auf eine Umfrage der ›Saturday Review of Literature‹ nach ›The Current Reading‹, abgedruckt unter ›My Current Reading‹ in vol. XXXI, No. 44 vom 30. 10. 1948, 12:

Thomas Mann, whose ›Doctor Faustus‹ will probably soon be on everyone's reading list, has on his own desk:

Dichtung und Wahrheit, by Johann Wolfgang von Goethe
Some Plays by William Shakespeare
Gregorius auf dem Steine by Hartman von Aue

The King and the Corpse by Heinrich Zimmer, edited by Joseph Campbell (Pantheon)

Ape and Essence, by Aldous Huxley (Harper)

Toward World Peace, by Henry A. Wallace (Reynal and Hitchcock)

The Roosevelt I Knew, by Frances Perkins (Viking)

The Plague, by Albert Camus (Knopf)

A Little Treasury of American Poetry, edited by Oscar Williams (Scribner)

Music Here and Now, by Ernst Krenek (Norton)

REGISTER

I WERKE VON THOMAS MANN

II ALLGEMEINES VERZEICHNIS

Der Name von Katia Mann, die, mit dem Kürzel K., sehr häufig erwähnt wird, ist nicht aufgenommen. Orte und Hotels sind nur im Zusammenhang mit einem Aufenthalt TM's verzeichnet, die Registrierung fremder Werke bezieht sich auf TM's Eintragungen; nicht aufgeführt sind Artikel und Rezensionen.

INHALT

Register